中国古典小说丛书

歧路灯

[清]李海观 著

上册

江西美術出版社
全国百佳出版单位

图书在版编目（CIP）数据

歧路灯:全2册/（清）李海观著.--南昌:江西美术出版社,2018.10（2020.5重印）

ISBN 978-7-5480-6203-5

Ⅰ.①歧… Ⅱ.①李… Ⅲ.①长篇小说—中国—清代 Ⅳ.①I242.4

中国版本图书馆CIP数据核字（2018）第140576号

出 品 人：周建森
企　　划：北京江美长风文化传播有限公司
责任编辑：楚天顺　朱鲁巍　康紫苏
责任印制：谭　勋

歧路灯（全2册）

QILU DENG (QUAN 2 CE)

（清）李海观　著

出　　版：江西美术出版社
地　　址：江西省南昌市子安路66号
网　　址：www.jxfinearts.com
电子信箱：jxms163@163.com
电　　话：010-82093808　0791-86566274
邮　　编：330025
经　　销：全国新华书店
印　　刷：河北盛世彩捷印刷有限公司
版　　次：2018年10月第1版
印　　次：2020年5月第2次印刷
开　　本：690mm×960mm　1/16
印　　张：56
ISBN 978-7-5480-6203-5
定　　价：130.00元

“中国古典小说丛书”出版说明

所谓“古典小说”云者，其义有二焉：一曰，但凡古代之小说，皆可谓之“古典小说”；一曰，但凡技法未受泰西影响之小说，亦可谓之“古典小说”。然此特就今人之观念言之耳。

揆诸坟典，“小说”一词，出自《庄子·外物篇》，其言曰：“饰小说以干县令，其于大达亦远矣。”由此观之，庄子所谓“小说”，不过琐屑之言，以其无关道术，故以小说名之耳。

炎汉成、哀之世，刘向、刘歆父子典校秘书，检讨百家学说，取桓谭《新论》“小说家合丛残小语，近取譬论，以作短书，治身治家，有可观之辞”之意，把《伊尹说》《鬻子说》诸书，归为“小说家”之书，而《汉书·艺文志》（以下简称《汉志》）继之。夷考其说，“小说家者流，盖出于稗官，街谈巷语，道听途说者之所造也”（语出《汉志》），此亦非后世之小说也。

唐修《隋书》，其《经籍志》立论本诸《汉志》，以小说为“街谈巷语之说”（《隋书·经籍志》语）。当此之时，小说之名虽同，而其类目稍广，举凡《燕丹子》《世说》《迩说》之属，皆可入诸小说名下。

后晋修《唐书》，其《经籍志》立论与《隋志》无异，以《博物志》隶小说，此为“神异志怪之书”入小说之始。

天水一朝，欧阳文忠公撰《新唐书·艺文志》（以下简称《新唐志》），以《列异传》《甄异传》《续齐谐记》《感应传》《旌异记》等“史部·杂传类”之书移于“小说类”。至是，小说之部类日棼。

及元脱脱修《宋史》，《艺文志·小说类》承《新唐志》之旧而增广之。

明胡应麟以小说繁夥，派别滋多，于是综核大凡，分小说为六类：一曰“志怪”，一曰“传奇”，一曰“杂录”，一曰“丛谈”，一曰“辩订”，一曰“箴规”。至此，小说一类已蔚为大观，脱《汉志》“街谈巷语”之成规。

清修“四库”，《总目提要》（以下简称《提要》）别小说为三派，“其一叙述杂事……其一记录异闻……其一缀辑琐语”，而又损益之。考诸《提要》，则损益可知：一曰，进“丛谈”“辩订”“箴规”为“杂家”；一曰，隶《山海经》《穆天子传》诸书于小说。小说范围，至是乃稍整洁矣。其分目虽殊，而论述则袭诸旧志。

曩者宋元明清之史志，难觅“平话”“演义”之书，此特士夫习气，鄙其为末流所使然也。史家成见，一至于斯。今人刻书，自当脱古人窠臼。

说部诸书，以文体分，有“白话”“文言”之别；以体裁分，有“话本”“传奇”“演义”之别；以内容分，有“佳话”“世情”“侠义”“家将”“神魔”之别。细玩其文，既有劝世之良言，亦有“诲淫诲盗”之糟粕，而抉择去取，转成读说部书之第一要务。以此之故，编者特于说部诸书择其精者，辑之而为“中国古典小说丛书”，凡百余种。

然说部之书浩如烟海，其精者又何限于区区百十之数？此次出版，难免遗珠之憾。然能俾读者因之而省择取之劳，进而得窥说部精要，示人以津梁，则尚不违出版“中国古典小说丛书”之初心。

说部之书，多出自书坊，脱误错乱，在所难免，故于“取其精华，去其糟粕”外，尚需广施校雠，始得成其为可读之书。以此之故，编者多方搜罗以定底本，精排其版以美其观，躬自校雠以正讹误，然后付诸枣梨，装订成书，以飨读者。

限于编者学力有限，书中疏漏之处，在所难免，尚祈广大方家、读者诸君不吝批评斧正。凡能指出书中一二谬误者，皆为吾师，吾人不胜感激之至。

戊戌仲夏上浣，邵鹏军序于丰台晓月里

目　　录

第一回

念先泽千里伸孝思　虑后裔一掌寓慈情

话说人生在世，不过是成立覆败两端，而成立覆败之由，全在少年时候分路。大抵成立之人，姿禀必敦厚，气质必安详，自幼家教严谨，往来的亲戚，结伴的学徒，都是些正经人家，恂谨子弟。譬如树之根柢，本来深厚，再加些滋灌培植，后来自会发荣畅茂。若是覆败之人，聪明早是浮薄的，气质先是轻飘的，听得父兄之训，便似以水浇石，一毫儿也不入；遇见正经老成前辈，便似坐了针毡，一刻也忍受不来；遇着一班狐党，好与往来，将来必弄的一败涂地，毫无救医。所以古人留下两句话："成立之难如登天，覆败之易如燎毛。"言者痛心，闻者自应刻骨。其实父兄之痛心者，个个皆然；子弟之刻骨者，寥寥罕觏。

我今为甚讲此一段话？只因有一家极有根柢人家，祖、父都是老成典型：生出了一个极聪明的子弟。他家家教真是严密齐备，偏是这位公郎，只少了遵守两个字，后来结交一干匪类，东扯西捞，果然弄的家败人亡，上天无路，入地无门。多亏他是个正经有来头的门户，还有本族人提拔他；也亏他良心未尽，自己还得些耻字悔字的力量，改志换骨，结果也还得到了好处。要之，也把贫苦熬煎受够了。

这话出于何处？出于河南省开封府祥符县萧墙街。这人姓谭，祖上原是江南丹徒人。宣德年间有个进士，叫谭永言，做了河南灵宝知县，不幸卒于官署，公子幼小，不能扶柩归里。多蒙一个幕友，是浙江绍兴山阴人，姓苏名簠簋，表字松亭，是个有学问、有义气的朋友。一力担承，携夫人、公子到了祥符，将灵宝公薄薄的宦囊，替公子置产买田，分毫不染；即葬灵宝公于西门外一个大寺之后，刊碑竖坊。因此，谭姓遂寄籍开祥。这也是宾主在署交好，生死不负。又向别处另理砚田，时常到省城照看公子。这公子取名一字叫谭孚，是最长厚的。孚生葵向。葵向生诵。诵生一子，名唤谭忠弼，表字孝移，别号介轩。忠弼以上四世，俱是书香相继，列名胶庠。

到了谭忠弼，十八岁入祥符庠，二十一岁食饩，三十一岁选拔贡生。为人端方耿直，学问醇正。下了几次乡试，屡蒙房荐，偏为限额所遗。这谭孝移也就渐辍举业，专一在家料理，唯作诗会文，依旧留心。相处了几个朋友，一个叫娄昭字潜斋，府学秀才；一个叫孔述经字耘轩，嘉靖乙酉副车；一个县学秀才，叫程希明字嵩淑；一个苏霈字霖臣；一个张维城字类村，俱是祥符优等秀才。都是些极正经有学业的朋友。花晨月夕，或作诗，或清谈，或小饮，每月也有三四遭儿。一时同城朋友，也还有相会的，唯此数人尤为相厚。至于学校绅衿中，也还有那些比匪的，都敢望而不敢即。却也有笑其迂板，指为古怪的。有诗为证：

同侪何必不兼收？把臂总因臭味投；
匪类欲亲终自远，原来品地判薰莸。

却说谭孝移自幼娶周孝廉女儿，未及一年物故。后又续弦于王秀才家。这王氏比孝移少五岁，夫妇尚和好。只因生育不存，子息尚艰。到了四十岁上：王氏又生一子，乳名叫端福儿：原是五月初五日生的。果然面似满月，眉目如画，夫妇甚是珍爱。日月迁流，这端福儿已七岁了，虽未延师受业，父亲口授《论语》《孝经》，已大半成诵。

这孝移宅后，有一大园，原是五百金买的旧宦书房，约有四五亩大。孝移又费二百余金，收拾正房三间，请程嵩淑题额为“碧草轩”。厢房，厨房：茶灶，药栏，以及园丁住宅俱备。封了旧宦正门，另开角门，与宅子后门相对，只横隔一条胡同儿。这孝移每日在内看书，或一二知己商诗订文，看园丁蔡湘灌花剔蔬。端福儿也时常跟来玩耍，或认几行字，或读几首诗，或说一两宗故事。这也称得个清福无边。

忽一日孝移在轩上看书，只见家人王中，引着一个人，像远来模样，手中拿着一封书。见了孝移，磕下头去，说道：“叩太爷安。”磕了三个头，起来，说道：“小的是丹徒县爷家下人，小的大爷差小的下书来的。”孝移一时还不明白。那人将书呈上，孝移开了封头，取出内函，只见上面写着：

宜宾派愚侄绍衣顿首叩禀鸿胪派叔大人膝前万安。敬禀者：吾家祖居丹徒，自宋逮今，二十余世矣。前灵宝公宦游豫土，遂而寄籍夷门。邑姻有仕于中州者，知灵宝公至叔大人，已传四世。植业豫会，前光后裕，此皆我祖宗培遗之深厚也。愚侄忝居本族大宗，目今族谱，逾五世未修，合族公议，续修家牒。特以叔大人一支远寄中土，先世爵谥、讳字、行次，无由稽登，特遣一力诣禀。如叔大人果能南来，同拜祖墓，共理家乘，合族举为深幸。倘不能亲来，祈将灵宝公以下四世爵秩、名讳、行次，详为缮写，即付去力南携，以便编次。并将近日桂兰乳讳，各命学名开示，庶异日不致互异。木本之谊，情切！情切！顺候合家泰吉。外呈绫缎表里四色，螺匙二十张，牙箸二十双。宣德后家刻六种，卷帙浩繁累重，另日专寄。临禀不胜依恋之至！

嘉靖口年口月口日　　　　侄绍衣载叩

原来谭姓本族，在丹徒原是世家，随宋南渡，已逾三朝。明初有兄弟二人，长做四川宜宾县令，次做鸿胪寺正卿，后来两房分派，长门称宜宾房，次门称鸿胪房。此皆孝移素知，但不知丹徒族人近今如何。及阅完来书，方晓得丹徒谋修族谱，不胜欢喜。便叫王中道："你可引江南人到前院西厢房住。不必从胡同再转大街，这是自己家里人，即从后角门穿楼院过去。对账房阎相公说，取出一床铺盖，送到西厢房去。一切脚户头口，叫阎相公发落。"

孝移吩咐已毕，即将案上看的书史合讫，叫蔡湘锁了书房门，手中拿着来书，喜滋滋到家中。对王氏说道："江南老家侄子差人下书，你吩咐赵大儿速备饭与来人吃。"便到前厅叫道："丹徒来人呢？"只见那人从厢房出来，早换了风尘衣服，擎着毡包，说道："这是小的大爷孝敬太爷的土物。"孝移道："我们叔侄虽是三世不曾见面，本是一家，何必这样费心。"那人道："孝敬太爷，聊表寸心。"孝移命德喜儿接了，便问道："你叫什么名字？"那人道："小的叫梅克仁。"孝移道："你远来千里，辛苦，辛苦。且去将息。"梅克仁退身进厢房去讫。自有王中照看，不必细说。

孝移回转身来，德喜儿擎毡包相随，进后院来。王氏迎着问道："哪里来了这个人，蛮腔蛮调的？"孝移道："是丹徒老家的。"德喜儿道："这毡包俱是送咱家的东西。"王氏道："拿来我看看。"孝移道："还要到祠堂里告禀。"即叫王氏取出钥匙，递与小厮，开了祠堂门。孝移洗了手脸，把江南来物摆在香案上，掀开帘闬槅，拈香跪下，说道："此是丹徒侄子，名唤绍衣，送来东西。"遂将来书望神主细念一遍，不觉扑簌簌地落下泪来。密祝道："咱家四世不曾南归，儿指日要上丹徒拜墓修谱，待择吉登程，再行禀明。"磕头起来，将门锁了。

午饭后，复到前厅，端福儿也跟出来，站在旁边。孝移道："来人饭完不曾？"只见梅克仁早上厅来，道："小的饭吃过。"因向端福儿道："这是相公吗？"孝移道："是。"梅克仁便向前抱将起来，说道：

"与南边大爷跟前小相公，像是一般岁数。"孝移道："你大爷多少岁数？"克仁道："今年整三十岁。相公八岁，今年才上学读书哩。"孝移道："去年《齿录》，有个谭溯泗是谁？"克仁道："那是东院的四老爷。小的这院大爷，是书上那个名字。"孝移道："发过不曾？"克仁道："小的这院大爷，是十七岁进学，已补了廪。现从宋翰林读书。小相公另有个先生。"孝移点点头，又说道："这里是五世单传，还不曾到老家去。我素日常有此心，要上丹徒，一者丁忧两次，还有下场事体；二者也愁水旱路程。你如今多住几日，我安插家务明白，要同你南去。"克仁道："小的来时，我大爷早有此意。"

克仁说话中间，看见小主人形容端丽，便道："小的抱相公街上走走去。"孝移道："轻易不曾叫他上街，改日熟了，你引他到后书房走走罢。"克仁道："小的在家里：每日引小相公上学下学惯了，今日看见这位少爷，只想抱去大门外站站。"孝移道："街上人乱，门上少立便回。"克仁抱起端福儿，果然在门楼下片时便归。到了厅上，端福自回后宅去讫。

又住了七八日，克仁禀催起身。孝移叫王中向账房取了十两银，赏了梅克仁。便自己收拾行囊、盘费，雇觅车辆头口，置买些土物，打算到丹徒馈送。择吉起程：带了德喜儿、蔡湘；吩咐王中看守门户；请阎相公商量了账目话头；又对王氏说了些家务，好好叫端福在家，总之不可少离寸地，常在眼前。到了出行之日，祠堂告先，起身而行。一路水陆之程，无容赘述。正是：

木本水源情唯切，陆鞭水棹岂惮劳。

只说谭孝移不日到了丹徒。城南本家，乃是一个大村庄，树木阴翳，楼厅嵯峨。径至谭绍衣家下住下。叔侄相见，叙了些先世远离情由，并叔侄不曾见面的寒温。

到了次日，绍衣引着孝移，先拜谒了累代神主，次到本族，勿论远近贫富，俱看了，各有河南土仪馈送。此后，各家整酒相邀，过了十余日方才完毕。又择祭祀吉日，祭拜祖茔，合族皆陪。孝移备就祭品，至日，同到祖茔。绍衣系大宗宗子，主祭献爵。祭文上代为申明孝移自豫归家展拜之情。祭毕，孝移周视墓原，细阅墓表于剥泐苔藓中。大家又叙了些支派源流的话说，合族就在享厅上享了神惠。日落而归。

绍衣又引孝移到城中旧日姻亲之家，拜识了。各姻亲亦皆答拜，请酒。又过了十余日，一日晚上，孝移同绍衣夜坐，星月交辉之下，只听得一片读书之声，远近左右，声彻一村。孝移因向绍衣道："我今日竟得南归，一者族姓聚会，二者你兄弟南来，未免蓬麻可望。"绍衣道："叔叔回来不难。合族义塾，便是大叔这一房的宅院。水旱地将及三顷，是大叔这一房的产业。目今籽粒积贮，原备族间贫窭不能婚葬之用，余者即为义塾束金。大叔若肯回来，宅院产业现在，强如独门飘寓他乡。"孝移道："咳！只是灵宝公四世以来，墓冢俱在祥符，也未免拜扫疏阔。"绍衣道："事难两全，也是难事。"

一夕晚话不题。又过了十余日，孝移修完宗谱，要回河南。合族哪里肯放，富厚者重为邀请，贫者携酒夜谈。又过了几日，孝移思家情切，念子意深，一心要去。这些雇觅船只、馈赆赠物的事，一笔莫能罄述。又到祖茔拜了。启行之日，绍衣又独送一份厚程，叔侄相别，挥了几行骨肉真情泪。绍衣又吩咐梅克仁，同舟送至河南交界，方许回来。

过了好几日，到了河南交界，孝移叫梅克仁回去，克仁还要远送，孝移不准。又说了多会话儿，克仁磕了头。蔡湘、德喜儿一把扯住克仁，又到酒肆吃了两瓶，也各依依不舍，两下分手。

不说克仁回去复命。只说孝移主仆，撇了船只，雇了车辆，晓行夜宿，望开封而来。及到了祥符，日已西坠，城门半掩。说与门军，是萧墙街谭宅赶进城的，门军将掩的半扇依旧推开，主仆同进城去。到了家门，已是上灯多时，定更炮已响了。

蔡湘叫了一声开门，管账阎相公与王中正在账房清算一宗房租，认得声音，王中急忙开门不迭。闪了大门，阎相公照出灯笼来接，惊得后边已知。车户卸了头口，几只灯笼俱出采，搬运箱笼褡包，好不喜欢热闹。

孝移进了后院楼下坐了，赵大儿已送上盆水。孝移告先情急，洗了手脸：吩咐开了祠堂门，行了反面之礼。回到楼下，赵大儿又送茶来。王氏便问吃饭，孝移道："路上吃过，尚不大饿。怎么不见端福儿哩？"王氏道："只怕在前院里，看下行李哩。"孝移道："德喜儿，前院叫相公来。"德喜去了一会，说道："不曾在前院里。"

原来端福儿自孝移去后，多出后门外，与邻家小儿女玩耍。有日头落早归的，也有上灯时回来的。不过是后门外胡同里几家，跑的熟了，王氏也不在心。偏偏此夕，跑在一家姓郑的家去，小儿女欢喜成团，郑家女人又与些果子点心吃了，都在他家一个小空院里，趁着月色，打伙儿玩耍。定更时，端福儿尚恋群儿，不肯回来。恰好孝移回来，王氏只顾得喜欢张慌，就把端福儿忘了。孝移一问，也只当在前院趁热闹看行李哩。及德喜说没在前院，王氏方才急了，细声说道："端福儿只怕在后门上谁家玩耍，还没回来么？"孝移变色道："这天什么时候了？"王氏道："天才黑呀！"孝移想起丹徒本家，此时正是小学生上灯读书之时，不觉内心叹道："黄昏如此，白日可知；今晚如此，前宵可知！"

话犹未完，只见端福儿已在楼门边赵大儿背后站着。此是赵大儿先时看见光景不好，飞跑到郑家空院里叫回来的。孝移看见，一来恼王氏约束不严，二来悔自己延师不早。一时怒从心起，站起来，照端福头上便是一掌。端福哭将起来。孝移喝声："跪了！"王氏道："孩子还小哩，才出去不大一会儿。你到家乏剌剌的，就生这些气。"这端福听得母亲姑息之言，一发号啕大痛。孝移伸手又想打去，这端福挤进女人伙里，仍啼泣不止。孝移愈觉生怒。却见王中在楼门边说道："前院有客——是东院郑太爷来瞧。"

原来郑家老者，傍晚时也要照看孙儿同睡。月色之下，见赵大儿叫端福儿有些慌张，恐怕来家受气，只推来看孝移，故此拄根拐杖，提个小灯笼儿，径至前厅。王中说明，孝移只得出来相见。叙了几句风尘闲话，不能久坐，辞去。孝移送出大门而回。

大凡人当动气之时，撞着一番打搅，也能消释一半。到了楼下，将王氏说了几句，又向端福儿，将丹徒本家小学生循规蹈矩的话，说了一番。赵大儿摆上晚馔，孝移略吃了些儿。前边车户晚饭，王中、阎相公料理，自是妥当。孝移安顿了箱笼，夜已二更，鞍马乏困，就枕而寝。五更醒来，口虽不言，便打算这延师教子的一段事体。正是：

> 万事无如爱子真，遗安煞是费精神；
> 若云失学从愚子，骄惰性成怨谁人。

第二回

谭孝移文靖祠访友　娄潜斋碧草轩授徒

话说谭孝移自丹徒回来，邻舍街坊，无不欢喜，有送盒酒接风的，有送碟的洗尘的，也有空来望望的。总因谭孝移为人端方正直，忠厚和平，所以邻舍都尊敬亲就。谭孝移也答些人情，巾帕、扇坠、书联、画幅，都是江南带来的物端。

又一日，有两个人抬了架漆盒儿进门，王中告于家主。揭开盒儿一看，无非是鸡、鸭、鱼、兔，水菜之类。拜盒内开着一个愚弟帖儿，上写着张维城、娄昭、孔述经、程希明、苏霈。抬盒人道："五位爷刻下就到。"谭孝移吩咐王中，将水菜收了，交与厨上作速办席；赏了抬盒人封儿，打发去讫；作速排整碧草轩上桌椅炉凳，叫德喜儿街上望着："五位爷到时，不必走前门，即邀到后书房内。可从东胡同过来，我在后门等候。"

不多一时，果见五位客从胡同进来。谭孝移躬身前迎，五位逊让进门。到轩上，宾主叙礼坐下。献茶毕，孝移躬身致谢道："诸长兄空来一望，已足铭感，何必赐贶！"五位道："远涉而归，公备水菜局软脚，恕笑。"孝移道："不敢当的很。"叙罢寒温，说些闲话，无非是江南风土之佳，舟楫风波之险等语。少顷，又叫德喜儿将所捎来祖上的书籍，及丹徒前辈文集诗稿，大家赏鉴。都道：“孝翁阀阅著族，早已知学有渊源，今日得读尊先世遗文，弥令人钦仰。”孝移逊谢不迭。坐间，看诗的看诗，看文的看文，有夸句调遒劲的，有夸文致旷逸的，也有夸纸板好的。互相传观，须臾傍午，只见德喜儿抹桌排碟，大家掩了书本。谭孝移执杯下酒，彼此让坐，一桌是张类村首座，娄潜斋次座，苏霖臣打横。一桌孔耘轩首座，程嵩淑次座，孝移打横作陪。这些觥筹交错的光景，不必细述。

酒至半酣，孝移一事上心，满斟一杯酒儿，放在娄潜斋面前，说道：“我将有一事奉恳，预先奉敬此杯。”潜斋道：“有何见谕，乞明言赐教。”孝移道：“今日说明，显得弟有不恭，待异日诣府面禀。”苏霖臣在旁插口道：“谜酒难吃，若不说明，我先替潜老急的慌。”孔耘轩道：“你我至交，明言何妨？”孝移道：“但求潜老后日在家少等，我并恳耘轩同往。”潜斋道：“须择弟之所能，万勿强以所难。但今日明言为妙。”孝移道：“不是难事，只怕潜老不肯。”这程嵩淑酒兴正高，拦住大笑道：“众秀才请脱措大故套，且把谭兄高酒多吃一盅罢。谭兄总不是叫娄兄上天摸呼雷。”孝移亦笑道：“正是的。”又叫重斟前杯，说了许多闲散话儿。真正酒逢知己，千杯不多。日已西沉，大家起席。吃完了茶，作辞起身。孝移送出胡同口道：“娄孔两兄，不必再订，只求后日在家少等，弟必诣府请教。”娄孔同声道：“恭候就是。”程希明道：“今日酒是畅饮，话却闷谈。孝老从不曾有这个哑谜。”宾主俱各大笑，相拱而别。

过了两日：正是前日所订之期，孝移吩咐王中，饭后时，叫车夫宋禄套上车儿，再到账房间阎相公讨十数个眷弟帖儿，街上回拜客。王中料理已妥，夹着护书儿，到楼下请上车。孝移又叫拿出一个全帖，放在护书内，出街升车。叫王中将帖儿预先投递，凡前日来赐光的，俱投帖答拜。一路上都说失候。车上又叫王中：“你坐在车头里，到文昌巷口，拜孔爷去。”

须臾，到了文昌巷孔宅，下车。孝移直进大门，孔耘轩整衣不迭，出来相迎，请至一小书房内。彼此称谢已毕：孝移道："前日相订，唯恐大兄公出。"耘轩道："前见孝老出言郑重，必非闲散事体，焉敢负约。"孝移道；"多承光之甚。只如今要上潜斋家去，并邀同往。此地离北门约有三四里，乞一茶之后，登车同去，何如？"耘轩道："到底是什么事央他，你也叫我知道。"孝移道："我的意思，是为小儿已七八岁了，早就该上学，因一向自己溺爱，耽搁一年。我想娄潜斋为人，端方正直博雅，尽足做幼学楷模。小儿拜这个师父，不说读书，只学这人样子，便是一生根脚。前日我所以不便启齿者，没有在我家便说请先生之理。今日我邀大兄同往，替我从旁赞助一二。"说完，便打拱一揖。耘轩道："陉道，我说你平日也甚爽直，昨日忽而半吞不吐，原是如此细密珍重。如今将茶吃完，即便同往。"

二人茶毕，同出登车。孝移道："宋禄，将马儿放慢着些：我们还商量些话儿。"宋禄道："晓得。"耘轩车中点头道："长兄这件事，令人敬服。"孝移道："为子延师，人家之常，何言敬服？"耘轩道："如今宦家、财主，儿子到七八岁时，也知请个先生，不过费上不多银子，请一个门馆先生，半通不通的，专一奉承东翁，信惯学生。且是这样先生，断不能矩步方行，不过东家西席，聊存名目而已。学生自幼，全要立个根柢，学个榜样，此处一差，后来没下手处。长兄此举，端的不错。"孝移道："我尝闻前辈说，教小儿请蒙师，先要博雅，后来好处说不尽。况且博雅之人，训蒙必无俗下窠臼。"耘轩道："是，是。"

话不多时，已到潜斋之门。门前有个书房院，正房三间，墙角有一单扇门儿。耘轩道："我们且先到他这书房里。"一同下车，径到书房院来。只见房檐下有一个十三四岁的家童，在那里学织荻帘儿；书房内高声朗诵。家童一声道："客来！"二人已进书房门内。那读书学生，下位相迎，望上一揖，让二位坐下。孝移便向耘轩道："这学生二年没见，真正长成光景。”耘轩便向学生道：“还认得我们么？”那学生道：“去年二位老伯在这里时，我爹已对小侄说过，小侄时常记得。”孝移道：“今年几岁？”那学生道：“九岁。”孝移见他品貌端正，言语清晰，不觉赞道：“真是麟角凤毛，不愧潜老高雅。”耘轩道：“尊翁先生在家么？”那学生道：“适才李公祠请去写匾。临行时说，今日有客到，即去对说。”言未毕，家童提茶到了，学生手捧两杯，献与二位，自己拿一杯在门边恭恭敬敬相陪。这谭孝移早已喜之不尽。只见那学生叫家童去李公祠对说客到，孝移道：“不必，我们即到李公祠去瞧尊先生去，并看看写的匾。”吃完茶起身，学生出门相送，叫家童引着李公祠路径。二人回头一拱，这学生躬身答礼，极恭敬，却不拘挛。二人喜得了不得，一路上不住地说道：“是父是子！是父是子！”转过大街，离北门不远，径向李公祠来。只见李公祠是新翻盖的，砌甃整齐。庙祝见有客来，出门相迎。娄潜斋不料二人至此，亦喜不自胜。耘轩道：“造府相访，公出不遇。”潜斋道：“爽约有罪！”孝移道：“匾写完否？”庙祝道：“适才写完。”只见一面大匾，上放“李文靖公祠”五字，墨犹未干，古劲朴老。两人赞叹道：“笔如其人！”潜斋道：“聊以塞责，有愧先贤。”庙祝道：“垂后留芳，全仗山主大笔。”共相大笑。庙祝又请人一座客室，邀留过午。潜斋道：“我来时已说今日有客，不能过午。不如少坐一时，我们一同回去。”庙祝不敢过强，只得说：“空过三位老先生，不好意思的。”

三人吃完茶，作别而归，径至娄宅门前，只见那学生在门前恭候。娄潜斋让至北院客房，一揖而坐。言及前日盛情，彼此称谢，不必细述。潜斋道：“昨日席上说的话，毕竟是甚事见委？弟自揣毫无片长，如何有效力处。”孔耘轩道：“说话要开门见山，谭兄之意，欲以世兄读书之事，烦潜老照管哩。”潜斋道：“如何照管之处，亦乞明说。”孝移道：“我一发造次说了。小儿交新春八岁了，尚未上学，欲恳长兄在舍下设帐。前日若骤然说明，显得弟敦请之意不恭。今日造府一禀，倘蒙不弃，弟亦领教甚便。”潜斋道：“此事却难从命。见爱之意，弟也不肯自外，但此中有个缘故，不妨琐陈，所以见弟不得已而方命之罪。家兄比弟长二十岁，今年整六十了，每日同桌吃饭，连舍侄、小儿，四人相依已惯。我若到府上去，家兄老来的性情，我知道是的确行不得。”耘轩道：“贵昆弟友爱之情，自所难已。但同在一城之内，相隔不远，岂一朝半夕不见，难说便成云山？潜老似不必过执。”潜斋道：“我是经过家兄的性情。去年我有事上彰德府去，言明十五日即回，不料到那里多耽搁五天。这五天呀，家兄就有几夜睡不着。孩子们都慌了，还使了两番人去接。及至弟到家时，家兄喜极，却笑出几点眼泪。弟说：‘我已是回来了，哥恓惶什么？’家兄说：‘我也极知道没啥意思，只为前日，我胸中有一道黄河，由不得只是急，又说不出。’后过了半月光景，这老人才忘了。我如今要到府上，家兄是必不肯，如何行的？”这谭孝移平日景仰娄潜斋为人端方，已是十分要请；见了娄潜斋家学生安详恭敬，又动了桥梓同往之意；及见娄潜斋说到兄弟友爱之情，真性露于颜面，心中暗道：“真是今之古人！舍此等人何处更为子弟别寻师长？这事断不能当面错过的。”因向孔耘轩道：“事且慢商。”这是怕孔耘轩逼出坚执不去的话头，便难回转的意思。

少顷，只见家童排馔，大家起身让坐。坐定，摆上饭来。潜斋吩咐家童道：“瞧两位相公陪客。”家童道：“大相公往乡里料理佃户房子去。二相公就来。”须臾学生到了，在桌角坐。潜斋道：“你伯吃饭不曾？”学生道：“我娘与我嫂子已安排吃完。”娄潜斋道：“家兄只好料理庄农，如今老了，还闲不住，还料理园子种莱吃。舍侄质性不敏，家兄只教他乡里看庄稼。愚父子却是家里吃闲饭的人。”耘轩道：“耕读相兼，士庶之常，岂可偏废。”又说些闲话，饭已吃完。都在厅前闲站着吃茶。孝移是心上有事的人，暗中踌躇道：“娄兄如此人品，如此家风，即是移家相就亦可；他如坚执不去，我便送学生到此，供给读书。”又虑王氏溺爱，又想自己也离不得这儿子，万一请他令兄出来，放他出门，也未见得。遂向潜斋道：“这事与大兄商议何如？”潜斋道：“商议也不行。家兄的性情，我所素知。”耘轩道：“商议一番何妨？爽快请出大兄来面决，或行或止，好杜却谭兄攀跻之想。”潜斋道：“也罢。”遂向后边去了。

迟了一会，只见潜斋跟出来一个老者，是个庄农朴实模样儿，童面银须，向客人为了礼。坐下，便道：“适才舍弟言，二位请他教学，这事不行。我老了，他是我亲手抚养的兄弟，我离不得他。况我家衣食颇给，也不肯出门。”二人见言无婉曲，也灰了心。又问：“二位高姓？”孔耘轩道：“弟姓孔，在文昌巷内。这位请令弟的，姓谭，在萧墙街。”只见那老者把脸一仰，想了一想，说道：“兄是灵宝老爷的后人么？”孝移道：“是。”又问：“当年府学秀才，大汉仗，极好品格，耳后有一片殊砂记儿，是谭哥什么人？”孝移道：“是先父。”那老者扫地一揖道：“恩人！恩人！我不说，谭哥也不知道。我当初在萧墙街开一个小纸马调料铺儿，府上常买我的东西。我那时正年轻哩。一日往府上借家伙请客，那老伯正在客厅里，让我坐下。老人家见我身上衣服时样，又问我请的是什么客，我细说一遍，都不合老人家意思。那老人家便婉婉转转地劝了我一场话。我虽年轻，却不是甚蠢的人。后来遵着那老人家话，遂即收拾了那生意。乡里有顷把薄地，勤勤俭俭，今日孩子们都有饭吃，供给舍弟读书，如今也算得读书人家。我如今料理家事，还是当日那老伯的几句话，我一生没用得清。”孔耘轩接口道：“当日大兄领谭老伯教，今日他家请令弟教书，大兄却怎的不叫去？”老者说：“舍弟先只说有人请他教学，并不曾言及二位上姓。我也只为这侄子小，恐怕人家子弟引诱的不妥，不如只教他父子们在家里。若是谭哥这样正经人家，我如何不教去哩。”谭孝移道：“弟之相请，原是连令侄都请去的。”老者道：“一发更妙。我是一个极有主意、最爽快的人，只要明春正月择吉上学。我虽是见我的兄弟亲，难说正经事都不叫他干，终日兄弟厮守着不成？”一阵言语，大家痛快的如桶脱底。谭孝移便叫王中拿护书来，取出一个全帖。只见上面写着：“谨具束金四十两，节仪八两，奉申聘敬。”下边开着拜名。放在桌面，低头便拜。潜斋哪里肯受，平还了礼。又拜谢了潜斋令兄，并谢了孔耘轩。

少坐一会，拜别起身。潜斋兄弟送出大门，孔、谭二人登车而回。这正是：

欲为娇儿成立计，费尽慎师择友心。

日月如梭，不觉过了腊月，又值新正。谭孝移择了正月初十日入学，王氏一定叫过了灯节，改成十八日入学。孝移备下酒席，请孔耘轩陪席。孝移早饭后，仍叫宋禄套车，自己坐在车上，王中拿帖，去请娄潜斋父子。到那边敦请情节，俱合典礼，不必细述。不多一时，回至胡同口，孝移下车，潜斋父子亦下车来，引进园里，径到碧草轩上。少刻孔耘轩亦到。孝移设下师座，自己叩恳拜托，潜斋不肯，因命端福儿行了拜师之礼。取学名叫绍闻。是因丹徒绍衣的排行。因问：“世兄何讳？”潜斋道：“家兄取舍侄名娄樗，小儿名娄朴。”孝移道：“此亦足征大兄守淳之意。”潜斋道：“家兄常说，终身所为，皆令先君老先生所赐之教。”彼此寒暄不提。

且说孝移原是富家，轩后厨房，又安置下厨役邓祥，米面柴薪，调料菜蔬，无不完备。这娄朴、谭绍闻两人，一来是百工居肆，二来是新发于硎，一日所读之书，加倍平素三日。孝移也时常到学中，与潜斋说诗衡文；课诵之暇，或小酌快谈。潜斋家中有事，孝移即以车送回，或有时父子徒步而归。这娄朴也还是小学生，时同绍闻到家中，王氏即与些果子配茶吃。

荏荏苒苒，已到三月。王氏向谭孝移道：“这三月三日，吹台有个大会，何不叫先生引两个孩子走走呢？”

第三回

王春宇盛馔延客　宋隆吉鲜衣拜师

原来祥符宋门外有个吹台，始于师旷，后来汉时梁孝王建修，唐时诗人李白、杜甫、高适游咏其上，所以遂成名区。上边祀的是夏禹，都顺口叫做禹王台。每年三月三日有个大会，饭馆酒棚，何止数百。若逢晴朗天气，这些城里乡间，公子王孙，农父野老，贫的，富的，俊的，丑的，都来赶会。就是妇女，也有几百车儿。这卖的东西，整绫碎缎，新桌旧椅，各色庄农器具，房屋材料，都是有的。其余小儿要货、小锣鼓、小枪刀、鬼脸儿、响棒槌之类，也有几十份子。枣糕、米糕、酥饼、角黍等项，说之不尽。

所以王氏向谭孝移说道："这吹台三月三大会，叫孩子跑跑去。读了两个月书了，走散走散，再去读书何如？"孝移道："小孩子赶会，有什么好处，不去罢。"王氏道："这个说不好，那个说不好，如何会上有恁些人？我当初在家做闺女时，我爹爹性儿甚是严谨，到这三月三，也还叫我娘引我，坐车到会边走走。"谭孝移不觉笑道："妇女上会，也不算他外公什么好家法，你不说也罢。"王氏道："偏你家是有家法人家！我见那抚院、布、按大老爷们，这一日也去赶会哩。"孝移笑道："大人们去，或者是有别的事，遣官行香。"王氏道："行香？

为什么初一日不去，偏偏的趁这日热闹才去哩？依我说，到那日你跟先生也去游游，两个孩子跟着你两个，叫宋禄套上车儿同去，晌午便回来，有啥事呢！书也不是恁般死读的，你不信，你跟先生商量。”谭孝移道：“我在会上，从来没见有一个正经读书的人，也没见正经有家教子弟在会上；不过是那些游手博徒，屠户酒鬼，并一班不肖子弟，在会上胡轰。所以不想叫孩子们去。”王氏道：“你不赶会，你怎么见了这光景？”孝移道：“是我年幼，曾走了一遭。”王氏道：“你赶会是幼年，端福儿如今七八岁么？你跟先生商量，先生说不去便罢。”谭孝移见王氏说话蛮缠，也忍不住笑道：“也罢，与先生商量，先生说去就去，说不去就罢。”王氏道：“你不信我说，娄先生一定是去的；人家比不得你，芝麻大一个胆儿，动不动说什么坏了家教。”孝移道：“我少时到园中与先生计议。”王氏道：“商量这话，要同着端福儿。休要背地里并不曾说，便说道先生不依。”孝移笑道：“也罢。”心中打算，娄潜斋是必不上会的，所以应允。这正是：

家居雍和无事日，夫妻谈笑亦常情。

到了午后，孝移闲走园中，见了娄潜斋，同坐在碧草轩上，说些闲话。因想起王氏之言，说道：“明日三月三，我们引两个学生，向吹台会上走走罢？”这潜斋品行虽甚端方，性情却不迂腐，便说道：“只要天气好，就去走走。”孝移不料潜斋肯去，不过同端福儿说过这话完事。端福儿已有他母亲的话在肚里，不觉喜容可掬。孝移想起王氏“先生一定肯去”之言，只想笑起来。潜斋看见孝移光景，便道：“孝老欲笑何故？”孝移见两个学生在一旁，不便明言，因笑道：“咱们到厢房说话罢。”二人起身，同到厢房，孝移大笑道：“今日潜老乃不出贱荆所料。”潜斋问其缘故，孝移把王氏胡缠的话，笑述一遍。潜斋也大笑说道：“非是我不出嫂夫人所料，是你所见太拘。若说是两个学生叫他们跟着家人去上会，这便使不得；若是你我同跟着他们，到会边上望望即回，有何不可？自古云：教子之法，莫叫离父；教女之法，莫叫离母。若一定把学生圈在屋里，每日讲正心诚意的话头，那资性鲁钝的，将来弄成个泥塑木雕；那资性聪明些的，将来出了书屋，丢了书本，把平日理学话放在东洋大海。我这话虽似说得少偏，只是教幼学之法，慢不得，急不得，松不得，紧不得，一言以蔽之曰难而已。”孝移道：“兄在北门僻巷里住。我在这大街里住，眼见的，耳听的，亲阅历有许多火焰生光人家，霎时便弄得灯消火灭，所以我心里只是一个怕字。”潜斋道：“人为儿孙远虑，怕的不错。但这兴败之故，上关祖宗之培植，下关子孙之福泽，实有非人力所能为者，不过只尽当下所当为者而已。”孝移道：“达观！达观！”又说些闲语，孝移回去。到家中，王氏道：“来日的话，商量不曾？”孝移笑道：“先生说去哩。”王氏道：“何如？你再休要把一个孩子，只想锁在箱子里，有一点缝丝儿，还用纸条糊一糊。”

一夕晚景不说。到了次日，王氏早把端福换了新衣，先吩咐德喜儿，叫宋禄将车收拾妥当。及孝移饭后吩咐时，王氏早已料理明白。王氏又叫端福儿请小娄相公到家中，要把端福的新衣服，替他换上一件，娄朴不肯穿，说：“我这衣服是新年才拆洗的。”这宋禄小厮儿们，更要上会，早把车捞在胡同口等候。德喜儿换了衣服，喜欢的前后招呼。娄潜斋、谭孝移引着两个小学生一同上车，出南门往东，向繁塔来。早望见黑鸦鸦的，周围有七八里大一片人，好不热闹。但见：

> 演梨园的，彩台高檠，锣鼓响动处，文官播笏，武将舞剑；扮故事的，整队远至，旗帜飘扬时，仙女挥麈，恶鬼荷戈。酒帘儿飞在半天里，绘画着吕纯阳醉扶柳树精，还写道“现沽不赊”；药晃儿插在平地上，服侍的孙真人针刺带病虎，却说是“贫不计利”。饭铺前摆设着山珍海错，跑堂的抹巾不离肩上；茶馆内排列着瑶草琪花，当炉的羽扇常在手中。走软索的走的是二郎赶太

阳，卖马解的卖的是童子拜观音，果然了不得身法巧妙；弄百戏的弄的是费长房入壶，说评书的说的是张天师降妖，端的夸不尽武艺高强。绫罗绸缎铺，斜坐着肥胖客官；骡马牛驴厂，跑坏了刁钻经纪。饴糖炊饼，遇儿童先自夸香甜美口；铜簪锡钮，逢妇女早说道减价成交。龙钟田妪，拈瓣香呢呢喃喃，满口中阿弥陀佛；浮华浪子，握新兰，挨挨挤挤，两眼内天仙化人。聋者凭目，瞽者信耳，都来要聆略一二；积气成雾，哈声如雷，亦可称气象万千。

宋禄将车捞在会边，孝移道："住罢。"于是一同下车，也四外略看一看。只见一个后生来到车边，向谭孝移施礼，低声问潜斋道："叔叔今日来闲走走么？"潜斋道："是闲来走走。"孝移道："此位是谁？"潜斋道："是舍侄。"孝移道："前日未见。"娄樗道："小侄那日乡里去。"潜斋道："你来会上做什么？"娄樗道："我爹叫我买两件农器儿。还买一盘弹花的弓弦。"孝移道："此敬姜犹绩意也。"潜斋笑道："士庶之家，一妇不织，或受之寒；本家就必有受其寒者，并到不得或字上去。"孝移点头。潜斋道："买了不曾？"娄樗道："我买了，要回去。见谭伯与叔在此，所以来问问叔。"潜斋道："你既无事，可引他两个到台上看看，我与你谭伯在此相等。就要回去哩，不可多走。"娄樗遂引两个学生，上禹王台去。孝移吩咐："德喜儿也跟着。人多怕挤散，都扯住手儿。"娄樗道："小心就是。"四个一行去讫。

只见一个人从北边来到潜斋、孝移跟前，作揖道："姐夫今日高兴。"孝移一看，却是内弟王春宇。孝移道："连日少会。老弟今日是赶会哩？"春宇道："我哪得有功夫赶会。只因有一宗生意拉扯，约定在会上见话。其实寻了两天，会上人多，也撞不着，随他便罢。姐夫年前送的丹徒东西，也没致谢。我那日去看姐夫，姐夫也没在家。每日忙的不知为甚，亲戚上着实少情。"孝移道："老弟一定发财。"春宇道："托天而已。"又问：'此位是谁？"孝移道："端福儿先生，北门上娄兄。"春宇道："失认，少敬！"潜斋道："不敢。"春宇道："外甥来了不曾？”孝移道：“适才上台上去了。”春宇道：“人多怕挤着。”孝移道：“有人引着。”春宇道：“暂别。我还要上会去。”孝移道：“请治公事。”

又见王春宇手提一篮子东西走来。无非是饴糖、粽子、油果之类，笑嘻嘻道：“外甥回来了？”端福儿向前作揖。春宇道：“你妗子想你哩。”又问：“这学生是谁？”孝移道：“是娄兄公郎。”潜斋也叫作了揖。春宇把东西放在车上，说：“你两个先吃些儿，怕饿着。”又向孝移说道：“我今日有句话，向姐夫说，姐夫不可像平素那个执拗。今日先生、世兄、姐夫、外甥，我通要请到我家过午。”孝移道：“我来时已说午前就回去，不拢老弟罢。”春宇道：“你这午前回去的话，不过对家下吩咐一句儿。俺姐若知道先生跟姐夫在我家过午，也是喜欢的。”潜斋道：“回去罢。”春宇道：“从这里进东门，回去也是顺路，左右是一天工夫。”孝移道：“人多不便取扰。”春宇笑道：“外甥儿打舅门前过，不吃一顿饭儿，越显的是穷舅。我先到会上时，已着人把信儿捎与他妗子去，我今日请不上客，叫我也难见贱荆。”孝移笑道：“这个关系非轻，只得奉扰。”大家都笑了。王春宇便叫宋禄套车，孝移道：“同坐车罢。”春宇道：“车上也挤不下，那树上拴的是我的骡子，管情你们不到，我就到家。”

不多一时，车儿进宋门，走到曲米街中，王春宇早在门前恭候。下车进门，从市房穿进一层，有三间厢房儿，糊的雪洞一般，正面服侍着增福财神，抽斗桌上放着一架天平，算盘儿压几本账目。墙上挂着一口腰刀，字画儿却还是先世书香的款式。大家为了礼，坐下。春宇向端福儿道：“你妗子等着你哩，你爽快同这位小客齐到后边，也有个小学生陪客哩。”潜斋坐定道：“少拜。”春宇道：“不敢。”又叹口气道：“先君在世，也是府庠朋友。轮到小弟不成材料，把书本儿丢了，流落在生意行里，见不的人，所以人前少走。就是姐夫那边，我自己惶愧，也不好多走动的。今日托姐夫体面，才敢请娄先生光降。”孝移道："太谦！"潜斋道："士农工商，都是正务，这有何妨？"春宇道："少读几句书，到底自己讨愧，对人说不出口来。"

只听得后边女人声音，说道："你也到前边，与你谭姑夫作个揖儿。"只见两学生，又同着一个学生，到客厅前。春宇道："先向娄师爷为礼，再与你姑夫作揖。"娄潜斋看那学生时，面如傅粉，唇若抹朱，眉目间一片聪明之气。因夸道："好一个聪明学生哩。"孝移道："这学生自幼儿就好，先岳抱着常说是将来接手。"春宇道："样子还像不蠢，只没人指教。"这谭孝移想起岳丈当日是个能文名士，心中极有承领读书的意思。这潜斋见这样好子弟，也有成人之美的意思。只是当下俱未明言。

须臾，整上席来，器皿精洁，珍错俱备。孝移道："老弟如何知今日有客，如此盛设？"春宇道："我以实告，若是贱内那个烹调，也敬不得客。是我先在会上买粽子时，已差人回城中，到包办酒席蓬壶馆内，定下这一桌席面。"潜斋道："太破费。"春宇道："见笑。"三个学生席未完时，都放下箸儿，春宇道："你们既不吃，可向后边吃茶去。"三个学生去讫。少刻席完，孝移道："这老侄如何读书哩？"春宇道："这街头有个三官庙，是众家攒凑的一个学儿，他娘怕人家孩子欺负他，不叫上学，我没奈何，自己教他；我的学问浅薄，又不得闲，因此买了几张《千字文》影格儿，叫他习字，不过将来上得账就罢。"潜斋道："这个便屈他。"孝移道："错了。"王春宇是个做买卖的精细人，看见二位光景，便叹道："可惜离姐夫太远，若住得近时，倒有个区处。"孝移道："再商量。"

宋禄、德喜儿吃完了饭，来催起身。孝移叫两个学生上车，只听得后边女人声音说："还早哩，急什么？"又迟一会，娄潜斋、谭孝移谢扰，同两个学生一同上车，王春宇送至大门。回来，向女人曹氏说道："今日谭姐夫意思，像有意照管隆吉读书哩。"曹氏道："我适才问端福儿，他一个学中，只两个学生，我也就有这意思。明日置一份大礼，看看姑娘，我跟姑娘商量。他姑是最明白的人，她家是大财主，咱孩子白吃她一年饭，她也没啥说。他姑依了这话，内轴子转了，不怕外轮儿不动。”春宇笑道：“谭姐夫不是我，单听你的调遣。”曹氏道：“你不说罢，你肯听我的话些，管情早已好了。”春宇道；“谭姐夫意思，是念咱爹是个好秀才，翁婿之情，是照管咱爹的孙孙读书哩。”曹氏道：“你明早只要备一份水礼，叫一顶二人轿，我到姑娘家走走。”

到次日，春宇果然料理停当。曹氏吃过早饭，叫小厮挑着盒子，隆吉跟着，径上谭宅来。王氏听说弟妇到，喜得了不成。打发轿夫盒子回去，要留曹氏住下。曹氏要商量孩子读书的话，也就应允道：“住是不能住，晚些坐姑娘的车回去。”说了些婆娘琐碎家常，亲戚稠密物事，随便就提起隆吉从娄先生读书的话：“还要打扰姑娘一年。”王氏道：“多少人吃饭，那少俺侄儿吃的。他三个一同儿来往，也不孤零。”曹氏见王氏应允，因说道：“不知谭姐夫意下如何？”王氏道：“我与他商量。”叫德喜儿到前客房看看有客没客。德喜说：“没客。大爷与舅爷家小相公说话哩。”王氏遂到前边，欲商曹氏来言。孝移见王氏便道：“这学生甚聪明，将来读书要比他外爷强几倍哩。”王氏见话已投机，遂把曹氏来意说明。谭孝移道：“极好。”王氏道：“你既已应承，这娄先生话，你一发替他舅转达罢。”孝移道：“前日先生在会上回来，不住说‘可惜了这个学生’，我一说也是必依哩。你只管回复他妗子。”王氏喜滋滋回来，向曹氏说了一遍。曹氏便叫隆吉儿：“你姑娘叫你在这里读书，休要淘气，与你端福兄弟休要各不着。”又向王氏道：“他费气哩，姑娘只管打，我不护短。隆吉儿你想家时，叫德喜儿三两天送你往家里走走。天色已晚，咱回去罢，再迟三两天，便来上学哩。”王氏挽留不住，只得叫宋禄套车送回。

王春宇见了先生，便施礼。潜斋道：“前日厚扰。”春宇道：“有慢。”又说道：“小弟是个不读书的，诸事不省，多蒙家姐夫见爱，容小儿拜投明师，我不知礼，只是磕头罢。”怀中摸出一个大红封袋，是贽见礼，望着师位就叩拜。潜斋哪里肯受。行礼已毕，叫道：“宋隆吉，来与先生磕头。”隆吉行了礼，便与娄朴、谭绍闻一桌儿坐。

孝移吩咐德喜儿将酒碟移在厢房，邀潜斋、春宇到厢房一坐。三人同至厢房，德喜儿斟上酒来，孝移道：“适才贤侄行礼，老弟叫什么‘宋隆吉’，我所不解。”春宇道：“因为儿女难存，生下这孩子，贱内便叫与他认个干大。本街有个宋裁缝，就认在他跟前。他干大起的名字，叫宋隆吉，到明年十二岁，烧了完锁纸，才归宗哩。”孝移道：“外父的门风叫你弄坏了。拜认干亲，外父当日是最恼的。难说一个孩子，今年姓宋，明年姓王，是何道理？我一向全不知道。你只说‘干大’这两个字，不过是人说的顺口，其实你想想这个滋味，使得使不得？”春宇道：“少读两句书，所以便胡闹起来。”潜斋道：“其实如今读书人，也如此胡闹的不少。”因又说道：“学生今日来上学，便是我的门人，我适才看学生身上衣服，颇觉不雅。”春宇道：“说起来一发惹先生见笑。贱内这两天，通像儿子上任一般，一定教我买几尺绸子，做件衣服。我说不必，贱内说：‘指头儿一个孩子，不叫他穿叫谁穿！’又教买一身估衣，就叫他干大宋裁缝做了两三天，才打扮的上学来。我是个没读书的人，每日在生意行里胡串，正人少近，正经话到不了耳朵里，也就不知什么道理。老婆子只教依着她说，我也觉她说的不是，我却强她不过。今日领教，也还是先君的恩典，有了这正经亲戚，才得听这两句正经话。我明日就送他的本身衣裳来。”说完就要起身。孝移苦留说：“今日还该你把盏。”春宇道：“晌午隆泰号请算账哩，耽误不得。姐夫一发替我罢。”又叫隆吉吩咐：“我今晚把你的旧衣服送来，把新衣服还捎回去。用心读书，我过几日来瞧你。”一拱而别。正是：

> 身为质干服为文，尧桀只从雅俗分。
> 市井小儿焉解此，趋时斗富互纷纭。

第四回

孔谭二姓联姻好　周陈两学表贤良

却说碧草轩中，一个严正的先生，三个聪明的学生，每日咿唔之声不绝。谭孝移每来学中望望，或与娄潜斋手谈一局，或闲阄一韵。

一日潜斋说道："几个月不见孔耘轩，心中有些渴慕。"孝移道："近日也甚想他。"潜斋道："天气甚好，你我同去望他一望。不必坐车，只从僻巷闲步，多走几个弯儿，何如？"孝移道："极好。"一同起身，也不跟随小厮，曲曲弯弯，走向文昌巷来。

见孔宅大门，掩着半扇儿，二门关着。一来他三人是夙好，二来也不料客厅院有内眷做生活，推开二门时，只见三个女眷，守着一张织布机子，卷轴过杼，接线头儿。那一个丫头，一个爨妇，见有客来，嘻嘻哈哈地跑了。那一个十来岁的姑娘，丢下线头，从容款步而去。这谭娄二人退身不迭。见女眷已回，走上厅来坐下。高声道："耘老在家不曾？"闪屏后走出一人，见了二人道："失迎！失迎！"为了礼，让坐，坐下道："家兄今日不在家。南马道张类村那边相请，说是刷印《文章阴骘文注释》已成，今日算账，开发刻字匠并装订工价。"潜斋道："久违令兄，偏偏不遇。"孝移道："明日闲了，叫令兄回看俺罢。"潜斋指院里机子道："府上颇称饶室，还要自己织布么？"孔缵经道："这是家兄为舍侄女十一岁了，把家中一张旧机子整理，叫她学织布哩。搬在前院里，宽绰些，学接线头儿。不料叫客看见了。恕笑。"孝移道："这正是可羡处。今日少有家业人家，妇女便骄惰起来。其实人家兴败，由于男人者少，由于妇人者多。譬如一家人家败了，男人之浮浪，人所共见；妇女之骄惰，没有人见。况且妇女骄惰，其坏人家，又岂在语言文字之表。像令兄这样深思远虑，就是有经济的学问。"潜斋叹口气道："乡里有个舍亲，今日也不便提名，兄弟三个，一个秀才，两个庄农，祖上产业也极厚。这兄弟三个一个闲钱也不妄费，后来渐渐把家业弄破，外人都说他运气不好，唯有紧邻内亲知道是屋里没有道理。即此便知令兄用意深远。"吃完了茶，二人要起身回去，孔缵经不肯，孝移道："二哥但只对令兄说，明日恭候，嘱必光临。"

详从容，不知便宜了谁家有福公婆。潜斋道："到明日与绍闻提了这宗媒罢？"孝移道："没这一段福，孔兄也未必俯就。"走进胡同口，一拱而别，潜斋自回轩中。

孝移到家，王氏叫王中媳妇赵大儿摆饭。王氏与端福也在桌上同吃。这孝移拿着箸儿，忍不住说道："好！好！"王氏也只当夸菜儿中吃。少时又说道："好！好！"王氏疑心道："又是什么事儿，合了你心窝里板眼，这样夸奖？"孝移道："等等我对你说。"孝移待绍闻吃完饭上学走讫，方对王氏道："孔耘轩一个好姑娘，我想与端福儿说亲哩。"王氏道："你见了不曾？"孝移道："我今日同先生去看孔耘轩，孔耘轩不在家，那姑娘在前院机子上学织布哩。真正好模样儿，且是安详从容。"王氏道："我也有句话要对你说，这两日你忙，我还没对你说哩。俺曲米街东头巫家，有个好闺女，她舅对我说，那遭山陕庙看戏，甬路西边一大片妇女，只显得这巫家闺女人材出众。有十一二岁了，想着提端福这宗亲事。他舅又说：'俺姐夫闲事难管。'俺后门上有个薛家女人，针线一等，单管着替这乡宦财主人家做鞋脚，枕头面儿，镜奁儿，顺袋儿。那一日我在后门上，这薛家媳妇子拿着几对小靴儿做哩，我叫她拿过来我看看花儿，内中有一对花草极好。我问是谁家的，她说是巫家小姑娘的，花儿是自己描的，自己扎的。那鞋儿小的有样范，这脚手是不必说的。薛家媳妇子说，这闺女描鸾刺绣，出的好样儿。他家屋里女人，都会抹牌，如今老爷断的严紧，无人敢卖这牌，他家还有些旧牌，坏了一张儿，这闺女就用纸壳子照样描了一张。你说伶俐不伶俐？况且他家是个大财主，不如与他结了亲，将来有些好陪妆。”孝移见王氏说话毫无道理，正色道：“你不胡说罢，山陕庙里，岂是闺女们看戏地方？”王氏说：“她是个小孩子，有何妨？若十七八时，自然不去了。”孝移道：“女人鞋脚子，还叫人家做，是何道理？”王氏道：“如今大乡宦，大财主，谁家没有管做针指、洗衣裳的几家子女人，哪争这巫家哩？”孝移道：“难说他家没有个丫头爨妇？”王氏道：“丫头忙着哩，单管铺毡点灯，侍奉太太姑娘们抹牌，好抽头哩。”孝移道：“居家如此调遣，富贵岂能久长？”王氏道：“单看咱家久长富贵哩！”孝移叹口气道：“咱家灵宝爷到孝移五辈了，我正怕在此哩。”王氏道：“结亲不结亲，你是当家哩，我不过闲提起这家好闺女罢了，我强你不成？”孝移道：“巫家女儿，你毕竟没见；孔家姑娘，我现今见过。还不知孔耘轩肯也不肯。”说完，往前边账房同阎相公说话去。

到次日，孝移饭后到碧草轩，同娄潜斋候孔耘轩。不多一时，只见程嵩房坐下。耘轩道：“昨日失候有罪，今日特邀程兄同来，正好缓颊，恕我负荆。”潜斋道：“久违渴慕，不期过访不遇。”孝移道：“端的何事公出？”程嵩淑接道：“我们见了就说话，哪有工夫满口掉文，惹人肉麻！”耘轩道：“张类村请了个本街文昌社，大家损赀，积了三年，刻成一部《文昌阴骘文注释》版，昨日算刻字刷印的账，一家分了十部送人。谁爱印时，各备纸张自去刷印。如今带了两部，分送二公。”随取两本，放在桌上。谭娄各持一本，看完凡例、纸版，都说字刻的好。孝移道:“这‘一十七世为士大夫身’一句,有些古怪难解。至于印经修寺,俱是僧道家伪托之言,耘兄何信之太深?”耘轩道:“孝老说的极是,所见却拘。如把这书儿放在案头,小学生看见翻弄两遍,肚里有了先入之言,万一后来遇遗金于旷途,遭艳妇于暗室,猛然想起阴骘二字,这其中就不知救许多性命,全许多名节。岂可过为苛求?”程嵩淑道:“也说得有理。”潜斋道:“张类老一生见解,岂叫人一概抹煞。”大家俱笑。

孝移出来,吩咐德喜儿叫厨子邓祥来,秘问道:“先生午饭是什么?”邓祥道:“素馔。”孝移叫德喜儿:“随我到家,取几味东西,晌午就在厢房待客。”原来孝移待客规矩,是泛爱的朋友,都在前厅里款待;心上密友,学内厢房款待。

孝移回家去,潜斋问耘轩道:“耘老几位姑娘、相公?”耘轩道:“你岂不知,一个小儿四岁,一个小女今年十一岁了。”潜斋道:“令爱曾否许字?”耘轩道:“尚未。”潜斋道:“我斗胆与令爱说宗媒罢?”耘轩道:“潜老作伐,定然不错。”问是谁家,潜斋道:“耘老与孝移相与何如?”耘轩道:“盟心之友,连我与程老都是一样的。”潜斋道:“你二人结个朱陈何如?”耘轩道:“孝老乃丹徒名族,即在祥符也是有声望的门第,我何敢仰攀?”潜斋笑道:“这月老我做得成,你说不敢仰攀,他怕你不肯俯就。我从中主持,料二公也没什么说。”话犹未完,孝移已进门来。问道:“你两个笑什么?”潜斋道:“做先生的揽了一宗事体,东翁休要见责,少时告禀。”孝移已猜透几分,便不再问。

少顷,摆上饭来。饭后,洗盏小酌,说些闲散话头。潜斋问孝移道:“旧日为谭兄洗尘,一般是请我坐西席,为甚的当面不言,受程嵩老的奚落哩?”孝移道:“我请先生,在我家开口,于礼不恭。”程嵩淑望孝移笑道:“闷酒难吃,闷茶也难吃。二公结姻的事,潜老已是两边说透,我一发说在当面。我不能再迟两天吃谭兄启媒的酒。”孔、谭两人同声各说道："不敢仰攀！"潜斋哈哈大笑道："二公各俯就些罢。"耘轩道："到明日我的妆奁寒薄，亲家母抱怨，嵩老不可躲去，叫娄兄一人吃亏。"潜斋道："他手中有酒盅时，也就听不见骂了。"四人鼓掌大笑。日色向晚，各带微醺。程、孔要去，送出胡同口而别。

自己怎的作了一纸"四六"启稿，怎的潜斋改正一二联；怎的烦账房阎相公小楷写了；怎的择定吉日同诣孔宅，孔宅盛筵相待；怎的孔耘轩亦择吉日置买经书及文房所用东西，并"四六"回启到谭宅答礼，俱不用细述。这正是：

旧日已称鲍管谊，此时新订朱陈盟。

却说孔耘轩那日在谭宅答启，至晚而归。兄弟孔缵经说道："今日新任正学周老师来拜，说是哥的同年，等了半日不肯去。若不是婚姻大事，周老师意思还想请哥回来哩。临去时大有不胜怅然之意。"耘轩道："明晨即去答拜。"

原来这周老师名应房，字东宿，南阳邓州人。是铁尚书五世甥孙。当日这铁尚书二女，这周东宿是他长女四世之孙。与孔耘轩是副车同年。到京坐监，选了祥符教谕。素知孔耘轩是个正经学者，况又是同年兄弟，心中不胜渴慕。所以新任之初，即极欲拜见。不期耘轩有事，怅然而归。

到了次日，门斗拿个年家眷弟帖儿传禀，说："文昌巷孔爷来拜。"慌得周东宿整衣出迎，挽手而进。行礼坐下，耘轩道："昨日年兄光降，失候有罪。"东宿道："榜下未得识韩，昨日渴欲接晤，不期公出不遇，几乎一夕三秋。"耘轩道："年兄高才捷足，今日已宣力王家，不似小弟这样淹蹇。"东宿道："年兄大器晚成，将来飞腾有日，像弟这咀嚼蓿盘反觉有愧同袍。"两个叙了寒温，东宿道："今日就在署中过午，不必说回去的话。"耘轩道："我尚未申地主之情，况且新任事忙。”东宿道：“昨日年兄若在家时，弟已安排戴月而归，自己弟兄，不客气罢。我有堂上荆父台送的酒，你我兄弟；小酌一叙。”耘轩不便推辞，只得道：“打扰了。”

东宿吩咐：“将碟儿摆在明伦堂后小房里，有客来拜，只说上院见大人去了，将帖儿登上号簿罢。”于是挽手到了小房。耘轩见碟盏多品，说道：“蓿盘固如是乎？”东宿笑说：“家伙是门斗借的，东西却是下程。他日若再请年兄，便要上‘菜根亭’上去的。”二人俱大笑了。又吩咐自己家人下酒，不用门斗伺候。说了些国子监规矩，京都的盛明气象，旅邸守候之苦，资斧短少之艰的话说。又说了些祥符县的民风士习，各大人的性情宽严。东宿忽然想起尹公他取友必端，便问到昨日新亲家谭公身上来了。这孔耘轩本来的说项情深，又兼酒带半酣，便一五一十，把谭孝移品行端方，素来的好处，说个不啻口出。东宿闻之心折首肯。饭已毕，日早西坠，作别而归，东宿挽手相送，说道：“待我新任忙迫过了，要到年兄那里快谈一夕。”耘轩道：“自然相邀。”一拱而别。

东宿回至明伦堂，见一老门斗在旁，坐下问道：“这城内有一位谭乡绅，你们知道么？”老门斗答道：“这谭乡绅是萧墙街一位大财主，咱的年礼、寿礼，他都是照应的。就是学里有什么抽丰，唯有谭乡绅早早地用拜帖匣送来了。所以前任爷甚喜欢他。”东宿见门斗说话可厌，便没应答，起身向后边去了。正合着世上传的两句话道：

酒逢知己千盅少，话不投机半句多。

到了次日，副学陈乔龄请吃迎风酒，周东宿只得过来领扰。两人相见行礼，分宾主坐定。东宿道：“寅兄盛情，多此一举。”这陈乔龄年逾六旬，忠厚朴讷，答道：“无物可敬，休要见笑。”便吩咐门斗拿酒来，须臾排开酒碟，乔龄道：“我不能吃酒，只陪这一盅就要发喘哩。寅兄要自己尽量吃些。”东宿道：“弟亦不能多饮。”因问道：“寅兄在此掌教多年，学中秀才，数哪一个是文行兼优的？”乔龄道：“祥符是个大县，这一等批首，也没有一定主儿。”东宿道：“品行端方，数哪一个？”乔龄道：“他们都是守法的。况且城内大老爷多，他们也没有敢胡为的。”东宿道：“萧墙街有个谭孝移，为人如何？”乔龄道：“他在我手里膺了好几年秀才，后来拔贡出去了。我不知他别的，只知文庙里拜台、甬路、墙垣，前年雨多，都损坏了，他独力拿出百十两银子修补。我说立碑记他这宗好处，他坚执不肯。心里打算送一面匾，还没送得成。说与寅兄酌处。”东宿未及回答，那提壶的老门斗便插口道：“前日张相公央着，与他母亲送个节孝匾，谢了二两银子，只够木匠工钱，金漆匠如今还要钱哩。今日要与谭乡绅送匾，谢礼是要先讲明白的。”这东宿大怒，厉声喝道：“如何这样谗言，就该打嘴！再要如此，打顿板子革出去。快出去罢。”这门斗方才晓得，本官面前是不许谗言的，羞得满面通红而去。这也是周东宿后来还要做到知府地位，所以气格不同。此是后话，不提。

却说两人席犹未终，只见一个听事的门斗，慌慌张张，跑到席前说道：“大老爷传出，朝廷喜诏，今晚住在封丘，明日早晨齐集黄河岸上接诏哩。”东宿道：“这就不敢终席，各人打量明日五更接诏罢。”起身而别，乔龄也不敢再留。

到了次日日出时，大僚末员，陆续俱到黄河南岸。搭了一个大官棚，大人俱在棚内等候，微职末弁，俱在散地上铺了垫子，坐着说话，单等迎接圣旨。巳牌时分，只见黄河中间，飘洋洋的一只大官船过来，桅杆上风摆着一面大黄旗。将近南岸，只见一个官走进棚门，跪下禀道：“喜诏船已近岸。”五六位大人，起身出棚，百十员官员都起了身，跟着大人，站在黄河岸等候。这迎接喜诏的彩楼，早已伺候停当。船已到岸，赍诏官双手捧定圣旨，下得船来，端端正正安在彩楼之内。这接诏官员，排定班次，礼生高唱行礼。三跪九叩毕，抬定彩楼，细乐前导，后边大僚末员，坐轿的坐轿，骑马的骑马，以及跟随的兵丁、胥役，何止万人。

日西时，进了北门。这些骑马的官员，都从僻巷里，飞也似跑，早下马在龙亭前伺候。彩楼到了，赍诏官捧了圣旨，上在龙亭。礼生唱礼，仍行三跪九叩。开读，乃是加献皇帝以睿宗徽号布告天下的喜诏。后边还开列着蠲免积年逋粮，官员加级封赠，保举天下贤良，罪人减等发落，多样的覃恩。众官谢恩已毕，日色已晚，各官回衙。这照管赍诏官员，及刊刻喜诏颁发各府、州、县，自有布政司料理。这布政司承办官员，连夜唤刻字匠缮写，刻板，套上龙边，刷印了几百张誊黄。一面分派学中礼生，照旧例分赍各府；一面粘贴照壁、四门。

却说这喜诏颁在祥符学署，周东宿与陈乔龄盥沐捧读。读到覃恩内开列一条云："府、州、县贤良方正之士，查实奏闻，送部以凭擢用。"东宿便向乔龄道："这是学里一宗事体，将来要慎重办理。"乔龄道："这事又是难办哩。那年学院行文到学，要保举优生，咱学里报了三个。唯有谭忠弼没人说什么，那两个优生，还有人说他出入衙门，包揽官司闲话哩。"东宿道："谭忠弼既实行服众，将来保举，只怕还是此公。"乔龄道："他如今是拔贡，咱管不着他。"东宿道："表扬善类，正是学校大事，何论出学不出学。寅兄昨日怎么说，要与他送匾哩？"乔龄道："正要商量这送匾事。如今奎楼上现放一面匾，不知什么缘故，荆父台说不用挂，因此匾还闲着哩。寅兄只想四个字。"东宿道："这也极好。"

原来这是那门斗拿的主意。他是学中三十年当家门斗，昨日席前多言，被东宿吆喝了，不敢向东宿说话，他心里放不下谭孝移这股子赏钱，仍旧晚间，絮絮叨叨向乔龄说主意。便打算出奎楼一面闲匾，打算出苏霖臣一个写家，只打算不出来这四个匾字。这乔龄今日的话，就是昨夜门斗的话，东宿哪里得知。

这门斗听说“极好”二字，早已把奎楼匾抬在明伦堂，叫了一个金彩匠，说明彩画工价，单等周师爷想出字来，便拿帖请苏相公一挥而就。遂即就请二位老爷商量。周东宿看见匾，便说道：“却不小样。”乔龄道：“寅兄就想四个字。”东宿道：“寅兄素拟必佳。”乔龄道：“我是个时文学问，弄不来。寅兄就来罢。”东宿道：“太谦了。”想了一想说道：“我想了四个字，未必能尽谭年兄之美：‘品卓行方’。寅兄以为何如？”乔龄道：“就好！就好！”便吩咐：“拿帖请苏相公去。”东宿道：“弟胡乱草草罢。”乔龄道：“寅兄会写，省得像旧日遭遭央人。”便叫门斗磨墨。墨研成汁，纸粘成片，东宿取出素用的大霜毫，左右审量了形势，一挥一个，真正龙跳虎卧，岳峙渊停。乔龄道：“真个好！写的也快。”东宿道：“恕笑。”又拿小笔列上两边官衔年月，说些闲话，各回私宅。金漆匠自行装彩去，老门斗就上谭宅送信。

谭孝移正在后园厢房内与潜斋闲谈。门斗进去，娄潜斋道：“你今日有何公干，手里是什么字画么？”门斗放在桌面。娄谭展开一看，乃是一个匾式。孝移道：“昨年陈先生有此一说，我辞之再三，何以今日忽有此举？”潜斋见写得好，便问道：“谁写的？”门斗道：“周老爷写的。这是陈爷对周爷说谭乡绅独修文庙，周爷喜得没法。我又把谭乡绅好处都说了，周爷即差我叫木匠做匾。金彩匠也是我觅的。字样已过在匾上，将做的七八分成了。我今日讨了个闲空，恐怕谭乡绅不知道，到这里送个信，要预先吃一杯喜酒哩。”谭孝移道：“这是叫我讨愧。潜老想个法子，辞了这宗事。况且周先生我还没见哩，也少情之甚。”潜斋道：“名以实彰，何用辞？”门斗道：“我没说哩，匾已刻成了，还怎么样辞法？我是要吃喜酒哩。”孝移赏了三百钱。门斗见孝移仍面有难色，恐坚执推辞，迟挨有变，接钱在手，忙说：“忙的很，周爷限这匾今日刻成。我回去罢。”拿回匾式，出门走讫。

到了送匾之日早晨，门斗拿着两个名帖，带着一班木匠、铁匠、金漆匠、金鼓旗号炮手，四个学夫抬着匾额，径至谭宅大门悬挂。这阎相公与王中料理席面，分发赏封，轰闹了一天。

次日周东宿、陈乔龄二位学师光临。这谭孝移请了娄潜斋、孔耘轩相陪。迎至客厅，为礼坐下。孝移道：“多蒙两位先生台爱，蓬闾生辉。但实不能称，弥增惶愧。”东宿道：“弟莅浅，年长兄盛德懿行，早已洋溢口碑，秉彝之好，实所难已。”陈乔龄道：“到底是你为人好，我心里才喜欢哩。”孝移俯躬致谢。东宿问潜斋道：“年兄高姓？”耘轩道：“这是贵学中门人，姓娄，单讳一个昭字，别号潜斋。”潜斋道：“前日禀见老师，老师公出，未得瞻依。”东宿道：“失候，有罪！容日领教。”耘轩道：“昨日厚扰，尚未致谢。”东宿道：“一夕之约，待暇时必践前言。”须臾，排席两桌，周、陈特座，娄、孔打横相陪。珍错相兼，水陆并陈。从人皆有管待。日夕席终，两学老师辞归。送至大门候乘，一揖而别。

孝移还留耘轩到碧草轩厢房，煮茗清谈一晌，晚上着灯笼送回。正是：

端人取友必道契，正士居官必认真。

第五回

慎选举悉心品士　包文移巧词渔金

话说朝廷喜诏贴于各署照壁，这些钻刺夤缘的绅士，希图保举，不必细述。只说学中师爷多收了几分旷外的厚礼；学中斋长与那能言的秀才，多赴些"春茗候光"的厚扰，这就其味无穷了。迟了些时，也有向学署透信的，也有商量递呈的，却也有引出清议谈论的。以此，观观望望，耽耽搁搁，挨至次年正月，尚无举动。

这周东宿一日向陈乔龄说道："喜诏上保举贤良一事，是咱学校中事。即令宁缺勿滥，这开封是一省首府，祥符是开封首县，却是断缺不得的。他们说的那几个，看来不孚人望，将来却怎的？"乔龄道："爽利丁祭时，与秀才们商量。"东宿道："寅兄居此已久，毕竟知道几个端的行得，咱先自己商量个底本，到那日他们秉公保举，也好承许他，方压得众口。只如前日，才有人说某某可以保举，后来就有人说出他的几桩阴私来，倒不好听哩。寅兄，你到底想想，勿论贡、监、生员，咱先打算一番，也不负了皇上求贤的圣恩。"乔龄道："这绅士中，也难得十全的。若十来年人人说好的，只有不几个人。——等我想想。"想了一会，说道："秀才中有个张维城，号儿类村，是个廪生，今年该出贡了。他平素修桥补路，惜老怜贫，那人是个好人。

前日他不是还送咱两本《阴骘文注释》？那个人再没个人说他不好。”东宿道：“前日他送《阴骘文》来时，我见了，果然满面善气，但未免人老了。寅兄你再想几个。”乔龄又想了一会，说道：“还有一个程希明，他的学问极好，做诗、做对子，人人都是央他的。他也挥金如土，人人都说是个有学问的好人。只是好贪杯酒儿，时常见他就有带酒的意思。”东宿道：“如此说人是极好的，但好酒就不算全美了。”乔龄道：“东乡有个秀才，叫林问礼，他本来有一只眼红红的，他母亲病殁，他就哭的把一只眼哭瞎了。”东宿道：“这算是个孝子。但眇一目，如何陛见？待异日一定举他孝行，叫他沐那赐帑建坊的皇恩罢。”乔龄道：“秀才中再没有人人都夸的。”东宿道：“寅兄再想。”只见乔龄把手指屈了一回又一回，口中唧唧哝哝地打算，忽然说道：“忘了！忘了！这城东北黄河大堤边，有个秀才，叫黄师勉。兄弟两个，有一顷几十亩地。他哥要与他分开，他不愿意，他嫂子一定要分。他哥分了大堤内六十亩地，他分的也不知在哪个庄子上——前日他们也对我说过，我忘了庄名。前五六年头里，黄河往南一滚，把他哥的地都成了河身，他哥也气得病死了。这黄师勉把他嫂子、两个侄子，都承领过来养活，只像不曾分一般。前日我做生日时节，满席上都说他这宗好处。这人极好的品格。”东宿叹口气道：“如今世上，断少不得的是这个钱。这黄师勉不论产业，抚养孀嫂孤侄，也就算人伦上极有座位的人了。但只有五六十亩地，如何当得这个保举哩？”乔龄道：“可也是哩。别的没人了。”东宿道：“就我所见，前日谭忠弼席上，那个娄某像是个正经妥当人。”乔龄道：“不说起他来不恼人。他原是北门内一个庄农人家。他进了学，考了几个一等，东乡有个门生叫李瞻岱，就想请他教书。他偏自抬身份不肯去。李瞻岱来学中备了一份礼，央前任寅兄与我说：‘二位老师，一言九鼎。’谁知娄昭不肯去也罢了，他还推到他哥身上，说是他哥不叫他去。既不出门教书，如何又成了谭宅先生？所以前日在席上，我没与他多言，寅兄你是不觉的。只是我是个忠厚老师就罢了。”东宿道：“或者娄某不愿意与李瞻岱教书，或是别有隐情，寅兄也不必忨的怪他。这也不说。到底这圣旨保举的事情，毕竟怎么办法？要上不负君，下不负知人之明才好。寅兄你再想想贡、监中人。”乔龄道：“监生们都是好与堂上来往的，学中也不大知道。若说贡生，这拔贡就是沈文焯、谭忠弼，一个府学，一个县学。副榜贡生是孔述经，上科又新中了一个赵瑁。谭、孔是寅兄见过知道的。沈文焯也是个极好的人，他儿子沈桧，也进了学，才十七八岁，自己不能保养，弄出一身病来，送学时也没到，过了十来天，就送来一张病故呈子。他如今思子念切，也难保举他。赵珺中副榜，才十八岁，听说他门儿不出，整日读书哩。太年轻，也去不的。”东宿道：“看来还是谭忠弼、孔述经罢。”乔龄道：“待祭祀时，看秀才们怎么举动，咱心里只商量个底稿儿罢。”

且说过了些时，到了丁祭。五更时，荆堂尊，周、陈两学师，汪典史，俱各早到。合学生员齐集，各分任职事。正献、分献已毕，周、陈同邀荆堂尊明伦堂一茶，荆堂尊道：“本当领二位先生的教，弟还想与众年兄商量栽树挡黄河飞沙压地的事，不料西乡里报了一宗相验事体，回衙就要起身，改日领教罢。”送出棂星门日领教罢。”送出棂星门，荆公上轿而去。汪典史也一揖上马随的去了。

二位学师回到明伦堂，银烛高烧，众生员望上行礼，二老师并坐。这书办单候点名散胙帖，将生员花名册放在面前。东宿道：“且慢。”因向众生员道：“今日年兄们俱在，有一宗关系重大最要紧事，商量商量。昨年喜诏上覃恩，有保举贤良一条，正是学校中事体，如今延了多时，尚未举动。昨日堂尊有手札催取，再也延迟不得。今日群贤毕集，正当‘所言公则公言之’。”只见众生员个个都笑容可掬，却无一人答言。东宿又道：“开封为中州首府，祥符又是开封的附郭首邑，这是断不能缺的。况且关系着合县的体面，合学的光彩，年兄们也不妨各举所知。”只见众秀才们唧唧哝哝，喉中依稀有音；推推诿诿，口中吞吐无语。乔龄道："喜诏初到时，到像有个光景，如何越迟越松。"原来秀才们性情，老实的到官场不管闲事；乖觉的到官场不肯多言；那些平素肯说话的，纵私谈则排众议而伸己见，论官事则躲自身而推他人，这也是不约而同之概。且说秀才中程希明，见不是光景，遂上前打躬道："这宗事，若教门生们议将来，只成筑室道谋，不如二老师断以己见。老师公正无私，人所共知，一言而决，谁能不服。"这周东宿是将来做黄堂的人，明决果断，便立起身道："我到任日浅，无论品行不能尽知，即面尚有许多未会的。但到任之后，这谭年兄忠弼的善行，竟是人人说项，所以前日与陈寅兄送匾奖美他。这一个可保举得么？还有孔年兄述经，他是我的同年，素行我知道，众位年兄更是知道的。这一个也保举得么？"乔龄道："他两个家里方便，也保举得起。这也是很花钱的营生。"只见众生员齐声都道："老师所见极确，就请一言而决。"东宿道："还要众年兄裁处。"程希明道："若要门生们裁处，要到八月丁祭，才具回复哩。"东宿也笑了，因吩咐书办道："你先点明四个斋长，增生、附生学首。"那书办点名道："四斋长听点：张维城，余炳，郑足法，程希明。"四斋长俱应道："有。"书办又道："增首、附首听点：增生苏霈呀，附生惠 养民呀。"二人亦应道："有。"东宿道："六位年兄，我就把保举贤良事体，托与你六位办理。呈词要'四六'，事实清册要有关体要话才好。"六位遵命。张类村便向五位道："今日之事，乃是朝廷鸿恩，老师钧命，目下便要办理，若待后日约会，恐怕在城在乡不齐，就请今日到舍下办理。"乔龄笑道："说得很是。我除了年兄们领的胙肉，还着门斗送猪腿、羊脖去，张年兄你好待客。这可不算我偏么！"程嵩淑便道："门生既然受胙，还思饮福。"乔龄道："昨日备的祭酒，未必用清。我就叫门斗再带一罐儿酒去。"程嵩淑道："老师既赐以一罐之传，门生们就心领神会。"东宿忍不住笑道："舌锋便利，自然笔锋健锐。大约保举公呈，是要领教的。"嵩淑道："不敢！"说话时天已大明，日色东升，只得点名散胙帖。点到林问礼、黄师勉，东宿又极口奖美安慰了一番。

丁祭事完，张类村就邀五位到家去，办理呈词清册。

却说娄潜斋，本年仍坐了谭孝移的西席。这日明伦堂上亲见商量保举耘轩、孝移的话，喜的是正人居官，君子道长。回到碧草轩中，欲待要将这事儿告于孝移，又深知孝移恬淡性成，必然苦辞；辞又不准，反落个欲就故避旧套。欲待不告孝移说，这保举文移，还得用钱打点，打点不到，便弄出申来驳去许多的可厌。又想到若不早行打点，孝移知道保举信儿，必然不肯拿出银子，有似行贿，反要驳坏这事。然行至而名不彰，又是朋友之耻。踌躇一番，忽然想起一个法儿。

到次日，叫蔡湘道："你到前院叫王中，并请账房阎相公同来，有话商量。但勿教你大爷知道。"蔡湘领诺。不多一时，王中从后门过来，阎相公从胡同过来。二人到了，潜斋引至厢房坐下，王中门旁站立。阎相公道："前日来看先生，那日家去。"潜斋道："适有小冗失候。"王中道："今日娄爷连小的也唤来，有何事商量？"潜斋道："年前喜诏上有保举贤良方正的皇恩，昨日祭祀时，二位老师与合学相公商量已定，要保举你大爷与文昌巷孔爷两个。就是商量这事。"王中道："孔爷只怕保举不成。"潜斋道："怎的？"王中道："前三日内，小的往孔宅，为铺家商量刷印《文昌阴骘文》。听说老太太病重。"潜斋道："天违人愿，竟至如此！你且说你大爷这件事，该怎样办理？"阎相公道："这是恭喜的事，还有什么搅手么？"潜斋道："搅手多着哩。你没见前日送匾时节，若是别人就不知怎样的喜欢荣耀；你看前日虽是摆席放赏，他面上不觉爽快。如今这宗事，上下申详文移，是要钱打点的，若不打点，芝麻大一个破绽儿，文书就驳了。王中哩，你大爷他原不是惜费的人，但叫他出这宗银子打点书办，他那板直性情，万不肯办。"王中道："我大爷是这样性情。"潜斋道："我如今请阎相公来，大家商量，预先打点明白，学里文书申起去，只要顺水推舟，毫不费力。你大爷想不应时，生米已成熟饭。”王中道：“这个好。但不知怎么摆布？师爷必有现成主意，说与小的，小的只照道儿描。”潜斋问阎相公道：“如今账房有银子么？”阎相公道：“有。昨晚山货街缎铺里，送了房银八十两，还没上账哩。”潜斋道：“这笔账就不必上。阎相公，你同王中先拆开五十两，去衙门办理。日后算账时，开销上一笔，就说是我的主意。”阎相公道：“先生既然承当，就到临时开销。”潜斋道：“你两个同去料理。”阎相公道：“我的口语不对，如何去得？”原来这阎相公名稽，是天甲武功人，随亲戚下河南学做生意，先在宝兴当铺里写票，后来有人荐他谭宅管账。每年吃十二两劳金，四季衣服。为人忠厚小心，与孝移极合。所以他说他的口语不对。王中道：“如今银子是会说话的。有了银子，陕西人说话，福建人也省得。”潜斋大笑道：“这事办的成了。”阎相公也笑道：“端的怎个办法？这文书是要过哪几道衙门？”潜斋屈指道：“学里，堂上，开封本府，东司里，学院里，抚台，这各衙门礼房书办，都要打点到。我也不知该费多少，总是五七十两银子，大约可以。你两个见景生情。”王中道：“干大事不惜小费。只是我大爷心里不耐烦时，师爷只一言，我大爷就没的说。”潜斋道：“自然如此。”

二人起身往前账房，拆开整封五十两，又封成十数个一两、二两、三两、五两、十两的小封。到次日，径投祥符学署。见了书办，说明缘由，与了二两一封。那书办说：“呈子清册未到。这宗好事，总是学里光彩。不过呈子今晚到，明日早晨就到堂上。我自在心，不劳牵挂。”又与了胡门斗一小封，门斗说：“程相公有了酒，才是慢事哩！这话是丁祭日说的，如今好几天，还不见呈子。我如今去南马道催张相公去。”

二人到县衙，寻着礼房经承。背地里与了人情，那书办说：“这是咱县的一件很好事，我们也是有光的。只是学里文书未到。文书到时，发了房，我们即速传稿，加上禀帖，催出看语，连夜写细，不过一天就到府太爷那边。”及见了府里礼房，背地过了人情。初犹嫌少，及至添够书办心肝道儿，这府里礼房与县礼房话儿，如出一口。王中出了府衙，路上笑道：“阎相公，你的口语不对，他府县两房口语，怎恁的对，一字不错！”阎楷亦不觉大笑。

到了次日，二人径投布政司来。走到上号房门边站下，只见上号吏，身也不动，手也不抬，坦慢声儿问道：“有什么话说么？”阎楷道：“是一角文书。”上号吏道：“几日过来的？”阎楷道：“还未申过来哩。是一角保举贤良方正的文书。”上号吏就站起来道：“哪县呢？”阎楷道：“就是祥符。”上号吏道：“在城在乡？”阎楷道：“萧墙街谭乡绅。”上号吏道：“你怎的是上边人口语？”阎楷道：“我是那里账房里相公。”上号吏听说是保举文书，早知道谭宅是个财主，来的又是管账的相公，觉着很有些滋味儿，便笑道：“失迎！这不是凳子么，二位请坐下说话。我问你，文书到府不曾？”阎楷道：“还不曾到县。俺们先来照应照应。”上号吏道：“这里不住有老爷们来往，不便说话。我在相国寺后街住，门前有个五道将军庙儿，你二位明日到那里说话。——管茶的，送两碗茶来，客吃。”说话间，只见一个人手中拿一个手本，说道：“汝宁邓太爷到了。”上号吏道：“你们且躲一躲，明日我在家恭侯。我所以说这里不便说话。我姓钱，你们记着。”二人去了。

等到次日，径来相国寺后街五道庙前寻这钱书办。见一个担水的，问道：“这哪是钱老师家？”提水的道：“那庙东边，门里头有个土地窑窝，便是。”二人径进门来。只见钱书办在院里刷皮靴。一见二人，丢下刷子说道：“候的已久。”让进房里坐。只见客房是两间旧草房儿，上边裱糊顶槅，正面桌上服侍着萧、曹泥塑小像儿，满屋里都是旧文移、旧印结糊的。东墙帖着一张画，是《东方曼倩偷桃》。西墙挂着一条庆贺轴子。一张漆桌，四把竹椅。连王中一起让坐。叫拿茶米，一个小厮提了一壶滚水，这钱书办取出个旧文袋来，倾出茶叶，泡了三盖碗懒茶，送与二位，自己取一碗奉陪。说道："前日少敬。"阎楷道："不敢。"钱书办道："昨日的话，我还知道不清白，烦仔细说一说。"阎楷道："原是敝东谭乡绅，名忠弼，本学保举贤良方正。文书到司日，不知是哪位老师承办，我们先来恳过，有烦老师指引。"钱书办想了一想道："是礼科窦师傅管的。你们如何能见他？他们是三个月一班，进去了再不得出来。有话时，都是我们上号房传文书、传手本时带信的。但是谭乡绅这宗恭喜的事，不得轻薄了他，且是托人要托妥当。前日睢州有宗候选文书，把里头分赀稍的歧差，前日睢州有文书就驳回去了。如今三四个月，还不见上来。"王中道："怎么驳了？"钱书办道："他们里头书办是最当家的。搭个签儿，说甘结某处与例不合，大老爷就依着他批驳。且莫说别的，就是处处合例，他只说这印结纸张粗糙，有一个字是洗写挖补，咨不得部，也就驳了。你说这几套印结，不是一道衙门的，却又有钤印骑压纸缝。这翻手合手，尽少说也得一两个月，才得上来的。只他们书办也苦，领的工食，只够文稿纸张，徒弟们的笔墨；上头也有部费，院里对房也有打点。难说宗宗文书，是有分赀的不成？所以遇见这恭喜的事，必要几两喜钱哩。"王中道："分赀也得多少呢？"钱书办道："别州县尚没有办这宗事哩，大约比选官的少，比举节孝的多，只怕得三十两左近。若要有人包办时，连大院里，学院里，都包揽了，仗着脸熟，门路正，各下里都省些，也未见得。约摸着得五十两开外。我看二位也老成的紧，怕走错了门路，不说花费的多，怕有歧差。"之王中见他说的数目，与娄潜斋所说不甚相远，又在外走动这几日怕家主知觉，遂起身道："我竟一客不烦备上，我异日只见婧个现成，再送二十两来。"钱书办道："昨日在司里，你们一说萧墙街谭宅，那是前二十年，与先父相与的，所以我怕二位走错了门路。今日邀在家里，也不怕你们笑话，只是说不出包办的话。你二位既是托我，我以实说，这大院里写本房还得五两。我不是要落阁的。你问弟姓钱，名叫钱鹏，草号儿钱万里，各衙门打听，我从来是个实在办事的人。”阎楷见日过午，怕东人账房说话，遂把腰里三十两银子取出，放在桌上，说：“这是三十两足纹，不用称。异日再送二十两来。既说与敝东是世交，一总承了情罢。”钱鹏道：“说到与先父相与两个字，倒叫我羞了。也罢，也罢，我代劳就是。”于是二人起身，钱鹏送至门口，还嘱咐道：“公门中事，第一是要密言。”二人答道：“晓得。”一拱而别。

后来，果然办得水到渠成，刀过竹解。王中又送二十两银子，也不知钱万里实在用了多少。正是：

能已沉疴称药圣，善通要路号钱神；
医家还借岐黄力，十万缠腰没笨人。

第六回

娄潜斋正论劝友　谭介轩要言叮妻

话说阎楷、王中，料理保举文书，连日早出午归，谭孝移也不涉意。

忽一日，孔宅讣状到了，孝移不胜怆然。一是密友，又系新姻，且兼同城，刻下便叫德喜儿跟着，往孔宅唁慰耘轩，并替耘轩料理了几件仓促事儿。

到开吊之日，备了牲醴之祭，与娄潜斋同到孔宅。早有学中朋友在座，张类村、程嵩淑亦在其中。大家团作了揖，序长幼坐下。少顷，张、程便邀孝移、潜斋到对门一处书房坐。坐定时，类村道："恭喜呀！"孝移道："喜从何来？"嵩淑笑道："四六，呈子做了半天，孝老还说不知道，是怕我吃润笔酒哩。"孝移见话头跷奇，茫然不知所以。因问道："端的是什么事？"嵩淑道："早是皇恩上开着保举贤良方正科，原来谭孝老是不求闻达科中人。"孝移因问潜斋道："端的是怎么的？"潜斋道："前日喜诏上有保举贤良方正的一条，你知道么？"孝移道："如何不知？"潜斋道："祥符保举是谁？"孝移道："不知。"潜斋道："一位是孔耘轩，一位就是足下。"孝移道："这是几时说起？"嵩淑道："是丁祭日，老师与合学商量定，呈子清册，是我小弟在张类老家作的。可惜笔墨阘冗，不足以光扬老兄盛德。”孝移问潜斋道：“可是真的？”潜斋道：“嵩老秉笔，他还讨了老师一罐子酒，做润笔的彩头。”孝移道：“你如何这些时，不对我说一字儿？”潜斋道：“水平不流，人平不语。”嵩淑道：“我只怕酒瓶不满。”大家都笑了。孝移有些着急，说道：“我如何当得这个！我是要辞的。”张类村道：“这也是祖宗阴德所积，老兄善念所感，才撞着这个皇恩哩。”孝移道：“一发惭愧要死！一定大家公议，举一个实在有品行的才好。”嵩淑道：“公议的是孝老与令亲家。如今耘轩忽遭大故，你说该怎么呢？”孝移见吊丧时不是说话所在，只得说道：“这事是要大费商量的。”

少顷，孔宅着人来请，至客厅坐定，摆开素淡席儿，护丧的至亲，替耘轩捧茶下菜。有顷，席终。

孝移与潜斋一路回来，径到后园厢房坐下。孝移开口便埋怨道：“你我至交，为何一个信儿也不对我说？难说那日丁祭你就不在明伦堂上么？”潜斋道：“自从丁祭回来，你这几天也没到学里来，我如何向你说呢？”孝移道：“孔耘轩那边探病，吊丧，并没得闲。但这宗事，我是必辞的。”潜斋道：“辞之一字，万使不得。这是朝廷上的皇恩，学校中的公议，若具呈一辞，自然加上些恬淡谦光的批语，一发不准，倒惹那不知者，说些将取姑予，以退为进的话头。”孝移道：“不管人之知不知，只要论己心之安不安。这铺地盖天的皇恩，忠弼岂肯自外覆载？但‘贤良方正’四个字，我身上哪一个字安得上。论我的生平，原不敢做那歪邪的事，其实私情妄意，心里是尽有的。只是想一想，怕坏了祖宗的清白家风，怕留下儿孙的邪僻榜样，便强放下了。各人心曲里，私欲丛杂的光景，只是狠按捺罢了。如今若应了这保举，这就是欺君，自己良心万难过去。这是本情实话，你还不知道我么？”潜斋道：“举念便想到祖宗，这便是孝；想到儿孙，这便是慈。若说是心里没一毫妄动，除非是淡然无欲的圣人能之。你这一段话，便是真正的贤良方正了。”孝移道：“怎么潜老也糊涂蛮缠起来了？”潜斋道：“我并不糊涂蛮缠。我且问你：古人云，‘欲知其人，当观其偶。’这话是也不是？”孝移道：“是。”潜斋道：“且如如今公议保举的，是你二人。你只说孔耘轩今日大事，他是个有门第、有身家的，若是胡轰的人，今日之事，漫说数郡毕至，就是这本城中，也得百十席开外哩。看他席上，除了至亲，都是几个正经朋友，这足征其清介不苟，所以门无杂宾。你路上对我说，孔耘轩这几日瘦了半个，全不像他。这岂不是哀毁骨立么？即如席上粗粗的几碗菜儿，薄酒一二巡，便都起了；若说他吝惜，不记得前日行‘问名，礼时，那席上何尝不是珍错俱备？保举他一个贤良方正，你先说称也不称？”孝移道：“耘轩真真是称的。”潜斋道：“知道耘轩称，那同举的就不消说。且说周老师到任时，你尚未曾见，他就来送匾。送匾后你只薄薄的水礼走了一走。这周老师若是希图谢礼的人，这也就已见大意了。他还肯保举你，可见是公正无私了。”孝移道：“我心里不安，到底难以应承哩。”潜斋道：“人到那事体难以定夺，难拿主意，只从祖宗心里想一遍，这主意就有了。此是处事的正诀。如府上先代曾做内廷名臣，近世又职任民社，你心里代想一想，是要你保守房田哩，是要你趋跄殿陛哩？”孝移也没啥答应。潜斋又道：“你心里或者是现放着安享丰厚，比那做官还强哩。是这个主意么？”孝移道：“不然。古人为贫而仕，还是孝字上边事；若说为富而不仕，这于忠字上便无分了。况且我也未必富，也未必就仕。只是一来心上不安，二来妻愚子幼，有多少牵挂处。”潜斋见话已渐近，说：“你上京时，我替你照料，索性等荣归时交付你何如？”孝移道：“再商量。如今少不得静以听之罢。”又说些闲话，孝移作别回家。

且说学中接了张维城等呈子，批了准申，学书连夜走文到县。县中又接了孔述经丁内艰呈子，只得放下一个，单申谭忠弼一角文书到府。果然“舟子不费丝毫力，顺风过了竹节滩”：这些到府、到司、到院、到学院，各存册、加结、知会，自是钱万里的运用了，不用细说。迟了一两月，外府州县保举的，陆续人文到省。那其中办理情节，各有神通，要其至理，亦不外是。布政司验中共六个人，备文申送抚院。院里验看无异，批仰布政司给咨送部。

早有走报的，写了一张大官红纸，贴在谭宅大门。只见上面写着："捷报。为奉旨事，贵府谭老爷讳忠弼。保举贤良方正，送部带领引见，府道兼掣擢用。"下边小字儿写着："京报人高升、刘部。"无非索讨喜钱意思。王中到账房向阎相公讨了封儿赏了，那人欢欢喜喜而去。

迟了一日，这同保举的，写了五个年家眷弟帖儿来拜，留茶款待。到次日，孝移到各店、各下处答拜，遂送帖儿相请。到请之日，把学生们移在前客厅里读书，把碧草轩打扫洁净，摆酒两桌。须臾投了速帖，五位客各跟家人到了。序齿而坐，潜斋、孝移相陪，杯觥交错。有说展布经纶有日的，有说京都门路熟串的，有说先代累世簪缨的，有说资斧须要多带的，大家畅叙了一日。管家人自有王中看待。日晚席终，各回下处去。

那一日王中正在大门看乡里佃户送新麦，只见钱万里满身亮纱，足穿皂靴，跟着一个小厮夹着一个黄皮包袱儿，摇摇摆摆到了。向王中一拱道："恭喜！恭喜！到宅里说话。"王中让至账房，阎相公起身相迎，为礼坐下。钱万里开口便说道："今日我来送部咨来，我前日说话错不错？"王中道："承情，承情。"钱万里道："烦请谭爷出来，我好叩喜。"王中道："出门拜客去了，回来说罢。"钱万里叫小厮拿过包袱，一面解一面说道："咨文是昨日晚鼓发出来的，我怕他们送来胡乱讨索喜钱，没多没少地乱要，所以我压在箱子里，今日托了个朋友替我上号，我亲自来送哩。"恭恭敬敬把咨文放在桌上。王中道："自然有一杯茶仪，改日送上。"钱万里道："不消，不消。我见你事忙，我也有个小事儿。今日晌午，还随了一个三千钱的小会，还没啥纳，我要酌度去。"王中是办过事体的人，便说道："不用别处酌度。"向阎相公道：“房中有钱没有？”阎楷道：“有。在里间抽斗里。”王中便走到里间，取出三千钱，说道：“这个纳会够么？”钱万里道：“够了，够了。凑趣之极，异日我实必还到。”王中道：“何用再还。”钱万里道：“必还，必还。”叫小厮把钱收了，告辞起身，说：“我去送这五角咨文去。”王中道：“他们寓处都知道么？”钱万里道：“我在号簿上抄明白，带在顺袋里。”于是送出大门，钱万里大笑道：“异日做了宅门大爷，我要去打抽丰去，休要不认哩穷乡亲。”王中笑道：“岂有此理。”一拱而别，依旧摇摇摆摆往东去了。

王中看完了麦，叫佃户一一到账房说明，阎相公上账，打发吃饭去。于是拿着咨文，走到后边来说。孝移看了封皮，朱印压着年月，写着咨呈礼部。又有一个小红签儿，一行小字：“祥符县保举贤良方正拔贡生谭忠弼咨文。”孝移吩咐：“仍送在账房，交与阎相公，锁在箱里。”

且说钱鹏将五角咨文，分送五位乡绅。这五位接了咨文，一同知会，相约次日来谭宅，一来辞行回家，二来就订上京之期。次日早饭后，一同到了碧草轩。这娄潜斋恭身让坐，三个学生也作了揖。孝移知道客到，急出相见。即叫德喜儿去后宅讨了十二个碟儿，烘酒与客小酌。这五位因说上京之期，有说如今即便起身，要到京上舍亲某宅住的；有说天太热的；有说店中壁虫厉害的；有说热中何妨热外的；有说臭虫是天为名利人设的；有说秋凉起身的；有说秋天怕雨多，河水担心的；有说冬日起身的；有说冬日天太冷的；有说冷板凳是坐惯了，今日才有一星儿热气儿，休要叫冷气再冰了的。说一会，笑一会，众口纷喙，毕竟上京日期，究无定准。潜斋道：“弟倒有一个刍荛之见，未必有当高明。即如河南，喜诏到了大半年，如今才有了一定的人，才办就上京咨文。那滇、黔、闽、粤地方，未必办得怎样快。即令目今人文俱妥，他上京比咱河南路又远了两三个月。礼部办这宗事，或者汇齐天下各省人文到部，方好启奉引见，未必是一省到就启奏一省的。即令分省各办，诸公到京，一起投咨，也不致等前等后。看来不妨诸兄各自回家，等过了新年进省，到省中过了灯节上京，又不热，也不太冷，不怕河，也不怕壁虫。未知诸公以为何如？”从来读书人的性情，拿主意的甚少，旁人有一言而决者，大家都有了主意。因此众人都道：“娄年兄所见极是，即此便为定准。”吃完了酒，一同起身。娄、谭送至胡同口，说道：“明晨看乘。”众人道：“下处也不在一处，也不敢当。后会有期，即此拜别罢。”大家扫地一揖，各别而去。

却说光阴似箭，其实更迅于箭；日月如梭，其实更疾于梭。不觉夏末即是秋初，秋梢早含冬意。孝移吩咐王中叫泥水匠，将东楼后三间房儿断开，开了一个过道。那三间房，原是王中夫妇住的，又垒了一道墙，自成一个小院子。从后门进来，一直从过道便到前客房了，不须从楼院里穿过。整理停当，天寒飘下雪花儿，住了工程。这孝移在楼下坐，吩咐赵大儿，热一杯酒儿吃，叫王氏取几个果子、海味碟儿下酒。说道：“天冷，你也吃一盅儿。”王氏道：“你从来是不好在家吃酒的，怎的今日又叫我陪起你来？”孝移笑道：“天气甚冷，大家吃一盅儿，还有话说。”王氏道：“你只管说，我听着哩。我不吃酒。”孝移道：“我有事托你，你吃一盅儿，我才说哩。”王氏只得坐在炉边，赵大儿斟一盅先递与家主，次递于王氏。孝移笑道：“我不亲奉罢？”王氏道：“从几日这样多礼，不怕大儿们笑话。”孝移道：“不妨。”两人各吃了一杯。孝移道：“你知道我把东楼后开一个过道，是做啥哩？”王氏道：“改门换户，由你摆布。谁管着你哩。”孝移道：“明年娄先生我留下了，单等我从京里回来，才许他去哩。”王氏道：“娄先生是好先生，留下极好。”孝移喜道：“是么？”王氏道：“留先生你对我说怎的？”孝移道：“明年我不在家，不对你说对谁说？这东边过道，是叫娄先生来往吃饭，往客厅的道路。”王氏道：“邓祥在学里做饭，伺候极便宜，又怎么换成家里吃饭哩？”孝移道：“一来邓祥我要带他上京，二来先生在家吃饭，连端福儿、小娄相公一桌，下学就到家里，吃了饭就到学里，晚间先生就在客房东边套房里住，读一会儿书，端福儿来楼上跟你睡。你说，好不好？”王氏道：“孩子们读一天书，全指望着下学得一个空儿跑跑，你又叫一个先生不住气儿傍着，只怕读不出举人、进士，还要拘紧出病来哩。”孝移道：“你只依着我，不得有病。还有一句话，亲戚们有事，近的叫福儿走走，不可叫他在亲戚家住；远的叫王中问阎相公讨个帖儿，封上礼走走。我不在家，孩子小，人家不责成。”王氏道：“譬如东街他舅他妗子生日，这也叫王中去罢，人家不说咱眼中没亲戚么？”孝移道：“同城不远，福儿岂有不去的理。”王氏道：“别的我不管，不拘谁去，人家说不着我。”孝移道：“还有一句话，日色晚时，总要叫福儿常在你跟前；先生若回家住几天，你只要无早无晚，常常地见福儿。这城市之地，是了不成的。你不懂的，你只要依着我说。”王氏道：“你从江南回来那一遭儿，我就懂的了我记着哩。”孝移道：“记着好。”王氏道：“还说啥不说？”孝移道：“我这番上京，朝廷的事，不敢预先定准，几个月回来也不敢定，就是一二年也不敢定。只要照常如此，记着这一句：离了先生，休叫他离了你。”王氏笑道：“我的孩子，一会儿不见他，我就急了，何用你嘱咐？你醉了，把酒撤了罢。”

只见端福儿下晚学，抱着几本子书回来。王氏便叫道：“小福儿，你爹明年上京，叫你总不许离了我，你可记着。”福儿是聪明人，便说道：“我只无事不出门就是。”王氏道：“你爹许你往你妗子家去，别的亲戚，都是王中去的。我且问你，王中你不带他上京么？”孝移道：“我打算了，家中再少不得他。”王氏道：“他到京里，只怕也不行。他是个拗性子人，出不得远门。我刻前五六年头里，后胡同里卖耍货的敲锣儿响，小福儿要出去看，我引他到后门儿上。人家担了一担鬼脸儿，小泥老虎，小泥人泥马儿。端福要鬼脸儿耍，他从胡同口来，我说：‘王中，你与他两三个钱，买个鬼脸儿。’他却给人家四个钱买了个砚水瓶儿。还说那鬼脸儿要不得。端福又一定要鬼脸儿，他倒对人家说：‘放着四个钱不卖，再一会儿换成鬼脸，你只卖两个钱哩，快走罢！人家果然挑起来走了。气得小福儿乔叫唤一大场，我恨的没法哩。你若是到京里，使出那拗性子来，不怕你同行的官儿们笑话么？”孝移忍不住笑了，叹口气道：“我正是这样打算，所以不带他上京去。”

说罢上灯，叫福儿读了十来遍书，大家都睡。正是：

万里云烟阻碧岑，良朋久阔梦中寻；
同床夫妇隔山住，愚人怎识智人心。

第七回

读画轩守候翻子史　玉衡堂膺荐试经书

话说乌兔相代，盈昃互乘，旧岁尽于除夕，新年始于东皇。果然爆竹轰如，桃符焕然。这正是老人感慨迟暮之时，为子弟的要加意孝敬；幼童渐开知识之日，作父兄的要留心堤防。一切元旦闲话放下。单讲过了新年，将近灯节，这五位保举的陆续进省，叩拜新春外，早已约会二十日黄道天喜，起身赴京。这孝移的邻舍街坊，至亲好友，都来饯行。旧友戚翰林及兵马司尤宅，各送进京音信。

又一日，是赁住谭宅房子的客商，有当店、绸缎铺、海味铺、煤炭厂几家，相约抬盒备赆，荣饯云程。酒席中间，绸缎铺的景相公道："咱号里掌柜邓四爷，新从屋里下河南来，坐了一顶好驮轿。谭爷上京，只要到骡马厂扣几头好骡子，将驮轿坐上，又自在，又好看。"孝移道："车已是雇觅停当，盛情心领罢。"当铺宋相公道："景爷说的不差，行李打成包子，棕箱皮包都煞住不动，家人骑上两头骡子，谭爷坐在轿里，就是一个做老爷的采头。"孝移笑道："同行已有定约，不便再为更改了。"说完，席终而去。

十七日娄先生上学。十九日王中打点行李，装裹褡囊，账房算明，带了三百两盘缠，跟的是厨子邓祥并德喜儿。晚上孝移到祠堂祝告了上京原由，拈香行礼已毕，回到楼下。王氏安置酒席一桌饯行。孝移坐下，唤德喜儿："叫王中来。"王中来到，孝移道："你的话，我明日到路上说。你可打算行李，休遗漏下东西。"王中道："明日要送到河上，看上了船回来。"孝移道："是了，你去罢。"王氏满斟一杯，放在孝移面前，叫端福儿放箸儿。王氏开口便道："昨年吩咐的，我一句一句都记着哩，不用再说。你只管放心，我不是那不明白的人。"孝移笑道："你明白才好哩。"又向端福道："你凡事要问你先生。休要在你娘跟前强嘴，休要往外去。"端福儿道："知道。"又吃了几杯，赵大儿收拾家伙，都睡了。

到了次日黎明，合家都起来，车夫催着上行李，说："那五辆车都走了，约定今晚一店住哩。"娄先生与王隆吉等已从过道里过来，到前门看行。王氏送至二门，见先生与阎相公们俱在门前，便回去了。端福就与娄朴站在一处。孝移将上车时，向潜斋深深一揖道："吾家听子而行，更无他恳。"说完上车而去。

王中牵马，与邓祥、德喜儿跟着。只听德喜叫道："大爷叫王中上车，邓祥替你骑马。上了船，叫王中骑马而回。"于是王中上车，孝移直吩咐了四十多里话。到了黄河，王中下车，将车运在船上。主人上船，叫王中道："你回去罢，小心门户，照看相公读书。万不可有慢师爷。"须臾开船，王中牵马北望，却有些惨然不乐。直等得船行远了，认不得那个布帆是主人船上的，方才骑马而归。

却说谭孝移黄河已渡，夜宿晓行。过邺郡，历邢台，涉滹沱，经范阳，到良乡住下。收了一个长班，手本上开张升名字，就店内送了盒酒，磕下头去。孝移道："起来说话。"问道："你叫张升么？"班役道："小的叫张法义，因伺候老爷们上京，都是指日高升，这个张升名字叫着好听些。小的不敢动问，老爷是高迁哪一步功名？小的好便宜伺候。"孝移道："是保举贤良方正。"张升道："这是礼部的事，将来还要到吏部哩。老爷天喜，小的伺候也是极有光彩的。只是要费钱，处处都是有规矩的，老爷必不可惜费。那是不用小的回明的话。”孝移道：“原不惜费，只要用之有名，各得其当就是。”那张升虽口中答应道：“老爷吩咐极是。”无奈心中早悄悄地写下一个“迂”字。孝移又问道：“这良乡到京，还有多远呢？”长班道：“六十里。”孝移道：“明日再起五更，傍午可以进京。”长班道：“明日日落时进京，就算极早。”孝移道：“有什么耽搁呢？”长班道：“过税。”孝移道：“带的东西该过税，就上几两银子。不过开开箱笼，验看物件，我们再装一遍，有甚延迟？”长班道：“嘻！要验箱子却好了。那衙役小班，再也是不验的，只说是赏酒饭钱，开口要几十两。这个饭价，是确切不移的。要不照他数目，把车儿来一辆停一辆，摆的泥屐儿一般。俟到日落时，要十两给他八两，也就行了。若说是个官员，一发他不理。俗说道：‘硬过船，软过关。’一个软字，成了过关的条规。”孝移道：“明日随时看罢。”

到次日五鼓鸡唱，大家起来。一主两仆，一班役，一车夫，一起望大路赶赴京城。到了午刻，抵达税亭所在。果然不验箱笼，不言税课，只以索饭钱为主。班役同德喜、邓祥，见了管税的衙役小马之辈，一口咬定二十两。回来禀与主人，说：“税上着实刁难。”孝移吩咐送银十六两，以合说十两与八两之数。班役袖着银子，藏过两个锞儿，交与税桌十四两。那小马仍然不肯依。但欲已满了八分，也就渐渐收下。班役回来，催车夫起身，仆役还唧唧哝哝怨恨税役。孝移叹道：“小人贪利，事本平常，所可恨者，银两中饱私囊，不曾济国家之实用耳。”

马走如飞，一直进了城门。先寻一处店房，叫做“联升客寓”，孝移休沐两日。

但店房中乃是混乱杂区，喧豗闹场，孝移如何支持得住。因命班役，另寻一处清净房宇，到第三日搬运迁移。果然在悯忠寺后街上有一处宅院，第一好处两邻紧密，不怕偷儿生心，这便是客边栖身最为上吉要着。孝移进院一看，房屋高朗，台砌宽平，上悬一面“读画轩”匾，扫得一清如水。院内两株白松，怪柯撑天；千个修竹，浓荫罩地；十来盆花卉儿，含蕊放葩；半亩方塘，有十数尾红鱼儿，衔尾吹沫，顿觉耳目为之一清。及上的厅来，裱糊的直如雪洞一般，字画不过三五张，俱是法书名绘，几上一块黝黑的大英石，东墙上一张大瑶琴，此外更无长物。推开侧房小门，内边一张藤榻，近窗一张桌儿，不用髹漆，木纹肌理如画，此外，两椅二兀而已。孝移喜其清雅，口称：“好！好！”这些铺床叠被，安笥顿芨的话，何必琐陈。当晚睡下。

次日起来，梳盥已毕。只见长班走来禀道：“老爷居住已妥，这拜客以及投文各样事体，须得陆续办来。老爷乡亲旧友，或是某部某司，翰、詹、科、道，开与小的个单子，小的都是知道寓处的。就有不知道的，不过一个时辰就访的出来。至于部里投文，小的也查问确实。这开单子拜客，是老爷的事。打点投文，是小的的事。”孝移道：“我的亲友，你如何一时便知？”长班道：“小的们胸藏一部缙绅，脚踏千条胡同，有何难访难问？至于书办，小的们也怕他——怕上了他们的当。”孝移道：“今日乘便，先拜主人，回来开单子与你。你且说这主人翁，是怎么的一个人？”长班道：“这是柏老爷房子。这老爷名唤柏永龄，是累代一个富户。这位老爷，当年做过司务厅，后来又转到吏部。为人极是好的，专一济贫救厄，积的今年八十多岁，耳不聋，眼不花。总是一个佛心厚道的人。老爷要拜他，小的先为传帖。”孝移叫德喜儿取出护书年家眷弟帖，并土物四事，付与张升。

一路出的院门，转个弯儿就到柏公门首。看门的乃是一个半痴半跛的五十岁老奴。班役高声说道：“有客来拜，这是帖儿，传进去。”老奴扭嘴道：“我不管。”班役向腰中摸出十个钱，递到手里，说道：“这是你的门包。”老奴呸的笑道：“爷在厅院，跟我来，不怕狗咬。”原来二门内，锁着一只披毛大狮子狗，老奴抱住狗头，说道：“你们过去罢。它不敢咬，我蒙住它的眼哩。”班役执帖，孝移随着。德喜儿抱着土仪，躲着狗，也过去。班役见柏公说道：“谭老爷来拜。”柏公猜着是新住的客，手执拐杖相迎。谭孝移一看，乃是黄发皱面，修髯弯背，一个寿星老头儿。谭孝移进厅为礼，那老者却杖相还，两人互相谦抑，仅成半礼。柏公又谢了厚赐，分宾主坐下。这边是高声说些“居停异地，还得打搅数月”。那边说“草榻栖贤，只恐有亵起居”。柏公唤茶，只见一个垂髫婢女，一盘捧着两盖碗茶，在闪屏边露着半面。柏公叫道：“虾蟆接茶来。”那老奴方舍了狗，道：“你敢动么！”站起身子，一颠一颠上厅来。接盘在手，分宾主送讫。茶毕，即行起身。一送一辞，老奴仍自抱犬，柏公仍自携杖，送至大门而别。一来交浅，本无深言，二来一个聋聩老翁，孝移亦不肯令其疲于睹听。

回至读画轩，班役便催写拜客单儿。孝移道：“明晨拜客，不过两个地方，不用开单。待我晚上寻思，再酌度。”班役道：“老爷到京，办理功名，贵省在京做官的极多，各处投上个帖儿，也是一番好拉扯，为甚的只一两处？”孝移道：“我只拣实有相与的走走，别的素日无交，不敢妄为起动。有翰林戚老爷，那是旧日同窗，极相好的。有兵马司尤老爷，是同街的乡邻，也极相好。我带着他两家平安家信，这是一定要拜的。至于别的老爷，我却知道他的官爵，他全不晓我的姓名，如何敢去？如何肯去？我想明日先不拜客，我有一处地方，一定先要到。”班役问道：“何处？”孝移道：“要到鸿胪寺衙门。”班役道：“拜客是到各位老爷私寓，没有上衙门拜客的理。”孝移道：“不是拜客。先人曾做过鸿胪寺，虽隔了数辈，到底是先人做过官的地方，一定该望望。原是后辈儿孙一点瞻依之心。”长班道：“老爷说的很是。”

到了次日，长班早饭后来了，邓祥套车已定，孝移上了车，德喜跟着，直进正阳门，上鸿胪寺来。长班引着进了角门，到大堂，看了匾额。孝移自忖道：“先人居官之地，后代到此不过一看而已。这个不克绳祖的罪过，只有已心明白，说不出来。”因此一心只想教子读书成名，以干父蛊，别个并无良策。出了鸿胪寺，径坐车回寓。及至到了花园，日色下午。柏永龄差人送伏酱一缶，腊醋一瓶，下饭咸菜四色，以表东道之情。德喜与了来人赏封而去。

次日晨后，班役随路买了手本，孝移写了拜名，径上戚翰林寓处。班役领车到门首，投了手本。管门的说道：“内边会客哩，把老爷的帖收了，客去就请会。”岂知戚公看见同乡厚友的名帖，飞风出迎，只听得走的响，说道：“请！请！请！”一径接着，便拉住孝移袖口，口中说着“几时进京”，脚下已过了几重门限。上得厅来，孝移见厅上坐着一位青年官员，戚公便道：“这是复姓濮阳的太史老先生。”孝移忙为下礼，濮阳太史慢慢地答了半揖。这孝移方与戚公为礼。戚公让孝移坐了陪位。濮阳公问道：“这位尊姓？”戚公代答道：“这是敝乡亲谭公，表字孝移。”濮阳公诺了两声，仍向戚公道：“适才没说完。我们衙门，向日前辈老先生馆课，不过是《昭明文选》上题目，《文苑英华》上典故。那些老先生们，好不便宜。如今添出草青词，这馆课大半是成仙人道的事。即如昨日，掌院出的是《东来紫气满函关》，即以题字为韵。向日也只说是老子骑牛过函关，昨晚查了一查，方知坐的是簿什么……什么车？”戚公向孝移道：“孝老说一说，是簿什么车？”这孝移天性谦恭，怎敢在太史公面前讲学问，俯躬答道：“不甚晓得。”这戚公见濮阳公光景，心中颇觉不耐，又向孝移道：“当日同窗时，你就是我行秘书，有疑必问，你宗宗儿说个元元本本。今久不见面，又不知如何博雅哩。的确老子所乘是什么车？”孝移踧踖跟蹐答道：仿佛是簿輂之车。”濮阳公答道：“是了。”又问：“輂是个什么东西？”孝移道：“像是如今席棚子，不知是也不是？”濮阳公忽的站起身来，说道：“本欲畅谈聆教，争乃敝衙事忙，明日建醮，该速递青词稿。幸会，幸会。”一面说，一面走。二人起身相送。濮阳公辞了远客，单着戚公送出大门而去。

戚公回来，孝移方才袖中取出戚宅平安家信，说了府上一切清泰的情形。孝移方欲告辞，戚公哪里肯放，即令过午。因说道："弟之所学，远逊于兄，幸列科名，更尔偶叨清选，真正自惭疏陋。想着告假回籍，得以林下诵读，少添学业，再进京不迟。如这濮阳公，二十岁得了馆选，丰格清姿，资性聪明，真可谓木天隽望。不知怎的，专一学了个不甚礼人；不知人家早已不礼他。"孝移闻说，心中却动了一个念头：人家一个少年翰林，自己任意儿，还以不谦惹刺；我一个老生儿子，还不知几时方进个学，若是任他意儿，将来伊于胡底？口中不言，已动了思归教子之念。

过午已毕，略叙一会，即辞归寓。次日，又拜兵马司尤公。尤公适有闲时，急紧接入内书房。看了家书，这久别渴慕，细问家况话头，一笔扫过。尤公便问道："今日还拜客与否？"孝移道："已拜过戚老爷。别个素昧平生，何敢唐突。"尤公道："甚好，甚好。这些京官，大概都是眼孔大的，外边道、府、州、县，都瞧不着。有知窍的进京来，若有个笔帕之敬，自然礼尚往来；若白白说些瞻依暱就话头，就是司空见惯矣，不如学祢正平怀刺漫灭罢。老学兄天性恬淡，自然不走热闹场儿，可敬之至！"孝移道："尚有宋门上汪荇洲，俺两个同案进学，今做京官，若不看他一看，怕惹他心里怪。"尤公道："不怪，不怪。他是有名不理乡党的，专一趋奉大僚。大凡援上者必凌下，何苦惹他？你去投个帖儿，不过是谨具'清风两袖'；他的回帖也就瞰亡而投。不必，不必。"孝移也就轩渠大笑。尤公留吃午饭，口嚼本乡之味，耳听关切之谈，却是客况中第一个大快景。

傍晚回到柏公花园，下车到了读画轩。长班禀辞，又问道："老爷看丰台不看？"孝移问其所以，长班道："丰台在这城外西南角，离此只六七里。那是种花所在，有一二十个花园，百样花草俱有。如今芍药正开，老爷看看何如？这个路，可以坐自己的车，回来进彰仪门。"孝移应允，德喜、邓祥俱有喜色。

次日吃了早饭，果齐赴丰台。时值芍药盛开之候，天气有些热了。孝移遍看亭台园篱，泉涓木欣，春花争放光景，却也甚饶清兴。买了肆中几碗茶，吃了点心。这仆役三人，也沽了两瓶帘儿酒，热的棉衣都沾了汗。说：“回转罢。”长班引着，偎城边道儿，上彰仪门来。

原来长班有个同伙，在彰仪门，他要寄个信息到良乡去，故迂二三里路儿，从这儿回来。这一路绀宫碧宇，古柏虬松，亦复不少，煞甚好看。及到彰仪门，天气变了。原来天气有一定次序，春暖、夏热、秋凉、冬寒，是循序渐进的。今当温和之时，忽而大燥起来，此天变之候也。大风突起西北，不知怎的黑云已罩了半壁天，长班也顾不得寻觅同伙，别领个巷口，一拐一弯，望悯忠寺飞奔。将近一里许，偏不能到，这雷声忽忽的不断，雨点儿大如茶杯，内中夹着冰雹下来。须臾，雨也没了，单单冰雹下倾，乒乒乓乓，真正是屋瓦皆震，满街避丸，好不厉害怕人也。孝移在车上，只听得车棚鼓音，擂的是撒豆点。辕马股栗，仆从抱头如犬，乱喊道：“不好了，老爷下车避一避！”孝移伸足下车，三仆抱接下来，扯上一个大门楼，避祸躲灾。孝移上的门楼站下，三人自去卸马，不觉暗叹道：“‘吉凶悔吝生乎动’，此理是断乎不错的。”把马也牵上门楼来，人马挤在一处，不成看像。孝移看那门上，一旁贴了“存仁堂柳”，一旁贴了个蓝签“撢服”两字。便向长班道：“此内可有暂存身的地方否？”长班道：“有，有，有。大客厅、东书房，小的引老爷进去坐坐不妨。这是柳先生家。只是檐水大流怕湿了衣服。”孝移道：“走紧着不妨。”邓祥说德喜儿：“为啥不带雨衣？”德喜儿道：“谁料下冷子雹冰。”长班道：“往后出门，也要君子防不然。”

却说长班引着孝移，进了二门，客厅上有堂眷看雨，径引地上东书房。孝移进了书房门，因衣服湿了，不便就坐，四围详看。只见前檐下，一旁画眉竹笼，往上乱跳；一旁鹦哥铜架，衔锁横移。内边一张大条儿，中间一架高二尺的方镜屏，左边一个高一尺的水晶雕的南极寿星，右边一个刘海戏蟾，笑嘻嘻手拿着三条腿的虾蟆，铜丝儿贯着钱，在头上悬着。夹缝中间，放着掷色子饶瓷盆——孝移也不认得，只说是栽水仙盆儿。东边一张方桌，一个神龛，挂着红绸小幔子，也不知是什么神。但见列着广锡方炉，两个方花瓶，一对火烛台盘，俱有二尺高，一个小铜磬儿，放着碎帛编的磬锤。至于满壁书画。却都是俗葩凡艳，再不晓的是个什么人家。垂唾之时，又见砖缝里有一块二三钱的银子。因问长班道："这主人是甚的人？"长班道："这是柳先生家。将来老爷还要借重他哩，从他父亲就是吏、户两部当该的书办。"孝移见天雨已住，想走。原来骤雨无终日，半个时辰，云过雨歇，依旧出门上车。

长班还进书房，把那赌博丢下砖缝银子拾了，方才与二仆踏泥相随。

到了花园读画轩，恰好柏永龄因雨隔住，正在轩上。相见为礼，柏公道："请更衣换靴。"孝移连拱道："是，是。"遂即脱湿易干。柏公让坐，宾主依次。柏公道："连日想来一候，只为步履少艰，俱是先使人问过，然后敢来。因老先生事忙，多逢公出。今日知是往游丰台，料得午后必回，天气晴和，预来恭候。不料突遇冰雹，方疑老先生在城外寺院避雨，多等一会儿，谁知冒雨而归。适才盆倾瓮覆之时，何处停车？"孝移道："城外已遇大风，飞奔进城，到一个大胡同里，硬雨如箭。不得已向一个大门楼子进去，到一个书房，停一大会，雨住，方才回来。不意老先生久等。现今泥泞甚大，老先生不必急旋，少留款坐，幸尔攀谈。"柏公道："甚好，甚好。只是老来重听，望坐近，声高些，好聆教。"孝移道："不敢动问老先生，高年几多？"柏公道："八十五岁。"孝移道："矍铄康健，只像五六十岁模样。可喜，可庆。"柏公道："樗材无用，枉占岁月，徒做子孙赘瘤。但活一天，还要管一天闲事，未知何日才盖棺事完。"孝移道："老先生年尊享福，诸凡一切，也不必萦心挂意，以扰天倪。"柏公道："人老了，也自觉糊涂。聆教，聆教。”孝移又问道：“适才避雨之家，说是姓柳。长班呼为‘当该的书办’，这个称呼，是怎么说？”柏公道：“老朽是宣德年生的，彼一时，弄权招贿的房科，人恨极了，叫做‘当革的书办’，到成化年间，又把这斥革字样，改为‘该’字。”二公大笑。这柏公因说起“当革的书办”，便触起三十年宿怒，说：“这京城各衙门书办，都是了不得的。我这小功名，就是他们弄大案蹭蹬了。——歇一歇儿细说。”孝移见柏公有些恼意，又带了几声咳嗽，便说道：“此辈行径，不必缕述。咱看看鱼罢，怕雹子打坏了。”柏公忽的笑道：“‘该看’，是‘革看’？”两人大笑。

果然同到塘边，只见那鱼得新水，一发摇摆起来，好不喜人。柏公回首向孝移道：“烦盛价和一块面来喂他一喂。”德喜儿不敢怠慢，刻下和了一块面块。柏公接了，把竹杖倚放太湖石上，坐个凉墩，亦让孝移坐了一个。手撕面块如豆儿大，才丢一块，几个鱼儿争以口吞，那不得的鱼儿，极像也有怅然之意。忽的又一块面下去，众鱼争先来接。柏公掰那面块，忽东忽西，把些鱼儿引得斜逐回争，摆了满塘鱼丽之阵。把一个八十五岁老头儿，喜得张开没牙的嘴，笑得眼儿没缝。总之年老人性情，触起宿怒，定要引绳批根；娱以素好，不觉帆随湘转。这孝移是天性纯笃之人，起初看鱼的意思，不过是怕老人生气，娱以濠梁之趣。及见这老头儿天机畅遂，忽的暗叹道：“吾当年失事亲之道矣！”

二人正在塘边观鱼，忽的一乘二人轿子到院。方惊以为有客答拜，原来就是柏公儿子怕泥泞，拄杖失足，用轿来接。柏公要告辞回家，孝移意欲挽留，柏公说道：“我的重孙儿六岁了，教他在我床前念书。早晨认会了‘一而十，十而百……’四句，午后该认下四句，我如回去迟了，耽搁工夫，如何好吃孙子媳妇做的饭呢？”说着又大笑起来。回首一拱，上轿而去。这谭孝移因柏公教曾孙，这教子之念，如何能已，归志又定下了一多半了。

却说张升一日讨咨文投递礼部投咨分赀，孝移只得与了。投咨回来，说："休要误了下月初一日过堂。"

这孝移在京，原拜了本省戚、尤二公，后来请了席。那丹徒至亲的一二位京官，彼此答拜、请酒的话，亦不必言。

到了次月初一日，礼部过堂。尚书正坐，侍郎旁坐，仪制司书办唱名。方晓得各省保举贤良方正，人文到部者，只有七省。那远省毫无举动。不觉暗道："娄潜斋家居秀才，料事如此明鉴。将来发达，必是谙练事体之员。"

出了礼部，过堂回来，整闲无事。因往书肆中购些新书，又向古董铺买了些故书旧册，翻披检阅。又兼睹皇居之壮丽，官僚之威仪，人烟货物之辐辏，自觉胸怀比前宏阔。兼以翻阅书籍，学问也较之旧日，越发博洽。

又一日，只见张升来了，说道："礼部出来一个条子，抄来看看。"孝移接看，上面写着：

> 礼部示谕各省保举贤良方正人员知悉：目今人文到部只有九省，候滇、黔、两粤陆续到部时，一同考试，启奏，引见。各宜邸寓静候，不得擅自回籍，贻误未便。特示。

原来嘉靖之时，礼部是最忙的，先是议兴献皇帝的典礼，数年未决。继又办章圣皇太后葬事，先营大峪山，后又祔葬纯山。又兼此时，皇上崇方士邵元节，继又崇方士陶仲文，每日斋醮，草青词，撰祈文，都要翰林院、礼部办理。因今保举贤良，尚有远省未到，不敢启奏，又怕有守候已久，私自回籍者，所以出这条子。孝移看完，只得旅邸守候。也亏得是富家，资斧不窘，有河南顺人来往带家书，捎盘费。

荏荏苒苒，已到九月末旬。忽一日邸钞中夹着一张《河南乡试题名录》，内见第十九名"娄昭，祥符学生，五经"，惊喜不胜。不觉拍手失声道："潜斋中矣，潜斋中的好！"少一时，一喜之中又添一虑。喜的是知交密友，发达伊始；虑的是托过妻、子之人，来春赴京，不能代理。孝移中夜思量，次日写了一封遥贺潜斋的书札，一封王氏、端福的家信，一封阎相公的书，一封孔耘轩的书，一个王中的谕帖，又与周东宿一封候起居的书，内托转付家音话说。缮写已明，包封停当，带了邓祥，去拜河南提塘官，央他包封于河南祥符儒学京报之中，顺塘路发回。

河南路近京城，不半月，这周东宿拆开京报看时，内有一束是谭忠弼拜恳转付家音的。说道："正好，正好。"即差胡门斗送至谭宅，又吩咐道："即请谭宅少相公，兼到北门请新科娄爷少相公，俱于明日早晨到学问话。"

这是什么缘故？原来科场已毕，新学院上任，交代之毕，即要坐考开祥。这些关防诈伪，以及场规条件，剔弊革奸告示，不用琐陈。这学院乃是一个名儒，首重经术，行文各学，责令举报"儒童中有能背通《五经》者，文理稍顺，即准入学充附。""中州乃理学名区，各该教官不得以本州县并无能诵《五经》之儒童，混详塞责取咎"云云。

这牌行到祥符学署，周东宿即请陈乔龄商议这宗事体。说道："弟莅任日浅，寅兄在此十年有余，谁家儒童殚心《五经》，好备文申送。"陈乔龄道："我以实告，这事我就全不在行。我当日做秀才时，卷皮原写习《诗经》，其实我只读过三本儿，并没读完。从的先生又说，经文只用八十篇，遭遭不走。我也有个抄本儿，及下场时，四道经题，俱抄写别人稿儿。出场时，连题也就忘了。如今做官，逢着月课，只出《四书》题，经题随秀才们自己拣着做，就没有经文也罢。我如何能知晓，谁家儒童能读《五经》哩。"周东宿道："这也不难知道。童生读《五经》，必定有先生父兄教他。只拿过今科生员花名册一看，看谁是《五经》，便知道他家子弟，他的门徒，即旁人家子弟读《五经》的，他也声气相通。”陈乔龄摇头道：“不作准。我看他们《五经》，多是临场旋报的，希图《五经》人少，中的数目宽些。一科不中，第二科又是专经。未必作准，姑查查看。”东宿叫书办拿过生员点名册一查，内中程希明、娄昭、王尊古、赵西瑛、程希濂五个人是《五经》。乔龄道：“娄昭是中了，听说他就要上京哩。不如把程希明请来，问问他看谁家子弟能背《五经》。他就在本街南拐里住，叫门斗请他来。”

果然门斗去不多时，程嵩淑到了。见了二位老师，作揖，坐下。此番却毫无酒意，问道：“老师见召，有何见谕？”乔龄道：“今科进场，你与令弟俱是《五经》么？”程嵩淑笑道：“榜已张了两个月，老师忽然下问及此，恐是礼部磨勘败卷，要中这落第的秀才么？”东宿笑道：“不是这样说。这是新学台一定要背诵《五经》的童生。想这童生读《五经》，必定有先生父兄教他。因查这科《五经》下场的，有贵昆仲，及娄年兄等五人，所以请来一问。”嵩淑道：“门生的《五经》，还是初年读过。舍弟的《五经》，是今年六、七月读的。”东宿道：“府上子弟有读《五经》的么？”嵩淑笑道：“小儿是晚子，今年五岁，还没见《三字经》哩。”东宿笑了。又问道：“令徒哩？”嵩淑道：“门生不教学。”东宿道：“那三位《五经》朋友，年兄可知道么？”嵩淑道：“两位在乡，门生与他不甚熟。若说这娄昭，是个真穷经，是老师的好门生。他还说他要著一部《五经正解》哩。如今中了举，想就顾不得著书了。”东宿道：“他不是谭年兄西席么？”乔龄道：“是么。”东宿道：“他教书想必是以《五经》为先的。”嵩淑道：“他教的是他令郎与谭宅相公，昨年已听说读完四经了，只怕如今《五经》已完。”东宿道：“看来有这两位了。别的再打听。”嵩淑笑道：“谭孝移是今春上京，娄潜斋是今冬上京，两家公子将来又以《五经》应童子试，可谓桥梓并秀。但进贤者蒙上赏，老师将以何者为赏？”东宿笑道：“年兄所举，俱系城内知交；若说‘辟四门’时，年兄又说乡间全不知道，未免觉得有遗贤良。”嵩淑道：“但愿老师于门生，常常欲加之罪（醉）而已，亦何患无辞。”师弟各粲然大笑。

嵩淑辞去，东宿正思量此事，忽然孝移有京中书信，托以转达。即令门斗送去，并请谭、娄两学生到学署问话。这门斗去后，次日王中引着两个学生到学署，二位学师相邀，穿过明伦堂，到私宅相会。行礼已毕，坐下吃茶。东宿看见两个学生品貌超俗，早已喜不自胜。问了两家尊人赴京的话，两学生应对明敏。东宿道：“今日奉请二位世兄到学，因学台有文，要童生内背诵《五经》者，即准入学。闻两世兄《五经》熟诵，要备文申送，指日恭喜。”娄朴道：“恐背诵不熟，有辱师爷荐举。”乔龄道：“咱先考一考，试试何如？”东宿拿过案头《御颁五经》，各抽几本，随提随接，毫无艰涩之态。两学生俱是如此。大喜道：“即此便是神童。”乔龄道：“有这两位，不丢体面了。”即叫学书取童生册页二纸，细问两人，填了三年、年貌，廪保上填了苏霈，业师上填了娄昭名字。即刻照学院来文传稿誊真，用印签日，申到学院去。东宿赏了湖笔二封，徽墨两匣，京中带的国子监祭酒写的扇子两柄。乔龄奖赏了糖果四封。着门斗同王中送回各家。

却说学院行文各州县，要这熟读《五经》童生。这各县中文风盛的，便有申送；那文风次的，也难以无为有。文书汇齐之日，开封一府，也有十数个。学院挂牌，上写道：

提督学院示：祥符等县申送默诵《五经》童生娄朴等共十四名，俱限十二月初二日当堂面试，勿得临期有误。特示。

到了那日，各学教官、廪保，率领各县童生十四名，齐集辕门伺候。学院闪门，正坐在玉衡堂上。众人俱各鱼贯而进。挨次点名一遍，复照册点名面试《五经》。这十四人中，有三个生疏者，其余俱是提一句接一句，直如顺风流水一般，学院大加夸奖。内中唯有娄朴、谭绍闻太觉年幼，学院问了岁数，点点头儿。说道："临场时，各学教官俱于背诵《五经》童生卷面上写'面试《五经》'四字，用印钤盖；交卷时另为一束，勿得临时错误。"说完，云板响亮，大人退堂。各童生出了衙门，各县亲友，俱在衙前挤看，只见处处作揖，声声恭喜。

及考完，各县《五经》童生，随县进了七人。其未人榜者，学院有持有拔入府学的话儿。忽然院门前一面牌道："祥符等县背诵《五经》童生娄朴等十四人，俱限十五日奖赏。"至日，各学教官、廪保带领已进、未进十四人，仍在辕门伺候。学院大堂点名，开首便叫娄朴、谭绍闻，问道："你二人前日为何卷不完幅，只有一个破承小讲呢？"娄朴、谭绍闻跪下禀道："童生并不曾读文字，不晓得文字是怎么做的。先生还说，读《五经》要讲明白。《五经》之外，还读几部书，才教读文章哩。"学院道："你的业师是谁？"娄朴难言父名，东宿代禀道："是娄昭。今科中第十九名，是开祥一个名宿。"学院笑道："应是如此。"又命两学生站起来说话。"你二人《五经》虽熟，文不完幅，于例不合，难以进你。然要之，也不在此。你二人年仅周纪，即令文字完篇，本院也断不肯将你两个进了，恐怕损了你两个志气，小了你两个器量。前日背《五经》时，本院已有成见在胸了。如今本院送你两个几部书。"遂回顾道："将书搬来。"只见两个门役到后堂，各抱五、六套书，放在公案上。学院指道："这十二套书，是三部，一部是《理学渊源录》，一部是本朝列圣御制群臣赓和诗集，一部是先司农的文集。你两个各领三部而去。你两个休说本院不践前言，你父师心里明白。"东宿命二人磕头谢讫。学院复向东宿道："明白本院意思否？"东宿道："卑职仰窥一二。"学院道："这两个童生，玉堂人物，继此以往，将来都是阁部名臣。本院藻鉴，是定不差的。"各学教官，都点头道："是，是。"学院又叫来登榜者，说道："你们场完时，五人俱拔府学。"因命职堂的各与了花红纸笔。娄、谭抱书不尽，学院命巡役代送出衙。炮声震天，鼓乐喧鸣，这十四人一起出了学院门。有诗赞这学院道：

争说公门桃李林，儒臣别自具深心；
髫龄默寄鼎台望，不在青青一子衿。

第八回

王经纪糊涂存师长　侯教读偷惰纵学徒

话说谭绍闻、娄朴出的学院，一时满城轰传，谭、娄两乡绅的儿子，都是十二岁就进了学，一对小秀才，好不喜人。这话早传到王春宇耳朵里，慌忙换了新衣服，骑上骡子，来与姐姐贺喜。

一径走进胡同口，蔡湘接了牲口，直从后门进来。到楼下，见王氏道："姐姐恭喜，外甥进学了。"王氏道："不说罢。哪里来了这一号学院，做啥大官哩。自己说背了孩子们书，就送个秀才，端福儿与他背会了好几部书，他又说年纪太小，只给了孩子几部书，叫与他读。下年谁还叫孩子去哩。也不知哪一家有钱的，把福儿秀才挤了，却没啥说，说孩子小。"王春宇道："甘罗十二为宰相，有智也不在年高。这做大官的，还如此说白话。无怪乎今日生意难做，动不动都是些白话。"王氏道："他舅呀，你也识字，明日也去考去。就背不会书，你说你的年纪大，做得秀才。"春宇笑道："学院若许这样说，城里许多七八十岁的人，也轮不着我。"王氏也笑了。又问道："隆吉病好了？"春宇道："好些，还不壮实。"王氏道："他不病些，一定也要叫去的。"春宇道："他如何能哩，他比端福儿少读好些书哩。我也不是有体面的老子。可说哩，外甥哪里去了？这一会不见他？"王氏道："我怕他气得慌，叫他外边街上游散去了。”春宇道：“姐夫甚不喜小学生街上走动，为啥叫他街上去？有人跟着没有？”王氏道：“你也专听你姐夫的话。他临走时，把孩子托于先生，先生跟得紧紧哩。春天还好，到夏天，小福儿脸每日黄黄的，肚里也泻了好几天。我叫他不去学里罢，后来才慢慢的壮实。那隆吉儿，我也只疑影是学里坐的病起来了。”春宇道：“隆吉是他脱衣裳冒了风，不干学里事。我姐夫说的是正经话，小学生到底在家里好。可说，娄先生中了，要上京，我姐夫不在家，明年读书该怎的？离新年只十一二天，姐姐有主意不曾？”王氏道：“你姐夫不知怎的知道娄先生中了，十月间，京里捎下一封书，叫问孔亲家那里要来年先生。王中得不的一声儿，就往孔亲家那里跑了两三回。你说你姐夫有道理没道理？孔亲家现在孝服之中，如何乱出门与你说先生？况且丈人给没过门的女婿请先生，好哩不好哩，人家怎好深管？王中跑了两回，孔亲家说，程相公可以请的。程相公偏又执意不教书。孔亲家说，还慢慢与他商量。这程相公贪酒，我是知道的，就是请来，也难伺候。”王春宇道：“我心里倒有一位先生。”王氏道：“是谁？”春宇道：“可是咱街头三官庙那个侯先生，过年没学哩。我也不知他是哪县人，他是咱对门开面房刘旺的什么瓜葛亲戚，那人甚是和气，时常到咱铺子里坐坐，我有那冷字眼上不来的账，他行常替上一两行，这字眼也只怕算很深的。他光两口儿，只叫供粮米油盐，不用管饭。”王氏道：“不管饭就好，省的伺候。就请下他。”春宇道：“不是这样说。俺姐夫与娄先生，他们那个讲读书的事，我一毫不在行，只像他们有些深远。这侯先生我认真他没有娄先生深远。咱姐妹们权且计议搁住，我再踪迹踪迹，休要办哩猛了，惹姐夫回来埋怨。”王氏道：“娄先生中了举，你不说深远些。”春宇道：“不是为他中了举，便说深远。只是那光景儿，我就估出来六七分。兄弟隔皮断货，是最有眼色的。”王氏道：“你姐夫不在家，凡事我就要做主哩，只是供粮饭的我请，管饭的我不请。”

话犹未完，端福抱了三四十根火箭，提着一篮子东西进来。春宇道：“外甥哪里去了？篮子里什么东西？”端福把篮子搁下，向前作揖，说道：“是二十筒十丈菊。”春宇道：“多少钱一筒？”端福道：“二十五个钱一筒。”春宇道：“你上当了。你隆吉哥要花，我与他四十个钱，就买三筒。”王氏道：“阎相公开发了钱不曾？”端福道：“阎相公说，等王中到了，才上账哩。”王氏道：“他舅呀，你不知俺的家，通是王中当着哩！”说着便上楼取了五百钱，递于端福道：“你自己开销，也不用账房里登账。”春宇道：“王中是你家家生子，那人却极正经。”王氏道：“正经原正经，只是好扭别人的窍。那个拗性子最恨人。像如今新年新节，家家放炮，孩子放筒花儿，他也未必就顺顺溜溜到账房里开发这五百钱。”

春宇说完话要回去，王氏留吃午饭，春宇道：“年近了，行里忙的了不成，不是听说外甥进了学，连这一刻空儿也没有。回去罢。”王氏见留不住，说：“请先生的话，可就是一言为定。”春宇道：“要等孔宅信儿，我不过是偶然提起，其实我隔着行哩。且慢慢的，离灯节还有一月哩。我走了罢。”说着已出楼门，王氏同端福儿送至后门，蔡湘解开骡子。王氏道：“到家就说我问候他妗子，明年才得见哩。”春宇道：“我说知就是。”骑上骡子，出胡同口去了。

回到家中，曹氏问道：“你往哪里去了？南顶祖师社里来请了你三四回，遍地寻不着你。”春宇道：“咱姐问候你哩。街上都谣着外甥进了学，我紧着上西街去道喜。见了姐姐，才知道没这事。又说了半天来年请先生的话，才回来。”曹氏道：“娄先生走了，来年请谁？隆吉去不去？”春宇道：“亲戚家缠搅了二三年，没弄出话差，就算极好。我心里不想叫再去了。”曹氏道：“孩子又读了书，又省了钱，如何不去？他姑若不是财主，不是明白人，我就极早不叫去了。既说到来年请先生的话，没听说是想请谁哩？”春宇笑道：“我闲提了一句侯先生，他姑就极愿意。”曹氏道：“咱姐主意就不错。他对我说过，管饭的难支应，只请供粮饭的。这茶饭早早晚晚，最难伺候。若请侯先生，就省事了，怪不道咱姐极愿意。”春宇道：“但只是咱不在那读书的行，不敢深管。”曹氏道：“你既不管，这侯先生是谁提起来？”春宇道：“算我多嘴。”

原来这侯先生的女人，住的与曹氏后门不远。热天一处儿说话，早与开银钱铺的储对楼新娶的老婆云氏，在本街南头地藏庵尼姑法圆香堂观音像前，三人拜成干姊妹。所以一说谭宅请侯先生，曹氏早已十二分满意。春宇哪里知道，他与侯先生早已是干连襟呢。

且说腊尽春来，到了正月初四日。王春宇与那同社的人，烧了发脚纸钱，头顶着日值功曹的符帖，臂系着“朝山进香”的香袋，打着蓝旗，敲着大锣，喊了三声“无量寿佛”，黑鸦鸦二三十人，上武当山朝顶去了。撇下曹氏，到初十备下席面，叫隆吉头一日对说，请了萧墙街姐姐，侯先生家师娘董氏，银钱铺储家云氏，地藏庵尼姑法圆。那日，各堂客及早到了，随后王氏也坐车来到。席面中间呼姐姐，唤妹妹，称山主，叫师傅，好生亲热。这曹氏有意作合姐姐家请侯先生坐馆，早提起他舅年前的话，董氏早粘住王氏，极其亲热依恋，法圆、云氏，你撺掇，我怂恿，一会停当了。法圆便拿过新颁大统书，说：“我爽利为菩萨看一个移徙、上学的好日子。”恰好二十日就是“宜上官，冠带，会亲友，入学，上梁，安碓磑”的吉日，十九日便是“宜移徙”的好日子。王氏道：“师傅也识字？”云氏接道：“庵里门事，也顶一大家主户，她不识字，也顶不住。”法圆向王氏道：“菩萨，我行常在宅上走。”王氏道：“我怎没有见你？”法圆道：“我一年两次到宅上，五月端阳送艾虎，腊月送花门儿。老山主见了才是喜欢哩，不等坐下，就拿出一百钱，说：‘你的事忙，休误了别家。’我也事忙，就没有到后边看看菩萨。”王氏道：“师傅再去俺家，从后胡同进后门去，不用走前门。”法圆道：“阿弥陀佛！等董菩萨迁过去，我一总儿去罢。”席毕，大家分别，曹氏又与王氏订了十九日赶车来接的话。

却说王中见新正已过，小主人日日在门前耍核桃，放花炮，弄灯笼，晚上一定放火箭。况且省城是都会之地，正月乃热闹之节，处处有戏，天天有扮故事的。小主人东瞧西望，王中十分着急，日日向孔宅求这请先生的话。孔耘轩打算，唯有程嵩淑学问博洽，经史淹贯；虽说好酒，却是他天资超逸，目中无人，借此以浇块垒，以混俗目的意思。几番商量，却有三分吐口之意。耘轩与王中说："程爷有几分肯依，过一二日来讨回音。"

哪料王氏到了十七日，着新雇的小孩子双庆儿，到账房阎相公那里，取一个请先生的帖，差王中送到曲米街侯先生家。这王中如梦里一般，不知来由。到堂楼前一问，王氏便一五一十说了一遍。方知道初十日早已说明，是供给粮饭，后门一处小闲宅子，是先生住的。这王中心中有三分疑——疑这侯先生未必尽好；却也有七分喜，喜这小主人，指日便有收管约束。只得遵主母之命而行。东街投帖时，路过文昌巷，回复了孔耘轩。单等十九日搬取家口，二十日上学。

这是一个隔行的经纪提起，一个抖能的婆娘举荐，尼姑择取的日子，师娘便函当了家子：这侯先生也就可知。

原来侯先生名冠玉，字中有，也忘了他是哪县人。也是一个秀才，也考过一两次二等。论起八股，甚熟于"起、承、转、合"之律；说起《五经》，极能举《诗》《书》《易》《礼》《春秋》之名。因为在家下弄出什么丑事，落了没趣，又兼赌债催逼难支，不得已，引起董氏，逃走省城，投奔他的亲戚，开面房的刘旺家。刘旺与他说了本街三官庙一个攒凑学儿，训蒙二年。只因做生日，把一个小学生吃得酒醉了，只像醉死一般，东家婆上三官庙一闹，弄的不像体统，把学散讫。刘旺央同王春宇从中说合，这东家说"他纵惯学生"，那东家说"他不守学规"。说合了两三天，聊且一年终局，来年各寻投向。所以春宇前日在王氏面前，信口提出侯先生三个字，后来又不想深管。今日竟坐了碧草轩西席。

果然“新来和尚好撞钟”，镇日不出园门。将谭绍闻旧日所读之书，苦于点明句读，都叫丢却；自己到书店购了两部课幼时文，课诵起来。还对绍闻说道：“你若旧年早读八股，昨年场中有两篇俗通文字，难说学院不进你。背了《五经》，到底不曾中用，你心中也就明白，时文有益，《五经》不紧要了。即是娄先生，听说他经史最熟，你看他中式那文章，也是一竿清晰笔，不唯用不着经史，也不敢贪写经史。我前日偶见孔耘轩中副榜朱卷，倒也踏实，终不免填砌，所以不能前列也。总之，学生读书，只要得功名；不利于功名，不如不读。若说求经史，摹大家，更是诬人。你想古今以文学传世者，有几个童生？不是阁部，便是词林，他如不是大发达，即是他那文章，必不能传。况且他们的文字俱是白描淡写，直与经史无干。何苦以有用之精力，用到不利于功名之地乎？你只把我新购这两部时文，千遍熟读，学套，不愁不得功名。我看你这面容，功名总在你祖、父上，只是眉薄，未免孤身。鱼尾宫微低，妻亦宜硬配。人中却最饱满，将来子女还要贵显。”又问绍闻道：“你记得你的生年、月、日、时么？”绍闻道：“我属鼠哩，五月端午生，不知是啥时辰。”侯中有想了一想，唧哝道：“鼠是子，五月是午，子午俱是桃花煞人命，原主淫讹，在文人亦主才华，但不知时辰不作准。你下学时，可问你母亲，说明白，好查干支。这命运是最当家的。”又问绍闻道：“你住这宅子，宫星配偶，是经先生们看过的？”绍闻道：“不知。”中有把头微摇了一摇。又说道：“阳宅是养命之源，阴宅乃定命之根。宅子还不甚关紧，你的祖茔在何处哩？”绍闻道：“在城外六七里。”中有道：“待晴暖日，我去看一看。他们那些风水家，都是云客，不通文意的人，卜则巍《雪心赋》、刘伯温《披肝露胆经》，他们如何能读成句？二十四山山向水法谁能分的清楚！”

这端福下学时，把这话学说一遍。王氏喜不自胜。饭后叫王中把二门外厦房安置酒盘，叫绍闻到学中请先生看八字，到后厦坐。

绍闻依言。不一时，中有随绍闻到二门外。绍闻驻足，让先生进厦。中有指二门内房屋，问：“共有几间？”绍闻未及回答，只见赵大儿搬着漆椅，依稀欲出。中有见有女人来，遂进门去，说道：“宅子如此宽绰。”王中酌酒，绍闻把盏。未及三爵，王氏自二门内出，赵大儿负椅子，放在窗外。中有饮酒中间，亦觉窗外有人动止，料是主人翁内主也。绍闻说：“酒似不暖。”中有道：“不吃了。”问了绍闻的生年、月、日、时，中有掀开三寸宽，四寸长，小黄皮《百中经》披阅。说道：“初七日才芒种，尚属四月生人。这便无子午相冲；冲则主破伤。我前次看你的面相团聚，料无破损八字，今竟果然。这是天地间内外向孚之理，断断不易的。”又查出日时干支，大声道：“好！好！这才是人格会局的大八字，这是真正飞天禄马格！”何为学堂，何为贵神，逐一细说一番。次看运行，说道：“你是顺行运，去五月节两天，收作一岁运，一岁十一岁，十二岁运就极好。明岁，后岁，流年更好，一定是游泮的。你十六岁，科分更好。总是这个八字，得这运行，即不联捷，总不出二十二岁，必中进士。后运且俱系佳境。你既从我读书，我岂奉承你？看来这是一二品之命，妻、财、子、禄俱旺，更喜父母俱是高寿。”

这一席话儿，说的端福也不认得自己了，居然是左相甘罗，国初解缙。这王氏心满意足，喜得欲狂，忍不住在窗外说道：“先生极高明。命虽是好，还要烦先生指教。”中有便立起身问道：“是谁？”绍闻道：“我娘。”中有道：“老嫂在此，不知道，我还不曾见礼。”王氏道：“不敢，不敢。学生费先生气力。”中有便坐下道：“令郎这命，将来老嫂夫人要享一品诰命哩。”王氏道：“先生肯用心教训，先生也是享名有福哩。”便叫王中再烘酒去，自己与赵大儿往后去讫。

王中又与先生酌酒，中有道：“王中，你的地阁极方圆，日后大有出息。待绍闻居官发财时，可叫为你捐个小官儿做。”王中半声儿也不应。饮酒闲谈，至将下晚学时，方回碧草轩上去。王中以目送之，真咄咄怪事也！这正是：

> 去岁庙前颜色旧，今年轩上子平新。
> 侈谈云雨池中物，恐是邯郸梦里人。

这王氏自此深服侯先生，几恨相见之晚。向绍闻道："你爹在京有书来，与你丈人要先生。我与你舅请这侯先生，就是你爹回来时，也是喜欢的。"次后看坟宅，说阴阳，王氏病风丧心，敢于胡闹；侯子曲意先迎，兼能悦容。一宗宗打入王氏心窝里，信真这个学问，上通天文，下察地理；这样先生，天上少有，地下难寻。这绍闻也觉娄先生严明，不能少纵，不如这先生松活。所以根本既固，外物不能摇夺，侯冠玉在碧草轩上，得终三年淹也。不然为子择师，极重大事，孝移易箦时，岂无顾命；娄孔诸人，皆是父执，岂甘听绍闻之自为哉！这是后话且休说。

却说侯冠玉起初一月光景，还日日在学。后来隆吉儿因爹烧香不在家，只得在铺子里写账。及春宇回来时，伙计们俱夸隆吉儿精明，上账明白，情愿一年除十二两劳金。春宇是生意人性情，也觉着远水不解近渴，也就没叫上学。这福儿一丝不线，单木不林，也觉读的慢懈。侯冠玉渐渐街上走动，初在各铺子前柜边说闲话儿；渐渐的庙院看戏，指谈某旦角年轻，某旦角风流；后来酒铺内也有酒债，赌博场中也有赌欠；不与东家说媒，便为西家卜地。轩上竟空设一座，以待先生。这个缘故是怎的？原来人于书上若无心得，坐在案头，这个"闷"字便来打搅；胸中若无真趣，听见俗事，这个"乐"字早已相关。也无怪侯冠玉如此。只是端福落得快活，今日从先生赶会，明日从先生玩景。不然，便在家中百方耍戏。这王氏却也落得心宽，省得怕儿子读出病来。唯有王中心中，暗自着急，却也无法可生。

这正是：

一支迅船放水滨，忽然逗留滞通津；
橹迟绛缓因何故？换却从前掌舵人。

第九回

柏永龄明君臣大义　谭孝移动父子至情

却说侯冠玉偷惰纵学徒，尚是后日的事。谭孝移写家书时，只虑内人糊涂，不能为子择师，尚不知请了侯冠玉，一变至此也。

一日，正在读画轩上暗自踌躇，忽听德喜儿禀说："柏老爷到。"孝移急出相迎。只见虾蟆夹个拜匣，扶着柏公，径上轩来。为礼坐下，柏公叫道："虾蟆拿拜匣来。"虾蟆将拜匣递于柏公。柏公揭开，取一个红单帖，捧与孝移，说道："明日奉邀过午一叙。"孝移接帖在手，看是"十五日"三个字，下写"柏永龄拜订"，急忙深深一揖，说道："多承错爱，但领扰未免有愧，辞谢有觉不恭。"柏公笑道："无可下箸，不过奉邀去说说话儿，不敢言席。唯祈早临为幸。"孝移道："不敢方命。"柏公道："弟的来意，怕明日有拜的客，或有人请酒，所以亲订。总之，明日不闲，就再迟一日也不妨。因小价愚蠢，说不明白，所以亲来。"孝移见情意恳切，说道："明日径造，不敢有违。但这盛价老实过当，可称家有拙仆，是一乐也。"柏公道："做官时原有一两个中用的，告休之后，他们自行投奔，另写荐帖，跟新官去了。这个是舍亲的一个家生子，舍下毫无别事，借来此人，却也甚妥。总之官余无俗况，却也耳目清豁。"孝移见柏公吐嘱清高，愈觉心折。

已定下明日早诣之意。忽虾蟆说：“家中问老爷吃饭，是在家么，是在书房？要在书房，就盒子送过来；要在家里，就在厅上摆饭。”柏公道：“在家里罢。”起身告辞，右手拄着拐杖，左手把着虾蟆肩臂。孝移要送，柏公不肯。孝移叫德喜儿跟着招驾，怕有泥滑着。柏公藉点头以为回揖而别。

到了次日饭后，虾蟆拿个速帖儿，放在桌上。说道：“谭老爷呀，俺老爷叫你过去说话哩。跟我来罢。”孝移笑道：“我就过去，你在门上等着。”虾蟆喜喜去讫。孝移更衣，随叫德喜儿跟着，向北院而来。

柏公听说客到，躬身曳杖来迎。进的大厅，为礼预谢，柏公哪里肯依。内边捧出点茶，主客举匙对饮。柏公道：“虚讴台驾。料老先生也未免客居岑寂，请到这边散一散儿。”孝移俯首致谢，因见天然几上炉烟细细，两边有二十余套书籍，未免注目，想到是柏公的陈设。柏公起身到书边笑道：“这几部书，是弟送老先生的。”孝移急到几边说道：“家藏何敢拜惠。”柏公道：“这几套诗稿、文集，俱是我服侍过的大人，以及本部各司老先生，并外省好友所送。做官时顾不着看，不做官时却又眼花不能看。今奉送老先生，或做官日公余之暇浏览，或异日林下时翻披。宝剑赠于烈士，伏望笑纳。”孝移作揖谢道：“何意错爱至此！”柏公道：“不错之至。弟年逾八十，阅人多矣，唯老先生毫无一点俗意儿。”孝移道：“生长草野，今日才到首善之区，纵然看几本子书，总带龌龊之态，何能免俗呢？”柏公道：“俗之一字，人所难免。黄山谷曰：‘士夫俗，不可医。’士即读书而为仕者，夫即仕而为大夫者。这俗字全与农夫、匠役不相干。那‘语言无味，面目可憎，八个字，黄涪翁专为读书人说。若犁地的农夫，抡锤的铁匠，拉踞的木作，卖饭的店家，请问老先生，曾见他们有什么肉麻处么？弟做一个小官儿一二十年，见的人非少，那居心诚实，举止端方，言谈雅饬，令人钦敬羡慕的，原自不多。若说起俗来，弟之所见者，到今日背地独坐，想起他的名字，也就屈指无算，却又不敢想他那像貌、腔口。”

谭孝移是个谨密小心人，见柏公说话狠了，就于书套中取过薛敬轩夫子书来看一两行，拣着疑团儿问柏公，无非打个混儿，望柏公别开一个议论。谁知这柏公老来性情，谈兴正高，伸着两个指头，又说起来道：“如今官场，称那银子，不说万，而曰‘方’；不说千，而曰‘几撇头’。这个说：‘我身上亏空一方四五，某老哥帮了我三百金，不然者就没饭吃。’那个说：‘多蒙某公照顾了一个差，内中有点子羡余，填了七八撇头陈欠，才得起身出京。更可笑者，不说娶妾，而曰‘讨小，；不说混戏旦，而曰‘打彩’。又其甚者，则开口‘严鹤山先生’，闭口‘胡楚滨姻家’。这都是抖能员的本领，夸红人儿手段。弟列个末秩，厌见饫闻。今日老朽谢事，再也没这俗谈到耳朵里，也算享了末年清福。”这孝移本是个胆小如芥，心细如发之人，不敢多听，却又不能令其少说。无奈何又拣了一部杨文靖的奏疏，另起一个问头，这柏公才转而之他。

谈兴正高，只见虾蟆手提一条抹布揩桌子，向柏公道：“吃饭罢？”柏公点点头儿，说：“热酒来。”女婢手托一盘油果、树果，荤素碟儿，站在屏柱影边，虾蟆一碟儿、一碟儿摆在桌面。柏公叫移座，宾主对坐。女婢又提一注子暖酒，仍立在旧处。虾蟆在桌上放箸，又向女婢手中接过酒注。斟酒斟的猛了，烫着手，几乎把盏盘摔在地下。柏公叫：“玉兰，你来替虾蟆斟斟酒。”只见一个十三四岁垂鬟女使，掩口笑着，过来斟酒，递与柏公。柏公奉杯，孝移连声道了“不敢”。女婢又斟一杯，放在柏公面前。孝移执手回敬，交错已毕，宾主一起沾唇。虾蟆在月台上铜盥手盆里冰手，女婢在左右洗杯。柏公叫虾蟆斟酒，兀自不应。孝移想叫德喜伺候，却又不便。柏公对女婢说：“另换人送碟儿。”女婢到后边，又叫了一个爨妇，托出一盘小热碟儿上来。柏公奉让，女婢自行斟酒。虾蟆到槅子边崛嘴站着，面上不喜欢之甚。柏公说道：“你去与谭老爷管家托出饭来，就在对厅里陪他罢。”虾蟆才喜的去了。又一会儿，爨妇将热碟放完，柏公举箸奉让。此下山珍海错全备，不必琐陈。二公情投意洽，也都有了三分酒意。席完起座，女婢捧出茶来。孝移就要告辞，柏公哪里肯放，说：“请到东书房，再款叙半刻。”一面叫虾蟆开锁，将桌椅揩净。

柏公引着孝移到东书房，乃是一个敞院。中间一株高一丈太湖石，石案一张，瓷绣墩四个。进了书房，上面一个八分书“陆舫”匾，右边写“嘉靖癸亥”，左边写“蜀都杨慎”。其余不必细述，只淡雅清幽四字，便尽其概。

二公坐下，虾蟆送的茶来。德喜也站在院里。柏公吩咐道：“虾蟆，你同谭老爷管家，把条几上书送到南书房去，也照样放在条几上。”两人遵命而去。孝移再为致谢，因指匾上杨慎名字说道：“可惜这升庵先生，一个少年翰撰，将来位列台鼎，堂构前休，如今在云南受苦。或者将来圣恩赐还，也未定得。”柏公道：“只怕不能了。说起这宗大礼重案，令人寒心！当日哭阙一事，做的太猛。你想万岁爷自安陆人继大统，一心要崇隆本生，这也是天理人情之至。为臣子者，自当仰体万岁爷的渊衷，为甚的迫切激烈，万万不容？即如咱士庶之家，长门乏嗣，次门承继，如次门赡了长门家产，就把次门的生身父母疏远起来，这事行也不行？彼一时我部里少宰何大人，讳孟春，倡议叩阙泣谏，这升庵先生便说：‘仗节死义，正在今日！’为什么说出一个死字，岂不太骤？若是宋光宗不朝重华宫，那是子忘其父矣，臣子中有引裾垂涕而谏者，有流血披面而谏者，传之史册，谁能议其过当？若目今万岁爷追崇兴献王爷这个事则当斟酌，务使之情理两协，骤然二百二十人哭声震天，这万岁爷如何肯依他呢？总之，‘帝王以孝治天下，而帝王即以安天下为孝’，这两句是千古不磨的，若必执继统之说，称孝宗爷为考，这万岁爷必要避位回安陆府守藩，一发弄的不好了。总之，当日各大人胸中先有个‘激’字，进奏日又有个‘戆’字，哭阙时直是一个‘劫’字，受廷杖、窜远方，却又有个

'怼'字，请问老先生，君父之前，这四个字哪一个使得？"孝移一句也不敢答。柏公又道："夏家以传子为统，殷家以第及为常——共是十一个兄终弟及。若是这几位大人老先生，当太庚、雍己、河亶甲、盘庚诸君之时，定执今日这个意见，殷家一朝四百年也争执不明白，哪还顾得治天下哩。况洪武七年，御制《孝慈录》刊行天下，云：'子为父母，庶子为其生母，皆斩衰三年。人情所安，即天理所在。'此煌煌天语也。若拘于嫡庶之说，则齐王之子，其傅何为之请数月之丧矣？"大凡人到了七八十岁，人看他心中糊涂，他自觉心中明白的很；人看他口中絮叨，他自觉说得斩截的很。这孝移确守住臣子不敢擅言君父，草野哪敢妄及朝政，只是一个瞪目不答。柏公又说道："人臣进谏，原是要君上无过。若是任意激烈起来，只管自己为刚直名臣，却添人君以愎谏之名，于心安乎不安？倘若再遇别事，人君早防备臣下聒噪，这'廷杖发边'四个字，当其未曾开口之先，天威早已安排下成见，是连后来别人进谏之路，也替他塞断，于事可乎不可？"少停，又说道："老朽一向在忠孝两个字上，略有个见解，爽利对老先生说说。罗仲素云：'天下无不是的父母。'以老朽看来，大舜心中并无这八个字，其心只有'父母'两个字，但觉到二老跟前，着实亲热，即俗语所谓'亲的没法儿'是也。韩昌黎云：'天王明圣兮，臣罪当诛。'这九个字，都说到文王心窝里。文王只知天王命己为西伯，却自己与天王毫无裨补，心中总是不安。千年后却被韩退之说出。这话，不知是也不是。"孝移听到此处，不觉暗赞道："这老先生真个是贤人而隐于下位者。"

方欲聆其畅谈，无奈日已衔山，正该告辞而去。柏公扶杖相送，口中哼哼说道："老来昏聩，妄谈聒耳。"孝移说道："聆教多多。"虾蟆看见客走，飞风跑到大门，取了闸板，开了双扉，又紧着脚踏大狗脖项。宾主出的大门，一拱相别，孝移自回读画轩而去。

孝移在读画轩上，每日翻阅塘务日送邸钞。似觉胸膈间，偶尔有一阵儿作楚。一杯热茶，吐得出两口暖气，即觉舒坦些。忽一日阅至浙江奏疏，有倭寇猖獗，蹂躏海疆一本，乃是巡按御史欧珠和镇守太监梁瑶，联名同奏。心中有些闷怅。又觉胸膈间疼了一会儿。吃了一碗茶，已不能似旧日爽快。念及家事，虑潜斋开春来京，必要别请先生，王氏倘或乱拿主意，如何是好。心中闷怅，又添了几分。

正当日中时候，闷闷睡在床上。想着要回祥符。猛然推被起身，径上河南大路而来。不知不觉到了邯郸地方。只见一个官儿设座路旁，交椅背后一个人掌一柄黄伞，似有等候之状。孝移行近其地，那官儿恭身来迎。彼此一揖，那官儿道："候之久矣，屈尊到此一歇，还要聆教。"孝移只得随那官儿进了厅。两个为礼坐下，孝移便问道："向未识荆，抖胆敬问尊姓？"那官儿道："下官姓卢，本郡范阳人也。"孝移道："老先生与清河、太原、荥阳、陇西，俱是海内望族，久仰之至。但未审垂青何意？"那官儿道："弟今叨蒙圣恩，付以平倭专阃。素闻老先生品望崇高，学问醇正，敬以参谋之位，虚左相待。倘蒙不弃，俟海氛清肃，启奏天庭，老先生定蒙显擢。弟目今得以便宜行事，倘欲厕卿贰，现有幞头象笏；欲专节钺，现有龙标金瓜。弟所已经，皆仕宦之捷径也。谨解南州高士之榻，无妨暂驻行旌。"孝移道："雅蒙台爱，岂敢自外。但文绣我所不愿，温饱志所弗存。况心中又有极不得已的家事，定要归里酌办。"那官儿见话头决绝，不便再强。孝移即要告辞，那官儿哪里肯放，说道："现今煮饭已熟，恳暂留共此一餐。"孝移不肯，一揖而别，直赴祥符而来。到了家中，却不见人，只听有人说，端相公在后院书房里。孝移径至碧草轩。方进院门，咳嗽一声，只见大树折了一枝，落下一个人来。孝移急向前看，不是别人，却是儿子端福摔在地下。急以手摸唇鼻，已是气息全无。不觉放声号啕大哭，只说道："儿呀，你坑了我也！"

德喜儿听得哼哼怪声，来到床边，急以手摇将起来。喊道："老爷醒一醒。"孝移捉住德喜手哭道："儿呀，你过来了？好！好！"德喜急道："小的是德喜。老爷想是做什么恶梦，作速醒醒！"这孝移方觉少醒些。说道："只是梦便罢。"

孝移起来，坐到椅子上如呆。德喜取茶，不吃。烫了一碗莲粉，吃了几匙儿放下。

第十回

谭忠弼觐君北面　娄潜斋偕友南归

话说谭孝移午睡，做下儿子树上跌死一梦，心中添出一点微恙。急想回家，怕儿子耽搁读书。也知内人必请先生，但娄公一去，极难为继。又想王中是精细人，必不得错，但择师之道，他如何晓？又想孔耘轩关切东坦，必有妥办，又想大丧未阕，如何动转？或者程嵩淑、苏霖臣、张类村诸公，代为筹划，又恐筑室道谋，不能成的。左想右算，不得如法。欲将回去，又想保举一事，乃是皇恩广被，因儿子读书小事，辄想放下，哪得一个穷庐书愚，竟得上觐龙颜，这也是千载一遇的厚福，如何自外覆载？少不得在读画轩上，日看柏公所送书籍，涤烦消闷。有时柏公来园说些话儿，添些老来识见。

猛的一日，邓祥、德喜儿飞跑上轩来，说道："娄师爷来了。"抬起头来，只见娄潜斋已进的房来。正是他乡遇故知，况且是心契意合的至交，更觉欢喜。连邓祥、德喜儿，也都喜得呆了。叙礼坐下，两家家人各磕了头。孝移便道："昨前阅邸钞，见潜老高发，喜不自胜。已从提塘那里，寄回一封遥贺的书信，未知达否？"潜斋道："累年多承指示，侥幸寸进，知己之感，铭刻难忘。但弟是十月，即起身来京，所赐尊翰，实未捧读。"孝移道："为何来京这般早？"潜斋道：

“此中有个缘故。原是舍表弟宋云岫，有一宗天津卫的生意，今冬要与伙计们算账，携我同行。家兄也极愿意叫一搭儿来。且盛价王中，挂虑老长兄客寓已久，极力撺掇。多蒙嫂夫人赠贶二十两，曲米街王兄十两，即此鸣谢。还带了一个布缝的包封，一并交纳。”即命跟随的小厮多魁——“这就是旧年老哥到舍下，夸的学织荻帘儿那小孩子，如今也长成人了。”——将包封交与德喜。

孝移直觉得喜从天降，还疑是梦由心生。遂吩咐烫酒。邓祥早已安排停当，摆酒上来。吃酒中间，孝移问：“如今宋兄在何处？”潜斋道：“前二日，弟已同表弟午时进了京，寻店住下。舍表弟在外边去了半天，不知怎的探听得他的伙计，有些嫖赌的勾当，把本钱亏损。一夜也没睡得着。次日即上天津卫去。临走还说，没得工夫来看谭兄，着实有罪。待天津回京，即行拜谒。托弟先为奉达。弟在店中，并不晓得长兄寓处。长班们到晚间说，长兄在此作寓。他今日引的到门首。弟进来时，他说有一宗吏部紧文书，要去投递。”孝移道：“娄兄可搬到这里同寓。”娄潜斋道：“若地面宽绰可以联榻，自然遵命。”孝移即吩咐邓祥道：“你可套车，同娄老爷的人，上店搬取行李到这里来。回来再铺一张床。”邓祥道：“知道。”二人自去办理。娄、谭杯酒往来，问些家中两学生读书功夫。潜斋也问了些各省保举曾否齐集，引见在于何日，守候日久作何遣适的话。酒已吃完，日色西沉，行李搬来，床帐设妥。二人晚间剪烛说话，至鸡鸣时方寝。

早至正旦。虽肴核略具，仍未免动些乡思。到了灯节，两人晚间看灯一回，果然帝都繁盛，有许多想不到、解不来的奇景。转瞬到了二月初一日。孝移礼部过堂，方才晓得通天下保举贤良方正。时已齐集辇毂。回来告于潜斋，潜斋贺道：“面圣在即，不胜代为欣忭。”孝移答道：“文战有期，捷音不日到耳。”自此潜斋进场事务，孝移皆代为经营，不叫潜斋费心。无非俾之静养，以决一胜之意。及到了场期，孝移同至场门新寓。这送场，接场，俱是孝移亲身带人料理。三场已毕，复回读画轩候榜。写出头场文字，孝移看了，预决必定人彀，潜斋谦逊不迭。孝移道："此举不胜，弟情愿绝口不复论文。你我至交，岂作场前盲赞之态。"潜斋亦知孝移是能文高手，赏鉴不差，本来场中就觉得意，因亦默为自负。此时礼部启奏科场事务，并附奏天下保举贤良方正共九十四人，俱已到部，伏请引见之期。奉旨于二月二十五日带领引见。一时礼部预集保举人员，到部演礼，谕以拜跪务要整齐，奏对务要清朗。到了二十五日，礼部司官，带领一班保举人员，午门肃候。嘉靖皇帝御了便殿，一起人员俱按省分挨次而进，十人一班，各奏历履。天颜有喜，目顾阁臣说道："各省抚臣，遴选尚属详慎，可嘉。"须臾圣驾还宫。礼部引一起人员出朝。迟了几日，各长班俱向礼部打听消息，钞出部臣奏议朱批回寓。只见上写：

礼部奏，为遵旨速议事。臣部于二月二十七日申刻，接到内阁奉朱批："这所保举贤良方正，其如何甄别擢用之处，着该部速议明白具奏。钦此。"臣部钦遵。谨查宣德二年保举之例，在内以中、行、评、博用，在外以通判、同知用；其有年衰病情愿终养者，听其回籍，许以正六品职衔荣身。臣部请照例办理。如蒙俞允，臣部秉公详验，甄别内外，另行启奏，即将各保举年貌册籍，移交吏部，按缺选授。

谨奏。

奉旨："知道了，依议。"

却说旨意一下，各省保举人员，有静候验看者，有营运走动者。内中亦有投呈礼部情愿终养者，有自陈年愈五十不能称职者，亦有告病者。孝移也要投递告病呈子。这邓祥、德喜儿正打算随主荣任，办理行头，忽闻这话，急得要不的。长班也极为拦阻。孝移写就呈了，递于潜斋道："这个如何使得？前代以选举取士，这是学者进身正途。异日展布经纶，未必不由此发脚。况守候年余，今日方被皇恩，如何忽而以病告休，实所不解。"孝移道："告病原非虚捏。弟自昨年进京，水土不与脾胃相宜，饮食失调，且牵挂家务，心常郁郁，因有胃脘疼痛之症。潜老不信，请问两个小价。”邓祥接口道：“去年八九月，原有两三次胸中不爽快，入冬以来，再也不曾犯着。”潜斋道：“这样说，乃是偶尔小恙，何足介意，为何遽然告病？长兄无非国心家计，其如皇上天恩何。”孝移吩咐家人：“你们外边伺候，我与娄爷说一句话。”邓祥等退避。

孝移移近潜斋道：“年来阅邸钞，向来海疆不靖。近日倭寇骚动的狠，沿海一带州县，如嘉兴、海盐、桐乡，俱被荼毒。原其所始，总由日本修贡入中国，带有番货至内地，由市舶司太监掌之。这太监们哪晓得朝廷柔远之道，其贪利无厌，百倍于平人，断断未有不秉权逞威而虐及远人者。即令太监少知自敛，而跟从之厮役，差使之胥皂，又决乎没一个好的。中土无业之民，失职之士，思藉附外以偿夙志。如宋素卿、徐海，麻叶，皆附外之最著者，竟能名传京师；所宠之妓，如王翠翘、绿珠，亦皆雷灌于沿海将军督抚之耳，思贿之以得内应，则倭寇之虐焰滔天可知。看来日本之修贡，非不知来享来王之义，而导之悖逆者，中国之刁民也。贡人之带贩番货，不过以其所有，易其所无，思得中国之美产，以资其用，而必迫之窘之，使怀忿而至于攻劫者，阉寺之播毒也。总之阉寺得志，其势先立于不败之地，官僚之耿直者，若必抗之，则触祸；塌冗者，又必媚之以取容。今竟至于开边衅，而沿海半壁天为之不宁矣！目今料朝中必有挑拨人员，兵前听用之举，若说弟有心规避，这效命疆场，弟所不惮，此情固可见信于兄；但行兵自有主将，而必用内臣监军，弟则实难屈膝。此其隐衷一也。况弟即做官，未必能升擢，万一做起去了，遇见大事，若知而不言，不唯负君，亦负了先父命名忠弼之意；若以言获罪，全不怕杀头，却怕的是廷杖——这个廷杖之法，未免损士气而伤国体。况且言官无状，往往触怒皇上。昨年因议大礼，廷杖者竟至一百八十人。虽武宗时舒殿撰谏阻南巡之事，也不过此。又有四五位科道，为参奏汪太宰，俱行罢斥。内中有位冯道长讳恩者，为人忠正，天下闻名，老兄想也是知道的，所言尤为直切，独被遣戍。背后听的人说，这个太宰汪鋐，奸邪异常，宠任无比。当九卿在阙门会讯冯公之时，仍命汪某在首班秉笔，因冯公面斥其奸，汪鋐竟下座亲批其颊。像这等光景，忠义何存？将来在上之人，必至大受其祸，履霜坚冰已有兆矣。此其隐衷二也。若说留心家事，看来不做官，便当以治家为首务。既做官，则州县以民事为首务；阁部以国事为首务。弟岂庸庸者流，求田问舍，煦煦于儿女间者？人之相知，贵相知心。此其所以告病也。况实在心口儿上，有一块作祟。”

潜斋知孝移心曲已素，也愁良友郁结。未及回答，忽的一个客进门，潜斋认得，孝移却不认得。行了相见之礼，潜斋道：“这就是舍表弟宋云岫。”孝移虽不认得，却是谊关桑梓，不胜忻然。让坐已妥，彼此略叙寒温。宋云岫便向潜斋道：“真正的，三里没个真信儿。天津这份生意，在咱省听说伙计们伤了本钱，急紧到京，见熟问信，话也恍惚。到了天津，谁知伙计们大发财源。买了海船上八千两的货，不知海船今年有什么阻隔，再没有第二只上来，咱屯下的货，竟成独分儿，卖了个合子拐弯儿利钱。昨伙计算了一算，共长了一万三千五百二十七两九钱四分八厘。天津大王庙、天妃庙、财神庙、关帝庙，伙计们各杀猪宰羊，俱是王府二班子戏，唱了三天。”谭、娄拱手同声道：“恭喜，恭喜。”宋云岫道：“托福，托福。别的不说，总是二公盘费休愁。只要中进士，拉翰林，做大官，一切花销，都是我的，回家也不叫还。”说着早不觉哈哈大笑起来。谭、娄共道：“这个很好。”德喜捧茶上来，宋云岫道：“这是咱家里人么？”谭孝移道：“是。”宋云岫道：“娃娃认得我么？我在曹门大街路北大门楼儿住，我姓宋。”德喜道：“认得。”一面散茶，一面磕下头去。邓祥也磕了头。宋云岫笑道：“转筒好二爷，好二爷。”大家都笑起来。又说道：“你们在这里住，我从沙窝门进京，再找不着。昨日到尤老爷、戚老爷处，才问明白在悯忠寺后街。今日才着门儿。到明日，我请二位老爷到同乐楼看戏。叫你们跟班也看看好戏。”娄潜斋道：“表弟如今在京，别有什么事体？”宋云岫道：“别的无事。我当初二十岁，随你表伯在京走过，今年十七年了。如今到京里瞧瞧，住上一个月，还要到天津，同伙计张老二，回咱祥符。”谭孝移道：“这里房子宽绰，就搬行李，移在一处何如？”宋云岫道：“我是要到京里看看，各人便宜。”

须臾，摆上饭来。让坐吃饭。饭完，宋云岫就要起身。德喜道：“宋爷跟的人，还没吃完饭哩。”捧茶上来，宋云岫接茶在手，说道：“我今日出去看条子，拣好班子唱热闹戏，占下座头。不请别人，就是咱三人。我亲自来请，与二位添些彩头，好做官。我异日路过衙门，唱堂戏回敬我，不准推辞。我走罢，我还去看看宋门上荇洲汪老爷去。”孝移道：“明日不能看戏。”潜斋极力撺掇，孝移方才应允。云岫说罢就走，二人送至大门口。云岫上的车，还说道：“只管放心盘缠，现今咱发了财。采时全然不料有这。”乘车而去。

二人回来坐下，孝移道：“少年豪爽的很！”潜斋道：“这表弟是个最好的。为人心无城府，诸事豪爽，他却不妄交一人，不邪走一步。将来还有个出息。”到了次日傍午时，宋云岫来了。恰好二公在寓，进门来拱手道：“我今日来请看戏，江西相府班子，条子上写《全本西游记》。我亲自进同乐楼拣的官座占定。二公只穿便服，娃娃们带上垫子，咱就同去。”立催二公各带一仆，邓祥套车送去。

云岫坐在车前，一径直到同乐楼下来。将车马交与管园的，云岫引着二公，上的楼来。一张大桌，三个座头，仆厮站在旁边。桌面上各色点心俱备，瓜子儿一堆。手擎茶杯，俯首下看，正在当场，秋毫无碍。

恰好锣鼓响处，戏开正本。唱的是唐玄奘西天取经，路过女儿国。这唐僧头戴毗卢帽儿，身穿袈裟僧衣，引着三个徒弟——一个孙悟空，嘴脸身法，委的猿猴一般。眼睛闪灼，手脚捷便。若不是口吐人言，便真正是一只大猩猴。一个猪八戒，长喙大耳，身穿黑衣，手拿一柄十齿钯子。出语声带粗蠢，早已令人绝倒。一个沙僧，牵着一匹小白马，鞍屉秋辔，金漆夺目。全不似下州县戏场，拿一条鞭子，看戏的便会意，能“指鞭为马”也。师徒四人，到女儿国界，一个女驿丞，带着两个女驿子接见。孙悟空交与天朝沿路勘合，到一国，国主要用印，过站还要迎接管待。女驿丞双手接住勘合，回朝转奏国主。这个猪八戒的科诨俳场，言语挑逗，故作挝耳挠腮之状。这众人的笑法，早已个个捧腹。女驿丞回朝，这女主登殿。早奏细乐，先出来四个镇殿女将军，俱是二十四五岁旦脚扮的，金胄银铠，手执金瓜铜锤，列站两旁。又奏一回细乐，四个女丞相出来，俱是三十岁上下旦脚扮的，个个幞头牙笏，金蟒玉带，列站两旁。又打十番一套，只见一个女国王出来，两个宫女引着，四个宫女拥着。这六个宫女，俱是十七八岁年纪扮的，个个油头粉面，翠钿仙衣。那两个引的宫女，打着一对红纱灯前导，那后边四个宫女，一对日月扇，一对孔雀幢，紧拥着一个女儿国国王出来。这女主，也不过二十岁，凤凰髻，芙蓉面，真正婉丽自喜，且更雅令宜人。再看那些旦脚，纵然不下侪于曹桧，只可齐等乎虢秦。女王霓裳霞裔，看者目为之夺；环佩宫商，听者耳为之醉。六个宫女围住上场，念了一套《鹧鸪天》引子，才轻移莲步，回转到主位坐下。这女驿丞奏明天朝活佛，路过本国，勘合用印的情事。女王俞允，便与四大丞相商量，款待天朝高僧的事宜。四丞相奏了仪注，传旨，明日迎迓，到柔远厅上筵宴。即着女驿丞投启订期，速回驿伺候；若是有慢，即行枭首为令。

到了排宴之时，玄奘正坐，左边是孙悟空、猪八戒、沙僧三席，右边是女主一席，仰面斜签相陪。这个场中，猪八戒口中不吃素席，摇耳摆腮；眼中却艳女臣，神驰意羡。这孙悟空再三把持，怕八戒失仪，却又不敢手扯口斥。这个光景，早令人解颐不已。那边席上，女主含着个伉俪之情意，有许多星眼送暖，檀口带酸的情景。这唐玄奘直是泥塑木雕，像是念《波罗蜜多心经》。这一出真正好看煞人。

再一出，更撩人轩渠处，乃是八戒渴了，曾吃了女儿国子母河的水，怀孕临盆。上场时，只见孙悟空搀着大肚母猪，移步蹒跚可笑，拘腹病楚可怜。这潜斋欲解孝移的胸中痞闷，笑道："孝老看见豕腹彭亨么？"孝移笑道："今日方解得'豕人立而啼'。"彼此大笑不已。只见这孙悟空扶八戒坐在一个大马桶上，自己做了个收生稳婆，左右抚摩，上下推敲，这八戒哭个不住。宋云岫道："怎的不见女儿国女人？"潜斋道："豕四月而生，想是过了女儿国了。"孝移又复大笑。少时肚子瘦了，悟空举起大马桶细看，因向戏台上一倾，倾出三个小狗儿，在台子上乱跑。孝移笑道："'三豕，讹矣。"潜斋亦笑。原来是戏班子上养的金丝哈巴狗。那看戏的轰然一笑，几乎屋瓦皆震。忽的锣鼓戛然而止，戏已煞却。

且不说众人拥挤而出，这娄潜斋看谭孝移眉目和怡，神致舒畅，不似前日颦蹙之态。宋云岫道："人松了，咱也该走罢。"一起动身下楼。德喜儿、多魁儿，夹着垫子。宋云岫道："就到晋郇馆内吃饭。"孝移也不甚推辞。

原来孝移在都中柏公花园居住，为甚的有了胃脘作疼之病？总缘人生有性有情，情即性之所发。若是遇的事有个趣儿，听的话有个味儿，心中就可以不致郁结。这孝移住在读画轩内，虽有花木可玩，书史可看，毕竟是琴瑟之专一，自非圣人，谁能无闷。况且又有家事在心，鞭长莫及，不免有些闷闷。这娄潜斋是孩童时知己，一眼瞧破，想着破其郁结，所以云岫说请看戏，潜斋便怂恿。及见了戏，却也有些意外开豁。谭、娄纯正儒者，哪得动意于下里巴人。此段话说，于理为正论，于书上为卮言。

单讲宋云岫，邀谭、娄二公到晋郇馆，点了几碟子菜儿，不过是珍错鸡鱼，熏腊腌糟等物，吃了数瓶南酒。德喜儿、邓祥、多魁及宋宅跟的，共成醉饱。开发食饭银两。出的馆门，一向悯忠寺后，一向沙窝门街。彼此致谢，各拱而归。谭、娄径向读画轩而来。到了读画轩，早已黄昏，点上烛台，孝移说也有，笑也有，娄公暗喜不置。心中想到：“人生客居在外，最阳的是有病，有病最怕是孤身，今早谭兄外边走一定，便尔精神爽利。”早宽了朋友关心之责。

次日，二人坐车上沙窝门，访着宋云岫住处，一来回拜，二来致谢。偏偏宋云岫向汪荇洲家赴席。将信儿留于店主，径自回来。

一日，戚、尤二公，先后来拜。谭公不在寓所，二公俱回。隔了数日，戚公具柬春茗，尤公亦差人投帖，谭孝移俱具了辞谢柬儿。娄潜斋问道：“兄言戚、尤二公，情意周密，何以辞他的席面？”谭孝移道：“戚、尤两乡亲，虽切于梓谊，但官场中还有别客。咱的前程低微，那朝贵视之如泛乏，何苦的樽前一身多泥？即令少为垂青，未免都是官场中不腆之仪注，无意之关切，反误了咱两个一日促膝快谈之乐。”娄潜斋极为叹服。自是朝夕谈论，共阅柏公所送诗文，有疑则互质，有赏心处则互证。以待次月放榜，南宫高发。

谁知到了晓期，礼部放榜，潜斋竟落孙山。潜斋却不甚属意，孝移极代娄公抱屈。自己长班来了，与了三百钱，写了河南娄昭名字，代查败卷，查来时，只见三本卷面，写着“兵部职方司郎中王阅”，大批一个“荐”字。头场黑、蓝笔俱全，二场亦然。到了第三场策上，有两句云：“汉武帝之崇方士，唐宪宗之饵丹药。”这里蓝笔就住了。谭孝移道：“咳，此处吃亏，可惜了一个联捷进士！”闲话中，孝移甚埋怨潜斋策中戆语，殊觉无谓：“总之人臣事君，匡弼之心，原不能已，但要委屈求济，方成得人君受言之美。故如流转圜，君有纳谏之名，而臣子亦有荣于史册。若徒为激切之言，致人君被拒谏之名，而臣或触恶而予杖，或激怒而为杀，纵青史极标其直，实则臣子之罪弥大耳。况潜老以过戆之词形于场屋，既不能邀其进呈，且暂阻致身之路，此何为乎？要之，弟非以结舌冻蝉勖良友也。”潜斋极为谢教。孝移又道：“臣子固不可以戆言激君父之怒，若事事必度其有济，不又为阿谀取容辈，添一藏身之窟乎！”潜斋又极为首肯。

一二日间，河南回籍举子，也有约娄潜斋偕归的，潜斋以不能遽归谢却。缘潜斋之意，想着留京与孝移作伴。见孝移精神爽豁，心下着实喜欢，自己功名得失，反付之适然。

忽一日，孝移不吃夜间晚酌，蒙头而睡，说是胸膈作酸。德喜儿泡莲粉，不吃；问说烫甜水鸡蛋儿，也摇手不用；只吃了一口元肉砖茶。潜斋问了几遍，总言："微微作酸，无甚关系，娄兄只管放心。"

边听说，浙江监军内臣，果有奏请拣发海疆佐贰人员沿海备倭以凭差遣一疏。深服谭公料事不差，尚未敢对谭公说。且深知谭公是留心经济之人，断断不肯规避。但这本系内臣所奏，到浙必要谒见阉寺，出身之始，先难为了此膝一屈。恰好谭孝移仍要递告病呈子，娄潜斋是真正经术之士，明决果断，即于本日帮长班的，把呈子投讫。

尔时天下保举贤良方正人员，告病者共有七人，部批候验。大人遂差仪制司司官，照司务厅册子所注各员寓处，亲行检验。别处不必详说。单讲到了读画轩，验了万全堂包丸药儿票儿，取具"原任吏部司务厅、房主柏永龄，同乡、河南举人娄昭，结得保举贤良方正、正六品职衔谭忠弼，委系患病，并无捏饰规避情弊"甘结，司官回部禀明，大人即于谭忠弼名下，吩咐注"患病回籍"四字，交与经承书办收存呈词、甘结备案。

此下单讲谭、娄商量南旋事宜。谭孝移道："读画轩住了二年，当备房租交与柏公。"潜斋道："我亦半年，亦当分任僦价。"孝移笑道："东君该与西席垫备。"潜斋笑向箱中取出一封道："此嫂夫人之预垫也。"只见邓祥跑来说："宋老爷来。"二人忙出迎接，宋云岫已到轩中。为礼坐下，道："我在天津卫，见人家门首插捷报旗，说是京城已开了进士榜。料表兄必然高中，火速进京，到沙窝门街店里，门房有贴的《题名录》，方知表兄抱屈。"孝移道："策上两句话错了，便成下科高魁。"潜斋道："自不检点，更有何说。"孝移道："那忘了检点，就是下科检点张本。"云岫道："谭先生呢？"潜斋道："已得正六品职衔，告病回籍。”云岫道：“几日起程？”孝移道：“不过三日。”云岫道：“桌面上银子做啥呢？”潜斋道：“主人房租。”云岫道：“就是这些么？”孝移道：“得五六十两。”云岫叫跟的小厮说：“提过褡裢来。”云岫掏出两封，放在桌面上笑道：“我本意是为中进士拿来，难说未曾中进士，就不拿出来么？既是决计要走，我如今与二公办驮轿去。就定于十六日起身。”吃了茶就走，娄、谭留不住，出门坐车走讫。

这二公回到轩上，叫德喜儿拿褡裢来，装上六十两银子，带两个辞行名帖，径上北院而投。这虾蟆一见，飞告柏公；走得太急，绊了一跤。起来又跑，刚到厅上告说，二公已上阶级。柏公急忙出迎，说道：“老者不以筋骨为礼。”一拱而坐。谭公说：“两年搅扰，兼聆教益，这十六日旋里，理应禀辞。”娄公说：“遽尔瞻韩，屡蒙见召，尚未暇拜谢。今附谭兄骥尾，同回河南。转盼三年，再来登堂。”柏公道：“二公之事，老朽已知巅末。只是遽尔言旋，情不自胜，却也无可奈何。但再吃我一杯酒儿，少伸微忱。”谭公道：“缱绻二年，无以留别，谨此不腆，老先生胡乱赏人罢。”柏公大笑道：“嘻！二公，我今年八十七岁，我还要这东西做啥呢？我自幼儿就不晓得见钱亲，只晓得见人亲。我做那芝麻大官儿，日日到部里，谨慎小心，把我该办的事赶紧办完，只怕有破绽，惹出处分来。那各司郎中、员外老先生们，尽有实心做官的，我心中虽极为歆羡，却从来不曾妄为攀援，流落到那走声气的路上，叫旁观者夸是官场一把手。官儿虽小，着实怕这‘一把手’三个字。这老先生们，也就有俯念拙诚，忘分下交的。始而略赐颜色，渐渐的也竟成了性命之交。咳！只因我多活了几十岁，如今都谢世而去。算将起来，没人了。内中有几位，俱是君子路上的人，只是见理太执，有受了廷杖死的，有贬窜远方不知所终的。最可恨者，朝中若有了专权的官儿，他们个个俱是糊涂厉害，愚而且狠的。这几位老先生，偏偏要出来和他们兑命。却不知千古之巨奸大憝，将来总没有好结局。何况阉宦。譬之猛虎当道，吃得路断人稀，必有个食肉寝皮之日。这些弄权蛊国的人，将来必有个灯消火灭之时。我若有冯妇本领，就把虎一拳打死，岂不痛快？只因他有可负之嵎，又有许多伥鬼跟着，只有奉身而退，何必定要叫老虎吃了呢？及到老虎没了时，天朗气清，这正是朝廷蒿目四望，想几位留为有余的老成典型，大家整理起来，可怜这君子一边人，早已损之又损，以至于无矣！此岂是祖宗养士数百年之意？”

说未了，女婢玉兰托盘捧出玫瑰澄沙馅儿元宵三碗，分座递了茶匙。吃完，玉兰托盘接碗已毕，柏公吩咐道：“你叫厨下焦家女人来。”柏公又叫道：“虾蟆过来。”虾蟆站在门边，焦家、玉兰俱到。柏公取过小封银子拆开，乃是八锭儿，笑道：“掠美市恩罢。”与了虾蟆两锭，说：“为你会看狗。”与了玉兰与焦家各三锭。叫虾蟆磕头。“你两个不谢赏，走罢。”遂推大封，叫德喜儿仍自收住。孝移道：“别无可奉，聊作别敬。”柏公大笑道：“别敬乃现任排场，弟已告休，二公尚待另日，何必为此？但愿二公再来京时，我若未填沟壑，还到南书房居住，或者也显得‘观近臣以其所为主’；若是没了我，只望到门前一问，不敢求脱骖之赠，也不敢望出涕之悲，但曰：‘此吾故馆人之丧也。’那时节老店家九泉之下，就平白添上无数身份。”因指银子道：“这就算弟之赆仪，叫贵管家收住，路上一茶。弟是万万不受的。”谭、娄二公见柏公语言剀切，不敢再让。又略坐一坐，说要收拾行李，告辞起身。柏公相送作别。

回到读画轩，宋云岫已早坐在那里。限定两个骡夫，在院里。宋云岫道：“两顶驮轿，我已置办停当。六头骡子，我亦雇觅妥贴。银子已开发明白，只用二位验验他们的行契。他们跟来，只问是十六日起身，那日他们早来这里伺候。到家留他们住一天，赏他们酒钱一吊。路上伺候得好，酒钱再添一吊。到那日我早晨就到。我走罢，还要置两件东西。”说罢出门，骡夫也跟着走讫。

这谭孝移又坐车到戚、尤二公处辞行。娄潜斋照料邓祥们包装箱笼褡裢。不多一时，孝移回来说："二公俱上衙门，有伺候皇上宿斋宫事。帖子留下。"到了次日，柏公送到一席，说不能亲往奉杯。晚夕，戚公差人送路菜一瓮，随带包封家信，说不能看行。少时，尤公差人送上好油酥果子一匣，说是路上点心泡茶。各与谢帖及家人犒封儿。

到启行之日，宋云岫来。跟的人提两把宽底广锡茶壶，说到轿内解渴便宜，省的忽上忽下。两个长班，各来送行，谭公赏银四两，娄公也予了一封。驮轿已到，两长班各扶二公坐讫，回首别了云岫。却见虾蟆大痛，孝移极为恻然。骡夫打了一声胡哨，驮轿走开。邓祥套车，德喜、多魁坐在上面，压住行李相随。霎时出了彰仪门西去。却说这彰仪门，进的，出的，是两样心思。有诗为证：

洞敞双扇附郭门，来时葵向喜朝暾。
但逢西出常回看，万里依依恋至尊。

本夕停骖良乡，投店住下。邓祥等又复检点行囊，务要捆扎妥适，以便长行。娄潜斋怕孝移前症或犯，路上难以行走。看时却见孝移细阅壁上写的诗——有旅人诗，女郎题句，也有超群出众的。孝移心旷神怡，极为忻赏，毫无一点病意。潜斋不胜畅快。因想着缕路拣古圣先贤遗迹，忠臣孝子芳踪，与孝移流连一番，足以拨去尘嚣，助些兴致。至于曹瞒、高洋、慕容、石虎的屯占地方，俱以无何有之乡置之，恐其败尚论之兴。早已打算停当，这良友关切至情，可谓周到极矣。次日过涿州，黄昏到店。说张桓侯四言诗、《刁斗铭》，桓侯美秀多髯，李义山所谓"张飞胡"的考证，孝移欢然。此后，过庆都县，谒帝尧庙。至赵州桥，说隋匠李椿造，并说俗云张果老骑驴，将压断此桥，鲁班一手撑住，各鼓掌大笑。过沼州，说李文靖故里，娄潜斋还提起写匾事，笔法惭愧先贤。过沙河县，说宗广平《梅花赋》。至邯郸县黄粱梦祠，孝移说："昨年在京做梦，曾到此处，遇见一个官儿，请我做参谋。”彼此又笑起来。过彰德府，说韩魏公相业。过汤阴，上文王演易台，谒岳忠武祠。过卫辉，谒比干墓，看宣圣遗笔。到延津，说黄河故道，遥指浚县大伾山。

不说沿途考证芳躅。单讲到黄河，船走对岸登崖。二公复上驮轿，遥见铁塔。不多一时，进了古封丘门。德喜引路上萧墙街，多魁引路上文靖祠西边胡同。轿上各谢承携而归。

第十一回

盲医生乱投药剂　王妗奶劝请巫婆

话说谭孝移自都门回来，傍午到家。王氏接着，便叫："端福儿，快来瞧你爹来，你爹爹回来了！"端福欢喜非常，上前磕头。这夫妻、父子将近二年不曾见面，今日久离初合，亲爱自不必说。王中、蔡湘、双庆一班仆人，也都喜得主人到家，同来磕头。王中自去安插车户。

谭孝移洗了风尘，换了行装，即叫开祠堂门，行了反面之礼。吃了午饭，这一切家间事务，也没头儿问起。少顷，阎相公请见，就出来到客厅说话。王中也跟到前边，问些京中起居归途缘由。

忽一声说："侯先生到。"王中便说："是今年大相公从的师傅。"孝移慌忙出厅相迎。行礼坐下，孝移道："先生奉屈舍下，小儿多领教益，尚未得致谢，何敢承此先施。"侯冠玉道："多蒙王姐夫推荐府上教书，常自愧以为不胜其任，何敢领谢。"孝移道："先生过谦。弟不在家，只恐简慢取罪。"侯冠玉道："府上供用极好，贱内也颇能节俭，甚觉宽绰。"孝移道："小儿愚蠢，先生未免过费精神。"侯冠玉道："令郎资禀过人，三个月读了三本儿《八股快心集》，自是中人以上可以语上的。"孝移道："感谢先生指引。"侯冠玉吃完茶，说道："老先生才到家，料着忙迫。现在学生读的文章，选中了一道截下题，尚未圈点，要到学中与他细讲，告辞罢。”孝移道：“今夕残步，不敢奉谒，明日竭诚到书房拜揖。”送得出门，侯冠玉从大门转至胡同口，回碧草轩去。

孝移见冠玉说话光景，便问王中道：“适才侯先生说，王姐夫推荐。是哪个王姐夫？”王中道：“大约是曲米街舅爷。”孝移道：“先生口语是外来的人，曲米街这宗亲戚，你知道么？”王中道：“听说先生内眷，与妗奶是干姊妹。”孝移略点点头儿，没再说话。

延师教子，乃是孝移第一宗事。次日早饭后，便从后门上碧草轩，带些京中物事，看拜先生。到了轩上行礼坐定，只见端福儿一个在座。因问：“王隆吉没上学么？”侯冠玉道：“打开春王姐夫烧香朝南顶去，隆吉在铺子里管账目，已多日了。”孝移道：“可惜了！是个有造之器。”又问道：“端福的《五经》读熟不曾？讲了几部呢？”侯冠玉道：“如今考试，那经文，不过是有那一道儿就罢。临科场，只要七八十篇，题再也不走；即令走了，与同经的换。要是急于进学，想取优等，只用多读文章，读下千数篇，就够套了。”孝移道：“穷经所以致用，不仅为功名而设；即令为功名起见，目不识经，也就言无根柢。”侯冠玉道：“只要多读时文，俗话说：‘好诗读下三千首，不会做来也会偷。读的多，多就会套。‘砍的不如镟哩圆’，放着现成不吃，却去等着另做饭？这大相公聪明的很，他是看猫画虎，一见即会套的人。”孝移微笑道：“端福不甚聪明，恐画虎类犬。”遂起身向端福座位而来。掀起书本，却是一部《绣像西厢》，孝移道：“这是他偷看的么？”冠玉道：“那是我叫他看的。”孝移道：“幼学目不睹非圣之书，如何叫他看这呢？”侯冠玉道：“那是叫他学文章法子。这《西厢》文法，各色俱备。莺莺是题神，忽而寺内见面，忽而白马将军，忽而传书，忽而赖柬。这个反正开合，虚实浅深之法，离奇变化不测。”孝移点头，暗道：“杀吾子矣！”这侯冠玉见孝移点头，反认真东翁服了讲究，又畅谈道："看了《西厢》，然后与他讲《金瓶梅》。"孝移不知其为何书，便问道："《金瓶梅》什么好处？"侯冠玉道："那书还了得么！开口'热结冷遇'，只是世态炎凉二字。后来'逞豪华门前放烟火'，热就热到极处；'春梅游旧家池馆'，冷也冷到尽头。大开大合，俱是左丘明的《左传》，司马迁的《史记》脱化下来。"又说了一会话，大约语言甜俗，意味粗浅，中藏早是一望而知的。孝移细看儿子，虽在案上强作哼唧，脸上一点书气也没有。大凡学生肯读书，黑脸皮儿都是秀气；不肯读书的，即是白净脸，也都是油气。这是莫之为而为的。

孝移见端福儿神情俗了，又见侯冠玉情态，更焦了十分。心中闷闷回到家中。见了王中，问道："这先生平日做何生理？做过先生不曾？"王中道："平日也不知道。只是听人说，这先生会看病立方，也会看阳宅，也会看坟地，也会择嫁娶吉日，也会写呈状，也会与人家说媒。还有说他是枪手，又是枪架子。奶奶听说只供粮饭不用管饭，就应允了。"孝移默然不语。是晚睡下，细为打算：将下逐客之令，自己是书香世家，如何做此薄事，坏了一城风气；继留作幕中之宾，又怕应了京中所做之梦。千回百转，无计可施，遂暗叹道："妇人坏事，如此可恨，她并不知坏到这个地步！"

次日清晨起来，到阎相公账房闲话。因说侯冠玉的事，阎相公道："古人云：'师道立，则善人多。'晚生看这侯先生，恐不足以师长之尊。"王中插口道："不如开发为妙，大爷不用见他的面，小的自有酌处。"孝移道："咱家也算省城斯文之望，这般做法，后来咱怎的再请先生；叫城中读书之家，如何再请先生呢？再酌夺。"又向阎相公道："先生者子弟之典型。古人易子而教，有深意存于其间焉。嗣后子弟读书请先生，第一要品行端方，学问淹博。至于子弟初读书时，先叫他读《孝经》，及朱子《小学》，此是幼学入门根脚，非末学所能创见。王伯厚《三字经》上说的明白，'《小学》终，至《四书》。《孝经》通，《四书》熟，如《六经》，始可读。’是万世养蒙之基。如此读去，在做秀才时，便是端方醇儒；到做官时，自是经济良臣；最次的也还得个博雅文士。若是专弄八股，即是急于功名，却是欲速反迟；纵幸得一衿，也只是个科岁终身秀才而已。总之，急于功名，开口便教他破、承、小讲，弄些坊间小八股本头儿，不但求疾反迟，抑且求有反无；况再加以淫行之书，邪荡之语，子弟未有不坏事者。”说罢起身而去。

回到楼下，因久客旅邸，不如在家安逸，又路途劳顿，不如安坐闲适；况到家数日，这劳生动心的事儿，一切都要安顿摆布，吩咐应酬的话，说的也多，此夕觉得疲困，睡到床上，便入梦境，到了五鼓，猛然醒了。这侯冠玉事突然上心，枕上自说道："我一生儿没半星儿刻薄事，况且在京都中住了二年，见得事体都是宽宽绰绰的，难说到家进门来，便撵了一个先生？若是做的错了，是开封府师道之不立，自我先之矣。大伤文风，大伤雅道！此事只得放下。"等得天明时，即起身到前厅呼唤王中，说道："昨晚说侯先生那事，做不得。"王中道："小的也想了一夜，做得太狠，关系甚大，小的说的错了。如今仍旧照常，到九月以后，便不显痕迹。"孝移点头，仍回楼下。

未及进门，双庆来说："孔老爷来了。"孝移穿楼过庭，前院迎客，让至厅上相见，为礼坐下。少时，程嵩淑、张类村、苏霖臣，前后不约而至。不过把京城守侯将及两个年头方得引见，总是"不睹皇居壮，安知天子尊"二语可尽其概。诸公辞去。

到了次日，盥洗更衣，想要回拜来客，忽而端福儿抱着一部书儿到跟前。孝移接过看时，乃是一部《金瓶梅》，问道："谁叫你拿的？"端福道："先生说，爹爹没见过这一部书，叫我拿到家里，叫爹爹看。"孝移接过一看，猛然一股火上心，胃间作楚，昏倒在地。王氏急急搀起。这胃脘疼痛病犯了，少不得覆被而寝，呻吟之声不绝。

邻舍街坊，都知孝移带衔荣归。这日大家商量聚齐，登门叩喜。王中不得已，以家主染病回告，众人道："远路风尘，休息两日，待好时，我们再来叩问。"又来了几家铺子房客，王中也是这样答应。是日孔耘轩来望亲家，王中说明了，孝移叫请至楼下。拥被而坐，单候耘轩叙阔。耘轩是内亲，又是契友，径至榻前探问。二人说不几句，只见孝移眉目蹙然，想是作楚之甚。因问："孝老从未有此病，何以突然患此？"孝移道："昨年在京，已有此病根，不料今日又犯了。幸是到家，若是路上，更要吃苦。"耘轩不敢多坐，辞别而去。侯冠玉亦来问病——不知东家主仆商量的话也——孝移叫端福儿对说，病中不能会客。

又一日程嵩淑、苏霖臣、张类村同来探问，孝移急欲相会，又恐病躯难以久劳，不得已，只得叫王中请到楼下。大家略叙一叙，三位客一茶即去。因此谭孝移远归有病，一城中都晓得了。

却说本城新任医官董橘泉，听说谭孝移患病，又有声望，又有钱财；若治好，又有名，又有利，只是无路可进。猛然想起旧年两学老师曾与谭宅送过匾，便来央陈乔龄一荐。这陈乔龄即差胡门斗，拿一个名帖儿，一来候病，二来荐医。王中拿帖儿说了，孝移吩咐致谢，即请所荐董先生来。这也是胃脘痛的急了，恨不哩一时就要好的意思。不多一时，董橘泉到了，客厅一茶，便来楼下看脉。

橘泉见楼厅嵯峨，屏账鲜明，心下暗揣：这必是平日多畜姬妾，今日年级，不用说，是个命门火衰的症候。及到床前，孝移拥被而坐，方欲开言，董橘泉说："不可多言伤神，伸手一看便知。"孝移伸出左手来，橘泉摇头道："保重！保重！却也必不妨事。两寸还不见怎的，关脉是恁的个光景，只有尺脉微怕人些。老先生大概心口上不妥的要紧。"孝移道："疼得当不得，求先生妙剂调理。"橘泉道："不妨，不妨，不过是一派阴翳之气痞满而已。保管一剂便见功效。我到前边开方罢。"孝移道："感谢不尽。"

端福儿同王中，引董橘泉到账房来，阎楷接着，行礼坐下。橘泉拿起笔来，要一个红帖儿，落笔如飞，写了一个八味汤官方。王中执方取药，橘泉便向阎楷说道："我立方不比别人，一定要有个汤头，不敢妄作聪明。即如适才立那个方，乃是张仲景治汉武帝成方。六味者阴也，桂附者阳也，一阳陷于二阴之中，乃是一个坎卦。老先生命门火衰，以致龙门之火，上痞冲于心胃。只用这桂附补起命门真火，那痞满之气自消，何能作疼？所谓益火之源，以消阴翳是也。且是王叔和脉诀上……"说犹未完，王中已到对门铺子取回药来。董橘泉展开药包把肉桂嚼了一嚼，说道："还不是顶好的交趾桂。这茯苓片子也不是真云苓。拿到后边，权且煎吃罢。"

不说董橘泉在前边与阎楷说那孙思邈、朱丹溪古今医道。单说孝移吃了八味汤，到晚上便觉热起来。夜间吃酒时，王中向董橘泉说："吃了药，热得要紧。"橘泉道："吃了桂附，岂有不潮潮之理。"吃完了酒，董橘泉便在账房里睡。到了半夜，后头一片说："热得当不得！"王中又来拍门对说。橘泉只得起来，说道："我看那肉桂不真，也就怕助起邪热来。若是真正交趾桂，再无此理。"挨至后半夜，病体才觉清凉些。橘泉见不是路，清晨起来，对阎相公说："我今日还要上杞县，杞县程老爷请，说今日马牌子要来。待我从杞县回来，再来看。全不妨事。"阎楷只得送出大门，一拱而去。

却说昨日王中取药之时，半半堂药铺里住着一位外来的医生，叫做姚杏庵，拿过方子一看，便摇头道："太热！太热！只恐不受。"果然吃了药，热将起来。王中想在心头，又见董橘泉走了，便向王氏道："日前去取药时，铺子里姚先生，就知道要热起来。或者那姚先生药理不错么？"王氏是着急之人，得不的一声，即命王中请姚先生来。对门不远，王中便去相请。姚杏庵到了账房坐下，说道："我昨日见了那方子，便知道是胡写哩。待我到病前一看。"王中又叫端相公引到病房。坐下，看见孝移满面发红，便道："这是些小之病，何用峻补。"

看了一遍脉，说道：“左心小肠肝胆肾，右肺大肠脾胃门。这右关脉浮洪而散，明是脾胃之症，与尺脉何相干涉？”孝移听说脾胃二字，是说投的。这姚杏庵辞去，到了前边，王中请进账房，杏庵道：“不用开方，你随我到铺子里罢。”果然王中跟着，杏庵跳进半半堂柜台里边，扯开药厨，这斗子一捏，那包子一撮，又在臼子里擂了一味，早攒了一剂承气汤。因见病不受补，便泻得大胆，大黄用了八钱，外加芒硝一撮。

这孝移娇嫩脾胃，兼且年过五旬，哪里当得这狼虎之药。吃到腹内，移时便为泻。一夜泻了十余遍，床褥狼藉不堪，还泻之不已。一家子通夜没睡。五更时王中王门，来对门叫门，说大泻不止。姚杏庵哪里还敢开门。只听得柜房内高声喊道：“大黄者，大将军也。有病以当之。不怕，不怕。”再也不言语了。

本来谭孝移不过是不服水土，又有些郁结，原非丧命之病。两个盲医生，一个峻补，一个洞泻，遂弄成一个大病。古人所以说出两句话来：

学者若不知医，比之不孝不慈。

却说次日娄潜斋陡然听说孝移病势已重，吃一大惊，急忙骑马来看。到门前恰遇孔耘轩。二人径至榻前。见孝移顿改前容，大加着急。王氏也不避客，站在楼西间里听说话。王中也在卧房外擎茶伺候。端福坐在床边，孝移气息奄奄，不能多言。王氏便说：“用药吃亏。”潜斋道：“药非轻易吃的。但看好医生用药投症，直如手取一般，就知盲医生用药乖方，不用说就如手推一般了。如今不如不用药罢。”耘轩道：“草根树皮，总不如谷食养人。如今不如只以稀粥软饭将息自好。”王氏道：“先生、亲家的话，我记着就是。”二人不敢久坐，径至前厅。说了两三句久未聆教的话，又叹息了一回。

耘轩说："孝移气色不好，甚为可虑。"潜斋吩咐王中道："不如意的事，万不可令病房知道，恐怕动气。你大爷是个郁结之症，我在京已知道最清。"王中道："小的晓得。"说着，早已落下泪来。二人怏怏而去。

到午后，曲米街曹氏，引着王隆吉到来。见了姐姐，便说："他舅从南顶回来，又上亳州去。姑爷从京中回来，我并不知。今早方听地藏庵范师傅对我说，'萧墙街谭山主京中回来病了。'是他在这街里化缘，听说的。我所以急来问问，也没拿礼来。"王氏道："亲戚们何在礼不礼，这就是您妗子关心。"话犹未完，侯师娘董氏，也从后门进来，王氏迎让坐下，就说起吃药坏事的话。曹氏便道："咱曲米街火神巷内，有一个赵大娘，顶着神，才是灵验有手段。明日你可去神堂里问问。"王氏道："我如何能出门？况他姑夫那个性子，也不敢去。"董氏接口道："我在东街住时，常见赵大娘与人家看病。神是活神，许人请轴子。"王氏道："也罢。您妗子早些回去，替我请她，连轴子请来，把法圆师傅也请来，好替咱神前回话。只是要悄悄的。坐斗利市钱，我不少她的。等好了谢神时，就不怕他姑夫知道了。"只听楼下一声要茶，王氏起身答应，大家都走了。端福自送妗子、师娘出后门而去。

次日，曹氏、法圆带领巫婆，先到侯先生家。王氏闻信，叫众妇女，打楼东边过道过前边去，到了客厅。这赵大娘，才三十四五年纪，拿腔做样，也都为了个妇人礼儿。赵大儿斟茶吃讫，把厅槅子关了，挂上轴子。果然轴子上，上下神祇有几十个。王氏拈香磕下头去。只见赵大娘打呵欠，伸懒腰。须臾，眼儿合着，手儿捏着，浑身乱颤起来。口中哼哼，说出的话，无理无解，却又有腔有韵。似唱非唱似歌非歌地道："香烟缈缈上九天，又请我东顶老母落凡间。拨开云头往下看，又只见迷世众生跪面前。"法圆便叫王氏跪下。王氏道："我不会回话。"扯住法圆也跪了。法圆道："阿弥陀佛！只为谭乡绅有病，求老母打救打救。阿弥陀佛，救苦救难观世音菩萨！”赵巫婆又哼起来：“昨日我从南天门上过，遇见太白李金星，拿出缘簿叫我看，谭乡绅簿上早有名。他生来不是凡间子，他是天上左金童。只因打碎了玉石盏，一袍袖打落下天宫。”法圆道：“怪道谭山主享恁般大福，原来不是凡人。”

且说王中正在账房与阎楷纳闷含愁，忽听客厅有唱歌之声，呼了一惊。急走在槅子外边一听，却原是跳神的，急得一佛出世，慌忙把大门锁了，怕有客来。忙从东过道走到楼院，却不见一个人。原来他的女人赵大儿，及德喜儿、双庆儿，都在客厅看跳神。王中急叫赵大儿，悄悄骂道：“我叫你死哩！你快去楼下，看大爷要茶要水。”连德喜儿、双庆儿，都叫丫在院里。王中恐怕家主知觉，定然火上加油。自己也不敢走开，站在当院，以图支吾遮掩。又听得前边的声音，一定高了，王中不得已，嚷道：“小德喜，还不低声，不怕惊醒大爷打你么？”那客厅声音也就小了。少时，前边回了神，烧过送神纸马，无非神许打救，王氏许地藏庵神前龙幔宝幡的话。还说，今夜黄昏，要办面人、桃条、凉浆水饭，斩送的事。不必细述。

少顷，只见一班妇女，从闪屏后出来，法圆拿着神轴，侯师娘也跟着。王中见这胡闹光景，只得背着脸，让她们过去。恰喜此时孝移睡着，不曾听见。一班妇女，都进厨房坐下。王中到底不放心，走在厨房门首，向姑子说道：“范师傅，宅下待你不薄，你也事无不经，诸事要你小心。”法圆已知其意，答道：“我明白。”这是王中镇压法圆的意思。众人俱不能解。因此把斩送的事，法圆自行开打。吃罢午饭，连坐斗利市，都有人取的拿去，一行走了。

次日，法圆于观音灵课中，拣了一个吉祥帖儿，送与曹氏。说是在观音面前，替王菩萨抽的，是“病必痊，讼必胜”的好签。还叫徒弟描了一个不真不全的字条儿，着隆相公秘送与谭宅女山主。王氏收了，心中感谢不尽。

这正是：

久羁燕邸未曾回，牝政初成祸已胎，
那料太阳云又罩，千奇百怪一起来。

第十二回

谭孝移病榻嘱儿　孔耘轩正论匡婿

话说谭孝移卧病在床，有增无减，渐至沉重。一来是谭宅家运，有盛即有衰；二来是孝移大数，有生必有死。若是孝移享寿耄耋，这端福儿聪明俊秀，将来自是象贤之裔，此一部书，再说些什么？少不得把一个端方正直之士，向那割爱处说了罢。

那一日，孝移在床上睡着，脸儿向外。猛然睁开眼时，见端福儿在小炉边，守着一洋壶茶儿，伺候着父亲醒了，好润咽喉。孝移端相了一地，眼睁睁不久成了寡妇之子，其母又恁般糊涂溺爱，将来不知如何结果。忍不住叫了一声道："儿呀！"只叫了一声，腮边珠泪横流，这第二句话，就说不上来了。定省一会，问道："你娘哩？"端福含泪答道："我娘一夜没睡，往东楼下歇息。叫我在这里守着爹爹。"孝移道："劳苦了，休惊动她。你去叫王中来。"端福果然叫的王中来。王中站在门外，不敢进卧房来。孝移道："我病已至此，你进来伺候不妨。"王中进去，孝移叫王中："垫起枕头，扶我坐一坐儿。"孝移靠住枕头坐了，王中退立门边。孝移不觉又是满脸流泪，叫端福道："我的儿呀，你今年十三岁了，你爹爹这病，多是八分不能好的。想着嘱咐你几句话，怕你太小，记不清许多。我只拣要紧的话，说与你罢。你要记着：用心读书，亲近正人。只此八个字。”端福道：“知道。”孝移强忍住哭说道：“你与我念一遍。”端福道：“用心读书，亲近正人。”孝移道：“你与我写出来我看。”端福果然寻了一个红单帖，把八个字写在上面，递于父亲。孝移把红帖放在被面上，手扯住端福儿手，已再也忍不住，遂呜呜咽咽大痛，说道：“好儿呀，你只守住这八个字，纵不能光宗耀祖，也不至覆家败门；纵不能兴家立业，也不至弃田荡产。我死后，你且休埋我。你年纪小，每年到灵前烧纸，与我念一遍。你久后成人长大，埋了我，每年上坟时，在我坟头上念一遍。你记着不曾？”这端福儿也痛的应答不来，伏在床沿上，呜呜地哭起来。

孝移看王中时，王中早低头流泪，把胸前衣服，已湿了一大片。孝移因叫王中道：“你过来。”王中走向床前，孝移接道：“你伺候我这一辈子，一星诡儿也没有。家中也着实得你的力。我死后，想把大相公托付与你，照应他长大成人。你久后不愿在宅内住时——端福儿，你听着：久后城南菜园地二十亩，南街鞋铺两间门面、一进院子，连那鞋铺三十两本钱，都予了王中。”王中哭声厮厮，说道：“爷呀，不用说这话。小的死也不肯出去。”孝移道：“你却不知我虑事深远。如今口说无凭，也难与你立个字迹，你只与大相公磕个头，久后便是作准的。”王中哭道：“大爷养病要紧，这些伤心话儿少说，恐怕越添上心中不受用哩。”

话犹未完，王氏在东楼睡醒，到了堂楼下。只见三人都是满脸流泪。王中退出房门以外，一发泪如泉涌。王氏心中暗道：“这二十五日，就是退灾日期，何必恓惶。”因说丈夫道：“你再休要这样，越掏漉的病不好。谁家就不害个病，越放宽心，那病自然好的快。你要过闷时，叫王中请娄先生、孔亲家来，说几句知心话儿，你心里宽绰些。再进些饮食，哪有不好之理。”这话正说着孝移心思，为王氏一生未有的正经想头。即叫王中：“吩咐宋禄套车，你去请去。”

方套车时，孔耘轩已备得礼盒，到了门首，孝移即叫请来说话。

王中坐车，到了半路，迎着娄潜斋步行而来，小厮提着一盒儿雪糕。一同坐到车上，一路回来。潜斋进得病房，只见耘轩亦在，各不行礼，竟自坐下。先问："这两日何如，可觉好些么？"孝移满眼噙泪，点着头，喘着说道："我这病多分是难望好了。我别无牵挂，只是一个小儿，是潜老的徒弟，耘老的女婿，你我一向至交，千万替我照料。我不能起来与二公磕头，我心里已磕下去了。"二人齐声道："养病要紧，闲话提他做甚？"二人口中虽是硬说，不觉泪已盈眶，却强制住不叫流出来。孝移又叫端福儿近前说道："我今日把你交与你二位老伯……"

语音未绝，只叫得一声疼，只见浑身乱颤，就床上把被子都抖得乱动起来。王氏慌了，急进去按住抚摩。娄、孔二人，只得躲出来，站在外间顿足挫手，无法可施。王氏哭道："他二位老伯，千万休走，与俺娘们仗个胆儿，就住下也不妨。"娄、孔二人道："岂有走了之理。"少顷，只见孝移满面流汗如洗。略定帖了一会，也就不能言语，间作呻吟之声而已。娄、孔二人无奈到了前厅坐下，闷闷相对。王氏坐在床沿，涕泗交流，不敢高声。福儿一头抵住屋槅子，哭个不已。王中前后院乱跑，干生缭乱。挨至日夕，还呷了两口稀汤。到了半夜，竟把一个方正醇笃的学者，成了一个君子日终。正是：

人生自古谁无死，唯有正人偏感人。

却说谭孝移大数已尽，一灵归天。王氏伏在床上，哭了个天昏地暗。端福儿就地打滚，号啕不止。赵大儿傍着主母哭。宋禄、蔡湘、邓祥在马房里哭。两个爨妇在厨下哭。阎楷在账房哭。德喜儿、双庆儿在院里哭。王中在楼外间，望着尸床哭。娄、孔二人不好进楼去，只在客厅闪屏后，望着楼门，泪如贯珠。这一声哭，惊动了左右邻舍睡不稳，都起来探听，个个都道："好人，好人，好正经读书人！"

这谭家整整哭了半夜，天已明了。还不曾说到后事。娄、孔二人，把王中叫在前厅，阎楷也从账房来。王中磕下头去。起来，娄潜斋道："目下棺木是头一件紧事。"王中哭道："我大爷这病，原指望是好的，棺木其实没备。"阎楷道："旧年泰隆号掌柜的孟三爷得了紧症，用银五十两，买了王知府坟里一棵柏树，做成独帮独盖一具寿木，漆得现成的。后来病好用不着，寄在城隍庙里。他现住着咱的房子，与他一说，他若肯时，不过准了他八十两一年房租。"耘轩道："这就极好。阎相公你就去办这件事去。"阎楷去了一会，侯先生也到厅中。阎楷回来道："一说就成，只用抬来就是。"潜斋道："有了棺木就好了。这也是谭兄吉人天相。"侯冠玉道："《赤壁赋》上不云乎，'且夫天地之间，物各有主'。正所谓'莫之为而为者，天也'。原是这个道理。"王中差人去抬。抬来时，果是一具好棺木，漆得黑黝黝的，放在厅中。娄、孔二人又料理了六品冠带。到了饭时，二人要回去，王中哪里肯放。娄潜斋道："午后便到。看了含殓，还要都住下，明日好料理送讣、开吊的事。"王中一定留吃饭，二人不肯。王中再三，侯冠玉道："你不懂得，'子食于有丧者之侧，未尝饱也。'不如我们一同去罢。"王中送至大门，说道："爷们午后早来。"耘轩道："自然的。"这原是二人食难下咽，并且自己要吩咐了家事，好来董治丧事，以全生死之交意思。

午饭方毕，娄、孔二公齐至。侯冠玉亦到。后边曹氏领着隆吉儿也到了。中早已将棺木放妥。王氏将官服已与丈夫穿妥，口中含了颗大珠子，抬至中厅。王氏母子跟着大哭。娄、孔二人含泪看殓。幎目帛，握手帛，一切俱依《家礼》而行。王氏叫赵大儿拿面人、面鸡儿来，孔耘轩道："这个要它何用？"王氏道："这是阴阳刘先生适才殃式上吩咐的镇物。"耘轩道："棺中不该用此生虫之物。阴阳家话，可以不必过信。"潜斋道："放在棺上，也就可以算的，何必定放棺中。"王氏不肯，一定要放棺内，二人没法，也只得依从。遂将孝移抬入棺中。安置妥当，王中哭将端福儿抱起，叫他再看看父亲，好永诀终天意思。果然个个泪如泉涌。抬起棺盖，猛可地盖上，钉口斧声震动，响得钻心，满堂轰然一哭。王氏昏倒在地，把头发都散了。端福只是抓住棺材，上下跳着叫唤。王中跪在地下，手拍着地大哭。娄、孔失却良友，心如刀刺，痛的连话也说不出来。别的不必缕述，这正是古人所说的：

人生最苦难堪事，莫过死别与生离。

却说曹氏在闪屏后，伤心起来，也低低哭了两三声儿。见姐姐闪倒在地，强搀回后边去。迟了一会，众人方才住声。潜斋叫王中设苫块，叫孝子坐草。

日色已晚，娄、孔才商量讣状、灵牌的写法。只见德喜儿从后边来，说："奶奶说，请二位爷各自归宅，今晚二更要躲殃哩。"潜斋道："近来竟有这宗邪说恨人！岂有父母骨肉未寒，合家弃而避去之理？"耘轩道："这也无怪其然。近日士夫人家，见理不明，于父母初亡之日，听阴阳家说多少凶煞，为人子的，要在父母身上避这宗害；于父母营葬之时，听风水家说多少发旺，为人子的，要在父母身上起这宗利；一避一趋，子道尚何言哉？可惜程嵩老此时在山东，若在家时，必有快论止之。况'煞'字《六经》俱无，唯见于《白虎通》，可见是后世阴阳家撰出的名色。"娄潜斋道："这出殃，俗下也叫做出魂。"耘轩道："自古只有招魂之文，并无躲殃之说，人死则魂散魄杳，正人子所慕而不可得者，所以信用僾见忾闻，圣人之祭则如在也。奈何弃未寒之骨肉，而躲的远去，这岂不是'郑人以为伯有至矣，则皆走，不知所往'么？"娄潜斋道："耘老此说，几令人破涕为笑。前一科八月乡试，舍下有两所房子，东屋是河南府新安县朋友租住，西屋是汝州宝丰县朋友租住。因本街有躲殃被盗一案，黄昏闲话。新安朋友说，他县的风俗，停丧在家，或一半年，或十余年，总之，埋后请阴阳先生看《三元总录》，写出殃状来，说是或三日，或五日，或半夜，或当午，或向东南方，或向正西方，有化为青气而去的，也有化为黄气而去的。宝丰朋友说，他县的风俗，父母辞世，本日即请阴阳先生写殃状——也是照《三元总录》，死后或三日，或五日，或未时，或丑时，东西南北方位不定，化为青黄黑白赤等气——也是不一其色，而去。两县合笼看来，宝丰县到葬后不知躲殃，不见有凶煞打死人的；新安县初丧不知躲殃，也不曾见有打死的。”孔耘轩忍不住微哂道：“这还不为出奇。他们阴阳家，还有《落魂书》与《黑书》。说这个男命化出魂，落到广东香山县海岸村，托生于赵家为男。又一家女命化出魂，落到云南普洱府，托生于城东乡张家为女。可惜它只一本小书儿，而天下之死者无数，香山县这一家偏生男，普洱府这一家偏生女，生男子多了，还可以迁徙别处，若生女过多，不是一个‘女儿国’么？”侯冠玉接口道：“孟子说‘不取必有天殃’，人偏说人死了有人殃；子夏说‘富贵在天’，人偏说富贵在地；真正邪说横行，充塞仁义。”说罢，却连忙起身而去。

潜斋问端福道：“绍闻，你意下何如？”端福道：“我不肯躲。”潜斋道：“这才是哩。”孔耘轩连点头说：“好，好。”潜斋又叫王中道：“你去后边说去，我二人还要在此料理讣文，今夜不回去。叫后边奶奶们也不必躲。”

王中到后边说明，曹氏便向王氏道：“这可使不得。他们男子汉，胆儿大，咱们是要小心哩。”王氏道：“他妗子，你说的是。不是耍哩！”却又不便催客起身。到一更以后，王氏叫双庆儿，到前套房对二位爷说：“后边奶奶怕得慌，叫大相公回去睡，好做伴儿。”这端福已在草苫上睡着。潜斋叫回去，双庆儿叫醒，回后边去。后边早已安排停当，一起妇女，引着端福儿，锁住后门，到侯师娘家躲讫。——这侯冠玉正喜得个空儿，自去光明正大地赌博。

这娄，孔二人，写完了至亲十数个帖儿，就在醉翁椅上各睡讫。这娄潜斋欠伸不已，孔耘轩也觉目难交睫。桌子上一盏灯儿，半灭半明，好不凄怆。孔耘轩起来剔灯，娄潜斋也起来，口中念道："物在人亡无见期。"孔耘轩道："心中不好过的很。天已多半夜，咱也睡不成了。"于是二人闲话到天明。

到了次日，只听大门外大动哭声。进来看时，乃是王春宇。到灵前行了礼，痛哭一场。说："我是昨晚从亳州回来，才知道姐夫不在。我只说姐夫还在京里，指望姐夫做官，谁知道遭下这个大祸。"说罢，又大哭起来。众人劝住，端福磕了头，径到后边来看姐姐。彼此又哭了一会，说一向在亳州，不知姐夫回来的话，王氏说道："你姐夫大数该尽，请医生看他的病，再不应药；神里看，神也不灵；抽签打卦，再不应一宗儿。如今已经去世，这也提他不着。只是如今的事，埋葬还早，现在成服封柩，有许多的客，这破孝摆席，全要兄弟帮助哩。"王春宇出来，同娄、孔二人行礼。适侯先生也在其中，也行礼坐下，开口先说："这宗事，别的我不会办，这办买酒席全在我。外甥这宗席面，看来一定要参鱼蛏翅珍错东西，才不失姐夫在世的体面。"潜斋道："要撑令姊丈体统门面，也还不在酒席上。"王春宇是生意乖觉人，便把话儿收回。又因问成服破孝的话，孔耘轩道："此是咱这里陋俗。我当日先慈见背，就不曾破孝。盖古有大孝、纯孝，孝之一字，乃是儿子事亲字样，岂可言破？即本族弟侄，姻戚甥婿，或期年、大功、小功、缌麻，还各有个定制，如何邻舍街坊来吊，敢加于他人之首？"王春宇被娄、孔二人说得无言可答，就不敢再问了。

却说王氏，因兄弟与娄、孔二人在前厅说话，必是议及丧事，到闪屏后窃听。见兄弟被娄、孔当面批评，自己的丧事，又不知如何办法，忍不住说道："娄先生、孔亲家俱在，这宗丧事，要先生、亲家周旋。要定好吹手，还要请女僧做斋。"娄、孔未及回答，侯冠玉道："书上说：'邻有丧，舂不相；里有殡，不巷歌。'这一春天邻舍都不唱戏，何况自己有丧，喇叭朝天，墩子鼓震地乎？”娄潜斋方晓得自己徒弟读的是“春不相”。王氏听得恼了，在闪屏后高声道：“吹鼓手一定要，斋是一定做的。”孔耘轩道：“鼓手再为商量。至于做斋，怕封柩之日客多人忙，或‘二七’‘三七’以及‘百日’，随亲家母各人尽心。”王氏道：“孔亲家说的才是理顺人情。——侯师爷呀，这教书抹牌，是哪一本书上留下的规矩？”侯冠玉方悔多言，已被东家婆在闪屏后听得恼了，推个故儿走讫。

娄、孔应料理的事，一切依礼而行，办完各自回家。

到了涂殡之日，这些街坊邻舍，姻戚朋友，备礼致吊，以及接待宾客，整备席面的话，若一一细述，像累幅难尽。不过是把一个“皇明应诰赠承德郎介轩府君之灵”牌，悬于孝幔之上，“封柩止吊”四个字，贴于大门之旁。这便是保举贤良方正、拔贡生谭忠弼，字孝移，号介轩的一个人，盖棺论定。诗曰：

生顺才能说殁宁，端人有甚目难瞑？
兢兢业业终身怕，传与世间作典型。

第十三回

薛婆巧言鬻婢女　王中屈心挂画眉

却说谭孝移封了柩，端福儿当大丧之后，因因循循，也就不上学里去；侯冠玉游游荡荡，也轻易不往碧草轩来。有一日先生到，学生没来；有一日学生到，先生不在。彼此支吾躲闪，师徒们见面很少，何况读书。挨了后半年，到了次年，还是王春宇妇人曹氏作合，侯冠玉仍了旧贯。这元旦、灯节前后，绍闻专一买花炮，性情更好放火箭，崩了手掌，烧坏衣裳。一日火箭势到草房上，烧坏了两间草房。王氏也急了。刚刚灯节过后，就催上学。师徒们聚首了两三日，端福儿在案上哼了两三天；侯冠玉年节赌博疲困，也在碧草轩中醉翁椅上，整睡了两三天，歇息精神。这王中虽甚着急，争奈无计可生。欲待要再约几个学生，傍着小家主读书，又怕小户人家子弟，性质不好，一发引诱到坏的田地；况且侯冠玉是惯赌的人，人家子弟，也不叫从他读书。欲待再邀隆吉上学，这隆吉已打扮成小客商行款，弄成市井派头；况王春宇每年又吃了十二两劳金，省得央人上账，也是不肯叫来的。少不得由他师徒们自由自便，一个仆人，敢怎么的。这端福儿，本是聪明人，离了书本，没有安生的道理。王氏又信惯他，渐渐整日在家里生法玩耍。

忽一日，只听得后门外女人声音说道："看狗来！"家中一只狗儿，望着后门乱吠。端福一看，只见一个三十四五岁妇人，引着一个十二三岁女儿，却不认的。那妇人便道："相公看狗，休叫咬着我。"赵大儿也出楼来看，那妇人早扯着那个闺女，脊梁靠着墙，吆喝着狗，到了楼门。进得门来，叫闺女门边站着，望着王氏说道："谭奶奶必不认得我。"一面说着，早已磕下头去。王氏道："你坐下，我真个不认得。"那妇人坐了，笑嘻嘻地说道："常说来望望你老人家，穷人家不得闲。我在县衙门东边住，我姓薛。"王氏看着闺女道："这是你的女儿么？"薛婆道："不是。"王氏道："你怎么引着哩？"薛婆哈哈大笑道："说起来，你老人家笑话。我是县衙门前一个官媒婆，人家都叫我薛窝窝。你老人家也该听的说。"说着薛婆早已自己拍手扬脚，大笑起来。王氏道："原来女人家，也有外号儿。"薛婆道："原是我家当家的卖过荞麦面窝窝，人就说我是薛窝窝家。如今不做这生意，街上人还不改口。前年县里老爷，赏了我一名差，单管押女人的官司。闲时与人家说宗媒儿，讨几个喜钱，好过这穷日子哩。今日午堂，我还要带一起女官司上堂，忙哩了不的。这妮子她大，只是死缠，叫我把这丫头领出来，寻个正经投向。"因向赵大儿说道："好嫂子，你把这女娃引到厨房下坐坐，我与奶奶好说句话。"赵大儿见这闺女生得好模样儿，得不的一声，扯着向厨下问话去。

王氏道："恁的一个好闺女，她大就肯卖她么？"薛婆道："说起来话长。这闺女她大，好赌博，输得一贫如洗，便下了路。她娘叫二娃，是个好人才，不得已，做了那事。东关有个小乜相公，叫乜守礼，有十来顷地，每日接到他家里住。住了二年，把地弄出了有四五顷，城里一处宅子也卖了。这乜相公他娘，是自幼守寡，纺花车上积的家当。见了这个光景，粘了一口子气，害蛊疾死了。这乜守礼就该打发这二娃走了才是，舍不得，还留在家中。他舅在太康县住，来吊孝时，这乜守礼女人，一五一十告诉了他舅。他舅恼了，把乜守礼狠打一顿，还要到县里送他不孝。乜守礼再三央人，磕头礼拜，他舅恨极，发誓再不上他的门。这乜守礼把他娘埋了，卖了一顷地，花了一百二十两银，硬把这二娃娶下做了小。这是俺邻居宋媒婆说的媒。谭奶奶，你说该不该！且说他屋里女人，本是海来深仇，又公然娶到家中，每日惹气。这女人短见，一条绳儿吊死了。她娘家告起来，堂上老爷验尸，又验出来许多伤痕，把一干人一起带进城来。现在把二娃交与我押着。她前边男人，不知听了谁的话，上堂去告，还想要这个女人。老爷问他一个盗卖发妻的罪，打了三十板子。他如今没过的，把这个闺女央我替他卖了。一娃心疼她这个闺女，要予人家做媳妇儿。谭奶奶你想，寻得起媳妇人家，嫌她这个声名不好听；倒有不嫌她的，出不起这宗银子。我说不如寻一个正经人家——就像奶奶这样主子，卖了去，他大又得银子，这孩子也得一个好下落，也是俺做媒婆的一点阴功。奶奶你说是不是？”王氏道：“孩子倒好。只是去世的老太爷说过，家中不许买丫头。我也没这宗银子。”薛婆道：“彼一时，此一时。彼时老太爷在时，便罢了。如今老太爷归天，你老人家也孤零的慌，不说支手垫脚，早晚做个伴儿，服侍姑娘们，也好。”王氏道：“我并没姑娘。”薛婆道：“一发是该买的。你老人家没个姑娘，夜头早晚，也得个人说句话儿。况且价儿不多，她大如今正急着，是很相应的。你老人家没听得俗语说，‘八十妈妈休误上门生意’。这是送上门的，你老人家休错这主意，过这村，就没这店了。不是我还不来，我是听地藏庵范师傅说，说不尽你老人家贤惠，满城人都是知道的。所以我今日才引上门来。奶奶是一灵百透的，还用我细说么。”王氏道：“只是我没有这宗银子。”薛婆道：“咳，你老人家没啥说了。银山银海的人家，那碎银边子，还使不清哩。”又移座近王氏跟前，低声说道：“你老人家糊涂了。这个好孩子，迟二三年扎起头来，便值百几十两。你老人家若肯卖予人家做小时，我还来说媒，管许一百二十两。如今主户人家，单管做这宗生意：费上几两银子，买个丫头，除使得不耐烦，还卖一宗大价钱。我前年与西街孙奶奶说了一个丫头，使得好几年，前日卖人做小，孙奶奶得了一百银子。那闺女到这女儿跟前，还差八十个头哩。奶奶休错了主意。若是错过了，我一辈子背地里埋怨奶奶糊涂。”

一阵话，把王氏说的动了。说道：“叫那闺女来，我再看看。”薛婆便叫道：“好大嫂，把那闺女引到楼下罢，奶奶问她话哩。”这赵大儿果然又引到楼下。薛婆道：“天晌午不曾？”赵大儿道：“差不多了。”薛婆道：“不好了，老爷将近坐午堂，我还要押官司上堂哩。我走罢，奶奶自己打算打算。”立起身来要走，王氏也不留她，说道：“这闺女哩？”薛婆道：“我午错时就来。”这闺女也要跟回去，薛婆笑道：“傻孩子，你在这楼下坐一会儿，也是你前世里修下福，回去做什么？”闺女便停住。赵大儿看狗，送至后门。赵大儿悄悄问道：“这孩子得多少银子呢？”薛婆伸了三个指头，笑说道：“好好撺掇，你就不使她一使儿。到明日我拣好软翠花，捎一对儿送嫂子。”说着笑的走了。

赵大儿回来，说：“奶奶，咱把这闺女留下罢。”王氏道：“谁知道你家王中依不依？”端福道：“娘是一家之主，娘愿意，难说王中不依。”王氏道：“他要说账房里没这宗银子，你该怎么着他。”赵大儿道：“薛婆临走伸了三个指头，不过三两银子，奶奶何用账房里银子。奶奶皮箱里，还有两千多钱，不够时，我大爷在时，与我的压岁钱，这几年除使过，还有一串多，我借与奶奶。”王氏道：“那三个指头，只怕是三十两银子。若是三两，小户人家早已定下做媳妇。”赵大儿道：“若是三十两，这便要跟账房里商量。”王氏道：“你去前头叫王中去。”

原来王中自家主殁后，非奉呼唤，不进后院。赵大儿前院去叫王中，二人在客厅里，把这话说明，赵大儿只怕王中执拗，却不料王中早已打算，内家主跟前无人做伴，正想要买个丫头，早晚解闷，好调理大相公读书。此话正中其意。便道：“我到后边去看看。”王中一见这闺女，只见生得眉目鲜明，面貌端正，心中早有几分愿意。王氏对王中道：“这是薛媒婆引来一个闺女要卖，我心里想留下做伴儿。账房里有这宗银子没有？”王中道：“银子还有，但只恐这闺女有了婆子家。‘媒婆口，无梁斗。’奶奶与她们做不得交易。我如今领这闺女到账房盘问，看有妨碍没妨碍。若无妨碍，管情与奶奶办下就是。”王氏道：“好。”王中引到账房，与阎相公问了来历，原是极有根柢的人家，只为父母俱亡，无所依靠，与舅氏乔寓至此。王中犹恐不实，至所寓之处，寻访明白，方才放心。

是夕，薛窝窝到了。王中叫到客房里，同阎楷讲明价值。这立契交银，俱不用细说。这银价二十两，媒婆瞒哄暗扣，说合明讨，他们妙用，也不用说破罢。

自此王氏堂楼卧房之中，王氏与端福儿睡得床头，又搬了一张床儿，予这闺女睡。取名儿叫做冰梅。

王中自此，想着生法儿叫大相公上学。一日去赌场中寻着侯冠玉，也不说什么。侯冠玉也觉心上难安，脸上难看。次日径上碧草轩来，只见尘积满案，几本书儿，斜乱放着。只得拂去灰尘，整顿书籍，一片声叫蔡湘：“请相公上学读书。”这王氏也难说读书不好，只得嚷道：“你爹不在，你也把书丢了，还不速去么？”端福儿也只得上学。德喜儿跟着伺候茶。

蹉跎光阴，荏苒秋冬。一日，端福儿趁先生没有，到胡同口一望。只见一个人挑着几笼画眉儿，众东来了。胡同口，有一间土地庙儿，那人把担子放下，坐在庙门墩上歇着。这画眉在笼内乱叫。端福儿走近跟前看。那人道：“相公要一笼么？”端福儿说：“我不要。”那人道：“相公主户人家，岂有不挂一两笼之理。”一面说着，一面起身解了一笼，递与端福儿，道：“这是一笼百样会叫的。不是贵东西，连笼只要一千钱。”端福道：“五百钱不卖么？”那人道：“不够盘绞。”端福儿就放下。那人道：“我担得多了，压的慌，发个利市，就卖于相公一笼。”端福儿只得拿了一笼。进后门，到楼下要钱。王氏道：“你不读你的书，买那东西做什么？我没钱。你去账房里，问阎相公要去。”端福只得拿着笼儿，去问阎楷要钱。王中见了，问道：“这是哪里东西？”端福道：“我不要，他说一千钱，还了他五百钱，他就卖了。如今叫阎相公与我五百钱。”一同到了账房，要钱开发。阎相公问了数目，取出五百钱来，写在账上。王中便道：“大相公，往后休要买这宗无用的东西。俗话说的好，‘要得穷，弄毛虫。”’端福道：“谁知道他五百钱就卖了。”提了五百钱，把笼儿放下，径出后门，打发那人去。

阎楷便向王中道：“大相公买这东西，不过是个孩气，你先头话儿太陡，大相公把脸都红了。”王中道：“主户人家，花亭厅檐挂画眉笼儿，鹦鹉架儿，也是常事。但只是大相公太年轻，我恐将来弄鹌鹑，养斗鸡，买鹰，寻犬，再弄出一般儿闲事来，把书儿耽搁了，大爷门风家教便要坏的。所以我不觉话儿太陡。其实大相公脸红，我也看见了。”阎楷道：“往后相公大了，未必就肯听你说。我不是叫你顺水推舟，只是慢慢的，常要叫大相公走正经路就是。万一大相公使起孩子气性子，我恐有话再说不进去，却该怎的？”王中道：“你说的极是。只是我只求异日死后，见得大爷就罢。”

二人将画眉笼儿，一同挂在厅房檐下。阎楷把笼内添上食，注些水。这二人苦心匡襄少主人，也算谭孝移感人最深处。这正是：

忠臣义仆一般同，匡弼全归纳牖功；
若说批鳞方是直，那容泄尽一帆风。

第十四回

碧草轩父执说论　崇有斋小友巽言

话说时序迁流，谭孝移殁后三年，绍闻改凶从吉，早已十六岁了。面貌韶秀，汉仗明净。争奈旧日读的书籍，渐次忘记。从侯冠玉读书这三四年，悠悠忽忽，也不曾添上什么学问。兼且人大心大，渐渐的街头市面走动起来，沾风惹草，东游西荡，只拣热闹处去晃。母亲王氏，是溺爱信惯久了。侯冠玉本不足以服人，这谭绍闻也就不曾放在眼里。王中直是急得心里发火，欲待另请先生，争乃师娘在主母跟前，奉承得如蜜似油，侯冠玉领过闪屏后的教，又加意奉承。比及三年，仍了旧贯。这德喜、双庆都有小进奉儿，也每日在王氏面前，夸先生好功夫。

一日清晨，王中叫赵大儿对奶奶说，有一句话商量。王氏坐在楼下，叫赵大儿去唤王中，问是说什么哩。王中站在楼门说道："屡年咱家在孝服中，不曾请客。如今孝已换了，该把娄爷、孔爷、程爷、张爷、苏爷们请来坐坐，吃顿便饭。一来是爷在世时相与的好友。二来这些爷们你来我去，轮替着来咱家照察，全不是那一等人在人情在的朋友。如今咱家整治两桌酒，请来叫大相公听两句正经话，好用心读书。"王氏道："你说得极是。这曲米街舅爷也是该请的。"王中道：

“自然。”王氏道：“你与阎相公定下日子，家里备席就是。”王中因到账房，叫阎楷写了请帖，王中去投。请的是娄潜斋、孔耘轩、程嵩淑、张类村、苏霖臣，连王春宇、侯冠玉七位尊客。

到请之日，打扫碧草轩，摆列桌椅，茶铛，酒炉。料理停当，单等众客惠临。到了巳时，孔耘轩同张类村到，谭绍闻躬身相迎。少时，娄、程、苏三人到了，绍闻也迎到轩上。五人各叙寒温。等了一大会，王春宇到。将近上席时节，侯冠玉推故不来。——原来侯冠玉听得今日所请之客，俱是端人正士，学问淹博，自己的行径本领，瞒得王氏，如何瞒得众人？到了一处，未免有些如坐针毡的景况，所以推故不来。这王春宇听众人说话，也不甚解，只是瞪目而视，不敢搀言，因说绍闻道：“外甥儿，你亲自请你先生去。”也是想着侯冠玉来，一向混熟的人，好接谈一两句话的意思。

绍闻领舅的命走开。王中便站在门边道：“我家大相公，自从俺大爷不在之后，气局不胜从前。少时，爷们擘画几句话儿，休教失了大爷在日门风。”潜斋道：“久有此心。一年来几回，总未得其便。今日自然要说他哩。”又向众人道：“大家齐说说，不失了孝老旧日相与的深情。”

话犹未完，绍闻请得侯冠玉到。众人离座相迎。行礼毕，让座，程嵩淑道：“天色过午，盘盏早备，爽快一让就坐罢。”张类村一定让侯冠玉。侯冠玉道：“序齿该张老先生坐，序爵该娄老先生坐，晚生岂敢讨僭。”张类村是个古板学究，坚执不肯，侯冠玉谦而又谦，彼此让了多时。程嵩淑发急，便道：“类老不必过执，不如尊命为妥。”类村方就了首座，潜斋次座。东席是孔耘轩首座，程嵩淑次座。西席是苏霖臣首座，侯冠玉西边打横。王春宇作半主之道，东席相陪。绍闻就了主位。珍错肴核，不必琐陈。

少顷席毕。吃完茶，院中闲散了一会。每桌又是十二个酒碟，安排吃酒。依旧照坐。娄潜斋吃了两杯，便道：“绍闻，今日请我们吃酒，本不该说你。但你今日气质很不好，全不像你爹爹在日，这是怎的说呢？”绍闻把脸红了，说道：“先生教训极是。”德喜儿又斟了一巡酒，苏霖臣向程嵩淑道：“嵩翁，这酒味极佳，可多吃一杯儿。”程嵩淑道：“霖老真以酒汉视我么？今日碧草轩饮酒，诸旧好俱在，谭孝老已作古人。今昔之感，凄怆莫状。欲形诸嗟叹，却又非酒筵所宜。我也不过在此强坐而已。”苏霖臣道：“程兄说的是。弟不过代相公劝酒耳。”但程嵩淑说诸公俱在，谭孝移已作古人这句话，却触痛了王中心事，泪盈眼眶，不敢抬头。程嵩淑猛然瞥见，忽然说道：“取大杯来，我要吃几杯。”孔耘轩道：“霖兄先让的，惹下老哥，何以忽然又要大吃？”程嵩淑道：“耘老有所不知，我心上一时要吃几杯。”原来王中痛情，被程公窥见，及看谭绍闻时，却又不见戚容。这里程嵩淑已是恼了，却不便说出，因此索大杯吃酒。德喜斟了一大杯，放在面前，又斟了小杯一巡。张类村道：“管家斟茶罢，我不能吃，只在此吃茶陪坐罢。”程公举起大杯，呷了一口。忽听娄潜斋说：“今科拟题，有‘夫孝者，善继人之志’一节的话。”因问绍闻道：“老侄，我且问你，‘继志述事’这四个字，怎么讲？”侯冠玉道：“这是你昨日讲过的。你省的，你就说；你不省的，听列位老先生讲。”这绍闻是眼里说话的人，便接口道：“小侄不省的。”王春宇当是众人讲起书来，推解手去看姐姐，走讫。——席上走了不足着意之人，众人也没涉意。程公说道：“老侄，令尊去世之日，我在山东，未得亲视含殓。后来抚棺一哭，你也大哭，我如何说你来？令尊只亲生你一个儿子，视如珍宝。令尊在世之日，你也该记得那个端方正直，一言一动，都是不肯苟且的。直到四五十岁，犹如守学规的学生一般。你今日已读完《五经》，况且年过十五，也该知道‘继志述事’，休负了令尊以绍闻名字之意。为甚的不守规矩，竟乱来了呢？即如前月关帝庙唱戏，我从东角门进去看匾额。你与一个后生，从庙里跑出来，见了我，指了一指，又进去了。我心中疑影是老侄。及进庙去，你挤在人乱处，再看不见了。这是我亲眼见的。你想令尊翁五十岁的人，有这不曾？你今日若能承守先志，令尊即为未死。你若胡乱走动，叫令尊泉下，何以克安？我就还要管教你，想着叫忘却不能！”潜斋道：“于今方知吹台看会，孝老之远虑不错。”张类村道：“谭大兄在日，毫无失德，世兄终为全器。此时不过童心未退。能知聆教，将来改过自新，只在一念。诸兄勿过为苛责。”苏霖臣道：“嵩淑可谓能尽父执之道，敬服之至。始知一向以饮酒相待，真属皮相。”侯冠玉也道：“绍闻，我一向怎的教训你来？你再也不肯听。”侯冠玉这句话，谭绍闻几乎反唇，只因众父执在座，吞声受了。这也是侯冠玉在谭宅缘法已尽，一句话割断了三年学的根子。

迟了一会，酒阑人散，绍闻躬身送出胡同口。回到家中，把脸气得白白的。王氏慌了，问道：“怎的头一遭陪客，就惹得气成这个样子？”问了半天，绍闻道：“我肚里疼。”王氏越发慌张，说：“我与你揉揉罢。你是怎的？你舅说，先生们与你讲书哩。是怎的了？”绍闻抱着肚子说道：“我一向原没读书，娄先生、程大叔说我的不是，是应该的。这侯先生儿？趁着众人，说他每日教训我，我不听他。他每日看戏、赌博，就不说了。我到学里，十遭还撞不着一遭。这几年就是这个样子。自今以后，我要从程大叔读书哩。”王氏又问道：“你丈人没说啥么？”绍闻道：“没有。”王氏叫德喜问道：“你每日在学伺候，对我说先生好；到底先生近日是怎样的？”德喜道：“先生近日断了赌了。”王氏又问王中道：“侯先生还赌博么？”王中道：“大相公知道，难说奶奶不知道？”王氏道：“我怎的知道！德喜、双庆每日对我夸先生好功夫，都是哄我哩。先生既每日赌博，学生还读什么书哩？明日开发了罢。冰梅，你与大相公开铺，打发他睡，我去与他弄姜茶去。”

妇人性子，说恼就恼，也顾不得干姊妹之素情，弟妇曹氏作合之体面，这供给竟不送了。侯冠玉看事不可为，还等讨完束金，扣足粮饭以及油盐钱，依旧去刘旺家住去。撇下胡同口房子一处，王中只得锁了门户。

正锁门时，只见娄宅小厮叫道："王叔，俺家大相公来拜，在门前候得多时了。"王中连忙到家，对小主人说知。及至前院，阎相公早已让至东厢房坐下。原来谭孝移灵柩，占了正厅，管待宾客，只在二门里东厢房里。

谭绍闻整衣到了东厢房，说道："失迎，有罪。世兄进学，恭了大喜。弟尚未与先生叩喜。"娄朴道："蒙老伯作养，今日寸进。烦世兄开了正厅，到老伯灵前叩头。"绍闻吩咐王中，开了正厅门。娄朴穿了谰衫，诣灵前起叩四拜。绍闻赔礼，自不待说。行礼已毕，娄朴道："烦到后院伯母上边，禀说行礼。"绍闻道："不敢当。"娄朴道："昔年在此读书，多蒙伯母照理，今日应当磕头禀谢。"绍闻叫德喜儿楼上说去。少顷，只见德喜儿到前厅说："请娄相公。"绍闻陪着娄朴，到了楼下。见了王氏，行起叩礼，王氏不肯，受了半礼。说道："你两个同学读书，今日你便新簇簇成了秀才，好不喜人。"娄朴道："府县小考，世兄丁忧未遇，所以院试不得进场。"这说得王氏心中欢喜，便说："让相公前边坐。"绍闻陪着，仍到东厢房。须臾，酒碟已到。酒未三杯，早是一桌美馔。吃毕，娄朴辞去，绍闻送至大门，说道："容日拜贺。"娄朴回头道："不敢当。"遂上马而去。

到了次日，王氏在楼下说："福儿，你去叫王中来。"绍闻吩咐双庆儿去叫。少顷，王中到了，王氏道："昨日娄宅新秀才来拜。咱也该备份贺礼，叫大相公去走走。"王中道："是。"王中协同阎相公到街上，备贺礼四色——银花二树，金带一围，彩绸一匹，杭纱一匹。收拾停当，叫德喜儿拿在楼上一验。王氏说道："好。"

次日，绍闻叫阎相公开了一个门生帖奉贺，一个世弟帖答拜。宋禄套车，双庆儿跟着，径到北门娄宅来。下车进门，娄朴陪着，到了客厅。展开礼物，请师伯与先生出来叩喜。娄朴道："先生回拜张类老、孔耘老二位老伯，今日同到程叔那边会酒。"绍闻只得请师伯见礼，小厮去禀。少顷，只见娄昣拄着拐杖出来，说道："大相公一来就有，不行礼罢。"看见桌面东西，指道："这是大相公厚礼么？"绍闻道："菲薄之甚，师伯笑纳。"娄昣道："我不收，虚了相公来意。只收一对银花，别的断不肯收。我回去罢，你两个说话便宜。"说着，早拄拐杖，哼哼的回去。口中只说："留住客，休叫走。"

绍闻只得与娄朴行礼，娄朴不肯，彼此平行了礼，坐下。少顷，酒到。绍闻叫移在内书房崇有轩里说话，也不用酒。娄朴吩咐小厮，将酒酌移在南学，二人携手同到。坐下，绍闻道："世兄游泮，就把我撇下。"娄朴道："世兄守制，所以暂屈一时。今已服阕，指日就可飞腾。"绍闻笑道："我实在没读书，那像世兄功夫纯笃。前日先生说我，我好不没趣呢。我还有一句话对你说，我一定要从程大叔读书哩。前日先生说我还留情，程大叔接着霹雷闪电，好吆喝哩！我脸上虽受不得，心里却感念。程大叔说的，俱是金石之言。"娄朴道："要从程大叔读书，却也难。也不说程大叔家道殷实，无需馆谷；但这位老叔，性情豪迈，耐烦看书时，一两个月，不出书房门。有一时寻人吃起酒来，或是寻人下起围棋，就是几天不开交。我前日去与这老叔磕头，到了书房门，这位老叔在书房弹琴哩。弹完了，我才进去。见罢礼，夸奖了几句，勉励了几句，说道：'我有新做的两首绝句，贤侄看看。'我也不知诗味，看来只觉胸次高阔。世兄若愿意从他，我看透了，这老叔不肯教书。依我说，世兄只把这老叔的话，常常提在心头就是。"绍闻道："世兄说的是。"吃完了饭，娄宅只收银花，别的依旧包回。

原来谭绍闻，自从乃翁上京以及捐馆，这四五年来，每日信马游缰，如在醉梦中一般。那日程希明当头棒喝，未免触动了天良。又见娄朴，同窗共砚，今日相形见绌。难说心中不鼓动么？若就此振励起来，依旧是谭门的贤裔，孝移的孝子。但是果然如此，作书者便至此搁笔了。这正是：

鸿钧一气走双丸，人自殊趋判曝寒。
若是群遵唯正路，朝廷不设法曹官。

第十五回

盛希侨过市遇好友　王隆吉夜饮订盟期

却说王隆吉自从丢了书本，就了生意，聪明人见一会十，十五六岁时，竟是一个掌住柜的人了。王春宇见儿子精能，生意发财，便放心留他在家，自己出门，带了能干的伙计，单一在苏、杭买货，运发汴城。自此门面兴旺，竟立起一个春盛大字号来。

有一日，隆吉正在柜台里面坐，只见一个公子，年纪不上二十岁，人物丰满明净，骑着一匹骏马，鞍辔新鲜。跟着三四个人，俱骑着马；两三个步走的，驾着两只鹰，牵着两只细狗。满街尘土，一轰出东门去。到了春盛号铺门，公子勒住马，问道："铺里有好鞭子没有？"王隆吉道："红毛通藤的有几条，未必中意。"公子道："拿来我看。"隆吉叫小伙计递与马上，公子道："虽不好，也还罢了。要多少钱？"隆吉道："情愿奉送。若讲钱时，误了贵干，我也就不卖。"公子道："我原忙，回来奉价罢。"把旧鞭子丢在地下，跟人拾了。自己拿新鞭子，把马臀上加了一下，主仆七八个，一轰儿去了。

到了未牌时分，一轰儿又进了城。人是满面蒙尘，马是遍体生津，鹰坦着翅，狗吐着舌头，跟的人棍上挑着几个兔子。到了铺门，公子跳下马来，众仆从一起下来，接住马。公子叫从人奉马鞭之价。

隆吉早已跳出柜台，连声道：“不必！不必！我看公子渴了，先到铺后柜房吃杯茶。”公子道：“是渴的要紧，也罢。只是打搅些。”

隆吉引着公子到了后边。这不是七八年前，娄潜斋、谭孝移坐的那屋子，乃是生意发财，又拆盖了两三间堂屋。窗棂槅扇，另是一新，糊得雪洞一般。字画都是生意行，经苏、杭捎来的。一个小院子，盆花怪石，甚属幽雅。这公子满心喜欢。小厮斟上茶来，隆吉双手亲奉，公子躬身接饮。茶未吃完，小厮拿洗脸水，香皂盒儿，手巾，到了，公子只得洗了脸。方欲告辞，果碟酒菜，已摆满案上。公子道：“哪有打扰之理。”隆吉道：“少爷出城时，已预备就了。”暖酒上来，隆吉奉了三杯。从人进来催行，隆吉哪里肯放，又奉了个大杯儿，方才放走。公子谢扰不尽，出门上马而去。这鞭子钱，一发讲不出口来。

这原是隆吉生意精处。平素闻知公子撒漫地使钱，想招住这个主顾。今日自上门来，要买鞭子，隆吉所以情愿奉送。知公子回来，口干舌渴，脸水茶酒预先整备。所以见面就邀，要挂个相与的意思。

到第二日早晨，只见一个伻头拿着一个拜匣，到铺门前。展开匣儿，取出一个封套帖，上面写着：“翌吉，一品候教。眷弟盛希侨拜。”旁边写着一行小字儿：“恕不再速。辞帖不敢奉领。”隆吉道：“多拜尊大爷，我事忙，不敢取扰。”伻头道：“来时家大爷已吩咐明白，不受王相公辞帖，明日早来速驾。”王隆吉也难再辞。

到了次日，早有人来速。只得鲜衣净帽，跟着一个小厮去盛宅赴席。原来这盛宅之祖，做过云南布政，父亲做过广西向武州州判，俱已去世。遗下希侨兄弟二人。弟希瑗，尚小，还从师念书。这希侨十九岁了，新娶过亲来，守着四五十万家私，随意浪过。这王隆吉到了盛宅，只见门楼三间，中间安着抬过八抬轿的大门。内边照壁有三四丈长。门前站着三四个家人，隆吉也有见过的，都是街面上常走的。见了隆吉说道：“王相公来了。”内中一个道：“我引路。”从五间大客厅门前过去，东边是一道角门儿，又是一个院子。一个门楼，上面写着“盛氏先祠”，旁注年月款识，一行是“成化丙申”，一行是“吉水罗伦书”。又过一个院子，院里蓄一对鹅，三间正房，门上挂着一个猩红毡帘子。引路的说了一声：“客到了！”只见一个小家僮掀起帘子，盛公子出来相迎，说道：“失迎！失迎！”

进得屋去，行礼坐下。公子谢了盛情。只见墙上古款新式，也难认识，大约都是很好的。条几上古董玩器，一件也不认的。只闻得异香扑鼻，却不知香从何来。隆吉暗道：“果然天上神仙府，只是人间富贵家。”

两人吃了茶，隆吉便道：“昨日简亵少爷。”盛希侨道：“昨日过扰。但这尊谦，万不敢当。你我同年等辈，只以兄弟相称。我看你年纪小似我，我就占先，称你为贤弟罢。”隆吉道：“不敢高攀。”希侨道：“铺子有多少本钱？”隆吉恐失了体面，尽力道：“有七八千光景，还不在手下，每日苏杭上下来往哩。”希侨道：“原来有限哩。”隆吉接口道：“所以周转不来。”

又坐了少顷，希侨道：“咱弄个玩意儿耍耍罢。”隆吉道：“我不会什么。”希侨道：“铺子里打骨牌不打？”隆吉道：“闲时也常弄弄。”希侨便叫：“拿过骨牌来，再去楼上取两千钱来，我与王大爷打骨牌玩。”只见一个家僮，拿过骨牌盒儿一个，铺上绒毡，一个从后边拿出两吊钱，又陪上两个小厮儿站着配场。搭了一回快，搭了一回天九，隆吉赢了一千四五百钱。摆了碟酒，收拾起骨牌，不耍了。

须臾，汤饭肴馔，陆续俱来。隆吉只觉异味美口，东西却不认的。想铺中也有几味相似的，烹调却不是这样。席完，又吃几样子酒。酒半酣时，希侨道：“我有一句话，贤弟莫要见阻，我心里想与你拜个兄弟。”隆吉道：“说什么话，府上是何等人家，我不过一个生意小户，何敢将地比天。”希侨道：“见外么？”隆吉道：“不敢，不敢。”希侨道：“你外边人熟，再想两位才好。”隆吉道：“我也年轻，外边也不认得人，请问要哪样人？”希侨道：“我拜兄弟，原有个缘故。我的亲戚，俱在外省，姑家，舅家，连外父家，都没有在河南的。我这里举目无亲，甚是寂寞。只求像贤弟这样意气投合的，时常来往就罢。”隆吉道：“我也不认得许多人，就是不三不四的，我也不说他。我有两个同窗，一个是我的先生娄孝廉儿子，新进了学，叫做娄朴；一个是我谭姑夫儿子，叫做谭绍闻，年纪都是十七八岁。若不嫌弃，我情愿约会他二人。”希侨道：“妙极！咱四个也就足够。”

饭完，把酒席收讫。隆吉要辞别起身，希侨不肯，还要耍骨牌。隆吉说：“铺子里没人。”坚执要去。希侨叫：“备马送王大爷去。”隆吉哪里肯骑。吃毕茶，起身。希侨送至大门，问道：“王大爷赢的钱呢？”隆吉道：“什么话，闲耍罢了。”希侨道：“将钱交与王大爷来人。”那小厮也不肯接。希侨道：“暂且放住。”因说道：“约会的人，贤弟放速些就是。”隆吉道：“是。”一拱而别。

及到铺门时，盛宅家人，已将抹骨牌赢的钱送到。隆吉再不肯要。那小家人道：“王大爷若不要，小的回去，得二十竹批子挨。”隆吉只得收了，说道：“到府上说，我谢大爷扰。”那家人道：“晓得。”一溜烟跑去。

这王隆吉起初奉承盛公子之意，不过是生意上要添一个好主顾，不料蒙了错爱，竟说到拜兄弟的话。大凡年轻的人，不知道理，一听说拜兄弟，早已喜极，又遇到一个富贵公子，一发喜出望外。这一夜就喜得睡不着。等到次日，胡乱吃些早饭，骑上骡子，一直就到萧墙街胡同口，把头口拴在碧草轩前一株石榴树上。原来碧草轩，自从没了孝移以后，花砌药栏，果成了“绿满窗前草不除”光景，所以牲口拴在轩前树上，也不只一日。这话提它不着。

单说隆吉提着鞭子，一径到了楼下。正值王氏与绍闻吃早饭，冰梅一旁伺候。王氏见了侄儿，便道：“冰梅，收了家伙，另摆饭来，叫王叔吃。”隆吉道：“才丢下碗儿。”因问姑娘近日安吉的话。绍闻也问舅往苏州发货的话。隆吉心中有事，三两句便拐到盛希侨身上。这盛希侨方伯门第，人所共知，不必深言。因把盛公子怎的一个豪迈倜傥，风流款洽，夸奖了一番；怎的一个房屋壮丽，怎的一个肴馔精美，夸得不啻口出。方才徐徐说起“换帖子，要结拜弟兄，叫我来约表弟”的话。这王氏接口道：“像这等主户人家公子，要约你兄弟拜弟兄，难说辱没咱不成？我就叫他算上一个。”隆吉道：“自然是极好哩。”绍闻道：“在哪里结拜呢？”隆吉道：“却没有说定一个地方。等约停当了，再定地方罢。大约就在盛宅。”绍闻道：“他是大乡绅人家，开章就在他家，未免我们还不好意思去哩。不如约个公所地方，大家斗出分赀摆酒。结拜停当，然后彼此相请，便好来往。”隆吉道：“说的是。依我看，大约东街关帝庙里好。关爷就是结拜兄弟的头一个。叫宋道官摆下席，我们在神前烧香何如？”绍闻道：“那里人乱。”王氏道：“地藏庵那里，有关爷庙没有？”隆吉道：“那里有一座小伽蓝殿，就是关爷。”王氏道：“就在地藏庵也好，范师傅那里也秘静。就叫她摆席，你们只出分赀。”绍闻道：“怕她是持戒的，怎好叫她摆荤席。”隆吉道：“她说持戒，是对人说的。时常在俺家，还叫你妗子与她买烧鸡吃哩。”王氏、绍闻不觉俱笑。王氏道：“拿定主意，在那里罢。分赀得多少呢？”隆吉道：“咱与盛公子共事，轻薄不好看，每人二两头罢。”王氏道：“也不多。每人跟一个人，上下两席，只够罢。”隆吉道：“师傅也还落些，落的有限。”王氏道：“她出家人，怎好落你的。”隆吉道：“姑娘不知，凡住堂庙的，干一件事，先算计落头哩。”大家又笑。

计议停当，隆吉道：“你我同去约约娄世兄。”绍闻道：“不用去，娄世只是有管教的人，去也不中用，他也必不算。”隆吉道：“昨日我与盛公子说明，约你两个。若不约他，显的是兄弟有了欺骗。使不得。”绍闻道：“我不去，你自己去罢。我昨日才在他家送礼，今日又去，娄先生见了我，我没啥说。你自己去罢。”隆吉是生意行走惯的人，忽生一计道："娄世兄进了学，我还没有与先生叩喜。福弟，你借与我一份贺礼，我去走走，顺便儿把这话说了，依不依在他。"绍闻吩咐双庆儿道："叫王中来。"王氏道："你又叫王中，想着账房里要钱么？"绍闻道："正是。"王氏道："你这事叫王中知道，就要搅散。我与你备礼，你得多少呢？"隆吉匣来。绍闻道："要帖子不要？"隆吉道："我如今成了生意人，不用帖子，只叫双庆儿跟得去。"

绍闻安置礼物已妥，叫双庆跟着，隆吉骑了骡子，一直往北门来。进的娄宅，一径到了客厅。恰好娄潜斋与娄朴，在那里陪客说话。隆吉先与客行了常礼，然后展开贺礼，与先生叩喜，与娄朴行了平礼。坐下吃茶，娄潜斋道："你近日做了生意，可惜你的资质。也很好，我也不嫌你改业。既作商家，皆国家良民，亦资生之要。但你是个聪明人，只要凡事务实。"隆吉道："先生教训极是。"这隆吉来意，本欲邀娄朴结盟，见了先生，早已夺气，不敢讲出口来。坐了一会，只得邀娄朴道："世兄外边游游罢。"娄朴陪出门来，到崇有轩坐下。又说些闲言碎语，心里想说盛公子约拜兄弟的话，几番张口，不知怎的，咽喉间再说不出来。这可知正气夺人，邪说自远。又可知恶闻邪说，必在已有以招之也。

这娄潜斋父子，还只料王隆吉感念师弟之谊，今日来送贺礼，心中过意不去，加倍厚待。过午席罢，将原仪璧回。隆吉心中怏怏而去。在路上打发双庆儿带回原礼，自己骑骡而归。

恰好到了娘娘庙大街，这盛公子正在门楼下站着，与马贩子讲买马的话，看家人在街上试马。望见王隆吉，早叫道："那不是王贤弟么？"王隆吉下得骡子，家人跑上前接住。盛公子下得阶级，一手挽住说道："贤弟，哪里去哩？"隆吉道："萧墙街。"盛公子吩咐家人道："马说妥了，去问号里取银子。就说有客说话，顾不得，叫他上笔账就是。"这正是：

乐莫乐乎新相知，况是指日缔盟人。

盛希侨一手扯住王隆吉，进了内书房坐下。问道："贤弟所约何如？"隆吉道："萧墙街舍表弟，算了一个。"希侨道："那一位哩？"隆吉说不出那不曾开口的话，只得答应道："娄世兄意思，不想着算。"希侨道："莫非嫌择我么？他是孝廉公之子，又新进了学，自然要高抬身份。依我说，先祖做过方面大僚，也不甚玷辱他。"隆吉急口道："他说他常在学里，恐怕一时礼节答应不到，惹弟兄们不喜欢，没有别的意思。"希侨道："这就是了。要之，咱三个人，也就够了。久后遇见合气的，再续上也不迟。你且说结拜定于何日，我好送帖相请。"隆吉道："头一次共事，也难就在府上。舍表弟说，先寻一个公所地方会了，然后彼此相请，好来往。"希侨道："也没这个妥当地方。"隆吉道："我与舍表弟议定，在地藏庵范师傅那边。每人二两分金，叫他摆席。"希侨道："二两太少。她出家人，不图落些余头，该白伺候咱不成？况且二两银子，除了落头，也摆不上好席面。依我说，我送酒一坛，再备几样莱儿送得去。也恐怕姑姑家，整治得腥白白的，吃不的，却怎么了？"隆吉道："大哥虑的是。但天色晚了，我回去罢。柜房里没人，且是黑了，街上行走不便。"希侨笑道："关什么要紧。不如今晚住下，咱弟兄说话罢。就是回去，夜深了，打上我这边灯笼，栅栏上也没人敢拦：锁了栅栏，他们也不敢不开。"

说未完时，一声叫："家人摆酒！你们这些狗娘养的！都瞎了眼，漆黑了，还不上灯么？今日是该谁伺候客哩？明日打这忘八羔子！"嚷声未毕，只见两个家童，掌定两枝大烛，放在案上。酒碟儿随后就到。希侨还骂了两句。王隆吉也不敢过为推辞，只得坐下。把酒斟开，希侨尝了尝，骂道："这是前日东街的送来一坛南酒，我说不中吃，偏偏你们要拿来亵渎客。你们这些狗攮的，单管惹人的气！快换了咱家新做的'石冻春'来。"果然又换了酒。希侨道："这明日地藏庵的事，贤弟你自安排，明晨我就送分赀去。日子就定在初三日罢，别的日子我不得闲。”隆吉道：“就是初三，不用再改罢？”希侨道：“岂有再改之理。”

吃了一会，王隆吉要走。希侨道：“贤弟可笑。若说哑酒难吃，我有道理。”一声叫：“宝剑儿，前院请满相公来，叫他把琵琶也带的来。”少顷，满相公到了。隆吉起身，欲待作揖，希侨道：“不必，不必。老满你就坐在这边罢。”家人斟酒来，希侨道：“你唱个曲子敬客。”隆吉道：“不敢。”满相公果然唱了一套。唱完，说道：“聒耳。”隆吉道：“聆教。”希侨道：“果然聒耳不中听。取大杯来，咱们猜拳罢。”隆吉道：“我不会猜枚。”希侨道：“不猜拳，咱们揭酒牌罢。”宝剑儿取过酒牌，举个大杯，放在中间。希侨道：“这瓷瓯子是敬客的？快去楼上取我的斗来，只要三个罢。小心着，要是打碎了，你那一家性命，还不值我那一个斗哩。”果然拿出三个锦盒儿，取出三个玉斗。灯光之下，晶莹射目。希侨道：“不必斟酒，揭了牌，看该谁喝。”隆吉道：“我不懂的。”满相公道：“上边自有图像，注解的明白，谁揭着，谁再也不能赖过去。”希侨把牌揉乱了，放在盘中，说道：“贤弟，你是客，你先揭。”隆吉道：“我不明白。”希侨道：“我一发先揭一张。”揭过一看，只见上面画着一架孔雀屏，指后站着几个女子，一人持弓搭箭，射那孔雀，旁注两句诗，又一行云：“新婚者一巨觥。”希侨道：“贤弟几日完婚？”隆吉道：“不曾。”满相公道：“少年喝了罢。”宝剑斟上一玉斗，放在主人面前，希侨只得饮干。轮着满相公揭，满相公揭了一张，上面画着一树花，一人举烛夜观，旁注云：“近烛者一杯。”满相公道：“少爷又是一杯。”希侨看了一看，自己果然与烛相近，说道：“这牌太向主人了。”只得又吃了一玉斗。轮着隆吉揭，揭了一张，上面画了一只船，载了个三髯贵人，一个美色女子，旁注云：“行商者一小杯。”希侨道：“这是范蠡故事，又有西施跟着，生意又发财。贤弟该一大杯。”隆吉道：“酒令大似军令，既是写的小杯，如何改大杯？”希侨一定叫宝剑儿斟了一斗，隆吉吃了，说道：“我委实是要走的。要吃酒时，我在家说明，就是一更二更都使的。我今日早晨出门，家中没说明白，家母也挂心，叫我去了罢。”这时天有半更了，满相公亦说：“少爷叫客去罢。”希侨酒兴未足，却也自嫌白淡没味，说道：“今晚全没兴头。既说伯母挂心，贤弟一发就走。改日就不许推托了。酒到底没吃什么，牌儿只揭了三张，记下罢。宝剑儿打灯笼，叫他们送到家。”一起起身，送出大门。隆吉骑上骡子，一对灯笼前照，送至春盛号铺门而回。

有诗道王氏之愚昧：

时刻难忘曲米街，恰逢中表又相谐；
村姑嫁得夫家好，禄产虢秦抱满怀。

第十六回

地藏庵公子占兄位　内省斋书生试赌盆

话说王隆吉一更天到家。到了次日，盛宅早送来一个拜匣，封套上边写了分金二两。隆吉也自己称了二两，径到地藏庵来。见了范姑子，说了他们结拜的话，要在伽蓝殿烧香。三人分金六两，叫庵里备席。范姑子慨然承许。隆吉道："庵中锅灶不便，调料菜蔬不全，有周章不来处。我再替你斡旋。"范姑子笑道："你休管我夜起，只要早到就罢。我只愁没酒。"隆吉道："酒是盛宅送的。"姑子道："你只管放心，丢不下你的话。"隆吉道："后日初三，我们早到，可办得出来么？"范姑子道："就是今日来，也不怕。多少难事，我替人家办得一点风声儿也不透，何况这两桌酒席。只管放心。"王隆吉辞得去了。

本日，范姑子叫雇工，将各庙洒扫洁净。次日，范姑子街上走了一回。回来，叫雇工把厨下管兴工匠人烧茶的那口大锅，收拾妥当。

到初三日一早，只见四个人，抬着一架盒子、一坛酒送来。范姑子道："原说不要酒，盛宅自送酒来。"那抬酒的道："这就是盛宅的酒。"范姑子方晓得，食盒也是盛宅的。抬盒人去了，范姑子与徒弟揭开看时，原是一桌全席，茶皿酒具箸匙俱全。须臾，又有人抬了一盒子全席，范姑子命放在厨下。对抬盒人道："家伙明日来取罢。"抬盒人道："原是说明的。"范姑子又寻了两个庵旁住的老婆子，拣盒中该热的肉菜，放在锅上，用笼盖了，小火儿蒸着，单等客到。

王隆吉早到。少时，只见谭绍闻到了，范姑子接着。让至佛殿后边一个客室，问了家中老菩萨的安。话犹未完，盛公子到。也迎至客室，两人行了礼。王隆吉道："这个便是表弟谭绍闻。这个便是娘娘庙大街盛大哥。"这二人初次见面，那久仰高攀的话，自是不揣而知的。又谢了范姑子惊动烦扰，也不必细述。

说了一会闲话，范姑子道："请山主们伽蓝殿上香罢。"三人说："也罢。该上香的时候。"范姑子问道："山主们告神的疏头儿、香纸，是跟的人带着么？"三人都道："不曾带来，也就不曾打算到这里，如今可该怎么处？"希侨道："这是王贤弟你办的事，少头没尾的。"范姑子道："山主们今日喜事，休说那少头没尾的话儿。"隆吉道："我一来没经过这事；二来，我实说罢，我的心通慌了。"范姑子道："这也不难。庵中有整香纸，借与山主们。告神的疏，我替山主们念念算了罢。"隆吉道："极好。"范姑子道："这年庚，像是盛山主做大哥，王山主第二，谭山主第三的了。"隆吉道："不错的。"于是范姑子开柜取出香纸，引着三位，过了佛殿，到伽蓝庙中。每人递与香一炷，插在炉中，行礼跪下。范姑子敲了三声磬，也跪下，往上说道："阿弥陀佛！这是圣贤菩萨马脚下住的三位信士：一个盛公子，一个王相公，一个谭公子。今日在圣贤炉前成了八拜之交，有福同享，有马同骑。哪个若有三心二意，叫周将军监察。阿弥陀佛！好好保佑他们，保佑财源发旺，子孙兴隆。他们还许下翻盖歇马凉殿，洗画老爷金身。"范姑子念完起来，又敲了三声磬。三人礼毕，范姑子说："两位山主，该与盛山主行礼。盛山主是哥哩。"希侨道："何用这？"隆吉道："自然该的。"扯住谭绍闻行礼。盛希侨受了半礼。隆吉道："表弟，咱可不要这。"谭绍闻就止了。

却说这谭绍闻心中发热，脸上起红。他原是有家教的，父师的话是听过的，今日这事，意思很有些不安。只因隆吉初约时，一时承许得孟浪了，所以今日说不出口来，只得随着罢。比不得盛希侨天生匪人，宦门中不肖之子；王隆吉经纪人家出身，不晓什么。所以盛希侨视如平常，王隆吉满心欢喜。这是他三人心里光景，不必细述。

单说范姑子引三人穿过佛殿，到了客室坐下。范姑子捧上茶来，盛公子不接茶杯。说道："我有带的茶叶，师傅只把壶洗净，另送一壶开水来。"一声叫："宝剑儿！"这宝剑儿正与双庆儿及王隆吉跟的进财儿，也商量结拜的话。希侨一声叫唤，宝剑慌了。希侨骂了两句，叫厨下照料泼茶去。这范姑子方晓得起初进门，盛希侨把茶尝一尝便放下的缘故。少顷，宝剑拿茶上来，茶杯也是家人皮套带来的。众人喝茶时，也不知是普洱、君山、武彝、阳羡，只觉得异香别味，果然出奇。

吃完茶，范姑子摆上席来。端的山珍海错，大家举箸齐吃。希侨略吃了几味儿，说道："把这席留下三两味，别的赏与跟随人吃罢。舍下送来的粗馔拿来。"范姑子哪里敢强，只说道："这东西委实孝敬不得山主。"只得收了，又把盛宅送的东西摆上来。果然，除了光鸭、固鹅，别的就没有河南的东西。饮的盛宅的酒，香美自不待言。隆吉道："范师傅，你也来坐坐。"范姑子道："厨下离了我一发上不来。"希侨道："你来往乱跑也不好。"范姑子道："我顾不哩。没有教小徒陪陪罢。"因向阁边叫道："慧照儿，你放下针线，照照客。"只见阁上下来一个尼姑，不过十八九岁，眉清目秀。到客室与小山主们行了尼礼，就坐在旁边。也不吃什么，只举箸让客。把头低了，吃了一杯茶。

席完了，范姑子也来坐在一张床上。说道："有慢山主们。"希侨道："你这令徒，怎的不言语？"范姑子道："小家子样，见不哩人。每日只在楼上做针线，也就没见过客。"希侨道："出家人，做什么针线？"范姑子道："庵中日子穷，全指望着她缝些顺带儿，钥匙袋儿，卖几个钱，籴几升米吃哩。”希侨道：“俺们上阁上看看针线何如，捎两件，回家做样子。”慧照笑道：“看不的。”范师傅道：“看看何妨？若是看中了，这些山主们带回一件，强如你卖十件哩。”希侨邀道：“二位贤弟，同上去看看何如？”范姑子引着三人上阁，慧照只得跟着到阁上。都看缝的东西，说道：“果然花儿绣得好！”范姑子下阁取茶去。希侨自己拣了两件，强与了谭绍闻一个顺带儿，与了隆吉一个荷包儿。吃了茶，下得阁来。

到了客室，希侨道：“庵里日子清淡么？”范姑子道：“行常断了顿儿。”希侨道：“不打紧。明日我送十两灯油钱，一石米来。二位贤弟也休空了。”范姑子道：“阿弥陀佛！”希侨道：“针线很好，可惜缎子不好。明日请到我家，与我绣几幅枕儿，怎的不叫去。”

二人把话说完，隆吉见谭绍闻终日不甚说话，问道：“贤弟今日怎的不欢？”绍闻道：“我怎的不欢？”希侨道：“庵里有什么玩意儿么？”范姑子道：“阿弥陀佛！庵里得有什么？”隆吉道：“药铺老梁相公丢下那盘象棋呢？”范姑子道：“他丢在这里，又没人会下，只怕少了子儿。”隆吉道：“少两个，写上块瓦片儿。”希侨道：“贤弟奇想！棋子少了，瓦片儿就算了不成？”隆吉道：“算得了。”范姑子寻了一会，拿来。盛希侨笑道：“看来却不少。只是些木头片子，如何下它。也罢，谁下哩？”隆吉道：“大哥与表弟下。”绍闻道：“我下不来。”隆吉道：“咱同学时，先生不在家，咱没在邓祥厨房下过么？”大家笑了。范姑子叫慧照摆在桌上。希侨道：“不如咱喝酒罢。”隆吉恐怕希侨太露轻薄，只是怂恿下棋。绍闻也说不吃酒，要回去。希侨只得与绍闻下起棋来。

范姑子出去，隆吉也跟出来，问道：“你今日席面很好，是怎么做的？”范姑子道：“我是二两银子，定的蓬壶馆上色海味席。谁知道盛公子还嫌不中吃，我就没敢说是馆里定来的。”隆吉道：“他的东西真个好，我吃了两遭，也没见重复什么，不认得很多。”

又说了一会闲话，又看了一会象棋，日色已晚，各家来接。盛宅一对牛腰粗的灯笼，上写着“布政司”三个大字，三四个家人，牵着一匹马。谭宅王中、德喜儿，打着一个“碧草轩”三字灯笼，宋禄赶着一辆车。隆吉是前柜伙计亲自来了，打着一个“春盛号”铁丝灯笼。此时却被一个夏鼎字逢若的看见。

原来这夏逢若，正在人家会赌回来。见了地藏庵门前灯笼乱明，车马仆从闹轰轰的。站在黑影里一看，见“布政司”灯笼，只疑藩司衙门有人在庵，有什么公干。看了一会，却认得是盛公子，那两个却不认得，“碧草轩”也不知是谁家。难说“春盛号”一个小铺子，敢与盛公子来往？心中疑惑。只听得众人一声说道：“范师傅，扰了！”范姑子道：“简慢。”又听得盛公子道：“二位贤弟，我就要奉请哩。”又说道：“范师傅，我明日就来接哩，休要不叫去。”范姑子道：“岂有不叫去之理。”众人一轰而散。

这夏逢若心下踌躇：“这一干人我若搭上，吃喝尽有，连使的钱也有了。我且慢慢打听，对磨他。”随时也自去干他的营生去了。

且不说盛、王两人回家。单说谭绍闻，今日有些不安。只见天色黑了，来接的又有王中，心里一发不妥当的很。坐在车上，一声儿也不言语。到家，各自安歇。

过了两日，王中拿一个全帖，上面写着“翌午，一芹候叙”，下边写“愚兄盛希侨拜”，递与少主人看。绍闻道：“是盛宅请帖。打发来人歇歇。”王中道：“来人去了。”又低声说：“爷不在了，大相公还该读书务正，这些事，只像是该推脱的。”绍闻道：“你说的是。我明日到他家走走，改日也请他一请。还了席，慢慢丢开就罢。”王中道：“这盛公子，我常听人说，是个败家子，绰号儿叫做公孙衍。我前口若知道一墨儿时，再不叫大相公与他结拜。昨晚我才听奶奶说这事，所以我急紧去接。不如如今送他一个辞帖，只说家中有要紧事，不得去，也不得罪他，便慢慢地开交。换帖结拜的弟兄，本来是不亲，纵然起初有一点子亲厚，没有后来不弄淡了的事。且还有翻脸的，厮骂的。”绍闻道：“我昨日也就后悔。但目下辞他，甚不好意思，胡乱走这一遭罢。”王中道：“相公将来要吃这不好意思的亏。”绍闻道：“这辞帖是断然不可送的。”王中也不敢再拦阻。

等到次日，王中安排要跟的去。饭后时，绍闻已引着双庆儿，步行往盛宅去。到了门上，宝剑儿已引进去。坐在大厅，日已近巳，宝剑儿说道：“少爷还没起来哩，我去对说去。”

少时，只见盛希侨跑将出来，靸着鞋儿，衣服袒着，连声说道：“东书房坐，东书房坐。”绍闻起身，作为礼之状，希侨道：“不消。”一面便吩咐道：“曲米街请王大爷去。”扯住绍闻的手道：“咱去东书房坐。”两个同行，宝剑儿引着。希侨一面走，一面说道：“昨晚酒大了，清早爬不起来。”宝剑儿引到一个书房，挂着“内省斋”匾儿。进去坐下。只听得是一个丫头声音叫道：“宝剑，少爷的洗脸水，拿的去。”宝剑儿掀帘子，捧进水来。希侨一声骂道：“狗攮的，客还没有茶，你们只记得我熟。”绍闻道：“洗洗也罢。”希侨道：“我一发有罪贤弟，我去连衣服也换了来。”

希侨回去后，迟了一回，换了一套衣服出来。恰好王隆吉也到了。希侨迎着笑道：“谭贤弟来时，我还没起来哩。我适才洗了脸，换了衣服。贤弟来迟，就该罚你。”隆吉道：“客到了还睡着，不该罚大哥么？”大家一笑。吃完茶，隆吉道：“今日该拜见伯母，休说来意不恭。”希侨道：“请坐下。我实对您说，家母昨日从山东家母舅家才回来，驮轿上坐了一千多里，如今在楼上睡了。好几天还歇不过来哩。你我弟兄们，原该有这一礼，求改日何如？”隆吉道：“岂有不磕个头之理！”希侨再三拦阻，绍闻道：“也罢，就遵命。”

希侨坐了一会儿，道：“我竟是闲坐不来，咱生法玩玩罢。”绍闻道：“闲坐说话罢。”希侨道：“叫我闲坐，时刻我就瞌睡了。一定玩。谭贤弟，你只说你会啥罢。”绍闻道：“我一些也不会。先君在世严谨，莫说玩意儿不会，也并不曾见过。”隆吉道：“这是实话。家姑夫性情固执，这表弟四门也没出过。”希侨道：“怎么会下象棋？”绍闻道：“那是舍下一个厨役有一盘棋，偷弄弄是有的，所以前日下时，一连两盘都输了。”希侨道：“棋我是不耐烦下的，骨牌也不好玩。再坐一会，我就闷死，这却该怎么？不然者，咱掷六色罢？”绍闻把脸红了，说道：“我不会，不用弄这东西。”希侨道：“王贤弟，你会不会？”隆吉道：“我年节下赌过核桃，不过与骨牌一样。只是掷的不精。”希侨拍手大笑道：“在行，在行。这就好了，可惜满相公不在。”隆吉道：“满相公哪里去了？”希侨道：“我叫他往南乡买狗去。说这南乡苏宅玩的一条狗，如今要卖哩。我与他八两银子，他不卖，他要换一匹马。我叫满相公看看这狗，果然跑得好了，就予他一匹马。——那一家可算上谁？有了！后边叫慧照来，算上一家。”隆吉道：“慧照在哪里？”希侨笑道：“在后边住过两天了。”隆吉道：“他师傅叫他来么？”希侨道：“你不在行，他师傅岂有不叫来之理。宝剑儿，你去后边叫慧照来。”

宝剑去了一会，回来道：“他说前边有客，他不来。”希侨道：“我去。”少顷，只见希侨引得慧照来。希侨吩咐道：“把角门锁了。”一同坐下。隆吉与绍闻谢了庵中打扰，慧照掩着口道：“有慢。”希侨道：“闲话说它做甚，拿色子盆来。”宝剑铺上桌毡，放下色盆，让众人各照门头坐。绍闻哪里肯坐。希侨道：“你不认的，叫宝剑儿替你看。这个小狗攮的，两只眼好眼色，色子乱滚时，他就认得是叉、快。你输了不算，赢了你拿的走。”又叫：“老慧，你在那边坐。”慧照笑道：“我不坐。又不认的，坐在那边怎样？”希侨道：“你要不配个场儿，昨日黄昏里我输的五百钱，我就不予你了。”慧照红了红脸，说：“我输不起。”希侨道：“输了是我的，赢了是你的。”又向隆吉道：“你可不用让罢？”叫宝剑儿楼上取四千钱来。希侨喝道：“快把牙筹拿过一边子去，休叫厌人。真个弟兄们谁赢谁哩，不过解闷而已。”

宝剑儿拿过赌筹，放在条儿上，各人门前放下一千钱。希侨先掷，掷一个平头十四点，没人下钱。轮着隆吉掷，希侨把绍闻门前的钱，开了一百摆成柱码，隆吉掷了一个叉，赔了三个。轮着绍闻掷，绍闻再不伸手。慧照已摆成柱码。希侨再三催督，绍闻无奈，把色子抓起，面红手颤，掷将起来。宝剑喝道："梅稍月！梅稍月！"慧照把钱送过来。该掷希侨的。绍闻道："我委实的不会掷，心里只是跳。"希侨再三只是让，绍闻道："心里跳个不住，怎么行得？"希侨道："也罢么。谭贤弟你与老慧伙着，叫他替你掷。宝剑儿，你把你的钱拿来，配上一家儿。顺便把厨下瑶琴叫来，替你伺候客。"宝剑果然叫得瑶琴来，自己拿了两串钱配场。绍闻桌边坐着，看没多时，慧照掷了一个"临老入花丛"的大快，把五六串钱，都赢得七零八落。这绍闻书气未退，总觉心下不安。

少顷，叫拾赌具，排上席来。希侨道："自己兄弟们，我就不为礼罢。"隆吉、绍闻齐道："不敢。"慧照起身要走，希侨扯住道："哪里走，就在此陪客。你扎的枕头，我就当与你浇手哩。"四人相让坐下，举箸动匙，都吃不多儿，早已放下箸。希侨要安排大饮一场，就叫收了碟碗，另排酒局。只见宝剑儿，从后边斟了一盘茶来，说道："谭大爷那边，有家里人来接。角门锁了，不得进来。"希侨骂道："偏你多言。天才过午，就来接么？就是有人，安排前院吃酒。你再胡说时，把你娘的牙都打掉！"谭绍闻明知是王中，心中不安，就要回去。说道："想是家中有事，故小价来接。我去罢。"若是希侨肯放得去了，这盛公子的性情，还不算恁样无道理；谭绍闻一入匪党，还不至濡染太深。这正是：

赌场原是陷人坑，谁肯蚤盆自戕生？
总为罗刹推挽猛，学泅先赴滚油铛。

第十七回

盛希侨酒闹童年友　谭绍闻醉哄孀妇娘

话说谭绍闻要去，希侨哪里肯放。因问隆吉道：“王贤弟，令姑老伯母，性情厉害么？”隆吉道：“家姑娘性情仁慈，舍表弟轻易不受半句气儿。”希侨道：“谭贤弟，你一定要回去，想是怕盛价？难说一个主人怕他们不成？”绍闻笑道：“岂有怕小价之理。”希侨道：“正是哩。像如舍下，有七八家子小子，内边丫头爨妇也有十来口。我如在外一更二更不回来，再没一个人敢睡。即如家中有客，就是饭酒到了天明，家中就没一个敢睡的。若是叫哪个不到的，后头人是顿皮鞭，前头人是一顿木板子，准备下半截是掉的。”隆吉道：“大哥还是衙门里传下规矩。”慧照说：“我昨晚见丫头桂萼儿睡了，你叫她起来，她白不起来，你还笑了一阵子，怎么不厉害哩？”希侨笑道：“你不胡说罢。只是如今要吃两盅酒，偏偏人不凑手。”

只听有人叫角门，希侨认得声音，说道：“老满回来了。宝剑儿，去开门。”满相公进得门来，与众人拱了一拱，又问：“此位是谭相公么？”希侨道：“是。”二人又行了礼。希侨道：“狗何如？”满相公道：“不成。狗大粗腿，还不胜咱家那条黑狗。不要它。”希侨道：“宝剑儿，南厅里搬六棱桌儿坐，好喝酒。省得胡让。”果然宝剑、瑶琴搬得六棱桌来，一面坐一人。只是五个人，还少一个人。希侨又叫宝剑儿道："想起来了，你去水巷胡同接晴霞来。把挑轿抬去，叫她不用打扮就来。"宝剑去了。

这五人说了一阵闲话，晴霞到了。见有客，磕下头去。绍闻是从没经见的，勿论说话，连气儿也出不上来。隆吉做过几年生意，还说几句市井的话。希侨叫道："速烫酒来！"宝剑摆开围碟，让六人各照一面坐了。就叫晴霞坐在绍闻、隆吉中间。斟酒两巡，希侨道："昨日浙江朋友，送了我一幅西湖图酒令，只用一个色子，各人占点，有秀士、美人、缁衣、羽士、侠客、渔翁六样儿。如今现有六个人，不用占点，谭贤弟就是秀士，晴霞就是美人，老慧就是缁衣，老满就是羽士，王贤弟就是侠客，我一发就是个打鱼的渔翁。瑶琴儿，你把西湖图展开，放在桌上，把碟子去了几个，好玩。"众人看那图时，犹如儿童掷的围棋一般，螺道盘中，一层一层儿进去。开首是涌金门，中间是一个湖心亭。众人道："不懂的。"满相公又讲了一会，说："有现成令谱。"希侨道："我就先掷。"恰恰掷了一个幺，就是涌金门。展开令谱儿看，上面写了六行字，一行云："渔翁货鱼沽酒。饮巨杯，唱曲。"宝剑斟了一杯酒，放在主人面前。满相公道："还要唱个昆曲儿。"希侨笑道："坑死我！我实不能唱，你替我罢。"晴霞道："不准替。"希侨道："我就唱，难为不死人。我唱那《敬德钓鱼》罢。"只唱了一句《新水令》，忍不住自己笑了。说："算了罢，算了罢。"没人再好意思催他，只得罢了。叫宝剑把一个铜渔翁放在涌金门上，记了马儿。轮着满相公掷，掷了一个四点，数在三生石上。令谱上写："到此满座皆饮，掷者说笑话。"宝剑儿满座斟了大杯。该满相公说笑话，满相公道："我的笑话，却不许你们笑。"众人都笑了。希侨道："说笑话，正要人笑，怎么不叫人笑？你快说罢。"满相公道："我说完了。"希侨道："你没说哩。"满相公道："我说不许你笑，你们现今笑了，那就是我的笑话儿。"希侨把满相公头上打了一下儿，笑道："单管胡赖，也罢。该王贤弟掷。”宝剑儿把一个莱石仙家放在三生石上，记了。王隆吉掷了一个六点，数在岳坟上。揭开令谱，上边写着：“侠士到此，痛饮三巨杯。一杯哭，二杯笑，三杯离座大舞。”宝剑拿过三个大杯，先斟了一杯，放在隆吉面前。隆吉吃完了，希侨道：“该哭哩。”隆吉道：“这太难为人。”希侨不依，晴霞也不依。希侨道：“你昨日没说，酒令大似军令么，如何不哭？”隆吉端得不肯。希侨道：“宝剑儿跪了，王大爷一天不哭，你再不许起来。”宝剑跪下。希侨又道：“你把酒杯儿顶在头上。瑶琴，与他斟上一杯热酒。叫他央王爷哭了，再奉这第二杯。”瑶琴、宝剑只得遵命而行。隆吉急了，说道：“我哭就是！”于是将袖子遮住脸，哼了一声。希侨道：“不算。”绍闻道：“算了罢。”宝剑起来，奉上第二杯，隆吉吃完，希侨道：“该笑哩。”隆吉道：“竟是叫我哭不的，笑不的。”众人笑了，隆吉也笑了。希侨道：“贤弟这就算笑了罢？”晴霞道：“就算了罢。”宝剑又奉上第三杯。隆吉吃完了，希侨道：“该离座起舞。”隆吉不肯。希侨道：“违令谱者，罚一大碗酒。”隆吉少不得离座，站在一旁，把手伸了一伸，说：“算了罢。”希侨道：“一定该打个拳套儿。”慧照道：“单单的你要难为人，算了罢。”希侨道：“我留着难为你罢。就算了，算了。”宝剑儿把一个蜜蜡金老虎，放在岳坟上。该晴霞掷，晴霞拿起色子说道：“能好掷个不耍百戏的罢。吃酒还不难。”掷了一个五点，数在苏公堤上，令谱云：“桃柳交加，美人、秀士同饮三小杯。”宝剑儿斟了三小杯。希侨道：“你两个该一递一口儿把这三盅酒吃了。”看来谭绍闻此时，一定该推托不肯。但古人云：“不见可欲，使心不乱。”绍闻与晴霞并坐时，已自暗通关节，恰好这个令又如此联属，二人果然依令而行。绍闻此时竟有了“此间乐，不思蜀”的意思了。宝剑儿把一个玉琢的靠石坐的美人，放在苏公堤上记住。希侨唱了一声：“玉人儿啊！”晴霞瞅了一眼，道：“该你唱，你不唱；不该你唱，你却要胡唱。”希侨笑道：“我只会这一句，再唱第二句，我就不能了。”该绍闻掷。绍闻竟是也不脸红，也不手颤，拿起色子掷了一个两点，心中还想数着一个有情趣的地方，不料数了一个冷泉亭。令谱云：“凡到此者，饮凉水一小盏。”绍闻道：“斟一杯茶，算了罢。”希侨道：“你猜行也不行？”宝剑儿把茶铛边冷水舀了一盏儿，放在绍闻面前。绍闻道：“这还不苦人。”方伸手取冷水盏儿，晴霞拿过来泼在地下，说：“就算了罢，真个喝恁些做啥哩。”希侨道：“众位看么，我就不敢再强了。”宝剑儿取过一个盘螭未刻的水晶图书，放在冷泉亭上。该慧照掷。慧照掷了一个三点，数在放生池上。令谱云：“缁衣放生，合手念阿弥陀佛。”慧照道：“罢，罢，不吃酒就好。”站起来，合手念了一句阿弥陀佛。希侨道：“打到你那热窑窝里了。太便宜你。”宝剑儿又取了一个象牙雕的弥勒佛，记在放生池上。又轮着希侨掷。——也不暇细为铺述。

大约掷了四五周，才到中间湖心亭上。隆吉早偏了三巨觥，后来又吃了两大杯，五小盅儿。别人也吃了，都没有隆吉吃的多。完了这个令，又抽一会状元筹，又揭了一阵子酒牌。希侨酒兴高，更要猜起拳来。举手与晴霞猜，输赢未定。只见隆吉把脸白了，说了一声：“不好！”紧着向外边跑，早已未出而哇之。宝剑儿扶在椅子上，头也歪了，也坐不住。希侨也醉了，骂宝剑道：“狗攮的，还不扶在床上哩。”宝剑与瑶琴忙扶在床上，只听咽喉间一声壅的响，又吐了一床，连锦被缎褥都污了。绍闻也醉了，还略明白些，说道：“可惜坏了东西。”希侨道：“那个值什么，我只心疼老慧扎的枕头面儿。”又叫宝剑：“将王大爷吐的，即速收拾了。我们移在西亭上坐罢。”

众人一起走到西亭子上，上面横着“慎思亭”三字匾。桌椅烛台火炉，自是不移而具的。这谭绍闻酒量不大，一转动时，酒也上来了，天旋地磨，也就发起昏来。

且说王中，自午时来接主人，隔着几层院子，哪里得见。且又把角门锁了，声息也不相通。盛宅家人，只是邀着饮酒，王中哪里下得去。盛宅家人道：“王哥，你不知道，俺少爷留客，一定要昏黑的，半夜一夜，也还不定哩。不如咱们弄个赌儿耍耍罢。”王中道：“不会。”盛宅家人道：“不信！不信！”王中道：“委的不会。若不信，你只问这小伙计双庆儿。”盛宅家人道：“俺们是要赌的。你是客，岂不慢待了王哥？”王中道：“不妨。”那些家人正趁着角门锁了，外边又叫了两个房户，竟是大赌起来。王中只得旁边呆着，等着内边消息。

等到日夕，只得央道：“哥们到后边说一声，我委的等急了。”内中一个道：“没人敢去说。少爷性情，只怕骂的了不成。”

王中等至上灯时，宋禄、邓祥套车来接。王中正着急时，只见宝剑儿打着灯笼出来，问道：“谭爷来人还在这里么？”王中急应道：“在这里。”宝剑儿道：“少爷叫抬轿哩。谭爷醉了，叫用轿送回去哩。”王中忙道：“有车，有车。我跟你进去瞧瞧去，好一同儿走。”

王中与双庆儿跟得进去，见少主人醉的动不得。盛公子也醉了，与那晴霞、慧照正媟亵哩。吃了一惊，心中暗道：“咳，坏了！坏了！”慧照见有生人来，一溜烟走了。满相公却不醉，说：“你两个是萧墙街来人么？”王中道：“是。”满相公道：“你两个扶谭爷回去罢。醉了，坐轿稳当些。”王中道：“有现成的车。”盛希侨瞪着眼大声道：“不得走！住下还要吃酒哩。你回去罢。”王中道：“家中奶奶挂牵，来了两替人。”满相公向公子道：“谭爷家中无人，老太太挂心，叫他回去罢。”原来满相公见醉了两个，恐怕夜间难以服侍，其先开角门叫轿夫，也是满相公偷吩咐宝剑的话。盛公子道：“谭贤弟醒醒，盛价来接你。怕他，你就回去。”绍闻睁开眼，问道：“谁来了？”王中向前低声说道：“天晚了，回去罢。”绍闻道：“你，你是谁？”王中道：“王中。”绍闻口中糊糊涂涂骂道：“贼狗攮的！我到家要打你三十鞭子。你去拿茶来我喝。”晴霞紧着要了一杯茶，捧与绍闻，说：“谭爷喝茶罢。”绍闻把眼往上一翻，说道：“好，好，我明日请你。你，你可一定要去。”王中在一旁扶着，急得这头上露水珠儿，如绿豆大乱滚，却不是恼主人骂他。绍闻喝了半盅子茶起来，踉踉跄跄，说道：“我要走哩。”王中急忙搀住绍闻。绍闻把袖子一摆，几乎把王中打倒。骂道：“贼狗攮的，我不醉。晴霞，你送我。”满相公道：“老晴，你就去送。”盛公子哈哈大笑道：“我通看不上谭贤弟样子。”绍闻道：“胡说。”盛公子也是有酒的人，说道：“这是啥话些？”绍闻道：“啥话？就是这话。”满相公忙道：“客在咱家醉了。”盛公子道：“是！是！是！我送客。”晴霞搀着绍闻，瑶琴打着灯笼头里照路，盛公子、满相公跟着送。王中、双庆儿帮着主人。

到了大门，绍闻口中呢呢叨叨，也不知说的什么。晴霞低声道：“谭爷上车罢。”绍闻道：“你也上车。”晴霞道：“我明早就去瞧去。”满相公搀住说道：“大街上，叫他们回去罢。我打发谭爷上车。”王中帮着扶上车去。宝剑儿道：“少爷，这是谭爷赢的两串钱，慧师傅分了一半。把钱放在车上罢？”盛公子道：“也罢。省得你明日去送。”这王中听说“赢的钱”三个字，真个是耳旁边起了一个霹雷，心中暗叫了一声：“哎呀！”盛公子见绍闻土车，高声道：“有慢贤弟！”这车上已答应不出话来。

宋禄将车使开，双庆打着灯笼，邓祥、王中跟着。走了两步，车上像是坐不住，倒了光景。王中急忙上车，将少主人抱在怀里，叫宋禄放慢些走着。

这盛公子回去，将宝剑儿安插在内省斋守着王隆吉。满相公账房去睡。晴霞与公子就在西亭子歇了。

单说王隆吉到鸡叫时，酒醒了，吃了半碗冷茶。想着走时，又怕狗咬。少不得叫醒宝剑儿，看住狗。去到大门时，大腰拴有两三道，一尺长的锁锁着。叫人开时，都是赌了一夜才睡的人，叫不醒一个儿。只得回来。日已出了，看见昨日吐坏的床褥枕头，一发心中不安的要紧，少不得又要走。宝剑儿在管门的床席下摸着钥匙，开了门。隆吉只说：“丢丑！丢丑！”急忙走了。真个是：

门中走出脱笼鸟，街上行来落水鸡。

此是次日隆吉的光景。再说昨晚王中，车上抱着少主人，走到胡同口，宋禄还往前走。王中道："后门有两盏灯儿，你没见么？还往哪里走！"宋禄道："胡同内窄，转不过来车。"王中道："不许倒退出来么？"只听赵大儿连声说道："来了！来了！"王氏跑着说道："咳，回来了罢。"宋禄把车使到后门住了。王中道："相公醒醒，到家了。"王氏慌了，问道："俺福儿有了病么？"双庆儿道："是醉了。"王中与德喜、双庆，在车上顺拖下来。王氏道："咳，这是怎的说？你们去了一干人，就叫俺孩子喝的这样光景？"王中道："哪个得见哩。"王氏、赵大儿接住，搀到了楼下内房，放在床上。举灯看时，面无人色，眼往上翻，顺口流涎。王氏慌的哭着说道："我的儿呀！你休不得活了，可该怎的！"赵大儿道："这全不妨事。是奶奶从不曾见过醉人。俺家我大，每逢到集上，是个大醉，日夕回来时，促在床上，就像死人一般。到后半夜就醒了，要凉水喝。我见惯了，这没啥大意思，奶奶休怕。"冰梅道："只与相公预备茶罢。"王中也到楼门问道："大相公这会儿酒醒了不曾？"赵大儿道："还没醒哩。"王中长吁了两口气，往前边去了。

过了二更天，绍闻把手伸了一伸。王氏慌问道："儿呀，你醒了？"绍闻把头滚了两滚，把手一捞，捞住王氏，问道："这是谁？"王氏道："儿呀，是我。我是娘哩。"绍闻呢呢喃喃说道："我喝水。"王氏道："冰梅，快拿那桌上温茶来。"王氏扶起来，说道："福儿，这不是水，你喝。"绍闻喝了一阵。王氏扶着坐了一坐，这酒就有几分醒了。睁开眼，只顾四下乱看。王氏道："你看什么哩？这是咱家。你把我吓死了。"绍闻也不答应。迟了一会，说道："咳，喝得太多了。"王氏道："没本事吃，你少吃一盅儿该怎的？"绍闻道："他们只是胡闹哩。"王中又到楼门，听见少主人说话，到窗下问道："大相公醒了？"

王氏道:“过来了。”又叫赵大儿:“你们都睡去罢。天只怕将明，大家歇了罢。”赵大儿去了。

冰梅拴上楼门，进得内房。绍闻道:“娘，你是我的老人家哩，你服侍我，我心里不安。往后只叫冰梅打发我罢了。我也不在这大床上睡，我要另睡一张床，各人方便些。”王氏道:“如今你睡罢，到明日我替你安置就是。”绍闻道:“如今抬一张小藤床儿也不难。”王氏道:“安置停当了，天明了。我明日依着你说就是。咱都睡了罢。”绍闻道:“冰梅，你与我一杯茶来。”冰梅斟了一杯茶，递与绍闻。王氏道:“吃了茶睡罢。”绍闻道:“今晚罢了，总是明日晚上，我不在大床上睡。”王氏道:“我依你说就是。咱睡罢。”绍闻酒已醒却八九分，不得已，只得仍旧睡讫。

这是谭绍闻一被隆吉所诱，结拜兄弟，竟把平日眼中不曾见过的，见了；平日不曾弄过的，弄了；平日心中不曾想到的，也会想了。所以古人阅历之谈，说的着实怕人。说的什么话？听我依口学舌述来：

子弟宁可不读书，不可一日近匪人。
不是古人多迂阔，总缘事儿见的真。

第十八回

王隆吉细筹悦富友　夏逢若猛上侧新盟

话说谭绍闻大醉之后，到次日早饭已毕，还爬不起来。王氏自去安顿别的家事去。绍闻向冰梅要茶水姜汤，要了两三遍。到了近午之时，肿眼臃肥起来。口中不住干呕，头疼，恶心。病酲其实难过，直如一场伤寒的病症相似。见了王中，想起昨日丑态，脸上毕竟有些羞意。忽而又想起昨日乐境，心里却也不十分后悔。

又过了五六日，王氏叫绍闻道："你舅久不在家，咱也该备份水礼，看看你妗子。每日咱费他的礼太多，我心里也想着到东街走走。你去对阎相公说，要五百钱，叫双庆儿或是德喜儿，到街上置礼。套上车，你跟我走走去。"绍闻也正想与隆吉商量些话儿，听得一声，即如命办理。

吃了早饭，叫宋禄套车，邓祥担礼，母子二人，同上曲米街来。到了后门，王氏下车进去，曹氏迎至家中说话。王氏问了兄弟苏州贩货的话，并隆吉生意的话，因说起："昨日盛宅请他兄弟们，不知隆吉醉不醉？这小福儿半夜到家，竟像死人一般，几乎把我吓死。到了三更后，才慢慢哩会动弹。他姑夫在时，也吃酒，只见脸上红红的，便说是醉了。谁知道酒醉是这个模样。我从来没见过。我只指头儿守着他一个，好不怕人！”曹氏道：“到底端福儿是夜间回去的，这小隆吉儿第二日早晨才回来。他爹没在家，柜房又没人，我一个女人家，该怎的？只恐怕柜房里有失错。他第二日回来，一头睡在我这床上，晌午才起来。我才看见他的新衣都污了。常日衣服是我洗的，这一遭衣服也不知是谁洗的，早已都弄干净。只是有两片涴的去处，到底洗不净。到明日，算他赴席的幌子罢。”

且说妗子要见外甥，姑娘要见侄儿，他两个初来时，都打了一个照面，三不知就不见了。原来二人来到前客厅中，商量请盛公子的话。隆吉道：“我那日大丢了丑，第二日才回来。走到门首，偏偏哩大清晨，对门邢小泉伯来取绸子。看见我身上污的，说我像是出酒模样。又说：‘你爹没在家。生意人，小小年纪，不该如此。’我这几日，通不好意思在前柜上。对门值户的，怪不中看。”绍闻道：“你出酒时，我还记得。后来就天昏地暗，记不清了。到后半夜睁开眼，却在家里。你姑在床上坐。我叫冰梅与我弄的茶吃了。两天过不来，像是害病一般。每日王中见了我，只低着头。双庆儿说，我在盛宅骂了他。”隆吉道：“盛大哥开口就骂人，又该怎的？这都是以往的事，说他作什么。但只是盛大哥请了咱，咱若不请他，还算什么朋友哩。如今也该商量请他的话。”绍闻道：“我不想把盛大哥请到家里。那王中是你姑夫惯了的人，他遇着你姑夫那一时朋友，他偏会殷勤，若是盛大哥到我家时，我情知王中一定有些样子。若叫盛大哥看透了，他笑我待手下人没规矩。”隆吉道：“我也不想请盛大哥到家。你看他那宅子，直像个衙门，那些家人小厮，俱是有道理的。若到我这里，先怕他家人笑话。”绍闻道：“盛大哥曾在这屋子坐过，这也不妨。”隆吉道：“表弟不是这般说。彼一时，水米无交，咱是生意人，他是主户人家，那有何妨？如今成了朋友，凡事要搭配得上。就是不怕盛大哥，也怕他那管家哩眼里不作人。倒是表弟那边，还是绅衿体统。你又嫌王中碍眼。”绍闻道：“端的是要请的，难说放下不成？表弟想个法子。”隆吉道："前日范姑子还想起蓬壶馆抬席，咱也把盛大哥请到蓬壶馆罢。现成的戏，咱定下一本，占了正席，叫厨上把顶好上色的席面摆一桌。中席待家人。盛大哥他是公子性情，一定好看戏的。事完了，咱与馆上算算账，你我同摊分赀何如？"绍闻道："好！好！就是这般主意，你就办理。定了日子，你就把帖子开上咱两个名字。叫进财悄悄地与我送个信，我就来。我只摊现成分金，别的事我不管。"隆吉道："是罢。"

两人又到后边。曹氏向隆吉道："你姑要请地藏庵范姑子说句话儿，你就没影儿。我叫进财去了，不中用，说师徒二人俱没在家。"隆吉道："我在前院与表弟说话，谁往那里去？"曹氏道："你两人没吃两盅么？"隆吉道："俺两个何尝是吃酒的人。只是盛大哥酒太壮，让的又恳，因喝醉了。管情再一遭，就不敢了。"王氏道："可也使不的，着实怕人。"绍闻道："再不醉了就是。"

曹氏命厨妇收拾了一桌饭儿，打发王氏吃饭。进财儿请的储对楼上年娶的云氏，抱着一个孩子也来了。曹氏还要请侯冠玉女人董氏，王氏不叫。云氏见了王氏拜了两拜，口口只称姑娘，着实亲热。上席时候，云氏道："爽利叫两个外甥儿也在这边坐，没有外人。谭外甥还小哩，我也不怕他。省得进财一个人两边齐跑。"曹氏道："也罢。都是亲戚们哩，也不妨。"王氏首座，云氏陪座，曹氏就坐了东横，谭绍闻就与云氏靠边坐了西横，王隆吉北面相陪。

席完之后，说些闲话。日西坐车而回，曹氏与云氏送至后门。云氏也顺便儿走讫。

却说王隆吉次日到蓬壶馆定了桌面，要占正座。又与瑞云班子定了一本整戏。讲明价钱，先与定钱。即写一个"二十四日理芹候光"帖儿，下列愚弟王、谭两个人名字，送到盛宅。方想着差进财与谭绍闻送信，不多一时，只见宝剑儿拿着一个拜匣，内中有个辞帖，说："俺少爷二十四日不得闲，改日讨扰罢。"隆吉道："那日有什么事？"

宝剑儿道："不知道。这是俺少爷叫满相公写的帖，叫我送来。"隆吉大发急，说道："这帖我不收，你回去拿着，就说我不依。"宝剑道："我不敢拿回去。"撇下帖子，拿起拜匣就走。隆吉道："你休走，我就跟你去。"宝剑道："这却使得。"

隆吉跟宝剑到了盛宅。见了希侨，坐下便道："我也顾不得谢前日的扰。毕竟二十四日，大哥有什么事，俺们请你就不去么？"希侨笑道："其实也没啥事。"隆吉道："既没啥事，为何叫人送辞帖？"希侨笑道："那日北街戴秃儿家，新来一个人物头儿，约我瞧去。还有一场子好赌。我想往那里去。既是贤弟亲自来请，我就不往北街去，扰贤弟就是。"隆吉道："再无更改？"希侨道："啥话些。"隆吉方才放下心。又吃了一杯茶，起身要走。希侨道："我不留你，我还有一点紧事儿。贤弟你一发走了，我也爽快好去办。"隆吉不敢再问，出门而去。还回头道："二十四日再无更改，我只着人来请罢。"希侨道："何用再说。"二人作别。

隆吉到家，着进财与绍闻送信。

到二十四日，绍闻起来，就悄悄地叫双庆跟着，上曲米街来。隆吉却也是五更起来，天明就上蓬壶馆安置。两人恰遇在铺门。到家中坐下，吃了早饭，叫进财儿送速帖，只怕盛少爷不肯就来。却不料盛希侨随着进财儿到了。骑着一头新买的好骡子，跟着宝剑、瑶琴两个小娃子。到客室坐下，便笑道："这不像请客的模样，桌椅都散放着。"隆吉道："其实席没在家里。"希侨道："又在地藏庵么？"隆吉道："在蓬壶馆里。"希侨道："贤弟，你是做生意人，请那苏、杭、山、陕客人，就在饭园子里罢了。你我兄弟们，如何好上饭铺子里赴席？"隆吉脸红道："只因哥好欢乐，那里有戏，所以请在那里。"希侨道："贤弟一发差了。我们要看戏时，叫上一班子戏，不过费上十几千钱，赏与他们三四个下色席面，点上几十枝油烛，不但我们看，连家里丫头养娘，都看个不耐烦。若是饭铺子里，有什么趣处？"绍闻道："俺已是定下席面，戏本都说明白，大哥若不去，就难为死人。”希侨笑道：“谁说不去？贤弟休着急，要去如今就去。”隆吉道：“戏子也只怕等着咱开本哩，咱一同起身。”

到了蓬壶馆，走堂的见了说：“爷们来了？”隆吉道：“咱就坐在正面桌儿上。”走堂拿了一壶茶上来，宝剑儿道：“只要一壶开水。”走堂的道：“爷们有带的叶子么？”又拿一壶滚水来。三人吃了自己泡茶，只见戏台上下来一个老生，方巾大袍，上前跪了半跪，展开戏本，低声道：“求爷们赏一本，小的好扮。”隆吉让希侨，希侨让绍闻。绍闻脸早已又红起来，说：“我不懂的。”希侨接过戏本，一面看，一面问道：“你们旦角有多大年纪呢？”老生道：“年轻，有十五六岁了。”希侨道：“好不好？”老生道：“他小名叫玉花儿，难说爷们不知道么？”希侨道：“好不会说话。我们见的班子多了，竟不知你这班子。你不认得我们么？”老生低声道：“盛爷满城中皆知，小的岂有不认得。当日老太爷在日，小的常在府上伺候。”希侨道：“我不点你的戏，你就拣玉花儿好戏唱罢。”老生道：“玉花儿唱的《潘金莲戏叔》《武松杀嫂》，好做手，好身法，爷们爱看么？”希侨道：“你就唱这本。”老生上了戏台，锣鼓响动，说了关目，却早西门庆上场。希侨道：“我说这个狗攮的没规矩，不来讨座了。”隆吉道：“戏园子的戏，担待他们些就是。”

须臾，别的看戏的都来。各拣了偏座头，吃酒吃饭，走堂忙个不了。内中一个看戏的，坐在戏西边小桌上，要了四盘子荤素菜，吃东西看戏。往上一瞧，正是那日晚上地藏庵遇着的一群俊俏后生，心中欢喜不尽，暗说道：“踏破芒鞋没觅处，得来全不费工夫。”

你说这人是谁？少不得忙里偷闲，把这人来历脚色，述上一述。这个人，正是那姓夏名鼎表字逢若者。诨号叫做兔儿丝。他父亲也曾做过江南微员，好弄几个钱儿。那钱上的来历，未免与那阴骘两个字些须翻个脸儿。原指望宦囊充足，为子孙立个基业，子孙好享用。谁知道这钱来之太易，去之也不难。到了他令郎夏逢若手内，嗜饮善啖，纵酒宿娼，不上三五年，已到“鲜矣”的地位。但夏逢若生的聪明，言词便捷，想头奇巧，专一在这大门楼里边，衙门里边，串通走动。赚了钱时，养活萱堂、荆室。

这一日，正遇着这三位憨头狼，早合了那日晚上打算。心生一计，叫道：“走堂的堂倌，这边来！”走堂到了，问道：“夏爷，添什么菜儿么？”逢若道：“不是。那正座坐的盛公子席上，上菜不曾？”走堂的道：“戏唱了多半本，就要上席哩。”逢若道：“你与我备上四盘细色果品，拿两壶上色好酒，还要一个空盘子。”走堂的道：“吩咐的是。”少顷，拿来。逢若叫卖瓜子的撮了一盘。说道：“烦堂倌，与我送到正厅上，我与那三位少爷凑个趣儿。”

果然到了三位桌前，三人一起起身。逢若道：“小弟姓夏，草号儿叫做夏逢若，素性好友。今见三位爷台在此高兴，小弟要奉一杯儿。若看小弟这个人不够个朋友时节，小弟即此告退。”一面说着，早已把瓜子儿撒开了。走堂的放盘子，夏逢若斟酒在手，放在盛公子面前。三人俱道：“不敢！不敢！请坐下说话。”逢若早已放完三杯。希侨接过壶来，与逢若回盏。逢若速道：“担不起！担不起！”希侨叫宝剑儿看座儿，逢若早已拉个兀子坐下。三人都让座，逢若哪里敢讨僭。希侨道：“夏兄不是当日什么夏老爷公子么？”逢若道：“对着少爷，也不敢提先君那个官。只是小弟今日得陪三位末座儿，叨荣之甚。”逢若大叫：“走堂的过来！”解开瓶口，取了昨晚赢的一个银锞儿，说道：“这是越外加的四五样菜儿，孝敬这三位爷台。烦你再把班上人叫一个来。”绍闻也答应不来，隆吉道：“这是我们借馆敬盛大哥的，如何叫夏兄费钱。”逢若道：“许二位敬少爷，就不许我通敬通敬？”班上人到了，逢若又解瓶口，取了一个锞儿，说道：“这是我敬三位爷台三出戏。”掌班的道：“是。”隆吉道：“岂有叫夏兄这般花钱？”希侨道：“看来夏兄是个朋友，扰他也不妨。”

须臾，唱到西门庆路过狮子街，希侨道："那妆潘金莲的，一定是玉花儿。果然好，嗔道掌班的恁样口硬。到明日我就叫到舍下，请三位看戏。不许一个不到。"隆吉道："怎好常扰大哥？"希侨道："自己弟兄，说的分彼此了。"逢若道："三位是新近换帖，我一发该奉贺。"盛希侨道："如不嫌弃，夏兄也算上一个。"因问隆吉道："这个可补得娄相公的缺么？"夏逢若道："快休这样说，看折了小弟岁数。"希侨道："戏馆也不是行礼之地，爽快明日到舍下再叙年庚。"逢若道："这叫人怎么处？若不去，显得小弟不识抬举；若去时，我如何入得丛林？"希侨道："你不去，我就恼了。"逢若道："不敢！不敢！我去就是。"希侨道："宝剑儿，去班上问问明日有空没有？"

宝剑上在戏台，班上早跟下一个人来，说道："盛爷明日叫伺候客，明日就去，还要问个空儿么？误了人家，万不敢误了咱府上事。明早就起过箱去。"希侨道："是么。"掌班的道："唱完《杀嫂》，原打算唱《萧太后打围》，又是玉花的角儿。如今中间夹《天官赐福》一出，算是夏少爷的敬意。"逢若道："上席时，这一出儿就好。"希侨道："有玉花儿的角儿么？"掌班道："没有。不瞒少爷说，这孩子太小，念的脚本不多。一连唱两本，怕使坏了喉咙。这孩子每日吃两顿大米饭，咸的不敢叫他吃一点儿，酒儿一点不敢叫见的。"希侨道："不叫他吃酒，这难了。"掌班道："若是少爷爱赏他吃，就叫他吃两盅也罢。"

说未完时，走堂的已下了小菜，时刻上得席来。珍错罗列，这也是馆中尽力办的海味上色席面。隆吉、绍闻奉让，希侨举箸尝了，说道："这馆中席面，烹调也能如此？"逢若道："听说馆中怕孝敬不得少爷，又寻的道台衙门的厨子，加意做的。"希侨道："我们今日就是兄弟了，如何还要这样称呼？"逢若道："该打我这嘴！"希侨道："谭贤弟半日不说一句话，又是怎的了？"绍闻道："我看戏哩。"希侨道："我明日通请贤弟们，是要早去哩。"绍闻道："常在那里讨扰，我心里过不去。”希侨道：“明日夏兄续盟，贤弟岂能不到？不然者，就在贤弟府上，连戏也送的去。”夏逢若道：“大哥，这宗称呼又使不得。”希侨道：“你只说你今年多大岁数？”逢若道：“二十五岁。”希侨道：“你比我长。”逢若道：“你三位定盟，排行已定，我只算个第四的罢。”希侨笑道：“岂有此理！”逢若道：“像和尚、道士家，师兄师弟，只论先来后到，不论年纪。我系续盟，自然该居第四。若算岁数，我就不敢入伙，叫人时时刻刻，心中不安。那是常法么？”希侨道：“也罢。”

日落时，戏已做完，各家家人来接。希侨道：“明日不用我请罢。夏兄，你闲不闲，爽快就跟我到家住，省得明日再请。还不知你的住处，怎么请你呢？”逢若道：“我是整日大闲人，我在瘟神庙邪街住。只是那个称呼，我先说明了，我再也不依。”希侨哈哈笑道：“也罢么，我就叫四弟罢。”逢若道：“这才是哩。”

一时出馆来，绍闻坐车。接的是宋禄、邓详，自回萧墙街。希侨不骑骡子，与夏逢若手扯手，步行到家。这王隆吉算盘是熟的，与馆内，戏上清了账，深黄错才回去。古人云，君子之交，定而后求；小人之交，一拍即合。这正是：

> 择友曾说得人难，车笠盟心那得寒。
> 偏是市儿聊半面，霎时换帖即金兰。

第十九回

绍闻诡谋狎婢女　王中危言杜匪明

话说谭绍闻坐在车上，问邓祥道："王中今日怎的没来？"邓祥道："王中今日连午饭也没吃。日夕时，在东街打听着大相公在蓬壶馆拜友，回去催俺两个人速来。他没有来。"谭绍闻一声也没言语。

到了家中，王氏问道："你往哪里去了？你往常往哪里去，还对我说，我又没一遭儿不叫你去。你偏今日不对我说一声儿，叫王中问我两三遍，我白没啥答应他。你往后任凭往哪里去，只对我说一声你就去。我又不是你爹那个执固性子，我不扭你的窍。"绍闻道："就是前日咱往俺妗子家去，俺隆吉哥商量请盛大哥。俺两个伙备了一席，在蓬壶馆请他看了出戏。我只说娘知道，临走时，也就忘了对说。"王氏道："我若知道，再不叫你们干这小家寒气的营生。人家请你，是一个主家，你两个伙备一桌请人家，人家不笑话么？到底要自己备个席面，改日请人家一请。人家做过官，难说咱家没做过官么？这都是你隆吉哥，今日学精处。就是精，要看什么事儿。盛宅是咱省城半天哩人家，你说使哩使不哩？你隆吉哥来，我还要让他哩！"绍闻道："今日盛大哥听说在蓬壶馆，就不想去。俺隆吉哥，大着了一会子急。"王氏道："我说哩，我一个女人家见识，还知道使哩使不哩。"

天色已黑，赵大儿点上烛来。绍闻道："冰梅，去把我的铺铺了，再添上一条毡。那藤床透风，这两夜冷得睡不着。"王氏道："你偏不在大床上睡。你两三岁时，在我怀里屙尿，就不说，如今忽然说不便宜了。"绍闻只是笑，说道："娘，我竟是要睡哩。你与冰梅都睡罢，天有时候了。"各人都照铺而睡。

且说次日盛宅大门未闪，瑞云班早已送到戏箱。等到日出半竿时，才开了大门，戏子连箱都运进去。戏子拿了一个手本，求家人传与少爷磕头。家人道："还早多着哩。伺候少爷的小厮，这时候未必伸懒腰哩。你们只管在对厅上，扎你们的头盔架子，摆您的箱筒。等宅里头拿出饭来，你们都要快吃，旦角生角却先要打扮停当。少爷出来说声唱，就要唱。若是迟了，少爷性子不好，你们都服侍不下。前日霓裳班唱的迟了，惹下少爷，只要拿石头砸烂他的箱。掌班的沈三春慌得磕头捣碓一般，才饶了。"这掌班的道："只要脸水便宜，吃饭是小事。"家人道："脸水不用你要。这遭唱戏，是该轮着范胡子管台。你先没见那长胡子，见您来时不是往东院里飞跑，那是伺候您的。"掌班道："知道。只小心就是。"

把箱筒抬在东院对厅，满相公叫把槅子去了，果然只像现成戏台。客厅上边横着一个大匾，写的是"古道照人"四个字，款识落的是"荷泽李秉书"。一付木对联，写的是"绍祖宗一点真传克勤克俭，教子孙两条正路曰读曰耕。"下边就是藩台公封君别号，乃是"六十老人朴斋病榻力疾书"。这夏逢若起早看满相公料理戏局，笑向满相公道："这匾就与戏台意思相近。"满相公道："这老太爷对子呢？"夏逢若方欲答言，只见盛公子私衣小帽，揉着眼走来说道："你们起来的这样早．戏子来完不曾？"满相公道："少爷没见日头上在半天里么？"掌班的走过来，磕下头去，说道："禀少爷安。"希侨道："玉花儿哩？"掌班忙叫道："玉花快来，与少爷磕头。"一班人都来磕头。盛公子叫宝剑儿："取钱二千，班上人一千，玉花儿独自一千。"又吩咐："作速请客。”

少顷，王隆吉到了。又迟了一会，往萧墙街的人回来，说道：“谭父有病，不能来。”希侨道：“这个出奇了。昨日好好的，今日如何会有病？多管是推故不来。这只怕就兄弟不成了。快去骑马再请。”又吩咐戏子：“只管开本，先唱玉花儿的角色。不必等客齐。”夏逢若道：“谭哥昨日看戏，半日不多言，我看是心中有事。”隆吉道：“他没有什么事。”希侨道：“他断然没病，却是为什么不来呢？”满相公道：“莫非为结盟之后，不曾到西街走走，谭相公不好再来。或者前日在此醉了，在老晴身上有些意思，读书的人，脸皮儿薄，不好再来，也是有的。”希侨道：“这正是男子汉干的事，有什么丑。倒是我们不曾到西街走走，却可笑。即是兄弟，有伯母在堂，王贤弟是内亲，不必说了。我们毕竟是个大缺典。”夏逢若道：“一发定个日子，治一份礼，一来与谭兄看病，二来与伯母行礼，何如？”盛希侨道：“夏贤弟真正见解极高，一举两得。”

说着话儿，看着戏儿。往西街的家人回来，说道：“委实有病不能来。”盛希侨正欲再问，只听得戏上一声号头响，锣鼓喧天，扮上七八个恶鬼，狰狞咆哮，轮叉舞槊。一会，玉花儿扮一个女角儿，冶态丽容，在中间唱，恶鬼周旋缭绕。希侨在椅子上站着看那关目，早已把盟弟谭绍闻，忘在爪哇国了。

且不说盛希侨优觞延客，夏逢若攀缘续盟。单表谭绍闻是何病症？原来少年子弟，天真未漓，不可暂近匪人。若说盛公子阀阅门第，簪缨旧族，谭绍闻与之往来，也足以增闻长识。争乃盛公子乃是一个宦门中败类，谭绍闻到他家走了一次，果然增闻长识，其如添的是声色嫖赌之事。虽不敢遽然决裂，却也就生出来许多奇思异想，渐渐有了邪狎之心。况从侯冠玉读书时，已听过《西厢》《金瓶》的话头，所以生出一计，只说头疼。王氏慌了，问道：“你昨日好好的，怎的头疼起来？摸你的头，却又不热。是怎的一个疼法？”绍闻道：“我昨晚做了一个梦，梦见一个老婆子，头上披着蓝绸幅巾，像菩萨模样，问咱要账。说再迟两天不还，就要狠摆布。我醒了时，头痛起来。”王氏道：“是了，是了。只怕是你爹爹病时，许地藏庵愿心，到今未还。或者观音菩萨，来索口愿么？”绍闻道：“谁知道哩。”王氏道：“你在家里睡，我坐车到你妗子家，央范师傅神前祷告祷告。”绍闻道：“娘只说瞧妗子，休叫王中知道。”王氏道：“敢叫他知道，又不知有多少打搅哩。”绍闻道：“不用叫小厮们去，就带赵大儿去罢。”王氏道：“谁伺候你茶水？”绍闻道：“冰梅。”于是吩咐宋禄套车，只说曲米街要看亲戚，王氏引得赵大儿去了。

这是绍闻用的调虎离山之计，以便和冰梅做事的意思。此下便可以间会，不必言传了。

冰梅到厨房取水。恰遇盛宅头一次来请，绍闻也有七八分想去，争乃已说头痛，不便一时矛盾。只得哼哼地对双庆说：“我身上有病，不能去。打发来人回去罢。”少时又来请时，绍闻又怕得罪希侨，十分要去。想了一想，母亲祷告回来，若说赴席去了，太难遮掩。因叫王中到楼门口，说道：“盛宅两次来请，委的我有病不能去。”王中只说是推病辞席，是远盛公子的意思，不胜欢喜。说道：“大相公这才说的极是。我去打发来人。”绍闻道：“话儿要说婉转些。”王中道：“知道。”

却说王氏午后回来，只见儿子颜色如常。问道：“你好了？”绍闻道：“娘去了，我睡了一觉。那老婆子说：‘我不问你要了，你家承许下改日还我哩。’”王氏向赵大儿道：“真正神前说话，不是耍的！果然有灵有圣，叫得应的。适才我央范师傅，神前烧了香，承许还愿，便是这样灵验！”赵大儿道：“或是大相公清早张了寒气，本来不大厉害。”王氏道：“你是胡说哩。我清早摸他的头，真正火炭儿一般热的。”赵大儿就不言语了。咳！

孤儿寡妇被人欺，识暗情危共悯之。

岂意家缘该败日，要欺寡妇即孤儿。

且说到了次日，王中正在门首看那乡里佃户纳租送粮，有二三十辆车，在那里陆续过斗上仓。只见两个人抬着一架金漆方盒子，直到门前放下。王中看时，却认得骑马的是盛宅家人。叫道："王哥好忙。"下得马来，上前拱了一拱，王中让至一所偏房，忙叫阎相公去看过斗。盛宅家人护书中，取出一个帖儿，上面并写着"盛希侨、夏鼎同拜"。王中问道："这一位呢？"那人道："是爷们在蓬壶馆又新结拜的，瘟神庙邪街夏老爷的公子。昨日俺宅下请这里少爷看戏，说身上有病不能去，两位爷说香火情重，备礼来望望。相约曲米街春盛铺子里，明日一同早来哩。"王中道："费心，费心。但这事却怎么处？我家相公，不知怎的张了风寒，大病起来。今日医生才走了，吃过两三剂药，通不能起去。明日爷们光临，恐不能奉陪。却该怎么处？"那人道："瞧瞧就回去，不敢打扰劳动。我目下就要上西门上去。"王中道："吃过茶去。"那人道："不吃茶罢。少爷叫我一来跟礼到府上，还要到西门刘宅借酒匠去。"王中道："做酒何必一定要往别处借酒匠？"那人道："王哥不知，俺家少爷家里别事倒不关心，却是这个酒上极留意。家里做酒的方子，各色都有。前日原为老太太八月生日，做下二十多缸好酒，在酒房里封的好好的，放着待客。家下常用的酒另放着。谁知少爷那日到酒房里，看酒缸上糊的纸都烂了，少了两整缸，别的也有少了半缸的。少爷恼了，审问家里人，只说偷卖了。王哥你想，谁家敢往俺家打酒？都是他们成夜赌博，半夜里要喝酒，一百钱一壶。家里有使的不长进的小孩子们，图这宗钱，偷配上酒房钥匙开了门，偷卖与他们。前日一片混打，没一个敢承当。少爷知道我与一个磨面的不尝酒，没有叫着。这做酒的老张，少爷说他不小心，也打了二十木板子。老张虽做酒，不会喝酒，人又老实。受了这场屈气，又染了一点时气，前日死了。如今没人做酒，所以叫我到刘宅借人。"

说着吃完茶，就起身上马而去。

德喜儿早把抬盒人安置在门房，打发酒饭。王中拿帖儿，到后边楼前说："盛宅差人送礼。"绍闻跑出楼来，问道："礼在哪里？"王中道："在前头院里。这是来帖。"绍闻看了道："为甚不抬进来？"王中道："还不知相公收与不收？"绍闻道："人家送礼，岂有不收之理。"王中道："他说是大相公身上有病，明日早来看哩。到明日陪他们不陪？若是陪他，显见的是昨日推病。"绍闻道："正是呢。"王中道："不如收了他一二色，别的写个璧谢帖子，我去说去。说大相公身上还不爽快，改日好了奉酬。盛公子是个每日有事的人，就未必来。况这夏鼎，街坊都知道他是个兔儿丝，乃是一个破落户，相公不必粘惹他。且是大爷灵柩在客厅，都是一起好乐的；若说安详，盛公子是必不能的。若猜枚、行令太欢了，人家邻舍听见，说咱家灵柩在堂，也不该这样欢乐。相公你试再想，大爷在日，门无杂客，如今大爷不在了，连街上众人最作践的那个兔儿丝，也成了咱家的朋友，人家不笑话么？"一片话说的谭绍闻也无言可对。王氏道："那可使不哩！俗话说，'官府不打送礼人'。人家送的礼来，原是一番好意，若辞了人家，久后就朋友不成了。"王中道："正是不想着大相公相与这一起人。看大爷在日，相好的是娄爷、孔爷、程爷们，都是些正经有名望的——"话犹未完，王氏道："一朝天子一朝臣，难说叫大相公每日跟着一起老头子不成？况且一个是丈人，一个是先生，怎么相处？那个姓夏的，我不知道。这盛公子，乃是一个大乡宦家，人家眼里有咱，就算不嫌弃了，还该推脱人家不成？况且东街小隆吉儿，干了什么事，你不住说是一起子不正经的？我就不服！"这一片话，又说的王中不敢再言。这正是：

自古妇人护侄儿，谁人敢驳武三思？
纵然当路荆棘茂，看是秋园桂一枝。

第二十回

孔耘轩暗沉腹中泪　盛希侨明听耳旁风

却说盛希侨请夏鼎、王隆吉这一天，孔耘轩也备酒请娄潜斋、程嵩淑。你道孔耘轩备酒何意？原为女婿结拜盛公子，心中害怕起来。

大凡门第人家子弟，有一毫妄动，偏偏的人人皆知，个个都晓。这谭绍闻在盛宅吃了一个大醉，晴霞相陪，尼姑代掷，赢了两千钱。人人都说：谭孝移一个好端方人，生下一个好聪明儿子，那年学院亲口许他要中进士，不知怎的，被盛宅败家子弟勾引到他家，一连醉了七八次，迷恋地不止一个土娼——反把盛宅常往来的妓女，又添进三四个，一宗输了三十千,一宗输了一百五十两，将来也是个片瓦根椽不留的样子。你传我添出些话说，我传你又添出些确证，不知不觉传到耘轩兄弟耳朵里。

耘轩一闻此信，直把一个心如跌在凉水盆中，半晌也没个温气儿。一来心疼女儿，将来要受奔波凄苦。二来想起亲家恁一个人，怎的儿子就如此不肖。看官，天下最可怜的，是做丈人的苦。耘轩听说女婿匪辟，连自己老婆也不好开口对说。只是看着女儿，暗自悲伤。女儿见了父亲脸上不喜，又不知是何事伤心，只是在膝前加意殷勤孝敬。这父亲一发说不出来，越孝敬，把父亲的眼泪都孝将出来。

耘轩万般无奈，只得写“杯水候叙”帖儿，把娄、程二位请到家中。孔耘轩饮酒中间说道：“二位知道萧墙街大相公近况么？”潜斋道：“我住的远，我不知道。耘老，你说是怎的？”耘轩叹了一口气：“我竟是说不出口来。叫舍弟说罢。”孔缵经接口说了一个大概，总是结拜盛公子，引诱的坏了。嵩淑道：“可惜藩台公朴斋老先生，竟生下这样一个公孙。当日藩台公学问淹博，德行醇正，真正是合城中一个山斗。到了别驾公，就有膏粱气了，养尊处优之中，做下些不明不暗事儿。未及中寿，忽而物故。撇下两个公子，小的还不知怎样，这大的行径，并不像门第人家子弟，直是三家村暴发财主的败家子儿。下流尽致！不如谭世兄怎的就被他勾引去了？我看这盛公子是一把天火，自家的要烧个罄尽，近他的，也要烧个少皮没毛。今二公受过孝老托孤之重，何以慰此公于九泉？”娄潜斋道：“嵩翁独非孝老密友乎？心照何必面托。我在城北门，委实不知，不免鞭长莫及。看来耘翁一个未过门的娇客，他当如之何？”耘轩道：“我今只论他乃翁交情，不论娇客不娇客。”嵩淑笑道：“耘老就休作此想。我见世上这一号儿人，葬送家业，只像憨子疯子一般，唯有摆布丈人时，话儿偏巧，法儿偏险。话虽如此说，你权且把娇客当作故人之子，教训教训方是。不如咱约定个日子，同到萧墙街，你又不用言语，我两个破釜沉舟，惩戒他一番。大家匡扶，咱三个耐着心察看他。勿使孝老九泉之下翘首悬望。”遂约定九月初二日，齐到谭宅，调理这个后生。正是：

一贵一贱，交情乃见；一死一生，乃见交情。

再说谭绍闻，因王中客厅灵柩之言，不在前厢房延客。吩咐双庆、德喜儿打扫碧草轩，摆列桌椅屏炉。将祖上存的几样器皿都翻腾出来，又向客商家借了些东西，把一个清雅书房，妆成一派华丽气象，铺张了大半日。又叫几个尽好的厨役办理席面，头一日整整的或燔或炙，乱了半夜，还未歇手。

到了次日，把双庆、德喜两个小厮，也换了时样衣服，单单候盛公子光临。果然辰末巳初时节，盛公子与夏鼎、王隆吉，坐了一辆玄青缎帏车儿来。跟的是宝剑、瑶琴两个。到胡同口，双庆望见说："后书房恭候。"三个人下车，进了园门，绍闻下阶相迎，让众人上轩。希侨道："你没病么？"绍闻道："病了一天就好了。"希侨道："偏偏我请你这一天就会病。"

进至轩中，为礼坐下。希侨道："我当你还病哩。听说吃两三付药，不能下床，如何好的这样快？"逢若道："好了就是。若是不好，我们今日倒不爽快。安知不是听说哥们来瞧，心下喜的便好。"希侨道："好兄弟说的是。"隆吉道："我暂且少陪，望望家姑去。"逢若看着希侨道："我们同该有此一礼。"希侨道："是。"绍闻道："不敢当。"逢若道："该使盛价禀一声，咱兄弟去磕头。"绍闻叫双庆儿楼下对说。回来道："奶奶说了，来到是客，不敢当。"逢若欠身，希侨 道："既是伯母不肯，我们遵命罢。"逢若只得又坐下。

希侨道："我要走哩，家中还忙着哩。"绍闻道："岂有此理。"逢若道："大哥如何要走？"希侨道："你不叫我走，我实实闲坐不来。既没有戏，也要弄个别的玩意儿，好等着吃你的饭。"绍闻道："先父在日，家法最严，委实没有玩的东西。"希侨道："下边人必有，向他们要，只怕使不尽的。"绍闻道："他们也没有。"希侨道："难了！难了！"逢若道："我顺袋内带了一副色子，可使得么？只是显得我是个赌博人。还没有盆子，没有比子，况也没有掷手。不如咱们说话罢。"希侨道："这两三天，话已说尽了，胡乱弄个碗儿咱玩玩。"宝剑在院里寻了一个浇花的瓷碗儿，说："这也使得么？"希侨道："也罢。夏贤弟，掏出你的'巧言令'来。"逢若撩起衣服，解开顺袋，取出六颗色子，放在碗里。希侨抓在手内，只是乱掷。说道："你家未必有赌筹，快取四五吊钱，做码子。去叫王贤弟来，大家好掷。"

话未说完，只听德喜儿说："娄师爷来了。"说话不及，娄潜斋、程嵩淑、孔耘轩已上得轩来。大家起身相迎，为礼让坐。这盛希侨虽骄傲，只是三个人俱是本城的前辈，况程嵩淑，希侨平日以世叔称之，只得让三位上坐。潜斋道："这二位英年，我不认得，请问高姓？"嵩淑道："这一位是藩台公冢孙。此一位我也不认得。"希侨道："是夏老爷公子夏逢若。"嵩淑道："盛世兄，你认得这二位么？"希侨道："不认得。"嵩淑道："此位是北门娄先生。此位是文昌巷孔先生。"希侨道："久已闻名。"娄、孔同声道："不敢。"嵩淑问希侨："令祖老先生《挹岚斋诗稿》《秣陵旅吟》《燕中草》，近日刷印不曾？"希侨道："不知道。"嵩淑道："这是令祖诗稿，家中有藏板，如何说不知道？"希侨道："家有一楼印板，也不知都是什么，已久不开这楼门了。"嵩淑向潜斋道："《挹岚斋诗稿》，二公见过不曾？"耘轩道："我记得上面有赠程兄的诗。"嵩淑道："那诗是我十五六岁时，老先生到舍下，与先君闲谈，我总角侍侧，老先生问及我的名字，即口占一首，勉以上进。到如今老大无成，甚负老先生期望之意。一言及此，令人愧赧欲死！"因又向希侨道："当日令祖，犹勉我以远大。今世兄伟表敏才，亦当加意刻励，以绳祖武。近闻人言，世兄竟是不大亲书，似乎大不是了。"

原来浮浪子弟见了端方正人，未有不生愧心。今嵩淑当面直言，盛希侨竟是如坐针毡。只见满面通红道："世叔见教极是。"耘轩见这光景，便插口问道："桌子上一个粗碗，里头什么东西？"嵩淑立起身来一看，原是六个色子，遂摇头道："这却岂有此理，不是事了。"娄潜斋道："绍闻，这是做啥哩？令尊在日，你家有这东西不曾？你且说，你见过不曾？到如今令尊灵柩在堂，你公然竟是如此！你如今去开开厅房门，我到令尊灵前痛哭一场，有负托孤之重。"这几句话，把绍闻说得浑身都是颤的。那夏逢若，只恨不能在《封神演义》上，学那土行孙钻地法儿，只低着头，剔指尖灰儿。这希侨尚勉强说："原不是赌钱，只是掷状元筹行酒令的。”

大凡败家子弟性情，俱是骄傲的。今日希侨如何不拿出公子性情来？只为嵩淑开口几句令祖，希侨也不是土牛木马，也自觉辱没先世。况在尊辈前，又难以撒野。真正走又不能走，坐又坐不下，说那囹圄柙床之苦，也比这好受些。

少顷，王中到了。原来王中为甚这半日不见伺候宾客？只因绍闻知道盛公子今日要来，恐王中碍眼，着他乡中催租。到了南门，送租人已来，只得回来。到家听说碧草轩来了盛、夏二位，又来了娄、孔、程三位，又见王隆吉在楼下被姑娘催往轩中坐席，隆吉听说三公在坐，死也要在家中吃饭，说铺里事忙，急紧回去。王中心里明白，便上碧草轩来。见了绍闻说：“佃户送租俱完，迎到南门，一起来到，账房阎相公收讫。”又问了三位爷的安，站在门边听话。

只见盛公子说道：“晚生告辞罢，先祖今日忌辰。”嵩淑问道：“是初度之辰，是捐馆之辰？”可惜一个世家子弟，竟是不懂的，只是瞪目不答。嵩淑道：“可是令祖生日，是归天之日？”希侨道：“是先祖下世之日。”嵩淑把脸仰着，想了一会，摇头道：“世兄此话，莫非推故见外么？”希侨道：“不敢。”嵩淑道：“令祖归天，尊大人请我相礼，我记得我穿的葛布袍儿，灵前站着，连葛袍都汗透了。何尝是今日哩？”希侨羞得面红道：“还有别事，不如去了罢。”潜斋道：“天已过午，饭想是熟了。今日幸会，多坐一时，好领世兄大教。”希侨竟是不能起身。

王中排开桌面，把色碗取过。嵩淑道：“把色子一发递与我。”耘轩道：“嵩老你要他做什么？”嵩淑道：“我累科不可，今日要学孙叔敖埋两头蛇的阴功，或者做个令尹，也未可知。”大家都笑了。这盛希侨、夏鼎少不得也陪着三位，强笑一笑。不过把唇微启而已，其实如吃了皂角刺一般，好难受也。

少顷，酒碟果盘已到，王中排成两桌。大家让坐，首座娄，次座程，三座孔，四座盛斜签桌角，五座夏打横。王中道：“曲米街小王大叔在家里，也请来罢？”绍闻道：“自然要请的。”请了一回，说在家里吃了饭，他不来。潜斋道：“就说娄师爷在此，要见他一面，还有话说哩。”嵩淑把座位数了一数，说道：“一发把阎相公请来陪客。”耘轩道：“妙极。”去了一会，只见王隆吉来了，一般也没人打，也没人骂，只像做了贼一样，拘拘挛挛的，都为了礼。阎相公从胡同口也转过来，向前为了礼。隆吉六座打了横。一桌阎厢公坐主位。一桌绍闻坐主位。

只见珍错杂陈，水陆俱备。这是绍闻加意款待盛公子的席面，恐怕简朴惹笑意思。就是谭孝移在日，极隆重的朋友，席面也不曾如此华奢丰盛。其如盛公子食不下咽，也不觉刍豢悦口。

少顷席完。嵩淑吩咐王中：“你不必另饤碟酌，只用拿酒来，我要痛饮一醉。大家不必起席。”嵩淑擎杯在手，就骰子上面，说起明皇赐绯故事。因而娄、孔接口，便连类相及，说起东昏宝卷一班儿败亡的朝廷，那些并无心肝，别具肺肠人物。你说这一宗，我说那一宗，叹一会，笑一会。

其实都与盛公子有些关会。又说了一会前贤家训条规，座右箴铭，俱是对症下药。这四个小后生听着，有几句犯了他们的病，把脸红一阵；有几句触动他们的良心，把脸又白一阵。日夕时，说得高兴，评诗论文，又把他四个忘了。他四个心中稍觉松散些。争乃耳朵听的，心中不甚懂的，陪着强坐强笑，这算人生最苦的光景。有诗为证：

苦言何事太相侵，亡国败家自古今；
纵令口中尚有舌，其如腹内早无心。
热肠动处真难默，冷眼觑时便欲喑；
病入膏肓嗟已矣，愿奉宣圣失言箴。

日色西沉，娄、孔、程起身已去。这盛公子气得拍胸，向众人道：“晦气！晦气！今日偏遇着这几位迂阔老头子，受了一天暗气。我不为他们有几岁年纪，定要抢白他几句。谭贤弟，你这里若是常有这几位往来，我是不能再到你这边了。你这里本无风水，又有这些打扰，你也休怪我再不来。”逢若道：“可惜我一付好色子，叫那姓程的拿去，如剁了我的手一般。”希侨道：“明日着能干事家人去，自然要讨回来，你不必愁。你看王贤弟今日那个样子，像做了贼一般，竟似在他们跟前有了短处。”隆吉道：“娄先生是我的老师，如何不怕他？”希侨道：“管得学门里，管不得学门外。我当初从卢老头读书，在学门里就不怕他，他还有几分怕我哩。”夏逢若道：“富贵子弟读书，原不比单寒之家。”绍闻道：“毕竟这三位先生说得是正经话。”希侨道：“你不说罢，他能强似我爷做过布政司么？”说着说着，车马在门，大家也一轰儿散了。

绍闻送至胡同口而回。阎楷亦回前边去了。王中跟着回来，悄声说道：“大相公，听见盛公子话头么？”绍闻道：“我心里何尝不明白。”这正是：

冲年一入匪人党，心内明白不自由。
五鼓醒来平旦气，斩钉截铁猛回头。

第二十一回

夏逢若酒后腾邪说　茅拔茹席间炫艳童

话说夏逢若自从结拜了盛宅公子、谭宅相公，较之一向在那不三不四的人中往来赶趁，便觉今日大有些身份，竟是篾片帮闲中，大升三级。承奉他们的色笑，偏会顺水推舟；怂恿他们的行事，又会因风吹火。

一日，径上碧草轩，来寻谭绍闻。蔡湘让至轩中坐，说：“我去家中请去。”去了一会，回来说道：“我们大相公不在家，去大王庙看戏去了。”

等了半日，绍闻回来。听说夏逢若在书房久候，只得到碧草轩会客。逢若迎着笑道：“等的多时了。”绍闻道：“躲避有罪。”逢若道：“连日不见，今日有事特来相商。不料高兴，看戏去了。”绍闻道：“闲着无事，因去走走。不料老兄光降。”逢若道：“唱什么？”绍闻道：“我去时，已唱了半截。只见一丑一旦，在那里打杂。人多，挤得慌，又热又汗气，也隔哩远。听说是《二下邗江》，我就回来了。”夏逢若道：“那个戏看得么？那是绣春老班子，原是按察司皂头张春山供的。如今嫌他们老了，又招了一把儿伶俐聪俊孩子，请人教他，还没有串成的，叫绣春小班。这老班子投奔了粮食坊子一个经纪吴成名，打外火供着。只好打发乡里小村庄十月初十日牛王社罢，挣饭吃也没好饭。前日不知道大王庙怎的叫这班子来唱。”绍闻道：“果然不好。那唱旦的，尽少有三十岁。”逢若道：“那唱旦的，小名叫做黑妮。前几年也唱过响戏，如今不值钱了。像如我有个朋友，叫做林腾云，要与他令堂做寿屏，要一班戏，与我商量。我说此时苏昆有一个好班子，叫做霓裳班，却常在各衙门伺候。林腾云庆贺日子是九月初十日，万一定下，到那日衙门叫的去，岂不没趣呢？因说起这宗戏来。正要与贤弟商量，到九月初十日，也到那边走走，好看戏。”绍闻道：“林腾云是谁？在城里哪街里住？”逢若道：“他没在城里，他在城东南乡住。是一个新发财主。他祖父是庄农出身，挣了二三十顷田地。到林腾云手里，才做了前程，一心要往体面处走，极肯相与人，好的是朋友。昨日为他令堂生日，要做屏举贺，新盖了五间大客厅，请了职客，要约会人与他母亲庆寿。请的职客就有我。与我一个约单，我时常承他的情，不便推托。故今日特来与贤弟商量，添上名字，好向屏上书写。临时五钱、一两随便。”绍闻道：“平素并不认的，如何去祝寿去？”逢若道：“贤弟，你通是书呆子话，如何走世路？这些事，全要有许多不认的客，才显得自己相与的人多哩。”绍闻道：“请出约单我看。”逢若袖中掏出来，只见一个红全幅，上面写道：

敬约者，九月初十日汉霄林兄令堂陈老夫人萱辰。公约敬制锦屏，举觞奉祝。愿同事者，请书台衔于左。

同里某某同具

后面已有了三五个名字。绍闻只得举笔书名于后。

逢若收了约单，绍闻留饭，逢若更不推辞。酒酣之后，说的无非是绸缎花样，骡马口齿，谁的鹌鹑能咬几定，谁的细狗能以护鹰，谁的戏是打里火、打外火，谁的赌是能掐五、能坐六，哪一个土娼甚是通规矩，哪一个光棍走遍江湖，说的津津有味。这绍闻起初听时，肚内原有几本子经书，有几句家训打扰，还觉得于理不合。到后来越说越有味，就不知不觉，倾耳细听。逢若又说道："人生一世，不过快乐了便罢。柳陌花巷快乐一辈子也是死，执固板样拘束一辈子也是死。若说做圣贤道学的事，将来乡贤祠屋角里，未必能有个牌位。若说做忠孝传后的事，将来《纲鉴》纸缝里，未必有个姓名。就是有个牌位，有个姓名，毕竟何益于我？所以古人有勘透的话，说是'人生行乐耳'，又说是'世上浮名好是闲'。总不如趁自己有个家业，手头有几个闲钱，三朋四友，胡混一辈子，也就罢了。所以我也颇有聪明，并无家业，只靠寻一个畅快。若是每日拘拘束束，自寻苦吃，难说阎罗老子，怜我今生正经，放回托生，补我的缺陷不成？"

这一片话，直把个谭绍闻说的如穿后壁，如脱桶底，心中别开一番世界了。不觉点头道："领教。"若说夏鼎这一个药铺，没有《本草纲目》，口中直是胡柴，纵然说的天花乱坠，如何能哄得人？争乃谭绍闻年未弱冠，心情不定，阅历不深；况且在希侨家走了两回，也就有欣羡意思；况且是丰厚之家，本有骄奢淫佚之资；况且是寡妇之子，又有信惯纵放之端，故今日把砒霜话，当饴糖吃在肚里。所以古人抵死两句话，不得不重出了：

子弟宁可不读书，不可一日近匪人。

当下日落西山，逢若去了，说道："我明日还约盛大哥、王贤弟去。"走到胡同口，一拱而别。

连日无事。过了十来天，只见双庆儿，拿了一个全帖，上面写着："九月初十日，优觞奉酬雅爱。"下面写着："眷弟林腾云顿首拜。"绍闻接着帖子，就到账房对阎相公说："到那日封上纹银一两，写个奉申祝敬眷弟帖儿预备着，我去东乡里人情人情。"阎楷接帖一看，说：

“知道。”

到了初十日早晨，楼下吩咐双庆儿，叫宋禄套车。自己换了新衣，跟的是德喜儿。账房里讨了礼匣，吃了点心，一同出城，往东乡去了。

到了林家，下得车来。只见宾客轰乱，花彩灿烂。门前箫管齐鸣，宅内锣鼓喧天。接客的躬身相迎，让至客厅。早已到了许多宾客。绍闻往上一揖，也有见他衣服新鲜不敢小看的，也有见他年轻略答半礼的。大家让坐，绍闻自知年幼，坐了东边列座，朝外看戏。只见夏逢若跑到跟前，说：“来了好。”也作了揖，说：“盛大哥今日不来，送的寿仪来了。王贤弟身上不好，我今早约会他，他不能来，也带得礼来了。”因问：“礼交了不曾？”绍闻叫德喜儿捧出拜匣，交与逢若，去收礼桌上，上了礼单。绍闻不认得人，只叫逢若休向别处去。二人挨坐不离。

过了午时，客已到完。大家请出林腾云母亲拜寿。只见一个老妪，头发苍白，下边两只大脚。拜寿已毕，主人排列席面，告告安盅，大家让坐。中间两正席，自是城中僚弁做老爷的坐了。两边正席，是乡绅坐了。其余列席，俱本城富商大贾的客坐了。因谭绍闻是潭孝移之子，也坐了一个列席首座。那位首座，是一等供戏的人，正是那好事、好朋友的，就封上一份礼，也来随喜。旁边陪坐的，就是夏逢若，又添上一位主家。

须臾，肴核齐上，酒肉全来。戏班上讨了点戏，先演了《指日高升》，奉承了席上老爷；次演了《八仙庆寿》，奉承了后宅寿母；又演了《天官赐福》，奉承了席上主人。然后开了正本。先说关目，次扮角色，唱的乃是《十美图》全部。那个唱贴旦的，果然如花似玉。绍闻看到眼里，不觉失口向夏逢若道：“真正一个好旦角儿。”那戏主听得有人夸他的旦角，心窝里也是喜的，还自谦道：“不成样子，见笑，见笑。既然谭兄见赏，这孩子就是有福的。”一声叫班上人。班上的老生，见戏主呼唤，还带着网巾，急到跟前，听戏主吩咐。茅拔茹道：“叫九娃儿来奉酒。”绍闻还不知就是奉他的酒，也不推托。其实就是推托，也推托不过了。只见九娃儿向茶酒桌前，讨了一杯暖酒，放在黑漆描金盘儿里，还是原妆的头面，色衣罗裙，袅袅娜娜走向戏主席前。戏主把嘴一挑，早已粉腕玉笋，露出银镯子，双手奉酒与谭绍闻。娇声说道：“明日去磕头罢。”绍闻羞得满面通红。站起来，不觉双手接住。却又无言可答。逢若接口道：“九娃，你下去罢，将次该你出角了。明日少不了你一领皮袄穿哩。”九娃下去。

不说绍闻脸上起红晕，心头撞小鹿，只是满席上都注目私语。大家说起来，方知他的尊翁，就是那保举贤良方正的谭孝移。咳！今日方知：

乃翁辞世何偏早，抛撇佳儿作匪儿；
寄语人间浮浪子，冤魂泉下槌胸时。

日已夕舂。城中有紧急公事送的信来，那几个做老爷的，等不得席终，早已慌慌张张走讫。又迟了一会，席完，众客也散了。这谭绍闻也觉得今日十目所视，十手所指，心中老大的不安。争乃遇着一个粗野的戏主，又有一个甜软的帮客，扯扯拉拉不得走。主人要留后坐，抹了两张桌子，移近戏前，另设碟酌。绍闻只得坐下。戏主又点了几出酸耍戏儿，奉承谭绍闻。绍闻急欲起身，说道：“帘后有女眷看戏，恐不雅观。不如放我走罢。”逢若道：“本来戏都不免有些酸处。就是极正经的戏，副净、丑脚口中，一定有几句那号话儿，才惹人燥得脾。若因堂戏避讳，也是避不清的。贤弟只管看戏。我前日没对你说，走世路休执着书本子上道理。”茅拔茹又叫九娃斟了一回酒。看看日落，绍闻也有了酒了。林腾云挽留住下，逢若在一旁撺掇，绍闻也就有八分贪恋的意思。只见蔡湘来了，说：“奶奶叫回去哩。”林腾云道："天已晚了，怕不能到家。"蔡湘道："来时已对门军说，留着门哩。"茅拔茹哪里肯放。但绍闻虽然有酒，一时良心难昧；况且游荡场里，尚未曾久惯，忽然一定要走。只得放他坐车回城。

第二十二回

王中片言遭虐斥　绍闻一诺受梨园

话说谭绍闻回家，次日无事。到了第三日，王中在门首，只见一个粗蠢大汉，面目带着村气，衣服却又乔样，后头跟着一个年幼小童，手拿着不新不旧的红帖，写着不端不正的字样，递于王中。王中一看，上面写着“年家眷弟茅拔茹拜”。上下打量，是个古董混账人。又细看跟的人，脖项尚有粉痕，手尖带着指箍，分明是个唱旦的。方猜就是个供戏的。便答应道：“家主失候，有罪。往乡里照料庄农，收拾房屋去了。回来我说就是。”那人道：“几时走的？”王中道：“去了四五天。”那人道：“这就出奇了！前日还在林宅同席，如何会走了四五天？分明是主子大了，眼中没人。依我说，我还看不见这样主户哩。你这管家，也就大的很，就是你主子不在家，也该让我到家中坐坐，吃你一杯茶，留下帖子，好不省事的要紧。像我们每日在外边闯，也不信这样人家会作践人。我就到客厅中闲坐坐，怕甚的！”

一面说着，早已上门台到院里了。进的前院，这绍闻正在客厅檐下坐着，口中打啸，引画眉儿叫。茅拔茹道：“好大的主子！明明在家，却叫家人说往乡里去了七八天。九娃儿，把帖子交了，咱走罢。这就算咱拜了客。”九娃道：“帖子家人收了。”茅拔茹道：“既是收了，还讨回来。”扭回头来就走。绍闻道：“这是哪里话？”茅拔茹道：“你没在家，出门七八天，我跟谁说话哩？”绍闻一把扯住道：“这是啥话？”茅拔茹道：“啥话不啥话，你问你门上二爷。”绍闻一灵百透的人，便说道：“想是底下人不认的，错说了话。千万休怪，我赔礼就是。”慌忙作下揖去，茅拔茹搀住，说道：“不消，不消。我坐坐就是。”

一同到了厢房，也不为礼。绍闻一片声叫看茶。茅拔茹道：“还吃茶么？”绍闻道：“啥话些！”茅拔茹道：“我前日席上，看见尊驾像是个好朋友，所以今日来拜。不料门上二爷，硬说你出门七八天。我小弟在家，也是乡宦旧家，家下小价，没有像这样敢得罪人的。”绍闻明知是王中，便说道：“小价该死，我一定处治他。”双庆儿送上茶来，绍闻奉过茶，茅拔茹道：“九娃，与谭爷磕头。那人咱也不与他一般见识。”九娃走上前来，磕下头去，说道：“少爷好呀。”绍闻一手搀起，那九娃就站在绍闻跟前，等着接茶盅儿，绍闻见温存光景，便吩咐双庆儿：“你放下茶盘，到后边摆几个粗碟儿。连德喜也叫的来。”

说犹未完，夏逢若已进门来，未说先笑道：“好呀！好呀！”茅拔茹立起身来道：“少时便去奉拜，如今不为礼罢。”逢若道：“岂敢。”一同坐下。双庆摆上碟儿，德喜提着酒注儿斟酒。茅拔茹也不推辞，逢若也不谦让，便吃起酒来。酒未数巡，茅拔茹使叫九娃唱曲子。九娃顿起娇喉，唱了两牌子小曲，逢若哼哼地接着腔儿，用箸敲着碟子，却也合板眼。九娃唱完，说道：“唱的不好，爷们笑话。”夏逢若道：“那《集贤宾》第四句，再挑高着些，第六句，少一个弯儿。”九娃道：“记下就是。”逢若道：“我也递你一盅酒儿。”九娃星眼看着茅拔茹说道：“我不会吃。”茅拔茹道：“既是夏爷赏你，你吃了罢。”九娃方才接住吃了。又唱了两三个曲子。——若是将这些牙酸肉麻的情况，写得穷形极状，未免蹈小说家窠臼。

日将午时，早已一桌美馔上来。茅拔茹道："初次奉拜，哪有讨扰之理？"绍闻道："便饭不堪敬客。"逢若道："既是通家相与，也彼此不用客气。"九娃儿也站在一旁吃饭。吃完了，茅拔茹要起身，说道："今日天晚，明日去拜夏兄。"夏逢若急忙接口道："我两个明日即去答拜。既是好朋友，何在到我家即算拜，不到我家不算拜么？我两个明日去奉看就是。"茅拔茹道："这才是四海通家的话。我明日就在小店恭候。"夏逢若问九娃道："哪座店里？"九娃道："同喜店。"逢若道："是戴君实家，是也不是？"九娃道："正是。"绍闻还留吃酒，茅拔茹道："戏上事忙。头盔铺里邓相公说，今日下午商量添几件东西哩。我去罢。"一同出了厢房，恰遇王中从大门进来，茅拔茹笑道："说你出门七八天，就是这位大爷。"绍闻道："这是河北茅爷，认着。"王中一声也没言语，站在门旁，让客与家主出去。一拱而别。

逢若又进来，要再吃一杯茶，订明日回拜的话。又夸了一会九娃，着实有眼色。又说："明日回拜，那里有戏子，我衣服不新鲜，脸上不好看。也还得二两赏银，一时手乏，还得帮凑帮凑。"绍闻道："你休高声，我今晚给你运用。明日你只用早来约我同去，就都停当了。"逢若道："你衣服太短，我穿着不像。"绍闻道："有长的你穿就是。我实不瞒你，先父还有一领蓝缎宽袍儿，你穿的了。你明日只要看那个王中不在门首，你进来。不是我怕他，他是先父的家人，我通不好意思怎么他。"夏逢若道："这是贤弟的孝道。王中粗人，哪里得知。"绍闻道："这话休叫盛大哥知道。"逢若道："休看我多嘴，正经有关系的话儿，却会烂在肚里。"日夕时去了。

晚间，绍闻替逢若料理衣服、赏银。

到了次日早晨，逢若瞅着王中不在门首，进得厢房。绍闻出来相见，说道："那书柜里是昨晚拿出来的衣裳，你趁没人先穿上。"又拿出七八两银子，说道："这是我在账房要的。一言难尽，多亏王中极早睡了，说他身上不好哩，才要出这七八两银子。这个够赏戏子么？"逢若换了衣服，说道："到也可体。只是时常来借，却不便宜，不如就放在我家，我却不要你的。老伯的衣服，我断不敢不敬重。至于赏戏子们，若要说这是称准的一两二两，便小家子气了；只可在瓶口捻出一个锞子、两个锞子，赏她们，这才大方哩。"

一时早饭上来。吃完，叫双庆儿讨了两个拜帖，不用阎相公写，逢若在厢房自写，也写了"年家眷弟"的派头。绍闻却是素花柬，跟着两个小厮。逢若道："这两个他都认的，显得我是借的人。只叫一个跟去。你与我再安排一个人，就是粗笨些也可。"绍闻因叫邓祥算上一个。二人出的大门，德喜、邓祥在后，一直向同喜店来。

到了店口，戴君实看见，与夏逢若作了揖，与谭绍闻也作了揖，说道："二位回拜客来了？茅爷今早，叫当槽的在如意新馆定下一桌酒席，说午时要待客哩。戏已安排就了。"逢若道："只怕别的还有客。"话犹未完，茅拔茹在上房看见店门是谭夏二位与店主说话，早已不待传帖，跑将出来，说道："候的久了。"于是连店主一同让进去。

二人方欲行礼，茅拔茹搀住，说道："论起来，我还该与二位磕头哩。我家里家叔不在了，昨晚有信来，真正活气死我。二位坐下，我说。"店主叫当槽的送上茶来。九娃斟茶，奉毕，绍闻脸皮渐厚，便对九娃道："昨日有慢你。"九娃笑了一笑。夏逢若道："谭贤弟成了款了。"只见茅拔茹把膝上拍了一下，说道："咳！你说气人不气人，家叔竟是死了！"逢若道："什么陡症？如何得知？"茅拔茹道："昨晚送的信来，说起来恨人之极。我小弟在家，也算一家人家，国初时，祖上也做过大官。只为小弟自幼好弄锣鼓，后来就有江湖班投奔。小弟叫他伺候堂戏，一些规矩也是不知道，倒惹得亲朋们出像。我一怒之间，着人去苏州聘了两位教师，出招帖，招了些孩子，拣了又拣，拣出一二十个。这昆腔比不得粗戏，整串二年多，才出的场，腔口还不得稳。我今实不相瞒，上年我卖了两顷多地，亲自上南京置买衣裳，费了一千四五百两，还欠下五百多账。连脸子、鬼皮、头盔、把子，打了八个箱、四个筒，运到家里。谁想小地方，写不出价钱来。况且人家不大热合这昆班。我想省城是个热闹繁华地方，衙门里少不了正经班子，所以连人带箱运在省城。连昨日林宅，共唱了三个戏，还不够箱的脚钱。谁知道我家叔老人家，偏偏的会死起来。我来时，家叔病原沉重，原说不叫我来。我想在家一千人空空盘绞，也是难事，因此硬来了。如今果然不在了。我待说不回去，他是我个胞叔，不说在舍弟脸上不好看——舍弟他还小哩，也不知道啥，怕亲朋们也谈驳我。”——逢若插口道：“是哩。”——“我待说回去，这一班子人，怎么安插？我明日就要起身，赶上大后日封柩罢。真真的活闷怅死了人！”

九娃上来问：“开锣罢？”茅拔茹道：“这还问我么？”一声锣鼓，早已在院里棚下，唱了两三出散戏。如意馆抬上席来，茅拔茹赏抬盒人五十文钱，又吩咐九娃道：“您煞了戏罢，去附近铺子里吃了饭，早回来开戏敬客。”因又说道：“这可像个样子么？况且这宗花销，我走后如何支撑得住。”夏逢若便向绍闻道：“我们备一顿饭钱。”便向绣瓶口掏出一个锞儿，绍闻掏出四个锞儿。夏逢若道：“班上的，这是我两个送你们一顿粗饭。”老生道：“不敢讨赏。”逢若道：“见笑，免人意儿罢。”茅拔茹道：“不该费心，叫他们通过来磕头谢赏。”逢若又叫道：“九娃儿，我与谭爷替你做件衣裳，你自去拣你心爱的买罢。”逢若一个锞儿，绍闻两个锞儿，九娃收了，磕头又谢。茅拔茹道：“叫他们吃饭。你就在这里伺候罢。”九娃道：“知道。”于是德喜儿、邓祥摆开席面，谭、夏二人首座，店主、茅拔茹打横。九娃斟酒。

饮酒中间，店主道：“茅父，你通不吃一盅儿？令叔老大父去世，想是大数该尽，也不用过为伤心。”茅拔茹道：“倒也不在这些。只是如今这一伙子人，主人家，你承许下，我就不作难了。”戴君实道：

“我是赁的这座店，不过替买看吃罢了。茅爷你撇下，我实实摆布不来。”逢若道：“茅兄是愁没房子么？”茅拔茹道：“一来没房子，二来没人招驾。”逢若道：“谭贤弟有一攒院子，在宅子后，可以住得下，我就替你招驾，何如？”绍闻未及回言，茅拔茹早已离座三揖，道：“箱钱就是谭兄哩，长分子就是夏兄哩。就是吃三五石粮饭，用十数串菜薪钱，我回来算账。我若有一点儿撒赖，再过不的老爷河。”戴君实道：“茅爷何用赌咒。通是好朋友，何在这些。”逢若向绍闻道：“就是这样了，你看行也不行？”绍闻千不合万不合，答道：“你看该怎的，就怎的。”茅拔茹哈哈大笑道：“明早就起箱去。爽快我有一句话，一发说了罢。九娃过来，你就拜了谭爷做个干儿子罢。”绍闻这一惊不小，方欲回言，九娃早已磕了四个头，起来靠住绍闻站着。店主起来作揖，说与谭绍闻道喜，绍闻嚣得耳朵稍都是红的。逢若指定九娃道：“好孩子，有福！有福！”

须臾，戏子吃饭回来，又开了戏。不叫九娃出角。把残席赏了德喜、邓祥。叫当槽的速去如意馆取五六盘小卖，叫九娃吃了。唱完几出戏，家中宋禄套车来接。茅拔茹打点起身，不肯再留。一同出了店门，九娃小心用意搀住绍闻上车。逢若早已超乘而上。说了一声“扰！”车儿飞也似跑了。到分路之时，逢若下车而去。

绍闻到了家里，心里只是乱跳，又不敢向人说。只推有酒，蒙住头就睡。到了次日，未曾起来，早已八个箱，四个筒，枪刀号头，堆满了碧草轩。原来东方日出时，蔡湘方才起来，开了园门，一轰儿抬的抬，搬的搬，不多时，一院子都是戏子。把一个蔡湘竟是看呆了，只像梦里一般。这一个戏娃子弄花草，那一个戏娃子摸笔砚，只听掌班的喝道：“休要多手。等谭戏主出来，你们要摆齐磕头，休要失了规矩。”九娃道：“我是不磕头的。”蔡湘定省一大会，方才往宅下飞报军情。咳！

子弟切莫学世路，才说周旋便浊污；
依依父兄师长前，此外那许多一步。

第二十三回

阎楷思父归故里　绍闻愚母比顽童

话说蔡湘到楼院，绍闻还不曾起来，蔡湘到楼门口，对王氏说道：“不知哪里来了一班戏子，将戏箱堆满一书房。”王氏道：“谁叫他来的？”蔡湘道：“不知道。”王氏便向楼房内间去问绍闻：“怎的一个书房，就叫戏子占了，谁承当他的话？”绍闻从被里伸出头来，说道：“原是河北一个茅戏主，我去回拜他，他说他家里有紧事，要问我赁房子。我也没承许他，谁知道他就搬的来了。”王氏道：“越发成不的！你这几年也不读书，一发连书房成了戏房了。”绍闻道：“他暂住几天就走哩。其实我也没承当他。”

话犹未完，只见双庆儿慌张跑在楼下，拿了一个手本，说：“班上人与奶奶、大相公磕头哩。”九娃儿早已到楼院里，说道：“俺奶奶哩？”王氏走到楼门口。九娃端相是个内主人，便爬在地下磕了头，起来说：“干爹还没起来呢？俺班上都在后门等着磕头哩。”王氏回头说道：“你起来罢，你弄的事，你去打发去。”绍闻起来，也摸头不着，并也没法子发放。九娃见绍闻起来，说道：“班上人候已久了。”双庆道：“后门上挤了一攒子等着哩。”绍闻只得到后门上。一个唱老生的说道：“班上人与老太太磕头，再与戏主磕头。”绍闻道：“家里我说罢。”老生道：“这一番打搅处多，取东讨西，未免惊动老太太，一定该见个礼儿。”绍闻道：“不需罢。”老生道：“既是戏主不肯，俺就与戏主磕头罢。”说了一声，一大片人，都跪下去磕头，口中都一起说道：“照看，照看。”绍闻一人，也搀不过来。唯有九娃站在绍闻身边，笑嘻嘻地看着。众人起来，一起又进碧草轩去了。

绍闻回到楼下，九娃跟着也到楼下，就移座儿，说：“干爹，你坐下罢。”王氏看着，也没啥说。绍闻也没处开口，少不得说道：“九娃，你坐下。”九娃道：“我不坐。奶奶，你有针线儿与我些，我的衫子撕了一道口子，得两根绿线缝缝。奶奶，要不我拿家来缝缝罢？”王氏道：“我与你针线，你自己缝。”九娃见光景不堪热合，接过针线，说道：“等等送针来。”慢慢地下楼台，从后门走讫。王氏说绍闻道：“你就是认干儿，也再等几年。你看那孩子，比你小不上两岁哩！”绍闻道：“谁认他来？他只管胡叫哩。”

这宗事，若再为详说，未免与谭孝移面上有些不忍，就此住了罢。

看官若说，此时王中见了这个光景，定然抵死破命地不依。原来王中自前日有些感冒，此时已发热，头痛恶心，蒙头盖脑在屋里睡着，所以不知。赵大儿知她丈夫性情，瞒得风也一丝儿不透。

不说王中害病。且说阎楷叫德喜儿请大相公说话。绍闻到了账房，阎楷说道：“我后日要起身回家，把账目银钱交与相公。”绍闻一听此言，心下想道：“是我干的不是事，惹得门客见辞。”便红了脸说道：“阎相公是为什么走的这样速？”阎楷道：“昨日松盛号李二爷捎来我的家书，家父书上写的着实想我。我五年不曾回家，心里委实过意不去。只为家道贫寒，在家中无以奉事老父，在外边又惹老父牵挂。又为府上大爷待我太好，多年来感恩承情，谢也谢不尽。今年家父整六十了，我常在外边，也算不的一个人。况且先兄撇下一个舍侄，今年十一岁了，也该上学读书。若再流落了，像我这个样子，我也是个书香人家，先兄临终时，再三痛哭嘱托，我何以见先兄于地下？况且千里捎书，内中只说家父着实想我，却又不是家父手笔，我又疑影别有缘故。”阎楷一面说着，早已双泪俱下。绍闻道：“那得别有话说。”阎楷道：“家父有个胃脘疼痛之症，行常肯犯。我累年也捎回去几次治胃脘的丸药，我只疑影这个病。这是我昨晚一夜没睡，将账目都算明白，总一丝儿也不错。柜内现银三百三十两八钱五分，三大封是整哩，那小封进三十两零银。床下钱，有八十串有余。求相公逐一验明。至于外欠，都有账目。”

却说绍闻起初听说阎相公要回家，又说到父子天性之地，也未免有些惨然不乐。既而又说到现交手三百多银子，八十千钱，想今日却也顺手便宜，省得再来账房支付，有多少阻融。况且阎相公一去，我大了，我也无须再用账房。便说道：“阎相公既为父子之情，我也不忍再留。至于银钱，何用查验。自从先父到今日，谁还不知道你的心肠哩。只是到家何日能来？”阎楷道：“家父若是康健，不过五个月就回来。要之，家父就是康健，现今过了六十岁，在家就受些艰窘，我也不肯来，也就不敢来了。”绍闻道：“既是如此，你就打点行李。我还有些须薄敬，今晚就奉饯罢。

说罢，绍闻回到楼下。对母亲说：“阎相公要回家，今晚要摆席与他饯行。”王氏道：“你近日大了，什么还由得我？你各人厨下吩咐去。适才你那干儿要一口大锅，一个小锅，碗碟要二三十件子。这还成个人家么？叫戏娃子在院里胡跑。你爹在日，你见过这规矩么？”绍闻道：“与了她不曾？”王氏道：“你如今是一家主子，没见你的话哩，谁与她？”绍闻道：“双庆儿、德喜儿哩？照数与她，明日都是有赁钱的。”原来这些德喜儿、双庆儿孩子家，早已钻到碧草轩，弄鬼脸，戴胡子，没一个在手下。绍闻见没人在跟前，说道：“那也是小事。只如今收拾个粗席面，饯饯阎相公才是。娘，你吩咐冰梅、赵大儿一声。”王氏道：“你看冰梅这两个月，白日里还下得楼下不得楼？赵大儿她汉子病着了，她伺候茶水，顾的顾不的？我不管你的闲事。我越想越气，难说一个好好人家，哪里来了一班戏子胡闹。我一发成了戏娃子的奶奶！”

绍闻又羞又急，只得到前边向阎楷说道：“你说，楼上大奶奶，如今要三十两银子，交与东街王舅爷苏州捎首饰头面。说明年与孔宅行礼时使用。我说临时本城中也办的来，奶奶不依，一时就要。如今隆哥在楼下等着哩。”阎楷道：“我明日要走，王中又病着，我一发把银子连钥匙交与相公罢。只是隆相公现在这里，请出来见一见，我不能往东街奉别去。”绍闻道：“他听说你要走，也要来前边看你。我怕误了你打点行李，说你去大街辞别各铺家去了。你如今要请他，显得我说瞎话。你只把银子交与我罢。”阎楷于是开了柜门，将银子交与绍闻。说道：“相公呀，不是我生意行里人，开口说银钱中用，只是相公年幼，休要妄费了。有时，看这东西不难；没有时，便一文钱逼死英雄汉。相公要知道珍重。我只愿相公这钱买书，供给先生。”绍闻点头道：“阎相公说的真正是好话。”原来王中病了，双庆、德喜儿只顾在戏房看串戏，阎相公只顾慌张着走，所以后边碧草轩叫戏子占了，阎楷一字不知。因此还说那买书、请先生的话。

且说绍闻收了大小四封，先把三大封偷放在父亲灵柩底下，锁了厅门。拿了一小封，从前门出去，由胡同口转到后门进来。上得楼来，叫道：“娘，这是戏主送来一月房钱，是三十两，算了娘的私囊罢。”王氏喜盈盈展开一看，说道：“这三封是房钱，这一小封是啥？”绍闻方想起来，这八钱的小封，忘了取去，便说道：“这算是折礼盒一架，娘都收了罢。她们吃粮饭、菜薪、越外还要与钱哩。”王氏笑道：“你到明日使用时，不许问我再要。要使我哩，须与我出利钱。”

王氏起初也极恼戏子占了书房，后来儿子拿了三十两哄了，便喜欢起来。这是什么缘故？看来许多举人、进士做了官，往往因几十两银子的贿，弄一个身败名裂。从古说“利令智昏”，何况妇人？何况王氏本是一个不明白的妇人？

此是旁话。且说绍闻安插住母亲，便依旧开了中厅的锁，在父亲灵柩下，取出那三百两来，放在东套房里锁讫。来到账房里坐下，问道："阎相公，连年束金，还欠多少？"阎楷道："连年我的劳金，都支的过界了。"绍闻道："如今盘费哩？"阎楷道："我适才在梭布店借了二千钱，够了。"绍闻道：'快与他送回去。我送二十两，与尊翁老人家做件衣服。越外盘费三千。"阎楷道："这个我断不敢领。盘费钱我收下一千，把那钱就送回布店一半去。多了也累赘的慌。"绍闻道："我是见相公的孝道，故助二十两。难说你替老人家辞了不成？"阎楷不觉垂泪道："多谢，多谢，大惠终身难忘。"此后，晚间绍闻饯酒赠贶，次早拜别起程的话，不必细述。

却说绍闻次日送阎楷登程，回到后院。早已见九娃在楼门前等着，说道："班上人等着，如何昨天一天没到戏房去？"绍闻道："你随我前院来，我问你话。"因开了客厅门，九娃说："屋里有灵，我怕得慌。"绍闻道："有我哩，怕什么？"又开了套房门，九娃随着进去。绍闻扯开柜斗，把银子填了一瓶口，说："你各人买东西吃。"迟了一会，才出来，锁了门。

绍闻随九娃上碧草轩来。只见厢房有几个末、丑角儿，在那里读脚本。有一个生角儿，在轩上前檐下站着，掌班的敲着鼓儿上腔。这夏逢若不知何时已到，早在旁边醉翁椅儿上，拍着手哼哼地帮腔。大家见了，一起起来，垂手站在旁边。逢若道："谭戏主呀，看看正经苏班子规矩如何？"绍闻道："好。"掌班近前商量了些粮饭、菜薪的话。又说："天凉了，孩子们都穿的是夏衣。茅戏主又回去了，少爷替小的们料理。等茅戏主来，小的们挣下钱，一一补上，再不亏损少爷。"绍闻未及回言，逢若便接口道："休说夹衣，连冬衣也制得起。孩子们鞋靴袜子，也是该换的。通在谭爷身上取齐。等你的戏主到了，我保管一一清还。"老生道："爷们的恩典，小的们只是磕头罢。"绍闻道：

“夏哥，你就去与他们办去，上一笔账就是。”逢若道：“我如今不是当年有钱，到铺子里人家就要掂我的分量。须是现银子，又省价钱，又拣好的，茅兄来，也看的过，说我们兄弟办事不差。”绍闻道：“我也没有现银子。”九娃道：“干爹，那柜斗一大封足够了。”逢若道：“九娃说有银子，你如何说没有呢？你去取去罢。我来说一宗戏。柳树巷田宅贺国学，要写这戏，出银十五两。掌班的不敢当家，等你一句话儿。说停当了，后日去唱去。如今九月将尽，万一天变起来，孩子们冷的慌，浑身打颤，成什么样子？”绍闻道：“戏钱我不管。”逢若道：“衣裳鞋脚钱，你可管了罢？”九娃道：“我跟干爹去取去罢。”逢若笑道：“叫孩子磨兑住了，不怕你不取。”

绍闻只得起身，九娃跟着，到了客厅。依旧开了锁，取了八十两那一封出来。又从楼院经过，王氏正在楼门里坐着。九娃说：“奶奶把剪子递与我使使。”王氏叫赵大儿与了。九娃跟立脚点，到了客厅。依旧上碧草轩来。绍闻道：“这八十两，你去办去。”逢若道：“够不够受回来清账，好叫你们戏主奉还。”老生道：“自然的。小的跟着去。”逢若心中要扣除银子，便说道：“你们跟着我，我实在器的慌，我就办不上来了。”老生道：“小的不就不用去。只是绸子都要一样一色，省的孩子们嫌好嫌歹，一样儿就没的说。”逢若又向绍闻道：“九娃这衣裳钱，是不叫茅兄还的，须是另样的了。”绍闻道：“随你罢。”九娃道：“我穿只要碎花儿。我不爱那大朵子花，大云头的。”逢若道：“好孩子，我记着哩。”拿得银子去了。

绍闻向戏子道：“你还教你的戏，休误你的正经事。你坐下。我也看看。”老生道：“少爷在此，小的怎么坐。”绍闻道：“不妨。”仍旧坐了上腔。九娃泡了一壶飞滚的茶送来。绍闻看了一会，自回家中吃饭去。

到了午后，九娃直进楼来，说：“夏爷办的东西回来了，还跟着一个铺子里小伙计，清账取银子哩。”王氏道：“是哪里银子？”绍闻道：

“是他各人班里银子。”绍闻跟着到碧草轩，只见七八个针工已在。逢若道：“梁相公，这就是买主，少不下你的银子，紧着就跟的来了。”那人与绍闻作了一个揖，说道：“久仰。”绍闻道：“不敢。”把东西展开，连绸缎靴帽一齐清算，除了九娃二十一两，算在绍闻身上，不登戏上账簿，其余除收五十九两现银外，还要九十两零四钱八分。绍闻面有难色，道：“委实我没了银子。余下九十多两，上在贵号账上，等茅兄回来，我管保齐完，一分不欠。”那梁相公道：“一来铺子里本钱小，目下要上苏州。二来夏爷说是现银，所以折本儿卖了。如今若说赊了一半，我也难回复掌柜的这句话。”九娃只推看缎子，走近夏鼎跟前，悄悄说道：“还有一整封哩。”夏逢若心内有了主意，正色说道：“谭贤弟，不要这样说。这八九十两也是现成的，不必推三阻四。不过茅兄来时，一秤子全完就是。那人也是个够朋友的。若是有一厘短少，我就挡住他这一架箱。”老生道：“谭爷放心，小的也敢承许。”绍闻只得回去，把那一封也拿的来，当面兑了。老生把戏上账簿写上一笔：“九月二十九日，借到谭爷银子一百四十两四钱八分。”梁相公包了银子，说道：“托福，托福。”一揖而去。逢若道：“家母适才叫小价寻我，想是家中有事。交完东西，我去罢。”也跟的去了。

你说那梁相公，何尝是铺子里人？原是逢若讲明了九十几两银子，买成铺子东西。为要扣除这四五十两银人私囊，街上寻了个一党儿伙计，会说山西土话的人，俗话说是“咬碟子”，妆成小客商。兑了银子，再找明铺家，赎回当头。北地里与那人七八两，自己得四十多两，各人自去花费去了。

这是篾片帮闲恒径，讲他做甚。单说碧草轩一起针工，把书案排开，铺上毡条，展开绸缎，雾了润水，排开熨斗，量了长短，动了剪刀，须臾裁成件子。黄昏点起几碗灯来，一起动手。绍闻看了更深天气，九娃独自送回。到了次日晚上，一起缝成。及至往田宅唱戏时节，各个都是一色软衣，唯有九娃别样，一起去了。

不说谭绍闻坏了乃翁门风，只可惜一个碧草轩，也有幸有不幸之分：

药栏花砌尽芳荪，俗客何曾敢望门；
西子只从蒙秽后，教人懒说苎萝村。

第二十四回

谭氏轩戏箱优器　张家祠妓女博徒

话说戏子占了碧草轩，所惜者，王中在病，不曾知晓，若知晓时，戏子如何住得成？所幸者，王中在病，不曾知晓，若知晓时，火上加油，性命还恐保不住。

只因王中害这场瘟疫，每日昏昏沉沉，呻吟不绝。以致绍闻每日在碧草轩戏谑调笑，九娃儿居然断袖之宠。其初还有个良贱之分，可怜数日后，班上人见绍闻年幼轻佻，也就没个良贱光景了。从田家唱戏回来，夏逢若就中抽了写戏的长分子。后来又写了几宗山陕会馆的戏，江浙会馆的戏。绍闻只怕写成了，碧草轩便要“阒其无人”意思。一日绍闻在轩上与那唱正生的小娃子调笑。那唱正生的却是掌班的侄子，掌班的一声叱喝道：“尊贵些罢，休要在少爷面前轻样！”绍闻满面通红。自此少在碧草轩来往。只使双庆儿叫九娃在家中来往。渐渐的楼上同桌吃起饭来。这九娃有绍闻与的银子，外边唱一棚戏回来，必定买人事送奶奶，双庆、德喜儿也都有些小东西赠送。所以人人喜他。忽一日，九娃拿了一封书，递与绍闻。书上写道：

字启谭大哥台下入目。兹启者：套言不陈。我那日回家，将班子托于哥照看，原说几日就回。不料本县老爷做生日，一定要我这戏。原差火签催了几回，误了便有弄没趣之处。至于粮饭，我改日进省送去。哥见字发回可也。异日叩谢承情。

眷弟茅拔茹顿首具

九娃见绍闻看完，说道："我不走。"绍闻道："与班上人商量。"急上碧草轩来。

只见胡同口有两辆车，班上人正往车上抬箱。掌班的见了绍闻，说道："谭相公休把借的银子、粮饭钱放在心上，戏房里还撇下四个箱、两个筒。一来脚重了，路上捞不清，二来就是相公的一个当头。"绍闻道："不回去该怎的？"掌班道："俺倒不想回去。只是弄戏的规矩，全要奉承衙门。如今州、县老爷，也留心戏儿，奉承上司大人，又图自己取乐。如何敢不回去？要不回，就有关文来了。"绍闻道："九娃有了病，回去不成。"掌班道："相公休要恁的说。今日趁天好。晌午过了黄河才好。"说着，箱筒抬完。大家说："磕头谢扰。"绍闻说："不用。"众人也就止了。一轰儿出胡同口，绍闻跟着看。一辆车捞箱筒。十来个小戏子嘻嘻哈哈，又上了一辆车。年纪大些的，跟着走。九娃车上道："干爹，回去罢。"赶车的一声胡啸，车儿走开，渐渐地转过街弯，望不见了。

谭绍闻如有所失。回到碧草轩上，只见三四个破箱锁着，两个筒也锁着。墙角破缎靴子，桌上烂鬼脸、破锣、裂鼓、折枪、断刀，有几件子，满屋狼藉不堪。连书柜门的锁也扭了，书套书本子，如乱麻一般，也不知少的是哪一册。院中花草，没有一株完全的。满院溺迹粪滩，满壁歪诗野画。平日为甚不曾看见？只为心中顾不的。今日从头一看，才都看见。心中好不恼也！好不悔也！又想二百多两银子，两天都尽，又费了许多粮饭油盐，是为甚的？端的干的不是事，算不起个人。坐在醉翁椅上，家中请吃饭，也懒得去吃。

正在碧草轩上生气，只见夏逢若到了，说道："戏子一个也不见，想是哪里唱去么？盛大哥差我来定戏，说叫去玩玩哩。"绍闻道："走了，目下只怕七八分过了黄河。"夏逢若道："好狗攮的！爱见来就来，爱见去就去，我不依这事。这些借的银子，吃的粮饭，放在空里不成？我将来替你告到官上，行关文，关这姓茅的骗子手。"绍闻从顺袋掏出一封书子，递于夏逢若。逢若看了一遍，道："这也怪不得他。只是这些欠头，该怎的？"绍闻道："你去屋里看去，有四个箱，两个筒，说是当头。"逢若道："有这当头，不愁咱的银子，尽少也值千把两。他异日有银子，赎与他；没银子，你再添几两，招一班好子弟，我就替你领戏。只是我看你那个光景，着实气哩慌。咱往盛大哥那里晃晃罢。我一来好回盛大哥，说戏子走了，二来替你散散闷。"绍闻道："我不去。"逢若道："既不往盛宅去，我同你再寻个散闷去处。"绍闻道："我不去。"逢若起来，一手扯住袖子道："走罢，看气得那个腔儿。你赖了？"绍闻道："我不去。"逢若道："是了！是了！你是说九娃走了就是。呸！你跟我来，管情叫你喜欢就是。"

扯着拉着，绍闻跟的走着，出了胡同口。绍闻道："我未曾吃饭哩。"逢若道："我也没吃饭哩。你跟着我来，有你吃的就是。"转到大街，到了如意老馆门口，逢若拉绍闻进馆。绍闻道："我从不曾下馆吃饭。"逢敬若道："蓬壶馆请盛大哥是谁了？"绍闻只得进去。拣了座头，叫了四五盘子荤素，吃了两提子酒。逢若撩衣还钱。

出得馆来，往南走了两条大街，又走了一条僻巷，又转了一个弯，只见一个破旧大门楼儿，门内照壁前，栽着一块极玲珑太湖石儿。逢若道："我先走，引路。"绍闻道："这是谁家？你对我说，我好去。"逢若笑道："你只管的来。"进的二门，是三间老客厅，绍闻见厅檐下悬着匾，心里想着看姓氏，谁知剥落的没字儿。又转了一个院子，门上悬着"云中保障"匾，款识依希有"张老年兄先生"字样。绍闻方晓得主人姓张。进得门去，三间祠堂，前边有一个卷棚，一付木对联，上刻着七言一联云："一丛丹桂森梁苑，百里甘棠覆浩州。"绍闻方晓得是个旧家。

只见主人陪着一位客坐着说闲话。见了逢若，便道："来了？"又见后边谭绍闻，方起身道："哎呀，一发还有客哩。"大家为礼让坐。坐下，主人便问道："老逢，这位客哩？"逢若道："是敝盟弟，萧墙街里谭。"逢若即指着客与主人道："贤弟不认的。此位是布政司里钱师傅。这主人绰号儿叫做'没星秤'。"那主人向逢若头上拍了一掌，笑道："没星秤，单掂你这兔儿丝分量。"逢若方才道："这张大哥叫做张绳祖。"大家齐笑了。

逢若道："淡先生哩？"钱万里道："我昨日上号，有考城竺老爷禀见。淡如菊在他衙门里管过号件。我对他说，他说今日要与竺老爷送下程，还要说他们作幕的话。"逢若道："他赢了咱的钱，倒会行人情。"张绳祖道："你昨日赢的也不少。"逢若道："我只赢够七串多，老淡足赢了十几串。"绍闻方晓得是个开赌的旧家。

小厮捧得茶来，先奉绍闻，绍闻便让钱万里。钱万里道："上年保举贤良方正的——"绍闻道："是家父。"钱万里道："那部咨是我小弟办的，如今可出仕了？"绍闻道："先父已经去世。"钱万里道："可伤！可伤！"

话犹未完，淡如菊慌慌张张来了。说道："你们怎么还不弄哩？是等着我么？"张绳祖道："还有一个生客，你没见么？"淡如菊方看见谭绍闻。作下揖去，说道："得罪！得罪！眼花了。"逢若道："昨日黄昏，你把个五点子当成六点子，硬说是'双龙摆'。你单管着眼花赖人。"淡如菊道："不胡说罢。此位客尊姓？"绍闻道："姓谭。"淡如菊道："家儿已够了，咱来罢。"钱万里道："下程送了？"淡如菊道："收了十个橘子，余珍敬赵。"钱万里道："下文的张本呢？"淡如菊道："竺老爷说，回到衙门来接。"大家都道："恭喜！恭喜！"

小厮已把赌具伺候停当，齐让谭绍闻道："就位。"绍闻道："我一些儿不懂的。”逢若道：“他原是散心的。他原不会，不必强他。俺两个把牛罢。谭贤弟，你在我脊梁后坐着看罢。你那聪明，看一遍就会了，省得再遭作难。你怎么读《五经》，况这个是不用师傅的。”果然四家坐下，绍闻坐在逢若背后，斗起牌来。逢若道：“抽头的如何不来？”张绳祖道：“他怯生。”逢若道：“叫的来，我承许下谭贤弟了。”绳祖附耳吩咐了小厮。少顷只见一个如花似玉的妓女，款款地上祠堂来。见了别人，都不为礼，唯向绍闻俯俯身子，说了句：“磕头罢。”绍闻道：“不消。”那妓女名唤红玉，奉了绍闻一杯茶。也坐在逢若背后，与绍闻同看。每一牌完时，逢若便向绍闻说了名色，讲了搭配。未及吃午饭时，这绍闻聪明出众的人，早已洞悉无余。

吃了午饭，大家让绍闻入伙。红玉说道：“我再替谭爷看着些。”谭绍闻午前早已看那搭配变化，有些滋味。又有红玉帮看，便下去了。到日落时，偏偏的绍闻赢够五六千。到完场时，都照码子过现银子。绍闻平自得了五六两银子，心中好不喜欢。要辞别起身，张绳祖、淡如菊、钱万里数人，只是死留。绍闻早已软了，承许住下。

喝了晚汤，张绳祖说道：“再不赌牌了，只是输，要弄色子哩，只是早了新客。”逢若道：“正妙。谭贤弟会了牌，不会色子，只算‘单鞭救主’。爽快今晚再学会掷。他日到一堆时，说掷就掷，说抹就抹，省得是个‘半边俏。”叫人点上蜡烛，排开色盆，绍闻又在桌角细看。原来掷色，比不得抹牌有讲解工夫，掷色时逢若便顾不得讲说了。绍闻看了更深天气，只见有输赢，不能分叉、快。心生一计，便瞌睡起来，说道：“我要睡哩。”绳祖吩咐小厮说：“斋里现成床褥，点枝蜡去。我有罪，不能看铺候歇罢。红玉，你去伺候谭爷去。俺们的还早哩，你奉陪一盅罢。叫小厮把夜酌碟儿分六个去。”

红玉引着谭绍闻，进得祠堂。山墙上一面门儿，套着斋室。烛明酒美，吃了几盅。一个章台初游之士，遇着巫山惯赴之人，何必深述。诗云：

每怪稗官例，丑言曲拟之。
既存惩欲意，何事导淫辞？
《周易》金夫象，《郑风》蔓草诗，
尽堪垂戒矣，漫惹教猱嗤。

次日绍闻起来，到卷棚下一看，只见杯盘狼藉，桌椅横斜。伺候的小厮，在墙根火炉边，画出了一个“童子莫对，垂头而睡”的图。钱万里在一条春凳上，拳曲的狗儿一般，呼呼地打鼾。寻那两个时，淡如菊在破驮轿里边睡着，夏逢若在一架围屏夹板上仰天大吼。绍闻忍不住笑道：“赌博人，竟是这个样子。”又回到斋室与红玉说话儿，等他们起来。

到了日出三竿以后，张绳祖揉着眼到了斋室，说了一声：“有罪！”出来，把小厮踢了一脚，骂了两句，叫取脸水。把那三个客，打的打，拉的拉，叫的叫，都搅起来。红玉自回后宅梳妆去了。

这五个人洗了脸，吃了点心，依旧上场斗起牌来。到午饭时，绍闻又赢了七八千。午饭后，又赢了千余。都说：“谭兄聪明出众，才学会赌，就把人赢了。真正天生光棍儿，哪得不叫人钦敬。”

夜间上灯时，仍蹈前辙。绍闻到黄昏，又是想做楚襄王的。逢若输的光了，向绍闻说道：“今夜掷色子，算上咱两个的。托贤弟洪福，明早起来分肥罢。”到了五更时，逢若摸到斋室，说道：“不好了！咱两个输了一百八十串！”原来夏逢若指望赢钱，二更后大输起来。没奈何装解手，把张绳祖叫出来，定了暗计，说：“苦了萧墙街罢。”赌到五更，把淡如菊、钱万里打发走开。——你道省会之地，如何夜行呢？原来一个打着布政司小灯笼，一个打着满城县旧灯笼，所以街上无阻。这是闲话。

且说谭绍闻听说输了一百八十串，心中也有些着慌。说道：“你看输了时，就该止住，如何输了这些？”逢若道：“输到四十串时，我急了，想着捞，谁知越捞越深。”红玉道：“你再捞去罢。不见了羊，还在羊群里寻。借重，关上门。”逢若道：“他们走了。”红玉道：“有话明日说。”逢若出来，向张绳祖道：“明早要早些起来，好清白这账。”张绳祖道：“天已将明，我也不回去了。坐一坐，等谭相公起来，看他是怎样安排。”

不多时，鸡声三唱，谯鼓已歇，天竟大明了。绍闻起来，夏张二人还点着灯说话。绍闻也坐了。小厮送来脸水，又送来点心吃了。逢若道：“贤弟，你这事我与老张哥商量明白。红玉的喜礼，就是你前日赢的那宗银子，开发了罢。你赢的那九串钱，我输了七串，余下两串赏了这小厮罢。伺候两整天，两整夜，人家孩子图啥哩？至于一百八十串，你该认九十串。我既输了你现钱七千文，你该摊八十三串。这宗钱，是张大哥拿的曲米街春盛号南顶朝山社的社钱，加十利息，要的最紧。贤弟你才成人儿，才学世路上闯，休要叫朋友们把咱看低了，就一五一十清白了他。”张绳祖道：“这也不打什么要紧，就是迟三五天，也是松事。不过完了他就罢。”绍闻心中打算，阎相公交有八十串钱，还不作难。就说道：“我回去，就跟我取钱。只是休要显出来，惹人笑话。”张绳祖道：“你问，凭谁在我这里输下钱时，从来不肯与人弄出马脚。我只叫一辆小车跟的去，如不便宜拿出来，还许他空回来哩。再不肯声张，弄出可笑的事来。爽快你今日再住半天，咱与红玉喝上一场子酒，也不枉你费了十几两银。叫他唱曲子咱听。日落时，我使小车子跟的去。何如？”绍闻因此又留住了。

大凡人走正经路，心里是常有主意的。一人下流，心里便东倒西歪，随人穿鼻。这正是：

> 少年子弟好浮华，又是孤儿又富家；
> 莫怪群谋攒巧计，刘邕端的嗜疮痂。

第二十五回

王中夜半哭灵柩　绍闻楼上吓慈帏

却说谭绍闻自那日随夏逢若去了，家中到晚不见回来。王氏着慌。追问小厮们，有说像是跟的戏走了，有说跟的夏大叔上县告那姓茅的戏主去了。合家乱嚷乱吵，说是不见了大相公。

此时王中，吃些姜汤，出些须汗津，便觉身上轻快。一片声喧，已到王中耳朵里。王中踉踉跄跄爬起，拄了一根伞柄，赵大儿拦不住，出来到楼院一问，王氏才把碧草轩招架戏子一宗事，说与王中。王中把伞柄向地下捣了四五捣，说："咳，罢了！罢了！我病了这些时，一发咱家竟是如此。如今大相公哩？"王氏道："清早戏子走了，他也就没回家来。说跟的夏逢若赶戏去，又说他两个要告那戏主哩。"王中久站不住，靠在门扇上，后气儿接不着前气儿，说道："大相公他不敢跟戏，他也不敢告官。一定是夏家引着上娘娘庙大街盛宅去。"王氏道："或者在夏家也不敢定。"王中道："总不得在夏家。那夏家单管在人家走动，图酒食，弄银钱。他把大相公引到他家做什么？叫德喜到前头请阎相公，一同到盛家问问。"德喜道："阎相公他爹想他，写上书来，辞了大相公回家，走的多时了。双庆俺两个在账房睡。"王中叹道："咳，一发我全不知道。如不然者，你同邓祥到盛宅问去，管情一问就准。不必惊慌。”王氏见王中说的有准，便放下心。即叫邓祥同德喜打灯笼，去盛宅打听绍闻消息。一家都点灯等着。赵大儿将王中搀回东院，安插睡讫。

王氏等到二更，邓祥、德喜回来，说：“盛宅并没大相公影儿。”王氏埋怨道：“大相公既不曾在他家，如何不早回来？”德喜道：“俺到盛宅，门上哄俺，说大相公在他家。角门锁着，不得进去。费了多少力气，才得进去。只见四五个客，还有两个女人，都在那里掷色子。俺恐怕大相公在那里睡了，问了盛大爷一声。盛大爷恼得了不得，说：‘你爷家里有了戏，还想起朋友们么？更深夜晚，却来这里寻他。俺们出来时，大门又上锁了。央他那把门哩开门，他们也掷色子到热闹中间，哪个还顾的理人。费尽多少唇舌，才开开门，俺们才得回来。街上又撞着一位老爷查夜，把俺两个盘了又盘，只说俺犯夜。后来说到萧墙街谭宅，那老爷提起俺老爷名字，俺说是老家主。那老爷点点头儿，抖开马才走了。再不敢黑夜在街里走。”王氏也没法了，只说道：“夜深了，你们睡罢。”邓祥自回马房，德喜儿自去 账房里同双庆儿睡去。

单说这王中回到房中，问赵大儿道：“我这些时病了，那招驾戏子的事，你也知道些儿么？”赵大儿道：“外边事，我如何知道。只见一个戏娃儿，人材就像女娃儿一样，每日在楼下叫奶奶，叫干爹，要针要线。”说犹未完，王中浑身颤将起来，赵大儿也就不敢再说了。王中颤了一会，睡在床上，眼看着灯，一声儿再不言语，只是摇头。赵大儿怕极，问道：“你是怎的？”王中冷笑道：“吃口茶罢。”赵大儿方才放心。又坐半更天气，赵大儿也就打呵欠，睡在椅子上了。

这王中到底不知小家主来家不曾。慢慢起来，开了房门，月色如画，拄着伞柄，到楼院角门，见角门开着。原是德喜儿过前院，夜深没人上拴。王中悄进角门，见楼上窗纸明着，寂无人声，看着是不曾回来光景。病恹恹的，又一步一喘的，走到前院。只见树柯横影，笼鸟入梦，厅门大开。那一片月色直明了半厅房，连孝移灵牌字儿，一颗一颗都是认得出的。王中看见这个光景，忍不住鼻内生酸，腮边落泪，细细地哭了一声道："大爷！大爷！为何辞世太早，不再多活几年？想大爷在日，家中是如何光景！大爷不在后，家中是如何光景！叫我一个仆人，会有什么法儿？"不觉地爬跪地下，有泪无声地哭将起来，伞柄儿把砖地捣了几下。

且说王氏点灯坐着，等儿子不见回来。开开楼门，看夜早晚。只听得厅房内依稀有声，又听的砖地会响。吓得把楼门紧闭，把冰梅叫起，做伴儿坐着。连有鬼两个字也不敢说出来。

这王中哭了一会，依旧轻移病步，回房去睡。哪里知道楼上怕鬼的情节。

到次日，德喜儿、双庆儿到后院来，王氏问道："你两个夜间听见什么不曾？"德喜儿道："我睡不大会儿，厅房里大爷哭起来。我怕得急了，爬在双庆儿那边一头睡。身上只是出汗。今晚还上马房睡去，不敢在账房里。"王氏急叫德喜儿买些纸马金银，引着小厮们到厅房灵前烧了。祝赞道："你好好儿罢，休再吓孩子们。"咳！好谭绍闻呀，你怎知：

> 偎红倚翠阳台下，阿母惊魂几欲飞；
> 请看古来啮指感，山崩钟应尚无违。

这王氏烧完纸马，到底要寻儿子。叫王中商量时，那王中昨日才出汗，就听着唱旦的娃子楼下来往的话，夜间又冒风寒，厅房又俩惶一场，外感内伤，把旧病症劳复，依然头疼恶心，浑身大热，动不得了。

这王氏没法，又叫德喜儿，去夏逢若家寻去。这德喜儿去到瘟神庙邪街，问街上闲坐的老人，认的夏逢若门户。到了门前，叫了一声："夏叔在家么？"只见一个老妪，开门问道："你是哪的？"德喜道："我是萧墙街谭宅的人，问夏叔一句话。"老妪道："这四五天，他何尝到家吊个影儿。家中米没米，柴没柴，不知他上哪去了。"只听院里，像是少妇声音，说道："叫他去汤驴的锅口上问信去。"老妪道："不怕人家笑话。"关门回去了。

德喜只得回来，回复主母。王氏一发着急，又叫双庆儿去曲米街舅爷家寻去。去了一晌，王隆吉也跟的来，见了姑娘说道："表弟上哪里去了？我叫往盛宅去问，双庆说，昨日在盛宅问过，不在那里。何不去夏大哥那里去问一声？"王氏道："问的才回来。他娘说，他的儿子也不见了四五天。"隆吉道："姑娘，这就放心罢。必定是夏大哥引的在谁家闲玩，人家知道是萧墙街谭宅，再没有个不敬的理。不用说，是留住了。若是夏大哥在家时，我就替姑娘着急，他既不在家，再也不妨事。"王氏听侄儿说的话，心里略放下些。便说道："你兄弟们一路神祇，你就去替我寻一寻。"隆吉道："我爹发的货来，不久我爹也回家来。双庆儿适才也见，门口有三四辆车，等我收货。一听说表弟不见，我慌了，紧着跑的来问。只说夏大哥也没在家，管情表弟不见不了。我回去罢，姑娘只管放心。"隆吉辞了姑娘回去。

王氏也有七分猜着，是夏逢若引的去了。争乃等了一天，又坐了一个深黄昏，不见回来，依旧急将起来。却又怕鬼，极早叫冰梅拴了楼门睡。又睡不着，心里只是胡盘算：或者饮水掉在井里；或者过桥挤下河去；或者年纪还轻，被贼人拐带去；或者衣服颇好，被抄化脱剥了……，直到五更时，心思疲乏，方且睡着。一会醒来，依旧是这个盘算。正是：

个个爹娘此个心，儿行寸步思千寻。
游人若念倚闾意，世上几无客子吟。

到了次日，王氏极早起来，叫德喜儿道："你去娄先生家问问去。"德喜儿道："他不去。"王氏道："一时街头撞着先生，或是师兄邀到他家，也是不敢定的。"德喜道："去也不能住这两三天。"王氏道："只管去问问，走不大你的脚，休要发懒。"德喜少不得上北门来。过了半日回来，说道："娄师爷家里没有。我去了娄师爷正惹气，相公在院里跪着哩。"王氏道："儿子进学膺秀才，还惹什么气，叫跪着么？你没听是为啥呢？"德喜道："我不知道。只听师爷嚷的说：'你就不该与他拱手！'我只听这一句，不知是为啥。"王氏道："罢了。大相公没在他家么？"德喜道："哪里有个影儿。"王氏没法，只得又听其自然。

到了日将晚时，绍闻挨挨擦擦、没意没思的上得楼来。王氏见了，如获珍宝一般，说道："我的孩子，你上哪里去了，好不寻你哩。"绍闻道："娄先生那——"只说得四个字，王氏道："德喜儿才从北门找寻你回来。"绍闻又道："王中呢？"王氏道："病又劳复了，在屋里哼哩。"

绍闻起身，一直便向前院来。开了大门，引一个大黑麻汉子到账房。开内房上锁，叫那人搬钱往外运。这王氏早已跟到前院，看见问道："那是做什么？"绍闻道："是水巷张大哥要借八十串钱，我承许下了。如今使辆小车子来推。"王氏道："我不信。咱还没一个钱使，为甚的借与人家七八十串？我不依这事。"绍闻道："我承许下了，同的夏大哥。不过十天就还咱哩。"王氏道："我不管你承许不承许，我不依这事。"便去账房杜门一拦。绍闻道："娘你过去，这是什么规矩？"王氏道："规矩不规矩，我不叫搬这钱。"绍闻明知张绳祖在大门外看着车子，验收运钱，心中大加发急。那运钱的黑汉，正是张绳祖的鹰犬，专管着讨赌博账，敢打敢要，绰号儿叫做"假李逵"。便说道："姓谭的，你既当不的家，就不该叫俺推车子来。为什么孩子老婆一起上？俺就走，明日你亲自送去罢。"绍闻发急，扯住母亲厉声道："你回去罢。这是啥光景，不怕人家笑话？"王氏道："我活着，还由不的你哩！”绍闻强口道：“由的我了！到明日我还把房产地土白送了人，也没人把我怎的！”王氏气急了，硬挡住门，说：“我看今日谁敢搬钱从我这里过！”假李逵冷笑了一声，只管抱着钱，口中唱着数目，说二十五串，三十串，往外硬闯。王氏看见没有解救，只得躲开身子回去，上得楼来，皇天爷娘一场大哭。

这绍闻打发完八十串钱，张家推车走了。上住大门，只在客厅院，不敢回来。徘徊一回，踉踉跄跄上得楼来。说道：“着实不好！着实不好！我就死罢！”把头往墙上一歪，歪在地下，直不言语。王氏大慌，住了哭声。抱住绍闻的头，叫道：“小福儿，那钱不值什么，快休要吓我！我的乖孩子呀，快休吓我！”那冰梅也顾不得身上不便，急去厨下，泡得姜茶来灌。这绍闻听得明白，咬住牙关，一口茶也不下咽。王氏哭了道：“我的儿呀，你吓死了我。我再依靠谁哩！”赵大儿用箸劈开牙关，灌下一口辣茶，绍闻方才哼了两声。迟了一会，把手摆了一摆，说道：“你休急我。”王氏问道：“我哩孩子，你心里明白么？”绍闻点了点头。扶的坐起来，方才把眼一闪，气息奄奄地道：“扶我内间床上睡去。”果然赵大儿、冰梅搀着，王氏早拂床安枕，打发儿子睡讫。灯里满注上油，壶内预烹上茶，面叶、豆花、炒米、莲粉、参汤儿都预备停当，候儿子醒了，好用。

那绍闻睡了半夜，平旦已复。灯光之下，看见母亲眼睛珠儿，单单望着自己。良心发现，暗暗地道：“好夏鼎，你害的我好狠也！”这正是：

自古曾传夜气良，鸡声唱晓渐回阳；
天心徐逗滋萌蘖，依旧牛山木又昌。

第二十六回

对仆人誓志永改过　诱盟友暗计再分肥

且说谭绍闻五更鼓一点平旦之气上来，口中不言，心内想道："我谭家也是书香世家，我自幼也曾背诵过《五经》，为甚的到那破落乡宦之家，做出那种种不肖之事，还同着人抢白母亲，葬送家财？母亲孀居，怜念娇生之子，半夜不曾合眼，百般抚摩——"又想起父亲临终之时，亲口嘱咐"用心读书，亲近正人"的话："我今年已十八九岁，难说一点人事不省么？"心上好痛，不觉的双泪并流，哭个不住，一把手扯住母亲的手，叫了一声："娘，我再不敢了！"王氏道："你心里想吃什么，厨下我留着火哩。他们不中用，我与你做去。"这绍闻听得母亲这个话，真正痛入骨髓，恨不自己把自己一刀杀了，哭道："娘，我算不得一个人了。"王氏道："自己孩子，没啥意思。谁家牛犊不抵母，谁家儿子不恼娘。你只好好的，那七八十串钱值什么。你那气性也太大，再休吓我。"这谭绍闻越发哭的连一句话儿也答不出来。

冰梅醒了，不待吩咐，到厨下煮了一壶滚水，烫了一碗莲粉，捧与绍闻。绍闻问："天有多大时候了？"王氏道："窗纸是灯照着，天已大明。"绍闻道："我要去看王中去。"王氏道："他是出汗的病，怕染着你。"绍闻道："我不怕。这王中是咱家一个好家人。他如此时不病，我断然没有这事。我要去问他病去。”王氏道：“那病染人。你既要去，到饭时去。你吃些饭儿，再吃两盅酒儿，叫大儿把他叫出来。他就不能出来，叫他把屋里洒上烧酒，薰上苍术艾叶，你略坐坐就出来。依我说，一个家人就是好，也犯不着主人家到他屋里看他。他也担不起。”绍闻道：“就依娘说，饭时看他罢。”

少时，赵大儿起来，王氏把这话对说。赵大儿回房，把大相公要来看病的话述于王中，王中心内暗道：“这也大奇。想是在外边弄出什么事来，心内没了主意，急来商量话说，也是有的。”因向赵大儿道：“你发落我起去，扶我到东楼下，请大相公说话。我这病会染人，不可叫大相公到这屋里来。”赵大儿道：“怕你不能动移。”王中道：“毕竟轻似从前那一番儿，走几步儿不妨事。”赵大儿果然扶持丈夫起来，吃了些须东西，拄上伞柄，搀着到楼院。王中说道：“请相公到楼下说话。”

绍闻听见王中声音，便出来，赵大儿已搀进东楼去了。绍闻进的东楼，说道：“王中，你坐下。”王中道：“把个破褥子放在地下，我诞着罢。大相公坐远些。”绍闻坐下道：“王中，你竟是瘦的这个样儿。”王中哼哼地说道：“有二十多天没见相公，相公要说什么？”绍闻道：“话儿太长，怕劳着你，我只截近说了罢。我一向干的不成事，也惹你心里不喜欢。我如今要遵你大爷临终的话，‘用心读书，亲近正人’八个字。你当日同在跟前听着。我今日同你立一个证见。我一心要改悔前非，向正经路上走。我如后话不照前言，且休说我再不见你，连赵大姐，我也见不的。”王中强起半截身子，说道：“相公呀，若还记的我爷临不在时嘱咐的那话，咱家就该好了。”话未及完，王氏恐怕疫症传染，站在门外说道：“你出来罢，王中也当不得再劳碌了。不过你改志就罢。”王中道：“大奶奶说的是。”绍闻只得出来。王氏扯到楼上，又叫吃了两三盅酒。

王中又歇了一会，赵大儿搀回去了。王中口中不住地谢天谢地。

从来人身上病好治，心病难医。王中一听说少主人自己立心改志，这心中如抽了一根大梁一般，况且本来出过透汗，不过三五日就渐渐好来。到十天以后，一发如常。再加之病后善饭，又比前日胖大些。这绍闻一连半月，也没出门。夏逢若也来寻了几回，只推有病不见面。真个是过而能改，复于无过。

一日，王中到楼门前说道："大相公半月没有出门，每日闲坐着没个事体，也不是个常法。总是读书是头一件事。读书须要从师。毕竟如今商量从先生的事体才好。但如今请先生，也将近冬天了，到了来年，再上紧打算这宗大事。大相公何不每日到后书房中静坐看书哩？"绍闻道："后书房原叫戏子们董坏了，还得蔡湘着实打扫打扫。"

王中因去碧草轩一看，只见放着戏箱、戏筒，心里厌恶之极。便请绍闻也到轩上，商量安插箱筒的话。绍闻到轩上，对王中也觉着实惭愧。王中道："人家这东西，怎么安置它？"绍闻想了一想道："罢了，叫人抬在侯先生住的那所空房子里罢。等那姓茅的来，他还欠咱借账粮饭钱二百多银子哩，他还了咱，叫他抬的去。"王中道："宁可舍了这二百两银，断乎不叫这东西在咱家里放。"绍闻道："这箱子里虽不曾见，他说还有千数银子的衣裳在内边。久后'要得不厮赖，只要原物在'，还怕放在空房子里，万一人偷了他的，却也不是耍的。明日寻个人住在那里，替他看守。大约不久茅家自搬的去。"这王中叫宋禄、邓祥、德喜、双庆帮着蔡湘，整整的搬运扫除了一天，方才把屋里院内，略清了些眉眼。又叫泥水匠、裱褙匠垩墙糊窗，方才可以进去的人。这绍闻果然抱旧日所读书本，上轩里翻阅。

忽蔡湘说道："有一个皮匠，新来的，要赁放箱筒那处房子哩。他只住两间，要赁与他时，他情愿一年出三千钱。家中要叫他做活，他情愿伺候。若咱家用房子时，不拘何时，只对他说一声，他就走。如今现放着戏箱，得一家子人看着也放心。"这原是蔡湘在街上收拾旧鞋，两个说起闲话。皮匠要赁房子，蔡湘说："我主人就有两间房子。"

那皮匠就不要工钱。所以蔡湘回来，在少主人面前极力撺掇。绍闻道：“却也不在钱之多少，叫他看那院子却要紧。王中没在家，等他乡里回来再商量罢。我如今读书哩，这些小事我不管。只要人妥当，那戏箱托得住才好。”蔡湘道：“做小生意的人，自是妥当的。王中现今没在家。乡里佃户田家，他的大儿死了，没人做活，情愿丢地。王中安插佃户，清算租欠，也得好几天哩。”绍闻道：“你就叫那皮匠写一张赁约，寻个保人，就与他住。”

次日，那皮匠果然拿了一纸赁契，名字叫高鹏飞，寻了个保人，来碧草轩来。绍闻说：“保人我不认得。”蔡湘道：“我认得，是南门宋家店当槽的秦小宇。”绍闻接了赁约，把房子承许下，其实蔡湘何尝认的秦小宇，只因自己撺掇的这宗事，恐怕不成，所以听声顺口说认得。这也不在话下。

却说绍闻独坐三五日，渐渐觉得闷了。日晚将归，忽然夏逢若到了轩中，开口便说道：“病是好了？我来过几次，只是不出来。又不干我的事，是红玉托我与你寄个信儿。我对她说去了两三次，只是说有病，不得见他。那娃子一发哭将起来，叫我替她捎了一条汗巾儿。递与你，我就别的没事。”因把袖子内汗巾儿丢与绍闻，说道：“我走罢。”绍闻接了汗巾，一手拉住逢若道：“你休走哩。委实我身子不好了几天。”逢若道：“你不好不不好，对我说做啥哩？我又不是医生。我只把信给贤弟捎到，随你两个怎么罢。”绍闻道：“我如今也想着去，只是不敢去。前日家中好吵闹哩，叫我也没法子。”

原来夏逢若前日与张绳祖分了绍闻的肥，正好引诱他渐入佳境，不料谭绍闻远扬不至。这张绳祖因与夏逢若商量道：“谭家这宗好钱，不翻身，不撒赖，如何再不来了？”因想起招致绍闻法子，向红玉夺了一条汗巾子，来诓绍闻重寻武陵，是勾引他再来赌的意思。从来开场窝赌之家，必养娼妓，必养打手，必养帮闲。娼妓是赌饵，帮闲是赌线，打手是赌卫。所以膏粱子弟一入其囮，定然弄的个水尽鹅飞。

然后照着这个衣钵，也去摆布别人。这张绳祖、夏逢若都是山下路上过来的人，今日生法谭绍闻，正是勾命鬼来寻替死鬼。饶你聪明伶俐，早把一根线，拴在心蒂上，一扯便要顺手牵来的。

这谭绍闻心中想去，百般打算，只是前日在母亲面前说得过火，又在王中面前承许得斩钉截铁。今日眼中看着汗巾，耳内听个哭字，好生不安。因央夏逢若道："你是千能百巧的人，替我想个法子。只去这一遭，安慰了红玉，往后我就再不能去了。"逢若看见绍闻着了药儿，因笑道："这有何难。我先问你，你家那个勾绞星家人王中，在前院里住，是在后院里住呢？"绍闻道："他在东院里住。他如今也没在家，前日往乡里去了。说得好几天才能回来。"逢若道："王中在家是一样计策，王中不在家又是一样计策。"因附耳向绍闻唧哝了几句，遂拍手道："你说如何罢。"绍闻点头道："却也使得，只是久后必露马脚。"逢若道："咦！若要不露马脚时，你只好好书房看书，断乎没一点马脚。你心里又想取乐，可管马脚、马蹄子哩。"绍闻道："也罢。"逢若相别而去。

绍闻回家，到晚上点灯楼上看书。还没定更天气，只听得后门上拍门大叫。绍闻去问了来人的话，回来到楼上说："是我隆吉哥得了紧心疼，问咱家寻真橘红，说是我爹在丹徒带来的。"王氏道："橘红是什么？"绍闻道："橘红是药。咱家书柜里有，我去寻去。"因向书柜中不知包了点子什么片子，说："寻着了。"王氏道："你也跟得看看去，即速与我个回信儿。"绍问道："街上夜紧，盘查也厉害。我明早去罢。"王氏道："你快跟得去，明早回来也不妨。"绍闻得了母命，叫德喜儿收拾后门，便从胡同口出来。只见黑影里一个人迎着，悄悄说道："出来了？"绍闻一看，正是夏逢若。说："那叫门的人呢？"逢若道："那是我一百钱觅的，他的事完了，自己走开。"

二人转至大街往东正走，只见碗口大字一个灯笼，上面写着"正堂"两个字，有四五个人跟着，一位老爷骑着马。绍闻吓了一惊。逢若道："怕啥哩！"一直往前撞去。只听跟随人役大声喝道："什么人？"逢若不慌不忙说道："是取药哩。"那老爷在马上即接口道："拿药来验。"逢若袖中取出一封药，上面还牒着一个方子。从人拿起灯笼，那老爷展方一看，问道："是你什么人害病？是何病症。"逢若道："小人母亲害心疼。"那老爷微笑了一笑，说道："医生该死。"将药递于从人转付逢若，又问："那一个人呢？"逢若道："是小人兄弟。"那老爷说道："去罢。"二人走开。

绍闻道："你那里有这现成的药？"逢若笑道："晚上街头走动，说是取药就不犯夜了。这一句子金银花，我已使过三遭了。"绍闻道："药方儿呢？"逢若笑道："那是我在姚杏庵铺子里揭的。"绍闻道："假如没有药时？"逢若大笑道："那就没法子么？就说是接稳婆。难说做老爷的，去人家家里验女人不成？"

一路说着，早到了张绳祖家。叫开门进去，又有几个新家儿在那里掷色子。红玉仍旧在旁说笑。看见谭绍闻，又有一段撒娇献媚的话。逢若也溜下场儿去了，回顾绍闻道："还算咱两个的罢，好捞捞前日咱输的。"绍闻欲续前缘，遂含糊答应了。问道："东小房有灯么？"张绳祖道："有灯。"绍闻道："红玉，咱去东小房里说话。"红玉懒意不想去，其实新有主顾不敢去了。张绳祖道："去坐坐不妨。"红玉方才跟去。说了一会话儿，灯也息却。

只听得赌场中一人发话道："好不识趣的狗攮哩！什么王孙公子么？"又听得是张绳祖声音说道："为我，为我。"又听得夏逢若声音说道："千万休说一句话，我磕头就是。"又听得歇了色子，到院子里唧唧哝哝一阵，有声高的，有低声的，听不真实。又迟了一会，依旧上场，轰轰烈烈地掷将起来。谭绍闻少年书愚，哪晓得就里，只说是赌场争执，后来又说好了，另掷起来。

到了次日日出时，那些人还在那里喊幺叫六。绍闻到赌场，张绳祖说道："起来了？好呀，令伙计输了二百八十串。"夏逢若道：

“二百八十串值什么！你休心慌，俺伙计们输得起还得起。收拾了不揿罢。”又见一个年幼的后生道：“晦气！晦气！偏偏的还是输了。我明日把这一百三十串钱，就送一百三十两银子。若是再来你这里，就是红玉的汉子。”绳祖笑道：“休生气，日头多似树叶哩。”那后生恨恨而去。别人也陆续起身去了。红玉早已上后宅去讫。单单只落下夏逢若、谭绍闻、张绳祖三个人。张绳祖道：“老夏，你与谭相公这钱，我不去取，你两个自送来罢。”夏逢若道：“四更时我还赢八九十串，临明时一阵儿输下账了。气人！气人！”谭绍闻此时，心中怅怅然莫知所之。逢若道：“咱走罢。明日打算与他送钱就是。我明日把先父做官撇下的八两人参，到铺子里兑了，这半股子账就完了。贤弟，你这一百四十串，也不值你什么，完他就是。”绍闻蹙眉不语。张绳祖道：“好朋友们何在这。就是一时作难，多迟几日不妨。”一起起身，绳祖送出大门。

二人到了分路时节，绍闻道：“你送我去，我独个儿街上走不来。”逢若道：“一夜没睡，我到这裁缝铺后头睡睡哩。你走罢。”谭绍闻只得独行。穿街过巷，一似人都知道的一般，只疑影有人指他。

到了胡同口，进后门，王氏接口便问道：“你隆哥好了不曾？”绍闻道：“没啥意思，是来人说的太张致。”王氏道：“叫宋禄套车，我去瞧瞧去。”绍闻道：“只管说没啥意思，何必去看？再迟些时，我妗子生日，去也不迟。”王氏也只得住了。

绍闻到楼内间，以被蒙头，一场好睡。直睡到晌午时方才梦醒。这正是：

顿足捶胸说不该，却因疲极暂阳台；
黑甜原是埋忧处，无那醒时陡的来。

第二十七回

希侨豪纵清赌债　王春宇历练进劝言

却说谭绍闻一觉睡醒，兀自在床上诞着。猛可的把昨晚事体，一起上心，好不闷气。一来想起那少年之骂，分明是骂我姓谭的。二来想起这一百四十串钱，没的生法。况自己不曾动手，平白还这宗屈钱。又想起王中回来知晓，何以见面？又想起诈说表兄紧病，将来要照出假话，何以对母亲？翻来复去好不自在。毕竟这几宗中，还钱的事更为紧要。欲待查讨房价、佃租，争乃父亲在日，俱是人家送来，我如何去讨？况且不知话该怎说，又怕声张。左盘右算，要去寻表兄王隆吉去。他今日在生意行经的事多，或者有个什么法子，先可以哄过母亲，把诈言紧病一事说明了。久后也好遮掩。

吃了些须饭儿，因对母亲说，要去东街再看看隆哥去。王氏道："这才是哩。你那两日没回家，你隆哥听说寻你，早跑的来了。还该再去看看。"绍闻急上东街。到春盛铺，小伙计说："隆相公接老掌柜的去了。"绍闻愈觉怅然。也忘了看看妗子，回头就走。

走至娘娘庙街，恰好撞着盛希侨在当铺里出来。宝剑儿说道："那不是谭少爷么？"希侨看见，开口便说道："好贤弟呀，招驾一班好戏，一个好出名九娃儿，就不叫我见见么？"谭绍闻急切没啥答应。

希侨哈哈笑道："没的说了，休脸红。你跟我到家说句话。"这绍闻正想着寻人领个教儿，便跟得去了。过了一个大门楼儿，门上一个小家人拦住说道："少爷不坐坐么？正等着少爷哩。"希侨回顾绍闻道："咱到这里瞧瞧罢。"绍闻道："我心里有事。还要问你领个教儿。你要十分要去，我就走了。"希侨道："贤弟，你果然是心里有事光景。先见了我脸是红的，如何又会黄起来。也罢，咱就到家说话。"

绍闻跟得到慎思亭上。吃完茶，绍闻便把替茅拔茹招驾戏子一事，与在张绳祖家两次赌博输钱一事，一五一十说个明白，求盛希侨生法。盛希侨笑道："菜籽大事儿，也要放在心上。像我们这样主户，休说一百四十串，就是一千四百串，也是松事。贤弟你放心，我明日备个酒，请几个赌家玩玩，你抽一场子头钱，管情够了还使不清。要正经朋友做啥哩？我替你办办。只是没星秤这个杀才，连我的朋友都弄起来。夏家第四的这个东西，也不算一个人。我如今即着人派这一场子赌，全不要三个核桃两个枣的。前日有先祖的一个门孙，往湖广上任去。他送我一头骡子，值五十多两。我赠他一百两赆仪，他再三不受。如今我叫小价换的钱来。明日你看看正经赌罢。好没星秤这个杀才，明日要约他来，叫他赴赴正经大排常。你放心回去，明日早来。"

果然绍闻次早吃了点心，又说是看王隆吉去，一直儿到了盛宅。早已一起儿赌友在座，单等张绳祖到。话不移时，张绳祖到了。这些人到了一处，无非是市井野谈，村俗科诨。须臾上场，你叫幺，我喝六，你恨不掷快，我恼只弄叉。掷到午错时吃了饭，依旧上常有先赢后输的，也有输了又输的。到了日夕歇了手。

单说张绳祖输了九十串，不敢再赌，要算账目。盛希侨道："老秤，这也不算输赢。你知道么？今日我是替谭贤弟兑账哩。你输了九十串，不教你拿来，算谭贤弟完了你。明日再叫你那假李逵来取五十串钱去——这四十串头钱，就是谭贤弟哩。我再垫上十串，一剪剪齐。他也不欠你的了。呸！狗杀才，吃人吃的眼红了，核桃、枣，一例儿数起来。这是我的盟弟，要不是我知道，你把他囤住了。前后事他已对我说明。呸！你全是不货！”张绳祖道：“那是兔儿丝的牵引，把他的钱替输了，干我甚事！如今清账就清账，一般好弟兄们，何在钱不钱。我让十串，只取这头钱四十串去。只是还有红玉一宗事，不曾开发哩。”盛希侨道：“你说是速妮儿不是？几天才不在街上寻饭吃。依我说，一个钱罢。老秤，你手里也没个好鹌鹑。左右你都清白罢。谭贤弟，你也休再上他的当。到明日我接个好名妓，敬贤弟一敬，黄昏要催妆诗，另日赠缠头诗，也得一首美人诗。看看何如？”把绍闻肩儿一拍：“贤弟，再休要混这土条子，丢了身份。”

原来盛希侨在匪流场中，有财有势，话又说的壮，性子又躁，所以这一般下流都让他。

本日谭绍闻把张绳祖的赌欠，红玉的宿钱，被盛希侨替他一笔勾了，心中好不畅快。日晚告归，盛希侨自有别的勾当，也不恳留。绍闻致谢承情不尽，盛希侨道：“你说这话，我就恼了，要结拜兄弟干啥哩？自己弟兄，有事时正要拔刀相助。你说承我的情，便是把我当外人看了。”绍闻起身，心中喜道：“原来结拜弟兄，有这些好处。”却忘了夏逢若也是结拜的。

到家中，王氏问道：“你隆哥好了么。”绍闻道：“我说没啥意思，去接俺舅去了。”王氏道：“你舅回来不曾？”绍闻道：“七八分到家了。”

说话中间，已是上灯时候。绍闻叫赵大儿做晚饭儿吃。爨妇道：“大儿肚疼得要紧。”王氏道：“只怕也是时候了。他汉子又没在家，叫宋禄套上车去接稳婆去，双庆儿打着小灯笼跟着。”双庆儿道：“稳婆在哪里？”德喜儿道：“他门上有牌儿，画着骑马洗孩子的就是。衙门前那条街上，有好几家子。”绍闻道：“你去就是。”二人去了。

到衙门前槐树巷，接了一个姓宋的来。挨至二更天，赵大儿生了一个女儿。事要恰好，话要凑巧，冰梅也腹痛起来。这宋婆生意发财，一客不烦二主。挨至五更，冰梅生了一个丰伟胖大的小厮。宋婆磕头叩喜，王氏心中又喜又闷。喜的是男孩儿难得，闷的是平日不明不暗，人说主家没道理。”

到了日出时候，宋婆要走，定住后日来洗三。王氏与了些东西。家中无人，王氏只得亲自看狗，送至后门。恰好王春宇到了，迎个照面。王氏急紧接祝王春宇看那稳婆，笑道：“这不是一丈青么？”那宋婆道：“谭奶奶恭喜了，得了孙孙，王大爷吃面罢。大爷你是几时回来的？刚刚赶上送米面。”笑嘻嘻地走了。

王春宇随王氏到的楼下，说了远归的话，问道：“适才老宋婆那话我不懂。孔亲家事尚未举行，哪的喜事？”王氏道：“你随我到东楼下说话。”到了东楼，王氏唧哝了一会。出来，王春宇道：“这有何难。男胎是难得哩，这是俺姐夫一个后代。明日就出帖请街坊邻舍吃汤饼，明明白白地做了。怕什么？”

因问：“外甥哩？”王氏道：“不知道。”问德喜儿，德喜儿道：“大相公把后书房门上的紧紧的，睡哩。”王春宇道：“蠢才。这事多亏我到，若叫你们胡董起来，才弄的不成事哩。”

恰好王中也回来。王中见了春宇，说道：“舅爷好。”王氏道：“你怎到的这样早？”王中道：“我昨晚想赶进城来，到南门时，门已关了。店里住了一夜，闪开门就进来。”王氏道：“你屋里恭喜了，大相公也喜了，一天生的，真正双喜临门。”王春宇道：“真正好哩。我去叫福儿去。”春宇去叫得绍闻回来，到了楼下，说道：“没别的话，作速写帖备席，请人洗三吃面。我后日来陪客，叫你妗子送米面来。你别要把脸背着，写帖子去罢。”绍闻只得依命而行。

却说到了三日，请的街坊邻舍及春宇夫妇齐到。宋婆与薛窝窝也到。原来宋稳婆露口于薛媒婆，薛媒婆说：“这是我说的，我也去吃面去，讨个喜封儿。”不料当日卖冰梅那人，尚在省城飘流，其姓名不便说出。因众人洗三闻知此事，也到了。站在后门里，发了些“主欺奴”的话，要上衙门告去。王中对春宇说知，春宇道：“这有何难。”见了那人，开口便称亲家，瓶口内掏出二两银子与了，又承许越外三十两，以后作亲戚来往，就留下吃汤饼。这人也喜出望外。这也是王春宇几年江湖上精细，把这宗事，竟安插的滴水不漏。

午后客散。姐弟两个，连曹氏三个人，说了一会子家常。王氏道：“隆吉心疼好了？”曹氏茫然不知。没的答应。王氏道：“端福儿三天跑了三回，说是瞧隆吉儿，难说就没见么？”

曹氏道：“天哟，隆吉儿好好的，何尝有病？谁见外甥的影儿？”王氏道：“敢是他捣鬼哄我哩？”王春宇道：“外甥聪明伶俐，有管教便成一个出格的好子弟，没管教便要下流。姐姐休怪我说，咱亲姊妹们说话，毕竟你有些护短溺爱。将来你还要吃他的苦哩。我近来江湖上走的多了，经历的也多了。到了镇店城埠住下做生意，见人家那些子弟胡闹，口中不言，背地里伙计们却行常私自评论。及至见了，还奉承他。他只说生意人知晓什么？其实把他那肠子肚子，一尺一尺都丈量清了。我如今要说姐姐，即如今日这宗事，我只是见事弹压。其实是姐姐没规矩。是也不是？”王氏无言可答。

却说谭绍闻见妗子与母亲会面，必然说起黑夜要橘红的话，不敢近前。王春宇坐了一会，心上恼了，说道：“叫端福去！”

双庆儿叫的回来，进了楼去。王春宇说道：“你坐下，我问你。不说别的，我是你一个娘舅，一年多没见，你通不来傍个影儿，是何话说？”绍闻闭口无言。王氏道：“那日黄昏里，有人叫门，你说你隆哥心疼，问咱家要药，你去了一夜。如今你妗子怎的说全不知道呢？”绍闻只是不言。王春宇肚内有冰梅这宗事，又听说编瞎话在外边过宿，心里早猜着了一宗。那赌博还在所不料。因说道：“姐姐，孔亲家那宗事该行了。”王氏道：“孔亲家不在家，往他舅衙门里住了一年多。迟早回来，我就与他行这宗事。”王春宇点点头儿，道：“行了好。

只是他们俱年轻，俱不知道什么。休要叫孩子们各起气来，惹人家笑话。这却要姐姐处处留心。”王氏道：“是哩。”

春宇夫妇见天晚要走，王氏挽留不住，任其归去。这王春宇正是那：

商家见客多奉承，争说为钱将我敬；
岂料尔家兴与败，旁观不忍眼悬镜。

第二十八回

谭绍闻锦绣娶妇　孔慧娘栗枣哺儿

却说王氏见兄弟久客而归，兼且冰梅的事安顿得极好，心下喜欢。过了几日，把王中叫到楼门，说道："东街舅爷回来，还送了些人事东西儿，咱也该备一盅酒请舅爷，接接风。"王中道："奶奶说的是，就是后日罢。只用大相公写个帖儿，着人送去。奶奶还得发出两千钱来。"王氏即向楼上取了钱，交于王中。原来账房自从阎楷去后，银钱出入，俱在楼上支使、开销。这绍闻即写了一个愚甥帖儿，着德喜儿送往曲米街去。

到了请日，王春宇极早来到。因是内客，席面就设在东楼下。春宇道："姐姐费事。"王氏笑道："请来闲坐坐，姊妹们说句话儿。"说话中间，就提起孔宅过聘一事。王氏道："我久已有心与福儿搬过亲来。一来孔亲家没在家，二来这宗聘礼我备办不来。"王春宇道："不过拿出几两银子来，叫王中在本城置买。本城是一个省城，什么东西还没有的？孔亲家虽不在家，就在山东冠县，咱说行事，他令弟与他个信儿，他自然回来。"王氏道："这些事孔家没啥难。他的闺女，他自然是好陪送。咱这一边好不作难哩。"因指着绍闻说："他舅，你看你姐夫只这一个指头儿，若是行礼娶亲，弄得不像碟子不像碗，也惹人家笑话你姐夫，还笑话我哩。我心里想着。得一个人向南京置买几套衣服，咱本城里这些绸缎，人家都见俗了。还得人把北京正经金银首饰头面，捎几付来，正经滚圆珠翠，唯京里铺子有。不想要咱本地的银片子。打造的死相，也没好珠翠，戴出来我先看不中。”王春宇道：“姐姐打算错了。外甥儿娶亲，原是婚姻大事，要之行了就罢，不必一定要怎么出格的好看。像当初我姐夫初不在时，我说一定该摆好席，休叫外甥儿失了我姐夫门面、体统，娄先生就说：‘要整理令姐夫门面体统，也还不在这席面上。’彼一时我还不甚省的。我如今在外边走了这几年，河路码头，州城府县，哪一个地方不住一两个月。闲时与那山陕江浙客商说闲话儿，见的也多，听的也多，才晓得娄先生那话是老成练达之言。即如俺们做生意的，在各处地头贩卖那奇巧华美的东西，不过是要赚那好奢侈的几个钱。究之那些东西，中什么用？休说绫罗绸缎，即如一付好头面，到穷了时，只换一斗麦子；一股好凤钗，到穷了，只换一升米。这就是奇巧东西下场头。况且外甥儿近日事体也不大好，书儿也高搁起，不妥的事儿也做出来。姐姐，依我说，这行聘过礼的事，只可将就，不必华美。我如今也说，要撑我姐夫的门面、体统，也不在几架盒子、几顶轿儿上。”王氏道：“他舅呀，你这话我也就全然不服。你是怕与你外甥儿办这宗事。我是现成的银子，又不赊，又不欠，我各人家事，不肯叫亲戚家做难。”王春宇道：“看姐姐把话说到哪里。我目下就要上郑州去，原不能久在家。就是在家，我也自有个办法。姐姐说的是行不的事。”姐妹们话不投机，虽说摆席洗尘，未免不乐而散。

王春宇临行时，说道：“我毕竟去与孔二亲家传个信去，叫他好往冠县捎书。”王氏道：“不定行不行，传信儿也还不要紧。”春宇道：“信儿是要传的，叫他先做准备。这里再央冰台订期。”王春宇说罢，出后门走了。

王氏送兄弟回来，坐到楼下，对绍闻道：“你看你舅，也会热你爹的剩饭吃。我就不待听他那些话。外边跑了这几年，一发把钱看的命一般。难说正经事也苟且的吗？”绍闻道：“我舅说的也是理。”王氏道：“哎哟！别人是为你的事，你也会说这号话。到明日娶过你媳妇子来，掀开箱柜，都是几件菜叶子衣裳，我做婆子的脸上也受不住。”绍闻心内想道：“有我输的钱，就没有正经使的钱？为甚的又惹母亲嗔恼。”因笑嘻嘻说道：“娘看该怎的就怎的。我舅不过是一个亲戚，他也管不了咱家里事。”王氏道：“依我说，你再写几个帖子，把咱家铺子里客都请的来，叫他们替咱办办。他们哪一个不是南北二京透熟的。他们有做咱的生意哩，有住咱的房子哩，他不敢扭咱。今日多亏是王中不在跟前，若是他在跟前时，偏是这一号话儿，是他人耳中听的。到明日请些客时，与王中寻个事儿，开发他不在家。就把客请到客厅里，就是有你爹的灵柩也不妨，左右是咱的几家子铺户。我还要在闪屏后与他们说话哩。”

话要截说，不必啰唆。绍闻件件遵着母命摆布。到了那日，这隆泰号孟嵩龄，吉昌号邓吉士、景卿云，当铺的宋绍祈，绸缎铺的丁丹丛，海味铺的陆肃瞻，煤炭厂的郭怀玉，都到了。茶罢了酒，酒罢了席，须臾席完。这孟嵩龄、邓吉士是客中大本钱，老江湖，开口说道：“大相公你我一主一客，有话吩咐就是，何用费这些事。”绍闻道：“虚诳见笑。”孟嵩龄道：“好说。今日既扰高酒，有甚见教的事请吩咐，再没个不遵命的。”只见闪屏东边刷刺的一声，落下帘子来。内边王氏说道：“没什么吃，虚邀的坐坐。还有一句话请教。”邓吉士道：“扰太太高酒，有话只管吩咐。”王氏道：“就是说孔宅行聘的事。我是个妇道人家，大相公年轻，万望替俺帮办帮办。”丁丹丛道：“太太说的哪里话。俺们承府上几世的恩情，别的会做什么呢。太太吩咐，只拣俺们能办的吩咐，情愿效劳。”王氏道：“我只有当日老太爷撇下这一个相公，目下行孔宅这一宗大事，衣服要十二套，头面要四付，颜色、花样，我也说不清，说不全。只是不要本城的东西。衣服要苏杭的，头面要北京的。用的银子，或是开销房钱，或算支使账目，临时清算罢。”孟嵩龄道：“太太说话明白。但大相公恭喜大事，俺们也就该添箱恭贺，何必说到房钱支账。如今宋二爷现往天津去，这头面就着落宋二爷。景相公后日起身下杭州，这各色衣饰就托给景相公。只怕办哩不如太太的意。俺回到铺里，替太太开个单儿，领太太的教。心爱的再添上些，不爱的去了。”王氏道：“就是这个意思。”话已说完，大家与绍闻作揖谢扰而去。到铺子内开了单子，王氏添了几件，转与一班客人。

迟了两三个月，苏州箱子到了。恰好宋绍祈自京中回来，首饰俱全。众客商同到绸缎铺，按前日王氏添改的单子，逐一点明，同来宅下交纳。果然璀燦夺目，烂漫烘云，王氏喜之不胜。又连各色小事件，扣算只费二千金。这也是他们大商真心诚意置买，本来不被人瞒，今日又不瞒人，所以省的很。绍闻致谢，异日又摆酒酬劳，不在话下。

这王氏既有彩币，便打算启媒，请娄潜斋、程嵩淑。投了请启，打扫碧草轩，悬挂彩红。恰好王春宇也从郑州回来，做了陪客。至日早下速帖，巳牌时，大宾俱到。此时娄潜斋已成进士。到了碧草轩上，王春宇行了常礼，谭绍闻也行了常礼。到午刻上座时节，娄潜斋、程嵩淑俱是专席正座。绍闻行启媒大礼，起叩四拜。娄、程受了两拜，辞了。王春宇在东席斜陪，绍闻在西席斜陪。二人胸中有话，但大宾筵上，断无说旁话之理。不过问了王春宇江湖异闻几句话儿，席终而去。遂订了孔宅纳币之期。

孔耘轩久已自冠县回来，料理闺爱出阁的事体。至纳币之日，两位媒宾，王春宇以舅代父，共是三位。这些告先、呈币的仪节，不必琐述。

及至亲迎之日，王氏尽力铺排，谭绍闻也极力料理。王中为是少主人大事，更无不尽心之理。若要逐一细陈，也未免有赘，不过是极其华丽、极其热闹而已。这东楼此时就是阿娇新屋。新人进了东楼，送客赴了喜宴，日夕各自轿马而归。单说东楼之下，红烛高烧，流苏垂帐，玉人含羞背坐，新郎合卺礼成。真正把王氏喜得心曲中无可形容。正是：

欲知父母欢欣处，佳偶双双好合时。

到了次日，街坊邻舍，以及铺户房客送礼晋贺，绍闻应接不暇，王隆吉代为周旋。又过了一日，夏逢若、侯冠玉到，盛希侨差人送的礼来。绍闻略打了一个照面，也是王隆吉周旋。又一日，娄潜斋差儿子娄朴，程嵩淑差侄儿程积来，张类村与苏霖臣是亲来。此时隆吉已归。这两位前辈、两个后进，绍闻亲自迎接，加意款待。后边的客，地藏庵范姑子及宋稳婆、薛媒婆，整闹了一天。春宇妇人曹氏，帮姐姐照客，住够三天才去。

闲话撇过。内中单讲冰梅抱着所生小厮，起名兴官儿，赵大儿也抱着所生小女儿，起名全姑，每日只在新人房中系恋着。任凭厨下尽忙，只是靠着两个爨妇摆布。王氏看在眼里，心中恐怕新人知晓兴官儿来历，或是害羞，或是生妒，惹出不快。就故意寻些事儿叫冰梅、赵大儿做。及至做完，又一头钻进东楼去。这王氏急得没法儿，背地里让道："你两个单管在东楼下恋着，万一多嘴多舌，露出话来，人家一个年轻娃子，知他性情怎样的？久而久之，慢慢知晓便罢。冰梅你要少去。"这冰梅原是一团孩气，爱恋新人，听得主母让，也就忍住些不敢多去。赵大儿依然如故，王氏也就不去管她。

却说新人孔氏，名叫慧娘。于归之后，般般如意，也就极其欣喜。这冰梅、赵大儿两个，慧娘只当家人媳妇看待。到晚来夫妻闲话，绍闻把冰梅兴官儿话露了口角，这慧娘便把冰梅另样看起来了。冰梅到楼下，慧娘就叫坐了。见无人时，便与兴官儿枣栗玩耍。只是害羞，不好意思抱过来。后来渐渐厮熟，这兴官儿偏要扑孔慧娘，慧娘忍不住抱在怀里，由不的见亲。冰梅再要抱时，这兴官儿偏不去。恰好王氏进楼见了，慧娘抱着兴官儿急忙立起来。王氏说道："看污了衣裳。"慧娘道："不妨事。"王氏向冰梅说道："还不抱过去？"冰梅来抱，这兴官儿一发嘻嘻哈哈搂住慧娘脖子再不肯去。大家齐笑起来。王氏这一场喜，较之新娶时真正又加了十分。

孔宅送馔之后，满月之时，绍闻夫妇并诣孔宅拜见岳翁岳母。后来孔缵经来接侄女，并投帖请新郎申敬。这一切也不必饶舌。单说孔慧娘半年后自娘家回来，带的偷缝的小帽儿、小鞋儿，与兴官儿穿戴。抱兴官儿在奶奶跟前作半截小揖儿玩耍。把王氏笑得眼儿都没缝儿，忍不住拉到怀里叫乖乖，叫亲亲。冰梅更觉欢喜，口中难以形容。赵大儿说道："大婶子，俺这小妮子就没人理论？明日也给俺缝一顶粗帽子戴戴。"孔慧娘道："明日就缝罢。"赵大儿也喜欢的没法儿。

看官试想，谭绍闻弱冠之岁，虽说椿萱不全，现有北堂可事；兴官虽非嫡出，聪俊丰泽，将来亦可成令器；妻贤妾娇，皆出人生望外。若肯念自己门第，继先世书香，收心从师长读起书来，着得力的家人王中料理起家计，亦可谓享人间极乐之福。若是再糊弄起来，这便是福薄灾生了。正是：

世间真乐只寻常，真乐原来在一堂；
舍此偏寻分外乐，定然剜肉做成疮。

第二十九回

皮匠炫色攫利　王氏舍金护儿

却说孔慧娘到了谭家半年之间，婆媳欢娱，夫妻和谐，冰梅兴官儿日游太和之宇，厨妇仆厮亦喜少主母之贤。王氏方想起夫君在世，看见这女娃儿便一眼看真，拿定主意要与孔耘轩结姻，真正眼色高强，心中好不悦服。争乃今日停柩客厅，不能见了。喜极而悲，背地也掉下几点伤心泪。这也算王氏一生的明白想头。

忽一日孔耘轩备礼盒来望女儿，翁婿在碧草轩闲话。孔耘轩口角未免微劝读书，以绍先泽之意。绍闻灵人，不用细说，便躬身道："岳父见教极是，愚婿自当谨遵。"又说些冠县衙门事体。绍闻引耘轩到家看了女儿，嘱了些勤俭恭敬的话儿。午后，耘轩起身，坐车而回。

绍闻送至胡同口回来，只见一个年少妇人，娇容乔样，叫道："大叔，我央你看看当票儿。"绍闻猛然想起，定是高皮匠的老婆。因说道："什么当票儿？"那女人道："到院里坐。我取出来大叔瞧。"

绍闻未免有嫌疑之心，不肯进去。那女人笑道："左右是大叔的房子，大叔就不看看那屋里戏箱，不怕俺偷了？"绍闻进院子，坐在一只小凳上。说："拿票儿我看。"妇人便在身旁取了两张小票儿。绍闻看了，乃是嘉靖二十年正月的。妇人说："算算利钱。"绍闻道："一年零五个月了。”起身就走。

妇人道：“大叔不看看戏箱？每日大天白日里老鼠乱跑，门又锁着，没奈何它。大叔也该看看，怕咬坏了什么。俺家男人今日上朱仙镇熌裁刀去了，说明日才回来。要捎老鼠药治哩。”绍闻道：“我不曾带钥匙来，我取去。”一面出来，到家寻了钥匙，又上胡同口来。妇人早在门首，引进去，开南屋门。看那戏箱上尘土之中，端的鼠迹纵横。绍闻道：“箱子它咬不破，不妨事。”锁了门要走。妇人道：“俺住的屋子漏的要紧，大叔看看，好叫匠人收拾。”绍闻跟得看屋漏，偏偏走扇门儿，自会掩关。竟是“‘箱’在尔室”，不能“不愧于屋漏”矣。

妇人因向绍闻道：“我实对你说，俺家男人不是好人，专门拿我骗人。几番问你走动不曾，我以实说，与大叔不曾见面。前日看大叔娶亲，才见了大叔，因萌自荐之心。大叔往后保重，千万休犯了他的圈套。他已是骗过了两番人，得过了二百两，都输干净。我一定把势法看稳当，才敢叫大叔。大家看颜色行事。你走罢。”绍闻一溜烟走开。

原来这妇人说的是实话。趁丈夫不知，便自随了子都之心。谁料这绍闻正当血气未定之日，际利害罔恤之年，每日胡同口有几回来往，已被皮匠看在眼里。回家盘问老婆，女人抵死不认，却也无奈。

这一日午错，皮匠正在院里墙阴乘凉，门缝影影绰绰有人过去。听嗽音是谭绍闻，出胡同口去了。约摸回来时，皮匠高声对妇人道：“我明日四更天便要出城，上朱仙镇取裁刀，还捎几张皮子。”绍闻便立住了脚。只听得妇人笑着说道：“大老爷知道你使裁刀要紧，四更天就与你闪城门哩。”皮匠道：“你不知道。如今京都有大人上湖广承天府锺祥县公干，也怕伏天难走，四更便要起程，巳牌便住了。你不信，明日四更天大炮响时我就起身，随着出南门。天明就要到镇上，还误不了赶集哩。”绍闻一一听在肚里，喜之不胜。

是夜晚间，绍闻不住地起来走动。孔慧娘问其缘故，绍闻道：“天热，多喝了冷茶水，一发作泻起来。好不闷人。我去院里坐着，省得关门合户惊动你。”慧娘虽聪敏，也就不疑，一任丈夫便宜。未到四更，绍闻只听得震天大炮响了三声，依稀还听得鼓乐之意，便上后门。门缝里往东一张，只听皮匠家门儿响了一声，皮匠出来说：“我把门朝外搭了罢。”月色如昼，只看见皮匠慌慌张张走了，像是怕大人出城，依旧锁城门意思。绍闻遂将自己后门开了，径向皮匠家来。开了外边搭儿，进门搭上里搭儿。直入其室，悄悄说道：“你休怕，我是里头院里大叔。”媟亵之语，何必细陈。

少顷，只听得皮匠叫门道：“你怎的又朝里搭了？我走的慌，忘了钱褡裢，到镇上盘缠什么哩？”只这一声，直把谭绍闻的魂吓跑到爪哇国里，千里不返；惊掉在东洋海里，万丈难寻。身上乱颤，口中无言。妇人道：“你家里有现成银子没有？”绍闻道：“有！有！有！”女人道：“你放心。我与他开门去。”那妇人开了门，道：“怎的把褡裢忘了？”皮匠道：“走的慌。敲着火寻一寻。”妇人道：“不过在那篓子上，你摸的去罢。”岂知皮匠胸有成竹，早把火刀、火石，摸在手中，一敲就着。把灯点上，只见谭绍闻蹲在墙角里，搐成一团儿。皮匠道：“那是谁？”妇人直答道：“谭大叔。”皮匠道：“你说不曾见面么？”一面说，一面早把绍闻衣服抢在怀中。说道：“谭大叔呀！我们离乡人，在家靠父母，出门靠主人。你既读孔孟之书，必达周公之礼，为什么欺负作践俺？我去喊乡保打更的去！”妇人道：“你快休恁样没良心！你在南阳府骗了一家子，你得的一百两银子哩？李老爷打你二十板，疮痂还不曾好，你今日又干这事。若是到官，我就把你前案供出。管保谭大叔没事，把你解回原籍。”皮匠道：“你倒会厉害。依你说这事该怎么清白？”妇人道：“左右叫谭大叔给你几两银子，有啥不清白？”皮匠道：“我还要杀人哩！”妇人道：“你罢么！”绍闻战战兢说道：“高大哥！你若把我超生了，我送一百两银子来。”皮匠道：“一百两赏我哩，且不说多少。放走了你，你不送来，我向你讨账吗？我一定是要喊哩！”绍闻急口道：“我若不送来，天诛地灭，不算个人养的！”皮匠摇头道：“不行，不行。”妇人道：“你不叫他走，谁给你银子？”皮匠道：“我生法儿叫他家来人。”妇人道：“黑天半夜轰一屋子人，我嚣的慌。”皮匠不由分说把房门向外搭了，径至谭宅后门进去。一片狗咬，皮匠倒害怕，又退回来。壮了一壮胆，猛地喊了一声道：“谭大叔出恭，倒栽茅坑里啦！”抽身跑回，到自己院里坐下，浑身也颤了起来。

却说王氏梦中，听得有人喊儿子掉在茅坑里。穿衣不迭，开开楼门，问道：“福儿在屋里么？”慧娘也起来应道：“他肚里水泻，出外边便宜去了。”王氏到后门，只见后门开着，月明如昼，半夜人影儿也没有。心中怕将起来。只因爱儿念切，也顾不得叫人，自己竟来寻找。到了皮匠门口，皮匠说：“大叔在俺家里。”王氏即进院去，说：“他怎的到这里？”皮匠开了房门，王氏进去，看见儿子赤身蹲在墙角里，不觉失声道：“哎哟！”皮匠道：“低着些声音儿。”王氏方才小声问绍闻道：“你来这里做什么？”绍闻俯首无言。那妇人竟与王氏搬个座儿，说道：“奶奶坐下说话。”皮匠道：“俺在你老人家马脚底下住，大叔做下这一号无才之事。我待说声张起来，俺这皮肉本不值钱，争乃干系着大叔。我待说忍了，心里委实气的慌。你老人家再思再想，俺离乡的人，好难呀！”王氏道：“你大哥，休要生气。这东西不是个人，我领回打他。”绍闻蹙眉道：“不是这话。你把隆泰号那宗银子，悄悄拿来给与他，我就脱身而回。再一会天明，这事就不得结局了。”妇人催道：“奶奶回去急紧的来。”皮匠道：“那宗银子多少呢？”绍闻才要说六十两，王氏已说出一百五十两了。皮匠道：“我为奶奶惹不得气，胡乱将就些下来罢。你老人家急回去，天明我也做不得人。”

王氏回来，只见慧娘、冰梅都在后门上站着。王氏只管上楼。慧娘跟着问道：“在哪里寻着？”冰梅道：“咱这里哪里有茅坑？”王氏气道：“他倒没掉在茅坑里，却掉在人家尿盆子里头。”冰梅楼下早已点上灯，王氏开了抽斗，取出一百五十两银子就走。冰梅问："是为啥取银子？"王氏也不答应，慌慌张张走了。二人又跟到后门站住。

王氏到皮匠家，把银子递与皮匠道："这是一百五十两，可放俺孩子走罢？"皮匠接了银子，把衣服掷与绍闻。绍闻穿一条裤，别的衣服团成一团，跟着母亲就走。连鞋袜也顾不得穿。走到后门，一妻一妾都在后门等着。王氏一直上楼，绍闻一直往东楼去。妻妾跟母亲到楼下。只听王中在角门上拍门道："狗咬的怪紧，有什么歹人吗？"王氏道："天七八分也将明，俺们坐着哩。"孔慧娘、冰梅究问所以，王氏先不肯说，后来说了点墨儿。孔慧娘把脸白了，一声儿没言语。这不是孔慧娘女子之性，善怒多恼，正是她聪明处。——这也讲她不着。

再说高皮匠得了银子，收拾破碎家伙，装成担子。又扭了南房的锁，把戏箱都打开。一来看见内边都是粗糙东西，无物可拿。二来想着我一个皮匠引着一个年少妇人，虽说是正经夫妻，只是老婆生得乔样，已扎眼；况且皮货箱儿，放着一百五十两银也就碍手，再拿这戏衣，事是必犯的。妇人也说："你今生不如人，积个来生罢！"于是火速打点起身，也不知又往何处坑骗人家少年子弟去了。

天明时节，蔡湘知晓，来家对说，皮匠扭开戏箱提了戏衣走讫。王中去看，果然锁俱打坏。早有邻舍把昨晚的光景，都悄悄对王中学说。正是：要得人不知，除非己莫为。伏天光景，两邻都在院中露卧，听得皮匠家中声音高低，言语诧异，早在墙头黑影里看个明白，听个仔细。但不知银子多少，但见大奶奶抱着一大包子，只像拿不动的光景。王中道："咳！不用说，一百五十两。前三日这宗银子才进家里。"忍不住顿足吞声，到楼院说道："高皮匠逃走，连人家戏箱上锁都扭开。"堂楼、东楼却没一个人答应。王中腹内自明。侹到自己屋里，气了一个大发昏。赵大儿见丈夫不喜欢，把一个女娃放在床头上玩耍。王中哪里管她，只见眼泪横流，拍胸道："大爷死的好早也！"

这正是：

从古忠臣事暗君，摩空直欲拨层云；
只今谏草留青史，私室吁嗟哪得闻。

第三十回

谭绍闻护脸揭息债　茅拔茹赖箱讼公庭

却说谭绍闻被皮匠这一番摆布，不说丢钱，只这个羞耻就是很难受的。一连睡了两三天，白日难以见人，却真正夜间出恭。心中想道："母亲亲自交财，见不得母亲；妻妾跟着受惊，见不得妻妾；王中如何能瞒得过，见不得仆役；这一声传出去，正是好事不出门，恶事行千里，亲戚朋友都是要知道的，无论师长、岳翁见不得，就是盛公子、夏逢若也见不得了。"王氏见儿子白日睡着不起，也忘了气，只怕弄出病来。看儿子时问茶问饭。绍闻自答道："我这一号儿人，娘还理论他做什么！"孔慧娘仍旧执她的妇道，只是脸上笑容便减，每日或叫冰梅引兴官到跟前玩耍，强为消遣。

绍闻睡了两三天，忽然说起去，少不得出得东楼向堂楼上来。王氏道："你怎的疯了心了？"绍闻道："我一错二误，家中谁要再提起，我就不能活了。"王氏急接口道："咱到底算是男人家；像那皮匠拿着老婆骗银子使，看他怎么见人。拿咱那银子，出门怕没贼截他哩。到明日打听着他，只有天爷看着他哩。"口里还骂了几句。孔慧娘听着，才晓得婆婆心里，没有什么分晓。

恰好王中从院里过，绍闻转念想道："我家一个仆人，他也不是管我的人，我怕见他怎的？难说总不见他么？”因叫了一声王中。王中听得呼唤，走近楼门，绍闻问道：“东小院那房子你怎的安置？”王中道：“只皮匠走的那一日，我就叫泥水匠把南屋放戏箱的门，用砖垒实了。叫宋禄、邓祥移在那皮匠屋里喂马，好看守那戏箱。”绍闻道：“是。只是那戏箱有关系，人家的比不得咱的东西。”王中道：“依我看，那戏箱果然有关系。大约弄戏的人，多是些破落主户，无赖棍徒，好打官司，才显得他是扎实人。如今把他的锁扭开，到明日未必不指一说十，讲那‘走了鱼儿是大的’话。”绍闻高声道：“他不敢！他还欠咱的借账粮饭钱，我不告他，他敢告我？况且茅拔茹也来的义气，不妨。”王中难以回答，低头走出。

到了门前，恰好当铺宋绍祈到了，王中让到东厢房坐下。宋绍祈道：“请大相公。”王中走到后边说道：“当铺宋二爷请说话哩。”绍闻连日不好出门，恰好借端出来，径上东厢房来。相见为礼，叙了寒温。宋绍祈道：“些小的事，本不该提起。还是大相公恭喜，小弟在都门捎的头面银子。彼时带的银子少了，内中那两副赤金的是十八换，原借了舍亲珠子铺一宗银子，共一百九十两，连小弟的八十二两四钱，前日已开条子过来，想是见过了。”绍闻道：“见过了。”宋绍祈道：“前日舍亲在京里捎下书子来，讨这宗银子。一来在珠子铺里着实承舍亲的情，二来这是借项，不曾图息。小弟来问便宜不便宜。事不宜迟，如今东店有顺人上京，就带了去。至于小弟的，也不成账，靠后些不妨。”绍闻道：“自有酌夺。我再与家母商量。”宋绍祈道：“五日后起身，大相公赶紧为妙。”茶罢作别而去。

绍闻送出大门，只见一个手持护书匣儿，见绍闻把腰一弯，说道：“少爷好。小的来送帖儿，请少爷明日过去坐坐。”取出帖来，绍闻接手一看，只见上面写着：“明日一品候教。眷弟孟嵩龄、邓吉士同拜。”那人道：“明日少爷早到些，好说话儿。别的没客。”绍闻道：“早到就是。王中领客吃茶去。”那人道：“小的不吃茶去罢。席在西号里。”绍闻道："知道。"

到了次日，绍闻满身亲迎的色衣，跟了德喜、双庆儿两个小厮，径向布政司大街来。转过街口，只见号里一个小厮望见，飞也似跑了。及至到了号门，早已孟嵩龄、邓吉士、景卿云、陆肃瞻、郭怀玉五人躬身相迎。三拱三邀，进了隆泰号大门。穿过一层院子，到一座小厅。排设整齐，桌椅鲜明。彼此行了礼坐下。献罢茶，绍闻道："今日众位爷台这样齐备的紧。"孟嵩龄笑道："少爷恭喜多时，小弟们想治一杯水酒，请来坐坐。陆二爷、郭三爷，也要随喜。生意人忙，通是不得整齐，今日择了一个空儿，少尽尽小弟辈房户之情。"绍闻道："好说。多承情的很了。"陆肃瞻、郭怀玉即插口道："我们两个是帮孟三爷的光彩。铺子小，请不起客，恐怕亵渎，因此随喜到孟三爷宝号里面。"邓吉士笑道："不说咱做客商的七凑八凑的请客，反说房东的房子少。到明日二位发了财，叫少爷再盖上一攒院子，宽宽绰绰的何如？"陆郭二人同声道："托爷们的洪庇，那时小弟还要叫戏哩。"大家哄堂大笑。

少顷，整席上来。大商的席面，就是现任官也抵不住的，异味奇馔，般般都有，北珍南馐，件件齐备。吃酒中间，孟嵩龄开了章，说道："当时老太爷在日，久托鸿宇，今日少爷继世，又是承情的了不得。凡事要商量着行，再也不得错了。前日少爷花烛大喜，老太太吩咐小弟们买的衣服，也不知如意不如意，想是都海涵了。但只是彼时所用银两，原有清单缴进，想已入目。如是阎相公还在宅里时，俺们就商量楚结，犯不着唐突少爷。现今阎相公回家，只得同少爷计议，不知少爷手头宽绰不宽绰？总因事不是经一人的手，不如及早料理清白为好。或除房租，或扣了支账，余剩下的，或完或拖。叫他们各人与财东清算。少爷意下如何？"绍闻道："诸爷台看罢，不拘怎的。我还要与家母商量。"景卿云道："事也不在一时。改日还叫他们各人开下银子清单，少爷再酌夺就是。"绍闻道："这所说极是。"邓吉士即喊道:“快烫热酒来。只管说话，酒一发寒了。再换热酒，叫少爷多吃一杯儿。那些须小事，提他做甚。再说时，怕人家笑咀在少爷跟前情保”绍闻又吃了几杯，告别起身，众人款留不住，送出号来。只见双庆、德喜儿的脸，都是飞红的。到大街，一揖而别。走了数步，回头一拱，众商进院，绍闻自回家来。

到了家里，向母亲说知众商索欠，并前日当铺宋相公京中寄书要银子的话。母子未免发起愁来。

论起来谭绍闻家私，每年也该有一千九百两余头。争乃谭绍闻见了茅拔茹一面，数日内便抛撒了一百几十两，输与张绳祖一百多两，皮匠一宗事又丢却一百五十两，况且纳币、亲迎一时便花了二千余两，此时手头委实没有。母子商量，大加闷愁。王氏道:“这事可该叫王中拿主意。”因把王中叫到楼前，细述所以。王中道:“看来此事唯有当卖一处市房是上策。”王氏道:“开口便讲卖房子，人家笑话。不如揭了罢。”王中道:“揭债要忍，还债要狠。此时不肯当卖原好，若再揭起来，每日出起利息来，将来搭了市房，还怕不够哩。那才是揭债还债，窟窿常在。”绍闻道:“你说的何尝不是。只是这几宗银子要的紧，不过三五天就要完，或当或卖，如何得凑急?脸面为重，不如揭了罢。”王氏道:“大相公说的是。当初娶亲时，原是要妆脸面，一年不到，就当卖产业，脸面反倒不好看。且落曲米街舅爷话把。王中，你问一个宗儿，叫大相公出揭票。我的主意已定。只是要悄密些，不可吹到东街耳朵里。”王中道:“家中还该有几百银子，不如尽紧的打发，慢慢对付。揭字是开不得章的。”王中此言，原是不知内囊已尽，并非有意讥诮前事。这绍闻心虚生暗鬼，料王中是说他毛病，便道:“原有几两，我花销了，你也不用怎的追究。我自会料理。”王中见话不投机，讷讷而退。

这绍闻果然出去寻了一个泰和字号王经千，说要揭一千五百两，二分半行息。那王经千见绍闻这样肥厚之家来说揭银，便是遇着财神爷爷，开口便道："如数奉上。"还说了几句："只管借的，这样相厚，提利钱二字做什么。"一面笑着，却伸开揭票："谭爷画个押儿，记个年月就罢。"

绍闻得了这宗银子，摆席请众客商清账，不必细说。唯有当店九十多两尾数不能全兑，又写一张揭票，三分行息。

一日绍闻正在楼下逗兴官儿玩，只见德喜儿拿着一个帖子上楼。上面写着："眷弟茅拔茹拜。"绍闻心中又想他还前日借账，又想还他戏箱，慌忙跑出迎接，让在东厢房坐下。只见茅拔茹衣服是布，还不免于破；面目是黑，还不免于疲。跟的是五十多岁一个老头子，极大汉仗，有些野气。绍闻开口便道："九娃儿呢？"茅拔茹"咳"了一声，说道："死了！"绍闻惊道："是什么病呢？可惜了一个好模样儿！"茅拔茹道："正是。他这一死，把我的家叫他倾了。"绍闻急叩所以，茅拔茹道："九娃原是我隔县一个本地学生，人生的有些轻薄，叫班里一个人勾引进来学戏。他叔不依。我前年进省，原就是躲他叔哩。不料本县老爷，一定要我这班戏回去。唱了两个戏，他叔把他拴的去。我想满园果子，全指望着他哩。"因指跟的人："就是这个唱净的，出了一个着儿，只说是拉戏的，赶在路上把他叔打了一顿，把人夺回来。后来又唱戏时，全不防他叔领了亲戚，又拴了去。到家拴在树上，尽死打了一顿，锁在一座屋子里。他娘与他开了门，又跑到咱班里来。浑身上下打的都是血口子，天又热，肚里又没饭，跑了一夜——他是个单薄人，你是知道的，如何顶得住？我叫贱内好好服侍。过了几天，一发死了。弄起人命官司来，告到敝县。自古道：强龙不压地头蛇。咱每日弄戏，有个薄脸儿，三班六房谁不为咱？到底咱胸膛不曾沾堂台儿土。只是花销盘费，把几顷薄土弄尽，那戏也散了。如今这个老唱净的又叫成班，说：'不见了羊，还在羊群里寻。我想府上还寄着我箱筒，领去还弄粗戏罢。"那唱净的指手画脚，也说起怎的打九娃叔，怎的在县衙门打点扒出戏主性命。说的高兴，渐渐坐在一个凳子上，信口开合起来。

绍闻也觉厌恶，便说道："到后门小东院看戏箱去。"并说起与戏子做衣服及粮饭的话，茅拔茹并未答言。德喜儿取出钥匙，一同出前门，转入胡同口，来到小东院。拆去砖头，开门一看，四个箱上锁都扭了。这茅拔茹是久惯牢成的，见景生刁，开口便说道："这箱不验罢！"绍闻道："这箱是我移在这里，寻了一家子皮匠看着。谁知那没良心的半夜里偷跑了，把锁扭开，其实不曾拿什么。"茅拔茹道："咳！我瞎了眼！我当初看你是个朋友。"扭回头来就走。口中埋怨道："果然人心隔肚皮，主户人家竟干了这事！"

此时王中听说茅家来验戏箱，急紧来到。只见茅拔茹口中是朋友不是朋友，一路高一声低一声地出胡同口去了，绍闻呆呆地看着。忙赶上说道："到底少你的不少你的，为什么直走呢？"茅拔茹道："少我不少我的，既扭了锁，须得同个官人儿验。扭锁的事，到底是个贼情，不比泛常。"王中道："难道俺家偷你不成？俺又不供戏，要他何用？"茅拔茹道："您家就不用，您家不会换钱使？您会偷我的戏衣，还有本事说俺欠你的借账，欠您的粮饭钱，您不如在大路截路罢！"绍闻急了，也只得走到胡同口说道："借账以及粮饭现同着夏逢若，莫不是没这一宗，我白说上一宗不成？着人请夏逢若去，你也认得他，当面一照就是。"茅拔茹道："您是一城人，耳朵不离腮，他只向你，肯向我吗？"绍闻道："叫他赌咒。"茅拔茹道："我说你欠我一万两，我赌个咒，你就给我？事情要说理，咒是个什么？"

吵闹中间，一个管街的保正，见谭相公被一个人闹住，口中大声道："哪里来了一个无赖光棍，青天白日，想骗人么？"茅拔茹冷笑道："咦！太厉害了，看吓着人。你是个做啥的？"那人道："我是管街保正王少湖。你是哪里来哩。"茅拔茹未及回答，那唱净的接口道："俺是论理的，不知道省城地方是个不论理的地方。"王少湖道："你说您的理，我评评谁是谁非。"这茅拔如只说了不几句话儿，说得谭绍闻闭口无言。茅拔茹向王少湖道："你是个官人就好，咱如今同去验箱去。"

一同到小东院南屋里，茅拔茹道："这四个箱中，是我在南京、苏州置的戏衣：八身蟒，八身铠，十身补服官衣，六身女衣，六身儒衣，四身宫衣，四身闪色锦衫子，五条色裙，六条宫裙，其余二十几件子旧衬衣我记不清。请同王哥一验。"揭开箱子，旧衣服原有几件子，其余都是锣、鼓、旗面、虎头、鬼脸等项。茅拔茹道："正经衣服一件子也没有了。"绍闻道："四个箱子，一个鞋篓子，如何放下这些？"王中道："姓茅的，休要骗人！"唱净的道："正主儿说话，休七嘴八舌的！"茅拔茹道："我骗人吗？那四个箱子原封不动，我怎的骗你哩？"王少湖道："谭相公，这当日怎的寄放在此？同的是谁？"谭绍闻道："同的是夏逢若。"王少湖道："这须得瞧夏逢若来方得清白。"绍闻道："王中，你去把夏大叔请来。"王中道："我还不知道他在那条街上住。"绍闻道："他住瘟神庙邪街。"德喜接道："他在街南头，水坑北边，门朝西。"绍闻道："你既走过，你还去寻他。"王少湖道："茅兄，我看你也是个在行的，这事一时也弄不清。请到我家，我开了一个小店儿，有座闲房，到那里坐坐，慢慢商量。天下没有不了的事，杀人的事也有清白之日，何况这个小事。"茅拔茹也正想得个人作居间主人，便跟的去了。

且说德喜儿到了瘟神庙邪街，恰好遇着夏逢若，提了一柳斗儿米，往家里去。看见德喜儿，便道："讨闲呀！"德喜儿道："请夏大叔哩。"夏逢若道："怎的又想起我来？"德喜因把茅拔茹戏箱一事说了一遍。夏逢若道："咦！弄出事情来，又寻我这救急茅房来了。旧日在张宅赌博，输了几吊钱，对人说我摆布他。若是赢时，他分账不分账？到如今盛大哥也不理我，说我是狗屎朋友。我几番到您家要白正这话，竟不出来。你想怪人须在腹，相见有何妨？娶过亲来，我去奉贺，脸上那个样子待我。如今茅家说您扭了他的戏箱锁，想是您扭了；

说是您提了衣裳，想是您提了。我目下有二十两紧账，人家弄没趣。你回去多拜上，就说姓夏的在家打算卖孩子嫁老婆还账哩，顾不得来。等有了官司出签儿传我才到哩。到那时只用我半句话，叫谁赢谁就赢，叫谁输谁就输。如今不能去。贵管家不到家坐坐，吃杯茶儿？”

德喜只得回来，把夏逢若的话一五一十学明。王中在一旁听着，说道：“这事不妥。这是要吃钱的话头，连数目都讲明出来。”谭绍闻道：“我们有个香头儿，换过帖子，难说他吃咱的钱，脸面上也不好看。”王中道：“大相公还说换帖的朋友么？如今世上结拜的朋友，官场上不过是势利上讲究，民间不过在酒肉上取齐。若是正经朋友，早已就不换帖了。依我说，把他的账承当下，他就说正经话。若是干研墨儿，他顺风一倒，那姓茅的就骗的成了，要赔他衣服，还不知得多少哩。休说这种古董事体，当初大爷举孝廉，还要使银子周旋哩。”绍闻道：“你既明白，你就去办去。”.

王中问了德喜儿夏家门户记号，一直上瘟神庙邪街。到那坑沿朝西门儿，叫了一声夏大叔。夏逢若见是王中，吓了一跳，说道：“让王哥坐坐，我委实没有坐客的地方，咱上瘟神庙卷棚里说话罢。”王中道：“没多的话。”夏逢若道：“天下话，会说的不多，不会说的多了还不中用。”王中一发明白。随着夏逢若进了瘟神庙卷棚，也没庙祝，见有两架大梁，二人坐下。王中道：“先才请夏大叔商量茅家戏箱的话，听说夏大叔有紧账二十两，顾不的。俺家大相公说，这一二十两银子何难，情愿奉借大叔。只把他这宗戏衣证明，那借欠及粮饭钱丢开手也罢。我看那姓茅的是穷急的人，目下想领这箱，又怕还俺这两宗银子。见戏箱扭开了锁，他便借端抵赖，无非想兑了欠账，白拉得箱走。——这是我看透的。大叔一到，刚帮硬证，他还说什么？至于这二十两，我一面承许，不必挂意。”夏逢若把手一拍，骂道：“好贼狗攮的！欠人家二百多两不想拿出来，倒说人家扭了锁，提了戏衣。我就去会会他，看他怎样放刁！真忘八攮的！咱如今就去。想着不还钱，磁了好眼！”怒气冲冲地上来。王中在后边暗叹了几声，跟着走讫。

谭绍闻早在胡同口往东望着，见王中跟定夏逢若，一直邀上碧草轩。绍闻作揖道：“一向得罪老哥。”逢若道：“自己兄弟，提那话做甚。你只说姓茅的如今现在何处？我寻他去。”绍闻道：“且慢着，咱把话儿计议计议。”夏逢若道：“这样坑骗人的狗攮的，我实在气的慌！你说计议什么呢？”绍闻道：“当初他寄这戏箱，原不曾验他东西。我心下萦记，寻了一家皮匠两口子替他看着。谁料这人没良心，把锁扭开。他如今说少了他许多衣裳，一个皮匠担儿，该担带多少？这是我替他看守的，倒不是了，反遭这些晦气。”逢若低声笑道：“皮匠那件事，我知道你白丢了几两儿。你肯叫我知道一声些，休想使咱的半个遮羞钱。”绍闻看见王中在旁，把脸飞红。逢若道：“既往不咎，只说当下。他如今在哪里？瞧的来，当面考证。”绍闻道：“他在管街保正王少湖家里。”逢若道：“咱一发就寻他去。不用等他来说话。况且我的事紧，承许下明日早上与人家二十两清白哩。”

二人到了王少湖家，王中也跟的去。见了茅拔茹唱了个喏，夏逢若道：“茅兄几时到了？”茅拔茹道：“昨晚才到，尚未奉拜。”逢若道：“岂敢。”王少湖道：“闲话少说。当初茅兄寄放戏箱时，同着尊驾么？”逢若道：“我是受茅兄托过的。彼时班子走时，我眼见了。谭贤弟心下不喜欢，我还引着到张家老宅里，与没星秤耍了一天牌散心。我怎的不知道？那时茅兄托过我们两个人，我日日在班上招驾，还借了谭贤弟银子与戏子买衣服。粮饭钱不知多少，衣服鞋帽银我还记得，除了九娃穿的二十一两算谭贤弟出的，其余现银五十九两，下欠九十两四钱八分，俱是谭贤弟拿出来的。茅兄戏上有账。”茅拔茹道：“我一些不知，掌班的回去一声也没言语。”夏逢若冷笑道：“茅兄，我们走江湖的朋友，到处要留名，休要钻过头不顾尾的，惹江湖上笑话，人家还要骂狗攮的哩！”这一句骂得茅拔茹恼了，站起来道：“姓夏的少要放屁拉骚，我茅拔茹也不是好惹的！像如扭了俺的锁，偷了俺的衣服，你就不说？像你这尖头细尾的东西，狠一狠，我摔死你这个忘八羔子，也不当怎的！”那唱净的说：“打了罢！”这茅拔茹心中又羞又恼，又图闹事显威风，以图抵债。答应道：“休叫走了这狗肏的！”唱净的早已把夏逢若一掌打到脸上，倒在地下。又踢了两脚。王少湖道：“反了！反了！”一面喊，一面叫谭绍闻躲开。那唱净的劈面一指，把谭绍闻指了一个趔趄，说道：“走了不是汉子！”王中见风势不好，一把扯住谭绍闻由后院走开。这茅拔茹出来站到当街说：“姓谭的也像一个人家，为甚拦住我的箱，扭我的锁，偷我哩衣服？哪里叫了一个忘八蛋，朋谋定计，反说我借他二百两银！这祥符县荆老爷是好爷，我明日早堂要告这狗肏的！”那唱净的拉住夏逢若也到街心说道：“你明日不近前，我寻到您家，问土地、灶爷要你！”王少湖道：“真正有天没日头。都休要走了，我去禀老爷去。”茅拔茹道：“如今就去！”

忽听得喝道之声，乃是荆公出西关回拜客去。这茅拔茹及那唱净的便口软了些。须臾道子过去，荆公轿到。王少湖跪在轿前禀道：“小的是萧墙街管街保正王江。有本管地方来了河北一个戏主，带一个戏子行凶打人。打的是一个本城姓夏的。”荆公轿中吩咐，着两个衙皂将一干人押回衙门，等西关回来，晚堂就审。吩咐已明，往西去了。果然来了两名皂役，一个姓赵，一个姓姚，将茅拔茹及唱净的锁讫，也把夏逢若锁讫。

茅拔茹道：“单锁我，我不依！姓谭的哩？”王少湖道：“他现今没在这里。”茅拔茹道：“我知道他没在这里，他在你家后院哩。不怕你今夜不放他出来，我就破口骂了。”那唱净的道：“好不公道的保正！把姓谭的藏起来，图他偷的戏衣吗？”这王少湖道：“不要恶口伤人。咱就上他土地庙胡同寻他去。”

众人一起上胡同来，跟着看的，何止百人。方到胡同口，只见又一个皂役飞也似跑来，对那姓赵的皂役道："老爷叫赵头儿作速叫仵作，上朱仙镇南乡验尸去。老爷西关拜客，接了禀帖，说镇上南头树上吊死一个人。就从西关起身去。这一干人叫我带哩。"那皂役附耳道："肥哩瘦哩一锅煮着同吃。"这皂役笑道："你去罢。"那皂役又道："难为我，得半夜跑哩。老爷明日只好回来。"这皂役又笑道："你走罢，我知道。"

这皂役、保正把茅拔茹、唱净的、夏逢若，一押到碧草轩来，单要谭绍闻说话。绍闻一来怕，二来羞，哪里敢伸头来。这茅拔茹、唱净的一起咆哮，绍闻总不出来，只是叫王中应答。迟了一会。夏逢若也发话道："谁的事叫谁招没趣，出来何妨？明日上堂也少不了。王中，你把我叫的来到，主子竟躲了。毕竟推车有正主，终久不出来，这事就能清白不成？"王中见事不结局，先与皂役背地说道："俺家相公不出来。无非是怕招没趣，万望存个体面。"皂役道："正经有体统人家，俺们怎的肯，只掩住姓茅的口便罢。你看他那样子。"王中道："班头一两句吆喝，他就不敢了。"皂役道："事在人办。只是敝伙计是个乡里人，才进衙门，恐怕他不晓事体，万一唐突了相公，休怪。你安插安插他去，咱们同城不用说。"王中已知就里。到家讨了六两银子，袖中递与两个皂役。

谭绍闻到了轩上，两个皂役笑道："有了啥事了，再请不出来。"绍闻道："他们打架，原没我的事，我出来做甚？"夏逢若道："照你说，这是我的事？"茅拔茹道："哎呀！你们竟是一县的人，闲着你那铁锁，单管会锁外县人么？"那皂役道："适才你们当街打架，有这谭相公没有？"唱净的厉声道："我还把他捣了一指头，怎么没有他？"皂役道："狗忘八的，少要撒野！今晚老爷还回不来哩。我给你一个地方儿，黑底里休要叫爷叫奶奶聒人。小姚兄弟，先把这两个费油盐的押到班房去。"那年轻的皂役笑向茅拔茹二人道："来罢。"茅拔茹见风势不顺，不敢发拗，须得跟的去。还问道："那姓夏的哩？"皂役道：

“不旁挂心，自有安插。”

碧草轩上，一个皂役，一个保正，连谭绍闻、夏逢若、王中，只余下五个人。此时天已昏黑，绍闻命掌上灯来。夏逢若道：“当真把我锁着么？真真的是我的事？”皂役哈哈大笑道：“你不弄两壶喝喝么，岂有锁咱的道理。”一面说，一面叫王少湖把铁索解了。绍闻吩咐酒碟。王中去不移时，酒碟到了。皂役首座，让王少湖次座。王少湖道：“留一座与小姚头儿。”因此虚了一座。王少湖在东，夏逢若在西，绍闻北面相陪。觥杯交错。迟了一时，那个年轻的皂役回来，王少湖道：“姚头儿，候的久了，就请第二座。”大家又吃起酒来。

王少湖心有照应，道：“谈班长，尊姓是那个字？”皂役道：“我自幼读过半年书，还记得是言字旁一个炎字。”少湖没再说话。姚皂役接道：“是谭相公一家子。”谈皂役道：“我可不敢仰攀。”姚皂役道：“何用谦虚。王大哥，夏大哥，咱举盅叫他二人认成一家子罢。”谈皂役道：“你年轻，不知事。这是胡来不得的。”姚皂役道：“一姓即了家。谭相公意下何如？休嫌弃俺这衙门头子。”谭绍闻见今日用军之地，既难当面分别良贱，又不好说“谭”“谈”不是一个字，只得随口答应了一个好。那姚皂役就举盅放在谈皂役面前，又斟一盅放在谭绍闻面前，说道：“大家作揖了，恭喜！恭喜！”众人作揖，绍闻只得顺水推舟。这谈皂役果认或者谭相公要相与我这个朋友，也就不辞。便道：“这首座我坐不得了。客到俺家，我如何坐首座？”就推姓姚的首座，挨了王少湖二座，自己坐了桌横。看着谭绍闻道：“咱既成一家，你没我年纪大，我就以贤弟相称。贤弟，叫再拿热酒来，咱兄弟们好回敬客。”绍闻吩咐王中催德喜、双庆烫酒，王中随口答应。岂知这王中已把身子气冷了半截。

须臾双庆添上酒来。姚皂役又要点心吃，绍闻只得吩咐备饭。又换了烛，整了一个粗席。看官试想，两个皂役，一个保正，一个帮闲，自是一场子满酣大嚼。饭酒中间，夸一阵怎的衙门得权；说一阵明日对审怎的回话；叙一阵我当头役荆老爷怎的另眼看待；讲一阵我执票子传人怎的不要非义之财。王中实实的当不住，顾不得少主人嗔责，暗地里顿了几顿脚，硬行走讫。

饭罢再酒，两个皂役大醉。话不投机，又打了一架。王少湖劝得走开。这天已有半夜了，夏逢若不得回去，绍闻从楼院引到前厢房去睡。又提起那二十两紧账的话，绍闻也只得承许。绍闻自回东楼，全不好与孔慧娘说话。躺在床上，往前想又羞又悔，往后想一怕再怕，一怕者怯明日当堂匍匐，再怕者怯包赔戏衣。呜呼！绍闻好难过也！

有诗单讲他与衙役对坐之苦：

从来良贱自有分，何事凤鸥与并群；
貂腋忽然添狗尾，无烦鼻嗅已腥闻。

第三十一回

茅戏主借端强口　荆县尊按罪施刑

话说荆县尊为人，存心慈祥，办事明敏，真正是一个民之父母。尝对幕友说："我做这个冲繁疲难之缺，也毫无善处，只是爱惜民命，扶持人伦。一切官司也未必能听断的如法，但只要紧办速结，一者怕奸人调唆，变了初词；二者怕黠役需索，骗了愚氓；三者怕穷民守候，误了农务。"所以荆公堂上的官司，早到早问，晚到晚审，百姓喜得极了，称道说"荆八坐老爷"——是说有了官司，到了就问，问了就退，再到再问，一天足坐七八回大堂。所以称道是个"荆八坐"。

此是闲话，搁过。单讲此日从朱仙镇相验回来，进了内署。把尸场口供，与幕友沈药亭计议了，便到签押房，批判了上申、下行的文样、告示，吃了点心，饮了一杯茶，一声传点，一个父母斯民的县尊，早坐到大堂暖阁里边。堂规肃静，胥役森慄。先叫了一起告拐带的男女，责打发放明白。又叫了一起田产官司，当堂找补算明，各投遵依去讫。一声便叫萧墙街管街保正王江。

这一干人，早晨便在衙门前酒饭馆内，被谭绍闻请了一个含哺鼓腹。见了荆公进署，齐来在萧曹祠前门楼下恭候呼唤。听堂上叫了一声王江，王少湖忙跑上堂去，跪下道："萧墙街管街保正王江叩头。"

荆公问道："你昨日拦轿回禀，说河北来了一个戏主，带领戏子行凶打人，这人什么名字？戏子什么名字？因为何事，打的何人呢？"王少湖道："这供戏的名叫茅拔茹，戏子姓臧。是他旧年引了一班戏到省城，同着瘟神庙邪街夏鼎，把戏箱寄在本街谭绍闻家。他如今来领他的戏箱，这箱子锁叫扭了。茅拔茹说偷了他的戏衣。谭绍闻说彼时同的有这夏鼎。夏鼎到了，说他旧年借了谭绍闻银子一百四十九两，还有戏子吃的粮饭钱没算哩。这茅拔茹与这姓臧的，就把这夏鼎打起来。小的劝不住，适逢老爷驾上西关，小的是管街保正，喊禀是实。"荆县尊道："下去。着茅拔茹与那姓臧的来。"

堂上喊了一声，这姚皂役牵着，茅拔茹一步一个"青天老爷做主"叫上堂来。跪下，口中还不住哼道："冤屈！冤屈！青天老爷做主。小的是外来的人呀！"荆县尊笑道："外来人就该打人么？你就说你的冤屈。"茅拔茹往上爬了一步，说道："小的叫做茅拔茹，是河北人。亲戚家有一班戏，央小的领来老爷天境挣饭吃。家中有了紧事，小的要回去，经瘟神庙邪街有个夏鼎说合，连戏带箱托与了萧墙街谭绍闻照看。后来戏子回去，把箱就寄在谭家。隔了两个年头，小的亲戚要他的戏箱，着小的来搬。不料谭绍闻心怀不良，把锁扭开，戏衣尽行盗去。小的与他论理，他与夏鼎通同一气，反说小的借他一百多银子，要囤小的。保正是他一道街人家，硬说小的打了人，喊禀了老爷。老爷是清如水，明如镜，万人念佛的。老爷试想，偷了人家东西，还说人家欠他银子。再没了出外人过的日子！这是戏箱失单，望青天老爷，与小的做主。"说罢如捣蒜般叩起头来。荆堂尊叫接过失单，看了一遍，微笑一笑。问道："那边跪的人呢？"那唱净的道："小的姓臧，在他班里收拾箱，学打旗，出门时伺候他。昨日小的并没动手，也不知他们原情。"荆堂尊又笑了一笑，向茅拔茹道："你这失单怎么是目今字迹？这单上戏衣，可是你亲手点验，眼同过目，交与谭绍闻的么？"茅拔茹道："不是。彼时交他戏箱，是掌班的黄三。"荆县尊道："你不曾亲交，如何件数这样清白？"茅拔茹道："小的有原单，照着抄了这些。"荆县尊道："拿来原单来验。"茅拔茹慌了，说道："丢在下处。"荆县尊随即叫过一名快手，押着茅拔茹下处去取原单。一面又叫四名皂隶、四名壮丁，跟着一个刑房，去萧墙街抬戏箱，当堂验锁。

各押的去，又叫谭绍闻上堂。谭绍闻脸上红晕乱起，心里小鹿直撞，高一步低一步上得堂来跪下。荆公仔细打量，原是一个美貌少年书生，因问道："你为甚的叫那茅拔茹把戏箱寄到你家，还扭他的锁呢？"这谭绍闻早已浑身抽搐，唇齿齐颤，竟是说不出一句话来。荆县尊道："你慢慢的说，本县是容人说话的。"谭绍闻忽的说出两三句来，说道："童生不肖，也还是个世家，祖上在灵宝做官，父亲举过孝廉，岂有偷人家衣裳的理？老爷只问夏鼎就是。"伏在地下，再也不抬头，不张口，只是乱颤。荆公看在眼里，把事儿已明到一半。就叫夏鼎上堂。

那个谈皂役带夏逢若上堂。荆县尊上下打量，头上帽子，身上衣服，脚下鞋袜，件件都是时样小巧的，便暗点了点头，心中说："是了。"问道："你就是那个夏鼎么？"逢若道："小的是夏鼎。"荆堂尊道："茅拔茹寄放戏箱是你作合的么？"夏逢若道："小的与谭绍闻是朋友。前年小的往谭宅去，碰上这茅家去拜这谭绍闻，第二天小的同谭绍闻回拜去……"荆县尊接道："这茅拔茹拜过你么？"夏逢若道："不曾。"荆县尊道："他不曾拜你，你如何回拜他呢？"夏逢若道："是谭绍闻一定挎小的去。"荆县尊道："也罢。你再往下说。"夏逢若道："小的同谭绍闻到店回拜，他说他胞叔死了，急紧要回去，就把戏班撇与谭绍闻。天冷了，他还不回来。戏娃子害冷，借了谭绍闻一百四十九两四钱八分银子，买衣服……"荆县尊接道："如何分厘毫丝都记得这样明白，想这买衣服，是你经手？"夏鼎不敢说谎，答应道："原是小的经手。戏子走了，两个筒，四个箱，寄在谭家。后来怎的扭锁，小的不得知道。依小的想，谭绍闻断不是偷戏衣的人。”荆县尊道：“他肯拿出一百几十两银做戏衣，他再不肯偷戏衣了，何用你说？你还该知道，他并不是敢留戏子在家的人，都是你撮弄的。”夏鼎道：“是他各人本心情愿，不与小的相干。”荆县尊道：“你撮弄他供戏，是明犯了；你还至于引诱他赌博，闹土娼，是还没犯的。”夏鼎道：“小的并不会赌博，如何能引诱别人？”荆县尊道：“你自己看你穿的那号衣服，戴的那样帽子，那一种新鞋儿，自是一个不安静的人。”夏鼎道：“小的是最安分的。”荆县尊叫皂役道：“向夏鼎身上搜的一搜。”皂役走近身旁，搜了一条汗巾儿，上绑着银挑牙、银捏子一付，一个时样绣花顺袋儿，呈上公案。荆堂尊道：“叫门子，取出顺袋儿东西。”门子往外一掏，骨碌碌滚出六个色子。荆堂尊叫门子递与夏鼎，因问道：“这个东西是做什么的？”夏鼎闭口无言。荆公笑道：“你还强口，你带这东西为何呢？”夏鼎道：“小的是错揣了别人的带子。”荆堂尊道：“胡说！真赃俱在，本县先问你一个暗携赌具上公堂的罪。”把签筒签掷下四根，门役喝了一声：“皂役打人！”只见四个如狼似虎的皂役，上来扯翻，便撕裤子。夏鼎慌了，喊道：“老爷看一个面上罢，小的父亲也做过官。”荆堂尊道：“也罢。免你裤子，赏你一领席；再加上一根签，替令尊管教管教。”顺手又抽出一根签来，果然不去中衣，打了二十五板。

不说谭绍闻在旁看着已魂飞天外，只说皂役、壮丁抬得箱来，快手押的茅拔茹也回来。茅拔茹走到仪门，听得打人叫喊之声，心中想道：“人人说祥符县是个好爷，比不得俺县绰号叫做‘糊涂汤’。我今番出门只怕撞见五道神了。”上得堂来跪下，荆堂尊问：“你的原单呢？”茅拔茹道：“想是小的昨晚带着锁，被公差们扯捞的，把带的顺袋儿掉了。”荆堂尊笑道：“适才打的，会错揣了人家的顺袋儿。你这个奴才，就会丢掉自己顺袋儿。也罢了。把戏箱揿开，本县亲验。”皂役把戏箱揭开，只见破锣、旧鼓、驴头、马面，七乱八杂的满满四箱。荆堂尊手指着失单，屈指算道："你这失单共三十九件子。别的软衣服不说，只这八身铠，在箱子里哪一处放的下？瞎了你的眼睛，自己看看，满满的四箱，没个空星璺缝儿，你就虚捏失单，骗赖别人么？"茅拔茹情急，大叫道："小的若是赖他，情愿写上黄牒，老爷用上印信，城隍庙撞起钟鼓，与他赌咒！"荆堂尊道："一派胡说。先问你个咆哮公堂。打嘴！"皂役过来，打了十个耳刮子。打得满口流红，须臾紫肿起来。茅拔茹哼哼说道："毕竟锁是扭了，难说小的扭了不成？"荆县尊道："这话犹为近理。"遂问谭绍闻道："这扭锁的缘故，你从实说。"谭绍闻道："茅拔茹班上戏子把戏箱寄在童生书房里。到后来戏子、戏主再不见来，因移在空院里一所屋子，寻了一家外来皮匠替他看守。不料这皮匠半夜偷跑，把锁扭坏。童生因把门用砖垒实。等他来了，料他欠童生银子连粮饭钱将及二百两，以实相告，必无异说。谁知他反面无情，倒说童生盗他戏衣。童生祖父以来，书香相继，岂有做这事之理！"荆堂尊道："你既是诗书旧家，如何与这一等人有来往，容他寄放戏箱呢？"谭绍闻无言可答，伏地不起。

荆堂尊道："这宗事已前后了然。谭绍闻少年子弟，必是夏鼎撮合，将戏子与戏箱托与谭宅。后来与戏子做衣服，谭绍闻拿出一百四十几两银子自是真的，但不曾得这茅拔茹的话，如何悬空断的叫茅拔茹清还？"——茅拔茹连叩了几个头，口中唧哝道："好爷！好爷！"——"谭绍闻你只得自认孟浪，白丢了这宗银子罢了。茅拔茹，你不还这宗银子，那戏衣也不用再提，何如？"茅拔茹道："老爷明断极是。"荆堂尊笑道："你假捏失单，原为这宗银子起见，今既不提，所以不一定再难为你。但你率领戏子，喝令打人，是何道理？"茅拔茹方欲争辩，将签已掷下六根，打了三十，打得皮开肉绽。又叫姓臧的戏子，说道："你是个下贱优人，竟敢行凶，王法难容。"抽下八根签，打了四十大板。打毕，着人押茅拔茹具领状领走戏箱，一面备文解回原籍，不许扰害地方。茅拔茹二人下堂去了。叫夏鼎递自新甘结，再犯倍惩，赌具当堂销毁。夏鼎下堂去了。又叫谭绍闻道："你既系正经人家子弟，如何这样不肖？本该重处，怕与你考试违碍，从宽免究。来春定赴义塾读书，如敢再有什么不守规矩之处，休怪本县反面无情。"谭绍闻磕头下去。荆公判毕，退堂回署。

谓绍闻下得堂来，出了角门，骨节都是软的，一步也走不动。王中搀着腋下，绍闻把头歪着，面无人色。夏鼎趋前说道："我为你挨了二十五板，该怎样发付我呢？"王中道："改日再说，这不是说话之地。"茅拔茹发话道："不怕你使上钱，把官司翻了。讲不起，谭家是有钱的主子。"谭绍闻实实也听不见，王中毫不睬他，一路搀回家去。

有诗赞县尊：

惩凶烛猾理盆冤，折狱唯良只片言；
若不教人称父母，徇情贪贿累椿萱。

第三十二回

慧娘忧夫成郁症　王中爱主作逐人

却说王中搀定谭绍闻出的衙门，望家而走。街上有不认得的，说道：“是谁家一个好俊秀书生，有了甚事，在衙门吃官司？”有个认得谭绍闻的老者，年纪有五六十岁，对众人说道：“这是萧墙街谭乡绅的公子。老乡绅在世，为人最正经，一丝儿邪事也没有。轮着这公子时节，正经书儿不念，平白耽搁了自己功名。那年学院坐考祥符，亲口许他秀才，他才十二三岁。学院那日奖赏人，都是看他与娄进士家相公、邹贡士家儿子，个个夸奖，人人欢喜。如今小邹相公进了学，补了廪，还是女儿一般，不离书本儿。娄进士儿子已中了举。唯有这个相公，单单被一起人引坏了。可惜年轻没主意，将来只怕把产业都闹掉哩。”一个年轻的说：“山厚着哩，急切还放不倒。”老者道：“你经的事少。我眼见多少肥产厚业比谭家强几倍，霎时灯消火灭，水尽鹅飞，做讨饭吃鬼哩。”众人都说老者说的是。这正是：

陈曲做酒，老汉当家；司空见惯，识见不差。

不说街坊评论。单说王中搀着少主人到了胡同口，王氏与孔慧娘、冰梅、赵大儿都站在后门向东张望。德喜、双庆儿早飞跑到王氏跟前说："回来了！"王氏看见王中搀着儿子，面无血色，腿僵脚软，只当是当堂受屈，几乎把一家子吓得魂飞天外。慌问道："怎样了？"王中道："把那几个都打了一顿板子，剖断清楚。"

谭绍闻进后门，一家子都跟到楼上。王氏道："谁知道官府是这样厉害。我叫德喜、双庆轮流打探，先说夏鼎挨了板子，又一回说那姓茅的也挨了，把我这心只如丢在凉水盆里。只怕你挨打哩。"绍闻道："岂有我挨打的道理。只是我在一旁跪着，三分羞，七分怕。下得堂口，真正发了昏，再不知天地东西，高一步低一步走回来。"王氏道："吃了饭不曾？"绍闻道："并不知饥，如何吃饭？"王氏忙吩咐赵大儿厨下整饭。

绍闻先要茶吃。冰梅将兴官儿送与慧娘，掇上三盏茶来，递与母亲一杯，递与夫主一杯，又递与孔慧娘一杯。孔慧娘道："茶热，怕兴官儿烧着，不吃罢。"绍闻又说了不几句官司话，只见慧娘把脸渐渐黄了，黄了又白了，也顾不得兴官儿，坐不住了，晕倒在地。王氏惊慌，急忙扶起。冰梅也顾不得兴官儿啼哭，抱住慧娘抚胸捶背。绍闻忙叫赵大儿泼姜汤。迟了一大会，慧娘渐渐闪眼。王氏问道："你怎的？"慧娘道："不知怎的，只觉眼黑。"又吐了几口清痰，方才过来。王氏接住兴官儿，叫冰梅、赵大儿就扶进内间床上睡下。王氏问道："你在家有这病不曾？"慧娘道："从来不曾。"绍闻道："叫董橘泉撮一剂药来吃吃。"王氏瞅了一眼，说道："他来咱家一年了，药是胡乱吃的么？"赵大儿端上姜汤来，慧娘呷了两口放下，说："我不怎么，娘休要慌。"

原来慧娘在家做闺秀时，虽说不知外事，但他父亲与他叔叔，每日谨严饬躬，清白持家，是见惯的；父亲教训叔叔的话，也是听过的。今日于归谭宅，一向见丈夫做事不遵正道，心里暗自生气，又说不出来。床第之间，时常婉言相劝，不见听信。今日清晨起来，见丈夫上衙门打官司，芳魂早失却一半。一时德喜儿回来，说夏家挨了二十五板；一时双庆回来，探得茅拔茹也挨了三十板，娇怯胆儿只怕丈夫受了刑辱。及见丈夫回来那个样子，心中气恼。正经门第人家，却与那一班无赖之徒闹戏箱官司，心中委的难受。兼且单薄身体，半天不曾吃点饭儿，所以眩晕倒地。定了一会，吃了半杯茶儿，自己回房睡去。

这王氏也知晓儿子打官司不是美事，却不知那寄放戏箱，交游棍徒，并不是正经子弟可染毫末的事。心里只疑孔慧娘有了喜事。背地里还私问了几回月信，慧娘含羞不说，王氏一发疑成熊罴。况且慧娘连日吐酸懒食，也有几分相似。王氏心中打算，以为指日含饴抱孙，连兴官是一对儿。一日，绍闻与母亲商量请医立方，王氏道："偏您家好信那医生，不管是病不是病，开口就要吃药！"绍闻只得住了。

只见德喜拿了一个封儿，红签上写的"谭贤弟亲手秘展"。绍闻拆开，原是夏逢若着人送来的书儿：

> 敬启者：前与茅姓戏箱一词，愚兄遭此大辱，想贤弟亦所不忍也。目今蒙羞，难以出门，家中薪米俱空，上无以供菽水，下无以杜交谪。兼之债主日夜逼迫，愚兄以贤弟慨赐，已定期于明日楚结。万望贤弟念平日之好，怜目下无辜之刑，早为下颁，以济燃眉。嘱切！嘱切！
>
> 此上
>
> 谭贤弟文右
>
> 忝兄夏鼎叩具
>
> 外：盛大哥前日顺便过我，言指日为贤弟压惊，为我浇臀，治酒相请，以春盛号王贤弟为陪客。可否往赴？乞赐回音。并及。

绍闻踌躇这宗银子。又想这是经王中许过，却该叫王中商量，是可以明做的。遂叫王中到楼门前，说道："前日承许你夏叔那宗银子，他今日写书来要，怎的与他送去？可惜今日手中无这宗项。"王中道：

“任凭相公酌处罢。”绍闻道：“这话难讲。当初咱急了，你就请他去，亲口承许他。今日事已清白，咱一毫没事，就把他忘了，人情上如何过得去？即如不为咱的事挨打，朋友情上也该周济他。”王中说：“我没敢说不给他。”绍闻道：“你那腔儿，我心上明白是不想给他的。”王中道：“相公休要屈人，我实没有不给他的意思。”绍闻道：“你既知该给他，但家中没有银子，你可以到街上，不拘哪一家字号，就说是我说的，取他二十两银子，给了夏叔。若日后还不到时，就算揭的，每月与他三分行息。”王中道：“去问人家借银子，我伺候老太爷以来，并不曾开过这样口，我委实说不上来。”这句话颇中了绍闻之忌。兼且疑王中见新打罢官司，自己难以街上走动，故意儿拿捏。方欲开言，只见德喜拿了一幅全帖，跑着说着：“盛爷请哩。”绍闻接帖一看，上面写着：“明午一品候叙。恕不再速。愚兄希侨拜订。”德喜道：“来人在前院候回信，说请明日早到。”绍闻心中含怒，便答道：“我还不定去不去哩，说什么早晚！”王中便向德喜低声道：“你回复来人，说家中有事，明日未必走。”绍闻想起前日兑还赌账之情，又见王中有阻挠之意，激的恼了，厉声道：“喜儿，回来！你怎见得我明日不去？我的家你都替我当了么？王中呀！我叫你街上问银子，你说从来未曾开过这样口，偏我面前，你是会开口的！”王中道：“大相公，委实这盛家、夏家我不想叫相公去，这也是真情。前日若不是与夏家有勾搭，怎的有了这场官司？大爷临归天时嘱咐的话，相公难道忘了么？不说书本儿渐次丢却，这几个人，哪一个是正经人？相公近他，将来要吃大亏哩。”这句话已把绍闻激怒至十分。

咳！王中，你这一片忠心，把话说错了。看官，大凡做正经事体的人，听人道他的不是，便觉是至诚爱我的；做不肖事体的人，听人说着他的短处，便是犯了毛病。若说绍闻把这遗嘱八个字忘了，他也不是土木形骸。只因一向做事不好，猛然自己想起这八个字，心中极为不安；强放过去，硬不去想。他见了王中，早已是霍光骖乘，害了汉宣帝芒背之病。今日听了王中的话意，脸上发红，心中害羞。羞浅则忌，羞老则成怒。这也是世所常见，非独绍闻如此的。

绍闻怒极说道："王中，你管教着我么？你是心里想出去哩。我做的原不成事，你要是看不过，你就出去。难说我该出去躲你不成？当日大爷许你的园子、鞋铺子，我不昧你的何如？"王中道："我若心里想出去，我再不说这话。我不过是劝相公走正路，不负了大爷一场苦心。"绍闻厉声道："我就天生的不是正经路上人，如今就是你把你大爷叫起来，儿大不由爷，他也管我不住，何况你一个家人！"王中道："大相公，我大爷……"王氏见王中单管大爷长大爷短，忍不住插口道："王中少说一句罢，你让大相公一句儿也好。"只这一个"让"字，又把绍闻心头之火扇起百丈，嚷道："王中，王中，讲说不起，我也使不起你。你今日就出去！连你家老婆孩子一起出去！你屋里东西我一件也不留你的，只以快走为妙。"

赵大儿听见赶他夫妻出门，急得号哭，跑向绍闻跟前说道："大相公休与那不省事的一般见识。他说话撞头撞脑的，我没一日不劝他。理他做什么？"又向王中道："你不会说话，夹住你那嘴！大相公读过《五经》《四书》，啥事不知道，何用你多说少道的。"王中满脸流泪，一句话也说不出来。

赵大儿又忙到王氏跟前，哭说道："奶奶，你说一句话儿，把一天云雾都散了。"王氏道："如今这一家子，我还管得上来么！"看来绍闻虽是年轻，若王氏有个道理，吆喝上几句，绍闻也就软下去。谁料这王氏推起活船来，几句话把一个谭绍闻真真的撮弄成了一个当家之主，越扶越醉，心中想到："一不做，二不休，把王中赶出去罢。"恨恨地说道："王中！王中！你今日不出去，明日我就出去躲着你。"赵大儿哭向前道："相公，饶了他罢，他知道了。"绍闻道："别胡缠！快去收拾。你原没啥意思，我给你一串钱与你的女儿买嘴吃。再要胡缠，连这一千钱也没了。"

却说慧娘在楼内听着，气了一个身软骨碎。走到门首，说道："大儿，你还不叫王中去磕头去？"王中听见少主母吩咐，知是贤惠明白的人，忍不住泪如泉涌，走向绍闻面前，爬到地下磕头。赵大儿也跪下乱磕头道："留下俺罢！俺出去就是该死的。"绍闻冷笑道："二十亩园子，一座鞋铺子，也就够百十两了。到我明日过不上来时，还要帮光哩。"王氏道："单单只等弄到这个田地，才是罢手，想是两口子把福享足了。"绍闻见母亲也是开交的话，因说道："斑鸠嫌树斑鸠起，树嫌斑鸠也是斑鸠起。我如今嫌你了，讲不起，你要走哩。跪一千年也不中用。天还早哩，你快去把放戏箱屋子打扫打扫，我叫宋禄把马移了。还有皮匠家现成的锅台，把米面菜薪都带的去。若是今晚不走，我如今就起身上丹徒去，好躲着你。"王氏见儿子说了一个走字，怕道："王中呀，没有一百年不散的筵席，都起来罢，各自收拾去。"绍闻道："少不得我自己去寻银子去。"到楼下换了一套衣服，掂出一千钱，丢与赵大儿。赵大儿也不拾，哭着向屋里收拾去。绍闻出门回头道："我不算无情，休要自己延迟讨没趣。"

王中见母子说话没缝，只得起来。不言不语，走到前厅，看见主人灵柩，这一痛非比寻常，爬到地下又不敢放声，只泪珠鼻液，湿透了一个方砖。哑哭了一场，回到后院。只见双庆、德喜抬着一个箱子，老婆赵大儿抱着女儿，携着一个包袱，放起声来。王氏也觉恻然，说道："好家好院，休要恁般哭，教邻居听的。是做啥哩。等他回来我劝他，当真就赶你两口子走了不成。"王中也毫无可言，走向楼门前与王氏磕了头。王氏见光景太不好看，落下几点泪来，说："好好的就闹出这场事来。"冰梅泪如雨下，送了赵大儿一小包袱针线布帛东西。王中回头看见少主母在东楼门内，心中道："好一个贤惠少主母。"向东楼门磕了一个头。这孔慧娘此时，直如一个痴人一般。

王中出得后门，只像醉汉，扶着墙走到小东院，现成的喂马草拿了一个，摊在放戏箱屋里，扑的睡倒。迟了一会，两个爨妇、双庆、德喜、邓祥、蔡湘、抬箱子，转包袱，运床移凳，送水缸，垒锅台，挤了一院子。也有说且耐着心的，也有说大相公就要叫回去的，也有说就不回去也够过的。王中唯会流泪而已。晚上，赵大儿埋怨了半夜，王中直是哑子一般。正是：

> 从何处说起？向哪个道来？
> 自己尚不解，他人怎的猜。

第三十三回

谭绍闻滥交匪类　张绳祖计诱赌场

却说谭绍闻将王中赶出，自己到街头去寻这二十两银子。将欲问自己的房户铺家，借欠累累不好开口；要寻面生铺家，也难于突然告乏。街上走动了一阵，无奈只得回来。各铺面拱手让茶，俱漫应道："一时不闲，容日聆教。"经过一座酒馆门首，卖酒的白兴吾，面带半醉让道："谭相公吃一杯茶去。"绍闻连忙拱手道："改日讨扰。"白兴吾道："就改日恭候，不许不扰我。"绍闻回头道："是罢。"急紧走开。

回到家中见王中走了，心中有几分不安，又喜眼中少了一段顾忌，也觉爽快。王氏问道："有了银子不曾？"绍闻道："不曾寻下。"王氏道："一定该与他二十两么？些须打点下他也就罢了。他替咱受一场屈，不空他就是。"绍闻道："娘说的也是，但不知他依不依。"无情无绪，自回东楼安歇。慧娘已有病兆。一夕无话。

次早起来，德喜儿说道："夏叔那里有人在后门要问一句话哩。"绍闻道："你只说今晚送过去，他就走了。"德喜依言，果然那人走讫。

绍闻吃了早饭，心中有些闷闷，又向街前走动。恰好又从那白兴吾酒馆门首过，那白兴吾一手拉住道："请到馆中坐坐，赏个光彩。"绍闻道："委实有个紧事，不得讨闲。"白兴吾道："谭相公失信，说过改日扰我，如何又不肯呢？”那白兴吾麻面，腮胡，大腹，长身，力量大，一手拉住，绍闻哪里挣得脱，一面推辞，早已被他请进馆门。一声道：“将楼后头小房桌子抹了，我请谭相公吃盅哩。”小伙计飞也似去了。两厢房也有一两个吃酒的，却也还不杂乱。进了楼后小房，白兴吾道：“请坐，奉屈些。”一面吩咐把肉炒上三斤，收拾几个盘子来。绍闻道：“不用，不用。”白兴吾道：“见笑些，粗局没啥敬。”

少时，一大碗热腾腾的炒肉，四个盘子，无非面筋、腐干之类，端了上来。又提了两壶酒。白兴吾斟了一杯，说道：“一向想与相公吃一盅。说说话儿，只怕相公眼大，看不见穷乡党。近日见相公是个不眼大的，所以敢亲近。”绍闻接盅道：“啥话些。”二人吃不上三盅，绍闻心上有事，方欲告辞，只听得一人说道：“白姐夫，西街磨房里一定要你的驴哩。”白兴吾也没见人便答道：“他不出十二两不中用。”说未完时，那人已进来，腰里插着一把短杆皮鞭子，原来是个牛马牙子。看见酒肴，便道：“得法呀！”白兴吾道：“他三舅，你坐下罢。你不认哩，这是西街谭相公。”那牙子道：“我认哩，只是谭相公不认哩咱们。”白兴吾向绍闻道：“这是我的小舅子冯三朋。”绍闻道：“请坐。”冯三朋站着不肯坐，笑道：“嘻，我见不得这酒盅子。我不吃罢，休误了我的生意——乡里有个人叫与他买犋牛哩。”白兴吾道：“坐下陪客。那牛不会吃日头。谭相公虽是主户人家，极家常，极和气，你不要作怪。”冯三朋笑哈哈坐下，开口便讨汤碗儿，先润润喉咙。小伙计提了一壶热酒，冯三朋先灌了两汤碗，才吃的略慢些。

绍闻见酒无已时，只得起身告辞，说道：“委的有事，不能奉陪。”白兴吾道：“有啥事？相公你一发说了，俺能办，替相公办去。若不能，相公只管走。”冯三朋道：“姐夫，谭相公莫不是嫌择咱么？”绍闻道：“这是啥话。我目下紧得二十两银子，日夕就要，我一时凑办不来。我要去办去。”白兴吾笑道：“我不信。就是少二百两，也值不得府上什么；若说二十两，就如我们少两个钱一般，也上不哩口号。相公是瞎话罢。”绍闻道：“委实一时手乏，急切的弄不来。”冯三朋道：“一文钱急死英雄汉，也是有的。”白兴吾道：“若是真真的只要二十两，我就替相公办了。”于是腰中取出一串子钥匙，开了柜子，扯开抽斗，取了一封。说是馆中籴麦磨面银子二十两；又取了一封，说是丁端宇屠行寄放买猪银子二十两。相公拣成色好的拿去济急，不拘几时还。”绍闻道：“只二十两就够，少过了一时就还。”白兴吾道：“说薄了。与其早还，何如不借？把俺们真真当做钱上取齐朋友么？”冯三朋道：“姐夫，你且收拾了，等走时，叫相公称的走。”白兴吾笑道：“呸！桌上放上几年也不怎的，就怕你老冯见财起意。”大家一笑，又吃起酒来。绍闻一来有了银子，二来不肯负了白兴吾盛心，遂安安儿坐下。

酒不数巡，只见两个人手拿着搭猪钩子进的门来，说道：“要看你这一圈猪哩。”白兴吾道：“请坐。猪是丁端宇定下了，这桌上就是他的样银。”那两个人扭项就走，说：“每常的猪，就是俺买，今日又添出姓丁的来。”白兴吾笑扯道：“坐下商量。”二人回来，把钩子靠在门旁，褡裢儿放在桌上，说道：“有贵客在此，怎好讲咱这血盆行生意？”白兴吾道：“谭相公也是极随和的人，大家幸会，吃一杯，说说家常，也领个教儿。只是盘子残了，不好让二位，咱再另整一桌粗碟儿何如？”那屠户便道：“第二的，你去架上取五斤肉来，上了咱的支账。”冯三朋道：“魏大哥开着屠行，开口便是猪肉，也算不得敬谭相公的东西。咱们同到街上另办几味来何如？”白兴吾道：“冯第三的到底是行里串了二年，说话在理。”冯三朋道：“在理不在理，回来不吃你这宗酒。你去南酒局里弄一坛子去，搀些潞酒、汾酒吃。”那屠行魏胡子也说道：“真正不差。”绍闻再三拦阻，那里挡得住。

二人去了不多一时，回来又带了一个半醉的人——是个捕役，名字叫张金山。这张金山是个住衙门的人，还向谭绍闻作了个不偏不正的揖，说道：“久仰谭相公大名，今日听二位贤弟说尊驾在此，无物可敬，割了五斤牛肉——是教门的干净东西，略伸薄敬。”谭绍闻道：“不敢。请问高姓？”白兴吾道：“他姓张，外号叫‘云里雕’。是一把好拿手，荆老爷新点的头役。”冯三朋道：“今日待客，不许土产，唯有张头儿与土产不差什么。”白兴吾道：“他又不会杀牛，如何是土产？”冯三朋道：“你再想。”白兴吾道：“是了，是了！你们是什么？我的南酒已到。”魏二屠把篮子东西摆开，乃是烧鸡，咸鸭，熏鸽，火腿之类，还有二斤把鲤鱼二尾，五斤鲜肥羊肉。白兴吾叫速到火房整理起来。

不多一时，抹桌摆来，果然尖碗满盘十来器排在桌上。谭绍闻首座，张捕头次座相陪，左边屠行魏胡子，右边牙行冯三朋，三朋下首魏二屠，主座是酒家白兴吾。且说这一场好吃，但只见：

长胾大脔，暖烘烘云蒸霞蔚而至；饕口馋舌，雄赳赳排山倒海而来。腮能裹而唇能收，果然一入鲜出；齿善断而牙善挫，端的有脆无坚。箸本无知，也会既得陇而更望蜀；匙亦善狡，偏能近舍魏而远交齐。磕碗撞盘，几上奏敲金戛玉之韵；淋汤漓汁，桌头写秦籀汉篆之形。羊脾牛肝，只觉得充肠盈胃；鸡骨鱼刺，哪管他戟喉穿龈。眨眼时仰盂空排，画成下震上震之卦；转眼间虚碗鳞次，绘出鲁鼓薛鼓之文。

吃罢了，便猜枚行令，吃起酒来。

总之，此辈屠沽，也没歹意，不过是纵饮啖以联交好意思。绍闻初心，也还有嫌择之意，及到酒酣，也就倾心下交起来。

酒后言语亲热，这个说：“老大爷在世，见俺们才是亲哩。”

那个说：“老乡绅在日，贫富高低，人眼里都有。如今相公也是这样盛德。到明日有什么事，俺情愿舍死拼命去办。”酒助谈兴，话添饮情。将及日夕，那捕头大醉了，推说解手，到街上又叫了两个唱曲子小孩子，唱着侑酒。将及日沉西山，早已俱入醉乡。那一班人，也就有因闲言剩语争吵起来，要打起架来的意思。恰好家中来接，把谭绍闻搀的回去。那借银子一事，不但谭绍闻忘却，那白兴吾也忘在东洋大海去了。

绍闻到家，连人也不认的，酩酊大醉。扶进东楼，呕吐满屋，臭秽莫堪。孔慧娘虽说不怨，却因自己有病，难以收拾。

冰梅盖灰覆土扫除干净，还泡了一壶滚茶伺候。慧娘犯了旧症，登时发晕起来。冰梅将兴官儿送与奶奶去睡，自己也在东楼歇了，伺候一个醉人，一个病人。

到了次日天亮，夏逢若又差人催讨银子，绍闻仍在梦中。待巳牌时候，方才睁眼。德喜儿在窗外说道："夏叔昨日那人又在门上问话哩。说昨晚等到更深不见音信，今日委实急了，刻下要讨个实落。"绍闻方想起昨日白兴吾借银，走时大醉，竟是忘了。

没奈何披衣起来。问明夏家来人在后门，只得从前门向白兴吾酒馆来。进了酒馆，低头直向楼后小房去。小伙计道："谭相公要寻白掌柜的么？"绍闻道："正是。"小伙计道："白掌柜他从来不在馆里睡，夜夜回去。昨晚更深天回去了。"绍闻道："他家在哪里？"小伙计道："他家在眼光庙街里，路南有座豆腐干儿铺子，铺子东一个小瓦门楼儿，门内有一架葡萄就是。"绍闻道："借重同去寻寻罢？"小伙计道："酒馆没人，又要榨酒，又要煮糜，又要照客，不能陪去。有慢相公。"

绍闻出的馆来，欲待去，却不过是一面之交，既厚扰又要借银，统不好意思；欲待不去，夏家来人现在后门等侯，回去如何交待？只得背地里脸上受些委屈，好在人前妆光彩。没奈何问了路，径上眼光庙街来。果然有个石灰招牌，上写着"汴京黄九皋五香腐干"。东边有座瓦门楼儿，门内一架葡萄。绍闻立在门首，不见人出来，只得叫了一声道："白大哥！"不听答应。走进门去，又叫两声，只见一个女人出来，说道："客是哪里来？他没在家。撇下信儿，回来我对他说罢。"绍闻道："他昨晚没回来么？"女人道："回来了。今日早晨出门去，只怕上酒馆去。客姓啥？有啥话说，我好学与他。”绍闻抽身而退，说道：“白大嫂，你回来向白大哥说，就说是萧墙街，他就明白。”

下的门台，只见一人下得马来，说道：“谭兄，如何在此处寻人？称谁大哥呢？”谭绍闻茫无以应。那人说道：“这是舍下一个家生子，名唤白存子，与了他一个丫头。他每日弄鬼弄神露出马脚赶出来。你怎么称起大哥来？也罢，咱就到他家歇歇，说句话。”一手扯住要同谭绍闻进去。小家人牵马门前伺候。二人进去，那人道：“白旺没在家么？”内边应道：“没在家。”那人道：“那不是春桃说话么？有茶拿一壶待客。”只见一个女人提了一壶茶来。绍闻看见，正是先时出来女人。那人道：“一向好呀！”那女人不言语，放下壶就走。那人向绍闻道：“好是好，只是脚大。”那女人回头笑道：“不说你那嘴罢。”一直走了。绍闻方晓得白兴吾是一个家人。想起昨日觥筹交错，今日兄嫂相呼，顿时把个脸全红了。那人斟起茶来，绍闻酒醒口干，却吃了四五盅。那人道：“我今日是回拜先祖一个门生，不料到店时。他起程走了。咱同到我家闲散一天去。”绍闻道：“我有紧事，不能去。”那人道：“大清早来寻小价，见了小价的主人家，却又嫌弃起来。你要不同我去，我明日对满城人说，你是小价白存子的兄弟。”绍闻把脸又红了一阵，只得俯首听命。正是：

> 自来良贱隔云泥，何事鹤雏入鸭栖？
> 只为身陷坑坎里，秽污谁许判高低。

却说扯住谭绍闻同去的是谁？原来是张绳祖。为何早晨拜客？原是他祖在蔚县做知县时，考取的儒童案首，后来中了进士。今日上湖广光化县上任，路过祥符，投帖来拜，到老师神主前叩头。上任新官无可持赠，送了四色土仪。张绳祖早晨回拜，下帖去请，那人凭期已迫，不敢逗留，黎明走了。绳祖到店不遇，只得回来。恰遇绍闻在白兴吾门楼出来，故此撞着。

这张绳祖原是悬罾等鱼之人，便邀绍闻到家。绍闻挂牵着夏逢若索银来人，本不欲去，却因“白大哥”一称，被张绳祖拿住软处，不得不跟的走。家人牵着马匹，二人并肩到了张绳祖家里。只见庭除洒扫洁净，桌椅摆列整齐，那假李逵也扮成家人模样，等待伺候远客赴席。二人进厅坐下，绳祖便问道：“今日没一个赌家来么？”假李逵道：“适才火巷里王大叔引了一个赌家，年轻的，有二十二三岁年纪，身上俱是软叶子。进得门来，只说道：‘这是待客哩，咱走罢。’我让他坐，他头也不扭回去了。说往小刘家寻赌去。”绳祖道：“祝老爷天明时，已出南门走了，咱晌午也请不成。你去后对说，把午时待客东西，拣快的分一半做早饭，我与谭叔吃。午时，把那一半收拾成午饭。”假李逵向后边说去。

谭绍闻道：“我委实有紧事，不能扰你。”张绳祖道：“啥紧事？你对我说。”绍闻道：“我不瞒你，果然白兴吾昨日承许借我二十两银子，今日寻他。并不知他是府上旧人。”张绳祖道：“也不必提这话。你只说要二十两银子做什么？难说二十两就窘住了你？我断乎不信。”绍闻道：“委实一时费用多了，几家房户铺家面前急切开不得口。”张绳祖道：“你就是一时着急，该寻别个与你周章。即不然，你到这里一商量，也不见什么作难。再不然，或是典当几件衣服，甚至当上几亩地，卖上一攒小院子——祖宗留传于后世，原是叫后人不受难的，千年田地换百主，也要看得透。为甚的低三下四，向这些家人孩子口底下讨憨水吃？况且你将来少了他们一个字脚儿么？还承他们一番情。要承情，倒是咱们彼此济个急儿，也是个朋友之道，也不叫人看的下了路。你通是年轻没主意。”几句话说的绍闻心中有了成见。只是当下燃眉之急，难以周转，因说道：“你说的是。但当下二十两银子怎的摆布？”绳祖道：“这有何难，我给你问一宗银子。”因向假李逵道：“李魁，你与谭叔把这宗银子料理了罢。”原来假李逵本姓李，叫做李魁，后来输的精光，随了一个姓贾的做儿子，人便顺口叫他做贾李魁，绰号假李逵。这李魁道："易然之事。现有俺舅汆芝麻银，物听时价，临时加三上斗，有一百两，随便使用。临时只要干净东西。"绳祖笑道："何如？还用你寻'白大哥，么？只这个'李大哥'，就把事办了。"绍闻满面发红，也不言语。

须臾饭来。吃讫，李魁拿出一百两放在桌上。绍闻只要二十两，李魁道："要一宗称去。若是只要二十两，我就不敢给了。七零八落，将来琐碎难收拾。"张绳祖道："你就全用打什么要紧？"绍闻连日为没银子做了难题，便顺口依从。将一百两分开另包二十两，即要起身。绳祖哈哈大笑道："有了银子就要走开，你只说你使的这样紧，是给谁的？"绍闻只得把夏逢若打官司吃苦那话述了一遍。绳祖道："何用你送去，就叫李魁送去；一发请他来，就算晌午请他洗臀。"绳祖即拿过二十两，递与李魁道："你替谭叔送去。到那里顺便即邀夏大叔今日过午。"

李魁接银子在手——路上解开，捏了两块，约有二两多，依旧包好，向夏鼎家送去。到门时，叫了一声："夏大叔！"只见夏逢若拄了一根棍儿出来，哼着说道："你做什么哩？"李魁道："我与你送银子来。"逢若道："是哪一宗儿？"李魁道："是萧墙街……"说未及完，逢若道："院里坐。"李魁跟进院里，坐在一个小杌子上。逢若道："是怎的？"李魁道："谭叔为你这宗事，急得要不的。今早在俺家央俺主人家，寻的九顶十的银子二十两，叫我替他送来。还请你今日过去玩玩哩。"逢若道："你看我这光景，如何出得门？过两日，走动不显形迹了，好去。"

李魁回来说："银已交明，夏叔不能来。"张绳祖道："我今日是请不成客，你也把银子送与兔儿丝了，白白的闲着没一个人来，少不了咱去火巷寻寻王紫泥去，看他引的新赌家往小刘儿家去了不曾？"绍闻道："我是不会赌，我不去罢。"绳祖道："你还要去寻白旺么？"绍闻不等说完，便接口道："我随你去就是。"绳祖道："我把你这八十两送到后边，咱好去。"

张绳祖送银回来，携同绍闻上火巷来寻王紫泥。到了门首，临街三间小楼，一个大门。进去只见三间厅房，桶子关着，院内盆花、缸鱼，也颇幽雅。只说无人在家，却听得厅内有人道："好嘴！好嘴！"张绳祖便推门道："青天白日，关住门做啥事哩？"内边王紫泥道："从西过道走闪屏后进来罢，怕影飞了鹌鹑。"二人方知厅里斗鹌鹑。

果然从西过道过去，由厅房后门进来。只见四五个人，在亮窗下围着一张桌子看斗鹌鹑。桌上一领细毛茜毡，一个漆髹的大圈，内中两个鹌鹑正咬得热闹。绳祖认得内中有两个瑞云班戏子，一个篦头的孙四妞儿。那一个少年满身时样绸缎衣服，却不认得。因鹌鹑正斗，主客不便寒温。斗了一会，孙四妞道："你两个不如摘开罢。"那戏子道："九宅哩，摘了罢？"那少年道："要打个死仗！"又咬了两定，只见一个渐渐敌挡不住，一翅儿飞到圈外。那戏子连忙将自己的拢在手内。只见那少年满面飞红，把飞出来的鹌鹑绰在手内，向地下一摔，摔得脑浆迸流，成了一个羽毛饼儿。提起一个空缎袋儿，忙开厅门就走。王紫泥赶上一把扯住，说道："再坐坐吃杯茶去。"那少年头也不扭，把臂一摇而去，一声儿也不回答。有一只《荷叶杯》词，单道斗鹌鹑败阵之辱：

撒手圈中对仗，胆壮，弹指阵频催，两雄何事更徘徊。来么来！来么来！
忽的阵前渐却，毛落，敌勍愿休休，低头何敢再回头，羞莫羞！羞莫羞！

却说那少年去了，王紫泥回来道："有慢尊客，得罪！得罪！"方才宾主为礼。整椅让座，献茶。绳祖道："紫老认得此位么？"王紫泥道："怎的不认的。这不是谭孝廉先生公子么？去年在林腾云席上就认的。"绳祖道："适才那位少年是谁？"王紫泥道："那是城西乡管冲甫的小儿子，兄弟排行第九，外号儿叫做‘管不住’。进城来赌博，带了一个鹌鹑，不知怎的遇见他三个，就到我这里趁圈子咬咬。偏偏的咬输了，一怒而去。”那孙四妞接口道：“我在街上做生意，管九宅见了我问：‘谁有好鹌鹑要咬哩？’我说唯有瑞云班他两个有，是城里两个出名的好鹌鹑。九宅哩就催我叫去。我叫得他两个到了，要趁王六爷这里咬咬，咬完了还要赌哩。谁知道他的就咬输了，惹的大恼走开了，很不好意思的。”那戏子也道：“我起先看见他那鹌鹑是支不住了，他只管叫咬。你没见他那鹌鹑早已脚软，他一定要见个输赢高低，反弄的不好看。”孙四妞道：“他仗着他的鹌鹑是六两银子买的。”戏子笑道：“不在乎钱，是要有本事哩。那鹌鹑明腿短些，便不见出奇了。”绍闻道：“玩这个东西，却也有趣。把你的鹌鹑拿来我看看。”戏子走近前，送鹌鹑去看。绍闻伸手去接，那戏子连声道：“不是这个拿法。”绍闻缩了手说：“我原不在行。”那戏子道：“相公若是见爱时，我情愿连布袋儿奉送。但只是这是个值七八两的东西，见过五六场子，没有对手。我回去取个次些的送相公，把手演熟，好把这个。”张绳祖道：“你先说送，到底是舍不得。”那戏子道：“你老人家把俺们看的下作了。这不过是个毛虫，值什么。只是他老人家手不熟，拿坏了可惜，我回去再取一个，把两个一起奉送。只要爷们眼角里把俺们看一星儿就够了。”一面说着，两个戏子、一个篦头的，都走开。

绳祖道：“闲话少提。说你今日早晨，引了一个年轻赌家到我家，就是这管九宅么？”王紫泥道：“不是这个。是东县的一个赌家，姓鲍。说带了二百多两银子进城来寻赌。昨晚他来拜我，我就约今早上到你家去。及至到了你家，见是待客样子，就又送他上刘守斋家去。我回来要紧着读书，又撞着管贻安咬起鹌鹑来。我委实不能赌，也不指望抽这宗头，只求宗师来，不像上年考四等便罢。”张绳祖笑道：“是了，是了，说文宗下月初十日从河北回来，要坐考省城哩。你也太胆小，还有半月空闲哩。”王紫泥道：“坐到那里，心里只是上下跳个不住，凡赌博心里不舒坦，是稳输的。不如把学院打发过去，再弄这个罢。像你做太学的，好不洒落哩。”张绳祖笑道：“上轿缠脚，只怕缠不小了。”王紫泥道：“谁管脚小不小，只是心跳难受。即如眼下陪客，心里只是慌，只像偷了关爷的刀一般。若不是学院在即，我先放不过东县鲍相公这宗钱，还肯把‘东坡肉’送到你嘴里不成？”

话犹未完，瑞云班两个戏子来了，又带了两个旦脚儿，共有五六袋鹌鹑。进的门来，王紫泥道：“你们要送谭相公鹌鹑，都拿来了？”戏子道：“尽谭相公拣，拣中了就连袋儿拿去。”绍闻道：“我是闲说，当真要你们的不成？”绳祖道：“你们要明白，谭相公是要奉价的，若是白送，他就不要。”戏子道：“啥话些。若说与银子，俺也就不送。”绳祖笑道：“你只说哪一个是尽好的？”戏子道：“这黑缎袋子内，就算一等一了。”王紫泥道：“就是这个罢，取出来瞧瞧。”戏子取将出来，果然精神发旺，气象雄劲。王紫泥道：“就是这个。”绳祖道：“紫老心里只图一等一哩。”王紫泥道：“你单管着奚落人，我只怕到场里，一嘴不咬，把我弄的蹿了圈哩。”戏子道：“这鹌鹑管保是双插花的。”绳祖将鹌鹑装在袋内，递与谭绍闻，向戏子道：“少刻去我那里取五两银子去。”戏子道：“若如此说，我就不送了。”绳祖道：“你们班子如今在下处么。”戏子道：“东司里大老爷大王庙还愿，回去就上大王庙去。”绳祖道：“你们且去，我有道理。”四个戏娃子走开。

绳祖道：“紫老，这场赌要你周章。”紫泥道：“难说我是不好赌的？只是学院两个字，这几日就横在心里，只怕‘公、侯、伯、子、男’凡五等了。”绳祖道：“记得书还不怕。”紫泥道：“怕仍旧贯。”绳祖道：“既是‘贯’了，何不仍旧？”于是一同出来。绳祖把鹌鹑袋儿挂在绍闻腰里。

有诗讥刺这斗鹌鹑：

自古三风并十落，到今匪彝更齐全；

可怜毛羽难咸若，鹨首到冬手内鏖。

又诗：

人生基业在童年，结局高低判地天。
养女曾闻如抱虎，抚男直是守龙眠。

第三十四回

管贻安作骄呈丑态　谭绍闻吞饵得胜筹

却说张绳祖同绍闻出来，王紫泥毕竟为考试，心下有些作难。绳祖道：“你来罢，疥疮药怎能少了你这一味臭硫磺。”紫泥少不得跟着同去，一径直上槐树胡同刘守斋家来。

看官要知道刘守斋是个什么人？原来刘守斋祖上是个开封府衙书办，父亲在曹门上开了个粮食坊子。衙门里、斗行里一起发财，买了几处市房，乡里也买了八九顷好地，登时兴腾起来。刘守斋名叫刘用约，因做了国学，挂帐竖匾，街坊送了一个台表，就叫起刘守斋。这刘守斋从祖、父殁后，自嫌身家寒微，脸面低小，专以讨些煮茗酿酒方子，烹鱼炒鸡的法儿，请客备席，网罗朋友，每日轰赌闹娼。一来是自己所好，却有八分奉承人的意思，无非图自己门庭热闹。

今日这三位一起闯进客房，这刘守斋喜从天降。张绳祖问道：“东县的客在么？”守斋道：“王老叔早晨陪客到这里。王老叔回去，鲍相公发急要走，我强留住，现在后园小书房哩。”紫泥道：“你二位去罢。”绳祖道：“你看你那样儿，难说宗师要命不成？”守斋道：“爽快不用在前边，我引着一同到后边罢。”王紫泥道。“待我便便就来行得么？”刘守斋道：“你老人家何用自己亲身出恭。”大家哄然。绳祖扯住紫泥，绍闻跟着。守斋到了客房后门，高声道：“躲一躲儿，有客过去！”穿宅过院，径至后园。另是一座小院落，花盆，橘筒，也有五七样子。三间小房儿，只听内边有呢喃笑语之声。进去一看，原来正是那个鲍相公同着一个妓女在那里打骨牌。大家同团了二个喏儿，让座坐下。紫泥便开口道：“此位便是今日早晨拜的张大哥。此位是萧墙街谭相公。”绳祖道：“失候有罪。”鲍相公遭：“岂敢。”妓女捧茶遍奉。绍闻向守斋道：“久仰大名，今日幸造。”刘守斋道：“甚风刮到，多谢先施。”

寒温套叙了几句，绳祖便道：“闲话少提。鲍兄此番进城，弟已知其来意。守斋呢，就拿出色盆来。不然者或是混江湖，骨牌溯，打马吊，压宝，大家玩玩，各投所好。休要错过光阴。”紫泥道：“我不赌罢。”绳祖笑道：“还有谁哩，算上你的一分头何如？再休提宗师两个字，犯者罚东道两席。”守斋开了书柜门，早取出比子，色盆，宝盒子，水浒牌，妓女铺上茜毡，各占方位。唯有绍闻不动身。守斋道：“新客我不便让。”绳祖道：“不用推辞，玩玩儿罢。”绍闻道：“你可晓得我不会。”绳祖道：“叫人替你看着。就叫这个美人与你看着不妨。”那妓女笑道：“我一件也不认的。”绳祖道：“你的大号呢？”妓女道：“没有。”守斋道：“她叫做醉‘西施’，会吃一盅儿。”绳祖道：“适才你怎么打骨牌？”鲍相公道：“她委的不会，适才搭点儿，都配不上来。如何能替谭兄看哩？”张绳祖道：“守斋，你算一家儿罢。我也知道你不大明白，怕这场赌儿散了。”

话犹未完，守斋的仆人来说：“后街顾家有人寻鲍相公哩。”鲍相公失色道：“是家母舅着人寻我哩。我来时原不曾到母舅家去，本意不叫家母舅知道我进城来。不知怎的又知道了。这不可不去，我只得失陪。”众人拦阻不住醉西施送在书房门首作别。众人要从刘家院里过去送出大门，鲍相公再三恳辞。张绳祖、王紫泥恐冷落这个好赌家，一定要送，绍闻只得相随。穿宅过院，送至大门。只见顾家家人说道："东县姑娘昨晚就有信来了，今日俺大爷好不差俺四下里寻鲍大叔。这是冒猜的，不料果然在此。"鲍相公道："不用多说。"回头一拱，说："改日再会。"快快然跟得顾家家人走讫。

众人也就想打散而去。恰好管贻安又同了一个人从街口走出来，看见众人，哈哈笑道："好呀！"紫泥道："好大气性，一个鹌鹑败了，有何气生，便是那个样子，茶也不吃就走了。"管贻安嘻嘻一笑，刘守斋就邀同到家。连新随的人，主客共六个，依旧从院内过去。到了书房，又团一个喏坐下。醉西施捧茶遍奉。管贻安开口便向妓女道："西乡走走去。"妓女道："正要看九爷去。"绳祖指新来的少年问道："高姓。"那人道："张大叔不认得我么？"绳祖道："一时想不起来。"管贻安道："这是我新收一个龙阳。"那人起来向贻安头上打了一下子，笑道："老九你也敢说，叫众人估将起来，看谁像。"绳祖道："到底我忘了，有罪。"那人道："我是仓巷里，张大叔再想。"绳祖道："是了。你是星相公吗？"那人道："正是。"绳祖道："那年与令尊作吊时，你还是盛价抱着谢客。如今没在学里读书么？"管贻安道："读那书做屌哩！他如今也学撞二层光棍，正是他当行时节，也罢了。"那人便起来与管贻安嬉笑、厮打起来。众人都劝道："休要恼了。"二人方才歇手。

管贻安又指着绍闻向王紫泥问道："这位是谁？先在你家见过，只顾咬鹌鹑，没有问。"王紫泥道："这是萧墙街谭相公。"管贻安道："萧墙街谭忠弼是府上谁呢？"绍闻把脸红了一红，答道："是先父。"贻安道："令尊当年保举花了多少银两。"绍闻道："不曾花什么。"贻安摇手道："我不信。家兄当日因为这个宗儿，花了二百两以外。亲口许陈老师五十两，陈老师依了，老周执拗不依。那老周是个古董虫，偏偏他如今升到江南做知县了。"那同行的星相公，姓娄，叫娄星辉，见管贻安说话下道儿，便插口道："老九，你看你说的是什么！"那管贻安道："你不爱听，你离离何妨？我还不与你说哩。我放着老西不与她说，她脸上有粉，比你不好看些？”早已一把手扯住妓女，向院里调笑去。

这刘守斋见一起门户子弟，少长咸集，荒向家里跑，吩咐加意烹调，好办午馔。

少时，鲍相公也回来。原来出的街口，与了来人几十个钱买他，只说寻不着，依旧回到刘家。小厮儿看狗，仍到后园书房内。商量赌时，日已过午。刘守斋吩咐列了七座，排开两桌，安上果盘佐食，浇上清酱淡醋碟儿，一声道：“请坐。”管贻安道：“偏是你这等人家饭是早的，可厌！可厌！”守斋道：“无物可敬，所以略早些。”绳祖道：“日已错西，也不算早。”

贻安道：“肚里饱饱的，吃进大锤子去！”娄星辉道：“那是你素用的。”两个又调笑了一遍。王紫泥道：“乡里客请上座罢。”管贻安道：“离了乡里人，饿死您城里寡油嘴。也罢么，我就讨僭。”一径坐了首席。鲍相公坐了次座。娄星辉笑道：“老九，隔县里客，你也忘了让座。”贻安忽的恼了，道：“我坐的不是，我就走！”一直起来硬要走，众人拦住娄星辉道：“说一句笑句，你就恼，你怎的骂我来？”贻安道：“你还不知道，我是娇惯成性？”大家解劝一番，依旧分了两桌，众人挨次而坐。酒过三周，精味美品上来，紫泥便夸烹调，守斋谦逊而已。贻安便问厨役是谁，守斋含糊答道：“胡乱寻个人做做。”贻安用箸取起一块带骨的肉儿道：“这个狗肏的，就该把手剁了！”守斋原是内造，一句话骂的脸红，再也不敢多言。

有诗刺那浮华子弟膏粱腔儿：

> 子弟浮华气太嚣，当筵开口讲烹调；
> 请君细细翻家谱，祖上鼎钟历几朝。

不说那管贻安在酒席上妆那膏粱腔儿，抖那纨绔架子，跳猴弄丑。这张绳祖早把王紫泥点出门，寻个僻地儿，商量说："老王，你没看么，姓鲍的那孩子还牢靠些，这姓管的那个孩子，是个正经施主儿，咱休要当面错过。不如下了手罢。"王紫泥摇头道："不然，你再看管老九眉眼都是活的，何尝是憨子？只怕下手不成，不如下手了姓鲍哩罢。再不然，把谭家那孩子宰割了，一发不犯扎挣。"张绳祖道："呸！谭绍闻是个初出学屋的人，脸皮儿薄，那是罩住的鱼，早取早得，晚取晚得。姓鲍的也是个眼孙，还不多言语，想是世道上还明白一二分儿。那姓管的一派骄气，正是一块不腥气、不塞牙的'东坡肉'。今日若不下手，到明日转了主户，万一落到苏邪子、王小川、邓二麻子他们手里，他们就肥吞了，不笑我们上门猪头不曾尝一片耳朵脆骨哩。"王紫泥道："你独自下手罢，我委实挂牵考试。"张绳祖阵了一口道："纵然丢了你这个前程，也不可错过这宗。我对你说，古董混账场中，帮客不可要两个，有了两个帮客，就如妻妾争宠一般，必要坏事；光棍不可只一个，有了两个光棍，暗中此照彼应，万不失了马脚儿。你只管放心，管情明日咱二人有二百两分头。"

二人扣定，依旧又入残酌。管贻安道："你两个一道巷口住着，想是商量机关要下手我们么？"张绳祖哈哈大笑道："果然九宅不错，一猜就猜着了。原是商量请众客今日舍下吃酒，不许一位不到。"鲍旭道："今早府上像待客光景——"话犹未完，管贻安道："那就讨扰不成。残茶剩酒，叫狗攮的吃，我不去。"张绳祖道："岂有此理。不过旋切酱菜，炒豆芽儿，绿豆米汤，爱吃酒的吃一杯儿。何如？"管贻安道："这我就去了。"

说声去，便起席，刻下就走。刘守斋还留住不放，管贻安昂然直走，说："可厌！可厌！"仍要从前门走。刘守斋说："后边有便门，更近些。"一起起身，西妮也送出后门，管贻安一把拉住道："你也同去。"西妮道："怕县里公差。"管贻安道："就是抚按大老爷撞见，也不好把我九宅怎么着。"扯住西妮前行。众人尚知回头作别。刘守斋呆望而已。

转至巷口，谭绍闻欲作别而回，张绳祖哪里肯放。管贻安看见便道："若是走了一个，谁要再去，就是忘八蛋。"张绳祖道："何如？"绍闻少不得随众又到张宅。

日色初落，假李逵早点上两枝烛来。管贻安道："来来来，这场赌儿，头叫老西抽了罢。即刻就弄，休要宿客误客，惹人厌气。老张，你那豆芽、酱瓜，到半夜里作饭罢。"张绳祖道："敢不遵命。"管贻安派了自己一家，鲍旭一家，谭绍闻一家，张绳祖一家，王紫泥一家。娄星辉与他搭了二八账。绍闻方欲推托，被管贻安几句撒村发野的话弄住了，也竟公然成了一把赌手。

掌过灯来，摆上碗，抖出色子，开上钱。若再讲他们色子场中，何取巧弄诡之处，真正一言难罄，抑且挂一漏万。直截说来，掷到东方明时，管贻安输了四百二十两，鲍旭赢了七十两，谭绍闻赢了一百三十两，其余都是张绳祖、王紫泥赢了。假李逵抽了二十两头钱，西妮得了五六两赏钱。娄星辉别自订桑中之约。

翻过盆时，假李逵将昨日请客肉菜热得上来，管贻安腹中饿了，也顾不得昨日的话，大嚼一顿。又吃着酒儿，等待天明。张绳祖道："谭兄，忘了你的鹌鹑了，只顾赢钱，怕饿死了他。"管贻安道："你也会弄这么？"谭绍闻道："我不会。"张绳祖道："这是班上昨日送他的。我说叫谭相公送他五两银子，也不承这些下流人的情。"管贻安要看，绍闻道："我昨日来时，挂在祠堂洗脸盆架子上。"管贻安便叫取来。绍闻摘来，连袋交与管贻安。管贻安接在手中向烛下一看，说道："这不是昨日咬败我的那个鹌鹑。'绍闻道："我不认得。"管贻安道："正是它！"向地下一摔，摔成肉饼儿，道："我明日与他十两。"摔得在座之人，面面相觑，都不作声。忽说道："天明了，与我开门，我要走哩。"昂然走了。

众人也没人送，唯有张绳祖送至大门。回来便道："光棍软似绵，眼子硬似铁。管家这孩子，并不通人性。”王紫泥道：“悄悄的，休高声。他到产业净时，他就通人性了，忙甚的。”张绳祖道：“你这话太薄皮，看透了何苦说透。我如今就是通人性的了。”王紫泥道：“对子不字父，难说初见谭相公，开口便提他家老先生名字，这就不通人性到一百二十四分了。”张绳祖道：“不必说他。谭兄你赢这一百三十两，把昨日使的那二十两扣下，你拿回一百一十两去。你输了问你要，你赢的叫你拿走。现成的你拿去，丢下赊账俺们赔。难说叫你年幼学生讨赌博账不成？也不是咱们干的事，咱们的事要明明白白的。旧盛公子那话，我心里只觉屈得很。也不用再讲他。只谭兄目今明白就好。”因叫李魁儿过来，一秤称明，称了一百一十两。李魁讨了三四两彩头，西妮也讨了二三两。娄星辉道：“我也丢丢脸，问谭相公要个袍料穿。”捏了两个锞儿。王紫泥说道：“余下一个锞儿，赏了提茶的小厮罢。”

谭绍闻这一百两银子竟无法可拿。假李逵拿了一条战袋，一封一封顺在里面，替他掀开大衣，拴在腰间。娄星辉向西妮道：“咱也散了罢。趁天未明街上无人，你随我去罢。也不必向小刘那边去，我自有个去处。熬了一夜，要睡到晌午哩。”张绳祖道：“我知道。”连鲍旭一起，四人出门。张绳祖、王紫泥送出大门而回。

王紫泥埋怨张绳祖道：“你如何把现银子叫谭家拿的去，咱（贝青）赊账哩。”张绳祖道：“呸！若说你是个书呆子，你却怕考。我问你，人家父兄管教子弟赌博，固然这是败门风的事，若是遭遭赢钱，只怕父兄也喜欢起来。与谭家这孩子一个甜头，他令堂就喜欢了，他再一次也肯来。那银子得成他的么？只怕一本万利，加息还咱哩。我若不是当初赢了头一场四十两，我先祖蔚县一任、临汾一任，这两任宦囊，还够过十几辈子哩。总是不赢不得输，赢的多输的也不得少。”王紫泥道：“你只作速催赌账来，我分了好保等。”假李逵道：“王大叔放心，全在我。”日色已高，也一拱而散。

这正是：

设媒悬囮诱痴儿，左右提携一任之；
刚被於菟牙血后，升成伥鬼便如斯。

第三十五回

谭绍闻赢钞夸母　孔慧娘款酌匡夫

却说谭绍闻日出时自张宅回家，腰缠百金，也觉带他不动，曳着腰往前急走。只因心头欢喜，也就忘了街上耳目。从胡同口到后门时，门方闪开，一径到了楼下。家中因一夜不见了绍闻，都是浑衣睡的，此时正打算差人找寻，恰好绍闻到了楼下，合家惊喜。王氏问道:“你往哪的去了。”绍闻也不答应，撩起大衣，解开战袋，丢在地下。说道:“梅姐，你倒将出来。”冰梅提起战袋往下一抖，扑的溜出十封银子，也散了两三封，银锞儿滚了一大片子。王氏道:“你就揭了这些?”绍闻道:“咦，我揭不成，这些是我赢的。”王氏道:“你哄我哩。”绍闻道:“岂能在娘跟前说瞎说，实是赢张绳祖的。他哪一次没有在咱家小车子推钱?这番我报了仇，赢他一百三十两。与了夏家二十两，众人破费了十来两，这是整整的一百。”王氏道:“咱家可也有这一遭儿。那日他那黑胖汉子搬钱时，恁样强梁，赢不死那天杀哩!”唯有孔慧娘一声儿也不言语。

王氏道:“赵大儿拿洗脸水来。你看你那脸上都是油气，指头儿都是黑的。”冰梅道:“奶奶忘了大儿走了?”王氏道:“我一发糊涂到这个地位。你就去取水罢。走了大儿毕竟不甚便宜些。晚上叫樊家女儿做伴儿，人又蠢笨，半夜中喉咙中如雷一般，怪聒的人慌。”冰梅取上水来，绍闻洗了脸，王氏叫先做些挂面汤儿吃。绍闻吃了半碗，嫌不中吃，放下了。

只听德喜儿到楼门说道：“当店宋爷要上京，众人约定今午饯行。昨日约了两次，不曾在家，如今南号里又来约。该去的时候，分赀五钱，也是南号里收管。”王氏道：“上年捎头面时，也承他许多人情，该去走走，五钱分赀也有限。”绍闻就于散银中捏了一个小锞儿，取戥子称。王氏道：“一百两整数休要破了，你就一封一封带去，先完了他这宗账，也不枉你赢了这一场子。我另与你五钱银子做分赀。”绍闻喜自不胜，另封五钱分金，就叫德喜儿拿了一个大拜匣，将一百银子封包，自己换了新衣。王氏道：“你一夜未必睡，早些回来歇歇儿。”绍闻道：“娘说得是。”遂携着德喜儿，夹着大拜匣，包上一个旧坐褥，一直上当店来。

当店戏已开本，众客下位相迎。绍闻秘地将分金交明，便道：“宋爷，有小事相商。”宋绍祈看拜匣张着口儿，露出银封，遂引至密室。绍闻叫德喜儿展开拜匣，当店小伙计架起天平，宋绍祁取出信票，拿过盘子，算连本带息该九十八两三钱。绍闻将银子倾入盘内，兑上砝码，只九十五两有零。这原是假李逵包封时节，暗除了几两。绍闻只疑天平砝码不合张宅戥子。宋绍祁说：“当日在京首饰楼下兑换，原是借的珠子铺的足纹，这成色递不上，还少三两一钱。本不该争执皮薄，只是非关小弟私囊。一时再讲全要，我也不肯叫谭爷回去再鳚。”又叫小伙计取过算盘，对小伙计说：“你上一笔账。谭爷名下除收九十五两二钱外，连色并尾欠，还欠五两三钱二分。你一发上成整数，算作借银五两罢。”绍闻道：“承情。”宋绍祁一把拉住，又到前厅看戏。众人立身候坐。

绍闻坐不多时，只是打呵欠。顷刻排桌列座，序了次序，戏子又开整本。绍闻身子乏困，品味未完，得个空儿走了。

回家进得东楼，扑的倒在床上，呼呼地梦入南柯。这一觉好睡也。直睡到飞乌西坠家家上灯时节，方才有个醒意。梦呓中还叫了一声：“死幺，看你怎么滚！”方才大醒了。

睁眼看时，在自己卧房床前，摆了一张炕桌，四面放着小低椅子四把。桌上八个围碟，中间高烧着一支大销金烛。后一个铜火盆，红炭腾焰，一把茶壶儿蚓声直鸣，一提壶酒也热了。冰梅抱着兴官儿坐着。孔慧娘见醒了，起来一面说，一面斟了一杯茶：“你渴了，吃杯茶儿。”绍闻起身坐在床上，接了茶呷了一口。指着碟酌说道：“这是做啥哩？”冰梅笑道：“你赢了钱，俺两个请你的，休嫌席保。”绍闻道：“当真你两个摆什么碟儿？”孔慧娘亦微笑道：“真正是请你的。”

绍闻出的楼门，在院里略站片时回来。冰梅就把睡着的兴官儿放在床上，枕的是慧娘新做的黄老虎顶面小枕头，盖了慧娘一领绿袄襟儿，半遮半露，呼呼地睡。绍闻只得坐了正座。冰梅斟了一杯热酒递与慧娘，慧娘接杯在手，放在绍闻面前。又放了一双箸儿。冰梅又斟一杯酒，放在慧娘面前，自斟一杯放在自己面前。慧娘手拿两双箸，一双放在自己面前，又递与冰梅一双儿。绍闻笑着举手道：“我与你两个看个回奉杯儿。”慧娘笑了笑，推回手去。冰梅笑道：“我年轻，担不起。”把绍闻喜得直是心醉。

却说人在那游荡场上，心是个恍惚的，在这伦理场中，心是个清白的。此夕绍闻妻妾床前小酌，虽是小儿女闺阁私情，却正是伦常上琴瑟好合的正话。绍闻心中触动至情，看那慧娘，长条身材，瓜子面皮，真是秋水为神玉为骨。看那冰梅时，身材丰满，面如满月一般，端的芙蓉如面柳如眉。绍闻难道平日不曾看见么？只因今晚妻妾欢聚，倍觉融洽，所以绍闻留心比较并观。况且三口合来，刚刚满六十个年头，兼且一个德性娴静，一个德性平和，真正娇艳尚为世所易有，贤淑则为世所难逢。心中自言道：“我镇日守此国色天香，夫唱妇随，妻容妾顺，便是极乐国了。却被这一起光棍，引入烟花之中，那些物件乔妆俗扮，真是粪土一般，实实叫我后愧。”忍不住口中“呸”了一声。冰梅道：“大叔呸什么？”绍闻笑了。略迟了一会道：“我竟是说不上来。”也就不说。

酒过三巡，孔慧娘不能吃酒，脸色已发晕，冰梅还挣扎吃第四盅。这三人说些闲话。只见兴官儿动了动儿，把绿袄襟掀开，露出银盘一个脸，绑着双角，胳膊、腿胯如藕瓜子一般，且胖得一节一节的。绍闻忍不住便去摸弄。冰梅笑道：“休动他，他不是好惹的。”那兴官早已醒了，哭将起来。慧娘抱起，打发的尿了一小泡儿，还不肯住哭。慧娘双手递与冰梅，搂到怀里，以乳塞口，无处可哭。吃了一会饱了，丢了乳穗；扭身过来，看桌上果盘，便用小指头指着，说出两个字儿的话头：“吃果。”慧娘接将过来，剥了几个松子、龙眼、瓜子儿。吃不尽的都扣在手中，绍闻道：“就不与娘吃个儿。”兴官便拿一个瓜子儿，塞在慧娘口里。冰梅道：“爹就不吃个儿。”兴官下得怀来，便把一个松子塞向绍闻口中。绍闻张开口，连小指头儿噙住，兴官慌了，说：“奶奶打。”慧娘道：“今晚奶奶与你一块鸡肝儿，叫你唱喏，你硬着小腰儿，白要吃，如今却叫奶奶哩。”冰梅道：“这两日赵大儿闺女走了，兴官儿只是寻。他两个玩惯了，摘离不开。那闺女还到后门上寻兴官儿，大儿抱回去了。”绍闻道：“大儿就该放过来，叫她两个耍。”慧娘道：“人有脸，树有皮，赶出的人，再进来脸上也支不住，只是我到咱家日子浅，赵大儿两口子作弊不作弊。”绍闻道：“那作弊二字他两口子倒万不相干。只是王中说话撞头撞脑的，惹人脸上受不的。”慧娘笑道：“手下的人，怎的得恁样十全。大约甜言蜜语之人，必然会弄诡道。那不作弊的，他心中无私，便嘴头子直些，却不知那也是全使不的哩。”绍闻道：“只因说话太刚，惹人连他的好处也要忘了，所以昨日我打发他。不过咱爹承许他的菜园，他的市房，不昧他的便罢。”慧娘道：“他领了去不曾？”冰梅道：“我听说王中这几日并不曾出门。”慧娘道：“怎的咱爹在日就许下他这些东西？”

绍闻道："是咱爹辞世之日同我许他的。"慧娘道："既是如此，这事还得一个商量。只是我是女人家，不晓得什么，又年轻孩气。冰姐，你把热酒再斟一杯与他爹吃，我也再吃半盅儿，夜深冷了。既是咱爹临终许他，想是咱爹重用的人，如今咱爹现今没有埋哩，赶出去心里也过不去。况且你也知道不作弊，咱大家商量，明日还叫他两口子进来罢。冰姐，你说使得使不得？"绍闻道："既是你说，大家愿意，明日就叫他还进来。"慧娘道："到底你要体贴咱爹的意思。我想咱爹在日，必是爱见他哩。只是还没见他奶奶的话儿。兴官呢。"冰梅道："娘叫你哩。"兴官在绍闻怀中，睁着小明眼儿看慧娘。慧娘道："你明日与奶奶唱个喏儿，替王中讲个情，叫赵大儿把他家小妮儿还引进来，与你玩耍。你先与你爹唱个喏儿，我明日与你做新鞋。"那兴官果然不照东，不照西，作了一个小揖儿，把绍闻喜欢的成了一个乐不可支。

慧娘抱过怀中，片时又呼呼地睡着。慧娘慢慢放在床上，脸偎脸儿拍的睡了。绍闻道："你今日见孩子这样亲，到明日你恭了喜，更该怎的。"慧娘把脸红了，说道："你不吃酒罢，还有面哩。"正是：慈爱因是天性，娇羞也是人情。冰梅道："我去厨房把面下来罢？"慧娘对绍闻道："你在这里看兴官，我与冰梅姐去厨房收拾面来。天已四鼓，只怕饥了。你休要摆布醒了他。"去不移时，面已到了，细如发，长如线，鸡霍为羹，美而且热。绍闻吃了一汤碗，说道："这岂不强如挂面万倍。"又重了一碗儿。慧娘与冰梅各吃了一汤碗。绍闻又吃了三四杯酒，酒催睡魔，呵欠上来，说道："我先与兴官儿睡罢。"脱衣解带，抱住兴官，父子俱入梦境。

冰梅道："婶子与大叔说话时，我听着极好，只是我说不圆范。咱也睡罢，夜深了。"原来冰梅一向在堂楼安歇，后来绍闻屡次夜出，冰梅也移至东楼一处作伴，所以此后俱在东楼南间歇了。理合注明一笔。慧娘道："且休要睡哩，这些碟酌家伙，明早叫手下人看见，不成体统。咱两个爽快收拾妥当，洗刷干净，照样安顿他的旧处。省的他们见了，说是咱们背着奶奶吃东西吃酒，这就着实不成道理。总是这些爨妇婆娘识见少，口舌多，异日转了主儿，还能将无作有，对新主说旧主的事情。何况与他个见证，异日便要说咱夜夜与他爹吃酒，半夜里做饭吃，咱家还不知道，外边已谣的一片风声千真万真了。”冰梅本来就是贴心贴胆于慧娘，又领了这一片吩咐，愈觉心服，果然依命而行，收拾的一了百当。

收拾完时，鸡已初唱。慧娘又把今日这番情节，全为收转王中；怎的这事上，可以全公爹当日付托王中之苦心；怎的可以得王中扶曳少主之实力，委委曲曲一一与冰梅详说。又说了许多持家要节俭，御下要忠厚的话，无非在家之日，耳朵听的，眼中见的。那冰梅听了，把瞌睡都忘在海外，慧娘也乐于娓娓不倦。及至兴官醒时哭了，绍闻听南间尚呢喃细语，呼来时，堂楼门已开了。

后来绍闻得力于冰梅，其实乃是得力于慧娘。此是后话，不得不预提在先。端的孔耘轩好家教也。

真个是：

> 联姻何必定豪门，若到悔时只气吞。
> 馋小懒身逞娇贵，舅姑破双泪痕。
> 试看此日真闺秀，苦心和衷善温存。
> 欲知阿翁好眼力，——

不记当年访孔耘轩之时乎？

> ——机子一张线几根。

要之，王中若知自己一腔忠心，能感少主母——年才二十——这一番调停斡旋，婉言劝夫收留之意，也就肝脑涂地，方可以言报称。有诗为赞：

哲哲小星傍月宫，兰馨蕙馥送仙风；
分明一曲霓裳奏，唯有《葛覃》雅许同。

又有诗道小户女儿牝鸡司晨之害：

联姻莫使议村姑，四畏堂高挟丈夫。
海岳欣题狮子赞，也曾写出吼声无？

又有诗道冰梅婉转从顺之美，可称贤媛：

竹影斜侵月照棂，喃喃细语入倾听。
召南风化依然在，深闺绣帏一小星。

第三十六回

王中片言箴少主　夏鼎一诺赚同盟

却说谭绍闻搂着兴官儿睡到醒时，只听得楼房南间一灯闪闪之下妻妾喁喁细语。堂楼门呀的一声，爨妇已起来下厨房。原来天已黎明。兴官也哭起来。绍闻方欲叫时，两个听得哭声一起过来。冰梅把兴官抱去吃乳。

绍闻穿衣坐在床上，慧娘递茶一杯，绍闻接茶在手。回想昨夜慧娘所说的话，大是有理。兼且一片柔情款曲，感得心贴意肯，又添上自己一段平旦之气，便端的要收王中。因向慧娘说道:“昨夜你说的收王中那话，叫我仔细想来，王中毕竟没啥不好的意思，千万为的是我。我如今一定要把他收留回来。”慧娘道:“王中意思固然为着你，你也是千万为着咱爹爹。但你既要留他，也要到楼上对咱娘说一声。不得说要赶就赶，要留就留，显得是咱们如今把家儿当了。”绍闻道:“你说的一发极是。”于是穿上鞋，径上楼来。

看官，我想人生当年幼时节，父子兄弟直是一团天伦之乐，一经娶妻在室，朝夕卿哝，遂致父子亦分彼此，兄弟竟成仇雠。所以说处家第一，以不听妇言为先。看来内眷若果能如孔慧娘之贤，就是事事相商而行，亦是不妨的。总之劝丈夫孝敬父母，和睦兄弟的，这便是如孔慧娘之贤的。若是向丈夫说，“爹娘固是该伺奉的，也要与咱的儿女留个后手。弟兄们没有百年不散的筵席，嫂嫂婶婶气儿难受，我是整日抱屈的”，这便是离间骨肉的勾绞星。为丈夫的，须要把良心放在耳朵里做个试金石，休叫那泼贱舌头弄得自己于人伦上没了座位。这是因谭绍闻今日善听妇言，遂说此一段话头。又有诗曰：

妇言到耳觉甘甜，骨肉参商此舌尖。
若是劝君为孝友，朝朝咨禀亦何嫌？

却说绍闻到了堂楼，母亲才起身儿。绍闻道：“娘起来了。”王氏道：“樊家说，你们一夜没睡，临明时两窗还有明儿。”绍闻坐在床沿说道：“那是兴官儿临明哭了，他们起来哄他哩。”王氏道：“你要说什么？”绍闻笑道：“娘，还把王中叫进来罢。”王氏道：“才赶出去，又叫进来，回寒倒冷的事情。就是叫他进来，再迟两天儿，煞煞他两口子性儿。”

正说间，慧娘、冰梅也到了。慧娘笑道：“娘起来了？”冰梅道：“奶奶吃茶不吃？有热茶。”王氏道：“昨夜吃了半盅酒，口也觉干些，你就斟茶我吃。”慧娘道：“你与娘说啥哩。”绍闻道：“我想还把王中叫进来，娘说再迟两天儿，煞煞他两口性子。”慧娘笑道：“再迟两天又怕住的生分了，一般是叫他进来，就叫他进来也罢。”王氏道：“您看该怎的就怎的，也没啥大意思。只是‘是大不服小’，叫他陪情了，再叫他进来，好看些。”绍闻道：“王中本没不是，何用叫他陪情？我如今就去叫他去。”一面说着，一面开了后门，便向胡同中路南那所旧日放戏箱住皮匠的院子，来叫王中。这正是：

人心本自具天良，片语转移内助强；
端的妻贤夫少祸，人间难觅此红妆。

绍闻直向门首来唤王中。王中认得少主人声音，急忙披衣靸鞋开了门。绍闻见了便道："从前的话儿休提，都是我一向年轻，干的不是事。你如今还回咱家，我已改志了。把昨日我赶你两口子出门的话，大家都忘了罢。"王中道："相公改志，才不负大爷的苦心。我如何肯不回去。"绍闻又愧又喜，转身而归。又回首道："今早就在家吃饭，不用迟疑。"王中道："相公吩咐的是。"

王中回房，将话学与赵大儿，督促大儿起身。赵大儿道："你回去我不回去。人有脸树有皮，前日赶出来，磕头乱央不肯收下，今日得不的一声儿，又回去了。不说在别人脸上不好看，叫人在厨房里也难见老樊们。"王中道："你说的也是人情。但大相公既能改志，且亲自来叫，不回去是万使不的哩。"赵大儿道："这小妮子与兴官相公耍惯了，昨日去后门上寻兴官相公去，门限子高，过不去，急得怪叫喊。奶奶见了，一声儿没言语，我抱回来了。你看不见，奶奶的意思，也嫌你性子太直，不会委曲奉承人。万一进去再不各起来，再赶出来，一发不好看。"话犹未完，绍闻又至院中，道："你大婶子就知道大儿不肯骤然回去，又催我来叫你两口子来。再不回去，你大婶子与冰梅就齐来了。"赵大儿本是爱敬慧娘的，一听此言，便道："谁说不回去？俺如今正收拾哩。"绍闻向王中道："你先跟我回去，叫他慢慢收拾。"

王中跟着绍闻，进了后门，过楼院，一直到前厅，进了东套房。绍闻道："话不用重说。我如今同着大爷的灵柩只说改志，永不被这伙人再牵扯。"王中道："相公改志还不算迟。但如今该怎的呢。"绍闻道："大爷归天时节，说了八个字，'用心读书，亲近正人。'我如今只遵着这话就是了。"王中道："其实我这几天替咱家前后打算，想了四个要紧的字，只是'割产还债'，再无别法。相公细想。"绍闻道："割产二字如何行得？你大爷去世不久，我就弃产业，脸上委实不好看。"王中道："相公要妆大爷门面，只在读书不读书，不在弃产不弃产。况且行息之债是擎不住的，看着三分行息没啥关系，其实长的最快。往往人家被这因循不肯还债，其先说弃产不好看，后来想着弃产时，却又不够了。如今咱有近两千两行息银子，咱的来路抵不住利钱，将来如何结局？休看那客伙们每日爷长爷短，相处的极厚，他们俱是钱上取齐的，动了算盘时，一丝一毫不肯让人。只是咱家现有肥产厚业，所以他们还讲个相与，其实山、陕、江、浙，他们抛父母、撇妻子，只来河南相与人么？他山、陕、江、浙，难说没有个姑表弟兄、姐夫、妹丈，难说没有个南村北院东邻西舍，一定要拣咱河南人，且一定要寻咱祥符县的人，才相与如意么？不过是在财神爷银锞儿上取齐。如今咱该把煤炭厂房子或当铺房子，相公写出两张文券，我慢慢寻个售主，成了交，还这宗利息银子。连当铺宋爷那宗尾欠，也清白了他。相公请个先生用心念书，咱这日子儿还不吃大亏。久后也像娄宅的少爷榜上有名，也不枉大爷归天时一片的萦记。”绍闻道：“你说的是。但当店那宗银子，我已还过了。”王中道：“是那一宗银子还他。”绍闻道：“我在张宅赢了一百多两，前日与宋绍祁饯行时，天平兑与他了，只欠五两来往。”王中道：“天呀！张宅里那有相公赢的钱！当日他家老太爷做了两任官，传到这少爷手里，没几年便输个差不多了。所以满街都叫他没星秤。当日人哄他，今日他哄人。休说相公不该赌，休说相公不该在他家赌，只赢这钱大出奇了。或者有强似相公的好家儿，把相公放松了一步。若不然定是与相公一个甜头儿，一本万利的出着，后来陆续的还他。”绍闻见王中说的话，中了昨日的窾窍，想了一想，说：“你说的很是。我也不管他甜头不甜头，我只是永不去他家，便了事一宗。”王中道：“相公不但他家不可去，总是连夏鼎这一干人，都丢开手才是。只以请先生读书为主，养正邪自退。”绍闻道：“如今已到后半年，怎的请先生？二自今以后，打算一个正经有德行的先生，明春请下。”王中道：“眼下呢？”绍闻道：“收拾碧草轩，我每日看书。”王中道：“不用收拾后书房。不如把大门锁了，相公就在阎相公账房里看书，叫德喜儿、双庆儿伺候。相公是改志的人，每日在大爷灵前来往几遭，一发心头有个警教。待来春请下先生，再收拾后园上学。”绍闻道：“也是。”这一场话，主仆商量的果然如铜帮铁底相似。德喜儿请用早饭，大家回后宅去了。赵大儿已收拾好，抱着小女儿回到家里。正是：

忠仆用心本苦哉，纵然百折并无回。
漫嫌小说没关系，写出纯臣样子来。

吃饭之后，王中安排德喜、双庆打扫客厅东套房，并阎相公旧日账房。绍闻整理书帙，坐下读书。一连半月不曾出门。慧娘心中暗喜。王氏亦对冰梅夸道：“王中果然有个道理。”

王中又讨了卖市房文券二纸，自寻主儿，以图楚结息债。但急切不得有兑主儿。

且说绍闻一日在案上抄写经书，只见双庆儿拿了一个白筒丹签，内边一个双红单帖。抽出一看，上面写着：“翌日煮茗候叙”，下边写的“张绳祖拜订”，旁一行八个小字：“巳刻早降，恕不再速”。绍闻暗笑道：“果然！”因向书架上取了一个红柬，拈笔在手，写了辞帖。吩咐双庆儿句话，叫拿帖随来人上张宅去辞。

双庆儿跟来人到了张宅，张绳祖与王紫泥二人，桌上放着两个小酱菜碟儿，一壶烧刀子，在那里小酌。双庆将帖儿放在桌上，说道：“俺家大相公多拜张大爷，本该讨扰，争乃家有个紧事，万不能来。多拜张大爷休要见怪。”王紫泥笑道：“何如？”张绳祖道：“让管家南屋里吃茶。”双庆儿道：“我不吃茶。”一溜烟儿跑了。王紫泥道：“嘻，你请的客呢？依我说，管老九那个孩子，少调失教，横跳黄河竖跳井，是任意的。谭学生是个有来历的人家，况且满脸书气，他还有些父执正人，不如那一时就宰了，他来也罢，不来也罢。至于管家、鲍家两个赢了也来，输了也来。你偏不吃现成饭，却把一百银子送与谭家。到如今背着篙赶船，人说你是没星秤，你近来连秤杆子也没了。”张绳祖道：“呸！你不说罢。你那时怕考四等，连一夜赌也像牵驴上桥一般。不是我牵的紧，你只怕连管老九那几两银子，还没福氲赌哩。昨日考了个三等前截儿五十一名，你就上落起我老张来。咱两个击个掌儿，看谭家这宗银子走了么？说起你的赌，还没我断赌遭数多哩。”立起身来，走向门前叫了假李逵来说道：“你去瘟神庙邪街，作速把兔儿丝叫来。他若不来，就说我要薅他那秧子哩。”

假李逵去不多时，夏逢若已跟的来了。进门来，看见张绳祖、王紫泥便哈哈笑道：“妙呀！你两个有什么撕咬的事儿，请我逢老与您泼水解围呢。”王紫泥道：“豆地里有片兔儿丝，叫你割了，俺好放鹰，拿个老黄脚哩。”张绳祖道：“坐下说正经话罢。”夏鼎坐下。张绳祖道：“长话短说，你与谭学生是同盟兄弟，他赢了俺一百多银子，原来是俺要赢管老九，放松与他赢的。我明日请他来赌一赌儿，这不是他的辞帖，竟是不来了。你与他是同盟兄弟，便宜邀他。你但能邀得他来，不论俺或输或赢，只见他一面，就与你十两银子。”夏鼎道：“论起俺香火之情，本不该干这事。只是他近来待我不值，我少不得借花献佛。但只是这十两头，不许撒赖。”张绳祖道：“撒赖就是个狗弟子孩儿。你如今就去。”夏鼎道：“我如今去就是。”王紫泥笑道：“一对儿糊涂混账鬼。他辞了明日席，帖子已是送来了，就是他想来，也还得几天，没有辞明日席，今日却来的理。真真是我前日的场中文章落脚，‘岂不戛戛乎难之哉’。”夏逢若道：“我要是宗师，定要考你个四等。他辞的是明日席，难说就不许今日亲来面辞么？我见了他，掉我这三寸不烂之舌，管保顺手牵羊，叫你们瓮中捉鳖。只是那十两头不许撒赖。”张绳祖道：“哄人只哄一遭，谭家那山厚着哩，难说我只请他一遭么？你放心，俺在这等着哩。”夏鼎起身道：“你不送我，我如今就去弄的他来。”张绳祖道：“岂有不送之理。”夏鼎道：“不用送。”

张绳祖道：“用军之地。”王紫泥笑道：“得了头功，重重的有赏。”夏逢若也回头笑道：“军中无戏言。”果然摇摇摆摆上萧墙街来生发谭绍闻来了。正是：

从来比匪定招殃，直如手探沸釜汤。
强盗心肝娼妇嘴，专寻面软少年郎。

第三十七回

盛希侨骄态疏盟友　谭绍闻正言拒匪人

却说夏逢若在张绳祖、王紫泥面前夸下海口，要招致谭绍闻，此非是显自己能干，全是十两银子的鼓动。一直向萧墙街来。到了后门胡同口，方走得一步，只见王中拿着一条棍儿，恨恨说道："好贼狗肏的，往哪的去！"这夏鼎贼心胆虚，猛可的吓了一跳，不觉地立住了脚。及见了南墙根一只小黄狗儿，负痛夹尾汪汪地叫着往东跑去，方晓得王中是打狗的。其实王中本来无心，也不曾看见夏鼎。这夏鼎心头小鹿就乱撞起来。

慢慢地走进谭宅后园，只见碧草轩槅子锁着，欲寻邓祥问问，也不见影儿。只得潜步回来，又到前街。见前门也闭着，少不得坐在姚杏庵药铺柜台外边，说道："我取味药儿。"姚杏庵送了一杯茶，说道："取出方儿好攒。"夏鼎道："只要金银花五钱。"姚杏庵道："就不要些群药儿。"夏鼎道："贱内胳膊上肿了一个无名肿毒，取些金银花儿煎煎吃，好消那肿。"姚杏庵道："既是无名肿毒，这一味怕不济。外科上有现成官方儿，攒一剂吃，不拘已成形，未成形，管保无事。"夏鼎道："贱内旧日每患此病时，只这一味就好，如今还是这一味罢。"姚杏庵只得解开金银花包子，撮了一大把，说道："这五钱还多些。"

用纸包了，递与夏鼎。夏鼎接了，哈哈笑道："这也不成一个主顾儿，竟是不曾带得钱来，上了账，改日送来罢。"姚杏庵道："一两个钱的东西，小铺也还送得起，上什么账。只要嫂夫人贵恙痊可。"夏鼎起身拱手笑道："先谢吉言。"又坐下道："茶再讨一杯吃。"姚杏庵又送过一杯。夏鼎一手接茶，一手指着谭宅大门说道："谭相公在家么？"姚杏庵道："他也别的没处去，自然是在家的。"夏鼎道："既然在家，怎么把大门闭着。"姚杏庵道："这门闭着好几日了，通没见开。"夏鼎道："我有一句紧要的话儿与他说，借重贵铺使个人儿叫他一声。"姚杏庵道："俺虽是对门，却不甚来往。只因他先君有病，分明是董橘泉误投补剂，我后来用大承气汤还下不过来，不知哪个狗杂种风言风语，说是我治死了。你想我若治死人，我良心怎过得去，如何能对门开铺子？各人无亏心处，任他风浪起，只一个不听，便清白了。这几年各人干各人的事，年节间彼此连个拜帖也不投。尊驾既有要紧的事，尊驾自去叫去。况且尊驾在谭宅来往是极熟的，我岂没见么？不妨自己叫一声儿。"原来夏鼎被王中打狗一句把胆输了，不敢叫门，只得说道："只是一句淡话，改日说罢。"起身就走。拱手道："改日送钱来。"姚杏庵道："何足介意。我不送你罢。"

夏鼎一别而去，心中好不怅然。转街过巷，见人家墙上有个孔穴，抬起手来，将金银花包儿，塞在墙孔里面。一径来到张宅。这张绳祖与王紫泥两个，下象棋等着。夏鼎进得门来，把手一张，说道："偏不凑巧，我到了萧墙街，只见谭宅后门套着一辆车，恰好谭贤弟要上车出门，见了我，邀我到后书房少坐，我说：'你忙着哩，我走罢。他再三不肯，说：'夏哥到此，必有事故。'我问他出门做什么，他说他老师娄进士指日上山东武城县上任，他去送行。我说：'你既然忙着，你就去罢，这也是极正经事。'他仍叫卸车，说不去了。我再三不肯，订下有话改日再说。"王紫泥道："呸！一派胡说！我昨日在文昌巷董舍亲家赴席，娄进士去拜孔副榜。满席上都说，娄进士是馆陶知县，难说他令徒说成了武城么？”夏鼎急口道：“是馆陶，是馆陶，我一时记错了。”张绳祖道：“娄进士既然拜客，也该与我个帖儿，我们旧家子弟，安知门生故旧没有个照应？”王紫泥道：“前日董舍亲也是这样说哩，席上人也就有许多的谈驳。说娄进士只拜了几家儿，真正良己中了进士，儿子中了乡试，也成了门户人家，也就该阔大起来，谁知道改不尽庄农气味，还是拘拘挛挛的。”张绳祖道：“凭是怎么说，到底我们旧家少不了一个帖儿。现今先祖蔚县门生耿世升，在东昌府做知府哩。总是小家儿人家初发，还不知这官场中椒料儿，全凭着声气相通，扯捞的官场中都有线索，才是做官的规矩。闲话也不说他。只是谭相公下文张本是怎么的？老夏，你休丢了这十两银。况且不只十两。”夏鼎道：“不难，不难，我高低叫他上钩就是，只是迟早不定。现今日已过午，吃了饭我再慢图。”张绳祖道：“无功之人，哪有饭吃。依我说，大家开了交罢。”夏鼎道：“难说连老泥也不给一顿饭吃么？”王紫泥道：“他摆下席，我也不扰他。咱们每日在一搭儿，若无事就吃，也不是个常法。果然有了赌时，三天五天，杀鸡买鱼割肉打酒，那就全不论了。咱一同去罢。”夏鼎只得随着王紫泥走讫。正是：

小人同利便为朋，镇日逐膻又附腥，
若是一时无进奉，何妨刻下水遭萍。

却说夏鼎不曾招致得谭绍闻来，张绳祖连饭也不给吃，心中好生不快。但见绍闻一面，便可得银十两，如何肯轻易放下这个主顾。自此以后，连日又上萧墙街几回。不知绍闻但在前院看书，后门不出。前门紧闭，若走的遭数多了，也觉姚杏庵眼中不好看像。

一日，在后门上撞见双庆儿，问道：“你家大相公好几时不曾出门，每日在家做啥哩？你对说我在此，等说句要紧话。”双庆儿道：

"今早上文昌巷孔爷家去，回来时我对说就是。"夏鼎得了此信，径上文昌巷来。却又不敢上孔耘轩家去，只得在巷口一个酒铺内，吃了一瓶酒，又买了些下酒的小东西儿，当做午饭。单等谭绍闻回来，为要路之计。

不多一时，只见孔耘轩兄弟二人送女婿出来，耘轩候乘，绍闻辞不敢当。上得车来，垂了纱月布帘。夏鼎急急开发了酒资，方出馆门，只见王中在车旁跟着，少不得退回。竟是邪不胜正，不觉馁缩了。

夏鼎闷闷而归。夜间仔细打算："我不如另寻一个门路，邀他一话，再订后会。"猛然想起盛希侨，"我何不怂恿盛公子请我们同盟一会，座间面言，必然不好阻我。"次日极早起来，吃了早饭，便一直来寻盛公子。

到了盛宅门上，把门家人见是主人盟弟，前日因他受刑，还请来吃压惊酒，今日怎敢不敬。让在东门房坐定，面前放下一杯茶，说道："夏爷少坐，小的到后边说一声。"夏鼎道："放速着些，话儿要紧。"门上道："小的晓得。"夏鼎觉得有些意思。

又岂知这傻公子性情，喜怒无常，一时上心起来，连那极疏极下之人，奉之上座，亲如水乳；一时厌烦起来，即至亲好友，也不愿见面的。此时，盛公子把结拜一事，久已忘在九霄云外了。就是谭绍闻此时来访，未必就肯款洽，何况夏鼎。

且说门上到了大厅，见了本日当值管家问道："少爷哩。"当值的道："在东小轩多会了。"门上到了东院，轻轻掀开门帘，只见公子在一张华栎木罗汉床上挺着，似睡不睡光景。宝剑儿在旁边站着摇手哩。盛公子听得帘板儿响，睁开朦胧眼儿问道："谁？"门上细声答道："瘟神庙夏爷请少爷说一句话哩。"盛公子骂道："好贼忘八肏的！别人瞌睡了，说侹侹儿，偏你这狗肏的会鬼混！"吓得门上倒身而回，轻轻掀开门帘去了。走到东门房向夏鼎说道："姓夏的，请回罢。"自向西门房中去，口中卿卿哝哝，也不知骂的是什么。取过三弦，各人弹“工工四上合四上”去了。

夏鼎满面羞惭，只得起身而去。走到娘娘庙街口，只见一个起课先生在那里卖卜。那先生看见夏鼎脚步儿一高一下，头儿摆着，口内自言自语从面前过去，便摇着卦盒儿说道：“谒贵求财，有疑便卜，据理直断，毫末不错。——相公有甚心事，请坐下一商。”这夏鼎走投无路，正好寻个歇脚，便拱一拱手，坐在东边凳儿上。先生问道：“贵姓？”夏鼎道：“贱姓夏——夏鼎。请问先生贵姓。”先生回头指着布幌儿说道：“一念便知。”夏鼎上下一念，上面写道：“吴云鹤周易神卜，兼相阴阳两宅，并选择婚葬日期。”夏鼎道：“吴先生，久仰大名。”吴云鹤道：“弟有个草号儿，叫做吴半仙，合城中谁不知道。相公有甚心事，不用说透，只用写个字儿，或指个字儿，我就明白了。断的差了不用起课。若是断的着了，然后起课，课礼只用十文，保管趋避无差。”夏鼎道：“领教就是。”因用手指布幌上一个“两”字，吴云鹤道：“这个两字，上边是个一字，下边内字，又有一个人字，是一人在内不得出头之象。尊驾问的是也不是。”夏鼎道：“正是。我要问谒贵求财哩。”吴云鹤道：“既然是了，排卦好断吉凶。”于是双手举起卦盒，向天祝道：“伏羲、文王老先生，弟子求教伸至诚，三文开元排成卦，胜似蓍草五十茎。”摇了三摇向桌上一抖。共摇了六遍，排成天火同人之卦，批了世应，又批了卯丑亥午申戌，又批上父子官兄才子六亲，断道：“怕今申月，今日是丁卯日，占谒贵求财，官星持室而空，出空亥日，才得见贵人，财利称心。此卦是现今不能，应在亥字出空之日。”夏鼎听得现今不能，心中已觉添闷，又问的于何日。吴云鹤掐指寻纹，口中“长生、沐寓冠带、临官，子、丑、寅、卯”念个不休，夏鼎心中急了，向腰中摸出八个钱放在桌上道：“改日领教。”吴云鹤道：“卦不饶人，休要性急。”夏鼎道：“委的事忙，不能相陪。”一拱而去。走了四五步，听得桌上钱儿响，口中卿哝道：“还差钱两个。”夏鼎亦不答应。

出得街口，好生不快。忽然想起王隆吉来，遂拿定主意，一直向王隆吉铺子来。到了铺门，恰好王隆吉在柜台内坐着，隔柜台作了一个揖，说：“贤弟发财。”王隆吉躬身还礼，答道：“托福，托福。”为礼已毕，隆吉邀到后边，夏鼎跳进柜台，同王隆吉到后厅内坐下。火房厨子捧上茶来，夏鼎接茶喝了一口，便道：“弟兄们，久已不曾会一会儿。”王隆吉道：“我是忙人，家父把生意直交给我，门儿也不得出。你近日也往盛大哥那边走动不曾。”夏鼎道：“虽是同盟弟兄，但盛大哥是大主户人家，像令表弟还搭配上，咱两个就欠些儿，我所以几个月不曾上他家去。今日讨个空儿来望望贤弟，近来久不见面，竟是着实想的慌。”王隆吉道：“彼此同心，只是我连这半日空儿也没有。”夏鼎道：“谭贤弟时常到这里么？”王隆吉道：“他近来立志读书，再不出门。那也是董的不妥，有上千银子账在头上。我日前去看家姑娘，他也没在家，往他岳翁孔宅去了，我也没见他。他这几日是必要来的。”夏鼎听说“这几日必要来”六个字，心中就有了八分意思，因问道：“你怎么就定他必来。”王隆吉笑道：“断乎无不来之理。”夏鼎是一伶百俐的人，便猜着是生辰庆寿之事，遂叹口气道：“咱们既结成弟兄，竟是累年连老人家一个生辰好日子，大家并没个来往，成什么弟兄呢！我听说老伯贵降就在这几日，我一定来磕个头儿。”王隆吉只是笑而不言。夏鼎觉着猜的是了，遂正色道：“你我弟兄们，何故把父母生辰昧住不说。如家母是腊月初八日，我是央贤弟赐光的。如今老伯就是这几日千秋，贤弟纵然不说，我出门到街里，一阵儿就打听出来了，显得贤弟不但目中无朋友——”王隆吉也成了生意中精人，恐怕说出下韵，急接口笑道：“家父生日原是这十五日，恐怕惊动亲友。”夏鼎道：“要咱这换帖朋友们做啥哩？就是官场中，也要父母生日来往的好看。”王隆吉道：“休要叫盛大哥知道。”夏鼎道：“我自然不肯约他。他二个客就带了几个家人，把咱满座子客架住了，咱们小排场，如何搁得下他。”王隆吉道：“正是如此哩。”又说些闲话，日已过午，王隆吉吩咐厨下收拾几味肉菜儿。吃了午饭，夏鼎作别而去。

过了几日，正是十五日了。不说王春宇父子洒庭扫径，肆筵设席的忙迫。单表夏鼎未到时，众客已到了大半，谭绍闻已在后边，俱各祝过寿坐定。但见新帽鲜衣，秦晋吴楚俱有；丝绫款联，青红碧绿俱全。夏鼎进得门来，通作了一个团拜喏儿，献上寿仪，要与王春宇磕头。王春宇哪里肯依，谦让半晌，一叩一答，完了来意。俱各坐下。

夏鼎心上有事，单单只想见绍闻一面。况且客商见了，不过是这些鄚州药材，饶州瓷器，洋船苏木，口外皮货话头，一发又不入耳。因问王隆吉道：“令表弟哩？”王隆吉道：“在后边柜房里坐着哩。”夏鼎道：“你引我去。”王隆吉道：“请。”夏鼎跟着王隆吉到柜房。一个是谭绍闻，又有一个年轻生客。夏鼎便问：“此位呢？”王隆吉道：“舍内弟。”原来王隆吉已完婚三四年了，这是他内弟韩室。二人俱是内亲，所以席设在内边。夏鼎为了礼，开口便向绍闻道：“好难见的贤弟呀！我望你好几番，通是贵人稀见面。”绍闻道：“我全不知晓。”夏鼎道：“总是贤弟近日疏远朋友，一句便清。”绍闻道：“委的我不知道。”夏鼎道：“咱们弟兄们，便没啥关系。即如张宅，你每日打搅他，人家把咱当一个朋友儿看承，下个请帖，一盅热茶时辞帖就到，把老张脸上弄得土木糊的，真正把得罪人全不当个什么。就是不能赴他的席，或亲身辞他一番，即不然，事后也告个罪儿，怎的直直的放下？依我说，还得上张宅走一走，大家脸上撒把面儿，好看些。”绍闻道：“张宅我委的不敢去了。他家非赌即娼，我一个年轻人走来走去，高低没有好处。先君去世，我身上并没弄下个前程，况且灵柩在堂，叫我将来如何发送入土？我一向没主意，胡闹，你是知道的。你既以弟兄相待，还该劝戒才是，如何我今日立志好学，你一定推我下水是怎的？”几句话说的夏鼎闭口无言，勉强应道：“贤弟既然立志，自然是极好的。”王隆吉见两人言语不浃洽，让夏鼎道：“天已过午，前边坐罢。”

夏鼎道：“你也来加些色样，二位是内亲，该在这的坐，难说我是外人么？”王隆吉笑道：“既愿在此，我也不敢过强。”

须臾，捧出碟儿，王春宇父子前后安盅下菜，不必细述。唯有夏鼎心中怏怏，眼见得十两银子不能到手。暗中筹划，再图良策，料他必不能出我掌握。席间说些闲言碎语。席完各自散场出门，大家一拱而去。夏鼎怅然而归。谭绍闻又与妗母说些家常，韩荃也与姐姐商量些归宁话头，二人上灯时才回。

正是：

帮客从来只为钱，千方百计苦牵联；
纵然此日团沙散，端的兔丝自会缠。

第三十八回

孔耘轩城南访教读　惠人也席间露腐酸

却说谭绍闻自舅氏祝寿回来，依然大门不出，自在前院看书。王中又把碧草轩花草，移在前院七八盆儿，放在画眉笼下。绍闻看书看到闷时，便吩咐德喜、双庆儿灌灌花草。作的文字，着王中送与外父孔耘轩改正。母亲王氏也时常引兴官儿到前院玩耍。慧娘、冰梅趁前院无人时，偶尔亦来片时。王中此时心里也有七八放得下了。单等明春延请名师，自己便宜，好与田产行经纪商量变卖市房，偿还息债。

日月如梭，早到了腊月下旬。乡间园丁佃户来送年礼，顺便儿捎了几车杂粮。遂将大门开了锁，王中看着过斗。此时阎相公回去已久，谭绍闻也不免招驾口袋数儿。王中问道："昨晚相公回去太早？"绍闻道："灯台漏油，回堂楼取烛，奶奶拴了楼门，就在东楼看书。"正说话间，只见一个锡匠，手提一把走铜酒注子，上插草标一根，一只手拿了一柄烙铁，口中长声喝道："打壶瓶！"绍闻便向王中道："咱家蜡台灯盘坏了许多，少动就指头带油污了书。还得打两座灯台，黄昏好读书。况酒注子偏提儿也有漏的，就趁匠人打打何如。"锡匠听见绍闻说话，早已立脚不动，王中便问道："你的担子呢？"锡匠道：

“担子在观音阁前，与仙佩居里打水火壶，工已将完，我来街上再招生意哩。”王中道：“你就挑来我家，有几件粗糙东西烦整理一下，还收拾一两件新生活。”锡匠道：“就来。”扭头回去。

杂粮收完，留佃户们东厢房酒饭。不多一时，两个锡匠挑得担子来了。进了大门，王中与德喜、双庆儿拿出旧东西来，有二十多件子，无非蜡盘、烛台、酒注、火钻之类。又说了几件新生活。讲明斤两手工价值，扇起匣子，支起锅儿，放了砖板，动了剪锤，便一件一件做将起来。谭绍闻坐在一把小椅上，看锡匠做活，因问道：“这位是伙计么？”锡匠道：“是我的兄弟。”绍闻道：“你住的城里城外，可是远方过路的？”锡匠手中做活，口中答应道：“说起来话长。俺是朝邑人，家父来河南做这个生意，后来就住在惠家庄，是惠圣人房户。如今当了三四亩园子，夏天浇园卖菜，到冬天做些生意儿，好赶这穷嘴。”绍闻道：“怎的叫个惠圣人？”锡匠道：“俺主人家是个好实进的秀才，人人见他行哩正，立哩正，一毫邪事儿也没有，几个村看当票，查药方，立文约儿，都向俺主人家领教，所以人就顺口儿叫做惠圣人。”这话都钻在王中耳朵，便接口问道：“这位老人家只做什么？”锡匠道：“教学。”王中道：“多大年纪了？”锡匠便问他兄弟道：“咱主人家有五十几了？”那年轻的道：“今年五十二。”绍闻道：“他出门教学不曾。”锡匠道：“这却不得知道。”那年轻的道：“他近来有几两账在身上。每日在药师庙教书，都是小孩子，也不见什么。若是有人请他，他出门也是不敢定的。”

锡匠兄弟言之无心，绍闻主仆听之有意。到晚时活已做完，王中开发工价，留他晚饭。锡匠怕南门落锁奋起担儿走讫。王中栓了大门，绍闻要回后院，王中道：“且商量一句话儿。”绍闻坐在厅内，德喜儿上得灯来。王中道：“适才壶匠说他主人家，人人称为圣人，想是一个极正经的人。相公过年读书还没有先生，怎的生法就把这位老人家请下罢。”绍闻道：“不知他肯出门不出门？”王中道：“还得与文昌巷孔爷商量商量。”绍闻道：“你说的是。”王中道：“年节已近，不然明日早晨咱就到孔爷家走走。”绍闻道：“也罢。”主仆计议已定，一宿无话。

次早，红轮初升，早饭用罢，随带着孔宅年礼，宋禄套车，主仆坐车而去。到了孔宅，孔耘轩迎进内书房，谢了来贶，又讲些从前文字或顺或谬的情节。绍闻道：“城南有个惠先生，外号叫做惠圣人，外父知道不知道？”耘轩道：“是府学朋友，怎的不知道。姑爷问他做什么？”绍闻道：“愚婿想请他来年教书。”孔耘轩一向怕女婿匪了，今日自己择师从学，心里未免喜欢。又心中打算，此老虽是迂腐，却也无别的毛病，便急口应道：“极好。”王中在旁接口道：“既是好先生，烦孔爷今日就坐车到城南走一回，小的也随的去。年已逼近，恐怕来春节间有些耽搁。”孔耘轩见王中说来春节间四字极有深意，便答道：“今如就去。”即着小家人向书房请孔缵经来陪姑爷说话，王中叫宋禄套车，跟随孔耘轩出城到惠家庄去了。孔缵经与侄婿见面，引得上张类村侄儿张正心书房闲话。

单讲孔耘轩到城南惠家庄，进了大门，有三间草厅儿，却也干净。上面悬着一面纸糊匾，横写了五个字，乃是“寻孔颜乐处”。两旁长联一副，一边是“立德立言立功，大丈夫自有不朽事业”一边是“希贤希圣希天，真儒者当尽向上功夫”。

耘轩坐在草厅，只见一老者走来一看，问：“是哪的客？”孔耘轩道：“弟城内文昌巷，姓孔。”老者向后边去，只听得说：“第二的，有客来。”须臾，惠圣人出来。原来这惠圣人，讳养民，字人也，别号端斋，是府学一个“敕封”三等秀才。到了草厅，为礼坐下。献茶已毕，惠养民开口道：“孔学兄贵足初踏贱地，失误迎迓，有罪！”孔耘轩道：“久疏道范，特来晋谒，托在素爱，并未怀刺，乞要。”惠养民道：“弟进学时，孔兄尚考儒童，今已高发，得免岁科之苦，可谓好极。”孔耘轩道：“侥幸副荐，遂抛书卷。所以再无寸进，倒是老先生有这科岁之试，还得常亲卷轴。”惠养民道：“因这科岁，所以不得丢却八股。至于正经向上工夫，未免有些耽搁。”孔耘轩道：“因文见道，毕竟华实并茂。”惠养民道：“圣贤诚正工夫细着哩，若是弄八股未免单讲帖括，其实与太极之理隔着好些哩。”孔耘轩听之已惯，因道：“惠兄邃造深诣，弟一时领略难尽，只得把弟来意申明，后会尚多，徐为就正，何如？”惠养民在座上躬身道：“聆教。”孔耘轩道：“弟有一个小婿，是谭孝移的公子，心慕长兄学行，欲屈台驾进城设帐，求弟来先容。如蒙俯允，弟好回小婿一个信息，年内投启，开春敦请，未审肯为作养与否。”惠养民道：“贵贤婿有慕道之诚，甚为可嘉。但此事还得一个商量，请孔兄少坐，弟略为打算，不敢骤为轻诺。”说完，自回后院去了。

迟了好大一会，出来坐下道：“既蒙孔兄台爱，不妨预先说明，是供馔，是携眷呢？”孔耘轩道：“若是供馔，恐怕早晚有慢，却是携眷便宜些。”惠养民道：“若是携眷，弟无不去之理。”孔耘轩道：“弟虽未暇与小婿订明束金多寡，大约二十金开外，节仪每季二两，粮饭油盐菜蔬柴薪足用。若不嫌菲薄，关书指日奉投。”惠养民道：“孔子云：‘自行束脩以上，吾未尝无诲焉。’道义之交，只此已足，何必更为介介。”孔耘轩离座一揖道：“千金一诺，更无可移。”惠养民还礼道：“人之所以为人者，信而已。片言已定，宁有中迁。”孔耘轩又吃了一杯茶，即要告别，惠养民挽留过午，耘轩道：“小婿还在舍下候信，弟当速归以慰渴望。”惠养民道：“求教之心，可谓极诚，将来自是圣贤路上的人物。”相送出门，耘轩坐车自回，复东床娇客而去。

原来这惠养民五年前曾丧偶，后又续弦了一位三十多岁的再醮妇人。其先回后商量，正是取决于内人。内人以进城为主意，所以一言携眷便满口应承。况且连葬带娶，也花费了四十多金，正苦旧债不能楚结，恰好有这宗束仪可望顶当，所以内外极为愿意。

且说孔耘轩回复谭绍闻，年内翁婿同来递启，话不烦絮。

单讲过了正旦，王中撺掇初十日择吉入学，这些仪节，不再浪费笔墨。只说惠养民坐的师位，一定要南面，像开大讲堂一般。谭绍闻执业请教，讲了理学源头，先做那洒扫应对工夫；理学告成，要做到井田封建地位。但洒扫应对原是初学所当有事，至于井田封建，早把个谭绍闻讲的像一个寸虾入了大海，紧紧泅了七八年，还不曾傍着海边儿。

不说谭绍闻在学里读帖括说是肤皮，读经史却又说是糟粕——无处下手。再说孔耘轩因女婿上学，先生是自己去说的，只说要尽一芹之敬，遂差人到碧草轩投了个“十九日杯水候叙”的帖儿。又附一个帖，并请女婿。又请了张类村、程嵩淑、苏霖臣。到了十九日，孔缵经洒扫庭除，料理席面。又于内书房设了一桌，款待女婿。张类村、程嵩淑、苏霖臣陆续先到，献茶已毕，程嵩淑道：“我们旧约相会，并无俗套，何以今日如此排场？”孔耘轩道：“还有一个生客哩。”张类村便问道：“是谁？”孔耘轩道：“小婿业师惠人老。原是弟说成的，今上学已经两月，弟尚无杯水之敬，所以并请三位陪光。”程嵩淑皱眉道：“那人本底子不甚清白，岂不怕误了令婿。”孔耘轩道：“谭亲家去世太早，撇下女婿年轻，资性是尽有的，只可惜所偕非人，遂多可忧之事。这惠人老原是小婿自择的先生，托我到城南道达，遂而延之西席。他既知自择投师，我岂肯再违其意。”程嵩淑道：“此公心底不澈，不免有些俗气扑人。那年苏学台岁考时，在察院门口与他相会了一次，一场子话说的叫人掩耳欲走。且不说别的，南乡哩邵静存送他个绰号儿，叫做惠圣人，原是嘲笑他，他却有几分居之不疑光景。这个蠢法，也就千古无二。”

话犹未完，只见双庆儿到客厅门口说道：“惠师爷与大相公到了。”众人起身相迎，拱手让进。惠养民深深一礼，说道：“高朋满座。”张、程俱答道：“不敢。”又与孔耘轩兄弟二人为礼，说道：“弟有何功，敢来叨扰，预谢。”孔耘轩道：“请来坐坐，不敢言席。”谭绍闻进来为礼，惠养民道："望上以次。"为礼已毕，张、程、苏三人让惠养民首座，惠养民再三不肯。让了半晌，方才坐下。献茶已毕，孔耘轩向弟缵经道："陪姑爷后书房坐。"惠养民道："今日谈笑有鸿儒，正该叫小徒在此虚心聆教才是。"孔耘轩道："今日请小婿，还请有张类哥的令侄及舍甥、舍表侄相陪，在后书房候已久了，叫他弟兄们会会。"说话不及，张正心与孔宅外甥、表侄一起儿后生，也到前厅为了见面之礼。为礼已毕，同与孔缵经引得绍闻，向后边去了。

张类村道："老哥轻易还进城来游游哩。"惠养民道："弟素性颇狷，足迹不喜城市。"张类村道："乡间僻静，比不得城市烦嚣，自然是悠闲的。"惠养民道："却也有一般苦处，说话没人，未免有些踽踽凉凉。时常在邵静存那边走走，他也是专弄八股的人，轻易也说不到一处。"苏霖臣道："老哥近日所用何功。"惠养民道："正在《诚意章》打搅哩。"程嵩淑忍不住道："《致知章》自然是闯过人鬼关的。"孔耘轩急接口道："小婿近日文行如何？自然是大有进益。"惠养民道："纷华靡丽之心，如何人见道德而悦呢？"孔耘轩道："全要先生指引。先要教谢绝匪类，好保守家业。那个资性，读不上三二年，功名是可以垂手而得的。"惠养民道："却也不在功名之得与不得，先要论他学之正与不正。至于匪类相亲，弟在那边，也就不仁者远矣。"孔耘轩道："好极，好极。"

说话中间，小厮已排肴核上来。大家离座，在院中闲散。程嵩淑看见甬道边菊芽高发，说道："昨年赏菊时，周老师真是老手，唯他的诗苍劲工稳。类老，你与刻字匠熟些，托你把那六首诗刻个单张，大家贴在书房里记个岁月，也不枉盛会一番。"张类村笑道："只为我的诗不佳，所以不肯刻稿儿，现存着哩。若说与刻字匠熟，那年刻《阴骘文》的王锡朋久已回江南去了。"

小厮排列已定，请客上座。须臾盘簋前陈，惠养民屡谢了盛馔，孔耘轩谦不敢当。席完时，又设了一桌围碟，大家又同入席饮酒。程嵩淑道："今日吃酒，不许谈诗论文，只许说闲散话，犯者罚酒一大杯。"孔耘轩也怕惠养民说些可厌的话，程嵩淑是爽直性情，必然挡不住的，万一有一半句不投机处，也觉不好意思的。便说道："这也使得。"因取一个杯儿放在中间，算个令盅。张类村道："古人云：'何时一樽酒，重与细论文。'如何饮酒不许论文。"程嵩淑道："犯了令了。"张类村道："还照旧日是一杯茶罢。"惠养民道："这个令我犯不了，我一向就没在诗上用工夫。却是古文，我却做过几篇，还有一本子语录。小徒们也劝我发刊，适才说刻字匠话，我不知刻一本子费多少工价哩。"张类村道："是论字的。上年我刻《阴骘文注释》，是八分银一百个字，连句读圈点都包括在内。"惠养民道："那《阴骘文》刻它做什么？吾儒以辟异端为首务，那《阴鸳文》上有礼佛拜斗的话头，明明是异端了。况且无所为而为之为善，有所为而为之为恶，先图获福，才做阴功，便非无所为而为之善了？"程嵩淑笑道："老哥进城设教，大约是为束金，未免也是有所为而为的。"惠养民道："孔门三千、七十，《孟子》上有万章、公孙丑，教学乃圣贤所必做的事，嵩老岂不把此事看坏么？"

恰好谭绍闻出来说道："天晚了，老师回去罢？"孔耘轩也不肯深留，大家离席起身。惠养民谢扰时说："耘老果品极佳，恳锡三两个。有个小儿四岁了，回去不给他捎个东西，未免稚子候门，有些索然。"孔耘轩道："现成，不嫌舍下果子粗糙，愿送些以备公子下茶。"惠养民笑道："府上内造极佳，甜酥入口即化。只为这个小儿资性颇觉伶俐，每日可念《三字经》七八句，不给他点东西儿，就不念了。来时已承许下他。"张类村道："将来自是伟器。"苏霖臣道："渊源家学，并不烦易子而教，可贺之甚。"孔缵经从后边包了一包儿拿将出来，惠养民道："两个就够，何用许多。"遂一同送出，惠养民与谭绍闻一起上车而去。苏霖臣家中有车来接，亦遂同家人而去。

原来惠养民娶的再醮继室生的晚子，心中钟爱，露丑也就不觉了。这正是：

从来誉子古人讥，偏是晚弦诞毓奇；
明是怜儿因爱母，出乖惹笑更奚辞。

第三十九回

程嵩淑擎酒评知已　惠人也抱子纳妻言

话说孔耘轩与诸友送得惠、谭师弟归去，程嵩淑向张类村道："类老，咱回去再坐坐罢？"孔耘轩道："正好。"一同回来，进了客厅。程嵩淑道："我也要掉句文哩，耘老听着，竟是洗盏更酌，浇浇我的块垒，强似那'羯鼓解秽'。"孔耘轩道："我知道程兄酒兴尚高，原就想请回来再吃几杯儿。"因命弟缵经另续残酌，又揩抹桌面，点起蜡烛，重新整上酒来。

张类村道："我陪茶罢。"程嵩淑道："类老，你先说古人樽酒论文，原是佳事，但座间夹上一个俗物蠢货，倒不如说闲散话儿。你看老惠那个腔儿，满口都是'诚意正心'岂不厌恶煞人。"张类村道："论他说的却也都是正经话。"程嵩淑道："谁说他说的不正经了？朱子云，舍却诚意正心四字，更无他言。这四个字原是圣学命脉，但不许此等人说耳。我先是一来为是谭学生现今的业师，耘老特请的客；二来我怕犯了名士骂座的恶道，不然我就支不住了。"孔耘轩道："诚意正意许程朱说，不许我们说；许我们心里说，不许我们嘴里说；许我们教子弟说，不许对妻妾说。诚意正心本来无形，哪得有声。惠老是画匠，如医书上会画那莫见乎隐、莫显乎微的心肝叶儿。"程嵩淑笑道："你先也只怕后悔错请下我这陪客？"孔耘轩道："请谭亲家哩先生，岂有不请三位之理。就娄潜斋在家，今日也要请的。咱们岂能忘孝移于泉下。"说罢，三人都觉恻然。

却说程嵩淑因孔耘轩说到娄潜斋，便说道："这潜老才是正经理学。你听他说话，都是布帛菽粟之言，你到他家满院都是些饮食教诲之气，所以他弟兄们一刻也离不得，子侄皆恂恂有规矩。自己中了进士，儿子也发了，父子两个有一点俗气否？即如昨日我的东邻从河间府来，路过馆陶，我问他到馆陶衙门不曾？他说：'与娄潜斋素无相交，惹做官的厌恶，如何好往他衙门里去？'因问潜斋政声何如，敝邻居说：'满馆陶境内个个都是念佛的，连孩子、老婆都是说青天老爷。'无论咱知交们有光彩，也是咱合祥符一个大端人。二公试想，咱们相处二十多年，潜老有一句理学话不曾？他做的事儿，有一宗不理学么？偏是那肯讲理学的，做穷秀才时，偏偏的只一样儿不会治家；即令侥幸个科目，偏偏的只一样儿单讲升官发财。所以见了这一号人，脑子都会疼痛起来。更可厌者，他说的不出于孔孟，就出于程朱，其实口里说，心里却不省的。他靠住大门楼子吃饭，竟是经书中一个城狐社鼠！"张类村道："嵩老说不会治家，其实善分家；不会做官，却极想升官。"程嵩淑道："这还是好的。更有一等，理学嘴银钱心，搦住印把时一心直是想钱，把书香变成铜臭。好不恨人。"众人不觉哄堂轩渠大笑起来。程嵩淑酒性才高，豪气益壮，又说道："数人相交，原可以当得起朋友二字。但咱三人之所以不及潜老者，我一发说明：类老慈祥处多断制处少，耘老冲和处多棱角处少，我便亢爽处多周密处少。即如孝移兄在日，严正处多圆融处少。唯娄兄有咱四人之所长，无咱四人之所短。城内死了一个益友，又走了一个益友，竟是少了半个天，好不令人气短。"孔耘轩道："改日相约，竟往馆陶看看娄兄去。"张类村道："咱就来年定个日期，离咱祥符也不甚远。"程嵩淑笑道："到他衙门，先说俺们是来看你的，不是来打抽丰的。临行时每人四两盘费，少了不依，多了不要。咱们开个我不伤廉，他不伤惠的正经风气。”孔耘轩道：“嵩老讲了一场理学，可谓允当。但咱祥符城中还有一个大理学，偏偏遗却。”程嵩淑道：“谁呢？”孔耘轩道：“请再想。”程嵩淑把脸仰着道：“我竟是再想不来。”孔耘轩道：“我说出来二公俱要服倒。”程嵩淑道：“你说。”孔耘轩道：“可是谁呢，娄潜斋令兄。”程嵩淑连点头道：“是，是，是。这个理学却一发不认得字。”张类村道：“也难得这位老哥，只是一个真字，把一个人家竟做得火焰生光的昌炽。”程嵩淑道：“那些假道学的，动动就把自己一个人家弄得四叉五片，若见了这位老哥岂不羞死。尚恐他还不知羞哩。”

三人豪谈未已，各家灯笼来接。张正心搀着伯父，程嵩淑亦起了身，孔耘轩兄弟相送出门，分路而去。

不是东汉标榜，不是晋人清谈，
三复这个真字，胜读格言万函。

且再说本日傍晚，惠养民同徒弟坐车而归。到胡同口下的车来，谭绍闻自回家去。惠养民提了一包果子，进了南院。口中便叫道：“三才呢。”继室滑氏把孩子放下怀来，说道：“你爹叫你哩，你看提那是啥。”惠养民一手扯着，到房内坐下。解开包儿，给了两个酥油饼儿。滑氏捧过一杯茶来，说道：“你进城来，每日大酒大席，却叫我在家熬米汤配咸菜吃。”惠养民道：“明早就割肉，买鸡子。”滑氏道：“还得我去做，做成时大家吃。”惠养民道：“我适才过十字口，在车上坐着，看见熟食案子摆出街来，有好几份子，烧鸡、烧鸭、烧鹁鸽、猪蹄、肥肠都有。你要吃什么，叫两仪买去。床头有现成的钱，那是西院送来买菜钱；就不许买肉么？”滑氏道：“两仪今日他伯叫的走了，说菜园里栽葱哩。我正要说你哩，适才你进门来就叫三才儿，说起买东西，你才想起两仪来，这可是你偏心么，可不是我把你的前窝儿子丢在九霄云外。我所以不想在家里住，他大母眼儿上眼儿下，只像我待两仪有些歪心肠一样，气得我没法儿，我说不出口来。”惠养民道：“你何尝偏心，我看着哩。”滑氏道：“偏心不偏心也不消说他。你去街里买些东西，现成有西院送的酒，不是我口馋，也要筛盅酒儿，吃着商量句话儿。趁两仪不在家一不是避着他吃东西，他大了，怕翻嘴学舌的，我又落不是。”惠养民道：“这行不得。我是一个先生，怎好上街头买东西呢？”滑氏道：“你罢么！你那圣人，在人家眼前圣人罢，休在我跟前圣人；你那不圣人处，再没有我知道的清。你想咱在乡里没钱买东西，就是买的来，也人多吃不着。如今这钱都是你教学挣的，我吃些也不妨，也不枉我嫁你一场。要不为这，我嫁你这秀才图啥哩，图你比我大十几岁么？我跟你进城来图啥哩，图给你膺做饭的老婆子么？”惠养民笑道：“等黑了，街上认不清人时，我去给你买去，何如？”滑氏道：“再迟一会月亮大明起来也认清了，不如趁此月儿未出，倒还黑些。你去罢。”于是向床头取出二百钱，递与惠养民。

惠养民接钱在手，提了一个篮儿，又衬上一条手巾，出得胡同，径上十字口来。拣个小孩子守的案子，也不敢十分争执价钱，买了一篮子回来。

滑氏一看，果然件件都有。说道：“我去厨下收拾，你抱着三才儿。休叫他睡，叫他也吃些。”惠养民道：“知道。”

滑氏进厨房洗手，将熟食撕了几盘子，热了一壶酒来。惠养民抱得三才早已睡熟，滑氏道：“仰孩子也吃些，怎的叫他睡了？”

惠养民道：“小孩子家，才吃了两个果子，不敢再吃腥荤东西。睡了倒好。”滑氏道：“你就抱着他睡，我与你斟酒。”惠养民道：“我白日酒已够了。”滑氏道：“我一个怎的吃？”于是斟了两盅一盅放在丈夫面前，一盅自放面前，各人呷了一两口，动起箸来，惠养民酣饱之后，也不敢多吃，滑氏吃了些儿。惠养民道：“该与两仪留些儿。”滑氏道：“你不说我忘不了，厨下我留着哩。”惠养民不再言语。

滑氏吃了两三盅，又与丈夫斟了一盅，说道：“我有一句话对你说，你休恼我，我也知道你不恼、我也不怕你恼。咱与他伯分了罢？”惠养民笑道：“你说这话是何因由？”滑氏道：“我是怕将来日子过不行。”因指着惠养民抱的三才儿，“孩子们跟着受苦。”惠养民道：“哥一向极好，岂可言分？”滑氏道：“他伯也还罢了，他大母各不住人。”惠养民道：“嫂也是个老实人，有啥不好呢？”滑氏道：“你这男人家，多在外少在家，像我受了屈，想对你说，又怕落人轻嘴。只等憋的急了，才说出来。他大母实不是良善人，你可知道，你那前头媳妇子，是怎死哩？”惠养民道：“害病死哩，有什么意思？”滑氏道：“害哩是啥病？你且再想，像那贤惠有气性的就会死，像我这不贤惠的糊涂虫就死不成。所以年内孔家到咱家说学时，我一力撺掇，携眷就教成，不携眷就教不成，原是我怕他大母的意思。你还在鼓里装着哩。”惠养民道：“你说这也有点傍墨儿。但只是咱欠人家四十多两行息银子，俱是我埋前头的带娶你花销哩。咱哥地里一回，园里一回，黑汁白汗挣个不足，才还了一半，还欠人家二十五两。你那时不该叫你公公少要些。”滑氏道：“那天杀的，恨不得把我卖个富贵哩。那时东乡里有个主，比我大一岁，只出十六两，我贪恋你是个前程人，情愿抬身到咱家。那天杀的，跟俺小叔子贼短命的，就趁着你的岁数大，只是争价钱。偏你也就娶哩热，你若放松一点儿，只怕二十两，他也依了。再迟迟，我就要当官自主婚嫁哩，他爷儿两个都是没胆的，怕见官。你是性急，多费了二十来两，你怎能怨得别人？究起来，我带的两大包衣裳，也够十两开外哩。你只说这两包衣裳，你拿出当票子算算，你当够七八串钱没有？”惠养民道：“到底分不成。我现居着一步前程，外边也有个声名，若一分家，把我一向的声名都坏了。人家说我才喘过一点儿气来，就把哥分了。”滑氏道：“声名？声名中屁用！将来孩子们叫爷叫奶奶要饭吃，你那声名还把后辈子孙累住哩。你想他伯家，就是一元儿一个，却有两三个闺女。两仪、三才是两个，现今我身上又大不便宜，至晚不过麦头里。一顷多地，四五亩园子，也没有一百年不散的筵席，一元儿独自一半子，咱家几个才一半子，将来不讨饭还会怎的？你如今抱着三才儿你亲哩，到明日讨饭吃，你就不亲了。你现今比我大十四五岁，就是你不见，我将来是一定见哩。我总不依你不分！”一面说着，一面扭着鼻子，脖子一逗一逗哭将起来。“凭你怎的，我是一定要把这二十多两学课，给孩子留个后手，也是我嫁你一场，孩子们投娘奔大一遭儿。要是只顾你那声名，难说我守节不嫁，就没个声名么？像俺庄上东头邓家寡妇守了三十年节，立那牌坊摩着天，多少亲邻去贺。难说我没见么？”哭得高兴，肚里又有了半壶酒，一发放声大嚎起来，声声只哭道：“我——那——亲——娘——哇，后——悔——死——了——我——呀！”惠养民发急了，只说道：“你休哭，我有主意，谁说一定不分哩。”这正是：

只缘花底莺鸣巧，致令天边雁阵分；
况是一声狮子吼，同胞恩谊淡秋云。

可怜惠养民听的不是莺鸣，乃是狮吼。这个每日讲理学的先生，竟把那手足之情，有些儿裂了璺。

又有诗云：

从古泪盈女子腮，鲛人无故捧珠来，
总缘悍妒多奇想，少不称心怒变哀。

第四十回

惠养民私积外胞兄　滑鱼儿巧言诓亲姊

却说惠养民，自继室咬分之后，心中好生作难。欲叶埙篪，却又难调琴瑟。欲以婉言劝慰，争乃滑氏是个小户村姑，又兼跳过两家门限的人，一毫儿道理也不明白；欲待以威相加，可惜自己拿不出风厉腔儿来。况且一向宠遇惯了，滑氏也就不怕，动不动就要把哭倒长城的喉咙，振刷起来。兼且待前子无恩，御后夫有口。自此"诚意正心"的话头，"井田封建"的经济，都松懈了。后来也与孔耘轩会谈两次，已兴减大半。孔耘轩只暗忖他近日见闻少宽，变化了从前腐气，却不知是内助太强，添上些为厥心病。

日月迁流，却早到冬月天气。一日惠养民之兄惠观民进得城来，到了兄弟私寓，拿了十来根饴糖与侄儿们吃。惠养民适然不在家中，三才儿见了，说道："娘，俺伯来了。"惠观民喜之不胜，一把扯住抱在怀里亲了亲嘴。说道："好乖孩子，两三个月没见你，就又长了好些。你大娘想你哩，叫我今日把你背回去，你去不去？"三才道："我去。"两仪也跑在跟前说："伯，你吃了没有？"惠民观道："我吃了饭，南关里吃了两碗荞面合饹条子。这是我与您两个买的糖，您拿去吃。"

滑氏抱着新生半岁男孩走来说道："为啥不到家里吃饭，一定在南关买饭吃，显得城里不是咱家么？”惠观民道：“我遇见一元儿他舅，在南关赶集，亲戚们一定邀在一处吃。我原是今早要到城里吃饭哩。两仪，你把小奴才抱过来我看看。”滑氏道：“看尿伯身上。”惠观民道：“自家孩子，就是把伯的身上拉上些屎，伯也不嫌，伯也没有穿啥好的。”滑氏将孩子递与两仪，两仪转递与惠观民。惠观民急忙解开衣裳，接过来。看了看，笑道：“好狗头，叫什么名字？”两仪说：“他叫四象。”惠观民道：“只怕是个四不象罢。”贴住皮肉抱着。因问道：“你爹哩？”两仪道：“在学里。”惠观民道：“你去叫去，就说伯来了。”两仪自上碧草轩去。惠观民向三才道：“你一年只往家里走了一回，你今日跟我回去，就跟我睡，你大娘与你抬搁了好些讧柿哩。”三才道：“还有核桃没有？”惠观民道：“你八月在家吃过，你大娘还留着一篮子，等年下给你哩。”

惠养民回来，见两个幼子，一个在哥怀中抱着，一个在哥腿上爬着。两仪回来也扯住哥的手。心中骨肉之感，好不怆然。为甚的胞弟见了胞兄有些怆然？原来一向滑氏之言，自己有些半从不从的，今日见这光景，忍不住心中默叹道：“辜负了，我的好哥也。”惠观民见自己兄弟到来，心中喜欢，笑道：“第二的，你知道么，今年咱园的菜，分外茂盛。也有主户人家整畦买的，也有菜贩子零碎发去的，连夏天黄瓜韭菜钱，除咱家花销了，现存钱五串五百文。我叫你嫂子收存着，你这里再凑上几两学课，就可以把滕相公那宗利钱银子还了。撇下义昌号那十五两，明年再清楚他。”惠养民才答道：“这里有十来多两……”滑氏便插口道：“你忘了，那十两不是你换钱使了么？这城里比不得乡间，衣服都要得有些。孩子们和秃尾巴鹌鹑一样，也叫人家笑话。就是他叔，也要穿两件儿，早晚人家请着赴席，也好看些。学课花的余下有限，等来年人家再添些学课，好往乡里贴赔。”那惠观民是个实诚人，一听此言，便信以为实，说道：“第二的，你是有前程的人，穿些不妨，休要叫人家笑话，说咱乡里秀才村。既没有余剩的，我到乡里尽着摆布，只把两家钱找了罢。等来年再看光景。我回去罢。两仪呢，你把小奴才接过去，一发睡着了。三才，我背着你回家吃讧柿去。”惠养民道：“晌午了，收拾饭吃了好回去。”滑氏道：“你把四象儿接过来，叫两仪去把东院芹姐叫来烧烧火，好打发他伯吃饭。”惠观民笑道：“等饭中了，我到家多会了。我走罢。我承许下滕相公，日夕见的确话哩。”遂解开怀，把四象儿又亲了个嘴，递与两仪转过去。惠观民叫道：“三才呢，来来，我背你咱走罢。”滑氏道：“他在城里罢。”两仪卿哝道：“伯，我跟你回去呀。”惠观民道：“你娘手下无人，你中用了，支手垫脚便宜些。”两仪道：“伯，我跟你家里去瞧瞧俺大娘、俺元哥。”滑氏道：“你就跟你伯回去。”惠养民道：“到底吃了饭回去。”惠观民笑道：“我比不得你们读书人，我把这四五里路，只当耍的一般。两仪呢，咱走罢。”一面说着，一面手早扯着两仪走讫。

惠观民大笑出门，惠养民送出胡同。惠观民道：“你送我做什么？误了我走，回去罢。”引起两仪去了。惠养民直是看得一个呆，只等惠观民转了一个街弯，看不见了，方才回来。心中如有所失，好生难过，并说不上来，又说不出来。回来见了滑氏道：“如何不留咱哥吃顿饭回去。”滑氏道：“哎哟！你是他亲兄弟，你不留你哥，倒埋怨起老婆来。依我说，他不是要银子还不来哩。”惠养民道：“咱哥是个老成人，不会曲流拐弯哩。”滑氏道：“你罢么！他方才说，他把四五里路只当耍哩，咱进城将近一年了，不要银子时，就没有多耍几遭儿。”惠养民道：“咱哥是个忙人，你不记哩咱在乡里时，咱哥不是地里就是园里。他是个勤谨人，没事顾不得进城。”滑氏道：“就是任凭再忙，再顾不哩，也该进城来瞧瞧，略遮遮外人眼目，说是你还有个哥哩。”惠养民道：“我方才没说，咱哥是个老成人。”滑氏道：“你不说罢！你哥是老成人？适才我说，咱进城来比不得在乡里，孩子们也要穿戴些；省的秃尾巴鹌鹑似的，也惹人笑话。你哥就把你那前窝子儿，上下看了两眼，真正看了我一脸火。难说我会唱《芦花记》么？你还说他不会曲流拐弯哩。”惠养民道：“我跟咱哥对脸坐着，难说我就没见，偏偏你就看见了。”滑氏道：“你那心不知往哪里去了，你会看见啥呀。”惠养民道：“我的心在银子上。我并不曾换钱，你怎的说我换的钱都花尽了，哄咱哥呢？”滑氏道：“你既然把你哥直当成一个哥，你方才为啥不白证住我，说：‘我不曾换钱，他婶子说的是瞎话。’昂然把银子拿出来，交给他带回去。分明你也是舍不的银子，却说我撒白话。依我说，你自今以后，再不圣人罢，听着我不得大错。”

原来谭绍闻于夏月时候，曾送过业师束金十二两。滑氏与惠养民衽席之间，商量存手里，以入私囊。今日惠养民见胞兄至诚无他，手足之情，凄然有感，觉得向来夫妻夜间商量的话，全算不得一个人，一心要将银撤出来，送还家中抵债，以解胞兄燃眉之急。因说道：“听着你也罢，不听着你也罢，你把那银子拿来我看看。”滑氏发急道：“我白给了人了，你不看罢。”惠养民笑道：“你一发信口胡说起来。我看一看该怎的。”滑氏咬住牙直不拿出来。惠养民也有争执的意思。只见赵大儿同爨妇樊婆，拿了一个拜匣来了。滑氏道：“那不是西院的赵大姐来了，你躲开些，人家好说话。”惠养民少不得上碧草轩去了。

赵大儿笑嘻嘻进房说道：“俺大奶请师奶明午西院坐坐哩。”滑氏道：“扰得多了，竟是不好意思的。”大儿道：“没啥好的吃，闲坐坐说话儿罢。”滑氏道：“你也会这般巧说。”赵大儿、樊婆又说了一阵闲话走讫。

惠养民回来，晚间又盘问这宗银子，滑氏一味蛮缠，用言语支吾，是不必再讲了。

到次日傍午时节，赵大儿来请，滑氏换了新衣服，抱定四象，赴席而来。王氏同孔慧娘后门相迎。进得堂楼，各为礼坐下，滑氏道：“春天才扰过，今日又来打扰。”王氏道：“一年慢待，全要师娘包涵。”须臾排下肴馔，滑氏正座，王氏打横，孔慧娘桌角儿斜签相陪。滑氏道:“奶奶真正有福，娶的媳妇人有人才，肚有肚才。”王氏道:“可惜只是一个衽。”滑氏道:“可有喜事么?”王氏道:“也不知是病，是怎的。她每日只害心里不好，肚里有一块子。”孔慧娘把脸红了，俯首无言。滑氏道:“我着实爱见这娃子，脸儿耐端相。”王氏是个好扯捞的人，便道:“把她认到师娘跟前何如?”滑氏道:“我可也高攀不起，家儿穷，也没啥给娃子。”王氏道:“师娘巧说哩。”孔慧娘急道:“本来是师母，我就算是媳妇儿一般，若认成干娘，倒显的不亲了。”恰好冰梅抱得兴官儿来，说:“他醒了，要寻奶奶哩。”王氏道:“你也没与师奶奶见个礼儿。”冰梅将兴官递与王氏，望上拜了两拜。滑氏抱着孩子，急忙答礼让坐。王氏道:“既然师奶奶叫你坐，把杌子掇过来，你就这里坐。”滑氏又夸个不了。王氏指着冰梅道:“这娃子没娘家，没处儿行走。师娘若不嫌弃，叫她拜在跟前何如。”滑氏道:“不嫌我穷，没啥贴赔孩子么?”王氏道:“师娘可是没啥说了。”就叫冰梅磕头，冰梅只得望上为礼。滑氏抱着四象急忙出席，一只手拉住道:“好娃子，一说就有。”

重斟入席，四象儿啼哭起来，兴官儿瞪着小眼儿只是看。滑氏道:“你看你这小舅没材料，就该叫外甥儿按住打你一顿才好。”王氏便叫冰梅接过去:“你干娘好便宜吃些菜儿。”彼此亲家母相称，好不亲热。

说话中间，便道及来年之事。滑氏道:“家中欠人家些行息银子，把俺哥急得了不成。弟兄们商量，真正顾得乡里，顾不得城里。”王氏道:“奉屈先生一年，心里过不去，来年一定要再添上些学课。只是连年日子不行，不得很多了。亲家母回去，好歹撺掇再留一年。先生教的好，比不得旧年侯先生，每日只是抹牌。倒是那师娘却很好，与亲家母一样热合人。”滑氏道:“我回去跟他商量，不知他弟兄们行也不行。要行时，我与亲家母一个信儿。”王氏道:“我不管先生行不行，如今已到冬天，我就叫学生送过启去，作个准定。”滑氏道:“还有一句话，我本不该牙寒齿冷地说，咱既成了亲戚，我一发说了罢。剩下的学课，爽快交与我。你可知道，他们男人家极肯花钱，咱们女人家，到底有些细密，凑到一搭儿里，好还人家账，省得到他们弟兄们手里，零星去了。这话我说出害口羞，只是咱如今是亲戚，一发瞒不的。”王氏道：“你不过是忧虑日子不行。像我如今也竟每日愁的睡不着，该人家一千多两利息银子，孩子们年轻，晚黑都睡了，我鸡叫时还不曾眨眼儿。谁知道呢？”滑氏道：“那睡不着，也是由不的人。真正咱们当这内边家是了不成的，没头说去。”真正两个说的如蜜似油，好不合板。来年之事，不用说了。日已西沉，滑氏要去，王氏只得同慧娘、冰梅送至后门。又叫赵大儿包些果子送至家中。

傍晚时，惠养民自碧草轩回家，滑氏笑道：“来年的事，多亏我弄的停当了。”惠养民道：“怎的说呢。”滑氏把认冰梅、指日投启、添上束金的话，述了一遍。惠养民笑道：“凭在您们罢。”果然隔了数日，王氏叫人治了礼盒，引冰梅到滑氏家走了一走。又一日摆席碧草轩，请来孔耘轩，下了惠先生的来年关书。

跌进腊月，王氏探得惠养民回乡去了，差人送束金十二两，将礼匣递与滑氏。滑氏珍秘收藏。惠养民回来，欲其少分些须送到乡里，略杜口舌，稍遮眼目，争乃滑氏拿定铁打的主意，硬咬住牙，一文不吐。几番细语商量，滑氏倒反厉声争执。惠养民怕张扬起来坏了理学名头，惹城内朋友传言嗤笑，只得上在“吾未如之何也”账簿了。原来滑氏把持银两以图析居，还非目今本怀，总因牵挂着一个胞弟，想两仪、三才、四象将来得沐渭阳之慈，所以抵死的与丈夫抵牾。正是：

> 许国夫人赋《载驰》，村姑刁悍哪能知？
> 娘家兄弟多穷苦，常想帮扶武三思。

不说惠养民夫妇抵牾。且说到了腊月中旬，滑氏有个胞弟滑玉，进城来看姐姐。胡同口问明，直上院来。拿了一封糖果。恰好惠养民不在家中。滑氏猛然见了兄弟，如同天降，好不喜欢。三才儿接了渭阳公厚贶。滑氏让进屋里，便问："吃饭不曾？"滑玉道："在火神庙口吃过饭。"滑氏道。"铺子里东西，如何可口。"即叫两仪把邻家芹姐叫来抱孩子。恰好爨妇老樊来送蒸糕，滑氏道："多谢大奶奶费心。——你闲不闲？替我厨下助助忙儿。"床头拿出二百大钱，交与两仪，悄悄吩咐街上熟食铺子置办东西。方且姐弟坐下说话。

滑玉道："姐夫在书房么？"滑氏道："昨日有人送个帖，说是南马道张家请哩，想是今日赴席去了。你这二三年也没个信儿，你是在哪里。"滑玉道："我在正阳关开了大米、糯米坊子，生意扯捞住，也没得来瞧瞧姐夫姐姐。"滑氏道："他妗子呢？如今有几个侄儿？"滑玉道："只有一个小闺女儿。"滑氏道："你的生意如何。"滑玉道："倒也发财。只是本钱小凋转不过来。眼睁睁看着有一股子钱，争乃手中无本钱，只得放过去。俗语说：'本小利微，本大利宽。'也是没法儿。"滑氏道："你如今还赌博不赌。"滑玉作悔恨腔儿道："我那年轻时没主意，跟着那个姐夫，原弄了些不成事。姐姐你后来知道了，还与那个姐夫闹了两场，难说姐姐不记得？我如今也有了几岁，且是生意缠绕，正经事还办不清哩，谁再正眼儿看那邪事。"滑氏道："这就好。"正说着，两仪捧得饭来，滑玉道："如今有几个外甥儿。"滑氏道："连前房这个，共有他弟兄三个。"滑玉道："这个姐夫可好。"滑氏道："读书人，没用，心里也不明白。你吃着饭，我对你说。即如现今有几两学课，一心要拿回家里，打在官伙里使用。他舅呀，你是外边经见的多了，凭再好的筵席，哪有个不散场？你看，谁家弟兄们各人不存留个后手？且是他自己挣的，又不是官伙里出产。俺家他伯有好几十两私积，在他大娘兄弟手里营运着。你姐夫他如何知道？对他说他还不信疲我如今存留了一点后手，他只是贪着顾他的声名，每日只是问我要。没想孩子们多，异日分开家时，没啥度女人用，只该大眼看小眼哩。”滑玉道：“姐姐呀，你见哩极是。像咱三叔跟咱爹分开时，咱三叔就好过，咱就穷。”滑氏道：“可说啥哩。”滑玉道：“咱三叔好过，都说是有好丈人家帮凑他哩。咱岂不知若不是咱三叔当家时，每日赶集上店，陆续偷送到丈人家点私积，如今人，谁肯帮凑亲戚哩。依我说，姐，你手里若几两银子，递与我，我捎到正阳关去与你营运着。”滑氏瞅了一眼道：“休叫他那前窝子儿听的。”因叫道：“两仪呢，你把家伙撤了。”两仪把家伙一件一件送到厨房。滑氏吩咐道：“你今日回乡里去，对你大娘说，把白棉花线儿与你二两，拿进城来我好使。你到厨下把肉菜吃饱，就快去罢，趁天暖和。”两仪听说回乡里去，好生欢喜，便急吃了饭走讫。

滑氏见两仪走了，又将芹姐与樊婆也打发各回家去。把院门搭了，回来坐下。说道：“他舅呀，我有心与你几两银子，你与我营运着，你可千万休要赌博。”滑玉道：“我适才没说么，我当年赌博是谁引诱的？如今就连看也不看了。我若再赌，叫我两只眼双瞎了，十个指头生十个大疔疮！”滑氏道：“你休要赌咒么？”滑玉道：“不是我肯赌咒，只提起赌博这两个字，不由哩我就恼它哩。”滑氏道：“你与我营运，到明日除本分利，我也不肯白张劳你。”滑玉道：“姐，你说的啥话些。咱两个一奶吊大，我就白替姐营运。到明日发了财，我与两个外甥拿出来，一五一十清白，也显我是他的一个舅哩。我若瞒心昧己，头上有天哩。”滑氏道：“我不爱听那。待我与你取，你去厨房把铁锨取来。”滑玉取得铁器来，滑氏点上灯，叫兄弟照着，把床移开，在床脚下挖开一个砖儿，盖着一个罐儿，连罐儿取出。滑玉道：“如何埋得这样跷奇？”滑氏道：“若放在箱子里，早已到你姐夫手里，转到乡里了。兄弟，你还想么？”连罐抱到当门，倾在桌子上，大小共十五个锞儿。滑氏道：“也没戥子，这是二十四两，一分不少。我留下一个大锞儿，早晚使用，剩下的你都拿的去，替我尊生。”滑玉道：“没有戥子也罢，我到行里自己称称。你留下这个小锞罢，若留大锞，只怕就不足二十两了。”滑氏道：“没有我留两个小的罢。”因取了一条手巾，把二十两银包了。滑玉塞到怀里，说：“我走罢，怕我姐夫回来。”滑氏道：“也罢。他舅呀，你两个外甥命根，全仗着你哩。”滑玉道：“姐姐不必往下说，我是旁人么？”滑玉将银子带走。

滑氏开门，眼看着兄弟出得胡同口走了。靠定门首，半晌不言语，心中小鹿儿兀自乱撞。猛听得四象儿醒了床上啼哭，方才搭门回来，毕竟心中如有所失。晚上惠养民回来，滑氏把滑玉之事瞒过，茶水分外殷勤。自此以后待两仪也觉稍添些慈爱；年节回家在哥嫂跟前，也比从前少觉委婉。

次年，谭绍闻上学，师徒们在学厮守，自不必言。

单说到了三月，惠家那利息银子的病症又潮上来了。原来息债是揭不得的。俗语云：“揭债要忍，还债要狠。”这两句话虽不是圣经贤传，却是至理名言。惠观民虽说年内找了滕相公、义昌号利息，毕竟本钱不动分毫。这就如人身上长了疮疖，疼痛得紧，些须出点脓血，少觉松散，过了几日，脓根还在，依旧又复原额。许多肥产厚业人家，都吃了这养痈大害，何况惠观民一个薄寒日子。到了三月，滕相公来说，家中捎书，要与儿子完婚。义昌号来说，财东有字，要收回生意，算账不做。两个依旧逼债，朝夕来催。催了几回，话头一层紧似一层，一句重似一句。惠观民当此青黄不接之时，麦苗方绿，菜根未肥，毫无起办，只得又向城中来寻胞弟。

这番比前次情急，便直上碧草轩来。正遇惠养民与谭绍闻讲说经书。惠养民见了胞兄，将书本推开。惠观民道：“第二的，来家来。”惠养民跟定到家。两仪、三才见伯来了，仍前跳跃欢喜。惠观民心中有事，略温存了温存，便说道：“第二的，那两家要账的通是不依，一定要一剪儿剪齐，话头都当不得的，我委的没法。第二的拿个主意，开发了他。春暖花开，我好引着孩子们园里做活。”惠养民道：“这可该怎处？哥，你吃了饭回去，我明日到家酌处。”滑氏接口道：“难说要账的不等个熟头下来？”惠观民：“他硬不等么，该怎的。”惠养民道：“我到乡里酌处。”惠观民道：“你到乡里该怎的，总是空口说空话不中用。”滑氏道：“他伯呀，你吃了饭再商量。”遂将四象递与惠养民，惠观民接在怀里玩耍。滑氏到厨下收拾了饭，弟兄两个吃讫。惠观民临行说：“第二的，明日一定到乡里来，万不可耽搁。”惠养民点头应诺，送得胞兄去了。

回来，便言银子一事。滑氏道：“昨年我与你商量，留个后手，你原承许明白，到今怎又问我要起来？人家说女人舌头上没骨头，不料你一个男子汉大丈夫，也今日这样明日那样的。”惠养民道：“你说留个后手，这话也说的是。但今日咱哥急得那个光景，若不拿出点来，一来心上过不去，二来朋友们知道，我的声名置之何地。”滑氏道：“我不管你声名不声名，我却知道那声名不中吃。想要银子不能！”惠养民急了，便去箱笼中翻腾，滑氏哪里肯依，拉住不放。惠养民强翻出两个小锞儿，问道：“别的呢？”滑氏又怒又急，便冲口说道：“别的我与了俺兄弟了。”惠养民道：“你的兄弟你是知道的，你怎肯给他呢。端的你收拾在何处？拿出来咱再商量，我也不肯全给咱哥。”滑氏道：“我当真给了他，谁哄你不成？”惠养民道：“他并不曾来，你怎的给他呢。”滑氏道：“昨年腊月，你往南马道张家赴席，他舅来瞧我，我与了他。他在正阳关开粮食坊子，替咱营运着哩。”惠养民道：“好天爷呀！你是哄我哩？”滑氏道：“墙脚坑还虚着哩，如今咱盛盐的，便是那个罐子。我哄你图啥呢？”惠养民道：“好天爷！你怎么这样没主意，咱一家眼看被账逼杀了。”滑氏道：“我若有主意，也到不了您家。他舅对我发下誓了，你放心罢。”惠养民道：“他有名叫做滑鱼儿，你把羊肉送在狗嘴里，还想掏出来么？”滑氏道：“我的兄弟我管保。”惠养民道：“谁保你哩。”滑氏道：“我不用保。”

惠养民觉着搅缠不清，忍气吞气睡了一夜。到了天明，早上碧草轩来。迟了一会，谭绍闻上学，惠养民道：“学生，对你手下说，把良善牲口备一头，我骑到乡里，还走一个亲戚家，明日晚夕回来。”谭绍闻即唤邓祥把宋禄叫来，吩咐：“备一头牲口，师爷回乡里去。”宋禄领命将牲口牵来。惠养民到家勉强用了早饭，骑定一匹马，出的南门，顾不得往家中去，便直向城东南滑家村来寻滑玉。

这滑家庄离城三十里，傍午时到了继室娘家。惠养民前几年原走过三五次，认得门户。下得马来，岳叔滑九皋见了，哈哈笑道：“惠姐夫，啥风刮得来。”让进草厅。原来滑九皋开了一座小店，门前是一座饭铺儿。当槽的将马拴进马棚。二人为礼坐下，小伙计盛两碗面汤放在面前，滑九皋便让道：“姐夫吃茶。”惠养民举起碗来，吃了一两口，便问道：“滑玉贤弟近况何如？”滑九皋叹了一口气道：“姐夫不必问他，若说起这个畜生，我就坐不住了。”口中说着，将头儿摇了几摇。惠养民心中有事，见这个光景，更慌更疑，越是要靠实跟问。滑九皋道：“咳，这二年谁见他来？前月二十四日，县里原差拿着一张朱票来说，东县里关他，为盗卖发妻事。我说他二年不在家了，原差不依，把我带进城去，连两邻都叫跟着。受了衙役许多刁措，把铺子里一石麦子本钱也花清了。具了三张甘结，刑房老师、宅门二爷花费了七八两银子，老爷才回了文，打发东县行关文原差回去。我在城里住了十三四天，也知道姐夫在萧墙街教学，因不是有脸面事，没好去瞧瞧侄女、外孙。你还提他做什么！”惠养民道：“这盗卖发妻，是他说合，把人家活人妻卖了么？”滑九皋道：“谁家老婆轮着他卖呢。他在家每日赌，连一个庄头儿也赌的卖了，本村安身不住，连孩子老婆领起来跑了。只影影绰绰的听说，他在周家口、正阳关这一带地方，在河上与人家拉纤板。我心里常索记他，一个赌博人，引着个年轻小媳妇子，在河路码头地方，必没好处。谁知道他一发把媳妇卖了。一个小孙女，也不知流落何处，想是也卖了。他丈人是东县纽家，他偏偏还卖到东县里，所以他丈人就在东县里告下，行关文来提他。谁见他个影儿。”话犹未完，小伙计抹桌，上了两盘子时菜，面条烧饼一起上来。滑九皋举箸恳让，又叫取酒。惠养民心中有事，勉强吃些儿。又问道："他昨年腊月半头，来了一遭，三叔不知道么？"滑九皋道："昨年腊月，他原来过一遭。我也没见他，他也就不好进这村里来。只听说他在西集上大吃大喝狠赌了十来天。有人疑影他在那里做了贼，得了横财。谁知道他竟是卖老婆的银子。"惠养民道："那也不是卖他妗子的银子，原是我的银子。"滑九皋道："怎的是姐夫银子？"惠养民把滑氏将束金偷给滑玉的事，述了一遍，滑九皋道："是姐夫前世少欠他的，叫他来生填还罢。好杀人贼，连亲戚也不叫安生哩。"

惠养民得了实底，也是无可奈何。只得要走，滑九皋留住一宿，惠养民哪里还肯住下。出得店门，槽上马已喂饱。辞了岳叔，上的马来，好没兴头。只得向晚赶到自己庄上。

见了哥哥，又没的说，只叫一元："将马喂好，休要饿了。"

惠观民叫妻郑氏，暗中吩咐道："第二的轻易不回家，你去架上鸡捉一只来杀了，妙相着些，休要捉的乱叫唤。今晚俺弟兄吃杯酒儿。留下一半明早打发他吃饭，叫他上城里去，好用心与人家教学。你去杀鸡，我去南庄借酒去。把壶递与我两把。"郑氏依言料理，惠观民自去南庄借酒。

一个时辰，鸡已炒熟。又配了三四样园中干菜。惠观民借酒已回，叫郑氏烫热。这惠养民倒在旧日自己住的屋子床上，再也叫不出来。惠观民即叫掌灯，把鸡酒移来。惠养民只推身上不好，口中不想吃啥。惠观民急命另泼姜茶。撤了鸡酒，明晨再用。惠养民暖了姜茶，只说怕听人说话。惠观民亲取自己布被，盖了兄弟脚头，倒关上门，自去睡讫。

原来惠养民当日听妻负兄，心中本来不安，今日一旦把一年束金付之乌有，愈觉难对哥哥。本底毫无可说，只推有些须感冒。又经哥这一番爱弟之情，一发心中难过。后来不敢见人的瘟症，此夜已安下根了。这正是：

男儿莫纳妇人言，腹剑唇刀带血痕；
误读正平《鹦鹉赋》，世间失却脊令原。

第四十一回

韩节妇全操殉母　惠秀才亏心负兄

却说惠养民因滑玉诓去束金，虽说是内人所为，毕竟起初商量入私时，此一念原对不得天地。到如今银子被人哄去，而自己胞兄仍是一团真心诚意，自己的人鬼关如何打得过去？所以只是推托感冒，睡在床上不好起来。到了次日早晨，自己牵出马来，扣上鞍屉，不通哥嫂知道，早进城来。

到了自己住院，下得马来。叫声两仪，两仪出来将马接住，送与宋禄。惠养民进得住房，掇过椅子坐下，一声儿也不言语。滑氏此时尚未梳洗，抱着四象方去厨下看火。见了丈夫这个模样，心中便有些疑影，因问道："你是怎的呢？"惠民叹了一口气，只是不答。滑氏一定追问，惠养民道："你的好兄弟！"滑氏道："也就不赖。谁不知道俺兄弟是个能人，是个好光棍儿。"惠养民道："要是不能，怎能现今把老婆也光棍的卖了。"滑氏道："我就不信。他妗子上好的人材，又是好手段，他舅也必舍不的。"惠养民道："老婆若拙若丑，他先就不敢大赌。况且有他姐这一注子肥财。"因把在滑家村，滑九皋怎的说滑玉在正阳关拉纤捞船，盗卖发妻，东县来关的缘由，从头至尾，说了一遍。这滑氏不听则已，一听此言，抱着四象儿，坐在院里一块捶布石上，面仰天，手拍地，口中杀人贼长，杀人贼复，促寿、短命，坑人、害人，一句一句儿数着，号啕大哭起来。惠养民怕人听见，急劝道："银子能值几何，看人家听的笑话。不唯笑我不能齐家，还笑你心里没主意，被兄弟哄了。"滑氏哪里肯住，惠养民连忙扯进屋去。只听邓祥在院门口说道："南马道张爷、黉学巷程爷，别的不认得，请师爷作速去说一句要紧的话哩。"

看官试想，程嵩淑这几位来，与惠养民有何商量？原来祥符县出了一宗彝伦馨香的事体，夹叙一番。

原是西南甜浆巷，有婆媳二人孀居。婆婆钱氏，二目双瞽，有六十四五年纪。媳韩氏，二十五岁守寡，并无儿女。单单一个少年孀妇，奉事一个瞽目婆婆，每日织布纺棉，以供菽水。也有几家说续弦的话，韩氏坚执不从，后来人也止了念头。这韩氏昼操井臼，夜勤纺绩，隔一日定买些腥荤儿与婆婆解解淡素。人顺口都叫韩寡妇家。这七年之中，邻家妇女实在也稀见面，不但韩氏笑容不曾见过，韩氏的戚容也不曾见过。

本年本月前十日，婆婆钱氏病故，韩氏大哭一场，央及邻舍去木匠铺买了一口棺材，不要价钱多的，只一千七百大钱。乃是韩氏卖布三匹买的。抬到院里，韩氏一见，说道："我只说一千多钱买的棺材，也还像个样儿，谁知这样不堪，如何盛殓得我的婆婆？有烦邻亲，再买一口好的来。"邻人都说道："韩大姐错了。若是看上眼的寿木，尽少得五六两银子。韩大姐，你的孝心俺们是知道的，只是拿不出钱来。"韩氏道："我殡葬婆婆，是我替俺家男人行一辈子的大事，我不心疼钱。况且这织布机子，纺花车儿，一个箱子，一张抽斗桌，七凑八凑，卖了也值两千多钱，我还有几匹布哩。我心事一定，老叔们不必作难。我再给老叔们磕头。"说着，早已磕下头去，哭央起来。这两三个老邻翁，急急说道："韩大姐请起，俺去替你办去。"

一路起身，又向木匠铺子来。路上，一个说道："你看韩大姐，如今说把机子、纺车、桌子、箱子尽卖了，打发寿木银子，真正是贤孝无比。”一个说道：“或者韩大姐，一向是要把婆婆奉事到老，今日黄金入柜，她的事完，各人自寻投向，也是不敢定的。”一个说道：“这孩子也算好，真正把婆婆送入了土，就各人寻个投向，也算这孩子把难事办完，苦也受足了。难说跟前没个儿花女花，熬什么呢？只是咱们邻居一场，将来大家照看，寻个同年等辈，休叫韩大姐跳了火坑。”一路说着早到了木匠铺，又说了五千六百钱的一具寿木，邻居小后生们，又抬进来。这些棱刷铺垫，不必细述。

傍晚，央了几个邻妇，将钱氏殓讫。韩氏大哭一场，这几个邻妇眼里也赔了许多伤心泪。到了次日觅土工开抬杠棺，共是一千大钱。到了第三日，一起儿土工来抬棺木，韩氏独自一个，白布衣衫，拄桐杖，跟着送殡。合街看者，个个拭泪，抬不起头来。这三个邻家婆儿，是央过到坟上做伴的，同坐一辆车紧跟着。出得东门，到了坟上，合葬于先人之茔。韩氏点了一把纸锞儿，跪在墓前，哭了一声道：“我那受屈的娘呀……”第二句就哭不上来了。邻妇搀起定省一会，又点一把纸锞儿在丈夫墓前，哭道：“你在墓里听着，咱的事完了……”哭的又爬不起来。三个邻妇再三苦劝，拉住起来，同坐车而回。

到家，即把那几位邻翁请来家中，磕头谢过。因同邻妪在床腿下起了一个砖儿，盖着一罐子钱，向几位邻翁说道：“这是我几年卖布零碎积的钱，原就防备婆婆去世了，急切没钱买办棺木，遮不住身子。因此我婆婆在世日，就受了多少淡泊。老叔们替我数一数，看够寿木钱不够？”这几个老翁口中不住地说：“好孝道的媳妇。”把钱数了一数，共是七串有零。即将五串六百给邻翁，送至木匠铺。这三位邻妪也各自回家过午，打算此后晚夕，轮流来与韩氏作伴。谁知吃饭回来，韩氏早已自缢，双目俱瞑。

这一声传出，把一个省会都惊动了。有听说嗟叹称奇的，有听说含泪代痛的。管街的保正禀了本县程公。这程公进士出身，接着荆公下首，即唤管街保正问个详细，传了外班衙役，坐轿便上甜浆巷来。方人巷口，只觉得异香扑鼻，程公心中大加骇异。到了门口，下得轿来躬身进院，只见韩氏面色如生，笑容可掬，叹了一声道：“真正是从容就义。可感！可敬！”因问道：“这巷内有什么花木么？”保正禀道：“巷内俱是小户人家，并没有栽种花草的。”程公道：“再不然有药铺。”保正道：“也没有药铺。”程公细嗅，较之入巷时更觉芬馥，点头暗道：“是了。”又见门内放一口薄皮棺木，因问道：“这具棺木何用？”几个邻翁把前事述了一遍。程公道：“这是节妇自备藏身之具，你们彼时不能知晓节妇深心。但这棺木，如何殓得国家大贤？叫管街保正来。”保正跪下，程公道：“你协同节妇邻人，尽着城中铺子看棺木，不拘三十两五十两，明日早堂同木匠递领伏领价。”管街保正磕头道。“是。”又吩咐道：“你明日就在这门口搭上彩棚，桌凳、香案俱备。第三日，本县亲来致祭。如误干咎。”管街保正又磕头道：“是。”又吩咐三个邻人道：“卸尸入殓，你几个酌夺四个女人办理，浅房窄屋，不许闲人窥看。本县致祭之后，你们领收殓的女人讨赏。”吩咐已毕，程公上轿而去。回署即发名帖知会两学、丞簿、典史，至日同往致祭。祭毕，约合学诣明伦堂议事。

学师见了堂翁名帖，发帖安顿相礼。并叫胡门斗遍约在城生员，至日俱集明伦堂候县尊台谕。

及至到致祭之日，程公先差礼房摆列猪羊花供香烛。省城这日直是轰动了天地，男女老少，人山人海，把一个甜浆巷实填起来。各家房脊墙头，人俱满了。天意佑善，又是清明得紧。程公到巷口，哪里还坐得轿，只得下得轿来，步行前来。众人闪开个人缝儿，程公过去。到了棚下，两位学师，四个礼相接祝程公行了三鞠躬礼，读了二通祝文。两位学师、丞簿、典史随着行礼。礼毕，程公坐在棚下，说道：“官不拜民，况是妇女。只为此妇能振纲常，乃拜纲常，非拜人也。”即刻奖赏邻翁邻妪以及收殓节妇的女人。又将猪羊花供交与保正，以为埋葬之用。土工杠夫，仍向衙门领钱。岂知至诚所感，不唯土工杠夫情愿白效劳，本街士民又各出钱钞，他日自将节妇葬讫。

程公出了巷口，吩咐管街保正：“向后改此巷为天香巷。”到了文庙，合学生员接上明伦堂来。学师率领合学为礼。献茶已毕，程公道：“弟承乏贵县，未及三月，即有韩氏这宗大贤孝。虽是妇女，却满身都是纲常。巷口异香扑鼻，从所未经。此固中州正气所钟，弟实叨光多多。今日一祭虽足以为名教之倡，若不得朝廷一番旌扬，犹尚不足慰贞魂于地下。弟意欲众年兄约同合县绅士递呈县署，弟便于加结上申，转达天听，求皇上一个褒典。二位先生及众年兄以为何如？”各生员俱打躬道：“老父台为伦常起见，门生们情愿襄此义举。出学之后，即为约会投禀公呈。”程公不胜欣喜，作别回署而去。

即日便各约所知，因惠养民是个附生头儿，所以次日都到碧草轩来。恰好遇着这滑氏正在院里砧石上大放悲声。邓祥来说书房有几位客候着说话，把惠养民急得一佛出世。向邓祥道：“你且去，我即速就到。”邓祥回复众宾。惠养民向滑氏道：“你快休哭，我的朋友们都在轩上等我说话，相隔不远，万一听得，我就成不的一个人了。”滑氏哪里肯听，仍然仰天合地哭道：“你原承许过我要分，你若是早分了，我怎肯把银子给那杀人贼呀。”邓祥又到门口道：“程爷们说事情甚急，请师爷作速去哩。”惠养民无计可生，遂道：“你就说，我往乡里去了。”邓祥道：“程爷们知道师爷在家里，怎的又说往乡里去了。”滑氏哭声愈大，惠养民扯住道：“你今日可杀了我了！”滑氏道：“你杀了我，你还不偿命哩！”

邓祥尚未转身，只听得墙儿外说说笑笑，有几个人走的脚步声儿响。仿佛是程嵩淑声音道：“填他个附学头儿名字，怕他有什么说。”出得胡同而去。

惠养民原不知寻他何事，却自觉这些朋友已觑破自己底里，又不敢问来的那几位是谁，自此以后便得了羞病，神志痴呆，不敢见人。虽请董橘泉、姚杏庵辈用些茯神、远志、菖蒲、枣仁药味，也不见好处。

且说惠观民见兄弟病了，大加着急，每日必到城中探望。滑氏还天天吵嚷要分。惠养民顺手牵羊，也不能再为扎挣，就病中糊糊涂涂也说个分字，话却不甚分明。惠观民怕滑氏吵闹，添了胞弟病势，十分没有法了，应道："第二的，你只管养你的病，只要你的病好了，就分了也罢。"回到路上，却泪如泉涌不止。

这是惠养民终日口谈理学，公然冒了圣人之称，只因娶了这个再醮老婆，暗中调唆，明处吵嚷，一旦得了羞病，弄得身败名裂，人伦上撤了座位。

此时正当三月尽间，谭家欲再延师长，现有惠养民未去，况且滑氏又不肯回乡。直到五月端阳，要完束金节仪，算了粮饭油盐钱，谭家送了角黍，滑氏又看了冰梅，方辞别王氏而去。

自惠养民病后，谭绍闻自己一个人，在碧草轩上独写独诵。忽一日，只见一个人猛的进了轩中，走到绍闻座前，作了一揖，双膝跪下，说道："救我！救我！"谭绍闻慌道："起来咱商量，须是拣我能的。"那人道："不难。"此人是谁？待再一回叙明。

有诗赞韩节妇之贤：

> 嫠妇堪嗟作未亡，市棺此日出内藏。
> 到今缕述真情事，犹觉笔端别样香。

又咏韩、滑相连云：

> 贞媛悍妇本薰莸，何故联编未即休？
> 说与深闺啼共笑，人间一部女春秋。

第四十二回

兔儿丝告乏得银惠　没星秤现身说赌因

却说谭绍闻正在碧草轩上看书，一人进门跪下求救。此人是谁?乃是姓夏名鼎表字逢若，外号兔儿丝者是也。绍闻忙搀道:“起来，起来。”夏鼎道:“须你承许下，我才起来。”绍闻道:“你不起来，我也跪下，也不承许你。”夏鼎只得起来，又为了礼，坐下叙话。

绍闻道:“你到底是啥事呢?”夏鼎道:“说起来话长，截近说了罢。这一年，因你立志读书，我也不便相近。盛大哥公子性儿，也不大理人。东门内王贤弟，只顾他的生意，我也不好干动他。实对你说，我为你的官事，是挨过板子的人，人也都不器重了。家下几口人无法过活，那‘首阳山’，我也曾携眷走了几次。只因本街祝先生，是我自幼拜的蒙师，昨年选了河北胙城县副学。我再三央张绳祖去茶叶店赊了八两银茶叶，向河北打个抽丰。一来祝先生是新任，二来这个老先生也是老实人，除了盐、当店，以及城内好近官的绅衿，把茶叶撒了一少半儿，下余一多半，无处出脱。我没法儿，少不得每日结识门斗、学书，又出了学衙，拜了一片子朋友，才出脱哩将尽。收了十二两七钱多银子，还有十数封未送还。谁知冤家路窄。一日同张学书北乡看戏，离城一里半路，你说是谁的戏?偏偏是茅拔茹一班臭卷戏。这狗攮的，如今狼狈不堪，身上衣服，也不像当日光彩，穿的一件大褐衫，图跟戏子吃些红脸饭。我也不料是他，他见了我，辽远喊道：‘那不是省城夏大哥么？’到我跟前，俺两个作了一个揖，一手拉到酒馆里。我把书办捏了一把同去。进得酒棚，他叫酒家烫了一钴酒，斟了两杯，放在俺两个面前。你说他头一句说什么罢，他头一句便说道：‘请吃一杯罢，树叶儿也有相逢日子，不走的路还要走三遭。我当初在祥符，多承夏兄管待，今日定还席。’那张书办是个精细人，见茅拔茹竖眉瞪眼，不是个好相法，便说：‘夏少爷少吃一杯罢，来时祝师爷再三吩咐，叫早些回去哩。’茅家便问道：‘夏兄在师爷衙门么？’好个张书办，旧日住过刑房，今日又住学署，见景生情，便道：‘夏少爷是新师爷表外甥，今日来看表舅的。’茅拔茹想了一想，说：‘不吃酒也罢，夏兄你且回去。’那日方得没事回到学署。过了两日，就有朋友送信，说茅家约的打手，叫做顺刀会，等我出胙城，要打折腿、剜了眼。我怕了，也不敢等收完茶叶钱，就悄悄地回来。那一日在路上，见一个胡子，穿了一领褐衫，引了两个人从北来，几乎把我苦胆吓破。到面前，却是一行走路的，才放了心。进了家，只落了十两多点银子。还了二两陈欠，又开发二两柴米钱，余交张绳祖打发茶叶店，下欠二两。茶叶店全相公到还松。只这二两银子，我却像欠下张绳祖的皇粮了，每日叫他那老贾上门索讨。说的言语，我对你也说不出来，只是很不中听就是。我万分无奈，承许今日完他，只是我再没法起办。万望贤弟念咱那香火之情，替我周全周全。真正叫我在老贾面前丢了人，我委实顶不住他。若不然我何不问你要三两五两哩，我委实是急了。”绍闻道：“你再休提那张绳祖，我前已对你说过。我先世累代书香，到了我连半步前程儿还不曾到身上，现今先君涂殡在堂，我将来何以发送入土？我如今立志读书，虽此时先生有病，我只管每日自进个课程。昨前小考，程公取我童生案首。或者宗师按临，进个学儿，也未见得。若提起你与张绳祖的事，未必就是正经事，我也不听，我也不管。”夏鼎道：“张绳祖这宗银子，委实是欠茶叶店仝相公的，若干一点赌嫖的踪迹儿，我就是个忘八大蛋。万望周全一二。你方才说张绳祖不是正经人，这话一丝儿不错。你自此以后也只可远他，不可近他。放着书肯不读么？各人图个上进。混账场中，闯来闯去，断乎没有什么好处。我也叫他那老贾腌臜的足呛。就是我欠他这二两银子，原是当日承情的事，老贾硬拿出讨赌账的手段，输打赢要的光景践踏人。你只替我周章了这一点子事，我再进老张的门，双腿跌折；我要再见你进他的门，我竟仗香火之情，你脸上我定啐十来口唾沫。你只管读你的书，进了学中举中进士，我跟你上任管宅门，管马号，管厨房，享几年福罢。”绍闻道：“闲话不说。你要二两银子原没多少，但只是我此时欠人家一千多两行息银子，手委实窘的很，如何替你酌处呢？”夏鼎笑道：“二两银子，叫我今日可真难起办，你就穷了，也易处。你看家中有什么穿不着的衣服，拿一两件子，拿在当店，就当够了。待我手中活动时，赎出来还你。”绍闻道：“衣服本没剩的，我也不好回家去取。若家母、贱内问一句，我说啥哩？”夏鼎道：“你休拿狠心肠拒绝我，我也是识抬举中用的人。我只是吃茅家要约人打我的亏。若不是胙城撞见他时，茶银讨完，今日也犯不着干动贤弟。”绍闻想了一想，指着案上一个砚池道：“这是一个端砚，你拿去当二两银罢。”夏鼎道：“我家的端砚，只卖了五百钱，这端砚如何能当二两？”绍闻道：“端砚与端砚不同，你没看上面有年月款识，是宋神宗赐王安礼的。当日是十两银买的。你只管当去，管许只多不少。你把当票给我。”

果然夏鼎看了一看，塞到怀里，作别起身。到松茂典当三两纹银，分了二两一封，一直到张绳祖家。

恰好张绳祖在家与假李逵说话。夏鼎进门，张绳祖身也不欠。只说道：“坐下。你来送银子来了。”夏鼎掏出一个纸封儿放在桌上，说：“你看看，二两松纹牛毛细丝，一毫一忽儿也不短。”张绳祖拆开一看，果然成色顶高。老贾取过戥子，称了一称，二两还高些。哈哈笑道："老夏，老夏，我真服你是一把好手。这是哪里银子！"夏鼎道："你只管我不欠你的罢，何苦盘问来历？我只不是偷的就是。"张绳祖笑道："你休恼的恁个样子，委实是仝相公催的太紧。"夏鼎道："欠他的，只得许他催哩。"张绳祖道："委的是何处银子？"夏鼎道："是朋友都比你厚道。这是萧墙街谭相公银子。我告了一个急，他给我了二两，我不瞒你。"张绳祖将银子送与老贾道："这还是他赢咱的那宗银子，是不是。"老贾道："那银子没这高。"张绳祖笑道："老夏呀，你既然有本事把谭绍闻银子生发出来，我也不要你这二两银子。你只再把他勾引到这里赌上一场，不管我赢我输，再与你八两，以足十两之数。决不食言。"夏鼎道："呸！你这就是不吃盐米的话。我虽下流，近来也晓得天理良心四字，人家济我的急，我今日再勾引人家，心里怎过得去。况且人家好好在书房念书，现今程公取他案首，我若把他勾引来，也算不得一个人。"张绳祖笑道："你从几日算个人了？也罢么，你就把这二两银子丢下，我送与仝相公，你回家去吃穿你那天理，盘费你那良心去。嘴边羊肉不吃，你各人自去受恓惶，到明日朝廷还与你门上挂'好人匾'哩。"

夏鼎闻言不答。迟了半晌，说道："人家是改志读书，再不赌博的人，就是弄得他来，他不赌也是枉然，你怎肯白给我十两呢？"张绳祖笑道："我把你这傻东西，亏你把一个小宦囊家当儿董荆，你还不晓赌博人的性情么？大凡一个人，除是自幼有好父兄拘束的紧，不敢窥看赌场，或是自己天性不好赌，这便万事都冰了。若说是学会赌博，这便是把疥疮、癣疮送在心窝里长着，闲时便自会痒起来。再遇见我们光棍湿气一潮，他自会搔挠不下。倘是输得急了，弄出没趣来，弄出饥荒来，或发誓赌咒，或摆席请人，说自己断了赌，也有几个月不看赌博的。这就如疥疮挠得流出了血，害疼起来，所以再不敢去挠。及至略好了些，这心窝里发出自然之痒，又要仍蹈前辙。况且伶俐不过光棍，百生法儿与他加上些风湿，便不知不觉麻姑爪已到背上，挠将起来。这谭绍闻已是会赌，况且是赌过不止一次了，你只管勾引上他来，我自有法儿叫他痒。他若是能不赌时，我再加你十两。改了口就是个忘八。这是我拿定的事，聊试试看，能错一星不能。”夏鼎道:“你说的逼真。你既这样明白，又这样精能，怎的把产业也弄光了？”张绳祖叹了一口气道:“咳！只为先君生我一个，娇养的太甚，所以今日穷了。我当初十来岁时，先祖蔚县、临汾两任宦囊是全全的。到年节时，七八个家人在门房赌博，我出来偷看。先母知道了，几乎一顿打死，要把这一起会赌的逐出去。先君自太康拜节回来，先母一五一十说了，先君倒护起短来，说指头儿一个孩子，万一拘束出病来该怎的。先君与先母吵了一大场。这时候我已是把疥癣疮塞在心里。后来先君先母去世。一日胆大似一日，便大弄起来。渐次输的多了，少不得当古董去顶补。岂没赢的时候？都飞撒了。到如今少不得圈套上几个膏粱子弟，好过光阴。粗糙茶饭我是不能吃的，烂缕衣服我是不能穿的，你说不干这事该怎的。总之，这赌博场中，富了寻人弄，穷了就弄人。你也是会荡费家产的人，难说不明白么？总之，你把谭家这孩子只要哄的来，他赌，我分与你十两脚步钱；他不赌，我输给你十两东道钱。”夏鼎把头摇了两摇，说道:“再没法儿。”

迟了一会，忽然说道:“你只等地藏庵姑姑与你送信，你便去地藏庵堵这个谭绍闻；若不与我十两银，你就算不得人。”张绳祖道:“你现今把这二两拿回去，改日只找你八两就是。”夏逢若果将二两银袖讫，作别而去。张绳祖送出大门，夏鼎道:“不可失信。”张绳祖道:“事有重托。”同声一笑而别。这正是：

> 人生原自具秉常，那堪斧斤日相伤；
> 可怜雨露生萌蘖，又被竖童作牧场。

第四十三回

范民姑爱贿受暗托　张公孙哄酒圈赌场

却说谭绍闻自程县尊考取童生案首之后，自己立志读书。

虽说业师惠养民得了瘾症，服药未痊，每日上学只在东厢房静坐，这谭绍闻仍自整日诵读。逢会课日，差人到岳父孔耘轩家领来题目，做完时即送与岳丈批点。这孔耘轩见女婿立志读书，暗地叹道："果然谭亲家正经有根柢人家，虽然子弟一时失足，不过是少年之性未定。今日弃邪归正，这文字便如手提的上来。将来亲家书声可续，门闾可新。"把会文圈点改抹完了，便向兄弟孔缵经夸奖一番。这孔耘轩学问是有来历的人，比不得侯冠玉胡说乱道，又比不得惠养民盲圈瞎赞。谭绍闻得了正经指点，倒比那侯冠玉、惠养民课程之日，大觉长进。况且读书透些滋味，一发勤奋倍于往昔。

一日正在碧草轩苦读，接到祥符礼房送来程公月课《四书》题目一道，是《无友不如己者》诗题一道，是《赋得'绿满窗前草不除'得窗字》五言律。方盘桓轩上构思脱稿，只见双庆儿上得轩来说道："奶奶请大相公到家说话。"谭绍闻听说母亲有唤，急忙回家。进得楼门，却见地藏庵范尼姑坐个杌子。范尼姑看见谭绍闻来，笑哈哈合手儿向王氏道："阿弥陀佛！你老人家前生烧了好香，积得一般儿金童玉女。你看小山主分明是韦驮下界，不枉了程老爷取他个案首。指日儿就是举人进士，状元探花。”王氏笑道：“没修下那福。”范姑子道：“老菩萨没啥说了，你修的还少么？况且今日正往前修哩。”这谭绍闻方才得插口道：“母亲叫我说些什么？我忙着哩。”范姑子即接口道：“不是不请小山主来，原是敝庵中要修伽蓝宝殿，是你烧过香的地方。那圣贤老爷神像颜色也剥落了，庙上瓦也脱却几十个，下了雨就漏下水来，如今要翻盖老爷歇马凉殿，洗画金身，我央南门内张进士作了募疏头，张进士说他眼花了，没本事写。满城中就是小山主一笔好字，叫我央你写写，好募化众善人。适才老菩萨上了五钱银子。你看羊毛虽碎，众毛攒毡。小山主替我写写，这个功德不小。”王氏道：“你去写写也罢，范师傅这般央的么？”谭绍闻道：“着实忙，讨不得一个闲空儿。如今程老爷差礼房送了两道题目，明日就要卷子哩。”范姑子哈哈大笑道：“老菩萨，你看么，县里堂上太爷，还一定叫小山主写，怪不得我来央么。嗔道，张进士说满城中就是小山主写的好。”王氏向姑子道：“他不得闲么，想是县里要他写。必是紧的。”范姑子道：“今日不得闲，明日也罢。我也要预备一点茶果，一发更好。”王氏道：“你是出家人，也不用你费事，他明日去罢。”谭绍闻心中有事，正打不开这姑子烦扰，遂顺口道：“我明日去罢。”范姑子道：“阿弥陀佛。山主明日去写，你看那神灵是有眼的，伽蓝老爷监场，管保小山主魁名高中。”谭绍闻含糊答应，急上碧草轩作文检韵。王氏管待法圆，午后去讫。

到了次日早饭后，只见一顶二人挑轿直到碧草轩来接，绍闻只得坐了轿子，下了竹帘儿，一径到地藏庵来。下轿进了庵门，范姑子见了笑道：“天风刮下来的山主。”也不让客堂坐，穿了东过道，径到楼院。叫道：“慧娃儿，谭山主到了。”慧照笑微微地打楼花门伸头望下看着，也不说话，范法圆早引得胡梯下。上得楼来，慧照急忙把桌上针线筐儿移过一边。让座坐下，法圆自下楼取茶，捧杯递与谭绍闻。

茶罢，谭绍闻开言道：“请张老先生募引稿儿一看。”法圆道：“忙的什么？等闲山主不来，兼且劳动大笔，我且去街上办些果品下茶。”谭绍闻道：“不消费事。把稿儿拿出来，我看看字儿多寡，好排行数。字多时，我带回书房去写，差人送来。”法圆道：“举人、进士也不是一两天读成的。就在小庵随喜上半日，心机也开阔些。”慧照道：“听说府上小菩萨是孔宅姑娘，针线极好，花样儿也高。改月捎两样儿我瞧瞧。”法圆道：“你也没见这小菩萨，模样儿就是散花天女一般，天生的一对儿。”谭绍闻心中恋着读书，奈不得她师徒缠绵，只是催募引稿儿。法圆到客堂拿募引，却是一个小簿儿，上面黄皮红签，内边不过是“张门李氏施银一钱”“王门宋氏施钱五十文”而已，并无募引稿儿。谭绍闻道：“只怕你带拿了，上面那有张进士的疏引？”范法圆道：“我就是请小山主做稿，就顺便儿写上。难说你就不是个进士？”谭绍闻道：“也罢，我就写这施主名姓。若嫌无疏引，我的学问还不能杂著。”慧照道：“一般有这簿儿，何用再写。我倒央山主与民起个仿影格儿，我学几个字儿罢。”一面开箱子取出两张净白纸儿，放在桌上手中早已磨起墨来。谭绍闻也只图聊且应付，便拈笔在手写出来，写的杜少陵游奉先寺的诗句。两行未完，范法圆道：“山主写着，我去了就来。”——此处一段笔墨，非是故从缺略，只缘为幼学起见，万不敢蹈狎亵恶道，识者自能会意而知。

且说傍午，范法圆办了些吃食东西，就叫徒弟在楼上陪谭绍闻用了午饭，二人握手而别。下得楼来，从东过道转到前院，猛可的见白兴吾站在客堂门口，谭绍闻把脸红了一红，便与白兴吾拱手。那白兴吾用了家人派头，把手往后一背，腰儿弯了一弯，低声应道：“南街俺家大爷在此。”张绳祖早已出客堂大笑道：“谭贤弟一向少会呀！”谭绍闻少不得随至客堂，彼此见礼，法圆让座坐下。张绳祖叫道：“存子斟茶来。”法圆道：“怎敢劳客。”张绳祖笑道：“他几年不在宅里伺候，昨日新叫进来，休叫他忘了规矩，省得他在外边大模大样得罪亲友。”白兴吾只得把茶斟满，三个盘儿奉着，献与谭绍闻。绍闻起坐不安，只得接了一盅。张绳祖取盅在手，还嫌不热，瞅了两眼。又奉与法圆，法圆连忙起身道：“哪有劳客之理，叫我如何当得起。”张绳祖笑道：“范师傅陪客罢，不必作谦。”这谭绍闻一心要归，却又遇见这个魔障，纵然勉强寒温了几句，终是如坐针毡。这张绳祖忽叫白兴吾道：“存子呀，你先回去对你大奶奶说，预备一桌碟儿，我与谭爷久阔，吃一杯。快去！”白兴吾道了一声：“是。”比及谭绍闻推辞时，已急出庵门而去。

范法圆道：“一个山主是写募引的，一个山主是送布施的，真是有缘千里来相会。只是我是个女僧，不便随喜。”张绳祖道：“前二十年，你也就自去随喜了。”谭绍闻道：“实告张兄，我近日立志读书，实不敢遵命，改日府上叨扰谢罪。”张绳祖道：“改日我送柬去，你又该当面见拒了。你或者是怕我叫你赌哩，故此推托。我若叫你赌，我就不算个人。都是书香旧族，我岂肯叫你像我这样下流？你看天已日西，不留你住，难说赌得成么？放心，放心，不过聊吃三杯，叙阔而已，贤弟不得拒人千里之外。”话尚未完，白兴吾已回来复命。张绳祖一手拉住谭绍闻的袖子，说：“走罢。”谭绍闻仍欲推阻，张绳祖道：“贤弟若不随我去，罚你三碗井拔凉水，当下就吃，却不许说我故伤人命。我不是笨人，眼观六路，耳听八方，不如咱走罢。”谭绍闻见话中有话，又兼白兴吾跟着，少不得随之而去。

范法圆后边跟送，张绳祖道：“范师傅，太起动了，改日送布施四两。”范法圆道：“阿弥陀佛！”作别而去。

一路行来，又到张绳祖这剥皮厅中来。有诗为证：

> 华胄遥遥怎式微，老人庭训少年违；
> 琴书架上骰盆响，一树枯梅晒妓衣。

果然谭绍闻进了张宅，过了客厅，方欲东边饲堂院去，只听内边有人说道："你方才赔了他一盆，这一盆管保还是个叉。"一个说道："我不信。"谭绍闻便不欲进去。张绳祖扯了一把说道："咱不赌，由他们胡董。"

二人进去，只见王紫泥害暴发眼，肿的核桃一般，手拿着一条汗巾儿掩着一只眼，站在高背椅子后边看掷色子。看的原来就是他的十九岁儿子王学箕，为父亲的，在椅子后记盆口。一个张绳祖再从堂侄张瞻前。一个是本城有名的双裙儿。一个是汾州府一个小客商名叫金尔音，因父亲回家，故在此偷赌。一个妓女还是红玉。这谭绍闻只认得王紫泥、红玉，其余都不认的。众人见客进来，只说得一句道："不为礼罢。"口中仍自"么么么""六六六"喊叫的不绝。

张绳祖将谭绍闻让到柯堂东间，现成的一桌围碟十二器，红玉早跟过来服侍。王紫泥掩着眼也随谭绍闻过来，一同坐下。白兴吾早提酒注儿酌酒，散了箸儿。张绳祖道："这就是朝东坐的那位金相公厚赐，送我的真汾酒。"谭绍闻向赌场让道："请酒罢！"只听色盆桌上同声道："请，请。"也不分是谁说的。王紫泥把杯举了一举放下了，张绳祖道："老王，你嫌酒厉害么？"王紫泥道："你看我的眼。昨晚皂班头儿宋三奎承我了一宗人情，请我吃鱼，我说不敢吃，他说不忌口，眼就会好了。我又忍不住，他又让的恳，吃不多些儿，这一夜几乎疼死了。今日七八分，是要瞎的样子。"张绳祖道："你先怎与令郎看叉快？"王紫泥道："听声儿罢，谁敢看盆中黑红点儿。"大家轰然一笑。

红玉殷勤奉让，诉起离情，眼内也吊了几颗珍珠儿。又唱了几套曲子，俱是勾引话儿。这谭绍闻酒量本是中等，兼且汾酒是原封的，燥烈异常，不多一时，早过了半酣岗子。从来

酒是迷魂汤，醉了便乖常，

坏尽人间事，且慢夸杜康。

大凡人到醉时，一生说不出来的话，偏要说出来；一生做不出来的事，偏要做出来。所以贪酒好色、吃酒赌博的字样，人都做一搭儿念出。故戒之酒，不下于赌娼。谭绍闻酒已八分，突然起来道："我也赌何如？"张绳祖道："贤弟有了酒，怕输钱。"红玉也急劝莫赌。谭绍闻醉言道："我不服这话。"只听得窗儿外两个提茶的小厮唧咬道："个个输的片瓦根缘的，都会说这个'我不服'。"张绳祖听得骂道："哪个忘八羔子，在外边胡说什么！"谭绍闻说着，已到赌桌上，伸手便爬色子，掷道："快！快！快！"众人见谭绍闻醉了，都起身收拾钱，欲散场儿。谭绍闻急了道："五家儿何妨？嫌弃我没钱么？输上三五百两，还给的起。"拍着胸膛道："咱是汉子。"王紫泥掩着眼，急说道："谭相公要赌就赌，但还须一个安排。他们这场中三五串钱，猫挤狗尿的，恶心死人。若要赌时，天也黑了，叫老张点起灯来，重新弄个场儿。小儿也替我搭上一把手儿，干干净净的耍一场子。金相公你也不走罢。"谭绍闻道："我的性子，说读就读，说赌就赌，您知道么？"张绳祖道："自然是知道的。"

小厮斟了一盘茶，红玉逐位奉了。张绳祖遂叫假李逵在书柜里取了一筒签儿，俱是桐油髹过的。解开一看，上面红纸写的有十两、二十两的，几钱的、几分的都有，俱把"临汾县正堂"贴住半截。张绳祖道："这是我的赌筹，休要笑不是象牙。"王紫泥笑道："你嘴里也掏不出象牙来。"张绳祖道："不胡说罢。咱如今下一根签算一柱，或杀或赔，输赢明早算总账，不出三日，输家送钱，赢家赙赌去。"谭绍闻道："我要赌现银子，输了三日送到，赢了我拿的走。"王紫泥笑道："谭相公是还像那一遭儿，装一褡包回去的。"谭绍闻醉笑道："猜着了。"张绳祖笑道："要赌现银子也不难。老贾呢？你与白兴吾到街上，不拘谁家银子要五十两、钱要二十串，好抽头儿。明早加利送还。"

假李逢、白兴吾去不多时，果然如数拿来。说是祥兴号下苏州发货的，后日起身，也不要加息，只不误他的事就罢了。张绳祖道："什么成色。"白兴吾道："俱是细丝。"谭绍闻道："急紧收拾场儿，再迟一会，我就要走了。"假李逵急紧点蜡烛、铺氍毹。派定谭绍闻、金尔音、王学箕，张绳祖换了堂侄。双裙儿打比子，送筹。王紫泥依旧掩着眼听盆。这一起儿出门外假装解手，又都扣了圈套。果然吆吆喝喝掷将起来。双裙儿乒乒乓乓打比子，张瞻前高高低低架秤子，果然一场好赌也。

半更天，绍闻输了八根十两筹儿。到三更后，输了二百四十两，把二十四根十两的筹儿移在别人跟前。无可记账，张绳祖道："老贾，你把签筒的大签拿来，算一百两的筹儿。"金相公拿起签来，看见上面写的"临汾县正堂"便说道："老太爷在敝省做过官么？"张绳祖道："那是先祖第二任，初任原是蔚县。"双裙儿把谭绍闻输的筹儿数了一数，一共二十四根，说道："把这二十根换成两根大签罢。"谭绍闻接签一看，见上面大朱笔写个"行"字，此时酒已醒却七八了，便道："我是行不得了，还行什么！"心下着急，问红玉时，早已回后边去了。王紫泥害眼疼，早已倒在床上。张绳祖道："贤弟说行不得，咱就收拾了罢？"谭绍闻心中想兑却欠账，不肯歇手，及到天明，共输了四根大签，九根小签，三根一两的签，共四百九十三两。

日色已透窗棂，此时谭绍闻半点酒已没有了，心中跳个不住。说道："天已大明，看家里知道了，我早走罢。"假李逵道："谭大叔，这四百九十三两银子，是俺取的去，是谭大叔送来呢？"谭绍闻心中忽翻起一个想头，说道："你再找我七两，共凑成五百两。说三天送来，也不能到五天送来罢。"张绳祖也怕谭绍闻撒赖，说道："老贾，你称七两亲手交与你谭大叔。你一手包揽，我只赚我的头钱。"假李逵交与了七两，拿一张纸儿说道："谭大叔，你写个借贴，久后做个质证。"谭绍闻道："我是汉子，不丢慌，不撒赖就是。"假李逵道："俺是小人们，谭大叔明日话有走滚，俺便不敢多争执。”王紫泥在床上翻起身来道：“老贾，你也太小心过火了，谭相公不是那一号儿人。也罢，谭相公，你看一般是给他的，就写一张借帖何妨呢？”王紫泥口中念着借帖稿儿，谭绍闻少不得照样写讫。写了一张“谭绍闻借到贾李魁纹银五百两，白兴吾作保”的借据，假李逵还叫写个花押。写完时向众人作别，踉踉跄跄而去，张绳祖送至大门而回。有诗为证：

可怜少年一书生，比匪场儿敢乱行，
婊笑俱成真狒狒，酕陶那有假猩猩。

第四十四回

鼎兴店书生遭困苦　度厄寺高僧指迷途

却说谭绍闻辞了众赌友，出得张宅门，此时方寸之中，把昨夕醉后欢字、悦字、恰字，都赶到爪哇国去了；却把那悔字领了头，领的愧字、恼字、恨字、慌字、怕字、怖字、愁字、闷字、怨字、急字，凑成半部小字汇儿。端的好难煞人也。

忽然想出逃躲之计。过了府衙门街口，只听得一个人说道："相公骑脚驴儿罢。"谭绍闻道："我正要雇脚哩。"那脚户走近前来问道："相公往哪里去？"谭绍却无言可答。沉吟了一会，猛可的说道："上亳州去。"那脚户道："我不送长脚。"迟一下又道："相公要多给我钱，我就送去。"两个人就讲脚价，脚户信口说个价钱，谭绍闻信口应答，却早已过了岗了。一起站住，讲停当价钱。脚户道："我跟相公店里取行李去。"谭绍闻道："我没行李，也没有店里住。"

这个脚户姓白，外号儿叫做白日晃，是省城一个久惯牢成的脚户。俗语说，"艄、皂、店、脚、牙"，一艄是篙工，皂是衙役，店是当槽的，脚是赶脚的，牙是牛马牙子。天下这几行人，聪明的要紧，阅历的到家，只见了钱时，那个刁钻顽皮，就要做到一百二十四分的。谭绍闻少年学生，如何知道这些。

这白日晃把谭绍闻上下打量一番，说道："相公上亳州做什么？"谭绍闻道："看我舅舅去。"白日晃道："相公舅舅是谁？"谭绍闻道："东门里春盛号，姓王。"白日晃道："是春宇王大叔么？我时常送他往亳州去。他落的行，是南门内丁字街周小川家。这王老叔见我才是亲哩。我就送你去。但没有个行李，天虽不冷，店里也不好住。我跟相公去，些须带个被套衣褡儿，今日就好起身。"谭绍闻道："我又盘算，还去不成。"白日晃道："啥话些，一天生意，大清早讲停当了，忽然又不去了，这个晦气我不依。"谭绍闻输了钱，方寸乱了，心中想躲这宗赌债，未加深思，信口应了脚户一声。转念一想，大不是事，又急切要走开，不料竟被脚户缠绞住了。见白日晃这个光景，只得说道："咱到明日起身何如。"白日晃道："我今日这个生意该怎的？你须与我定钱，外加一日盘缠花销。"旁边又有人撺掇，谭绍闻就手中包儿与了一个银锞儿。白日晃道："我明日在此相等。这银子到亳州同王叔称了，一总算明。"谭绍闻方才摆脱清白。一径回碧草轩，躺在厢房床上，如病酒一般。

谭绍闻这一向在轩中读书，白日在轩上吃饭，晚间就在厢房睡。因而这一夜外出，家人并不涉意，母亲妻妾以为仍旧在书房，邓祥只说偶然在家中睡了。王中因城中市房难售，利息银两可怕，一向往乡里打算卖地去了。所以家中个个照常，并不知绍闻赌博输钱的事。绍闻一夜不曾眨眼，心中又闷，整整睡到日夕，方才起来吃了一点饭儿。到了晚上，仍自睡倒。左右盘算，俱不是路。旋又想到，这五百两银子，只那假李逵将不知怎样撒泼催逼哩，那个野相，实叫人难当。顿时心中又悔又惧，大加闷躁起来。

到了半夜。猛然床上坐起，说道："罢了，我竟是上亳州寻我舅舅去。天下事躲一躲儿，或者自有个了法。猛做了罢。"因把睡的簿被，用单儿包了，瓶口系在腰间，带上假李逵找的银子。东方微亮时，偷出得碧草轩，一径到了府衙门街。恰好白日晃赶得牲口来，二话不说，搭了牲口，不出东门——怕王隆吉看见，一径出南门，上亳州而去。

家中不见了谭绍闻，这王氏一惊非小。东寺里抽签，西庙里许愿。又着邓祥、宋禄一班家人，出北门到黄河问信，菜园深井各处打捞，荒郊大坟各处寻觅自不待言，无一丝踪迹。王氏无奈，着德喜儿上南乡叫王中回来，王中详问了连日因由，一口便道："此事范姑子必知原情。"王氏叫得范姑子来，问那月写募引的话，范姑子道："次日到庵，写毕一茶即去。"王氏信了，王中不依。王中写主母呈子，自己抱告程公。程公将范姑子当堂审讯，范姑子是自幼吃过官司的人，一口咬定一茶即去，是他家急了，枉告尼僧。程公见无证据，难以苦讯。又叫了谭宅家人邓祥问话，邓祥供："小家主于不见的前一日，曾在书房吃饭，晚上伺候的睡了是实。"程公已知此中必涉奸赌两宗情事。方欲追究，忽接抚台文书，命往南阳查勘灾户，此事便丢得松懈。

单讲谭绍闻骑着白日晃的脚儿，行了一日，心中有些后悔，又要回来，偏偏白日晃有省城客商捎往亳州的书子二封，已得捎书工价三百文，坚执不允。谭绍闻也由不得自己，亦喜得免假李逵多少纠缠，只得依旧上路。

晓行夜宿，进了亳州城。白日晃一直送到周小川行店门首。找完脚价，白日晃牵开牲口，自向别处投书子去。谭绍闻进了行店，早有周小川迎入柜房。听了土音是祥符人，问了姓名，说是寻王春宇的。周小川道："令舅王爷昨日起身下苏州去了。因是苏州有书来，闪下二百匹绸子，在作坊里染，老染匠已死，他儿子不认账，有抵赖的意思。伙计因是王爷亲手交的，同的有人，所以带上书来。王爷昨日起身去了，将来只怕在元和县还有官司哩。"谭绍闻听了此言，把心如丢在凉水盆里一般。周小川叫来厨役吩咐了几句话，须臾脸水茶饭齐到，四盘菜儿，有荤有素，大米饭儿，一注酒儿。吃毕，谭绍闻便说在行内住下等舅舅的话。周小川道："谭爷差了。你说你是春宇王爷的令甥，我不过因是口语相投，故此少留申敬。图日后王爷自苏州回来好见面的意思。其实您是甥舅不是甥舅，我如何得知？若说在行里住下等着，我要说一句不知高低的话，敝行银钱地方，实不敢担这干系。这街口有座店房，门上牌儿'鼎兴老店'，有房四十间，谭爷拣个干净房儿住下，好等令舅。何如？"一面说着，一面便叫厨房火头说道："谭爷嫌行里嘈杂，另寻店住，你把谭爷行李背上，送到鼎兴去。我随后送客就到。"火头早把行李一搭儿放在背上，出门送讫。

谭绍闻毫无意趣，只得出门。周小川陪同到了鼎兴店。当槽引着拣了第十七号一间小房，放了行李。周小川道："房价照常，每日十文，不用多说。"当槽笑道："周七爷吩咐就是。"谭绍闻进了房内，周小川拱手道："行里事忙，不得奉陪，有罪罢。"谭绍闻也无辞可挽，只得一拱而别。周小川别过谭绍闻，向当槽说道："这个人，他说是我行里王春宇的令甥，也不知是也不是。他要走，随他便宜。我只怕他是骗子拐子，你眼儿也撒着些。"当槽道："那人是个书呆子。"周小川道："怕他是装的腔儿。我恐王春宇回来，果然是他令甥，这脸上便不好看了。大家留点心儿。"当槽道："是罢。"周小川自回。

谭绍闻生于富厚之家，长于娇惯之手，柔脆之躯，温饱之体，这连日披风餐露，已是当不得了。今晚住到鼎兴店，只得谨具柴床一张，竹笆一片，稻苫一领，苇席一条，木墩一枕，奉申睡敬了。当槽送上烛来，往墙上一照，题的诗句，新的，旧的，好的，歪的，无非客愁乡思。坐了一回，好生无聊，少不得解开褡裢，展被睡下。回想生平家中之乐，近日读书之趣，忍不住心上生酸，眼中抛珠，暗暗地哭了一会。哭的睡着了，梦里见了母亲，还是在家光景。叫了一声："娘！"却扑了一个空。醒时正打五更。二目闪闪，直到天明。这一夜真抵一年。

起来时，当槽送脸水已到。洗了脸，要上街上走走，当槽送来锁钥说道："相公锁了门，自带钥匙，街上游玩不妨。"谭绍闻将零钱并剩下银子四两，一起装入瓶口。走到街头饭铺里吃了茶，用了点心。往街上一看，果然逵路旁达，街巷周通，熙熙攘攘，好不热闹。有两句话，说得游子客况的苦境：

虽然眼前有景，争乃举目无亲。

谭绍闻原是省会住惯的人，见了这个轰闹，也还不甚在意。

游了一会，转回店里，闷坐到日夕，到了周小川行里，问母舅的消息。火头笑道："且耐心等两个月儿，此时不曾到半路里。"少不得仍回鼎兴店中。到晚，仍此寒床冷铺，又过了一夜。

若说绍闻此时既寻不着母舅，幸而腰中尚有盘缠，若央周小川觅个头口，依旧回到开封，还可以不误宗师考试。只因年轻，不更事体，看着回来愈增羞耻，又图混过一时，只是在亳州憨等。先二日还往街头走走，走的多了，亦觉没趣。穷极无聊，在店中结识了弄把戏的沧州孙海仙。这孙海仙说了些江湖本领，不耕而食，不织而衣，遨游海内，艺不压身。谭绍闻心为少动，遂要学那"仙人种瓜""神女摘豆""手巾变鬼""袜带变蛇"的一般武艺儿。免不了花费少许钱钞。

过了数日孙海仙走了，谭绍闻依旧上街走动。一日，走到城隍庙门首，只见两个人打得头破血出，手扯手要上庙中赌咒。许多人齐挤着看热闹，谭绍闻也挤在人当中一看。却不防剪绺贼，就在挤挨中将瓶口割了一个大口子，将银子摸得去了。众人都进了卷棚，谭绍闻抽身回来。走动时觉腰间甚轻，伸手一摸，有些着慌，撩衣一看，只叫得一声："杀了我！"腰间早已"空空如也"了。谭绍闻果然掏出书呆子腔儿，走到城隍庙月台上呛喝了一会儿。众人哪里听见，也有听见掩口而笑的。只得出得庙来，飞跑到周小川行里。见了周小川双膝跪下说道："你救救我！我的银子叫人家割的去了。"周小川笑道："你起来。这叫我怎么说，你有银子没有银子，我还不能知道哩。"谭绍闻道："千万看俺舅舅面上，周全周全。"周小川故意问道："你舅是谁？"谭绍闻道："王春宇。"周小川道："您是甥舅不是甥舅，我也不能知道。你这样子像是撇白的撇嘴吃、撇钱使。俺这开行的替买看吃，也管不了许多闲事。你走开罢，我忙着哩，要算账去。"起身而去。还吩咐厨役道："小心门户。"总因开行一家，店中担着客商大宗银两干系，怎敢与不知来历的生人缠绞。所以周小川只是拒绝之语。

谭绍闻双眼噙泪，到了鼎兴店。见了当槽的撩起衣来，指着瓶口窟窿说道："我的银子，被人在城隍庙门割去了。"当槽笑道："自不小心。"谭绍闻向自己房门去开锁，连钥匙也被人割的去了。当槽脸上便没好气。只见周小川行里火头把当槽的叫到门前唧哝了一会儿。当槽的回来道："相公不要着慌，这是周七爷送来二百钱盘缠，叫相公回开封去哩。"谭绍闻瞪目无言。当槽的把钱放在窗台上，走到街上叫了一个小炉匠，把锁开了，推开门，即催谭绍闻装行李起身。谭绍闻道："我明日起身罢。"只见那当槽的把衣一搂，褪了裤子，露出屁股来，向谭绍闻道："上年在十四号房里吊死了一个小客官，且不说店里买棺材雇人埋他，州里汪太爷又赏了我二十板，说当槽的不小心。相公，你看看我这疮疤儿。我不过是不要相公的房火店钱就罢。你还有人送盘缠，各人走开罢。"穿上裤子，早替谭绍闻叠起被子来。谭绍闻泪珠滚滚，只得装了褡裢。当槽把窗台上周小川送的二百钱塞进去，替他背上。出得店门，就搁在谭绍闻肩上，扭身向南店门首，看两人在闸板上着象棋去了。世情如此，也难怪那周小川和这当槽的。正是：

越人肥瘠由他罢，秦人各自一关中。

谭绍闻万般无奈，只得背着褡裢转出街口，向西又寻了一座店住下。次日开发了店钱，一径出西门，直投回河南大道。

看官试想，谭绍闻在家时，走一步非马即车，衣服厚了嫌压的脊梁背疼，革热了怕烧着嘴唇皮。到此时，肩上一个褡裢，一替一脚步行起来，如何能吃消？走不上十五里，肩已压的酸困，脚下已有了海底泡。只得倒坐在一座破庙门下歇了。只见一个人背着一条扁担由东而来，到了破庙门前，也歇了脚。二人同坐一会，那人仔细端相了绍闻，开口说道："相公呀，我看你是走不动的光景，是也不是？"谭绍闻道："脚下已起泡了，委实难挨。"那人道："我与相公捎捎行李，到前边饭铺，你只管我一顿饭钱，何如？"谭绍闻不晓得路上觅脚力、雇车船要同埠头行户，觅人捎行李，也要同个饭馆茶肆才无差错。只因压的急了，走着脚疼，恨不得有个人替一替儿，逐欣然许诺。那人拿过行李，拴在扁担头挑将起来，一同起身西行。先还相离不远，次则渐远渐看不见，喊着不应。过了一条岭，那人飞风而去。谭绍闻喘喘地到了岭上，早已望不见踪影。又赶了一会，到个饭铺探问，饭铺人都说不曾见。凡从西来的行人，有迎着的，就问："见有一人，大胡子，挑着一付行李不曾。"只听得"没有"二字，如出一口。又前行遇一座饭铺，向一个年老掌锅的探问。那老掌锅的直埋怨他年轻，出门不晓事体，十分是被人拐了，又添出"没法"两个字。姑不说那一床被子几件衣服，周小川送的二百钱盘缠，也全被拐去，谭绍闻忍不住，竟是望西大放号啕起来。这大路边上住的人，这样的事是经见的，哪个管他。有撺掇他往西再赶的，有劝他忍耐回家的，各人图当下眼净自做生理。

谭绍闻只得仍含泪西行。走上二三里，看见一个破寺院，远远听有书声，肚内饿的急了，指望一饭之赐，遂望寺而投。只见水陆正殿内，坐着一个半老教读，脸上拴着叆叇镜，在桌上看书。谭绍闻望上一揖，那老教读手拿着书册儿还了半喏。谭绍闻脸上红了一红，说道：

“晚生姓谭，名字叫谭绍闻，河南开封府人。家父是个拔贡，也保举过孝廉。晚生上亳州寻家母舅不遇，回程路上被人把行李拐了，万望老先生念斯文一气，见赐一饭，不敢忘惠。”那老教读道：“你看满堂都是村童，我在此不过供馔而已，凡事不得自主。庄农家请先生，一饭一啄都是有前定的，我不过自己而已，焉能旁及？况且前月十五日，留了一位过路朋友，他说他是个秀才，谁知放学之后，竟将学中包书手巾部套书儿，捆载而去。今日也非关我薄情，相公还是再寻投奔罢。如果十分没路，我可指一去处。前边十里许，有一座寺院，叫度厄寺，是挂钟板吃饭，常住接众的大丛林。相公到那可吃一两天饭，慢慢回家。”谭绍闻道：“如飞何是常住接众呢？”老教读道：“北京八大常住，天下闻名。你们河南，也有常住，开封府相国寺，登封少林寺，汝州风穴寺，浙川香岩寺，裕州大乘寺，俱是钟板大丛林。我少年都走过。”谭绍闻道：“他不认得，肯给饭吃么？”老教读道：“若一定认得才给饭吃，如何叫接众哩。凡钟板寺院，勿论和尚道士，游方化斋，都许到寺里挂单随堂吃饭。吃过三天，职堂的就问愿住愿行，要走的随走，要住的便派个职事，会农务的就做庄稼，会厨子就掌锅，会针工就缝衣，会读书的与他教小和尚念经。但想吃闲饭儿却不能。”谭绍闻道：“也许咱俗家人吃他的饭么？”老教读道：“只要你有个武艺儿。不然者，你就与他挑水，打柴，喂牲口都行的。你要出家，就拜个师傅，起个法名，就是他寺里和尚。你会应酬，就做职客和尚；会算计，就做当家和尚。你若道行深了，学问好，能诗能文，能讲经说法，就举你坐方丈。你如今不如投奔度厄寺，吃过兰天饭，或住或走，再酌夺主意。”

谭绍闻只得辞谢老教读，上度厄寺而来。忍饿到了寺门，果然好一个大丛林。坐在寺门一块石凳上不好进寺。少时，一个头陀出来，绍闻作揖，头陀问自何而来，绍闻道：“河南开封人，因上亳州找寻母舅，路遇强人被劫，进退无路。心里想到宝刹暂停一宿，明晨打点回家。”头陀上下打量，不是捏言，告于职客和尚。职客的出来，绍闻仍如前说。忽听寺内鸣钟，职客的即邀进随堂吃饭。绍闻饱餐一顿。说要拜见方丈大和尚。还有一个道士，也说要参见大和尚。职客的道：“大和尚打坐入定，待明日出定后请会。”谭绍闻听得读书之声，要去看看，职客的道：“有心随喜，我引你去。”谭绍闻跟到了小沙弥读经地方，一所五间大厅，满院花卉竹石，好不清幽宜人。进了大厅，见了些小和尚，自七八岁以至十四五岁，有八九个，从一个半老优婆塞念经正字。为礼已毕，小和尚捧上茶来。吃完，一个十来岁小和尚就来问字，谭绍闻接过一看，乃是《楞严经》抄本，绍闻对说了一个字。又有拿《法华经》抄本的，《波罗蜜多心经》抄本的，围住问字，绍闻一一告明，小和尚各欢欣跳跃之意。那教经的和尚说道：“檀越学问广大，可敬，可敬。”谭绍闻道：“佛经上字与儒书一般，唯有口字偏旁——”因指着“唵”、“哪”、“咖”，“这些全不认的。”教经和尚道：“那与儒学一样的字，是翻译过的，所以檀越认得。这口字边字是佛家神咒语，不曾翻译，即是我们也随口传，不甚透彻。檀越就留在小寺，指误觉迷，便是开了方便善果。”说到日晚，绍闻就在这大厅床上睡下。次日就不叫随堂吃饭，升在客堂与当家和尚、职事和尚同桌，饭是一样的，但不与大众同案了。次日谭绍闻要去，众僧也不强留，任其自便。

谭绍闻自哺乳褪褓之日，并不曾晓得饥字的滋味是这样的难尝。出的寺来，一发把悔字的境界，又深入几层。走了大半日，腹中又渐渐空了起来，委实难受。少不得将系腰带儿搐了几搐，曳着身子忍饿而行。看看日落西山天昏黑下来，心里又饥又惧。望见前边有个火亮儿，想定有人家。谁知到了跟前，乃是一所孤庙儿，内中有两个乞丐向火。谭绍闻进内一望，只见赤身裸体，狰狞可畏。大吃了一惊，急退了出来。这两个乞丐见一个秀士望里伸头，只说是本村后生谁在此路过，未生歹心。若晓得是远来孤踪，只这身上几件衣服，便不免剥肤之患，险些儿有性命关系。

谭绍闻幸免这个大难，已不知怕，又继续西行。到了半夜光景，听得一片犬吠，已知近了村庄。这时已实实走不动了，直是寸步徐移到了一座大门楼下。门已拴讫。谭绍闻本是一天未曾见饭的人，已扎挣不得，遂倾倒地上，靠住门墩睡去，真正好苦也！正是：

世人万般皆自取，一毫半点不因人。

到了次早门扇儿响时，门内出来一个五十多岁老翁，手提一面大铜锣。看见谭绍闻吃了一惊，问道："这位相公，你是从哪里来哩，怎么这个模样？"谭绍闻睁眼一看，见是一位老者。急欲起时，竟是爬不起来。老者搀了一把，方才站住，强作了一个揖，说道："我姓谭。河南人。路上被人拐了行李，一天没见饭，半夜到这里。"老者道："咳，饿坏了，饿坏了。跟我来。"谭绍闻随着老人，到了草厅月。老人转身向后边催饭去了。少顷，一个少年跟着老人，拿些吃食东西放在桌上。老人让吃，谭绍闻饥口饿肠，直欲饱餐一顿，又怕吃的多了不好，只吃得七八分，推开。

方欲问姓名，忽听有人在门前大声喊道："韩善人，快往桥上去，今日换桥腿磐石，人少移不动，作速敲锣催人。"老人道："我家有远客，你把锣拿的去，替我敲起来，人就到了。我昨晚已排门都对说明白了。"那人进来拿锣，把谭绍闻看了一看，自去催人。谭绍闻此时望厅上一看，见挂着"乐善不倦"的匾额，乃是合村公赠的。谭绍闻起身作揖，致谢留饭之恩。老人道："我姓韩，叫希美，草字儿韩仁山。一生好盖庙建寺修桥补路。村西有一座石桥，乃是元朝大德二年我家前辈爷爷修的。所以叫韩家桥。如今坏了，我是功德主，募化了二百多两银重修，我包了总囊。今日下桥腿，我所以早起来催人。我见相公伸出手来葱笋儿一般，必定是识字的，我想请相公帮帮忙，上个布施簿儿，写个钱粮人工数儿。事完时我一总送相公回家。我这偌大村庄识字人少，只有一个考过的，他如今住了房科。我的字儿一发不深，上的布施簿儿俱不清白。相公肯留不肯？若不肯时，我送相公三百钱盘缠，相公自回家去。”这谭绍闻一向遇的都是无关切的话头，兼且饿怕了的人，便一口承许，图事完时，或者骑个头口，也是好的。

话刚说定，那提锣的进来说道：“韩善人，石匠等着说句紧话哩。”韩仁山便邀谭绍闻同往。到了庄西桥头，只见黑沉沉一大片人，喊喊叫叫地下桥腿大石。石匠却又顾不得与韩仁山说话。韩仁山引到桥北边一所观音堂内，指着桌上簿儿，交绍闻执掌。恰好有东村送来布施银钱、口粮等件，谭绍闻掀开簿儿，举笔便写，果然清清白白。韩仁山喜之不胜。因此谭绍闻遂在韩仁山家住下，帮办起桥工。

过了七八日桥将完工，韩仁山与谭绍闻在桥头看垫土，只见从东来了一辆大车。到了新桥头，车上三个人都跳了下来，说道：“新桥土虚，慢慢推过去罢。”谭绍闻看那人时，一个却是盛宅门客满相公，那两个不认的。遂向前问道：“那不是满相公么？”两人对面作了一个揖，满相公全不料谭绍闻到此，急切想不起来。谭绍闻道：“你看什么？不认得我了？”满相公方才想起，大惊道：“好天爷呀！你如何到此处？”谭绍闻遂把寻母舅到亳州，回来路上行李被拐，如今以韩善人为依的话，提了一番。满相公道：“您这些读书的憨瓜，出了门，除非是坐到车上，坐到轿里，人是尊敬的；其余若是住到店里，走到路上，都是供人戏玩摆布的。”韩仁山看见是谭绍闻同乡，便上前作揖。谭绍闻道：“这便是韩善人。”满相公忙致谢道：“多承老善人款留之恩，异日必有重报。”韩仁山也见桥工将完，正想送谭绍闻回家，只虑无人作伴，今日恰好遇此同乡，可一路行走，甚觉放心。便把这个意思直说了，齐邀三人到家。叫车也跟的转回村来。到了门首，一揖让进。

却说满相公缘何到此？原是奉了家主盛希侨之命，下苏州置办戏衣，顺便请来了两个昆班老教师。路绕亳州，看看生意，故从此经过。谭绍闻是主人盟弟，一向相熟，岂有不同伴相携之理。本是两相承请的事，韩仁山把话讲出，即一口承诺。韩仁山款待一日，再留不住，送了谭绍闻两串大钱，又叫车户添了草料，即送客人起身。满相公作了别，昆班教师从厢房出来道了搅扰，谭绍闻再三拜谢。韩仁山向谭绍闻道："帮助桥工，功德不小。相公回家好好念书，功名自有上进。"说罢倒有怆然之意。谭绍闻竟是眼眶湿了起来。出门登车，车户一声呼啸，那车飞也似去了。

此服行夜宿，不一日望见繁塔。谭绍闻怕有人见，躲在车后。车走开封宋门，径至娘娘庙街盛宅门首停下。正是：

舟抛滚浪狂风催，此日才能傍岸来。
只为曾无船尾舵，几于鱼腹罹凶灾。

第四十五回

忠仆访信河阳驿　赌妈撒泼萧墙街

却说谭绍闻同满相公一车儿进了开封城。到了盛宅门首，众家人连忙迎住道："回来了，辛苦，辛苦。"满相公跳下车来忙谢道："挂心，挂心。"两个昆班教师也下的车来，谭绍闻也只得下车。众家人已知那两个是教师，后下车的一个年幼美貌的，只当是连苏州旦角儿也接的来。细看却是谭绍闻。众皆愕然。

满相公让着一同进宅，早有人报知盛公子。盛公子飞风儿出来，口中说道："卸车，卸车。"到了二门，却撞着谭绍闻，盛公子也顾不得问个来由，只说道："贤弟，你先到东书房坐，我去看看车去。"谭绍闻跟定满相公同到了东书房。满相公一声喊洗脸水。只听盛公子在外急口吩咐道："作速卸车，我先看看蟒衣铠片女衫子何如。"吩咐已毕，来到东书房。进门来，谭绍闻为了礼。满相公也去作揖，盛公子连声道："多事，多事。"满相公只得住却。两个教师磕了头，盛公子就问起戏上话来。须臾，宝剑儿、瑶琴儿一班家人，抬来棕箱皮箱，盛公子叫作速打开，看起戏衣。又与满相公谈论丝绦花样，讲起价值秤头来。谭绍闻吃完两盅茶，说道："我要回去哩。"盛公子道："你且再坐。"谭绍闻本来自己没兴，见盛子只是一心戏子戏衣，并未问他自何而来，心中好生没味。又坐了一会，说："我果要作速回家哩。"盛公子道："你忙的是什么？你再坐一会儿，我还要问贤弟话哩。"扭过头来，又问起两个教师，你会几个整本，你会几个散出，两个老师便数将起来。谭绍闻羞中带个怒意，起身要去，盛公子道："也罢，我送贤弟。过几天串成了头一本，我请贤弟来看戏。不许不到。"满相公跟着盛公子送客，盛公子送至大门，一拱即回。谭绍闻又与满相公说了一会话，致谢携归之意。却早宝剑儿跑了出来，催满相公作速回去说话。原来盛公子一向也不知谭绍闻外出，今日也不知与满相公同车回来，只觉得走了一个客，一发好说那戏上的话。正是：

仰面贪看鸟，回头错应人。

且说谭绍闻出了盛宅，单单迂道绕路而行。走了些小巷，跳了些菜园，曲曲弯弯到胡同口，三步两步进了自己后门。

王氏正在楼下哭哭啼啼想儿子，猛可的见绍闻进来，既惊且疑，说道："儿呀，是你？"揉揉眼泪，仔细一看，果是儿子。又道："你上哪里去了这些时？这是你爹爹不在了，你竟是要闪我的。"扯住衣襟，又放声大哭起来。谭绍闻因累旬受苦，今日归了自己窝巢，也哭了起来。冰梅、赵大儿、老樊婆闻声都已来到。双庆儿、德喜儿、邓祥、蔡湘也喜主人回来，齐到楼院来看。

孔慧娘出得东楼，众人闪开，到了堂楼下，王氏仍哭个不住，声声道："我守寡的好难煞人呀！"赵大儿、樊婆也不住地用衣襟子拭泪。冰梅只是把兴官推与王氏，说："你叫奶奶不哭罢。"唯有孔慧娘通成一个哑子样儿。此非是孔慧娘眼硬不落泪，正是她识见高处，早知此身此家已无所寄了。

王氏略住了哭，道："大儿，樊家，备饭与大叔吃。"谭绍闻将近一月半光景，哪曾有可口如意的饭来，今晚到家，才吃了个妥当。黄昏时，王氏糊糊涂涂教训了半更，各自回房睡了。

次日日上三竿，谭绍闻方才起来。家中别无所忌，唯怕见王中的面。然到家半日不曾见王中，却又心中生疑。慧娘、冰梅面前也不好询问。赵大儿东楼取茶杯，谭绍闻因问道："您家王中哩？"赵大儿道："他往河北寻大叔去了。"绍闻无言。

要问王中因何上河北去寻人？这有个缘由。原是自绍闻去后，王氏着邓祥去南乡把王中唤回。王中详问了范姑子请写募引的情由，将范姑子具禀本县程公。程公问了，范姑子抵死不敢说出绍闻被张绳祖请去那一段内情，缘范姑子使了夏逢若转托银子四两，恐怕受贿情重。此是范姑子刁处。程公南阳公出，此事便丢的松懈。王中心下着急，无法可施。欲向地藏庵再访确信，范姑子堂上受辱，腹中怀鬼，把庵门用石头顶了，再叫不开。王氏叫写招子，张挂四门。王中细想，家主走脱，难说一个仆人敢写招子贴在通衢不成？且张扬出去，与家主脸面有碍，后日难以做人。此事万不可行。料定主人定是贪赌恋娼，必然不曾出城，遂拣可疑之地，每日细心查访。

一日，王中心生一计，叫来双庆儿说了。双庆儿直往张绳祖家说道："俺家大叔，在此丢了一条汗巾儿，叫小的来取。"这是出其不备的好法子。怎知这张绳祖因盘赌逼走了人，且系程公取的儒童首卷，又怕弄出人命干系，早已嘱咐老贾以及手下人等，咬定牙说："半年来谭相公并不曾到此。"话俱套通，所以答应双庆儿的话，上下俱是一色。双庆回来说了，王中就有几分不再向张绳祖身上疑影。

若说在盛宅窝藏，已知会王隆吉去踪迹几回。况希侨这半年只是招募挑选生、旦、丑、末，不像留客在家光景。王中又着双庆儿细查夏鼎脚踪，却见每日在街头走动，他家里又不是窝藏住人的所在。王中胡算乱猜，做梦儿也打算不到亳州上，心中只疑偌大诚内，也是纳污藏垢之聚会。不得已，结识些平日不理的破落户，市井光棍儿，婉言巧问，想讨个口气儿。竟也得不到一丝儿音耗。

忽一日宗师行牌，自河北回省，坐考开封。王中料主人必出应试。不料考开封一棚，亦不见绍闻回来。这王中才急的一佛出世，把少主人的生死二字昼夜盘算起来。无可奈何，竟每日街头巷尾茶栅酒肆中，如元旦拨勺听静一般，单单听个话音儿。

一日在府衙门街经过，见一酒馆内有两三场子吃酒的。王中心里一动走了进去。要了一壶酒，擎着杯儿听人说话。又见一个背包袱的进来，有一场子吃酒的都起来拱手让坐，一团儿坐下。说了一阵江湖上套话，那人忽道："我前日在河阳驿，见了一宗拐带人命事。"只这"拐带人命"四字，把王中吓了一个冷战。欲待上前去问，却又苦于无因。只得倾耳细听。那人拍手扬脚，一面吃酒，一面说将起来："这宗命案，是有两个拐夫伙拐了一个女人。两个拐夫，一个年纪大些，一个年纪轻些。到了河阳驿，那年纪大些的硬把那年纪轻些的勒死了，挂在一棵桑树上，像是行客失意自缢模样。谁知天网恢恢，疏而不漏，恰被乡保撞见，拿住禀了那县里老爷。老爷验尸，轰的人山人海来看。说那年轻些的拐夫和被拐女人本是奸情。"王中听到这里，心中更加起疑。便提壶酒儿来到桌前，说道："我看这位老兄，通是豪爽。我敬一盅。"那人道："不敢讨扰。"酒馆中半酣的人，好的是朋友，大家就一起让坐。王中移坐在一张桌子上，又叫酒家添酒。再斟开时，王中笑着说道："从来刁拐女人，多是年轻的。老兄先说那吊死的人，有多大岁数。"那人伸了两个指头儿说："不过二十内外。"王中道："老兄没听的人是哪里人？"那人道：俗个被拐的女人，像是黄河南，咱这边哪一县的人。人多，挤的慌，也没听真。"王中道："尸场上，你没见缢死人穿的是啥衣服。"那人道："像是衣帽齐整。皂隶皮鞭打，谁能细看。"王中心中有事，此时便如坐针毡。又问道："此是几日事？"那人想了一想说："我是十三路过河阳驿。是十三日了。"王中道："我本该多奉几杯儿，争乃有一点小小紧事，失陪了。"众人哪里肯放，定要回敬。王中不肯再留，说："我是本城，理当敬客，焉有讨扰之理。”那人方才问姓，王中道：“弟贱姓王。”又问：“住何处？”王中道：“我在东门外泰山庙后住。”那人道：“明日我奉拜。要说场子鼓儿词，万望老兄作个稗官主儿。”王中道：“在家等候就是。”王中作别回家，心中好生不安。又不敢把这凶信对主母说，只含糊说：“大相公有了河北信息。”王氏即叫王中上河北查访。王中说：“明早便要起身。”王氏发给了盘费。

王中次早起来，去到前厅谭孝移灵前祝祷道：“小的在街上听了一个信儿，料想大爷生前端方正直，没有一点坏阴骘的事，断乎不至如此。但只是小的心下放不安稳，要往河阳驿打探这遭。大爷阴灵保护，只叫大相公及早回来罢。”这合家大小俱不曾知。走到马房叫蔡湘备了头口，牵出胡同口，搭上行囊，出西门而去，刚刚出了西关，恰遇一家埋人，车上拉了一口薄皮馆材，后边跟着一个老妇人，声声哭道：“我那一去再不回来的儿呀！”王中心下好不扫兴闷气。只得把牲口打开，急超过去。

走了二三日，要在荥泽河口过黄河，偏偏大北风刮起，船不敢开，只得回到南关住下。喂上头口，心中好不焦躁，锁了住房门，对店家说：“我进城走走。”店家说：“不妨事。”王中进城，见街市光景，大让祥符。将至县衙门口，看见一个卦铺，上写“大六壬”三个字。王中识字不多，这三个字却认的。

心下有出门遇埋人的事，最不兴头，直到铺内，问个吉凶。那铺内老人见了王中，便道：“请坐。”暖壶内斟了一杯茶送过采，问道：“相公是要起课，是要测字呢？课礼是一百大钱，测一个宇是十文。”王中道：“央老先生测个字罢。”那人老拿过一支浓笔，一块油粉牌儿，说道：“相公请写。”王中接过笔来，写了一个王字。那老人道：“相公是问什么事？”王中道：“是寻人的。”老人细审了王中面色，说道：“大不好。王字上边看，是一个干字，下边看，是一个土字。想是做下什么有干系的事，如今就了土。中间看，是一个十字，横看是个三字，只怕还应在这十三上。”这个十三的话，与王中酒馆内听的日期正相符合。这一惊非同小可，忙问道：“我听的信就是十三日，管是凶多吉少也不可知。”老人道：“我的话是最灵的，所以满城人呼我甘紫峰做甘半仙。你初进铺内说央我测字，这有个央字，今天已日夕，这有个夕字，一个夕字加上央字，分明是个殃字。只恐现已遭殃。所以我据理直断，说是大不好的消息。若不然者，我岂不会说好话奉承人么？”王中本是寻人心急，又被黄河阻隔，测个字儿，不过想听两句好话，图自己宽心，夜间好睡。谁料这老人说了就土遭殃凶兆，兼且又说是十三日，心内反又慌了七八分。又说道：“我再说一个字儿，烦老先生仔细测测，看有个解救没有？”甘紫峰道：“也罢。”王中道：“我识字不多，只会写自己名字。”遂写了一个中字。甘紫峰道：“你说一个字，这一个合起来是‘不’字了，又写一个‘中’字，分明是‘不中’二字。”王中心中闷闷，数了二十文钱，放在桌上，郁郁回店而去。自己说道：“料定是宽心的话，反弄了些闷胀到心头。或者大相公有几分不妥，也未见得。”正是：

饱尝奔走足风霾乂？义仆忠臣共一怀；
非是屈原曾问卜，鄜州老杜两草鞋。

王中过了一夜，次早风平浪静过了黄河，又急行了一日。次早走了半日，见路旁一座木牌坊儿，路上行人念道：“韩文公故里”，北边写着：“西至河阳驿五里”。心下想道，不远了。天色尚早，少不得遇人便要听口气打探消息。

又走了三四里，将近河阳驿，路北有个菜园，远远望着一个年幼的绞辘轳，一个老人在那里浇菜。王中到了园口，下得牲口来，拴在一株老柳树上，提着鞭子到了井边，说道：“讨口水吃，解解渴。”那老人道：“请坐。我去与相公烧碗茶儿罢。”王中道：“不消。只这水儿便使得。”老人取个碗来，在桶内取水，双手捧与王中。王中强吃了两口，说：“够了。”因说道：“你老人家这一园子好菜蔬，可见是勤力人。”那老人道：“吃亏前日县里老爷检验了一遭尸，看的人多，都挤到园里，把半亩好韭菜都踩了。相公你看，东边一带，都践踏的成那个样子。”这王中心里正为此事，恰好得了头绪，便问道：“是什么事么？”那老人道：“是因拐带吊死的。”因指园外一棵桑树道：“就死在那棵树上。”王中道：“是怎么一个来由？那吊死人有多少岁数了？”那老人道：“是这南边邵家庄邵三麻子，四十多岁，专一兴贩人口，开人窝子。那一日有个男人拐了一个女人，被他看见了，他本是那一道的人，便知道是拐带，三言两语盘问住，就哄到他家，图卖这注子钱。他家还窝着两个女人，连新来的共是三个。恰好人家赶的来了，踪迹到邵家庄，得了信儿，同了河阳驿乡约地保壮丁团长，二更天到他家搜人。他先把新来拐夫和女人隔墙递出去逃跑。又领起他贩的那两个女人，也要翻墙逃走。谁知孽贯已满，邵三麻子把腿跌坏。料事不脱，不知怎的半夜摸到这桑树上吊死了。那个拐子到河阳驿西，也拿住了。前日官府验尸，惊动了一驿的男女老少来看尸场审口供。我该造化低，把半亩韭菜踩坏了。”王中道：“这是几日的事？”老人向年幼的道：“忘了是几日了。”那年幼的说道：“我去与我丈母做生日，是十三了。”王中道：“这里再没人命事么？”老人哈哈笑道：“人命事还擎住几宗呢。”王中已知这事无干。谢了扰，看天尚早，骑上牲口，复照旧路而回。心中又笑又恼又喜又悔，笑的是酒馆遇的那人，略有些影儿，便诌的恁样圆范；恼的是测字的却敢口硬；喜的是三里无真信，此事与我家相公不相干；悔的是自己毕竟有些孟浪。但仍不知家主究上何处去了。

依旧晓行夜宿，进了省城。此时谭绍闻已回家四天了。

王中到后胡同口拴了牲口，进了楼院，方欲回复主母，院中却无一人。只听得前街喧哗，王氏与赵大儿、樊婆，都在二门口听吵嚷。

王中到了前院，赵大儿道："你快出去，人家打大叔哩！"王中吃了一惊。连马鞭子不曾放下，就出的大门。只见假李逵一手扯住谭绍闻袖子嚷道："咱去衙门里堂上讲理！借银不还，出外躲着，叫俺受祥兴号杨相公的气。"旁边姚杏庵劝解不住，满街人都围着看。王中不知所以，跑上去抱住谭绍闻问道："这是为的啥？要哪一宗银子？"谭绍闻几曾受过这样唠叨，不料过来的是王中，羞得无言可答。白兴吾接道："是借的贾大哥五百银子。我是保人。"王中道："你明明是朋谋伙骗。"这老贾虽说扯住谭绍闻，到底不敢过为放肆，况心中本无气恼，不过是弄个没趣，吓得谭绍闻把银子给的速些罢了。忽见王中发话，知是谭宅家人，打了也没甚事，伸手撮住衣领，劈脸便是一耳刮子，打得王中牙缝流出血来。

这萧墙街看的人，都发了火，吵将起来。说道："青天白日，要银子不妨，为甚打人！"缘王中是街坊器重的，所以人俱不平。老贾见不是路头，话儿便柔弱上来。白兴吾劝说道："有文约在你手里，尽早少不了你的，为什么动粗？"老贾趁着往东退走，还发话道："是你画的押不是？主子大了想白使银子，叫俺替你顶缸受气。"白兴吾推着，只顾走只顾嚷的去讫。

谭绍闻羞羞惭惭，进了家中。这王中虽系仆人，自幼伺候谭孝移，俱是斯文往来体统事体，哪曾经过这个挫折。走进前院，看见主人灵柩，不知恸从何来。爬到地下，才磕一个头，还不曾说出话来，只见赵大儿从后院飞也似跑来，说道："天爷呀，不好了！大婶子断了气儿了！"这一下子都慌了。王中也忘了受假李逵的打，一团儿到了后院里。这正是：

贤媛只合匹佳儿，鸳队依依共羡奇；
一自檀郎归匪类，教人懒诵好逑诗。

第四十六回

张绳祖交官司通贿嘱　假李逵受刑供赌情

且说孔慧娘天生聪明，秉性柔和。自幼常闻父亲家训，妇女“德、言、容、功”的话说，固是深知，即是丈夫事业，读书致身的道理，也是齐晓的。并那立朝报国，居官爱民，青史流芳，百年俎豆的话，也听父亲说过。心下这个明白，直是镜儿一般。近日见丈夫所为，般般下流，眼见这些丈夫事业，是没份了。今日一发拉在街心，吆吆喝喝，还有什么想望呢。若是那些中流女人，现今守着肥产厚业，有吃有穿，也将就过的。争乃慧娘是个不论贫富，只论贤不肖的见识，如何咽得下去？所以街上吵时，声高声低，直达深闺。这慧娘身上软了，麻了，一口痰上了咽喉，面部流汗如洗，四脚直伸不收，竟把咽喉被痰塞住，不出气儿。冰梅一见，丢下兴官，急将慧娘抱在怀中，泪流满面，声声只叫：“大婶子，醒醒！”王氏听得冰梅叫声，急忙走来，也扶住头叫道：“我那孝顺的儿呀，你快过来罢！”赵大儿慌了，寻酸恶水灌着利痰。王中到东楼外问明，飞跑上姚杏庵铺内讨方儿去。这兴官虽无甚知识，手拿了一根饴糖，硬塞到慧娘口边，只叫：“娘吃糖。”冰梅心如刀割，只像怕塌了天一般。合家慌的没法儿。绍闻徘徊院中，倍觉难堪，自言自语道：“我干的原不成事，你也气性太大。”

王氏忽然想起书柜中真橘红，恰恰凑手，寻着灌下去。迟了一杯热茶时，慧娘咽喉作声，冰梅用手推揉，少时吐了一口稀涎，渐渐透过气来。王氏道：“老天爷若叫俺孩子好了，乌猪白羊，年节时还愿。”赵大儿送来一杯姜茶，慧娘呷了两口。兴官递饴糖到慧娘手里，慧娘奄奄气息才说出话儿，道：“你吃罢。”王氏道：“你怎的又把旧病犯了呢？”慧娘道：“这一会儿也不害怎的，娘放心罢。”众人见慧娘已苏，各自照料己事。只冰梅抱着兴官，奉茶送汤。趁空儿劝慧娘道：“大婶子气性大，要忍耐着些，也想开着些。”慧娘道：“冰姐，不是我有气性。只是惹气，也是人家有的，难说咱家惹的却是这一号儿气。这一号儿气，许人家惹，怎许书香人家，弄出这一场羞辱。”因细语道：“我身上已有大病，自己心里明白，多管是不能久了。”冰梅道：“请医生调治就好了。”说话间谭绍闻进得门来，也知妻妾在说些什么，可惜自己没有说的。

一夕无话。到了次早，绍闻与王中主仆相见，绍闻害羞，王中也觉的害羞，彼此都无可言。王中也不敢问老贾讨索的是何款项。绍闻也不好说是被人哄醉，输了赌账。王氏只喜娇儿重逢，贤媳无恙，也不大究所以。

忽一日早起，双庆引了一个差人到前院，手执着一张朱票儿。上边写着：

> 祥符县正堂程，为赖债不偿，反肆毒殴事。据贾李魁禀前事称，谭绍闻欠银五百两，押券作证，赖债不偿，反肆毒殴。为此票仰去役，即唤谭绍闻并家人王中，保人白兴吾，当堂质讯。勿得需索，违误干咎。火速。须票。

谭绍闻看完县票，心中惶恐，不能不叫王中计议。一面安置来役，是不用说的。

看官试想，绍闻欠债，本系赌账，假李逵有七个头八个胆，敢去鸣官么？原来此中有个缘故，是从绅士结交官长上起的。

从来绅士盘赌窝娼，一定要与官长结识。衙署中奸黠经承书吏，得势的壮快头役，也要联络成莫逆厚交。就如同那鸟鼠同穴山中一般。程公南阳查勘灾黎，上台委令主簿董守廉代拆代行，这就引出这一事端。假李逵到谭宅放肆一回，惹出合街公愤，几乎挨打。张绳祖已是不敢再叫去催讨这宗银子，又怎甘心放下口边肥肉，因与王紫泥计议道："谭家这个孩子，去年一次叫他赢了一百两，不过是给点甜头，谁料再不吞钓。前者费了多少计策，承许下多少人事，才按到他身上五百两，他还拿了七两现银子去，竟是偷跑了。那时我真怕弄出人命官司来，又怕跟究出范姑子那一番情节——范姑子上了堂，只用一拶子，定会满口承招。现今程县公是百姓的父母，光棍的阎王，咱两个这不大前程，便要到'有耻且革'地位。罢罢罢，讲说不起。谭绍闻如今回来了，这才把心装到肚里。日昨我叫贾李魁去问他要这宗银子，这老贾全不晓得，问主户人家子弟要赌账，不过是将将就就，哄到手中便罢。这个粗皮狗攮的，不知怎的发了威，惹得萧墙街街坊一起发火。多亏白存子在那街上开过酒馆，脸儿熟，连推带劝，才走开了。如今若叫老贾再去索讨，这狗肏的有酒胆无饭胆，他又不敢出门边儿。老王你看，若说这宗银子舍了罢，咱连这范姑子四两，夏逢若十两，谭绍闻七两，倒花了二十一两本钱，叫人怎么处？"王紫泥道："老没呀，张天师出了雷——你没的诀捏了。我问你，咱一向相与官府图啥哩？如今程公不在衙，老董署理印务，他是与咱极相好的，性情活动，极听人说。不如咱如今备下一份礼儿，说是与他贺喜，说话中间就提起这事。不过承许老董一个数目儿，一张票子出来，还怕谭家这娃子赖了这账么？"绳祖笑将起来，拍着王紫泥肩背说道："俗语云：'厮打时忘了跌法，。正是有势不使不如无。这一次算我服了你，就这样办。"

于是张绳祖办了十二色水礼，王紫泥街上买了一个全帖，央人写讫。各人戴了新帽，穿了新衣，脱了鞋换上靴。老贾挑礼盒，竟上主簿衙门而来。传了名帖，送进礼物，只听门役喝了一声："请。"董公早站在滴水檐前，二人鞠躬而入。为了礼，吃了茶，董守廉道："年兄光降，已觉敝署生辉，何敢再承厚贶。"王紫泥道："父母署理堂务，自是各上宪知人善任，升迁之兆，指日可期。虔申预贺，唯祈哂纳。"张绳祖道："合城已传父母坐升之喜，百姓们家家称庆。"董守廉道："哪有这话。只是堂翁南阳公出，藩台命弟护理，不过是代拆代行，替堂翁批批签押，比比银粮而已。远还有不能胜任之恐。"又说了几句官场套话，张绳祖以目视王紫泥，王紫泥会意，便道："目下城内有一宗极不平之事，若不告父母知道，就算相欺；若告于父母，又恐父台生嗔。"张绳祖道："这是父台治下，理宜禀明的事，托在素爱，不可隐讳。"董守廉道："什么事，聆教就是。"王紫泥道："张舍亲有个表侄，叫贾李魁，借与萧墙街谭绍闻银子五百两，现有花押文券可证，中人白兴吾作保。这贾李魁向谭绍闻索讨这宗银子时，不唯不给银子，且叫恶仆王中，打了一顿马鞭子。如今贾李魁羞愤之极，情愿只要四百两，余者愿申顶感之情。"董守廉心内动了欲火，连声道："这还了得！这还了得！只叫令表侄，等我进堂上衙门去，补个字儿就是。这还了得！"两个见话已入港，又叙了几句没要紧的闲话，吃了一杯茶，告辞而去。董公送出，又致谢了盛惠。

二人出了主簿衙门，到了家中。张绳祖笑骂道："你怎不说是你的表侄呢？"王紫泥道："不说是亲戚，岂不是对官长扯淡么？"遂叫假李逵到了面前，一五一十说明，笑道："炮内轰药已填满，只用你这一点儿就响。"遂即商量，请了一个代书蔡鉴写了稿儿，誊了真，用上戳记，与钱一百文，开发出去。次日假李逵拿着状子，恰遇董守廉上衙，马前递上。准备好打上风官司。

全不料日方午时，程公前站回到署衙，说老爷已到朱仙镇，日夕便可进署。董守廉原是代签代比，全无交代。出城接着程公，程公问些藩抚司道的话。进城禀见，缴差已完，说了些南阳赈济灾黎事宜。晚上进签押房，蜡烛辉煌，程公批阅呈词。只见内中有告谭绍闻赖债一词，便叫礼房，将学台考卷送阅。礼房送进宅门，程公要看谭绍闻名次先后，谁知出了孙山。心中有几分着怒。问了礼房，方知误考。又将贾李魁禀词复看，便提笔批了“准提讯”三字。将批词发出，着该房速速传稿。批了行字，催了誊细。传票进来，过了朱笔，发于宅门。又阅了些文卷，事完就寝。

所以谭绍闻早起，便有差役票拘。谭绍闻少不得唤王中计议，方说出张宅醉后，被人哄了五百两的话。王中也没主意。绍闻方欲回后边去，那差人不依。兼且绍闻身无功名，一遇词讼，没有护身符儿。那差人也不言语，把一条铁链子，早放在桌上。王中心内着慌，袖内急塞上银子，还承许下事后补情的话，差人方才把铁绳收讫。绍闻只得陪差人吃饭，只呷了几口汤儿，看那差人狼吞虎咽的吃。饭吃完时，要带他主仆同行。正是：

人犯王法身无主，黑字红点会催人。

绍闻少不得与王中跟上衙门来。交与头役。头役急催唤贾李魁、白兴吾到案，那差人只得飞也似去了。

谭绍闻主仆在班房内，连尿泡也不甚便宜。少顷只听得喝堂之声，知道程公坐了大堂。也不晓得料理的甚事，远远的只听得喝声，忽作忽止。又迟了一会，那差人将假李逵、白兴吾也带到班房。假李逵见了谭绍闻，开口便骂道：“没良心的撇白贼，借人家银子想着撒赖，到来生变牛马填还人。”谭绍闻吞声不答。差人把假李逵吆喝了几句，假李逵方住了口。

只见一个门役到门口道：“犯证到全，领上去听审。”这差人领着一起到了仪门，吩咐原告干证跪在东角门，被告跪在西角门。遂将朱票提着飞跑到堂上，跪下将票呈上，大声禀道："贾李魁一词，原被到案听审。"门役将票儿放在公案，程公看了说道："呈原案。"该房将贾李魁禀词放在案上。程公缘昨夜事忙，略为注目，批了准讯。今日要审此案，须得将原词细阅一番。只见上面写着：

具禀人贾李魁，住城东南隅保正王勤地方，禀为赖债不偿，反肆毒殴事。缘谭绍闻借到小人银五百两，白兴吾作保，现有花押文券可证。小人向伊索讨原银，不意谭绍闻勒掯不偿，且喝令恶仆王中，手执马鞭子，肆行毒殴。似此以强欺弱，小人难以存活。为此具禀青天老爷案下，恩准拘追施刑。

原告 贾李魁

被告 谭绍闻 王 中

干证 白兴吾并花押一纸

程公看完，便叫贾李魁上堂。

皂役一声传唤，贾李魁跑上堂来。跪到案前道："贾李魁磕头，求老爷做主。"程公打量一番，问道："你就是那个贾李魁么？"贾李魁道："小的是。"程公道："谭绍闻借你五百两银子，是做什么使用呢？"贾李魁道："小的借给他，原不知作何使用。"程公道："你不知他有什么紧事，就借与他么？我且问你，你怎的有了这五百两银子呢？"贾李魁道："小人零碎积的。"程公道："你与谭绍闻是亲戚，是朋友哩？"贾李魁道："俱不是。"程公道："借五百两银子也算民间一宗大事，你为甚的不系亲戚不系朋友，就白白借与使用？"贾李魁道："他是祥符有名主户，料想借与他不妨。不料倚势不还，还喝令仆人打小的。"程公道："你既知他是好主户，为什么给他五百银子不图个利息？"贾李魁迟了一会道："小的不好图息。"程公道："你这五百银子何处交付？"贾李魁道："张宅。"程公道："哪个张宅？"贾李魁道："张老没家。"程公问道："这宗事并无这张老没？"衙役代回道："这人外号儿叫没星秤，是个监生。"程公笑了笑，手拿着一条纸儿问道："这就是你们借银交契么？”贾李魁道：“那是谭相公亲手画的押。”程公道：“为甚的文契上是这个假李逵，状上又是这个贾李魁呢？”贾李魁道：“小的是不识字愚民，靠老爷做主。”程公道：“你且下去。”贾李魁下堂而去。程公心中暗道：“分明是个真李逵，何曾假来！地方上人命重案，都是这样人闹来的。可恨！”

又唤白兴吾上堂。白兴吾跪下，问了姓名。程公道：“保债不是易事，他两家借这银两，你是何所图而作保？”白兴吾道：“天上无云不下雨，地下无人事不成。”程公道：“可厌的话，打嘴！”皂役打了十个耳刮子。打完，程公道：“我只问你，何处交付？”白兴吾道：“小人酒馆内。”程公道：“可是酒馆内，你记得清白么？”白兴吾道：“谭相公在小人酒馆内曾借过银子。不只这一次，上年就借过一遭。”程公道：“下去。”白兴吾下堂。

唤谭绍闻上堂，跪在案前。程公道：“谭绍闻，你借这个贾李魁银子不曾？”谭绍闻道：“借过。”程公道：“作何使用？”谭绍闻道：“还债。”程公道：“还的是债，借的不是债么？”谭绍闻见程公颜色改变，不敢答应了。程公又问道：“你如何误了考试？”谭绍闻亦无言可答。迟了一会，说道：“母亲病重，想童生的母舅。童生奉母命上亳州寻母舅去了，宗师案临，因此误考。”程公大怒，连拍着醒堂木儿，高声道：“你与这一起光棍厮混，也学会这一种不遮丑的白话。要寻母舅，你没家人，也有雇工；没有雇工，难说一个省会地方，觅不出一个人来下亳州，定要你亲去么？况且你母亲病重，你还能离得寸步么？”

程公也不再问。叫王中上堂。程公问道：“你是谭宅所用家人么？”王中道：“小的是家人。”程公道：“本县只问你马鞭子这话。”王中道：“小人从河北回来，从后门进家，只听得前门吵嚷，手中马鞭子不曾丢下，便往外跑。那贾李魁已把小人家主掳着往外走。小人抱住不放，他把小人打了一掌，打得小的满口流血。所供是实。”程公点点头儿。不再下问。

叫贾李魁、白兴吾一起上堂，四个并跪公案前边。程公看了一看，说道：“你们是一起赌博，强索赌债，彼此争执，还敢胆大瞒天来告谎状！”贾李魁道：“不是赌博，是借债，只求老爷做主追比。”程公道：“若是借债，这五百两银子，也算民间一宗大交易，也该有个文契，写的有头有尾，成色秤头俱要注明。为甚的撕一条纸儿，没头没脑几个字，就过了一注子大财？贾李魁你说实情。”贾李魁道：“委实是借债，不是赌博。”程公道：“既然是借债，为甚一个说张家交付，一个说酒馆交付？”贾李魁始知口供互异，露了马脚。心生一计，回说道：“若果然是赌博，小的情愿与谭绍闻一替一板子挨，有甚不敢承招呢？”这一句话，不过是料程公念谭绍闻是个童生，受刑之后，难以应考，少不得往借债上推问的意思。不料这一句话触得程公大怒，道：“好一个恶棍！本县因你们这宗账明是赌欠，本意只图就事结案。不想你分外株连，俱是干系他人前程的话。你口称张监生家交付，明是在张监生家赌博。看夹棍来，先夹你这原告、干证，一个张宅交银，一个酒馆交银，口供互异情由。”

门役喝了一声：“皂隶夹人！”皂隶房一声喊，堂上来了七八个虬髯大汉，把那个三木刑儿，早竖在堂上，喝一声：“大刑到！”满堂应声。白兴吾着急，连声说道：“是张家说合，酒馆交银！”程公道：“再打他这个嘴！”早有一个皂隶从背后抱住白兴吾的头，打了二十个耳刮子。打得两腮发肿，满口吐红。程公命作速把这贾李魁夹起来。几个皂隶按住，把袜子褪了，光腿放在三木之内，一声喝时，夹棍一束，那贾李魁早喊道：“小的说实话就是，原是赌博呀！”

不说此时谭绍闻、王中早魂飞天外。且说角门外张绳祖、王紫泥伸头内望，原指望董主簿受贿追比，不料错撞在这个县包爷手里。远远望见要动夹棍，张绳祖觉口中苦味，已是胆经流出绿水。王紫泥裤裆中早犯了遗尿之症。

再说程公，见贾李魁招了赌博，已知哄诱书愚，并使谭绍闻误了考试，耽搁功名，怒上加怒。贾李魁在夹棍眼内，疼痛难忍，只得把地藏庵范姑子怎的送信，王紫泥、张绳祖得信怎的要酒，绍闻怎的吃醉，黄昏怎的哄赌，临明怎的写票画押，供了个和盘托出。程公见扯出尼姑来，怕扯的头绪多了，难以就事结案，便道："再要胡说，定要再枷。放他起来。"遂叫传呼张绳祖、王紫泥到案。程公方要拔签差人，贾李魁道："王紫泥、张绳祖他两个，现在二门外看审官司哩。老爷只叫这二人到案，便一清二白。"程公即着门役叫二人上堂。那张、王二人在二门以外伸头正望，猛然两个差人，走到面前道："二位绅衿，老爷有请。"这一惊，真是满月小儿听霹雳，骨头儿也会碎的。少不得随着衙役，像软脚鸭子一般，上堂跪下。程公道："二位既系绅士，无故在衙署前探头伸脑，看些什么？"王紫泥道："原是会课回来，见父母坐堂，略站一站儿，看看王法。不敢犯父母的堂规。"程公道："料二位无事也不来。既为绅衿，缘何开场诱赌，知法犯法？这来衙门走动，不是希图夤缘，就想把持官长。若不重惩一番，本县就要吃你两个撮弄。暂且押在班房，准备细审。待详革以后，便于施讯加刑。"

程公说罢起座，云板响亮，堂鼓冬冬几声，退堂回后宅而去。

有诗为证：

峨冠博带附斯文，璧水藻萍泮水芹；
末职贪婪联契好，惟愁指断脊梁筋。

第四十七回

程县尊法堂训诲　孔慧娘病榻叮咛

却说程公原是个严中寓慈，法外有恩的心肠。若是这宗诱赌之案，尽法究治起来，范姑子就该追去度牒，饬令还俗；张绳祖、王紫泥就该褫革巾带；王学箕、双裙儿就都该到案加刑；谭绍闻也该追比赌债悬赃——清官以之充公用，贪吏以之入私囊。争乃程公慈祥为怀，口中虽说了“详革”“开场诱赌”，传稿转申，却留下空儿，叫张绳祖、王紫泥，自行生法求免。这两个果然遍央城内缙绅，恳恩免详，情愿受罚。递了改过自新甘结，程公批了“姑准从宽，仍前不悛，定行倍惩”字样。次日早堂，把贾李魁责了三十大板，白兴吾二十大板，取具与谭姓永无葛藤的遵依，发落去讫。

单留下谭绍闻、王中二人，跪在堂前。程公教训道：“谭绍闻呀，你竖耳细听。本县取你，原为当场文字英发超隽，复试时见你品格轩昂俊秀，看你是远到伟器，遂定了你为首卷。况府试时，仍是首卷。本县自喜相士无差，这两只眼睛也自信得过。学台案临，本县南阳公出，只料你必蒙进取，为掘井篑山之伊始。谁料你自外栽培，被这一干不肖无赖之徒诱赌，输下赌欠，且又私自远扬。以致被白兴吾、贾李魁屠沽厮役殴辱践踏。且又轰至公堂，凤鸾鸱鸮咬做一团。本县若执‘物腐虫生’之理究治起来，不说你这嫩皮肉受不得这桁杨摧残，追比赌赃不怕你少了分文。只你终身体面，再也不得齿于人数。本县素闻你是个旧家，祖上曾做过官，你父也举过孝廉，若打了板子，是本县连你的祖、父都打了。本县何忍？并不是为你考试，像你这样人，还作养你做什么？嗣后若痛改前非，立志奋读，图个上进，方可遮盖这场羞辱。若再毫末干犯，本县不知则已，若是或被匪案牵扯，或是密的访闻，本县治你便与平民无异，还要加倍重惩，以为本县瞽目之戒。”

这一场话，把一个王中，说的也忘了程公是官，也忘了自己跪的是堂口，竟是眼中噙泪，肚里磕头。绍闻触动良心，双泪俱倾。程公看见这个光景，亦觉恻然，吩咐主仆回家，好好念书。主仆下堂而去。程公又料理词讼，不必赘说。单说绍闻与王中转回家中。双庆儿在街中探听，早把上风官司的话，报于王氏。绍闻进堂楼上坐下，气色兀自不定。王氏道：“那一遭儿姓茅的骗咱，被官府打顿板子。这一遭贾家又骗咱，又叫官府打顿板子。管情咱主户人家子弟，再没人敢骗了。若不是官府厉害，这些人还有叫人过的日子么。”绍闻无言可答。王中回房，整整睡了二日，其气恼可不言而喻。

且说孔慧娘，那一次与茅家官司，已气得天癸不调，迟了一年多，月信已断。此番又生了暗气，渐渐咳嗽潮热，成了痨瘵之症。王氏素爱其贤，催绍闻用药调治。请姚杏庵诊了脉，这月水不调四字，一猜就着，自然是加减四物汤、归脾逍遥散之类，互换着吃起来。病情有增无减。又听说知府衙中，有请的江南名医，叫沈晓舫。谭绍闻与外父孔耘轩商量，费了许多委转，请至家中。沈晓舫诊了脉，到了碧草轩，告于孔耘轩道：“令爱之症，固是气血两虚，但左关的脉，现了危变。大抵是妇人喜怒，郁结成了一个大症。从来心病难医，只因其病在神，草根树皮，终不济事。弟聊写一方，只云塞责。若要痊可，还须另寻高明。”孔耘轩点头称善。开了一方，即要告辞。谭绍闻再三恳留，沈晓舫决意要去。这才是名医国手，不肯以性命为侥幸的意思。慧娘吃了沈晓舫药方，标症略除。再欲恳时，一来知府衙门，侯门深似海；二来即令再请，沈晓舫诊视已明，也就不肯再为劳而无益之举。绍闻又请了本城新出时医张再景来看，极口把以前的医生痛加诋毁，把从前立的方子重为批驳。究之张再景的本领，也不过是听说心虚少寐，只须茯神、远志；听说口干块疼，只须是五味、三棱而已。见病势日渐沉重，自辞而去。

忽一日，王氏正在楼下，只见后胡同郑大嫂进得楼来。这郑大嫂，就是谭孝移自丹徒回来，打端福儿时，来望的郑翁娶的后婚老婆。王氏让坐道："你等闲不来，想是今日闲了。"郑大嫂道："我没事也讨不得闲。听说大相公娘子身上不快，我来望望。"王氏道："大嫂费心。"郑大嫂道："如今城西南槐树庄舍药哩，大奶奶何不去走走，拜付药呢？"王氏道："我没听说这话。"郑大嫂道："是上年天旱，槐树庄擂了一个马子，说是猴爷，祈了一坛清风细雨。如今施金神药，普救万人。有命的是红药、黄药，没命的多是黑药，或是不发药。才是灵的。昨日我的侄女病的命也不保，我去拜了一付红药，就吃好了。我所以今日来对大奶奶说。"王氏道："那马子跳起来我怕的慌。"郑大嫂道："如今没马子，只用烧上香，放下一盅水，有药即下在盅内。"王氏道："离城多少路呢？"郑大嫂道："不远，在惠家庄南边有半里路。"王氏忽然想起滑氏，也要看看她，遂说道："今日去的么？"郑大嫂道："天天有人在那里，如何去不的。"王氏道："你引我去何如？"郑大嫂道："我就去。"王氏便叫德喜儿催蔡湘套车。

蔡湘把车套好，捞在胡同口。王氏带了买香纸的钱，同着郑大嫂，携着樊爨妇，坐到车上。德喜紧跟着。蔡湘鞭子一场，转弯抹角，出了南门而去。

却说王氏临行，锁了堂楼门。冰梅引着兴官儿在东楼伺候慧娘。只见赵大儿进来，慌慌张张说道："有一个女人，背个包袱，说是会治病。听说婶子有病，情愿调治，不要谢礼。现在厨房等着哩。”慧娘听说，忙道：“只怕是卦姑子罢。堂楼门锁着不曾？”赵大儿说：“锁着哩。”慧娘道：“你快出去跟定她，寸步莫离。冰姐，你把这楼门上了，把兴官放在床上，交与我。你上楼把花门开了，伸出头望下看着，小心东西。”冰梅刚刚顶上东楼门，卦姑子早已敲着门屈戌儿，叫起门来。慧娘直如不曾听见一般。叫了一会儿，将窗纸湿破，一个眼朝纸孔儿看慧娘，说道：“好一位小娘子，生的菩萨一般，如何病恹恹的？我在街东头治苏家女人病，如今好了。听说小奶奶身上不好。我来看看。不图咱什么东西，不过是我婆婆在神前许下口愿，治好一百个妇人病，就把口愿满了。如今治好七七四十九个，添上小娘子，就是五十个整数，还了一半子。往西再到河南府、南阳府治病去。小娘子开门罢。”这孔慧娘直是一个不答。卦姑子又说道：“抱的好一个小相公儿，我今日治一个就好活两个。若是不治，只怕这小相公想娘，也是难指望的。”慧娘依旧不答。卦姑子又道：“我这药不用火煎，也不是丸药，只是一撮红面儿。一口水就吞下去，才是灵验哩。不忌生冷，也不忌腥荤。遇着我，是小娘子前世缘法。”慧娘仍自不答。这兴官想吃乳，慧娘无法可哄，哭将起来。卦姑子道：“不吃我的药，只怕有的哭哩。”冰梅听得哭声，下得楼来，将近内房门，慧娘摆摆手，又叫上楼。这卦姑子一发恼了，大拍窗棂而去。又到厨房，叫赵大儿烧茶吃。赵大儿方欲应允，提了一把广锡壶儿下茶叶，卦姑子道：“我有茶叶。”接锡壶在手，扬长出门而去。赵大儿出门追赶，其行如飞。赵大儿只得放开，舍了锡壶，紧闭后门。回来告于慧娘，慧娘道：“小事。”冰梅抱起兴官，问慧娘如何一句话不答，慧娘道：“奶奶不在家，理当如此。”赵大儿道：“奶奶在家，必上卦姑子当。”

这话不必再述。单讲王氏车上对德喜道，要在惠家庄下车。及到惠养民门首，德喜道：“这就是惠师父大门，停车罢。”王氏与郑、樊二妇人，一起进了门，滑氏正在院中洗衣，看见了笑道：“哎哟，好亲家母呀，啥风儿刮上来？”让屋内坐下，开口便道：“如今分开了，也不像人家了，亲家母休要笑话。”王氏道：“从你走后，俺家何尝像人家哩。”吃了茶，说起为慧娘拜药的话，滑氏极愿同去，王氏喜之不胜。

大家不坐车，走了半里路，到槐树庄。只见一株老槐树下，放了一张桌儿，上面一尊齐天大圣的猴像儿，一只手拿着金箍棒，一只手在额上搭凉棚儿。脸前放着一口铁铸磬儿，一个老妪在那里伺候。有两三家子拜药的。樊爨妇叫德喜儿买了树下一老叟的香纸，递与王氏，四人一起跪下，把盅儿安置在桌面上。老妪敲磬，王氏却祝赞不来，滑氏道：“谭门王氏，因儿媳患病，来拜神药。望大圣爷爷早发灵丹妙药打救，明日施银——”滑氏便住了口看王氏，王氏道：“十两。”滑氏接口道：“创修庙宇，请铜匠铸金箍棒。”老妪敲磬三椎，众人磕了头起来。迟了一会，揭开盅上红纸，只见盅底竟有米粒大四五颗红红的药。一起都向王氏祝喜，王氏吩咐与敲磬老妪一百钱，命德喜儿双手捧定盅儿。到了惠家庄，滑氏又与了一个大碗，将盅儿放在里面，嘱了德喜小心。

滑氏留饭，王氏道：“还要打发吃神药。”滑氏也不敢留，王氏与二妇人，依旧上车进城。到了胡同口，进家。德喜后到，把药递与王氏。

王氏送到东楼，向慧娘说了原因。慧娘不欲吃，心中感激婆婆仁慈，不胜自怨，因婆婆亲身拜祷，只得将神药服讫。笑道：“这药倒不苦不咸。”

王氏指望指日可痊，谁知渐渐卧床不起。王氏也因久病惹厌，楼上埋怨道：“人家说百日床前无孝子，着实啰唆人。”谭绍闻连日被盛希侨请去看串新戏，也不在家。唯有冰梅日夜不离，殷勤服侍。

那一日夜间，慧娘昏昏沉沉睡去。睁开眼时，只见冰梅在灯下流泪。叫了一声冰梅，冰梅急把眼泪拭干，笑嘻嘻道：“是要茶么？”捧过茶来，慧娘吃了两三口。慧娘道："兴官哩？"冰梅道："在床东头睡了。"慧娘道："你先哭什么？"冰梅笑嘻嘻道："我没哭。"慧娘道："我已看的明白了。"冰梅笑道："我是灰迷了眼，眼酸，揉的流出泪来。"慧娘道："你没哭也罢。你听我对你说，我这病多不过两三天光景，不能成了。"冰梅道："全不妨事，且宽心。"慧娘道："我想和你说会话儿，我死后，你头一件，照管奶奶茶饭。奶奶渐渐年纪大了，靠不得别人。第二件，你大叔是个没主意的人，被人引诱坏了。我死之后，你趁他喜时劝他，只休教他恼了，男人家性情，若是恼了，不唯改不成。还说你激着他，他一发要做哩。你的身份微，我也替你想过，就不劝他也罢。第三件，你一定留心兴官读书。十分到那没吃穿的时候，也只得罢休；少有一碗饭吃，万万休耽搁了读书。还有一宗话，若是他爹再娶上来，你要看他的性情，性情儿好，要你让他；性情儿不好，也要你让他，未必不如咱两个这样好。"只这句话，直把冰梅说的泪如檐下溜水，没有点儿滴的，再不能抬起头来。慧娘又道："我死后，你也休要想我。我到咱家，不能发送爷爷入土，不能伺候奶奶，倒叫奶奶伺候我。且闪了自己爹娘。这个不孝，就是阴曹地府下，也自心不安。"话未毕，兴官转身醒了，慧娘道："你抱他起来，我再看一遍儿。"冰梅叫兴官儿："娘叫你哩。"兴官揉着眼起来，便爬到床西头。慧娘道："好孩子，只是将来长大了，记不清我。"冰梅道："兴官，与娘作揖儿。"慧娘道："休叫如此，一发叫我心如刀搅一般。我说的话多了，喘得慌，你还放下我睡罢。"冰梅扶慧娘躺下，又把兴官抱着睡到床东头。

到了次日早晨，慧娘已是气息奄奄，十分不好。冰梅告于王氏。王氏慌了，着德喜儿往盛宅叫谭绍闻，着双庆儿请孔耘轩。谭绍闻在盛宅清晨起来，正与昆班教师及新学戏的生旦角儿在东书房调平仄，正土音，分别清平浊平清上浊上的声韵。德喜儿急切不得见面。及见面时，日已三竿。谭绍闻闻信急归，孔耘轩夫妇已到多时。孔耘轩一向不喜女婿所为，不曾多到谭宅，今日女儿将死，只得前来诀别。慧娘猛睁开眼，看见父亲在床边坐了一个杌子，把那瘦如麻秆的胳膊强伸出来，捞住父亲的手，只叫得一声："爹呀！"后气跟不上，再不能多说一句话儿，眼中也流不出泪来，只见面上有恸纹而已。孔耘轩低头流泪。孔夫人再欲问时，慧娘星眸圆睁，少迟一个时辰，竟辞世而去。

绍闻也不料慧娘今日即死。到家时，外父外母围着病榻，自己也觉无趣。慧娘绝气，合家大哭。绍闻夫妇之情，也不免大恸起来。

大家哭罢时，孔耘轩向王氏与谭绍闻道："亲家母，姑爷，小女自到府上，不曾与府上做一点儿事，今日反坑累人，想是府上少欠这个福薄丫头。棺木装殓，一切俱听府上尊便，不必从厚，只遮住身体，便算便宜了她。"王氏哭道："我可也是不肯呀，这娃儿才是孝顺哩，我如何忘得她？"说罢又大哭起来。孔耘轩挥泪道："我回去罢。叫拙内在此看着收殓，也是她母女之情。"谭绍闻道："外父少留片刻何如？"耘轩道："我在此难以闷坐，却又不便宜看入殓。我坐车回去罢。黄昏时，叫掌灯来接你外母。"出了后门，孔耘轩流泪满面，又回头看看门儿，一面上车，一面低着头大恸。

谭绍闻也自揣平日行径，不合此老意思，只得怅然进家。又见冰梅抱着兴官，向隅而泣，哭了个少魂无魄。

此下抬棺木、殓衣衾的话，不必细述。黄昏时孔缵经到来，大哭一场。等的装殓后，命家人打灯笼，将孔夫人接回。

谭绍闻觉得王中不在家，诸事都没个头绪。次日一早，急差人往南乡叫王中。原来王中在南乡办理卖产还债的事体，与经纪已有成说，卖地三顷，宅院一处，买主名唤吴自知。忽闻少主母病故，顿时成了一个哑子。跌脚叹道："败的由头来了！"少不得与房地行经纪，同了买主吴自知，另订进城交价日期。遂并来人一起到家。王中进门，见少主母棺木，停在厅院东厢房。向前磕了一个头，不敢落下泪来。忍不住回到自己房内，大恸一阵子。叹道：“好一个贤惠的少主母，为何死得太早！”急揩干眼泪，出来料理丧事。

主事的是王隆吉，办杂事的是王中。邻舍街坊，与一班同盟兄弟，都来吊唁。五日涂殡，遂把一个聪明贤淑的女子，完了一生。正是：

缥缈微魂渐赴冥，喃喃细嘱那堪听，
合家号哭寻常事，万古伤心一小星。

第四十八回

谭绍闻还债留尾欠　夏逢若说媒许亲相

话说谭绍闻将孔慧娘涂殡厢房，已过了三日。只见盛宅宝剑来说道：“俺家大爷说了，谭爷近来遭际不幸，在家必是不舒坦，邀往俺宅里散心。请的还有陪客，今日要演新串的戏。小的随带有车来，就请坐上同去。”谭绍闻道：“既是你大爷费心，我身上有新服不便，待我换个衣帽何如。”王中忽到跟前道：“南乡里那个买主吴自知，同经纪来交价。还有吴自知儿子。我已让到轩上。须得大相公与他面言。”谭绍闻即向宝剑儿道：“你只回去。我现有一宗极不得已的事，扯捞住不能脱身。只管开戏，不必候我。”宝剑道：“这事王中哥尽可照应，何必谭爷亲理。前日俺家卖了一处当铺宅院，共是七千多银子，不唯俺大爷不曾与买主见面，就是这几斗银子，俺大爷也不曾见面哩。”王中道：“俺家如何比得府上，割绝血产，是一定要亲身哩。况大相公有新丧在身，也不便骤近堂戏场儿。大相公吩咐一句，叫他回去罢，省得他等着。”谭绍闻果然吩咐宝剑儿回去，自上碧草轩来会吴自知。

到了轩中，吴自知一伙起身为礼，便让谭绍闻上座。谭绍闻道：“我是主人，哪有僭客座之理。”吴自知仍自推让。经纪道：“坐下罢，咱是客哩。”吴自知方才坐下。王中进来，吴自知又连忙起来让道：

“王哥坐。”王中弯弯腰儿道:“客请坐。”绍闻见吴自知是个村愚,无可与言。心中又想着盛宅,便出来叫王中,低声道:“这是哪里一个乡瓜子,起来欠去的,厌恶人。并不像个财主腔儿,难说他会有银子么?”王中道:“大相公不知,是咱只卖三千两,所以他只买三顷地、一处宅院。若是要一万两万,他也不费周章哩。南乡有名大财主吴自知,咱城中许多客商家,行常问他出息揭债哩。”谭绍闻道:“这宗交易,你与他成了罢,我实实不能见那个腔儿。我心里闷,回家去睡睡儿。叫双庆、德喜您三个过银子,事完时,只把卖地文契拿到家中,我画个押儿就是。”王中欲再挽留,谭绍闻已自回家中。王中也自恃心中无他,遂与吴自知成了交易。这些敲天平、立文券之事,不必细述。王中到家,仍自请谭绍闻到了轩上,验了包封,押了文券。吴自知作别,到了门口旁边,取了他的粪筐、粪叉,其子背着盛银子口袋。王中道:“吴大哥太不像了。”吴自知道:“圣人爷书上说过,万石君拾粪。”一拱而别。经纪另订日期清边界、正基址,这也不必再说。

王中回到轩上,与德喜、双庆、邓祥包了三毡包银,到楼上交王氏收了。王中便说请客还债之事,王氏道:“卖了地土,银子也叫在家暖暖儿,何必恁急。”王中道:“事不宜迟。银子在家一天,包内不能长一分一厘,人家账上会长,管着许多利钱哩。”谭绍闻道:“你说的是,目下就写帖儿。”王中随着谭绍闻到了轩上,开了书柜,取出帖儿,谭绍闻写了,王中即刻抱定护书匣儿,各处投递。晚间自然预备席面。

到了次日,双庆、德喜轩上洒扫,揩抹桌椅。傍午时,来的是隆泰号孟嵩龄,吉昌号邓吉士、景卿云,当铺宋绍祁,绸缎店丁丹丛,海味铺陆肃瞻,煤炭厂郭怀玉等。此中也有欠揭债的,也有欠借债的,也有欠货债的,也有请来陪光的。一起都到了碧草轩。谭绍闻谢了前日光吊,众客谢丁目下叨扰,为礼坐下。孟嵩龄道:“今日谭爷有召,叫小弟辈却了不恭,领扰自愧。”谭绍闻道:“杯酒闲谈,聊以叙阔。”邓吉士道：“当年老太爷在日，就是这样多情。总之，咱们住在府上马脚下，竟是常常的托庇洪福。”闲话间，泰和号大债主王经千到了。让座寒温已毕，谭绍闻便讲还债的话。王经千道：“些须何足挂齿。”谭绍闻道：“一千五百两行息银子，也就不为些须，怕日久还不到时，日累月多，便未免积重难擎。”王经千道：“谭爷若不讲起，小弟也不好启齿。委实敝财东前日有一封字儿，要两千两行李，往北直顺德府插一份生意。小弟也盘算到府上这宗银子，只是一向好相交，不便启齿，叫谭爷笑我情簿，说这几两银子，值得上门问一声？”绍闻道：“王二爷好说。弟为这一宗银子，时常筹划奉还。昨日弃了一宗薄产，得了千把卖价，今日通请列位，索性儿楚结一番。”当铺宋绍祁道：“少爷今日，只管把王二爷这宗息银清楚。俺们都是少爷房户，迟速唯命。”煤炭厂郭怀玉道：“少爷说还债，也是一番好事，爽利把账目算的一算结了局。一来少爷心净，二来也不枉少爷今日赐饭。若是碍情阻面，久后累的多了，倒叫少爷吃亏哩。少爷不欠我分毫，我还欠房租八两，所以我便宜说话。今日爷们来赴席，断不料有还债的话，账目必不曾带来，何妨各着盛价回铺取去？”绸缎店丁丹丛，海味铺陆肃瞻俱道：“你说的是什么话，少爷既要清楚时，只改日算明数目送过条子来，除了房租，下欠若干，叫少爷随心酌夺。不完时，再算房租。若像你说的，岂不是显咱生意人单单只晓得银钱中用？咱们只把王二爷这宗息银，替算一算，楚结为妙。”景卿云笑道：“丁爷陆爷所见极高，就是如此罢。”因向王经千道：“王二爷账底，想不曾带来。就差贵价到宝号里，问伙计们，把谭爷这宗账抄的来，或把原约捎来。爽快还完时抽了这张揭票，也是快事。”王经千道：“原约我就带着哩。”孟嵩龄道：“一发更妙。”王经千在腰间纸袋内，掏出来一张揭约，王中早把算盘放在桌上。邓吉士伸指拨算，算完时说道：“原银一千五百两，累年陆续找过息银九百两。本银不动，目下连本带息，共该二千九百五十两。王二爷，且说错也不错？”王经千道：“一丝儿也不错的，来时敝伙计也是这样算的。”孟嵩龄道：“少爷命取行李来，当面把天平过了。王二爷这宗账是得过息的，今日既是一剪铰齐，王二爷想是还有个盛情。”王经千道：“既是爷台们说，难说我该怎的？我让十两。”郭怀玉道：“非是俺的主人家，俺们便这样向他，十两未免太少。”王经千道：“叫谭爷说，几番找息银，成色、秤头并没有足的。敝伙计不依，谭爷曾说过，完账时并不求让。这是谭爷亲口吩咐过的。总是叫弟回店去时，见的伙计们才好。这十两也就不算少。虽说见了八九百利息，究实时候也太长了，且零零星星，委实误了敝店里几宗大事情。弟受了伙计们埋怨，弟也是说不出来的，只为谭爷一向交好，也暗地里吃了许多苦。既然众爷台说，今日一把儿完结，只求谭爷把行李请出来，看后大家再商量。”

原来膏粱子弟欠债，是从来不上心的。俗云日月如箭，只到了行息揭票上，这箭还比不得这个快法，转瞬便隔了年头。今谭绍闻得了三千地价，实指望还了王经千，余剩的并把众房客的揭借，以及货物赊价，俱各一起楚结。王中不识字，也不知少主人欠债究有多少，比不得老主人在日，阎相公账房，是一清二白的。今日忽听邓吉士算明唱出数目，方晓得所售吴自知地价，仅仅只可完王经千一宗。主仆俱各怅然。

绍闻出的碧草轩，叫声王中，王中跟将出来。到了楼院，绍闻道：“我只说三千银子，完得各宗账目还有余剩，谁知泰和号一宗，除旧日找过息，今日尚有将及三千之数。这却怎么处？”王中道：“我所以说卖产还债，就是这个意思。这利息债银，转眼就是几倍。如今不如把这一大宗银子索性儿全还了，王相公或让或不让，俱是小事，只求一笔勾销。余下借欠、货账，毕竟有房租可以抵销，日后再作区处。这是一定主意。”绍闻道：“不然。今是通请众客，原说还债，若叫泰和号一包儿提去，当下脸面不中看。不如各人都叫有些，日后再作区处。也不是什么难事。”王中道：“欠了人家债，休说脸面不好看的话。唯有结了大宗，是正经道理。”绍闻道：“你如今同双庆、德喜，先拿一千五百两到轩上，把本银完讫，本到利止，岂不是好？剩下一千五百两，看光景酌夺。”王中道：“一定该完了一宗大债。”绍闻道：“不然。”早叫双庆德喜跟定到楼下，绍闻将银封数了一半，包在毡包内，令拿到轩上。又吩咐邓祥去账房，取了旧日阎相公用的天平架儿，也送到轩上。

绍闻展开毡包，孟嵩龄启了整封，说：“王爷请看。”王经千摇摇头儿，说道：“成色不足的很。”邓吉士道：“当日原银，弟们也不曾见过，但既是得过息的，也不得太为执一。就照这样敲了罢。岂有弃产价银，倒还不上息债之理。”遂敲了一千五百两。还剩几两秤余。王经千道：“这若是算息，还多五十两，若是算本，并求一总赐完。”绍闻道：“息是不能完的。俗话说，本到利止。余下息银，改日再为凑办，一次楚结。”王中便插口道：“息银也是现成的，目下即去搬来，宋爷们一搭儿敲敲罢。”绍闻瞅了一眼说：“那的现成？你不用多言。”王经千是生意历练之人，哪肯把这个主顾，一刀割断，便道：“余下一千四百五十两，既不现成，这样一个厚交，弟岂肯过为逼勒，情愿将原约撤回，另立一纸借券，只求改日如数见赐。”谭绍闻听说改揭为借，心中早有八分喜欢，说：“承情之甚。”早已自己取了一张纸儿，便写起借约来。王中吃先时吆喝，一句不敢搀言。谭绍闻写到中间，王经千拦住笔说道：“也须写个过后还期，弟好到店中见敝伙计们。”绍闻道：“五个月。”王经千急口道：“一个月。一个月过期，依旧三分行息。”两个拿住一管笔，彼此不放。众人见事不落场，评了三个月为限，过期不还，二分半行息。王经千兀自不依。众人语意已有几分重浊，王经千才放开手。绍闻即如众人所言写讫。画了押，撤了原约，交与借约。王中心中闷闷。

馔已久熟，碟盏上来。谭绍闻尽了主人之礼，众客逊谢让座。酣饱闲话，已成人更时候。各铺里俱打灯笼来接。还债的话，也不能更说了。王经千自着来人，将银两运去。

谭绍闻收了秤余，吩咐收拾家伙。主仆事完，各自安寝。正是：

斩草除根不尽，萌芽依旧潜藏；
莫笑今日养痈，早已剜肉做疮。

且说谭绍闻卖地得银，还债不肯尽用，还留下一千五百两，图手头便宜。不知怎的早到夏鼎耳朵里，偏听的件件切实，如宗宗见了一般。一日摇摇摆摆，走上碧草轩来。恰绍闻在案上展开诗韵本儿，要查一个冷字的平仄，好对昆班教师讲说。夏鼎躬腰一揖，绍闻抛书还礼不迭。夏鼎笑道："恭喜，恭喜。"绍闻道："喜从何来？"夏鼎道："我与你查对了一门好亲事，岂非一喜？还不知你怎的承谢我哩。"绍闻笑道："未必就好。"夏鼎道："你先说明白谢仪，我方对你说。那一头已承许下瓶口顺袋儿，你且说你的罢。"绍闻道："事成自有重谢。你先说是谁家？"夏鼎道："说成了咱还是亲戚哩，我还少不了送饭行馔敬礼儿。原是我的干妹子，姓姜，婆子家姓鲁。"绍闻道："那就不用说了，我不娶再醮。对家母先难张口。"夏鼎道："虽说过了一层门限儿，看着也算是再醮，其实不是再醮。缘鲁家这男人，害的童子痨症，看看垂危，气息奄奄，他家说要喜事冲冲。娶到家未足三日，男人就死了，把这个上得画的女娃儿，闪的上不上，下不下。他家也觉良心难昧，只等一个读书人家子弟，等年同辈，情愿把旧妆奁陪送。每日曾托家母，家母叫我留心。今日恰好遇着贤弟这个宗儿。我前日奉吊，想说这话，见人客轰轰，不便开口。今日特来说媒，恰好相遇，想是一定该成的。闲话少提，你如欲见，就跟我去相看相看，现在东瘟神庙看戏哩。只眼中见见那个样范，也算你今生一番奇遇。只怕你一见面，我要不尽心给你说成，你必把我恨死，咱还朋友不成哩。"绍闻道："我不信我一定该娶寡妇么？我不去。"夏鼎道："娶不娶由的你。你去看一看，谁就强撮合么？你全作看戏散散闷儿。”绍闻道：“若说看戏散闷，咱就去走走。”夏鼎道：“你带上几两银子，我有话说。”绍闻指着腰间瓶口道：“现成的。这是昨日秤余。谁知卖产业的秤头，比生意天平大些，一千多银子，就多出七八两。”夏鼎笑道：“那是我经过的。”

出得轩来，一路同行。夏鼎再三埋怨，不该往张绳祖家去，绍闻道：“我不听你的话，几乎吃了老贾的大亏。”夏鼎道：“程老爷那三十板子，几乎把这狗肏的打死了。该！该！”

闲叙中间，已到瘟神庙门口。进得庙院，戏台上正演《张珙游寺》一出。看戏的人，挤挤挨挨，好不热闹。夏逢若附耳向谭绍闻道：“那卷棚东边，那老者是家母，你是认得的。家母东边，拴白头绳的就是此人。”谭绍闻留神一看，果然柳眉杏眼，樱口桃腮，手中拿着一条汗巾儿，包着瓜子，口中吐瓜子皮儿，眼里看戏。谭绍闻捏捏夏逢若的手，悄声说道：“好！”夏逢若脸望着戏台，笑着道：“何如罢，你说？”又少听了几句唱，夏逢若扯定谭绍闻手，说：“你跟我来。”一直上卷棚来。将登阶级时节，夏逢若故意高声道：“谭贤弟，你看看这庙中两墙上，画的瘟神老爷战姜子牙的显功。”这个谭字，是平日有话，叫姜氏听的意思。二人进庙观壁上图画，庙祝就让卷棚旁边吃茶。谭绍闻辞道：“大会事忙，各自照理，不敢起动。”夏逢若道：“渴的要紧，正要吃盅茶儿。”庙祝命小徒弟掇了一盘茶，谭绍闻接茶时，恰值戏台上惠明出来，一声号头响，谭绍闻只顾看惠明舞跳身法，错把热茶倾了半盏在身上。口中连说：“失仪，失仪。可惜忘了带手巾来。”夏逢若早走向女人一边，叫了一声：“娘，带个手巾不曾？谭绍闻贤弟热茶烧手，把衣服湿了。”那姜氏早已看到眼里，把汗巾递与夏鼎的母亲，说道：“干娘，这不是汗巾儿，转过去。”夏鼎母亲接在手里，又转递两个女娃儿手，夏逢若方才接着，交与谭绍闻，抹去衣上水痕。谭绍闻好不心醉，说道：“这汗巾我污了，改日换一条新的罢。”夏逢若道：“你也休把这看做是旧的。”

二人正说打趣的话儿，只听阶砌下石碑边，一人高声道：“好贼狗肏的，看戏徒躁脾，休要太惹人厌了。再迟一会，两个忘八肏的，也不知该准肉疼哩。”谭绍闻吃了一惊，向夏逢若道：“不成戏，咱走罢。”夏逢若道：“也罢。这底下也不过是白马将军解围，也没啥看头。咱就走。”那石碑边发话的人，口中兀自不体歇。谭、夏二人，只装不曾听见，一拉一扯，走出庙去。

有诗单讲妇女看戏，招侮惹羞，个个都是自取。诗曰：

掠鬓匀腮逞艳姿，骊山逐队赛诸姨；
若教嫫母群相偶，那得有人怒偃师。

又有诗警少年幼学，不可物色少艾，品评娇娃，恐开浮薄之渐，惹出祸来。诗曰：

邂逅相逢本越秦，为何流盼口津津？
洛神有赋终传笑，唯许三闾说美人。

第四十九回

巫翠姐庙中被物色　王春宇楼下说姻缘

原来戏台会场，士大夫子弟，本为人所瞩目，何况绍闻是潘安美貌；闺阁中娇妍，本为人所流盼，况且鲁姜氏是文君新寡。所以有家教的少年学生，只叫他静守学规；闺中妇女，只叫她不出中门。若说是众人皆到之地，何苦太为迂执？其实幼学、少妇赶会看场，弄出的事体，其丑声臭闻，还有不可尽言的。这绍闻听了夏鼎之言，在姜氏面前露出轻薄，遭旁观人当面斥骂，本是自取。

且说二人出了庙门，夏逢若道："一宗好事，偏偏撞见这个晦气。这东西姓赵，名字叫碰儿，外号叫打路鬼，专一吃醉了殴街骂巷。不必惹他。咱且到蔡胡子油果铺里，商量个事儿。"

二人进了铺内，蔡胡子不在铺中，有一个小孩子看守门户。一见便问道："夏大叔是称果子吃呢？"夏逢若道："是哩。"那小孩子道："你欠俺二三年陈账不给俺，又来赊东西哩。"夏逢若道："你爹见了我，也不敢说这话。你这小孩子，这样说话不开眼。谭贤弟，你把银子捏出一大块，我到街上换了钱，一五一十清白了它，咱好称他宁果。再叫他烹上壶好茶，吃着商量事儿。这孩子全不胜他爹。"谭绍闻解开瓶口，把包儿展开，捏了两块。夏逢若道："通是碎的。我爽快多拿几块儿，换了钱来，借我开发果子钱。我还有话说。”一面拣大的拿了七八块，说道：“你且少坐，我去了就来。小丁丑儿，你去取茶去。”夏逢若去不多时，提了两串多钱进的门来，说道：“丁丑儿，你拿过账目来。”夏逢若算了一算，连今再称二斤，前后共该钱七百三十文，如数交与丁丑儿：“夏大叔就少下你的了？小小年纪做生意，全不会说话。我对你爹说，回来打你的嘴！”只以勾账为主，丁丑得了钱，也没啥说的。只说道：“果子是下茶用，还是要包封捎回去呢？”夏逢若道：“拣好的用盘摆一斤，我与客下茶。那一斤包封了，我捎走。”丁丑摆了两盘上好油酥果品，揩抹了两个茶碗，倾了新泡的茶。二人一边吃着，便商量姜氏事体来。

夏逢若道：“贤弟呀，人生做事，不可留下后悔。俗语说：庄稼不照只一季，娶妻不照就是一世。你前边娶的孔宅姑娘，我是知道的。久后再娶不能胜似从前，就是一生的懊恼。你先看这个人何如？”绍闻道：“好，我竟有几分愿意。”夏逢若道：“你的门第高，又年轻，难免别无说亲的。若再有人提媒，你休脚踩两家船，这可不是耍的事。”

绍闻未及回言，只见德喜儿牵着一头骡子，进得铺门。说道：“大叔，快回去罢，东街王舅爷从亳州回来，瞧大叔。我听说大叔在瘟神庙看戏，到了庙门，有人说上果子铺来了。我这骑的就是舅爷的骡子，舅爷叫骑了回去。舅爷到了他家，下了行李，脸也没洗，茶也没吃，就到了咱家。如今立等着你哩。”夏逢若道：“德喜吃个果子。你回去，就说不曾见你大叔，遍地寻不着。”德喜道：“我不吃果子。这话我也不敢说。”谭绍闻道：“当真这话使不的。我往亳州去，你想也是知道的。”夏逢若道：“我还能不知道么？你要早听我的话，再不上老张家去，怎的弄出这场笑话儿。”谭绍闻站起来道：“家母舅在家等我，我不回去是万万使不的。”夏逢若道：“拿人家汗巾，这事不见落点的话，你说使得使不得？你若执意等不的活完，你须撇下个质当儿，我才放你走。——你把那银包儿全递与我。”谭绍闻道：“你就拿去。”夏逢若接包在手，说道：“你就回去也罢，我后日去见话罢。”谭绍闻道：“也罢，我等着你就是。”当下出的宁果铺，骑上骡子作别而去。走了十数步。谭绍闻又勒回牲口，到了铺门。夏逢若正在那里包果子，提钱装银子。绍闻道：“你把汗巾还捎回去。”夏鼎道：“俗语说，寸丝为定。我没这个大胆，拆散人家姻缘；我也没有这样厚脸，送回人家红定。你的汗巾，你交与谁？”绍闻只得驱回牲口，向家而来。

到了胡同口，下了牲口，交与德喜拴住，提着鞭子由后门到楼下。只见母亲哭着，正与亲兄弟说话。上前作了揖，王春宇道：“只回来了就罢。我从苏州打了染房昧绸子官司，到了亳州行里，周小川说，你去亳州寻我，把银子被人割去，他与你二百钱盘缠，送你回家。我细问了面貌、年纪、衣服，果然是你。又不晓得你上亳州寻我做什么，又怕你回来路上遭着啥事。你爹只撇下你一条根儿，把我的魂都吓掉了。次日即起身回来。适才我到家，揭了褡裢，就来看有你没你。罢了，罢了。如今只有了你，便罢。你娘已打发我吃了饭，我要回去，我还没见你隆哥哩。”谭绍闻本无言可答，王春宇接过鞭子要走，母子送至后门。王春宇只说：“回来就罢，回来就罢。”德喜牵过骡子，春宇骑上，自回曲米街而去。

到晚上歇宿时，谭绍闻便把一条汗巾儿，玩弄不置。却又嫌是再醮，独自唧唧哝哝。冰梅道：“这是哪里这条汗巾儿？”谭绍闻笑道：“我拾哩。”冰梅也不在心。谭绍闻睡下，依然想着这宗事儿。

到了次日，王氏向绍闻道：“你舅千里迢迢，专一回来瞧你，你也该请过来，吃杯接风酒才是。”绍闻道：“今日备席，就叫王中投帖。”恰好王中在楼院过，绍闻道：“王中，你如今往东街投帖请舅爷。”王中道：“舅爷回来，大相公一定该亲上东街瞧一回，顺便说请酒的话。也不用先投帖子，请舅爷自己拣个闲的日子，咱这里补帖才是。”王氏大喜，说道：“王中这一遭说的很是。你明日就急紧亲去。”谭绍闻心中有夏鼎那话，想明日面许订约，却又见天色过午，仓促难以遽办。口中唯唯诺诺，漫应道："明日就去。"

及至次日，王中早命邓祥收拾车，说："大叔吃了早饭，就去看王舅爷。"饭后便催起身，绍闻少不得上了车，王中坐在车前。出胡同口，正遇夏鼎来讨回话，猛然见王中坐在车前，心中有几分怯意，只得躲在纱灯铺内，让车过去。无奈怏怏而回。

且说绍闻到舅家，王隆吉接住，同到后院。绍闻开口便问："舅父哩？"隆吉道："本街巫家请得去了。"谭绍闻与王隆吉中表弟兄，与妗母说些家常，耳朵内只听得锣鼓喧天，谭绍闻道："哪里唱哩？"王隆吉道："山陕庙，是油房曹相公还愿哩。"绍闻道："谁家的戏？"王隆吉道："苏州新来的班子，都说唱的好，其实我不曾见。"谭绍闻听说苏州新班，正触着盛宅老教师教的腔内，有几个冷字，经手查过平仄，一心要去看戏。王隆吉不肯，说道："一来你舅才回来，还不曾说话，况前柜上无人照料生意。二来曹相公还愿，到那里撞着，便要有些周旋。"谭绍闻执意一定要去，王隆吉也难过为阻兴，只得陪往看戏。

出得铺门，王中看见问道："舅爷没在家么？二位相公往哪里去？"谭绍闻道："到东学看看华先生。"王中听说少主人要往人家学堂去看先生，心中也觉喜欢。转过一个街弯，王隆吉笑道："你近来新学会说瞎话了。你就说咱上山陕庙看戏，王中敢拦阻不成？"谭绍闻道："你不知道，王中单管着扭人的窍儿。若要说上山陕庙去，他固然不敢拦阻，但只是他脸上那个不喜欢的样儿，叫人去也不是，不去也不是。不如瞒他，省得他扫人的高兴。这个人，我早晚要开发他。"王隆吉道："姑夫使的旧人，不可骤然开发。"谭绍闻道："他正是仗着这哩。"

一面说着，早已到了庙门。谭绍闻听的鼓板吹弹，便说道："这牌子是《集贤宾》。"王隆吉道："我一些儿也不明白。"进得庙院，更比瘟神庙演戏热闹，院落也宽敞，戏台也高耸。不说男人看戏的多，只甬路东边女人，也敌住瘟神庙一院子人了。谭绍闻因前日跟着夏鼎赶那一次会，也新学会物色娇娃，一边看戏，一边早看见甬路东边，一个女子生得异常标致。心中想问是谁家宅眷，却因曾吃赵家打路鬼一场骂，不敢再露轻保欲待不问，心下又有些急闷。陡生一计，扯住王隆吉的手说："你引我庙外解了手再来。"隆吉道："你自去罢。"绍闻道："回来怕挤得望不见。"王隆吉只得陪他出来。到了无人之处，谭绍闻笑道："我问你一句话儿，那甬路东边，第二棵柏树下，坐的那个女子是谁家的？"隆吉道："你问她做什么？那是巫家翠姑娘。"谭绍闻道："你怎的连名儿都知道？"王隆吉道："我七八岁时，你舅引我来看戏，那柏树下就是她久占下了。只这庙唱戏，勿论白日夜间，总来看的。那两边站的，都是她家丫头养娘。是俺曲米街新发的一个大财主，近日一发方便的了不成。今日你舅，就是她家请的接风去了。"绍闻道："谁家订下不曾？"隆吉道："我全不知道有婆子家，没婆子家。咱回去再看一两出，好回家去。"

原来王春宇旧日提巫家媒，谭孝移不曾应允的话，谭绍闻也曾听母亲王氏说过。今日恰好撞见，心中未免感动。二人复进庙去，谭绍闻细加睇视，端的相貌不亚孔慧娘。较之瘟神庙所见姜氏，更觉柔嫩。目中正为品评，偏值戏本奏阕。满院人都轰乱走动。谭绍闻尚不肯出庙，说道："且等一等，待人松散些再走。"王隆吉道："若是曹相公看见，我又不曾与他贺神封礼，脸上不好看像。"扯住谭绍闻笑道："你也陪我解手罢。"二人遂杂在众人丛中，拥出山陕庙而回。

正是：

阿娇只会深闺藏，看戏如何说大方：
试问梨园未演日，古来闷死几娇娘？

且说谭、王二中表出了壮缪庙回家，午饭已熟，妗母酌令食讫。谭绍闻仍欲看戏，王隆吉不肯，说些家常闲话。

王春宇巫家赴席回来，谭绍闻申了探望渭阳之情。王春宇又想起亳州一事，说道："绍闻，绍闻，你前日亳州一行，我是你一个母舅，听得周小川一言，吓得我把魂都没了。也不知你娘心里是何光景？若是你爹在日，更不知又是如何？我是生意人，江湖上久走，真正经的风波，说起来把人骇死；遇的凄楚，说起来令人痛熬。无非为衣食奔走，图挣几文钱，那酸甜苦辣也就讲说不起。你守着祖、父的肥产厚业，风刮不透，雨洒不着，正该安守芸窗，用心读书，图个前程才是。现今你爹未埋，实指望你上进一两步，把你爹志愿偿了，好发送入土。你竟是弄出偷跑事来，叫你爹阴灵何安？"王春宇说到伤心之处，一来亲戚之情，二来存亡之感，未免眼中湿湿的。谭绍闻闭口无言，只说道："舅说的是。"妗母曹氏道："你不说罢，孩子家，他知道了就是。"王春宇道："今日是这样说他哩。我初回亳州一听说他是怎的去的如何回的那时节，我只求回家得见他一面就罢，只怕路上有性命关系哩。姐夫在日，在他身上把心都操碎了。可惜我是个不读书的人，说不来谭姐夫心坎中事。他也还该记得。"

话未完时，王中已吃完饭催行。绍闻道："俺娘说，明日请舅到西街坐坐，妗子得闲也去说说话儿。"王春宇道："我正要与你娘商量一句话哩。你妗子他忙着哩，他不去罢。"谭绍闻起身而去。隆吉送着，说道："你前日亳州这一回，并没人想的起这一条路，几乎急死了人。"绍闻道："永莫再提这话。"出了铺门，依旧主仆乘车而去。

及到次日，王春宇吃了早饭，骑上骡子，搭了一个小衣褡，径上谭宅而来。双庆接了骡子。到了楼下，王氏早已命人收拾一张桌儿，放在中间。春宇坐下。绍闻捧茶献过，春宇道："前日我心里忙迫，也不曾细问家常，外甥媳妇是儿时不在的？"王氏道："已过了五七。"王春宇道："好一个贤惠娃儿，可惜了。"王氏道："真正的好。

她妗子前日来吊纸，也痛得了不成。我心里一发丢不下。罢了么，已是死了，叫人该怎的。”王春宇道：“昨日巫家请我，一来软脚洗尘，二来托我说一宗亲事。就是我旧年说的那个闺女，姐夫说先与孔宅有话。如今巫凤山还情愿与咱绍闻结这门亲。听说我从亳州回来，就请我说这宗话。姐姐拿个主意。”王氏道：“这就极好。你姐夫早肯听我的话，如何弄出这半路闪人的事。”春宇道：“死生有命，不算姐夫失眼。孔宅门头、家教，毕竟都好。只是如今病故，少不得再打算后来的事体。若论这巫家，不过与我一样，是生意上发一份家业，如何胜得孔宅？我所以提这宗亲，只为这女娃生得好模样儿。我自幼常见的，放心得过。我说媒我不敢强，姐姐自拿主意。”王氏道：“我上年正月十六日到东街，他妗子指着对我说，我也亲眼见过。就行这宗事。”此话正合绍闻的心坎，只是在舅父面前难直吐心迹，乃故问道：“巫家这姑娘，如何过了二十，还不曾受聘于人？”王春宇道：“不过高门不来，低门不就，所以耽搁了。你如今心中有啥不愿意，也不妨面言。”

绍闻未及回言，兴官戴着孝帽来与舅爷唱喏。王氏道：“还不与舅爷磕头？”王春宇扯到怀里说道：“好学生，好学生。眉目之间极像他爷爷。”因取过小衣褡儿，提出一包笑道：“这是舅爷在江南与你带的四件小人事儿。那一头是你奶奶与你妈娘的人事，你都拿的去。回来与舅爷作揖。”果然兴官手中拿着两包，交与奶奶，回来作揖磕头，喜得王春宇没法，说道：“可惜你爷爷没得见。”王氏道：“若他爷在世，先不得有他，怎的说得见不得见。啥事不吃他爷那固执亏了。”王春宇也竟也无言可答。

少顷，排筵上来。吃毕，王春宇要走，又与姐姐叮咛一言为定的话。复向谭绍闻道：“如今说媒的事，往往成而不成，临时忽有走滚，以致说媒的无脸见人。外甥今日也大了，比不得小时说亲，你若别有所愿，也不妨当面说明。”谭绍闻道：“舅的主张就极好。只俺娘愿意，别的再没话说。”王春宇道：“既如此说，我今晚就与巫家回话。”谭绍闻道：“舅只管回他话，再无更改就是。”

双庆牵过头口，母子送出后门，春宇自回东街去了。

第五十回

碧草轩公子解纷　醉仙馆新郎召辱

话说谭绍闻承许下巫家亲事，毕竟心中还牵挂着瘟神庙邪街姜氏。偏值夏逢若早晨即至碧草轩，令人请谭绍闻说话。二人相见坐下，夏逢若便道："那事我已前后说明，女家情愿，婆子家也情愿。彩礼是五十两。我特来与贤弟送信。"谭绍闻道："且慢商量。"夏逢若道："已是两情两愿，还有什么商量？"谭绍闻道："我本意愿行。日昨我舅与母亲一权主定，承许了曲米街巫家的事。一个是舅，一个是娘，叫我也没法。"夏逢若把头探着问道："你说啥呀？你如今承许下巫家亲事了？你爽快拿刀来把我这头抹下来，叫那赤心为朋友的人，看个榜样。"谭绍闻道："由不得我，也是没法。"夏逢若道："由得你，由不得你，我都不管。你已是把人家汗巾子收了。我已是把那银子买了两匹绸、八色大事件、八色小事件儿，下了红定。只说瘟神庙一道街，谁不知道？你如今打了退堂鼓，到明日把女人激羞的死了，我又该与你打人命官司，不如我先鸣之于官，凭官所断。我不过不在这城里住，搬的走开，就把这一辈子事完了。我是为朋友的人，也讲说不起。"绍闻道："知道是你的好意。只是母舅说的一句话，母亲应允下了，我该怎的。"夏逢若道："俗话说：'先嫁由爹娘，后嫁由自身。'

何况是一个男人？明明是你图巫家是个财主，有个贴头罢了。”绍闻也无可辩白。

只听得院里有三四个人走的响，一片声说：“作速拿茶来，渴坏了。”进的轩来，却是盛希侨。见了哈哈笑道：“你两个说什么哩？叫盛价作速泼一大碗茶来。”谭绍道：“现成，就到。”德喜儿重斟上茶来，希侨连吃了三四杯，才略解住渴。夏逢若道：“大哥从哪里来？”盛希侨道：“就在这胡同口土地庙北赵寡妇家缠搅了半日，方落了点。渴坏了。我且问你，你许久不去看我。是怎么说？”夏逢若道：“去了几回，门上难传。”盛希侨道：“你只说是那个狗攮的管门，我回去就革了他。”夏逢若道：“那也不必说。如今俺两个这宗话，正要大哥批排。”盛希侨道：“料你两个也没什么关紧话，我也不耐烦听。先把我的关紧话说说罢。你两个猜，我是做啥来了呢？只因赵寡妇儿子小铁马儿，当日招募在班里，先与了四两身价，如今派成正旦脚儿。这孩子极聪明，念脚本会的快，上腔也格外顺和，把两个老师傅喜得没法儿说。我也另眼看他。前日说他娘有病，想他哩，我叫他师傅给他两天假。过了四五天，再不见回去。着人叫他几次，他娘硬说不叫去学戏了。我气得慌，一发今日亲来叫他。他娘越发有一张好嘴，说他也是有门有户人家，学戏丢脸。又说只守着铁马一个儿子，流落了，终身无依靠。那张嘴真比苏秦还会说，扯不断的话头。我急得慌，说唱一年五十两身钱，方才依了。我昨夜吃了酒，缠绞了这半天，口渴的要紧。况离贤弟一步之近，所以我顺步来望望。不料夏贤弟也在这里。您两个爽利坐上车，跟我去罢。”夏逢若道：“俺两个的话，通是费商量着哩。”盛希侨道：“有啥费商量？到我家看着排戏，慢慢地商量。”夏逢若道：“谭贤弟干这事，到明日要逼死孀妇哩。”盛希侨道：“淡事，没啥话说。”夏逢若道：“大哥少坐一坐，容我三言两语说完，我就跟大哥走。难说大哥见爱，我肯不去么？”盛希侨道：“也罢。你就捷说，我批评批评。”夏逢若就把瘟神庙看戏，怎的姜氏递汗巾，怎与姜氏家说明，下了绸子等件红定，如今背了前言，定了巫家闺女，说了一遍。盛希侨道："你不说罢了，我明白了。这全是谭贤弟心上没窍，恰又遇了你。你当我看不出形状么？久矣，我就想要讨伐你，时未得便。今你既碰到我嘴上，正好说了叫你知道。当日老人家大也罢小也罢，总算做过官，你也算个宦裔，怎就甘心学那些下流行径，一味逞刁卖俏，不做一点有骨力、顾体面的事。我先说明，速改便罢，若仍蹈前辙，小四呀，我的性情，咱可就朋友不成哩。我早已访确，你在谭贤弟身上，就有许多事做的全不是东西。即如你方才所说，意间必是说寸丝为定。我问你，这世上可有女人家拿着寸丝定男人家么？不过是个女人无耻罢了。我岂不知绸子红定你也不曾买、不曾送，银子是你诓使了。你硬说送过，我问你，送时你讲个啥牌名儿？就是你送过去，也只算遮羞钱。左右不叫谭贤弟问你要银子就罢了。那姜氏一定要嫁谭贤弟，她若情愿做第三房，我就情愿助聘金。倘是你借端想再讹诈几两，你便真没一点人气哩。你再不用提这一嘴话。这些话只好哄谭贤弟那憨瓜，能哄得过我么？像你这材料，只中跟我去，替我招架戏，我一月送你八两银，够你哩身份了。咱三个同上车走罢。"谭绍闻遭："我还有一点小事儿未办完。"盛希侨笑道："你是只好坐老满的车，老满如今又上杭州去办戏衣去了，等他回来好请你。"谭绍闻把脸红了，说道："我去就是。"

正说同走时，双庆儿道："王舅爷在楼下，等着大叔说话哩。"盛希侨笑道："这便是巫家那事消息动了，夏贤弟不用再想膺媒人罢。大凡少年丧偶，只有母舅来说亲，再没有不成之理。老太太先依了。贤弟你就照应舅老爷去。我也不瞧这位老叔了，管保巫家事必成。到明日亲迎过来，咱的戏也排成了，我是要送戏来贺哩，不许推阻。"谭绍闻含糊答应。送出胡同口，盛公子与夏逢若上车往盛宅去了。正是：

排难解纷说仲连，如今排解只须钱：

孔方不到空饶舌，纵是苏张也枉然。

且说谭绍闻回到楼下，见了母舅，果是来回复巫家已允亲的话。王氏喜之不胜，也恰中绍闻本怀。此后，启冰人、过聘礼、安床、亲迎、合卺、送馔之事，若逐一铺述，未免太费笔墨。总不过是巫家新发迹财主，乍结了士夫之家姻亲，妆奁陪送自必加意奉承。谭绍闻现有一千五百银产价，手头活便，脸上下不来事体自然会多，也自然会办。那个华丽丰厚，两下的俱可意揣。倘再讲谭绍闻与巫翠姐燕尔昵情，又落了小说家窠臼，所以概从省文。

内中却有最难为情的。冰梅睹新念旧，回想起孔慧娘一向帡幪之恩，每抱着兴官到无人处，便偷下许多眼泪，对兴官叹道："你也是个福薄虫。"这新夫妇，为往曲米街巫家，就不得不上文昌巷孔宅。孔耘轩夫妇见了新续的女儿，也少不了一番周旋温存。及送的回来才背过脸时，这一场悲痛，更比女儿新死时又加十倍。——这两宗。皆人情所必至，须得我说明白。

且说谭绍闻亲迎，是腊月初二日，一月就是元旦。夫妇两个时常斗骨牌，抢快，打天九，掷色子，抹混江湖玩耍。巫翠姐只嫌冰梅、赵大儿一毫不通，配不成香闺赌常也曾将牌上配搭，色子的点数，教导了几番，争乃一时难以省悟。翠姐每发恨道："真正都这样的蠢笨，眼见极易学的竟全弄不上来。"倒是爨妇老樊，自幼儿雇觅与本城旧宦之家，闺阁中闹赌，老樊伺候过场，抽过头儿，牌儿色子还懂哩些。一日绍闻与翠姐在楼窗下斗叶子，老樊捧得饭来，夫妇正在输赢之间，顾不得吃。老樊站在巫翠姐背后看了会说道："大婶子，把九万贯改成混江，九钱儿搭上一索一万，不成了'没皮虎'么？"巫翠姐扭过粉项笑道："你这老婆子倒还在行。"老樊道："自到了咱家这几年，谁再得见这东西，如今也忘了。"夫妇二人把这一牌斗完，将饭排开，急紧吃完，就叫老樊配场儿。但只是一个又丑又老的爨妇，兼且手中没钱，也就毫无趣味。谭绍闻又想出个法子，叫冰梅、赵大儿、老樊算成一股儿，冰梅掌牌，老樊指点色样，赵大儿伺候茶水，兴官抽头儿。玩的好不热闹。

及至近午时节，王中、双庆这一干仆人来过午，厨下竟忘了做饭。王氏本因溺爱而不明白，又由不明白而愈溺爱，到东楼一看，笑了一笑，自向厨下料理。原来年节间，酒饭多是现成的，因命双庆、德喜切些冷肉，拨些凉菜，发落的吃讫。

谭家累世家规，虽说叫谭绍闻损了些，其实内政仍旧。自从娶了巫翠姐，开了赌风，把一个内政，竟成了鱼烂日馁。

忽一日，双庆儿拿了一付请帖，送到东楼。上面写的巫岐名字，乃是巫凤山差人，请新婿夫妇，同过上元佳节的华柬。到了十四日，巫凤山早着人抬了两顶轿子来接。夫妇二人盛服倩妆，王氏看着好不喜欢。家间人送至后门，二人坐轿而去。

到了巫家门前，只见有五六个人，鲜衣新帽迎接。一个乃巫凤山的内侄，叫做巴庚；一个外甥，叫做钱可仰；一个干儿，叫做焦丹。都是送馔日封过礼的。巫岐因儿子巫守敬年方十二，不能陪客，故请一班内亲陪伴东床。谭绍闻下得轿来，众人一拱让进。巫翠姐自从后门下轿进家。谭绍闻到了前厅，先与岳翁见礼，然后拜见姻亲。礼毕献了茶，只听闪屏后有人说道："前边显冷，请姐夫后楼下坐罢。"巫凤山便道："这屋子太大，姐夫就到后边坐，暖和些。"众人相陪起身，过中厅，进了堂楼。丈母巴氏笑面相迎，谭绍闻躬身施礼。巴氏道："姐夫坐下罢，前日已见过礼了。我为前厅房太冷，怕姐夫衣服薄，自己孩子，就请后边坐。这俱是内亲，爽利就不用再向前头去。"谭绍闻也无言可答。巴氏又道："姐夫近炉些。"遂叫把炉中又添上些炭。又叫丫头先拿酒挡寒气。巴氏见谭绍闻缄默少言，因向巫凤山道："你竟是躲一躲儿。你在这里，未免拘束姐夫们。"这巫凤山原是"四畏堂"上占交椅的人，一听此言，就立起来笑道："今日铺内实就有个事儿，我有罪姐夫，暂且少陪。”巫凤山去了。巴庚、钱可仰、焦丹，由不得少盐没醋的话，各说上几句，究之与谭绍闻全不对路，微笑强答而已。

原来巴庚，是个开酒馆的。借卖酒为名，专一窝娼，图这宗肥房租；开赌，图这宗肥头钱。钱可仰开了一个过客店，安寓仕商；又是过载行，包写各省车辆。焦丹是山西一个小商，父亲在省城开京货铺，幼年记姓在巫凤山膝下，拜为干子。这三位客，因谭绍闻是个旧家门第公子，怕惹出笑话未免不敢多言。巴氏见女婿毫无情绪，心下有些着急，因吩咐丫头道：“把席放速些，吃了饭，好街上走动。元宵佳节，也看个故事，看个戏儿。”

少时，碟盏上来，席就设在堂楼东间。谭绍闻道：“着人请外父。”巴氏道：“他忙着哩，不叫他也罢。”众人即让谭绍闻首座，钱可仰、巴庚、焦丹打横相陪，敬儿坐了主位。须臾，席面上来，山肴海味都有，美酒肥羊俱全。巴氏不住地让敬儿道：“你不会陪客，你该把那一样儿让姐夫吃，拣好的送过去。”总因爱婿心切，只怕娇客作假，受了饥馁。十分忍不住了，走到桌前，拿箸将碗中拣了一碟，送在绍闻面前，说：“姐夫只管吃，休忍了饥，还要住两三天哩。若像这样饿瘦了，您娘就再不敢叫姐夫走亲戚了。”谭绍闻慌道：“外母请尊便。”

谭绍闻一向在孔宅作女婿，不曾经过这个光景。今日乍见这个岳母，口中不住地他姐夫长，他姐夫短，初时也觉可厌，渐渐地转觉亲热。竟是八母之中，不曾添上丈母，未免还是古人疏漏。

午饭已毕，巴氏正要劝女婿街上游玩，偏偏的苍云渐布，黄风徐起，栗烈绪发，竟有酿雪的意思。巴氏道：“请姐夫过元宵，正好白日看戏，晚上观灯，偏偏天就变了，该怎么处？”巴庚平日知谭绍闻是个赌家，因说道：“妹夫过我那院里走走何如？只是茅檐草舍，不成光景，恐惹妹夫笑活。”谭绍闻道：“通是至亲，岂有笑话之理。但未曾进贽奉拜，怎好轻造？”焦丹笑道：“如今大家同去，就算姐夫拜他。”

钱可仰道："焦贤弟说哩极是。"巴氏道："你们就陪姐夫去。我少时从后门去，也要看看你二婶子。"

四人就出了大门，直上椿树街口巴家来。到了门首，只见门外挑了一个"醉仙馆"酒帘儿。门向内拴扣，巴庚也叫不开。少不得由邻家转入开了大门。原来里面有三个人掷色子哩。两个是本街少年学生，一个叫柴守箴，一个叫阎慎，一个是布店小相公，名叫窦又桂，都是背着父兄来寻赌。三人素日同过场儿，今日趁元宵佳节，藉街上看戏为名，撞在巴庚酒馆里，赌将起来。巴庚的酒匠倒趁有人看门，自上广生祠看百子轿去了。三个正赌到热闹处，谭绍闻进来，那两个年幼学生，脸发红晕，立将起来。巴庚即让谭绍闻道："请姐夫东厢房坐。"

绍闻新走小家亲戚，没可说话的人，半日闷闷。猛的撞见赌场，未免见猎心喜，早已溜下场去，说："借一吊钱，我也赌赌。"巴庚开了柜斗，取出一千大钱，放在绍闻面前，就掷将起来。

掷到晚上，两个学生起了场儿，自回家去。窦又桂不想就走，巴庚道："你也须得回去，若叫窦叔知道，你倒不得再来，不如明日早来。"窦又桂道："也罢。等家父十七日起身回家，爽快放大胆来赌上几天。"恰好巴氏在后边也催女婿回去。遂一起起身，窦又桂自回店中，焦丹已回铺内，谭绍闻、巴庚、钱可仰重到巫家。

吃了晚饭，天上飘下雪来。巴氏就叫腰房燃起炭炉，点上蜡烛，又赌了半夜。巴氏叫送了元宵、扁食、面条、鸡蛋荷包儿，好几遍点心。巫翠姐与巴庚、钱可仰都是中表姊妹，也就到前边看了几回，方才歇息。

到了十五、十六日，依旧在巴庚酒馆内，同窦又桂赌了两日。到了十七日，谭绍闻要作别回家，巫凤山夫妇只是不放。巴庚道："今日天晴。我昨日已备下几碗寒菜，请谭姐夫到我家，我少申一点敬意。"绍闻道："连日打扰，还不够么？"巴庚道："毕竟不曾吃我的。我就请钱贤弟相陪。若嫌我穷，也就不敢强邀了。”绍闻道：“好说。奉扰就是。”于是一同起身，又向巴庚酒馆而来。巴庚路上说道：“姐夫你赌的好。那小窦子是一注子好钱，他白布店有三四千银子本钱。他爹今日起身回家，他今日是正大光明放心赌哩。咱三人勾通一气，赢他几百两，咱均分。”绍闻心已应允，点点头儿。

进了酒馆，小窦子见了笑道：“我一早打发家父起了身，咱可大胆来罢。”不用分说，连巴庚、钱可仰都下场掷将起来。不多一时，窦又桂输了一百三十两。正赌到热闹中间，都低着头看注马，喊叉快，只听得忽的一声，色盆子早已打烂，钱也都打乱了，人人都挨了棍头。又听声声骂道：“您这一起儿忘八羔子，干的好事！”

——这正是：

入齐凭轼运良筹，忽遇田单驭火牛；
不识天兵何处降，须寻地缝好藏头。

第五十一回

入匪场幼商殒命　央乡宦赌棍画谋

却说谭绍闻与巴庚、钱可仰、窦又桂，正低着头掷色，全不知哪里来这毒打痛骂。窦又桂一见是他父亲，把三魂七魄都吓得出奔到东洋海外。

原来窦又桂之父窦丛，是北直南官县人，在河南省城贩棉花，开白布店。为人性情刚烈，志气激昂。本日乃正月十七日，要回家探望。出了省城，才只走了十里，遇见本街一个交好的客商，说："今日不能过河。皇上钦差大人，往湖广承天府钟祥县去，把船都拿了，伺候皇差。咱同回去罢，另择良辰起身。"窦丛只得回来。进了本店，只有一个厨役，一个新吃劳金的小伙计照门。问自己儿子时，都说出门闲游去了。窦丛心下生疑，走上街头找寻。就有人见往巴庚酒馆去。这巴家酒馆，是窝赌博的剥皮厅，窦丛已知之有素。兼且今日早晨自己走前再三吩咐儿子，有许多谨慎的话头。适才出门，遽然就入赌常那刚烈性子，直如万丈高火焰，燎了千百斤重的火药包，一怒撞入巴家酒馆。恰好院内驴棚下，有一根搅料棍，拿在手中。看见儿子正低着头掷得火热，且耳朵内又有一百三十两的话儿，果然怒从心上起，恶向胆边生，不由分说，望着儿子劈头就是一棍。色盆俱已打碎。那条棍又飞起来，东西乱打。巴庚、钱可仰头上带了棍伤，谭绍闻脸上添了杖痕，且被骂詈不堪。

谭绍闻慌忙之中，正无所措，忽见王中到了，扯住说道：“大相公还不快走！在此有甚好处！”谭绍闻跟定王中走至巫家门首，王中道：“上车！”谭绍闻上了车。邓祥牵过牲口，套上。王中道：“快走！”邓祥催开车走了。只听得巫凤山喊道：“姐夫回来。就是家中来接，晚上回去不妨。”谭绍闻对王中说：“你对他说，回去罢。”原来巫凤山见谭宅家人来接，正与巴氏计议，再留一日，明日仍着轿送回。全不知巴家酒馆中遭了这个大窘辱，哪里还留得住。

再说窦又桂被父亲打了一闷棍，幸没打中致命之处，得个空儿，一溜烟跑了。窦丛提着棍赶回店中，又是一顿好打。街坊邻舍讲情，窦丛执意不允。对门布店裴集祉，同乡交好，拉得散气而去，方才住手。临走还说，晚上剥了衣服吊打，不要这种不肖儿子。这窦又桂一来知道父亲性情难解，心中害怕；二来想及自己出外作商，未免羞愧难当；三来一百三十两输账，难杜将来讨索。躺在房中，左右盘算。忽然起了一个蠢念，将大带系在梁上，把头伸进去，把手垂下来，竟赴枉死城中去了。正是：

忠臣节妇多这般，殉节直将一死捐；
赌棍下稍亦如此，可怜香臭不相干。

且说白布店厨役做饭时，向房中取米面，猛然见小掌柜投缳自缢，吓了一跤，又解卸不下。飞风跑到裴家布店说道：“小相公吊死了！”那裴集祉和窦丛急走过来，同厨役作速卸下。叫了半晌，竟是毫无气息。这窦丛犹盛怒未已，说道：“叫他做甚！这样东西，只可扯在城壕里，叫狗撕得吃了！”裴集祉也无言可劝。迟了一会，窦丛想起离家千里，携子作商，今日被人诱赌，遂至丧命，将来何以告妻室，见儿媳？这骨肉之情，凄然有感。摸了一摸窦又桂的鼻口，竟是难得一丝气儿。不由已抱到怀中，放起大声哭将起来。

这裴集祉，鄭州人，一向与窦丛同乡交好。兼且对门直户，看见这个光景，心下好不气忿。说道："咱出门的人，就这样难！窦哥不必恓惶，只告下他们诱赌逼命，好当官出这场气。"扯住窦丛，径上祥符县罢，便要挝堂鼓。看堂的人拦住吆喝，窦丛说了人命重情，宅门家人听了原由，回禀县主。这县主，正是董主簿超升的。缘程公已升任昌平州而去，抚宪将董主簿提署。虽部复未下，但这一番掌印，比不得前一番摄篆，仅仅奉行文移。此番气象便分外光昌起来。董公坐了二堂，叫窦丛回话。窦从诉了巴庚、钱可仰，并一个不知姓名男子，将伊子窦又桂诱入酒馆盘赌，输欠一百三十两，畏其逼索，悬梁自荆。董公道："这还了得！"刻下起身，往尸场相验。窦丛叩头谢了青天做主，出衙回店。早巳慌坏了本街保正、团氏。董公传出赴曲米街相验，刑房仵作专等伺候。须臾董公出堂，一路传喝之声，径上东街。到了白布店门首，窦丛放声大哭，磕着头来接。董公道："本县自然要与你伸冤。"下轿到了前店坐下，保正、团长一起磕头。董公道："你们如此怠慢，全不清查地方，以致赌棍盘赌。逼的幼商殒命。回衙每人三十大板，先打你们这个疏顽之罪。"保正、团长早已把真魂走了，只得磕头起来。仵作到了厢房，看了屋内情形，禀请董公进屋复查。吩咐将尸移放当院地上，饬将尸衣脱净。仵作细验了一遍，用尺量了尸身，跪在案前高声喝报道："验得已死幼商窦又桂，问年十九岁。仰面身长四尺七寸，膀阔七寸。长面色黄无须。两眼泡微开，口微张，舌出齿三分。咽喉下绵带痕一道，宽三分，深不及分，紫赤色，由两耳后斜入发际。两胳膊伸，两手微握，十指肚有血晕。肚腹下坠，两腿伸，两脚面直垂合面，十趾肚有血晕。脊膂两臀青红杖痕交加。项后发际八字不交，委系受杖后自缢身死。"董公用朱笔注了尸格，刑房写勘单，又绘了情形图。董公离座细看，左右噀酒烧香。

窦丛看见自己儿子，当初也是娇生惯养，上学念过书的人，今日只为好赌，遂致丧命，且是把身上衣服剥尽，羞丑不遮，翻来掇去地验看，心下好不伤情。跪下哭诉道："恳老爷天恩，不验罢！这伤痕都是商民打的。商民在南宫县，也是个有门户人家，今日携数千金在外经营。自己儿子不肖，也不肯诬赖他人。只求老爷把这诱赌的人一个巴庚、一个钱可仰，都是商民素日认识的，还有一个年轻的极白面皮，满身上都是绸缎衣服，素不识面——一同拿到衙门，按律治罪，商民就再没别的说了。棺木，殡埋，一切与这些匪棍无涉。"董公道："你这话说的着实明白。但只是本县把这一起匪类，不加倍重处，岂不便宜了他。"

尸已验完，董公吩咐保正、团长，协同皂捕，将诱赌匪棍巴庚、钱可仰，并问那个同场白面皮、穿色衣的，底系何人，一同锁拿进署。如有疏放，立毙杖下。皂捕、保正，奉命拿人去讫。

董公又要吩咐窦丛话说，只见一个衙役跪下，满口发喘，禀道："皇差大人已到延津。抚院大人令箭出来，催老爷速办公馆床帐、席面，张灯悬彩，各色安置。"董公道："如今就上公馆。拿到赌犯，暂且押在捕班，等皇差过去审问。"坐轿急赴公馆照理去了。

且说公差协同保正、团长，到了巴庚酒馆门首，又是牢拴紧扣。众人翻过墙去，恰好巴庚、钱可仰，与前日那两个偷赌的学生，正在那里大赌，不防差人进去，脖项上都套上铁绳，钱也抢个罄尽。

看官至此必疑。说是巴庚、钱可仰适才被窦丛打了，窦又桂自尽身死，县公验尸，这个哄闹，如何一字不知，本日竟又赌起来？

原来这个缘故，不讲明固属可疑，说透了却极为可笑。大凡赌博场中，老子打儿子，妻子骂丈夫，都是要气死的事。开场的人，却是经的多了，只以走开后，便算结局完账，依旧又收拾赌将起来。若还不信，有诗为证：

父打子兮妻骂夫，赌场见惯浑如无。

有人开缺有人补，仍旧摆开八阵图。

那巴庚与钱可仰，被窦丛打儿子，也误撞了两棍。窦丛父子赶打而归，谭绍闻主仆闪空而去，撇下两个骂道："晦气！晦气！小窦儿才吞上钩儿，偏偏他大这老杂毛来了，把色盆打烂，一付好色子也打哩不知滚到哪里去了。"这个说那个脸上有伤痕，那个说这个脸上有血迹。各自摸了又笑道："谭姐夫脸上也带了彩，新女婿不好看像。"正在纳闷之际，只听得有人唧唧哝哝说话而来，却是柴守箴、阎慎两个学生。因父兄择吉十八日入学，趁这十七日一天闲空，指同学家取讨借书为名，三步两步走到醉仙馆中，要尽兴赌这一天。这巴庚、钱可仰见了二人，如苍蝇闻腥之喜，蜣螂得秽之乐，又寻了一付好色盆，赌将起来。把门拴了又拴，扣了又扣，真正风丝不透，所以外边窦又桂吊死，董公验尸，一些全不知晓。况且街上传呼之声，省会又是听惯的。故此公差翻过墙来，如捂了一窝老鼠，半个也不曾走脱。

只可惜柴守箴、阎慎，次日上学的学生，只因走到犯法地方，做下犯法事体，脖子套上铁锁，自是无言可说。却不知是替谭绍闻顶缸。漫说这两个学生不知，就是巴庚、钱可仰，也只说官府拿赌，全然不知是人命重情。

公差与保正、团长，开了酒馆门，牵着四个赌犯，径上衙门回话。到了宅门，管门的长随常二，走到刑名幕宾江荷塘房内说了。汪荷塘吩咐明白，这宅门常二又到转筒边说道："汪师爷说了，老爷办理公馆毕，还到河口催督船只。天色已晚，此乃人命重情，可把这一干人犯，送与捕厅史老爷，按名收监。"

这巴庚、钱可仰原不足惜。可惜者，柴守箴、阎慎两个青年学生，一步走错，无端成了人命干连，收入狴犴之中，不说终身体面难赎，只这一场惊慌，岂不把家人亲友吓杀。到了监中，狱卒见是两块好羊肉，这百般凌逼，自是不堪的。柴、阎二家父兄，用钱打点，二家内眷，终夜悲泣，又是不用说的。

总因小学生稚气童心，不惮絮叨，提耳伸说一番。俚言四句云：

幼学软嫩气质，半步万不许苟。
如何犯法之地，你敢胡乱行走！

再说谭绍闻在巴家酒馆内，被窦丛把脸上弄出了一道杖痕，王中扯令上车。到了家中，掩着腮进的东楼，用被蒙了头，睡了个上灯时候。王氏问了几回，只推腹中微痛。王氏命冰梅伺候汤茶，擎上烛来。绍闻道：“眼害暴发，涩而且磨，不敢见明。”冰梅吹息了烛，暗中吃了些东西，打发绍闻睡讫。被窝中左右盘算，因走新亲，偏弄出这样把戏，又恰被王中知其所以，心内好不懊悔。若明日这杖痕不消，如何见人？怎的生个法儿，将王中调遣开了才好。翻来复去，没个法子。黎明时候，急紧起来，自己敲火将烛点上，掀开新人镜奁儿一照，只见颧骨上一条青红，连眼角也肿的合了个偏缝，心中更加烦闷。听得堂楼门响，一口吹了灯，脱了衣服，依旧睡下。

直到日上三竿，不好起来见人。忽听窗下有人叫大叔，谭绍闻问：“是哪个？”窗外道：“是双庆儿。南乡有人送信，说仓房走了火。看仓房的老王说，是元宵放炮，纸灰儿落到马棚上，人不知道，火起时风又极大，多亏人救得紧，烧了三间空仓房。里面多少有些杂粮。要大叔着人往乡里料理安顿。”——看官须知：

春初逢正节，弄火只等闲，
往往大凶变，尽出儿戏间。

谭绍闻得了此信，心中大喜，正好可调遣王中。遂说道：“我身上不爽快，不能起去。叫王中来，我对他说话。”只听得母亲王氏说道：“王中，你还不去乡里瞧瞧，仓房烧了。”王中道：“我才知道了。问大相公该怎么酌夺。”谭绍闻在窗内说道：“你速去就是，还酌夺什么。”王中道：“如今就去。”

迟了片时，谭绍闻道：“王中去了不曾？”德喜道：“走已多时。”话才落音，只听得谭绍闻“哎哟”一声，说道：“不好了！”王氏听得，急到东楼来问，门却拴着。忙道：“是怎的？”绍闻说道：“衣架头儿把脸磕了。”王氏道：“你开门我看。”谭绍闻用袖子掩着脸，哼哼着，开了门。王氏进去要瞧，谭绍闻道：“我昨夜就害眼疼。怕见亮儿。适才双庆来说，我急问南乡失火的话，合着眼出来开门，不防，撞在衣架头上。这新衣架，是方头儿，有棱子。”王氏看了道：“果然磕了一道儿，一发随时即肿的这样儿。你肚里还疼不疼？”谭绍闻道：“肚里却不疼了。”王氏道：“你跟我来吃饭罢。饭熟多时，你不开门，也就没人敢叫你。”王氏扯着上了堂楼，王氏、谭绍闻、冰梅、兴官儿一桌儿，把饭吃了。

只见德喜儿走来，说道：“胡同后门口，有一个客，说是曲米街内亲，名字叫焦丹，有要紧的话，要见大叔。”王氏道：“焦丹是谁？”谭绍闻道：“是东街俺丈母的干儿。”王氏道：“既是这样内亲，请到楼下坐。”谭绍闻不好出去，王氏就着德喜儿去请。冰梅躲过。焦丹随着进得楼来。与王氏见了礼，让得坐下。王氏问道：“你干娘可好？”焦丹道：“好。”焦丹见谭绍闻脸上青红，问道：“姐夫脸上是怎的？”王氏道：“他害眼哩，衣架头儿撞的了。”焦丹道：“姐夫，我有一句要紧话与你说，可寻一个僻静地方。”谭绍闻因面上伤痕，不想走动，便道：“这是家母，有何避忌？”焦丹道：“我岂不知，只怕吓着这老人家。”谭绍闻便觉吃惊，王氏便跟问原由，焦丹道：“姐夫前日在巴大哥家那场赌，如今弄成人命大事。姓窦的吊死了，他大告在县衙，巴大哥、钱贤弟，都拿去下了监。”因向袖中摸出个纸条儿，递与谭绍闻。谭绍闻接在手中，展开一看，见是一张封条儿，上面印着“祥符县督捕厅年月日封”，空处是朱笔判的“廿”字。绍闻颜色顿变，问道：“这封条是做什么的？”焦丹道：“话头尽在背面上写着。”谭绍闻翻过纸背，只见写着三四行小字儿。写的是：

谭姐夫见字。我三人与窦又桂赌博，他如今吊死了，把我二人拿在监中。姐夫速用银子打点，我二人便护住姐夫不说。姐夫若不在意，明日当堂审问，只得把姐夫供出，同为窦家偿命，就不能顾亲戚之情。巴庚、钱可仰同具。

谭绍闻且看且颤，王氏忙道：“那写的是啥，你念与我听听。”焦丹道：“事已至此，也不瞒你老人家。原是俺姐夫前日到巴大哥家，不过闲解心焦，掷色子玩耍，不料同场的那个窦孩子吊死，如今弄成赌博人命，把巴大哥、钱贤弟都下到监内，还没审哩。这是他两个在监内写在旧封条上，送出来的信儿。叫谭姐夫打点，他两个受苦，谭姐夫使钱。若惜钱不照应他两个，便当堂供出姐夫，只该有苦同受，少不得都去充军摆徒。”王氏骂道：“这窦家小短命羔儿，输不起钱，就休要赌，为什么吊死了，图赖人！”焦丹道：“这话如今也讲不着。只讲当下怎的生法，不叫谭姐夫出官就好。”谭绍闻道：“焦……焦大哥，你要救我！”早不觉身子已跪下去。王氏也不觉慌地跪下，说道：“要亲戚做啥哩，我就是这一个孩子，千万休叫他受累。”焦丹急忙也跪下道：“我不过送个信儿，我是一个山西人，开个小铺子，没财没势，会做什么？大家起来再商量。”一起起来坐下，焦丹说道：“这赌博场里弄出事来，但凡正经人就不管，何况又是人命？若要办这事，除非是那一等下流人，极有想头，极有口才，极有胆量，却没廉耻，才肯做这事；东西说合，内外钻营，图个余头儿。府上累代书香人家，这样人平素怎敢傍个门儿？只怕府上断没此等人。”谭绍闻极口道：“有！有！有！我有一个盟友夏逢若，这个人办这事很得窍。”王氏道："你又粘惹他做什么？王中断不肯依。"绍闻道："事到如今，也讲说不起。况他平日，也不曾亏欠咱。"因叫双庆道："你作速到瘟神庙街，寻你夏大叔去，说我有要紧事相等，至紧！至紧！你就大跑着去。"话要凑巧，双庆跑到丁字街口，恰好遇着夏鼎，便一把手拉住说道："俺大叔请你说句紧话哩。"夏逢若早知是曲米街窦又桂吊死的事发了。总是因赌自缢，也是常有的事，只因内中干连一个门第人家子弟，早已一传十，十传百，顷刻满城中尽知谭宅公子因走新亲，在巴家酒馆赌博，逼死一个小客商，同场人已拿住两个，指日堂审，这谭公子也是难漏网的。况夏逢若更是此道中人，岂有苍蝇不闻腥的道理。正想厕入其中，寻混水吃一口儿，适然遇着双庆来请，心肝叶、脚底板两处，都是痒的，竟一直上碧草轩来。

双庆回家报知，王氏因人命情重，救儿心急，便说道："他夏哥也不是外人，你就请到楼下商量。"谭绍闻也正为面肿难出，正合板眼，遂道："娘说的是。"少时，只见双庆引夏逢若进得楼来，见了王氏，说新年不曾拜节，行了子侄之礼。与焦丹也作了揖，彼此通了姓字。谭绍闻道："我运气太低，到东街走新亲戚，闲解闷儿，如今竟弄出一场祸事。"夏逢若道："你若是行了俺街里姜家那事，怎得有这呢？"谭绍闻指着焦丹道："这是巫家内亲。"夏逢若道："偶然说起，我也原不介意。"谭绍闻遂将巴家赌博，从头至尾说了一遍。夏逢若道："你不用说，我知道的比你做的还清白哩。"王氏道："你与福儿有一炷香，你看这事该怎的打救呢？"夏逢若摇首道："唉呀，难，难，难。"王氏慌道："他夏哥呀，你要不生个法儿，我就跪下了。"夏逢若道："老伯母使不得，看折了侄子草料。"只见夏逢若指尖儿搔着鬓角，迟一会，忽然说道："有了！"谭绍闻问其所以，夏逢若道："咱县新任董公，裤带拴银柜——原是钱上取齐的官。如今坐升正堂，我听说合城绅衿，要做围屏奉贺。想这做围屏的头儿，必是一向好结交官长，出入衙门的人。凡是这一号乡绅，一定是谄上骄下、剥下奉上的，或图自己干犯法事有个仗恃，或图包揽民间词讼分肥。您且坐，我去街上打听打听，看这做围屏的首事是谁。我速去即来，老伯母放心，管保不妨事就是。”谭绍闻道：“张绳祖、王紫泥与董公相好，央央他两个何如？”夏鼎道：“破落乡绅，平常秀才，到小衙门还不出奇，何况堂上？我去探明回来，再拿主意。”当下起身摇摆去了。焦丹道：“我也走罢。我到底不中用，不过管送个信儿罢。”王氏向焦丹道：“您焦大哥，咱这号亲戚，你勤走着些。”焦丹应诺，也起身去了。

少时，夏逢若回来。到了后门，只说得一声：“看狗！”双庆儿早引到楼下。哈哈笑道：“恭喜！恭喜！不妨！不妨！这一番做屏，首事的绅衿，乡里不必说他。咱城内又添了一个新的，是邓老爷讳三变，新从江南吴江县乎望驿驿丞任中告休回来；一个是本城贡生靳仰高；一个是官礼生祝愉；一个果然就是南街没星秤老张。单说这位邓老爷，我是切知的，这老头儿。是走衙门的妙手。况才做官回来，宦囊殷富，一发更有体面，管情弄的一点针脚儿也不露。神不知，鬼不觉，这一夜就弄成了，管保咱的官司不吃亏。老伯母只安排打平安醮罢。”谭绍闻道：“你认得他么？”夏逢若道：“他与先父是莫逆。你写个晚生帖儿带着，不用跟随人，同我今晚到他家计议，只要承许他些就妥。”谭绍闻道：“我这脸叫衣架头儿磕肿，怎好街上行走？”夏逢若道：“人命大事，只讲顾头，就顾不得脸了。”绍闻不敢怠慢，刻下写帖。待天近黄昏，提一个小灯笼，来寻邓三变。

过了几个巷口，转了几条街道，约有二里，到了邓宅门首。恰好遇着邓三变的公子邓汝和，跟了一个小厮，提着一个吴江县小灯笼，要往邻家学弹琵琶。夏逢若道：“邓少爷哪里去？”

邓汝和站住问道：“是谁？”夏逢若道：“瘟神庙邪街，贱姓夏。我只问少爷，老爷在家么？”邓汝和道：“家父适才上去了，我才出来。”夏逢若道：“有客来拜。”邓汝和举灯笼一看，说道：“不认哩。请到舍下坐。”一同进了客厅，夏逢若递了帖，邓汝和烛下看了。夏逢若道：

“是萧墙街孝移谭先生的公子，特来晋谒老爷。”邓汝和道：“不敢当。”即令人拿帖内禀。

少刻，只见一个灯笼从屏后引邓三变便衣而出。谭绍闻往上行礼，邓三变谦逊不受。礼毕，坐下待茶。夏逢若道：“此位是萧墙街谭先生公子，素慕老爷德行，特来奉谒，望老爷莫怪灯下残步。”邓三变道：“岂敢。弟一向待罪吴江，桑梓久疏。今蒙各台宪放闲里田，自揣冗废，不期谭世兄尚背垂青，感愧之甚。但尊谦万不敢当。明晨答拜，全帖敬璧。”谭绍闻道，：“晚生垂髫时，久已渴仰山斗，因老先生宦游江南，无缘识荆。今日荣旋，情切瞻依，特托夏兄先容，胆敢率尔造谒，千祈原宥。”邓三变道：“世兄枉顾寒庐，自是错爱所致，或者别有教益，万望指示。”夏逢若道：“是为董老爷堂上一宗事体，特来拜恳。”邓三变道：“董公荣升大尹，真是恺悌君子，合邑称庆，特制锦屏，跻堂称觞。众绅士谬以弟为首事，委弟以问其先世科第、爵秩、诰封、褒典。既是谭世兄共光此举，只请留下台衔。”谭绍闻道：“登堂晋贺，晚生实欲附骥。但只是……”便住口不说了。夏逢若道：“后书房有人么？”邓三变道：“只有老朽寒榻一具，每夜即在此处宿歇。”夏逢若道：“既然如此，请老爷内转，小侄还有秘禀。”邓三变起身，向谭绍闻道：“有罪少陪。”夏逢若跟进后边去了。邓汝和陪着谭绍闻，不过说些雇车觅船，官场官衔手本，年家眷弟晚生的闲话。

迟了一大会，二人依旧出来，一拱复坐。邓三变道：“谭世兄新亲相邀，原非有意于赌。但瓜田李下，嫌疑难辨，万一已拘者畏法混供，也甚怕堂讯之下，玉石不分。二公远虑，诚属不错。怎的令董公知世兄原系士夫旧族，素不为匪，这方万无可虑。”夏鼎道：“今日拜恳，就为邓老爷平日极肯吃紧为人。若蒙鼎力周旋，恩有重报。”一面说，一面早扯着谭绍闻，一同跪下。邓三变急拉住道：“请起来商量。凡弟之所能者，无不效命。”夏逢若道：“既是邓老爷开恩，咱就起去。”谭绍闻兀自不起，说道：“老先生端的垂慈，晚生才敢尊命起来。”邓三变道：“恃在董公爱下，老朽竟斗胆承许这句话就是。”谭绍闻方才起来。大家又作了半揖，坐下。

夏逢若道：“邓老爷妙策，竟是当面指示。”邓三变笑道：“老朽既已勉允，不妨径直说明，好请二位放心。从来官场中尚质不尚文，先要一份重礼相敬，若有要事相恳，还要驾而上之些，才得作准。适才夏世兄说，要么让谭世兄拜在董公门下，做个门生。以老朽看来，董公未必遽植此桃李。若是有厚贶相贻，董公自然神怡，乐为栽培。况董公见谭世兄这样丰标，将来自是远到大器，岂有不加意作养之理？这就是内消妙剂，何至更有肿溃。董公现正办皇差，捧旨大人今日过去，内监大人明日方到，还有这一两日闲空。不如奉屈二公就在寒舍住下，明日差小价置办贽见礼物。后日董公回署，弟进去讲这屏文款式、祖上科第阀阅实迹，顺便就把谭世兄诚意预透，叫董公把名字先记下。此时嫌疑之际，且不必遽然晋谒，只待彼此心照即妙。至二月初间，再成此师生厚谊。老朽拙见，二公以为何如？”夏逢若笑道：“妙策！妙策！谭贤弟，你须遵命今晚住下，明日就办礼物。”谭绍闻点头道：“是。”

小厮捧上酒酌，邓三变告便而回。邓汝和陪吃数杯，又把新学的琵琶弹了两套，遂安排在东厢房歇了。

第五十二回

谭绍闻入梦遭严谴　董县主受贿徇私情

单说邓汝和陪谭绍闻、夏鼎吃晚酌，邓三变自回后宅。三人吃酒本不甚浃洽，兼绍闻心中有事，强吃了三杯，强听了两套琵琶，胸中毕竟小鹿儿直撞，做不得主。邓汝和看出客人这个不安光景，遂安置东厢房歇息。两人一个被筒儿睡讫。夏逢若心下无事，两眼无神，把头放在枕上，早已呼呼的直上南柯。绍闻翻来复去，又怕惊动夏逢若，直是再合不住眼皮儿。

桌上残灯未熄，孤焰闪闪，谯楼更鼓频击，遥听冬冬，已交三更。方觉睡魔来袭，只听得有人拍门，谭绍闻被衣开拴，进来二人，一个不认得，一个却是王中。王中道："家中好生焦躁，急寻大相公，原来在此。快跟我回去。"谭绍闻只得相随同归。黑夜路上，高一步，低一步，就如驾云一般。到了大门，见有几个人在门首站立，谭绍闻也无暇问其所以。进了二门，望见厅上烛火辉煌，中间坐着一位六品冠服长官，纱帽圆领，甚是威严。绍闻只得近前跪下，叩了头。向上一看，却是自己父亲。骇得心惊胆战。只见父亲双目圆睁，怒须如戟，开口便道："好畜生！我当初怎的嘱咐你，叫你用心读书，亲近正人。畜生，你还记得这八个字么？"谭绍闻战战兢兢答道："记得。"

父亲道："你既然记得，怎的我这几年因赴南斗星位，不在家中，你便吃酒赌博，宿娼狎尼，无事不做，将祖宗门第玷辱呢？况你颇有聪明，实指望掇青拾紫，我问你，至今功名何如？你今日一发又撞出人命案。那缢死之人，冤气上腾，将你辈俱告在冥府，我受命勘此一段公案，可怜畜生性命不久了。"因回顾道："判注官何在？"只见东侧闪出一个蓝面赤发鬼，手执册簿，躬身候命。父亲问道："子背父命，孙废祖业，依律当得何罪？"判注官张开血盆般大嘴，口角直到耳门边，朗声答道："律有三千，不孝为大，案律应该腰斩。"厅下早已跳出四个恶鬼，眼中齐冒火焰，口内直吐蓝烟，狰狞可畏。不由分说，把谭绍闻一脚踢翻，用绳捆起。腰中取出门扇大明晃晃的钢刀，单候上官法旨。绍闻伏在地下，已吓得动弹不得。又听得父亲道："我与这个畜生原系父子，不比寻常罪犯，你们可抬将起来，我亲问他一句话，再叫他死未迟。"四鬼领命，将谭绍闻忽的抓起，举在公案前边。谭绍闻哭恳道："爹呀，念父子之情，格外施仁罢！"只见父亲离了公座，走近身来，说道："好畜生，你恨煞我也！"张开口，向谭绍闻肩背上猛力一咬，咬得谭绍闻疼痛钻心，叫得一声："爹呀！"抱住夏逢若的腿乱颤起来。

夏逢若睡正浓时，被谭绍闻颤的醒了，慌问："你是怎的了？"谭绍闻尚不能认真是做梦，只叫道："爹，饶了畜生罢！"夏逢若已知是梦里吃惊，急紧披衣坐起，摇着说道："谭贤弟，醒醒儿，醒醒儿。"谭绍闻方才明白，应道："我醒了，我醒了。"

谭绍闻翻身起来，将浑身衣服俱要穿上。夏逢若拦住道："天还早哩，冷的慌，再睡睡罢。"谭绍闻哪里听他，一直起来，剔了灯内灯草，拨开炉中宿火，坐在一条凳上，寻思梦中情景，低头垂泪。夏逢若哈哈笑道："你看你那腔儿，做梦哩，有了甚事！"谭绍闻只是低头不语，依旧泪如泉涌。夏逢若也少不得起来，坐到炉边，问道："做的啥梦？"谭绍闻将梦中情景、言事，一一述了一遍。夏逢若双手打拱，哈哈大笑道："恭喜！恭喜！俗话说，梦凶是吉。又说，梦见自己是别人。况老伯说南斗星君，这就是吉星高照的意思了。这个吉星，分明就应在邓老爷身上。管许你这场官司，有吉无凶。你若不信，事后才服我的高见哩。"

此时已鸡唱两遍，到明不远，睡已不成，二人只得坐着。黎明时候，只听客厅槅子响，一声喊道："张定邦呀，你该去南乡讨老宋家那五石三斗课租，我昨晚已把账目看明。对他说今日若不交，老爷要拿名帖送他哩。"夏逢若道："你听这不是南斗星君的照应么？你且坐，我去与邓老爷商量这宗事如何办理。"

夏逢若到了客厅，唧唧哝哝说了一个时辰。回到厢房，向谭绍闻道："邓老爷说了，人命大事，要说这个人情，想着干研墨儿是不行的。除一份拜门生厚贶之外，还得二百多两银子的实惠。今日就要送进去。见面时，暗与董公说明窦家吊死的原委，到审问时，保管你撒手不沾泥。等这官司清白，邓老爷再引你投门生帖，拜董公为老师。这就免的外边招遥，你说好也不好？"绍闻道："这自是很妥当的。"夏鼎道："邓老爷是个老作家，怎的得不妥当么。但只是目下这宗银子该怎么处？如今就要买办礼物哩。"谭绍闻道："当下我没一分，该怎的？或者我如今上街去揭，就以邓宅作保。"夏逢若道："说你是个书呆子，你却会嫖赌，还会撞人命。好天爷呀！官场过付贿赂，最怕人知晓，人还要知晓。你如今现有官司，若街上揭银子，是扯了一杆大旗，还了得么？不如就央邓老爷，借他几百两办办罢。还有一说，事后总要谢谢邓老爷。"谭绍闻道："我磕头就是。"夏逢若道："好书谜子！朝廷老还不空使人，况绅士们结交官府，四时八节，也要费些本钱，若毫无所图，他们也会学古人非公不至的。依我说，这谢礼你得二百两，尽少也不下一百之数。你若舍得你的皮肉、你的体面，舍不得钱，咱如今就告别。我是个没钱的人，你是知道的；我若有钱，就与你赔上，我又不能。我的为朋友相好之情，只可到这里。"绍闻道：

“任凭你酌处。我不心疼钱，只要没事就罢。”夏鼎道：“你若满托我办，这银子是要向邓老爷借的。事后清还，休叫我两头儿担错，惹埋怨。”谭绍闻道：“我的事，怎肯叫你担干系。你去与邓老爷商量。”夏逢若又与邓三变计议一阵，遂叫谭绍闻到客厅，三面言明。

邓三变差任上带回能干家人，街上办理这项官礼。自辰至午，一一办妥。邓三变指点，装成四架大盒子，外有称的、包的、牵的、捧的，许多物件。即叫谭绍闻开了两个礼单，一个是贽敬手本，一个是呈敬手本，写的“沐恩门生谭绍闻谨禀”。不说给转斗的王二爷随封分子三两，单讲这份礼物是何东西。原来——

结交官府，全靠着“谨具”“奉申”；出入衙门，休仗那“年家顿首”。倘拟以不应之律，原是陋规；若托乎致敬之情，也像典礼。长者如卷轴，方者如册页，无非上好的纱罗绸缎。走者拴蹄角，飞者缚翎毛，俱是极肥的鸡凫猪羊。光州鹅，固始鸭，还嫌物产太近。汤阴绸，临颍锦，尚觉土仪不奇。当涂莼，庐陵笋，广宁蕨，义州蘑菇，远胜似睢州藻豆、鲁山耳。安溪荔，宣城栗，永嘉柑，侯官橄榄，何须说河阴石榴、郑州梨。上元鲥，松江鲈，金华熏腿，海内有名佳品。广昌葛，昆山苧，蒲田绒绢，天下无双匠工。毛深温厚蔚州熊豹之皮。长腰细白吴江粳稻之米。武彝茶，普洱茶，延平茶，各种细茗。建昌酒，郫筒酒，膏枣酒，每处佳酿。色色俱备，更配上手卷款绫。多多益善，再加些酱筒醯瓮。尤要紧者，牛毛细丝称准二百两，就是师旷也睁眼；最热闹的小楷写满十二幅，总然陈仲亦动心。

邓三变又差人去衙门，打探董公回署与否。去不多时，回言董公已送皇差过完回署。邓三变叫备上头口。因董公升任正堂，只得也换上手本，穿了公服。将谭绍闻叫至内书房，打开江南宦囊皮箱，取出当年克扣驿马草料银子，称准二百两，包封停当。只因行贿事密，连儿子邓汝和也不肯叫到面前。即将银子付与夏逢若，塞在怀内，叫他随到衙门去。又将办礼家人叫来，展开清单，用盘子一算，共费一百九十七两。当面言明，事后清偿。夏逢若道：“贤弟，你可回去罢。”邓三变道：“谭相公要回去，须从我后门出去。街上耳目众多，怕人看透行藏，便有谣言风波。”

送谭绍闻从后门走讫，邓三变依旧到前厅。夏逢若怀内藏着银子，雇觅十数个闲人抬盒，抬酒，挟毡包，捧礼匣，一径上祥符县署而来。邓三变骑着马跟着。

到仪门外，下得马来，坐在土地祠内。家人传了邓三变手本，管门王二说道：“请邓老爷迎宾馆少坐，小的去上头传帖。”夏逢若也到土地祠内，心生一计，因说道：“此处无人，我与邓老爷商量一句话。我在路上想来，衙门送礼，绅衿之常；若说行贿，便事有所关。老爷是做过官的人，休因小侄所托，弄得自己身上有了干系。”邓三变突然道：“你说的是。我实对你说，我心里也觉有些跳。”原来结交官长的绅衿，到了说情通贿，自然比不得饮射读法。夏逢若看见邓三变的神色有些闪灼，便说道：“只这份厚礼，说透了拜门生的话，或者谭绍闻这事，就保得七八分。”邓三变道：“董公一向厚交，他是一个最融通的性情。只叫他记下谭绍闻名字，也就七八分没事。”夏逢若道：“如今把这银子礼帖，抽了何如？”邓三变道：“也使得，那下程礼帖已传进去，这个礼帖，还在我袖子里。”即取出来，付与夏逢若。

说犹未完，只见迎迓生跑来道：“请邓老爷。”云板响亮，董公早已出二堂恭候。邓三变慌忙进去。宅门一闪，一揖而进，让到二堂东一个书房。上面悬一个匾额，写着“袖风亭”三个字。二人为礼坐下，董公道：“前日厚贶，尚未有勺水之答，只因皇差事忙，还请邓老原谅。”邓三变道：“父母荣升，菲仪进贺，但蒙哂纳，已觉叨光之甚。”董公道：“指日弟备个粗东西，邀邓老与南街绳祖张年兄，同到署中闲叙，幸勿推故见却。”邓三变道：“卑职不敢。”董公道：“适才有个礼帖，上开‘门生谭绍闻谨禀’。这个名字，弟旧日也曾见过，一时想不起来。隆仪太重，叫弟辞受两难。”邓三变站起身来，重新为礼，董公再三不肯，仍旧让坐。邓三变道："这是一个舍亲。当日表兄谭忠弼，原是选拔，后举孝廉，陛见时，蒙皇恩赐过职衔。今所遗表侄谭绍闻，青年俊品，最肯念书，因托老父母帡幪，意欲尊亲两尽，拜在门下，做个门生，托卑职为之转达。不腆薄仪，聊作贽敬。仰祈老父母作养，栽此桃李。"

董公顾门役道："请谭相公进来。"邓三变道："舍表侄尚未到署。虽说立纠青骰，犹恐宫墙过峻，不敢遽然登龙，容俟俯允之后，弟改日率来拜谒。"董公道："阀阅子弟，又有邓老爷台谕，弟岂有不从之理。即遵命将礼帖拣登数色，余珍璧谢。"邓三变道："今日老爷与舍表侄，乃是以父母而兼师长，若聊收数色，还似有相外之意，舍表侄必不敢造次仰附。"董公命门役展开礼单，见绸缎三十多样，猪羊鹅鸭之外，山珍海错，俱是各省佳产，遂哈哈笑道："谨遵钧谕，弟通为拜领就是。但令表侄幼龄勤学，邓老爷必不过誉，想是指日飞腾的样子。"邓三变道："舍表侄虽说极好念书，因家道殷实之故，未免招些富者贫之怨。况且又是个单门，往往为小人所欺骗、诬赖。卑职常劝他移居到乡，目下尚未得其便。"董公道："省会之地，五方杂处，以邪凌正，势所必至。弟今日既有地方之责，将来是一定查拿重惩。"邓三变见话已透过八分机关，又些须说几句闲散话头，告辞而去。董公道："指日相邀闲叙，暂且少别。"一声云板响亮，传呼之声，达于大堂。送至暖阁，一揖而别。

邓三变骑马而归。料定夏逢若必定在家等候。及至到家中，却不见夏逢若。邓三变心中挂着二百两银子，差人去瘟神庙邪街请夏逢若，夏家内人道："两日不曾见回来。"邓三变听了来人的回话，心中愈加疑惧，却又不敢说出，似乎这二百两银子，有些可虑。

且说董公送出邓三变回到二堂，叫家人将礼物运至后宅。逐一验来，俱是上品，心中岂不喜欢。日夕签押已完，黄昏到幕友汪荷塘住房陪吃晚酌，说了些皇差内官儿大人种种憨蠢、种种暴恶的话。又与钱谷幕友，讲了些征收、起解、清算的话。号件相公呈过号件簿儿，定了明日出堂审问官司的事件，内中有窦丛告巴庚等诱赌逼命一案。一宿晚景过了。

次日坐堂审问官司，这人命重情，就是头一宗事。监内提出巴庚、钱可仰、柴守箴、阎慎，当堂跪下。窦丛在旁伺候质对。董公点名，问了这四个人诱赌逼命罪名。这阎慎是年幼学生，不敢争辩。那柴守箴略有口辩，只供赌博是实，但不曾与窦姓同常董公即唤窦丛认识，窦丛跪禀道："商民彼时，原是气恼之时，只知打骂儿子。这巴庚、钱可仰，是平素在他馆中取酒，行内觅脚，原是认识。至于同场少年，彼时原没看清是此二人不是此二人。求老爷只问巴庚、钱可仰。"董公即问二人，巴庚念谭绍闻是姑娘的新女婿，不肯供出。这钱可仰因与谭绍闻送过信，毫未照应，心中气忿，也顾不得亲戚，便供道："当初原是谭绍闻。"董公猛然想起邓三变送礼情节，喝道："打嘴！"打了十个耳刮子，钱可仰就不敢再说了。窦丛又禀道："商民前日已回明老爷，商民在南宫也是有门有户人家，携数千金，出门做生意。儿子不肖，为赌自缢身死。商民也不指望他们偿命报冤，也不指望他们给钱埋葬。只求老爷按他们赌博应得之罪，处置一番，商民亲眼看过，就算老爷天恩。"董公因钱可仰说出谭绍闻三字，正想草草结案，听得窦丛之言，正合其意，因指着四人说道："说你们逼命，原非你们本意。今日尸亲既不深究，本县也只得从宽。就事论事，您既亲供赌博情真，只得按你们赌博加罪，枷满责放。你们还有何说？"四人竟是毫无可说。

董公命抬过四面枷来，巴庚、钱可仰只得伸头而受。柴守箴、阎慎，只哭得如丧考妣，不肯入头。董公也觉恻然。但王法已定，势难畸轻畸重。衙役吆喝，禁卒硬把两个学生的头，塞入枷眼。董公判了赌犯朱字，押令分枷四街。窦丛叩谢了老爷天恩，董公夸道："你算个有义气的人，全不拖泥带水。好！好！"董公又审别案。

这柴、阎二家爹娘，初听说审他儿子是人命大案，吓得魂飞天外，只是顿足。这个惊慌情景，直是言语形容不来的。继而望见戴枷而出，那看的都说道："恭喜！恭喜！问成赌博，就不成命案了。"出了仪门，两家母亲也顾不得书礼人家体面，只是扯住不放。两家父兄急了，央及城内亲友，认了一百三十两赌赃入官，得了开枷释放。

自柴守箴、阎慎受过枷刑，既于考试违碍，自然把书本儿抛弃。那巴庚、钱可仰原不足惜，可怜两个青年幼学，一步走错，遂成终身坏品，刑不能赎。呜呼！柴、阎两家学生受刑，虽若顶缸之错，却也非戴盆之诬。为子弟者，可不戒哉；教子弟者，可不严哉。

第五十三回

王中毒骂夏逢若　翠姐怒激谭绍闻

且说夏逢若那日在迎宾馆，与邓三变商量抽回贿银。邓三变心里盘算，这二百两银已同谭绍闻称过，即如抽回不交，只要官司清白，也不怕谭绍闻不认。还未及与夏鼎议妥，忽听二堂恭候。大凡走衙门、弄关节的绅士，只听得“老爷请”这三个字，魂灵儿都是飞的。邓三变进见董公，夏逢若想道：“这二百两银子，原是行贿过付东西，不是光明正大的事儿，既然闪此大空，料老邓也不敢声张问我明讨，不如我带了走罢。”于是携回家去，悄悄地放在床下。吩咐母亲：“凭谁寻我，只说没回来。”

安顿一毕，急带上三十两，硬去张绳祖家寻赌。恰好管贻安、鲍旭、王紫泥、张绳祖正掷的热闹，夏逢若掏出银子，便要下注马。张绳祖拿过银子一看，俱是冰纹，上面有小印儿，笑道：“这是皇粮银子。”夏逢若道：“你休管我劫了库。如今管交粮的里书，单管着输皇粮，塌亏空。”大家掷将起来。这夏逢若一时财运亨通，正是小人也有得意时，起场时又现赢了八十两。喜喜欢欢，包裹而归。回来，问：“有人寻我不曾？”母亲说：“有个人问你，我说你并没回来。”夏逢若道：“娘以后只是这个答应法。”天色已晚，夏逢若睡下，想道：“毕竟老邓这宗事要落实，我明晨何不寻谭绍闻要这银子？”又想：“窦家官司，毕竟未清，讨索尚早，等这事结了案，讨着便硬了。”于是次日又到张绳祖家，一连赌了两日一夜，又赢了七十五两，带回家中。

过了三日，想去打听这宗命案，又怕邓家人遇着。恰好邻家有一个新住刑房的张瑞五，早晨上班书写，夏鼎一把手扯到瘟神庙中，问：“窦家诱赌逼命一案，董老爷如何推问？”张刑房一五一十，说个明白。夏鼎喜得手舞足蹈。顾不得回家吃早饭，即向街中蓬壶馆独吃个适口充肠，来谭绍闻家，讨这宗银子。

到了后门，问了声：“谭贤弟在家么？”绍闻应道：“是谁？”黄毛狗儿汪了一声，夏逢若早进堂楼。见了王氏，躬身施礼道：“老伯母，看小侄这个手段何如？”王氏道：“这事我也打听明白，多亏您夏哥费心。”让得坐下，夏逢若道：“有钱使得鬼推磨。彼时老伯母与贤弟吓得恁个样儿，不过四五百两银子，直把一个塌天人命事，弄的毫不沾身。俗话说，‘能膺贼头窝主，不做人命干连。’若不是使银子，这事还不知弄的啥样哩！府里、司里、三驳三招，就想着充军摆徒，也还不能当下起身。只是邓老爷是个小心性急的人，已差人到我家讨了几回了。”绍闻无言可答，只得点点头儿。王氏道：“共费了多少呢？”夏逢若道：“谢仪二百两，是我当面承许邓老爷哩。至于借用的，是谭贤弟当面称准，清算过的。贤弟，你就对老伯母说明罢。”谭绍闻低头不言。夏逢若道：“贤弟呀！丑媳妇不见婆婆么？或是你想着过河拆桥哩？若昧了邓老爷这宗恩典，这宗官司仍然还在。只是我在内央情过贿，少不了一个割头的罪，我是为朋友的，死也无怨。但只是老伯母守着一个儿子，弄的命不能保，叫老伯母老来依靠何人？”王氏道：“小福儿，你说罢，休叫夏哥发急。”谭绍闻道：“办礼是一百九十几两，交官是二百两。”王氏被夏逢若一片话吓得怕了，说道：“得恩须报。人家为咱的事费了心，没有再叫邓家赔钱道理。”夏逢若道：“况且邓家也不依。”王氏道：“只是家中分文也没有，该怎么处？你且回去，叫他去客商家去揭。揭上来，我叫他跟着你，与邓家磕头。”夏逢若道：“贤弟如何去得。窦家吊死，贤弟是亲身同场的，如今同场的却换成姓柴、姓阎的，贤弟若往邓宅致谢，人家弄出来真赃实犯，倒了不成的。不如明日我在家等你，你送到我家，我转送过去。若说邓老爷大恩难忘，日头多似树叶儿哩，改日再谢他。况且这样事，邓老爷也犯避讳，就是不面谢也罢。我走了罢，贤弟，你休送我。就上街里办这宗事，也要机密。你这样主户，只要哼声气儿，怕没人往你腰中塞银子么。”一起出楼来，夏逢若又嘱了上紧为妙。

谭绍闻只得驾轻就熟，晚间上王经千铺子写揭票，又揭了六百两。次早过秤，即令王经千铺内小厮，背上褡裢，送到夏逢若家中。夏鼎不料次早即送，又上张绳祖家赌博。恰好张绳祖此日被董公请去赴席，商量围屏款式，家中无人赌博，夏逢若到而即回。回来恰遇着谭绍闻送银子。此时，王经千小厮已回。一人说了六百两数目，夏逢若道：“共该银五百九十七两，如今剩下三两，连成色我也不看。即令成色不足，谢他有二百两谢仪，还说什么不成。”话已说明，夏逢若送得谭绍闻去讫。

回来，坐下自想：“邓三变这个老头儿，也是个刁精不过的人，如何拿他这宗银子，如此放心，寻了一遍，再不见动静呢？我今日既没有赌博，何不打探一回。”只作闲步，到邓家对门一座裁缝铺内，打探邓三变消息。裁缝道：“邓老爷前三日，得个中风不语之病。”夏逢若道：“怎么好好一个人，病的这样速？”裁缝笑道：“我与邓俨然，自幼在一道街上住，他比我大十岁，翻精掏气的出格。后来他做了官，五六十岁，还在任内娶了两个瘦马院的人……”夏逢若道：“不用往下说了。”针工又道：“如今这两个小太太不过二十四五岁。”夏逢若哈哈大笑道：“不用说，不用说。我失陪呀！”别了针工，一路回来，想道：“这六百银，爽快我全吞了罢。”又想道：“内书房称银子虽未同人，那买办礼物一百九十七两，却同着他的家人。不如把这一百九十七两银子，趁他不能言语，交与他儿子邓汝和，一清百清。这所余四百两，我吃着才稳当。左右是他克扣的马料麸价银两，天爷今日赐了我，便吞了也不妨。从来交官府的人，全指望说官司打拐，我不打拐，便是憨子。况谭绍闻这官司，毕竟也得我的力，我拐的使了，也算起一个理顺心安。”

拿定主意，到家取了两大封，共二百两。一径到了邓家，要看老爷病症。病榻之前，叫了前日办礼家人到面前，面对面交与邓汝和。此时邓三变已成了九分昏聩的人，哪里还管甚事。夏逢若道：“邓世兄，你今日才晓得我夏鼎，是个有始有终、来的明去的清的朋友。”邓汝和道：“真真夏世兄你算起一个朋友。”作别而去，邓汝和也不暇相送。

夏逢若回到家中，通前后一算，邓家二百两，谭家四百两，赢的一百五十五两，共有七百五十多两银子。好不喜欢。

若论夏逢若耗了父亲宦囊，也受了许多艰窘，遭了多少羞辱。今日陡然有这注肥钱，勿论得之义与不义，也该生发个正经营运。争乃这样人，下愚不移，心中打算另置一处房屋，招两个出色标致的娼妓，好引诱城内一起儿憨头狼子弟赌博，每日开场放赌，抽一股头钱，就够母妻三口儿肥肥地过活。

主意已定，恰有萧墙街南边打铜巷钱指挥一处旧宅要当，夏逢若出银一百两，典当在手里。看了个移徙吉日，竟从瘟神庙邪街，乔迁至打铜巷里。房屋有二十四五间，又有一个书房院儿，恰好窝娼放赌。访问名妓，有一个珍珠串儿，又有一个兰蕊，一时甚为有名，现在朱仙镇刘泼帽、赵皮匠两家住着，即用银钱接到家来。又思量招致赌友，须得个家道丰富，赌的又不精通，人又软弱的幌子才好。唯有谭绍闻才可中选。只是连日温居暖房的客，许多应酬。一日是瘟神庙邪街旧邻居，一日是盛希侨、谭绍闻、王隆吉三个盟友——盛希侨只送来一份常礼，也不曾亲到。王隆吉午后即回照看生意。只剩下谭绍闻一人。夏逢若便把谭绍闻留下，晚上珍珠串、兰蕊陪饮，一连两日夜未归。

那日谭绍闻回家，就有管贻安又引了朱仙镇一个浮浪子弟，叫做贲浩波，同来访这珍珠串、兰蕊。大家轻薄了一会，就讲赌博。却少一个人不够场儿，夏逢若道："我这北邻王豆腐儿子，听说极好赌，是个新发财主，我隔墙喊过来，何如？"管贻安道："你真是个下作鬼！卖豆腐儿子，纵有银钱矗着北斗，不是主户人家，如何上得排场？你这话叫我听，就该蹬倒你这桌子，打碎你的家伙！"口中说着，把脚一蹬，一个茶盅儿溜下去，早跌碎了。夏逢若笑道："休要发野。我去把谭贤弟叫来何如？"管贻安道："哪个谭贤弟？"夏逢若道："说起来，你知道，是萧墙街谭孝廉儿子。"管贻安道："我在小刘儿家见过他，你就速去叫去。再迟一会，我急了，就要你老婆配场儿。"夏逢若笑道："这两个还配不得场么？"管贻安道："休要絮叨，速去即来。"夏逢若早怯管贻安这个放肆唠叨，径上谭宅。

到了后门，走的熟了，直上堂楼，来请谭绍闻。还未及说明来意，只见王中进院，到了楼门口。原来王中因南乡仓房失火，到乡里收拾灰烬中残基，草草盖完一所仓房。今日回来，正要回复主母与少主人的话，猛然见夏逢若公然在内楼昂昂坐着，与王氏说话，这一腔怒火陡然发作，口中收敛不住，直厉声骂道："你是个什么东西儿，就公然坐到这里！"夏逢若平日原怕王中，但近来手中有了银两，小人情态，有了钱，胆就壮了。况且这一句，骂的直如霹雳到耳一般，口中也便骂道："你说我是个什么东西？又不做贼，又没当忘八。一个家人公然敢骂人，好规矩，好家法！"王氏道："他夏哥休与他一般见识，他想是醉了。"谭绍闻道："这是怎的说？你公然敢骂起客来了！"夏逢若一面走，一面说道："这样主子，比王爷还大，管家的都敢骂人！"王中道："我恨不得使刀子攮你哩！"谭绍闻面如土色，说道："王中！王中！你也该与我留一点脸。胜如你骂我，你爽快把我扎死了罢！”王氏道：“真正不像一家子人家了，少天没日头的。”王中在楼前边，也自觉出口太猛，无言可答。迟了大半晌，说道：“奶奶，大相公，想我大爷在日，休说这样人不敢近前，就是后书房院子，离家甚远，这样人何尝有个影儿？今日这个东西，咱平素吃过他的亏我明白，奶奶再不知道怎的叫他穿堂入舍。委实我一见他在楼中，竟是实实的忍不住了。骂他一句，固然我有口错，往后这一等人不来咱家，正是咱的福分，怕得罪了他么。”王氏道：“你晓得夏家是大相公拜的朋友么？”王中也不言语。谭绍闻出的楼门，向东楼来，口中说道：“王中，你是主子，我是你的家人何如？”

进得东楼，巫翠姐说道：“我听清了。您这一家子人家，我也看透了。一个使用的人，这样放肆，见了客，公然发村捣怪的与客人还口厮骂，偌大一个省城，谁家有这样的事？明日怎的见人？为啥不赶他出去？”谭绍闻本来羞愧，又被巫翠姐一激，况且家中有王中，毕竟做事有些碍眼梗手，拿定主意，出了东楼说道：“王中呀，你也太厉害，我也使不起你。你大爷在日承许你的东西，我还是一件不昧，也尽够你三口子过活。你有脸你就出去，你没脸你就住着。往后去，我是再不见你了。休要怪我，我抬举你也够了。你心里没我这个主人，只以开交为妙。”赵大儿正在厨下，跑到楼下方欲开言，王氏道：“这一遭比不得那一遭，就不用多嘴多舌的。你问您家王中，你说大爷在日，没有人敢到楼下，不知道你大爷在日，可有人在楼下骂过客么？你两口子出去罢，看明日俺家死了王屠子，连毛吃猪不成？”

原来王中忠心向主，一见了夏逢若坐在楼下，与家主母半边女人说话，这个恼法，切齿碎心。但出口不审这个大错处，也自己遮掩不来。只得向王氏磕了个头，又向谭绍闻磕下头去，说道：“小的就情愿出去。”谭绍闻道：“当下就出去。我明日交割你鞋铺子。城南菜园二十亩，我一亩也不短你的。”王中叫赵大儿携着闺女，收拾了铺盖。出得后门，也没去向。到胡同口那一间土地庙，推开庙门，三口子进去，就如避荒的老小一般。

家中邓祥、德喜、欢庆等，都来看王中，爨妇老樊来看赵大儿，不必细述。却说谭绍闻自王中出去，心中微有不安之意，却觉得耳目清净，省得用忌惮二字，却也罢了。因牵挂珍珠串、兰蕊二人，便气昂昂地要上夏鼎家去。走出胡同口，王中在庙门内坐着，见了主人，站将起来。谭绍闻猛见了王中，突然说道："要上夏家去，却不是要嫖要赌，是你得罪了人，我敢不赔礼去么？"扬长地去了。王中只是低头不语。

到了晚上，老樊送得汤来，邓祥将马房屋里灯送来一盏。黄昏时上了庙门，双庆、德喜送得草苫苇席来，王中开门收了。赵大儿未免埋怨起来，说："从几日你这样猛勇，今日你把客都骂起来，弄的如今上不上，下不下，可该怎的？"王中吆喝道："女人家晓的什么！"赵大儿不敢回言。迟了一会，王中道："自此以后，我也要你帮助我，也不得不对你说了。我骂那夏鼎，虽然口错，但我在南乡收拾房子，城内去了个泥水匠，说大相公因问姓窦的一家要赌博账，把窦家打的吊死了，央的城内郑翰林体面，许了一千两银子谢仪说的人情，才免得大相公不出官，俱是夏家兔儿丝串通作弊的。他说的全然不像，大相公我拿稳是不敢打人的人，城内翰林也没姓郑的。我起初心中不信，但因他说的有夏鼎，且说出绰号儿兔儿丝，我心下十分疑影。所以房子尚未修成就回来。到了楼下，猛见这忘八肏的，竟坐着与大奶奶说话，我原是替去世大爷发怒，不觉把路上唧唧哝哝骂夏家的话，就骂出口来。今日即叫咱出来，我心中也有一番打算。咱家大相公，我看将来是个片瓦根椽的下场头，咱夫妻不如守着城南菜园，卖菜度日，鞋铺子打房课，勤勤俭俭，两下积个余头，慢慢等大相公改志回头。十分到大不好的时候，咱两口子供奉奶奶与大相公，休叫受冻馁之苦。久后兴官相公成人，还要供给他个读书之资。咱大爷一世忠厚端方，天爷断乎不肯苦结果了咱大爷。咱只是替大相公存个后手，休都教后日受了大苦，也不枉当日咱大爷待咱一场好处。你说是也不是？”赵大儿全不应答，原来说话时节，赵大儿早已睡着了。王中方才晓得，是自己一个人说了大半夜。这正是：

义仆忠臣总一般，扪胸自贮满腔丹；
从来若个能如此，殷世箕微共比干。

又因王中对妻赵大儿说心腹事，赵大儿已入华胥，可见天下为女人的，与好男人为妇，虽说同室而处，却是隔山而居。此其大较然也。又诗云：

内助无能败有余，同床各枕目依渠。
痴然入梦诚佳偶，省却唇边鬼一车。

第五十四回

管贻安骂人遭辱　谭绍闻买物遇赃

话说王中与赵大儿讲说心事，看透少主人心中毫无主张，每日与狐朋狗党嗜赌昵娼，将来必至冻馁，想着城南菜园、城内鞋铺，存留一个后手，以为少主人晚年养赡及小主人读书之资。这真是与纯臣事君心事一样。那赵大儿一个粗笨女人，心里不省的，自然听得不入耳，瞌睡虫便要欺降上眼皮，早已梦入南柯。

王中知女人已入睡乡，心内千盘万算，一夜不曾合眼。临明主意已定。爬起来，天已大明。径入后门，上楼下禀明主母与少主人，说道："我如今既然得罪，情愿净身出去，自寻投向。我来磕头。"谭绍闻道："你休要说这话。老大爷归天时，说明与你鞋铺子、菜园，我今日若不给你，显得我不遵父命。你且少站，我与你一个字迹，叫你各人安居乐业。"即到东楼写了一张给券，手提着递与王中道："你不识字，你寻人看看，管保你心毫无疑惑。"王中道："我全不为这。"谭绍闻怒道："难说老大爷临终遗嘱，我肯不遵么？"即将给券撂在地下，说："拿去罢。"王中拾在手内，跪下磕了头，哭说道："相公知道遵大爷遗言就好了。只是大爷归天时，说了八个字，'用心读书，亲近正人。'这是大爷心坎中的话。大相公今日行事，只要常常不忘遗命，王中死也甘心。“谭绍闻一时无言可答。王氏道：“王中，你各人走了就罢，一朝天子一朝臣，还说那前话做什么。俗话说‘儿大不由爷’，何况你大爷已死。你遭遭儿说话，都带刺儿，你叫大相公如何容你？”王中见王氏糊涂已极，无可奈何，只得拿券而去。自向城南安置身家。

恰好二十亩菜园，两家分种。那东边一家姓冯的，男人瘟病而死，女人带子嫁讫，遗下一处宅子，王中携妻女住下。自此与姓朱的园户，同做那抱瓮灌畦之劳，为剪韭培菘之计。却仍每日忧虑少主人荡费家产，心中时常不安。有诗云：

看是城南卖菜佣，主恩莫报恨填胸；
恰如良弼迁边塞，魂梦时时入九重。

单说王中迁居城南，谭绍闻觉得游行自便，好不快活。每日夏逢若家，恰好成了一个行窝。王中于新菜下来时候，不肯入口先尝，一定要到谭孝移灵前荐新，眼泪在肚内暗抛几点。这王氏与谭绍闻哪里管他，却有时与赵大儿捎些尺布寸丝的人事，也有时与些油果面食之类，叫王中与女儿吃。王中只觉心内怆凄，在城内说不出来，到城南又不能与赵大儿说。路上挑着菜担儿，只祝赞道：“大爷是正人君子，天保佑休叫坏了少主人品行。我王中若有一分可周全的时节，愿赴汤蹈火，不负大爷临终嘱托。”这是王中心腹之言，端的好忠仆也。

且说谭绍闻在夏逢若家混闹，又添上管贻安、鲍旭、贲浩波一班儿殷实浮华的恶少，这夏家赌娼场儿，真正就成了局阵，早轰动了城内、城外、外州、外县的一起儿游棍。这游棍有几个有名的，叫做赵大胡子，王二胖子，杨三瞎子，阎四黑子，孙五秃子，有主户门第流落成的，也有从偷摸出身得钱大赌的。每日打听谁家乡绅后裔、财主儿子下了路的，有多少家业，父兄或能管教或不能管教，专一背着竹罩，罩这一班子弟鱼；持着粘杆，粘这一班子弟鸟。又有一起嫖赌场的小帮闲，叫做细皮鲢，小貂鼠，白鸽嘴，专管着背钱褡裢，拿赌具，接娼送妓，点灯铺毡，只图个酒食改淡嘴，趁些钱钞养穷家。此时夏逢若开了赌场，竟能把一起膏粱弄在一处，声名洋溢。这两样人心里都似蛱蝶之恋花，蜣螂之集秽，不招而自来，欲麾而不去的。

这谭绍闻初与这两样人相近，自己也觉着不伦不类。争乃不想赌时，却有珍珠串、兰蕊，又添上素馨、瑶仙几个名妓，柔情暖意，割舍不断；不欲嫖时，却有色盆、宝盒趁手，输了想捞个够本，赢了又得陇望蜀，割舍不断。久而久之，竟与这一班人，如入鲍肆，不闻其臭了。

那一日，管贻安、谭绍闻与杨三瞎子、孙五秃子同场掷起色来。因为一文低钱，管贻安说是杨三麻子的，杨三麻子道："不是我的。"管贻安道："适才你赔我的注儿，还不曾动，怎说不是你的？"杨三麻子换了一个高钱，把低钱向院里一摔，发誓道："忘八肏的钱！"管贻安一向娇纵惯了，怎受得他人这一句啰唣，将桌子一蹬，发话道："好不识抬举的东西！得眼我一场子坐坐，就是你前世修下的福了，还敢这样放肆！你说谁是忘八肏的？"那杨三瞎子是有名的"独眼龙"，站起来说道："管九宅的！姓管的！管家小九儿！你那话叫谁听的？赌博场里讲不起王孙公子，休拿你爷那死进士吓我！"管贻安自娘腹中出来，人人奉承，到如今，这是头一次经的恶言，便骂道："你这忘八肏的，想做什么？"杨三瞎子道："我想打你！"早一掌推的，连椅子都带倒了。夏逢若、谭绍闻各扯住杨三瞎子的手，谭绍闻道："自己弟兄们，这是做啥哩，不怕人家笑话么？"管贻安爬起来向杨三脸上一掌，杨三恼他两个劝的扯住手，骂道："您这一起狗肏的！一发是封住我的手，叫管九儿打我哩。"将膀背一伸，向夏逢若心口上一拳，夏逢若早已倒了。谭绍闻早已自倒，被凳子角把脸上磕了一条血痕。

孙五秃扯住杨三，到南屋，低声说道："第三的，你憨了？好容易罩住的小虫蚁儿，你都放飞了，咱吃啥哩！”杨三道：“五哥，你不知道。放松了他们，咱就受不清他的牙打嘴敲；一遭打怕了，再遭还要敬咱们。你放心，这样公子性儿，个个都是老鼠胆。管保时刻就和处了，你只听他们句句叫哥罢，我经的不耐烦经了。”说着早忍不住笑了。

早有白鸽嘴报与赵大胡子、王二胖子、阎四黑子，都来说合和处。众人斗了一个分赀，交与细皮鲢买办。顷刻，狗腿四只，干牛肉三斤，鸡子四只，猪首一个到了。小貂鼠就会烹调。说合停当，肉肴已熟，又到街上打了二十壶烧刀子，并了两张方桌，叫出瑶仙、素馨，一条边坐了，你兄我弟称呼，大嚼满酣地享用。把一个厮打臭骂，抛在东海之外。到晚，瑶仙、素馨各得佳偶，何必明言。

次日，王二胖子、杨三瞎子、阎四黑子，因他赌友父亲生辰，都去城外做生日去了。管贻安因昨日一掌，终觉少趣，也走讫。唯有谭绍闻因面上紫痕，不好上街行动，且恋赌不走。于是重整赌场，赵大胡子，孙五秃子，连夏逢若四个，配成一场。赵大胡子说道：“我没钱，我有两个镯子，是祖上传留下来的，我取来作成钱，好配场儿。”夏逢若道：“现成有头钱。输赢何妨？”赵大胡子道：“离我住处不远，我去了就来。”果然去了不多一时，钱褡内掏出一对赤金镯儿，光灿耀目。谭绍闻接在手内细看，有八个镌的小字，一只上镌的“百年好合”，一只上镌着“万载珍藏”。谭绍闻道：“果然是件好东西。”赵大胡子道：“咳！我先人也是个大财主，这是我奶奶东西。我近来输的急了，把这东西带着，左右是破落了，要这东西何用，爽快变卖，好好赌两场子，家中过活几天。我只要二十两银。”谭绍闻见这镯子值五六十两，今货高价贱，心内未免动欲。问道：“贵先人本贯何处？”赵大胡子道：“我听说是陕西。”夏逢若道：“陕西何处？”赵大胡子道：“只像是潞安府。”孙五秃子道：“潞安是山西。”赵大胡子道：“我记差了。”

谭绍闻累日在外，心中只想装成赢钱腔儿，好哄母亲妻子，便讲买这金镯。众人作合，讲就十六两，夏逢若代为称出。彼此交割明白，大家便赌将起来。恰好这一场是谭绍闻独自赢了二十两，当下还了夏逢若。日色已晚，街上也好行走。绍闻得了这金条脱一对，一心要献母亲行孝。素馨出来，也挽留不住。

走到家中，坐在楼下。王氏道："你真正成不得人了。每日在夏家，他家有鱼膘、皮胶把你粘住了？几番人轮着叫你，你再不回来，还成人家么？"谭绍闻哈哈笑道："娘，你嗔我赌博，你看，我与你老人家赢的是什么东西？"向袖中摸出一只金镯儿，递与母亲。灯光之下，愈觉璀璨夺目，好不爱人。王氏道："这是哪里东西？"谭绍闻道："我赢的，你老人家收拾着。这一只金镯子，就值一百两哩。"巫翠姐在东楼下听说金镯子三字，早上堂楼来。看见光闪闪的东西，便说道："算成我的罢，你与娘再赢去。"王氏只得递与巫翠姐。谭绍闻笑道："我还赢了一对银镯子，明日取来给你何如？"巫翠姐道："我只要金的，明日不拘取来什么好东西，我并不要。"谭绍闻道："讲说已明。"又向袖中掏出一只，递与王氏道："娘，你要这一只。"王氏道："兴官，你过来，把这一只送与你妈去。"兴官接在手中，送与姨妈，冰梅道："送与大婶子，做一对儿。"巫翠姐道："我收拾着，明日兴官相公娶个花媳妇，叫他带着。"一家儿说说笑笑，好不喜欢。

到了次日，夏逢若早使白鸽嘴来叫。巫翠姐撺掇取那银镯，谭绍闻此番去的更觉公然。到赌场又赢了，即吩咐细皮鲢道："我与你四两银子，到沈银匠铺，定一对银镯子。工价改日打成，一起楚结。"细皮鲢领命要去，又吩咐道："打造要速，价随他说。若承许不速，就到汪家炉上去。"细皮链道："是，是。"

一连赌了三天，银镯造成。即叫细皮鲢送到后门，双庆接住，送到楼上，王氏收讫。

却说那一日，谭绍闻与赵大胡子、孙五秃子、阎四黑子赌到午后，正叫幺喝六热闹，不知怎的，背后早站了四个捕役，认清赵大胡子，铁尺刀背一起乱下，扳住两臂，铁锁镣铐上了身。捕役把桌上钱抢个罄尽。夏逢若浑身乱颤。谭绍闻只吓得寸骨皆软，半步难移。

原来赵大胡子，在陕西临潼县做下大案，彼时众盗拿获，供称伙盗中有祥符赵天洪。差来干捕，将批文投入署内，署中登了内号簿，用了印花，秘差祥符健役协拿。访真在夏逢若家赌博，登时拿获。过了堂，入了监内。次日起解，沿途拨送。

这捕役讹诈夏逢若开赌场，谭绍闻同赌，私下暗送钱财，自是可揣而知的。从此，夏逢若杜门谢客，谭绍闻坚壁不出，那也是不用说的。

过了半月，谭绍闻正在东楼，与巫翠姐、老樊婆三人斗叶子玩耍，德喜儿在窗下说道："胡同口有一个人，请大叔说话哩。"谭绍闻道："你对他说，我没在家。"少时，德喜儿回来说道："那人知道大叔在家，有一句要紧话，一定要见哩。"谭绍闻道："我去开发了那人，就回来。"

出的后门，到了胡同口，那人道："县上老爷，请你哩。"一面拿出一根雷签，上面朱笔两行："仰役即唤谭福儿当堂回话。火速飞速，少迟干咎。限刻下缴。"谭绍闻一惊非小。说道："我回去换换衣服。"那人道："不能。老爷在二堂上专等，咱走罢。"谭绍闻竟是没法，只得随走。心中小鹿儿乱撞，高一步低一步进了衙门。

差人到宅门搭了到。县公端坐二堂，皂隶一声喊道："带进来！"只见上面坐着一位新官。这新官姓边名唤玉森，四川进士。原来前任董公，因贪被参，现在闲住候审。这边公上任尚未满十日。谭绍闻跪在檐前，边公问道："你就是那谭福儿么？"谭绍闻道："福儿是童生乳名，学名是谭绍闻。"边公道："你家可有一对金镯子么？"谭绍闻道："有。"边公道："是祖上传的，是新近打造的？"谭绍闻道："是祖上传留，不知是买的，是打造的。"边公点点头儿。即唤原差吩咐："差你仍押谭福儿到家，取金镯呈验。”原差带谭绍闻回家取金镯。到了胡同口，这谭绍闻不得进家。王氏、翠姐、冰梅，合家惊慌，急取金镯，叫德喜儿付与原差人。不必费笔多说。

只说谭绍闻与差人，依旧上了二堂，差人将金镯交在公案。边公命取过临潼县关文来阅。刑房将原文呈上，边公看了一遍，问道：“你这金镯上边，是何字迹？”谭绍闻道：“一只是‘百年好合’，那一只不记得了。”边公将来文掷与谭绍闻。谭绍闻接手一看，上面红印朱批，乃是：

临潼县为关取盗赃事。据大盗赵天洪——即赵大胡子——供言：“盗得北关贡生宋遵训家财物，五份分赃。”小人分得银一百五十两，图书一匣，金镯一对。图书一匣，彼时小的即埋在麦地，今已忘却地方。银子，小的都花尽了。余下金镯一对，被本县谭福儿，在夏鼎家哄赌，讹骗去了。”为此备录原供，关取贵县夏鼎并谭福儿到案，携带赃证，以凭对质。须至关者。

谭绍闻眼中看，口中念，身上颤，方晓得买的金镯，乃是大盗贼赃。只磕头道：“青天大老爷与童生做主！”边公也不瞅睬，吩咐：“夏鼎既脱逃，限即日拿获，以便与同犯发解。金镯暂寄库内。谭福儿且押捕班。”一声云板响亮，边公早已自公退食。

不说谭绍闻在捕班受凌辱逼索。且说王氏惊慌，叫德喜道：“你去城南叫王中去。”去不多时，又叫双庆道：“你也再去催他速来！”

原来王中在园中摘了一篮新梨，来与孝移献新，正与德喜儿撞在南门瓮城内。德喜道：“王大叔，你还不知道哩，大相公叫贼咬住，如今带进衙门去审哩。”王申听了这句话，把身子打了个冷战，梨儿早滚下五七个在路上灰窝里。王中也顾不得拾掇，飞也似跑来。到了楼下，也顾不得与主人灵前献新。王氏道：“你半年不在家，一发弄出大事来。”王中道：“是怎的？”王氏放声大哭道：“我不管你，只问你要大相公呀！”王中道：“办这事，身上少不了带银子。”巫翠姐听见说道："老樊，你来东楼下来。"开了箱子，取出十二两银子，说道："你交与王中。"

王中接银在手，要了一个瓶口儿装了，飞风走到衙门。问了捕役班房，买了一条见面路。谭绍闻哭诉了原情。

王中半日之间，串通了孔耘轩、张类村、程嵩淑、娄朴、苏霖臣，恰好惠养民也在城中，也恳了。俱集孔耘轩家，写了连名公呈。无非说谭绍闻祖父为官，青年勤学，毫不为非，无辜被诬，恳免发解的话头。晚上二鼓时候，众绅士一起到了大堂，举人、拔贡、生员俱全，晚生全帖、门生手本连呈词一起传进。

边公阅了呈词，即请进二堂，为礼坐下。吃茶已毕，边公问了姓名，说了"弟系初任，诸事仰祈指示"话头。众人也说了"一路福星，恺悌乐只"的话头。边公道："适才领教，众年兄无非要免谭福儿发解质对，但事系盗案重情，赃证显然，事难单发夏鼎。且金镯也难以到临潼。"程嵩淑道："这谭绍闻原系灵宝公曾孙，孝廉忠弼之子，即此位孔年兄之婿，幼年曾举过神童，平素也颇勤学，取过县试首卷。这金镯想是不知误买。恳老父师念书香旧族，作养一番。"边公道："成就后学，原系我辈本愿。但弟之所疑者，一个旧家子弟，如何强盗亦知乳名？这便难说是风马牛了。"孔耘轩道："小婿颇有家赀，必是见金镯精工，以为奇货，误买在手。一个年幼书愚，岂能悬断以为盗赃。还祈老父师详夺。"边公道："金镯买卖，必有成交之地，撮合之人，谭福儿果系安静肄业，何由与赵天洪相遇？临潼县关文，录的赵天洪原供，系在夏鼎家哄赌讹骗，则谭福儿之不安分可知。"惠养民道："这个小徒从门生受业时，曾说过诚正话头，还祈老父母'众恶必察'。"边公微笑着："只怕老年兄，也'不与其退也'。"因向娄朴道："娄年兄指日就有民社之任，这事当如何处置。"娄朴道："以治下愚见，似乎当摘录口供，送过临潼。如临潼再行关文，然后发解到案对质未迟。仰希老父师钧裁。"边公似有首肯之意。众人一起起身跪央，边公道："即照娄年兄所说办理就是。"众人谢了免解之恩，辞了出署。

边公即日晚堂坐了，取了谭绍闻"不知原情，误买盗赃，情愿舍价还物"的口供。并拿到夏鼎，也摘了"素不谋面，不曾开场"的口供。次日做成一套文书，将金镯封了，朱判明白，统交与临潼来役。后来临潼亦无更举，则赵天洪之正法于临潼可知。这也不必旁及。

单说此回书，有个疑团，不得不详为申明。谭绍闻系名门子弟，少年英慧，谁不晓他是谭绍闻。但赌博场中，俱是轻忽口角，且俱是粗汉，也不知考名为甚，不过就众人口中称个谭福儿，管九儿。其实管贻安、谭绍闻六个字。赵大胡子原不曾到耳朵里，不过当面称个某宅、某相公而已。呜呼！谭绍闻以少年子弟，流落赌场，自取轻薄，岂不可羞？况且藉买物而掩其输钱，若非一个忠仆，几位父执，极力相拯，一到临潼，与强盗质对，纵然不至于死，那监狱镣铐，自是不能免的。可不畏哉！这正是：

> 书生强盗那相干，想合薰莸也是难；
> 只因乌曹同授业，零陵阿魏竟成丸。

中国古典小说丛书

歧路灯

[清]李海观 著

下册

江西美术出版社
全国百佳出版单位

目　录

第五十五回

奖忠仆王象荩匍匐谢字　报亡友程嵩淑慷慨延师

这回书先找明王中央众绅衿进署递呈，恳恩免解，单单的衙门口候众人出署。各宅家人亦各持灯笼来接。少时只听得云板响亮，暖阁仪门大闪，边公送绅士到堂口，三揖而别。王中在仪门外接着，爬到地下磕头，说道："小的谢众位爷。"众人站住，程嵩淑道："如今也不便看你家大相公，边老爷似有开恩之意，王中你可略放点心。"王中道："这事楚结，一定请众位爷到萧墙街坐坐。恳爷们恩典，赏小的一个信儿，至日必通临。小的还有一句话说。"张类村道："至日必通去。"程嵩淑道："既然王中有话，天才黄昏，爽快就到土地祠内坐坐，省得到那日，人或不齐，等前等后哩。"娄朴道："程老伯说的极是。"

于是灯笼引着，一起到了土地祠。大家就在砖炕沿上周列坐下，灯笼取了罩儿，照耀辉煌。王中又磕头，程嵩淑道："近日听说你在城南种菜园，是你自己愿出去，是大相公赶你出去的？"王中道："是小的言语无道理，触大相公恼了，自觉安身不住，向城南种菜度日。"程嵩淑道："如今还该进来。你看你出去，如今就弄出贼扳的事，若你在内边住着，或者不至如此。"王中道："小的不愿意回去。"程嵩淑道："这宗事你怎么知道，沿门央人？"王中道："是大奶奶着人叫小的。”程嵩淑道：“你如今办下了这宗事，也便宜进去。到明天众人一言，进去也极光彩。”王中道：“当初大爷临终之时，赏了小的鞋铺一座，菜园一处。列位爷也是知道的。小的想着就中营运，存留个后手，却万万不是为小的衣食。”这句话内滋味，却照孔耘轩心坎里打了个挂板儿。原来当日孔耘轩爱女之情，早已把绍闻看到必至饥寒地步。这句话，既服王中见识，又感王中忠悬，忍不住默叹道：“谭孝移真养下一个好忠仆也！”惠养民道：“我旧年在那教学时，这王中尝劝谭绍闻改过迁善，真正是贤人而隐于下位者。”张类村道：“劝人为善，便是无限功德，此人将来必有好处。”程嵩淑道：“王中这样好，我们常叫他的名字，口头也不顺便，况且年纪大了。不如咱大家送他一个字儿，何如？”娄朴道：“老伯所见不错。小侄从来不敢呼他的名字，心内深敬其贤。送个字儿，与小侄甚便。”

程嵩淑道：“他这样好处，虽古纯臣事君，不过如此。我竟与他起个号儿，叫王象荩何如？”王中跪下道：“小人不敢。”

苏霖臣挽起道：“名副其实。像你这样好，谁敢轻薄了你。”

程嵩淑道：“自此以后，无论当面背后，有人叫王中者，罚席示惩。”惠养民道：“我当初在他家时，就不曾多叫他王中。”

程嵩淑道：“你犯了！罚席，罚席。”惠养民道：“‘犯而不校’，何以罚为？”大家微笑，各自散归。——自此书中但说王象荩，而不说王中，亦褒贤之深意也。

且说王象荩送走了众绅衿，二堂一声传唤，谭福儿、夏鼎各摘了口供，催令人当堂取保。夏鼎自有小貂鼠写了本名“刁卓保领夏鼎，有事传唤，不致失误”的领状，保领去讫。王象荩也写了“家人王中保领家主谭绍闻——即谭福儿，有传呼当堂交明”的领状领回。

谭绍闻回家到了院中，已是大半夜时候，合家欢喜。谭绍闻说道：“我身上被臭虫咬坏了，衣服中想必还有藏下的，怕染到家里。”王氏道：“你脱到院里，明日细加寻捉，你另换一套罢。”谭绍闻果然脱下，进东楼另换。巫翠姐道：“你一个男子汉大丈夫，买一件圈圈子，就弄下一场官司。像我当闺女时，也不知在花婆手里，买了几十串钱东西，也不觉怎的。我到明日叫花婆子孟玉楼，与我捎两件钗钏儿，看怎的！”王氏道：“咱也打造起了，花婆子从来未到过咱家，我从来不认的，何必叫她捎呢？”巫翠姐道：“我前日在家，曾定下孟玉楼的连枝翠凤，她说同她伙计姚二姐，过几日就送来。”谭绍闻道：“我不是赢的银子，她白送我，我还不要她哩，吃亏是赢了钱了。”冰梅道：“赢钱还弄出不好的事，不胜不赢他。”谭绍闻道：“你管着我么？”冰梅甚觉赧颜，自引兴官去睡。各人亦自归寝。王象荩自向马房中去与邓祥睡去。

一宿晚景已过。到了次日，王象荩便说请众位央情的爷台。谭绍闻本不愿见这几位前辈，争乃感情在即，难说过河拆桥，少不得写了帖子，就叫王象荩沿门挨送。送完时，说：“诸位爷，都说明日饭后早到。唯惠师爷明日要上滑庄吊纸，他的岳叔死了，事忙不能来。”谭宅备办酒席，不在话下。

及次日巳时初牌，果然程、娄、苏诸公，陆续俱到。孔耘轩后至，带了些人情儿，少不得要望望续女巫翠姐。说了不几句话，谭绍闻陪着也上碧草轩来。叙齿坐下。程嵩淑叫了声王象荩，谭绍闻见王中便到面前，茫然不解，眉目间有些愕然。程嵩淑道：“这是我与盛价送的字儿，缘他一向不亚纯臣事主，所以送他个字，叫做王象荩。昨日在土地祠言明，有人仍呼他的原名，就要罚席。贵老师前日就犯了，所以今日他不敢来，穷措大怕摆席哩。”这绍闻方知象荩二字来历。

张类村道：“谭世兄台甫，我竟不知。”谭绍闻道：“先君字小侄，原起下念修二字。”程嵩淑道：“尊公名以绍闻，必是取‘绍闻衣德’之意，字以念修，大约是‘念祖修德’意思了。请问老侄，近日所为，何者为念祖，何者为修德？”谭绍闻满面发红，俯首不答。苏霖臣见程嵩淑出言太直，谭绍闻有些支撑不住，急说道：“既往不咎，只讲自此以后的事罢。”谭绍闻道：“小侄一向所为非理，多蒙众老伯及娄世兄关切，质非牛马，岂不知愧！但没个先生课程，此心总是没约束。时常也到轩上看一两天书，未免觉得闷闷，或是自动妄念，或是有人牵扯，便不知不觉，又溜下路去。今日与娄世兄相对，当年共笔砚，今日分云泥，甚觉羞愧。只求众老伯与娄世兄，为小侄访一名师，小侄情愿对天发誓，痛改前非，力向正途。”一面说着，早已眼泪汪汪。张类村道：“念修所言，亦是肺腑之谈。今日即为之打算一个先生，请来念书。念修年方精壮，何难奋飞，以赎前衍。”程嵩淑便向孔耘轩道：“昨日在府上，所会同年智周万，我看其人博古通今，年逾五旬，经纶满腹，诚可为令婿楷模。”孔耘轩道：“智年兄未必能在外处馆。他是为他先人一部诗稿未刻，今进省城，与刻字匠人面定价钱。昨日说明板式、字样、圈点，日数不多，即回灵宝。似乎不能强留。”程嵩淑道：“耘老，你莫非有推诿之意么？”孔耘轩道：“岂有此心。”程嵩淑道：“贵同年前日相会时，他曾说过，愿留省城，图校字便宜些，今日何由知他必归？总之，今日为念修延师，非为念修也，乃为孝移兄耳。即以延师之事托耘老，也非为姻戚起见，乃为孝移兄当年交情。若不然，这满城中失教子弟最多，我老程能家家管他么？象荩过来，你作速催你的席面，席完，就往孔老爷家，商量请先生的话说。”娄朴道：“谭世兄看程老伯关切之情，幸勿辜负此段深心。”谭绍闻道：“铭感之甚。”程嵩淑道：“只要老侄竖起脊梁，立个不折不磨的志气，这才算尊翁一个令子，俺们才称起一个父执。若说口头感激，也不过是法言必从而已。”

话犹未完，王象荩已领得德喜、双庆、邓祥等，摆桌面，排开酒肴。不多一时，席已完毕。程嵩淑又独自偏吃了三兕杯。即同起身，向孔耘轩家来。程嵩淑即叫王象荩跟着，探个行止的信儿。

到了孔耘轩书室，智周万脸上挂着近视眼镜，正在那里编次序文。见了一起衣冠朋友，慌忙叠起书页，为礼坐下。程嵩淑与张类村是前日见过的。智周万方欲动问，程嵩淑道：“此位是敝友苏霖臣，大草小楷，俱臻绝顶，来日诗稿序文，即着苏霖老书写。”智周万道：“容日便诣府奉恳。”苏霖臣道：“涂鸦不堪，何敢佛头上加秽。”程嵩淑道：“你也不必过谦。此位是馆陶公公子，新科考廉。”智周万道：“尚未获晋谒。”娄朴也致谢：“不敢。”

献茶已毕，程嵩淑道：“前宣德年间，有个谭公，在贵县，其德政像是载之邑乘极为详明。”智周万道：“弟就在谭公祠左边住，幼年读书，及老来授徒，俱在谭公祠内。这丹徒公与先太高祖，是进士同年，所以弟在家中，元旦之日，必备一份香楮，向丹徒公祠内行礼。一来为先世年谊，二来为甘棠远荫，三者为弟束发受书，以及今日瞻依于丹徒公俎豆之地者四十年。”程嵩淑鼓掌大喜道：“快事！快事！”众人亦含笑不言。智周万愕然不知所以，叩其原故，程嵩淑道：“耘翁贤坦，乃谭孝廉公子，即老先生所称丹徒公之后裔也。青年聪慧非凡。只因失怙太早，未免为匪类所诱，年来做事不当，弟辈深以为忧。欲为觅一明师，照料读书，以继先泽，急切难得其人。今日非敢以残步相过，实欲恳老先生当此重任，又恐未必俯允。不料即系先生年谊，且先生素与丹徒公俎豆之地朝夕相依。今日弟辈举此念头，想亦丹徒公在天之灵，默为启牖。先生若为首肯，谭孝廉所构读书精舍，名为碧草轩，地颇幽敞，授徒、校字两得其便。伏祈老先生钧裁。”智周万道：“丹徒公祖贯镇江，何以后昆乃羁中州？”张类村道：“相传灵宝公卒于官署，彼时有个幕友照料，暂寄葬祥符，后来置产买业，即家于豫省，传已五世。此皆弟辈所素闻于孝移兄者。”智周万道：“明日即奉谒谭世兄，叙此年谊。”程嵩淑道：“不必老先生先施。弟即请谭学生先来禀谒。”智周万道：“这却不敢。”程嵩淑道：“王象荩你速回去，就说我请大相公说话哩。”苏霖臣挽程嵩淑密言道：“事宜从容，万一事有不成，不好看像。”程嵩淑道：“事成则为师弟，不成则叙年谊，有何不好看之理？况我明日安阳看亲戚，我走了，你们便拘文牵义，做不成一宗事儿。”苏霖臣点头道：“是，是。”于是重到坐间。

少时，王象荩跟的谭绍闻来。向前为礼，程嵩淑道：“此便是丹徒公后裔。”智周万还礼不迭。坐下叙了世次，智周万乃是谭绍闻世叔，彼此不胜绸缪。程嵩淑道：“谭念修，我想你近日，必然稀到此处，外母上必少了些瞻仰。耘老，你叫令弟陪陪念修，向嫂夫人上边去禀禀安，咱好与智先生计议一句话。”果然孔缵经引得谭绍闻，去后边去。程嵩淑道：“智先生请看，谭学生青年伟品，只因所近非人，遂至行止不谨。若先生念年谊世好，许以北面，我辈莫不感荷；若是不允，老先生肯令此美玉不琢，而等之瓦砾乎？至于束金多寡，弟辈另酌，或足备剞劂半资，也未可知，老先生竟是不必犹豫。”智周万道：“台谕固好，但弟不堪西席之任。”程嵩淑哈哈笑道：“咱众人竟代故人谢了允罢。”张类村、苏霖臣起身为礼，智周万慌忙答礼。娄朴自以身系后进，待三人行礼毕，亦向前为礼，智周万亦答了礼。恰好孔缵经陪的谭绍闻回来，程嵩淑道：“令世叔今已成了贵老爷，可虔申弟子之礼，待明日开绛时，可从新执贽叩拜。”谭绍闻遵命向前拜叩，智周万哪里肯受。程嵩淑笑道：“年世小侄，受业门生，何必过廉。”智周万只得受了半礼。

日色将晚，孔耘轩设下晚酌，程嵩淑又快饮一常各宅家人，打灯笼来接。临行时，订上学日期，张类村道：“须择个吉日。”程嵩淑道：“古人云，‘文星所在皆吉’。子弟拜师，本是上吉的，何必更择？爽快叫谭念修明日把碧草轩洒扫洁净，智先生把案上堆集的册页收拾清白，过此一天，后日即是良辰，事无再更。我明日上安阳去，路上也去了一宗牵挂。”众人俱各称善。出门一拱而别。出得文昌巷口，各人分散而去。

这回书关系州牧县令者不少。做官若不好，后世子孙不敢过其地；漠漠无闻至于百姓忘其姓名，还是好的；还有提其名讳而讪骂及之者，至子孙为之掩耳，岂不令后裔追恨？若是深仁厚泽，百姓们世世感戴，志乘传之以笔墨，祠庙享之以馨香，则上不负君，下不负民，中不负其所学，岂非吉祥可愿之事哉！丹徒谭公之在灵宝，此其是已。诗曰：

做官从来重循良，泽被生民永不忘；
休说山东棠荫远，到今朱邑在桐乡。

第五十六回

小户女搀舌阻忠仆　大刁头吊诡沮正人

却说程嵩淑同众人在孔耘轩家，为谭绍闻说就拜智周万为师，这些投启敦请的情节，人人可以意揣，也就不必琐屑缕述。单说过了两日，智周万到了碧草轩，谭绍闻叩拜，成了年世侄受业门生。智周万随了一个老家人，名叫耿葵，就收拾厢房为下榻之处，仍旧立起外厨，伺候师爷吃饭。谭绍闻每日回家三餐，上学读书。

智周万已听过孔耘轩说的谭绍闻病痛，师弟相对过了十日，智周万只淡淡如水。刻字匠人时常拿写稿来校正，智周万正了差讹，匠人去后，智周万已无多言。谭绍闻执书请教，随问就随答，语亦未尝旁及。这也无非令其沉静收心之意。

那一日谭绍闻领题作文，智周万令作《“为善思贻父母令名必果”论》。脱稿誊真呈阅，智周万极为夸奖，批道：“笔气亢爽，语语到家。说父子相关切处，令人感注，似由阅历而得者，非泛作箕裘堂构语者所能梦见。”因问道：“尔文如此剀切，可以想见令先君家教。但昨日众先生俱言尔素行不谨，是何缘故？”谭绍闻因把父亲临终怎的哭嘱的话，述了一遍。一面说着，早已呜咽不能成声。智周万道：“你既然如此，何至甘入下流？”谭绍闻道：“总因心无主张，被匪人刁诱，一入赌场，便随风倒邪。本来不能自克，这些人也百生法儿，叫人把持不来。此是真情实话。万不敢欺瞒老师。今日即恳老师，为门生作以箴铭，不妨就为下等人说法，每日口头念诵几遍，或妄念起时，即以此语自省，或有人牵诱时，即以此语相杜。只求切中病痛，无妨尽人能解。”智周万道：“这也不难。”即令取过一张大纸来，叫耿葵洗砚研墨，谭绍闻对面伸纸，智周万叉手而就，拈起笔来，写道：

“千场纵赌家犹富”，此语莫为诗人误。强则为盗弱为丐，末梢只有两条路。试看聚赌怕人知，此时已学偷儿步。输钞借贷语偏甜，乞儿面孔早全副。一到山穷水尽时，五伦四维哪能顾。纵然作态强支撑，妻寒子饥莫为护。回思挥金如粪日，随意飞撒不知数。此日囊空羞涩矣，半文开元陡生慕。千态万状做出来，饿殍今日属纨绔。苦语良言告少年，莫嫌此话太刻露：子赌父显怒，父赌子暗怖。此中有甚难解故，五鼓扪心个个悟。

写完，智周万道：“语质词俚，却是老妪能解。”谭绍闻道：“不过为下等人说法，但求其切，不必过文。但“子赌父显怒，父赌子暗怖’此二语，已尽赌博能坏人伦之大玻‘强则为盗弱为丐’此二语，又说尽赌博下场头所必至。门生愿终身守此良箴。更期老师将恋妓病痛，亦作一箴铭。”智周万道：“恋妓宿娼却难作。总之，不切则辞费，切则伤雅。师弟之间，难以秽词污语相示。但执此类推，不过亵祖宗身体，伤自己体面；染下恶疾，为众人所共弃；留下榜样，为后世所效尤。白乐天名妓以皎皎，取古诗河汉女之意，尤为可危。只此已尽恋妓之罪，宿娼之祸，何必更写一纸？”谭绍闻道：“门生闻老师之言，发聋振聩，永不做非礼事了。”

自此，谭绍闻沉心读书。边公考试童生，取了第三名，依旧文名大振。单候学宪按临，指日游泮。

半年之间，感动得王象荩暗喜不尽，自己打算仍回宅内，生法儿清楚一向欠债。一日，手持着鞋铺房租、卖菜的剩余，共二十二两白银，交与谭绍闻道："此是我一向私积，用它不着，交与大相公作还债之资。明知勺水无益大海，但向来欠债俱有利息，将来本大息重，恐倾产难还。大相公用心读书，本不该说此段话搅乱心思，只是利息债，万万擎不的。大相公想个法子，斩草不留根，便好专心一志。"谭绍闻道："你的银子我断乎不要，与你的女儿买衣服穿了罢。至于账目一事，我心中时常挂念；歇了书本，这欠账便陡的上心。依我说，你还回宅内住罢，你打算还债，我一心读书，凭你怎么典当，我一丝儿也不管。我后悔只在我心里，对外人说不出来，唯有对你说。"王象荩道："相公心回意转，想是咱这家该好了。还有一句话，总是夏鼎这样人，大相公见他，就如见了长虫、见了蝎子、见了老虎一般，方才保得咱家无事。"谭绍闻道："我如今聆了老师的教训，心下已豁然开朗，这一班狐朋狗党，我半夜想起来，都把牙咬碎。你也不必再为忧虑。我明日叫邓祥赶得车去，连你家媳妇、闺女，都接回来。"王象荩道："少迟半月，我安顿下一个园户接了菜园，我回来。"谭绍闻道："菜园半月获利有限，咱的利息银两，半月就值几年菜园出息哩。"王象荩道："叫我回来，也须叫奶奶知晓。"谭绍闻道："奶奶知晓，或者再有拦阻，也是不定的。不如你自回来罢。"王象荩道："奶奶若不情愿，我也难一力承当这典卖产业的事。相公你没再想？"谭绍闻道："你说的也是。我今晚到家，向奶奶说明，改日你只等的车到，那就是奶奶没啥说了。菜园是小事，休耽搁了咱家有关系大事。"王象荩道："我也回家向俺家女人说一声，叫她安排回来的事。"依旧上城南菜园而去。

当日晚，谭绍闻在碧草轩完了师长功课，黄昏到楼下，与母亲说王中回来的话。王氏起初也有不欲之色，后来说的依允了。却是巫翠姐在旁边说道："没见人家使的一个家人，真当是耍走马灯笼一般，来了又去了，去了又来了。是什么样子？这将近半年，咱家没王中也行的。"谭绍闻道："你不知，王中是个好的。"巫翠姐道："既然好，为什么赶出去？况我没来时，已赶出一遭了。”谭绍闻道：“是他一时激的我恼，所以赶出去。其实他也没大错。”巫翠姐道：“骂你的结拜弟兄，还不算错？你看唱戏的结拜朋友，柴世宗、赵大舍、郑恩他们结拜兄弟，都许下人骂么？秦琼、程咬金、徐勣、史大奈也是结拜兄弟，见了别人母亲，都是叫娘的。”绍闻怒道：“小家妮子，偏你看的戏多！”巫翠姐羞变成怒，说道：“小家妮子肯看戏？我见你这大家子了！像俺东邻宋指挥家，比您家还小么，一年唱十来遭堂戏哩。没见因为一个管家，反来作践我！”王氏道：“你两口儿从来不争嚷一句，我极喜欢，这是为啥哩，扯捞到戏上。不叫他进来就罢，何必争吵？”翠姐道：“就是叫他进来，小大儿狗窝子，我不叫他伺候我。叫着他，白眉瞪眼，不如他在外边住着罢！”

谭绍闻正生气恼，双庆道：“师老爷上灯多时，请相公读书。”谭绍闻只得上碧草轩去。但因此一番夫妻争执，就把王象荩回来的话又搁住了；王象荩卖产还债的念头，也难在局外搀越了。所可幸者，绍闻专心读书，犹为差强人意。

但凡富厚子弟下了路，便是光棍的财神爷开口笑了；若一旦弃邪归正，便断了光棍们的血脉。所以谭绍闻读了半年书，夏逢若竟是师婆子没了神，赶脚的没了驴儿。况且自赵大胡子扳了一场官司，也耗费了几十两。后来自己输了些，家中吃了些，那邓三变一宗银子，本是无源之水，也渐到了其涸也地位。

一日，小貂鼠、白鸽嘴、细皮鲢齐集于夏逢若家，没蛇可弄。四个围住一张桌子，一注一文钱，闲掷色盆，以消白昼。忽然珍珠串同乌龟到了。原来珍珠串的乌龟，在朱仙镇撒了一个酒疯，街坊都要打他，因此到夏逢若家躲事。四个见了珍珠串，都起身去搬行李、拴牲口。珍珠串道：“您四个干您的正经事，左右叫他慢慢收拾罢。”夏逢若笑道：“不成赌，满场中不够四十文，俺们在此解心焦哩。”因问珍珠串道：“何以不在贲浩波家？”珍珠串道：“俺家他吃几盅烧刀子，便撒起野来，惹下街坊，安身不牢。”细皮鲢道：“天已晌午，咱趁珍大姐来，咱们斗个分赀买点东西，一来与珍大姐接风，二来就算咱吃个平和酒。何如？”这个向腰间一摸，摸出十文，那个把瓶口一倾，倾出九个，众人共凑了四十多文。貂鼠皮道：“这够买个什么东西？酒是赊不来的，除买两条狗腿就没了。”珍珠串笑道：“我不吃那东西。”即叫乌龟向褡裢中取出三百钱，交与细皮鲢街上置买。白鸽嘴道：“怎好叨欠你的？”貂鼠皮道：“白鸽嘴，你想改你的大号么？”白鸽嘴道：“我遇见你老貂，要连皮带毛都吃。”夏逢若道：“细皮鲢，你快往水里钻罢，看白鸽嘴等着你。”细皮鲢道：“兔儿丝，只怕你也顶不住这张白嘴。”大家轰然一笑，各去置买酒肉去。

不多一时，酒肉一起拿到，却不见了珍珠串。少时，自后而出，细皮鲢道：“珍大姐，你往哪的去了？”珍珠串道：“我前一番在此搅扰，岂有不到后边谢谢的道理。”貂鼠皮道：“人不亲行亲，只怕是后边有人领教哩。”夏逢若道：“胡说起来了。”白鸽嘴道：“你输的没了钱，不干这事，你会做啥？只怕再迟几年，连这事还不能干哩。”大家又是轰然。夏逢若道：“院子皮薄，若听见了，要骂你哩。”貂鼠皮笑道：“咱把熟食撕开罢，我委实的饥了。”夏逢若道：“几年没吃饭？”貂鼠皮道：“实不相瞒，我与人家说了一宗媒，挣了一千多钱。运气低了，一场输的净光，剩下十二文，气得我昨日一天没吃饭。”白鸽嘴道：“如今奇事极多，赌博人有了气性，日头就该从西出来。”须臾，将熟食撕了五六大盘，乌龟把酒烫热，连男带女，六个人共桌。珍珠串略动箸儿，这几个一场好嚼也。珍珠串看见一起穷帮闲，明知没油水，说道：“我困了，我去小奶奶床上躺躺去。”貂鼠皮道：“‘二仙传道’去罢！”珍珠串瞅了一眼，笑的去讫。

夏逢若道：“倒了灶！遭了瘟！像是搬家时候，没看个移徙的好日子。自从搬到这里，眼见得是个好营运，几家子小憨瓜，却也还上手。偏偏杨三瞎子把管九打了，那管小九虽说当下和处，其实他何尝受过这没趣？”如今也不来。鲍旭回他本县里，一块好羊肉，也不知便宜哪一伙子狗。贲浩波或者这两日就上来，只是他赌的不酽。谭绍闻如今又重新上了学，改邪归正，竟不来丢个脚踪。我又运气低，放头钱都会飞，自己赌又会输。这小串儿，不是他避事，还请不来哩。如今家中过活也窄狭，又不肯放的珍珠串走。怎的生法弄几把手来，再生法弄几串钱，抽些头钱，大家好花销费用。您认得人多，难说偌大一个省城，再没了新上任的小憨瓜么？”貂鼠皮道：“有，有，有。南马道有个新发财主，叫邹有成，新买了几顷地，山货街有几分生意。听说他儿子偷赌偷嫖。这一差叫白鸽嘴去，他住的近，叫他勾引去。”白鸽嘴道：“那不中，早已张大宅罩住了。”夏逢若道：“谁呀？”白鸽嘴道：“老没么。”夏逢若道：“老没？”白鸽嘴道：“没星秤——张绳祖。”夏逢若道：“这老脚货是皮罩篱，连半寸长的虾米，也是不放过的。”

白鸽嘴道：“听说周桥头孙宅二相公，是个好赌家。”夏逢若道：“骑着骆驼耍门扇，那是大马金刀哩，每日上外州外县，一场输赢讲一二千两。咱这小砂锅，也煮不下那九斤重的鳖。”细皮鲢道：“观音堂门前田家过继的儿田承宗。他伯没儿，得了这份肥产业，每日腰中装几十两，背着鼓寻捶，何不把他勾引来？”貂鼠皮道：“呸！你还不知道哩，昨日他族间请了讼师，又在新上任的边老爷手里递下状了，又争继哩。他如今也请人作呈状，他如何顾着赌博？”细皮鲢道：“若是十分急了，隔墙这一宗何如？”夏逢若道：“一个卖豆腐家孩子，先不成一个招牌，如何招上人来？即如当下珍珠串，他先眼里没有他，总弄的不像团场儿。唯有谭绍闻主户先好，赌的又平常，还赌债又爽快，性情也软弱，吃亏他一心归正，没法儿奈何他。”貂鼠皮哈哈大道：“寻个窟窿儿下蛆，就不算好苍蝇。只要他色盆、宝盒上经过手，他一经过手，我就有本事用‘捆仙绳’捆下他来。”夏逢若道：“呸！不是这作难。若说叫谭绍闻下路，我的本事就不用借。只是他如今从的一个先生，不唯能管他的身子，竟是能改变他的心。我前日见了他，才说到赌上，他不容分说，就是几个咒。他还念了一首诗，我也不爱听，是先生与他做的。他是誓不再赌博的。”貂鼠皮道：“他不赌博，他还赌咒，这就是还有点赌意。何不先生法叫他师徒开交？我且问你，他这先生你见过不曾？”夏逢若道：“我在街上远远望见过，走路时也戴着眼镜。”貂鼠皮道：“这是近视眼，这就有法了。他是正经人，我便生个法儿叫他离庙。”夏逢若道：“井水不犯河水，怎的开发他的先生？况且素无仇冤，你该怎的？”貂鼠皮笑道：“俗话说，破人生意，如杀人父母一般。他把谭福儿能以教的不再赌博，就是破了咱的生意，这就是杀了咱的父母，还说没冤没仇么？”夏逢若道：“你该怎的生法？”貂鼠皮道：“从来正经人最护体面，我弄几句话熏他，叫他咽不下去，吐不出来，对人说不出，心里暗生气，他自己就会走。”夏逢若道：“他若是不走呢？”貂鼠皮大笑道：“罢！我明日胡乱去试一试。”夏逢若道：“你到底怎着，你先对我说说。”貂鼠皮道：“我说他看了我的老婆。”白鸽嘴道：“发昏！发昏！你是光棍汉子，你的老婆在哪里呢？”貂鼠皮笑道：“我前年在吹台会上，看中了一个女人，我已定下来生的夫妻。”夏逢若道：“呸！你胡赖说话，看人家耳刮子打脸！”貂鼠皮道：“他打不着我，我先没脸。”夏逢若道：“你今生不如人，积下来生。这真真叫个没良心的人。”貂鼠皮道：“我且问你：你如今把枝梢儿也干了，把汁水儿也净了，赖的你不吃，破的你不穿；叫你当乌龟，你眼前还不肯；叫你种地做土工，你没四两气力；叫你卖孩子，你舍不得，况且你还没生下孩子哩。你说我没良心，你看这省城中许多住衙门的，专一昧了良心要人家的钱哩。你说我没良心，你这前半年当房子，放头钱，肥吃肥喝，是你哪一块良心地上收的籽粒呢？”夏逢若道：“由你去做，我不管你。”细皮鲢道：“这一遭做错了，人家要撕他那貂鼠皮！”貂鼠皮笑道：“我的法子已生停当了，只要你们耳听捷音。”大家一笑，各自散去。

到了次日，貂鼠皮儿向土地庙细细打探。认清了智周万的家人耿葵，看真是个老实正经人，一把手扯到土地庙中，说道："罢了！俺这小家人好难为人，我说也说不出来！"耿葵道："你这个人是做啥哩？"貂鼠皮道："智师爷五六十年纪，况且在外教书，总不该老有少心。俺家小媳妇子，上中厕，为啥该伸着头儿向里边望？俺家媳妇子才想恶口，认得是智师爷，不好意思。"耿葵若是个能干家人，轻者吆喝两句，重者耳刮子就打，一天云彩散了。只因这耿葵是自幼书房中人，一个砚水小厮，今日跟出门来，智周万也只图笔床书簏便宜，全不晓得外事。听见貂鼠皮这段话，吃了一惊，说道："俺家老爷是近视眼，五步外看不见人，您家女人休错认了人。"貂鼠皮道："万万不错。俺家媳妇子，如今在家气得有干血痨了。我请了许多医生，再治不好。我说我对师爷说，又怕羞着师爷。我对你说罢，若是师爷十分看中俺家女人，我情愿偷偷送过来。"耿葵被这话弄的入云钻雾，摸头不着。但问道："你在哪里住？你姓什么？"貂鼠皮道："丑事，丑事，怎好说出我的姓名。若问我在哪里住，我的后门，师爷是知道的。你只回去对师爷说，看那女人的汉子，感恩承情。"耿葵闷闷去讫。

貂鼠皮刁卓回到夏鼎家，众人俱在。刁卓哈哈笑道："我今日做了没老婆的乌龟。"遂把土地庙的话述了一遍。夏逢若道："肉麻死人！"刁卓道："不用你肉麻，一宗好生意，就要上手哩。你说，谭福儿赢了咱，他分文不能要；咱赢了他，他分文不能欠；就如他家放着银钱，咱白取了，又不怕拿强盗，又不怕拿窃贼，美乎不美？只要这智老头走了路，咱就开市大吉。"细皮鲢道："谭宅的先生未必走的成，防备谭宅知道了底里，送到官上，要剥你的貂鼠皮！"刁卓道："我的皮，他再剥不成。我每日在赌博场儿上走，赌博场有名儿是剥皮厅，没见我少了咱的一根毛儿。只是至今以后，我再不敢往那街走了，只要你细细打探，那看俺老婆的智老头走也不走；他走了，咱就好过，他不走，我也没福。"

且不说这一起攒谋定计。单讲耿葵把貂鼠皮的话，述于智周万，智周万叹道："这是哪的缘故？耿葵，你不必提起。"黄昏烛下，自己独自思忖道："这等污蔑之谈，从何而来？想是我在此处，必定深中小人之所忌，故造此飞语，是暗催我起身意思？我与欧阳文忠公一样，同是近视眼，或者误遇女人，看不见，有错处也未可知。但只是我之教书，非为馆谷，不过为众人所窘，乔寓在此。若有此等话说，何必以清白受此污辱？不如我以思家为名，奉身而退，改日写一封书来，以恋家不能赴省为辞。风平波静，岂不甚好？且是这诗稿已将次告成，回家差人送剞劂之资，赍回原板，何必羁留他乡？"

主意已定，次日谭绍闻上碧草轩用功，智周万说了怀乡之情，回家一望，改日仍来。本日又到孔耘轩家，亦说久客思归的话头，程、苏诸公不能遍辞。即命耿葵到转脚行中，雇了一乘驮轿，收拾了书籍行囊，自回灵宝而去。迟了半月有余，另差了一个能干家人，搬回诗稿全板一付，写了几封书，备述回家染病，不能客外书札，分寄于孔耘轩、程嵩淑诸友人。谭绍闻书内，又写了勉励功课等语，并不一字旁及。呜呼，智周万可谓高士矣！

税驾西归去不旋，避嫌远害道应然。
士夫若遇横逆事，三复"色斯举矣"篇。

看官要知，小人之诬君子，必加以淫欲之事。盖人道尽人而具，欲心尽人而有，一加于君子之身，辨白不得；人口如风，俱是以己度人，一传十，十传百，真如果然一般，而本人尚不知也。智周万则有我偌大年纪，焉有这事，此等语岂非下乘哉！

第五十七回

刁棍屡设囤鸟网　书愚自投醉猩盆

语云：养正邪自除。正气充实，则邪气无缝可人；正气衰弱，则邪气自来相攻。人世间风寒暑热，遇见秉气壮盛之人，饮食调和之侣，便毫不为害；若正气衰弱，自有各邪来侵。

谭绍闻自从智周万去后，这一群宵小打探明白，是到灵宝不再回来，便商量勾引的话来。一日，俱集在夏逢若家，正是珍珠串要起身他往。但衣服首饰，被他们都送到当铺粉字第一号内，大家吃用了。遂打算谭绍闻光降，便周通流动。因商量叫细皮鲢干这一功。细皮鲢道："我差个人替我。"众人问用哪个，细皮鲢道："叫串儿汉子去。"貂鼠皮道："算来你将来当乌龟，不料今日已叫乌龟当你。"细皮鲢道："我经的多了。我当初就是这帮客篾片么？我也是一家主户儿，城东连家村，有楼有厅，有两三顷地，一半儿是光棍吃了，一半儿是乌龟赙了，今日才到这步田地。"恰好乌龟见连日没生意，来催赎衣服起身，细皮鲢道："差你一差，去胡同内请谭爷。你去也不去？"乌龟道："不去。"夏逢若道："你也使了他多少钱。"乌龟道："谭爷钱，不发家。我原使他百把银子，场场儿输，没赢一场儿。"貂鼠皮道："你这回去，是俺们看的喜神笑的日子，大家都要发财哩。你若不去，你家里衣服首饰。谁有钱与你回赎？”乌龟道：“我怕人家撞见了。”夏逢若道：“他家唯有个家人王中，好揽宽，管主子，别的小厮没有管闲事的，你只顾去。”

乌龟请嫖客，如何不情愿？这个东西领了命，竟大胆进了胡同口，直上碧草轩来。恰好没人遇见。进了轩内，谭绍闻正在窗下用功，乌龟爬下磕个头，说道：“谭爷一向好。”谭绍闻只当是城内某宅人。抬起头来，认得是珍珠串的汉子，说道：“好，好，你起来。你如今在哪里住，到此做什么？”乌龟道：“俺如今又到夏爷家住，俺家女人叫小的请谭爷，到那边说说话儿。”谭绍闻道：“你到家替我说罢，本该去望望，但学院考试就到，趁空还要温习些书儿，不得工夫。候改日去望罢。”乌龟道：“改日俺走了。”谭绍闻道：“委实不得工夫，休要胡缠。”乌龟见谭绍闻掀起书页，不敢多说，只得退去。

到了夏逢若家，说道：“谭爷不来，要念书哩。你把俺的衣裳回赎回来，俺要去西乡管九爷那边去。”白鸽嘴道：“再一回叫的就来了。不拘何等样用心学生，座上没个师傅，再读不成书。你这回去一撩拨，他心里已是添上一串珍珠，再一回就来了。你不信你只管再去。”乌龟向细皮鲢道：“你可该替我去哩。”细皮鲢道：“你当我不想膺你么？只吃亏没修下你这个福，一般赌钱、吃嘴，不胜你手头宽绰。你还去，你就说你家里哭哩。”乌龟道：“你听俺家在后院笑哩，怎的说哭？”貂鼠皮道：“憨砖！你到那里也装个不喜欢腔儿，只说你家哭得了不成。再对你说句要紧话，他不来，你休走。”乌龟笑道：“我装不上来不喜欢的样子。”夏逢若道：“你把鼻子擦上点蒜，用莲叶遮住，管情你还尿的出来，何只泪呢。”乌龟道：“夏爷昨日晚上吃蒜汁，想是使了人家熬秋石锅上钱。”夏逢若道：“好忘八，一发骂起人来了。你快去罢。”

乌龟二次又到碧草轩。早见绍闻在轩内，背叉着手，走来走去。见了乌龟笑道：“你怎的又来了？”乌龟道：“俺家一听说谭爷不来，如今哭哩。叫我对谭爷说，只去说一句话，俺就上西乡去哩，谭爷只管回来用功。”谭绍闻道：“你头里先走。”乌龟道：“到底你老人家来也不来？”谭绍闻道：“还不定哩。”乌龟道：“你老人家一天不去，小的一天也不走。”谭绍闻道：“有人看见不雅相。”乌龟道：“你老人家怕人见，难说小的还怕人见？”谭绍闻道：“你先行一步，一路走着不好看。”乌龟回头道：“你老人家就来。若是哄我，俺家里就亲来了。”谭绍闻道：“你且先走。”心下想道：“我拿定铁铸的主意，到那边就回来，怕他锁住我的腿不成？”少时遂向夏逢若家来。正是：

明知他是猩猩酒，我不沾唇也枉然。

诗云：

放赌窝娼只为钱，软引硬勾苦相缠；
若非素日多沾滞，总遇石崇也淡然。

大凡赌娼场中，一切闲杂人走动，人见了就如不曾见一般。唯有门户子弟一厕足，不知那门缝里，墙孔里，就有人看见了。谭绍闻进了夏逢若家，那珍珠串撒娇展媚之态，刁卓等捧足呵泡这状，恐亵笔墨，一概省却。

单说貂鼠皮、白鸽嘴手拿着钱，上街头沽酒市肉，一个标营兵丁叫虎镇邦，在斜对门等着，笑道：“谭家孩子进去了，天鹅肉要大家吃块儿，算上我一分子账。我目下不得闲，俺标营衙门，今日催我领令箭，也不知啥事。您若要吃独食，我就要搅哩。”白鸽嘴道：“算上一搭五的账何如？”虎镇邦道：“使得。”各人分头而去。

貂鼠皮、白鸽嘴到街上办买酒肉回来，谭绍闻首座，珍珠串挨肩相陪，夏鼎等三面围坐。串儿斟酒持敬，好不亲热。细皮鲢四人箸匙乱下，好不热闹。须臾饭完，收拾干净。貂鼠皮道:“咱闲赌赌何如？”谭绍闻道:“久已不赌，也就不甚想赌。”白鸽嘴道:“老刁，你敢与谭相公赌么？我是不敢了。谭相公赌的高，只怕咱赌不过。况且谭相公福分也大，咱这穷命鬼，先就吃三分亏哩。”细皮鲢道:“你就休说我穷。我现今卖了半处宅子，卖与本村财主顾养性，有四十两足纹，在后边放着哩。”貂鼠皮道:“我看那银子没纹，财主家使的银子，九八成色，就要算细丝哩。”夏逢若道:“谭贤弟今晚是一定住下了。天色尚早，你就略耍耍儿，注马不许大了。”谭绍闻在赌场已久，也听出众人俱是圈套话头，只说不赌。众人见谭绍闻赌情不酽，心想酒上加力，因说道:“谭相公既不愿赌，咱爽快与珍大姐吃三杯儿。咱托谭相公体面，叫珍大姐唱个曲儿，咱帮着听听。若没有谭相公，珍大姐的曲子，咱就没有听的耳朵。”珍珠串笑道:“你没耳朵，你脸上两边长的是什么？”貂鼠皮道:“论长的原全，只是身份没谭相公的大。”珍珠串笑道:“不胡说罢。”夏逢若道:“闲话少说，你两个取酒去。黄昏里也还要吃酒，省得再喊酒馆门，他们爱开哩不爱开哩。”貂鼠皮道:“酒馆门喊不开，只要钱串摔。门外钱响，门里搭子也会响。”

谭绍闻经过酒后输钱，看透众人圈套紧了。推言解手，出得门来，偷偷回家而去。

到了楼上，问母亲要银一两，大钱五百，说是笔墨书籍的账目，人家来讨，须是要清白他。王氏如数给发。谭绍闻拿到轩上，用一个大红匣盛祝吩咐德喜道:“你把这匣儿，送到夏叔新移的宅里。银一两，是珍大姐贶仪；钱五百，是今日酒席摊的分赀。交明即回。问我时，就说去文昌巷孔爷家去了。”德喜奉命捧匣到夏逢若家，一一述明。夏逢若果问:“你家大相公是在家，是在轩上？”德喜道:“文昌巷有请而去。”众人将银子收明，德喜自持空匣而回。

细皮鲢道:“把串儿叫出来，将银子付与他。咱把这五百钱，开发酒务的赊欠。”白鸽嘴道:“呸！这银子是谭相公开交的意思，递与串儿，串儿近来是有钱的样子，必然不要。串儿看见谭相公有远他的意思，必然起身向别处去，谭相公一发没牵扯了。况且咱没钱与他回赎衣裳。”貂鼠皮道：“你这话傍点墨儿。依我说，也不必对串儿说。你看天阴的很，雨点儿稠稠的，不如咱替串儿做了天阴的花费。慢慢的等个巧儿，这谭相公自然还要生法子弄的来。况且再有别的生客熟客，也是不定的。总是不放串儿走，是正主意。”夏逢若道：“到底老刁的识见不错，就依着他说的行。”一面说着，早已雷声殷殷，阴风飒飒，雨儿渐渐大了，不住点下起来。

一连下了四五天，不见晴霁光景。数日之内，这一起儿把银子、钱，都花费尽了。天色不晴，街上泥泞也深，白没个人儿来耍耍。众人着急，细细商量一个法儿，把乌龟教导明白，又上碧草轩来。

且说碧草轩雨中光景，好不潇洒人也。怎见得：

细雨洒砌，清风纳窗，粉节绿柯，修竹千竿添静气。虬枝铁干，苍松一株增幽情。棕榈倒垂，润生诸葛清署扇。芭蕉斜展，湿尽羊欣待书裙。钱晕阶下苔痕，珠盛池中荷盖。说不尽精舍清趣，绘不来记室闲情。

若是谭绍闻果然深心读书，趁此门鲜剥啄，径乏履齿之时，正好用精进工夫。争乃平日曾走过油腻混闹场儿，这七八日淫霖霏霏，也就会生起闷来。正在书斋中徘徊，打算适情遣怀之资，只见乌龟拿伞穿皮靴进来，说道：“谭爷不害心焦么？还独自一个在此纳闷。”谭绍闻道：“好雨，好雨，一连七八天不见晴的光景。”乌龟道：“我无事不来，今日特来问谭爷借雨帽雨衣雨裙，俺家里要走哩。天晴就送的来。”谭绍闻道：“这样雨，又有泥，您往哪里去？”乌龟道：“往西乡管九爷家去。”谭绍闻道：“天晴去也不迟。”乌龟道：“在这里住，并没个人理会，少滋没味的做什么？你看，谭爷还不肯赏俺个脸儿，俺还扑谁哩。”谭绍闻道：“只是雨太大，我也难出街。”乌龟道：“一箭之地，或穿泥屐，或披雨衣，有甚难出？只是你老人家，狠心肠就罢了，还说啥呢。”谭绍闻笑道：“凭你怎的说，我不去。我怕那一起儿光棍圈套。非是我待您薄情，你看几个人的样子，如虎似狼，见了我，就想活吞了。我是不敢去，非是不想去。”乌龟道：“牛不喝水难按角，你老人家只拿定主意不赌，他会怎的？”谭绍闻只是不去。乌龟缠了一会，无缝可钻，只得说借了雨衣就去。谭绍闻道：“天只管下雨，我若借给你雨衣，一发是薄情，要送你家走的。雨具我也不借，你也走不成。你各人去罢，我还要做文字念书哩。”乌龟只得怅怅而去。

却说谭绍闻在书房中，依旧展卷吟哦。争乃天雨不止，渐渐心焦起来。总之，同一雨景，一等人以为清幽，一等人以为寂寞。若说书房中，有花木之润泽可玩，有琴书之趣味可挹，这还心上添闷，那些滴漏茅舍，湿烟贫室，更当何如？只因谭绍闻该坏祖宗体面，该耗富厚家业，忽然心内焦躁，转一念头：“这天竟是如此下起来，七八日不肯晴，独自一个好不闷闷，不如回家与内人斗个牌儿，说个话儿，好排闷遣愁。”又转念头：“珍珠串几番多情，我太恝绝了，也算我薄情，不如径上夏家游散一回，我咬住牙，只一个不赌，他们该怎的呢？”于是着屐到家，问母亲讨雨衣。王氏道：“你往哪里去？”

谭绍闻道：“连阴久了，心内闷极，我去街上不拘谁家坐坐，消散消散。”王氏道：“我也愁你独自一个闷的慌，你就去走走。雨衣在楼顶棚上挂着哩，冰梅你去取下来。”巫翠姐道：“闷的慌，咱还抹牌何如？”谭绍闻笑道：“我是输怕了，不敢见你这女光棍。”翠姐笑道：“你须还我赌账，我好打发孟玉楼珍珠钱。”冰梅取下雨衣说道：“奶奶叫自己摆酒过天阴哩，天已将午，还等着大叔好摆席。”王氏道：“你看见日头了，你敢说天将晌午么？”巫翠姐道：“日头也不知几时就沤烂了，再休想见它了。”

且不说母子妻妾，嬉笑依依。只说谭绍闻披上雨衣，依旧着上泥屐，径上夏逢若家来。这刁卓等见了谭绍闻到了，如同天上降下一般，摘雨帽的，轻轻取下，脱雨衣的，款款解来，即刻就叫珍珠串出来。珍珠串相见，诉离索疏阔的苦处，谭绍闻展温存慰藉的话头。看官自能会意，何用作者笔摹。

坐不移时，只见一人从外来，身披着毡毛大褐敞衣，手提着一个皮褡裢儿，声声道："好雨！好雨！为这几两银子，几乎被雨淋死了。"正是：

居心力躲剥床灾，何故呈身自送来？
只为讲堂师长去，空劳拒绝几徘徊。

第五十八回

虎兵丁赢钱肆假怒　姚门役高座惹真羞

却说谭绍闻正与珍珠串叙阔，新联一起儿光棍貂鼠皮、细皮鲢等，恭意加敬的奉承。白鸽嘴早已透信于所约之人，那人披着褐衫，戴着大帽，拿着皮褡裢儿，冒雨进来。你说是谁？正是那标营下兵丁虎镇邦。

且说虎镇邦是何来历。他原是个村农子弟，祖上遗有两顷田地，一处小宅院，菜园五亩，车厂一个。他学的有一身半好的拳棒，每日在车厂中开场赌博。人人夸他赌得精通，自己也仗着索讨的硬，不知怎的，日消月磨，把一份祖业，渐渐的弄到金尽裘敝地位。爹娘无以为送终之具，妻子无以为资生之策，不得已吃了标营下左哨一分马粮。因膂力强盛，渐成本营头脑。每日少有闲暇，还弄赌儿。只因赌棍们花费产业，到那寸丝不挂之时，那武艺儿一发到精妙极处，这虎镇邦就是那色子的元帅，那色子就成了虎镇邦的小卒了。放下色盆，要掷四，那绯的便仰面朝天；要掷六，那卢的便即回脸向上；要五个一色的，滚定时果然五位；要六个一般的，滚定时就是三双。所以前日见谭绍闻进夏逢若家，便要吃这块天鹅肉。因教场操演，每日天雨，不得闲空。今早公领一哨马兵粮饷，才要叫同伙兵丁支消分散，因大雨泥深，尚未集齐。忽的白鸽嘴送得信来，说谭绍闻自投罗网而来。这虎镇邦带了所领粮饷银子，做个照眼花的本钱。进得门来，把银子倾在桌面上，乃是六个大元宝。

因向夏鼎道："前日输你五十串钱，今日就与五十两足纹。也不用称。"夏鼎道："你领的兵饷，如何打发账？"虎镇邦道："男子汉，大丈夫，赢了拿的走，输了送的来，才算得一个赌家。若拖浆带水，就不是汉子了。"一面说着，一面装起五个元宝就走。夏逢若扯住道："你休走么，再赌一赌捞捞何如？"虎镇邦道："昨年一遭输了二百两兵饷，卖了一个菜园、一处市房。我是不敢再赌了。"虎镇邦口中只管说，早已挣开夏鼎的手去讫。

夏逢若向谭绍闻道："这可是街上所说的虎不久儿，赌的很低，所以把一分产业，弄的精光。又吃了粮，遭遭领下饷银，尽少要输一半儿。他适才见了你，是胆怯了，所以再扯不住。"自古道，不见可欲，其心不乱。谭绍闻一见六个元宝，眼中有些动火，心内想着若赢到手里，还债何用弃产？利令智昏，把夏逢若的话，便看做真的。又加滛霖不休，心上嫌闷。又加上白鸽嘴三人同说伙证，谭绍闻发起昏来。便见那五个元宝，顷刻即有探囊取物的光景。只说道："先就不该叫他走了。"

白鸽嘴道："我去叫他何如？只怕他见了谭相公这主户人家，自己嫌搭配不上，八九分是不敢来的。"谭绍闻道："你就对他说，我也是个死眼儿，他多管是必来的。"谭绍闻这句话，几乎把白鸽嘴哐的笑出口来。貂鼠皮瞅了一眼，说道："你去叫去罢，趁这会雨小。"白鸽嘴走着，摇着头。唧哝道："不敢来，不敢来。"

白鸽嘴尚未出门，只见虎镇邦回来，慌慌张张说道："忘了大帽子。"夏逢若道："你忘了怕怎的，天晴来取。"虎镇邦道："我忙着哩。"夏逢若道："不如赌一场，这五十两我也不要，改日另兑付还我。只要你赌一场子，我抽几串头钱，好过这连阴天。"虎镇邦沉吟一会，猛的拍着桌子说道："我就输死在你这里罢！"夏逢若道："输不死，输不死。"貂鼠皮道："小弄。"虎镇邦道："大弄，我就不敢。只是大雨下的，当下没手，该怎的？"夏逢若脸向谭绍闻道："这不是一家儿。"虎镇邦道："我怯生。"谭绍闻笑道："我也不赌，我看您耍罢。"夏逢若道："八十妈妈休误了上门交易，你算上一家儿罢。"貂鼠皮道："赌博场的监赌神，天生的是一尊邪神，管情缠谭大叔，谭大叔定是肯赢的。"夏逢若道："别的没手，你叫小豆腐去。"貂鼠皮道："街上大雨中，没一个儿往来，你隔墙喊罢。"白鸽嘴道："是个好家儿。就怕他大知道了。"细皮鲢道："他大没在家。雨头里，我听说他大在朱仙镇装四船黄豆，下正阳关去。"白鸽嘴笑道："你真是说瞎话哩。他有黄豆，他还磨豆腐卖，他肯装船出门么？"细皮鲢道："卖豆腐发迹有十年，已久不推磨子了。"貂鼠皮道："十年不拐磨子，他儿子还有什么浆水呢。"细皮鲢道："还是他大旧年一点汁水儿。可怜这个老头子，每日不肯吃，不肯穿，风里，雨里，往家里扒捞。还不知一日合了眼，是给谁预备的。"貂鼠皮扯住细皮鲢道："你跟我出来。"到了小南屋里，貂鼠皮道："咱今日要弄赌，你怎的说那一号正经话？你竟是一个活憨子！"细皮鲢道："我忘了！我忘了！该打我这嘴，再不胡说了。"虎镇邦喊二人道："是怎的了，我要走哩。"貂鼠皮回来道："我今日把细皮鲢毁造了，改成撅嘴鲢儿。"夏逢若道："不胡说罢，您收拾场儿，我去隔墙喊去。"

顷刻间，小豆腐儿拿着一个小布褡裢儿，一头装钱，一头装银子，撑伞着屐而来。夏逢若道："这连我才够四家儿，还赌不热闹。况我与谭贤弟，烧香拨火的，也难过注马。怎的再生法一把手才好。只是雨太大，料这些小虫儿，都各上的宿笼。却该怎的？"白鸽嘴道："委实近处没人了。"只见乌龟口中唧哝道："我配上一家罢？"夏逢若道："你要配场也不妨，只是爷们在这里耍，你站着不是常法，你坐下却又不中看。"乌龟道："咳！不吃这赌博场中坐的多了，怎的如今升到站的地位。”貂鼠皮笑道：“只要你有钱，坐下也不妨。”乌龟道：“我若输了，你把俺家的衣裳票儿，输一张递与我一张，我自己出钱回赎。”排场已定，还无钱可赌，夏逢若道：“老刁呢？你把方才虎大哥给我的元宝，我既当下不要，你且拿去，到老郭钱局子里，交与他，只搬他十串来。赎银子时，过十天加钱五百文。”貂鼠皮道：“夏哥，你去街上不拘谁的借，借他十串，过此时就还他。”夏逢若道：“我不去借。我有一个脾胃儿，若是打算着还人家，我就先不借了。这是我一生独得的秘诀。”貂鼠皮笑道：“好借好还，再一遭儿不难。”夏逢若道：“我断断乎不肯破戒。”大家俱笑。貂鼠皮只得拿着元宝，到郭家钱柜上，押了十串钱。用布袋包了，背的来。因此排开场儿，谭绍闻坐下，众人坐下，乌龟也坐下，摆开注马，大家赌将起来。

珍珠串儿听说汉子又赌，从后出来。见了他家男人，让将起来。乌龟道：“我输了，我丢不了房屋田产，我赢了，我得钱。”谭绍闻道：“我且回去，没有什么大输赢，不妨事。”珍珠串听是谭绍闻劝解，回后边去讫。

这虎镇邦初掷之时，装痴做憨，佯输诈败，不多一时，谭绍闻赢了一百多两。出外解手撒尿，貂鼠皮跟着出来，说道：“大叔，何如？这虎不久是个整输家子，你放心只管赢罢。”谭绍闻笑了一笑。虎镇邦看谭绍闻成了骄兵，大有欺敌之心，贪杀之意，趁谭绍闻出外，向夏逢若道：“使得么？”夏鼎道：“使得了！”谭绍闻解手回来，虎不久加上手段，弄出武艺，手熟眼快，不但满场的人看不出破绽，但凡各色武艺到熟的时候，连自己也莫知其然而然。半个时辰，谭绍闻把赢的输尽，又输了三百多两。此时谭绍闻心头添上一个急字，众人口头添上一个捞字。又一个时辰，谭绍闻输了八百两，小豆腐输了一百二十两。

正掷的热闹，忽然来了一个府堂革退老门役名叫姚荣。进来说道：“虎将爷发了财，吃一瓶儿！”虎镇邦掏了一百钱道：“你休要搅，拿去吃一壶。”姚荣道：“虎将爷好轻薄人，我不过说句笑儿，谁问你要钱么？你就当真的赏人一般，难说我住衙门人，从不曾见过钱么？”虎镇邦赢的几乎够一千之数，正想散场，恰好遇见这个叉儿，便掏出兵丁气象，发话道：“你那个样子，休来我面前抖威！”夏逢若道：“都是自己几个人，休歇了场儿，谭贤弟输的多了，捞一捞轻欠些儿。”虎镇邦把色盆一推，说道：“他跟你是一家人，这些古董话，叫我听哩！”姚荣道：“我是天阴了，闷的慌，闲来这里走一走，就落了这个没阳气！”虎镇邦道：“你这个忘八蛋子，嘴里七长八短，好厌恶人！”这一句骂得姚荣变羞为怒，伸手将六个毒药丸捞在手中，说道：“你也不是官赌！”起身就走。

貂鼠皮等几个人，怎肯叫他拿得赌具去，向前抱住乱夺。虎镇邦道：“你这狗肏的，要不把我的赌首到抚按大老爷衙门，你就是个万代杂种羔子！”姚荣道：“这却赌不敢定。”虎镇邦赶上去一推，将姚荣推倒在泥里。众人夺了赌具，姚荣乱喊而去。

这原是虎镇邦见赢的数目多了，怕谭绍闻、小豆腐撒赖，故借这个造化低的，抖个威风。回来向夏逢若道：“我共赢了他二位九百二十两。汉子家干事，一是一,二是二，明日我就在此处等这宗银子。若是流脓搭水的，我这驴性子，有些粗莽，千万休怪。”夏逢若道：“你二位听着，休叫我开场的作难。”谭绍闻与小豆腐无言可答。

只见貂鼠皮回来慌道：“不好了！姚门子带着一身泥，望府太爷衙门飞也似跑了。”谭绍闻听说此言，又把输银子晦气丢却，先怕弄起官司来。夏逢若道：“他若喊了汪太爷来，这就了不成。汪太爷性如烈火，就要滚汤泼老鼠哩。”虎镇邦道：“淡事。四十板子，枷号四个月，把我这份马粮开拨了，我正要脱身不当这户长哩。”装起五个元宝，说：“我有罪，失陪了。那一个元宝，你酌夺去老郭银钱桌子上回赎罢。”气昂昂地走了。

谭绍闻道：“刁大哥，你快去赶姚门子，休叫他喊下太爷。”貂鼠皮道："你看虎不久这个狗肏的，恁样的强梁。姚门子一面笑，他就动恁样的大火，叫人家受也受不的，还推了一跌。咱干的是犯法的事，他还恁样撒野。依我说，咱去央姚门子，叫他给咱留点地步儿。"谭绍闻道："刁大哥，咱弟兄们一向好相处，我不好意思出街，借重你替我留下姚门子，我改日致谢。"夏逢若道："谭贤弟主户人家，怎好去央一个门役。咱去央他去，他是太爷改过的门役，他就未必敢胡喊。"貂鼠皮道："我来时，白鸽嘴已扯住他，往白小泉酒馆里去了。"

小豆腐见先前那光景，也不知什么时候，早抱头鼠窜而去。

只见珍珠串出来，让乌龟道："咱还不走么？时刻闹出官司来，咱走着就不爽快了。"乌龟道："二尺深的泥，往哪里去？"

两口子争执未完，白鸽嘴扯着姚门子进来，夏逢若、细皮鲢、貂鼠皮跟着。谭绍闻看见，心中有了三分放下些儿，紧着起身让座。姚荣气忿忿地坐下，说道："您适才可见了，我奉承他，倒奉承的不是了，满口将爷，就惹下他。他休要把人太小量了。三尖瓦绊倒人，我若不把他告下，把我姚荣名字颠倒过来！"貂鼠皮道："你当初在衙门里，给人家干了多少好事。谁不知道虎不久一个兵丁头子，与他较正的是什么。你消消气儿，咱弄个东西儿吃吃。"夏逢若正在那里整理散钱，不知十串钱怎的就少了一串。提出五百，叫白鸽嘴往街里办理饮食去了。

这姚荣只是发话，众人只是劝解。不多一时，白鸽嘴办理酒肉上来。这一起儿朋友，"切切偲偲"，摆满桌面。叫乌龟在南小屋烫酒。众人让姚荣首座，谭绍闻次座相陪，也把珍珠串叫出来陪酒。众人一顿好吃。唯有谭绍闻只吃两三箸儿，便不吃了，心中千头万绪，好生难过，只强呷了几杯酒。众人盆倾瓮倒向口中乱灌，都有了半酣光景，定要珍珠串唱曲子。珍珠串被强不过，向姚荣道："你要把这场气儿丢开手，我就唱曲子儿奉敬。"姚荣道："既然众人奉劝，难说都是向他的？况且有谭大宅的再三说合，我就把这口气咽了罢。"白鸽嘴道:“俺众人承情，大家奉一杯，珍大姐唱罢。”珍珠串只得润了娇喉，掉动香舌，用箸儿敲着桌儿，唱道：

看中庭闪淡月半明——

哼腔儿尚未完，只见乌龟在烫酒时，鼻儿闻香，唇儿咂美，早已吃得醉醺醺的，跳在院里发话道:“俺虽说走了下流，俺伺候的俱是王孙公子，儒流相公，难说不拘什么人，叫唱就唱？我一会跑到他家里，坐到他堂屋当门，叫他家里唱着我听哩！”姚荣见不是话头，说道:“他这光景是醉了，我一生怕见醉汉，我要失陪，我去罢。是话儿再不提就是了，我是识好歹的人。”拱一拱手，说道:“讨扰！”一溜烟出门去讫。这乌龟睁着眼，口中还唠叨不清。

且说谭绍闻见姚荣去了，把喊官的怕情打叠起，却把输银子的事上的心来。觉着吃的东西，只翻上喉咙来，咽也咽不下去，说道:“我要走哩。”珍珠串哪里肯放，谭绍闻道:“我竟以实告，输的多了，委实难过。我回去去打兑银子，好还他。”那乌龟看见谭绍闻要走，一手扯住道:“休走哩，再赌一场子。我明日开发那兵丁头子，好便罢了，若是不依我的话，我扎他一顿刀子！”珍珠串见汉子醉了发疯，只得让道:“叫你烫酒，就偷吃的恁个样儿，还不去睡！朱仙镇吊在梁上打的是谁？”乌龟丢了谭绍闻，就要打珍珠串儿。谭绍闻得空儿，也顾不得雨衣，穿了一对泥屐儿，回家去讫。

众人把乌龟关在南小屋里，任他打门撞墙，不理论他。少时，也就睡倒地下。众人才商量，明日怎的叫虎镇邦讨那银子，怎的均分话头。

正是：

堪惜书愚入网罗，悔时只唤未如何！

殷勤寄语千金子，可许匪场厕足么？

学生定要择地而蹈，宁可失之严，不可失之纵也。试看古圣先贤，守身如执玉，到临死时候，还是一个“如临深渊，如履薄冰”光景。难道说，他还怕输了钱，被人逼债么？提耳谆言，不惮穷形极状，一片苦心，要有福量的后生阅之，只要你心坎上添上一个怕字，岂是叫你听谐语，鼓掌大笑哉！诗曰：

草了一回又一回，矫揉何敢效《瓶梅》；
幼童不许轩渠笑，原是耳旁聒迅雷。

第五十九回

索赌债夏鼎乔关切　救缢死德喜见幽灵

且说谭绍闻输银八百两，又几乎闹出官司，少魂失魄地到了家中。上得楼来，王氏问道："在谁家坐了这大半日？"谭绍闻心不在焉，竟是未曾听着。巫翠姐道："娘问你在谁家，怎的不答应呢？"绍闻道："在东街绸缎店坐了。"冰梅道："与大叔留的鸡儿鱼儿，吃也不吃？"绍闻道："拿来。"冰梅与樊家捧了四器，放在桌上。绍闻举箸一尝，却也极为适口。争乃心中有玻仍然咽不下去。只得拣一块鱼肉，抽了刺，给兴官吃；寻一个鸡胗肝儿，强逗着嬉笑而已。

吃毕，便去东楼一睡。因闷添倦，不脱衣儿，只睡到四鼓方醒。睁眼一看，西天月色晶莹，直射窗棂，方晓得天已大晴。鸡声一唱，触动了白日所为之事，暗暗推胸，好难受的这个悔字也。

挨到天亮，只得起来梳洗。无情无绪还上碧草轩来。饭后时节，只见一个小孩子，拿着一封小书札儿，送到轩上。谭绍闻接拆一看，上面写着：

字启谭贤弟入目。套言不叙。昨日那宗事，此人已索讨两回。那人见小之辈，性子又粗，贤弟深知。可楚结了他，无使我作难也。千万！千万！

知名不具

绍闻看完，早知是虎镇邦索债事。向小孩子说道："我也与你写个字儿捎回去。"小孩子道："我送这字是三十文钱。"谭绍闻道："我也与你三十文，你捎一封回书去。不然，那里便不知道你送到不曾。"小孩子道："相公快写，我还要上街卖糖去。"谭绍闻取过一副花笺，写道：

来谕已悉。自当急为楚结。但天色初晴，通衢皆是泥泞，容候三日后，如数以偿。谨此奉复。

名心印

写完封缄了，递与小孩子，也与三十文钱，叫他持札回复。

到了夏家，貂鼠皮看见便道："是一角白头文书，不用说了。"夏逢若道："先行知会文书，然后解得饷来，也未可知。"接书一看，原来是定期三日以后，貂鼠皮道："要上紧些，怕久了走滚。赌博账，休要太认真。"白鸽嘴道："这样主户儿，输下一个不问他要两个，就是光棍家积阴功哩，哪怕他走滚么？但事只宜缓，若太急了，他再遭就不敢惹咱了，岂不是咱把财神爷推跑么？"话犹未完，虎镇邦到了，问这两宗赌账的消息。夏逢若道："这是谭宅来书，定期在三日以后哩。"虎镇邦哈哈大笑道："就是三十日，谁说迟了么？当下他只要不撒赖，久后他只要不断赌，东山日头多似树叶儿，叫他慢慢地纳进奉。方不可一枪扎死杨六郎，下边没唱的戏了。但只是当下我要出差，往江南高邮去，大约两个月，才可完这宗事。你们慢慢地要，千万不可逼得紧了，打断了他的想头。我如今上老郭钱桌上，讲那宗饷银换钱的事，还抽一张旧押票。"众人以虎镇邦为建了头功之人，一起送至大门而回。

貂鼠皮道："适才虎不久那话，虽说的有理。但他是看透了这赌账不得三两日完账，他又上高邮去不在家，所以他叫慢慢地要。依我看，咱要赶紧为妙，一来怕小豆腐他大回来，要着就要惹气淘神；二来谭家这宗账先尽着要在手里，咱先多使几两。赌博账，谁定着官价哩，谁多使些，谁便宜些。"夏逢若道："不错，不错，你说的是。再迟两三天，看他动静何如。"细皮鲢笑道："你们这光景，是半截强盗半截佛，那再干不了事。今日你就亲自去讨，只说虎不久儿执意不依，咱又不得罪他，有何妨呢？"夏逢若道："您怎的不该去？"细皮鲢道："俺几个说话俱不入耳，你与谭绍闻有神前一炷香，换帖弟兄，说话儿分外中听。"夏逢若道："少不得我去走一遭。"貂鼠皮道："这光景还去不得。"貂鼠皮一面说着，一面早把夏逢若脖项纽扣儿扯断。夏逢若道："怎的说，怎的说，这是做什么呢？"貂鼠皮笑道："苦肉计。你到谭家就说，你情愿三日后楚结，虎镇邦就一手攒住领，只说：'为朋友的，要两刃斧儿齐砍着，为什么单单只晓得为盟兄弟呢？'几乎要打耳刮子。谭绍闻原是亲见虎镇邦昨日啰唣，如今不信，又如何不怕呢？你的话便好说了。"

言尚未已，小豆腐儿腰中偷了一百二十两银子送来。夏逢若等喜欢不尽，夸了句："真正汉子家做事，一清二白的，毫不麻缠葛藤。"还要款留，小豆腐道："家父有个信来，说今晚就到家。不敢多坐，回去罢。"众人拱手相送，好不亲敬。小豆腐去了，貂鼠皮道："咱把这银子拨出五十两来，换钱清白了酒务、面店的首尾，回赎珍大姐的衣裳，咱先伙分拾两。余下七十两，锁在抽斗内，等谭家银子到了，一搭儿同虎不久均分。余剩的，叫内边夏伯母抽了肥罢。"夏逢若果然分开五十两，剩下的放抽斗内锁讫。起身上谭宅来。

进得碧草轩，绍闻在椅子上睡着了。听得脚步响，一颤而醒。夏鼎坐下，拍了拍手道："咳！贤弟呀，你昨日憨了？呆了？赢了他两个元宝，我不住使眼瞅你，想着叫你拔哨。你低着头只顾掷，高低叫他赢了七八百两。这银子他今日就要。我见了你的回书，定他三日期，狗肏的不容分说，抓住我的领子就要动手，说我偏向了烧香兄弟。多亏了人多手稠，劝解开了。贤弟你看，把我的纽扣子都扯掉了。这宗事，你看该怎的完结他？休叫他放屁拉骚的。咱以后再不惹他就是。”谭绍闻道：“委实手头没一分银子，竟没一丝法儿。”夏逢若道：“我若是手头宽绰，定要替你垫上一半。争乃我没个银皮儿，况且八九百两，白急死人。你到底想个法子清白他。”谭绍闻道：“你一向是知道我的，从不撒赖。但目下没一点法儿。你的智谋高，看该怎的生法，我都依从。”夏逢若道：“若说这七八百银子，等着当地卖房，至少也得半个月说合，那虎不久是不等的。若说典当古董玩器，衣服首饰。一来也没有许些，二来也不便宜从家中拿出来。看来这宗银子，要向街上赊东西，向当铺典当才好。久后赌博捣成官账，就好清还了。”谭绍闻道：“只要家中不知觉，不拘怎的我都依。”夏逢若道：“若要赊东西走当，这八百两银子，就得两千多两银子东西，才当得够。若是少了，估当的先不肯出价钱。平日还赌账的人，也有搬白布的，赊花包的，捆苇席的，牵牛拉骡马的，那不过三二十两银子交易，易的运动。这七八百两银子，若弄这粗硬货物，便得几十车，一发弄的声名大了，着实难看。依我说，要上绸缎店赊些绫罗缎匹，打造炉上赊赤金凤冠，珍珠店赊大珠子穿金冠的牌子，药室内赊些人参，只值钱的东西，又妙相，又当出价钱来。”谭绍闻道：“这也难行。赊绸缎，没有嫁娶的事；赊金冠霞被，我又不曾与家下挣下诰封；若说赊人参，俺家该说谁是病人吃药哩？赊出来，原易得当，只是去赊时，张不开口。”夏逢若道：“你说的也是。这可该怎的呢？”谭绍闻道：“你且回去，我自有酌夺。难说你没本事对虎兵丁说，叫他款我几天么？”夏逢若心下又膺记小豆腐送的银子，说道：“也罢么，我就回去，尽着我跟他缠。他再说打的话，我就要见他的将主哩。”谭绍闻摆手道：“使不得！使不得！只与他私下和解，再休说官上动气。”夏逢若道：“左右是干系着贤弟哩，不然谁肯受他的气呢？”夏逢若起身要走，谭绍闻送出胡同口而回。依旧坐在轩上，好不闷煞人也。

读书只合守寒窗，散网缘何入匪场？
此日仍然添上闷，怎如寂寞只安常。

且说谭绍闻坐在轩上，心中左盘右算，这宗赌债难完。若说撒赖，那虎镇邦是个鲁莽兵丁，时候儿还不许迟，可见数目儿也不能短少的。且这宗银子，无处起办，若是说卖城内市房，乡里土地，哪得有一说便成的主儿？若是说街上铺子赊货走当还赌债，怎的到客商边开口？不说原情，赊货何干？说了原情，商家未必肯拿血本与别人周旋赌账。若说家里装几个皮箱走当，母亲妻妾面前说个什么？且僮仆家人辈不成个看相。

左难右难，忽然一个短见上来。拍着桌子道：“不如死了罢！我见许多欠赌债的寻死上吊，想必就是我今日这个光景。只可惜我谭绍闻门户子弟，今日也走了这条路径。”忍不住痛上心来，暗哭了一场，寻了一条大麻绳，缚在梁上面，向家中低声哭道：“娘呀，我闪了你也！”搬了一个杌子，站在上面，分开绳套儿，才把头伸，忽的想道：“我现有偌大家业，怎的为这七八百银子，就寻了无常？死后也叫人嗤笑我无才。”忽的又想道：“父亲临终时节，千万嘱咐，教我用心读书，亲近正人。我近今背却父命，弄出许多可笑可耻的事，这样人死了何足惜！”哭了一声：“爹爹，不肖子愿到阴曹受责也。”把足顿了一顿，狠的一声叹，将头伸入绳套之中，蹬翻小马杌子，早已昏昏沉沉，到了不识不知地位。

且说王氏在家中，忽然心焦起来。见天色已晚，儿子尚不曾下学。恰好邓祥照着一个灯笼，从楼院过去，王氏道：“邓祥，你去书房中看看大相公，天晚了，还不曾回来。或者往别处去了？”邓祥领命而去。德喜道："我午后送茶去，把茶壶撇在书房内，我也趁灯笼取回来。"

二人进得园门，德喜道："不知怎的，今晚我有些害怕。"邓祥道："走熟的地方，有什么怕？那书房内不是大相公走动么？"说着，早已到轩内，猛的见谭绍闻吊在梁上，把德喜儿早吓得掉了魂。好一个邓祥，全不害怕，放下灯笼，心头一急，膂力添上千钧，扶起杌子，站在上边，用力一抱，往上一举，那绳套儿松了，款款抱住，叫德喜道："你休怕，还不妨事。你把椅子放的近些，我抱住大相公坐下，你好回家去叫人去。"德喜儿向西间搬椅子，猛然看见老主人谭孝移背墙而立，惊道："那不是老大爷么？"也不见答应，早把德喜儿吓得倒坐在地，爬不起来。邓祥道："你胡说的是什么！那是灯笼照的你的影儿。你快搬椅子来。"德喜强为挣扎，拉了一把柳圈椅。浑身颤个不住，邓祥也觉怕将起来，争乃怀中抱着谭绍闻，无可放手，急道："你把灯笼罩儿爽快去了罢。作速回去叫人，我抱定大相公是不敢放手的。"德喜儿得了这一声，往外就跑。走的猛了，被门限儿绊住，往外一跌，直跌到月台上，将鼻子已磕破，流起血来。邓祥只是催，德喜儿也顾不得流鼻血，拐着一条腿，跑到家中。方进后门，便大声喊道："俺——俺——俺大叔，吊死在后学梁上了！"楼上听的这一句，王氏、巫翠姐、冰梅一起出来。德喜早倒在后门里哼着，前气不接后气，说："俺大叔后学里吊死，吊死到后学梁上了！"这王氏哭了一声："儿呀！"就上碧草轩跑来，进得门来，看见轩上有明儿，只听得邓祥喊道："快来！"王氏早已身子软了，坐在地下，往前爬起来。巫翠姐、冰梅两个女人搀着，也捞不动。多亏老樊后边跟来，双庆儿也到了，搀上轩来。王氏只是"乖儿乖女"地乱哭。邓祥道："休要乱哭，掏起腿来，脚蹬住后边，休叫撒了气。你们慢慢的叫罢。"巫翠姐羞，叫不出来。冰梅扶住头，叫道："大叔醒醒儿！大奶奶叫你哩！"兴官也来了，急道："爹，你不答应俺奶奶，俺奶奶就要打你哩。"王氏跪下道："若叫俺儿过来，观音堂重修三间庙宇！"

也是谭绍闻命不该绝，口中微有哼声，邓祥道："罢罢罢，有了想望了。作速去姚先生药铺，取点吹鼻散来。前日关爷庙戏楼上吊死那卖布的，是姚先生吹鼻子药吹过来的。"双庆儿早已跑的去取药去了。少时，谭绍闻身上有略颤之意，邓祥道："樊嫂，你搦住腿，总休放松。"双庆儿取的通关利窍药面儿来了，德喜儿忙在书案上寻了一支笔，取了笔尖儿，将药装入笔管，向谭绍闻鼻内一吹，谭绍闻面上欲作嚏状。又吹了少许，谭绍闻把头往前一起，打了半嚏。邓祥道："不妨事了，奶奶放心罢。"

又迟了一大会，谭绍闻微有睁眼之意。邓祥叫道："大相公，大奶奶在此多时了。"谭绍闻渐渐苏醒。看见家人都在面前，欲扭头而看，觉脖项疼的要紧，只得将眼珠儿滚着看，方想起自己是缢死救活的。见母亲拉住手儿，泪流满面，良心发动，强伸一只手，拉住母亲手儿，忍不住自己说道："这样人你哭他做什么！"王氏道："儿呀，你只会说话就罢了。我见你亲，你休死！我老了，你为我，你再休死了！"说的满屋人无不呜咽。

又乱了一会，谭绍闻全魂已复，离了邓祥怀中。这邓祥把浑身衣服，汗都浸透了。正是：

> 个个人儿恶死亡，博徒往往好悬梁；
> 只因势迫并情窘，寻出人间救急方。

此时巫翠姐、冰梅搀着王氏，邓祥、双庆儿搀着谭绍闻。那德喜儿于先时众忙之中，只得仍到轩上，此时依旧罩上灯笼，提着在前引路。忽的一声道："哎哟！那不是老大爷，又在厢房门外站着哩！"众人扭头往厢房门外一看，却没个影儿。邓祥道："那是你的眼花缭乱，把人影儿当就大爷了。"谭绍闻顿了顿足，咳了两声。

一路回到楼上，这德喜大声哭起来，说道："我是该死的人，我两三番见过大爷，想是我不得活了！"老樊道："小孩子家，张精摆怪的，单管着胡说！"邓祥道："德喜儿他不是说谎的。在后书房，我是不敢说，怕你们胆小害怕。我卸吊时，亲身见老大爷站在西墙灯影里，拍手儿，却不响。以后他回来叫你们时，我抱着大相公，听的嗟叹，仿佛是老大爷声音。起初我也害怕，后来怕的极了，也就顾不的怕了。德喜他全不是说谎，若不然，他放声大哭是图什么？"王氏道："既是德喜见老大爷，想是他的阴灵不散，你们到前厅烧张纸儿，叫他休再出来吓孩子们。"唯有德喜不敢去。谭绍闻道："想是我做下不成人的事，爹爹阴灵见怪，我该去前厅磕个头儿。"王氏道："罢哟，这是他的灵柩放的久了，成精作怪的。以后只打算埋殡事罢。你今晚就在堂楼下内间睡，我服侍你。"谭绍闻只得依命。

众人向前厅烧了纸，已近三更天气。德喜儿要随邓祥去睡。原来蔡湘往南乡未回，德喜就睡在蔡湘床上。家内也各自安歇。有诗单道谭孝移恍惚隐现的这个话：

> 父子真情脉脉通，山崩钟应理相同；
> 试看孝思肫诚子，僾见忾闻一念中。

第六十回

王隆吉探亲筹赌债　夏逢若集匪遭暗羞

且说王氏爱子情深，这一惊几乎失魂。本夜即留在堂楼，叫冰梅拴了门，王氏问道：“福儿，你毕竟是为着啥来。”谭绍闻无言可答。王氏道：“你是与谁家各气来？”绍闻摇摇头儿。王氏道：“你听谁家说咱什么来？”谭绍闻道：“咱家书香旧家，清白门第，谁敢说咱什么。”王氏猜摸不着，又问道：“你或者是赌输了谁家钱么？”绍闻低头不语。王氏道：“你每日在后书房念书，就是前日出门半天光景，该输多少呢？”绍闻叹口气道：“原是我前日到夏大哥家略坐坐儿，他们说天阴心焦，玩一玩儿。不多一时，输了十来两……”王氏道：“十来两银子能值多少，就寻死觅活的？明日还了他就是，你不过再不赌就罢。”绍闻道：“只是我干的不成事，心下着实生气。”王氏道：“哎哟！如今哪个不赌。许多举人、进士、做官哩，还要赌哩。你就是略弄一弄儿，谁嗔你来？输的也有限，再休这样儿吓我。”母子说了一会，各人南柯。

忽的，老鼠在楼板上撕得纸条儿响，王氏梦中听得，便发呓喊道：“有了鬼了！”冰梅急忙起身，跑到王氏床前，说道：“那是老鼠蹬的碗碟响，奶奶错听了。”王氏方才醒了，说是吓极了，身子兀自颤个不定。绍闻敲火燃烛，又乱了一会，方才大家安寝。

到了次日，合家都起身梳洗。唯有谭绍闻却成了三日新妇，并内房门也觉难以出来。王氏极为安慰，谭绍闻毕竟汗颜。不但门儿羞出，并饭也懒吃。王氏命德喜往鱼市口买鱼作羹。德喜领命到鱼市口，恰好撞见王象荩在鱼市口卖蘑菇。德喜儿和把碧草轩投缳的话，一一述了，王象荩叹道："不用说，定然是输钱了，且输的断乎不少。我跟你同向家中瞧瞧。"德喜提着鱼，王象荩提了一篮雨后新蘑菇，径上萧墙街来。

到了楼院，说是与大相公送蘑菇来。此时王象荩短衣破履，且系大雨之后，是一个卖菜佣样子。王氏见了，虽不甚瞅睬，也有一点儿恻然之意，说道："你吃了早饭回去罢。"王象荩也不好意思追问所闻之事。

吃了早饭，到土地庙前。少坐片时，早有邻人向他说道："王哥，自从你移到城南，你家大相公一发不好了。即如昨夜，被虎不久儿一场子赢了一千八百余两，回来自己上了一绳，在书房中喊叫了半夜。这个可像正经书礼人家的事？不如你还回来。"王象荩听说输了一千八百余两，与自缢的情节相符，跌足道："这一番赌，连旧日息债，这分家业，怕断送完了。"邻人们个个嗟叹不置。

这王象荩，一时事上心头，竟上东门春盛号而来。王隆吉正在铺内，看见王象荩说道："王中，你久不曾来，到后边说话。"王象荩跟着王隆吉到了后边柜房，王隆吉指着椅子道："你坐下说话。"王象荩再三不肯，坐在门限儿上说起话来。王象荩道："今日有一宗事，非舅爷不可。俺家大相公，一场输了一千八百两，自己急了，到后轩中上了一绳。我想这些游棍哄骗人家子弟，唯家有厉害父兄，开口说出官首赌，到街上胡喊乱骂，这些光棍，怕的是见官挨打带枷，就歇了手。若是父兄们失了主意，要心疼儿子，忍气吞声，替还赌博账，这些光棍，不唯一次哄骗，早已安下第二遭诱赌的根子，将来不到片瓦根缘，光棍们再不歇手。我想俺家大爷去世，谁做这事？现今舅爷是大相公嫡亲母舅，就到街上发些厉害话头，只说要首外甥的赌博到官，说是寡妇、孤儿被人哄骗，以致现今应考高取的童生悬梁自尽，多亏被人救下，仅免丧生，现有邻佑作证。这样做来，大相公也没有受刑之处，只有这一群光棍，披枷带锁，将来也省的还钱，就再没有第二遭。舅爷是精细很会做事的人，没什么不了的事情。”王隆吉道：“你说的很是。只可惜昨日起身下亳州了。亳州有个谎信儿，说是东街谁家行里走了点火儿，烧了七八座房子，现今行里寄放着一千二百两货物，小伙计苏第三的年轻，也不知是咱行里不是咱行里的。心内膺记，昨日扣的白日晃的牲口骑去。你说这该怎的？”王象荩听说王春宇远去，心下好不怅然，说道：“想是天意的事，俺家这分产业、门户，该从大相公手中倒了。这也是没法了。”王象荩怏怏而去，另作计较。

王隆吉听见谭绍闻上吊的话，叫伙计看铺门，急来萧墙街探望姑娘。到了堂楼坐下，王氏问道：“你娘在家可好？”王隆吉答道：“俺娘叫我看看姑娘、表弟。”姑侄说些闲话，只不见谭绍闻动静，王隆吉道：“我到轩上看看表弟去。”王氏道：“他在家里，身上感冒着，不敢见风。”王隆吉道：“勉强扎挣出来，许久不见，说个话儿。”谭绍闻在内边听的明白，想到中表弟兄，没有不见之礼，只得出来道：“我听的你说话久了，只是身上不妥，难以出来。”王隆吉上下打量，看见大护领往上拥着，心中早已明白，说道：“表弟气色还不见怎的，想是略出点汗儿便会好。”谭绍闻道：“五更时略有些汗儿，今早已轻些。”心中想道：“这事不与表兄王隆吉商量，更有何人？他近来做生意，都说他是年轻老成，且经的事颇多，不如以实告之，看他如何计较。”因说道：“表兄，我与你前账房坐坐。”王氏道：“隔着放灵屋子，去那做甚？”王隆吉已知谭绍闻必有商量的话，因说道：“我正要到前账房里，借长算盘使用。改日买下，即便送来。”

二人出得堂楼，径穿前庭，到账房来，蛛丝绕梁，尘土满案，全非昔日光景。王隆吉道："自从阎相公走了，许久不曾到此。"谭绍道："也听的阎相公贵处人说，阎相公到家住过几年，打发他尊翁入土，领了一个财东资本，如今大发财。"王隆吉道："幼时也只说他是个记账的相公。今日回想他那个光景，才晓得他是生意行中极牢靠的人。"谭绍闻道："闲话少说。咱是中表弟兄，就如亲手足一般。我有一宗丢人的事，一时心迷，输了虎兵丁八百两银子，表兄你替我生个法儿。"王隆吉道："你怎的一时就输了许多？"谭绍闻道："说不的！只是当下该怎么处？"王隆吉道："我近来只是在生意上翻弄，自幼儿咱那事体，都是憨董的，提不起来，不说他了。只是近来怎的还不省事儿，弄下这个大窟窿？"谭绍闻道："一时鬼迷心了，后悔不及。只是自此以后，永不干这事就罢。当下该怎的？"王隆吉道："第一个上策，该出首告官。"谭绍闻摇首道："使不得。咱是汉子做事，如何急了就首起赌来？况且经官动府，也要招没趣。"王隆吉道："赌博场里膺汉子，便是一百二十四分死眼子。难说万岁爷知道了，御赐你'仗义疏财'的牌坊不成？你今日怕招没趣，久后弄到穷时，抬手动脚，都是没趣哩。"谭绍闻道："凭怎的说，经官我是不敢的。再想法子罢。"王隆吉道："其次只有弄三五百两银子，请个有担杜、敢说话的人，居中主张，叫他们让些，不能如数，不过是没水不熬火而已。再下，唯有典庄卖地，如数全完，叫他们口称汉子，心中暗算第二遭如何下手。你弄到一贫如洗，好与他们合伙哄人：这便是将来的下场头。"谭绍闻道："却是你那当中一说，还行哩。只是当下银子没法凑办。你如今生意行中极有体面，你就替我揭四百两，与他们一半儿。他们十分不依，只得由他们罢。"王隆吉道："你舅常对我说，'官上休保人，私下休保债。'况且我也没本事与你揭四百两。"谭绍闻道："我须比不得别人，是我舅的嫡亲外甥。况且我也还得起，久后连本带息，一一清还，俺舅也不得知晓。即令知道了，也没啥说。我以实告，我昨日因这宗不成事，还寻了一个拙智，难说街上人不传得你知晓么？我如何当下出门？你要不与我揭这宗银子，我就跪下了。”说着，早已屈下身去。王隆吉急忙扯住说道：“慢慢商量。”谭绍闻道：“若说商量，你还是不肯的意思。满城中，只有咱两个至亲，如同胞弟兄一般，为甚的我到作难之处，你该袖手旁观哩。”王隆吉心中打算，谭绍闻也不是赖债之人，只得承许下揭债。

二人出了账房，拿了长算盘，到了楼下。王隆吉说了铺内无人要走的话，王氏道：“有两尾大鱼，并有新蘑菇，我叫德喜鱼市口买的东西，厨下整理成了，不必说走。”王隆吉只得遵命。少时，老樊抹桌，捧来七器席儿，王隆吉抱的兴官儿同坐，谭绍闻也只得陪坐。吃完了饭，王隆吉要走，谭绍闻送至胡同口，又叮咛一番，方才分手。

到了次日，王隆吉说个宗儿，先讨了谭绍闻花押揭券一纸。谭绍闻叫双庆儿密请夏逢若，欲商量清还赌账，恳请求让的话。谁知夏逢若也弄出一件不雅的事儿，不在家中，上衙门去了。

原来夏逢若与貂鼠皮们，得了小豆腐一百二十两银子，先换了二十两，清还酒饭、积债。众人又商量，趁虎不久上高邮去，再换五十两，大家分用。待虎不久回来，只说小豆腐完了一半，那一半儿央的人说让了，有何不可？夏逢若开了抽斗，取了银子，到老郭钱桌上换了制钱，分成六分儿，夏逢若一分，房子一分，夏母一分，其余貂鼠皮、白鸽嘴、细皮鲢各得一分。

却说这一起光棍手中有了钱，便等不得诱赌哄人，早已本窝内斗起家鸡来。四个人整赌了一天，酒肉满吃。又赌到更余天气，貂鼠皮道：“我坐不得，要上小南屋睡睡。”撇下这三个人，仍自赌个不休。

到了二更天，正赌得热闹，只听得后边哭喊叫骂起来。原是貂鼠皮见夏逢若门户上不留心，便生了个“李代桃僵”之心。谁知道，后边参透了“指鹿为马”的隐情，妇人叫骂起来。夏逢若急向后边一问，内人哭诉原由。夏逢若到了前边，怒气填满胸臆，便去小南屋看貂鼠皮。门尚未拴，貂鼠皮睡得呼呼地响。白鸽嘴道："只怕有了歹人，听说咱近来赢了许多银子，也想着分肥哩罢。"夏逢若将灯一照，四壁并无痕迹。遥听得妇人哭骂不休。坐到天明，也没头绪。

细皮鲢到小南屋，唤貂鼠皮道："有了贼人，乱了半夜，你还睡么？"貂鼠皮揉着眼，问道："谁赢了？"口中只管说话，还打了两个呵欠，伸了一伸懒腰。总不出南屋门儿。

原来貂鼠皮只有一只鞋，出不得门。日已高上，把后边的鞋做了赃证，貂鼠皮没的支吾，只得磕头求免。说是一时心浑，忘了珍珠串昨日已去，故有此错："若不然，咱是如何相与，我再不肯做这没廉耻的事。"白鸽嘴道："夏哥休要往自己头上加粪，老刁不过是一错二误的，难说他真正的好意思么？只以哑子为妙，传出去臭名难当。"细皮鲢道："你什么事还没经过呢。本来是虚事，若要认真做起来，少不得惊官动府，那时节出乖弄丑，老嫂子要出官说强奸，他要说旧日有账，落下口供、定案，你要后悔起来，还怕迟了。我劝你是向你哩，你再想。"夏逢若倒有三分放下的意思，争乃妻子哭个不住，母亲嚷得不休，又难回后边解劝。貂鼠皮只是磕头不已。

忽然有人叫门甚急，夏逢若只得往应。才开门缝儿，本街保正王少湖，带了两个守栅栏更夫，一起进来，早把貂鼠皮用绳子拴了。夏逢若慌了，说道："俺们并没啥意思，王哥，这是做甚的？"王少湖道："你家吵嚷半夜，满街都知道了。我且问你，我见刁卓跪着你，是做啥哩？"夏逢若道："并不曾跪呀！"王少湖道："膝盖上土现在。"吩咐更夫道："你两个牵着他，随我县上禀老爷。"

貂鼠皮脖项挂着麻绳套子，把两只鞋穿上，跟定三人而去。这家中吵嚷之声戛然顿息。

看官试猜，哪里这个保正恰恰凑手？原来老豆腐单门独户发了家，专管小心敬人。夏鼎移成近邻，老豆腐极为奉承。从来小人们遇人敬时，便自高尊大，一切银钱物件只借不还，又添上欺降凌侮之意。况且又勾引他的儿子赌博，还加上哄。所以老豆腐自江南贩卖黄豆回来，晓得儿子在夏家被哄去一百二十两，偷得柜中银子还讫，真正切齿之恨。争乃自己是个卖豆腐发家，门低身微，不敢争执。况且富者贫之怨，一向被街上无赖欺侮惯了，原不敢口说半个不字。今日半夜里，夏家吵嚷起来，一墙之隔，听了个清清白白。因此偷跑至王少湖家，说知此事，暗暗的先与了十两贿赂，说明开发了这一起游棍走了，还有十两谢仪。事完一一清缴，不敢放短。所以王少湖直到夏家，不容分说，将貂鼠皮带在县署。

宅门上说明回话，边公是勤政官员，黎明即起，正在签押房盥漱吃点心，怕词证守候，将王少湖叫进去。王少湖跪下，把貂鼠皮在夏家所为之事，一一禀明。边公见事关风化，即刻坐了二堂，着头役将貂鼠皮叫到公案，讯问起来。

貂鼠皮道："青天老爷在上，小的不敢欺瞒。这夏鼎家原是蒙头土娼，小的为他家把家业丢穷，如今他见小的没钱，所以诬赖小的，无非把小的开发远离的意思。"边公大怒道："你这个刁头东西，明系赌博，有甚别事争吵，公然敢噀血喷人！"先喝了一声打嘴，皂隶过来打了二十个耳刮子。直打的两腮边继长增高，满口中恶紫夺朱。边公命唤夏鼎，夏鼎早在仪门外伺候。进得二堂跪下，边公道："临潼一案不曾起解你，本县已是格外施仁。你如何不改前非，又开起赌场来？"夏鼎道："小人原是晚间请他们吃酒，这刁卓醒了，做下非礼的勾当。"边公大怒道："明系赌博，除此而外，还有别的什么非礼？不知耻的奴才，还敢另外胡说！本县与你们一个证见，叫你们死而无怨。"仍差头役协同保正王少湖，向夏鼎家搜寻赌具，作速快来。吩咐二人在甬道东边跪候。

到了夏鼎家，一切赌具在桌上摆列，还未曾收拾。那盏大灯到早饭时还点着，明晃晃的。头役把一切赌具收拾包了，飞跑回署，呈在公案。边公叫二人近前道："这是什么东西？你们有何理说？"貂鼠皮又才说“他家女人”四个字，边公怒上加怒，如何肯等貂鼠皮说别话，早已把刑杖签丢在地下，门役喝了声皂隶打人，皂隶过来扯翻，三十大板打的皮开肉绽，撵下二堂去。边公问夏鼎道：“你每日开场诱赌，聚一起无赖之徒，昼夜在家，还被这刁卓以污秽之言相加，若不按开赌场打你，显见刁卓非礼便是真的。本县只打你们同赌争吵。”把签丢下五根，也打了二十五板，撵下二堂。

那“无端黉夜入人家”七个字的律条，边公总不叫毫末粘着。非是糊涂完案，正是边公满腔中名教，为民存耻之意。

嗣后王少湖得了老豆腐谢仪。老豆腐又拿出银子，在钱指挥家将夏鼎所赁房子转当在手，俱是王少湖往来一人说合之力。

这貂鼠皮后来改邪归正，佣工做活，竟积了几两银子，聚了一个老婆，生男育女，成了人家，皆边公三十板之力也。白鸽嘴、细皮鲢不曾挨打，只得另寻投向，依旧做帮闲篾片去，后来在尉氏县落了个路死贫人结局。

单说夏鼎得了房子当价，向西门内另赁了一所小宅院去住。先时二堂候审时候，正是双庆儿来请之时，见前院中没一个人，进二门内问声：“夏大叔……”只听得内有哭声，不敢再问。出门时，见头役及王少湖来搜赌具。街上打听，才知是夜里闹出事来。只得回去，将所见所闻，一一述与谭绍闻。正是：

从来赌与盗为邻，奸盗相随更有因；
只恐夜深人睡去，入门俱是探花人。

第六十一回

谭绍闻仓促谋葬父　胡星居肆诞劝迁茔

话说双庆到夏家，来请商量还赌债一事，不见夏鼎。不多一时，就听得夏鼎因开赌场，半夜里刁卓竟成了“入幕之宾”，丑声播扬，在衙门挨了二十五板。回来把这事学与绍闻。这绍闻还债，本是怯疼之人，况乃又是赌债，况乃索债之人又弄出丑事来，心中一喜。只想这宗赌债，将来或者可以糊涂结局，或者丢哩人家忘了也未可知。因此把王隆吉送来的四百两银子，视为已有，且图手头便宜。

唯有王隆吉因中表之情，代揭银两，喉中如吃蝇子一般，恐怕绍闻因穷赖债，心中着实牵挂。过了一日，忍不住又来探望。到了轩上，谭绍闻把夏家新闻，说了个梗概。又说了想赖这宗赌债，勒措不与的话。这话正合隆吉心意，便道：“表弟不还这宗债，是正经主意。赌博账有甚关系，不与他，就白不与他了。这混账场儿，不拿出钱来的，便是有本领的人。什么叫光棍？输了与人厮打，赢了泼上死要而已。你这主意极高。况且揭的这宗银子，文书上写的成色，其实包瞒着不足，秤头也怯，每月十几两利息，何苦一定使他？不如我带回去，原物缴回。若是别人揭的，目下就要利息。我料对门郑相公，一向与你鼻还在相好一边，原物送回，未过五日，尚难遽说利息的话。”

争乃谭绍闻手中窘乏，正图目前顺手，遂说道："既然拿的来，怎好骤然送回去，翻来复去，不成一个事体。只过了两三个月，加些利息奉还，表兄脸上也好看些。"王隆吉呵呵笑道："生意行中动了揭字，还讲什么脸上好看不好看这个话。我只怕你将来……"王隆吉住了口。谭绍闻道："你就说完何如？"王隆吉接住说道："只怕表弟将来穷到不可究结地位！"这句话把谭绍闻说的脸红了，强说道："表兄有所不知，我是打算殡埋你姑夫哩。停柩多年，毕竟以入土为安。所以我心里筹度，要用这宗银子营办葬事。况且办理葬事，虽平素正经欠债，人家还不便上门催讨，何况赌博账？越丢越松，怕不将来一笔勾销了事。"王隆吉道："你说的一发不是话。难说你殡埋姑夫，只图杜赌账么？再休如此说，传出去不像个话。俗话说，亡人入土为安。你说殡埋姑夫，极为有理，但平日毫无积蓄，全指望揭借办这宗大事，将来家道必至亏损。休说我今日不曾劝你。"谭绍闻因说出一个葬字，难以改口，坚执不肯退回原银。

到了午时，留王隆吉吃饭，二人到了楼下。吃饭中间说及葬事，王氏道："我心里正是这般打算，省得放哩久了，成精作怪。前日竟在后书房显起魂来。这些时，孩子们都是害怕的，日夕就不肯多出来。"王隆吉笑道："姑娘说错了。岂有此理？"王氏道："我说你不信，你问德喜儿，就是他见哩真。"隆吉只是笑，因徐徐提起四百银子话头，王氏道："正好。福儿这个打算不错，埋了罢。你没听说，这城中谁的阴阳高些？叫他择个上好日子，发送你姑夫入土就是。这四百两银子花费尽了，喘过气儿来，一本一息清还。彼时如不足用，你还得替你表弟周章。"王隆吉道："殡埋姑夫，原是正事。但贫而不可富葬，只要酌其中就罢了。铺排太过，久后还着艰难。比不得姑夫在日，节俭的手头宽绰。如今只得将就些儿。"王氏道："他一辈子的大事，也要邻舍街坊看得过眼儿。你只说如今城中，数哪一个阴阳？"王隆吉道："我不在行。只是前日我在北道门经过，见北拐哩一个门上，贴个报条儿，依稀记得上面写着京都新到胡什么，‘地理风鉴，兼选择婚葬吉日’，还有啥啥啥大长两三行小字儿。听说有许多人请他，或者是个阴阳高的。依我说，朝廷颁的月朔书上，看个好日子，也就使的了。”王氏道：“你说这胡先生就好。但凡京上来的，武艺儿必高。他既通风水，我家连年事不遂心，想是祖坟上有什么妨碍，一发请他看看。福儿你记着，去书房看看皇书，拣个好日子，咱就备席请这胡先生。”隆吉自悔多言，又生出一段枝节。过了午后，只得回去。只是这四百两银，同了姑娘说明，私揭弄成官债，心中也有几分爽快。

隆吉已去，王氏即与绍闻说起请胡先生的话。叫双庆儿到书房取来皇书一看，第三日便是会亲友良辰。家中商量厨事。及到次日，王氏早催谭绍闻上北道门请胡先生。

且说这胡先生，名星居，字其所，原是本县黄河岸胡家村人氏。自幼原有三分浮薄聪明，也曾应过祥符童试，争乃心下不通，因曳白屡落孙山。他外祖宋尔楫，是个本县阴阳官，病故之后，胡其所将外祖所遗阴阳风水选择诸书，捆载而归。十年前黄河南徙，把胡家村滚作沙滩。胡其所日子难过，遂把所捆载书籍翻阅演习起来。邻人田再续在京都做司狱司，胡其所上京投任。田再续因刑部狱内犯官自缢，遂致罢职。胡其所流落京城，每日算卦度日。后来搭了南来的车，又回本籍。收了一个没根蒂哩幼童，做了徒弟。遂在北道门赁了一所房子，写了“胡其所风水选择”报单，贴在门首。浑身绸帛，满口京腔，单等人来请他。

这日闲坐翻书，只听车声辚辚，到门而止。进来一个少年，跟了家人，展开护书，将帖放在案上。胡其所展开一看，乃是“翌吉候教”，下边拜名是谭绍闻。二人为礼坐下。胡其所道：“弟久客京师，旋里日浅，未得识荆，尚未曾投刺贵府，怎敢当谭兄先施。”绍闻道：“久仰胡先生高名，兼且有事聆教，明日率尔奉邀，仰希过我，曷胜忻感。”胡其所道：“好的很！你我相交，一见如故。府上有何事见教，爽利对弟言明，愿效微劳。”绍闻道：“本当明日奉爵之后，跪恳过了，方可徐申本意。今既蒙下问，只得以实告禀。原是先君涂殡已久，今谋归窆，祈先生择个吉日。还想邀先生到荒茔一看。”胡其所道：“哎呀！这是谭兄一生大事，要着实谨慎。书本儿上说，‘唯送死可以当大事’，是了不成的。若是遇见个正经朋友，山向利与不利，穴口开与不开，选择日子，便周章的百无禁忌。若是遇见他们走道的朋友，胡闹三光的，也不管山向、化命。叫看风水，他就有好地；叫选择，他就有吉日。只图当下哄人家几个钱，其实不管人家的祸福。这个便未免造下自己的罪孽。那年弟从京中到山东济南府，一家姓田的乡绅请弟。原是一个走道的朋友，与他用的山向，选择的日子，自从葬后，家下伤小口，死骡马，遭口舌，打官司，丢财惹气，弄的受不哩。听说弟到了，一守要请。弟到他坟里看了一看，原是亥龙入首。这个该死的朋友，把龙都看错了。葬的日子，又犯了飞廉病符。弟彼时被京中一个徒弟——现做钦天监的漏刻科，写书来催弟进京，哪里讨闲工夫与他用事。这田乡绅再三央人留弟，弟不得已，与他调了山向，选了一个天上三奇日子。登时家下平安。本年瞿宗师考试济南，公子就进了学，他令弟也补了廪。谭兄，你看这殡葬大事，还了得么？”绍闻道：“自是先生高明。”胡其所道：“弟也不晓的什么，何敢当这个高明，只是不欺这个本心就罢。”谭绍闻告辞，胡其所道：“天还早哩，说话儿很好。”绍闻道：“明日及早来请，望先生光降。至舍下，再聆大教。”

及至次日，邓祥驾车，双庆带了速帖往请。胡其所师徒二人，鲜衣新帽，坐车而来。到了胡同口下车，绍闻躬身相迎。进了碧草轩，为礼坐下。只见椅铺锦褥，桌围绣裙，胡其所满心欢喜。说些寒温套话。少顷整席上来，谭绍闻献了币帛贽见礼儿，又奉了四两登山喜礼，胡其所推让一会，命徒弟如鹇收讫。绍闻行了安席叩拜大礼，宾主坐下。少时酒席吃完，胡其所便问道："尊茔在何处，咱同去望望。"绍闻道："荒茔在城西不远，明日坐车同去。"即设榻留他师徒在碧草轩上住下。晚景略过。

次日饭后，邓祥来说，车已套妥在胡同口。谭绍闻便请胡先生前往。师徒离轩，出至胡同口，绍闻陪的上了车。德喜将暖壶细茶，皮套盖碗，以及点心果品，俱安置车上。邓祥催开牲口，一径出了西门。

只见路旁一座神道碑楼，碑楼后一座大茔，去路不远。谭绍闻道："胡先生看看这茔，何如？"胡其所道："这就是尊茔么？"绍闻道："不是。此处去荒茔还有四里。"胡其所在车上把这茔一望，丰碑高矗，墙垣密周，那些松柏树儿，森绿蔽天。因说道："这个坟是旧年发过的。只看大势儿，就好的很。这个龙虎沙，也就雄壮的了不成。环围包聚，一层不了又一层，是个发达气象。"绍闻道："先生看的不错。但他家如今因不发科，有起迁之意。"胡其所道："迁不的！书本上说，'迁乎其地而弗能为良'。这坟当日用的不错。如今走道的朋友，有个《摇鞭赋》，善断旧坟。那个俱是些外路，弟再不能干那些事。迁不的，如何叫人家迁哩？"又走了半里，邓祥道："胡先生，把这个坟看看。"胡其所见是一个小馒首墓头儿，半株酸枣垂绿，一丛野菊绽黄，两堆鼢鼠土，几条蛇退皮。便道："这个坟主绝！"邓祥道："这埋的是小的爹娘。"胡其所自觉失口，急忙说道："我明天在你大爷哩地里，送你一块平安地，你启迁启迁。"因向绍闻道："你这个盛价，论相法，是个很使得的人，你要重用他。"绍闻点点头儿。

又走了里许，只见胡其所若有怒气冲天之意，骂道："呸！呸！呸！这个该死的杀才，还了得么！"绍闻茫然不知所以。只见胡其所向徒弟道："如鹇，你看这个，正是我常对你说的，犯了那了。叫人家子孙当得当不得。"白如鹇道："他是错认了鬼星禽星了。"胡其所点点头道："正是呢。"谭绍闻见他师徒指东划西，方晓得是评论一座新葬的坟。坟上招魂纸儿，尚飘飘的向南刮着。胡其所道："难说咱这一个省会地方，近来竟没一个明眼的，叫这些该死的，都乱闹起来，连龙都认错了，这还了得么！"绍闻道："这明明是麦地，怎的是龙？"胡其所道："《易经》上说，'见龙在田。'我看见，你看不见。"

正评论间，已到灵宝公神道碑前。谭绍闻急忙下车。胡其所道："怎的下车去？"绍闻道："已至荒茔。"胡其所师徒也要下车，绍闻道："且坐着罢。犁的地，高高低低，不甚好走。"胡其所笑道："岂不闻风水家，是'一双神仙眼，两只樵夫腿'么。河南近省城边，原就没山。我那年在山西洪洞县与人家用事，因水俱向西流归汾河，又是一样看法，也不知爬了多少山。这个平地，当了什么。"一面说着，早已下的车来。

邓祥将车卸了，把牲口拴在路柳。德喜儿提了暖壶，跟定三个，走进坟垣来。谭绍闻逐一墓头儿，都向碑前行了礼。

德喜儿将茶斟上。吃茶嚼点心已毕，只见胡其所四外瞭望，将身子转着，眼儿看着，指头点着，口内念着，唧唧哝哝，依稀听的是"长生沐浴冠带临官"等字。忽而将身子蹲下，单瞅一处。忽而将首儿昂起，瞭望八方。迟了一会，只见胡其所向西北直走起来。谭绍闻方欲陪行，胡其所道："你不用来，说着你也不省的。"又走了两三步，扭项道："你各人的大事，省的省不的，走走也是你分所应当。"三人同行走到西北一个高处站下，胡其所向坟上一望，摇摇头道："咳！大错了！大错了！"又向白如鹇道："你看见错了么！"白如鹇也看了一会，说道："有点儿错。"胡其所道："你怎的只说一点儿错？书本儿上说，'差若毫厘，缪以千里。'这错大着哩。你不信，只到穴场，用罗经格一格，便知道错了几个字。"又翻身回来，向德喜道："你去车上，取那黄包袱来。"德喜不敢怠慢，车上取了包袱。白如鹇展开，乃是一个不及一尺大的罗经。只见师徒用一根线儿，扯在罗经上，端相了一会。胡其所道："何如？如鹂你看，难说这只是一点儿么？"

收了罗经，三人席地而坐。德喜捧茶来吃。胡其所道："谭兄，这是你的大事，关系非小。若是当日向法妥当，早已这儿埋的几位老先生，抚院、布政俱是做过的，至小也不下个知府。谭兄你如今，不是翰林学士，也就是员外、主事了。总是你这贵茔，左旋壬龙，配右旋辛水，水出辰库，用癸山丁向，合甲子辰水局。如今看旧日用法，水出未库，用乙山辛向，合成亥卯未木局，八下的爻象，都不合了。所以一个大发的地，不能科第，尽好不过选拔岁荐而已。若照我这个向法，说别的你未必懂的，只东南村上那两三所高楼，便是尊茔的文华插天。你看那高高的圪塔，不是一个狮子么？那长长的一条小岭儿，不是一个象么？这叫做'狮象捍门'，三台八座是有分的。若旧日那个向法，把这些好东西，都闪到东边无用之处了。依我说，不如把这几位老太爷墓子，都要改葬。"谭绍闻面有难色，胡其所道："尽少也要把令祖这墓头，调一调向。"谭绍闻道："这个还使得。只是泉下向法多差异错落，也不好。"胡其所道："那是讲不起的。"于是，胡其所又重新用罗经格了，钉了木橛八个，号定了两个穴口，又说了些虾须蟹眼的蛮缠话，讲了些阴来阳受的缁绎经。谭绍闻也毫末不解，只是赞先生高明，有事重托而已。

有诗单笑谭绍闻不事诗书，单好赌博，却将不发贵不发福，埋怨起祖宗来；妄听阳阴家言，选择吉日求之于天，选择吉穴求之于地，皇天后土都该伺候我；为什么"用心读书，亲近正人"八个字，不求诸己呢？谭绍闻太自在了。诗云：

乱听术士口胡柴，祖墓搜寻旧骨海。
纵想来朝金紫贵，现今赌债怎安排？

点穴已毕，午时正中，吩咐邓祥套车回去。恰好有西路一位知府进省，前呼后拥，一阵轿马过去。胡其所道："恭喜！恭喜！今日尊茔点穴，恰有贵人来临，这便是一个大吉兆。"说毕一起上车而归。

到了半路，邓祥道："胡爷先说赏小的一块地，这路南麦地便是俺家地，若是看中时，小的便磕头，求俺大叔赐小的一穴。"胡其所又把那酸枣坟儿望了一望，说道："适才我不曾细看，说是不甚好。如今仔细打量，却也罢了。只宜照旧，不必动移。"邓祥也无可再说的。

一路进城，到碧草轩。午馔上来，丰盛精洁，不必细言。午馔已毕，胡其所道："谭兄，我看你是个至诚君子。弟爽快再看看府上阳宅。"谭绍闻道："聆教就是。"即吩咐家中女眷回避。引胡其所到了后楼院、前厅房、东厨房、西马棚，各处审视一番。

胡其所到了厅后重门，说道："拆了！拆了！他占的是个木星地位，把这拆了，这堂楼就成了生气贪狼木。可惜这堂楼低得很。总是一家人家，全凭着生气贪狼木，低了如何行呢？"绍闻道："请还到轩上细讲。"又复出了后门，到了轩上。胡其所道："谭兄，你不晓得这家道理。坎宅巽门，头一层是天乙巨门土，二一层是延年武曲金，三一层是六煞文曲水，四一层是生气贪狼木。这个贪狼木星，最要高大。我所以说叫你把厅后重门拆了。为啥呢？缘有这一层门，你的堂楼便成了五鬼廉贞火了。拆了这座小门楼，登时堂楼就成了生气木星。但这堂楼，毕竟还低些。你叫个泥水匠人，用五个砖，将堂楼上盖一所小屋儿，内用一块木板，我用朱笔写'吉星高照'四个字，钉在小屋之内，这就算把木星升的起来。管保你家中诸事平安，宗宗如意。"绍闻道："想是阳宅书上，有此方儿？"胡其所道："儒书上也是如此说，'方寸之木，可使高与岑楼。'夫道一而已矣。这阳宅，你就照这法子办理。至于安葬一事，你再将尊先生八字及你的八字写出来，我好替你选择下葬吉日。"绍闻道："要八字取何意思？"胡其所大笑道："谭兄，你竟是一毫也不懂哩！这个儒书，把人读糊涂了；多亏你遇见我，若是遇见外路走道的朋友，哄你直如哄三岁孩子一般。须知这个选择，要论化命，要论纳音，要合山向，八下凑拢来，都是有吉无凶，这才使得。若有一处不好，葬后便当不住了。”绍闻只得将父亲生辰、忌辰并自己八字写出，求胡其所选择。

胡其所接看谭孝移化命，放在桌上。又接看绍闻八字，喜道：“谭兄，你这贵造好的很呀！是个拱贵格。乙巳鼠猴香，八柱中不见申字。却有一个未字、一个酉字，拱起这个贵人来，拱禄拱贵，填实则凶。你是个逆行运，五岁行起，五岁，十五岁，二十五岁，现运庚申，未免有点子填实些。近几年事体不甚遂心，是也不是？要之也不妨大事。目下顾不得看你的子平，我先把选择大事替你看就了，改日再看你这个贵造罢。”绍闻道：“胡先生所说极是。”

胡其所道：“谭兄有事，只管照看去。这个选择，要细细替你查哩。你在这里相陪，我倒要说话儿陪你。论起来各样起手歌诀，我还记得，只怕一时忽了半个字，就了不成。况且我也叫小徒件件儿都经经手，费一番心，他就记住了。谭兄你竟是尊便，请回。”谭绍闻只得告辞，听他师徒掀书选择。

过了三四日，选择已定。写了一张大红纸，无非是“天乙贵人，文昌朱衣，上好上吉”的一派话头。后边落了一行款，乃是“京都胡星居选择，门人白如鹇缮写。”居然也钤了两个红鲜鲜的图书。

因东关一家也要请胡其所看坟，遂将此选择帖儿送到内宅。谭绍闻急上轩来款留。胡其所道：“这是东关刘宅请弟看坟投的帖，弟只得到那里照应一番。待府上行大事之日，弟还要来送一份薄仪。到坟上看土脉深浅，怕土工伤了龙脉。”绍闻道：“这个更是顶谢不尽。”那东关投帖家人，也催上车。谭绍闻送至胡同口，胡其所师徒上车，德喜将书袋行囊并那个罗经包儿放在车上，两边各俯身一拱而别。

看官看此回书，必疑胡星居之术，不足以愚谭绍闻。不知人心如水，每日读好书，近正人，这便是澄清时候，物来自照；若每日入邪场，近匪类，这便是混浊时候，本心已糊，听言必惑。深于阅历者，定知此言不谬也。

第六十二回

程嵩淑博辩止迁葬　盛希侨助丧送梨园

话说谭绍闻请了胡其所点了新穴，调了向，择定吉日葬期。因家中使役人少，办理不来，只得命双庆到城南，复将王象荩叫回，并赵大儿一起回来。旧憾已忘，一切事体，须得与王象荩商量。但王象荩一向在菜园，心里萦记家事，半夜少眠，又生些气闷，眼中有了攀睛之症。

一日，叫他上木匠局里唤木匠办理棺椁，果然叫的木匠马师班到了。谭绍闻道："你是城中有名木匠。我如今要做椁一付，束身棺材三具，俱要柏木。你手下可有这宗物料么？"马师班道："有。现在木厂中，山西客人贩来一宗柏木方子，油水尽好。"谭绍闻道："这四宗可得多少价值？"马师班道："要到厂中亲看，看中了木料，才讲价钱。我不过就中评论，叫两家都不吃亏就是。但今日木客还愿赛神，我还要与他进贺礼。明早或相公亲看，或是叫府上管事的去看，我早在铺内恭候。"马师班说明要去，订下明晨看货。

王象荩送出。但不知要这三付棺木何用，回来问道："椁板是所必要。又另讲了三付束身棺木何用？"绍闻道："王中你有所不知。我为近来咱家事体多不称心，昨日请了一个风水先生，到坟内一看，说是当日葬的向法错了。葬你大爷该另改向法。上边老太爷的墓也发了，也要另改向哩。连前边奶奶的，通共得三付棺木预备。若发开墓，当年棺木不曾朽坏，就原封不动，只挪移在新穴，不过相离三尺之远。若是旧棺已沤损了，须用新棺启迁——就是时常人家说的干骨匣儿。只是咱做的，要顶好髹漆的，极妥当才是。”王象荩一闻此言，心中有几分难为，转念想道：“我才进宅来，开张便说主人做的不是，未免有些唐突，又犯旧病。”只得点头道：“明日先看椁板。若是启迁时旧棺未坏，无需三付新棺。若果旧的已坏，城内木匠铺内，也有顶好棺木，临时也不至有误，何必预备？若用不着时，这三付棺木置之何处？”谭绍闻喜道：“王中你果然见事不错，就如此去办。”殊不知王象荩乃是欲其中止的意思。若三付棺木做成，其事便难挽回，故以此言婉劝，使主人专营椁板，把三具新棺之说暂且搁住，以图另为生法，阻止启迁。

单说到了次月早晨，谭绍闻引着王象荩到木厂看了椁板，果然其坚如石，其油如浸。讲明价钱，就着马师班师徒破木做将起采。交与邓祥照料。

王象荩心中筹划，这阻止启迁的事，非老主人旧交不可，因向谭绍闻道：“葬时行礼宾相，当请何人？”谭绍闻道：“近来城中新进生员，许多与咱交好，择近处央请几位便是。”王象荩道：“不如请大爷在日旧交。”谭绍闻道：“年尊不便相烦。”王象荩道：“大爷今日入土，若非当年契交相送，大爷阴灵也不喜欢。况程爷们也非是泛常相交，岂有惮劳之理。”谭绍闻道：“你说的也是，就请这几位老人家。我写成帖柬，你就逐门送去。”这句话正合了王象荩的板眼，因说道：“事不宜迟，我去帖柬铺中取上好的素帖，相公今日就写，我明日早送何如？”谭绍闻点头道：“是。”果然取上帖来，谭绍闻一晌儿写就。请的是：副榜孔耘轩点主，新岁贡程嵩淑祀土，张类村、苏霖臣、惠人也俱是高年老成，书神主的是娄朴。礼相乃是本街上少年英杰、新进的生员袁勤学、韩好问、毕守正、常自谦。启帖写明，交与王象荩，次日逐门送去。

王象荩送启到了孔耘轩家，恰遇程嵩淑在座。王象荩磕头禀安讫，将启帖展在案上。孔耘轩看道：“你家大爷涂殡已久，怎的素日不言殡埋，今日忽的举此大事，岂不仓促？”王象荩道：“小的一向在城南住，昨日把小的叫进宅里伺候。小的到家，俺家大叔就说因葬事重大，人少办不过来，所以叫小的办理。其实忽然举此大事，还要启迁老太爷骨殖移穴调向，小的并不知所以。”程嵩淑道：“你说什么？再细述我听。”王象荩道：“是殡埋俺家大爷，大婶子灵柩随着也葬。还听说请了一个阴阳胡先生，讲老太爷的坟头向法错了，还要发开旧墓，另行移穴调向。祀土大宾，还要叩恳程爷。因不曾到程爷家里，小的不敢在这里将帖呈上。”程嵩淑道：“你就把请我帖子递与我看。是我问你要的，不算你不曾送我家。”王象荩遵命，将礼匣内启帖取出，奉与程嵩淑。程嵩淑接看，也放到桌上，说道：“耘老，你看令婿自己把家业闹的亏损了，却去九泉之下生法起祖宗的骨殖来。可恨！可恼！咱们不得束手旁观，睁着眼叫他陷于不义。”孔耘轩道：“我与他系翁婿，叫我也属没法。况且亡女也随葬，请我点主，我也心里难过。”程嵩淑道：“主是点不成的，耘老不用作难。他既请咱，耘老一定赴席，不是说令婿谭绍闻，乃是为亡友谭孝移哩。如今说启迁，是要启迁谭孝移的尊大人哩。咱们若要顺水推舟，做世俗上好人，也不难，只是把谭孝移生前相交，置之于何地？于心着实不安。”孔耘轩道：“此番埋的有小女，却请我。我心里不想去，叫舍弟替我去罢。”程嵩淑道：“这请的就不错。他若是胡请起来，难说一个省城，谭宅请不出一个点主、祀土官么？这还算心里有主意。耘老也不必责人无已。”王象荩跪下磕了一个头，说道：“实不敢相瞒二位爷，这原是小的撺掇的，就为这一宗启迁的事。”程嵩淑道：“何如？但他既不弃咱这老朽，把咱请到他家，咱就要调停他。所以免他生前之不孝，正所以成孝移兄死后之孝也。耘老你想，他若不请咱做大宾，难说咱既听的这个话说，就听其所为不成？只是寻上他们去匡救他，便不如他请咱到他家劝阻他有些来由。象荩，你请的别个是谁？”王象荩逐一述明。程嵩淑道：“你自去送别处帖儿，我管保他启迁不成。那点主还费商量哩。”王象荩道：“俺大爷阴灵也是感念二位老爷。”孔耘轩道：“看来你此番进来，可不再出去罢？”王象荩道：“小的再往那里去！只是大相公年轻，是个心中无主意的人，小的就是作难些，千万只为俺大爷归天时，嘱咐了小的一场。小的再无二心。”程嵩淑道：“耘老，你看象荩真有合于纯臣事君之道者。一个平常人就挑起托孤的担子，他这‘象荩’二字，送的不错罢！”王象荩道：“爷们抬举小的，小的担不祝总是老大爷归天时，嘱咐了两句话，把小的嘱咐死了。到今小的再放不下，只是尽这一点心罢。”说毕，王象荩又向别处投帖而去。程嵩淑又说了一场话儿，二人洗盏小酌，日夕归去。

却说到了谭宅请日，众嘉宾陆续集于碧草轩上，五位老先生，耆宿典型；五位美少年，磊磊英俊，好不羡人。谭绍闻以葬亲巨典，厅堂粪除洁净，盘盏揩抹鲜明，烹佳茗，燕好香，极其恪恭。相见礼毕，五位少年恂恂然各尽后进之礼，五位长者，夸美之中带些劝勉话头。这才是高会雅集，下视那庸夫俗子相遇，老者以圆和模棱为精于世道，少者以放肆媟亵为不拘小节，相去奚啻万万也。

午馔不必细述。席罢更酌，众人问了折柬见召的本意，谭绍闻说了叩恳襄礼的原情。众人又问归窆的定期，谭绍闻道：“选择吉日，在于下月二十九日，申时下葬。”程嵩淑道：“听说你还要启迁令祖父母，改穴调向。有这话么？”谭绍闻一向盘算停当，拿定主意，却被正经前辈一句问的不知该怎的好，口中再含糊答应不来，勉强道：“他们都说先人埋葬向法错了，如今只得重新改正。移的不过两步远，便是正穴。”程嵩淑道：“你说他们是谁们？毕竟确有其人。”谭绍闻道：“是一个胡先生。”程嵩淑正色道：“你今日置酒相邀，想是为这事关系重大，不敢孟浪。既请我们来，我们与令先君老先生托在素好，此事不可不大家斟酌一番。我看你既不是那目不识丁的乡曲间农夫，又不是那不见经书的三家村白肚子学生，你旧年在学院面前背诵过《五经》，我就以《五经》问你，你必不能说你不记得。你如今这意思，不过趋吉避凶。言吉凶的莫详于《周易》，其间言吉的大约都在恐惧、敬谨一边，言凶的多在亢傲、倾邪一边；共经了四个圣人的手，可有调向吉、不调向凶的话么？《书经》上说：‘惠迪吉，从逆凶。’你向来是‘惠迪’呢，是‘从逆’呢？《咸有一德》上说：‘德唯一。动罔不吉。德二三，动罔不凶。’你今日把令尊所葬之令祖又启迁起来，这是：‘一’，这是‘二三’呢？风水家动说穴晕是个太极圈子，周夫子《太极图》上说：‘君子修之吉，小人悖之凶。’修是修德，不是修坟；悖是悖了理，不是悖了向。太公《丹书》上说：‘敬胜怠者吉，怠胜敬者灭；义胜欲者从，欲胜义者凶。’这个吉凶全在你心坎中分金，不是在坟头上调向。一部《礼记》，言丧者居半，琐碎零星，事事无所不备。怎的把请风水先生看坟这宗大事，没有记在上边？就是《檀弓》上有了阙文，《丧大记》上也不该阙；就是《曾子问》上有阙文，这《问丧》《礼运》《间传》《三年间》四五篇，丧服还有两篇，凡居丧之事，丝毫不遗，怎的偏偏把分金调向阙了呢？《周礼》春官之职，有冢人、墓大夫，也只说辨其昭穆之左右，分其爵秩之贵贱，怎的不讲龙沙，虎沙，神山，鬼山，牛角，蝉翼，虾须，蟹眼？想是老周公多才多艺，会卜洛定王畿，单单就是不会看坟，留着这个出奇武艺儿，让能于袁天纲、李淳风、郭景纯、赖布衣们么？”惠养民看见徒弟闭口无言，搀了一句道：“我在学里与徒弟背诵《孝经》，见上面有一句‘卜其宅兆而安厝之’。像是这宗学问也是不可少的。”程嵩淑道：“人老，你胡说哩！这是度后日不为道路，不为城郭，不为沟池，不为强暴所侵，不为耕犁所及的意思。不是看见一个山尖儿，便是文笔插天，该出举人、进士；看见一个土圪塔，便是连仓带库，该出大肚子财主。就请问人老，令徒如今要启迁他令祖，这是安厝乎？是不安之厝乎？且不必说经书。即如一个人死了，埋在地下，血肉是必化的，骨是轻易不化的。启迁时，只能拾其骨，那血肉之融化于土中者，势必不能收拾起来。取骨遗肉，是明明使祖、父之在九泉者，无故而成骨肉分离之象，于心可忍？若果系远丧合葬，不得已而为之，犹之可也。若毫无他故，只因儿孙欲图富贵，却不肯自己读书，自己节俭，祖宗在泉下，不能再来世上搜寻子孙，儿孙在世上，却要去地下搜寻祖宗，这还不是一个岂有此理之什么？且如祖、父在世之日，心中打算能为子孙筹划安全，口中训教能为子孙指示门路，手中持杖执梃能向子孙督责严禁，偏偏子孙不能富，不能贵。及至到了死后，魂升于天，形归于土时候，把棺材往东调上半寸，这便合着来龙水口，子孙此时该发富发贵；往西调上半寸，这便是不合来龙水口了，祖宗阴灵回家，拨乱的旺长门不旺二门，把小孩子捏死上两个，叫本家伤小口，暗中调唆叫子孙赌博，宿娼，卖田产，丢体面，请问天下有此理否？”说到此处，不但几位老先生忍不住笑了，就是那几位后生，极守晚辈规矩，也忍不住笑了。谭绍闻忍不住也笑了。程嵩淑点头大声道：“不笑，不足以为道。我且问谭学生：你适才说选择下葬‘吉日’在于下月二十九。选择家于下葬之日安上一个‘吉’字，若是娶亲之日更当安上一个什么字样呢？每见阴阳官遇见人家有丧，写个丧式，各行之下俱有‘大吉利’三字，岂不是天地间绝世奇文！且即以选择言之，古人嫁娶之期尽在二月。《夏小正》曰：‘二月，冠子，嫁女。’《周礼》地官媒氏之职曰：‘中春之月，令会男女。’《诗经》上嫁娶之期，考之，皆在二月。盖仲春阴阳和顺，顺天时也。其有丧者，得以不用二月；若无故而不用仲春者，还要加之以罪。难说三代以前嫁娶的吉日，皆在二月么？至如修造一事，古人多用十月，取其为农隙之时。所以天上北方玄武七宿，内中有个室星——为此星昏中，可以修造房屋，因此名为营室星。《诗经》所谓‘定之方中’是也。难说古人修造动土竖柱上梁好日子，都在十月么？至于古人葬期，天子七月，诸侯五月，大夫三月，士踰月。想是古人将死时，先请下一个好阴阳先生，拣定了下葬吉日，然后商量好这易箦之期，好去病故么？若不然死的不合板眼，定怕子孙贫贱时，埋怨祖宗死的不成化命。凡我所说，俱本圣人之经训，遵时王之令典，敢非圣者无法，为下者不倍？但不知孔子从的，后人如何却从不的？况且时王之制，所颁的有要万民使用的皇书，内中嫁娶安葬，以及为士者入学，为农者栽种，为工者修造，为商者开市等项，俱有现成好日子。阴阳家却别有讲究。总而言之，这些乱道，直是敢悖圣训，不遵王法而已。谭学生，你各人看该怎的，随你便了。”苏霖臣道：“总是人为祸福所惑，所以此等术士，得行其说。”程嵩淑道：“求福免祸，原是人情之常，人断没有趋祸而远福者。但祸福之源，古人说的明白：‘福是自求多的，祸是自己作的’。再迟十万年，也是这个印板样儿。如耕田的粪多力勤，那收成就不会薄了。如以火置于干柴乱草之中，那火必不能自己灭了。所以圣人说个‘自’字，‘永言配命，自求多福’、‘自作孽，不可活’；不曾说，‘永言看地，自求多福’，也没说‘不调向，不可活’罢？”张类村道：“风水之说，全凭阴骘。总是积下阴德，子孙必然发旺；损了阴骘，子孙必然不好；纵然葬在牛眠吉地，也断不能昌炽。总是人在世上，千万保守住天理良心，再也不得错了。”孔耘轩道：“先我想说一宗旧事儿，我怕对着小婿不敢说。昔日有个前辈，原是单寒之家。后来中了进士，做到湖广布政司。临终时，子孙环列病榻求遗嘱。这老先生嘱道：‘汝曹葬我时，只要浅埋。’子孙不解其故，问道：‘大人云云何也？’这老先生道：‘吾以寒士，致位方面，全凭着少年功苦，居官勤谨。今汝曹承我这个薄荫，必然不肯读书，生出骄奢淫佚。久之，必致落魄。那一时无可归咎，定说坟地不佳，另行改葬。我所以教汝曹浅厝者，怕后来土工们费力耳。”说到这里，孔耘轩住了口。程嵩淑接道：“谭学生，你今日要启迁令祖，却是令尊逆料不到的，当日必是深埋，今日土工岂不费力么？”谭绍闻面上似有不悦之色。程嵩淑看见了，说道：“谭绍闻呀谭绍闻！你那意思像有不喜我辈所说之话。我爽利对你说罢，你若敢妄行启迁，我就要呈你个邈视父训，播弄祖骨。我程嵩淑，实为与你父道义至交，不能在你面前顺情说好话。你要知道！”说着，早已向众宾一拱，离座而去。众人挽留不住，昂然出园门，向胡同口走讫。

张类村道：“程嵩老亢爽性子，没吃酒也是这样。总之，不过是不想叫谭世兄启迁，轻举妄动的意思。谭世兄，你何苦定为调向之说所拘？《阴骘文》上说的好：‘欲广福田，当凭心地。’我也奉劝念修，把那启迁的话止住罢。”谭绍闻道：“小侄也未尝执一，定要启迁。既是众位老伯这样指示，想是行不的，小侄就恪遵成命。”苏霖臣道：“这才是哩。”娄朴及四五位新进后生都说：“列位老先生卓见高论，不可有违。”遂把启迁一事止住了。王象荩心内暗喜，自是不用说的。谭绍闻道：“至于葬期，是难改的。”娄朴道：“葬期已定，何必更改。”惠养民道：“事之无害于义者，从俗可也。”唯有孔耘轩怕娇客起嗔，早已默默然，“游夏不敢赞一词”。呜呼！冰清而玉不润，做丈人的好难也！

日色已夕，众宾辞归，谭绍闻送至胡同口，拱立送别而去。

次日，谭绍闻又写了帖柬，另着双庆送去，请的是盛希侨、夏逢若、王隆吉三位盟友。

盛希侨见了请帖，即刻骑马而至。进了碧草轩，见了谭绍闻道：“我见你下的全幅素帖，想是要葬老伯么？”谭绍闻道：“是。”盛希侨道：“一来请的日子我不能来，二来咱是弟兄们，有事就该先到。我先问你，是什么事还没停当哩？对我说。”谭绍闻道：“我这事做的有些仓促，诸事匆匆，并想不起来少的什么；我在这里才想起刻行状、镌墓志的事。”盛希侨道：“这话你就休对我说，你说我也不听。依我说，我该帮你几两银子。争乃第二的近来长大了，硬说我花销了家业。我近来手头也窘些，我只助你一百两罢。就送的来。至于行大事时节，桌、椅、春凳、围裙、坐褥、银杯、象箸、茶壶、酒注、碗、碟、盘、匙，你要几百件就是几百件，要几十件就是几十件。只发给老满一个条子，叫他如数押人送的来。至于搭棚摆设，棚布、柱脚、撑竿、围屏，得几百件，凭在贤弟吩咐，就叫老满来搭。如敢弄的不合款式，我来吊纸时看见了，我吆喝他。人不足用，叫宝剑儿领来几个你支使。临时，只看你要行几天事，或十日半月，或八天九天，就把咱的戏，叫他们门前伺候——如今戏整本、散出，也打的够唱十几天了。饭也不用你挂心，也不用你赏他们钱。咱的大事，咱的戏，不叫他唱要他做啥哩？我回去就差人上陈留叫他们去。”谭绍闻皱眉道：“戏怕难唱。有几位迂执老先生，怕他们说长道短的。”盛希侨道：“胡诌的话！你家埋人，也不是他家埋人；我来送戏，也不是送与他家唱。那年在你这书房里，撞着一起古董老头子，咬文嚼字的厌人。我后悔没有顶触他。这一遭若再胡谈驳人，我就万万不依他。”谭绍闻道：“毕竟使不的。”希侨道：“俺家中过进士，做过布政，他们左右不过是几个毛秀才贡生头儿，捏什么诀哩。我走了，诸事一言而定。到那日有人坐席，不必等我，我不能来。我回去，即打算上陈留的人。宝剑儿，解牲口。”谭绍闻再欲开言，盛希侨早已出了园门。宝剑儿牵马递过鞭子，回头一拱，忽的上马而去。

绍闻回到轩上，心中打算行状、墓志的事。既是外父不点主了，就以此两宗稿儿奉恳。时日已迫，速办石板、木板。

及到请客之日，王隆吉及夏鼎先后到了。擎杯拜恳，王隆吉是内亲，任了管内边银钱、厨中买办杂事；夏逢若系盟友，任了管外边宾客席面酒酌杂事。不在话下。

自此以后，开圹，券墓，有泥水匠；破木造椁，有木匠；冥器楼库，有扎彩匠；孝幔，衣巾，有针工；碑碣，墓志，有石匠；雕刻梨木，有刻字匠；酒有酒馆；面有磨房；髹治棺椁，有漆匠。一切置买什物，指画款式，好不匆忙。

将近启柩之日，忽的双庆儿说道：“门外有个标营兵丁，说他叫虎镇邦，有一句要紧话，要见大叔。”谭绍闻吃了一惊。觉的是前日那宗赌债，竟等不得殡事完，可上门来了，好不发急。虽心中有几分怯意，又不能不见，又不敢不见。遂安排下营葬事忙，迨大事过后再为酌处的话头，应付这虎镇邦。只得请到轩上。虎镇邦进得轩中，也作了一个揖，只说道：“好谭相公，通是把我忘了！”这谭绍闻早把脸上颜色大变。正是：

人生万事总消闲，浩气充盈塞两间。
偏是脸前逢债主，风声鹤唳八公山。

第六十三回

谭明经灵柩入土　娄老翁良言匡人

话说谭绍闻听了虎镇邦开言说是把他忘了，好不吃惊，及至徐聆下音，却是送戏的话头，才把心放在腔子里。虎镇邦道："府上要行殡事，我一向在高邮，昨日回来，才知道了。咱是同城，又在一道街上，况且一向相好，怎的没我一个职事儿？"谭绍闻道："因虎将爷不曾在家，所以未曾干动。"虎镇邦道："长话短说。我昨日回来，本街上有一道朝南顶武当山的锣鼓社。他们如今生、旦、净、丑、副末脚，都学会出场儿。听说娘娘庙街盛宅有送的戏，难说咱一向相好，就不凑个趣儿，岂不叫别人笑话？他们情愿唱几天闹丧的戏。诸事不用你管。若说戏钱，便是把他们当梨园相待，他们就恼了。都托我来说，料谭相公也不好推阻。"谭绍闻道："他们这宗美意，又托将爷来说，岂有不受的？但只是不敢当些。"原来谭绍闻此时，一来是应允了盛希侨的戏，难以推诿第二家；二来欠虎镇邦的赌债，也就不敢抗违，所以含糊答应允讫。

虎不久话已说明，起身辞去。谭绍闻送至胡同口，转回家中，恰好尼姑法圆与母亲讲助经的话。看见谭绍闻进来，法圆忙打了合手说道："阿弥陀佛！恰好山主你来了，我正与老菩萨讲助经的话，超度老山主往升仙界，仗观音慈悲，好过那金桥银桥。”谭绍闻道：“事体仓促，失备的极多，怕临时照应不到。”法圆道：“山主好说哩。小徒叫我向你说，一向承山主多情，无可补报，一定要与老山主念两天受生经，灵前送几道疏儿。别的没敢多请，俺是师徒两个，南后街白衣阁妙智、妙通他弟兄两个。”王氏道：“那两个男人，怎好要他？”法圆笑道：“哎哟！老菩萨糊涂了，两个也是女僧。”王氏道：“你说的是弟兄两个么。”法圆笑道：“他是师兄师弟。俺是曹洞，他是贾菩萨派下，原与俺不一门头，但只是一个十九岁，一个二十岁，长的好模样儿。俺的经棚，就搭在客厅前檐下，白日里有客，俺在后边替你老人家帮忙。晚上人脚儿定了，内眷烧黄昏纸儿，俺才去念经，替你老人家超荐亡灵。还有普度庵里智老师傅，他是临济派，也要来。准提阁惠师傅，也要来，他是一堆灰儿家。共六个人。”王氏道：“只是太干动些。”法圆道：“我听说，城隍庙王道官与铁罗汉寺雪和尚，都动帖子请他们道友，说是与谭宅念经哩。”谭绍闻道：“这我却一字不知，怎好劳动他们。”法圆道：“他两下的，原是与鱼市口钱有光家念经斗出气来，说下要赌气对经，情愿来助经，僧道两家赌武艺儿。若是像俺这女僧，虽然是四家祖师，却合的很好，全没有一点言岔语刺。只是虔心念经，叫老山主免受十帝阎君的苦；保人家儿女兴旺，钱财足用。就如打平安醮一般，俱是小响器儿，全不聒人。”话犹未完，双庆儿来说道：“扎彩匠王三麻子说，前日说的显道神太高了，怕城门过不去。”谭绍闻道：“凭他减了几尺也罢。”双庆道：“他还说少两个美女身上衣服，要添两匹绿绫子，四条绉纱汗巾儿。”

谭绍闻未及回答，蔡湘来说：“孔爷使人送墓志稿儿，还有一封书。”绍闻接来一看，乃是讲填讳的话。吩咐道：“叫王中留来人吃饭。”蔡湘道：“王中害眼，疼的当不的。”王氏道：“偏偏忙时会害眼！”

又只见一个老婆子进来，向王氏磕头，道：“谭奶奶好。”王氏道："不认得。你是哪家来的？"老婆子不暇回答，笑道："看好，姑夫也在家哩。"因向王氏道："我是巫奶奶差来的，叫问谭奶奶好。还有一句话商量：这里事忙，本不该说请俺姑娘回家，只是今晚关帝庙唱戏，说夜间要耍火狮子，才是出奇哩。今晚回去看看，明日就送回来。不知谭奶奶叫去不叫去？"巫翠姐闻声，早上堂楼来，问道："老谢，谁叫你来了？"老婆子道："俺奶奶叫我来接姑娘。前日孟玉楼与你丢下四朵大翠百鸟朝凤花儿，一对珊瑚配绿玉鲤鱼卧莲花儿。奶奶说，等姑娘看中了，要它；看不中时，再遭还叫她拿的去。"谭绍闻道："俺家这样忙，你家还叫你看戏哩。"巫翠姐道："看戏倒不打紧。我前日对老孟说，叫她比着南院苏大姐珊瑚花捎一对，不知她捎来的如何，我心里却想去看看去。明日就回来。"法圆道："您都是前世修来的享福的人，凭家下怎的忙，这小菩萨是不用动手的。况且今日去明日就来，也耽搁不了什么事体。"王氏道："叫她在家也是闲着。"巫翠姐见母亲许了，便道："娘，我住三天罢。"王氏未及回答，双庆又来说："南马道张爷，引的旧年刻《阴骘文》的刻字匠，说要加人，连利刻字哩。"绍闻须得到轩上，与张类村说话。翠姐略匀晚妆，王氏叫邓祥套车，老谢与翠姐坐上，法圆也要趁车儿坐，一同去讫。

到了次日，貂鼠皮一班儿讲竹马儿送殡，谭绍闻因一向同赌之情，不便推却，聊且应允。一声谣出，一连数日之内，也有说跑马卖解送殡的，也有说扎高抬送殡的，也有说拉旱船送殡的——下文再详注姓名。绍闻都胡乱答应了。

到启柩前五日，夏鼎早来，以护丧大总管自居。满相公搭棚挂灯，办理桌椅家伙等件。王隆吉系内亲，管理内务，职掌银钱。又过两日，巫家内弟来送姐姐，王氏留下管理答孝帛。家人双庆、邓祥等各有职事。

可怜王象荩，此时正要竭尽心力，发送老主人入土，偏偏的病目作楚。心里发急，点了卖当的眼药，欲求速愈，反弄成双眼肿的没缝，疼痛的只要寻死。坐在旧日放戏箱屋里，一寸微明也不敢见，将门关了，窗儿遮了，兀自疼痛不休。又加上心上惨戚，唯有呜呜的暗自痛哭。愈哭愈肿，愈肿愈疼，不得已竟是不与其事了。所可幸者，王象荩病目大甚，诸事不见。若在灵前，见那唱戏、跑马等胡乱热闹光景，又不知要与少主人有多少抵牾哩。

到了开吊之日，行启柩大礼。论起绍闻本非匪人，只因心无主张，面情太软，遂渐渐到了下流地位。今日柩前行礼，触动本心，一场好恸也。行礼已毕，坐苫块间，拄杖受吊。

只听得一个人哭将进来。从人将祭品摆在桌上，那人拈香奠酒行礼，放声大哭，极其悲哀。绍闻也哭个不祝众人都来惊视，你道是谁？却是旧日管账相公阎楷。原来阎相公回家，发送了严慈入土，领了本村一家财东资本，在山西及郑州大发财源。今日进省发货，要来旧东人家探望。恰好遇见老东人归窆之期，遂办了一桌厚品，封了八两赙仪；到了灵前，想起老东人作养教诲之情，好不伤感，所以号啕大恸。

收泪已毕，夏逢若便让客进棚。阎楷道："我在此处，不敢作客，情愿任个职事，效个微劳，尽我一点心儿。临时执绋临圹送了大爷入土，我好再去办己事。"谭绍闻称谢不已。夏逢若道："现今职事，各有掌管，惟有吊丧之客，祭品，赙仪，恐笔下疏漏。阎哥你任了这事罢。"阎楷道："清理账目，本是我旧日勾当，我就情愿办这个事体。"自己遂坐了东檐下一张桌儿上，单候吊客，清写祭品赙仪之事。

少时，果然宾客填门。席面款待，答孝帛，拓散行状，都不必细述。一连几日，俱是如此。虽说轰轰烈烈，原不寂寞，但只是把一个累代家有藏书、门无杂宾之家，弄成魑魅魍魉，塞门填户，牛溲马勃，兼收并蓄了。

阎楷于众役之中，留心物色，只单单少王象荩一人。暗问双庆，方知王象荩病目欲瞽，在后院一个小房避明哩。到了晚上，阎楷登账之几案，便是法圆念经之善地。街上两棚梨园，锣鼓喧天，两棚僧道，笙歌匝地，各人都择其所好，自去娱耳悦目。阎楷令双庆儿提个小灯笼儿，向后小房来探望王象荩。这王象荩听得脚步响，问道："是谁？"阎楷道了己名。王象荩摸住阎楷衣袖，一个字也说不出来，只是一个哭得不止。阎楷也忍不住泪珠阑干，说道："慢慢地细说。"王象荩徐徐说了几句话儿。阎楷便叫双庆儿："寻一张小床儿，我今晚也在这里歇。"王象荩道："你的行李哩？"阎楷道："在祥兴行里。"阎楷白日照职理事，到晚就与王象荩祥诉衷肠。即遣跟的伴当，送信到祥兴行里，说过了几天，才回去。

到了归窆之日，王象荩一心念主人情重，勉强跟定阎楷，双庆搀着，从胡同口转至大门，到了厅中。谭绍闻见了王象荩双目肿的无缝，恰如瞽者一般，遂说："你眼这样儿，在后边罢了，来此做甚？"王象荩大恸，只说一句道："我来送送大爷。"此时孝幔已撤，唯有一具棺材，麻索遍捆，单候那九泉路上。王象荩强睁病目，看见这个光景，痛如刀割，放声大哭。

后边孝眷听的起灵，一拥儿哭上前厅来。双庆扯住王象荩，令其躲开。少时一班儿抬重的土工，个个束腰拴鞋而来，好不吓煞人也。两个家人，搀定一个麻冠斩衣的孝子，直如拉面筋一般，拖出街心，朝门跪着，仰天拍地的痛哭。德喜儿也抱定兴官儿，斩衰小杖，哭着候嫡母孔慧娘出灵。

果然个个都带慌意，人人俱动悲情。

猛然间，只听得——

杠夫一声喊，黑黝黝棺木离地；孝眷两队分，乱攘攘哀号动天。打路鬼眉目狰狞，机发处手舞足蹈；显道神头脑颟顸，车行时衣动带飘。跑竹马的，四挂鸾铃响，扮就了王昭君出塞和亲；耍狮子的，一个绣球滚，装成那回回国朝天进宝。走旱船的，走的是陈妙常赶船、于叔夜追舟，不紧不慢，恍如飘江湖水上；绑高抬的，绑的是戟尖站貂蝉、扇头立莺莺，不惊不闪，一似行碧落云边。昆腔戏，演的是《满床笏》，一个个绣衣象简；陇州腔，唱的是《瓦岗寨》，一对对板斧铁鞭。一百个僧，披袈裟，拍动那铙铜钹，声震天地；五十双道，穿羽衣，吹起来苇管竹笙，响遏云霄。级糊的八洞仙，这个背宝剑，那个敲渔鼓，竟有些仙风道骨；帛捏的小美人，这个执茶注，那个捧酒盏，的确是桃面柳眉。马上衙役，执宝刀、挎雕弓，乍见时，并不知镶嵌是纸；杠上头夫，抬金箱、抬银柜，细审后，方晓得髭髯非真。五十对彩伞，满缀着闺阁奇巧；十二副挽联，尽写着缙绅哀言。两张书案，琴棋书画摆就了长卷短轴；一攒阴宅，楼阁厅房画定的四户八窗。鹿马羊鹤，色色都像；车马肩舆，件件俱新。香案食桌，陈设俱遵《家礼》；方弼方相，戈盾皆准《周官》。三檐银顶伞，罩定了神主宗祏；十丈大布帏，遮尽那送葬内人。

沿街上路祭彩棚，阻道供桌，拥拥挤挤，好不热闹。

灵輀过去，有几个老头儿叹道："谭乡绅好一个正经读书人，心地平和，行事端方。如今他的公子，就万万不胜了。"也有门楼中、墙头上妇女，看见孔慧娘灵车，说道："谭家小娘子，极其贤惠。可惜好人不长寿，也是那谭相公福薄。"

不说那街谈巷议，各施品评。单说灵輀出了西门，到了坟上。胡其所分金调向，满面流汗，四肢俱忙。各礼相赞成了程嵩淑祀土、娄朴点主的大礼。焚冥器，下志石，封土圆墓，直到城门夕封之时，刚刚草率办完，众人方才一拥儿回城。

到了次日，阎楷要起身，办理自己生意，将祭品赙礼清簿交明。绍闻挽留不住，只得任其去讫。阎楷又到后房里与王象荩说了几句话，王象荩不肯叫走。阎楷又少留一会儿，自回祥兴号照料行李。

过了三天，事已各完。谭绍闻将吊簿逐一细看，只见上面写着：

阎楷 祭品一桌，赙仪八两。

盛宅 猪一，羊一，祭品满案，赙仪五十两，丧戏一台。

夏逢若 鸡一只，赙仪三钱。

泰隆号孟嵩龄、吉昌号邓吉士景卿云、当铺宋绍祁、绸缎铺丁丹丛、海味铺陆肃瞻、煤炭厂郭怀玉共绫幛一树，猪羊祭品，赙仪二十两，路祭阻道彩棚七座。

王经千 折仪二两。

张绳祖、王紫泥各折仪三钱。

王舅爷 猪羊祭品，赙仪十两。

满相公 礼二钱。

巫大爷 猪一，羊一，油蜜楼一座，油蜜牌坊一架，海菜二十四色，果品二十四色，熟品二十四色，素锦帐一树，挽言一联，赙仪二十四两。

巴庚、钱可仰、焦丹 各折仪三钱。

地藏庵范师傅 疏二道，纸礼二分。

胡其所师徒 共礼钱二钱。

姚杏庵 礼二钱。

孔爷 猪一，羊一，祭品一案，素帐一树，挽言一联，东厢房灵前羊一，祭品全案，赙仪六两。

程爷嵩淑、张爷类村、苏爷霖臣共羊一，祭品一案，赙仪六两，祭文一纸，挽言各一联。

虎镇邦 礼三钱，丧戏一台。

保正王少湖 礼一钱。

上号吏钱万里 礼二钱。

林腾云 礼五钱。

贾李魁 纸礼一分，送高抬故事四架。

鲍旭 礼一两。

管九宅 折仪三两。

刘守斋 折仪一两。

刁卓、白鸽嘴、细皮鲢各分赀五十文，送跑马卖解、软索绳伎共男女十二人。

雪和尚 疏二道，纸礼二分，经棚三日。

姚门役 礼二钱，送旱船二只。

城隍庙王道官 疏二道，纸礼二分，经棚三日。

贲浩波 礼五钱。

王二胖子、杨三瞎子、阎四黑子、孙五秃子 共礼钱四百文，送竹马八人。

薛媒婆　纸礼一分。

桶子眼　猪首一付，礼钱二百文，祭孔姑娘鸡一只。

娄宅　猪羊祭品，挽诗绫款二幅，赙仪十二两。

周宅小舅爷　赙仪六两，祭品一案，坟上周太太墓前祭品一案。

惠先生　礼二钱，挽言纸联一副。

邓汝和　礼三钱。

冯三朋、魏屠子、张金山、白兴吾共分赀二百文，送狮子回回十六人。

谈皂役　礼三百文，孝帛自备。

刘豆腐　礼五钱。

袁勤学、韩好问、毕守正、常自谦共礼钱四两。

其余凡街坊邻舍祭品奠仪，笔笔无遗。谭绍闻逐一查明，内有该设席酬爱的，有该银钱开发的，有该踵门叩拜的，按项周密酬谢。请席俱是夏逢若伴东。因末一日，请的有刁卓，夏逢若自觉见面不雅，推故躲去。

酬客已毕，尚有点主、祀土大宾未谢。从新另置币帛表礼，踵门叩谢。

到了程嵩淑家，收了茶叶一封，余俱璧回。

又诣北门娄宅往谢，娄宅也收扇子一柄，余俱璧回。即午款留，谭绍闻再三以服色不便为辞，娄朴道："本系通家世好，无事过拘。且留世兄之意，原是家伯吩咐的。即请家伯出来，少叙片刻何如？"绍闻道："久疏老伯尊颜，理合瞻依，就遵命请见。候师伯内转，弟仍要急归，料理冗杂余务。"道言未已，早闻屏后嗽声，娄朴急趋后往迎，说道："家伯来了。"

谭绍闻恭立相候。只见娄朴同娄樗搀出一个龙钟老叟，谭绍闻便欲行礼，娄翁道："不消，不消，老头子家不能答礼。"谭绍闻只得遵命。娄翁喘喘地在西边坐下。谭绍闻道："师伯身上康健，小侄少来请安。"娄翁道："谭学生长成了，果然与你爷爷汉仗相仿。好！好！

好！我听说学生今日要来，我对朴娃说，叫留下，与你说句话。我老了，话儿或是中用的。”谭绍闻道：“师伯教训，小侄敬听就是。”娄翁道：“我听说你近来干的事不大好，我心里很不喜欢。不说你跟第二的读过书，是俺家徒弟，但我是领了你爷爷的教，才弄的有点墨儿。我今儿听说你很不成人，我若不告诵学生几句正经话，我就是没良心的人。您是有根基的人家，比不得俺这庄农人家。你若是有志向上，比人家上去的快；若还下了路，比人家声名分外不中听。我说的休惹学生厌烦。”谭绍闻满面发红，应道：“师伯见爱，谆切教训，焉敢厌听。”娄翁道：“我是个村庄农人，说不上来什么巧话儿，我就把你爷教训我的话，我常记着哩，今日学与你听。我当初在您那萧墙街，开了个小铺儿，年轻时好穿两件子时样衣裳，并不曾吃酒赌博。你爷爷看见，就说我一心务外，必不能留心家计。又说：休把过日子当成小事，弄的穷了，便无事做不出来，寻饭吃还是高品哩。学生，你休把你那肥产厚业，当成铜墙铁壁，万古不破的。今日损些，明日损些，到一日唰的一声倒了，就叫你没头儿捞摸。我是七八十岁将死的人，经的多了，人的话是口里话，我的话是眼里话。世上那些下流人，究起他的祖上也都是像一个人家的。若早已不像人家，谁家还拿着闺女与他做老婆？便早已断了种，何至还有人丢丑呢？”娄朴见伯父出言太重，说道：“伯回去罢。”恰好娄翁一阵咳嗽起来，也不能再说，起身回去。依旧弟兄两个搀着，还哼哼的不住自己说：“好话，好话，值金子的好话。”渐渐地咳回后宅去了。

娄朴回来道：“家伯年老，未免语言重些，世兄只领略家伯的意思罢。”谭绍闻道：“咳！我若常有这位老人家说重话，我未必不与世兄并驱，何至到这上不上下不下地位。只因先君见背太早，耳少正训，遂至今日与世兄相判云泥。”娄朴道：“世兄果不嫌家伯语重，何难回头是岸，万不可面从腹诽。”谭绍闻道：“世兄视我为何人？我岂土木形骸，不辨个是非么？我今日还要吃世兄的饭，世兄再赐良箴，方征世谊盛情。”娄朴道：“先生在馆陶捎来家书，没一次没有叫弟劝世兄一段话说。我取出书来你看。弟见世兄浪滚风飘，又怕徒惹絮聒。今既采及葑菲，敢不敬献刍尧。”娄樗出来，饭已就熟，三人同案吃讫。娄朴婉言巽语，直说到日色下舂。绍闻道：“可惜居住隔远，若卜居相近，未必无蓬赖麻直之幸。”

日已西坠，绍闻告辞，口口说的是改过自新话儿。娄氏昆仲，送出大门外，绍闻自行回家。

有诗单言娄氏父子伯侄，俱以绍闻为关心的好处：

世谊乡情一片真，弟兄父子各肫肫；
此生能遂迁居愿，何惜万金结德邻。

第六十四回

开赌场打钻获厚利　奸爨妇逼命赴绞桩

话说谭绍闻将父亲灵柩及元配孔氏，殡葬入土。一连酬客数日，用银子开发了各色匠役，以及竹马、旱船、杂色故事、梨园二班等项。又各备程仪，谢了相礼老少大宾。各事俱完，因聆了娄师伯的教，一心要痛改前非，遂叫双庆、德喜儿洒扫后轩，整理读书旧业。

坐了一天没事。因王象荩病目太甚，在银海药书上，查了一个清肝火治攀睛药方儿，命双庆在姚杏庵药铺取药去吃。

到了次日，正在展卷之际，猛的进来一个人。谭绍闻离座相迎。那人是谁？原来却又是虎镇邦。谭绍闻恭谢前情，虎镇邦还礼道："恭喜！恭喜！你的大事办完，可算的心净了。"二人坐下。谭绍闻觉得虎镇邦来意，定是为那话儿，想用言语支吾，却又没话可说，因问道："虎将爷前日在高邮有何公干？"虎镇邦道："我的本官是高邮州人。因有公干，并捎送两封家书，还叫一个会镫磨盔刀的好匠人。可惜我的造化太低，到那里大雨下了两三天，江水大涨，心焦闷极，闲赌一赌，就输了四百多两。前日回来时，那开场的就跟上来，要这宗赌账。我说他与我本官是同乡，叫他进衙门瞧瞧。他说他的事忙，怕我的本官念是同乡，扯捞住了，不得爽利回去。每日就在我家住着。

我若不为家中有客，前日殡老伯时，我岂能不来任个职事，要咱这相与做啥哩？”绍闻明知虎镇邦说的是假话，但只是不敢诘问。虎镇邦见绍闻不接下音，又说道：“家中现坐着这个人，我心里甚是着急。谭相公你的展转大些，就借与我几百两，打发这人回高邮。再不然，代我转揭一下，我改日一本一息奉还。因谭相公大事过了，所以才敢相央，若前此便说这话，可见俺这兵丁头子，是不识天高地厚。”谭绍闻道：“改日商量。”虎镇邦道：“既是许我改日，爽利定个日子。我好也定个日子与高邮来人。难说谭相公说的话，还有个日头错影儿么？我只打点与他饯行罢。”谭绍闻道：“再迟三天。”虎镇邦道：“什么是三天，爽快就是五天。他多住两天，吃了我的什么？我到第四日晚上与他饯行。就此失陪，我要去哩。”早已立起身要走。谭绍闻只得奉送，因是欠债情怯，直送出胡同口土地庙前。虎镇邦回头一拱道：“事不再订。”扭头扬长去讫。

谭绍闻回到轩上，好生着急。猛的想起来疥疮药少不了臭硫磺，须得还寻夏逢若商量。遂叫双庆儿去寻夏逢若。双庆儿道：“不知夏叔近在何处住？”谭绍闻道：“我前日听说，他移在城隍庙后街马家房子里住，你就到那里去问。”原来城隍庙后马家，是个半不大儿财主，因续弦娶了夏逢若的干妹子——就是谭绍闻在瘟神庙卷棚下相的那个女人，夏逢若因谭家事不成，又说嫁了马九方家，联成个瓜葛亲戚，所以乔迁在此。

双庆一问就着。叩门叫道：“夏叔在家么？”只见一个老妪出来说：“他昨夜与马姐夫出城打鹌鹑去了。”双庆只得回来。却见一起人从南进街而来，有背着网的，有提着小笼子的，内中正有夏逢若。拿着一根绳子，穿着十几只死鹌鹑。双庆迎着说道：“俺家大叔请大叔说句紧话。”夏逢若道：“我也知道该是时候了，我是必去的。但只是等我回去，把露水鞋换了，同马大叔把鹌鹑炒的吃了。我午后就过去。我且问你，这几日虎不久儿到你家不曾？”双庆道：“今日饭后，同大叔在轩上说话。”夏逢若道：“是了。”马九方道：“咱炒鹌鹑吃哩，夏大舅要不吃，我就在家独享了。”夏逢若道：“双庆你回去，我只吃过饭去就是。”

双庆到轩上回复了谭绍闻。果然过了一个时辰，夏逢若摇摇摆摆上得轩来。谭绍闻道：“叫我好等。”夏逢若道：“你的事，我昨夜灯下下课，早已算明。只是你家有个勾绞星，与我犯了相克，叫我也没法。”谭绍闻道：“不过是王中。”夏逢若道：“你知道便好。你只把他一脚蹬开，你那作难的事一毫也不难。譬如昨日若不是他害眼，不敢见一点明儿，我就与你帮不成忙；埋殡事情也不能恁一个光彩，你也还得几场子闷气惹哩。”谭绍闻道：“叫他还去南关看他的菜园，这有何难？你只说当下的虎兵丁这事，该怎的处？”夏逢若道：“你只引我到厅院里，我对你说，管情你不唯去忧，还要添喜哩。”谭绍闻果然引得夏逢若穿宅而过，只喝了一声有客，各楼门都闭了门扇儿。

二人到了厅院，夏逢若哈哈大笑道：“好一个日进斗金的院子，你不会料理。听了我的话。纵然不能日进斗金，每天要见半斗子钱，是万万作准的。”谭绍闻道：“你就说该怎的。”夏逢若前后左右指着说道：“你这客厅中，坐下三场子赌，够也不够？两稍间套房住两家娼妓，好也不好？还闲着东西六间厢房，开下几床铺儿，睡多少人呢？西偏院住了上好的婊子，二门外四间房子，一旁做厨房，一旁叫伺候的人睡，得法不得法？门外市房四间门面，两间开熟食铺子，卖鸡、鱼、肠、肚、腐干、面筋，黄昏下酒东西；两间卖绍兴、金华酒儿，还带着卖油酥果品、茶叶、海味等件。这城里乡间赌友来了，要吃哩，便有鲜鱼、嫩鸡；要喝哩，便有绍兴、金华；要赌哩，色盆、叶子；要宿哩，红玉、素馨；嫖、赌、吃、喝，凭他便罢。吃了给肉钱，喝了给酒钱，赌了给头钱，嫖了给房钱。若是你这房主四般都许随意，要怎的便怎的，一个胡沙儿，半分银皮儿，不用拿出来。这是你的祖上与你修盖下这宗享福房子，我前日照客时，已是一一看明，打算清白，是一个好赌常强如张老秤那边房子少，左右把几个人往他家祠堂里乱塞，所以招不住好主顾。我昨夜又与你打算下厨房火头，一个叫张家二粘竿儿，一个叫秦小鹰儿。这两个他大，都开过好熟食铺儿，如今没本赁房子，每日只粘几个雀儿，鹁鸽儿，煮成咸的，在街头卖。秦小鹰不过卖五香豆儿，瓜子儿。都在城隍庙后住，央我给他寻投向。这两个很会小殷勤儿，不像白鸽嘴他们，油嘴滑舌的恁样胆大。”谭绍闻道：“你说的怕家里不依。”夏逢若道：“依！依！依！不唯依，而且无乎不依。只叫老伯母打上几遭钻，兴相公抓几遭彩，后边还怕前边散了场儿哩。”谭绍闻道：“怎的叫打钻、抓彩呢？”夏逢若道：“赌到半夜时，老伯母煮上几十个熟鸡蛋，或是鸡子炒出三四盘子，或是面条、莲粉送出几瓯子来，那有不送回三两串钱的理，这个叫做打钻。兴相公白日出来，谁赢了谁不说送二百果子钱，谁不说送相公二百钱买笔墨？这个叫做抓彩。你家只少一个贤内助。若是我那干妹子到你家，性情和平，识见活动，再也不拗强你。可惜嫁与马九方，每日弄网，弄鸟枪，打虫蚁儿，把一个女贤人置之无用之地。”谭绍闻道：“这话且靠后。我委实对你说，虎镇邦那宗钱要的紧了，该怎的处？”夏逢若道：“病有四百四病，药有八百八方。我方才说的这话，只把他搭上伙计，这银子未必就还他恁些，不过只叫没水不煞火就罢。都是我昨夜打算就的。祝且你能如此，你是掌柜的，他是小伙计，他爽快不要，也是不敢定的。”谭绍闻道：“他未必肯。”夏逢若道：“他是咱城中第一把好手，要赢人一千两，若赢九百九十九两，算他让了一两做想头。他早已想吃咱城中绅衿秀才、宦门公子、富商大贾这一股子大钱，只吃亏他门头儿低，也没好院子做排常若得了咱这正经人家开场儿，又有体统，又有门面，便展开他的武艺。他时常对我说，我知道他的心事。即如没星秤想他这把手，想的如孩子要吃乳一般，他为张绳祖名声不好，院子也窄，房子也破了，不成招牌，再也不肯去。你若照我所说，管保你这宗赌债是松局，你还要锦上添花哩。”谭绍闻道：“要同开场，也要搭上你才妥。”夏逢若道：“咱是好弟兄相与，少不得我与你招架着些，我可说啥！只是你主意定了不曾？”谭绍闻道：“我如今家统一尊，有什么主意不定。”夏逢若道：“既然主意定了，我今夕去勾搭虎镇邦，你今晚就开发你那王中，明日早晨见真点儿。”

两人商议已定，夏逢若便要与虎兵丁见话。谭绍闻送出二门，说道：“我街上客未谢完，不便出门。”夏逢若道：“谁叫你送我？”二门外一拱作别。

不说谭绍闻开发王象荩，无非是说南关清幽，各人静养病目话头。单讲夏逢若寻着虎镇邦，商量在谭宅共开赌场，好吃那城中丢体面的顽皮秀才，少管教的憨头公子，没主意的游荡小商，有智谋的发财书办这宗美项，只得把谭绍闻所输的银子，暂行放松些。虎镇邦道：“我现成饭儿不吃，却叫我等做的饭，我不依这事。”夏逢若道：“呸！你这个识见还敢在赌场中称光棍么？你想，这些门户子弟在咱手里，要高兴杀他时，不过是瓮中捉鳖；要懒于杀他时，不过是项上寄头。咱趁谭家宅子伙开赌场，主户儿主好，门面也高，有好招牌，不怕没有好主顾。像那一起管老九、贲浩波、东县鲍旭、小豆腐儿，不愁他不自己跳进锅来。况且城中又听说有几家新上来的赌家、嫖客，俱是很肥，有油水的。咱搭上伙计，他们那一家不是纳粮的花户？管情比这八百两多着哩。你如今一定要这宗银子，他近日光景，也比不得从前，况且才行殡事，八下的亏空。俗话说：‘要账要的有，要不的没有。’谭绍闻手头空乏，尽着力给你，也不过几十两之数。这貂鼠皮、白鸽嘴、细皮鲢难说不分给他们些儿？你与谭绍闻便是一遭交易，就没了第二宗买卖。怎如你照我说，做一个‘长头夫妻’呢？”虎镇邦道：“你说的也是。”夏逢若道：“你依了？”虎镇邦道：“有啥不依，我当初为赌博把一个家业丢了，少不得就在这城内几家憨头狼身上起办。”夏逢若道：“咱就与谭绍闻见个确话。”虎镇邦道：“我今晚还要当差，明早同到谭宅说罢。”

到了次日早晨，两人不约而同到了谭绍闻家。夏逢若早引着虎镇邦说，某屋子住娼妓，某屋子开赌场，某屋子开床铺，某屋子做厨房。就是没槽道喂牲口。谭绍闻道：“叫泥水匠在账房后边盖上两间马棚，另开一个小院子做中厕。”夏逢若拍手笑道：“妙极！妙极！”虎镇邦看见局阵宽敞，正是宰杀浮浪子弟的好锅口，说道：“谭相公，咱既成伙计，一家人就不用说那两家的话，你那八百银子，我爽利让你二百两，这六百两也不必此时定要，你陆续给我。高邮州来人，我昨晚开发起了身。这宗事你爽快不用在心。你只叫泥水匠修马棚。把地再用砖儿铺好，就叫裱褙匠把顶槅糊糊，弄得干干净净的。”又向夏逢若道：“省城内公然讲开赌场，也不是甚稳便的事。省城大老爷多，况且祥符县衙役如狼似虎，平白还讹人。若是赌场，难免没事。”夏逢若道：“我比你想的周到：营兵有你顶当，祥符差人叫盛宅里顶。”虎镇邦道：“盛宅也不管这事。”夏逢若笑道：“我已约下盛大哥，明日开张时，他要来看红玉。我对街坊只说是盛大宅的生意。他只走这一回，就都信了。他的脸面大，势力强，那些皂快壮班，就不敢胡放肆。其实盛大宅他不知道咱掣的是他的旗。这叫做狐假虎威。你说好也不好？”虎镇邦道：“我这虎也不弱。”夏逢若道：“两个钱的皮老虎，外边一张皮，肚里精空，胡响得厉害。比不得盛大哥公子性儿，难惹难发落，总是仗着钱粗。”二人说完大笑。夏逢若又道：“如今咱的事，厨子我已安插就了，一个是张家二粘竿，一个是秦小鹰儿。这几日，咱两个只用知会赌友，约定十五日开张。本街地方、团长，以及各衙门人役，都许他一个口愿，他们也自然不说闲话。咱只轰的一贺馆，就成了相与，还怕啥呢？”三人商量已定，各自回家。

及到十五日，张二粘竿秦小鹰已将糟、熏、烹、煮等件，做的香喷喷哩，排列停当；新打的壶瓶，旋买的盅碟，涤刷洁净；定了一家卖蒸食饽饽的，早晚不许有误。夏逢若、虎镇邦、谭绍闻坐在厅上，单等知会的赌友“临潼大会”。

只听得二门外嚷道：“怎么冷清可淡的？”三人出厅相迎，早是管贻安到了厅上。谭绍闻躬身致礼谢道：“前承光吊，兼赐赙仪。”管贻安一把扯住道：“叫素馨出来，与我缀个扣子。先时我下马来，忽的扯掉了扣门儿。”夏逢若道：“今日初会，还不曾请上堂客来。”管贻安道：“放屁！你前日怎的对我说来？”道言未已，盛希侨到了，笑道：“竟是弄成个酒饭馆款式，好不中看的要紧。当真的晌午时，撕您那烧鸡子卷薄饼？何如您叫个狗肉案子，驴肉车子，一个个扯住一片狗腿啃，一个个切一盘驴板肠？不成局！不成局！谭贤弟，你竟胡闹起来！”大家坐下，张二粘竿捧了一壶茶上的厅来。盛希侨笑道：“把你腰里水裙去了，你那跑堂的样子，我竟是吃不上你的茶来。”宝剑儿早泡了一碗茶上来，盛公子接了。粘竿逐一奉茶。管九儿见了盛公子，竟是有小巫大巫之分，将就取了一盅茶，也不敢多言。到了虎镇邦面前，盛希侨道：“这位呢？”夏逢若道：“前营虎将爷。”盛希侨就一声也没言语。少时，小豆腐来了，三个主人，站立相迎。小豆腐早已认得盛公子，也不敢说作揖为礼。谭绍闻扯过一张椅子，让的坐了。盛希侨道：“夏贤弟见约，我不敢不来。但今日午间，有一个远客，要候他过午，我要回去哩。”站起身来，将茶碗放在桌上，说：“失陪！众位都不用送。”宝剑早已伺候停当。唯有夏逢若、谭绍闻二人，送出大门。盛希侨上马，还说道：“真正好酒馆饭铺！”街上人也不知其意，只说盛公子来看生意哩。果然夏鼎主意不错。

二人回至厅上，夏逢若道：“盛大哥总是恁个样子。”管九儿又放肆起来，说道：“你弄的这原不是排场儿。”夏逢若道：“九宅哩，比前几月在我家的那排场何如？你怎的不嫌呢？依我说咱五家够一场儿，咱收拾玩玩着。九宅哩，来罢！来罢！”管贻安道：“你说是有红玉、素馨两三家子哩，怎的一个也不见呢？”夏逢若道：“事才起头儿，诸事匆匆，尚未就局。把你急死了，你明日就带几家子来。”管贻安道：

“我明日就送一家子来。”夏逢若道：“不过是珠珍串儿。”管贻安笑道：“你知道么？珍珠串如今不能成事了，人对着他说话，就染的身上长出玛瑙疙瘩来。把他的厚友贲浩波染的出起花来。请了一个瞎医生，不知用的什么药，把半嘴牙都烧掉了。听说如今鼻子也黑了。像是这疳疮厉害，将来未必活的成。纵然活了，这腰上要成一个大黑窟窿哩。”谭绍闻道：“你明日送哪一家子来？”管贻安道：“我家有一个子小爨妇，名叫雷妮，汉子叫狗避旹儿。我雇觅她原是以做饭为名，近来家里住不得，我明日暗地送来。”夏逢若道：“你送来极好，人家说管九宅出门赌博，一定是要携眷哩。”管贻安道：“你休胡说。委的家中住不得，一来家兄跟舍侄不依，二来这狗旹他大来找寻他这两口子很紧。我把狗旹儿使的往河北去了一个月，这老狗肏的不得见他儿与他媳妇，每日只是在我庄上寻饭吃，晚上住在村头牛王庙。赶他也不走。他说他学过代书，也识几个字儿，写了一张招子，贴在庙门。我爽快送到这里，与老狗肏的一个没招对，就叫人着大棍打这老狗肏的，看他走也不走。”谭绍闻道：“这雷妮多大岁数了？”管贻安道：“十九岁。我今晚出城，明早不明时，就生发进城来。”夏逢若道：“你今晚不请阴阳先生么？”管贻安道：“要他怎的？”夏逢若道：“要迁府上乱葬坟，难说不看个下葬好日子么？”管贻安道：“你就是个真狗肏的！”大家哄堂一笑，收拾起赌来。

赌到午时，粘竿、小鹰摆上熟馔，烫起金华酒儿。饭完酒毕，依旧上常日未落时，也不显输赢。管贻安要走，说道：“我回家酌夺，明早就到。我不过饭后也到。”夏逢若道：“爽利一起来，只算是夫妇同行。”管贻安骂道：“你这个狗肏的，就是狗旹的令郎。”

不说管贻安酌送雷妮。单说谭宅赌了一夜，日方高时。果然雷妮到了。众人一看，端的西施再世，南威重生。谭绍闻送至后边，内眷不唯不生嗔怪，反动了我见犹怜之心。饭后管贻安也到。

不说他们科诨戏谑，单讲他们赌博热闹。又续了几个赌家，又来了两家妓女。每日两三场子掷色，斗叶子，押宝带敖二，是一天有十几串抽的头钱。王氏黄昏时，果然煮出来两盘鸡蛋，约有三四十枚，果然送回楼下有两三串青选大钱。兴官出来时，这个送买瓜子钱，那个送买笔墨钱。兴官拿回二百钱，冰梅接在手里，就给了樊爨妇，不许兴官要这钱。这邓祥、蔡湘、双庆、德喜等，每日都有三五百赏钱进手。这几个厮役，自寻僻地，就赌将起来。两三个妓女，白昼都陪巫翠姐耍牌儿。熟食家中尽吃，几乎不用动锅灶了。

自此家中内外，无不欢天喜地。唯有冰梅聆过孔慧娘的教，心中又急又怕，只是自己微贱，却也无可奈何。只得严禁兴官，左右跟定，不许前厅玩耍每日拿一本《三字经》儿，寻巫翠姐问字，自己念书。或遇见蔡湘、邓祥也问字儿。无奈谭绍闻看这光景，求无不得，欲无不遂，想人生之乐，不过如此，何必另生枝节。真所谓此间乐，何必更思蜀中。有《西江月》为证：

白昼呼卢叫雉，晚间依翠偎红，三朋四友闹哄哄，其实请君入瓮。吃时糟鱼熏腿，饮时金华郫筒，抽头直如打抽丰，火上冰块一弄。

只说那日正在厅上乱赌，只见一个老头儿，向厅前跪下道："我是周家口人，我姓刘。俺儿叫狗岂儿，媳妇儿姓雷。听说觅在管宅，他再也不叫俺父子见面。我在他庄上打听，又听说他把媳妇儿送到宅上来。爷们广积阴功，叫我见俺儿子媳妇一面，我死而无怨。"虎镇邦撇下色盆，睁着眼吆喝道："哪里来了这个讨吃鬼，胡来这里缠扰。谁见你媳妇的影儿？你打听真正觅与管宅，你还往管宅里去问。快去罢，再迟一会不走，就没好处了。"那老头儿起来道："咳！我在管家村，一个孩子对我说，他家把我的媳妇送到城内谭宅。我逐一个门楼儿看匾额，唯有这个匾姓谭，想是城中别有姓谭的么？"夏逢若道："别的也没姓谭的，只有这宅上姓谭，却没你的媳妇儿。你走罢。"谭绍闻道："粘竿呢？你把先剩下那半个烧鸡子，与了这老头子罢。再给他几个饽饽，哄得他走了就罢。"那老头子得了吃食东西，哼哼地走了。

夏逢若道："谭贤弟。不好呀！这雷妮留不的。你看那老头子是寻认儿女寻的急了，七病八痛的，咱不必替老九顶缸。"谭绍闻道："如今该怎的？"夏逢若道："如今还送与老九就是。"谭绍闻意犹未决，虎镇邦道："要好的广有哩，一大坟树，何必定在一棵上吊死呢。你就坐在车上，当下送到他家。就把事完了。"谭绍闻只得依言，吩咐邓祥套车。一面哩逼雷妮收拾行李，坐在车上。谭绍闻也坐在车上，下了布帘，闭了窗纱，一路飞也似跑到管家村来。此时管九不在家中，乃兄管贻谋留茶。绍闻不敢久恋，坐车而回。

又迟了两三日，管贻安来了，说道："失候有罪。雷妮在这里，有了属事，菜籽大胆儿，紧着送去。看我再迟几日，到县内衙门里，生个法儿，叫边公把这老狗肏的解回原籍。

一连赌了两日，那日早晨，大家都在睡。只见管宅家人慌慌张张跑来，把管贻安推醒，说道："九爷，不好了！雷妮的公公吊死在门楼下了！"管贻安听说，骄傲之态飞在九霄云外，惧怕之情来到一寸心中。说道："还有气儿没有？"家人说道："也不知昨晚几时就吊死了。乡保已打了禀帖，如今正搭尸棚哩，大约边老爷已牌就到了。"管贻安听得，叫了一声："娘呀！"众人都掩口暗笑。家人又附耳道："俺八爷夜间已与了保正苏子杰二十两银，禀帖打的是不知姓名乞丐，无路投奔，自缢身死话头。说县里老爷要发懒，就咐咐埋了完事。"管贻安忽又笑道："这一发有了屌事！你骑的牲口来不曾？"家人道："骑的来。"管贻安道："咱回去就是。"

一路出城。路上想起是自家门楼，又有些着急。回到管家村，只见门前棚已搭就，尸犹未卸。管贻安看见，舌伸的太长，吓了一个倒退。大门内拴，只得从后门进家。

到了家中，一家人都围住雷妮劝解。雷妮只是哭个不住。弟兄两个急商量用银钱打点的话，争乃事无头绪，心没主张，不知从何处下手。正在慌张，只听得喝道传呼之声，管贻安早身上抖擞起来，说道：“哥，你是有前程的人……”管贻谋道：“我出去迎接官府，你也要照料跟随衙役。有事没事，只在这一会儿。”管贻谋急紧跑出，雷妮一发放起声来。管贻安叫哄在大后园里劝她，管贻谋妇人鲁氏塞在雷妮怀里十两银，雷妮也掏出来撒了。一起女人扯向后园去讫。

单讲边公坐在棚下，管宅送出茶来。边公呷了一口，离了公座，到尸旁上下端相了一会，吩咐卸尸。仵作不敢怠慢，卸下尸来。刑房书办将尸格册子展在公案，单候仵作报伤。仵作报了头面无伤，项上绳痕八字不交，委系自缢身死。边公用朱笔注在尸格，吩咐解衣详验。仵作报道：“尸身怀抱一纸，上有字迹。”边公取来一看，乃是一张草纸，上面写道：

> 具禀人刘春荣，系周家口人，年六十九岁。因子狗旮同媳雷氏贫乏出外，为土豪管九霸占。身来找寻，已经两月，不容见面，且欺身年老，屡行打骂。身出无奈，缢死伊门，叩乞仁天大老爷伸理穷冤，泉下念佛。

边公看完，眉间目睁，说到：“传管九到案！”仵作一面另报周身别无致命伤痕，边公照尸格注完。

只见衙役扯管九跪在棚下。边公问道：“你是管九么？”

管贻安道：“儒童是行九，名字叫管贻安。”边公道：“掌嘴！什么儒童，胡称乱道。”左右照管贻安骄傲之脸、放肆之嘴，打了十个“右传之八章”，直打得外科要治痄腮，内科要治牙疳，好痛快人也。边公道：“这是死尸告你的状子，自己念去。”门役转递与管贻安。念未完时，早已魂飞天外，声声道：“俱是谎言，并无一字是实。”

边公吩咐：“传雷氏到案。”左右一声喊道：“传雷氏！”管贻谋慌了，紧到家中，见了雷妮，说道：“好奶奶！只要你说好话，不中说的休要说。”管家妇人一起说道：“一向不曾错待你，只要你的良心，休血口喷人。”雷妮哭道：“您家有良心，俺公公也不得吊死在您门楼上。”雷妮到了棚下跪倒。边公一看，泪痕洗面，犹如桃花春雨；哭声诉冤，乃是莺啼娇音。问道：“你就是雷氏么？”雷妮道：“是。”边公道：“这死的是你公公么？”雷妮哭道：“是。”边公道：“你的男人呢？”雷氏指管贻安道：“不知他支使的何处去了。”管贻安道：“河北讨债去，三两日就回来了。”边公问道：“你为何留恋良人家女子，酿出这人命呢？”管贻安道：“俱是城内谭绍闻包揽，与小人毫无干涉。”边公道：“刘春荣缢死是你的门楼，抱的冤状是你的名字，雷氏又自你家叫出来，你还敢攀扯无辜么？可恨你这个恶少，只知倚势渔色，却不知犯了因奸致命之律。”因吩咐左右道：“将管九上了铐锁，押赴城内，收入监狱。再拨一辆车捞雷氏进城，叫薛窝窝领去，晚堂候审。刘春荣棺木殓讫，明日当堂领价。”管贻安喊道：“冤屈！冤屈！正主儿是谭绍闻包揽，为何叫小的替他受王法呢？冤屈！”边公早已立起身来，左右同声传喝，轿夫早已抬轿伺候。边公坐在肩舆，军皂前喝、衙役后拥而去。

一路上心中打算：我在先人齿录上依稀记得，开封保举的是一位姓谭的，这个谭绍闻莫非是年伯后裔？但宗宗匪案，都有此人脚踪，定然是个不安本分、恣意嫖赌的后生。但刘春荣这宗命案，罪名太重，若听任管贻安的攀扯，一一引绳批根，将来便成瓜藤大狱，怎生是妥？不如就事论事，单着管九儿一人承抵，真赃实犯，叫他一人有罪一人当，久后好细细追查谭绍闻的实落。进了本署，向书架上取出保举孝谦的齿录一看，绍闻果系谭孝移之子，主意遂定。

坐了晚堂，审理管贻安因奸逼命大案。壮头带了管九，薛窝窝领定雷妮到案，逐一盘问。管贻安只是要攀扯谭绍闻，边公哪里肯依，打了一番嘴，仍然胡扯乱捞。边公要动夹刑，管九见官长发怒，少不得将刘狗岂夫妻逃荒，见雷妮生心，雇觅在家，不容刘春荣见面，刘春荣写招帖。自缢身死，一一供明。招房飞笔写了口供。边公阅了，发令管九画了招。又摘了雷氏口供，句句与管九口供相符。吩咐薛窝窝领去，追狗岂到案，领去夫妻团圆，仍回原籍。将管九收监。这管九富厚之家，入了囹圄，真正是财神进了狱神庙，牢头禁子五阎君。

嗣后，边公定了监候绞罪名。连口供编叙成详文，申到臬司，咨了刑部。刑部汇齐天下罪名，启奏了。勾到之日，刑部清吏司咨回河南剩臬司钉封了行刑文书，发到祥符。到了霜降之节，可怜管贻安，一个旧宦后裔，只因不依本分，竟同一起强盗等案，押赴市曹绞桩之上，一个淫魂，上四川酆都城内去了。正是：

圣训三戒首在色，怎借执爨强逼迫；
弄出世上“万方有”，落个“直而无礼则”。

这管贻安结果，原是后来的话。单讲谭绍闻同夏逢若、虎镇邦开设赌场，正是蝇闻羶而必至，蜣遂臭而齐来。又添了几家土娼，也有老的丑的；更续上几位赌棍，还有屯的穷的。每日价轰轰闹闹，银钱狼藉，酒肉熏腾，灯烛辉煌，朋棍喧哗，好不快意的乔样。这谭绍闻怎知自己名字，早已挂在边公心窝里面。只因祥符是个省会首邑，冲繁疲难相兼，边公应接不暇，急切不得到谭绍闻身上。

一日，也是合当有事。边公上城角相验不知姓名乞丐死尸，路过萧墙街。只见两个人打得头破血出，保正扭禀轿前。边公住轿，问姓名，保正王少湖跪禀道：“这一个叫秦小鹰，这一个叫张二粘竿。”边公心内笑道：“听这名字，已略知其人。”两个醉汉跪在轿前，几自还吵嚷个不休。原来两个吃醉，争起赌场抽头钱，酗酒使气得厮打。保正劝令低声，两个哪肯住休。保正怕事干自己，因此扭禀，却不料因此牵扯出一宗窝赌大案来。

正是：

街头何事敢轰然，操戈同室半文钱；
腹内有了烧刀子，酒胆周身不怕天。

第六十五回

夏逢若床底漏咳　边明府当堂扑刑

却说秦小鹰、张二粘竿跪在轿前，一个鬓角上流了一道血迹，一个鼻凹边现着两块青痕。两个气喘喘的，说个不清不白。边公怒道："好胆大的奴才，一个说完一个说。"秦小鹰道："小的们都是谭宅觅的伺候赌场的帮手。俺两个原说是得头钱均分，他遭遭打拐，欺负小的是外来人。他是本城人。"这张二粘竿酒未深醉，听说赌场两字，心下尚知遮掩，忙禀道："小的是谭宅雇工，因他借小的钱……"边公因听得谭宅二字，触着旧日的心事，扭项向北边门楼上一望，只见悬着一面"品卓行方"金字匾额，旁边款式，有谭忠弼名字。心中道："这定是谭绍闻的宅院，正要看看此人。"等不得张二粘竿说完，便吩咐把两个酒徒锁了，押赴衙门。一面下轿，便一直进门楼去了。街上看的人，好不替谭绍闻着急。

边公进了二门，几个军牢跟定上了大厅。偏静悄悄的并无一人。只见桌面歪邪，坐椅横倒，地下有掉的四五个大钱，牌叶二张。边公笑道："是了。"站在厅檐下说道："厢房内看是什么人打呼睡觉？"军牢进了厢房，正是那虎镇邦仰面朝天，喉如吼雷，正在南柯好处。军牢叫道："老爷叫你哩。"虎镇邦梦魂中也不料边公已到，口中骂道：

"瞌睡死了，鬼混的是屌！"又翻身向里，另觅黑甜。军牢早捞下床来道："好一个不怕天的大胆！老爷在厅上，等你回话哩。"虎镇邦睁眼一看，只见三四个人，黑红高帽，丝带皂衣，手中拿的是皮鞭。也不晓得是阴司内急脚提魂，是阳世间皂快拿人，只说了一声："叫我做什么哩？"军牢早已扯到厅前跪下。边公问道："你是什么人，在此何干？"虎镇邦道："小的是标营的一个目丁，叫做虎镇邦。这谭家是小的亲戚，昨日因来探望，外甥留我住下。"边公道："为甚的日已将午，还不起身？且为甚的不脱衣服睡哩？"虎镇邦茫无以应。只听得厢房内咳嗽，边公道："厢房内还有人么？"军牢又向厢房去搜。四壁无人，却见墙角一张床下，略有形影，伸手一捞，却是夏逢若与刘家小豆腐儿。

原来几个赌了一夜，正要以昼作夜，只因省会之地，官府来往不绝，所以全不介意。今日忽然听见街上传呼之声，到门前住了，像是消息儿不好。猛的有人进来，那脚步儿不似寻常人。又听见说话，已知边公到厅。两个顾不得叫虎镇邦，只得一起钻在床底。方有漏网之喜，不料小豆腐连日冒了风寒，喉中作起怪来，痒痒的不住欲咳，夏逢若只是悄声掩他的口。谁知忙中有错，自己的喉痒不曾提防，却是夏逢若一声小咳，露出马脚。被边公搜出，一起三个都跪在厅院。

边公一见夏逢若，笑道："又有你么？那个是什么人？"小豆腐初出娘胎，不知见官是什么光景，忙答应道："小的没赌是实！"边公笑道："此处有赌是真。"夏逢若道："委的没有赌博，小的是经过老爷教训过的，再不敢胡作非为。"边公道："不必强口，与你个赃证，叫你死而无怨。牢役们，与我搜寻赌具。"军牢各屋搜来。那些赌具有新而未用者，有旧而无用者，寻了一大堆，放在厅前。边公道："这有何说？"众人俯首无辞。

边公问道："房主呢？"虎镇邦道："早晨探亲去了。"边公问道："是什么亲戚？城里城外？"夏逢若道："多应是上他舅家去了。"边公向虎镇邦道："这不是他舅么？"虎镇邦道："小的是他表舅。"边公道："一派胡说。后边叫去。"只见德喜儿跪禀道："小的家主，今早上外父家祝寿去了。"边公道："既有赌具，又有赌伙，也不怕开场之人飞上天去。"遂吩咐牢役，将一干人犯锁拿，到衙审理。边公出了谭宅，一路传呼而去。

所幸者，不曾搜及账房。那账房里面，正是素馨与鲍旭在内。厅院如此搜检，素馨鲍旭那敢向门缝中一张，只是在纸糊雪洞屋内，颤个筛糠的一般。

且说边公在谭宅搜获赌具，锁拿赌犯，登时轰动了半城。人都说谭绍闻也锁拿在内。孔耘轩、程嵩淑这一辈父执，无不替谭孝移嗟叹扼腕者，却也无可奈何。

是日谭绍闻果是为巫家岳翁祝寿，早吃寿面去了。德喜儿飞也似去曲米街送信。到了巫家，正是绣春班演的《封神榜》上邓婵玉、土行孙大战，席面间好不热闹。只见德喜儿附谭绍闻耳边说了几句话儿，潭绍闻登时颜面变成土色。那比线还细的寿面，顷刻间变成皮条，牙也咬不断，喉中竟是咽它不下。只因谭绍闻是巫家娇贵之客，满座都是瞩目的，看见这个光景，都有些诧异。却早帘内老岳母疑是什么紧症儿，着人请谭姐夫到了后厅，问："是恶心？头疼？"巫翠姐也来探问，谭绍闻无言可答。只得说："早晨冲了寒气，有些恶心。"巴氏急呼姜汤。

却不知巴庚已向德喜儿问了因由。正是"好事不出门，恶事传千里"，又道"人嘴快如风"，登时内外男女，都知道谭绍闻家闹出搜赌乱子来了。谭绍闻渐也隐藏不住，只得请巴庚到了后厅商量计策。巴庚道："三十六策，走为上策。官打的现在。赌博场中闹出事，只有个闻风远扬是高着。"巴氏道："你说的不是话，如今叫姐夫哪里去？左右叫姐夫住在我哩楼顶棚上，我伺候姐夫。过些时，未必不丢松了。"巴庚道："姑娘也说的是。只是吩咐家中大小雇工，千万要谨言，万不可漏口，只咬住牙，说不曾到此。就是差役明知在咱家，只要与些银包儿，钱串儿，也无进门强搜之理。这银钱能买得鬼推磨，也就买得衙役不上楼。谭姑爷冒了有钱的名儿，三班六房早已打算在肚里，也要叫谭宅人谨言。”遂将德喜嘱咐一番，令其回去。

绍闻得了巴庚这片言语，心中略有点主靠。因此不往前边看戏，就收拾上楼去祝巴氏叫翠姐作伴。岂知这巫翠姐素以看戏为命，依旧帘内嗑瓜子、吃茶、看戏。巴氏爱婿心切，少不得往来殷勤。

不说谭绍闻在丈母家得了安身之处。再说老豆腐猛听的儿子因赌被拿，狠的一声道：“该！该！该！好容易我的钱呀，每日再不听教训，今日怎的也会犯了。把下半截打掉了，才趁我的心哩。”道言未已，又忍不住扑簌簌滚出泪来，哭道：“儿呀！我心疼你！”有个《字字双》牌子，单讲父母苦处，听我道来：

堪恨孽子恼爹娘，憨样。慈心欲将正路匡，不傍。各人识见自高强，发妄。几番提耳苦商量，强项。浓荫大树不乘凉，浪荡。祖宗勤俭今改行，装相。可喜这番遭奇殃，惩创。争乃疼儿有旧肠，难放。

且说虎镇邦，夏逢若、小豆腐儿一班带在衙门，并秦小鹰、张二粘竿，略滤了一堂口供。边公意在谭绍闻，暂且将这五个赌犯押在捕役班房。一面出差拿谭绍闻，俟到案时，一起发落。差了两名干役，一个叫吴虎山，一个叫尚腾云，两个领了签，一起到萧墙街，坐门执名要拿人。

王氏慌了，急叫人向城南叫王象荩。王象荩闻信即来。进了后门，到了堂楼门右，王氏道：“你近来不在家中住，大相公开了赌场，不知怎的惹下堂上边老爷，一直到前院，把他虎大哥及夏家，还有卖豆腐家孩子，俱锁的去了。前院那两个私窝子，从后门也金命水命没命的跑了。如今前院现坐了两个差人，如狼似虎，声声只要大相公。

王中，这可该怎的？”王氏说着，早已哭将起来。王象荩道：“奶奶如今明白了，不算迟，也算迟了。但如今大相公哩？”王氏哭道：“多亏那日他和他娘子上他丈人家拜寿去，如今还没回来哩。”王象荩道：“奶奶低声。”

只听得前厅铁锁摔着桌子，高声喊道：“谭绍闻，你躲在乌龟洞一万年不钻出头来么？再迟一会不出来，我就要钻进去搜哩！”王氏道：“这该怎了？”王象荩道：“不妨。手下有银子没有？”王氏一面说有，一面早向内房拿出一大包子来。王象荩接银在手，径上前厅。也不知怎的安插，只听得前厅哈哈大笑，说道：“有俺弟兄两个，管情谭相公胸膛不着地。王哥你放心，对后边谭奶奶说，把心放宽就是。”王象荩回来叫作速备饭。王氏道：“现成的。昨日前边拿进来烧鸡、熏腿、鹁鸽、卤肠，两三坛子酒，说生意做不成了。就叫厨下收拾，你去前边照客。”王象荩又上前厅。顷刻酒肉捧出，王象荩陪着，看二人鲸吞虎咽。王氏并冰梅站在屏后，只听的一个说：“就是谭家兄弟不出来也不妨，世上要好朋友做啥哩。”那个说：“赌博事有了屌大的相干，只是休要心疼钱，衙门中是少不哩这个的。只要你好好的打点，哄过朝南坐的那个老头儿，就天大事也松了。”下边又悄悄的说些话头，王氏也听不直，心早有三分放下。

少顷王象荩送出二人，到了楼下，说道：“左右是要银子打点的话头，大相公就不见官了。我今晚进衙门去安插，只说大相公上馆陶娄师爷任里住了半年，前院赁与他们开酒馆熟食铺子。至于赌博，原是他们赁后犯法，与房主一毫无干。”王氏道：“既然如此，你就上堂说了罢。”王象荩道：“使了银子，他们就替咱照这样说。”王氏知王象荩素不干没，因回房把一向打钻所获，一起付与王象荩。王象荩带了，径上衙门来，寻刑房书吏、得力快班头儿，暗行苞苴。

到了晚上，二堂比较，吴虎山、尚腾云跪下道：“小的下情回禀：小的奉金批锁拿赌犯谭绍闻，到了他家，原来谭绍闻因馆陶娄老爷有书来，叫他赴衙门办理签押事。前院闲着，出赁与人。这一千人犯原是赁后犯赌，与谭绍闻也不相干涉。况且谭绍闻目下并不在家，原在馆陶是实。”边公烛下笑了一笑，把筒中刑杖签儿抽了四根，摔下地去，门役一声喝令打人，皂役早上来四个。吴虎山、尚腾云齐声叫冤屈。边公只说道：“着实打！若徇私轻刑，你四个要吃倒板。”吴虎山、尚腾云各挨二十板讫。边公道：“好两个受贿放人的奴才。明日早堂若是谭绍闻不到案，依旧各责二十，革去不许复充。”吩咐完时，云板三敲，一个水清镜澈的明府边公，转回内署去了。

吴虎山、尚腾云拐着腿哼哼地出了二堂。王象荩在堂口接住，说道：“二位受屈。”吴虎山道：“咦，是话儿休题。这是俺为朋友的样子。只叫您的人出来罢，俺是实不能为情了。”王象荩也无言可答。只得回报主母，胡发缭乱，这也提他不着。

单说捕班一起人接着，吴虎山是兄弟吴二山搀着，尚腾云是厨头张五海搀着，进了捕房下处。这一起赌犯虎镇邦、夏逢若、小豆腐、张二粘竿、秦小鹰都带着铁锁，慌来道苦问疼。吴虎山道：“您只说谭家这促寿儿，不肯出官，累了俺吃这顿‘竹笋汤’。明早不到案，还了得成么？”秦小鹰把张二粘竿捏了一把，两个一根铁绳走至墙角下，商量道：“第二哩，你看呀，这谭福儿不出来，咱这官司再不能清白。他们都有供给，咱两个若不是抢着吃小豆腐的饭，这两天就要饿死了。这福儿在他丈人家，咱不生法骗他出来，班上人怎能摸着就里？”张二粘竿道：“秦哥，你会学邓祥的口语。不如与班上人商量，叫他跟着咱到巫家，哄出来，一把锁上了。明晨见上一堂官司，该挨哩，一百年也躲不过。咱们好另寻生活。”秦小鹰道：“你那日少吃一盅儿，也没这事。”张二粘竿道：“你也不用说我罢。闲话少提，只以办事为妙。”二人又进了房内，把怎的赚谭绍闻法子，说了一遍。吴虎山道：“这也是个道理。就叫俺兄弟替我去，我是走不动了。”尚腾云也央了个同伙邓可道。连厨头张五海三人，跟定秦小鹰、张二粘竿，到了巫家。

吴二山、邓可道、张五海躲在一旁，秦小鹰便慌慌张张叫起门来。门内问道：“是谁？”秦小鹰道：“萧墙街来的。叫大相公速回去，大奶奶痰厥了。我如今上东街王舅爷家送信去。”不知内边怎的说与谭绍闻知道，迟了一大会，只听得巫家门儿闪开一扇，一个人出来四下望了望，对门内道：“你回去。趁街上没人，我走罢。”内边一个女人声音说道：“姐夫要小心。”吴二山、邓可道走向前来一把扯住，不知怎的，脖项上铁锁已套上了。谭绍闻慌道：“我瞧瞧俺娘，我就跟你去。”吴二山道：“你先跟我瞧瞧俺哥哥去。”巴氏听见外边声音，急道：“不好了！差人大哥，俺家来，有酒有肉，还有银子你使。”众人已将谭绍闻扯的远了，哪里还听他。

不多一时，转弯抹角，进了捕役下处。这一干赌案人犯俱全。吴二山到宅门说了谭绍闻拿到。回来却不见虎镇邦。吴二山问道：“哥呀，虎将爷哩？”吴虎山道：“方才老爷差兵房拿了一个名帖，又差一个皂役押着，赴标营雷老爷那边发落去了。”

不说众人在班房一夜恓惶，各家在灯下焦急。鸡声三唱之后，正是更鼓停敲之时，明星已坠，曦御东升，早已是第二日。头梆以后，吴虎山、尚腾云领着一起赌犯，谭绍闻、夏逢若、小豆腐、张二粘竿及秦小鹰俱带铁锁，在仪门外狮子旁边踞蹲着。单候边公坐堂受理。只见标营一个书办手执名帖，一个兵丁牵着虎镇邦，一步一拐地来了。那书办到宅门说：“虎镇邦马粮已开拔讫，任凭老爷这边执法。”众人看见，只叫道：“苦也！这官司没了解救。”虎镇邦见了众人，喊道：“有偏众位。”夏逢若点头道：“赌博到头终有打，只争清早与饭时。”

忽的云板响亮，皂役高喝，一位清正廉明的边公，又坐到暖阁内边了。盘算谭绍闻的事，该怎么处，胸中已有成竹。只见标营兵书，领定虎镇邦跪下禀道：“老爷昨晚送的赌犯兵丁虎镇邦，书办的本官按法究治，打了四十杠子，革退目丁，开拨了钱粮。差书办领来回明。如今虎镇邦已成平民，不与营伍有干，任凭老爷尽法处置。”边公道：“原帖缴回，多拜尊官雷老爷安好。你各人回营办事去。”兵书磕了一个头，把虎镇邦撇下，自下堂口而去。

边公命传唤一干赌犯。吴虎山、尚腾云领定一起儿当堂跪下。边公看见内边有谭绍闻，说道：“好两个作弊的原差，怎的一夜就从馆陶县捉的人来？”吴虎山、尚腾云喘气儿也不敢，边公住口，两个方敢起来。边公便问秦小鹰、张二粘竿道：“你两个胆大的奴才，因分赌赃不均，竟敢酗酒打架，并且目无官长，撕扭轿前，当得何罪？”秦小鹰道：“小的是该死的。但小的有八十岁的老母，望老爷怜念！”张二粘竿也道：“小的母亲，今年整七十五了。”边公道：“你两个多大年纪？”秦小鹰道：“小的今年二十九了。”张二粘竿道：“小的今年二十四了。”边公摸出刑杖签儿四根，撂在地下道：“你两个母亲，都是五十以外养的你两个？本县先打你两个并不是人之种类。”皂隶拉下，每人二十板，打得皮开肉绽。信口喊叫，是不用说的了。边公吩咐与虎镇邦跪在一处。

边公看见夏逢若，冷笑道：“你这是不用问的。”撂下五根签，也是二十五板。又问小豆腐道：“你的正名是什么？怎的叫个小豆腐呢？”小豆腐浑身乱颤，闭口不能回答。边公道：“或者你家是卖豆腐传家，人便顺口叫你个小豆腐儿，是也不是？”小豆腐牙缝内哼出了一个“是”字。边公道：“你看你身上穿的色衣，想是你老子是个勤俭治家的人，不知费了多少辛苦，忍了多少饥寒，挣得一半分子家业。生出你这个不肖的妖孽，每日吃酒肉，穿绸帛，这也罢了。你还不肯自安生理，跟随这一起游手好闲的人乱嫖乱赌。你那爹娘是老成人，只会气死却无法子管教。本县今日先打你这宗不孝的冤孽种。”边公口中说着，怒气已冲上眉梢，刷的一声，抛出七根签儿。皂隶拉下，褪去裤子，才打了两板子，只见一个老头儿跑上堂来，跪下哭着喊道：

“老爷！老爷！这是小的儿子，饶了他罢！”边公道：“你是什么人？你有何说呢？”老头儿道：“小的就是那老豆腐，打的就是小的儿子。老爷打他，就如剜小的心一般。老爷饶了他罢。”边公道：“他平日定是不服你管教的，今日本县替你管教，你还来搅的是什么？本县正是怕他气死你的老命哩。”老豆腐哭说道：“老爷，老爷自从把小的儿子拿来，小人的老伴儿吓得两天没尝一点水儿。小人若是哄老爷，小人叫天打雷击了。老爷饶了他罢。”边公道：“板子打不死他，你倒这样心疼他；他赌博尽可气死您老两口儿，他倒不心疼您，这一发是饶恕不得的。”老豆腐道：“小的老两口子是死着的人，就是气死了，也只怨前生没修下好儿的命。他小两口年轻着哩，小人只愿留下一个后代的根儿罢。”边公道：“人情虽说可悯，王法断难姑息。拉下去。”左右将老豆腐拉下，依旧打将起来。只见老豆腐跪着往上看，打一板子，老豆腐磕一个头，仰起脸来呆喊道：“哎哟！老爷！老爷！心疼死小的了！”边公看那老豆腐时，两手已把铺堂的砖，挖了两个坑，心中好不恻然。打到八板上，边公喝令住刑。欲放起小豆腐来，晓以父子天性之恩，要动他的良心，真正改志，勿贻二老以难安的话头。忽的有一人自东角门飞跑进来，上了堂口，慌张的禀道：“常平仓街口失了火了。老爷作速驾临，催督救护。”这边公此惊非小，即离公座。急吩咐道：“这一干赌犯暂行押住，等回来发落。”

边公急坐肩舆，径向仓巷来。只见乌烟扑地，红焰烘天，喊叫之声不断。城内官员，凡有地方之责者，早已陆续到了。乡地壮丁人等，麻搭挽钩，抬的抬，搬的搬。本街士民，挑水救护。井边挨挤不上，一个大池塘，人都排满了，运水泼火。妇女搬移箱笼，哭、喊之声，也无分别。各官率领衙役，催督救护。边公差干役到当铺搬钱五十串，有一担水，赏钱二十文，好不慌忙人也。幸而本日风微，只烧坏了四五家，那火渐渐减威。常平仓虽在下风，只烧了更夫卧铺一所，裕字号仓房椽头、门扇，已为火焰扑毁，多亏的人众水多，都泼灭讫。边公即同数位官员，坐在仓房收谷厂下，只说道："惊坏人也。"歇息了好一会，才叫本街管街保正葛自立查起火原由。

少时，一千百姓都喘喘跪下禀道："这火是焦家一个学生好放花炮，将炮纸落在草垛上，烘的着了。火从焦家起来，可怜小的们四五家，被这一场火烧得赤条条的。小的们每常说这焦学生休要放炮，他只说：'不妨事，我看着哩。'与他老子说，他老子只是信惯他这小猴羔子，再也不肯吆喝一句儿。如今老爷就把这谷子领与小的们几石，好安家。当下便没吃的了。"边公道："这姓焦的什么名字？"众百姓道："他叫焦新。"边公即令叫焦新回话。各官都说："须重责这奴才。可恨这厮信惯儿子，几乎把朝廷积贮仓房被了回禄。这事还了得么。"言犹未了，这保正葛自立跪禀道："这焦新因突然火起，跑进自己房内救护箱笼，早被火扑了门，不能出来。多亏他兄弟舍死捞出，如今七分死，三分不望活了。"边公道："这也可谓天谴。他的儿子呢？"葛自立道："他儿子因救火的水桶从房坡上滚下，把头打了一个窟窿，现在血流不止。"边公向同官道："天然处分，却也省动炉灶。"少坐片时，只得料理裕字号门户、闸板，拨人看守，明晨早动木作泥工。又将被灾户留心周视一番，用水泼了余烬。吩咐明日早堂即借领以裕字号仓谷，安家糊口。傍晚时节，轿夫已等侯多时，同官各自骑乘而归。

边公回署用馔之后，走向斯未亭，与幕友赖芷溪商量，应禀上台与否。赖芷溪道："火延烧居民数家，并未及于仓廒，同城救火，上台已知，原不可匿。但未尝有损谷石，只可口禀扑灭。目今可禀见府尊，告明明晨捐奉赈修。"边公点头道："是。"即坐轿上府尊衙门去讫。

却说谭绍闻将次受辱，适遇仓巷失火，边公不暇细讯，闪出一个空儿。早有刑房掌稿案的邢敏行打算谭绍闻这宗肥钞，使人向王象荩说署中走线的话。王象荩道："宁可受应得罪名，衙署之内不敢用半文过付，以致罪上加罪。”

不说这边王象荩不敢行贿。却说巴氏爱婿如疼儿，早使巴庚跟的衙门来探望消息。只因一早上堂听审，巴庚已自手足无措。忽然边公救火去了，巴庚飞也似跑回，向巴氏面诉因由。巴氏道：“你速向衙门去办理，但凡可以救得姐夫的，用多用少，就是谭宅不出，我都拿出来，也不怕你姑夫不肯。我只在你身上落的姐夫不受一点屈气儿。”这巴庚得了姑娘的话，先讨了五十两现银子，又上衙门来。此时尚是边公救火未归之时。过了片时，边公又上府署去讫。只这半日半夜间，早已办理妥当。总之，巴庚本不是笨人，只把这会说话儿的孔方兄撒出，那孔方兄运出万事亨通的本领，先治了关格之症。

边公自府回署，已是更深时候。到了斯未亭小室，幕友赖芷溪正与号件相公吴松庐，书启相公郑芝轩，教书先生蒋岚嶂，在那里夜酌，听得小厮一声道：“老爷回来了。”门帘掀开时，边公已到，笑道：“少陪有罪。”赖芷溪众人起来让坐，小厮斟上一杯酒，放在边公面前。赖芷溪道：“如何回来的晚了？”边公道：“太爷留说别话，不放回来，所以多坐了一会。”遂而传杯送盏，吃起酒来。说些闲话。继而说到今日赌犯一事，边公道：“我明日上院回来，即坐午堂，要把谭绍闻痛打二十大板。这谭绍闻竟是一个积匪，宗宗匪案，都有他一缕麻儿。昨日我到他宅院，果然是个有根柢门户。怎的这人竟是这样不肖！明日再饶不过了。”蒋岚嶂道：“做官须戒暴怒，是老爷常以之自箴的。且要三思，不得遽发雷霆。”边公道：“我初到任时，临潼赵天洪强盗案内来关金镯贼赃，就有这谭绍闻。后管贻安因奸致命案内，又有一点他的瓜葛。我彼时怕命案牵扯人多，不容管贻安说旁话。我昨日因过萧墙街，两个小游手儿竟是吃醉了，公然打到我轿前，岂不是有天没日头的光景？问起来，就是谭家赌场中小伙计。我若是疏纵了这谭绍闻，便是宽的没道理了，且将来正是害了他。”赖芷溪道：“明日上院回来，可把这一起赌犯叫在二堂审理，我们也看看这谭绍闻是怎样一个面孔。若果然有些书气，少不得仍要格外施仁，若是一板子打在身上，受过官刑，久后便把这个人的末路都坏了。”边公道：“也罢。就遵列位老先生所说，明日二堂审理。临时面夺。”

只这一场话，谭绍闻灾星已暗中退讫。看官或者疑是蒋岚嶂、赖芷溪受了请托，因此替谭绍闻说话？原来边公廉明公正，取友必端，这一班莲幕佳客，也都是有品的。这原是转筒上张二，于边公上府时受了刑房刑敏行的口愿，因到师爷房中送签押稿套，闲中说：“今日赌犯一案，老爷大怒，看看打在谭绍闻身上，偏偏仓巷失火，老爷救护去了。小的看那谭绍闻，面貌与按察司大老爷三公子面貌相似，将来必是个有出息的人。明日斋戒牌该在仪门上正放，老爷必定叫到二堂审讯，看看小的眼色错也不错。”这一段话，早已把幕友怜才之心打动，所以酒间劝边公从宽。其实署内毫无瞻徇，却早机关已通。钱之为用，洵不愧神之一字称哉！本夜，张二已把斯未亭话说，对邢敏行说了音耗消息。

到了次日，边公自藩、抚衙门禀火灾回来，谭绍闻接在衙门口跪下，递了一张改过自新状子。边公细看谭绍闻，果然青年俊秀，也动了怜才之念。带在二堂，责以扑刑，又切切训教了一番。秦小鹰、张二粘竿等，俱各从宽免枷，遂将此案完结。正是：

> 做官须用读书人，端的正心只爱民；
> 猾吏纵然能舞智，玉壶原不映钱神。

又有诗道做官的主意须自己拿，不可滥听人言，观边公与赖芷溪之为邢敏行所卖可知。诗曰：

> 漫说用人莫浪疑，刚肠每向暗中移；
> 纵然自己钦三畏，未必他人怯四知。

第六十六回

虎镇邦放泼催赌债　谭绍闻发急叱富商

话说谭绍闻吃了这场官司，边公亲手责成，免了项擎木枷。东街岳母爱婿心切，把出钱来，交与巴庚打点，刑房受了请托，转筒也拨了机关，却俱撞了木钟。这也提他不着。回得家来，无情无绪，闷坐东楼，惶赧之情，侥幸之心，俱也是不必赘述的。

过了四五日，德喜儿来说："虎镇邦拐着腿，哼哼的，在后门上等着说句话哩。"谭绍闻道："你就说，我早上出城，上南乡看庄稼散闷去了。"德喜儿回复虎镇邦，虎镇邦道："你说啥呀？你的主子去南乡里去？少时你的主子出来了，我先把你这小东西儿毁炉了！"德喜儿见话不是头，回来说道："大叔要出去见他。说往乡里去，他先不依。"谭绍闻少不得去到后门，强笑道："我当是谁哩。"虎镇邦道："再没第二头憨头狼寻你了。话是在这里说，或是到你别的去处说呢？"谭绍闻道："还请到前厅说罢。你可从胡同口过去，转到前门来。"虎镇邦道："我从家走到这里，两腿已是疼的当不的，如何能从前边转？况且街上看见我这样子，也惹他们嗤笑。咳，我是算不的人了。"谭绍闻只得赔个小心道："虎大哥也不是外人，就从楼院过去。"

虎镇邦哼哼地从地下爬起，随谭绍闻穿过宅院，至前厅坐下。说道："贤弟呀。你要救我。如今将主将我的头脑目丁也革退了，钱粮也开拨了，就如死人一般。我当初也是汉子，也不叫你格外助我，只把前日输我的赌欠，让过的不用再提了，只把不曾让的给了我，救我一家性命。也不枉向来好厮跟一场。"谭绍闻道："当日夏哥说过，这场赌账是全让过的。"虎镇邦道："休说这话，看旁人听见笑话。你只说这八百两你输过不曾？让你二百两我说过不曾？男子汉大丈夫，休说那三绺梳头、两截穿衣、戴鬏髻的话头。像我虎镇邦，今日就不该说上一千两，我不曾让过二百两，分外的骗你罢？我只要我的六百两银子，多一文我不要，少一文我不依。只问今日现成不现成。如不现成，也不妨订个日期，或是我来取，或是你去送，休要把日头错个影儿。这一场官司我吃的亏也尽够了。"谭绍闻道："只算大家造化低。"虎镇邦道："你我同开赌场，犯了官司，你是有体面的，虽说也挨了打，胸膛不曾沾地，只是师傅打徒弟一样，挠下痒儿就罢。像俺这一起儿狗攮的，舍着娘老子的皮肉，撅着屁股朝天，尽着的挨。他们还好，把我的衣饭碗儿也打破了。我如今也不说这话，只认个前生造化低。但求你只把我的本分道儿给了我，休要翻转了一向面皮，到底也当不了银子。"谭绍闻无言可答，只说道："一时打兑不出来，你也通前彻后知道的。我只是上紧与你凑办。若说订个日期，到临时不能全完，倒惹哥一发生气哩。咱们一向是如何的相与，我肯么？我只凑办停当，或取或送，再不得错了哥的事。"虎镇邦道："你就不订这日期也罢了。我只有一说，却要一总儿齐完，济我一个事儿。我如今不吃粮了，好另外做个营运。万不许今日一半儿，明日一半儿，那个我便全然不依。"谭绍闻道："你只管将息，休要挂心，我自然有个道理。"虎镇邦道："这个我就磕头了。"谭绍闻道："休要罪我。"虎镇邦欠起身子说道："我的屁股委实坐不住了，我走罢。"哼哼地还穿过后宅，谭绍闻只得送至胡同口，相别而去。且说谭绍闻只图一时答应的去了，其实胸中茫无所以。闷闷回到家中，暗地里拍着手道："这可该怎的呢？”

到了次日，这客商中便有开送账目条子来的；也有差小相公问讨账目的；也有借问官司平安的话，顺便说旧日尾欠的话。若说一向账目，怎的一时都来索讨？原来这做客商的，本是银钱上取齐。若是主户好时，嘴里加上相与二字，欠他的也不十分勒索。倒像是怕得罪主顾的意思，其实原图结个下次。若是主户颓败，只得把相与二字暂行注销，索讨账目少不得而于此又加紧焉，只是怕将来或有闪损。近日谭绍闻风声不佳，各客商已默忖几分，所以各讨各债，遂致不约而同。要之作客商离乡井，抛亲属，冒风霜，甘淡薄，利上取齐，这也无怪其然。

内中单表王经千一宗大债。本月前数日内，胞兄王纬千，自滇南楚雄府贩来药材，要往京师海岱门药材行发运。因胞弟王经千在河南省生理，先遣同伴伙计押车北上，要上鄚州庙，自来祥符看望同胞。这些接风洗尘、问询家常的话，俱不必提。一日检点账目，内有谭绍闻借票一纸，银子一千四百五十两，三个月为限，过期不还，照二分半行息。王纬千道："兄弟，你好孟浪！偌大一宗账目，如何并无个同人，难说当日曾没个人作合么？”王经千道："哥哥有所不知。这姓谭的是萧墙街一个大财主，他这揭债像是头一次儿。少年公子性情，揭债极怕人知。把这一笔债放在他身上，每年有几百两长头，难说他会赖债不成？况有亲手画押，是万无妨的。”王纬千道："这也换过几个年头，怎的不见清算改笔呢？”王经千道："大户揭债，最恶的是算账，尤恶的是上门索讨。每年清算，只像小看他一般。若再上门索讨，他们好动火性，再弄个别项。搪塞清还了咱，便把这注子大利息白丢了。不如只如忘了一般，日积月累，渐渐的息比本大，待他想起来时，便平不下这坑了。少不得找利息留本钱，胡乱地医治起来。咱便坐收其利，川流不息了。咱又不曾得罪他，他又不能说咱滚算。即令他果能全完，咱已经利倍于本，又成了一付大本钱。哥只知认药材行情，这些放债的妙用，哥还隔着一个行头哩。”王纬千道：“大抵人动了揭字一款，便不是没病的人了。若果然没病，再不肯上药铺内取一付平安药吃吃。现在这谭家何如？”王经千道：“近来大动了赌，日子渐渐清减。”王纬千道：“这宗项利息已深，兄弟可生法讨来。我还要带些进京师，与他小弟兄两个，各办一个省祭官。”王经千道：“要讨这宗项，只得备席奉邀，酒席中间徐徐商量。”王纬千道：“随兄弟怎的。我只再等数日，要雇包程骡子，与货一起过鄚州进京。”

计议已定，那些投柬备席话头，只得从了省文。到了那日，谭绍闻径来赴席。肴核杯盏之后，说到账目，抬过算盘，乒乒乓乓，好不饶人。谭绍闻看那算盘子儿时，早已又添上几百两利息，少不得害怕起来。王经千算完，又重了一遍说道：“本不该逼迫。但只是家兄贩货进京，芦沟桥上税，到海岱门下了行开发脚价，得好几百两。这货岂是一两天就销售的，还要住着等哩，火食盘缠，京城又比不得河南，是个销金窝儿。万望谭爷凑趣，能全完固好，即不能全完，这整数儿一千，是再少不下来的。”谭绍闻说：“俗话说，‘好账不如无’。在我身上一天，就在我心里一天，恨不得一剪剪齐。争乃近日手窘，七疮八孔的，难以骤完。我心里比爷台还急。”王纬千插口道：“不是这样说。舍弟与府上自是好交，所以有此一番大交易。彼此通融商量，原是理之当然。只缘弟这番在南省买货，那开行的倒了灶，拿的银子去，再缴不完庄。打了一场官司，还欠下几十担。我不得已，把上京盘缠添上些，自己买完庄，指望到河南取这宗盘绞花消。将来未必发财，只求够本就算还好哩。总是脚跟下就吃了亏，偏偏住在个倒灶行里。”绍闻道：“打了官司，官府自然追比，他能不给么？”王纬千道：“虽说老爷追比，俗话说：‘要的有，要不的没有’。开行哩欠的客货多，把他的家业众人分了，竟是完不清，少不得歇手。”谭绍闻道：“穷遮不得，丑瞒不得。我近来负欠颇多，不过是典庄卖地，一时却无受主，心里急，事体却不凑手。望贵昆仲另商量个良策，办了上京的事。待我的事体行了，一五一十奉上。”王纬千道：“船不离舵，客不离货，只因向舍弟备这宗银子，少不得落后两日。千万望谭爷，本城主户，自有挪山之力，即令不欠舍弟的，还想去府上借一借哩。省城字号家甚多，千万挪移挪移。”谭绍闻道：“一客不烦二主。现在我已出约卖宅子卖地，怎肯向别客户另起炉灶哩。况且一时不能寻得来。”王纬千道：“出约卖地，那是有年无日的事，弟是万万不能等的。”谭绍闻道：“既是不能等，我也就没别的办法。”王纬千向王经千道：“这是你相与的好主户，叫你拿着财东家行李胡撒哩！像你这样没材料，还在大地方装客商哩，只可回咱家抬粪罢。”王经千道：“谭爷看呀，若说没银子，像是不能行的。”谭绍闻此时是个急人，况且世故渐深，也不是书生腔儿，回言道：“王爷，我是出息揭你的，一天还不到，有一天的利息，不是白拖拉的，休要恁的苦逼！口口声声不赖你的债，待我有了清白你，为甚的勒限窘人？”王纬千道：“不是愚弟兄们勒限逼你，只是我的事急。”谭绍闻道：“你的事急，是你的事。当初咱两人原不曾见面。”王纬千道：“休说这话。我们是同胞兄弟，领的是一付本钱，北京、云南、湖广湘潭、河南开封是一个泰和字号，怎说咱两个没见面？”谭绍闻道：“我也不管你这话。就是一个字号，你又不曾遣上牌来，发上传单来，说北京货到河南，某日要银天。就是朝廷皇粮，也是一限一限地征比。何况民间私债？总是等我的事办妥，那时不欠不让，何如？况你说过，俗话说‘要的有，要不的没有’。我一时没有，您有法子您使去就是，告在官府，行息的账，官府也不能定期勒追。”

谭绍闻一面说着，一面起身就走。王经千弟兄两个也无可答应，也只得起身相送。到了门口，王经千道：“家兄性急，言语戆些。谭爷不必挂心，日后慢慢商量，天下没有过不去的事。”谭绍闻回头道：“聆教。”彼此不悦而散。

谭绍闻路上想道：“我一向吃了软弱的亏，竟是硬着些儿也行得。”

呜呼！谭绍闻，你又错了。正是：

欠债速迟总是要，只争还早与还迟。

第六十七回

杜氏女撒泼南北院　张正心调护兄弟情

却说谭绍闻负债累累，家业渐薄，每日索欠填门，少不得典宅卖地，一概徐偿。还完的商家，一笔勾销，包裹银两而去，固是欢喜不尽。未偿的客人，拿着账簿争执不依。全不动分毫的，更是吵嚷不休。自此谭氏光景，竟是由夏徂冬，由泰入否。当此一时，夏天过去，冬景渐来，正是深秋之候。蒲黄柳脱，蛩哀萤怨，真乃“悲哉，秋之为气也”！

谭绍闻终日在家，愁闷不已，措办无术。一日，正在楼下与母亲王氏商量典当市房话头，忽听德喜儿说道：“南马道张大爷在后轩等着说一句紧话。”谭绍闻只得走到碧草轩。却见张类村老先生站在轩上，说道：“老贤侄快来商量一句话，行也不行？”谭绍闻急急上前作个揖，说道：“老伯纳福。”张类村道：“避祸不暇，哪得还有福哩。”绍闻道：“老伯请坐说话。”张类村道：“站着说罢。我问你，当初惠先生住的那攒院子，闲也不闲？”绍闻道：“闲着哩。”张类村道：“我方才过来见门儿锁着，门屈戌上边有你一个小红封签儿，自是闲房无用。我要赁下，住一家小人家儿。你愿也不愿？”谭绍闻道：“什么人家，老伯说明，才好商量。”张类村叹了一声道：“一言难尽，原是第三房下，在家下各不着，我也再没个法子。因此想起老侄这里房院宽绰，赁一处院子，叫我这一点根穰儿保全残生。不过跟随一个老仆，一个老妪做饭，我供米供柴，万般都不敢起动着老侄。至于赁价，也不拘多少，随在老侄酌度。”谭绍闻正急时，得此一段话说，遂说道：“小侄何妨卖与老伯。”张类村道：“勿图人之财产，《阴骘文》言之。那事我断不做。当日我与令尊先生，何等至交，今日我在老侄手里买宅子，叫我何以对令尊于九泉？叫我何以在文昌面前烧香？”谭绍闻道：“老伯既不肯买，就当下这院子亦可。实不瞒老伯，小侄近况着实手紧，索讨填门，毫无应付。老伯若念世交之情，就以卖价写成当约，待小侄转过气儿来，备价回赎。老伯事体及小侄事体，两下里都妥当。”张类村道：“这个还可商量。你引我就去惠人老先住的院子看看。”绍闻唤人取钥匙开门，二人同到那院里一看。房屋也甚坚固，只是烟熏的墙壁黝黑，院内砖头堆积可厌。这正是当日垒门护茅姓戏箱的旧砖头。张类村指着一个过道道：“此中可做中厕，即以此砖砌个墙影影身子便好。少时我叫舍侄与你商量。今日全得力的是这个舍侄。这舍侄前日取了一等第三名，开了廪缺，他也补不起。我替他拿出银子补了廪。我这舍侄见我有这个小儿，恐遭二房下毒手，每日便如做了巡绰官一般。全不像东院宋得明的侄子，只怕他叔得了晚子，他就过不成继。全不知亏损了自己阴骘，将来还想亨通么？”

话未了，只见一个小厮慌慌张张，提着马鞭子，跑来说道：“爷还不回去么，家里吵得天红了！南院我大叔要打杜大姐哩。爷咱走罢，马在外边门限上拴着哩。我那一处没寻到呢。”张类村出门就走。谭绍闻道：“还不曾献过茶。”张类村也不顾答应。那小厮说：“爷，上马。”掐得马上，飞也似出胡同走讫。

不多一时，转街过巷，张类村到了门首。下得马来，隔着院墙，只听得侄子声音说：“你当真的料我不敢打你么？”进得门来，却见二房下泪流满面，把脸上粉都冲成道儿，揉着眼乱嚷乱吵。张类村道：

“你休哭么！”因向侄子说道：“你也放从容些。”

原来张类村结发梁氏，幼谐连理。生了几位相公，都未成人。只有一女，叫做顺姑娘，出嫁郑雨若之子为室。这老夫妇年过四旬，尚无子息。因此纳了一个副室杜氏，却正是梁夫人的主意。这梁氏可谓贤而有德。这副室杜氏，生的姿态颇佳，张类村虽是迂板性情，也未免有些“情之所钟，正在我辈”意思，以此遂擅专房。后来生了一女。自从不用乳食之后，这梁氏育同己出，也就在楼上，同梁氏睡成了贴皮肉的母子。这女娃儿叫做温姑娘，已七八岁，视生母还不如嫡母亲呢。每日叫一个丫头杏花儿——已十七八岁——伺候着。这三口儿成了一家。张类村与杜氏成了一家。张类村从不登楼，梁氏毫不介意。这杜氏也甚喜温姑娘离手离脚，自己独谐伉俪。却一家儿日游太和之宇。

谁知杜氏生此一女之后，那熊罴虺蛇，再不肯向梦中走一遭儿。梁氏望子情切，少不得不得已而思其次，意中便想把杏花儿作养了罢，争乃杏花儿眇目麻面，矬身粗腰，足下也肥大的要紧。秘地里也与张类村商量过几次，张类村只说：“我年纪大了，耽搁人家少年娃子做什么。阴骘上使不得。”又迟了一年，梁氏道：“你也不必过执。你想咱二人年近六旬，将来何所依靠？东厢房哩，再也不见一点喜事。‘不孝有三，无后为大’，若说将来侄子过继，南院的那一门，只有一个正心。若说咱为正心另娶一房，将来要孙子过继，未免难行。不如你将就些，万一杏花儿生一男半女，岂不是万世良策？”这一片言语，也动了张类村广种无不薄收的意思。忽一日梁氏得了一个空儿，便暗中作成此事。也是张类村积善有素，天命不叫他中绝，春风一度，恰中吉期。后来杏花儿便想咸恶酸，害起“一月曰胚，三月曰胎”症候来。这梁氏暗中喜欢，秘告于张类村。张类村便默祷文昌，许下修桥、补路、放灯之愿。

唯有杜氏，并不知老两口子，秘地做了这杀人冤仇之事。总缘杏花儿生的丑蠢，也就毫不防范。况且本自独宠专房，因此诸事俱不小心。忽一日看见杏花儿腰肢粗上加粗，不像向来殷勤。又细勘确察了两日，心内忽一声道：“是了！是了！”这杜氏是不许街头卖夜壶的性情，一但窥其所以，便气的一个发昏章第十一。

那一日叫杏花儿：“你与我把东厢房地扫一扫。”杏花儿怎敢怠慢，只得拿了条帚，向东厢房去扫。扫了一会，杜氏进房去，只听得说：“你为甚的把我的镜匣子弄歪了？”那杏花儿还不曾唧哝出一句话来，又听杜氏道：“你还想强口么！”这东厢房已早打闹起来。梁氏听见厢房吵打，心中有事，便作速下楼来吆喝。只见杜氏单单打的杏花肚子。梁氏慌了，骂了几句，扯住杏花说：“你上楼去。我的丫头，哪个敢打！你的身份，也比她高不多，你还打不起人哩。天下那个小老婆敢装正主母身份，硬要打人？你一发天翻地覆起来！”

却说杜氏，向在嫡室上边妻容妾顺，原是有尊有卑的惯了。今日遭此毒骂，一时也不敢骤为撒野。只因杏花儿有胎，愤恨之极，便办下舍死拼命心肠。略迟一会，硬回口道：“大奶，打人休打脸，骂人休揭短。我是您家小老婆，谁人不知？也不该为着一个使女子，便无情无义地骂我！”梁氏道：“只为你心肠太不好！”杜氏道：“我心肠怎的不好？”这杜氏竟是一递一口的厮嚷。总因梁氏平日是个柔性儿，杜氏渐渐的话儿竟唐突起来。那杏花儿上楼来，吓得揜做一团儿，只推温姑娘下楼去劝。这八九岁女娃儿晓得什么，只说道：“姨妈，你看你的花歪了。”那杜氏向头上摸着花儿，撕在地下道：“我还戴它做啥哩！”

道言未已，只见张类村同侄子张正心到了院内。这伯侄二人从来不曾经这样吵嚷，吆喝弹压了几句。张类村气得直上前厅来，张正心跟到了厅房。坐下，张正心问道：“适才这是怎样了？”张类村道：“前生命里没儿，也就认命罢了。偏你伯母贤惠起来，要弄些笑话儿，叫我见不得朋友。”张正心悄声道：“侄儿前日听侄妇说，伯伯这院里有一桩喜信，说是杏花身边有个缘故。岂不是咱家大喜事么？”张类村道：“偏偏杜大姐这几年没有个喜兆儿。”张正心道：“伯说错了。不拘杜大姐、杏花儿，与我生下兄弟便好。伯已年迈，愚侄情愿领着成人，教他读书。咱是祥符单门，愚侄每见人家雁行济济，叔侄彬彬，心下好生羡慕。回顾自己，却是独自一个。伯又年尊，近日轻易不到世故上走动，侄子好生孤零。况且咱本祖虽有人，现今隔剩侄只愿保重这个喜信。”张类村道：“可恨杜大姐，单生个女儿。你伯母又胡乱撺掇，叫我做下老而无才之事。杜大姐前日穷究了我一夜，我没敢承当。次夜又根究个不了，我原据实说了。今早我还睡着，杜大姐就起来了，我只说她是梳头哩，谁知她是掉泪哩。我问了一句：‘天色大明了不曾？’她答应道：‘我是瞎子，问我做什么！’气狠狠的。我就知道事不好。今日一发吵嚷起来。将来要惹人家传笑。”张正心道：“人家传笑是小事，咱的祖宗血脉是大事。千万不可有了意外之变。愚侄虽年幼，也曾见城中人家，内边女人犯了妒字，往往把千钧悬于一缕的小相公命都坑害了。不如今日就把杏花儿带到南院里，叫侄妇承领。到分娩时果然是个兄弟，咱家就好了。”张类村道：“你说的是。”

伯侄遂到后院。张正心道：“杏花儿哩？”梁氏道：“在楼上。”张正心道：“叫她下来，我领到南院里教训她，叫她知道个尊卑之分。”梁氏知侄子是个好人，一声使叫道：“杏花儿你下来，跟你大叔过南院，瞧瞧你大婶子去。”杏花儿也知张正心内人贤淑，得不的一声，下得楼来，跟得走了。

张类村心下明白，更不搀言。到晚上，张正心使人取杏花儿铺盖被窝，梳拢器具。自此再不敢令到北院。杜氏且喜拔去眼中之钉。梁氏间日往视，张正心夫妇亦着实留心。单等十月降生。

日月如驶，到了产期，竟是“抱来天上麒麟子，送与人间积善家”。这张类村伯侄两院，无人不喜。这温姑娘一日七八回去看。唯有杜氏一个，直如添上敌国一般，心中竟安排下“汉贼不两立”的主意，怎不怕煞人也。总之，妇人妒则必悍，悍则必凶，这是“纯如也”，“绎如也”，“累累乎端如贯珠”的。每日想结交卦姑子，师婆子，用镇物，下毒蛊。争乃张类村是三姑六婆不许入门的人家，无缘可施。想着寻个事故到南院闹去，又苦于无因，且怯张正心七八分。

一日杜氏知晓张类村伯侄俱赴文昌社去，心生一计，说屋里箱内不见了一匹红绸子，要向杏花儿根究。梁氏拦阻不住，竟是暗藏小刀子，到南院来。张正心内人，见识精细，听得杜大姐声音，早吩咐杏花儿：“急把小相公抱到屋里。顶住门，万不可开。”杜大姐站在门外，说了偷绸子话，争乃室内只不答言，也就没法可生。又听小儿啼哭，真乃不共戴天之仇，胡乱骂了一场张正心内人，说话伶俐，也弄些淡淡的没趣。杜氏只得仍回北院。

及张正心赴社回来，内人细述所以。到了“身边有小刀子”一句，张正心吓了一个寒噤。盘算了一夜，次日径向北院。叫伯伯另赁远宅居住：“万一疏忽遭了毒手，她一个妾室值个什么，岂不是天杀了咱伯侄？”张类村答道：“她不敢，杀人是要偿命的。”张正心见伯伯说话着迷，只撺掇叫赁房子。张类村因此上萧墙街来寻谭绍闻。

这张正心心里毕竟怒不能息，来至北院，找起昨日杜氏说杏花偷绸子一事，说道：“杜大姐再休要往我南院去。若去的多了，我的性子，万一撞突了你，休要见怪。”杜氏道：“你平白把这院丫头圈在你家，将来生的孩子，叫你叫什么哩？”这张正心年轻性躁，怎当的这一句恶言。直是怒如火起，竟张开手来要打耳刮子。这梁氏见侄子，是个新补的廪生，殴打庶伯母，虽是正气，却损美名。拦住吆喝道：“使不的！”张正心只得收回。这杜氏得了“使不得”一句话，一发撒泼，竟至披头散发，哭骂起来。恰好小厮寻的张类村回来，张正心未曾见伯，气狠狠地道：“你当真料我不敢打你么？”杜氏哭嚷道：“这不是我么，给你打！给你打！”张类村所以向侄子说道：“你且放从容些。”只因一个人生妒，真正夫妇、伯侄、妻妾一家人，吵成了“今有同室之人斗者”，竟是“披发缨冠”而不能救了。

却说是日傍晚，虎镇邦又来索债。坐在前厅，只是不走。谭绍闻无奈，只得漫应要当宅院一处，银子到手，即便楚交。虎镇邦等得日落，方才回去。

谭绍闻回到楼上，心中盘算：张老先生当宅一语，未必作准。正愁闷间，思量早睡了罢，好借梦寐之中，祛此心焦。忽听德喜跑来说道：“胡同口来了一辆车，内中坐了两个女人，抱着一个孩子。问那个院子是当年惠师爷住过的。大相公瞧瞧去。”绍闻喜之不胜，急忙跑出，走到胡同里，开了小南院门搭儿，推开门儿。说道：“这里是，这里是。”只见两个女人都下车来。一个男人先搬了一捆被褥，到了门首，绍闻道：“搬进去。”那人又回去搬了一个小箱子，又搬了一回钱。问道：“车上还有东西不曾？”一个女人答道：“完了。”那男人道：“你们都来罢。”绍闻躲开门，径让女人进去。

又见一个人急急走来。跟着小厮，右手提着一个未燃烛的灯笼，左腋下夹着一包东西。初昏之时，依稀认得是张正心。见绍闻弯腰一揖，说道：“舍下出丑，愚伯侄原非得已。万望世兄念世交之情，诸事照料。顶感不尽。”绍闻道：“方才进院，俱系何人？”张正心道：“一个是舍弟生母，一个是厨妪，一个是老家人。弟跟得车来，在街上买些吃食东西，蜡烛一斤，所以后至。即烦盛价取个火来，点起烛台。”这德喜早到楼院，取出一盏明灯来。跟的小厮，将灯笼点明。张正心道：“弟到院中看看。”一拱而入。少顷，即出来说道：“屋子久无人住，一切家伙俱无。万望世兄周章。”绍闻道：“桌凳床铺，今晚且自略备，明日再为扫除、刷糊。总缘早晨一语，不料今晚即至。请世兄到小轩少坐。那些杂事，叫小价与贵纪纲料理。”张正心与谭绍闻遂同上碧草轩来。

且说妇人性情，好看人家堂眷。这王氏、巫翠姐、冰梅，并老樊，听说张类村家是因醋析居，必定是赵飞燕的妹妹，虢国夫人的姐姐，一心俱想来看阿娇。在后门口候客上了后轩，都来小南院来。张宅家人躲开路儿，正要向德喜儿要烛台。这谭宅内人见了杏花儿，个个都大失所望，却原来是嫫母的后身，心中好不暗笑。厨妪接过烛台，又点上两枝烛，屋内煌煌。王氏便问道：“这是三太太么？”厨妪道：“是。”王氏又道：“这怀内是小相公么？”厨妪道：“是。”王氏因问：“你哩？”厨妪道：“小媳妇是那边爨妇，跟来伺候相公哩。”王氏向杏花儿接过相公一看，便问道：“这是三太太你生哩么？”杏花总是不敢答应。厨妪道：“怎的不是。”这王氏一起妇女，看了杏花儿，又看这小相公，真乃方面大耳，明目隆鼻。王氏忍不住道：“怎的叫人不见亲哩。”忽听的说客来，这一家走不迭，都忙回去了。到了楼下，巫翠姐道：“娘，你看张家三太太，我可算贤德能容的么？”王氏瞅了一眼道：“年轻轻的，通是疯了，就说下道儿去。”老樊道：“破茧出俊蛾，真正是黄毛丫头，抱了个玉碾的孩儿。”不知此乃张类村一生善气迎人，所以生下这个好后代来，正是积善必昌炽之报也。

这张正心别了谭绍闻，到南院粗粗地安置一番，说了些安慰话儿。打着灯笼，坐车而回。

却早杜氏已得了信儿。是晚，向张类村道：“你跟我屋里来。”张类村只得到了卧房。这杜氏言语嘈杂，虽不成其为斗，却也哄的厉害，怒将起来，几乎要打，这张类村只得刘寄奴饱飧老拳的本本领。这杜氏到底不敢过于放肆，劈脸啐了一口，这张类村少不得学那娄师德唾面自干的度量。吵闹了一会，却也幸冤家远离，因说：“你好好的，叫我养个腰里有尖尖的孩子，我也在人前，好争一口气。”因此都睡讫。

却说次早，梁氏晓知杏花儿远寄外宅消息，心下好不气闷。楼下发怒道：“我那儿子，是这院的一个正经主儿，正心发落他那里去了，却叫旁枝旁叶吃他的饭。我看今日谁敢烧锅做饭吃！”正说间恰好张正心来了。梁氏道：“正心，你把杏花儿发到哪里去了？”张正心道:“昨日侄与伯商量，赁下谭世兄房子。晚上侄子亲自送去，安置妥当。今日侄子还去，带人收拾院子，盘锅垒灶，安置床铺。总要事事妥当，万不叫伯母挂心。”梁氏道:“正心，你说啥呀？这楼这厅，都是他的，却不叫他住，早早的就叫他做人家房户。你心何安？你还敢说是你与你伯商量的主意。你伯在省会之地，人人都钦敬他，你是新补廪生，指望将来发达。就不该把旁枝叶儿移到别处么？恰恰的把一个正身儿送得远远的。就是那村农也做不出这事来。像前者杏花儿在南院住，咱家的人还住的是咱家，我就没的说。今日送在谭家房子去，若是谭家老先生在时，就不容留，必有酌处。今日容留在他房子住，想是谭家这后生，就大不如前辈了。”张正心急了，因附伯母耳边说了一句小刀子的话，这梁氏半天就没言语，忽吩咐道:“套车我去看看。”那雇工掌鞭的，怎敢怠慢，早把车儿伺候停当。梁氏换了一件外套儿，就要出门。张正心把楼上一捆十千钱放在车上。张类村急出卧房道:“那是刻字匠寄放的钱。”梁氏道:“改日还他。”一径出门。温姑娘道:“我也要跟得去。”梁氏道:“你也就该看看兄弟。”这杜氏见本生之女要去，指着说:“我看小温妮子你敢去！”梁氏道:“只管随我来。”又回头道:“没你管的闲事！”杜氏正欲反唇，却见张正心搬钱，心中胆怯，缩住了口。这张正心领了伯母、妹妹，又上萧墙街来。

杜氏见嫡主母出门，走到院里，竟与张类村招驾起来。张类村道:“你罢哟！”杜氏道:“就是你老了，我还年轻轻哩，日头多似树叶儿。你就三不知的做下这无耻之事！也还不知是你哩不是你哩，一家子登时就当成小家主看承起来。你心里明白不明白，你休要昧着真心胡承揽。”张类村道:“你不说罢。”杜氏道:“不是我一定要多说，就作你老有少心，真正果然的很。你看堂楼哩说的话，叫人好不难受，登时把两三个月小孩子，做了家主，别人该赶出去。可把你发落上哪里去？只像没有你一般。你再也一声不言语，真正怕老婆的都龙王！”

张类村道："你少说一句儿罢。"杜氏道："也没见过一个还不曾过三两个月的孩子，公然长命百岁起来。三般痘疹，还不曾见过一遍儿；水泻痢疾，大肚子癖疾，都是有本事送小儿命的症候；水火关，蛇咬关，鸡飞落井关，关口还多着哩，到明日不拘那一道关口挡住了，还叫堂楼上没蛇弄哩。这南院大叔，也就轻的三根线掂着一般，外边就像自己有了亲兄弟，那不过哄你这老头子瞎喜欢哩。他那门儿穷，咱家方便，心里恨不的怎样了，他好过继哩。"张类村道："损阴骘的话少说些儿，你还想你身边有好处哩。"杜氏道："我没什么想头。"捏住鼻子呜呜咽咽，喉咙中一逗一逗地哭将起来。回房倒在床上，蒙头盖脑地卧了。张类村没奈何，跟进房来，小心温存。杜氏滚身向里，一声吆喝道："你爬那头儿睡你哩，不要搅人！"张类村只得叹了两口气，口中独自道："阴骘！阴骘！"正是：

乾健坤宁大造行，太和元气自浑成。
小星何故纷家政？二十一日酉时生。

又有诗美张正心覆庇幼弟，乃是君子亲亲之道，其用意良苦，其设法甚周。如张正心者，可以愧世之图产争继，遂成大案者。俚言曰：

堪叹世间骨肉亲，同堂艰息产常侵；
试看掉臂为人后，伯道无儿暗惬心。

第六十八回

碧草轩谭绍闻押券　退思亭盛希侨说冤

话说张正心同伯母梁氏、妹子温姑娘，坐车径上萧墙街来。到了胡同口下的车来，一直进小南院。及到屋内，梁氏便要看小相公，厨妪道："夜里哭了几阵子，方才吃的饱饱哩，如今睡着了。"梁氏道："只为一个勾绞星，把他送在别人家房子里，叫我如何不气。任凭他多睡一会儿，我且不看他。"因问张正心道："孩子在南院里，你们怎的称呼？"张正心道："我伯未曾命名，也就没个名字。"梁氏道："你伯近日也浑了汤，竟是顾不到正经事上。你就与他起个名，在人家门前住，好呼唤些。"张正心道："侄子不敢。伯母随意罢。"梁氏道："你叫张正心，他就叫张正名罢。"张正心道："这就好。"梁氏吩咐杏花、厨妪道："嗣后就叫做名相公。"杏花应了一声。又叫张正心道："你带人去街上置一份水礼，咱成了人家房户，少不得与主人翁致敬致敬。"

张正心遵命，命老仆拿两千钱，不多一时，赁了一架盒子，水礼已备。梁氏命抬到谭宅："说我不时就到。两家本是旧交，我也去看看你谭大母去。"少刻，名相公醒来啼哭，梁氏掀开被子看了一看，即令杏花儿抱乳。因叫厨妪、老仆吩咐道："他姓甄，他干了大事。此后都叫他甄大姐，不许再叫杏花。”张正心道：“你们一同记着，我到家吩咐明白。”

只见谭宅樊婆来请张大奶，过楼院说话。谭绍闻自使人请张正心，上碧草轩去。这王氏接着梁氏，到楼下为礼坐下。巫氏、冰梅同见了礼。梁氏道：“咱两家本是旧交，当日谭大伯在世，他们每日在一块儿。拙夫到家，常夸谭大伯为人正经。如今思念起来，拙夫常掉下泪来。”王氏道：“先夫在日，也常言张大伯以阴功为心，将来必有好处。”梁氏道：“好处在哪里？将近入土时候，子息尚艰难。今日才有一点根儿，家下不和，出乖丢丑，扬了半省城齐知晓。今托嫂子照看，怜念俺这老来想要儿子的苦处，也算阴德无边。”王氏道：“昨晚见过相公，真正平头正脸，全是张大嫂的造化。”梁氏道：“不怕嫂子笑话，我昨晚气得一夜不曾眨眼。这水浆泡子，未必能成人；即会成人，这两根骨头，也土蚀烂了。如今不过是个眼气儿，哪像老嫂子，儿长女大，孙子也该念书了。嫂子前生修的好福。”王氏道：“儿子大，惹的气也不小。先夫在日，我何尝知个愁，如今愁的也是半夜睡不着。”正说话间，谭绍闻来见礼，说：“伯母盛情，小侄感谢。”梁氏道：“街上市买东西，休要见笑。”绍闻道：“小侄怎敢。小侄还向书房陪世兄，娘同伯母叙家常罢。”绍闻仍到轩上，与张正心说话。

张正心渐次说到房子赁价，谭绍闻道：“说出来，令人羞死。弟近日所为不谨，想亦瞒不得世兄，竟弄的有几宗紧债逼迫。原有几家说买这处小宅院的话头，昨日老伯来说房子，弟原说过奉卖，老伯坚执不肯。后又说到交买价，立当约，老伯似有首肯之意。适盛价来接，话未说完，老伯乘马而归。咱兄弟们商量，小弟既然到此，也无屡迁叠徙之理，不如即成了府上一宗小宅院。异日回去，咱省城房子颇艰，亦可出赁他人。”谭绍闻说个卖字，却正打照了张正心所受伯母的气，有为他人作房户之说。因道：“若与家伯言买，这事万万不成，若说典当事却可行。”绍闻道：“不如斩截做了，两得其便。”张正心道："弟到路上，与家伯母商量，或者事有可行，亦未可知。"绍闻情急之人，便告便而回。到了自己卧楼，伸纸濡墨，写了一纸卖券，袖上轩来，说："这是卖约一纸，价银三百两。世兄带回去相机而行，万望从事周旋，以济燃眉。"张正心道："事难造次，还须商量。"说未完时，席面已熟。两下都排碗盏，不必细述。

席终，各到南院。梁氏果有恋情，说明日要锁了箱柜，采与小娃娃做伴儿。抱了一会，温姑娘却又催回去，因此一同出胡同口上车。绍闻送张正心时，将卖券塞到袖里。张正心道："事如可行，何在今日交约。"绍闻道："原属情急，望寸纸作准。"张正心道："路上与家伯母计议，明日送信，以决行止。"绍闻道："善为婉商，无致事败。"两下扫地一揖，张正心登车而去。绍闻目送良久而回。

及到次日，谭绍闻不住在胡同口瞭望，只想张正心到来，成了卖宅一事。却见张宅小厮背了一褡裢衣服等件，后边一个孩子提了一篮子酒壶、茶盅、碗、匙器用。绍闻道："你家大叔不来么？"那小厮道："不晓得。"进得南院，只听说笑之声，也不便再问。

到晚不见张正心动静，谭绍闻好不着急。本日又打发了虎镇邦并几个小客商的缠障。夜间睡下，只盘算张正心的话儿，若化为子虚，将来便难免没趣。

过了一日，谭绍闻正在盼望之际，只见一辆车儿来了。近得前来，正是张正心，绍闻喜之不胜。张正心下得车来，叫小厮提了褡裢，两下迎头一揖。绍闻道："事体何如？"张正心道："我到南院瞧瞧，即到书房说话。"绍闻在门首恭候。张正心不多一时即出来，同到轩上。绍闻叩其所以，张正心道："昨日回家，家伯母与家伯商量了一天，家伯情愿出二百金作典，家伯母情愿出三百金作买。世兄以为当从哪项？"绍闻道："世好原要吐真，昨日索逋者竟是填门，弟俱承许后日开发。三百金尚且不足，那二百作典之说，勿用再议。只遵老伯母说的行罢。"张正心道："弟今日只带二百金，是家伯交的，弟即交与世兄。至于买之一字，弟再为酌处。总之，事要必成，世兄不必性急。”绍闻道：“原约带来不曾？”张正心道：“家伯见了卖约，着实很恼。说是世兄叫他负良友于幽冥，竟是陷人于不义。故叫弟一定交还与世兄。叫今日面交二百金，立为当约，上边还要写‘年限不拘，半价即赎，八个字。”绍闻接约在手，说：“我到家中另写。”拿到家中，拈笔于卖约之上，写了：“八月二十三日，卖主面收二百两，余欠俟成交日全完。”年月下判了花押。拿到轩上，交与张正心。正心接住一看，说道：“这约万不敢叫家伯见。”绍闻道：“情急事迫，万望在老伯母上边，秘为商量，就是瞒些老伯，也无不可。若叫弟立典契，弟万万不肯。全在世兄斡旋。”说着，早已作下揖去。张正心答礼不迭，说道：“目下暂收二百，弟亦将原约暂寄南院。统俟商量明妥，一总同官中立券成交。”绍闻称谢不尽。张正心赴南院去取银子，仍到轩上。放在桌面共二十封，说道：“世兄可取戥子验收。”绍闻叫德喜取戥子称了一封，高旺喜满。张正心道：“舍下祖传，给人银两只有盈余，从未有短却分厘者。”绍闻道：“这倒是弟有错了。”张正心道：“交易不妨分明，何错之有？”

只见一个小厮说道：“我家大爷请谭爷，有一句要紧话说。请刻下就到，俺家大爷在书房立等着。”绍闻看是宝剑，说：“我不得闲，你看我当下是做甚的，有话改日说罢。你回去，不妨说我干的是弃产收价的事，今日不能前往。”宝剑少不得去讫。

张正心与谭绍闻又说了些从容缓办的话，张正心自去南院照料幼弟。绍闻自在轩上包裹银两，命德喜取毡包包回。

到家未及片时，德喜来说：“盛大爷来了。”绍闻只得来轩上款客。进的园门，盛公子道：“今日发财。”绍闻道：“见笑之极。”盛公子道：“你说见笑，这却可笑了。那弃产收值，是我近日的常事，稀松平常，关什么哩。”绍闻道：“请坐说话。”盛公子道：“我不坐，只拣要紧的话说了罢。舍弟要与我分家，写的家母书子，到山东把家母舅请来。

分了两三日，我一切都让他，如今算着，我该找补他一千二百两有零。家母舅要面验交明，方才回去。适才请你，是叫你与愚弟兄，立一张合同。小价说你在家发三百两银子财，我如今已备下一千，叫满相公酌夺二百。今日清晨出门，尚未回来。适逢贤弟有这宗银子，我拿去，同家母舅交与舍弟，家母舅即起身回山东。快去取来，快去取来。”谭绍闻面有难色，方说出“目下”二字，盛希侨道：“我不管你目下不目下，我只管我不是夏逢若。快些取去。”一面说着，早已推住绍闻脊背，说：“快些！快些！”绍闻想殡父之日，盛希侨助银一百两，赙仪五十两，怎好悭吝，少不得回家去取。携了毡包来，说：“这是二百两。”盛希侨道：“留下那一百两做啥哩？”绍闻道：“只此二百两。”盛希侨道：“我不管你留下不留下，宝剑儿，拿皮褡子来装了。”宝剑果然装讫。盛希侨道：“搭在马上，咱走罢。”出得书房，到胡同口，骑上马飞也似走讫。绍闻怅然久之。

却说破落户弃产收值，那些索欠之家，都是钻头觅缝地探听，连数目都不差分毫哩。兼且所欠账目，彼此也皆知晓，这家怕那家全得，闪了自己；那家怕这家占先，聊沾余润，因此不谋而乌合，不期而蚁聚，一起来到碧草轩索讨。谭绍闻告以盛公子暂借之说，众人都说是支吾假话。一连闹了数日，不得清白。幸而谭绍闻连年弃产，把大注子欠债，已经按下些；又亏张正心百方在伯母上边运用，又交了一百两，因此飞撒在众债主身上，少觉退些。唯有虎镇邦这债，分外罗唣。那些不中听的话，作者为谭孝移的面上，也不忍为之多述。

这谭绍闻急不可支，几番着德喜向盛宅讨信。那盛宅门第高大，管门的都大模大样，如宅门二爷、快班头役一般，德喜也难细为探听。又一日，见盛宅门首，一顶驮轿，一乘坐轿；出来的有男人，也有女人；有坐轿的，乘车的，骑马的，作揖打躬，只听说回山东去。盛公子也骑马去送。德喜儿如何能详问，只得转回来回复主人。

又迟了两日，谭绍闻只得带德喜亲上盛宅来。门上说明；盛希侨出迎。手扯住谭绍闻说道："我正要与贤弟说话，来的正好。"进了退思亭坐下，吩咐道："拿暖壶注一壶茶，炉中添上香。不用你们一个人伺候，把门向外搭了，着一个人看着门，不许闲人进来。——不是怕听见，是怕人打了我的话头。"因拍案叫道："我已是气死了的人，贤弟怎不来看我。"绍闻茫然不知所以，便问道："你说是怎的了？我不知晓。"盛希侨道："说不起！说不起！再不料俺家第二，全算不起一个人，把人气死了。说不出来，又遮掩不住：第二的把我告下。"绍闻道："这是怎的了？我不信。"盛希侨道："你不信么？冤屈，冤屈，正要寻贤弟诉诉，恰好你来了。你闲也不闲？"绍闻道："闲着哩。"盛希侨道："贤弟既然没事，我一发细说与你听。贤弟不是外人，我不怕你笑话，你也不敢笑话我。"因走到院里道："谁看着门哩？"宝剑儿答道："宝剑。"盛希侨道："听我对你说：向厨下吩咐，把山东舅太爷拿的东西，收拾午饭。我与谭爷讲句闲话。开门到厅上就要饭，若是迟了，把你们下半截都打折了。"宝剑答道："是。"盛希侨转身又到书房，还不曾坐下，便说道："贤弟，你是个寡丁子，好不快活。我想人生在世上，万万要不得是这兄弟。"绍闻道："这话太奇。"盛希侨道："你说太奇？我说起来，时刻把你肚子也要气破。你说恨人不恨人，偏偏我就有这号儿兄弟。"绍闻也觉得其言刺耳，因想要那二百银子，也只得任其所说。

盛希侨道："论我一向不成人，这也是人所共知的；把家业花费了一点子，这也瞒不得人。若说俱是我葬送了，我万万不服。这舍二弟身上，也花费的不少了。论起舍二弟，我何尝不见他亲？先父临老时，原嘱咐我读书为重。我是天生的怕见书。我常说，我不通，该叫舍弟也不通么？年年与他请先生念书。江南的举人，浙江的进士，拔贡，副榜，天下有名的好学问人，我都请过。哪一年不费三二百金以外？咱坐这屋子，就是他念书书房。你看上面'退思亭'匾儿，是先藩台公亲笔。你时常在我家，你到过这院不曾？绍闻道："虽说不曾到，却也听得他在这院念书。”盛希侨道：“这是他与先生独院。念了好几年，总是一个皮秀才。”绍闻道：“你说二贤弟不通，他现今怎的中副榜呢？”盛希侨道：“就为这，就为这。若说他的本事，如何能中哩。上年郭寅伯——如今在部里升了郎中，原是舍弟的冰台。舍弟的外父，是徐州府靳宅，着提塘寄我一封书，是催舍弟上徐州完婚的话。我想舍弟的外父，现在湖广做知府；舍弟的舅子，十七八岁新进士；他的连襟邵老先生做翰林，已开了坊；舍弟是个半通半不通的秀才，贤弟你说这亲完得完不得？那一日我与满相公说话，我说愁死我了。老满问我愁啥哩。我说徐州府迎亲一事。老满道：‘打点房内妆奁，路上仪从，共得多少银子？’我说：‘你真是井蛙之见。咱家是旧进士，做过藩台。靳府是现任知府，又有新进士——听说还不曾娶亲哩。咱家去了一个女婿，竟是比‘白大人’大一级儿，不说隔省迎亲，脸面不好看，叫人家千金姑娘，怎的对丫头婆娘们？’老满道：‘不难，不难。如今八月河南乡试场，费上几两银子寻个门路，万一中了，徐州迎亲，岂不体面好看？’我说：‘大人冰清玉洁，哪有门路？’老满道：‘天下无论院司府道，州县佐贰，书办衙役，有一千人，就有九百九十个要钱作弊的。’他又说怎么作弊觅枪手，打连号，款款有理。我就依他去办。到揭晓，舍弟果然侥幸中个副榜。虽说没得中举，这也罢了。老满开发枪手、打连号谢仪，共花费一千有零。此后上徐州迎亲，全不说妆奁花费，但人家伞扇旗牌是簇新的，咱的红伞大扇回龙金瓜旗牌，不是烂的，就是稀旧不堪的，如何船上捌门枪，如何进城，说是河南盛宅二少爷迎亲哩？少不得又到职事厂配上些件数，换成新的。这就百十两，不在话下。通算起来，他身上也花费一万余两。如今娶过媳妇子来，一心要与我分。每日在家母上边唧哝，写书叫家母舅来分排。算了几天，说我还该找他一千二百有零。我一切让他。家母与家母舅说的俱是向他的话：若是不分，怕我董穷了连累他跟着受苦。这原也忧虑的是。但我不是那号的人。冤屈死我！”谭绍闻道：“凡娶过妇人来，听了调唆，往往如此。”盛希侨道：“这却不然。靳宅这姑娘，真是贤惠无比。人家家教好，我也难背着良心说舍弟妇的不是。总是我的老婆，极不省人事，极不晓理，这分家，实从她娘家起的稿儿。”绍闻又说道：“女人向娘家，这也是古之常情，如何说嫂子不是呢？”盛希侨道：“这话就把你们家的门风讲净了，只是没兄弟不起官司就罢。我见许多人，到析居时，兄弟开口，好说自己老婆的好处，全吃了俺嫂子不贤的亏；哥哥开口，好说自己老婆的好处，全吃了俺弟妇不贤的亏。真乃狗屁之谈。唯俺家这宗闹法，原是我那个老婆不贤良，兄弟们也难以跟她一院里住，这是实话。家母见小儿亲，这也是天下之通情。家母舅听了家母、舍弟的话，打顺风旗，我又不能与舍弟掂斤拨两，说那牙寒齿冷的话。任家母舅分排，我都依。总之，与靳宅贤惠姑娘毫无干涉，一句昧良心的话，我不能说。只教贤弟知道我的心，我也就丢开手。不与第二的一般见识。宝剑儿，开门罢，我的话说净了。厅上摆饭来，我陪客吃。”

到了厅上，一起家人伺候碟盏，果然俱是山东异产。盛公子又说出土产来历的话。饭毕，谭绍闻有欲言难吐，欲默难茹之状，盛希侨笑道：“贤弟不必恁样，左右是二百两银子。不叫贤弟作难。不唯不叫贤弟作难，还叫贤弟更有不难处。”

这回单说盛公子好处，诗曰：

> 伯仲堪怜同阋墙，脊令那得胜鸳鸯？
> 但知自己内助悍，《常棣》该添第九章。

第六十九回

厅檐下兵丁气短　杯酒间门客畅谈

却说谭绍闻心中挂着虎镇邦索欠，口中又难说要借的二百两银子，一时好不局蹐。盛希侨笑道："贤弟不必作难，管情还有好处。"一声便叫："满相公上厅来！"满相公到了。与谭绍闻为礼，盛希侨道："你两个不必斯文。作速把昨日那一千两拿来，叫谭贤弟看看，好商量下文的话。"满相公领命，果然叫两三个小厮，将一千两抱来，摆在厅上桌面。盛希侨笑道："不怕我赖了二百两罢？"绍闻道："说的什么话。"盛公子道："我是一定还你的，但只是这银子你不得拿走。我与你商量，做一宗生意，图个营运。咱两个近况，都比不得从前。单单的靠着祖业，过几天脱出一宗，这也不是个常法。贤弟你便罢了。我如今与舍弟分开，这弟兄们是八仙过海，各显神通。我叫舍弟看看我的过法。舍弟那个东西，将来是夜间点灯，着上一根灯草；白日吃菜，一根葱头蘸酱碟儿；还要卖鸡蛋称盐吃哩。叫他看看我每日大风大浪，却还要好过。"绍闻道："这话且慢商。我有紧事，委的人家索讨难支。银子如不现成，我只得另为酌夺。如今既是现成的，叫德喜带回去，我好开发他们。"盛希侨道："整数儿难动，休想拿去一分。我且问你，欠下谁的？"绍闻道："别的俱是客伙，还略近人情。唯有一个虎镇邦，是营里一个兵丁，粗恶凶暴，我委实的怯他。”盛希侨道：“你如何欠下他的？你一向下作，想必是输账。”绍闻道：“原是输的。”盛希侨叫满相公问道：“营里将爷常在咱家走，他的兵丁，你认的这虎什么邦不曾？”满相公道：“这姓虎的我认的，你也认的。”盛希侨道：“我不记的了。”满相公道：“前六月间请城内师爷、将爷，在厅上斗牌，有一个兵丁在将爷背后站着指点。你没说：‘这位头脑，汉仗太大，我见了就要热起来，不住地出汗。请到下边躲躲，我这里有人伺侯。’那人就姓虎，一定是他。”盛希侨道：“谁还记得哩。不拘是他不是他，他要赌账，叫他到这里。我开发他，只怕要省些。”谭绍闻正愁不好意思要银子，又虑虎镇邦在门前无礼。因说：“此时在我家索讨，也未敢定。我叫德喜回去看看，若果在，即叫他到这里清白，何如？”盛希侨即叫德喜，吩咐了话头回去。

恰恰虎镇邦在谭宅门首发那躲着不出来的话头。德喜迎着，说道：“我家大叔在盛宅弄下银子，叫我请虎叔去那边，一五一十清白。”虎镇邦听说盛宅，本不欲去，却因清楚账目，少不得跟着德喜，到娘娘庙大街。盛宅门首，虽有些家人在，却也没人理他。德喜先进去，少时出来说：“我家相公在厅上等着，说叫算算拿去哩。”这虎镇邦又从新拐起腿来，跟着到了厅前。看见谭绍闻、盛希侨在厅上坐着，上得阶级，少不得到桶子外边站下。问道：“少爷一向好呀。”

原来这些小人，在草茅媟亵之地，不难气雄万丈，一到大厅广厦气概森肃的地方，便不知不觉把气夺了。况且盛宅是虎镇邦平日跟随本官常到的所在，如何能不拘挛？此可见门第子孙望清誉贵，那些狐犬小辈，怎敢平等看视。今日盛希侨已成渐近破落的乡宦，犹能藉父祖余荫，令小人们神慑意怯。像那些混入下流，反招其侮的，非其自取而何？此是中间夹出正论，暂且按住。

单讲盛希侨看见虎镇邦，也仿佛依稀是见过的，便问道：“谭爷欠你银子么？”虎镇邦道：“些须有限哩。”盛希侨道：“多少呢？”虎镇邦道："不过八九百两。"盛希侨道："八九百两，你还说有限哩，这话叫谁听呢？谭贤弟，你一定是叫他哄赌输下的，是也不是？他们营伍吃粮，有了什么，你就与他动偌大的输赢。"虎镇邦道："不是我敢哄他，我彼时拿着六个元宝兑着赌的。你问谭相公，有也不曾。"盛希侨道："呸！你那六个元宝，不知是你几十个兵丁公分的粮饷。谭贤弟呀，你趁未分时哄你，你就上当。不说你不能赢，即如你赢了他，你只拿一个元宝儿在你家放上一夜，他们次日就要告你盘赌兵饷；急忙原封缴回，他们还说你夜间敲了元宝边儿。你通是书谜子，他们有多大家私，就赖你输了八九百两。"虎镇邦道："赌场有甚多少，一文钱还许赢一万两哩。"盛希侨道："我面前休说这些话！来来来，我兑上一百两，我兑上啥哩？咱就来一场子何如？"虎镇邦道："我如今把粮开拨了，没啥兑。"盛希侨道："就兑上老婆孩子。你掷上一个快，就把银子拿的走，我不寒寒脸儿；你掷上一个叉，是孩子给我伺候十年客，是老婆给我做上十年饭。来来来！宝剑取色盆来。说来就来，我若改口，许你使脚踢我的脸。"虎镇邦道："这事不与少爷相干，何必替别人这样用力。谭相公，你只说话罢。"谭绍闻倒不敢搀言。盛希侨道："我两个是生死弟兄，他的事就是我的事。你若是不识趣，说硬话，惹我恼了，时刻叫过七八条大汉子，抬起来打你，还算零头哩。"虎镇邦也恼了，高声道："不用如此作践我，三尖瓦儿也会绊倒人！"盛希侨哈哈大笑道："绊不倒！绊不倒！你那意思说，你是革退兵丁，营里管不着你？我拿个帖儿，送你一个革退目丁冒称行伍，指赌讹人。只怕三十杠子，你没啥优免。"虎镇邦发话道："这场赌已经县里断过，料着罪无重科。我只是要银子。"盛希侨道："谭贤弟，这事经过官么？"绍闻道："经过官。"盛希侨笑道："姓虎哩，收拾起罢。赌博经官，这恳赃就是该入库的。你家有库，我就缴；你若无库，俺弟兄们就不欠你一分一厘。我有罪，请回罢。俺还有正经话计议哩。"虎镇邦无言可答。满相公扯住说道："咱到门房里坐坐，有事商量。"

虎镇邦少不得跟着走去。

不多时，满相公回来说道："无水不煞火，这些人若不得一个钱，将来谭相公支不住，怕激出事来。要破个皮儿。"谭绍闻急口道："给他一百两行了么？"盛希侨道："呸！咱们都是该穷的，你要比我先穷二十年哩。既是你吓的恁个腔儿，我自有主意。"谭绍闻道："少了怕不行。"盛希侨道："行，行，行。满相公，你去叫他来。"虎镇邦又跟着满相公到了槅子边站下。盛希侨道："谭爷说了，与你一向厮跟的好，见你开了粮，心下不忍。我借与他十两银子周济你，你有啥说没有？"满相公说："二十两，二十两。"盛希侨道："就借与他二十两。"虎镇邦只是不言。盛希侨摇头道："野地里拾的柴薪，将就些儿罢，休要嫌湿。从前话，一切拉倒。"满相公道："虎将爷你看罢，我的情也尽了。"虎镇邦道："我通作情，一厘儿也不要。"满相公道："天已将晚，虎将爷还没吃饭，我引你门房吃饭去。"又扯的走了。

满相公自向账房称了二十两交与虎镇邦。虎镇邦说道："平白遇见少爷多管闲事。"满相公推着脊背说道："见不的官，撒开手罢。公子性儿，休撩的不妥了。"虎镇邦只得半恼半喜去讫。

满相公回到厅上，盛希侨道："今日这事，若是舍二弟撞下的，我再也不肯与他这样吃力，叫他试试他那副榜体面。一来我与谭贤弟相处的好，二来谭贤弟若撑不住他，这一千银子就要破群哩。我所以极力杜挡。舍与他二十两罢。"谭绍闻道："我明日取这银子，只扣一百八十两罢。"盛希侨道："贤弟，你罢哟！那二十两只算缴你二百两的息钱，我不叫你还。但只是这二百两你却不得拿走。满相公今日又揭三百两，余下八十两留在账房使用，把二百两添在这一千之内。算一家兑上六百两做生意，各认利息。这一千两，是我昨日揭到关帝庙山陕客人积的修理拜殿舞楼银。每月一分行息，利钱轻。原只许他山陕社中人使着做生意，我硬要一千。比不得满相公揭的，左右是三四分行息。"满相公道："要做生意，少不得我效劳。或吃小份子，或赌劳金，凭在二位财东作成。”盛希侨道：“你休说这话。舍二弟抽了一半子账，他各人自去料理。你若走了，无人掌管出入，叫二弟也笑我竟与他一样。”满相公道：“我荐个人何如？”盛希侨道：“你说是谁？”满相公道：“舍表弟何如？”盛希侨道：“那人不能发财，且心术不正，我看出来久了，头一件，脚步轻，人在屋里，他到了跟前，人还不知道；第二件，说话声低，对面听不得他说的是什么。这两件不但是贱相，必定是心术奸险，怎能发财。”谭绍闻道：“近来看相书么？”盛希侨道：“谁看相书来。《麻衣相》《柳庄相》，我看过图像，也不懂得。那有字的，我一发不爱看。只是他的表弟，在这里住了半个月，我见了他就急了。所以彼时就撺掇，叫你开发他。今日又举荐他做伙计，我不耐烦。”满相公道：“生意合伙，也是遇缘的事，毫末强不得。但二位财主，今日做什么生意哩？”盛希侨道：“看酒碟来，我们慢慢地斟酌。”

须臾，移座衔杯，商量生意的话。盛希侨道：“谭贤弟，你听我说：你一向乱赌，近况不佳；我被舍弟抽了一半，家母舅逐样均分，俱是一物剖为两件，庄田地亩我东他西，牵牵扯扯，典卖俱不顺手。我想这一千二百两银子，先做个小营运。异日再设法添些本钱，好干那本大利宽的事。只是请哪一样伙计，做哪一样款项呢？”谭绍闻道：“不如开药铺罢。我对门姚杏庵近来极发财。”盛希侨道：“如今走医道的，多是学而未成，到了半路上落下时，咬不动‘之、乎、者、也’，就要钻到‘望、闻、问、切’路上去。你说那个生意，咱立刻就分账；我是要立个字号，不是要纸糊匾写上个堂名，羞死我哩。”

谭绍闻道：“依你怎么说？”盛希侨道：“我想做生意，或是海味铺，或是绸缎店。伙计们下南京，走苏杭，说着也好听。家里用些儿又便宜，又省钱。若是药铺，不过是鄚州、汉口弄些包包子、捆捆子，整年整月，等着谁害病哩。”满相公道：“海味铺，家中厨役便宜；绸缎店，家里针工便宜。今日写个条子取去，明日写个条子取去，到算账时，伙计取出支使账来，只一束红图书条子，把本钱就没了。”盛希侨道：“不叫你合伙计，你便说出扫兴话来。”满相公酒已微醉，便侃侃说起来道：“不是因为我不得入伙，便说扫兴话。总之，揭账做生意，这先就万万不可。将来弄得山岗看放荒，再不能扑灭了火哩。况且本地人，再做不得本地生意。”盛希侨道：“这话奇了。即如这省城做生意的，多是山、陕、江、浙，难说他本地铺面，都又要他省人开张么？况且这省城铺面，也尽有许多祥符人开着哩。”满相公道：“本地人原做的本地的小生意儿。二公却万万做不得。是什么缘故呢？门户高，身份重，面情软，气概豪。这四样是怎的做不的呢？赊出去讨不上来，撇的去气不动他。总之做生意的人，只以一个钱字为重，别的都一概儿不管他。即如我们生意人，也有三五位先世居过官的。因到河南弄这个钱，早已把公子公孙折叠在箱角底下，再不取来拿腔做势。且如生意人，也有许多识字的，也是在学堂念过书的，也有应过考的，总因家里穷，来贵省弄这个钱，少不得吃尽辛苦，奔走道路，食粗咽粝，独床独枕的过。每逢新年佳节，思念父母妻子，夜间偷哭，各人湿各人的枕头，这伙计不能对那伙计说的。我问二公，能拽倒自己架子，还到外省别府受这些凄楚么？况且谭爷犯了面情软，少爷犯了气概豪。俗语说，‘面软的受穷’，谭爷能在钱字上硬了面皮么？自古道，‘仁不统兵，义不聚财’，少爷如今，能在钱字上，减了自己的豪兴么？即如我外省人做生意，在四样上犯了后二件毛病，财神爷便赶出大门外去。总之，钱钱钱，难难难。这心若不时时刻刻钻到钱眼里面，财神爷便不叫你发财。就如读书人，心不时时刻刻钻到书缝里面，古圣贤便不曾替你代过笔。”盛希侨道：“你不胡诌罢。难说我两个做生意，该自己坐在柜台里边，到了秋夏，自己牵着大白叫驴，往乡里亲自讨账么？不过请几个伙计经营，我们分个长头，手里闲花消而已。”满相公酒更半酣，接说道：“俗话说，‘本钱易寻，伙计难讨’。休把寻伙计看成容易事。若说银钱窝里，由的我使用，使费账上，由的我开销，非一百二十四分正人君子，不能一毫勿欺。少有一点不至诚的人，官礼使费，用了一两，账上写上二两；香蕈一包，开上官燕一匣；乌绫三尺，开上摹本半匹；宅门茶房门包赏钱，随意开销，不曾见财主到衙门内去照验。火食账上，待客一盘菜，写上割肉三斤；请客一只鸡，开上熏鸭四掌，这财主如何稽查哩？所以说伙计难讨。”盛希侨道：“你与我掌账房，就如伙计一般。你先说你是个至诚的，你是个不至诚的？”满相公道：“我是半至诚、半不至诚的。像如旧日全盛时，我也不肯一定至诚；如今二少爷分去一半，我就不得不至诚。”盛希侨道：“老满呀，你肚里有了两盅儿，竟是一张好嘴。”满相公道：“不是我一张好嘴，争乃生意是不许你两位做的。况海味铺、绸缎店，一发做不得。俗话说：做小生意休买吃我的，做大生意休买我吃的。假如贩牛贩马，张口货儿，一天卖不了他，就草料上有盘绞，吃折了本钱。假如海参、燕窝、蛏虷、螺蛳等物，是我吃的，半年卖不消，就吃折了本。”盛希侨道：“据你这样说，这生意做不得，那生意做不得，你拣一样他不吃我、我不吃他的，做将起来。”满相公道：“我想了这会，唯有开书铺子好。你是自幼儿恶它，谭相公是近年来恶它。若是到南京贩上书来，管定二公再不肯拿一部一本儿到家，伤了本钱。”满相公有了酒意，所以径说至此。盛希侨略带怒意说道：“照这样说，不如开棺材铺罢。谭贤弟恶它，我更恶它。管情我两个一发再不肯捞一口到家，伤了本钱。”谭绍闻笑了，盛、满二人不觉一起哄堂大笑起来，遂把生意话头煞住。

宝剑儿道：“门外有人拍门，说是瘟神庙，如今移到城隍庙后夏，要进来说紧要话。要是叫他进来，好领钥匙开门。”盛希侨道：“夏逢若来了。满相公可给他钥匙开门。”满相公道：“在账房桌子上，宝剑儿你自己拿去。”盛希侨道：“你休要发懒，你亲去领他进来。”满相公只得亲去开门，领的夏逢若进来。见了厅上灯烛辉煌，杯盘狼藉，拍手大笑道：“你们好呀，竟把我忘了，我就不依这事。”盛希侨道：“你坐下罢哟，遭遭少不了你。”夏逢若道：“我在城隍庙里听道官说，你昨日在关帝庙里了。”盛希侨道：“我在关帝庙取了山陕社一千银子，你听的说就来了？这是我与谭贤弟做生意的本钱，不许你管。你要吃酒时，现成的酒。若是饿了，叫厨下收拾东西你吃。总不许你说银子的话。”夏逢若道：“金砖何厚，玉瓦何薄，一般都是兄弟，如何两样看承？我一定要插一分儿。”盛希侨笑道：“吃酒罢哟，生意事不但不许你说，也并不许你问；你是见不得银子的人。有了你，就坏事。吃两盅，你就与谭贤弟东书房睡罢。我瞌睡了，我要回去睡哩。”说罢，扬长而去。

却说满相公之言，也像有一点理儿。有诗为证：

朝暹斋珥月黄昏，南泊海洋北塞门；
商字上头加客字，本乡莫讲湲财神。

第七十回

夏逢若时衰遇厉鬼　盛希侨情真感讼师

却说夏逢若为甚的黄昏到盛宅？只因他行常在城隍庙道房，与黄道官闲话。黄道官道：“我前日在关帝庙，见娘娘庙街盛山主，好大派头，真正是布政使家。”因说起怎把山陕社银子拿了一千两，说下一会还要拿哩。夏逢若听在心上，遂到谭宅探听。却听得说把虎镇邦叫得去了，开发赌债。随即寻虎镇邦，要问曾否清楚的话。寻了日落不见面，因此到了盛宅。也自揣向来不为人所重，只是天下事料不定，或者就中取个事儿，亦未可知。到盛宅轻敲门环，果然满相公开门邀进去，听见盛希侨说话直撞，只得满饮数杯。这盛希侨一个呵欠，便说道：“瞌睡了，我睡去。”那客之去留，早已置之度外。

谭绍闻道：“我要回去。”满相公带酒身倦，便道：“取个灯笼来。”夏逢若道：“我有借的现成灯笼，只要添上一枝烛。”满相公道：“叫你住下哩。”夏逢若道：“家母这两天身子不爽快，我要回去。”满相公道：“既是老人家欠安，就不敢留了。”家人重开大门，满相公送得二人出来，自锁门回讫。

谭夏二人走到娘娘庙门口，谭绍闻道：“天黑的要紧，你独自一人难走。你我两个走着胆大些，就到碧草轩住下罢。”夏逢若道：“家里老人家有病，我一定是该回去。”谭绍闻道：“既然如此，就该分路向西去。”夏逢若道：“往西要过周王府门口，怕校尉们拿住了。我往北去，向王府后边耿家大坑，过了冥府庙半里地，就到我家后门。全不过一个栅栏。”谭绍闻道：“天黑的要紧，那大坑沿一带没人家，不如从王府过去。问你时，你仍说你取药请医生，或是接稳婆。难说混不过去？”夏逢若道：“王府校尉哪管你这些闲话，拿住了锁在一间闲屋里，次日才放去。他若忘了，只管锁着。要喊一声时，开开门打顿皮鞭，还算造化哩。难说你还不知道么？我从北边卢家巷走罢。”谭绍闻道：“我离家不远，街上铺子有灯光，你拿灯笼走罢。”二人分手各行。

单表夏逢若进了卢家巷，只听路东一家哭娘声音。心下好不怏怏，急紧走过。出的巷往北，过了双旗杆庙，便离耿家大坑不远。这一片就没人家住了。走上一箭之地，只见一个碧绿火团，从西向东飞也似过去。池中睡鸭，也惊的叫了两三声。夏逢若只说是天上流星的影。往上一看，黑云密布，如漆一般。

远远的又有三四处火星儿，忽有忽无，忽现忽灭的。心下晓得是鬼火了，好不怕将起来。猛然想起平日行径，心中自语：“我若是个正人君子，那邪不胜正，阴不抵阳，就是鬼见我，也要钦敬三分。还有甚怕呢。争乃我一向犬心鼠行，到了黑夜走这路，心上早已做不得主。可惜他两下俱留我，我就住下也罢，为甚的一定要走？这凉风凄凄飒飒的，像是下了雾雨。鬼火乱飞，还有些学不来想不到的怪声。不如回去，还到大街，不拘喊开谁家酒馆门，胡乱倒一夜也罢。”因此扭头而回。远远望见巷口那家，掌着一盏灯，仿佛依稀有两三个穿白的人在哭，又有女人哭娘的声音，也不晓怎的出巷口哭。夏鼎觉着母亲害病，犯着忌讳，只得硬了胆，复向耿家大坑边来。

到了冥府庙旁。那冥府庙倒塌已久，只有后墙、前边柱子撑着，这靠路边的墙已久坏。自己灯笼照着，那阎王脸上，被雨淋成白的，还有些泥道子。判注官，急脚鬼，牛头马面，东倒西歪，少臂缺腿，又被风雨漂泊，那狰狞面孔，一发难看。夏逢若疾趋而过。觉着头发一根一根儿直竖起来。却望见一团明火，自城隍庙后小路迎面而来，心中忖道："好了！好了！这一定是卖元宵汤圆担子，不则是馄饨、粉汤挑儿，黄昏做完生意回去。我还怕啥哩。"说时迟，那时快，早已撞个对面。只见当中一个有一丈来高，那头有柳斗大小，脸上白的如雪，满腮白髯三尺多长；旁边一个与活人身材一般，只是土色脸，有八九寸长，仅有两寸宽，提了一个圆球灯，也像有两个篆字。夏逢若一见，哎呀一声，倒在路旁，那两个异形魔物，全不旁视，身子乱颤着，一直过去。这夏逢若把灯笼也丢在地下，那灯笼倒了，烘起火来。却看见七八个小魍魉，不过二三尺高，都弯着腰伸着小手，作烤火之状。夏逢若在地下觑得分明，裤裆撒尿。额颅流津。心里想道，人人说鸡叫狗咬鬼难行。谁知此时喔喔响沉，狺狺声寂，身上只是筛糠的乱摇乱抖起来。须臾一阵凉风，连烛火一起吹灭。登时天昏地暗，伸手不见掌，一些树影儿更望不见，只听得芦荻萧萧，好不怕人。夏逢若无奈，只得爬将起来，摸着乱走。自言道："我一定是做梦哩，快醒了罢！醒了罢！"正走时，左脚滑了一跌，早已溜下坡去。忙攀住一株树根，不曾溜到底。听得声响，乃是鱼儿拨刺、虾蟆跳水之声。说道："不好了！鬼拉我钻到水里了。"自摸鞋袜，却又是干的。少不得爬着上岸，摸着车辙儿走。

一连跌了几遍，直走了多半夜，并不知是何地方。忽然一件硬物磕腿，摸着一个驮碑的龟头，说道："这是城里哪一座碑呢？"猛听的一声咳嗽，几乎惊破了胆。又一声道："什么人？"夏逢若不敢作声。那人又道："什么人？问着不答应，我就拾砖头砸哩！早已听见有人从南边来了，怎么不答应？"夏逢若晓得是人，方答应道："是我。"那人道："你是谁？"夏逢若道："城隍庙后夏，因赴席带酒，走迷了路。摸到半夜，不知此是何地。"那人道："夏大叔么？"夏逢若道："你怎的晓得我？"那人道："我在这里出恭哩，我是苏拐子。"夏逢若道：

“我怎么摸到这里，这是什么所在？”苏拐子道：“这是西北城角，送子观音堂。我白日街上讨饭，晚间住在这里。这几日肚子不好，作泻，我才出头一遍恭，天色尚早。我送夏大叔回去。”二人摸着向城隍庙后来。

夏逢若到门叫了一声，内人早已开门。苏拐子道：“我回去罢。”夏逢若道：“你看北边那一块火，又是哪里呢？”苏拐子道：“那是教门里回子杀牛锅口上火。”苏拐子自回。

夏逢若进家，见灯儿点着，问道：“你们没睡么？”内人道：“母亲病又添的重了。”夏逢若道：“不好了，时衰鬼来缠。不假，不假。”他母亲哼着问道：“你回来了？”夏逢若道：“回来了。”母亲道：“我多管是不能成的。你回来了好，省我萦记你。”

这且不述。单说又过了两日，夏逢若母亲竟是“哀哉尚飨”讫。夏逢若也有天良发现之时；号啕大哭。声声哭道：“娘跟我把苦受尽了呀！”这一恸原是真的。

夫妇哭罢，寄信儿叫干妹子姜氏夫妇齐来。姜氏也哭几声干娘。干婿马九方到街上，领人抬得一具棺木。请了一位阴阳先生，写了殃式：“棺木中镇物，面人一个，木炭一块，五精石五块，五色线一缕；到第七日子时殃煞起一丈五尺高，向东南化为黄气而去；临时家人避之大吉。”

打发阴阳先生去讫，盛殓已毕。姜氏陪夏逢若夫妇罗泣一常这夏逢若想起换帖子弟兄，央姜氏家老仆，与王隆吉、谭绍闻、盛希侨送信。这老仆到了盛宅门首，看见那宅第气象，并不敢近前通言。却把曲米街、碧草轩信儿送到。这王隆吉看丧吊纸，助白布四匹，米面两袋，各自去讫。

谭绍闻到了灵柩之前，行了吊礼，送银十两。那姜氏恰在夏家做干女儿伴丧，见了谭绍闻，想起瘟神庙递汗巾的旧事，未免有些身远神依之情。

原来当日被夏逢若说合，这姜氏已心愿意肯，看得委身事夫，指日于飞。不料因巫家翠姐之事，竟成了鸳判蝶分。今日无意忽逢，虽不能有相如解渴之情，却怅然有买臣覆水之悲。听说央谭绍闻到他家写讣状，绍闻方动身而往，姜氏便道：“家中既然有客，我回去好替哥款待。”夏逢若道：“诸事叫贤妹吃累。”姜氏径从后门进家。知谭绍闻在前边料理帖式，那呼茶唤酒之声，真似莺声燕语。这谭绍闻好奈何不下这段柔情也。

这姜氏把本夫叫回后院说道：“那院丧事，既托咱办理帖子一事，要好好的替他待客。一定留客住下。”马九方道：“我知道。”马九方到前边留客。谭绍闻略为推辞，也就说：“今晚住下也罢。我们弟兄情肠，遭此大事，岂可便去。”马九方道：“你与夏哥是弟兄么？贱内是他的干妹子，咱还是亲戚哩。”谭绍闻道：“正是呢。”马九方回复内眷，便说客住下了。这姜氏喜之不胜，洗手，剔甲，办晚上碟酌，把腌的鹌鹑速煮上。心下想道：“只凭这几个盘碟精洁，默寄我的柔肠曲衷罢。”

谁知未及上烛，德喜儿来接，说：“家中盛爷到了，立等说话，万不可少停。”谭绍闻心中挂着那二百两银子，只得作别而归。这马九方回后院对姜氏道：“客走了。”姜氏正在切肉、撕鹌鹑之时，听得一句，茫然如有所失。口中半晌不言。有两个猫儿，绕着厨桌乱叫，姜氏将鹌鹑丢在地下，只说了一句道：“给你吃了罢。”马九方道：“咳，可惜了，可惜了。”姜氏道：“一个客也留不住，你就恁不中用！”

且不说姜氏无言自回寝室。单说谭绍闻回家到轩上，点上一枝烛。盛希侨道：“你上哪里去？叫我等死了。”谭绍闻道：“夏伯母不在了。”盛希侨道：“我也不听这些闲话。舍二弟在边公案下，告我那宗事，批下准讯。你说叫我怎的见人？”谭绍闻道：“是为什么呢？”盛希侨道：“我全一字不知。只是老婆不是人，背地里叫手下家人，偷当了两顷地。舍二弟如今稽查着了，说我弃公产而营私积，欺弱弟而肥私囊。干证就是产行并佃户。我一周查，当约果是我的名字。我若知晓一丝儿，我就不是个人骨头。我若叫老婆干这个事，到明我就叫她干那个事。争乃当地有约，说合有人，佃种有户。我全无一点儿猪狗心肠，竟是被老婆做的，叫我拿着狗脸见人。到了明日衙门赴审，人家看见，定说他祖当日做过布政，他父做过州判，怎的养下这个不成材的子孙，瞒了自己同胞兄弟，弃了公产营他私积。我明白人家心里是这个骂法，可惜我又不得听见。我真是要吊死不活着了！”谭绍闻道：“把地分给他一半，他也就没啥说了。”盛希侨道：“我何尝不是说，爽利分给他一半。争乃老婆虽是个旧家之女，却是一个天生的搅家不贤，抵死的不依。我向舍二弟说，舍二弟又说我弃了许多祖业，背地里化公为私，所瞒并不止这两顷。即作地止此两顷，人私囊的银子还不知有多少哩。叫我白张嘴没啥说，真冤屈死了人。我竟是一点法子也没有。那日晚上说那一千二百两做生意，咱在厅上说，他使人偷听。如今也成了我的私积子。”谭绍闻道：“你就说那有我的银子，我急紧要讨的。”盛希侨道：“我说有关老爷银子他还不依，何况说你的。”谭绍闻道：“现有满相公可证。”盛希侨道：“满相公叫他骂的如今要辞账房。说他吃一家饭，如何偏兄陷弟，平日弄鬼开销假账，如今我独留他，正是通同一气。他如今定要打这没良心的门客。”谭绍闻道：“如今这事，你心下要怎么处？”盛希侨道：“听说你这西边胡同内，有一个人叫做冯健，是个有名的讼师。我如今借你这地方儿，把他请来，替我写一张呈子，明日我着宝剑抱呈投递。事结之后，我与他五两银谢礼。”谭绍闻道：“这却不难。”即着德喜去请。

不多一时，冯健提个小灯笼，到轩上来。为礼坐下。冯健道：“口自虽是近邻，不曾到过这书房，委实幽雅。承相公见召，不知有何赐教。”谭绍闻道：“非我之事，乃盛兄有个小事相烦。”盛希侨道：“说起来我身上即气软了。贤弟你也知道此事之始末，你替我说说，好烦冯兄起稿。”谭绍闻怕二百两银子有闪，即叫冯健到厢房，说了原委详悉。二人仍到轩上，冯健道："盛大宅若叫……"盛希侨道："不是我当的地。我也瞒不住你，是我的老婆当的。"冯健道："说不到那里。盛大宅若叫令弟输个下风，这张状非我不能。管保令弟不能免县上爷的耻辱，不怕他身有护符。"盛希侨道："不是这话，不是这话。若是同胞兄弟为几亩土，或是一二尺过道，匍匐公堂，跪前跪后，纵然得了上风，断的给我，我那神主面前也烧不得香；清明节也上不得坟。俺家这宗事，总是贱内不贤，舍弟性躁，平白弄得我在中间算不得人数。我从来并不晓得怕人，今日叫我见了人，就会羞起来。我只相央，求县公开个活路，恩准免讯。只要你会写这张呈子，状榜上批个销案二字，我就致谢。只要能在家下私处，不拘舍弟怎的，我宁丢东西银钱，只不在公堂上打官司，丢了我这个人。免的远省亲戚传笑，近处街坊指脊梁筋唾骂，这就是了。"冯健诧异道："我不料盛大宅是这个厚道。我情愿替写，万不受谢。我平日为人兄弟写状，都是同胞共乳之人，你叫我死、我不想叫你活的话头。今日得写一个保全骨肉的状，也把一向刀笔造的罪孽减减。谭相公拿纸来，再添上一枝烛。"只见冯健挂上眼镜，濡墨吮笔，写将起来。不多一时，写完，递与二人。烛下同念：

具呈人太学生盛希侨，住娘娘庙大街保正田鸿地方。呈为骨肉情重，甘愿让产，恳天俯悯，恩准免讯事。缘生弟希瑗，具告蔑弟营私一词，蒙批侯查。生捧批惶惧，不知所云。窃唯祖宦粗有薄遗，尚不至较多而计寡；慈帏现际晚景，又讵忍幼瘠而长肥？弱弟三龄失严，从未闻过庭之训；长兄十年当户，遂莫免私囊之疑。析爨而居，已成昆仲凉德；具牍以控，更征手足情薄。倘再震以雷霆，势必至紫荆永瘁；苟过核其裒益，亦难望脊令重圆。异姓相交，尚有管鲍之谊；同母而乳，岂乏祥览之情。叩乞仁天老父师俯悯乌私，曲全雁阵，姑容私处，恩免庭推，则生存者固衔结于无谖，即没世者亦感佩于罔替矣。

嘉靖口口年口月口日　　　　抱呈家人汪宝剑

谭绍闻念完，盛希侨道："我不懂的，你只说还叫我戴着驴遮眼，进衙门打那同胞兄弟争家业的官司，去也不去？”冯健道：“八九分是批个准销案，也还保得十分不上堂。”盛希侨道：“你这一张纸，能救出我这个人来，还许我在人前说话，你就是我的恩人。异日重谢。”冯健道：“罢罢。我自今以后，再也不给人写状子了。我这一枝黑枪头子，不知扎坏了人世间多少纲常伦理。只为手中没钱，图人家几两银子。其实睡下心中全不安宁。今日写状。心乐神安，我何苦要做那暗地杀人的毒手？若再与人写状子，子孙永不如人。”谭绍闻道：“你尚如此后悔，那些请你写状的人，该不知怎样的后悔哩。”冯健道：“不悔，不悔，且不悔之极。前三月间，曾有人与他兄弟打官司，请我做参谋。或是晚上关着门儿向我说，或是清晨起来坐在我床沿上说，那悄悄的话，真正是叫人听不得的。要我生法写起状来，竟把兄弟告倒了。其实他争的，还没有谢我的多哩。还不说在衙门三班六房，见人就请席，见衙役就腰中塞银子。真正是争得猫儿丢了牛。谁知那人昨日在曹门上见了我，请我到酒馆内，又对我说，今冬还要告他兄弟哩。这一号儿人，哪的会悔？除非是他兄弟一家儿死个罄尽，方才是个歇手。我从今以后，立誓不做这唆讼的营生。”

盛希侨道：“谭贤弟替我誊誊罢。”谭绍闻道：“满相公哩？”盛希侨道：“舍弟认得满相公笔踪，若到了承发房查出笔踪，定骂他个狗血喷头。”谭绍闻道：“我就不怕认出笔踪么？”盛希侨笑道：“你在我家从来到不了字儿上，并没用着笔，哪里有踪呢？我今日就在你家央你。”冯健道：“何用如此。明日早晨，着盛价送到代书铺写完，用个戳记，三十文大钱就递了。”盛希侨道：“既如此可行，我要回去哩。”冯健也告辞。三人出胡同，恰遇盛宅来接，各自分手。谭绍闻道：“那一宗银子，我明日去取去罢？”盛希侨道：“不叫你拿的回来。”谭绍闻淡然而归。

这一回单讲兄弟构讼，人间不少，唯有盛公子归咎内人，冯讼师改悔写状。看官若遇兄弟有交相为愈者，肯用一两句话劝的歇手，这就功德无边矣。俚言诗曰：

非是同室忽操戈，争乃膝前子息多。
想尔弟兄当少日，骑竹为马舞婆娑；
牵襟携裾庭前地，口授乳喉叫哥哥；
一个跌倒一个挽，爹妈顾之笑呵呵。
今日匍匐公堂上，舌锋唇剑淬而磨；
须知父母骨虽朽，夜室泣语没奈何。

第七十一回

济宁州财心亲师范　补过处正言训门徒

且说谭绍闻近日光景，家中费用，颇欲赋“室人交谪”之句；门外索讨，也难作摧租败兴之诗。夏逢若虽日日着人来请欲求帮助，争乃手头乏困，无以相赙。初丧送过十两，已属勉强。只得推着不去，也顾不得姜氏一段深情。日日只向盛宅想讨本身二百两银子，以作目前排遣之用。

一日携德喜径至奶奶庙街。到了大门，满相公陪着，上了大厅。盛希侨恰在厅上，同一个苏州戏子讲唱戏的话，说：“本日戏闲一天，唱一本儿，明日再往城隍庙去唱。”戏子见有客来，缩身而退。盛希侨道：“来的正好。”谭绍闻未及坐下，盛希侨早向条几上拿过有字的一张纸，递给绍闻道：“你看这罢。”谭绍闻接纸在手，只见上边写道：

> 本县莅祥已久，每遇兄弟构讼，虽庭断剖决，而自揣俗吏德薄，毫无化导，以致人伦风澌，殊深退食之惭。兹据该生所陈，情词恺恻，尚不失故家风规，可矜亦可嘉也。姑免伏阶，以杜阋墙。准销案。

谭绍闻道：“这是何日批的？”叩盛希侨道：“就是昨日批的，叫宝剑儿对你说。”宝剑道：“小的那日递字，老爷坐大堂。有许多人递状递呈子，老爷叫站东过西。点罢名，就在大堂上看一张，批一张。也有问住原告，说要打他，赶下去的；也有吩咐本日即拘，午后候审的；也有批过刻下发于承发房填状榜的。小的央承发房写个批稿带回来，承发房说：‘忙的要紧。旧日老爷都是接了状，迟了一两日才发出来。唯有这位老爷性急，并不与内边师爷商量，当堂就批，发房就叫填榜。堂上问完了事，就要过朱。你去外边少等，俟榜发后，你各人抄了去罢。’小的又随即与原写代书十个钱，少刻就在照壁上抄的回来。”谭绍闻道：“这事怎的与令弟清楚呢？”盛希侨道：“我昨日已处明了。这种事若请人和处，不说我的亲戚都隔省，就是央本城朋友街坊，我就羞死了。我只把舍二弟叫到后楼下，同着家母，我说：‘把那两顷地，你与你嫂子各人一家佃户分了罢。’舍二弟尚未说不依，我老婆就说是外父做官，在任上与他的私积，毫不与盛宅相干。只是信口儿胡嚷。我想着打他，他上了楼，放上门帕子，一片胡吵。舍二弟又提起一千二百银子，说是我旧日卖业偷剩下来的。我懒得与他分辨，也不提山陕社、贤弟银子那话。我只说：‘与你一半五百两何如？’舍二弟又跳出院子嚷。我只是气得要死。我说：‘娘说句话罢。’母亲说：‘地全是他嫂子的，银子全与瑗儿罢。’我说：‘好极！好极！’我即刻到账房，取了那一千银子，在楼下过与他。他说听的极真是一千二百两。我急了，赌了个咒，这才依了。你说是该这样处不该这样处？”谭绍闻道：“但只是我那二百两，用的甚急。”盛希侨道：“咱的生意是做不成了，我扣下你的二百两做啥哩？我已叫满相公安插。——老满，你问的银子何如？”满相公道：“原有一宗，只是三分四分息，说不妥当。我已托人与他三分半，今日日夕等回信哩。”谭绍闻道：“如此，我回去罢。”盛希侨笑道：“我不骗你的银子。日夕有信，明月我着人送二百两。倘不足用，咱再商量，倘今日揭不出来，晚上先把账房八十两带回使用着。我叫老满再与咱酌处。”

话犹未完，宝剑儿来请看戏。盛希侨道："快请二爷去。"

那个苏班老生拿着戏本儿来求点戏，盛希侨道："不用点，就唱《杀狗劝夫》。"戏子领命而回。只听得一声号头响，锣鼓喧阗，盛希侨道："咱去罢。"谭绍闻、满相公俱到东厅。戏子说了关目，演将起来。

盛希侨道："二爷哩？"宝剑儿道："二爷去王府街说一宗紧话哩。"满相公走到盛希侨跟前，附耳道："王府街姚二相公，与二少爷合伙计做六陈行哩。"盛希侨哈哈笑道："发财！发财！咱就看咱的戏，不必搅二老爷的贵干。"

却说谭绍闻眼中看戏，心中有账，遂不觉背上有芒，毡上就有针了。意欲挨至晚上，那满相公日夕见回信的事，必有实确，只得强坐着。那戏唱到杀狗时，盛希侨问宝剑道："大奶奶在后边看戏不曾？"宝剑到堂帘边问了一声，帘内丫头应道："大奶奶在这吃茶哩。"宝剑回复了。盛希侨大声道："看！看这贤德妇人劝丈夫，便是这样的。满相公，取两吊钱来，单赏这一个旦脚。果然做戏做的好，我心里喜欢。"满相公到账房取了两千钱来，盛希侨吩咐宝剑儿赏在场上。那《杀狗劝夫》的旦脚，望上谢了赏。盛希侨道："世上竟有这样好女人。"满相公道："戏是劝世文。不过借古人的好事歹事，写个榜样劝人。"谭绍闻道："这做劝世文的人，也是抱了一片苦心。其实与他也毫无要紧。"盛希侨道："正为他说的毫不干己，咱自己犯了病症，便自觉心动弹哩。"

不多一时，见宝剑儿向满相公耳边唧哝了一两句，只听得满相公说："不行也罢。"谭绍闻料到揭债无成，不觉暗叹了一句道："事不谐矣！"

霎时戏止饭熟，都到厅上用馔。饭毕，谭绍闻要走，盛希侨再三挽留，谭绍闻坚执不允。盛希侨道："戏今日只闲一天，我所以说叫他唱唱。若明日还有戏时，我断断不叫你走。老满，你把账房八十两，交与谭贤弟。你明日再问一大宗，除交谭贤弟一百二十两外，剩下咱使唤。”满相公到账房拿上厅来，盛希侨道：“权收下这八十两，你且济急。后边事咱再商量，迟早咱要做个生意才好。”谭绍闻道：“是了。”德喜儿将银子包封拿着。盛希侨道：“老满送客。”又细声道：“我到戏上再叫他加上些做作，好劝化那搅家不贤的人。叫他再添上两句，说：‘这是俺丈夫家兄弟，不是俺娘家孩子他舅。’”谭绍闻笑道：“这才化的太太们明白。”说着，盛希侨已跑过东院去。满相公送谭绍闻至大门而回。

却说谭绍闻到家，双庆历数了今日讨债之人，谭绍闻好不闷闷。到了晚上睡下，左盘右算，端的无法。忽然想起娄师爷来，现在升任济宁州，路途不远，何不弄些货儿，走走衙门？一来抽丰，二来避债，岂不两得其便？

算计了一夜，次日早晨，便使人到城南把王象荩叫到家中。谭绍闻道：“我一向不曾叫你管事。如今我要上娄师爷任上去打个抽丰，想叫你跟我去，与你计议。咱几日起身呢？”王象荩道：“要上济宁去，只可备些土物瞧瞧师爷，不可弄东西销售。”谭绍闻道：“你说的是太平车儿话。我如今诸事窘迫，是要借娄师爷做官体面，把东西出脱。或是同僚属员，或是盐店当商，或是本地交官绅衿，送他些东西，价一偿十，得了银子济急的意思。”王象荩道：“这事娄师爷必不肯做。娄师爷念大爷旧交，与大相公师弟情肠，要送银子时，胸中自有定见；有东西销售也不得多，无东西销售也不肯少。况销售东西，荐长随，未必不与官方有碍，且先薄了娄师爷与大爷相交情分。”王氏听见道：“王中你且下楼吃饭去。”王象荩退身而出。

王氏说道：“一个男人家，心里想做事，便一刀两断做出来。你心里既想上济宁寻你先生帮帮，他该帮你多少呢？万一你先生说：‘我想替你打个外转儿，你空偏手儿来，叫我也没法。’正是俗话说，巧媳妇做不上没米粥。到那时，你该再回祥符来办东西不成？明知王中好说扭窍扫兴的话，你偏偏又叫他回来商量，弄的你三心二意图啥哩？”谭绍闻道：“我是出远门，得他跟的去才好，王中牢靠些。”王氏道：“德喜儿近来极中用，就叫他跟的去。那王中若跟你从济宁回来，他一发有了功劳，往后你不调遣他，他还调遣咱一家子哩。你不信，你试试。”谭绍闻道：“到底王中牢靠，德喜孩气。”王氏道：“王中见了你先生，他垫上舌，你先生还要给你气受哩。你还想银子么？”这受气二字正触着谭绍闻的毛病，说：“也是。我再酌度。”

饭毕，王象荩到楼门边，意欲有言。王氏道：“大相公是叫你商量，他去了，叫你时常到城里望望。别的没事，你回去罢。这是二两黑蓝线，捎回去叫大儿使用。这是两副绿带儿，也捎回去，叫他母女两个扎腿。”谭绍闻接过递与王象荩。王象荩已知话难再说，只得怅怅去讫。

这谭绍闻得了母亲怂恿，叫德喜跟着，拿了银子到笔墨铺、绸缎店置买东西。装了一个皮箱。又买了商家个桐木货箱，装上笔墨。遂叫的小车行雇觅一把双手孝感车儿，择日起程。王氏叫巫翠姐整了饯行小内宴。次日出门，皮箱货箱煞在车上，褡裢被窝装在一旁，谭绍闻或坐或走，公然是个走世道、串衙门的行径。

过了黄河，晓行夜宿，到了济宁。饭铺吃饭；先问娄刺史官评，真正个个念佛。又问在署不曾，那些人道：“听的人说，朝廷修淮河高家堰，叫回空粮船，装载山东物料。娄老爷验放，不在衙门。”谭绍闻急问：“何时回衙？”那些人道：“俺们不过只听说，大老爷为办这事不在衙门。那回来的事，俺们如何知晓？相公到城中间，就明白了。”谭绍闻闻此，径自添上一个闷字。但既已到此，只得进城。

到衙门口一个饭铺内，脱去行路衣服，洗了手脸。皮箱中取出新衣换了，护书内取出门生手本。推的车到仪门停祝德喜将手本投在宅门，门上接入内传。内边正是娄樗管理内务，见了手本，急唤兄弟娄朴说道：“谭世兄来了。”二人急忙到了二堂。传说有请，谭绍闻进来。

兄弟二人扯住手，到了书房——匾上题“补过处”——坐下。正是他乡遇故人之喜，忙传搬运行李，德喜磕了头，自去照料。这些汤沐盥盆，点心食碟之类，不必浪费笔墨。

谭绍闻问道：“老师何时回署？”娄朴道：“昨日有人来说，发了二帮。如今三帮想已将完，约略十日即回。”娄朴问省城中旧好，遂说起张类村老伯得子之喜，又说起寄居宅外之事。娄朴道：“只要这小贤弟成人，也不枉张老伯一生忠厚，省的大家相好的，每日替他牵挂这宗事。他今既与贤弟相近，你需要萦点儿心。”闲话到晚，即与娄朴在内书房联榻。

次日早，拜两位幕友。一位年尊的是浙江山阴人，约有六旬以外，姓荀，表字药阶，长髯弯腰，与娄潜斋宾主已久；一位年纪二十五岁，姓莫字慎若，就是荀药阶表侄。二人旋即答拜讫。此后便在东房清籁堂上同饭，晚间共酌。夜深，自偕娄朴在补过处对卧。单候刺史公回署。

到第三日夜酌，这荀药阶善饮，莫、谭、娄三位少年相陪。谭绍闻略露一点销货口角。荀药阶道：“谭世兄与太尊师生旧好，何事不可通融？但弟于太尊初任馆陶时，便是宾主，至今又谬托久敬，知其性情甚悉。就不妨在世兄前，交浅言深。总之贵师做人，是一个最祥慈最方正的。即如衙门中，医卜星相，往往交荐，直是常事。贵老师遇此等事，刻下就送程仪，从不会面。即有荐笔墨、绸缎、山珍海味的书札，贵老师总是留得些须，十倍其价以赠之。或有送戏的，署中不过一天，请弟们同赏。次日便送到隍庙，令城中神人胥悦去了。三日之后，赏他十两银，就完局。若戏子求别为吹嘘，贵老师从不肯许，也不见旦脚磕头的事。久之，诸般也渐稀疏，近日一发全无。谭世兄或有所携的贵珍，贵老师必不肯累及同僚州县以及本城盐、当。依弟愚见，倒不如韫椟为高。”谭绍闻心中暗道：“谁料王中竟成了一个做大人的知己。”娄朴道：“家父性情板正，或者不免有得罪人处。”荀药阶道:“弟在山左作幕已久，初到济南府，口尚无须，今已成苍然叟矣。官场所经甚多，见那营钻刺、走声气者，原有一两个爬上去的；而究之取厌于上台，见嗤于同寅，因而挫败的也就不少。有一等中正淳朴，实心为民的官，因为不能奉承上司，原有几个吃亏的；内中也极有为上司所默重，升转擢迁的。即如令尊老先生，何尝晓得通声气、走门路？一般也会升转。前日青州府缺出，省城敝友有个秘信，说济宁有分。所以说躁者未必得，静者未必失。做官只留下自己人品，即令十年不擢何妨？后来晚生下辈，会说清白吏子孙，到人前气长些。若丧了自己的人品，即令一岁九迁，到卸却纱帽上床睡时，只觉心中不安；子孙后来气短。不见章惇为相，子孙不敢认他是祖宗，这是何苦的呢？即如娄世兄，异日自是翰詹仙品，那就不用说了；万一就了民社之任，即照令尊这样做官，就是个治行谱。”三位少年莫不拱手心服。更漏三鼓，各分手歇讫。

谭绍闻与娄朴回到补过处同睡。谭绍闻道:“荀先生所言，句句有理。”娄朴道:“此是幕友中最难得的人。第一件品行端方，第二件学问广博；那案卷谙练，算法精通，特是末技。所以家父做官这几年，宾主再离不开的。”睡下夜景不提。

又过了数日，娄刺史回衙而来。进了内署，径到补过处。谭绍闻上前叩首行礼。这娄潜斋桑梓谊重，桃李情殷，一手挽住绍闻说道:“你原该来看看我，我也极想你。看你容颜，也就苍疏上来。”绍闻叩讫起来，照位各坐。绍闻道:“老师在馆陶时，门生就要瞻依，争乃诸事牵扯，不能前来。近日隔违太久，渴慕愈深，所以特来。”娄潜斋道:“你爹爹是旧年埋过的了。”绍闻道:“彼时多承老师赐赙。”潜斋道:“少年追肩，永诀已过十年。贤契今日形神，酷类你爹爹三十岁时的状貌。在贤契原自不觉，我却不胜存殁之感。樗儿，朴儿，你们年轻，要知你谭伯壮年的相貌，你就看这光景。古云：父子之间形不似而神似。今且神似而形并似。我已渐入老境，对此不觉喟然。”在娄潜斋说的，原是朋友深情。在谭绍闻听来，早已小鹿撞心，只是低头不语。

小厮请洗脸，娄潜斋因道："我竟是饿了。我暂且回去，吃个点心。连日不在署中，案牍想已盈案。你们相陪说话，我等少暇，好好细叙家常。"自回后署去讫。

到了次日，绍闻道："前日未见老师，所以不敢禀师母安。今已见过老师，恳世兄到三堂代禀，说小弟拜见师母。"这娄潜斋家法森严，宅眷住的内宅门，从无外姓傍个影儿。娄樗代禀一声，内太太传出："说明已知，后堂窄狭得紧，不劳罢。"绍闻只得行了遥拜之礼，娄樗、娄朴二人还礼讫。

一日，樗、朴兄弟禀于潜斋道："谭世兄有带的东西，求衙中销售。"潜斋不觉失声叹道："品斯下矣！"娄樗道："前日聂先生求销售，咱尚有馈赠。何况谭世兄世交，岂不念谭老伯生前素好。"潜斋道："正为此耳。当日聂先生乃误受冠县骆寅翁之荐，延之幕中。谁知此人竟是这个光景：出门拜客，要坐大轿，挨到黄昏，定打灯笼。其实做官的，常歉然不足。他那个光景，竟是前世焚修，今生积到了幕友地位。人前故作傲态，背地里异样轻佻。我实是耐不得，却又碍于情面，不知费了多少委曲周旋才辞了他。前日他求销售东西，他跟的尚升到了签押房磕头。我问聂先生近况，尚升说：'聂先生到了济南府，各色儿去干，不上半年，把束金化完了。一年没馆，就是夏天当皮服，冬天典纱衣。不得已了，才弄些东西走衙门。'我为他一年笔砚之劳，所以前日差人上省公干，送了他二十两薪水之资。不料今日这般举动，乃出吾徒。不说我授经之耻，正是使你谭伯蒙羞于地下。我若是依世故场上，胡乱给他周旋，岂不是幽冥之中，负我良友？你们系世兄弟，便于说话，千万不可叫他把抽丰意思露口于我，好留他多住几日。临行我自有安排。"两人会意声诺。

到了次日，该摆酒款待。小厮们到清籁堂扫地揩几，潜斋吩咐即在内书房设席。午堂已毕，三主一客，俱在补过处内酌。潜斋乃是师尊，南面正座。谭绍闻坐在东边，樗、朴兄弟西边相陪。斟上杯时，娄潜斋道："连日未得说说家常，今日少暇，问问咱祥符事。"因说及孔耘轩选官上任与否，并张类村得子之事，娄潜斋不胜代喜。但绍闻把卖房一事隐起，只说是借住的。至于张宅醋谈，绍闻也不敢过详。因问及程嵩淑，谭绍闻道："年来不曾见这位老叔，因此不晓得这位老叔近日何事。"娄潜斋道："我却晓得他近日所为。他近日讯宋元八家诗逊，前日有札到署，叫我作序文。你程叔并不晓的，我每日簿书案牍，荒于笔墨，怎敢佛头加秽。"谭绍闻道："哪八家？"娄潜斋道："宋四家尤、杨、范、陆，元四家虞、杨、范、揭。"潜斋又指陈八家中之次最，这绍闻哪的能答。娄朴只得躬身回应。谭绍闻恨不得另岔话头。娄潜斋因道："贤契近日所为，我颇知一二。像是嫖、赌二字，贤契已破了令尊之戒，家业渐至凋零？"绍闻道："门生少年狂悖，原为匪人所诱。这也不敢欺瞒老师。但近日愧悔无地，亟欲自新，所以来投老师。"潜斋道："贤契果然改悔，归而求之，你程叔便是余师。据你说年来不曾见他，则此中情事显然：大约是你不敢见他；你程叔不屑见你。他是个性情亢爽、语言直快的人，我们年齿相若，尚以他为畏友。但接引后进的婆心，你程叔却是最热肠的。贤契若肯遵令先君'用心读书'的遗嘱，不用你亲近正人，那程嵩老这个正人，先亲近你了。但他的性情，遇见好的，接引之心比别人更周；遇见不妥的，拒绝之情比别人更快。你如今即到衙门，若肯立志向上，我就一力担承。你家下事，咱商量着，替你区处。前辈说：子弟不可随任读书，不唯无益，且坏气质。唯我这个衙门，纱帽下还是一个书生，二堂后仍然是一个家居。迂腐两个字，我舍不得开拨了；俗吏两个字，我却不肯聊复尔尔。我时常在省下与同僚相会，见有几个恁的光景，自谓得意官儿。我今日也不忍把他那形状，述之于子侄门人，伤了您类村伯所说的'阴骘，两个字。所以我这衙门，尚是子弟住得的。到明日即令德喜带回家信，说你在我衙门读书，你母亲也是无虑的。就立起个课程，讲书会文，我即顾不得照应，我不惜另为延师。贤契以为何如？”这绍闻虽怯于读书，却喜于避债，有何不肯？但心下想着：“我与娄朴同年上学，并头比肩。他今日已列科名，指日还想大魁，我是一个白叮到会课时，娄朴自是韩潮苏海，我学业久既荒废，只怕出辞气时，那鄙、倍二位尊客，笔尖儿一请即来。如何是好？”少不得坚以念母为辞。其实只愿老师给银子，且多着些才好——这又是谭绍闻心曲内默祷的两句话。

正饮酒间，忽的小厮拿一张禀帖来，上边写的：“为报明事”——乃是南乡四十里，乡民殴打，登时殒命的案情。娄潜斋即吩咐相验，叫仵作刑房伺候前往。绍闻道：“天色已晚，明日早去何如？”潜斋道：“贤契哪知做官的苦衷。从来狱贵速理。人命重情，迟此一夜，口供就有走滚，情节便有迁就。刑房仵作胥役等辈，嗜财之心如命，要钱之胆如天。唯有这疾雷不及掩耳之法，少可以杜些弊窦，且免些乡民守候死户，安插银钱之累。”因回顾娄朴道：“我常叫你用心读书，写楷书，留心古学，中了进士，必定翰苑才好，将来好登清要。不然者，归班就选，到一行做吏时，少不了目睹死尸，还要用手掐捺。遇见一起子强盗，铐锁一堂，鬼形魔状，要在他口里讨真情，岂不难甚？即如今日师弟、父子、叔侄正好说家常话，陡然就要出城四十里。儿辈不必以我为怜，只以我为鉴，则读书之心，自然不烦绳束而就紧了。”说完，更衣出堂，云板响亮，自赴南乡而去。

这娄樗、娄朴方恨大人未能尽情垂训，这绍闻却幸恩师暂辍了直言谠论，心中暗自快活。因此得与同辈联坐，少不拘束了，岂不快哉？

次日潜斋回署，与荀先生商量申详命案的事，不必旁及。谭绍闻在署中作何光景呢？且听下回分解。

第七十二回

曹卖鬼枉设迷魂局　谭绍闻幸脱埋人坑

却说谭绍闻在署中住了一月，日与娄氏昆仲相处。娄樗经营一切杂务，无暇常谈。娄朴学问淹博，这绍闻久不亲书，已成门外汉。有时说及书典，大半茫然。与之谈史，则《腐史》《汉书》，绍闻已忘了前后，更说什么陈承祚、姚思廉的著述；与之谈诗，则少陵、谪仙，绍闻已忘了崖略，更说什么谢康乐、鲍明远的清逸；与之谈文，则《两京》《三都》，绍闻已忘了姓氏，还说什么郭景纯、江文通的藻采。这娄朴与谭绍闻话不对路，也渐渐淡了。此非世谊中有轩轾，竟是学问间判了炎凉。

绍闻在娄朴面前，不免自惭形秽。欲待出衙游玩，争乃娄潜斋森肃的衙规，宅门上防闲谨严，出入有些不便。幸有莫慎若一个小幕友，新学号件，时常说话。究之，也不过《三国》上“六出”“七擒”，《西游》上“九厄”“八难”，《水浒传》李逵、武松厮打的厉害，《西厢记》红娘、张生调笑的风流而已。绍闻虽是学业荒芜，毕竟是有传授的耳朵，也觉其言无滋味。迟了两天，这二十几岁的小幕友，学问竟告了干，也就更无他话。

绍闻此时在署中，好不心焦。忽一日听说老师会课的消息，暗地自揣“千策万策，走为上策”八个字，便是《参同契》秘传的丹诀。因此把走的话头，先述于娄樗、娄朴，后来便径禀于老师。潜斋又强留了两日。绍闻坚执要走，潜斋吩咐，摆个饯席。席完，命拿出银子二百五十两，说道：“贤契此来，我已知你有带的东西销售，一来我不销货，不荐人，从不曾开此端；二来也不肯叫你溜到这个地位。但既来投任，岂肯叫你自伤资本。这五十两便是物价，你连物件东西带回。或留自用，或仍返铺家。不必以仍返物件为羞。这二百两，乃朝廷与我的养廉，没有一分一厘不明白的钱。我今以师赠弟，亦属理所当然。但你不可浪用，或嫖或赌，于我谓之伤惠；于你爹爹相与之情，反是助你为匪。回家去，或仍理旧业，或不能读书照料家事，也为正当。外与盘费钱四千文，以充路用。银子装在行李，便不用动它。号马一匹，你骑回去送到我家，缘此马甚良善，跑差已将次近老，到我家可替个脚力，亦可充碾磨之用。我拣一个人送你到家，我才放心。到路上，日未落就住宿，天大明方可出店，万不可急归贪路。你带的有银两，千万你要小心，外有书四封，乃是贺你外父耘老荣选；你类村伯晚子之喜；你程叔书一封，外有银二十两，帮他镌书之费；苏霖臣问候书一封。至于我家包封一个，内有邻近街坊、亲戚通讯字儿，我家自会分送。总之，贤契呀，我赠你几句话儿，原是古人成语：‘为善，思贻父母令名必果。为不善，思贻父母羞辱必不果。’你到那将蹈前非之时，口口只念‘爹爹’两个字，那不好的念头，便自会缩下去。”说到此处，绍闻忍不住泪下涔涔。潜斋念及旧友，泪亦盈眶。

娄樗道：“世兄两个箱子路上累重，署中现有个老妪要回家，把箱子后三日车上带回，何如？”谭绍闻道：“这却正好，我正愁着箱子难带哩。”

次日早晨，潜斋已先绍闻而起。绍闻主仆收拾行李，叩别老师，潜斋道：“路上要小心。”德喜磕头，赏了二两鞋银。大堂鞍马已备妥，潜斋目送出了宅门。娄樗、娄朴兄弟送至大堂，打发起身，谭绍闻谢别不已。骑马由角门出衙，转到大街，出了南门而去。

不说娄潜斋善处。有诗单言这打抽丰之可笑，诗云：

劝君且莫去投官，何苦叫人两作难？
纵然赠金全礼仪，朋情戚谊不相干。

谭绍闻出了济宁，德喜与所差衙役步行相随。自己在马上思量，老师相待，不亚父子。肫恳周至，无所不到。此皆父亲在世，缔交的正人君子，所以死生不二。像我这个不肖，结交的都是狐朋狗党，莫说是生死不二，但恐稍有贫富，便要分起炎凉来。方悟临终遗嘱，“亲近正人”之益。

走了半日，见道旁一座破寺，旁边有三五家人家，大柳树两三株。草房三间，一张桌子，放了一尊小弥勒佛，靠个炊饼，乃是村间一个饭铺子。掌锅哩高声邀道：“相公歇歇，吃了饭去。”绍闻下得马来。衙役、德喜赶上，将马拴在柳荫槽边。只见有三个背包袱的行客，在柳荫下歇脚。绍闻主仆吃了些野饭，牲口吃了些麸草，依旧搭上行李，径往前行。

日未坠山，到了一个镇店，叫张家集。店户留宿，讲了房火店钱，一同歇下。少时，那三个背包袱的亦到，住在东厢房里。

拭桌捧盆，绍闻洗了验。当槽的打量一番，便说道：“相公今晚请个客罢？”绍闻道：“我出门的人，请什么客？”当槽笑道：“堂客。现成的有，我先引相公相看，拣中意的请。”原来此店，是个韩秀才开的。这秀才虽名列胶庠，却平生嫖赌，弄到“三光者”地位，此时专借开场诱赌，招致流娼，图房课以为生计。因雇个刁猾当槽，开设店口。店后土娼，有七八家子。今日当槽见绍闻是青年书生，行李重大，遂以宿娼相诱。这绍闻出的衙来，未及一日，言犹在耳，岂能忘心，便答道："不用胡说，快去提茶。"当槽道："茶是现成的，说完话就到。相公你不知道，这掌柜的后院，新来了两口儿，原是在莘县打官司，掌柜的费了七八十两才滚出来的。人有十七八岁，相公何妨看看？只怕相公明日不肯走时，还要有劳我哩。"这谭绍闻虽说有恩师之训在耳朵内打搅，争乃又有二百五十两在心坎中作祟，迟疑了一番，忽又想起"为不善思贻父母羞辱"一句话，意中念了两遍，便厉声喝道："去罢，不用胡说。"

当槽的道："相公休说这等寻后悔的话。这原是今日对门店里，午时就住下一个商人，听说我这掌柜哩新在莘县扒出来这一个有名的窠子，就叫那边当槽的来请。我说天未下午，本店还没住客，少时我有了客，问我要人，我该把次一等的服侍客么？再等一会，或是我店没客，或是我店住下客没福，你再请不迟。相公既然心中愿、口中强说不愿，我也没法子。只是我有一句下情回明，对门来请，少时要从这院经过，相公见了，必然后悔；却不许相公埋怨我，说我不尽心，不曾领着相公瞧瞧。这句话是一定预先讲明的。"这绍闻当不住鸮心鹂舌的话，真乃是看其形状，令人能种种不乐；听其巧言，却又挂板儿声声打人心坎。停了一停，绍闻不觉面发红晕，低声道："我跟着人哩，你不胡说罢。"当槽的千灵百透，已晓得是着了药儿，便道："我去提茶。"少焉提上茶来。又说："吃了茶咱走走？"绍闻摇首笑道："不行，不行。"

当槽的早知其意，遂寻跟的两个人。这两个到街上买些小东西回来，当槽提着茶，到了西厢房，与德喜、衙役计较宿娼之事，承许一人一妓。德喜早已心诺，衙役问道："你这店是谁家店？"当槽道："韩相公店。今日不在家，往南乡里给客人娶妾去了。"衙役道："你姓啥，叫啥名字？"当槽道："我姓曹，排行第四，没有官名。有个绰号儿，说出来休要见笑，街坊都叫我做卖过鬼。"衙役忽怒声道："好贼忘八肏的，瞎了眼睛！上房住的，是本州太爷内亲谭少爷。我是奉太爷差遣，送往祥符哩。你这忘八肏的，敢如此摆布。我明日回州禀明太爷，太爷刑法你是知道的，先扒了你这乌龟窝子，管许把你这下半截打没了。”曹卖鬼忙赔笑道：“班长，那有此事。我是见你们到店里无可消遣，不过是说句玩话解个闷儿。其实大老爷廉明公正，每日稽查，谁敢容留土娼？即如今日住下的客，真真的要个堂客耍耍，就拿出五十两、一百两，我也不能与他讨去。”德喜笑道：“那一百两、五十两却也不难，只问你要个人儿就是了。”曹卖鬼道：“那里有的，除非出了济宁地方；这张家集，再没人敢。”

只听绍闻在上房道：“叫主人拿饭来，吃了好各人睡。”德喜到上房，说道：“那个衙役，真真与咱家王中相仿。”绍闻道：“催饭去。”

只听当槽的走到过道里自语道：“天下有这般出奇的事：做篾片的，偏是本镇上一个秀才；讲道学的，竟有州上的一个皂役！”

这些散话勾过。单讲行路客人，凡事要处处慎密。俗话说：财不露白。这德喜一句“一百两、五十两却也不难”，早已钻入东厢房背包袱三个人耳根深处。只听一人说：“离家不远了。”一个说：“我比你远些。”一个从东厢房出来说：“远不上三里。鼓楼街到南马道不过二里，有什么远？”德喜忙接口道：“你们是河南省城人么？”那人道：“都是本城。”德喜道：“贵姓呢？”那人答道：“我叫谢豹，这一位叫邓林，那一位叫卢重环。你贵姓呢？”德喜道：“我姓林，叫林德喜。你们都在本城哪道街住的？”谢貌道：“我在鼓楼街蒙恬庙胡同。这姓邓的住南马道。这一位在宋门住。”德喜道：“南马道有一位张大爷，他伯侄两个秀才。可认的？”谢豹道：“那是我的表叔。”德喜道：“我常在他家走，怎的不曾见你？”谢豹道：“他们是本城绅衿，又方便，又有体面。我们虽是亲戚，却搭识不上。况且每日在外边赶嘴，也就到不了亲戚分上。”邓林接口道：“像这济宁州娄老爷，是我的表姨丈。你看我这个光景，怎好去衙门瞧瞧俺姨，辱没亲戚？不如直过来爽快。”那卢重环道：“你不说罢。像文昌巷孔副榜，是我的亲娘舅，只为我穷，从来不踩他的门边儿。”德喜道：“那孔爷，便是我家相公的外父。”卢重环急口道：“我是螟蛉，俺大赶出多年了。”

谭绍闻听的，便出上房问道：“你是孔宅外甥么？”卢重环道：“相公，论起来你还是我的表妹夫。我在家就认得你，相公你却不认得我。总是亲戚们穷富不等，本来近不的人前，况且我是义子呢。”谭绍闻道：“这有何妨。”卢重环急急撇了话头，向厢房取二百钱，出店上街去了。

这德喜晚上点灯，直到东厢房说乡井话儿。总之省城中庙宇寺院，凡有名者，都说个委曲详悉；问到胡同巷口；凡不知者，自会支吾躲闪。德喜真认就同城居住，竟是他乡遇故知，添上一喜光景。

正说哩入港，忽听的西厢房叫一声道：“林伙计快来，不好了！”德喜回到西厢房，只见衙役抱着肚子，道：“旧病犯了，疼痛的要紧。”德喜道：“你是怎的？”衙役道：“我原有霍乱旧症，少时还要吐泻哩。一年要犯一两次，偏偏今日出门又犯了。”话未完，衙役自去登东厕。

德喜叫开上房门，绍闻披衣而起。德喜道：“送人有了大病，如何是好？不如叫他回去哩。”德喜原有憾恨在心，还指望前途如意。总缘德喜情窦已开，一向见绍闻所为，未免早蓄下欲炙之色，今夜被衙役阻挠，便一力怂恿叫送人回去，说道：“不如写一个来役有病禀帖，叫他自带回署，娄老爷也就没啥嗔责。”绍闻道：“我去看看去。”德喜道：“上吐下泻，腌臜的要紧，相公何必亲看。”于是向护书内取出帖子封筒湖笔徽墨，向主人家要个粗砚，说是写药方儿。研墨伸纸，立催谭绍闻写将起来。绍闻写道：

> 门生谭绍闻谨禀老师钧座：昨谕来役，送至祥符。不意此人本日到店陡染大症，似非一二日即痊者。理宜守候旅寓，待其平复同行，但门生归心如驶，万不能俟。即将来人托于馆人照料调理。前途坦夷，自可循已经来路，径返夷门，料无所虞。唯恐送役东旋，无以复命，恪具寸禀，令其赍回，仰慰眷注。

旅次灯下难罄依依。统希慈鉴。谨禀。□月□日。

绍闻写完，那德喜装讫。自同店人料理姜汤茶水，到了五更方才少定。

那三个背包袱客，在窗棂中望着，心中暗喜。又怕明日这主仆不走，等候送人痊好。只听德喜唧哝道："天已将明，是睡不成了。"径催绍闻道："不睡罢，我装装行李好走。"这三人遂开了东厢房门，叫店人点灯收钱。店人道："天色尚早。大老爷有告示，放客早行，路上失事者，店主三十板。怎敢放你们早走？"那三人道："死店活人开，你看我三人一路，怕些什么？况且上房的客，随后也要起身。一发一路人多，更是不怕的。"店人料着无事，收钱已足，把门闪了一尺放行。那三人还说："林伙计，或者就要起身，俺们不能等，有罪了。"店人依旧将门锁了。

若说此行是王象荩跟随，事事有番见识，宗宗有个主意，即昨夜一节缠障，早已消归无有。今日衙役偶犯旧病，王中必候大痊，万不肯辜负了娄老师一团盛心。争乃德喜满心稚气，把出门的事，看得轻了。即令胸无别念，也还嫌多跟一人，反多一个赘疣。况且有同乡三人，何难一路欢笑同行？恰恰送役有病，正好推却，便一力撺掇，撇下自走。

那衙役听得说装行李、备牲口的话，喊道："谭少爷走不的。叫小的怎么回复太爷？"一面说着，早已弯着腰出西厢房来。只见德喜已把牲口备妥，搬行李往上搭。衙役道："太爷差小的送少爷，叫到二堂吩咐半天，都是紧要区处。少爷不过少等片时，天明小的或者就好了。"德喜道："上房桌面上有回禀，你自带回去，见老爷不妨。"绍闻尚有不肯遽走之意，德喜已把牲口拉出马棚。衙役道："即是要走，也不可这时候起身。路上涩，起不得早。"正欲上前拉马挽留，忽而里急后重，又要上厕。德喜道："当槽的，钱已收明，何不开门？"这曹卖鬼正恨昨晚阻挡叫骂，坏了他的生意。趁着衙役泻肚，开门放他主仆走讫。

衙役东厕回来，见绍闻主仆已行，骂道："当槽的真正好狗肏的，我明日回过太爷，要你那命哩。"曹卖鬼道："桌上帖是我写的么？你就回了太爷该怎的？钢刀虽快，不能杀没罪之人。"衙役道："你就不该包揽土娼。"曹卖鬼笑道："你见土娼不曾？是黑土娼、白土娼，你先与我报个色样？就是回过太爷，差人来拿，我送的走了，你也不能指赃杀贼。况且我店里，一根女毛儿也没有。你要真真奈何我，我就躲上几天，向家中看看俺那'秋胡戏'。若想奈何我们敝掌柜的，他现在是个生员，秀才身有护符，你会怎的他？况且你这个班长，也蠢极了。衙役奉承官府，不过借官府威势，弄几个钱。当堂说话，十句要哄九句半；那半句为甚的不哄哩？是没说完哩。你离城有了几十里，到在我店里弄道学，到明日太爷升了巡抚，一定叫你做中军官。依我说，睡下歇歇罢。身上爽快了，拿着那一封书，见太爷再说上几句哄话，就把这宗公干，完其局而了其账。若肯住下，我今晚就与你个极会服侍的人儿，不用你费一个大钱。掌柜的回来，还要与你摆酒碟哩。我们掌柜的虽是个秀才，极爱相与你们衙道中人。你说何如罢？"这衙役身上支不住，又去倒身而睡。后来持书回禀，也不必细说。

单说绍闻出了店门，走了十里，天色方明。到了巳牌时分，径投一个饭馆。只见那背包袱的三个人，早已在那里坐着。开馆的声声相邀。绍闻下马，德喜接祝绍闻洗脸吃茶，报了食品。少顷吃毕，算了钱数，那谢豹早把钱顺到进宝钱笼竹筒内，说道："俺三人敬了罢。"卢重环亦道："在路上权且高攀，少尽一点亲戚之情。"绍闻哪里肯依。邓林道："到咱城里，俺们也请不起，即请也不肯来。况且钱已交明，不用过谦。"德喜道："虽说都是乡亲，出门的光景，哪好讨扰。我们盘缠还多着哩。"绍闻道："既是列位见爱，就受了也罢。

只是有愧的很。”

称谢已毕，忽见后边又有两个背包袱的来到。这谢豹迎着作揖道：“自元城回来了？”那两个人道：“回来了。”谢豹道：“事休如何？”那人道：“讨了一角回文。”邓林假作认不得形状，谢豹道：“这二位是县爷堂上捕快，往元城关口供。前月同船过渡。”卢重环道：“咱们走罢。”背了包袱，径自前行。谢豹说候二人饭钱，二人不肯。因说今晚同店，明日同行。谢豹道：“极好。”同邓林也走了。

绍闻主仆等马吃完草料，方才起身。傍日夕，到了一个集镇。主仆走至街心，一个当槽拉住马道：“店在这里，有人看下。”一径进了店里，谢豹指着上房道：“这是相公的，一切房火店钱，草料麸水，俱已言明。”德喜甚喜，为自己面软口羞，省却无数葛藤。

店饭已毕，德喜讨钱沽酒买鸡，与那谢豹等夜酌。绍闻道：“请到上房，好答今日候早饭之情。”德喜道：“俺们自便罢。大相公可以独酌。”

大凡小厮们在衙署内住过了，纱帽面前见过礼，幕宾们跟前说过话，门上经过晋接礼数，便自志长气高，个个皆然。所以德喜来时，尚是书童的气质，及出了济宁衙门，竟有了贵管家的风规。以此一力担当，颇有尾大不掉样子，竟与谢豹三人杯盘起来。一味高谈阔论，把济宁见过事体，指陈不休。少顷，有人拍店门，进来的就是白日见过，说是元城投文的捕快。大家让坐。吃了三四杯，说了些黑语。那德喜一些也不懂的。说完各自回房入睡。

一夕晚景不提。到五更时，那二人催当槽的开门。当槽道：“钥匙是我爹拿在后边去，不许早放行人。”二人嚷将起来，说道：“东方已亮，不放我们，误了我们公干。”这当槽的想着后边同梦之甘，何必在前边守这独眠之冷。回到后边父亲窗下强讨了钥匙，前边收完店钱，闪放大门。骑马的，背包袱的，说了一声：“打搅。”竟黑漆漆的都走了。

此时正是深秋下浣的时候，东方月钩一痕，北天黑云三缕。村头破寺，几杵钟声惊梦鸟；道路新坟，一团剪纸吊孤魂。绍闻见此光景，不觉动了怖心。若是出门久惯的，误行早路，何妨仍回街中，坐待天明。争乃绍闻少经事体，以胆怯为羞，昧心西行。

不上三里路，隐隐听得潺湲水声。绍闻道："记得前边有一道河，水不深，却有两箭宽。"谢豹道："那水中骑不得马。都是岸上背水的，把河中掘些坑坎，他们背着人，会躲着走。骑马的，与他两个钱，他会引着。相公到河边，还得下马来，俺们背着相公，一个引路，一个牵马。"绍闻道："怎敢相劳。"

须臾到了河边。德喜坐下解袜渡水，早有卢重环帮贴住了。谢豹、邓林掌着马嚼环，说道："相公下来，俺背过你去。"绍闻道："不敢劳。"谢豹早已掐住左腿，往上一掀。只听得德喜在河边怪声喊道："不好了！杀人哩！"绍闻慌了，把鞭子往左边一打，谢豹着痛缩手。那马急得鼻息气粗，上下踊跃。邓林早抽出刀子来，绍闻急向右边又一打，恰好打到提刀的手腕，刀子落到马蹄下。那驿路跑差的马，见鞭就要飞腾，扑的一声，直奔河中，却把邓林带了一跤。谢豹连鞋带袜，下河直赶那马，已离三丈有余。绍闻又加一鞭，水星飞溅，波浪分涌，也不知何处深浅，竟是淋漓赴岸。绍闻抱鞍飞驰，连自己性命，也并不知是存是亡，那德喜儿的死活，早忘在东洋大海之外。

那站递马匹，一撤辔便是四五里。遥见前边有个火明儿，少刻到了跟前，乃是路旁炊饼铺鬌叟衰妪，五更早起煽炉火。那马住了，绍闻却不能下来。口中只道："救人！救人！"老叟吃了一惊，说："相公怎的？"绍闻道："借重大爷牵住些，我好下去。"老叟近前，那马早倒退了两步，鼻出粗气，又作惊驰之势。老叟怎敢近傍。绍闻定了一会，慢慢温存住马，方才滚跌下来。身软手颤，胡乱拴在一旁一根桩上。到了铺中，倒在椅上，只说："了不得！了不得！"

老叟道：“相公像是路上失事光景。”绍闻哭道：“说不上来。”老妪道：“相公行李都滚在地下，你去取来，搬在铺内。”老叟道：“相公失了事的，那行李咱就近不得。况且马厉害，我也不敢去。等相公定省过来，自去收拾。”绍闻只是呜呜咽咽地哭。这老叟眼中看行李，手中煽炉火，口中说安慰话，好不忙哉。

看此一回，则少年人不得已有事远行，店中不许与当槽的说媟亵话，路上不许与不认识的作结伴语。绍闻此日可鉴矣。

德喜性命如何，下回申明。

这才是：

强为劫盗软为娼，凭彼冶容莫慢藏；
“予有戒心”四个字，千金不售是良方。

第七十三回

炫干妹狡计索聘　谒父执冷语冰

且再找说五更时，德喜随着绍闻到了河边。少年性情，见事风生，坐在河滩，早已脱鞋解袜，准备深厉浅揭，好不欢欣踊跃。不知卢重环已靠身而坐。听见马上有了动静，这卢重环一手掐住德喜脖项，搬翻在地。德喜喊了一声，重环已把一条手巾塞在口中。翻德喜合面向下，一只脚踏住脊背，腰中取出绳来，把双手拴住。

河下游有人呼啸了一声，这卢重环应了一声。两个挖坑的人，早已飞奔前来。正是昨日诈说元城投文的：一个是久惯杀人的魔王，一个是新入伙的少年雌盗。邓林摸着刀子来了，谢豹亦带着湿鞋袜合拢前来。那扮捕快魔王问道："怎的叫马跑了？我想分这匹马哩。"邓林道："人也叫马驮跑了。"魔王道："我看您共不得事，原俱是些软蛋内孵出来的。难说一个嫩鸭娃子，都结果不了，还干什么大事。晦气，晦气。出门不利市，把这一个忘八崽子宰割了罢。"口中说着，早已把刀子向德喜后心搠将下来。谢豹忙架住臂腕道："使不得！使不得！这县的沈老爷，是咱的一个恩官，为甚的肯与他丢下一个红茬大案哩。你住了手，我对你说这老爷好处。第一件是不肯严比捕役；第二件咱同道犯了事，不过是打上几下挠痒板子便结局。留下这个好县份，咱好赶集。一地手窘了，到这县做生意，又放心，又胆大。况这里捕头王大哥、张家第三的，咱们与他有个香头儿。王大哥十月里嫁闺女，他们有公约，大家要与他添箱。设若要丢下个小人命儿，他身上有这宗批，咱身上有这宗案，如何好厮见哩？你再想。”魔王道：“便宜了这个小羔子。只是不见一个钱、一块银子，再次出门不利市。”卢重环便向德喜腰中一摸，摸个小瓶口，用刀割下来，约有二两多银子，说：“算发了财罢。”一派凉腔，四散而去。

这德喜咬着手巾，出气有孔，所以不得闷死。句句听得明白，不敢作声，也不能作声。挺到天明，路有人行，给他取了手巾，解了腕上细绳，苏息了一个时辰，方才晓得痛哭。提了鞋袜，过到河中间，滑了一个侧歪，鞋袜皆顺水而去。

上岸，跣足而行。认定马蹄踪迹，少不得踏确荦，避蒺藜，走了大半日，望见炊饼铺前马匹。绍闻望见彳亍之状，上前搀行了几步。主仆到了铺中，抱头而泣。老人道：“别的没同行么？”绍闻道：“没有。”老人道：“这就天大的造化。只是受惊不小，也就不是耍的。”

主仆收拾行李，老夫妇又劝的吃了几个炊饼，各喝了半碗热茶。绍闻命德喜取出鞋袜自己穿上，脱下蹬靴旧袜叫德喜穿。即雇觅本铺磨面驴子，德喜骑了西行。

未牌时分，发放来人赶驴而回。早已下店，住个小房，桌子顶门，主仆同床而睡。夜半喂马，主仆结伴方敢起来。日出三竿，方敢出店。真真“一夜被蛇咬，十日怕麻绳”光景。

连日俱是如此。一路行来，目不邪视，口无狂言。自此行行宿宿，渡河进省，那有一点事情。正是：

敬慎从无凶险至，纵恣难免错讹来。

坦途因甚成危径？放胆一分祸已胎。

且说绍闻回到家中，一见母亲，不觉抱住大哭起来。王氏忙问所以，绍闻痛的话也说不上来。德喜说了怎的五更出店，怎的强盗掀大叔腿，怎的塞他的口，怎的要拿刀搠他。从头至尾，说个分明。王氏骂道："杀人的贼，一定要积的世世子孙做强盗！"巫氏道："娘怕他断不了种儿么？这都是些没下场的强贼。像那瓦岗寨、梁山泊，才是正经贼哩。这些贼将来都是要发配哩。"

不说一家安慰、庆幸。且说夏逢若母丧求助，谭绍闻并未回答，忽的上了济宁。这夏鼎终日打听，今日方知回来。既过了三天，心中盘算，凡是走衙门打抽丰的，必有重获。况且盛宅助过他丧金一百两，我即不能如其数，没多的也该有个少的，此意非绍闻不能转达。必须备酌专恳，又恐绍闻推故不来。因此想了个法子，径到碧草轩上。

恰遇双庆在轩上摘眉豆，夏逢若道："你家大相公回来了？"双庆道："回来两三天。"夏逢若道："德喜跟的回来？"双庆道："不知怎的，路上遇见截路断道的贼，吓成病了。如今正躺着哩。"夏逢若道："我身上有重服，不便进院，烦你请大相公，就说我来奉候。"

双庆去不多时，谭绍闻径上轩来。夏鼎行了稽颡之礼，坐下说道："我今日之来，一来为贤弟压惊，二来为贤弟洗尘，三来为贤弟道喜，备了个菲酌，明日请到我家吃杯水酒。"自向袖中取个素帖，递与绍闻说："我请客我就是拜匣。"绍闻接帖在手，看了说道："盛情心领，万不能去。一来远归，尚有许多冗务，未曾拨脱清楚；二来我的近况，你所深知，街上有些负欠。自古云'受人与者常畏人'，况我今日自老师衙门回来，人人以为当有厚赠，我也筹度怎还他们，一定要楚结些尖嘴账目。因他们未知我回，所以不来打搅。街上一为走动，万一有人请算账，就是个煞风景的事。况且次日就来讨索，叫人急切难以转动。此是实情告禀，万勿见怪。"夏逢若道："你这就杀了我了。自古云，'备席容易请客难'。这还不说他，我是请人做席，这便使不哩叫我请客难了。我原说为你洗尘，却愁无可下箸，姜妹子听说，愿自己替我带过几味佳品，并情愿替贱内做席，如今在我家正做哩。到明日你要不去，叫我羞的死。即令我这个命，原不值什么，岂不叫姜妹子平白一段好情意，没处安插么？你是最心软的人，这一次断乎硬不的。”绍闻略迟疑一下道：“且慢商量。”夏逢若忙道：“有何商量？明日从卢家巷口过去，到双旗杆庙、耿家大坑，见了破冥府庙，去我后门不远，我在后门恭候，不必走大街。还有一说，不用带小厮。”绍闻道：“你那边地方窄，我知道。”夏鼎又附耳说了两三句，绍闻笑道：“我奉扰就是。”夏逢若道：“早光！早光！”遂一躬出轩，飘然而去。

到了次日，绍闻果然从卢家巷顺耿家大坑而来。夏鼎在后门接着，一同进院。只见姜氏在院内，露了半截白胳膊，盆内洗藕。上穿的半身红绸小袄，下穿的绿绸中衣，手帕包着头，露着白头绳——为干娘戴孝。夏逢若道：“咱不用为礼。你两个，一个是我贤弟，一个是我妹子，可该见个礼。”绍闻躬身作揖，姜氏答了万福。夏逢若道：“就在院里坐下。”姜氏仍自洗莲莱。夏逢若道：“你一向做事，好落后悔。”绍闻道：“悔在心里，向谁说呢？”那姜氏道：“嫂子，拿我的汗巾来，莲菜弄了一身水。”夏鼎见话已相照，便道：“院子小，坐不的。堂屋放了灵柩，难以坐席，还等饭熟时，在厨房当门坐。贤弟休要笑话。咱先去到隍庙道房坐坐。”绍闻只得强随着出来，路上说道：“方才汗巾的话，竟是有心说我的。”夏逢若佯为不知，说：“那有什么意思，你错疑在你身上。”此是夏鼎饵绍闻助赙深计，故意勒掯，叫他以助丧为贿，连姜氏也不知道的。绍闻又欲开言，夏鼎道：“隍庙新修甚好，这几日就要唱戏哩。”把话儿打开了。

少顷，到了隍庙后门。夏鼎引进，到了道房。庙祝送至客室，只见一个道士修眉长髯，在那里看书。见客来，把书放下，各为了礼。夏逢若道：“这位仙长平日不曾见过。”庙祝道：“新从京上来的。”绍闻道：“远方仙师请照旧坐。”道士道：“我虽不曾在此处焚修，毕竟到此即是山主，请上坐。”绍闻只得坐在上面，夏鼎次座，道士与庙祝坐了主位。

献茶已毕，绍闻问道：“仙乡何处？到京何干？”道士道：“敝乡原是湖广郧阳，一向在武当焚修。因闻京中崇尚道教，京西白云庵有个大会。乃是天下方士仙风道骨会聚之处，贫道所以带了个丹头到京。原拟略试小术，聊助军饷。见了些道友们，全是讲长生久视之术，贫道看来，那是叶法善、林灵素派头，毫无实用。所以急流勇退，仍携小徒回来。因幼年出于太和山周府庵——这周府庵就是开封藩爷建的香火院，所以这隍庙老师伯朝顶进香，就住在庵下，彼时结为道契。今日特便道过访，不料已物故几年。众师兄留贫道款住几日，不久仍回武当。”这夏逢若一些不解，说：“我回去罢。”绍闻道：“我也跟的去。”夏逢若道：“家里忙，少时来请。”庙祝送的去了。

绍闻此时，正是逋欠交迫之时，不觉“红缘”之情少淡，却是“黄白”之说要紧。因坐下看道士所阅之书，又翻别的本儿，都是《参同契》《道德经》《关尹子》《黄庭经》《六壬》《奇门》《太乙数》之类。又看此人仙姿潇洒，便问道：“请教助饷之说。”道士道：“天机难以泄露，不过烧炼而已。从来大烧炼，上古圣人用过一遭，我道家祖师，传其诀而不用。上古圣人用过，女娲是也。天，金体也。故《易》曰：‘乾为金’。女娲炼石补天，非炼石也，乃炼石为金也。补天之余，过了几千年丢将下来，禹时雨金三日。西方圣人用过一次，释迦氏是也。所以祇园给孤独长者，黄金布地，茎草可化丈六金身。只是茎草难觅耳。我家祖师传的丹诀，尽在《道德经》上，只是‘玄牝之门’，人便参不透。玄，黑也；牝，母也。水生金，水母以金为子。然孤阴不长，故以火配之。即如儒教烧炼，全在《易经》一部，别的算应了人事，唯显示人以‘鼎’‘革’二卦。鼎即丹炉，炉中成造化，故继之以革；革，变也。唯恐修此道者疑，一疑便坏了鼎器，所以申之曰：‘二人同心，其利断金。’山主可细参之。”

论绍闻学业，似不至为此等邪说所惑，但当计无复之之时，便作理或然也之想。正欲再叩九转丹秘诀，恰恰夏家来请，进得门来说：“本当同邀，但俗馔并非仙品，不敢唐突。贤弟告别罢。”那道人立身一拱，也不送出门来，二人径回家中赴席。

只见厨房当门设桌一张。内间生菜果品列在厨桌上，鸡鱼熟食，盖在蒸笼内。夏鼎妇人及那姜氏，即在灶边伺候。

进了厨房，来到桌边，夏逢若道：“窄狭得紧，你也不笑我。并没外人，不妨摆将上来。”姜氏揭开蒸笼，夏逢若夫妇一一摆在桌面。二人动箸劝杯，不在话下。

谭绍闻道：“品物固佳，烹调更美。”姜氏掩口笑道：“休嫌不中吃，手段限住了心。”绍闻再欲开口，夏逢若道：“家母涂殡在堂，不得入土为安，因没一个钱，不敢举行大事，万乞贤弟念一向交好，帮助一二。不但我感恩，即先母九泉之下，也是承情的。济宁这回，所得如何？”绍闻不暇多言，只说：“有限，一百四五十金而已。”夏鼎道：“零头儿就够我的大事。”绍闻道：“我的近况——”夏鼎瞅了一眼，绍闻忽然会意，便不肯在姜氏面前说那艰窘的话，只得说：“我帮上二十两。”夏逢若道：“我家儿虽小，这大事得一个元宝。二十两万万不够。”绍闻道：“别的已化尽了。”夏逢若道：“添酒。”姜氏递了一壶酒，夏逢若手中斟酒，口中说道：“我的酒，妹妹的手，多吃一杯，二十两不够。”绍闻道：“送三十两来。”夏逢若已知绍闻近日光景。也就不能再多了，不敢再为求添。绍闻道：“这全鸭配姜汁味儿极好。”姜氏道：“我怕你不吃碎的，我不敢切成块儿，所以全蒸出来。也不知咸不咸？”绍闻又开口说出两个字：“不咸——”夏逢若硬接口道：“当日你的大事，盛大哥助了一百两。如今我这事，他不上山东去，也没个照应。还乞贤弟美言。若是一帮助，一不帮助，事后叫他心里难过。”绍闻急口道：“自然效劳。”夏逢若道：“两宗事，我俱磕头。”早已离座磕下头去，绍闻急挽不及，早已连叩了起来，说道：“明日行殡事，这个客要住下。妹子就替我管待。”姜氏道：“自然哩。”

日色已晚，双庆来接，在门外喊夏叔。夏逢若出外照应，回来说：“与双庆几味荤素，叫他在后门楼下吃一杯。”自去搬了厨桌，送在后门。绍闻道：“不消。”姜氏早近桌边，拣撤几碗剩馔，绍闻也替拣，姜氏笑道：“这样好。”绍闻道：“一碟也罢。”夏鼎回来，哈哈笑道：“小家子从来待不惯客，并没个犒从席儿。可笑，可笑。”少顷二妇重热了，夏鼎自己掇盘送去，绍闻道：“小厮们担不起。”夏鼎道：“比不得府上。”一面掇盘，即叫自己妇人道：“你就提得酒来，叫庆相公吃。”那妇人只得送酒去。厨房单单撇下姜氏、绍闻二人。绍闻低声道：“后悔死我！”姜氏叹道：“算是我福保。”只刚刚说了两句话，夏鼎两口一起进来。这绍闻本是极难为情。那姜氏低头不语，不像从前笑容，只是弄火箸画地。

那双庆吃完，早已自送壶碗到厨，说：“咱回去罢？”绍闻也无可为词，只说：“就走也罢。”夏鼎道：“房屋窄狭，难以留祝到他日行殡事，就在马姐夫家住几天。只是两宗面许之事，我是日日悬望的，千万贤弟留心。我异日必有所报。”绍闻少不得回首谢扰，向逢若夫妇为礼，又向姜氏作揖。姜氏敛衽道：“不作揖罢。”一同出来，到了后门。夏鼎妇人赶来说：“妹子说，马姐夫前院可以留客，就不住下，也吃杯酒去。”夏鼎哪里肯留，说道：“异日住几天哩，全不在此一时。”绍闻回首作拱，只见姜氏也站在后门里看送。绍闻又回首拱了两次，怅怅然复由卢家巷口而回。

看官须知，此一段非作者乐以撩云拨雨之词，自亵笔墨，此中有个缘故，有诗为证：

婉昵私情直类憨，后门延伫寄心谈；
娶妻未协齐姜愿，却是株林从夏南。

又有诗曰：

> 堪嗤世上喜干亲，兄妹衷肠强认真；
> 圣教夫妻犹有别，夏男姜女是何人！

且说谭绍闻自卢家巷转回家中，不待上烛，解衣就寝。家中以为席上带酒，冰梅伺候暖茶解酲。岂知那谭绍闻别有寄想，巫氏也不暇去深问。辗转反侧，真正是明知莺燕均堪爱，争乃熊鱼不可兼。直到四更时分，方才入梦。

到了次日，双庆儿持书一封，说是娄师爷那边来的。绍闻拆开“济宁署封发谭世兄手展”封皮，内有帖云：

> 昨发程济署，连日风恬日霁，履道坦吉。不卜可知。附言者，尊箧顺车赍回，封签粘固。弟恐路途遥远，或致磕擦，包以粽皮，嘱令沿路贮放留心，料无他虞。外程、孔、张、苏书四封，想已代为转致。驵马驽骀，不惯鞍辔，或致有乖驱策。况去役以陡症即旋，未得送至祥符，大人甚为忧心，屡告弟辈，未知曾否奔逸。谅世兄驭之有方，自当款段入里门也。祈令德喜转送北门，备舍下旋磨之用。别来一日为长，顺修芜楮，奉候台祺。余情依依不啻。

世弟 娄 朴 樗 同顿首具 口月口日

绍闻看完，说道：“昨日叫邓祥北门送马，去了不曾？”双庆道：“咱家草料欠缺，彼时即送过去。”绍闻此时急解开护书，拿出书四封，叫双庆道：“与你两封书，一封是苏爷的，送到他家；张爷这封书，送到小南院。张宅有人看小相公来，叫他自己带回。再叫蔡湘、邓祥去北门抬箱子去。”

双庆去不多时，回来说道：“蔡湘、邓祥不去。他说，咱的车子坏了轴头，不曾收拾，却叫他两个抬，怕抬不动。北门自然送的来。两个在那里埋怨哩。依我说，胡同口有张宅现成一辆车，不如大叔把书送到，亲自问他一声，速去早来，不误张奶奶回去。”谭绍闻自知家贫奴仆欺，也不敢深问蔡湘、邓祥埋怨的话。在双庆手中接过张宅的书，说：“那封书你送到苏宅去。”于是出得后门，到小南院门首，问道：“南马道有人在此么？”却见张正心出来。二人作揖为礼，绍闻道：“弟昨赴济宁。娄师爷有府上一封书，即烦带回。”张正心道：“午后即带回去。因舍弟一天多不甚肯吃乳，家伯母来看，傍晚方回。即住下也不定。”绍闻道：“既是傍晚方回，把车暂借一用，到北门内，把两个皮箱捞回，全不误世兄事。”张正心道：“现成的，即叫小价赶去，只要世兄着人引着。”只听内边厨妪道：“奶奶叫大叔哩。”正心接书，二人拱手各回。

绍闻到家，安排蔡湘随车北门去接皮箱。把程宅的书，装在袖内，带原封银二十两。径向程宅来。路上打算，许多未见此位老叔，辜负了一向关切。今承恩师之命，兼送书银，准备要满受气。只往后多走几回罢。

及到程宅门首，径自进去。恰遇程嵩淑在厅上，看刻字匠刻板。程绩也在那里校字。上前恭敬为礼，程嵩淑道：“贤侄久疏此地，今来必有事体。咱去东书房说话。绩儿，你叫人送茶，可自上学读书去。”绍闻见话头，面上不甚亲热，少不得跟了上东书房来。及到书房坐下，绍闻把济宁书筒呈上，并取出银二十两，放在桌面。程嵩淑将书拆了一看，又把诗序看了，只说：“好。”绍闻道：“这是老师帮老叔刻书银二十两。”程嵩淑道：“存祝。”茶毕，程嵩淑道：“贵老师容颜何如？”绍闻道：“比在家微觉老像了。”嵩淑点头道：“也该老像了。你在济宁，何时起身？”绍闻道：“前月二十四日。”嵩淑道：“到家几天？”绍闻道：“今已五天。因有小事，未得送书来。”嵩淑道：“送来就是。”此后便不复他有所问，只是默然对坐。绍闻自觉得无情无绪，又不敢遽然言去，少不得另为搜寻，问道："刻版一面几行？"嵩淑道："九行。"绍闻道："一行几个字。"嵩淑道："二十个字。"绍闻道："圈点呢？"嵩淑道："都包在内。"绍闻道："批语哩？"嵩淑道："与大字一样算。"绍闻道："煮板的柴，写板的纸，都是咱的么？"嵩淑道："自然。"绍闻道："何处匠人？"嵩淑道："江南。"一问一答。听来俱是有声话，细想仍然无字碑。

却说绍闻进门，唯恐苦口责惩，到了此时，淡淡无味，却又以见责为幸，因提个头儿，以为受教之端，说道："小侄一向所为非礼，未免家业有损，因此远赴济宁，倒亏损起老师来。"嵩淑道："师弟相好，原非异事。"绍闻道："到路上遇见截劫，险些干系性命。"嵩淑道："出门自宜小心。"绍闻见程老叔这个光景，自知开罪已深，也不敢再为多谈，又强坐了片时，告辞道："小侄去罢。"嵩淑早已立起身道："不坐了？"绍闻道："回去罢。"离座起身，嵩淑随后相送。出了大门，嵩淑拱手，绍闻背手弯身作别。

恰好王象荩到面前，一面禀程爷安，一面说："我集上卖菜，才听得大相公自济宁回来。急向家中去看，邓祥说大相公往程爷这里来，所以急转到这里。"嵩淑喜道："王象荩你好呀！"王象荩道："小的不敢当此一问。"嵩淑道："你且跟相公回去，说完你的话，我还与你有话说。我在家等你，你可就来。"王象荩答应了一个"是"，主仆相随而归。

第七十四回

王春宇正论规姊　张绳祖卑辞赚朋

且说谭绍闻主仆到了家中，王隆吉正与姑娘王氏在堂楼说话。绍闻进楼，王象荩立在门外。

表兄弟为了礼，王隆吉道：“听说你从济宁回来，特来一看。”绍闻道：“多谢关心。”王隆吉道：“在路上受了惊惧，方才姑娘对我讲了，好不怕人。想是起的太早，自不小心。”绍闻道：“像是咱城人，一个叫谢豹，一个叫邓林，一个叫卢重环。同行合伴，不料他们见财起意。”王隆吉道：“他肯对你说真名字，叫你指名拿他么？”王象荩道：“那就不是名字。”绍闻道：“口语却真是咱河南人。”王象荩道：“天爷呀！咱若是陕西人，他就是关中话；咱若是山东人，他就是泰安州话，这叫做‘咬碟子’。俗话说：盗贼能说六国番语。怎的便与他答识上了。”绍闻道：“不是我，都是德喜勾搭上他们。幸我骑的是驿马，德喜几乎丧了性命。”王象荩道：“师爷怎敢放心，叫相公两个回来。”绍闻便把差人送到的话藏起，说：“大家看着不妨事。”王象荩道：“‘看着不妨，这四个字，也不知坏了多少大事。”王隆吉道：“即如你舅，如今有信来，说苏州起货，前五日要到汴梁。如今还未到家。我心中这个焦法，抓耳挠腮，也不敢对你妗子说。”王氏道：“你爹爹久走南边，有啥怕处？”隆吉道：“姑娘不知，船上更比旱路担心。我常常劝爹爹不用出门罢，上了几岁年纪，家中也颇可以过的日子，不如在家。爹爹不肯静坐，只说坐吃山空，日子便难过。”王氏道：“你家便渐渐够过。这边便一日难似一日，南乡地七八分也清了，城内市房还有什么哩。像你姑夫在日，我何尝管这米面柴薪的事。你姑夫去世，我也没有管。今日想着管，竟是管不上来。”王象荩道：“奶奶正是因平日不曾管的惯。自今以后，便要整理家务。”王氏便住了口。绍闻向王象荩道：“你该向程爷那边去。”王象荩道：“程爷在家等着我，我该去了。”王象荩去讫。

绍闻道：“前日若叫王中去，路上未必遭凶险。”隆吉道：“到底该叫他还进来，你舅常对我说这话。”王氏道：“那王中一百年单会说这一号儿话，不管人受哩受不哩。”隆吉道：“姑娘要知道，口直的人心里无弊。他先说的那话，我听的也觉在理。”王氏无言，少迟问道：“王中如今上程家去做什么？”绍闻道：“程叔叫他说话。”王氏道：“这王中全吃亏你爹这一班朋友，夸哩他不认的自己。”王隆吉道：“天下自己不认得自己的人，多是吃夸的亏。但王中性子耿直，无非一心为咱家事，毕竟叫他进来才好。”王氏道：“家中这半年，还像光景么？邓祥、蔡湘、双庆、德喜，个个要走，无日不强嘴。福儿听得，也只装得没听得。再添上王中，一家子一发难动转，也养活不起。”隆吉道：“水浅鱼不住，这也无怪其然；老鸦鸭鹊拣旺处飞，他们自然要展翅哩。但我看王中那人，倒不论主人贫富，一心向上，甚为可用。他们既要走，就开发他四个走，叫王中进来。”王氏道：“他每日卖菜有了私积，也不肯进来。况且家中也万万养不起这一干人。”隆吉见姑娘说话蛮缠，也不敢过为剖析。且又忧虑父亲未回，起身要走。王氏母子打算款待，也不丰盛，亦不敢留，相送而去。

绍闻因说起孔宅送书一事，王氏道：“你前丈人，选了什么州州判。前日来拜别，你也没在家，也没一分盘费去送，还像亲戚哩。

听说前月二十日上任去了，你二岳叔跟得去。他家没人在家，不去也罢。”

绍闻正在徘徊，忽然双庆来说：“轩上有几个客等着说话。”绍闻道：“什么人？”双庆道：“左右是几个讨债的。”绍闻道：“你去对他们讲，我没在家，上文昌巷去了。”双庆道：“他们知道大叔在家里。”绍闻道：“若不是孔爷上任走，我此时不真真在文昌巷么？你该怎的说呢？”双庆道：“真真不在家，那便罢了。现今在家，我不会说瞎话。”王氏道：“央你哩，说这句不在家哩话，有何作难。”绍闻道：“快去罢，再迟一会便不像了。咱不是没银子，只是还不曾打算怎的一个还法。”双庆微笑而去。不多一时，果然听得哄的去了。

总因绍闻负欠已多，有找过息的，有还一半的，有本息已完微有拖欠的，有新债未动毫分的，二百五十两，除了承许夏鼎三十两外，大有杯水车薪之状。抑且常山之蛇，不知该击何处；山阴之道，不知应接何方。所以主意不定。想了一晚，只得上盛希侨处讨取前项，并可把夏鼎求助之意转达一番。

次日，带了双庆，上盛宅来。满相公迎进账房，齐口便说：“你是取那一百二十两来了？”绍闻道：“实不相瞒，原为这个。”满相公道：“他前月十五日已上山东去了。因那里舅老爷浙省上任，寄书叫他去说要紧话。他对我言明，你若取银子，等他山东回来，万不能误你的事，叫你心下休挂念。忽昨日有字来，说是往浙江送家眷，来人说，这是他在舅老爷面前，讨出的差事，原是他要去看看西湖的意思。”绍闻大失所望，只得强说几句，怅然而归。

又过了一日，巳牌时分，那王春宇自苏州贩货回汴，听得外甥济宁归途遇贼的话，卸完了载，交与隆吉管待脚户，骑了骡子，来看姐姐外甥。包了些南省东西做人情。进了后门，叫了一声绍闻，径上楼来。

却见兴官儿在楼台上坐个低座儿，手拿一本《三字经》。看见王春宇，扯住衣服叫道："舅爷，你对我说一行，我念。"王春宇低头看道："'融四岁，能让梨。'好孩子，跟我来。"扯着小手，进的楼来。与姐姐见礼坐下。王春宇顾不的说别的话，先取了荷包、手巾、香袋、带子，笑道："我不晓的你肯念书，没有与孩子带些笔墨，算舅爷老无才料。再次与你捎好笔好墨。"这兴官接过来，扭头就与舅爷唱喏。绍闻已到，说："还不磕头谢舅爷。"王春宇喜得没法。

只见兴官把四样东西，交与王氏道："奶奶给我收拾着。"依旧拿起书来，指着道："舅爷再念与我一行。"王春宇又念一行，兴官仍欲楼台上去念。王春宇又喜又惊道："你爷爷若在时，见这个孩子，一定亲的了不成。"王氏道："他爷若在，未必……"便住了口。王春宇那里深听，又扯住问道："谁教你读书？"兴官道："蔡湘，书也是他给我买的。"王春宇道："你爹没对你说么？"兴官道："爹顾不着。我寻不着蔡湘，就认不得，不得念。"这王春宇听了这一句，不觉怒从心起，站起来说道："绍闻，你这个人，天地间还要得么？当日你爹爹在时，为你这个读书，只是心坎中第一件事。今日你这孩子，才会说话，便会读书，这就是世代书香人家千金买不来的珍宝。怎的书是家人买的，字是家人教的？你这个畜生，岂不是上亏祖宗，下亏儿孙的现世报！"这句话早触动了王氏护短的旧症，却又不肯得罪自己的胞弟，说道："舅爷也不必恁说，像如姑爷在日，也不曾见得读书什么好处；像舅爷把书丢了，也不见如今不胜人。"王春宇把头点几点，叹道："姐姐呀，兄弟不曾读书，到了人前不胜人之处多着哩。像如咱爹在日，只是祥符一个好秀才，家道虽不丰富，家中来往的，都是衣冠之族。今日兄弟发财，每日在生意行中，膺小伙计的爷，骑好骡子，比爹爹骑的强，可惜从不曾拴在正经主户门前；家下酒肉比当日爹爹便宜，方桌上可惜从不曾坐过正经客。每当元旦焚香、清明拜扫时节，见了爹爹神主、坟墓，兄弟的泪珠，都从脊梁沟流了，姐姐你知道么？"王氏道："一辈比不得一辈，谁家老子做官，儿子一定还做官么？”王春宇道：“官可以不做，书不可以不读。像姑爷这样门第，书更不可以不读。”王氏道：“世上只要钱，不要书。我是个女人，也晓得这个道理。”王春宇被女兄缠绞急了，说：“咱爹不读书，姐姐先不得享谭宅这样福。”王氏道：“如今福在哪里？”王春宇道：“都是绍闻作匪，姐姐护短葬送了。”

不言楼上姐弟争执，单说东楼下巫氏听的，向冰梅道：“冰姐，你听王舅爷胡说的。像俺曲米街，如今单单俺巫家与王家是财主，两家倒不曾读书。前月俺家不见了骡子，值五六十两银子。后来寻着，与马王爷还愿唱堂戏，写的伺候大老爷昆班。真正城内关外，许多客商、住衙门哩，都来贺礼，足足坐了八十席。谁不说体面哩。”冰梅也少不得答道：“好。”心中却想起当日孔慧娘贤明，喉中退悲，眼中缩泪。肚内说道：“只苦了我，再不得听一句明白话。”

再说王春宇在楼上想了一想，也就不肯再往下说，只道：“绍闻，绍闻，我说的你都句句明白，凭你怎的昧住良心做去。家业也如此凋零，门户也如此破落，我不过是你一个亲戚，我该把你怎的？随你罢！走，走。”这王春宇也不料今日送苏州物件，问济宁惊恐，却被兴官念《三字经》，弄得姐弟、舅甥，不乐而散。

绍闻送王春宇去后，不上堂楼，径回自己卧房来。冰梅揭开布帘，绍闻进去，同巫氏坐下。冰梅送过茶来。兴官提一包苏州物件，说：“奶奶说，这是舅爷与娘及姨妈送的人情。”冰梅接来递与巫氏，巫氏看了一遍，俱是一色两样，说道：“兴官，都给了你姨妈罢，我不要。”冰梅揭开板箱，贮放在内。

巫氏道：“兴官，拿你的书来，我对你说。”兴官道：“娘认得么？”巫氏道：“《三字经》上字，还没有唱本上字难认哩。我念与你，再不用寻蔡湘。”兴官果然堂楼去取书。绍闻道：“我就把兴官交与你，你就是他的先生。只不许先生抹牌看戏，误了工夫。”巫氏道：“今做先生的，单单好这两样儿。要叫我断，只要多添束金。”绍闻笑道：“学生才上学念《三字经》，一年四两头罢。”巫氏道：“太少。”绍闻向冰梅道：“你也算一位女东，你再帮些。”冰梅看这光景，却有当年孔慧娘情致，自此夫妻心中，便添上兴官念书一件事，因笑答道：“我帮些殷勤罢，捧脸水，泡茶，早晚不误。”绍闻道：“太空了，还问你要些所以然。”冰梅道：“我一年与先生做三对鞋。”巫氏道：“那我就依了。”兴官取书转来，绍闻道：“兴官，磕头上学。”兴官果然磕头。巫氏就念了三四行，却念了一个别字。绍闻哈哈笑道：“先生不通，要退束金哩。”巫氏道：“你还没给，我退什么？”冰梅道：“东家担待着些罢。”卧房笑成一团。

原来巫氏好处，一向待冰梅全无妒态，亦知抚兴官为子。只因生长小户，少见寡闻。且是暴发财主，虽闺阁之中，也要添愚而长傲。一向看戏多了，直把不通的扮演，都做实事观。所以古人择配之法，但问家室，不计妆奁，正是这个意思。这妻妾乐，本可暂忘逋久。忽然双庆来道：“轩上有客。”绍闻以为必是索债之户，先问是谁，双庆道：“张相公。”绍闻以为必是张正心，须看看去。

及到轩上，却是张绳祖。绍闻见了，为礼坐下。张绳祖道：“久违教了。”绍闻道：“彼此渴慕。”张绳祖道：“我今日此来，先要说明，我若要有一毫像当年哄赌骗钱之意，今生不逢好死，来生不能如人！”绍闻道：“何至出话突然若此？”绳祖道：“对真人不说假话，我近日光景大不行了。当初因家中贫乏，不得已开赌窝娼，原是自图快乐，也就于赌博之中，取些巧儿，充养家用。谁知钱不由正经路来的，火上弄雪；不由正经路去的，石沉大海，日减月削，渐渐损之又损，而至于无。昨年把你睡过的那座房子也塌了一间，客房有几处露着天，再没赌家傍个影儿。想一日抽三五十文头钱，籴一升米，称四两盐，也是难的。实不相瞒，那饥字的滋味，也曾沾过有一二分光了。不得已，上湖广敝世兄任里走了一回。谁知到了任所，恰遇敝世兄告了终养要回籍去，接手是个刻薄人，百般勒措，城池仓库，一概不收。若是调升，他也不敢如此。所以上游大人恼了，委了两县盘查，平复交代，足足把个宦囊，坑了一多半子，方才出甘结。真正是我的晦气，敝世兄为我远去投任，心余力歉，虽有所赠而归，除了来往盘费，衣服行李之需，所余不过二十金。叫了些泥水匠人，先把房子收拾了，好为下文张本。不过是还吃旧锅粥罢。谁知我老了，人也不朝趋。王紫泥考了下等，也就不多见人。他令郎输的偷跑了。平日几个小帮闲，也都抱了琵琶上别船。昨日有新下水的，自来投充，却也好招牌儿。争乃无人走动，仍轰不起来。我心里想着，你毕竟是此道中有体面的，我虽说不通，也该还记得有个'伯乐一顾，马价十倍'的话。万望贤弟念老惫无路之人，不惜屈尊。你但一到，自然一传十，十传百，或者轰起来，我再胡吃几年饭死了，把一生完账。"绍闻道："我也以实告，我今日较之当年，已减却十分之七八，也就没什么想头了。自古云：'不见可欲，其心不乱'我到那里，岂能自己有了主意？后来银钱不跟，难免羞辱。这事万不能的。"张绳祖道："谁想你的什么哩。我若想你的钱，真正是一只犬、一头驴。俗话说：'娼妓百家转，赌博十里香。'不过说是谭相公到了，人的名，树的影，起个头儿。人人渐晓的张宅房子仍旧，家中留下一个好粉头，我就中吃些余光。是叫你惜老怜贫，与我开一条活路的意儿。"绍闻道："腰中有钱腰不软，手中无钱手难松。我实向你说，方才你来时，说一声有客，我心中还吓了一惊，怕是要账的。今日我已是这个光景了。不是我心硬，只是我胆怯；也不是我胆怯你，只是我胆怯铺家。"张绳祖道："你说这话不虚，我经过。那些客户，还完了他的债，过几日就不认得他；若是欠他的，去不三十步远，就认的是他。但只是我今日委实无人可央，只得央你，千万走动走动。"

绍闻本是面软之人，被张绳祖这个胡缠，况且有个新妓，方欲允诺。忽然有人在外问双庆道："你大叔在家么？"双庆道："在轩上。"绍闻道："老哥，只等的有人要账，方晓得我不敢去的原由。"

二人扭头一看，你说是谁？原是夏鼎。上轩各为了礼，张绳祖问道："满身重服何来？"夏逢若道："先慈见背。"张绳祖道："遭此大故，失吊得很，有罪之极。"夏鼎道："诸事仓促，不及遍讣，总要好友见谅。"绍闻道："张大哥新收拾房屋，招架了一位美人，邀我往那里走走。我说我的近况，不敢更为妄为。张大哥执意不依。你说去得去不得？"这夏鼎因想叫绍闻助赙，好容易设下姜氏局阵，备下酒席，方有了许诺，若要没星秤勾引的去了，岂不把一向筹度，化为乌有？此正如店家留客，岂容别家摊铺；妇人争宠，又那许别房开门。口中慢应道："你看罢。"张绳祖道："你还不晓得我的近况，夏逢老呀，我比不哩当日咱在一处混闹的时候了。老来背时，没人理论。近日新来了一位堂客，很使得，叫谭相公那边走走，赏个彩头，好轰动些。"夏逢若道："是了，你家塑了新菩萨，要请谭贤弟开光哩。"张绳祖道："啥话些！你没看你穿的是何等服色，口中还敢胡说八道的。"夏逢若大笑道："我却不在乎这。"因向谭绍闻道："你遭遭都是没主意。老没那边，你去的是一次两次了，何必问人？"只此一句话，绍闻坚执不去了，只说："我闲时就去。"张绳祖道："何日得闲？"夏逢若道："老没，你还听不出这是推辞的话，只管追究是怎的？"张绳祖见夏逢若阻挠，料这事再没想头，只说了三个字："狗肏的！"起身就走。

绍闻送出。夏逢若也不出送，候得绍闻回来，笑道："一句话就撒开了，你偏好与他饶舌。他那边是去得的么？"绍闻道："当日是谁引的我去的？"夏逢若道："闲话提他做甚。只是我前次不该请你，昨夜贱内对我说，那人对他哭哩。你可把前日慨许之事，及盛大哥处说项一宗，见个的确，我就备席单请你。只在你吩咐，要还吃全鸭，我就弄的来酬你。只说如今银子现成不现成？我先讨个信儿，回去好对贱内说备席。他也做不上来，只得还请干妹子帮忙。也是我旧年说了一场子媒，你两个都舍不得开交。若结一对露水夫妻，就把旧日心事，完却了一宗。我死了也甘心。”这正是：

借花献佛苦蛮缠，万转千回总为钱；
伯乐不将凡马顾，萱堂那得入牛眠。

第七十五回

谭绍闻倒运烧丹灶　夏逢若秘商铸私钱

却说夏逢若开发了张绳祖，意欲绍闻称出银子，当下便到手中。绍闻却道："实在此时千孔百疮，急切周章不开。原有一百五十两，尚不曾拆封。待我少暇，统盘打算，某号得若干可以杜住口，水银溅地，虽不满他的孔儿，却也无空不入。此中自然有你的。难说昧了承许的话不成？但当下不能，改日我自送去。"夏逢若道："谁说贤弟昧了的话？但早到手一日，便有早一日的铺排；贤弟既要亲送，也要定个日期，我预备饭，好央人造厨。"绍闻道："不过三五日以内。"夏逢若也不敢过为迫逼，因问："盛大哥的话呢？"绍闻道："正是他弄得人作了难。"夏逢若惊道："他说不助我么？"绍闻道："谁见他来？他身上还有我一百多银子。他如今上山东，又上西湖去了。所以我如今打算不来。"夏逢若道："这就一发单靠住贤弟，我的事，真正成了一客不烦二主。我走罢，连日在家恭候。"

相送出门，绍闻自回家中。到了东楼，果然兴官在巫氏床上坐着念《三字经》，冰梅一旁看着。绍闻道："先生上哪里去了？"冰梅笑道："像是后院去了。"言未已，巫氏进楼来，向盆中净了手。绍闻道："不成先生，这样的旷功。"巫氏笑道："你看看学生是念了多少，还敢说先生旷功？念一行他会一行，念两行他会两行。这后边我有许多字不认的，又不敢胡对他说。兴官儿，把你的书，叫你爹念与你一张。”绍闻笑道：“先生倒央起东家来。东家若有学问，不请先生了。像你这样的白不济的学问，便揽学教，就该贬你女儿国去。”冰梅笑道：“说正经话罢。兴官，你叫你爹念与你几句。”原来冰梅方晓得所生之子，是个过目不忘的聪明孩子，好不喜欢。又想起孔慧娘临终时，叫抱兴官儿再看看的话，心中暗暗悲酸。

少时，王氏叫兴官同睡。兴官把书交与巫氏，放在桌上，自上楼去。此下妻妾安寝。唯有绍闻在被窝内自为打算，这隍庙后助丧银子，不给他不行，却也万难三十两。姜氏虽未偕伉俪，却令人柔肠百结，再见一面叙叙衷曲，或者可少慰人心。拿定主意，次日要上隍庙后，把这宗心事了却，回来好清楚还债的事。

次晨起来，解开济宁包封，千斟万酌称了十八两。饭后径由耿家大坑，向夏家来。到了后门，问道：“夏大哥在家么？”夏鼎内人出来，见是谭绍闻，请进家中，当院放个杌子坐下。绍闻道：“夏哥哩？”妇人道：“他跟马姐夫往城西尤家楼吊纸去了。”绍闻道：“前日讨扰之甚。”妇人道：“惹谭叔见笑。”绍闻道：“尤家楼是何相与？”妇人道：“那是马姐夫前丈人家。如今埋他丈母，马姐夫是女婿，自是该去的。咱这边前日有丧，尤家来吊孝，今日还礼，所以一搭儿去。”绍闻道：“前院姜妹子去了不曾？”妇人道：“就是请谭叔的次日，尤家赶车来接的去。这姜妹子算是尤家续闺女，如何不去呢。”这绍闻方觉得昨晚夏鼎的话，有些儿不甚作准。但既已到此，只得了却一层公案。况夏鼎不在家，也省得饶舌，因于袖中擞出十八两银子，放在杌子上，说：“这是我助埋殡伯母银子，待夏哥回来交明。”妇人道：“真是亏累谭叔，等他回来我说就是。”绍闻出门，只觉抛却牛毛足色的宝货，哪曾见蛾眉半扫的佳人，四外一望，好不寂寞。真正是：

温温无所试，忽忽如有失，

蹩躄靡所骋，怅怅其何之。

绍闻自夏家出来，怅无所适，却难久停。忽的想起隍庙道士，未知曾否他去，不免闲谈半日。聊作避债之台。俟至日夕，回家未迟。因此径向隍庙后门来。仍到旧日所坐之院，只见门上新写个联儿：

黄庭可诠，且自住过年去；
白石堪煮，还须等个人来。

绍闻径进房内，只见那道士坐着看书。旁边一个门徒，在地下弄杵臼捣药。礼毕让座，绍闻即坐于道士之位，看那展的书却是《参同契》，研朱新批，都是“婴儿姹女”话头。道士道：“此书即是贵儒教先贤，也是都有注释的。”即命门徒拿本头签，在套内放过。又说：“山主满面福气，将来阁部台馆，俱属有分。但卧蚕之下，微有晦气，主目下事不遂心些。可验过么？”绍闻道：“验过。”

门徒捧茶来，道士斥道：“这样尊客，可是这等磁瓯子及这般茶品待的么？可把昨年游四川时，重庆府带的蒙顶煎来。”少时，门徒禀道：“文武火候俱到，水已煎成。”那道士到内边，只听得钥匙声响，取出两个茶杯，乃是银器，晶莹工致。把一个金瓶内茗叶，各倾杯内。门徒注了开水，合上盖儿，分送。少刻让饮，绍闻擎杯微嗅，不觉叹道：“真仙品也。况器皿精贵，尤属平生未经。”道士道：“山主见奖，即便奉赠，聊备早晚啜茗之用。”绍闻道：“银杯制造精工，不觉矢口赞美。倘说见赐，岂不显得俗士奇货？”道士笑道：“方外野人，尘心久淡，竹杖芒鞋之外，俱为长物。况这些物件，在贫道乃是取之不尽而用之不竭的，何足介怀。”绍闻问道：“仙长何以取携甚便？”道士道：“山主有所不知，大凡天地间，只有两等异授，一曰剑术，一曰丹诀。通剑术者，飞刀刺人；通丹诀者，点石成金。当日从仙师秘授，两般都教。贫道嫌那剑术，多是替人报仇，爱这丹诀，能周人济厄。剑术近于义侠，毕竟有些杀戮气；丹诀原属仁慈，况且足以资自己遨游五岳之用。所以单学烧炼。前日上京时，路过南阳玄妙观小住，遇见一个寒士，贫而苦读。贫道相他，是个科第人物，助了他一炉。想此时已不穷了。回去还要看他。”绍闻道：“老仙长既好度厄苏困，实不相瞒，我原是祥符一个旧家，先世累代仕宦，只因少年心嫩，错为匪人所诱，今日渐入窘乏，不知还可扶救否？”道士道：“原属不难。但贫道此时，心厌省城烦嚣，意欲上江西匡庐、浙江雁荡两处名山游玩一番，不能讨暇。等待他年再遇缘罢。”绍闻道：“燃眉正急，全赖及时扶拔。若待他年，未免‘枯鱼之肆’矣。”道士道：“这也有个缘故。贫道原是恬淡寡欲的。可惜这个顽徒，道行未深，经过京城繁华地面，信手挥霍。那一日礼部门前，遇见一宗可惜可怜之事，他倾囊周济了，到如今丹母已是不多。虽云一可成十，十可成百，但寸荄之草，径动一番炉灶，不如暂且罢休。”绍闻道：“丹母却还不难，中求仙长略展灵术，好俾涸辙生沫。”道士道：“山主情词恳挚，义所难辞。但此事最要机密。省城官员丛集，万一泄漏天机，他们硬加以左道之名，在贫道原不难飘然长往，山主未免就有违碍。”绍闻道：“此事还须仙长指示，好成一个万全无弊之法。”道士道：“这也不难。贫道兼通阳宅，不如以看阳宅为名，光明正大投启来请。至于烧丹之事，要夺造化，全凭子时初刻，自有运用。但丹炉最怕心中有个疑字，外人犯了冲字。若遇见生人便冲了；炉边但听得寡妇、孕妇、孝服人说话，这炉子便炸！”绍闻心中打算，只要生法谢绝凶服，嘱咐母亲并巫氏低声而已，还不甚难，便答道：“冲字不妨事。”道士道：“冲字不难躲，疑字最易犯，临安鼎，还要焚香誓神。”绍闻道：“我心中万万不疑，不劳仙长挂念。”道士道：“丹炉有损不妨，还恐得罪神明。”绍闻道：“仙长不必过嘱，明日即请枉驾。”

作辞起身，道士以银杯为赠。绍闻哪里肯受，道士道：“此乃世俗之见，万不可存。”道徒塞于绍闻袖中收讫。作别而去，这道士依然淡淡起身一拱，门徒自为送出。

到了次日，绍闻亲身带了双庆投帖。那家中把请武当山道士来看阳宅的话，自然是说明的。

第三日早晨，绍闻叫邓祥拿了一个说帖，到南马道张宅借车。张类村看了来帖，即将车马吩咐停当。正好以谭宅借车为名，瞒了杜大姐，来看娇生。到了小南院，老父幼子相会。邓祥说了张宅车已在胡同口，绍闻也不知张类村来了，径自叫双庆坐车，邓祥赶着，往隍庙请看阳宅的道士。

约有两个时辰，道士坐车垂帘而来。门徒坐在帘外。双庆跟着。到胡同口，绍闻接上碧草轩。行李两箱两篓，搬在轩上。蔡湘奉上茶来，三杯分献。绍闻道：“六安近产，景德俗磁，惶愧，惶愧。”道士道：“山崖甘泉，手掬而饮，更觉适性。贫道虽常带茶具，其实游戏三昧。山主何须沾沾于此。”又说了些闲话。道士道：“此处像是外书房，必是山主看书之所。但照壁低而且狭，不合奎壁之像。却无甚妨碍。请造潭府一观。”绍闻吩咐双庆，叫各楼关门，好候仙师细看。少时双庆到轩，向绍闻道：“家中已安排妥当。”绍闻道：“蜗舍湫隘，不堪入目，仙长休笑，只求赐教详明。”道士道：“据实直陈，或恐伤忌，慎勿面从而心不敬。”绍闻立身请行，道士道：“贫道行李，原不过云水一肩，但内有要紧物件，须得相随而行。”绍闻亦度内有鼎器丹药之宝，嘱令双庆、蔡湘担着，一起进了楼院。

道士四面端相，说道：“俱合爻象，并无妨碍。”到了前院，说：“府上宅第俱好。”又看了一看，说：“东边角门，犯了大耗豹尾，只垒了不走，自可聚财发福。”一径回转上账房来，绍闻已安置好两处床帐，桌椅拭抹干净，地面扫得清洁，不容妄唾。蔡湘、双庆将行李放在屋角。道士喜道：“此是府中第一聚财之处。天生盖的合了天库星。”绍闻道：“旧日原系账房，单管出入银钱。”道士道：“用此房时，钱财如火之始燃；不用此房时，钱财如灯之欲烬。万不可冷落了这座宝库。昨日所言忌生人、孝服、孀嫠、妊娠，千万要谨慎。”绍闻一面吩咐厮役道：“如夏叔到了，任他喊破喉咙，万不可叫他进门。我再向后边嘱咐一回。”到了楼上，先向母亲说：“不可高言。”王氏道：“为何不许我说话？”绍闻道：“声低着些就是了。”王氏道：“你又做啥哩？神出鬼没的。想是要镇宅子哩？”绍闻道：“正是。”王氏道：“我知道了。”

绍闻又上东楼吩咐巫氏，巫氏道：“那道士雪白长胡子，像那太白李金星。”绍闻道：“你见过李金星？”巫氏道：“我见的遭数多哩。”便笑起来。绍闻急掩其口，道：“要镇宅子哩。”巫氏道：“怎的不叫我笑？”绍闻道：“我一发叫你笑笑，笑完了再不许你笑。人家说，先生教学，学生愚笨，先生说：‘我该钻入学生肚子里去，又怕撑坏了学生。’如今二学生却在你这肚子里边，所以不许你高声。”巫氏瞅了一眼说：“你说的不中听。”绍闻道：“说正经话，黄昏以后，不可高声。”巫氏道：“我睡了从不发吃声，不用你说。你各干你的事。”冰梅道：“你念与兴官几行书。”绍闻道：“我顾不哩。”巫氏道：“我有三四个字不认得，你教我认得了，我好念与兴官。”绍闻慌乱指认了三四个字儿，自去款待那师徒二人。

话要爽捷，书忌垒堆。当晚便烧起来。原来道士叫徒弟把自己银子称准一两，配些丹砂、水银，封在八卦炉内。焚了香，煨些炭火，煽动风箱。少顷炉内起出五色瑞气，房内异香扑鼻。道士向门徒道：“凡事固要真传，也须要经手才会。如今世上许多做假银的，俱是邪魔外道。良心先坏，传授更错。连烧炭精地位，还差着哩。你须事事仔细学来，省得我遭遭费心。”绍闻一旁看着，二更后，不觉瞌睡起来。道士道：“山主不妨安歇。明早开炉，便见分晓。”

到了次晨，各盥洗毕，绍闻到账房看炉，那炉原封不动。开炉一看，果然灿耀夺目一块雪花银子。戥子星儿不够用，取出旧日天平，兑上法马，整整的十两冰纹细丝。道士道：“五金八石，药料也不足了。山主可拿到银匠炉上，倾成十锭，以便办买物件药料。”绍闻依言，拿向一个江西银匠铺内。那银匠一看，说：“是好干银子，何处槽口。”绍闻道：“济宁衙门的。”银匠道：“相公昨日济宁带来的么？”绍闻道：“是。”银匠道：“衙门钱粮，如何这个样儿？”绍闻笑道：“自来衙门银子，大半不许人究所从来。你只管剪碎，分成十锭就是了。”银匠如其言，倾成十个锞子，真正底绉如簇，面平如镜。绍闻给了火钱，拿回。夸道：“仙长果然炉夺造化。”道士道：“若无此真传，也不上北京说那助饷的话。”

吃了早饭，绍闻道：“我心中想着拿出银子，求做个银母，烧得一烧何如？”道士道：“我有丹术，须你有丹心。若有一毫不诚，为害便不校山主先说你现有多少，且不可欺瞒一分：如一万两才足用，须备一千两丹母；一千两足用，须备一百两丹母；一百两足用，须备十两丹母，随你多寡，一总儿焚香告神。不得临时再添，犯了再三渎之戒。山主欲得多少使用，先定下大数。若是家中现有小数，今晚即可开炉。如小数不足，不妨急为凑办，待小数足时，然后择吉告神。”绍闻道：“现今有两千三百五十两，足以敷用。小数现今已有，不用再为凑办。”道士道：“两千三百有限之极，怕不够用。”绍闻道：“已足用。”道士道：“山主既说足用，可将丹母一同献神。万不可许了两千三百五十两之数，又存那得陇望蜀之念。”绍闻道：“若是再为添办，便到了首饰头面地位。”道士道：“但凭尊便。请目下拿到此处，好写仙牌焚香，告了成数，发了誓愿，今晚即可开炉。”门徒道：“还少一两样金石药物，须待弟子同山主去买办。”绍闻道：“何用我去？我又不大认得。我将钥匙开了前门，师兄自去买办就是。”随即开门去讫。这绍闻即将济宁两百三十二两，并一包碎银，携到账房。那些写神牌，告成数，焚香指誓，不必细述。

少顷，只听拍门之声。开门，门徒已回。包了些斑斓五色石头，递与道士看。道士道：“这金砂石须换去，用不得。”门徒大有难色，绍闻再三怂恿而去。迟了半晌回来，锁了前门。到晚，封了三炉，亦如昨晚烧来。道士道：“今晚请山主同在此处歇宿。”绍闻道：“这倒不是我有疑心，反是仙长有了疑心了。”道士道：“哪里我有疑心，是叫山主看看炉中瑞气哩。”绍闻道：“须得来去由我自便。”

及到人更之后，绍闻忽听有人拍账房院门，出来看时，其人已到东角门黑影里，像是老樊。绍闻跟回后边，却见母亲、冰梅在东楼下张忙成一片。原是巫翠姐临盆，闹了一晚，大有难产之苦。绍闻即到前边账房，把道士拍了一把。道士跟到厅檐下，问道：“山主何事？”绍闻道：“老仙长通医道与否？”道士道：“符篆，禁咒，推拿，针灸，下而望、闻、问、切，一切济人之厄，俱有仙传。”绍闻方道了“房下分娩”四个字，道士道：“吓杀我也！你这话若在丹炉边，登时房子就烘了。你自料理，我去看丹炉去。了不得！了不得！”绍闻自回后边，另作接稳婆、问方之事。迟了一更，生了一个小相公。这家中自是张忙。

到了黎明，绍闻去到账房，只道得一声：“苦也！”黑炭几条，青灰一堆，纶巾二顶，道袍两件而已。急看大门，闪了半扇。正不知何时那太白李金星，已携仙童驾云而去。

看官要知，第一夜烧银十两，是照眼花，乃道士自置其中。次日换金砂石时，已将大门的锁袖出街去，配了钥匙。若不注明，恐滋疑团。

单说这绍闻，也顾不得账房细细察看，也顾不得铺户索欠，径自大街，两步凑成一步，急上隍庙寻那道士。恰逢黄道官早晨烧香，出了大殿，绍闻一手扯住问道：“后院武当山道人，今日可到庙中？”黄道官道：“武当山道人，听说你请得去看阳宅了，如何又来问他？”绍闻道：“请是原来请的，拐了我两百三十五两银子，夜间跑了。”黄道官道：“料走不远，相公速追。”绍闻道：“道冠、道袍丢在我家，我明日要告你窝留左道，拐骗银两！”黄道官道：“他是云游道人，说是先祖师烧香南顶，在周府庵有相与。其实先祖师在周府庵否，今已二十余年，谁知道？他在后院住，不过借庙中闲房，他又不吃庙里饭。山主请看阳宅，俺也不曾作合。山主银子放在何处，他就拐的跑了？就告在当官，也要一句一句儿对质。”绍闻无可措词。

恰恰夏逢若来道房说做斋送葬的事，见了绍闻道：“多谢盛情。”绍闻顾不得回答，忙把请道士看阳宅，即晚烧丹，早晨逃走的话，一一说明。夏逢若道：“这是个提罐子的，算你的造化低罢。我也算了造化低，白白的被他提了十二两去，还不承情哩。”黄道官道：“谭山主还要告我哩。”夏逢若道：“告什么。跟我到家坐坐。”绍闻也觉要告道官的话，说的无味，无以排解，少不得跟夏鼎去了。黄道官也不拱送，二人自出后门走讫。

到夏逢若家坐下，绍闻面上无色，口内无言。夏逢若道：“前日我有一事与你商量，双庆、蔡湘抵死不容我见你，谁知你上了这个天来大当。如今也不知出哪门去了，此时保管六十里外。自己拳打了牙，各人咽下罢。我前日原与你商量一宗事，若容我进去，管定我蹬开他，咱倒有宗事可做。”绍闻道：“我那日送银子来，偏偏你没在家。若你在家，哪有这事。”夏逢若道：“正是哩。我如今想把前日的事与你说了，你那气咽咽的，我也不敢说。”绍闻道：“说了无妨。想是我前生少欠他的。你说，你只管说。”夏鼎附耳说了两个字：“铸钱。”绍闻道：“罢罢罢，我再也不敢了。”夏逢若道：“贤弟，你看你那个样儿，你等我说完了再不依。总之有我便无碍。”绍闻道：“我要回去哩。中用不中用，毕竟四外里寻找寻找。”夏逢若道：“我送你去。到那里看看。”一同出门，从耿家大坑回来。

夏逢若走着路说道：“我把这话对你说，你到家细想。原来是一个官钱局匠人，如今担着风匣、铁砧子做小炉匠。他会铸钱，与我商量，寻个主户，深宅大院，做这一宗生意。我想唯有盛大哥家中可行，惜他上浙江去。你近日光景不好，又遭了这个拐骗，唯有此一着，可以补虚。我给你一个钱样子你先瞧瞧，心下酌夺。”夏逢若撩衣向顺袋中，取出五个钱一树，递与谭绍闻。绍闻接手袖了，说：“你不送罢，我回家再想。”夏逢若道：“仔细收拾，万不可令人见，不是玩的。”两人在双旗杆庙前分手，那绍闻飞也似由卢家巷而回。

第七十六回

冰梅婉转劝家主　象荩愤激殴匪人

且说谭绍闻回至家中，邓祥、蔡湘、双庆已各分门路去赶那老道。德喜病愈，也向曹门追寻。哪里有个人影儿。唯有邓祥出得南门，得了一个老者担着箱子的信息，迈开大步，加力追赶。赶了二三十里，望着就在前边不远，果似一个老者。飞也似赶上。担箱子的，乃是一个自省发货摇小鼓子的，那担篓子的，乃是一个卖柿子的。邓祥好不怅然，只得松了回来。

那绍闻家中，恰似失了盗一般。但失盗之家，这个看越墙的踪迹，那个看扭锁的影响，这个说狗缩如猬不中用，那个说人睡如死不会醒，还有话可说。这被丹客拐的，并无话柄可执。绍闻听了各路回来的话，唯有邓祥前半截略有可听，说到后半截乃是扯淡。又听得人人埋怨，好不扫兴。欲待向巫氏房中一睡，还有喂奶剪脐之事，只得上得楼来，把钱样子放在冰梅梳匣之内，向冰梅床上，蒙头而睡。

冰梅上楼，来问茶水，绍闻答道："不吃。"冰梅却早见梳匣内放了一枝钱树，取来向明处一看，甚为可疑：钱儿甚新，且联在一处，从来不曾见过。那道士会烧银子，或者又会铸钱，必是一件犯法的东西，好待醒时再问来历。这绍闻睡了一觉醒了，就在楼上胡乱吃些点心，又与兴官同睡。挨至黄昏，冰梅服侍奶奶安歇已毕。点上灯来，陪着小心，到绍闻跟前加意款曲。绍闻被这柔情温润，渐渐有了喜色。冰梅方才问道：“这五个钱怎的成了一树，也是那道士撇下的？”绍闻道：“不是。”因提起早晨在城隍庙，夏鼎叫到他家，商量铸钱的话：“这是他给我的钱样子，叫我酌夺行得行不的。”冰梅细声道：“只怕行不得。”绍闻道：“犯法的事，我心里也想着行不得。”

这冰梅见有话可人，急忙将床上被褥抖擞干净，替绍闻脱去鞋袜，着令坐在床上，盖上半截被儿。双手搦住绍闻右手，笑道：“我想与大叔说句话儿。”绍闻不觉神安心怡，笑道：“只管说。”冰梅道：“我是咱家一个婢女，蒙大叔抬举，成了咱家一个人。这个兴官儿，也还像个好孩子。前边孔大婶子待我好，没有像张大爷家，弄的出乖露丑。我虽说是大叔二房，却也年纪相当。一个穷人家闺女，卖成了丫头，还得这个地位；生得孩子，将来还有盼头，我背地常说，这就是我的福。只是大叔一向事体，多半是没主意，吃亏夏鼎们百生法儿，叫大叔不得不上他的船。这也怨不得大叔。我一向也想劝劝大叔，只因身份微贱，言语浅薄，不敢在大叔面前胡说。不过只是伺候大叔欢喜，便是我的事。倘若说的一遭不听，再一遭一发不敢张嘴。大叔你说是也不是？”绍闻也不觉把左手伸过来，四只手搦做一团，说道：“我一向所做的事，也知不合你的心。你从来不唐突我一句，你心里受屈，俱是我的没成色。”冰梅道：“大叔休这样说，我一个女人家晓得什么？况且我原该如此做。这也不是我能通晓此理，俱是前边婶子临不在时，嘱咐我的话。”绍闻附耳道：“可惜了，这个贤惠人。你这个婶子，人材也略让些，心里光景，便差位多着哩。”此时绍闻、冰梅早已两体相偎。冰梅见绍闻这个亲爱，料得自己话儿，有受无拒，便笑嘻嘻道：“这铸钱的事，我心里竟想着劝大叔哩。”绍闻道：“犯法的事，我心里早拿定主意，是不敢做的。”冰梅道：“既然不敢，为何拿他这钱样子？只有一点儿沾泥带水，那夏鼎便会生米做成熟饭。”绍闻道：“铸钱的事，我万万不做，你不用在心。只是目下负欠太多，索讨填门。济宁这宗银子，又被人拐了。盛大哥还欠咱一百二十两，他又不在家。这当下该怎的一个处法？”冰梅道：“我虽什么也不晓，却也为日子不行，心中胡盘算下三四条儿。说与大叔，看使得使不得。”绍闻道：“你说。”冰梅道：“第一件是叫王中进来。王中是个正经人，有了他早没烧丹的事，何况铸钱？他这个人，能杜百样邪病。即令奶奶不喜欢他，咱大家周旋；大婶子不容他，我慢慢哩劝。只叫赵大儿用心抱着新生小相公，这事就八分可行。”绍闻道：“第二件呢？”冰梅道：“第二件，把这一干人，开发了，叫他们各寻投奔。当日咱行时节，个个下力做活，还个个小心；如今咱不行时节，个个闲着，却又个个会强嘴。况且咱家也养活不了。自古云，添粮不如减口。他们又不愿跟咱，不如善善的各给他们几句好话，打发他们出去。与其水尽鹅飞，不如留些水儿，叫他们先飞罢。”绍闻道：“第三件呢？”冰梅道：“第三件，把前院截断，拣欠哩多的客户，租与他，每年以房租扣账。咱并不要这前院子惹闲事。”绍闻道：“第四件呢？”冰梅笑道：“第四件，如今‘先生’分娩了，得大叔教学。这兴官，不是因我生的我夸他，大叔也见这孩子是个上材。舅爷前日让的，句句都是正经道理。”绍闻道：“这话俱好。只是日子当下难行。”冰梅道：“只要王中进来，诸事便行。王中不进来，诸事要犯着大叔打算。如今咱家过活，头一件是千万休少了奶奶的腥荤。夏天只要凉快地方。冬天炉中炭火，床上棉褥。剩下的人，粗茶淡饭都可行的。只要大叔叫兴官念书，即如做豆腐卖，生豆芽卖，我也情愿在厨下劳苦。”绍闻笑道：“谁去卖哩？”冰梅道：“王中可以卖的。若是邓祥、蔡湘，俱不肯卖。至于双庆、德喜，那一发不相干。”绍闻叹道：“将来我弄的有几天豆腐、豆芽子卖哩！灯油已尽，咱睡罢。明日再商量。”

于是解衣就寝，那栖埘栖桀的鸡儿，早已高唱起来。

却说次日早饭后，已有几个索讨的，绍闻无以为偿。那催账的奚落，只得受了几句。

又过了一天，却早夏鼎在门前推敲。双庆开门，夏鼎带了一个小炉匠，挑着担子进来。双庆道："这是做甚的？"夏鼎道："你家大叔要做几件铜器家伙，托我代寻的匠人。你向后边说去。"双庆到东楼前说："前边有客。"绍闻在楼窗里伸出头来，向下问道："是谁？"双庆道："不过是隍庙后，还有谁哩。还跟了一个小炉匠。"冰梅扯住绍闻道："你就说你没在家，叫双庆开发了他罢。"绍闻向双庆道："你就说我没在家。"哪知楼高声远，已透到夏鼎耳朵里。双庆出来到客厅，方欲开言，夏鼎道："楼上叫你说他没在家，是也不是？"双庆道："好耳朵！"夏鼎道："也不是我耳朵尖，是你大叔天生贵人，声音洪亮。快出来罢，你就说立等着说话。你家也没有可拐的东西了，怕什么？"双庆回来说："他不走，一定要见大叔哩。"冰梅在楼上说："真正没在家，你回复不了？"这夏鼎早在东角门口嚷道："出来罢，不必推三阻四的。"巫氏听见，叫老樊对说："小孩子日子浅，不用惹生人喊叫，你出去答应他，就在前边说话罢。"绍闻只得下楼，采到厅上。

夏鼎道："你前日把两个破军星圈在家里，唯恐人知。今日正经增福财神到了，你却又推故不出来。你今日没一个钱，你会怕。等盛大哥回来，还了你银子，到那时你再怕，怕的也有个道理。你跟我上账房来。"

到了账房，铜匠正在那里端相墙垣高低，门户曲折。见了绍闻，为了个礼儿。夏鼎道："此人姓何，名叫许人。你要什么铜器，碗、盏、碟、匙，都会做的奇巧。"绍闻道："旧的已坏，新的又做不起。"铜匠道："旧的用不得，正好销毁。放着没用，毁了却有用。我渴了，取盏茶吃。"绍闻即叫双庆取茶。铜匠见无人在前，说道："此处可挖炉，这边可以开洞。锁住前门，正好动手。"绍闻道："这话我俱明白。但我听说铜烟厉害，不能遮藏。兼且铜臭熏人，恐四邻不依闹出事来。我万万不敢。"夏鼎道："铜臭是至香的，四邻都占光彩，倒不好么？何老哥，你把新钱取出，叫谭贤弟看看。”何铜匠果然取出二百钱来，绍闻看见轮廓完好，字画分明，心里又有些动火。铜匠道：“相公不必害怕。我不过占住这所房院，出锁入锁，每日在街上赶集做生意。到晚回来，你有铜，我便与你铸，算我的房租。每夜不过做百十文，又不开大炉，怕甚的。”夏鼎道：“还有一处大乡宦宅子，此时主人不在家。等回来时，只用俺二位举荐，大大做一番：办铜的办铜，买铅的买铅，贩钱的贩钱，那时才大发财源哩。如今不过小敲打儿，够谭贤弟每天买青菜就罢。”绍闻本是一个心嫩面软的性情，况且利令智昏，人情难免，心中便觉前夜与冰梅所说的那话，有些过火。又想盛公子回来，此事有八九分必做，他的门头儿大，宅院深邃，满相公又诸事通融精乖。此时若打断了，盛宅大做的事，便难接绪推许。胸中一转，不觉说入港来。

却说冰梅怕有铸钱之事，见双庆回来，便问：“你忙什么？”双庆道：“前边要茶哩。”冰梅道：“你且往前边听听，是说什么。我叫老樊与你送茶。”双庆即到账房窗外听的明白，回言隍庙后是说铸钱的话。冰梅心中害怕，却也无之奈何。

方欲叫双庆请大叔回来说话，恰好王象荩提了两个罐儿，送来腌的咸菜，又一篮柿子。冰梅有了主意。王象荩到堂楼，把菜交与王氏，说：“这菜园的茄子，俺家用醋酸了一罐子。这是一罐子酱黄瓜。送与奶奶下饭。”王氏道：“叫你家费心。小女儿长的高了？”王象荩道：“也会改畦薅草。大叔哩？”王氏道：“前边有客。”王象荩道：“兴相公哩？”王氏道：“在东楼上念书。”王象荩道：“好，好。我还与兴相公漤了一篮柿子哩。”遂走到东楼门，听见兴官果然在楼上念书，喜之不胜，叫道：“兴相公歇歇罢，下楼来吃漤柿。”冰梅计上心头，拉着兴官来接柿子。近到王象荩身边，悄悄一句道：“前账房要铸钱。”兴官已接柿子在手，冰梅亦拉得上楼去了。

这王象荩听这一句话，打了一个冷颤。心中想：“这该如何处的？”却见双庆提着茶，说：“王叔好呀！”王象荩道：“前边是何处客？”双庆道：“隍庙后哩。”王象荩道：“隍庙后是谁？”双庆道：“瘟神庙邪街。”王象荩方知是夏鼎。王象荩拉住双庆道：“他又做什么哩？”双庆道：“我不说，你去看看何妨。”王象荩道：“还有什么人？”双庆道：“还有一个铜匠。”王象荩已知冰姐之言不虚，即随双庆上账房来。

进门向绍闻道：“大叔好。”夏鼎早吓了一跳。王象荩看见有几根炭，一堆青灰，又有两三个锅子。却不知那是前日烧丹灶上灰，只说见了当下的钱炉。又见桌上有二百钱。取钱在手一看，不大不小，真是一个模出的，且又新的出色。走到夏鼎面前，一手揪住孝衣，劈面就连钱带拳打去。夏鼎往后一躲，这拳已到鼻子上，早已双孔滴衄。何铜匠急忙拉住手。若不然，再一拳时，便不得了。王象荩骂道：“好贼子，真正忘八肏的，把俺家的家业送了，还要送俺家性命么？我今日就与你把命兑了罢。”绍闻道：“王中，你疯了！怎撒起野来。”王象荩道：“大相公呀！我打死这个忘八肏的，坐监坐牢，我情愿与他偿命。我不打死他，他要叫大相公坐监坐牢哩。这私铸制钱，是何罪名！不如我打死他，除了目前之害，报了往日之仇。我这个命算什么，死了全不后悔。”举手又打将起来。夏鼎道：“王中爷！我走了就是了，再也不来你家何如？”王象荩道：“你这忘八肏的，如何能走。只以出首到官，先把您两个忘八肏的下到牢里，再说割头的话。”那何铜匠听说出“出首到官”四个字，早已提过箱炉，插上扁担，一溜烟儿跑了。绍闻架住手，说道：“你说出首，岂不难为了我？”王象荩道：“我叫代书写上大相公状子，我是抱呈家人，原就是大相公出首，告这狗肏的。”拉住夏鼎往门外捞。夏鼎见铜匠走了，便道：“你说出首，有何凭据？”王象荩道：“这二百钱就是刚帮硬证。”夏鼎道：“这是我每年积攒的。”王象荩道：“你还强口！你说是每年积攒的，如何这样新，这样涩？咱们只宜当官去说。你不跟我去，我就喊起乡约地保来。”夏鼎急了，说道：“王中爷，你就饶了我这忘八羔的罢，我再也不敢如此了。”绍闻气道：“王中，王中，足够我听了。双庆，你还不把这疯子拉回去？”双庆用力拉住，说：“王叔走罢。”王中兀自不放。绍闻掰开手，双庆拉开。出得账房门，还骂道：“这个活埋人看送殡的东西！我再遇见他，只以刀子攮死他完局。”

双庆拉住王象荩去了，绍闻作揖就跪，说道：“算我得罪，只磕头罢。”于是赔礼。夏鼎也跪下，把头点了几点，说：“我有啥说哩，罢了，罢了。只拿水来洗洗我的鼻子，我走就是。”绍闻叫双庆拿来盆水，夏鼎洗了，说：“贤弟，你看我这孝衣上血点子，这如何街上走？有人问我，我该说被谭府上盛价打的？我这乌龟脸，不值三个钱，可惜贤弟家法何在？”双庆道：“你脱下来，我与你老人家用水捏一捏，不过洗净了就罢。”夏鼎道：“胸前带着样子极好，这才叫做为朋友的心血不昧。”双庆忍不住笑了。这夏鼎见双庆笑，自己忍不住嗤的一声也笑了。绍闻也笑了，说：“双庆快换水来，作速洗洗罢。”夏鼎道：“这现成的水，不用换。”绍闻道：“快脱下来。”夏鼎果然脱了孝衣，递与双庆。双庆接过来，只是不洗。夏鼎道：“你不洗，我自己捏捏罢。”双庆道：“洗了不好。”绍闻道：“怎的不好？”双庆道：“夏奶奶才不在了，这只算夏叔哭的血泪，留着一表孝心。”绍闻叱喝道：“通成了没规矩。”

要知双庆敢于如此嘲笑者，一来夏鼎人品可贱；二来见王象荩打了客，也没甚的意思；三来是自己想出笼，也就不怕主人烦恼。

不言夏鼎洗了脸上的血，捏了衣上赪痕，自己松松地去讫。且说王象荩到后院，王氏问道：“前院吵嚷什么？你脸上怎的白哩没一点血色？”王象荩道：“夏鼎在前院铸私钱，这是大犯王法的事儿。我真真恨极了，把他打了。”王氏道：“你遭遭如此硬性。他在咱家，有不好处，也有好处。”王象荩道：“他在咱家，全是不好处，半厘好处并没有。我知晓，奶奶不知晓。大相公也极知晓。”王氏道：“你为甚的前四五天不来，若早来时，把那道士打一顿，省的他拐咱二百三四十两银子。”王象荩道：“这话我不懂的。”王氏道：“大相公请了两位道士，说是看阳宅哩。不知怎的就烧起银子来，说一两可烧十两，十两可烧百两。到了黑夜间，撇下道衣道帽，把银子拐的走了。”王象荩方晓知有烧银之事，咳了两声，说道：“这铸私钱比那烧银事大。烧银子不过拐了银子。这铸私钱，是犯法的事。官府晓知，就要坐监坐牢，还要充军割头哩。所以我一定打他。况奶奶只守着大相公一个儿子，上关祖宗，下关儿孙。即是家业不胜从前，还可改悔，另为整顿。若是犯了私铸。官府定了罪名，就万不能改悔了。”

正说间，绍闻已到，说道：“王中，你太莽撞，万一打下人命，可该怎的？”王象荩道：“我本意就是要打死他，我与他抵命。大相公就不必怕他再来引诱了。”冰梅此时进了堂楼，向王氏道：“王中总是一个向主子热心肠。若是别个，出了咱家门，就不肯再管闲事。看他为咱的事，破上偿命，岂不是一个难得的么？”王氏也心下少动，向王象荩道：“大相公楼下生了一个小学生儿，到后日请客吃面，叫你家赵大儿来搀搀忙。把小女也引来我瞧瞧。”王象荩道：“我也该来伺候客。”绍闻道：“南关菜园邻居少，你要也来了，怕人家扭开锁。我也怕你性子不好，得罪客。只叫他母女两个来罢。”王象荩道：“我先一日送些菜来，送他母女两个，我就在家看门。”王氏道：“这就极好。”

因留王象荩吃饭，这冰梅又夸了王象荩几句好处，想拨动王氏心回意转。

阅此一回，看官休疑王中这样鲁莽猛撞，好生无礼。正是邪道曲径，义有不容。有诗为证。

国家第一要忠臣，义愤填胸不顾身；
试看唐朝擎笏手，廷殴朱泚是何人。

第七十七回

巧门客代筹庆贺名目　老学究自叙学问根源

却说巫氏分娩，得了一个头生男胎，全家岂不喜欢？只因丹客提炉，铜匠铸钱，吵闹个盆翻瓮倒，麻乱发缠，哪顾哩这个悬弧大喜。此日已过三朝，巫宅方才来送喜盒。少时，巫氏之母巴氏同晚子巫守文来到。王春宇家喜盒也到，王隆吉跟母亲来了。巴庚、钱可仰、焦丹也攒了一架盒子抬来。俱将来人一处管待，即把王象荩所撇下新钱二百，搀兑了旧制钱，放了喜赏。

德喜正发放犒从喜封，忽见宝剑夹个大毡包来到。德喜告于主人说，盛宅来送贺礼。绍闻叫到厅上，问道："你先回来了？"宝剑磕了头，说："一起回来了。"绍闻道："你少爷有字来，说还要上浙江去，如何回来这样早？"宝剑道："少爷要替舅老爷送家眷，舅老爷怕少爷到杭州西湖上花钱，不想叫去。说河南俺家老太太年纪大了，二少爷年轻，别的家下没人，去了耽搁一年半载不放心，一定叫回来。适然山东本城亲戚们饯行，叫个昆班唱堂戏。内中有个老旦，一个副净，原在咱班上唱过戏。说山东这戏今要连箱卖。这两个人从中串通，就连人带箱买过来。"绍闻道："怎的这个凑巧，人家就肯卖么？"宝剑道："那也是山东大乡绅养的窝子班。因戏主病故，那老太太拿定主意，说戏班子在家住着不好，一定不论贵贱要卖。少爷看见两个旦脚又年轻，又生得好看，去了包头，还像女娃一般。声嗓又中听，一笴笛儿相似，一定不肯放。只费五百银子，当下交与一百两，剩下明年全完，批了合同文约，连箱全买了。少爷把那粗糙东西——虎额、龙头、龟盖、蟹壳，天王脸、弥勒头、旧头盔、枪、刀、锣、鼓、喇叭，以及一些旧蟒、旧女彩、旧头巾、破靴，分成四个箱，卖与历城县一个快头儿。那快头是得时衙役，也招架两班戏，一班山东弦子戏，一班陇西梆子腔。他给了四十两银买的去。少爷把这鲜明鼎新的，装成四个箱，交与咱家旧日唱老旦、副净的，押着箱，连人都回河南来。交与他四十两，做路上盘费。人人说这五百两，还不够当日十分之三哩。小的拿这毡包内，乃少爷送谭爷的人情：沂州茧绸两整匹，张秋镇细毛绒毡两条，阳谷县阿胶一斤，曲阜县楷芽一封。全不成什么东西，少爷叫谭爷胡乱收了，聊表远行回来的人意罢。”绍闻道：“费心，费心。”宝剑道：“还有一句话，少爷说谭爷讨得闲，今日就瞧瞧去。”绍闻道：“我忙的了不得。因生一个小孩子，亲戚都来送喜盒，打算这两日就请客。”宝剑又磕头叩了喜，订了明日到娘娘庙街的话。留宝剑吃饭，宝剑不肯，与了赏封去讫。那抬盒的也得赏而去。绍闻便到楼下，商量请客的话。王氏道：“女客已各回家，唯有你外母住下。如今且暂请吃个小面儿，到满月再请吃汤饼大面。”绍闻道：“凭娘酌度。”王氏道：“我想当下且请送喜盒的客，我心中还想请几位未送盒的女眷，都是我心中丢不下的。趁这喜事，会合会合。但家中不比前几年丰厚，还要费个周章，你看怎的料理？”绍闻道：“过了明日再酌度。那盛大哥借咱一百二十两，明日我去看他，要到手里，任娘说请谁，我齐请来与娘会合。”王氏道：“很好。”一夕晚景不表。

到了次日，绍闻携德喜上盛宅来。适逢盛希侨、满相公具在门首看卸箱，一簇儿梨园都在。盛希侨见谭绍闻，一手扯住，只说：“恭喜，恭喜，又得了侄子。”早已走在厅上。绍闻方欲作揖，说：“远路风尘，更谢多贶。”盛希侨道：“咱就不用作揖。也不用说我的话。你只说那一日做满月，我送戏。”绍闻道：“你不知我近日么，做不起满月。”盛希侨笑道：“你就不用说那话阻我的高兴。昨日宝剑回来，说贤弟恭喜，我已算计就了，我欠你一百二十两，今日先与你二十两，拿回去，且济手乏。你做满月我再送过一百两，把咱两个的账拉倒。你不做满月，我就不欠你的了，算助我买箱，也一切拉倒。”盛希侨此话已将绍闻挟住，口中略有应允之意。盛希侨便一片声叫人请满相公来。满相公上得厅阶，口中“恭喜恭喜”说：“先忙着哩，没得作揖。”到了绍闻面前作揖坐下。“弄璋大喜，改日造府晋贺。”绍闻道：“偶尔添丁，何敢劳尊驾枉临。”盛希侨道：“咬文嚼字肉麻死人，快说正经话罢。我如今叫谭贤弟做满月，就唱这新戏。也不用那绫条子，纸对子，绸幛子，爽快送上一架围屏。到明日扎彩台子，院里签棚，张灯挂彩，都是你老满的事。”满相公道：“自然该效劳，我别哩会做啥哩。”盛希侨道：“如今先叫你写报单，抚台、按台、布政、按察照壁后四张，五门五张，你就写下十来张，使人贴去。”绍闻道：“戏便领下，屏却不敢领。生一个小孩子，如何大声张起来。”盛希侨道：“你也不用作难，不花你的什么。我有七八架屏，舍二弟分了四架，我还有四架。除玳瑁雕漆屏我不送你，别的你拣上一架，留下画，撕了旧文，张上新文。那日送去，体面不体面？”绍闻道：“即令做满月唱戏，这屏我万不敢领。你且说屏文上写上啥哩？岂不叫人传笑。”满相公道：“这有何难，就做成老太太寿屏。”绍闻道：“家母生辰，去小孩满月，还差小半年，如何此日讲庆寿的话？”满相公道：“老太太年近七旬，不拘哪一天，都是老人家的好日子，何必定然是生日才庆寿呢。如今庆在寿诞之前，央人作文，把生孙的事带上一笔，双喜同贺，岂不是你光前裕后的事业？”盛希侨哈哈大笑道：“老满，我服了你真正说话到家。你遭遭都像这个有才料，就是好白鲞，我还肯吆喝你么？”满相公笑道：“罢么，你乎日吆喝过我不曾？休在谭相公面前壮虚光。”盛希侨道：“闲话少说。你去东院叫那两个旦脚来，管保谭贤弟一看，就把事定了。他也再不想玉花儿、九娃儿。”满相公道：“闲着宝剑做啥哩？”盛希侨道：“他两个下车时，你那两只眼还顾得什么。如今差你去叫，休要撇清。”

少焉，满相公领两个旦脚上厅来。盛希侨道：“与谭爷叩头。”这两个新旦脚，看谭绍闻不像现在富商贵官气象，把腰略弯一弯，说：“磕头罢。”绍闻看两个时，果然白雪团儿脸，泛出桃花瓣儿颜色，真乃吹弹得破。这满月演戏之事，早已首肯了八九分，说：“好标致样儿。”盛希侨道：“你还没听他唱哩，这嗓眼儿真真天生的一筲箫。贤弟唱了罢。”绍闻略为沉吟，说：“唱就唱。”公子向满相公道：“何如？”

旦脚道：“且再迟几天。俺身上害乏困，略歇几日再去伺候。”盛希侨道：“傻孩子，谁叫你就唱哩。你看前日在舅老爷席上，陈老爷一连点了三出，那席上老爷们，都恼那个陈老爷不知心疼你。你两个唱了一出，爽利就硬不出来，陈老爷也自觉的没才料哩。我再对你说：如今你新来了，我还没吩咐厨下，你两个爱吃什么，只管对宝剑说，休因为脸儿生受了屈。你两个歇去罢。”二旦款款去讫。

绍闻道：“你既极力怂恿，我齐认下。但我今手中无钱，巧媳妇难做没米粥，该怎的摆布？今日一总商量明白，将来好照着章程办理。”盛希侨道：“啥是章程，银子就是章程。‘火大蒸的猪头烂，钱多买的公事办’。老满，咱账房有多少银子？”满相公道：“前日二少爷补过粮银三十两，再没别项。”盛希侨道：“贤弟你且拿去铺排，这余下九十两，我再一次送去。”满相公道：“银子不用说了。屏用哪一架哩？”盛希侨道：“把西厢房放的那一架送了罢，说是成化年间沈石田的山水，我并看不出它的好处。把字儿撕下来卷起，另买缎子写文张在上面。这装满裱褙，贴锦边，买泥金，老满你统去早办。办完了，临时你好再办棚。”满相公道：“这宗除了做文、写金两项，我全揽下。至于约客照席，我是隔省人，也不能办。”盛希侨道：“那是夏逢若的事。他是钻头觅缝要照客的人，爽快就交与他。”绍闻心中有王象荩打过夏逢若的事，怕惹出话来，因推故说：“夏哥有母丧在身，孝服之中，如何办喜事哩？”盛希侨道：“他论什么事，叫他换衣服，不愁他不换。”绍闻道：“他要办理葬事，还托我求大哥帮助些须。”盛希侨道：“哎呀，可笑之极，我还未与他吊过孝哩。宝剑，你去对门上说，叫人请夏爷去。”

恰好夏鼎因王象荩打过，不敢再托绍闻，每日只打听盛希侨回来否。忽一日得了山东回来信息，径来娘娘庙街，口说看望，实希帮助。所以门上方请，恰到门首。一同进来，夏鼎见盛希侨磕下头去，希侨拉住道：“来的妙，来的妙。前日失吊的话，我也爽利不说它。老满，你把方才商量的事，对夏贤弟说说。”满相公遂把送屏庆寿诞、演戏贺弥月的话，述了一遍。夏鼎道：“我再也不敢管他的事，他家盛价厉害。”绍闻怕说出打字，急接口道：“王中不过与你抢白了几句。我彼时就赔过礼。你去后，我又叫至客厅，罚跪打了十竹板子。”盛希侨道：“赔了礼就丢过了，不许找零账。夏贤弟，这约客照席，都是你的。”夏鼎道：“我要殡先母，顾不的。”盛希侨道：“你的殡事且靠后些，办了一宗再办一宗。听说你还叫我帮帮，过了这事，我自有酌度。这老人家归天，真正是喜丧，丧戏一台，是不能少的。”夏鼎道：“可杀了我了，我如何唱的起丧戏。”盛希侨道：“放心，放心，有我哩。咱且商量这一台戏，你那事，改日再定日期。”夏鼎见公子有了担承意思，说：“任凭大哥酌裁。总是我没钱，未免发愁起来。”盛希侨道：“不胡说罢。您三个商量现在的事，我去东院看看这两个孩子吃了饭不曾。老满，你把银子交明，那东西是办事的‘所以然’，离了它，不拘怎的说，俱是干拍嘴。”说罢离座上东院去了。

这三个商量，张类村做屏文，苏霖臣写金。满相公写报单，夏鼎贴报单。报单写的是：

> 次月十五日，恭祝谭府王老太太七旬萱龄，并获麟孙鸿禧。至期亲友与祝者，预恳奉爵以申多寿多男之庆。
>
> 首事盛希侨、夏鼎等同具

当下商量，梗概崖略已具。满相公即将三十两付与绍闻，又将红报单十张付与夏鼎。满相公留饭已毕，二人欲向盛希侨告辞起身，满相公道："公子性儿，闹戏旦子如冉蛇吞象一般，恨不得吃到肚里。何苦搅乱春风，叫他各人自去闹去，我送二位走罢。"二人果然不辞而去。

却说绍闻叫德喜带了三十两回来。俗话说，酒助懦夫怒气，钱添笨汉精神。绍闻生长富厚，平日何尝把三十两在心，只为一向窘迫，捉襟肘见，便东涂西抹不来，所以诸事胆怯。今有银三十两，便觉当下少可挥霍。

到家上的楼来，见了母亲说道："娘，我要与你老人家做屏庆寿，还贺生孙之喜。"王氏道："离我生日还有小半年，怎样这样赶起早来？"绍闻道："他们齐说娘得了孙孙，就趁着做满月，送屏送戏庆庆寿罢。"王氏道："备办不出来，比不得前几年，手头宽绰。如今米面猪羊酒菜都费周章。不如辞了他们好意，你只办两三桌酒，明日请请送礼的女客，还想多请几位久不厮会的，吃个喜面。到满月再请一遍，就算完了局。"绍闻道："这个易的很。我即写帖子，明日叫人送去，后日通请何如？"

绍闻当晚即写了汤饼喜柬，次日差人分送。办了席面物件，唤来庖人厨役。

及第三日，果然女眷纷纷而来。第一起是巴庚女人宋氏，钱可仰女人齐氏，焦丹女人陈氏，巫守敬新妇卜氏，坐了一辆车而来。进了门，与王氏为了礼，便坐巫氏楼下去了。第二起，王舅奶曹氏，王隆吉女人韩氏，储对楼女人云氏到了。第三起，周舅爷新妇吴氏到了。——这原是谭孝移元配周宅，周孝廉去世太早，周氏于归孝移，半载即赋悼亡。庶弟尚幼，所以素少来往。今周无咎已长，娶了新妇，算与绍闻有渭阳之谊，所以前日来送喜盒，今日不得不至。少焉孔缵经夫人祝氏亦至。张类村夫人梁氏说在小南院看相公，午时方才过来。又一会，夏鼎女人换了素服，携同姜氏来了。姜氏到了巫氏楼下，只是偷瞧床上帐幔被枕，细看巫氏面目脚手，此中便有无限难言之隐。少时地藏庵慧照也到了，拿了佛前绣线穿了制钱十二枚，说是长命富贵锁儿，王氏喜之不尽——此三位是绍闻未逢母命私请来的。惠师娘滑氏，坐了一辆牛车，傍午方到。将近坐席时候，梁氏自小南院过来。此时只候着盛宅的堂眷，白不见来。少刻宝剑来说："太太身上不好，改日讨扰罢。"方才肆筵设席，摆陈水陆。

那女眷们看座奉盅，俱可意会。堂楼两桌，左边首座是梁氏滑氏，右边首座是巴氏祝氏，其余挨叙下来，是老樊伺候的。东楼两桌皆幼妇，南边首座吴氏姜氏，北边首座齐氏陈氏，其余挨叙下来，是赵大儿伺候的。且说堂楼交谈，这个说"亲家母恭喜"，那个说"孩子好长身腰"，这个问"乳食够吃不够吃"，那个笑"明日没啥给小相公"。内中也有叙家常、诉苦处的，剌剌不休。唯这东楼上，嬝娜团簇，娉婷辐辏。这个看那个柳眉星眼，那个看这个蓉面桃腮。席面上玉笋露袖，桌子下莲瓣蹩裙酒微沾唇，粉颊早生红晕；馔略下箸，罗带早怯纤腰。真正好看煞人。

日至夕春，各席离座。堂楼上客，鸦阵欲寻暮投之处；东楼下客，蝶队各恋花宿之枝。王氏虚套留住，众客各各辞谢。巴氏爱女，仍旧住下。王妗奶曹氏也住下了。别的出了后门，只听的笑语纷纷，各坐轿乘车而去。唯有姜氏默然无言，跟夏鼎女人上车而回。

此时慧照已成了新生小孩子师傅，起个法名叫做悟果。绍闻作揖致谢。又摆茶食，盘桓至天晚。王氏款留，慧照道："老师傅去世，庵内无人。我有个徒弟，今年十五六岁，独自守门。我回去罢。"王氏送了一盘子素食果品，说："捎回庵里与他师兄吃。"慧照道："我到徒弟满月时再来。"相辞而去。一夕晚景无话。

及到次晨，绍闻想起议定张类村老伯做文、苏霖臣老叔写金的话，正当备席叩恳。写了帖子，放在拜匣。饭后携定双庆，登门送启。述了事期逼近，明日即邀惠临，二公俱应允了。

及至请日，碧草轩搭椅围桌，热炉烹茗，专候二位老父执光降。却说张类村瞒了杜氏，说是宋门街有人请做屏文，早驾了车，直上萧墙街来。到了胡同口，进小南院来看杏花及小相公。先叫厨妪对说道："张爷已在小南院，等苏爷到了，一同进来。"少刻，苏霖臣到轩，绍闻恪恭尽礼。差德喜请张类村。请过两次，只管说去，却不见来。及第三回，方才请到轩上。苏霖臣道："老哥好难请，候的久了。"张类村道："老牛舐犊，情所难禁。"苏霖臣道："老哥闲院极多，移近着些，早晚看看，岂不便宜？"张类村道："若说这个房下，有什么妒忌，真正冤死他。只是拙荆老糊涂，心内没分寸，见小厮亲得太过火，把他形容得无以自存，所以惹起气来。朋友们外明不知内暗的情节，叫我白白的受人笑话。霖老，你说该怎的哩。"苏霖臣道："这个住法，毕竟难以为常。"张类村道："我尝五更鼓自想，我这一生没有一点亏负人的事，怎该老来惹气。天之报我，当不如是。大约前生必有造下的孽，所以这个儿子不早生，偏晚生；不叫那个生，偏叫这个生。象如孝移公老哥，第二个孙子，比小儿只小三四个月，岂不是他为人正直，忠厚之报。"

二人攀谈，不觉日已傍午，绍闻排列肴核果品，举箸献爵，铺毡行礼。二公哪里肯受，拉不住，早已叩了下去。坐定说道："小侄母亲年过望六，戚友置屏相贺，再三推阻，适然小侄又生了一子，众人坚执不依。说齿届古稀，又有含饴弄孙之乐，定于次月十五日演戏称觞。小侄想这屏文，非张老伯不能作。这金字须劳苏二叔写。所以粗具菲酌，叩恳座下，万乞念我父亲旧日交情，无外小侄是幸。”张类村道：“贤侄你央我作文，就失打算了。我一生不会说假话，我原是个八股学问，自幼念了几篇时文，进了学。本经颂圣的题目读了八十篇，场中遭遭不走。那四经不曾读。《通鉴纲目》看了五六本子，前五代、后五代我就弄不明白。如何叫我作古文？前二十年，就不会作，即令作出，必带时文气。如今又老、又惹气，只怕连时文气息也不能够有哩。贤侄为何不央你程大叔？他的古学渊深。只因他性情好古，怕见时文，所以他不曾高发。唯你娄老师家传，经史古文固要淹贯，究之举业功夫毫不间断，此所以桥梓继美。他如今济宁做官，远水不能解近渴，一定该央你程大叔。”绍闻道：“只因小侄一向所为失正，程大叔性儿刚直，小侄不瞒二位老伯说，竟是胆怯近前。所以今日不敢相央。”张类村道：“我替你央。”苏霖臣道：“贤侄未曾央他，不如老兄你作了罢。”张类村道：“你只管写你的金，包管有一通好屏文就是。老朋友还有几个哩，说句话难说他不作。我再把家中老药酒送上一坛，他不作，舍不得我哩酒。”苏霖臣道：“若论写屏，也要费个商量。我的字不堪，如何写的？”张类村道：“我不敢作文是实话，你不敢写屏是假谦。你能写得两家字，一笔王字，一笔赵字，谁不知道？省城各衙门对子，各店‘经元’‘文魁’匾额，哪不是官长请你写的？我只怕你眼花，下笔看不真作难。”苏霖臣道：“若说衙门对子、匾额，那不过是应酬字，肥润光泽就是好的。昨年钦差大人在西街尤宅做公馆，县公请我写对子。大人过去，尤宅请客，就趁这对子。那一日两席客，没人不夸这对子写的好。我身上只是肉麻。论起来，他们夸的是本心，我心里难过是真情。各人自己良心，如何能昧哩。”张类村道：“字学我不在行，人人俱说你的王字好，比你写的赵字还强。”苏霖臣道：“这一发难为死人。赵松雪的字，我虽说不会写，去今不远，我还见过他的帖。若王字，并不曾见过他的帖，何凭空的羲献起来？”张类村道：“我见你案头有王字帖，都写的极好看。”苏霖臣道：“墨刻铺子里，单张八个大钱，裱成的五十文。那就是帖么？老侄，叫我写屏，要难为我出汗。”张类村道：“此处没朱砂，雄黄也为贵。只要写的肥，就壮观。”张类村又向绍闻道：“还有一宗话要商量。这屏文后边落谁的款，好顺着他口气作。”绍闻道：“既是老伯秉笔，就落上老伯款。若程大叔作文，就落上程大叔款也不妨。本是世交，自然言语亲切些。”张类村道：“十二幅围屏，摹本缎子泥金字，后边落上祥符县儒学生员某人顿首拜撰。不但你这个客厅挂不的，万一有人借去用用，或是公馆，或是喜棚，人家看见，还有传虎头鼠尾的奇景哩。”绍闻道：“文昌巷我外父的款何如？”张类村道：“休说什么科副榜用不的，就是什么科举人也用不的，都是些半截子功名，不满人意的前程。总而言之，上头抬头顶格，须写得‘赐进士’三个字，下边年家什么眷弟，才押得稳。这话原有所本：我尝听前辈人说，有一位老先生由孝廉做到太守。晚年林下时，有人送屏障的，要请这位先生的衔，老先生断断不肯。子弟问其故，老先生道：‘我读书一场，未博春官一第，为终身之憾。屏幛上落款，只写得诰授中宪大夫，这赐进士出身五个字白不得写。我何必以我心抱歉之处，为他人借光之端？’此虽是这位老先生谦光，亦可见举人、副榜、选拔、岁荐的功名，只可列与贺之班，不可擅撰文之位。若是秀才，不是每况愈下么？”苏霖臣道：“依我说，有一个人落的款，写上娄潜老，岂不是一事而三善备么？第一件，赐进士出身；第二件，现做济宁刺史，可以写奉直大夫；第三件，与孝移公旧称莫逆，这个款，岂不是有情有绪？”张类村道：“很好，就是他。”

说话中间，珍错杂陈，酒肴互劝，席已终局。二公各承允而去。

到胡同小南院门口，张类村道：“我进去抱出小犬，大家看看。”苏霖臣、谭绍闻门外等着。须臾，厨妪抱出一个丰面明眸的相公，望见二人，就跳着笑。苏霖臣接过来抱了，说道：“真正杜工部诗上所说，徐卿麒麟子也。”张类村道：“陷尿在苏二叔身上。”急令接过去，早已紫苏叶泡上童便半盏，兀自喜笑不祝苏霖臣代为欢喜。

厨妪抱得进去，三人同至胡同口作别。张类村与谭绍闻复回至小南院门口，绍闻回家。张类村依旧进小南院，直待日夕，方才回家。

此回单言类村、霖臣自道文字不堪入大雅之目，乃是虚中集益之道。有诗赞曰：

片长薄技且漫夸，淬砺还需各到家；
海内从来多巨眼，莫叫人笑井中蛙。

第七十八回

锦屏风办理文靖祠　庆贺礼排满萧墙街

日月迅速，光阴驹隙。自幼至老，犹云转瞬之易，由朔逮望，何止弹指之疾。绍闻庆贺之事，计议部署尚未周匝，早已初十日了。这张类村代浼程嵩淑作屏文，已经脱稿。苏霖臣写泥金，正思吮毫。都在封丘门内李文靖公祠内办理。绍闻即将济宁带回缎子，拣了大红颜色，叫针工照屏裁幅，分为十二。苏霖臣界了格式，算了数目，将泥金写成。果尔文拟班马，毫无应酬之气；字摹钟王，并乏肥腻之形。这是单候临期往送的，自不待言。

单说满相公心中有搭棚一事，前五日到谭宅。那杉木长杆、苧麻细绳等粗笨物料一起运到。并带的盛宅照灯、看灯、堂毯、堂帘、搭椅、围桌、古玩、法物，俱是一家不烦二主的。绍闻又将济宁未售之绸绫，取出来绑结彩球。整整的三天工夫，把谭宅打扮的如锦屋绣窝一般。门前一座戏台，布栏杆，锦牌坊，悬挂奇巧幛幔，排列葱翠盆景。这未演戏之日，来看的人，已轰轰閙閙不休了。

本街冯健到姚杏庵铺内，商量出一桩事体来。姚杏庵道："谭宅这宗大喜，我们一街上人，都是沾光的。但戏是堂戏，伺候席面，把街心戏台闪空了。本街老老幼幼以及堂眷，看见这样花彩台子，却没戏看，只听院里锣鼓笙管，未免有些索然减兴。我们何不公送一班戏在台上唱？盛宅昆班专在厅前扮演，岂不是互济其美，各擅其妙？”冯健道：“咱先商量那个班子哩。”姚杏庵道：“绣云班何如？”冯健道：“绣云班如何肯给咱唱哩。那是走各大衙门的，非海参河鲂席不吃。咱萧墙街先管不起一顿饭。况且老爷们一个小赏封，就抵民间一台戏的价钱，那绣云班还会眼里有人么？”姚杏庵道：“正旦、贴旦委的好看。咱商量个众擎易举，合街上多斗几吊钱，趁谭宅这桩喜事，唱三天，咱大家喂喂眼，也是好的。”冯健道：“那两个旦脚儿，都是内书房吃过酒的，那眼内并没有本城绅衿，何况咱这平民。犹之京城戏旦，开口便是王府，眼里哪的还有官哩。咱不过只寻一班俗戏，热闹热闹就是。”二人哈哈大笑起来。

因此又想了民间一个戏班，叫做梆锣卷。戏旦是乡间有名的，叫做鹁鸽蛋。二人来与绍闻商议，绍闻道：“高邻盛情，感谢不尽，但舍下已有了一班，尚恐照顾不到。若两班，实实周章不来。”姚杏庵道：“俺两个在铺内，已酌度明白了。一个班子厅前唱，闪下街心没戏，岂不空了街坊？太太荣寿，俺们情愿尽这一点穷心，只用现成台子，其余一切饭食戏钱，灯油蜡烛，府上只如不知晓一般。”冯健道：“谭相公若不受这戏，我就要写一张状，告相公舍近就远坑杀街坊事。”三人又大笑起来。绍闻至此处，也难更说那不应允的话，只得作揖拜领，二人欢欣而去。

到了十四日午后，忽而戏筒戏箱捞来两车，一班梨园，径到谭宅。宝剑说：“少爷、夏爷、满相公就到。”这绍闻忙叫抬搬东厢房。

不多一时，盛希侨，满相公，夏鼎——换了吉服，一同到了。绍闻迎至客厅。盛希侨道：“本拟明日献戏把盏，与老伯母上寿，我等的急了，所以今日早来。请出伯母行礼。”绍闻道：“本拟明日有客，此时内边诸事多未停妥，通待至明日行礼罢。况且一说就有，也不敢当的要紧。”夏鼎道：“明日迎屏时一同行礼更好。”满相公道：“恭敬不如从命。”盛希侨道：“也罢。就先开戏。”

老副末拿的戏本上来请点戏。盛希侨道：“就唱你新打的庆寿戏，看看你这串客的学问何如。明日好敬客。”

果然上场时，演的《王母阆苑大会》，内中带了四出：麻姑进玉液，月娥舞霓裳，零陵何仙姑献灵芝，长安谢自然奉寿桃。那老旦年纪虽有三十七八岁，绰带风韵。两旦脚二十三四岁，三年前还是老爷赏过银鼠袄子、灰鼠套儿。唯有这山东新来苏旦，未到丁年，正际卯运，真正是蕊宫仙子一般。把一个盛公子喜得腮边笑纹难再展，心窝痒处不能挠。解了腰中瓶口，撒下小银锞儿三四个。绍闻也只得打下去一个大红封。究之这戏子见惯浑闲事，视有若无。贴旦下场，罩上一件青衣，慢慢拾起银锞，擎着红封，不端不正望上磕了一个头。

盛希侨把副末叫上来说：“不错！不错！你缘何就会自己打戏？”副末道：“唱的久了，就会照曲牌子填起腔来。只是平仄还咬不清，怕爷们听出破绽来。”盛希侨道：“不怕，不怕。你们哼唧起来，就是真正好学问人，也懂不清。那些堂戏场上，用手拍膝，替你们打板儿的，俱是假充在行，装那通昆曲的样子。真正是恶心死人！若再说些什么《鹧鸪天》《菩萨蛮》话头，那一发是瞎求话。不过是叫你们看见，心里说：这个爷是行家。那只算丑态百出罢。他要是懂的，我就是一个大粗肥属。”夏鼎道：“盛大哥休要自己听不出，硬说他人不懂的。”盛希侨道：“你不插口罢。我在山东，家母舅是个名进士。请的先生，是山东有名的解元。那一日章丘县公送自己做的一部传奇，我听二公极口夸好，说串来就是一本名戏。却还说内中有几个不认得字样，有许多不知出处的典故。如今看堂戏的，不过几位俗客而已，西瓜大字，认得半车，偏会澈底澄清起来。这个话我断乎不信。昆腔不过是箱只要好，要新，光景雅致些，不肉麻死人就够了。”夏鼎道：“领教，领教。总是唱昆腔的不肉麻人，听昆腔的偏会肉麻起来。”满相公道：“就是这个道理。”盛希侨道：“老满你不说罢。您这做门客的人，才几天不拿扇子敲手心，装那在行的腔儿了。不是我吆喝的紧，你就是天字第一的肉麻尊神。”

不言盛公子说那看戏的丑态恶状，单说日落西山，住了乐。晚饭吃毕，安排夜奏。满相公向绍闻道：“该把办寿桌首事之人请上来，敬个晚酌。”绍闻听其所言，使小厮们分请。少顷肴碟分布，红烛高烧。锣鼓响时，堂毯上一个书僮，跟着相公上来。湘帘内几个厨妪，随定内眷坐下。笑语细响；仿佛耳底，兰麝微馨，依稀鼻端。这做戏的果然做的好看：

风流秀士，潘安卫玠丰姿；袅娜闺娃，西施南威情态。忠孝节义，飘着三绺长髯，真正是冰心铁胆；佞幸权奸，擎着一副花面，果尔犬肺狼肝。冠裳斯会，那揖让拜会间似遵仪注；壁垒相当，这刀枪剑戟内如本韬钤。扮老哩要扮的羸弱龙钟，人人恻悯；耍丑的要耍个佻达科诨，个个轩渠。时当扼穷，便遭些梦不到的坎坷蹭蹬，鬼揶揄，佛不拯救；运向亨通，直凑成想不来的团圆荣耀，主轩昂，奴也峥嵘。

这一本好戏也，直闹的丽谯四鼓，方才灯烬晌歇，酒阑人散。

单表十五日早晨，谭宅安排寿面待客。王象荩到了，绍闻派了碧草轩一宗职事，单管轩上的茶。这三日内专候文雅贵客到轩上退步闲话。绍闻明知市井常人单看前边热闹，必不至轩上来。亦可说知人善任，调遣得宜。

且说萧墙街十字口，蚁聚蜂屯，拥挤不动。少时八个鼓吹过去，跟了八个细乐。街坊戏班扮了八洞神仙。盛宅戏班扮了六个仙女，手中执着玉如意，木灵芝，松枝麈，蟠桃盘，琪花篮，琼浆卣。后边便是十二屏扇。二十四人各竖起来擎着，映着日色，赪光闪灼，金字辉煌。后边二十四张桌子，红氄茜毡铺着。第一对桌子，一张乃是一个大狻猊炉，爇的是都梁、零陵细香，兽口突突袅烟，过去了异香扑鼻；一张是进宝回回头顶大盘子，上边插一对钵碗粗的寿烛，销金仙人。第二对桌子，一张是果品碟十六器；一张是象箸调匙，中间银爵一双。第三对桌子，一张是五凤冠，珍珠排子，七事荷包，一围玉带；一张是霞帔全袭，绣裙全幅。第四对桌子，两张俱是纱罗绸缎绫绢，长卷方折，五色夺目。原是绍闻上济宁未销售的东西，今日借出来做表里色样。第五对桌子，一张是海错十二包封；一张是南品十二包封。第六对桌子，一张是外省品味：金华火腿，大理工鱼，天津毛螃，德安野鸡；一张是豫中土产：黄河鲤鱼，鲁山鹿脯，光州腌鸭，固始板鹅。第七对桌子，是城外园圃中恒物，两桌各两大盘，因祝寿取义，各按本物贴上冰桃、雪藕、交梨、火枣，金字大红签，原是趁苏霖臣写屏时写的。第八对桌子，一张是糖仙八尊，中间一位南极，后边有宝塔五座；一张是油酥、脂酥、提糖、包糖面果十二色。第九对桌子，是寿面十缕，上面各贴篆字寿花一团。第十对桌子，是寿桃蒸食八百颗，桃嘴上俱点红心。以上俱是老太太的。后边四桌，便是小相公的了。第一桌，是进士小唐巾一顶，红色小补服一袭，小缎袜一双，小缎靴一双，小丝绦一围。第二桌，是“长命富贵”珐琅银锁一挂，金项圈一圆，象牙边箍洋扇二柄，沉香扇坠两挂，镀金老虎头一面，莲蓬铃、荔枝铃、甜瓜铃、菱角铃各两串，“五子夺魁”小银娃娃五位，其余咬牙棒、螺蛳金斗等，十样孩事俱全。第三张是在星藜堂书坊借哩《永乐大典》十六套，装潢铺内借的《淳化阁帖》三十册，还有轴子、手卷各四色。第四张，是歙砚一方，湖笔十封，徽墨四匣，莱石笔格一架，蔡玉镇纸两条，紫檀墨床一个，寿山大图书五方，水晶印色盒一副，闽磁砚水池一注，宜兴名公画的方茶壶一把。以上祝寿贺仪，共二十四桌。外有肥羊二腔，角上并拴了红绸三尺；美酒四坛，口上各贴了朱花一团。这后边，便是“堂上称觞，閰左挂弓”的一大片子客跟着。

这条街上看的人，老幼男子，丑好女人，无一不说热闹，好似司马温公还朝，梁颢状元游街。树上儿童往下看，墙头妇女向外瞧，没一个不喜欢，没一个不夸奖。

偏偏姜氏随定本街妇女，也来同看。回到家中，整整气了一天，到次日日上三竿，还睡着不起。这正是：

世间苦乐总难匀，快意伤心不等伦；
休说满街俱喜笑，含酸还有向隅人。

第七十九回

淡如菊仗官取羞　张类村昵私调谑

却说及至次日，盛希侨、王隆吉是昨日订明的陪宾，自是早到。夏鼎原不曾去，是不用说的。钱万里、淡如菊亦至。周家小舅爷继至。这程、苏二公及孔缵经，自向碧草轩来。王象荩看座奉茶，极其殷勤，心中有许多说不尽的话，争乃限于厮役，只得把舌头寄在眼珠上，以目写心。程公有旧日与王象荩说的话，此中自有默照，不用再申。

王象荩只说："张大爷与张少爷俱来到，在小南院哩。"程嵩淑道："你去请去。"王象荩怎肯怠慢。少焉张类村到，程嵩淑笑拱道："适从桃叶渡头至？"张类村也笑道："恰自杏花村里来。"程嵩淑道："老类哥年纪大了，万不可时时的'沾衣欲湿杏花雨'。"张类村又回道："一之为甚，怎敢'重重叠叠上瑶台'。"这满屋笑了一个大哄堂。

苏霖臣道："老类哥，你怎的这个会联句。偏偏请你做屏文，你就谦虚起来，只说是八股学问。"张类村道："我一向原没学问，只因两个房下动了曲直之味，我调剂盐梅，燮理阴阳，平白添了许多大学问。若主司出下《或乞醯焉》题目，我虽老了，定然要中榜首。"程公呵呵大笑道："此题要紧是截下，若犯了'乞邻'两个字，就使不得了。”正笑间张正心已到门前，行了晚辈之礼。诸公只得把老友的诙谐搁起。

少顷，谭绍闻来请看戏，那众人起身前往。到后门，绍闻请从内边过去，近些。苏霖臣道：“怕不便宜。”绍闻道：“家中原有请的内客，已令他们都把门闭了，过去无妨。”

原来所请的堂眷，有另帖再请的，有拿贺礼物件自来的，一个也不少。并东邻芹姐归宁，也请来看戏。

众客到了楼院，各门俱闭。张类村站住道：“该请出尊堂，见个寿礼。”绍闻恭身道：“不敢当老伯们为礼，况且内边也着实不便宜，请看戏罢。”程嵩淑道：“前边戏已开了，家中必忙，不如看戏为妙。”众人到了屏后，德喜掀了堂帘，俱出来到客厅。戏已唱了半出，大家通揖散坐，擎茶看戏上扮演。原来盛公子点的，俱是散出，不过是文则蟒玉璀璨，武则胄铠鲜明；妆女的呈娇献媚，令人销魂；耍丑的掉舌鼓唇，令人捧腹。日色傍午，煞住锣鼓。众客各寻退步，到账房院解手散话。

迟了一个时辰，厮役们列了桌面，排定座椅，摆上肴碟。戏上动了细吹。绍闻敦请尊客到位奉杯，哪个肯受，只得行了简便之礼。遵命让座，彼此各谦逊了半晌，少不得怕晚了戏上关目，团团作了一个告罪的揖，只听得说：“乱坐，乱坐，有僭了。”上设三席，中间一席正放，张类村道：“斜着些好坐。”绍闻上前婉声说道：“怕遮住后边小女娃们看戏。老伯齿德俱尊，何妨端临。”张类村道：“惭愧，惭悔。”于是坐了首座。程嵩淑次座。东边打横是周无咎，西边打横是王隆吉。东边一席，首座是苏霖臣，次座是孔缵经，打横是张正心、夏鼎。西边一席，首座是淡如菊，次座是钱万里，打横是盛希侨，绍闻占了主位。其余众客，俱在两列席坐定。

德喜儿一班厮役，早换去冷酒，注上暖醇。绍闻站起，恭身同让。这戏上早已参罢席，跳了“指日”，各尊客打了红封。全不用那穿客场哩拿着戏本沿席求点，早是盛公子排定的《长生殿》关目上来。

不言众客擎杯看戏，内中单表这淡如菊，心中老大不快活，喟然默念道："我们在各州府县，休说那刺史、令长，就是二千石官儿见了我们，不称先生，不敢开口说话；不让我们坐上席，还怕我们吃不饱。那曾罕见这几个毛秀才儿穷措大来。看他们嘴上苍髯，哪有发达之日；身上布素，曾无绸缎之袍。略说了一个隔省远客，竟不虚让一让，竟都猴在上边了。我若不说起我的身份，叫他们当面错过，还不认得我是谁哩。"这腹中的临帖，早临了一部颜鲁公"争坐位"的稿儿。但话无来由，如何说呢？少时，咽了几杯，问钱万里道："钱师傅，这两日在衙门不曾？"钱万里道："到明日就不是我该班了，昨日尉氏秦师傅已到，明日上班替我。"淡如菊道："汝宁府上来不曾？"钱万里道："他还是春天上了一回省，到如今总没来。昨十五日，号簿上登了他禀帖一叩。"淡如菊道："他那西平县那宗事儿不小呀！"钱万里道："什么事？"淡如菊道："大着哩！西平有一宗大案，乃是强盗伤主事。西平是个青年进士初任官，且日子浅，诸事糊糊涂涂。内中强盗攀了一个良民，西平硬夹成了案。人家不依，告到府里。府太爷前日委敝东会审，我跟的去办。你说好不难为人，一个年轻轻的进士，咱如何肯不作养他？但他这读书的人，多是天昏地暗的，把事弄错，就错到一个不可动转地位。咱心里又舍不得闹掉了他这个官，想人家也是十年寒窗苦读，九载熬油，咱再不肯一笔下去闹坏。好不难为死人。"钱万里道："休怪我说，那西平县是来不哩的人。六月上司来，投手本禀见，还要有话说，到官厅里坐下。那门包规礼，以及内茶房、内上号分子，跟他讨多少气。全不晓得做官的银子是'天鹅肉'，大家要分个肥；就是不吃大块儿，也要撕一条小肉丝儿。全不管俺是他一条大门限。难说本司一个大衙门，是他家堂楼当门么？"

他二人这一个钱师傅，那一个淡师爷，使盛希侨听的厌极了，说道："布政司堂楼当门，我不但常走，还住在堂楼里边，毫末不为出奇。你不认得我，我在娘娘庙街北哩住，我姓盛。大家看戏罢。"这钱万里觉着风头儿不顺，就趁着一阵锣鼓喧天，喇叭铙钹齐响，住了口看起戏来。

少焉席已上来，水陆并陈。汤饭将到之时，恰恰两个旦脚，袅袅娜娜在毯上做戏。那盛希侨目不转睛，眼中赏心中还想着席上喝彩，好令管家放赏。争乃一起腐迂老头儿，全不知凑趣，早已心中不甚满意。忽听淡如菊道："十年离家，全然没见一副好箱，一颗好旦脚。"绍闻道："这是山东接来的。"淡如菊道："这都是敝处打下来的'退头货'。"只这"退头货"三字，盛公子肝花上直攮了一大针，心坎内就轰了一声雷。扭头厉声道："淡师爷淡老先生，眼中看罢，不用口中胡褒贬。像你这个光景，论富，你家里没产业；论贵，你身上没功名。即在贵处看戏，不过隍庙中戏楼角，挤在人空里面，双脚踏地，一面朝天，出来个唱挑的，就是尽好；你也不过眼内发酸，喉中咽唾，羡慕羡慕就罢了。你今日且不要到席上口中说长道短！"绍闻见盛希侨出言鲁莽，急拦一句道："盛大哥是怎的，看戏罢。"盛希侨一声喝住戏子道："退头货，进去罢，休惹人家恶心。这些话，吓马牌子罢，休扫我这傻公子的高兴。"

这淡如菊现听说布政司堂楼当门一句，早晓知是一个大旧家；兼且隍庙戏楼角看戏，也未免竟有些亲历其境意思。况且当场煞戏，大为无光。只是一溜烟，推小解而去。

德喜说姓淡的走了，绍闻急忙出赶。这张类村诸公，都微有失色之意。唯程嵩淑笑道："高极！高极！叫他们还唱罢。"

盛希侨道："程爷吩咐，你们还接住唱。"于是锣鼓重响，两旦脚依旧上场。盛希侨道："方才非是晚生造次，实在姓淡的那话，叫人咽不下去：一个进士官，全在他手心里搁着。既然如此，如何只听说贺进士，没听说人家贺幕宾的？即如这两个旦脚，虽不尽好，也算罢了。只到山东、河南，便是他南方打下来的退头货，好不恼人。”程嵩淑道：“世兄不晓，他就是南方打下来的退头货。他本地方好的，不在家享福，便在外做官。唯其为退头货，所以在山东河南，东奔西跑。”盛公子道：“若是晓得老先生们不嗔，就早已动粗了。”

看官要知，草此一回，非故为雕刻无盐之笔，乃是有一个正论缀在后边。古人云：“文人相轻，自古而然。”莲幕中岂无显于功名、饫于学问之士？但此亦不能恒观。若是短于功名，欠于学问，一遇本官属下但有生员牵入案牍者，这胸中早刻下“草野可笑，律例不通”八个字的印板。既已成竹在胸，何难借笔于手，票拟之下，便不免苏东坡喜笑怒骂之文章矣。总缘“以准皆各其及即若”的学问与“之乎者也耳矣焉哉”的学问，是两不相能的。所以真正有识见的人，断不肯于公署中轻投片纸。若不自重自爱，万一遭了嘲笑的批语，房科粘为铁案，邑里传为笑柄，你也挝不了登闻鼓，雪这宗虐谑奇冤。这是何苦而来？

更有一段话说。大凡世上莫不言官为主、幕为客。其实可套用李谪仙两句云：“夫幕友者，官长之逆旅；官长者，幕友之过客。”本是以利为朋，也难强人从一而终。所以做官人有主意的，诸事各要自持主张，不过律例算盘在他们身上取齐。若说自己虚中善受，朋友们是驾轻就熟，倘有疏虞，只怕他们又同其利而不同其害了。

闲言已完，再叙戏场。绍闻赶不上淡如菊，急忙回来照客。席面草率完局，首座张类村，早有离席之意。众人看见，一起起身。戏子住了锣鼓。这钱万里早向绍闻告别。王隆吉见堂眷一起回向后楼，也不说再见姑娘。孔缵经亦言家无别人。周无咎知后边人多，催小厮叫轿夫抬轿，要并新妇同归。绍闻一总说了些谢不尽厚贶赐光的话，戏子吹着鼓乐，一同送出门去。

张类村道：“正心，你该去后院看车来了不曾。”张正心领了伯父之命，也跟出大街，转向胡同口看车。绍闻送客回来，说：“老伯们俱住下看晚戏，小侄万不肯叫走。”张类村道：“我不能坐，这一会儿腰疼的很。不但看不成戏，且不中伺候。”绍闻道：“任老伯睡坐自便，一定住下；不然看完戏，小侄即送老伯到胡同口小南院住下。”程嵩淑笑道：“老类哥，老侄留你住下，你今晚暂唱一个‘外’何如？”张类村笑道：“休说唱外，就是唱‘末’，如今也成了‘吾未如之何也已矣’。”程嵩淑笑道：“这岂不难为了‘旦复旦兮’？”张类村笑道：“明日一旦填沟壑，其如我竟不敢自外何。”苏霖臣道：“‘旦旦而伐之’，岂不怕人！”张类村道：“并不是旦，直是一个白丑，一个黑丑，就叫老生有几分唱不成。”这一群苍髯老友，说起闺阁谑语，不觉的一座皆粲。

少焉，德喜来说：“张少爷在后门上请张大爷坐车回去哩。张大爷还从后院过去罢。”张类村道：“老侄把果子送我一包，竟是我老来丢丑。”绍闻道：“现成。”程嵩淑道：“直把如君作细君。”张类村道：“卢仝之婢，不如之甚，不如之甚。”笑别而去。绍闻引自后院过去。

男客只有程、苏、盛、夏候看夜戏。这女客也有几位住下的。乃是周家小舅奶，被王氏苦留住不放，周无咎只得仍到前厅看戏。别的是：王隆吉女人韩氏，马九方女人姜氏，地藏庵慧照，巫守敬女人卜氏，巴庚女人宋氏。巫氏母亲，原未去的。男客五位，女客七位，准备看起夜戏。

原来程公因连月雠校书版，有刻上的批语嫌不好，又刊去了，有添上的批语又要补刻起来。一向精神劳苦，正要借戏酒儿疏散疏散，所以同苏霖臣留下夜酌。

唱过四五出，这巫氏与姜氏，在帘内讲起戏来，笑语之声，颇彻帘外。程公嫌自己有碍，便要苏霖臣同走。盛希侨一连闹了几日夜，这精神也就强弩之末。夏鼎见众人欲去，自己念家中无人，老婆一个伴着灵柩，或怕孤零，也要回去。于是一同要走。绍闻款留不住，送出大门，各踏月而去。

戏也住了，巫氏偏不依，叫绍闻再点三出。戏子虽不欲唱，却听街上正唱得热闹，少不得勉强从命，却也没心细做。这巫氏一定叫唱《尼姑》一出，调笑了新亲家慧照。帘内笑成一团，方才阕奏。

这两回书，街上送屏的花团锦簇，厅前演戏的绕梁遏云。若论士庶之家，也就算繁华之甚、快乐之极了。我再说一句冷水浇背的话：这正是灯将灭而放横焰，树已倒而发强芽。只怕盛宅那一宗九十两，只满相公事后，送到一片子账单，便扣除开发的所剩有限了。岂不难哉。

第八十回

讼师婉言劝绍闻　奴仆背主投济宁

却说十八日晨，打发两班梨园子弟吃早饭，各给了赏钱，自运其箱筒而去。这解彩拆棚，检送借来家伙，收拾自己物件，俱是王象荩悉心照验，那德喜一班家人，当未事之先，赶趁热闹，还肯向前张忙；及既事之后，他们竟是兴阑情减，个个推委瞌睡，支吾躲闪起来。绍闻吆喝了几句，几个尽有不服之意。只因素怯王象荩，不过背地唧哝道："伺候了几天几夜，不得安生，还吆喝哩。不胜拉倒杏黄旗，大家散了罢。"德喜道："且耐过这几天，把这宗事打发清白。天也冷了，不能像往年不受屈，各人寻下投向，好散伙。"这些暗中埋怨，王象荩且不能知，何况绍闻。

本日借张类村车，沿门投帖，谢了拜寿的客。到晚王氏叫趁张宅的车，送赵大儿母女回去。包了些吃食东西，针线碎布，又给了赵大儿两件道袍，叫她拆毁，与女儿改做小衣裳穿。王象荩跟回，好缴明南马道的车。

次日，绍闻要下帖酬冯健及姚杏庵送戏的盛情，并满相公、夏鼎办造寿礼的偏劳。又打算着，他人未必不辞，这夏鼎是定然不肯辞席的。且不言单客一席，只恐他说殡埋母亲的缠瘴。因此先投冯、姚、满三个帖子，果然都有辞帖回来，遂把夏鼎的请帖留住不发。此非绍闻今日细密，总因手中窘乏，凡事略知打算。

又过一日，忽而盛宅送个纸条儿，上边写着："照灯、看灯、堂帘、堂毯，祈速发回，午时即用。便中拾纸，不恭乞要。"绍闻遂吩咐德喜，叫双庆、邓祥、蔡湘，往盛宅送这所说急要的东西。德喜叫三人同到前厅，收拾毯帘，合拢纱灯。争乃这几件东西，肘腋下既夹不得，脊梁上又背不得，四人左右打算，难以运转。绍闻只管催督，说："盛爷性子你们是知道的，必是刻下要唱堂戏，你们只管挨迟，他在家下就要跳的。"德喜道："凭他怎的跳，也要生个法子拿得。若有车时，不拘横顺放在车上，就捞的去。又没有车，要用手拿，两挂堂帘大长，这毯子一大堆，况这两夹板灯扇子，八个架子，又怕撞坏了人家哩。你来把这几样收拾妥当，俺们情愿拿去就是。"绍闻道："休要没好气。拿不清，街上再觅两个闲人帮一帮何如？"德喜道："谁敢没好气。"绍闻道："你看你那说话的样儿，叫人受得受不得？是我穷了，你就要缘头上脸的。"德喜把帘子丢下道："你穷是你穷了，与我们何相干？休要嘴打闲人。"绍闻急在心头，怒生胆边，便劈面一耳刮子，说："你这淫妇养的，通了不成！我就打了你该怎的？"这德喜一头顶住绍闻胸膛，说："你打死我！"顶的绍闻退了几步。绍闻道："你两个还不扯开这个东西？"邓祥道："打哟！"绍闻道："您这一起儿，通是反了！"用力将德喜推开。这邓祥两个亦各有愤恨之意。绍闻道："祥符是个有日月地方，我把您这些东西，一起送到官上，怕不打折您下半截来。"德喜道："送就送，一个也不跑。"王氏同巫氏、冰梅俱到厅上，王氏道："一点点儿，养活你们到这样大，一发好了。"蔡湘道："我是雇觅的，我不敢。叫我住，我就住；不叫我住，我就自寻投奔。"

这绍闻也不细听，开了大门，觅了五六个闲汉，将东西搬运盛宅去讫。自己径往冯健家，来寻讼师。

冯健迎进家中。这是绍闻头一次到的，只见一个小屋儿，满壁字画。作了揖，又谢前日厚情。彼此略叙寒温，冯健道：“我看相公满面怒色，有何事情？”绍闻道：“天翻地覆的事，几个小价围住打我，这还了得！”冯健道：“理所必无。消消气儿再说。”绍闻道：“我要写一张‘强奴凌主，乞天惩究事’的状子。但后面情节，我气得写不来。我说一遍，烦即照说的，写个清白。我今日午堂投递。”冯健道：“我有几句贱言相劝，若肯曲从，我自酌度个法子，叫他们磕头。凡事将就些过去罢了。我若是前半年时，央写就写，还怕写的不厉害，拿不翻人。我今已为盛大宅曲全兄弟所感，凡事只是劝人。”绍闻道：“聆教。”冯健道：“我先有一句话，相公休恼。俗话道：邻居眼睛两面镜，街坊心头一杆秤。大相公近来日子薄了，养不哩许些人，不如善善的开发了几个，何必强留他们，生相公的气？”绍闻道：“内中只有一个赌身钱，两个俱是家生的，如何容得他这个刁悍？”冯健道：“不管他是外来鱼，本池鱼，总是一个水浅鱼不住，且休说水浅鱼不住，即是水太清，鱼先不住了。譬如做官的长随，若不是劳金之外，有些别路外快儿，谁还肯跟哩。在主户人家，粜粮米，有他们出仓钱；卖牲口，有他们笼头钱；送节礼，有他们脚步赏封；出远门，有他们盘费余头；那些分打庄稼，收租讨课，以及修盖房屋，都免不了有些扣除、侵渔，这才许打就打、骂就骂的。若不然，他们图啥呢？”绍闻道：“老兄所见不然。这家生子，骨头也是我的，比不得那攒班戏。”冯健道：“这几个是前日伺候客的不是？”绍闻道：“是。”冯健想了一想说：“他们有老婆不曾？”绍闻道：“也心想与他们定亲，一时还不曾顾得到。”冯健道：“却不有来。他们心中一无所系，人大心亦大，自然难以驾驭他。依我说，相公回去自己酌度，他们可留，磕了头留下他，把今日的事，只宜丢开为妙；不愿留的，趁这宗无礼，开发了他，也省的家中养活。俗话说，心去身难留，留下结冤仇。不知我说的是也不是，相公酌度。相公真正忍耐不下，我就破了戒，替相公写上一张状。送了他们。县上老爷岂能容以仆凌主，乱了上下之分？一顿好板子，何难出相公这口气。只是打下来，次后怎的结场？这前日还有人因主仆一宗事，要辨名正分，求我写呈子。原是西门内宋家胡同宋宅，他老爷做过贵州毕节县知县，有一个投的家人叫张采琪。如今张采琪孙子，在朱仙镇开了粮食坊子，有三千家当。自己做了衙道前程，兄弟又住了西司的书办，这就是预备顶当家主的意思。毕节公曾孙宋三相公，如今进了学，时常到朱仙镇借贷，遭数多了，未免有求不遂，就吵起来。想是宋三相公吃了些亏，回来拿了一张宣德年间张采琪投词，要告张家恶仆欺主，央我写状。我一来不干这营生了，二来我看这事难以讨便宜，劝了他多少好话，宋三相公再也不依。也不知寻谁写的，也不知自己写的，告到县上。那张家也递了诬良为仆的状子。一家以宣德投词为证，一家打了墓碑墨刻，以祖考张公讳彩奇字样为证。县老爷明鉴观事，却又忠厚存心，看来宋宅不必要张家做仆人，张家一做仆人，子孙难以抬头。只是装糊涂，想着混混地结案。我听说张宅化了三四百两，不知真也不真。眼见宋三相公把一份地，当了一百八十两，都花了。这是何苦着来？”绍闻道：“这事如今结了不曾？”冯健道：“结了。那张家却又吃了亏。”绍闻道：“怎的呢？”冯健道：“前月二十九日审这宗事，衙门挤满了看的人。县老爷以姓名偶尔同音，不得诬认为仆，断了下来。张家得了上风，好不气壮，未出东角门，便把姓宋的娘长娘短骂起来，说：‘俺平素不过让你些儿罢了，当真的就诬俺家是您管家；你娘倒是俺家管家婆！’看的人都有不忿之意。县老爷听到辱骂，把醒堂木拍了四五拍，即刻叫回来，又跪在案下。老爷怒发上指，骂道：‘好个中杀不中救的奴才！本县不肯断你是家人，是为了宋秀才没有你这一家子仆人，何尝行不得？你家做了宋家仆人。子孙却难以为人。因此自己认了一个糊涂官，无非曲全你的苦心。你这个东西，竟在本县衙内，胆敢骂起主人来。难说本县把正德四年的墓碑，与宣德二年的投词，竟分不出一个前后么？本县自己断案，不用别官翻，本官今日即翻过来：先问你个负义背主、诬祖造名的罪过。详过了，先剥了你这皮，打你个皮开肉绽。仆人不得自积私财，叫你合家去宋宅服役。’这张家把帽子自己取了，头上磕了个大疙瘩，口中只叫天恩。县老爷到底是个慈心的官，再也不肯下大毒手。当面断了，说：‘这张投词，叫你出三百金，交与你主人宋秀才，算作赎身之价，投词当堂销毁。你可情愿么？’那张家回道：‘老爷天恩，情愿！情愿！出去衙门，不拘揭借，即便缴到老爷公案。’县公差快头，押令速办速结。众人好不痛快。还恨宋三相公是个软秀才，只该咬住牙不依，何愁千金？少也不下五七百，免他合家伺候，还便宜了他。”绍闻道：“既是老爷肯如此辨明主仆之分，我岂肯饶这些东西。”冯健道：“盛价也有三二千私产么？何苦的。况且宋相公得了这三百金，回赎自己地土，典家说年限不够，不准回赎。地是死的，银子在手是活的。听说如今花了一百多，只怕年限够了，宋相公又回赎不起。你说吃亏不吃亏？我一向干写状这一宗事，经的事体甚多。总之，人生不告状，不打官司，便是五福外一个六福。虽有刀伤药，不割破的更好。相公要听我说，究之主户人家，开口便说某人是我家家生子，定然是破落头来了。相公何苦呢？”绍闻被冯健这一场话，只说得心里冰消冻解，辞别而回。

到家，主仆这一日也不曾见面。到了次晨，德喜瞧着主人上了堂楼，便一直进去，双膝跪下，磕头。绍闻只说是赔小心告罪，谁知德喜跪着说：“俺如今也伺候不上大叔来，大叔也不要俺伺候，情愿自寻出路，大叔放也不放？”绍闻道：“有什么不放，任你去罢。”德喜道：“还有一说，娄师爷赏我二两银，路上被贼截去。彼时大叔说过一两给二两，如今给我四两银，我好做盘费。”绍闻道：“易事。”于是向东楼下，拆了几封贺礼，称准四两，交与德喜。德喜向王氏道：“与奶奶磕头。”不料双庆也进来，横磕了几个头。王氏道：“你也走呀？”绍闻道：“任他自便，何必问他。”二人又向东楼来，说：“与大婶子磕头。”绍闻道：“不必，不必。”这二人竟是出得后门走了。

原来德喜夜间与双庆商量道：“不是我一定要走，你没看，家主一日穷似一日，将来怕难以熬成人。不如你跟我上济宁娄师爷衙门去，给咱一个事儿办，吃喝的有酒肉，穿戴的有靴帽。将来衙门熟了，再往大衙门去。衙门里有钱弄，俗话说：一日做官，强似为民万载。可见跟一日官，强做管家一辈子哩。”双庆不曾到过衙门，被德喜说动了，说：“明晨磕头，叫走也走，不叫走也走。主人也必不能强留。”现既得了开笼放鹇的话，好不快活。捆了一副褥褡，一个包袱，拿了四银盘费，径自上济宁去了。

德喜是熟路。走到嘉祥县被劫的河边，还指与说当日厉害光景，哪是来踪，哪是去路。走到张家集，又住在卖过鬼店里。德喜要完旧日请客的心愿，少不得也与双庆请了一位堂客。到了次日早晨，被卖过鬼以及秀才主人翁，说吃了江瑶碟子，喝了人参茶，四川郫筒酒三十壶，讹诈了一个苦哩田地。算了三两五钱五分，方才歇手。两人又喜又悔。

到了济宁，进了衙门。门上转斗的，是认得熟的，回明老爷，传进去。磕了头，娄潜斋笑道：“这个像是双庆，长的竟成大汉仗了。”问起到济宁之故，德喜道：“蒙大老爷天恩，打发小的少主人回去。小的一路小心，平安无事。及到了家，却因小的少主人近日光景亏乏得紧，说小的们人多，养活不过来；打发去别处，又不放心，叫小的两个来伺候大老爷。小的原是幼年伺候过，大老爷也素知道，只求大老爷恩典。”娄潜斋道：“拿你少主人书来。”德喜无可回答。只说来时忙迫，相公一时顾不得写书。娄潜斋已了然于心，晓知是背主投署，希求收用的缘故，说道：“你们且歇去。”

及到次日饭后，潜斋一声传叫。手中拿了一封书，桌上放了三两银，吩咐道：“你两个把这封书，下与你家相公。这是三两盘费，回去罢。”又叫门上交与一千钱。德喜还欲回话，潜斋已出门拜客，打点闪门而去。

这二人怎的肯走。门上说："老爷已知你两个是背主逃脱，这是为你两个旧年服侍过，所以开脱你两个回去。您又路熟，料无妨碍。书中写的明白，您家家主还肯收你。若不肯回去，老爷明日就要递解你两个哩。"这德喜方才晓得做官哩明鉴万里，难以再停。又说叩头面谢，门上已有不悦之色。只得带了行李，出了宅门。两个面面相觑，无可设法。

及至出衙不久，把三两盘费吃尽，回不了祥符。双庆流落到莘城戏班，学了个迭衣裳的。后来唱到省城，方才改业。

这德喜儿后来吊死在冠县野坟树上。乡保递了报状，官府相验，衣襟内还缝着一封书。冠县行文到济宁查照，济宁应复回文，潜斋甚为不怡，向娄朴道："我不料这个奴才，竟未回去，把他命也送了。"心中好过意不去。

第八十一回

夏鼎划策鬻坟树　王氏抱悔哭墓碑

却说绍闻集债如猬，大账既然压头，这衣服饮食，款待宾客，应酬礼节，如何能顿的割削？一时手困，还要仗旧体面东拉西捞。面借券揭，必要到借而不应、揭而不与地位，方才歇手；又定要到借者来讨、揭者来索的时候，徒尔搔首；又定要到讨者破面，索者矢口的光景，不觉焚心。此时先自己搜寻家当以杜羞辱，但其间也有个次序：先要典卖旧玩，如瓶、炉、鼎、壶、玉杯、柴瓷、瑶琴之类。凡先世之珍重者，送质库而不能取赎，寻买主而不敢昂其价值。其次，便及于屏障、册页、手卷、名人字画等物。凡先人之百计得来珍收遗后者，托人代寻买主。久之，买主卒不可得，而代恳之人，亦置之高阁而不顾；即令急为代售，亦不过借览传观，竟至于散佚失序，莫知其乡，而受托者，亦不复记忆矣。再次，便及于妇人首饰了。举凡前代盛时，姻家之陪奁，本家之妆盒，金银钗钏环镯，不论嵌珠镶玉的头面，转至名阀世阅，嫌其旧而散碎，送至土富村饶，赫其异而无所位置，只得付之炉中倾销，落得几包块玉瑟珠，究之换米易粟而不能也。再次，则打算到衣服上。先人的万民衣，流落在梨园箱内，真成了“民具尔瞻”的光彩。先人之蟒袍绣衣，俗所说“贫嫌富不爱”者，不过如老杜所云，“颠倒吴、凤”之需而已。至于平日所着之裘袍敝衣，内人之锦袄绣裙，不过在义昌典内，通兴当中，占了“日”“月”“盈”“昃”四个号；估衣铺里，卖与赵、钱、孙、李这几家。要之，鸡鱼降而为蔬，此即米珠薪桂之渐也；绸帛降而为布，那肘见踵决之状，也就不远了。

这绍闻不守庭训，滥人匪场，既不能君子上达矣，此中岂有个中立之界乎？这小人下达景况，自是要循序渐进的。到贫困时候，何尝不寻王春宇，这一点甥舅之情，自然也有几次帮补。争乃一碗水儿生意，怎能活涸辙之鱼？既非贤宅相，渭阳公也就没法了。

又一日债主填门，不得已来寻盛希侨。这公子赋性慷慨，原不是秦越肥瘠，不肯引手一救之人。开口便道：“急死人了！急死人了！俗话说：一文钱急死英雄汉。我近日与舍弟析居，万不胜前几年。贤弟既在急中，家母舅前日在湖广任内，寄来三百两银子，我已花了二百五十两，还有五十两，我拿出来，咱两弟兄分用了。你暂济燃眉，我再生法子。贤弟呀，我们门户子弟，穷是穷了，千万不可丢了这个人。爽快你把这五十两齐拿去，再有急需，贤弟再来咱商量。贤弟你回去罢，咱顾不得说闲话。我送你走。”即将五十两，付与绍闻带回。

这绍闻回至门首，恰恰夏鼎在后门口等着说话。绍闻是惊弓之鸟，吓了一跳。即邀夏鼎穿宅而过。这乃是绍闻一个计策，怕夏鼎知晓这五十两银子，穿宅之时顺便放在卧房，只催送茶。到了前账房里，看夏鼎说些什么。

二人坐下，夏鼎开口便说；“恭喜！恭喜！”绍闻道：“有什么喜？”夏鼎道：“你只说你身上有多少债呀，贤弟。”绍闻道：“约摸有几千两，星碎的也不曾算。只现在屠行、面房、米店里，天天来聒吵，好不急人。”夏鼎道：“屠行便罢了，你如何把账欠到米面铺里？”绍闻道：“田地典卖的少了。向来好过时，全不算到米面上，如今没了地，才知米面是地上出的。傻死我了，说什么？”夏鼎道：“现有一宗好消息，我对你说：咱祥符县奉文修衙门。本县在布政司衙门库中，领了好几千银子。出票子叫衙役在人家坟上号树，窑上号砖瓦，田地上号麻绳、号牛车。催木匠、泥水匠、土工小作，也出的有票子。哪个衙役不发横财哩。”绍闻道：“他们发财，与咱们何干哩？”夏鼎道：“哎呀！他们发财，贤弟就要吃亏哩。”绍闻道：“吃什么亏？”夏鼎道：“老伯坟上有百十棵大杨树，若是衙役号了，把树杀倒，还要木主寻车送县。贤弟你身上没有功名，顶挡不住；即令你有功名，这省会地方，衙役们把绅衿当成个什么！他们掏出他那催讨河工木料的面孔，贤弟除搭了树，还得几两银子赔累。”绍闻道：“这修理衙门，你不说在布政司库中领有帑项，难说不发与百姓物料钱、车价、工价么？”夏鼎道：“你还想价么？这修理衙署，也是上司大老爷，照看属员的法子。异日开销清册，砖瓦木料石灰价，泥木匠工价，桐油皮胶钱，小宗儿分注各行，合总儿共费了几千几百几十两，几钱几分几厘几毫几尘几沙，上司大老爷再检核一番，去了些须浮冒，归根儿是丝毫不亏百姓；究其实俱是苦百姓的。贤弟你如何知道儿，是这个做法？像这样做，才算是能员哩；这才克扣下钱，好奉上司，才能升转哩。”绍闻是经过官司的人，本来怯官，又怕把盛希侨给的银子，再赔垫了官项，急向夏鼎道：“这该怎的处？”夏鼎道：“天下难处之事，古今必有善处之人。如今才有修衙门信儿，你的亲戚巴庚住工房，得了消息，对我闲说起，还不曾出票子。你与盛大哥曾揭关帝庙银子，你就说以坟树作抵，多浮算上三五百两，众人众社都是行善的，放着人情可做何故不做？若这宗庙社银子不清，将来人多口杂，敲锣喊街，不怕你们少了分文。这宗事，我本可以除三十两银做说合钱，我情愿一丝不染，都归于贤弟。总之，贤弟穷了，我再不肯打算你，这是良心实话。贤弟休错主意。”原来夏鼎年纪渐大了，向来弄绍闻钱，自己也没济半点事，觉得把人坑了，把自己也坑起来，这一点良心，也有些难过处。因此在绍闻面前献一点好心，设了这条善策。

绍闻果然依允。争乃君子不斩丘木，到了不肖子孙，连祖宗坟头翎毛，都薅而拔之矣，哀哉！

嗣后木工如何坟上发锯，土工如何在坟上挖坑，灵宝公贤令宰也，为贤者讳，不忍详述了。

却说绍闻得了杨树木价，盛公子家业原厚，一同抵销负欠，把一宗神社大债还讫。

谭绍闻累年拜扫坟墓，出了省城西门，便望见坟上一大片杨树，蔽日干霄，好不威风。今日又到清明，绍闻雇了束身小轿四乘，王氏、巫氏。冰梅、樊爨妇各坐一乘；又借一匹马，套上自己一辆车，绍闻与兴官坐上；又借张类村车一辆，供献食品装了两架盒子，酒壶行灶，一同载了一车，径上坟来。王氏到了坟边，只见几通墓碑笏立，把一个森森阴阴的大坟院，弄得光鞑剌的，好不伤心。绍闻率领兴官挂招魂纸。爨妇、小厮摆设供献毕，也俱向低低小荆棘树上乱挂纸条。王氏不似旧年在祖坟上磕头，直向孝移墓前，突然一声哭道："咳！我那皇天呀！我当日不听你的话，果然今日弄成这个光景，我后悔只我知道呀！咳！我那皇天呀！你只管你合了眼你自在去了，我该怎的呀！"仰天俯地地大哭不已。不过是这几句，翻来复去。

哭犹未了，只见王象荩手提一个竹篮儿，盛了一只煮鸡，一块熟肉，背上一根麻绳拴了一壶酒，到了主人坟上。把鸡、肉供在石桌上，跪的远远哩，把一壶酒，颠倒口儿向下一倾，骨嘟嘟流在地面，磕下头去。满眼含泪，口中却没一个字。站起来，向王氏面前磕了个头，又向绍闻也磕了头，说道："未得知上坟日子，约摸明日清明，上坟必是今日。小的也来趁着烧一张纸。"绍闻也没的说，只得道："你还萦心，好，好。"王氏便叫道："王中，你看一坟树，哪里去了！"王象荩道："不必再说。只把祭的东西收拾回城，打发轿夫吃饭。早些回去罢。"王氏道："你说的是。"

果然小厮、厨妪撤了各碑前供献，依旧装在盒内，还放在来的车上。各轿夫抬过轿来，各坐各轿。绍闻同兴官上车，叫王象荩道：“你坐在车头里。”王象荩依命，坐在押辕地位。一路无话。到了家中，犒饭给赏，也不在话下。

这王氏到家中吩咐道：“天晚了，王中不必回去，他母女两个，也没甚的怕。明日与你商量一宗话。”

正是：

士穷见义节，板荡识忠臣；
中孚能感格，端属至诚人。

第八十二回

王象荩主仆谊重　巫翠姐夫妇情乖

却说次日正是清明佳节，家家插柳。王氏坐在堂楼，绍闻请安已毕，王氏便叫王象荩来楼上说话。这王象荩怎肯怠慢，急上堂楼，站在门边。王氏道："前话一句儿休提。只是当下哩过不得。王中，你是个正经老诚人，打算事体是最细的。如今咱家是该怎么的办法呢？你一家三口儿，都回来罢。"王象荩道："论咱家的日子，是过得跌倒了，原难翻身。但小的时常独自想来，咱家是有根柢人家，灵宝爷是个清正廉明官，如今灵宝百姓，还年年在祠堂里唱戏烧香。难说灵宝爷把一县人待的辈辈念佛，自己的子孙后代，就该到苦死的地位么？灵宝爷以后累代的爷们，俱是以孝传家的，到如今这街上老年人，还说谭家是一辈传一辈的孝道。我大爷在世，走一步审一步脚印儿，一丝儿邪事没有，至死像一个守学规的学生。别人不知道，奶奶是知道的，小人是知道的。大相公听着，如今日子，原是自己跌倒，不算迟也算迟了；若立一个不磨的志气，哪个坑坎跌倒由哪个坑坎爬起，算迟了也算不迟。"王氏道："王中，你这话我信。你大爷在世，休说白日做事，就是夜间做个梦儿，发句呓语，也没有一点歪星儿。或有哭醒之时，我问他是怎的了。你大爷说，是梦见老太爷、老太太说话。或有狠的一声醒了时节，我问他，你大爷笑道，方才梦见某人有遭厄的事，‘我急得生法救他，把我急醒了。’真是你大爷是好人。争乃大相公不遵他的教训，也吃亏我见儿子太亲。谁知是惯坏坑了他。连我今日也坑了。王中你只管设法子，说长就长，说短就短，随你怎的说我都依，不怕大相公不依。”这正是：

无药可医后悔病，急而求之莫相推。

却说王氏，一向知识介半精细半糊涂之间，怎的前十年，恁的个护短，如今忽然闪出点亮儿来？原来妇人性情，全跟着娘家为依归。二十年闺阁，养成拘墟笃时之见，牢不可破，坚不可摧。若嫁与同等人家，这婆子家兑上半斤，娘家配上八两，便不分低昂。若嫁与名门盛第，样样都看为怪事，如何不扭拗起来。这王氏若不是近日受了难过，如何能知王象荩是个好人。这也是俗话说的好，“饿出来的见识，穷出来的聪明”。况且王春宇是个伶俐生意人，一向与姐姐说话，总是推崇谭孝移，不曾奉承自己姊妹。所以今日王氏，才微有个悔而知转的意思。倘若王春宇是个倚亲靠故的人，就不能做这宗小小发财的生意。到那门户支持不住时，这富厚姊丈，就有些千不是万不是了；这自己姐姐，就女中丈夫，闺阁须眉起来。联成一气打成一块，这谭绍闻家私，王隆吉早领作本钱，并不待王紫泥、张绳祖摆弄，即夏鼎有寻缝觅璺的手段，早已疏不间亲矣。

闲中旁论，暂且搁过。王氏要叫王象荩、赵大儿母女仍旧进来。王象荩道：“小的还该在那边住。”王氏道：“我今日已知道你是好人，叫你当家，为甚的你不进来？”王象荩道：“小的进来，那菜园子就荒了，鞋铺子生意，也没人照看。”王氏道：“你那意儿，怕这两宗我有撤回之意？”王象荩道：“小人从来没有把这当成是赏小人的。如今我若把这宗带进宅来，这一碗水，也泼不下放荒之火。我存留一点儿，后来自有用处。回想我大爷临死时，说我没他虑事深远。今日看来，我大爷原是为我王中的意思。今奶奶没我虑事深远，我王中又何尝是为我自己。”这王象荩口中说着，眼中早已流下泪来。

从来至诚可以感人，这王氏也不肯再强了。只说：“吃了饭，你回去。闲了就来，何如？”王象荩道：“少闲就来，住下商量办事。小的如何肯不来的。”王氏道：“你叫她娘儿两个来住住，我心里也想她们。”王象荩道：“原说过几日来送韭菜莴苣来，既奶奶想她们，明日早晨就到。”王氏道：“你吃了饭回去，把上坟花糕捎一篮子与闺女吃。”王象荩道：“是。”及王象荩饭后走时，王氏又把来的酒壶，灌了一壶醋。王象荩手提一篮花糕，酒壶中陈醋，又喜又悲。贤哉王中，真不愧“象荩”两字也！

却说王象荩与主母说话，绍闻为甚的一声也不言语？总因自己做了孱毛子孙，一心只怕母亲与王象荩提起坟树两个字，所以一辞不敢轻发。这巫氏在东楼听的明白。绍闻到自己住楼，巫氏道：“你又不是赵氏孤儿，为甚的叫王中在楼上唱了一出子《程婴保孤》？”绍闻道：“偏你看戏多！”巫氏道：“看的戏多，有甚短处？”绍闻道：“像您这些小户人家，专一信口开河。”巫氏道：“你家是大家子，若晓得‘断机教子’，你也到不了这个地位。”绍闻笑道：“你不胡说罢。”巫氏道：“我胡说的？我何尝胡说？”绍闻有了恼意，厉声道：“小家妮子，少体没面，专在庙里看戏，学的满嘴胡柴。”这巫氏粉面通红道：“俺家没体面，你家有体面，为甚的坟里树一棵也没了，只落了几通‘李陵碑’？”

谚云：“打人休打脸，骂人休揭短。”这一句坟树，恰中绍闻之所忌，伸手向巫氏脸上指了一指头。这巫氏把头一摆，发都散了，大哭大闹。绍闻心有别故，怒从羞起，恶向胆生，脚踢拳殴，打将起来。王氏急忙吆喝道：“小福儿，你要打下祸么？”这绍闻一声喊道：“我是不要命了！”王氏急劝道：“您小两口子，从来不各气，为甚的这一遭儿，就如仇人一般？”

看官有所不知：大凡人之喜怒，莫不各守分寸。如事有三分可恼，就恼到三分，旁人视之，亦不为怪。若可恼只应三分，却恼到十分不可解，这其中就有别故，对人难以明言之处。绍闻与巫氏虽非佳偶，却是少年夫妇，你贪我爱之时，况且素无嫌隙，为甚的有了“我不要命”这等狠话？这个缘故，一笔写明，便恍然了。巫氏原生于小户，所以甘做填房者，不过热恋谭宅是个旧家，且是富户。如今穷了，巫氏一向也就有“苏秦妻不下机”的影子。这绍闻今卖坟树，是他午夜心中不安的事，对人本说不出，自问又欺心不得，如热锅中蚂蚁，是极难过的。所以小两口子一言不合，就如杀人冤仇一般，这个既不认少体没面四个字，那个就不要命。这是人情所必至，却为旁观所不解。自此谭巫夫妇反目难以重好。

巫氏嚷道：“你就办我个老女归宗。”绍闻怒道：“我就休了你。咱两个谁改口，就不算人养的！我如今叫一顶轿子，你就起身，再不用上我家来。”巫氏道：“不来你家帮体面，省的死了埋大光地里。”绍闻道：“我家光地，还不埋你哩。”火上浇油，即去街上雇了一顶轿子，说：“轿来了，咱们各人散罢。”

巫氏果然挽了头发，罩了首帕，即便起身。轿夫道：“这样惹气的事，俺们也不敢抬的。”却是王氏说：“到娘家住几天消消气，我在家里擘画这一个。你们只管抬罢。”巫氏果然含怒而去。

却说巫氏每日看戏，也曾见戏上夫唱妇随，为甚的这样激烈？这也有个缘故。从来傲虽凶德，必有所恃。翠姐未出闺之时，本有百数十金积蓄。迨出嫁后，母亲巴氏代为营运，放债收息，目今已有二百余两。所以巫氏在谭宅，饮食渐渐清减，衣服也少添补，不如回家照料自己银钱，将来发个大财，也是有的。所可虑者，闺女在娘家积私财，银钱少时，这兄弟子侄们说是某姐姐几姑姑的，替他出放长利钱；但积聚渐多之后，将来兄弟子侄，必有“我家怎得替别人做生意，你家银钱是何年何月何日，同谁立约交与我的”等话，姊妹翻脸，姑侄角口，此势之所必至。从来《女训》上，不曾列此一条，就是“生旦丑末”上，也没做过一宗完本。巫氏何由知后来落空？只凭着当下一点忿气，便把“三从”中间一从抹煞。这后悔也不必为之先述的。

第八十三回

王主母慈心怜仆女　程父执侃言谕后生

却说巫氏本性自居聪明，又仗着己有私积，娘家小饶，与丈夫话不投机，吵闹起来。从来厮嚷无好口，把话都说得太狠了，难以收场，一怒上轿，小厮背了悟果跟着，径回娘家而去。将来姑娘的私积，入了娘家的公费；巴氏在日，还有母氏之情，巴氏去世，必有兄妹之变。家家如此，处处皆然。这一回不必详述，再几回也不用找明。

只说王氏在堂楼坐着，猛想起孔慧娘那个亡媳，到底是书香人家贤媛，举动安详，言语婉转，就如画在面前一般。又想孔慧娘活着，她委曲在丈夫面前劝解，也未必就由福儿弄到这个田地。忽而一阵心酸，不觉眼流恸泪，叹道："我那好孝顺媳妇呀！"忍不住了，便放声哭将起来。绍闻发了急，劝解道："娘休如此，咱好家好院，为甚的大哭起来，不叫邻居街坊笑话么？"王氏喝道："你小两口子，孝顺哩我心中喜欢极了，由得我不哭？"一发大哭起来。绍闻无奈急忙跪下道："我原不成人，怪不得娘心里难过。娘只要开一点天恩，把我打一顿，就打死了，也不亏我。娘只休哭，留下我改志成人的一条路儿。"王氏方住了哭声，绍闻却呜呜咽咽地哭将起来。

正哭时，只见赵大儿引了女儿，拿一篮子嫩肥韭菜，另夹了一个小包袱儿，上了楼来，放下与王氏磕头道："奶奶好！"又叫女儿道："与老太太磕头，老太太想你哩。"女儿磕下头去。又叫女儿与少爷磕头，女儿也向绍闻磕了头。

这女儿已长成了一个半女半媳的身材，脸儿好看，脚也缠的小了，头发梳的光光哩，爬角上绑了一撮菜子花儿，站在门边，睁着两只黑白分明的眼，望着贴的画儿观看。王氏不觉回嗔作喜道："您娘儿两个坐下。"老樊也顾不得厨下烧火，跑上堂楼，与赵大儿两个拜了一拜。赵大儿也叫女儿道了万福。老樊指着篮儿说："这是你拿的韭菜？我拿厨下择去。"赵大儿道："不用择，昨日割下来，已择净了。"老樊拿起哈哈笑地去了。王氏喜之不胜。

这不是他忽悲忽喜，总缘赵大儿在菜园住的久了，茹真啜朴，根心自能生色，今日见了主母，这善气迎人的光景，登时把一个诟谇场儿，换成了大欢喜世界。可见家居间少不了"太和元气"四个字。

大儿到厨下，老樊打发吃饭，这也不用细述。

却说兴官见了这个女娃儿，原自吃乳时便是一对儿玩耍，今日又要在院里寻旧窑窝，做那滚核桃的营生。这女娃儿面上含羞，只贴在奶奶跟前，再也不动。王氏问布包的是什么东西，这女儿取出鞋扇，学的针线，叫奶奶看。王氏接来一瞧，针脚细密周正，俱是黑缎子做的。王氏问道："这俱是你爹穿的么？"女儿道："不是。这是鞋铺子哩，我爹揽上来，我妈擘画我叫扎小针脚。做成了，拿回鞋铺里，匠人才上厚底。扎一对工价，够称半斤盐吃。"

王氏见女娃儿心底明白，口齿伶俐，并且面庞淑秀，举止安详，心中叹道："巫家媳妇，如何能及；若是孔家媳妇在时，将来可以笼养成一个好闺女。"即吩咐冰梅道："你开箱子，寻些针头线脑，碎缎块儿，小绸幅儿，葛巾凉扇，与这女儿。"冰梅得了一声，即引人自己卧房，与了些散碎东西。又手拿一面镜子，问王氏道："把这镜子与了她罢？”王氏道：“正好，我却没想起来。女娃大了，梳头洗脸没个镜子，梳的不正，洗的不净，自己怎么得知道呢。”王氏又与剪子一把，裁尺一条，这些物件，都是“德、言、容、工”上东西，就如王象荩给绍闻买砚水池，不买鬼脸儿一样意思。

却说王氏一向糊涂，怎的忽然明透？原来妇人性情，富厚足以养其愚，一经挫折，因悔知悟，竟能说书籍笔墨是传家宝贝；见了农器耕具，知道是吃饭家伙；织机纺车，知道是雪中不寒，夜间不冷的来路。不然者，大富之户，直看得戏箱是壮门面彩头；小康之家，就看得赌具是解闷的要紧东西。

这段话，原是要紧当申，且作闲言撇过。单言赵大儿同老樊厨下吃了早饭，上了楼来。只见女儿伺候奶奶早膳，奶奶已与女儿头上扎了红头绳了，拔去菜花换了两朵软翠，心中好生喜欢。王氏道：“你两口子还回来罢。邓祥蔡湘们几个，近年陆续走了。您原是咱家老本的人。这个女娃儿，就叫随我睡。”大儿道：“极好。奶奶只要向俺家男人说一句，就是了。”王氏道：“昨日已向您家王中说过。他今日在南园做什么？”大儿道：“他昨晚半夜总没睡，点着灯，在屋里走来走去。忽然摇摇头说：‘这是断不能行的。’又迟了一时，摆摆手说：‘这个是人家再不肯依的。’不知他想些什么。我瞌睡了，也不知他什么时候睡哩。今早我要做饭，他催我娘儿两个来送韭菜。我说：‘你不吃饭？’他说：‘还有昨夜剩饭，烧一把火就热了，我还有紧事要办哩。’不知他今日要办什么紧事。”

言未已，王象荩已到楼门，说道：“少时有客来。不用备午饭，奶奶只摆出十一二个碟儿，好待茶。”即叫赵大儿速向厨下烹茶。王氏道：“哪的有果子哩。是前几年时，自己做的油酥四五样子，桔饼、糖仙枝、圆梨饼十来样子。这几年就断截了。况且也没茶叶。”王象荩道：“既然没有，奶奶取钱，小的速去买来。”王氏道：“如今当一票子，花一票子，哪的有钱。”王象荩道：“小的赊去。”王氏道：“近日赊不出来。”王象荩道：“小人还赊得来。至于茶叶，小的有卖菜钱，取它一篓中等哩罢。”

王象荩去不多时，拿了一篓茶叶、十来包果子。递与赵大儿作速钉碟子，说程爷、孔爷、张爷、苏爷、娄少爷就到。赵大儿问道：“奶奶，碟子在哪柜里？”王氏道：“哪里还有碟子哩。”赵大儿道：“一百多碟子，各色各样，如何没了？”王氏道：“人家该败时，都打烂了。还有几件子，也没一定放处。”赵大儿各处寻找，有了二三十个，许多少边没沿的。就中拣了十二个略完全的，洗刷一遍，拭抹干净。却是饶瓷杂建瓷，汝窑搅均窑，青黄碧绿，大小不一的十样锦，凑成一桌围盏儿。王氏看着，长叹了一口气。

却说赵大儿不敢怠慢，急将买的果子，一色一碟钉成。老樊烧茶，才放了蟹眼，响了蚓鸣，只听王象荩说：“程爷们来了，少爷迎客。”

原来王象荩早起自己烧火，热了两碗剩饭吃讫，锁了门户，一路飞走了几家。说是我家相公，要请爷们商量一宗话儿。这王象荩此时的体面，恰在孔、程、张、苏、娄诸公面前用得着，都承许下饭后早到。果然在孔耘轩家取齐，一路儿说笑着而来。

到了谭宅，王象荩至东楼门，请绍闻陪客。绍闻急上厅迎接，逐一见礼。众人俱让张类村坐了首座。

张类村道：“今日世兄见招，有何见谕？”绍闻原不知所以，未及应答，程嵩淑接道：“类老，是问你要房价哩。”张类村道：“契明价足，待少有余时，即当奉帮。”程嵩淑呵呵大笑道：“是问你要筑墙的工钱。”张类村道：“方才我从贱婢那院过来，见墙垣如故，不曾见有匠人垒的模样？”孔耘轩、苏霖臣笑个不住。程嵩淑道：“墙垣原未垒，是个思患防闲的意思。如今二月已尽，只恐‘春色满园关不住，一枝红杏出墙来。’”

娄朴见一般父执满口打趣，心内想此亦前辈老来轻易难逢之一会。默坐无聊。便同绍闻到账房去。

苏霖臣笑道："'天上碧桃和露种，日边红杏倚云栽。'"张类村道："年皆花周上下矣，口过！口过！"程嵩淑道："你只管'杏林春燕'，不问'芳洲杜若'是谁之过欤？"

这列位老先生说趣话儿诙谐，后边赵大儿、老樊擎着碟儿，在屏后打响儿，王象荩一碟儿一碟儿放在桌面以上。又提得茶来，泡上六盖碗。绍闻同娄朴，也从账房内回到大厅，一同坐下。绍闻也不便开言，一来自己理短，二来这番举动，绍闻尚未深知就里。

王象荩将茗碗散开，众客呷了几口，便问王象荩道："你今日知会我们到此，说有要紧话商量，是什么话呢？"王象荩道："我家相公，近来日子退了。要账哩来到，面皮娇嫩，言语支撑不住，将来是如何结局？众位爷们当日与我家原是至交，诸凡事体互为商量，小的伺候几十年，是亲眼见的。如今我家该怎的方好，爷们想出法来，小的与大相公好跟着照样办去。"众人却擎着杯，难以开口。程嵩淑道："老兄们看不见王象荩满面急气，比少主人更觉难堪。今日请我们一起老道长，无非陈曲做酒——老汉当家之意。孝移兄去世，他的家事，我们不能辞其责。若不替他出个主意，也就负好友于地下，并无以对忠仆于当前。"张类村在首座，说了一句道："我帮不起。如不然者，我叫正心再送二十两算房价，断断不写在文约上。"程嵩淑便道："老哥近日一发糊涂的到家了。富者赠人以财，仁者赠人以言。若说是帮，咱四五个尽着力量，凑上一百两，这燎原之火，也不是杯水可灭的。只怕一家大急，牵连的几家俱小急起来。只除了娄厚存还不恁的急，是宦囊，不是修金。只恐也不济事。"娄朴躬身道："小侄送一百两来。"程嵩淑道："少，送二百两来。但当送于完债之日，不可送之在先。"

娄朴道："小侄遵命。"苏霖臣道："我也打算帮几两送来。"

程嵩淑道："就不叫你帮，也就不许你说帮。帮之一字，乃是官场中一个送风气使钱的陋习。我们穷措大，袖中一个小纸包儿，也说一个帮字，岂不令人羞死。我也不是拉着三位，与我这没钱的做伙计。况且绍闻是自己跳到井里。就是失足落水，我们也犯不着其从之也。”孔耘轩道：“依老哥说该怎的？”

程嵩淑道：“你们系翁婿，不便多言。今日不是贤坦得意的事体，做泰山的，只可恭默而已。”绍闻是正急的人，见程嵩淑话头，的确有个主见，看王象荩时，又不便再为开言，只得躬身道：“小侄一向原干的不成事体，惹老伯们挂心。今日奉邀过来，恳乞指一条路儿好走。”程嵩淑道：“贤侄，前话儿不用提起，只说当下的话。这‘欠债还钱’四个字，休说是俗下谚语，那是‘孔圣人为鲁司寇时，定下的律条。所以论今日之富，数产以对；论今日之贫，数债以对。身上有了大债时节，那产便要‘逝将去汝，这也别无妙法，只有割爱忍痛，是好药方儿。但弃产之时，也要有个去此存彼的斟酌；某一宗是上关祖宗，下系儿孙的，虽有重价不可轻弃；且拣那不起利息、无关食用的卖了还债。至于还债之时，只要一个去恶务尽，若是斩草不除根，依旧还发芽。这是后日还债之时的诀窍，还说不着。今日讲弃产，只靠定王象荩去办。管家卖地，原是宦族恒规。但人家仆人，求田问舍以及卖业弃产，俱是作弊的。你家这个王象荩，我们是出得甘结写得保状的，断断无一毫欺瞒。若你出头卖产，人家便以破落公子相待，那些产行地牙子，就有百法儿刁蹬你。况且这些买主，专以手中之蓄积，操他人之缓急，那就难了。既卖之后，即请账主还债，第一个少不得王隆吉，他认得银色高低，算盘也明白。第二个少不了盛公子，他主户大，肯出利钱，客商们不肯得罪他。况且性情亢爽，客商们若是刁难，说那些半厘不让的话，盛公子必吆喝他，他们怕公子性动粗。总之以撤约勾历为主，此之谓结局之道也。类老，耘老，苏哥，娄侄，咱的话完了，咱走罢。”一面说，一面动身去讫。

绍闻跟送，这老先生们辞回。张类村自上小南院不提。

王象荩又尾众而行，程嵩淑道：“我说的话，改不得，也添不得，你回去急办就是。”

王象荩回到堂楼禀话。王氏道：“我在屏后听的明白，程爷句句是可行的话，咱就照着这样行。吃过午饭，你回南园，叫他娘儿两个，再住一两天回去。”王象荩点头道：“是。”午饭已毕，手提篮子而回。

第八十四回

谭绍闻筹偿生息债　盛希侨威慑滚算商

却说王象荩承主母之命，遵依程公条例，东央西浼，托产行寻售主，碧草轩是卖与开酒馆的，要立死契；前半截院子、账房及临街市房，是典与商家，要立活契。过了三月有余，才有成说，方有定局。

到了成交之月，王隆吉早到了。那受业的，挟赢余之势，其态骄而吝，少不如其所说，便说散伙。弃产的抱艰苦之衷，其气忍而吞，少欲惬其所愿，又恐开交。唯有产行经纪，帮闲说合之人，只是锦上添花，无非坑里挖泥。仁人君子不忍注目，若再曲写形状，只恐阅者难忍，须得从了省文，不过谭绍闻得银二千三百余两而已。

及到次日，绍闻具“十五日杯水候”全帖，请这一切债主。无非是王经千之辈。并夹了“恭候早先，恕不再速”的单帖。家中叫厨子办珍错，料理杯盘桌椅及围裙坐垫之类。这其中便有借的，并有赁的，不似当年“取诸宫中，便已美备”的光景了。

先期三日，王象荩照程公之言，怂恿少主人央盛公子十五日陪客。绍闻只得带了新雇小厮名叫保柱，一径上盛宅来。

进了大门，到了客厅。天气大热，只见盛公子在厅上葛巾藤鞋，一个家僮一旁打扇，手拿了本书儿看。这绍闻见所未见，说：“大哥读书哩？”盛希侨一见绍闻，靸鞋而迎，便问道：“贤弟，你是哪里人？”绍闻道：“此问太奇，我是祥符人。”盛希侨道：“你坐下，咱不为礼。我问你原籍哩。”绍闻道：“江南镇江府丹徒县。”盛希侨大笑道：“恭喜，恭喜。也不知是你令兄令弟，升了湖广荆州府知府。”绍闻道：“这话从何而来？”盛希侨即将手中红皮书，递与绍闻，说：“看这罢。”绍闻接书在手，只见红皮黄签，印的是《爵秩全册》。一个方签儿，上面印的“京都西河沿洪家老铺，高头便览，按季登对无讹。赐顾者须认本铺勿误。”四行二十八字。绍闻尚未开言，盛希侨道：“你只掀湖广荆州府，看知府是谁。”绍闻掀开看湖广荆州府，只见“知府谭绍衣”下边横了“德庵”二小字。“江南丹徒人”，又一行小字“嘉靖 × 年 × 月 × 日升”。便道：“这是家兄，他是宜宾派。我这一门是鸿胪派。”盛希侨道：“这是山东家表兄，从京里来，到常德府上任，打我这里过，送了几件小东西，并这《爵秩全册》。我因先祖未做藩司时，在正德十四五年间，做过荆州太守，所以开卷便看荆州府。猛然看见，就像贤弟名字一般，细看比贤弟少了几道儿，却是个衣字。我猜是贤弟本家。但知贤弟原籍江南，却忘了是丹徒不是丹徒。贤弟恰恰到了，这个吉兆就好。我所以说咱这有根柢门第的子孙，穷是穷，人不可丢。贤弟你这品格，总不至于下了路。你服我不服？”绍闻道：“将来下不了路，我现今有点上不得市儿。为欠客商二千多银子，逼得要紧。如今典卖了两处院子，凑了二千多，这十五日备席，请他们来还账。月数也多了，利息也重了，我心里想着求他们让百几十两。央大哥到十五日陪他们一陪，帮我几句话儿，显个人情。不知大哥此日得闲不得闲？”盛希侨道：“我那日却没半个钱事。但只是我不去，我见不得他们那个光景。你说叫他们显个人情，这个客商们没天理，哪有人情？即有人情，我们也不承他们的。我今年三月里，也是欠他们几两银子，为一向礼节往来，杯酒交好，也备了一席参鱼席儿。不过算完了账，交割清白，晌午吃一杯儿，原不萌心叫他们让。谁知我没起来，两三个极早到了。我洗了脸，急忙出来陪他。他们吃了茶，我说：‘今日奉屈舍下，把前日那个欠项清白清白。’他们个个说：‘有限银子，丢着罢，谁叫大爷挂心里。’说着说着，这个袖中掏出账本子，那个袋中取出文约。我叫老满取算盘，依他们算将起来。全不料共算了一千八九百两。我并没开口，他们还说，某宗让了半个破月，某宗去了三两二钱七分零头。我叫取出银子来，解开包封，放在桌面。只见他们脸上都变成白色。我原说一向相与，少称几两，大家好看些。谁知他们拨起成色来。我原不认得银子，他们说，这一锭子只九四，那一个锞儿只九一二。内中有家母添出来几个元宝，他们硬说元宝没起心，只九二。我心里恼了，说：‘你们就照这银子成色算，想是不足色，也不敢奉屈。’他们还说：‘原是敝东写书来，要起一标足色的。若不是敝东书子上写的确，咱们这一号至交，自然将就些儿。’我心里烦了，说：‘当年藩库解得国帑，今日起不得你们财东的标。也罢么，只抬过天平，随你们敲就是了。”他们敲了一阵子，还说差二两不足平。我腰中又摸出二两多一个锞儿，丢在盘子里，他们却说使不清。我说：‘你拿得走罢。我饿了，我回去吃饭去。’其实围裙桌儿，果碟儿，杯箸已摆就了。我回后院去，也不知他们怎走了。那有饭给他们吃！贤弟，你说十五日请的，不过是此辈东西，我不去自寻厌恶。你各人打发他，只要归根儿去净，省得牵肠挂肚。”

话刚说完，只听宝剑说：“夏大叔到了。”夏鼎进得厅来，坐下说：“好热天！这房子大，院里又有凉棚，凉快的很。”宝剑送梅汤过来，夏鼎笑道：“好娃娃，长的刁了，每日‘夏爷’，今日‘夏大叔，起来了。真正品级台前分贵贱，免了我一辈儿。”盛希侨道：“贤弟，你小了一辈儿？假如你今日拔了贡中了举，做个官，登时就‘老爷’了；这品级在身份上取齐，大小是争不得的。你遭遭是口尖舌快的，惹小厮们轻薄你。”

夏鼎指桌上爵秩本儿道："我看看先君的缺，如今是哪个做着的。那个缺就是好缺，官虽小，每年有'一撇头'。"绍闻道："什么是'一撇头'？"夏鼎道："这是官场老爷们时兴吊坎话，一千是'一撇头'。像这里大老爷，那时做布政使，每年讲一两'方'哩。"盛希侨笑道："你真真该掌嘴。"夏鼎道："我吃亏是长了一个嘴，若不长嘴时，何至于天天愁着没东西往里边放。"三人哈哈大笑。宝剑怕笑出声来，溜出客厅外边去。

夏鼎道："你两个说什么？我也听听。"绍闻道："没说什么。"夏鼎道："'盛爷''谭爷'两个长的有东西放的嘴，难说只管进不管出？两个对坐，就没哼唧一声儿？我'夏大叔'是不信的。"盛希侨道："谭贤弟原哼唧一声说，他欠人家两吊银，十五日请客还账，设的有席，请我去陪，叫我添上一两句话，叫人家让一百或五十两。"夏鼎道："保管大哥到了，让二百两，只有多些，再少不下来。"绍闻道："就是一百两也不少。"夏鼎道："大哥若到，少了二百两，还不肯依他。"盛希侨道："凭您怎么说，我的确不去讨厌。"夏鼎道："他们再不敢厌大哥。"盛希侨道："是我厌气他们，作揖拱手有个样样儿，张口吐舌有个腔儿；若是他们厌气我，我也不喜欢人总而言之，不去而已。"夏鼎道："谭贤弟若果有'两撇头'账，咱两个打个赌，大哥到了，只还一千七八百两就结局；若是大哥不到，足数两千两。"又复向绍闻道："足数两千两么。"绍闻道："昨日王经千与家表兄算我的欠债，通共连本带息，是两千一十几两。"夏鼎道："这是几年起头？"绍闻道："有七八年的，也有三四年的，也有昨年的，也还有几次利息还过的。要是清白扫地出门，总得两千两。"夏鼎道："息上加息，是滚算盘剥违禁取利的罪名。听说京城放官利债，三个月一算，专门剥取做官的银子。若是犯了，朝廷治罪。"盛希侨道："你是听风冒猜的。昨日家表兄去常德府上任，到这里住了半天一夜。黄昏吃夜酒，说起这一宗官利债，三个月一滚算，做官的都是求之不得，还要央人拉纤的。犯了原要过刑部治罪，其实犯的少，拉的多。”绍闻道：“为甚的一定要拉的。”盛希侨道：“你如今选官，也要拉。若不拉，怎治得行头？讨得美妾？无非到任以后，侵帑克民，好填这个坑；若填不满时，少不得顶个亏空小罪名，叫姓刁的说项而已。这是家表兄说的京中光景。”夏鼎道：“这些八寸三分帽子话，谭贤弟也用不着，不用说他。只当下十五日的‘两撇头’，大哥若是到了，旁边一坐，就有虎豹在山之势。”盛希侨道：“俗话说：傻公子，好奉承。贤弟一发好了，竟奉承起傻公子来。”夏鼎道：“大哥也不傻，我也不奉承。”盛希侨道：“为甚的说我是虎豹在山？客商怕我做什么？我不吃奉承酒。”夏鼎道：“他们怕，且怕之极。为甚的怕呢？大哥若是守这肥产厚业，一点也不妄动，他们就不怕了。你为你，我为我，井水流不到河里边，总不揭账，他们怕大哥做甚的？大哥若失了肥业厚产，与我一样儿光打光，揭账揭不出来，他们怕大哥做什么？正是今日这个光景，揭账动则千金上下，他们几家积凑，才写上一张揭约。又不赖账，说讨就还，是省城第一家好主户。若得罪了，满城并没有第二名的。不怕财神爷，这是和尚不敬如来佛，哪个还来送布施？我是奉承呀，是实话呢。”盛希侨笑道：“有些，有些，是着哩。”绍闻道：“既是如此，大哥十五日走走罢？”盛希侨笑道：“也罢，十五日我就去虎豹虎豹。但只是我不赴你的席，事完我就要走的。更有一说，夏贤弟也得去。”夏鼎道：“我是不请也要去的。”盛希侨笑道：“我去虎豹，贤弟也去豺狼一回，好趁场儿。”夏鼎道：“我只算一只豺，狼是谭贤弟占了。人人都说他是个憨头狼。’”大家轰然一笑。

盛希侨留二人午饭，吃过水面，饭后而去。绍闻又再三叮咛，盛希侨道：“再不爽约就是。”

及到十五日，夏鼎先到。盛希侨策马而来。两个弄了一付骨牌还元宝债。这债主陆续继至，各为了礼。一边开账簿，拨算子。

到那争月份时节，恰好这边夏鼎喊道：“这叫‘踏梯望月’！”

到那利上加利时节，盛希侨道：“这个‘恨点不到头’差一点子竟算不上去。”

到众人齐不依时节，盛希侨道：“这竟是‘铁索练孤舟’了，再给一付‘顺水鱼儿’罢。”

到那小伙计多说话时，一个老客长，却一声儿也不言语。夏鼎道：“这一付该怎的？”盛希侨大声喝道：“‘公领孙’，‘公领孙’全不许‘小不同’！”

到那打算盘时，夏鼎道：“七不成，八不就。”盛希侨道：“不成不就，给你一付‘揉碎梅花’。”

及到那比较成色时，盛希侨道：“好一付‘临老入花丛’，满眼都是春色。”

少顷，敲起天平来，夏鼎道：“真正这个合了‘油瓶盖’。”

到了撤约时，盛希侨道：“火烧‘槅子眼’。”

称的完了，各包各项，盛希侨道：“妙哉！真正一个‘大快’。把元宝还完了，岂不快哉？”于是也住了牌。

那众客商把银装到褡子里，要告辞起身，绍闻拦门留道：“席已熟了多时，哪有不吃便饭傍午回去之理？”那老客商道：“今日望日，关帝庙午刻上梁，社首王三爷言明，有一家字号不到，罚神戏三天。争扰谭爷一杯酒，误了上梁烧纸马，要唱三天戏哩。”绍闻道：“三天戏俱是敬得起的。”盛希侨道：“贤弟大差，神圣大事，如何可误？只得送列位赴庙献神。”众人向盛、夏二人拱一拱道：“有罪少陪。”盛希侨道：“失送。”

绍闻送出大门，回到厅上。盛希侨道：“爽快！爽快！”夏鼎道：“如何？是一千八不是呢？省了二百两，我猜着不曾。”盛希侨道：“作速摆你的席来，我首座，你弟兄两个打横，也不管谁是虎，谁是狼，吃上个桃园结义。”

王象荩在旁，觉欠债还完，心中把一块石头去了；这盛公子之豪迈，逢若之机巧，也有点瑕中摘瑜之情。急与保柱下菜斟酒，打发席儿散了，到晚自引赵大儿与女儿去讫。

第八十五回

巫翠姐忤言冲姑　王象荩侃论劝主

却说绍闻还债已毕，到次日合家吃饭以后，睡的还不曾醒。好不自在煞人也。将已牌时分，揉着眼站在楼门说：“拿洗脸水来。”老樊送得盥盆壶水洗了脸。冰梅整饭，无非是不曾下箸的鸡鸭，糯米蒸糕，大嚼了一个含哺鼓腹。俗语云，心里空了降得饭，想向来欠债未偿之时，那个寝食不安，不待智者而知矣。

吃完了饭，正在院内啜茗漱口，只见巫家一个小厮，名叫宝盆儿，到面前说：“俺奶奶叫请谭奶奶到东街，悟果小相公病哩不睁眼，叫急忙瞧瞧去。”王氏忙问道：“是怎的了？”即叫保柱儿叫轿子。这兴官儿也要瞧瞧小兄弟去。王氏道：“再叫乘轿子同去。”兴官道：“我跟着走罢。”王氏允了。坐了一乘轿，跟的是保柱同兴官，上东街来。

到巫家门首，也没有人照应。进得院去，巴氏起来让坐，王氏向巴氏一拜，说：“亲家母好呀！”巴氏道：“也没啥好，坐下罢。”王氏看巴氏光景，全无亲热之意，即叫道：“翠姐哩，孩子是什么病？我瞧瞧。”巴氏道：“孩子是想奶奶的病。”

巫氏在厢房出来，见了婆婆也不万福，也并无慌张之意，说：“怎么来了？”王氏道：“坐了一顶二人轿子来。”厨妪奉上茶来，王氏只得接在手中呷了半盏。兴官与巴氏、巫氏作下揖去，俱都不甚瞅睬，王氏心中大有不肯依之意。争乃巫家聚了一班妇女，既有众寡之势，兼有主客之形，不便怎的发作，只道："您两口子各气，我叫回来消消气儿。再住一半月，接你回去，或是这边送去。我做婆婆的不曾错待了你，为甚的奚落起我来。"巫氏道："您家不要我了，说明白送我个老女归宗，不过只争一张休书。"王氏道："傻孩子，谁家小两口子没有个言差语错，你就这般气性，公然不要女婿，说这绝情的话。"转向巴氏道："亲家母擘画她一两句何如？"巴氏道："我生女儿不用擘画。"王氏道："我家孙孙哩。"巫氏道："他小舅背的看唱去。回来时，叫他同兴官跟你回去。"王氏道："我如今就要走哩。"巴氏道："没有人请的你来！"王氏气急了，说："没见过这一家子不晓天地人家！"

只见巴庚在院中嚷道："何用与他家这老婆子说。明日见了端福儿这狗攮的，我要剥他的皮哩。"王氏见不是话，一怒起身。兴官只是哭。出得门坐上轿，一孙一仆，大不如意而归。

看官阅此一回，定然以为世所必无。不知这也有个缘故，一为申释，便即恍然。从来"三纲五常"圣人有一定章程，王者有一定的制度，自然是国无异政。只因民间有万不通情达理者，遂尔家有殊俗。即如男女居室，有言"夫妻"者，有言"夫妇"者。妻者齐也，与夫敌体也。妇者伏也，伏于夫也。

男家取妻，父纳采，婿亲迎，六礼俱备，以承宗祧，故男先于女。曰"奠雁"，曰"御轮"，是齐字一边事。女家遣嫁，定申送门之戒，仍是寝地之心，是伏字一边事。所以天气下降，地气上行而为泰。到了民间小户人家，艳夫家产业之丰饶，涎女家妆奁之美备，这其间攀援歆羡，蔓瓜缠葛，就不能免了。夫妇之际，本然看得是乌合之侣，一旦有变，如何不生螽起之像？况且小户人家，看得自己女儿总是好的，这又是家家如此，户户皆然的性情。女儿蠢愚，说是女儿厚道，"俺家这个女儿，是噙着冰凌，一点水儿吐不出来。女婿想着欺降，叫族间几个小舅子，抬起来打这东西！”女儿生得略有才智，便硬说“俺这姐儿，是合户中第一个有道理有本领的姑娘”。婿家小康，也不管翁姑之勤俭，夫婿之谨饬，俱是女儿到了他家，百方调停，才渐渐火焰生光起来；婿家堕落，便说女儿百般着急，吃亏权不己操，到如今跟着他家受难过。或自己女儿丑陋，硬看成是黄承彦以女妻诸葛。又其甚者，女儿或赋《黄鹄》，又不妨李易安之负赵明诚矣。此民间女家性情之大较也。

这巫家正是看翠姐姿性聪明，更添上戏台上纲鉴史学，是出众的贤媛。这翠姐与丈夫生气回来，又没人送，脸上羞，心内恼，向母亲兄弟们诉了肤受之恚，这巴氏肚内，是万万没有“不行焉”三个字。因此待亲家母面上冷落，话中带刺。看官就晓得这半回书，是势所必至，理所固然的了。

却说王氏坐轿而回，气得一个发昏章第十一。下轿从后门到院内，上得堂楼，坐个低座，手拿扇子，画着砌砖，忽的一声哭道：“我那姓孔的儿呀！想死我了。我今夜还梦见你，想是我那孝顺媳妇，你来瞧我来了？我再也不能见你了，我的儿呀！”这冰梅手捧一杯茶，送上楼来。听的奶奶哭的言语，说：“奶奶吃茶。”王氏哪里答应。冰梅放下茶，把头抵住门扇不言，泪满衫襟，鼻涕早流在地下一大摊，咽喉逗着，直如雄鸡叫晓，只伸脖子却无声。兴官倒在王氏怀中，也是乱哭，却说道：“奶奶不哭罢，奶奶不哭罢。”

这是巫翠姐今日没道理，就弄得合家大小齐哭乱号起来。巴氏还喜今日总算为女儿少出了一口气儿。

却说家中如此大变，绍闻上哪里去了？原来绍闻打发母亲上丈母家，料得午后方回，心中是改邪归正的人，再不敢乱行一步，错会一人，径上南园访贤。

恰好王象荩雇了短工在井上绞辘轳灌菜，只见少主人来了，真如天上降下一般。原来王象荩移在南园，绍闻总不曾来过一次。今忽而到了，急唤女儿改畦，自上屋里搬出一张小桌，赵大儿拿出一个低座儿，放在井沿一棵核桃树下。赵大儿把煮的现成的茶捧来，放在桌上。女儿出来改畦，向绍闻笑道："大爷今日闲了么？俺奶奶好呀！"真如一朵小芙蓉，天然不雕饰。兼且举止从容，言语婉昵。绍闻不觉心里又亲爱、又敬重，答道："你走了，你奶奶想你哩。"王象荩道："叫她娘们略闲些就去送菜去。当下天又热，这菜一天没水，就改个样儿。"

绍闻看这菜园时，但只见：

庚伏初届，未月正中。蝉吟繁树之间，蚁斗仄径之上。垂繘而汲，放一桶更提一桶；盈科而进，满一畦再递一畦。驼背老妪，半文钱，得葱韭，更指黄瓜两条；重髫小厮，一瓢饮，啖香杏，还羡蜜桃一个。小土地庙前，只有一只睡犬；大核桃树下，曾无半个飞蝇。

不觉暗叹道："旧高楼大厦，反不能有此清幽。"

少顷，只见赵大儿在屋门叫道："先打发浇水的吃饭。大叔的饭也有了。"浇水短工，听说一声，便住了辘轳。女儿也放下改畦锄，到井池边洗了手，自向屋内帮母亲去。王象荩拿出短工的饭，放在另一株柳树下。短工吃完，将所用碗箸向桶洗净，自觅一株树荫，展开布衫，枕了一个竹枕，呼呼地睡去。

王象荩把小桌抹净，捧出饭来，三回放完。绍闻一看，乃是一盘韭菜，一盘莴苣，一盘黄瓜，一盘煎的鸡蛋，中间放了一大碗煮熟的鸡蛋，两个小菜碟儿，两个小盐醋碟儿，一盘蒸食。品数虽甚家常，却精洁朴素，满桌都是敬气。王象荩道："家中没酒，我去打一壶来。"绍闻道："我不吃酒，且误了说话。你且坐下。"王象荩坐在一个草墩上，看绍闻吃。

赵大儿叫女儿送得茶来，又浇了自己栽的凤仙花儿，回屋而去。

这绍闻觉得满心洋然，都是太和之气，因说：“我这番来，是为咱家还完债还余下六百两银子，该怎的处置，你说。”王象荩道：“我夜间已打算明白，本要进城说去，不料大相公今日来了。这六百两银子，第一件要制付寿木，奶奶年纪大了，虽说精神康健，我们不可不偷偷预备。万一有个山高水低，这父母身上大事，是万万承不得人情，万万落不得后悔。第二件，是要个书房，叫兴官相公念书。或是把张大爷房子赎回，或另置一处。现在后门边吴小二有个房院，他要迁移大街，只三十两便卖。他走的紧，我们打扫裱糊，三天便可读的书。大相公如今立志伺上，也该有个藏身地方。到明年约上两三个学生，与兴官相公做伴儿，大相公就是先生。大相公读书，可约娄少爷、张少爷，再寻一两位不拘童生、秀才会课。孔爷如今回来了，就央这老人家看课，好应考试。兴官相公也该考了。大相公当日考时，比兴官相公年纪、身材，还小的多哩。况且咱家把书房卖了，那是不用提起哩。前院典当出去，垒了后墙。大相公改邪归正，那些不三不四人，自然是不敢来了。但咱家是有常客的人家，万一程爷、张爷、苏爷、孔爷、娄少爷们，有话与少爷说，没个坐的地方也不成看相。张爷住的房子，赎了原好，只是那迁移不定日子，咱如何催他的。”绍闻道：“这两件你说的很是，咱就这样办。第三件呢？”王象荩道：“下余五百银子，急把南乡的地，赎回两家佃户。大相公你想，俗话说：千行万行，庄稼是头一行。一家子人家，要紧的是吃穿。吃是天天要吃哩。‘一家吃穿，等着做官’，这官是望梅止渴的。况且一家之中，做官的人少，不做官的人多；做官的时候少，不做官的时候多。况且做官的饭，又是难吃的。所以孔爷到浙江，说什么有了倭贼扰乱地方，不上一年就回来了。回时若不是有两三顷地，吃什么哩？若说是做生意，这四五百两银子，不够作本钱。况生意是活钱，发财不发财，是万万不敢定的。唯有留下几亩土，打些庄稼，锅里煮的是庄稼籽儿，锅底烧的是庄稼秆儿，养活牲口是庄稼中间出的草料。万物皆从土里生，用的银钱也是庄稼粜的。才好自己有了勤俭之心。若是银子在家里放着，人心似水，水涨船高的，有一个钱便有两个钱高兴，大相公是花费惯了的手段，万一花费了这个钱，是聚者易散，散者难聚。到那时候后悔起来，干急没法儿。乡里人常说两句俗话，'宁当有日筹无日，莫待无时思有时'。人肚内有了这两句话，便不怕了。大相公是过来人，近年日子不好，思想旧年好过的时节，真正如登天之难，再没有半个梯子磴儿。大相公再想。"绍闻点头道："是，是。明日你回去，咱就这个办法。我走罢。"

说罢，就要起身，赵大儿道："再凉快一会儿。"绍闻道："走罢。"女儿想着问候奶奶，羞涩不好开口，只是眼看着绍闻起身而去。 正是：

老奴少主即君臣，父女夫妻各尽伦；
慢作寻常蔬圃看，分明一幅太和春。

第八十六回

谭绍衣寓书发鄞县　盛希侨快论阻荆州

且说谭绍闻回家，见了母亲，说了往王象荩菜园，商量买房子，教子读书，赎地的话。王氏久梦初醒之人，极口赞成，道："王中调理事体，有来有去，委实你爹在世用人不错。先难得这个始终如一。你往后只依他而行。不像别的人，咱日子落倒了些，个个都东奔西逃。你只看你家媳妇子，咱日子好时，我像她的婆子；日子歪了些须，便把我不当人待。我这些日子饮食渐少，大不胜从前。若是孔家在日，你也不至如此，我也不得到这个光景。如今想起你爹爹对我说的话，竟是句句应着。我当日竟不懂得，只看得我心里想的，再没错处。到今后悔，只在我心里。我记得你爹爹临死时，说你了八个字：'用心读书，亲近正人。'你如今三十多岁了，照着你爹爹话儿行罢。"

绍闻回复母亲话时，原把寿木一事隐讳不言。及听得母亲饮食渐少的话，不觉身上打了一个寒噤。及说至父亲临终所嘱，又觉良心乱跳，说："咳，娘呀，我今改志了。娘只放心，多吃些饭儿罢。"王氏道："我慢慢吃，我肯挨饿么。你去睡罢。"绍闻遵命自上东楼，又与冰梅说了半夜。

到了次日，王象荩早到了。这主仆二人，一连办了十日，把南关商量的话，都办妥了。找寻产行，买了吴小二院子房屋。棺木暗地办就，只瞒王氏一人。南乡赎了三家佃户的地亩。觅泥水匠修补了新买房院，觅裱褙匠核糊了屋子四壁。王象荩与保柱抬桌子，搬凳儿。兴官抱书，高声咿哦。绍闻摊书，朱笔圈点。俨然旧家风规，贤裔功课。

忽一日清晨，绍闻引着兴官上学，猛见夏鼎在胡同里来，高声叫道："谭贤弟，有一句要紧话说。"绍闻看真是夏鼎，吓了一跳，站住脚道："说什么哩？"夏鼎在怀中取出一封书，揉损了角，略有字迹可认。上有"平安家书"四个大字，旁边小字两行，依稀仿佛是："敬烦藻淳夏老爷行囊带至河南省城萧墙街家叔谭公表字孝移处投递。幸无沉搁，铭荷无既。眷弟谭绍衣百拜耑恳。"背面写着："嘉靖 × 年 × 月 × 日鄞县封寄"。

绍闻道："这是丹徒家兄寄的，怎的到了你手？有烦转致，到书房吃茶申谢。"夏鼎道："天色已黑，有人到门首说，我是他老爷同姓，街上打探，咱两个着实相厚，交与我代投。我细问，他是南边口语，唧唧嘹嘹的，我再也不懂的，看他是急于回店光景。"绍闻道："可曾问他是谁家店？"夏鼎道："不曾问，他已走开了。今日只把书送与你。我还忙着哩，要上王紫泥家说话。"绍闻要让进书房，夏鼎道："那不是小学生读书声音么？我一生有个毛病，但听见书声，耳朵内就如蛤蟆叫唤一般，聒的脑子也会痛起来。不如我去老王那边去。"说着，已扭项而去。

绍闻正欲丢开，听其自便。遂向书房叫回兴官，手拿家书，到了堂楼。拆开一看，内边写道：

宜宾派愚侄绍衣顿首叩禀，鸿胪派叔大人膝下万安。敬启者，侄自与叔大人欢会，迄今二十余年矣。只以云树遥隔，山门相阻，未得再亲慈诲，企慕之怀，日久愈深。往者侄以侥幸联捷，曾由都门寄奉乡会朱卷四本，到今未获札诲。想囹水陆数千里，而鱼雁沉搁也。侄谒选，得授鄞县邑令。虽自顾学疏才浅，而黾勉自矢，唯期无负我先人之遗规。奈倭寇肆凶，侄日日奔驰于海滨江干，外捍御而内安辑，未知何日可得救宁也。侄前以优叙，得邀引见，蒙授荆州府知府。正以路近豫省，得以登堂拜瞻，而浙抚以宁波军需行伍银两未楚，咨部以赴浙报销事竣，即沿江驰赴新任为请。部议允行，遂反宁波。适以幕友夏藻渟赴豫应聘，忙中烛草一禀。恪候金安。并请婶母大人万福，及贤弟合宅清吉。

再禀者，屡科河南乡试录，屡读生疑。并及。

绍闻看了一遍，也学他父亲开了神橱，拈香磕头，望神主朗诵一遍。兴官也跟着磕头。

绍闻起来，又与母亲念了一遍。只管念只管讲，讲到绍衣不知族叔之死，触动着痛处，不觉掉下泪来，也就讲不上来了。王氏也垂泪道：“你父亲死已多年，为甚的江南来书，还问你父亲？”绍闻道：“当日我爹爹去世，原该往江南讣书报丧，只是我彼时太小，不知道什么。丹徒大哥，如何得知呢？人原有活八九十的。这书上还提到旧年寄的朱卷，并不知江河窎远并不曾到。”王氏道：“你绍衣哥如今在哪里？”绍闻道：“绍衣哥中了进士，做了官，如今升湖广荆州府知府。因原任钱粮未曾算明，回浙江算明白了上任。大约绍衣哥今日是在荆州府的。这书上还问我中了举不曾，可惜我一向胡为，还不曾进学哩。咳！自错了，埋怨那个哩。”王氏道：“你小时认字读书，你爹说这个孩子将来是个小进士。我一想你爹爹话儿，如今有一句应一句，为什么这中进士的话不应呢？”绍闻道：“可怜咱家福薄，我爹去世，把咱母子撇的太早了。我是少调失教。娘呀，你又见我太亲，娇惯的不像样。”王氏道：“我见你亲倒不好么？”绍闻道：“天下为娘的，没一个不见儿子亲。必定是有管教才好。像我爹爹这样人，学问好，结交的朋友都是正人，教儿子又严又密。娘见亲，就是慈母，若是单依着母亲一个老的……”绍闻便住了口。王氏道：“你说么。”绍闻接道。

“若是单依着母亲一个老人家见亲，姿性蠢笨的，还不妨事；若是姿性聪明的，就要吃了亏。像兴官儿这个孩子，也是个进士材料，若是他孔家娘活着，或有一点指望；若是姓巫的做娘，那进士再也没想头。”

此话王氏听了，微有憾意，便问道：“你只说你闲着做什么？”绍闻道：“我虽是做爹哩，也现在活着，孩子也极聪明，极肯念书，只是我没有学问。那书儿虽是隔着一层纸，就如隔万重山一般，我不省的，就讲不上来，如何能成事？俗语说：拜师如投胎。那教进士的先生，与那教进学能取一等的先生，还天地悬隔着哩。”王氏道：“你那候先生，惠先生，我也知道，是不用提的。像你娄先生，现成进士，当日教你没有与你讲书么？你如今就把娄先生与你讲的，还讲与兴官不好么？”绍闻道：“娄先生当日讲的书，我那省的，今日还记得；我彼时不省的，如今已不记得。”王氏道：“你就把你那省的，讲与兴官。”绍闻道：“可怜那圣人书上，我省的书，句句说着我的病痛。圣人何尝与我有仇来，省一句，一句为敌，不如不省的，还好过些。所以不敢多讲。要之，也是怕讲那口头书，引差了孩子路径。”老樊送到楼上饭来，把这话就搁过了。

却说王氏是一个昏天暗地的母亲，绍闻是一个信马由缰的儿子，如何讲出大道理来？原来人性皆善，绍闻虽陷溺已久，而本体之明，还是未尝息的。一个平旦之气撵回来，到孝字路上，一转关间，也就有一个小小的“诚则明矣”地位。那王氏是谭孝移自幼夫妇，曾听过一言半语，这日子穷了，受过了艰难困苦，也就渐渐地明白过来，况绍闻近日改邪归正，也足以感动人的，何况属毛离里之亲。

绍闻吃过了饭带了绍衣书札，仍引兴官上学念书。到学中写了仿，正了字，明了句读。兴官嗜书如嚼蔗，端端正正读将起来。

绍闻将宁波来书，反复数过，想道：“丹徒族情，父亲在日，闲中说过，是最敦睦的。我如今何不上荆州府走一回，以重水源木本之谊？但荆州府路径，不知何处是陆，何处是水，这唯有盛大哥知之最悉。何不向他访一访？”料得河南湖广是邻省，走一遭也是正经事。因问兴官：“你读会不曾？”兴官立起答道：“会了。”遂背诵了一遍。绍闻道：“我要到街上拜个朋友，你一个在此怕的慌，我送你回去。我去回来再读。”兴官遵依父命，跟的到后门口。绍闻道：“对奶奶说，拜客就回来了。”兴官应诺而入。

绍闻直向盛宅来，宝剑迎住，送上客厅，禀于家主。只见盛公子自闪屏后跑出，见了就说：“书房坐，书房坐。送茶来。”

二人来至书房坐下，盛希侨道：“听老夏说你近日教学哩？”绍闻道：“一个孩子没先生，我胡乱引着他，念几句书。”盛希侨道：“什么话些，教儿子念书，却说是胡乱引着。这就不成一个话头。即如俺家老二，一向不省事，我通不爱见他，俺两个打官司分家，你是知道的。谁知近日，他竟收了心，一意读书，暗地用功。把我喜得了不成。他就比我强。这也不说他。他如今央邻居朋友说，一定要与我合户。我不依，我说我是个匪人，把家业董破了些，你全全一份子，合什么哩。万一合二年再要分开，这才是开封府添出一宗大笑话。我断断不合户。谁知他一发恸起来，说他是个绅衿，是明伦堂上人，一定要在忠臣、孝子、义夫、悌弟、良友上画个影儿，定要合户。我也有心依他，但想一想我那老婆，竟有八九分不敢。我说，你嫂子虽是大家人家出身，却是小户人家识见，我们弟兄两个还捏合上来，吃亏你嫂子不是人。老二一发说好了，只知自己女人不是人，天下哪里还有分产析居的弟兄。俺两个又合了伙了。他依旧书房念书去。这不是念书的好处？你为何说胡乱引着教他读两句书呢？不是话！不是话！”

绍闻道：“顺口说的错了，大哥教训极是。只是我有一句话，与大哥商量。前日在这里看爵秩新本，见丹徒家兄升了荆州府太守。府上老太爷做过荆州府的官，这路从何而去？水程多少，旱路多少？”

盛希侨道："由开封到襄阳是旱路，襄阳到荆州是水程。你问这路怎的？"绍闻道："家兄有书到来，我想望望家兄去。"盛希侨道："呸，你还胡乱教儿子罢，不必上人家衙门嘴唇下求憨水。你上的好济宁，如今置了几顷地，买了几处市房呢？你对我说。"绍闻道："原是睦族，不是抽丰。"盛希侨道："天下有上衙门而不想钱的？古今以来，没这个人。"绍闻道："家兄有书，不望一望，我心里过不去。"盛希侨道："我实对贤弟说罢，这走衙门探亲的，或是个进士，尚可恳荐个书院，吹嘘个义学。那小人儿，就不必粘那根线。若是个秀才，一发没墨儿了。何况贤弟是个大童生？若说系亲戚本族，果然内而馆阁，或外而府道，路过某处，这请大席，送厚赆，馈赠马匹，装路菜，长随衙役得了这个差，说是某大老爷是我本官表兄内弟，他们脸上也光彩，口中也气壮。若说是小小一个知县，到二千石衙门投了手本，那门二爷们，还说少候片时，小的等我们老爷下来，上去便回。若是个岁贡，或是当年老伯那个拔贡，孔老先生那个副榜，门上还得大等一会儿。若是穷戚友，白汉子，说是亲戚、本族，门上看见，心下早说，又是一个讨马号、求管仓、想管厨、要把税口的货，谁爱见瞅睬哩！贤弟呀，你还教你的相公罢，中举，中进士，做了官，那时你到衙门膺太老爷，吃其肉而穿其缎，喝其酒而抹其牌，人人称封乎翁乎，岂不美哉？况且做官的人，有两个好字，曰升，曰调，有两个不好字，日革，曰故。这是官场的常事。俗语云：千里投任只怕到。怕的是碰到这四个字，搭了盘费扑了空，少不得回来时住堂庙，穿学馆，少做一年庄稼，得典出十亩田地。投任有何好处？贤弟如今既是改邪归正，我也不留你吃饭，回去过了午，与学生正字罢。"

绍闻被一派搜根揭底的话，说的心如凉水一般。一路回来，着实动了自立为贵的念头。这正是：

求诸己者可恃，存乎人者难凭。

第八十七回

谭绍闻父子并试　巫翠姐婆媳重团

却说盛公子一派话儿，把官亲投任的人，各色各样，形容得一个详而且尽。绍闻满心冰凉回来，不再提那荆州府投任睦族的话，唯有奋志读书，以希前进一条路径。每日引着兴官儿，在书房苦读。教兴官儿做破题、承题、小讲半篇，自己与他批点。自己作的文字，却求外父孔耘轩改正。

这邻居比舍，两三个老头儿私议道："谭相公明明是个老实人，只为一个年幼，被夏鼎钻头觅缝引诱坏了。又叫张绳祖、王紫泥这些物件，公子的公子，秀才的秀才，攒谋定计，把老乡绅留的一份家业，弄的七零八落。如今到了没蛇弄的地步，才寻着书本儿。已经三十多岁的人，在庄稼人家，正是身强力壮，地里力耕时候；在书香人家，就老苗了。中什么用里。"一个老头道："不然。谭相公到底是个老实人，如今忽然立志，三十多岁还不算老，将来还有出头日子也不敢定。"又一个老头儿道："他是有根柢人家，这大相公不过年轻老实些，一时错了脚步。如今知道后悔，也还不算迟。我们再多活几年看着。"

这三个老叟，负曦闲谈，正是"邻居一杆秤，街坊千面镜"，都说绍闻是个老实人。看官休嫌絮聒，作书者便演出老实议论来。

老实二字，俗人看来，与愚相近；识者看来，却与诚字为邻。即如宋朝宰相司马温公，做了阁老，外国便说“中国相司马矣”，本国便说‘愿相公活我百姓’。这个涑水老头儿，是老实的，不老实的？且不说这八寸三分大帽子话，即如穷乡僻壤，三家村，说起某人，“休认成他是老实人，他是个最不老实的”。这便是相戒以怕的意思。要知道人怕你，你将来就有怕人的时候来。况且民间俗谚说，“人怕天不怕”。到那天不怕时，你便支撑不住，这不是说天道好还，正是说人眼难哄。缘不老实人，定然居心刻薄，待人行事，纵然假托慷慨，不难以千金赠人，貌似恭谦，不惮于百拜款接，看着是鹰化为鸠，甚实两只鹰眼还在。这绍闻虽说丢了行止，堕了家业，要之不曾犯了刻薄的边界；倘若犯了刻薄二字，便把循良风规、孝顺血脉阉割了，如何能生育繁衍呢。幸只幸这颗瓜子儿，虽说虫蛀了皮壳，那芝麻大的小芽儿不曾伤坏，将来种在土里，拖蔓开花，还有个绵绵的想头。

绍闻天天引着兴官上学，顺便起个学名叫做篑初。

读了十个月书，忽一日张正心来到书房说：“本县新老爷贴出一个条子来，写着本月二十日县试，限初八日投完册卷。贤弟知否？”绍闻道：“这一个月不曾出门，并不知晓。”正心道：“贤侄作的文字如何？”绍闻拿过一个小课本儿递与张正心道：“这是笑话本儿。”张正心接在手中，见上面写谭篑初三个字，问道：“这是贤侄学名么？”绍闻道：“他乳名兴官，顺便与他起个学名儿。”张正心揭开本一看，说：“字画虽嫩，却甚端楷可爱。”却见前半本是半篇的，后半本是整篇的。看了前半篇，说道：“清顺的很。”看到后半本整篇，不觉夸道：“天分高的很。”及至看将完时，说：“竟是能发出议论来。话头虽嫩，理却醇正。难得！难得！”合住本儿，放在桌面，指道：“将来可以大成！”绍闻笑道：“与他爹一样儿欠通。”张正心道：“贤弟并不曾修下‘过烟楼’，叫这贤侄也没什么去撞，将来是绳厥祖武的人。现在县里小考，就该与他投本卷子，用篑初二字也好像是个表字，不像个名字。不如改名绳祖，以存灵宝公待后之意。”绍闻道：“同了前辈名字了。”张正心道：“哪一个前辈？”绍闻道：“张绳祖哩。”张正心道：“呸！那张绳祖是个什么东西，那才是‘撞破烟楼’的人。昨日泥水匠还寻家伯，说张宅要拆楼卖砖瓦椽檩，叫家伯买。家伯听的，只是咳了几声，难过的了不得。像那个人的名字，也不必同他，如今就叫篑初罢。今日初四了，咱两个就去投册卷。南乡里舍侄，是考过一次，我正是替他投卷子。才差人与他送信，叫他十七日进城。所以顺便来对贤弟说。不料到这里得见贤侄文字，可喜可幸。”绍闻即叫兴官锁门回家，自与张正心办卷册，届期赴考。

王象荩得了考信，先一日就来了。及至二十日五鼓时分，王象荩与保柱打了灯笼，拿着考具，送少主人与十四岁小主人一同进场，心中好不喜欢，不禁掉下泪来，暗暗地擦眼。

或以为王象荩有何悲伤？殊不知纯臣真人，才能有这两眼眶子泪哩。那史册彪炳日月的事业，全是这两眶子不叫人知的暗泪做出来。感天地，泣鬼神，才扶到凌烟阁里，与了俎豆，叫他飨哩。吁嗟噫嘻乎，可不痛哉！

却说点名进了场，这县公是个进士出身，初选鄢陵，接着署理祥符。首题是《孝弟也者，其为人之本与？》，次题是《“人恒过然后能改”二节》。这谭绍闻久不亲书，只得把灵宝公的遗训，父亲的家教，以及丹徒叔侄敦睦之情，融化成孝弟题意。及至二题，就把生平阅历，发泄为忧患议论，原不过塞责完场，不料县公阅卷大赞，取了复场。篑初却也附骥。

到了招复之日，天明进场，谭绍闻点了第一名。及点到谭篑初时，县公细看，年纪不过十四五岁，品格风度，竟是大家儿女，略问了些家第。出下题目《吾与点也》。作完纳卷。

这县公因鄢陵有了紧案，要回去飞办。到第三日张榜，第一名谭绍闻。儿子篑初取在了第十一名。

那报房走报的，前两日已写成报帖。及写榜时，早已得了确信，填上名字，满城中各家亲戚照壁后都刷糊上了。

不言谭宅捷报贴在后门上，王氏因前门典当，有美中不足之憾。孔耘轩家有女儿已故之悲，收了报单，不许张贴，赏了喜钱，打发走报去讫。

单言这曲米街巫家照壁上，贴着官红大纸，上面写着：

捷　报

责府令婿谭爷官印绍闻，蒙河南开封府鄢陵县正堂署祥符县正堂乔，取中儒童第一名。

嘉靖 × 年 × 月 × 日

高及第

连三元

且说巫氏在谭宅作媳，与丈夫豁勃诟谇，一替一句儿说狠话，又在娘家对姑嫜冷淡奚落，只像待邻家妪一般。若是王氏去后，谭宅再差厨妇小厮，温存慰藉上一两番，或未免越扶越醉。恰恰谭宅卖田地，典房屋，清负欠，上学念书，投卷应考，再没一日闲空，所以巫宅门内，再不曾有谭家半个人影儿。这巫氏本来有寤寐反侧急切难耐之况，又兼倚枕自思，觉得是自己大错。后悔在心，难以说出。这谭宅因诸事忙迫，稀于音向，只如见怪不怪，其怪自败光景；巫氏也就有归宁已久，重返夫家之情。

忽而门中照壁贴上鲜红报单，这本街老姥少艾，就有来看彩的。各生意行中沾亲带故，也就有道喜的。这巫氏只觉脸上没甚趣味。邻妇拜喜，却也没甚答应。

次日清晨，把孩子也打扮了。巴氏还未起身，坐在母亲床沿上说：“娘起来吃了早饭，咱置份礼，你明日送我回去罢。”巴氏道：“那日你婆婆来，我被你翻嘴掉舌，失了待亲戚情面。我昨夜睡不着，盘算了一夜，没脸儿去。如今姐夫恭喜，咱就到了，显见得小家子赶趁亲戚哩。”巫氏道：“我也算计明白了。俗话说：官府不打送礼的。我把我的钱，替咱家置上一份贺礼：大猪脖，肥羊腿，十斤重大鲤鱼两条，鸡鸭八只，四篓茶叶，两坛酒，海味八色，南果八色，山药，莲菜，火腿，对虾，干鲞鱼。兴官也挂了案，越外四匹喜绸，两匹绫，笔十封，墨两匣，新靴，新帽，大围带，顺袋瓶口，锦扇囊。又不使咱家里钱。这是我首饰铺子里算账，把长的一百两银子加成本钱，剩下三十多两银子，都置成礼。顺袋瓶口扇囊，是我扎的。今日办成送的去，说明日娘送我时，就与亲家母道喜。那边日子近来不行，娘的贺礼，就是雪里送炭，省得我异日‘马前覆水’。”巴氏道：“好一张油嘴，通成了戏上捣杂的。也罢，凭你叫他们怎的办去，我明日少不得厚着脸皮儿送你。这娘家长住着，将来是何结局呢。”

巴氏应允，巫氏吩咐出去。这女财东传得号令，那些铺子里小伙计，顷刻置买包裹，饭后各色俱全。说是喜礼，那红签儿封，朱丝儿捆，办的千妥万当。当下即到轿铺里雇觅十个杠夫，抬到谭宅。小厮说了明日巫奶奶送姑娘的话。谭宅收了喜盒酒坛，放了重赏。

到了次日，巴氏早起梳洗，巫氏早起梳妆，悟果又重穿了新衣。驾了车，母女甥婆坐上，垂了毡帘，跟了小厮，径向谭宅来。到胡同口下车，王氏、冰梅迎接，老樊抱了悟果到堂楼。巴氏向王氏拜了，说道：“亲家母恭喜！”巫氏道了万福，说道：“娘好！”冰梅向巴氏磕头，巴氏道：“冰姐我哩孩子，你好呀！”冰梅道：“巫奶奶好。”绍闻上楼，与外母行礼，巴氏道：“姐夫恭喜！”绍闻道：“外母安好。”兴官上来与巫外婆磕头，巴氏道：“外甥长成好样范儿，外边人人夸你是举人进士。”王氏道：“孩子并没得读书。”老樊方扯得悟果与奶奶磕头，说：“奶奶想你哩，你想奶奶不想？”悟果乳喉说了一个想字，王氏喜极。方要抱去，老樊又引悟果与冰梅磕头，冰梅拉到怀里，笑道：

“孩子还小哩，不为礼罢。”兴官才提一个砚水瓶儿，递与悟果，说：“咱往院里去罢。”

这绍闻早已下堂楼，自坐东楼下。巫氏上卧房卸妆，见了绍闻，细声笑道：“你与我有了什么仇，怎的再不踩俺家门边，问我一声儿。”绍闻忍不住笑了。巫氏入内室拔去头上珠翠，解了绣金宫裙，说：“我的旧裙子搭在床横杆上，往哪里去了？”绍闻道：“我与你寻去。”

却说堂楼上女客坐定，老樊奉茶，冰梅放盅各送。这两亲家母，叙起家常。巴氏还怕有什么含刺带讽的话儿，这王氏一点愠色也没有。到晌午时分，堂楼摆了大席，巴氏、王氏此谦彼让，方才坐定。巫氏也上楼来坐。巴氏道：“冰姐你也坐下。”冰梅方坐了桌角酌酒。

这绍闻自在东楼下，与兴官吃饭。堂楼席尚未完，东楼饭已吃足。只听蔡湘道：“有客在后门等着道喜。”

原来蔡湘久已出去，跟官到山西，因官告老，仍回汴梁闲视前日街上遇见双庆，说谭主人恭喜，约双庆同回伺候旧主人。双庆也很愿意，因此同来叩头贺喜。绍闻正无人用，一见便问道：“往事休提。你俩还肯进来么。”蔡湘、双庆俱说情愿，二人遂依旧进谭宅来。理合找明，不再赘述。

第八十八回

谭绍衣升任开归道　梅克仁伤心碧草轩

且说蔡湘报与绍闻，有客后门等着贺喜，那人却是张正心。绍闻付与蔡湘一枝儿钥匙，说："你先去开门，我安排双庆提茶去。"

蔡湘拿钥匙开了新书房门，绍闻随后即到。让进书房，为礼坐下。张正心道："贤弟会状先声，本拟明晨叩喜，因到小南院，顺便而来。万望勿嫌残步。"绍闻道："县考幸蒙录取，何敢受贺。自揣久不亲书，府试未必再能侥幸。况学台按临，不能进学，也非意外之事。但问老哥曾否用过午饭，家中现有客席，取办甚易。"张正心道："在小南院已用过。今日是老伯的斋日，合家清素，不然还要讨喜酒吃哩。请问家中何处尊客？"绍闻道："内人与丈母来了。"张正心道："令丈母是客罢了，如何弟妇也成了客呢。"绍闻笑道："对你说怕笑话，不说我又耐不祝当日孔宅那个亡室，是先君定的，贤而且慧。今这个内人，是家母定的，不及远甚。去年清明，与弟角起口来，送他归宁。夏日，家母念孙情切，去他家一望。谁知丈母与内人母女两个，竟奚落起来，家母含怒而回。隔了将近一年，这边也没人讨闲到那边走动。昨日忽送来一份重礼，一个小厮不会说话，公然说：'我家姑娘本钱置的礼，与谭奶奶贺喜。'天下有儿媳贺姑嫜之说么？真正可笑。”张正心果笑个不住。

绍闻见正心欲吐复茹，只是笑，便问道：“老哥你笑什么哩？”正心道：“我们小兄弟们说家常，谈及闺阃，以为诙谐。谁知老人家们说起来，比咱说的雅而且趣。我非有意窃听，偶而在窗前洗砚瓦，吹到耳朵内——”正心却又住了口，只是笑。绍闻催促，正心只是笑而不答。绍闻连催三次，正心笑道：“我一发说了罢。当日程、孔、苏诸老叔与家伯几位老前辈，常在一处，你还记得么？”绍闻道：“记的很清。”正心道：“这几位老人家见了面，就是一天聚会，庄言正论极多。偶而诙谐，不过一笑而已。但添上你的先生惠圣人，便是老先生们惹笑正鹄。惠人老原是‘四畏堂’上占头一把交椅的。你师母那个狮子，又是一个具象体的狻猊貌，卿哼一声，便地动山摇。一日几位老先生们在舍下说话，我适然在院里洗砚瓦。只听惠人老说起《五经》《四书》程子本义、朱子集注、蔡九峰集传来。这几位老先生与他辨难，惠人老解说不来，众人已为胡卢。不知怎的一拐，拐在贵老师惧内上来，众人说：‘老先生是圣人，如何不以圣人的话感化老嫂？’惠人老道：‘不瞒列位说，委实我没不是。小事大事，俱是贱内的不是。兼且喜怒无常，圣人的话，哪里用得着。’程老叔道：‘圣人的话，用不到老嫂身上，却用在老哥身上了：老嫂有了小不是，老哥曰，圣人教我矣，曰‘赦小过’；老嫂有了大不是，老哥曰，圣人教我矣，曰‘肆大眚’；老嫂怒的时节，老哥不敢了，遵着圣人说的话，‘宴呢之私，不形乎动静’；老嫂喜的时节，老哥你敢了，遵着圣人说的话，‘惰慢邪僻气，不设于身体’。只听众位老先生，在屋内笑了一个大哄堂。咱是一个后生家，怎敢笑出声，只得丢下砚瓦，捏住鼻子猛一跑。我今日触着贤弟这宗事，只怕贵老师圣人的衣钵，传与你了。老弟妇回娘家等着你接，你遵着圣人说，‘不节若，则嗟若’；今日回来了，你遵着圣人说，‘既来之，则安之’。呸，呸，侮圣之言，口过！口过！天色已晚，我再到南院看看舍弟，好同家伯母回去。”张正心欲去，猛然想起一宗事，说道："咱两个只顾闲谈，却忘了一宗要紧话说。今日早晨，看见三皇庙门上，贴了一张关防诈伪的告示，念了两遍，还记得些，我念与老弟你听：

特授督理河南开归陈许、驿、盐、粮道，加二级随带一级、纪录八次、又纪大功一次谭，为关防诈伪事。本道籍隶丹徒，世列黄榜，叠受国恩。备员浙省，因军功升授湖广荆州府。陛见请训，蒙特简以河南观察重任。在本道凛裳影而自矢，誓冰渊以为言。总之慈祥居心，狷介励操，万不敢少有陨越，以上负朝廷委任之思，下违祖宗教诲之泽。此本道暗室屋漏中可对天日，可质鬼神者也。但江南之与中州，虽分两省，实属接壤。恐有不法之徒，指称本遣姻亲族众名目，改习土语，变换儒衣，或潜居寺观，乔寓逆旅。视尔河南为诚朴之区，椎鲁之民，不难展拓伎俩，或言讼狱可以上下其手，或言钱粮可以挪移其间，徇情尽可关说，遇贿即可通同。殊不知本道族清威贵，或仕宦远方而久疏音问，或课诵家塾而不出户庭，从无此蓬转宇内，萍栖署中之恶习也。为此出示遍谕僧寮道舍，以及店房客寓、茶坊酒肆等区，各自详审言貌举止，细默行装仆从，少有可疑，即便扭辕喊禀，以凭究治。倘敢任意收留，甚至朋谋撞骗，或经本道访闻，或被旁人首发，本道务必严刑重惩。除将本犯毙之杖下，至于牵连旁及者，亦必披根搜株，尽法惩治。本道言出如箭，执法如山，三尺法不能为不肖者宥也。云云。

贤弟呀，我影影记得府上有原籍丹徒的话儿，或者此公就是贤弟本族？"绍闻道："据大哥所述，有八九分是不错的。但我前日在盛宅看过爵秩本，丹徒家兄是湖广荆州府太守，我如今再查个按季爵秩本头，便见的确。"正心道："贤弟差矣。咱们一个士夫之家，忽而来一个亲族做本处大员，不知者则以为甚荣，知者则以为可怕。我们清白门第，断不至于设招权倚势之心，那无知小人，便看得咱家是附羶逐腥之地。这是有关系于身家性命的事。此若果系本族令兄，贤弟呀，省会之地，杜门穷垣还怕躲不清的。"绍闻道："这我该怎么处呢中？"正心道："足不入街心，影不出巷口，闭户教子，自爱也，爱子也，并爱及令兄老大人矣。可惜贤弟不是个官，若是官，那有个回避之例了。”

二人话已说完，相送出门，正心回首道：“我们前半截述前辈的妙谑，那是我该死的话，只付之‘白云向空尽’。我们后半截说的丹徒的话，句句铭心，切记，切记。”一拱而去。

单说河南开归道，却是哪个？果然是江南镇江府丹徒谭氏宜宾派后裔谭绍衣。

这谭公上任以来，谒文庙，见抚台，拜藩、臬，接见合城的属员，一连忙了十日，方粗有定局。心里想族叔谭孝移此时约去八十不远，康健羸弱，不知何如。一日叫梅克仁到书房说话——原来梅克仁是谭府上家生子，其人细密妥当，极能办事，谭道台倚为心腹——说道：“当年我差你与这里老太爷下书，想老太爷如今也老了。你是该记得的，旧日曾寄过书，老太爷也不曾有个回信。趁你站门上未久，人还不认得你，你改装出署，到老太爷那边先请请安。你诸事妙相，我讨回话。”

梅克仁领了主命，果然敝袍旧帽，皮带泥鞋，径上大街。只见街上添了许多楼房，增了许多铺面，比旧日繁华较盛。依稀还认得谭宅旧居。到了旧日所走门楼，见门上悬着“品卓行方”金字匾额，旁署谭某名讳，心内说：“这是我们老太爷名字。如何不是倒座向内的对厅，却成了大京货铺子？”

梅克仁上得铺子台级，说买一条手巾。一个小伙计拿过来，明了价钱，梅克仁与了三十文制钱买了，随口问道：“这是谁家房子？”几个伙计，并无一人答应。梅克仁又道：“取一匹蓝绸子看看。”又一个年纪大的，架上取过一匹绸来。梅克仁一看就中，说道：“明明价钱。”那人道：“请出包儿看看银水，或是足纹，或是元丝，好说价。”梅克仁在怀内掏出一个银幅来，展开七八个锭件，俱是冰纹，那人说：“银子好。”小伙计捧过一杯茶来，让坐，梅克仁方才坐下讲价。这一个嫌多，那一个不让，说话中间，插一句问道："这是谁家市房？"那人道："是敝号哩典到谭少爷房子。"梅克仁心里惊道："不好，老太爷辞世了。"即照他说的价钱称了银子，梅克仁包了银幅，连绸子塞到怀里就走。那人道："再吃杯茶。"梅克仁摇首，一拱而去。

拐弯抹角，记的土地庙儿，照走过的小巷口，径上碧草轩来。及到门口，一发改换了门户，一个小木牌坊上，写了四个大字"西蓬壶馆"，下赘"包办酒席"四个小字。坊柱上贴了一个红条子，写的本馆某月某日雅座开张。梅克仁瞧料了七八分，径人其内。只见又添了几座新房子，又隔了一个院子，杀鸡宰鹅，择葱剥笋，剁肉烙饼，榨酒蒸饭，乱嚷嚷的。休说是药栏花畦没了踪迹，就是几棵老梅，数竿修竹，也都向无何有之乡搬家去了。只剩下一株弯腰老松，还在那荤雨腥风中，响他那谡谡之韵。

梅克仁拣了一个座头坐下。向轩上一看，一桌像是书吏衙役们请客，一桌子四五个秀才腔样，也还有一桌子长随打扮。这桌子微醺，那桌子半酣，杯盘狼藉，言语喧哗，梅克仁好生不快活。只见走堂过来拭了桌子，问道："爷是吃饭吃酒？"梅克仁尚未回答，只听他唇翻舌搅说道："蒸肉炒肉，烧鸡撕鸭，鲇鱼鲤鱼，腐干豆芽，粉汤鸡汤，蒜菜笋菜，绍兴木瓜老酒，山西潞酒……"一气儿说了几百个字，又滑又溜，却像个累累一串珠。这梅克仁哪里听得，说："你且去。"果然又走了几张桌子，回来道："爷吩咐。"梅克仁心中有事，随口道："一碗鲤鱼，一盘炒肉，两碗干饭，一钴绍酒。"

梅克仁坐的桌子与收账桌子不远，看那收账的是个老者，问道："这旧年是谭宅房子，我曾走过。如今是合伙计开张，是赁与人开张一年吃租的。"那老者道："这原是谭宅老乡绅书房，老乡绅下世……"住了口，收起账来，钱入柜响后，又道："老乡绅下世，相公年幼，没主意，被人引诱坏了，家业零落。这是我们掌柜哩一千多银子买的。"梅克仁道："如今他这相公却怎么样。"老者收账，收完又续说道："如今这相公却也改志。现今县考，取了案首。引了儿子，在这西边一个小书房念书。十四岁小儿子，也取了头几名。”

梅克仁听在心里。吃完酒饭，开了钱，谢教而出，就上西书房来。听的书声，不用认门。屈戌儿却是在外边锁着，门上有“闲人免进”条子，砸耳一听，只听内边有一个大声朗诵，有一个乳腔嫩喉的，也读得清亮。梅克仁暗道：“这却像我南边风规。但有这就罢。”不敢露出行藏，径依旧照着先走的街道，回衙复命。正是：

富贵休夸驷马车，撤傲去骄返寒庐；
回头何处寻津岸，架上尘封几卷书。

第八十九回

谭观察叔侄真谊　张秀才兄弟至情

却说梅克仁回到署中签押处，见了主人。谭道台道："你回来了，见过老太爷不曾？"梅克仁把目之所见，耳之所闻，一五一十详细说了一遍。谭道台不胜惨戚惆怅，问道："老太太呢？"梅克仁道："老太太在堂。"又问："你说书房中乳腔念书，是老太爷晚生子么？或是老太爷孙子？是一个，是两个。"梅克仁道："打听明白，是老太爷孙子。现今县考，取的很高，年十四岁了。书房别的无人，只他父子二位高声读书。门是外边倒锁着。"谭道台不觉失声叹道："有此就好。"梅克仁告退出去。谭道台取过一个红单帖，举笔写道：

> 叔捐馆太早，兄到豫过迟。敢授金于暮夜，不畏四知。愿奋志于崇朝，常凛三畏。果其能绳祖德，乐缔绵绵之族情。倘或再蹈前非，径申严严之官法。
>
> 附去婶母甘旨银五百两。　　　　　　　　　绍衣濡泪书

写完，即要叫梅克仁兑银子，明日去送。忽的摇首道："且慢，且慢。"

道台徘徊室中，又坐在案上。天色已晚，点上灯烛。看了些文

移，画了些稿案，吩咐了事体，嚼了几块压饥的点心，吃了两三碗子茶，更鼓分明，打了呵欠，就在签押房内安寝。展开被褥，脱了靴袜，却披着上衣，靠着枕头，心中计算起来。口中无言，心内有话，说：“我这个族弟，仿佛记的，我叔在丹徒族谱上，写的是谭绍闻。这个侄子，不知是什么名字。论考的高取，还不出奇，只这肯念书，便是好后辈子孙。这绍闻弟，三十多岁了，还不曾进个学儿，又破了家业，这便是世族中一个出奇的大怪物。今倒锁了门，在内念书，或者是穷的急了，进退无路，逼上这一条正经路儿来。这遭恶党之羞厚，受室人之交谪，是不用说的。我如今送五百银子，在我原是不能已之族情。但彼已没主意于前，又焉知能不夺志于后？况银子这个东西，到君子手里，能添出‘恭者不侮，俭者不夺’许多好处。若入平人手里，便成了奢侈骄慢的本钱。即令不甚骄奢，这水涨船高，下边水涨一尺，上边船高九寸，水只管涨，船只管高，忽而水落了，把船闪在岸上，再回不来，风耗日晒，久之船也没得了。如今他能把船依旧扯下岸来，在断港小沟中等雨，还算好的。我送上五百两银子，不又害了他么？况我叫梅克仁送银，纵然做得机密，毕竟飞鸟过去有个影儿，且衙门举动，万不能使人不知。一人知晓，片刻就满城知晓。人人俱说他是新道台的族弟，他那些旧游，难免干他以不可为之事，即我所属之微员末职，不免也与他有些来往。赴官席，说官场话，是最坏子弟气质的。这个小侄，又要旷他工夫。更有宗可虑处，学台案临，他父子万一起进了学，人便说是谭道台的关节。或说学台看道台体面，所以某人父子，一同游泮。虽说蚍蜉无伤于大树，这积羽亦可以压舟。不如暂且不认族谊，以固其父子自立为贵之心。”继而又想道：“当日叔大人为我一封书，走了一回镇江，族情何等款洽？我今日做官到河南，兄弟伯侄，真成了秦越肥瘠，何以对叔大人于幽冥？……”辗转图惟，并无善法。忽而想起观风一事，说道：“是了，是了。”又思量一会，才脱了上衣．缩在被里睡去。伺候的人换烛合门，俱各退下，唯留两个支更小厮，潜听伺候。

到了次日早晨，盥洗已完，吃了点心，传礼房。回话。礼房书办进来，谭道台吩咐了要观风的话。礼房回禀道："观风四六告示，书办原有旧稿。"道台道："不用那个。出个告条，判定日期就是了。此番观风，祥符为附郭首邑，单考祥符一等秀才。其二三等秀才，以及各属县之在书院肄业，并在省教书者，俱准其自愿报名，一体观风。祥符童生前二十名，不许一名不到。其后列者，亦准其自愿报名，一体就试。至于府州生童，行文各府州县教授、学正、教谕、训导等官，邮封题目，当堂面拆，照题作文，申解本道，以候录奖。这祥符童生，行牌该县，申送本县考案，以及各儒童三代籍贯清册，试毕原册发回。至于祥符生员，行牌该学，将院试考案，以及各生员籍贯清册，一并呈阅，试毕亦原册发回。观风先二日，工房备桌杌于本署。尔礼房务将就试生童，先期三日报明数目，以便临期署内备饭。违误责革，小心办理去罢。"书办领命而出。

且不讲观风一事，这道衙礼房恪慎办理。单说谭道台到任，告示上有丹徒两字，拜客柬帖，谭字下有个绍字，不知话从哪里起头，满城中都说，新道台与谭绍闻是本贯的同堂兄弟。又说新道台请谭绍闻进道衙住了一夜。又说谭绍闻到衙门，新道台送笔墨银一百两。论其实，本来没个影儿，传说的却俱有证见。虽说捕风捉影的话，是久而自息，然当下轰传，也得一两个月，才能不扑而灭。谭道台昨夜筹划，果然明鉴万里。

而谭绍闻每日下学回来，后门上便有石灰字儿，写的"张绳祖叩喜"一行。又有"王紫泥拜"一行。又有"钱克绳拜贺"一行，下注"家父钱万里，字鹏九"。又有用土写的，被风吹落了，有字不成文，也不晓得是谁。总因谭绍闻在新买房子内念书，没人知晓，不然也就要有山阴道上，小小的一个应接不暇。

一日，绍闻父子正在书房念书，只听剥啄之声，拍个不止。绍闻听的，只得走至门内，问道："是谁。"那外边只说了一个字："夏。"绍闻道："钥匙在家母手里，只等饭熟时，人来开了门，才得回去。我怎的请你进来呢？"夏鼎说："不用说这是盛价王中的法子，把贤弟下在这个……"住了口不说了。绍闻道："委实是家母的调停。"夏鼎道："老太太舍不得。只是我有句话，不是隔门说的，我现在住了道差。"绍闻道："我这一向没出门，全不知道。"夏鼎道："我不管你知与不知，只说与你两个字，你记着。"绍闻道："什么哩？"夏鼎道："买办。"便扭项而去。这绍闻茫然不解，依旧回去念书。

不多一时，正与篑初说文字，又听的一声说："开门来。"绍闻细听是张正心声音，即走向门内，把钥匙隔墙扔过去。张正心开了门，进到书房。两人为礼，篑初也作了揖，各让坐下。张正心道："道台那边没个消息到这边么。"绍闻道："寂寂无闻。"正心道："这个是道台谨密，却正是贤弟之福。昨日听人说，道台大人与谭伯母送了两毡包表礼，还有弟妇一匣子珠翠钗环。又有人说与贤弟一千两银子，叫贤弟修坟，道台大人还要到贵茔祭祖。我听说全不像话头。"谭绍闻道："一点影儿也没有。"张正心道："宫中要细腰，四境女人就十天不吃饭。无识之人，满口胡谣，大率如此，究他则甚。然要知人之多言，亦可畏也。我正要送个信儿，道台大人二十日观风，已有告条出来。"

道言未已，县堂上来了一个礼房，张正心、谭绍闻俱是投册卷时候认得的。进书房为礼，少叙寒温，拿出一张过朱的名单，上写"县试儒童前列名单"，计开第一名谭绍闻，第二名某某，第三名某某，共二十名。又拿出一个全帖，上边横写名字，与名单排次一样，但知会过的，名下有一'知'字。张正心道："昨日学里老师，也是这个办法，府学名帖二位老师、县学名帖二位老师。我也把知单上写了一个知字。"绍闻即叫篑初照样写，篑初遂照样把自己父子名下，端端楷楷各写了一个知字。礼房即要起身，绍闻道："少坐说话。"礼房道："事忙得很，晚鼓即要清册，明日申送道台衙门。"绍闻道："少敬得很。”礼房笑道：“到院考时，我送两张大报条来，到那时竖旗礼先要三十两。”张正心道：“有，有，有。”

送出大门，只见胡同内一个小厮，背了一个小孩子，见了张正心，小厮道：“看那是谁？”小孩子笑着，叫了一声哥。这个是谁？正是张类村老先生第三房杏花儿生的小儿张正名，已三四岁了。这名相公下的小厮肩背来，跑到正心跟前。张正心道：“名儿，与谭大哥唱喏。”绍闻道：“进屋里，你好行礼。”张正心抱起来，同进书房。

放下，说：“唱喏，唱喏。”名相公果然照着绍闻作下揖去。绊了半跤，几乎跌倒，正心急拉住。又引到篑初桌前，说：“作揖儿。”那篑初果然依着揖人必违于其位的礼，离了座位，深深的一揖。正心道：“那里还他。”绍闻道：“这位贤弟，还是小前辈哩。”

绍闻看看屋子四周，说：“无物可敬贤弟，该怎的？”那名相公指着桌上筒儿的笔说：“我要那呀！”篑初即取了一管旧笔与了。绍闻抱在椅上，叫小厮扶着，与他一张白纸。这名相公将笔濡在砚池内一染，横涂竖抹，登时嘴角鼻坳，成了个墨人儿。正心道：“写完了，不写罢。”将笔慢慢地夺下。名相公扯住砚水瓶上绳儿，拉过来，手提着再不肯放。正心道：“打破了，放下罢。”名相公哪里肯依，绍闻道：“就送与贤弟罢。”名相公提了瓶儿，与小厮院里玩耍。

这正心又看了篑初新课，说：“稳进，稳进。”绍闻道：“何敢多奖。”正心道：“是真老虎，乳号便有食牛之气。咱们世交，我虽不知晓什么，却还略认得成色。至于面谀二字，比面毁二字，其伤阴骘更重哩。”又订了二十日早吃点心，黎明就要到道衙东辕门守候点名的话。说完正心要走，绍闻留不住，同到院里。这名相公又被小厮将头上插了一朵小草花儿。总角带花，鼻凹抹墨，正心看见，一发亲的没法了，抱起来亲了个嘴，轻轻把名相公嘴唇咬住，那名相公一发哭将起来。绍闻拾起砚水瓶儿叫提着，名相公又笑了。正心道：“放下罢。”绍闻道：“这是我小时，王中与我三个钱买的。这一二十年不知丢到哪里去了，前日兴官又拿出来放在桌上，我还认得。”张正心道：“三个钱的东西，到二十年后就是传家之宝。”向名相公手中去夺，哪里肯放。绍闻执意要送，正心道：“我改日送贤侄一个玉笔床儿来，正好相抵。”二人同出门来，张正心抱着名相公，回首一躬而去。

绍闻道：“替我锁上门，家中还不曾请用饭哩。”张宅小厮锁了门，绍闻依旧进书房课诵。

看官，这一回来了一个夏鼎，又来了一个张正心，谭绍闻一拒一迎，只在一把钥匙藏在屋里、丢出墙外而已。把柄在己，岂在人哉？

第九十回

谭绍衣命题含教恩　程嵩淑观书申正论

却说谭绍衣观风一节，虽是隐衷欲见弟侄，却实实问俗采风，默寓隆重作养之意。

先期一日，辕门挂彩，大堂张灯，胥役列班，掾吏谨恪供事。至日黎明，各生童齐集辕门恭候，俱在东边一个茶肆中，吸茗啖糕，以待闪门。鼓吹一通，府史胥徒纷纷来到，俱向衙门进讫。鼓吹二通，府学教授、训导，县学教谕、训导，各在辕门内下马，服公服，鱼贯而入。鼓吹三通，隐隐听得云板响亮，皂役传呼之声。生童各携笔墨，砚池，镇纸，手巾，团围守候。堂鼓响震，虎威声传，只听的腰拴锁声落地，两扇金胄银铝大将军，东往东转，西往西移，户枢之音，殷殷如雷。两个县学，飞跑在门左点名，两个府学，侍立在大堂柱边书案前散卷。暖阁口红幔斜撩，银烛高烧，中间坐了一位神气蔼蔼，丰标棱棱的大臣。

点名散卷已毕，四位教官领着各生童由暖阁后进去。东边一座花园，一座五间三梁起架的大厅，中间一面大匾，写了“桐荫阁”三个大字，东边五间陪厅，横着汉八分“来凤”两字匾额。原来院中一株老桐树，约略是三百年以外物。南墙边一块太湖石，高丈许，皴瘦骨立，中间七穿八透的，俱是窟窿，外边崖棱坎坳，不可为象。所以檐柱上悬着“奇石堪当笏，古桐欲受弦”木雕一副联儿，字书遒劲得紧。满院湿隐隐绿苔遍布，此外更无闲花野草。对此清幽，各生童不但文思欲勃，早已道心自生。

遥闻传喝，料得道台退堂。不多一时，只见两个府学，各持一个红单帖说：“大人亲书题目，诸生是《‘君子不重则不威’全章》，童生是《因不失其亲，亦可宗也》。”又说：“大人吩咐，诗赋策论题，少刻即到。”各生童铺巾注砚磨墨吮毫，发笔快的，早已有了破题、承题、小讲；构思深的，还兀自凝神定志。两个县学老师，押定厨丁茶僮，送上点心热茶。

约至辰末巳初光景，两个府学老师，手持白纸一张，楷书八九行，说：“众年兄请看诗、赋、策、论题目。”众人置笔都来攒看。诗题是《赋得“寸草三春晖”得春字》，五言六韵。赋题是《一篑为山赋》，以“念终始典于学”为韵。策题是《问扬子云雄作 < 太玄 >，论者以拟 < 系辞 > 讥之，王文中通作 < 中说 >，论者以拟 < 论语 > 讥之，至于马季长融作 < 忠经 >，分章援古，全摹 < 孝经 >，而人鲜有讥之者，岂忠孝之理，本出于一贯欤？意者扶风之事业，毫无可议，而 < 忠经 >、< 孝经 >，或可并峙欤？诸生今日庭帷，异日殿陛，当必有所恃以为国家之重赖者，其各据所见，以详著于篇》。论题是《教小儿先要安详恭敬》。各生童莫不赞题目光明正大，只恐作的不尽题意。唯有绍闻心里说：“策题明明藏着先人名讳表字，吾兄教我矣。”篑初心里说：“一篑为山赋题，或者寓意教我。”也有七八分儿。各人分头作文，绍闻作完四书文，便作《忠经》策，拿装资于事父以事君做把柄。篑初作完四书文，便作《小学》论，拿住“能敬必有德”做主脑。

午刻已到，陪厅上设了十桌，每桌六人，摆出丰俭咸宜有汤有酒的席面。未刻交卷，四位学师收掌。道台坐了二堂，学师率领各生童上堂禀揖，谢教谢赏。先时点名时，道台已默默看了自己弟侄，心中有一二分尚可少慰意思。到了此时，正要细细物色，就中说几句话。只见秀才中一个人峨冠方履襕衫阔带，年纪在五十岁以外，手持二册，深深扫地一揖说："生员们蒙老大人今日这一番栽培，真乃不世之遇。"道台道："请来领教，只恐简亵有慢。"那秀才道："生员有一言上禀：这是生员诗稿，三、四、五言古风，俱追摹汉魏，至于五律七律，不过备数成集，就中唯有乐府三十章，颇为可观。敬呈老大人作个弁言，以便授梓。"道台笑道："学生原是涉猎帖括，幸叨科名，到今簿书纷攘，舟车奔驰，荒芜也就到极处了。博雅大作，暂存署内，闲中细加吟哦。"那秀才道："敬恳赐一序文。"道台笑道："岂不欲幸附骥尾，但不敢妄加佛头。"那秀才道："诗文稿序，一定得个赐进士出身，才可压卷。"

这道台口中说话，眼里却十分关注篑初。见生童各有欲去的形色，吩咐传点开门。云板三敲，便离公座上大堂。班房出来些狰狞皂隶，连声喊堂。四位学师仍引生童；由暖阁东边转到月台。鼓冬冬闪门，众生童拥挤而出。夏鼎在石狮子东边打个照面，不敢近前。

这一起生童出的东辕，循街别巷而去。内中就有四五个好吃一杯儿，连袂牵襟上留珮楼，呼僮叫保，干那卷白波的高兴事儿。拣了一个座，四面围坐，衔杯捻豆，咬瓜子，说将起来。这个说："好道台。"那个说："好题目。"说着说着，说到呈诗稿儿秀才身上来。这个说："不知此公是城是乡，全不认得。"那个说："也不城不乡，我知道他极清。此公在北关头儿住，姓谢名经圻，别号梅坡。张宗师手里进学，与家叔同案。考了二十年秀才，等第在忽二忽三之间。不知怎的这一次取了一等第二名，五十岁补了禀，自己看着真是个大器晚成。平素好做几句歪诗，竟看得是为其事于举世不为之日。又好在《字汇》上查几个画数多的字儿，用到他那诗上，自矜淹博。这个由他罢了。家中淡薄，靠着砚田挣饭吃，这也是秀才本等。争乃他有两宗脾气最出奇，一宗好管买卖房产，一宗好说媒。说买卖，或可分点子牙用，虽说下流，尚是有所为而为之。唯有教书的好说媒，是最不可解的。人家结亲是大事，他偏在学堂里，看成自己是撮合山。男家打听女儿，他说我曾见过，真正出众标致；女家打听学生，他说是我的徒弟，再不然就说我曾与他看过课。三言两语，就想坐会亲酒的首席。他这个毛病，再不肯改。昨年在县上打了一场官司，乡里两家结成亲戚，原是他说的媒，到如今男人有了废疾，女家想着悔亲，男家不肯，告到官上，他是媒人为证。女家诉状说他原提过一句，我家并不曾承许。县公要庚帖寸丝，男家拿不出来。男家埋怨他办事无首尾，女家骂他占骗。县公那个申斥，合城传为笑柄。这案如今还未结哩，男家静候着不瞅睬，女家却不敢另议。这耽搁人家子女是了不成的。俺两个有一点瓜葛亲戚，昨日我到他学堂，座右贴个红签儿，写着'大冰台梅翁老表叔老先生大人尊前'，他注了次月初六巳又要赴席的记号儿。"又一个道："忆如今日，道台像是意有所注，也看不出是官事挂心，也不知是宅里私事。他上去呈诗稿时，道台眉尖已有不耐之色，漫说漫应，急切推托他。他只管缠绞不清，我替他肉麻，他不觉高低。等道台说了声传点，连别人一起撵出来。"

道言未已，只见一个衙役上酒楼来，问："谢相公在此没有？"众人道："他早走了。"衙役道："这是谢相公的书，发出来了。"衙役放在桌子上，下楼去讫。大家说："何如呢！"众人打发酒钱，因吃的壶瓶多了，还少三十文。众人笑道："把谢梅坡的诗稿，做了质当何如。"酒保道："相公就再少三百文，也只算小铺接风了，这书却不敢要。"众人说："是放在这里，改日来取。"酒保道："这还使的。"众人大笑，一起下楼而去。

那嘴尖的，便诌了四句道：

行文堪覆酱瓿，做诗合盖酒瓮，

采日重游过此，摘句好助觞政。

闲言撇过。单说绍闻观风回来，细想本日道台所出题目，像为本身父子而设。点名之时，眉睫间神若偏注，意像渊涵。却又不敢妄猜，只得仍然引兴官儿，在书房中苦读。

到了次日，喊门声甚是急迫，绍闻难以假装不曾听见。门缝里塞了一个全夹红帖儿，绍闻抽过帖儿一看，上写着羊、豕、鸡、鱼四色腥味，菘、莲、笋、菠四样时蔬，下开“年家眷弟王紫泥张绳祖同顿首拜”。门外喊着：“盒子已进家里去了，开门，开门。”绍闻难以推辞，只得把钥匙丢出墙外。张绳祖开了锁，王紫泥推开门。两个进来拉住手抖了几抖，哈哈笑道：“念老，恭喜！恭喜！”

进书房为礼，绍闻让坐。原来屋内只有两脐子，一个放脸盆杌子，三人坐下。这篑初就该站着。绍闻也叫儿子作了揖，二人夸道：“好学生，好学生。”绍闻命向门外念书，篑初遵命而出——原来绍闻家中桌椅，还在典铺内伺候当商，未及回赎。这篑初咿唔典籍声音，张、王二人觉得刺耳，却又难说书不该读，只得略叙寒温，说道：“念老县试首取，这番大考，定是恭喜的。公郎也是必进的，自然父子同榜，岂不喜煞朋友们哩。”绍闻道：“案首也取过，误了大考。如今老苗了，未必还能干事。儿子乳臭未退，《戊四书》尚未讲完，哪得有了想头。二公且坐，我回家催茶。”王紫泥道：“不渴不渴。”绍闻起身而去。原来回家看二公的礼物，晌午怎的款待，又别无坐客之处，回去酌度意思。

张绳祖只得坐着。王紫泥走出院里，篑初站起来。王紫泥接过篑初的书本，指道：“这‘好名之人’一节题儿，我考过。这是孟子教人的意思，还记得同号的张类村老先生说，是人不能哄人的意思。好好地读，好好地读。”

这绍闻回家安顿款待席酌，原是怕二人拉扯再入匪场。但既以礼来，也难叫他二人空过。殊不知二人来意，并不是仍蹈前辙，原来二人身上有了急症。只因王紫泥老了，告了衣襟，家无度用，把儿子挂出招牌来，上边写着“官代书王学箕”，门上垂个帘儿，房内设三四个座儿，单等着乡里婚姻田产人，写衙门遵依甘结纸，或是告的，或是诉的，或是保人的，或是自递限状的，全凭这一管软枪头子，一条代书某某戳记印板儿，流些墨水，籴米买菜。张绳祖将产业废弃已尽，年已老惫，那盘赌诱嫖的场儿，也上不去，也笼不来，每日吃什么呢？全凭讹骗卖过产业的买主，今日呈告某人买我田地当日欺瞒弓口，多丈量了我的地有三十亩；明日呈告某人买我房屋，当日是私债准折利上加利，并不曾收过他的银两，他是盘剥我的宅院；今日坐到人家客屋里，说这房子我原是契明价足卖与你家，我不骗赖，只是我家是进士，我家做过官，卖与你房子，不曾卖与你脊兽，你家是白人，许你家住房子，不许你家安兽，我要搬我的兽哩；明日把人家牛马牵到他家里，不放与人家，说我家坟里，有蛟龙碑，怎许你撒放牛畜作践，等着当官牵得你去。这一宗说合解和是一百两，是五十两；那一宗说合陪情是十两，是八两，甚至也有三百钱、五百钱就清的。这二人此一回来，是什么缘故呢？原来张绳祖把乡里一个土富，讹诈哩受不得了，真正是孟获经过七纵，孔明又添上八擒，同乡颇为旁忿，受主不免情急。那谭道台上任伊始，早已有不徇情、不受贿清正严明之名遍满省城，这个土富就告了拦马头一状，告得张绳祖欺弱叠骗、王紫泥唆讼分肥。这道台状榜上批得严厉，两人早吓得终夜不寝。不料夏鼎亲口送个信儿说：“前日观风时，我亲眼见把谭绍闻请到内宅，待了席面，还与了兴相公纸笔银二十两。或者能进后堂替你说一说，松活些也是有的。”所以张王两人，趁着绍闻县考案首，父子前列的光彩，置一份水礼，只求居间缓颊，批到县衙，这县衙书吏衙役，是他们喂熟的，就不怕了。这是二人叩喜的隐情。

却说绍闻回家安顿午饭，叫双庆提茶来，斟了分送。绍闻道：“双庆你回去罢，厨下攒忙。”并叫篑初一同回去。这也是一日被蛇咬，十年怕麻绳的意儿。却不料双庆出书房门，忽的跑回来道：“程爷、苏爷来了。”绍闻躬身往迎。苏霖臣手中拿了四本新书。进书房，同为了礼。篑初见两位老先生进来，又回来恭恭敬敬为了礼。让座时，却只有三个座儿，大家且站着，绍闻忙叫双庆回家，再取两条长凳来。

这张、王二人，尚未及说明深衷，好不扫兴讨闷。大凡小人见正人，有两幅面孔：当全盛时，他的气象是倔傲的，言语是放肆的，极不欲正人在座；当颓败时，他的面貌是跼蹐的，神态是龌龊的，又只欲自己起身。这张、王二人，与程、苏二位，虽说一城居住，原是街上撞见，只有一拱不交一的相与。今日薰莸同一器，本来万难刻停，况且衣服褴褛，虽说绸缎，却不免纽扣错落，绽缝补缀，自顾有些减色。程、苏二公，虽说大布之衣，却新鲜整齐，看来极其稳雅。就要告辞而去。绍闻见椅凳齐备，极为挽留，以答来贶，哪里肯放。张绳祖道：“念老，你出来，我对你说句话。”

绍闻出书房，王紫泥也出来。只见张绳祖向绍闻卿哝了片时，绍闻就不挽留，一直送到西蓬壶馆来。吩咐菜肉茶酒，张绳祖道：“不用你调停，我们拣着吃得饱，喝得醉，明日打只打发钱罢，管保不至太破费就是。”绍闻想着鸱鹗不敢与祥凤并栖，稂莠不得与嘉禾为伍，自己也少了东顾西盼的作难，一拱而回。

及回到书房，只见桌面上四本新书，二位老先生与儿子篑初说话。绍闻坐在杌上，篑初下移在凳。苏霖臣道：“老侄呀，你这位好学生，考案也取得极高。”程嵩淑道：“对幼学说话，千万休要夸。大成之人越夸越怕，小就之人见夸就炸。十四五岁的人，县考挂了名字，也是稀松平常的事，不是礼部门口放了榜文。况且礼部门前放的榜，那二十岁内外的也不少。这何足为奇？就是那礼部门口有名的，也要名副其实。不然依阿阉寺，招权纳贿，也算不得一个进士。既如咱这祥符最相好的朋友，当初有咱五七位。戚公中了进士，拉了翰林，听说他如今在京里，每日购求书籍，留心考核，这算一个好秀才。娄公中后，在山东做官，处处不爱钱，只实心为民，至一处落得一个祠堂，这也算一个好秀才。谭兄拔了贡，保举贤良方正，只这四个字上，他都站得住脚，方完得一个士字。类村兄，明经岁荐，专一讲'阴骘'二字，劝人为善，这个士字，被他一片婆心占得去。落下咱两个，我一向看得你不胜我。论存心之正直忠厚，咱两个是一样的，但我比你亢爽些，虽出言每每得罪人，要之人亦有因我之片言，而难释祸消者。这算也不好也好的人。我一向把你看成唯诺不出口，不过一个端方悃谨好学者而已。前日你送我这部书，方晓得你存心淑世，暗地用功，约略有二十年矣。一部《孝经》，你都著成通俗浅近的话头，虽五尺童子，但认得字，就念得出来，念一句可以省一句。看来做博雅文字，得宿儒之叹赏，那却是易得的。把圣人明天察地的道理，斟酌成通俗易晓话头，为妇稚所共喻，这却难得的很。"苏霖臣道："后二本二百四十零三个孝子，俱是照经史上，以及前贤文集杂著誊抄下来，不敢增减一字，以存信也。一宗孝行，有一宗绣像，那是省中一位老丹青画的，一文钱不要，一顿饭不吃，情愿帮助成工。"程嵩淑道："这个好得很。古人左图右史，原该如此。难得此老所见远大，并不索值。人性皆善，圣人之言不诬也。但坊间小说，如《金瓶梅》，宣淫之书也，不过道其事之所曾经，写其意之所欲试，画上些秘戏图，杀却天下少年矣。《水浒传》，倡乱之书也，叛逆贼民，加上'替天行道'四个字，把一起市曹枭示之强贼，叫愚民都看成英雄豪杰，这贻祸便大了。所以作者之裔，三世皆哑，君子犹以为孽报未极。像老哥这部书，乃培养天下元气，天之报施善人，岂止五世其昌？"苏霖臣道："《金瓶》《水浒》我并不曾看过，听人夸道，笔力章法，可抵盲左腐迁。"程嵩淑笑道："不能识左、史，就不能看这了；果然通左、史，又何必看它呢？一言决耳。万不如老哥这部书。"

少刻，双庆揩桌子，蔡湘奉盘碗到了。奉酒下箸，程苏二位先生首列，绍闻打横，篑初隅坐，有问则对，无答不敬。这程嵩淑仔细端相，不觉叹道：“令器也！”苏霖臣道：“你也怎的夸起来？”程嵩淑点头道：“真正的好么！孝移兄不死矣。为之再进一觞。”衔杯高兴，又向着篑初道：“我心内极爱见你这个小学生。不是单单要你中举人，成进士，做大官，还想着叫你在家为顺子，在国为良臣，你爷爷的名字及表字，都有了安插的去处。”转而向霖臣道：“我之言孝，非世俗陋儒卧冰、割股、啗蚊、埋儿之谈，令人可怖、可厌。姑不说割股、啗蚊、埋儿之行，使人心怵。即如王祥求鲤一事，据史籍所载，乃破冰而适逢冰解，非卧而求之。若果裸卧以求，岂不冻死，何孝之有？要之，孝之理极大，孝之事无难。恭敬了，便是孝，骄傲就不是孝；老实了，就是孝，欺诈就不是孝。恭敬老实便集福，岂不是孝？骄傲欺诈便取祸，岂不是不孝么？我如今老而无成，虽说挨了贡，不过是一个岁贡头子，儿子又是个平常秀才，还敢满口主敬存诚学些理学话，讨人当面的厌恶，惹人背地里笑话迂腐么？直是阅历透了，看的真，满天下没人跳出圈儿外边也。是咱城里，我们五六个自幼儿相与，实实在在的是正经朋友，不是那换帖子以酒食嫁游相征逐。今日见贤侄务正，小相公品格气质都好，就像我姓程的后辈有了人一般。”苏霖臣点头道：“这是我们几个老头儿真心。”

这程嵩淑酒助谈兴，谈助酒兴，不觉得酩酊，向苏霖臣道：“我竟是醉了，咱走罢。”苏霖臣道：“考试将近，休误了他们这半天书。他们进场，是要写文字哩，不是写话。”程嵩淑笑道：“他们不写这话，却写的是这个理。”说着早已起身，绍闻父子后送。苏霖臣道：“小学生送客只到门口，不许再往前去，回去罢。”

绍闻送至胡同口回来，到西蓬壶馆看张、王二位。进馆一问月收账的说：“走的早了。这是他两个亲手上的账，一百二十文钱。”绍闻道：“我慢待了客了，他两个没吃什么。”管账的说：“四碟子莱，两碗面，一壶酒还没吃完，就走开了。”正是：

人遭词讼怖追呼，公子秀才胆共酥；
回首旧年嫖赌日，翻成蓬岛与方壶。

第九十一回

巫翠姐看孝经戏谈狠语　谭观察拿匪类曲全生灵

却说绍闻回到书房，只见兴官摊着霖臣所送《孝经》在案上翻阅。父亲一到，即送前二册过来。前无弁言，后无跋语，通是训蒙俗说，一见能解，把那涵天包地的道理，都淡淡地说个水流花放。及看到二百几十宗孝子事实，俱是根经据史，不比那坊间论孝的本子，还有些不醇不备。凡一页字儿，后边一幅画儿，画得春风和气，蔼然如水之绘声，火之绘热一般。这父子也住了书声，手不停披。

傍晚回家，点起烛来，同母亲王氏、巫氏、冰梅，都看起书上画的人人来。这个问那个也问，父子就指着像儿，指陈当日情事，个个喜欢。老樊也上楼来，听得讲说，忍不住也叹道："真正好，真正难得！"这不是苏霖臣作的书好，只为天性人所自有，且出以俚言，所以感人之速，入人之深，有似白乐天的诗，厨妪能解。并可悟古人作书右史必佐以左图也。

这巫氏还要带有图像的两本到东楼下看。绍闻道："放下罢，明日再看。"巫氏道："这比看戏还好。"绍闻道："怎能比看戏好？"巫氏道："那戏上《芦花记》，唱那'母在一子单，母去三子寒'；那《安安送米》这些戏，唱到痛处，满戏台下都是哭的。不胜这本书儿，叫人看着喜欢。”绍闻道：“你除了看戏，再没的说。”巫氏道：“我不看《芦花记》，这兴相公，就是不能活的。”绍闻听得话儿狠了，说道：“你自己听你说的话。”巫氏道：“从来后娘折割前儿，是最毒的，丈夫再不知道，你没见黄桂香吊死在母亲坟头上么？”绍闻道：“你是她的大娘，谁说你是她的后娘？”巫翠姐道：“大妇折割小妻，也是最毒的，丈夫做不得主，你没见《苦打小桃》么？”冰梅着了急，向王氏笑道：“奶奶，你看俺大叔与大婶子，单管说耍话，休要耍恼了。”兴官也拉住悟果的手说：“咱去读书罢，明早背不熟，爹要打你这小手儿。”王氏道：“天晚了，你们各人都睡去。老樊与我收拾了床，也走罢，小心厨房的火。”于是各嘻嘻分散而去。正是：

乖情已被柔情化，喜气还从正气生。

却说谭绍闻日在书房中父子课诵，心中挂牵着观风一事，不听有一点子动静。

忽一日王象荩送来菜蔬，还带了女儿与奶奶做的鞋。王氏道：“小手儿还算巧，扎的花儿老干淡素，是我这老年人穿的。配的线儿也匀，针脚儿也光。怎的把我的鞋样子偷得去了？这小妮子，也算有心。”老樊看见，接在手里道：“哎哟！我明日央这小姐也与我做一对。”冰梅道：“你需与她撕下布，人家娃娃，陪起工夫，赔不起布。”老樊笑道：“只是鞋样子去不得。”巫氏道：“也不用撕布，也不用送鞋样，只叫王中在鞋铺取一对就是。”老樊笑道：“我这几日穿的踏泥鞋，通是兴相公的。”

这王象荩哪里听这些闲话，只在堂楼门边，问大叔与小相公近状。王氏道：“天天在书房念书。你打算极好，全亏你撺掇哩买下这攒院子。”王象荩道：“那是奶奶的主见。”即向书房来看少主人。

绍闻认得声音，即将钥匙丢出，王象荩开门进去。绍闻道：“王中你来的正好。前日道台观风点名放牌，看来都有关照之意，却含笑不语。我差你上道台衙门前，打探观风榜出来不曾。”王象荩道：“丹徒族大，未必就是长门请大爷那位，由得大人罢了。小的自去瞧榜。”王象荩依旧锁门而去。

去了一大晌回来，仍旧领得钥匙开门，进来说：“并不曾放榜。道台观风当日半夜时，得了抚院大人密委，带了二十名干役，陆总爷带兵三百名，四更天出南门去了，说有紧急密事。今日才有信息，说是南边州县有了邪教大案在今办的将次回来，衙役皂快正打算拨人夫去接，说今晚接到尉氏。道台八九天并没在衙门，那个放榜。”

原来邪教一案，抚院得了密揭，委了守道和中军参将，速行查拿。二位文武大员到了地方，即同本县知县，飞向邪教村边围了。村庄本不甚大，三百名官兵，二十名干役，知县带了衙兵捕快共五十名，团圆周匝，围得风丝不透。

三位官员人村下马，径入内宅。干役官兵各持枪刀护卫。满院男女老少，吓得七孔乱哭。只见五十多岁的一个老头儿，跪在三位老爷面前说：“小人是家主，任凭大老爷锁拿。”陆总爷一声喝道：“捆起来！”十来个兵役一脚蹬倒，用绳捆了。谭道台道：“陆总爷还得搜一搜，搜出犯法物件，方好指赃杀贼。”

同进了他的正房。见正面奉把神轴，不男不女，袒胸露乳。面上两只鬼眼，深眶突睛。手中拿了一轴手卷，签儿是“莲花教主真经”六个金字。头上罩着一盘云里龙，垂鬣伸爪，下边坐着一朵莲花。一边站了一只白猿，一边卧了一只狮形黄毛狗。谭道台暗道：“可怜这一个奇形怪状的像，葬送了一家性命。”香炉烛台，却是两支木蜡。香筒内有一本黄皮书儿，道台展开一看，即塞在靴筒内。又于门后拔了两支教主令旗。即速各上马匹。拨了车辆，七八条铁绳将人犯锁住，放在车上。道台吩咐县令，叫本地乡保、两邻跟着，审讯对质。

陆总爷传了令箭，命兵丁押护，以防贼党抢劫，并防本犯自戕。

县令飞差健步皂役，跑向城中，安插围守牢狱衙兵，拨催飞车，次日起解要犯。果然沿途递送，进了省城。

谭道台进省随即上院，将拿获邪教情形禀明。抚院当晚委牌下来，委在省各员会审。并将该县密揭内，保长邻佑首状情节，随牌发出。

次日卯刻，司、道以及各官上院回来，就在开封府衙门会齐。这首府二堂，早已安排得齐齐整整大小十副公座。各委员排次，打躬入座。第一位是河南承宣布政使司布政使陈宏渐，第二位是提刑按察使司按察使江云，第三位便是这督理河南开归陈许、驿、盐、粮道布政司参政谭绍衣，第四位是分巡开归陈许道按察司佥事邓材。两旁金座是开封府知府杨鼎新，河南府知府王襄，卫辉府知府王秉钧，许州知州于栋。下边两座，却是祥符县知县马如琦，尉氏县知县陈辂，秉笔写招。各官身后，俱有家丁伺候。越外有门役二人。几个招房经承，拈笔伸纸，另立在两张桌边儿。一切捕快皂役，俱在宅门以外伺候听用。

巡捕官率领四个皂役，带得犯人上堂。这犯人一见这个威严气象，早已形缩如猬，心撮似鼠，跪在公案下，浑身抖擞个不住。问道："你实在是什么名字？"供道："小人名叫王蓬，表字海峰。"一声喝道："掌嘴！"早已过来两个皂隶，一个扶住头，一个掐住腮，乒乒乓乓十个皮耳刮子，口角流出血来。问道："你多大年纪了？"供道："小人五十三岁。"问道："家中都是什么人？"供道："父母俱无，一个老婆，一个小老婆，女儿出嫁，一个儿子，十六岁了。"即叫两邻问道："这所供人口都真？"两邻道："他的小老婆是跑马卖解的闺女，时来时往。"上边笑道："这是他包揽的土娼了，什么小老婆呢。"又问道："你服侍是什么神呢？"供道："白猿教主。"问道："这个神有人供奉过？"供道："这是小人心里想出来的。"问道："你怎的凭空有了这个想头？"供道："小人是个不大识字的医生，会看病，会看阳宅。"问道："这个尽可弄几个钱养活家口，为甚平白编出一个神像来？"供道："小人走的地方多了，见乡里这些百姓，是易得哄的。小人与他看病，何尝用药，不过用些炒面，添些颜色。等他自己挨的好了，他就谢小人。小人与他镇宅，只说是他家小口不安。这人家父母死了，说是年纪到了；若是他家小孩子丢了，定要埋怨天爷。一说是他家宅神不喜，他再没不信的。说是他的某一座房子该拆，某一道门口该改，他不能另起炉灶，就央镇宅。小人就叫他买黄纸，称朱砂，与他画了些符，现下就得他的重谢，久而久之，就有寻上门来，渐渐的也有远处人来了。小人想起来，画个神像，他们来了，拜了神，封个将军，封个官儿，他们就送银子来，那人记了一本黄皮书，写他某将军某州人布施银多少，某布政某县人布施银多少，好哄那后来的人。"

这正与谭道台所搜得那本黄皮书儿字字相投。谭道台忽的发怒道："一派胡说！你先说你不大识字，如何会写官名县名？"供道："小人写药方，看告示，那道儿少些的字，也就会写了。"道台看了招房道："这几句虚供不用写。"遂发大怒道："满口胡说！你的两邻你还哄不住，何能哄隔省隔府的人？天下有这理么？"即向知府道："看来这个死囚，是因渔色贪财起见，假设妖像，枉造妖言，煽惑乡愚。已经犯了重律。即此禀明大人，凭大人裁夺。"遂一面传祥符县将重犯收监，一面同知府回禀抚台。

抚台接见，即把妖言惑众的王蓬，哄骗愚人情节，说个简而明，质而真。求抚台道："重犯不可久稽显戮，到大人衙门过了堂，即宜恭请王命正了典刑。会同按台大人申奏时，并伊所造神像轴子，所制教主令旗呈销。"抚台道："还得追究党羽。"谭道台道："此犯渔色贪利，惑愚迷众，这众人尚不在有罪之例。"抚台道："万一传薪复燃呢？"谭道台道："首犯陷法，那受愚之辈无不栗栗畏法，方且以旧曾一面为惧，毫无可虑。"抚台果允其说，以结此案。

谭道台回署，已经上烛时分。坐在签押房内，取出靴筒黄本儿，向烛上一燃，细声叹道："数十家性命，赖此全矣。"正是：

谁为群迷一乞饶，渠魁歼却案全销。
状元只为慈心蔼，楚北人传救蚁桥。

第九十二回

观察公放榜重族情　篑初童受书动孝思

却说谭道台烧了妖党送银簿子，正欲检点连日公出未及人目的申详，梅克仁拿了许多手本，说是本城小老爷们请安。道台只得吩咐些“连日星夜，案牍堆积，委的不暇接见，请各老爷回署办公”的话头。随便看了十来本提塘邸报，再欲拆阅文移申详，争乃身体困乏，上眼皮的睫毛，有个俯就下交的意思。

靠背一倚，梦见回到家乡，只见一人器宇轩昂走来，却是孝移族叔。自己方躬身下拜，猛尔更炮震天一响，这堂鼓细声冬冬的发起擂来，不觉出梦而醒。叹道：“祖宗一脉，梦寐难忘。”乃吩咐拂床展褥，早睡早起，五鼓各要伺候的话。

原来真正必有事焉之人，困了即睡，不是故意往寻黑甜；早晨醒时便起，不是一定要日出三竿，学那高僧出定的功课。谭道台五鼓起来，洗了脸，漱了口，吃了茶，正要检阅公牍，商量案件，无奈这些入莲幕的，此时正是居西席位、住东君房，卧北窗床、做南柯梦的时候。只得将两束生童观风卷子，搦管儒墨，看将起来。这十行俱下的眼睛，看那一览无余的诗文。

诸生卷子，节取了三本；童生卷子，看那笔气好、字画端正的，也取了三本。诸生是张正心、吴彦翘、苏省躬，童生是葛振声、谭绍闻、谭篑初。想道：“衡文原是秉公，但一时取本族两个人，未免有一点子瓜李影儿。究之观风高取，毫无益于功名，却添出一层唇舌，只得把绍闻删却罢。”主意已定，即叫本夜值宿的礼房来。礼房听得内传，进签押房伺候。道台吩咐道：“观风一事，因查拿公出，将近半月尚未发榜。今日阅定生员三人，童生二人，卷面已写定名次，即将卷子交付与你，速速写了榜文装头，按排次写榜。不必送稿来阅，即写真，将奖赏日子空住，送来用印过朱，限今晨张挂。”

礼房领命而出，一一如命办理。送进来道台过了朱，填上奖赏日期，管印家人用印，盖年月，钤接缝。鼓乐送出，贴在照壁。礼房又办十树银花，五匹红绸，十封湖笔，五匣徽墨送进，以凭奖赏日给发。

到了奖赏日期，四位学师，依旧奉命进了道署，五位生童直到大堂等候。这生员除了张正心三十五岁，那吴彦翘、苏省躬俱已面皱须苍，各在五旬上下。童生葛振声是二十年前还沾童子气象，如今已届强仕，兼且貌寝身长，见了谭篑初竟不免自惭形秽。那篑初面容韶秀，眉目清扬，举止尚带几分羞涩。把些衙役书办，也不免有齐看卫玠的意思。

少时，道台坐了二堂，一个学师引进。挨着名次，逐位给了花红笔墨。发出原卷，夸了些诗文佳美，说了些做人读书各宜努力的话头。旋命请到桐荫阁款待。

到阁上，东西两间围裙搭椅，牙箸台盏俱备。一边一席，四位学师一桌，傍上偏些；五位生童一桌，傍下偏些。让的坐下，果然山珍海错，薰腊烹调，无品不佳。不知者以为赴的是大人的席，知者以为都是孔夫子留下的体面。

到了醉酒饱德之后，各学师引了五位生童上二堂禀谢。内边一个家人，急忙出来道：“我们老爷说了，事忙没得亲敬，简亵得很。请各自尊便。”五位各携所得赏赍，鱼贯而出。又只见一个小家人向谭篑初说道：“老爷请相公到内书房说话哩。”四位学师道：“你且少候，看大人有何见教。”说完，随着生童出大门上马而去。

单说内宅小家人引的谭篑初进的宅门，站在院里，道台在三堂前檐下立着，说：“到这里来。”篑初上得阶级，道台引住手，进了三堂。引到神主前，撩开主拓门儿上挂的绸帘，回头道：“随我磕头。”使婢铺了两个垫子，道台在前，篑初在后，作揖跪下。禀道：“这是鸿胪派的后代，住在河南省城，当年到丹徒上坟，名忠弼的孙孙，论行辈是绍衣的侄子，今日到先人神位前磕头。”说完，同磕下头去。作揖礼毕，道台仍拉住手道：“我还没得与那边老太太叩头，不敢叫侄儿与你伯母见礼。随我到东书房中说话。还有至要紧的，今日要交与侄儿。”

道台前走，篑初跟着。那行礼之时，内宅太太、姑娘，有在帘子纱月儿里看的，也有掀开帘子边儿看的，说是新认的本族晚辈。打院里一过，这养娘爨妇门边站的，墙阴立的，无不注目。过去远了，齐攒在一处咕啼道：“哎哟！出奇的很，怎的这位少爷，与咱南边东院二相公一模一样儿，就是一对双生儿，也没有这样儿厮像。”

不言这妇婢私议。单说道台到东书房坐下，篑初也作揖坐下。篑初一看，只见架上书册连栋，旧的比新的还多，心里着实欣羡，那眼珠儿传出神情来。观察公端的观出来了、察出来了，向架抽取一本儿，递与篑初道：“我正要把这要紧的交与侄儿。”篑初接住，摊在案上，只见签上写着《灵宝遗编》四个字，不甚解其所以。道台道：“这是这一门的老爷，在灵宝做官的遗稿。”篑初道：“听说我爷爷，前二十年外，曾到江南上坟，怎的不曾带回这本书？”道台道：“彼一时，原是下书请修家谱，这遗稿还未曾见。你爷爷到丹徒，是嘉靖元年，这是嘉靖三年才刻的。你看序文上年月，就知道了。”忽的家人禀道：“本府杨大老爷拜会。”道台道：“侄儿你且看书，待我会客回来再讲。”

观察到桐荫阁会客。也不知说的什么漕运驿站的公务，迟了一时回来。只见篑初看《灵宝遗编》，脸上似有泪痕方拭干的模样，暗叹道："好孩子，我灵宝公有了好后代。"篑初道："这书上似有缺文，旁注云缺几字，是何缘故？"道台道："这本书咱家初不知道，老爷们不曾传说。是一个亲戚，原是一个旧家，子孙们把家业废了，藏书甚多都称斤卖了，我自幼听说过。这是你爷爷上坟去后一二年，这家亲戚一发穷了，推了一小车杂书，要卖与咱家，只要两千大钱。我念亲戚之情，与了四两纹银，两口袋大米，他推回去度日。把书放在大厅当门，一样一样细检，不是《礼记》少了《檀弓》，就是《周礼》少了《春官》。内中却有两宗要紧的，一宗是他家少宗伯的奏疏稿，一宗是咱家这灵宝公诗文稿，合几样儿为一本。这本书本没有名字，像是他家一位前辈爷抄的咱家灵宝公的。翻阅时见末了一个图书，印色极好，红艳不减，却是灵宝公的名讳，又疑是灵宝公的手稿，但不知怎的流落他家。内中有《送舅氏岫片牕公之任粤西》诗，因此遍访亲故，以及乡前辈，的的确确，才知晓灵宝公是龚岫牕先生亲外甥，其为我家遗文无疑。但此册虫蛀屋漏略而不全，发刻时，缺者不敢添，少半篇者不肯佚，又不敢补。彼时灵宝公又不曾著个书名，因此题签曰《灵宝遗编》。侄儿是灵宝公的嫡派，所以今日交与你。我明日即传刻字匠来衙门来，照样儿再刻一付板交与你。祖宗诗文，在旁人视之，不过行云流水，我们后辈视之，吉光片羽，皆金玉珠贝。侄儿你来我跟前来……"篑初果然走近身边，道台将十四岁的肩臂一连拍了几拍，说："好孩子，这担儿重着哩！"

篑初道："那架上别的是什么书？"道台道："我有一宗官事出去办一办，叫人送点心送茶来伺候侄儿。你不妨狼藉几案，那书由你看，任你拣。你要哪一部，哪一部就是你的。"篑初道："伯大人不看么？"外观察道："天下好书与天下好书人共之，何况你是自己子侄。"篑初道："别的哥弟们不看？"观察道："南京是发书地方，这河南书铺子的书俱是南京来的。我南边买书便宜，况且我手头宽绰。你是爱书的人，钱少不能买，这是好子弟的对人说不出来的一宗苦。”话未毕，小童送上点心来，大人与篑初同吃。又吃了一杯茶，说：“是你愿意要的书，就放在桌面上。我回来，就着人随定你送的去。这不是说‘宝剑赠烈士’，正是‘万卷藏书宜子孙’，只要你报一个‘十年树木长风烟’。”

观察进内宅，要换公服，出署见藩桌，商度一宗政务。内太太道：“方才这个侄子，怎的与东院三老爷家瀛相公一个样儿？只是口语不同。若不是说话时，并分别不出来。怪道手下个个都说是双生儿。”观察笑道：“昔日长沙王隔了十世，被劫墓贼劫开墓，将宝物偷个罄尽。后来劫墓的在街头遇见他子孙，说是长沙王拿他，躲避喊叫，被人拿获。这才知道祖孙十世竟有一样的面貌。如今这两个侄儿，虽分鸿胪、宜宾两派，毕竟一脉相承，所以一个模样。如今南边瀛升侄儿，是咱家一个好样的。这祥符篑初侄儿，也是咱家出色的。我前十天点名时，早已看两个是一样儿，心下就很喜欢。及看他的文字，虽说很嫩，口气却是大成之器。即命厨下备饭，我拜客回来，就在书房与他同吃。”

道台出衙，不过一个时辰，依旧回署。脱去公服，到了书房，即便问道：“那桌上是你拣的书？”篑初道：“只是《五经》《左传》《周礼》《通鉴纲目》，别的诗稿文集，侄子一时还顾不着。”观察道：“幼学只此便足，勿庸他及。”即叫门上：“传四名轿夫，把乔师爷坐的二人轿子，准备伺候；把衣箱扛架，准备装书，不用罩子。吃过午饭，叫个能干差头，跟得送去。”

顷刻，抹桌捧得饭来，甚是俭洁。伯侄用完午饭，便叫差头进来。这进来的差头，正是新点的夏鼎。原来夏鼎前日往拿邪教，在二十名干役之中。这个物件眼前见识敏捷，口头言语甜软，头役开缺，夏鼎顶补。听得宅有唤，早已慌忙进去。见了观察，即忙叩头。

见了篑初，也不得不磕头，观察吩咐道：“将桌上书册，叫轿夫抬进衣箱架子，装整齐，放稳当，跟得送到少爷家去。刻下立等回话。”夏鼎答个：“是。”一转身时，轿夫抬进架子来，夏鼎一一摆列，用绳束了，果然稳当整齐。观察回至内宅，不多一时，两个小厮跟了来，一个小厮捧了一个大匣子，一个小厮捧了一个大毡包。即叫小轿自马号抬出。观察道：“到家请老太太安。”篑初作揖禀辞，观察命把匣子、毡包放在轿内。篑初坐上，夏鼎把住轿杆。出了道署，穿街过巷，到了谭宅后门。

夏鼎正要献些殷勤，嘱些话头，不料王象荩在后门照应，又怕误了回话见责，只得押着轿夫而回。正是：

从来贱愚本相邻，越急越刁总一身；
看是欺瞒全入网，到头方知不如人。

第九十三回

冰梅思嫡伤幽冥　绍闻共子乐芹泮

却说篑初到家，上得堂楼，奶奶父亲看见是光彩模样，怎不喜欢。王象荩把几十套书一一放在桌面。撕了匣子上小封条，乃是元宝六锭，一个红帖儿，上写着“婶太太大人甘旨之敬，侄绍衣顿首。”展开毡包，乃是表里四匹。

篑初把银花、彩绸、湖笔、徽墨放在神主橱前，向父亲说：“这该告我爷说一声。”绍闻遂率着兴官，推开神主橱门，行了两揖四叩常礼。王氏喜极，说道：“我也该向祖先磕个头儿。”也行了礼。巫氏与悟果，各喜笑不止。老樊只是大笑，在院里拍手。

这冰梅偷拉兴官回自己住的私室，指着孔慧娘神牌说：“磕头。”兴官磕下头去。冰梅泪如泉涌，不能自止，说道：“你向堂楼瞧奶奶去罢。”兴官出来。冰梅将欲出来，争乃喉中一逗一逗，自己做不得主。难说合家欢喜，我一个婢妾独悲，是什么光景？因此倒在床上，蒙上被子，越想越痛，暗自流泪。孔慧娘临死时，叫兴官儿再看看，又说长大了记不清的话，一一如在眼前。那母子诀别之痛，嫡庶亲昵之情，放下这一段，想起那一宗；搁下这一宗，想起那一段，直悲酸到三更时候。好冰梅，真正的难过也。

到了次晨，绍闻兴官依旧要上学念书，王氏道：“你们吃完早饭再上学，趁王中住下，他来商量一句话。”兴官叫王象荩到堂楼，靠门站下。王氏道：“昨晚道台送绸缎四匹，说是我的衣服；银三百两，说是我的吃食。我算计了一夜，怕闲花销了，你看该怎么摆布呢。”王象荩说了两个字。哪两个字呢？曰：“赎地。”王氏道：“赎哪一宗呢？”王象荩道：“张家老二那一宗地，是二百八十两当价，这元宝银子成色高，只给他二百七十两便可回赎。余下三十两，这做衣服的裁缝工钱，线扣贴边花费，是必用的。况且奶奶年纪，比不得旧年，这早晚鸡鱼菜果点心之类，是少不得的。赏小厮丫头零碎散钱，也是短不得的。奶奶随意使用，才不枉了道大老爷这一点孝心。三十两银子净了，这赎的地收打的粮食，便接续上了。”楼上男女，无不首肯心折，齐道：“是，是。”绍闻细看王象荩，鬓角已有了白发。正是：

漫道持家只等闲，老臣谋国鬓同斑；
须知用世真经纶，正在竹钉木屑间。

王象荩吃了早饭，上堂楼禀于王氏道：“我去南乡回赎那份地，就叫当主拿典约来，到这里收价撤约。”王氏道：“你与你闺女带回一匹绸子去。我还与他收拾了些绸缎碎片儿，你也带着。女孩大了，还没个名字，我与他起个名叫做全姑，叫着方便些。”王象荩磕了头，说：“谢过奶奶。”自行去讫。

不多一时，只听得有女人声音，喊着看狗，早已自己进了堂楼。磕了头，起来说道：“奶奶还认得小女人不认得。”王氏道：“一时恍榴。”那女人道：“小女人是薛窝窝家。”王氏道：“你坐下。”薛婆道：“太太赏坐，小女人就坐下回话。这几年不曾来问安，老太太一发发了福。”王氏道：“你却不胜旧年光景，牙也掉了。”薛婆道：“天生的伺候人的奴才命，天爷再不肯叫断了这口气儿。家里人口又大，每日东跑西跑赶这张嘴。小女人如今老了，不当官媒婆了。这官差是第四巷老韩家顶着哩，县上女官司，都是他押的。只为小女人说话老实，这城里爷们喜事，偏偏还着人叫小女人去商量。小女人说我老了，牙都掉了，说话漏风，还中什么用呢。这些奶奶们就吆喝说：‘你不管，叫谁管？’这也怪不得爷奶奶们肯寻我。”因移座向王氏附耳低声道：“奶奶看我当日送你这位姐，如今生的小少爷，昨日自道台老爷衙门坐轿出来，满街都夸奖说，是送韦驮的，再没一个不说是状元、探花。天给我一个受穷的命，却给我一张有福的嘴。”冰梅听见媒婆声音，上得楼来。薛婆接住一拜，躬身虚叩，说道：“姐姐大喜。”冰梅因伊是从来之自，倾身实叩。薛婆急忙扶住说：“折煞了我！”老樊提上茶来，看见薛婆笑道：“有劳你罢，我要另跳个门限儿。”薛婆道：“眼看挂‘贞节匾’哩。”老樊笑道：“我是实话。”薛婆大笑道：“有个主儿，只是远些。”老樊道：“在哪里？”薛婆道：“在山东东阿县。”老樊笑的去了。

王氏道：“你两个说的，我不省的。老樊说他要跳门限儿，想是不愿意在我家做饭了？”薛婆道：“他说笑，是另嫁主儿。我说东阿县，是熬皮胶，骂他哩。”王氏道：“我全不省的。”薛婆道：“闲打牙，与你老人家解心焦，连正经要紧话还没说哩，真正是小女人活颠倒了。原来是一宗亲事，我来提提。行不行，在老太太。只是八十妈妈，休误了上门生意。奶奶休嫌絮联，待小女人把这一家愿意做亲的人——也不提他姓名，奶奶有了口气儿，小女人才好说个清白。这人是咱城中一个财主，山货店有他几股子生意，听说京中，也有几个铺的本钱。一个女儿，今年十七岁了，高门她不攀，低门她不就。所以还不曾有个婆家。这位爷只有一个女儿，过继的一个侄子。这陪妆都是伙计们南京办货另外带的，首饰是北京捎的，不是咱布政司东街打造的银片子。单等有了女婿，情愿供给读书，读成了举人、进士，情愿将几处庄子陪送作脂粉地。”王氏道：“女孩何如？”薛婆道：“那人材标致，只看咱家小少爷，就是一对天生的金童玉女。”王氏道：“孙子又是一辈人，我不敢管，等他爹下学回来，我对他说。你只说这家在哪道街，哪个胡同，姓什么，叫他爹自行打听。”薛婆道：“亲事成与不成，小女人如何敢预先说明。万一不成，人家是女家，不好听。俗语说，‘媒婆口，没梁斗’。小女人却是口紧。”王氏执意要问，薛婆道：“西门大街，姓张。”王氏道：“我对大相公说就是。”薛婆见王氏不肯深管，说：“老太太休错了主意，好大一注子银钱哩！小女人且回去，好事儿不是一时一霎就成的。”王氏道：“吃了饭回去。”薛婆道：“小女人今日还要发财哩。北门赵爷，说明今日要赏小女人十两银哩。”冰梅也留不住，叫道：“樊嫂看狗。踩百家门的人，吃饭工夫也没有哩。”冰梅送至后门，薛婆还嘱咐道：“姐姐是天生的造化人，我知这亲事将来必成的，改日再来讨喜信。”绍闻父子学中回来，王氏把西门大街张家事，一一照薛婆话述了。绍闻道：“下月学台回省，目今府考就到，哪有工夫打听。”

过了一日，巴氏来望女儿外甥，巫氏加意款待。巴氏问了道台送的表里的话，看了银花彩绸，满口夸奖。意中原是巴庚有女，托了姑娘提媒。巴氏几回要张口，争乃喉中自为挡塞，吐不出来。临行，把话交与翠姐，闲中向姐夫探探口气。不知墙有缝，壁有耳，绍闻只说：“怕亲家抬起来打我。”只这一句，巫翠姐也难提秦晋、朱陈的话。只为谭宅此时蹇修联影，也就冰语聒聪，不再一一细说。

王氏也向绍闻提了几宗话，绍闻道：“这都是与咱家道大人结亲哩。要之，也不尽在此。要是文宗一到，考案一张，我父子有一个进了，还要添几宗哩。若俱不能进学，这说媒的就渐渐稀疏。儿子经了几番挫折，这世故也晓得七八分。我想舅舅那边，如今也必有托他说媒的。我舅是个精细小心人，总不见来，正是舅舅好处。总之，这事要叫四位老伯拿主意。”王氏道：“果然如今说的，只像王中那个女儿就好。我前者与他女儿起个名字叫全姑。我这时很想这闺女，还把兴官挣的红绸子，叫王中捎与他女儿一匹。”绍闻道：“起名全姑，果然一样儿也不少。但不知将来便宜了谁家。若论起兴官亲事，我一向不成人，不敢见我爹爹相处的老朋友，这回若是进个学，便好见这几位老人家。议亲之事，这三位老伯，并儿的外父一并说好，那就石板上钉钉，就如我爹订的一般。这是一定主意。现在只以考试为重，兴官总不至没有丈人家。娘不必挂心就是。”说完，引兴官上学而去。

出得后门，遇见了张宅一个小厮，拿了一个红帖子，上边写着：

府试定于初二日，署前已有告示。册卷速投勿误。正心寄纸。

绍闻付与儿子看了，本日即办考具。

临期进场，复试后挂榜，赶紧捷说，谭篑初取了第一名，谭绍闻移在第三。

这父子名次，勿论城里轰传，连四乡也都究原探本，讲起谭孝移当日学问品行来了。古人云：“为善，思贻父母令名必果。”岂不信哉。

府案已定，单候学台考试。到了三十日，果然学台自归德回省，人谓之坐考开祥。

那学台的告示，申明场规，禁止夹带，严拿枪手，厘正文体。各行各款，俱是厚纸装潢，以便通省各府悬挂。至于开祥事宜，有墨写过朱的牌，也有朱笔亲书实贴的，生童来来往往，无不仰观细念。唯有厘正文体一张红告示，攒挤人多。绍闻引了兴官，也站着细读。只见上边写的：

钦命提督河南通省学政、内阁学士兼礼部侍郎卢，为厘正文体，以昭实学，以备实用事。国家以制艺取士，义隆典重。特命学臣，分布各省，遍历各郡，俾县衙择其乡塾儒童赋质之粹、肄业之醇者，呈之守牧，守牧复加考核，第其名次，以俟学使之案临。学使乃拔其尤者，列之胶庠，名之曰生，别于民也；系之曰员，进于官矣。是盖仿古者乡举里选之遗意，而寄他日致君泽民之重任者也。故既加官服以荣之，复给廪膳以赡之，养士将以收得士之报也。各省试院莫不榜其门而大书曰“为国求贤”，各生童可以顾名而思义矣。伏读高皇帝刊碑于国子监之门曰：“宋讷为祭酒，教的秀才，后来做官，好生的中用。”迨相沿既久，而科、岁之试，乡、会之场，竟视为梯荣阶禄之地，而“做官中用”四个字，遂相忘于不觉矣。顾国子先生，教士之官也；督学使者，校士之官也，此其责，仍宜重之于学使。向于省会书肆中搬取试牍进署，以觇课士之程式。而坊本分门别类，《四书》题目下，细注曰“巧搭”，曰“割截”，曰“枯窘”，曰“游戏”。注此八字于圣言之下，此岂可以为训乎哉？圣人朴实说理，而注之曰“巧”；圣人浑理，而注之曰“割”；圣人之言，并不可以腴称，而何至于“枯”？圣人之言，并不可以庄论，而何况于“戏”？阅其文，巧搭题亦联络有情，割截题亦钩勒不走，枯窘题何尝不典瞻堪诵，游戏题何尝不风韵欲流？然生童中有如是之才学，而不引之于正大光明之路，此则学使之过也。本部院才陋学疏，幸博一第，方幸与诸生共勉于大道，断不敢蹈此陋习，以开侮圣言之渐也。凡四子书中，必以阐性命、裨政治者帧，既可以窥醇修，亦可以觇伟抱。兢兢焉午夜剪烛，拭目悉心，以无失国家求贤若渴之意，敷政安民之心。总之，读书不多，则文不能进于雅；观理不清，则文不能规于正；心未底于澄澈，则文不能清；行未极于砥砺，则文不能真。此又诸生童之根于夙昔，而非风檐寸晷之所能猝办也。是则存正学以收实用，庶使者可或藉手而无负于简书，是则存乎诸生童之爱我弥甚也。特谕。

这父子看了学台手谕，心中不胜敬服。

至祥符进场之日，首题是《君子不器》，次题是《强恕而行，求仁莫近焉》，论题是《资于事父以事君而敬同》。这父子兴会淋漓，已牌未脱稿，午初至未刻誊写干净，送到大堂。这开祥四学师，是认得篑初的，接了卷子，大家传观，莫不极口称赞。

次日圆榜招复，父子坐号东横西竖，同写在圈子上。及至大复发案，父子同入芹泮。走报报于家中，以及戚友。这绍闻半生磋舵，绷得一衿，这一喜一悔，自是不必说的。

不言绍闻合家欢喜，再找说试场那招复之日，儒童都在大堂上坐，因为年貌不对、字迹不符，拿住了一个枪手。学台即命巡捕官锁押，交与府堂审讯。晚鼓时，知府至学台处禀见面话，一茶方完，知府打躬道："大人命巡捕押送枪手，审讯之下，口角微露科目字样。卑职怕是同人们穷极生巧，或者可以宽纵？未敢擅便，禀候大人钧夺。"学台道："老先生意欲网开一面，以存忠厚之意，这却使不得。向来搜检夹带，每每从宽。因其急于功名，以身试险，情尚可宥，遂以诬带字纸，照例挨出为词，是亦未尝不存忠厚也。至于枪手，则断不能容的，拔一侥幸，则屈一寒酸，此损校士之责尤大。即如各州县详革一诸生，虽因其罪名而黜，此心犹有怜惜之意。若场屋中屈一寒酸，是这个秀才毫无过失，暗地里被了黜革，此心何忍？况这些枪手们，即令果是科目中人，也成了斯文的蟊贼，自宜按律究办，以儆效尤。"知府遂即告辞回署，遵学台之命而行，不必细述。人称卢学台秉公校士，果不负学使之使。

第九十四回

季刺史午夜筹荒政　谭观察斜阳读墓碑

却说谭绍闻父子同入芹泮，这满城私议，有言孝移庭训根基是正的，有言篑初聪明出众超群的，就有说绍闻旧年几乎入于下流的。那妒忌之人，竟有说道台使上体面通了门路的。总之，贬者可怕，夸者亦可怕。唯有闭户读书这一丸药儿，能治百样病。后生们宜牢记在心坎里。

但士庶之族，家有喜事，便难言门无杂宾。况绍闻少年不曾净守清规，更是不能杜门谢客。纵然今日心中有些不耐，这外局儿也俱要笑面相迎。一连四五天，未免山阴道上，也有个小小的应接不暇。这父执前辈，唯有孔耘轩以亡女之故，心下不快，使其弟孔缵经道了喜。其余程、张、苏诸公，各亲到了，一茶即便辞去。亲戚则王春宇父子，先后继至。巫家则泰山之余麓，牵连的巴家峄山、蒙山齐到。如巴庚引得钱可仰、焦丹等，并素不谋面的亲戚，也来道喜。张绳祖、王紫泥已是第二番。刘守斋、贲浩波还是头一次。既不曾少了虎镇邦那个革丁，怎能缺了夏逢若这个新役。盛希侨送了喜绸两匹，贺仪四两，是日正遇着谭绍闻与业师惠人也、侯冠玉磕头见礼，不能少留，骑得骡子而去。

这林腾云，为他母庆寿之时，曾劳过绍闻光降，今日也来还礼补情。单等萧墙街贴了首事的报单，早已来西蓬壶馆探了一回。这西蓬壶馆却每日有出传单，约远客，搭彩棚，叫昆戏，都是俗下街坊凑趣、朋友攒脸的市井话儿。内中也有素不谋面者，听说谭宅大喜，就说："五湖四海皆朋友，俺们到那日，也封份薄礼儿走走，大家好看些。"

忽的有个风声，说守道谭大老爷上郑州勘灾，出西门路过谭氏祖茔，下轿来，铺垫子，向墓前各行了四拜礼。一传十，十传百，都说谭大老爷与绍闻是本家兄弟，某日还要到萧墙街亲来贺喜，这个派头就大了。

正是太阳一照，爝火自熄。这胡轰之说，就先松后淡，渐渐的由小而至于无。

却说谭道台到西门本家祖茔下轿行礼，却也不是虚传。原来郑州旧年被了河患，又添沙压，连年不收，这几县成了灾黎地方，百姓渐渐有饿死的。风声传至省城，抚、藩共商，委守道确勘灾情，以便请努急赈。这道台是实心爱民的官，次日即便就道。出了西门，走了四五里，轿内看见一座坟茔，茔前一通大碑，字画明白，十步外早看见"皇明诰授文林郎知河南府灵宝县事筠圃谭公神道"，即忙下得轿来，铺上垫子行礼。口内祝告道："鸿胪派的爷们，丹徒裔孙绍衣磕头。因勘灾事忙，回署即修坟添碑。"急忙上轿而去。要知人嘴快如风，早已把这事传满省城。

单说谭观察到了郑州十里铺，典史跪道来接，请人道旁祖师庙吃茶。观察正欲问灾民实在情形，就下轿人庙一歇。及到门口，见墙上贴告示一张，上面写道：

> 河南开封府郑州正堂季，为急拯灾黎以苏民命事。郑州弹丸一区，地瘠民贫，北滨黄河，水滚沙飞。全赖司牧平日为尔民设法调剂，庶可安居乐业，群游盛世。本州莅任三年，德薄政秕，既不能躬课耕耘，仰邀降康，竟致水旱频

仍，尔民丰年又不知节俭，家少储积，今日遂大濒于厄。鬻儿卖女以供籴，拆屋析椽以为爨。刮榆树之皮，挖地梨之根。本州亲睹之下，徒为惨目，司牧之谴，将何以逭！——

观察叹道："这不像如今州县官肯说的话。"又往下看：

——千虑万筹，了无善策。不得已，不待详请，发各仓廒十分之三。并劝谕本处殷富之家。以及小康之户。俾今随心捐助。城内设厂煮粥，用度残羸。又谁知去城窎远者，匍匐就食，每多踣倒中途，是吾民不死于家，而死于路也；馋饿贪食，可怜腹枵肠细，旋即挺尸于粥厂灶边，是吾民不死于饿，而死于骤饱也。况无源之水，势难常给。禾稼登场尚早，吾民其何以存？——

道台又叹道："此又放赈官之所不知。即知之，而以奉行为无过者。真正一个好官。"又往下看：

——幸蒙各上宪驰驿飞奏，部复准发帑叠赈。本州接奉插羽飞牌，一面差干役六名，户房、库吏各一名，星夜赴藩库领取赈济银两，一面跟同本学师长，以及佐贰吏目等官，并本郡厚德卓品之绅士，开取库贮帑项，预先垫发。登明目前支借数目，弹兑天平，不低不昂，以便异日眼同填项。此救荒如救火之急策也。诚恐尔灾黎不知此系不得已之挪移，或致布散流言，谬谓不无染指之处。因此预为剖析目今借库他日还项各情节，俾尔民共知之。如本州有一毫侵蚀干没之处，定然天降之罚，身首不得保全，子孙亦遭殄灭，庶可谢已填沟壑者黯黯之魂，待徙于衽席者嗷嗷之口。各田里烟册花户，其悉谅焉。特示。

观察看完告示进庙，庙祝奉茶。从人取出点心，嚼了一两片子，再也吃不下去。只吃了一杯茶，即刻上轿赴城。典史绕路先行。

将入东门，只见一个官员，骑一匹挂缨子马，飞出城来。跟从衙役，马前马后拥着奔来。赶到城外，路旁打躬。观察知道是郑州知州季伟。下轿为礼。季刺史禀道："卑职在城西村庄，查点极贫次贫各户口。忽的听说大人驾临，不及回署公服，有失远迎，乞格外原宥。”观察道：“看刺史鼻拗耳轮中，俱是尘土，足征勤劳辛苦。我等司民职分，原该如此。可敬！可敬！”一拱即便上轿。季刺史上马，不能绕道先行，只得随定轿子。

进得城来，观察看见隍庙，便下轿进驻。季刺史禀道：“西街自有公馆，可备休沐。”观察道：“我辈作官，正要对得鬼神，隍庙甚好。”进去庙门，到了客堂坐下。详叙了饥荒情形，商了赈济事宜。只听得庙院庙外闹轰轰的，典史禀道：“外边百姓，颇有变志！”

这却有个缘故。原来季刺史开仓煮粥时候，一个仓房老吏，暗地曾对人说：“这个事体不妥。仓廒乃朝廷存贮的谷石，向来平粜以及还仓，出陈以及换新，俱要申详上宪，石斗升合勺，不敢差一撮儿。今年荒旱，民食艰难，大老爷就该申详，批准方可开仓。如何擅开，每仓各出三分之一煮起粥来？虽说是一片仁慈心肠，只恐上游知道，差位老爷下来盘查这谷石向哪里去了。说是煮粥救民，又有劝捐在内混着。总之少了谷石，却无案卷可凭，这就是监守自盗的匮空。我这老仓房熬的五年将满，眼看着考吏做官，只怕先要拿我吃官司听审哩。你们不信，只等省城有个官来，就不好了。总是我们住衙门的诀窍，要瞒上不瞒下；做官的，却要瞒下不瞒上；那会做官的，爽利就上下齐瞒。”这一番话，说的早了。那百姓们见官府这个爱民如子的光景，齐说：“等大老爷有了事，我们一起担承，怕什么？”今日道台大人来了，百姓一时妄传，说是来摘印的。一传十，十传百，个个鸠形鹄面，把隍庙团团围住，一起呼喊起来。

观察问典史道：“这百姓是什么缘故呢？”典史将原情禀明。观察笑道：“季太爷感人之深，至于如此。可敬之甚！典史官，将本道勘灾，还要加赈的话，对他们说明。他们明白底里就散了。”

典史至卷棚下，上在桌上，一一说明。那些百姓轰如雷动，哪个肯听，只是乱喊道：“留下我们太爷与我们做主。”喊个不住。观察道：

“本道只得出去与他们说个明白。”季刺史道：“卷棚下设座。”观察转到卷棚下正坐，季刺史旁坐，典史站在柱边。观察道：“拣几个有白须的上来说话。”典史一声传：“年老的上来。”果然有五六个驼背羊髯的老民上前。观察道：“你们百姓喊的是什么？”老民道：“俺们这郑州，有句俗语：‘郑州城，圆周周，自来好官不到头。’等了有些年，像今日俺们这位太爷，才实实在在是个好官。大老爷今日来临，不曾发牌，又不见前站；来到不陶冶公馆，人隍庙。百姓内情不明，说是俺们季太爷，有了什么事故，像是不得在俺郑州做官的样子。所以要问个仔细。”观察道：“你们这个好太爷，本道正要保荐提升，难说还有什么不好的消息？”那五六位老者，一发不肯，说道：“一发俺们不肯依。我们太爷才来时，是一个胖大的身材，只因连年年成不好，把脸瘦了一多半子，俺们怎舍得叫他升哩！”观察忍不住笑道：“如今还留你们季太爷与你们办灾，并准他相机行事，何如？”那五六个老民始有了笑脸儿。急下卷棚，到院里说了，那满院百姓，顿时喜跃起来。

这季刺史满心凄惨，眼中双泪直流，也顾不得失仪。观察道：“官民相得，如同慈母赤子，季刺史不愧古人矣！”观察仍退人客房。百姓们渐渐散了，没一个口中不是“罢！罢！罢”三个字儿。

曾记得前人有一绝句，写来博看官一笑：

满口几方几撇头，民沸又贮满腔愁；
淳风只有朱循吏，身后桐乡土一丘。

典史又秘向本堂翁禀道：“公馆已洒扫清洁，供给俱各全备，应请大老爷动身。”刺史欠身恭请，观察道：“晚上此榻就好，何必另移？”刺史道：“公馆略比此处清雅些。”典史跪禀道：“门前轿夫伺候已久。”观察笑道：“州县伺候上司，本是官场恒规，原责不得贵州。但我这个上司，胸中略有些身份，不似那些鄙俗大僚难伺候：烦太爷问绅衿家借围屏，借纱灯；铺户家索取绸绫挂彩，毹氍苫地，氆氇铺床，瓶炉饰桌；贵长随们展办差之手段，彼跟班者，发吆喝之高腔。不令人肉麻，即爱我之甚矣。”季刺史不敢再强，只得遵命。

不多一时，摆上席来。上了一碗官燕，观察只顾商量办赈事宜，不曾看见。到了第二器海参，知州方举箸一让，观察愠色道：“贵州差矣！古人云，‘荒年杀礼’，不易之训。贵治这等灾荒，君之责，亦我之责也。百姓们鸿雁鸣野，还不知今夜又有多少生离死别，我们如何下咽呢？至尊闻之，亦必减膳。而一二守土之臣，公然大嚼满酣，此心如何能安？可速拿下去。伏酱一碟，时菜二盘，蒸饭二器是矣。”季知州帖然心服，说道：“大人念切期民，曷胜感戴。”观察道：“受牛羊而牧之，牛羊看着死了一半，主人不斥逐，而犹得食俸，是仍索劳金也；再啖美味，是又叨犒赏也。民间无此牧竖，朝廷岂许有此职官乎？”知州离座深深一揖，钦肃申谢。

少顷，菘莱一盘，瓜莱一盘，清酱一碟，蒸饭二碗捧到。观察吩咐道：“贵州速速下乡，空谈半晌，百姓就有偏枯。我明晨早归，也不劳回城再送，同寅以协恭为心照，不必以不腆之仪注为仆仆。愿今夜我在城中守城，大小官员俱出城急办。明晨四鼓，我即开门东归，火速禀明抚台。”

果然观察三更时起来，庙祝伺候盥漱。衙役，跟从，轿夫，马匹，俱已齐备。到了东门，门军开门出城。季知州管门家丁，骑马跟送至东界，叩禀而归。

观察行了一日，在中牟住宿。次日未刻，复到灵宝公神道碑前，远远下轿，依旧铺垫行礼。踏蒙茸，披荆棘，剔苔剥藓，读了满坟竖碑。见垣墙颓败，动了整修之意。正是：

落叶飘飘到地迟，一株衰柳鸣寒鸱，
伤心细认苍苔篆，正是斜阳夕照时。

第九十五回

赴公筵督学论官箴　会族弟监司述家法

却说谭观察自郑州回省，即以行装禀见抚台，拜会藩司。备言灾祲情形，赈济设施，极夸季知州实心为民，乃良司牧之尤：“将来当列荐牍，可称知府之祝。”抚台道：“季某向来禀见时，留心体察，只觉悃愊无华，哪料有如此本领。”观察道：“天下实在能办事的官员，大约都是几个悃愊无华的人。那举止娴熟，应对机敏，看着貌似有才，则多是些油滑躲闪之辈，全靠不着。”抚台极口道：“是。”向藩司道：“郑州领帑详文一到，即刻弹兑给发，只恐少稽难济燃眉。别州县尚不见动静，已差人密访。如有慢视民瘼者，定行揭帖揭上几个，断不叫这等尸位病民者，得以漏网。大家留心做事。”

道台辞了大人，方才回至道署。到签押处，即叫梅克仁吩咐道：“西门外大老爷的坟，坟前有灵宝爷的神道碑。你可同内宅小厮，到那里周视形势，重修坟垣，建大门楼一座。”梅克仁道：“叫叫本城差头跟着，他认得路。”观察道：“坟垣是咱的私事，衙役虽贱，那是朝廷的官人。况且衙役督工，断没有不吃钱的。只以内宅自己人办理方可。砖瓦椽檀，石灰土坯，公买公卖。兴了这个工，那附近几个村庄，虽说未至凶岁，这做工运料，也有个小小收益。”

梅克仁骑了马匹，带、了一个马夫，径向谭茔来。认清了神道碑，下马进茔。在荒榛细草间磕了个头。又认清孝移公墓碑，看是埋了十来年光景，也磕了头。起来，周视估量了一番。

一箭路远，有座关帝庙，一旁有两三家子饭铺。梅克仁转回歇下，说起修理坟垣，雇匠役，买物料的话月饭铺老者道："说起谭宅这坟，原有百十棵好大的杨树，都卖了，看看人家已是败讫了。如今父子两个又都进了学，又像起来光景。"这梅克仁方晓得河南少主人游泮的信。

说起绍闻父子皆游黉序，满城轰传，如何道署一些儿不知？原来衙门大了，这些院考进学，地方些须小事，无由得知。谭观察转斗边，又是非公事内言不出、外言不入的。所以梅克仁回署禀了，道台方知绍闻父子一案进学，心中喜极。

谭道台一面交梅克仁银子一百五十两修理坟院。一面即嘱送绍闻父子襕衫绸缎八匹、巾靴两对、银花四树，良马二匹，鞍屉全备。却差了一个劈柴的伙夫，两个扫地的丑厮送来。所带拜匣内，装两个帖子，一是："禀婶母老太太安，并叩新喜。侄绍衣顿首。"一是："弟侄可于十一日进署，襕衫巾冠，诣主拓行礼。兄衣谕。"

绍闻闻命，叫王象荩雇觅裁缝，赶办襕衫，单等至期进署。

到了初十日傍晚，忽见夏鼎来了。到胡同口，径向书房。

恰好绍闻同儿子自书房出来，器宇俊逸，与从前大不相同。夏鼎在衙门住有半年，那身法腔口已成习惯，不觉躬身冲口禀道："门上梅二爷吩咐，叫小的送个口信：大老爷明日，同抚院、两司大老爷公请学台大人，不能在署等候。改日另订日子，再请少爷们进署。"绍闻让书房说话，夏鼎道："急紧回去，梅二爷还等着回复。"急忙走了。

此可见夏鼎这班宵小情况。在混字场里，他偏会放肆尖俏，一人了衙门，这身子弯曲，腿儿软和，眉目谄媚，脚步疾趋，直是忘其所以不期然而然者。若到乡里愚百姓家，便是天王下界，黑煞神临凡一般，那也是由中达外，莫之致而至的。这些衙役鬼畦伎俩，千人一状，原也不必挂齿。

单讲河南抚台，因钦差学院岁、科已完，只有注生监册送乡试一事，衙内闲住，遂知会二司两道，公同备酌奉邀。先期遣了差官，投了四六请启，订了十一日洁樽恪候。这门上堂官，便与传宣官文职、巡绰官武弁，商度叫戏一事。先数了驻省城几个苏昆班子——福庆班、玉绣班、庆和班、萃锦班，说："唱的虽好，贴旦也罢了，只那玉绣班正旦，年纪嫌大些。"又数陇西梆子腔，山东过来弦子戏，黄河北的卷戏，山西泽州锣戏，本地土腔大笛嗡、小唢呐、朗头腔、梆锣卷，觉俱伺候不得上人，说："他们这班子却有两三个挑儿，如杏娃儿、天生官、金铃儿，又年轻，又生的好看。要引到京上，每日挣打彩钱，一天可分五七十两，那小毛皮袄、亮纱袍子是不用说的。大老爷们在京中，会同年，会同乡，吃寿酒，贺新任，那好戏也不知看了多少。这些戏，箱穷人少，如何伺候得过？"那武弁道："这个不难。如今只把昆班俱合拢来，叫他们一替一出拣好的唱。把杏娃儿、天生官、金铃儿，再拣几个好脸儿旦脚，叫他掺在内，就是唱不惯有牌名的昆腔调，把他扮作丫头脚色，到筵前捧茶下酒，他们自是熟的。"商议已定，就叫那能干事会说话的衙役，帮同首县去办。

单说到了十一日，两司两道俱早到抚院。差官向学院衙投了奉迓速光的大柬。到早膳以后，只听得学院衙连炮震天，已知学台起身。约到大半路时，抚院这边也放了闪门连炮。那街上看的人众，都知是学台上抚台衙门赴席。满街微职末弁，往来互错，也不知是做什么的。只见刺绣绘画的各色旗帜，木雕铁打金装银饰的各样仪仗，回避、肃静、官衔牌，铁链、木棍、乌鞘鞭，一对又一对，过了半天。这红日射处，精光四映，微风飘处，斿角抖斜。金瓜开其先，尾枪拥其后，一柄题衔大乌扇，一张三檐大黄伞儿，罩着一顶八抬大轿，轿中坐了个弯背白鬓、脸上挂着叆叇镜看书的一位理学名臣。

到了抚院仪门，鼓乐喧阗。迎接官员有跪的，有打躬的。学台笑容可掬，带了些逊谢劳动的颜色，那轿已过去了。抬上大堂，只见一个官员半跪着："请大人下轿。"伞扇闪开，抚台率司、道迎接。彼此拖地一揖，呵呵大笑。抚台挽住学台袍袖，穿暖阁而进。司、道由东门随班而进。挨次行礼，各各逊谢谦恭。学台让了上座，抚台陪座，司、道列座。奉了一遍调匙点茶，也说了些亵尊叨爱的套语。但观瞻太尊，仪度太整，及说了套话，这正言恰似一部十七史，不知从何处说起，俱各少默。

伺候的，又奉了一遍泡茶，满堂上只觉礼法太重，不甚融洽。那苏班是久伺候过官场上戏的，在旁边蓝布帐内，偶尔露个半身刻丝袍，桌子上微响锣鼓磕碰之声，那帐缝儿撩开半寸宽，微现旦脚妆扮已就，粉白脸儿，黑明眼儿，一瞧即回光景。这个怀艺欲试之意，蓄技久待之情，向来官场伺候不曾有过。伺候官见景生情，半跪禀道："请大人赏戏。"抚台点头。只听吹竹弹丝，细管小鼓，作起乐来。

不多一阵，抬过绣幔架子，正放在前，桌椅全备，乐声缥缈。掀起锦帘，四个仙童，一对一对，各执小黄幡儿出来，到正面一站，又各分班对列。四个玉女，一对一对，各执小红幡儿出来，到正面一站，亦各分班对列。徐徐出来一个天官，横头上飘着一缕红帛，绣蟒绛袍，手拿一部册页，站在正面，唱吟了《鹧鸪天》一阕，也向旁边上首站定。又见两个总角小童，扶了一朵彩绘红云前导，两个霓裳仙女，执着一对日月金扇，紧依着一位冕旒王者，衮龙黄袍，手执如意、手卷而出。到了正面，念了四句引场诗，回首高坐。两柄日月扇旁伺，足蹴一朵红云。红帛天官，坐在红云之下。四个红幡玉女，骈肩而立，四个黄幡仙童，又骈肩立于其侧。剩下当常猛然大鼓大锣齐鸣，大铙大钹乱响，出来四位值年、值月、值日、值时功曹。值年的银须白铠，值月的黑须黑铠，值日的赤面红铠，值时的无须黄铠，右手各策马挝，左手各执奏折，在栽绒大毯上乱舞乱跳，却也中规中矩。到下马时，各投鞭于地，手执奏折交与天官，转达天听。玉皇垂览，传降玉音，天官又还了批准折奏，分东西四天门传宣敕旨。这四功曹谢了天恩，依旧拾起鞭子上马，略舞一舞，各进鬼门。须臾出来缴旨，也一起上在玉皇背后并立。满场上生旦净末，同声一个曲牌，也听不来南腔北调，只觉得如出一口。唱了几套，戛然而止。将手卷付与天官，天官手展口唱，唱到完时，展的幅尽，乃是裱的一幅红绫，四个描金大字，写的是“天下太平”。唱个尾声，一同下来进去。

学台门役，打了一个四两的赏封。抚台、司、道手下，亦各打了赏封。六个如花似玉的旦脚，拾起赏封，磕了几个嬝娜头。这当中就有那杏娃儿、天生官、金铃儿。

学台立起身来告便，伺候官引路，到西边一座书房。院子月台边一株老松树，其余都是翠竹。六位大员各有门役引着，陆续寻了撒膜地方。到了书房，门役捧盥盆各跪在座前，洗了手，坐书房吃茶。

吃了茶，抚台道：“俗优不堪入目，还可再奏一出否？”学台道：“弟素性不甚识戏，一出已略观大意。”却说那河道，原是一个没甚学问的举人出身，由河员做起，因某处遥堤工竣，升了河厅，积奉升了河道。他素性好闹戏旦，是个不避割袖之嫌的。每逢寿诞，属员尽来称觞，河道之寿诞，原是以“旦”为寿的。恰好此日众娈毕集，正好借此杯酒，浇向日块垒，遂掺了一句道：“萃锦班能唱《西厢》全本，还略略看得。”这是在家做措大时，常称《西厢》是好文章，以己度人，料各大人俱是以《西厢》为脸炙的，不觉冒了这一句。

哪知学台乃是个理学名儒，板执大臣，说道：“唐重族姓，范阳卢，博陵崔，荥阳郑，陇西李，俱是互为婚姻的世好。郑崔联姻，重重叠叠，见于书史者不少。纵令变起仓促，何至寄嫠妇、弱媛、少婢于萧寺？阀阅家当必无是。即使强梁肆恶，这玉石俱焚，理所宜然，何至于一能解围，即以朱陈相许？相国家有如是之萱堂乎？朋友相好，至以身殉，亦非异事，何至于一纸书，即可令身任长子者，统国家之重兵，而解纷以济其私？况郑恒是唐之太常，崔所出三子皆贵，其事常见于他书。院本虽是幻设，何至如此污蔑张狂！应堕拔舌，我辈岂可注目？”

抚台见属员出言媟亵，以至唐突钦差，脸上好觉无光，因说：“近日访得不肖州县，竟有豢养戏班以图自娱者。宴会宾客，已非官守所宜，且俾夜作昼，非是肆隆筵以娱嘉宾，实则挂堂帘以悦内眷。张灯悬彩，浆酒藿肉，竟有昏昏达旦者。”学台道：“伊既红灯映月，就该白简飞霜。”抚台道：“昨日拜本，此人已列弹章。并列其与戏旦苏七饮酒俱入醉乡，将银锞丢入酒杯共饮，苏七磕头，该县搀扶，醉不能站立，倒在一处，举城传以为笑劣款。并无别项，只此已不堪传写塘钞矣！”学台道：“此等劣员，那能恫瘝民瘼，一家哭一邑合掌。但上台之德风，州县之德草，今日幸叨厚贶，何不撤此梨园以便攀谈聆教？”这抚台封疆重臣，本日演戏佐酒，原是未能免俗，聊复尔尔之意。一听此言，即命巡绰官将戏押出。

这戏主原好伺候官席，非徒喜得重赏，全指望席终劝酒，把旦脚用皂丸肥胰洗的雪白，淡抹铅粉，浑身上带的京都万馥楼各种香串，口中含了花汉冲家鸡舌香饼，艳妆乔饰，露出银钏围的雪腕，各位大老爷面前让酒讨彩。这大人们伯乐一顾，便声价十倍，何愁那州县不极力奉承。其中就有说不尽的好处。今偏遇见几个迂腐大僚，一声传令押出，那抬筒抬箱背把子的都慌了。已扮成的脚色，那脱衣裳、洗脂粉，怎能顾得许多。那不曾妆扮的，架子上卸纱帽，摘胡子，取鬼脸，扯虎皮，衣服哪顾得叠，锣鼓哪顾得套，俱胡乱塞在箱筒里面。抬的抬，背的背。巡绰官犹觉戏主怠慢，只顾黑丧着脸督促，好一个煞风景也。

这河道方晓得一言错出，在钦差大人面前，唐突出这个风吹雨打大败兴头的事。又怕，又羞，又悔，又急，将来九声连珠炮响，这个官儿便是不稳便哩。“怎的一本《西厢记》，就把我害的这样苦！”又想道："好事者若打出戏来，这圆纱帽翅儿、燕尾胡子、白鼻凹儿，再饶不过我。"心中千回百折，胡思乱想，没个藏身处。

及到日中排筵，少不得跟着陪席。四张桌子，两正两侧，学台坐于首座，抚台次座；东边桌子，东司第三，驿、盐粮道坐了第五；西边桌子，西司第四，河道坐了第六。还说起按台出巡，不得在省奉陪，学台道："汝宁府考完，曾得一面，彼此公务忙迫，未得畅聆清诲为憾。"

少顷，席面上来。若再夸陈设之丰盛，珍馐之嘉美，岂非赘笔。酒席已完，各大人俱觉得雅会胜似俗派。唯有河道呷了半盏酒，嚼了半个点心，心中有苦说不出口，只得默诵《君子有三愆》一章而已。

学台起身，逐位谢了厚贶，俱各谦逊答礼，满口极道："亵尊。"出了书房，转到二堂，闪开暖阁，走到滴水檐下。巡绰官跪禀道："请大老爷上轿。"学台回首一揖，抚台答礼。各司道走至轿前候乘，学台哪里肯依，再三拱让，司道略退半步，学台上了八座。那照壁间早已大炮震天，仪门大闪。转过东辕，微职末弁，道旁跪送，学台举手高拱而过。

这抚台衙中，司道亦各禀辞，鱼贯而出。到了大门外，各自上轿而去。

单说谭观察回署，到签押房，梅克仁禀说，修坟估工，约费二百内外。观察点头道："只要修的尽礼。工竣我还要亲往致祭。"梅克仁领命，自回转斗门房而去。

观察即盘算另订弟侄进署日期。迭为屈指，某日上院，某日致祭谢雨，某日坐堂面清盐引、漕粮以及各驿站夫价豆草册籍，唯有二十一日是个少有空闲日期。回忆前订，已逾十日。筹算停当，次早唤梅克仁拨人传谕，二十一日请绍闻父子进署。

梅克仁领命，到门上叫听差的问道："前日上萧墙街，是哪一个去的？"听差的道："是夏鼎。"梅克仁道："还叫他来。"听差的叫夏鼎到转斗外，梅克仁道：“二十一日，大老爷请萧墙街父子进署，不用帖子，你可速去早来，立等回复。”夏鼎答应了个是字，飞也似去了。

不多一时，夏鼎回来，到门上回复道：“少爷父子，是他自幼师傅姓惠的，请去南乡吃酒。我把梅二爷说的，大老爷请进衙门的话，的的确确是二十一日，叮咛明白，对少爷管事家人姓王名中的说透记清。”梅克仁笑道：“话虽饶舌，却明白的很。”转斗一掩，内外隔绝。夏鼎却喜得门上夸奖，这差头是稳当的了，迟早要点个买办才肥些哩。这也不必说他。

单说到二十一日，王象荩黎明已到，唤了双庆，伺候少主人拜见观察大人。这是见主人门第有转否为泰之机，与那得交官府，得进衙门，势利烘热之见，毫不相干。谭绍闻父子上马，双庆夹着毡包，王象荩牵着马，一路上守道衙门而来。进了辕门，下得马来，两仆各拉一匹。不知夏鼎自何处跑来，只说：“交给我。”早已有个听差的把马拴了。遂到上号房，投了手本。号簿照手本写了“生员谭绍闻、谭篑初谨禀”。当即穿上襕衫，王象荩与双庆各持丝绦，系于主人腰间。上号吏执着手本，绍闻父子随着，由东角门进去，到了大堂。

手本传进，片刻时，遥闻内边说个请字，只见内宅门开了半扇，一个人说道：“请。”进了内宅门，这观察已在三堂滴水檐下穿公服站着。绍闻父子趋跄直至跟前，方欲作下揖去，观察摇首不允，扯住手说：“随我来。”

到了三堂神主橱前，并铺两个垫子，少后又铺一个垫子，观察站在上首，绍闻比肩，篑初在后。观察望上说道：“这是鸿胪派后代绍闻及篑初，进了祥符胶庠，特来向祖辈爷磕头。”一连叩了四叩，起来作揖。礼毕，观察向绍闻道：“贤弟站在东边，与我行礼。”绍闻行了两拜四叩。又向篑初道：“贤侄与我行礼。”篑初亦如其父。绍闻道：“请嫂太太禀见。”观察摇首道：“跟我来。”

一同出了三堂到内书房。观察命宽公服，自在上首坐下。绍闻对坐，篑初签西北坐下。吃了茶，绍闻道："容日再与嫂太太请安。"观察道："吾弟差矣。我一向为官事所羁，尚未得与婶太太见礼，哪得此处居先。总之，咱家南边祖训，贤弟亦当知之，从而遵行之：从来男女虽至戚不得过通音问。咱丹徒多隔府隔县姻亲，往来庆贺，男客相见极为款洽。而于内眷，不过说，'禀某太太安'而已。内边不过使奉茶小厮禀道'不敢当'，尊行辈，添上'谢问'二字。否则丫头爨妇代之，在屏后说'谢某老爷某爷问，不敢当'，虽叔嫂亦不过如此。从未有称姨叫妗，小叔外甥，穿堂入舍者。盖尊礼存问者多，妇人之性，久而久之，遂不觉权移于内。防微杜渐，端在此人不经意之间。"因回顾篑初道："我侄初入庠序，学问经济，都在你身上要的。切记，切记。"篑初恭立受教。

少刻捧上点心，兄弟伯侄同吃，早已忘身在署中。观察道："我问你一宗事，侄儿不知，贤弟是必知的：叔大人有著述否？"绍闻道："没有。"观察道："当日叔大人到丹徒上坟修族谱时节，就在我院住了一个多月，我叔侄是至亲密的。彼时详审举动，细听话音，底是个有体有用的人，怎的没有本头儿？即令不曾著书立说，也该有批点的书籍；极不然者，也应有考试的八股，会文的课艺。"绍闻道："委的没见。"观察道："我们士夫之家，一定要有几付藏板，几部藏书，方可算得人家。所以灵宝公遗稿，我因亲戚而得，急镂板以存之。总之，祖宗之留贻，人家视之为败絮落叶，子孙视之，即为金玉珠宝；人家竞相传钞，什袭以藏。而子孙漠不关心，这祖宗之所留，一切都保不住了。所谓'臧榖亡羊'，其亡必多。这是铁板不易的话。"绍闻道："如今本城中，还有藏着一楼印板之家。"观察道："是谁家呢？"绍闻道："是盛藩台家。"观察道："什么书名？是刷印送人的，是卖价的？"绍闻道："只知道锁着一楼印板，多年不曾开楼门。"观察道："他家有什么人？"绍闻道："藩台公两个孙孙，长叫盛希侨，次叫盛希瑗。"观察道："什么功名呢？"绍闻道："盛希侨国子监生，盛希瑗府学生员，后中副车。”观察道：“明日即差迎迓生送帖，请他弟兄二人进署，问问是什么书籍。或是文集，或是诗稿，叫他刷印几部，带到南边，好把中州文献送亲友，是上好笔帕人情。中州有名著述很多，如郾城许慎之《说文》，荥阳服虔所注《麟经》，考城江文通、孟县韩昌黎、河内李义山，都是有板行世的。至于邺下韩魏公《安阳集》，流寓洛阳邵尧夫《击壤集》，只有名相传，却不曾见过，这是一定要搜罗到手，也不枉在中州做一场官，为子孙留一个好宦囊。吾弟回家，定要在废筒败簏中密密找寻，或有一半片子手翰，书上批的，幅间写的，认清笔迹，虽只字也是咱家珍宝。贤侄也要留心。”

绍闻道：“大人见背太早，愚弟不过十岁，只记得教了八个字，说是‘用心读书，亲近正人’。观察站起身来道：“这是满天下子弟的‘八字小学’，咱家子弟的‘八字孝经’。”篑初道：“只这八个字，不成部头，又不成片段，如何刻印呢？”观察道：“镂之以肝，印之以心，终身用之不尽。就是做官时，也千万休离开了书。接引僚友寅好，那亲近正人，尤应铭心。这八个字，这边鸿胪派，就可用以为子孙命名世系。如南边宜宾派，是以‘纯孝开基，世守咸昭，绍延永绵，光启后贻’十六字为命名世系。前八个字，尚有咸字辈人，咱这一辈是绍字，儿子辈现今都是延赏、延祥、延绶的字样，孙子辈是永龄、永年、永系，咱家族大，如今已有光字辈人了。这里灵宝一支，如今几多门头？”绍闻道：“这里人丁不旺，累世单传，到了愚弟，才有篑初弟兄两个。”观察道：“这签初是哥是弟？”绍闻道：“这是哥哩。”观察道：“二侄什么名字？”绍闻道：“名叫悟果。”观察道：“咦，这像僧尼派头，不可为训。此侄名篑初，是学册已有注名，不必更改。这二侄就该以用字起派，以下就是心字。”篑初道：“伯大人就起个名儿，以肇其始。”观察沉吟道：“‘董之用威’，即以用威为名，以寓教思。何如呢？”篑初起身为礼道：“谢过伯大人慈严互施之恩。”观察道：“将来丹徒寄书，即把这鸿胪派以‘用心读书，亲近正人’为叠世命名字样，注于族谱之上，昭示来许。”绍闻父子，俱起身为礼，谢联属族谊、明晰行辈之惠。

少刻，篑初告便，观察命小厮引去。因趁空间绍闻道：“大侄曾议婚否？”绍闻道：“尚未。”观察道：“我意中已有其人，甚为妥协。婚姻是关系宗桃门第的大事，不可轻忽。此时尚难骤及，待科场完后，我再细心筹度，那时八面稳合，方可一言而决。只是贤弟存在心里，有这句话就是。”绍闻唯唯听命。

篑初回来，小厮奉水授巾，洗手坐下。又说些勉学的话：乡、会场规，不可疏忽，以致误带字纸；不可错号，叫巡绰官禀逐；不可潦草完局，图速出棘围；不可逗留给烛，叫巡绰官挝卷、推撵。说得零星琐碎，而慈祥蔼蔼，却句句是紧要话头。

到正午时候，厮役又请至一所书房。只见画帼字联，花盆鱼缸，甚为幽雅。屋内裙垫不设；桌上碟著已备。这兄弟伯侄坐下，捧来午馔，器不多而洁，品不杂而腴，全不似官场中饭，艳缛难以注目，糊浓难以充肠的那个派头。饭将完时，忽梅克仁拿了一个手本禀道：“卫辉府辞行，还有禀漕运的话。”观察道：“取公服来会客。”绍闻顺便告辞，观察也不暇深留，只勉以努力科场，自行接见所属大员。

绍闻即随梅克仁出了内宅门，径到大门外。王象荩、双庆拉过马来，内边值堂的送出毡包。正上马时，夏鼎已到，一面挡篑初上马，一面又来扯住绍闻牲口，前引出辕，细声说：“口角牙缝恩典。”绍闻也不敢答，出东辕门而去。

一路穿街过巷，见许多秀才，有行行重行行，在背街上闲游的，有卿卿复卿卿，在破庙中念书的。难说绍闻屡年在街上，或由夏鼎家到王紫泥家，或自白兴吾家到盛公子家，岂无遇见科场年份？只用事不关心，视而不见。今日一心务正，又成了秀才，那科场临近四个字，不觉触于目而即感于心了。

到后门下马。王象荩及双庆将马安置讫。双庆到楼门递毡包，绍闻叫老樊道："速与王中他两个造饭。"双庆道："夏叔不知在何处将马喂饱，又同不认识的两个人，说是许头儿、张头儿，请俺两个到饭馆吃饭。王中叔坚执不去，夏叔也不敢过强。我独自一个去了，炒了两盘肉，大家吃了些包子面条馄饨。我如今不用再吃饭了。"王象荩道："我在石狮子跟前，吃了三个炊饼，一碗豆腐脑儿，我不饥，不用再啰唆了。"王氏也问了几句衙门的话。绍闻父子赶试心急，又速向书房读书去了。

一连念了半月书。这钥匙真真是母亲收拾的，吃饭时双庆来开。半月委实没客，即令有客，自己也没钥匙丢出墙外了。这正是：

因心衡虑历多端，刻苦何能少自宽，
要识男儿知悔后，引锥刺股并非难。

第九十六回

盛希侨开楼发藏板　谭绍闻入闱中副车

却说谭观察请会弟侄之日，因卫辉府知府禀见，商度卫河漕运事宜，话多时久，及知府出署，观察回至后宅，弟侄已经去了。想起绍闻所说盛宅有一楼藏板，这留心文献，正是守土者之责，即命梅克仁发出年家眷侍生帖两个，次日请盛宅二位少爷到署问话。恰恰此日是夏鼎值堂，得了门上吩咐，并不肯叫迎迓生传帖，即托别人值堂，自上盛宅而来。

到了盛宅，恰好希侨、希瑗二人在大厅上说话。宝剑引上大厅，夏鼎也不似向日还为个礼儿，将帖子放在桌面，倒在椅子上，笑道："跑了一肚子呼吸，作速赏一盅水儿，解解乏困。"盛希侨道。"这帖子是做什么的？"夏鼎道："是帖子请，不是票子传；请你二位少爷到衙门商量什么话哩。"盛希瑗道："想是有年谊，明日请的厮会，别的再没缘故。"盛希侨笑道："你如今住了衙门，这里不许你坐。"夏鼎略欠了身子笑道："大少爷天恩，容小的歇歇罢。"一发长身拖脚，把头歪在椅靠背上，说："宝剑二爷，赏口茶罢。"宝剑早已奉茶到面前，笑道："班长，请茶。"夏鼎一连把三杯茶喝了两杯。

盛希瑗向后边祖父《齿录》上，掀有无姓谭的去了。这夏鼎喝罢茶，向盛希侨跪了一条腿，高声道："谢赏！"谢希侨道："你近日一发顽皮的可厌。"夏鼎笑道："狗腿朋友，到了爷们乡绅人家，软似鼻汀浓似酱；到了百姓人家，坐他的上席睡他的炕，瓶口还要脚步账。假若是票子请乡绅，那时就不是这样了。狗脸朋友，休要得罪。咱是弟兄，我把老实话对你说，我还有央你的去处：见了我们大老爷，口角吹嘘，就是把为弟的扯了一把。这是走熟了时节的事。这头一次，且休提哩。不好了！不好了！时候大了，门上立等回话，误了就要套锁哩。我走罢。"起身就走，一面走，一面说："帖子丢下，明日夹着，还要缴回。早些儿到，我等侯就是。"盛希侨送了十来步，夏鼎径自走开，希侨也就不送而回。

盛希瑗早在厅上，拿了几本旧《齿录》说："并非年谊，老爷与老太爷《齿录》俱无谭姓。这请咱问话，不知问什么哩。"盛希侨道："请咱咱就去。问话时，咱知道就说，不知道就说不知道。咱不欠粮漕，没有官事，一步三摇地进去，说完了话，打个躬儿出来。不走他的仪门，不穿他的暖阁，是咱弟兄们没有恁大的分儿。稀松平常，咱不是张家没星秤，钻头觅缝，相与官府，咱不去学那个腔儿。"

及到次日，盛氏兄弟二人，早起梳洗已完，衣裳楚楚，坐了两乘二人小轿，家人跟随，来到道署。走进东辕，夏鼎极为先后。恰恰早鼓响罢，夏鼎代投了手本，缴还原帖。上号吏前行，盛氏兄弟跟到大堂。手本进去，不多一时，内宅请会，门上引至桐荫阁，观察已在檐下恭候。二人趋步向前，抢了一跪，观察扯起，让进阁内。盛氏兄弟行庭参礼，观察谦逊不受，也还了半礼，分宾主而坐。谢座谢茶已毕，观察道："久仰尊府为中州阀阅世族，典型大家，一向未敢轻造。今日屈尊幸邀攀谈。"盛希侨道："宪公祖下车以来，久沐德化，素怀瞻仰。今幸蒙传唤，得侍皋比，欣荣何似。"观察向盛希瑗道："闻已中副车，小屈大绅，将来飞腾云路，绳武继美，仁羡，仁羡。"

盛希瑗道："少年失学，幸副榜末，已出望外，何能寸进，以慰宪大人成就至意。”观察道：“秋闱在即，指日高捷，定诣潭府趋贺。”盛希侨道：“全仗宪公祖作养。”观察道：“听得贵府前辈老先生，有藏板一付，若有刷印装裁成本，恳赐三五部捧读。”盛希侨道：“委实久未刷印，恐致散佚固封一室，既承宪大人垂谕，即当遵命料理，工竣即恪具呈览。”观察道：“梨枣块数约计多少？”希侨道：“存贮一楼，不曾核计，何敢面陈。”观察道：“卷帙浩繁，也恐一时纸价腾贵，赀力不给。大约一块板得三十张，方可刷印一番，不然润板刷墨，不是轻易动作的。学生即送印刷工价到府，俟匠役工完，只赙赠十部，便叨惠多多。”盛希侨道：“祖上留贻，只应自为办理，工成即送二十部到署，请宪公祖评阅。”观察道：“哪有此理。若刷印现成，理可领取捧读，若因学生怂恿，定当帮助一二，以勷盛举。”

说完又奉了一遍茶，盛氏兄弟告辞起身。观察站起道：“乡试伊迩，俟榜发高迁后，学生走贺，与新朱卷一时拜读何如？”二人又谢别辞送，观察送至大堂东角门外，一揖而回。

盛氏兄弟一同出仪门，至东辕门上轿。夏鼎近前问道：“说什么哩？”盛希侨道：“大人要书哩。”夏鼎道：“大人要输，你该赢哩。”盛希侨道：“贱嘴。”二人上轿，依旧路回家。

到了厅上，说起印书之事。盛希瑗道：“这印板在楼上锁有几年了。”盛希侨道：“我自幼时锁至如今。”希瑗道：“怪道，我看那锁，连锁的窟窿都锈成一块。如今这钥匙哩？”盛希侨道：“也不知在哪里，大约是没有了。”希瑗道：“怎的开法哩？”盛希侨道：“叫一个小炉匠生发开它；十分工不得，把门鼻子起了，有什么难呢。”盛希瑗道：“哥也太把爷爷的著作不在意了。”盛希侨道：“我便罢了。你不是读书也中过副榜么？我不肯动着，还是我的好处哩，我毕竟是能守的，后辈自有能刷印的人。像那张绳祖，听说他把他老人家的印板，都叫那些赌博的、土娼们，齐破的烧火筛了酒。又如管贻安家朱卷板，叫家人偷把字儿刮了，做成泥屐板儿。我虽不肖，这一楼印板，一块也不少，还算好子孙哩。”盛希瑗道：“如今要印多少部？”盛希侨道：“得三十部。”盛希瑗道：“多少板数？”盛希侨道：“我隐隐记得，楼上棚干，塞得满满的；楼底棚湿，是支凳放着，比上棚少一半儿，总之纸得几百刀，上千刀也不定。开开楼把板移在大厅上，叫位匠人估量。”盛希瑗道：“等道大人送银子来，好打算买纸。”盛希侨道：“第二的，你总不离乎小见。委实要做一辈子副车哩。道台送银子，那不过是一句话，你就认真起来。像如今州县官想着要绅衿盐当商的古董玩器，以及花盆鱼缸东西，只用夸夸就是要的。司、道若叫州县办值钱的东西，一定要奉价，上头送来，下头奉回，说：‘这东西卑职理宜孝敬，何用大人赏价。’再一次不说，州县已知上台是此道中人，就下边奉去，上头用了。总之，上台要下僚的钱，或硬碰，或软捏，总是一个要。若遇见一个州县官心里没病，也就罢了。”

道言未已，夏鼎到了面前，跟了一个小厮，手捧大拜匣，展在桌面，说：“看这罢。”只见匣内一封，上边红签写着“刷印书资银三十两，”下边一个侍生拜帖。希瑗方欲开言，希侨道：“乡试正主考姓张，副主考是湖广裴年伯的小儿子，他中进士我知道。前日在塘钞上见了，如今将到。你去安排进场中举，我去开楼印书。”希瑗上书房去讫。

夏鼎道：“哥呀，我如今住了道台衙门，你近日与道台好相与，万望口角春风，我就一步升天，点了买办差，就过的日子。当年相处一场，也有不好处，也有好处，大约好处多，不好处少。何不怜这个旧朋友。”希侨道：“你通是胡说。道大人半天里衙门，只为这里祖上有付印板，请我弟兄二人进去说印书的话。这还是祖上的体面，与我弟兄们何干？就是道大人不嫌弃我，赏个来往，你说叫我见了大人，怎的提起？说我有个朋友，是大老爷衙役，点他个买办，人是不弄诡的。——说得说不得？你替我想一宗话，我就说何妨？况且我知道你，三天买办，四十大板，一个革条。那是你的铁板数。你回去罢，就说银子送到了。”夏鼎只得含闷而去。

这盛公子怎的开楼门，怎的雇匠人，怎的买张纸，怎的移印板，怎的刷墨色，怎的装部套，详起来千言难尽，略起来一行可了。不过半月，刷印完毕，装裁二十部。单等乡试场完，观察监试回衙，并原银三十两，一起缴进道署。原来盛希侨是个本底不坏的人。少年公子性儿，呼卢叫雉，偎红倚翠，不过是膏粱气质，纨绔腔调，也就吃亏祖有厚贻，缺少教调。毕竟性情亢爽，心无私曲。处兄弟之变，大声呼曰：“俺家媳妇子不是人！”这八个字，就是治阋墙病的千金不换的一剂妙药。

不说这些闲话。单言到了场期，主司、同考官俱按定期先进，监临、提调，俱案旧例分班。头场二场三场，这河南八府九州各属贡监生员，俱按功令时日，点名进去，执签出来。九月朔日挂榜，祥符城内中了五名举人。这副榜之首，张正心中了第二名，副榜之末，谭绍闻也中了第二名。谭篑初落了孙山。

院试以游泮为喜，乡试以登贤书为重。各街轰动哩是举人，那副车也就淡些。谭宅以篑初为望，落榜也就松了。因此萧墙街，不似前日父子并进学时，恁的一个轰闹。谭绍闻骑马上坟上磕头，后来刻朱卷、会同年，既住在省城，也不能不有些事体。但附骥尾难比登龙，不甚高兴，少不得先去舅氏王春宇家，又向别的亲戚家也走了一走，不过略为应酬。

至于拜见本家观察大人，却不得不郑重其事。一日，先命王象荩向道台衙门打听大人在署与否。王象荩打探得并无上院、拜客等事，方才进衙拜见。请会一如前仪。谒毕主祏。仍至书房坐下。茶罢问话，观察道：“篑初今日仍该同来。”绍闻道：“篑初托人找着他的荐卷，头尝二场，黑、蓝圈点俱疏疏落落有些儿，到了三场，批了‘摭拾错误’四个字。缘他未看过史书，就策题敷衍，误把裴晋公平吴事，写了一句‘韩愈披坚执锐于壁垒之间，厥功其懋，爵之以伯，酬庸之典，不既渥哉！’夹了一个‘摭拾错误’蓝字签儿。篑初一天也没吃饭，因此不敢来见伯大人。”观察道：“幼年不暇考核，耽搁功名，诚为可惜。然中举过早，又未必不是一惧，吾弟知也未知？”绍闻道：“聆大哥教训。”观察道：“篑初大器，若是这回中了，髫龄甫过即登贤书，岂不可喜？然可喜不过二分，可怕就有八分。功名一途，非有真实学问本领，总是脆弱可危。他如今十四五岁，只是一个嫩芽儿，学问是纱縠一样儿薄，骨力是冰凌一般儿脆，待人接物，心中没有把握，少不得以臆见从事。这没学问、没阅历的臆见，再不会有是处，他又以功名佐其所见，说我断没错处。不知自以为没错处，这错处正多哩。篑初侄今科不中，正省了早发早萎这个忧心。即下科不中也不妨。若两科不中就迟了。”绍闻道：“哥大人教训，愚弟如聋眼忽听半天人语，可惜篑初今日不曾来。”观察道：“他来又不可说破，一说破，又不免凿开混饨。总在我们为父兄的，默存其意于无忘无助之间而已。”绍闻道：“乃愚弟现在，该如何？”观察道：“贤弟进学，就中了副车。如今举业固不可缓，家事却也要料理。老太太春秋已高，万不可叫她为家事萦心。一面料理家务，得空就读书。三年一应乡试，中了上京，不中还照常照料家事。贤弟向日所为，我已知其大半。总之，再不走荆棘，这边就是茂林修竹；再不踏确荦，这边便是正道坦途。此乃以丰裕为娱亲之计。如必以功名为显亲之阶，就要上京入国子监，煞用苦功，春秋二闱，都在京中寻上进的路。这要贤弟自拿主意。至于篑初，叫他进我衙门读书，十四五岁孩子，有何招摇？将来成就在我身上取齐。但恐宦海萍踪，南船北车，又在不定耳。我前者所说篑初婚事，我但有调转别省之事，一说就明，一说就行。那是打算的千妥万当，足以成吾侄之嘉偶，足以为吾家之贤妇。我敢一力担承。”绍闻低声道：“何姓呢？”观察道：“且不必明言，吾侄还要到署念书，我如何肯说明呢？吾弟只管放心。大约我之赠河南，无非千里姻缘一线牵。我之侄，我肯轻易撮成么？”

用过午饭，绍闻告辞出衙。夏鼎遥望，不敢再即，但看着绍闻仍与王象荩、双庆回家而已。

第九十七回

阎楷谋房开书肆　象荩掘地得窖金

却说谭绍闻自道署回来，请了母亲的安，巫翠姐冰梅一妻一妾，赏初用威一兄一弟，黄昏堂楼共话。

王氏道："你如今中了副榜，正该趁你绍衣哥与咱家修起坟院，请几个礼宾，往你爹爹坟上祭祭，叫你爹阴灵也喜欢一二。"绍闻道："原该如此。就怕街坊又送戏举贺。"篑初道："爹中副车，礼宜告先，也不得因怕俗情，误了自家正事。现今城中有同案新秀才，请几位礼生。也不用叫厨子，自己做上几桌供，一坟一桌。合茔一张祭文，我爷爷坟上一张祭文。叫王中来料理，不出三日即行。外人知道，咱已经祭过，自己心思完了，外人也难再为举动。况现今薄收，街坊也难破费，一推谢，说待下科干动盛情，为街坊留下有余的话头，街坊也好一笑歇手。奶奶看使得使不得？"王氏喜道："真真爷爷的孙孙，心中有道理，极像爷爷的算计。那眼角儿，嘴叉儿，说话时，只像是一个人。就是带一点奶腔儿不像。"巫氏道："悟果哩，你也说句话叫奶奶听。"这悟果只是睁着眼看绍闻，绍闻道："再不许叫悟果，伯大人起了名字，叫用威。"冰梅扯住笑道："用相公，与奶奶唱喏，作揖儿，说我如今改了名字，叫用威。"王氏道："你中用不中用？"悟果道：

“中用。”王氏喜之不胜。一家安寝无话。

次日绍闻早起，方欲差邓祥向南园叫王象荩，恰好王象荩觅人挑了一担菜蔬来了。因九月将尽，一年圃功将完。一筐子是皂角嫩芽，葫芦条，干豆角，倭瓜片，黄瓜干，干眉豆角，筐子下俱是金针。一筐子是山药，百合，藕，还有一个布缝的包儿。王氏问布包是什么，王象荩道：“是全娃与奶奶捎的，也不知是什么。”王氏叫冰梅拆开线头儿，撕开包子，内中女鞋三对，一个扇囊子，一个佩衣文袋，一个小荷包儿。这冰梅把女鞋照颜色分讫，文袋与了篑初，荷包与了用威。至于扇囊，由于节令已届初冬，绍闻道：“明年热天还有用扇时候，我收了就是。”这个说花样好，那个说手儿算很巧的。王氏道：“难为女娃儿，与了点碎片零块儿，还一样一样缝回来。”

绍闻心中有事，即叫王象荩站住，说祭祖的事，道：“一坟一桌供。四个礼生相礼。合坟公祭一张祭文，大爷坟上一张祭文，每桌二十四器，围裙香炉烛台俱全。至于祭品，时蔬鲜肉自己厨下办造石在后日，明日一天你要买办完全。”这正说到王象荩心曲之中，王象荩道：“桌子围裙，赁西门内桌椅铺哩，每一日有现成价钱。每桌十二个碗，三件香案，一付杯，俱在家伙铺中赁，一日有一日价钱。打碎一个碗，赔钱四十文。五碗果子，树果有摊子，面果有铺子。点心今夜蒸，大米饭明日捞。肉用羊、鱼、猪、兔，菜用眉豆、豆角、金针、百合、藕，是咱家园中土产。不用海味山珍，聊表一点诚心。灌酒是家酿，香纸蜡烛上纸马铺中严一切物件，只用发十千钱，两日办完。抬食盒人，后日雇觅。至于礼宾相礼，只争两日，又不曾先请，遽然投帖要其赞礼，全要大叔委曲善恳，道达通顺，后日好干动相公们。”

吃了早饭，大家分头去办。王象荩胸有成竹，有本日买下赁下的，有次日及到临时办的。这绍闻出去，自恳礼宾。适萧墙街前后左右，早有新进生员，恰恰够了四个礼相。这新秀才们，正有怀才欲试之高兴。当过礼生有一次者，有两次者，正是暗养伏兴腔口，闲讲进退仪注。况父子同案，略占年伯之分，新中副榜，又是出众之员，没有哪个不依，哪个不肯的。于是绍闻到一家，允一家，央一人，应一人，四位礼生，不用柬邀席恳，俱言至日骑马早到的话。

及至祭日届期，王象荩果然在新坟院中，搭了一座围屏锦帐的大棚，茶灶酒炉的小棚在门楼内东边。四位礼宾到了，后书房肴馔早设。起身时，十架盒子在先，绍闻父子及礼生俱乘马在后。鼓乐前导，出了西门，望坟院而来。

到了坟前，各各下马。众小厮将马拴讫。门楼宽敞，宾主雁行鱼贯而进，到棚下列坐。王象荩、双庆及雇觅人等，摆列供献，一坟一桌。禀了齐备，四位礼生引着，谭绍闻贡生公服，谭篑初襕衫巾带，站在中间。礼生高唱爵帛伏兴的盛仪，细读厚积贻谋的祝文。礼毕还步。又引至明故孝廉方正、拔贡生谭公墓前，礼仪同前。绍闻读自己作的、篑初写的祝文，撮其大旨，乃是“见背太早，少年不遵遗训，学业废弛，家产凋零。幸赖大人在天之灵，默启潜佑，略知改悔，偕良仆而整饬旧业，依前辈而研究残经，列名胶庠，厕身科目，虽家声不致大坠，其与大人弥留之际垂涕而谆复者，辜负已多多矣。罪孽深重，万死莫贷。唯有努力攻读，绎遗训以赎愆，望幼孙以干蛊。仍乞大人回首一顾，默默启佑于无穷也。尚何言哉！”自己读自己哭，痛极声嘶，后半截一发念不来了。

那王象荩在一旁跪着捧爵，虽不通得文理，却也晓得祝文大意，泪是流的，腮是颤的。到忍不住时，忘其所以，猛的哭了一声说：“我的大爷呀！”这绍闻触着天性至情，一发放起声来。篑初先掉泪后来也大哭了，说：“我那不曾见面的爷爷呀！”四个礼生，唯有一个眼硬，却唱不出礼来。只哭得不能成礼而罢。

依旧到彩棚下。泡得茶来，点心碟子两桌，斟上酒。绍闻不能让客，坐在一把椅子上，歪着头，鼻涕眼泪流了一大滩。篑初只得让案友吃酒。也有吃一口的，也有吃两杯的，也有不能吃的。大家一同起身，出了坟院大门，依旧各骑上马，鼓乐导前而回。

进得城来，到萧墙街，转过胡同口，主客将及书房时，用吹手的喇叭，一发吹得高，笛子鼓儿，一发响得热闹。大凡人心中无事，听之能助无心之欢，心中有事者，听得反添有故之悲。楼下王氏听见，只说："他不能见了！"眼中扑簌簌落下泪来。冰梅慌了，急安慰道："奶奶，咱家大喜事……"王氏挥泪道："爷爷在日，千愁万虑，今日也还算好。他已死得多年，哪得知道呢。"巫氏引着用威道："用相公，你对奶奶说，那戏台上状元插金花，送官诰，送亲的也到了，爹妈一起换纱帽圆领、金冠霞帔，那不过是戏子们做作。普天下有几家爷爷看孙孙做官的。"绍闻恰到楼下，见母亲不喜，也急忙安慰了几句。

忽的邓祥到楼门外说："少爷与客刚起身时，账房阎相公来了。跟了一个人，拿了十来套书，说是送少爷的。他就在西蓬壶馆等了这半晌，说是一定要见少爷一面。他还有四五车书，在书店街喂牲口。如今在后门外等少爷说话。"这阎相公就是阎楷，是一个至诚人，东人谭孝移最器重他，王象荩素所相得。昔何以因故而去，今必非无端而来。这其中有个缘故，且倒回来找说一说。天无心而有气，这气乃浑灏流转，原不曾有祥戾之分。但气与气相感，遂分为样戾两样。如人家读书务农，勤奋笃实，那天上气到他家，便是瑞气；如人家窝娼聚赌，行奸弄巧，那天上气到他家，便是乖气。如人遗矢于旷野，何尝有催牌唤那蜣螂？何曾有知单约那苍蝇？那蜣螂、苍蝇却慕慕而来。所以绍闻旧年，偏是夏鼎、张绳祖日日为伍。花发于墙阴，谁与蛱蝶送信？谁给蜜蜂投书？那蜜蜂、蛱蝶自纷纷而至。所以绍闻今日，谭观察立功浙右，偏偏升在河南；阎楷发财山西，偏偏来到豫省。

却说阎楷辞了东人回家，领了伊舅氏一付本钱。这正经老成人，居心肫悫，行事耿介，焉有不发财之理。不十年发了两万多利息。现今舅氏吩咐，要在河南省城，开一座大书店，在南京发了数千银子典籍，所雇车辆就在书店街喂着。因心感老主人之盛德，在书箱内取了《朱子纲目》一部，湖笔二十封，徽墨二十匣，来望旧少东君。伤心的是旧年封赙仪，喜的是今日送贺礼。

谭绍闻让到书房，阎相公将套书、笔墨放在桌面。先与众客为礼，后与绍闻行礼，又请篑初也到了行礼。说道："南京发书回来，想到咱祥符开铺。原是与表兄笔墨纸张砚台铺子合伙计，已将苏家星黎阁旧存笔墨兑下。听说少爷连登，少大相公也进了学，无以为敬，即以《纲目》一部，笔墨等件，权作贺仪。"

这新秀才们。尚未曾脱却书屋之气，说是卖书的客，新逢一如旧识，就解开书套，看将起来。掀汉史的看见东方朔，说这是一个偷桃的神仙，却成了臣；掀唐史的看见李靖，说托塔天王，竟封了公。还有说这是文章上用不着的。篑初已经知场屋吃亏，就在这史书不曾读过，心中极为不然，却又不好骤说。

少顷席面上来，大家让阎相公说："隔省远客，理当上座。"阎楷让相礼大宾，说："万不敢僭。况我当日，是宅里一个管账的，如何坐在客上边呢？"大家逊谢，一席是礼宾首座，阎楷二座，一席是三位礼宾序年庚坐了。绍闻陪一桌，篑初斜陪一桌。这安杯看菜的常礼，一言略过，礼宾席上，还讲些献爵献帛的仪注，鞠躬平身的腔口，新秀才是尤不能免的。

席方完，阎楷要走，说："车户还等我回去卸车搬书，实实不能久陪。"绍闻道："明日回看。"阎楷道："一来不敢当，二来现今房子尚未停妥。表兄回屋里去了，话还没说明白，约三天后，方可有个头绪。到四天上，我请吃茶何如？"众人俱说甚妥。阎楷回去，众人送出房门，绍闻送至书房院门口，还要前送，阎楷力阻道："有客，有客，咱旧日是一家人，何用多礼。"绍闻道："跟的人呢？"阎楷道："我早打发回去了。"绍闻道："慢待的很。"彼此一拱而别。

绍闻回来，礼宾道："我拿湖笔五支。""我拿徽墨二锭。"绍闻道：

“每人湖笔二封，徽墨二匣，着人送去。”众秀才俱道：“不必，不必，叫小价带去就是。”实个个添意外之喜。宾主互为逊谢而出。各家小厮，手拿笔墨并自己赏封，拉过牲口，众秀才自骑其马，躬腰俯首，相别而去。

却说阎楷出了胡同口，恰恰遇见王象荩清楚了坟上供献、棚帐、陈设回来。这阎楷认得是王中，那王象荩却不料阎楷又至此地，阎楷一把扯住道：“王哥好呀！”王象荩一看，因相貌苍老，衣服改变，仔细端相，方认得了，说道：“阎相公，你从哪里来了？”这二人当日在谭孝移手下，正经人单见正经人亲，原来彼此相厚。睽违多年一旦相见，也不知该说什么话好。阎楷道：“寻个背静地方说三五句话，我就回去。如不然，咱就到我方才坐的那个饭馆，吃一杯茶罢？”王象荩道：“这地方自从换了主儿，我再不曾去过。”阎楷道：“我再来咱说话罢？”王象荩道：“我不在里头住，我在南园里住有好几年了。”阎楷道：“是咱鞋铺子南边那菜园么？”王象葛道：“是。你当日闲游的地方。”阎楷道：“这个我三天以外，就到南园里瞧你去。王嫂也在那边么？”王象荩道：“三口儿齐在那里。”阎楷道：“我着实忙，我去罢。”王象荩也不能深留，作别而去。

王象荩到家享了神惠，饭完也动身回去。王氏又与了些供献果品，点心，两尾油炸鱼，一只全鸡。王象荩用篮子盛得去讫。

阎楷回至书店街，众人等了个不耐烦。只等阎楷到了，把五辆车上书箱竹篓，搬在笔墨铺后边。楼上楼下，排堆到二更天，方才清白。黄昏睡下，想表兄回家养病，房子未曾办得清白，赁僦典当，未有一定主意。次日，也要拜拜书店同行。各书斋书客，也要答拜。

到了第四日，跟了一个小厮，带了两匹南绫，四两南线，四双袜子，布鞋、缎鞋各一对，循所记得旧路，向南园来看旧侣。

恰恰谭绍闻此日回看阎楷，并送下程。因阎楷出门，只得回来。行至中途，双庆来说，孔爷来送贺礼，绍闻急忙回家。及至到了，孔耘轩已竟去讫。

单说阎楷径至南园，王象荩正在园中。阎楷送了绫线鞋袜，王象荩拜受称谢，见赵大儿称嫂作揖，全姑躲身回避。阎楷道：“当日在帐房里，还没有这女娃与兴相公，今日已长成身材，怎的咱们不老呢？”

二人坐在一间小屋中。原是王象荩与一二邻叟闲话，夏天井池便可做得坐处，入冬又盖了一间草房，板扉砖牍，一张柴桌，四把柳椅，为邻叟扶杖来寻之所。也因女儿垂髫，略为隔别的意思。二人坐下，赵大儿送过茶来，王象荩取来斟奉。阎楷道：“当年行葬之时，咱两个说了半夜，只怕福相公将来弄的大不如法。到如今中了副榜，兴相公也进了学，好好好，也还算罢了。”王象荩道：“你是福人，刚刚到不好时候，你辞了账房。如今你见了，又略有个转身模样。可怜中间有好多年，我作那难，足有几井。少主人错了路，我是一个手下人，该怎么样呢？你如在这里，我也可与你商量一两句，你又回家发财去了，真正有话同谁说呢？如今我才把心放下了，前四五年，再不梦还有今日这番光景。”阎楷道：“我问王哥，前面临街房子，如今是怎么样呢？前日会客，是一向吴家住的小院子，我心下甚是疑影，不好问前院大厅。我心里想租那临街开书铺，王哥你说何如？”王象荩道：“好么！千贯治家，万贯结邻。人家哪有与书铺做邻居这个好法？是算盘算不来的好。只是这房子当了一千几百两银子，如何回赎得起呀！”阎楷道：“再商量。我实在忙，要回去哩。”王象荩道：“我不敢回看你，只是以心相照罢。等书铺开张，我送个鲜菜，就是我的敬意。”送出菜园，又到鞋铺边，阎楷道：“这生意还做着么？”王象荩道：“吃租钱哩，几乎保不住。”作别而去。

王象荩回到园中，于龙道中——菜园行常浇水之沟，名曰龙道——又拾了一个古钱。

向来也拾过古钱，但不甚留意。年内拾了十几个，用麻绳穿着，率以为常。今日偶然注意，便拾了四五个，缘龙道当夏秋之时，日日流水，水过成泥。今九月住了辘轳，龙道已踏成路，钱在细土末中，一为细寻便得。小的是“政和”“宣和”，大的是“崇宁”“大观”。王象荩不大识字，但“大观”的大字，是认得的。遂拿前后二十几个钱，去观音堂寻教学先生，认是何代古钱。先生道：“这是宋徽宗钱。那时咱汴梁，兵荒马乱，想是百姓富家把钱藏起，日久年深，就透出来了。”

王象荩回来细寻，又在井池龙道拾了两三个。心中想来，将来换与买古铜的，两个古钱可得一个制钱。遂向井池拾钱之处，用挖铲儿挖将起来。越挖越多，一发成百成千，通在井池石板之下。用园中锄锹趁手一挖，挖出一个大银裸子，就叫妇女齐来帮挖帮拾。又在石板下挖出一个半截挫缸，上边一层钱，下边是大锭小锭一挫缸银锭，齐运到屋。缘冬初渐寒，菜园井上是人迹懒到地方，所以挖取便宜。

银子到屋，黄昏灯下，就用称萝卜秤共称了十三秤半，装在两个酒坛内，放在床下。次日仍用土将井池石板底下，填满填实，半日风吹干了，一点痕迹没有。

这是王象荩一心想回赎主人前半截院子，好开书铺，使少主人不假购求，可以多见多闻，所以北宋末年窖的银子，今日出土。此亦忠臣志图恢复，鬼神若为之默佑也。正是“天道远，人道迩”，于天道予何敢多言哉。

第九十八回

重书贾苏霖臣赠字　表义仆张类村递呈

却说王象荩得那窖藏银两，约在一千一百上下。若是气量浅小的人，在路上拾条手巾，道边拾几文钱尚不免喜形于色，逢人自夸造化。王象荩本是笃挚肝肠，又是谨密性情，一点矜张气儿也是没有的。

一日备了一顿粗饭，杀鸡烹蛋，菜蔬仍是金针、豆角、葫芦之条，亲自来到书店街，请阎楷过午。恰遇阎楷空着，同行并到南园。进草舍坐下，地是扫得洁哩，桌是抹得净哩，茗壶一把，茶盅两个，确实有清净趣味。二人又说开书铺的话。王象荩道："铺面房子不曾安顿明白，如何突然贩的书来？"阎楷道："铺面已就，吃亏表兄回家养病，话未说得清楚，所以现今没安插处。"王象荩道："咱家临街房子何如？账房院做柜房、厨房，使得使不得？"阎楷道："我当管账时，早已看就前院正好做生意。因老主人是不贪利的人，从来不敢说起。"王象荩道："老家主最好借书看，难说开书店不更便宜些？总为事无因由，所以俱不曾想起来。我今日有句话，非你我断不肯说。昨日井池石板下，得银不知多少数目，共称了十三秤半。这园子原是老大爷在日赏我的，我立意没有要主人产业的理。因见少主人做事不好，怕将来受难过，故此留下这个后手。如今大相公改志，中了副榜，小主人十四五岁进了学。我挖这银子，仍然是上下土木金石相连，还是主人家财帛。你若有宽裕之地，我把这交与你，就将这房子赎回，开成书店。少主人爱看什么书，就与他看，没有了，就在南京再与他捎来。”阎楷道：“王哥，你真正是天下第一个奇人。得银子不肯昧，还与主人经营事体，真正天下少有。”王象荩道：“银子易昧，心难欺。你要是昧心人，今日这话，我就不说。要之，今日你先就不来了。”

二人说话投机，商量到一处。当下王象荩去鞋铺借天平，买了包裹皮纸，取出银子。阎楷连称带包，共称了一千两。王象荩又向北屋去取，阎楷道：“不必。房价共多少呢。”王象荩道：“共一千三百两。”阎楷道：“我明日拿三百两来。你留下余剩的，与嫂子先做几件衣服，若尽情用净，怕王嫂异日争执，这事将来，就美中不足了。明日一早回赎。若是千金在野菜园中放着，怕有泄露。墙有缝，壁有耳，银子就是贼。王哥要赶紧办。我明日清晨早到。”

王象荩收了包封，摆上饭来。吃完了饭，阎楷即催王象荩同走，去知会当主，明晨执契收价。二人去讫。赵大儿、全姑自收家伙。

二人走到蒙恬庙门分路。王象荩到前门铺内，说明晨拿原约面收当价，在南菜园取齐。铺家问银子齐备否，王象荩道：“分文不欠。”当主疑是道台大人备出，不得不去。

次日早晨，当主拉两头骡子，搭上褡裢，径到南园。阎楷早至，一同为礼坐下。当主展开原契，写明一千三百两，“银到回赎”字样。王象荩用卧单背了一大包来，当主拨验成色，俱是足纹。抽了三五封，用自己戥子称准，法马相投，一封一封数了一千两石单里没了，阎楷跟的小厮拿过三百两。当主展开一封，成色微末差些。收了二百，推住封儿说：“您有情，我有义；我有义，您也有情。我辞回一百两，让我二十天，再找寻铺面，以便迁移。”王象荩道：“就一月何妨！”大家欣喜如意而散。

谁知天遂人愿，三日后京货铺恰逢着闲铺面，又迁移了三日，竟搬移个干干净净。王象荩才把菜园得银，旧管账阎相公添银二百两，把前截房子赎回，阎相公开设书铺，大厅依然咱家坐客，大门仍然咱家往来，一一述于主母王氏，并少主人父子。这合家欢喜，一端难尽其美。

阎楷扫除房屋，裱糊顶槅，排列书架，张挂对联，选择了吉日开张。先期拜客，多系旧年宿好。街邻走贺，又添书香新知。鼓乐喧天，火炮震地，长匹红绸挂满一檐。悬出新彩黑髹金字两面招牌，一面是“星辉堂”三个大字，一面是“经史子集，法帖古砚，收买发兑”十二个小字。盒酌满街，衣冠盈庭，才是开张日一个彩头。此下，街坊比舍另出约单，各攒分金，约在十天以后送绫条对联，治礼奉贺，不在话下。

单说阎楷开张书铺，虽与谭绍闻商量过，固然回赎即是转当，毕竟办成僦居方与主人有益。况且银子是王象荩拿出来的，话不清白，后来难以作个局阵规程。因想当日在账房时，老主人待的器重，也蒙孔、张、程、苏诸先生青目。今日在此开书铺是斯文一气，若没一个老成典型人走动，不但亵了目前兴头，且负了旧年抬举盛情。因此卜定吉日，先期竭诚去几位老先生家拜见，拜匣内即一带“豆觞候教。眷晚生阎楷”帖子，顺便投上。前日见过四位礼生，也投了眷弟请帖。恳了谭绍闻父子初六日陪客，谭绍闻又叫补了张正心请帖。

初五日买珍馐，叫厨丁，办了三席。又替绍闻把当的桌椅春凳、围裙垫子回赎出来。

到初六日，大厅上摆设整齐。酒炉茗灶不用说的。未入巳牌，四个新秀才到了，谭绍闻父子出来陪客。又迟一会，四位前辈及娄朴也到，张正心随行。这宾主长幼互相为礼，四位少年整容敛息，极其恪恭。阎楷把奉邀聆教的话，申明本意。孔耘轩道：“连年久违，今日远来，又开设书店，叫这几条街上读书人得迩典籍。我们尚未申点水之敬，先来讨扰，多谢。”阎楷道：“晚生不敢当。”苏公是写家，只是看绫条对联，说道：“怎的只写个翁字，没有表字么。”阎楷道：“与财东当小伙计，江湖奔走，哪敢有号。”苏公道：“你是行第几？”阎楷道：“第二的。”苏公道：“何不叫做仲端呢。”程公道：“通，通，通。”苏公笑道：“我从几日不通过？嵩老如今说我通，是你今日才通了。”大家鼓掌而笑。阎楷道：“晚生谢过。”

却说四个新秀才，外边虽煞是恭敬，却个个带跼蹐之态。程公笑道：“四位少年，我眼花，也认不清，还得寻个方便地方，闲散闲散。我们这些老头儿，说话不甚合时宜，诸位虽外饰礼貌以敬之，其实颇有针毡之感。离开了各自方便些。”内中一个少年道：“晚生们正当聆教，唯恐老先生们见外。”程公向张公笑道：“今日之少年，不比当年咱们作少年，见了前辈是怕的。今日风气变了，少年见咱是厌的。咱何苦拘束他们，他们也何苦受咱的拘束？”张公道：“‘见父执进则进之’。”程公道：“类哥你这话，就讨厌极了。谭念修，另有地方么？”绍闻道：“有。”起身引得四个新秀才向旧日账房去了。

安插坐下，回来叫篑初往陪。阎仲端方徐徐说起回赎房子一事。因把王象荩在南园井池石板下得银一千两，商量回赎房子开设书铺，大门得以行走，大厅得以坐客，那所添二百两，只作二年租价，今日说到当面，立个租到房屋每年租银一百两整的文券，对诸公说了本意。张公道：“这一千两算谁赎的？”阎仲端道：“王中。”程公道：“王象荩。”阎仲端道：“他说鞋铺菜园虽是老大爷赏过他的，他只是暂用度日，立心不要。既不要园子，难说园中不是金石土木相连么，这银子自还是谭少爷的。这房子虽未同少爷回赎，就如少爷回赎一般。”众人听了，又奇又感，孔耘轩站起来说道：“王象荩真不愧嵩老所赠象荩两字。诸公是朋友，我又兼亲戚，亡女当日常对我说，这人是他家一个柱脚，不但家业仗他恢复，谭宅这个门风，也还仗他支撑。今日看亡女之言不诬。这样的好人，我们知之极真，若徒作夸赞而不为表扬，则杵臼、程婴不传。看来获金不昧，犹是小节目。至于别的好处，却又全无形色迹象，难以人之案牍。不如就这一端为题，从县公手里做将起来，得个皇恩旌表，也是有的。”苏公道：“现在举、贡、禀、增俱全，请那四位少年做个附学尾儿，好不好？”

这张正心、谭绍闻即向账房去请。只听得账房有诟谇之声，问其所以，乃是一个洗手，取出绸帕擦手，放在桌上，一个说：“送了我罢。”那个不肯，这个不还，恼了就吵起来。张正心劝解，谭绍闻把洗手的请到厅上，兀自犹作怒语。

绍闻道：“小事，看人笑话。”那秀才道：“他一生好拿人的东西，今年夏天还拿了我几把扇子，揭了我书房的字画。”张公道：“朋友相与，是真心送的，裘马可共。若无心送我，虽牙杖挖耳，不许要别人的。你说你爱见，他心里比你先爱见，君子不夺人之所好。我经的多了，往往朋友们因至微之物翻了脸，后来丢久了，还不好见面哩。”程公道：“君子交人，当避其短。知朋友爱拿人东西，一切都藏着些。一根帕子，擦了手就该塞到腰里，你为何放在桌上慢藏呢？这个还算你的不是。”苏公道：“不通，不通。丝帕儿塞在腰里，那字画也贴在腰里不成？”满座呵呵大笑。

天已将午，摆上席来。张首座，次程，次孔，次苏。侧席斜陪，一个娄朴，一个张正心，一个年纪大的新秀才。三位新秀才，一桌一个侧坐。谭绍闻陪首桌，阎仲端陪次桌，篑初陪侧席。碟盏匙箸，深簋巨盘，丰洁何必重复。阎仲端再三恳劝，张公道：“少吃一杯酒，还有正经事办。王象荩这宗获金不昧的事，若单说不做，不像咱们的事，文昌也要责成咱哩。现既举、贡、禀、增、附俱全，我算东院邻居，写俺的小儿张正名，阎仲端又是南邻，又是证佐。排开人名，写个呈稿，开列事实四条，具呈本县县尊，申详本府，府申布政司，司详院咨部。部里汇奏孝子、顺孙、节妇、烈女，缀上一个义仆，将来必得旌表旨意。省会办事，比不得外州县，书办讹滞要多少钱。咱一箭上垛，书办使费，大家公摊。正心，娄老侄，谭老侄，你三个走些路儿就成。上京打点，娄老侄会试受个偏劳。”阎仲端道：“省城各衙门，以及部里使费，不用老先生们均摊，尽出在晚生一人身上。”

却说王象荩旌表获金不昧的牌坊，张类村撮其大要，不过这样周旋。阎仲端任其钱财，已举真实本领月南园石工运石刻字，还在来年旨意准旌之后。看这桃杏圪挞儿，就是明春开放的花了。

席完事毕，各谢扰而去。谭绍闻扶张类村穿后院看杏花母子。张正心赶到，搀入东院。正名小儿子，早牵住衣袖，又是一番欢喜团儿。这也是张类村善气迎人，故有此高龄遐福。正是：

> 无为而为本圣修，诞登道岸儿能俦？
> 若因祈福方行善，也算人间第一流。

第九十九回

王象荩医子得奇方　盛希侨爱弟托良友

话说阎仲端宴客之次日，绍闻引着儿子篑初前院谢扰，阎仲端哪里肯受。留茶坐下，篑初眼光只是看架上书籍。阎仲端道："我一发劳动小相公大笔，写个书名签儿，按部就班，以便观书者指名以求，售书者认签而给。"取出书目一册，割裁就的红签寸厚一叠，放在桌面。这篑初投其所好，按册写签。

隔窗看见王象荩，雇个小厮，担了一个红条封的大盒子，一个干蔓菁缨儿盖的一个大篮子，也不知什么东西，担进后院。

送到堂楼，冰梅取了菜缨儿一看，却是一百个红曲煮的红皮鸡蛋。掀开盒子一看，乃是十几握盘丝白面条儿，上边插着一朵通草红花儿。忙叫道："奶奶来看！"王氏掀开棍子软帘一看，笑道："王中喜了，好！好！"王象荩道："小的得了晚生子，与奶奶送喜蛋并合家的喜面。"王氏道："几天了？"

王象荩道："带今日三天。"王氏道："我到六天瞧瞧去。"王象荩道："叫他满月时抱来奶奶看看。"王氏道："我心里也想全姑，一定去瞧瞧。"王象荩道："留奶奶吃面。"王氏道："晌午我还到舅爷家。"

这巫翠姐也上楼来，说道："真是一个'老莱子'。"老樊也跑的来，哈哈大笑道："王哥喜了，那是我的干儿。休要认到别人家。"王象荩道："樊嫂，取个大托盘来，内中有阎相公二十个喜蛋，两握面条，我送去。"老樊取了一个大盘，冰梅数了鸡蛋，提了面条，王象荩向前边送去。

绍闻感于老仆今日得子，心中不胜畅快。恰好篑初写完书签，阎仲端谢了劳动，父子俱从外庭内转，这王象荩自与阎相公说话。正合了"相识满天下，知心有几人"，两人系知心旧侣，那话自相投合。

这后边厨房，老樊烧锅煮面，王氏吩咐面卤汁，急切不能凑手。与双庆大钱二百文，就把后边西蓬壶馆中面卤汤，用小盆盛来作浇头。合家都享了汤饼大庆。王氏道："这是后馆买的卤汁，你爷爷在日，是断乎不许的。但日已将午，早饭还不曾用，王中也该早些回去，只得如此料理。"绍闻道："爹爹若在，如何会有这西蓬壶馆，都是儿子罪过。"篑初方晓得爷爷家法，是这样森严。

本日王象荩报喜家主，一切提过。到了六天头上，王氏装了盒子，一个是彩绸一匹，项圈一圆，镀金寿星一尊，荔枝银铃一对，钵鱼银铃一对，手钏一付，脚镯一付，缝帽缎子一尺，缝兜肚绫子三尺；又一个是长腰糯米满装，上面排着二十四个本色鸡蛋。双庆担送，邓祥套马驾车。篑初道："双庆是个粗人，到那里不晓道理，信口胡闹也是有的。不如街上轿铺里雇个人挑得去。"王氏道："叫樊家跟我坐车去。"这老樊赶紧办成早饭，合家吃完，自己首帕布袄膝衣新鞋，早已装扮停当。巫氏、冰梅看见，都笑道："看干儿去呀？"老樊道："我今夜做个好梦，定有好处。"巫氏道："什么好梦？"老樊道："我不记得了，只是好就是。"邓祥把新马套在车上，铺上褥垫，王氏坐上，老樊坐在前头揽住用相公。一路转街过巷，到了园门。

王象荩急忙来接。但面无喜气，却现忧色。王氏道："我来看喜。"王象荩道："半辈子不见什么，却也罢了，谁知见个面，反惹烦恼：孩子有了撮口风了。"王氏少不得急到王象荩住室，全姑早接到屋门外。

进到屋里，赵大儿揉着泪眼。房中有两个邻家女人，一见都躲开走了。王氏道："是怎的了？"赵大儿道："昨日好好的吃乳，半夜住口，还哭了几声。这一会儿，口只是撮起来。"老樊急道："不用害怕，我会治，只用一个鸡蛋。"自己掀开盒子，取了一个鸡蛋，打开小口儿，把蛋清儿流在茶盅内，黄儿放在一边不用。把孩子抱起来，自己坐下放在膝上，孩子脸儿向下，露出小脊梁来，全姑扶住小孩子头。老樊用右手食指孺着茶盅内鸡蛋清儿，在小孩子后心上、发际四指以下三寸之上，用指头肚揉一揉，向外沾一沾，似有所引之状。揉了十来揉，沾了十来沾，沾出一根风行来，粗如小猪之鬃，越揉越沾，那毛越长了，约有半寸许。老樊道："预备镊子，拔的不紧，这风毛会钻进去。"恰恰王象荩身上带有镊子，递与全姑。老樊道："你小眼儿明，用镊子镊住风毛根儿，猛一拔，就不留根了。"全姑瞅定老樊沾出的风毛，不再长了，镊住根儿一拔，风毛全出。王氏要看，全姑递与奶奶。王氏接到手里道："这比大人头发还粗，颜色是紫的，在小孩子脊梁上钉着，如何能好呢！"

话未落音，小孩子哭将起来。赵大儿抱在怀内，将乳穗塞在口中，那孩子慢慢吃起来。王氏叫赵大儿躺下："抱住孩子睡罢。"

王象荩向王氏磕了一个头，向老樊作了一个揖，真真把一个面面相觑俱无奈何的光悬，登时转成欢天喜地的世界。那老樊坐在床边，指着小孩子笑道："好奴才，不是遇见个师婆卦姑子干娘，还不知喂谁家狗哩。"王氏道："你怎的会这个妙方儿？"老樊道："奶奶不知，说起来话长。我原是亳州人，那时跟着男人，在衙门伺候。那位太爷年将五十，还没有少爷哩。房下有两个小太太，上下不过二十三四天，俱生的是相公，那太爷就喜得了不成。不料这七天头上，那个小相公是对月风，这个新小相公是七日风，一起都害了撮口脐风。把太爷急胁七魂升天，八魄人地。医官郎中，有名的大夫，进衙门来怕落没趣，都躲开了。太爷急得再没法子。这又不是等时候的病症，万无奈何，把四个元宝摆在衙门当街里，写着治好一个拿元宝两个，治好一双拿元宝两双。这也不过是急得再没别法了。却本城就有一个年老的媒婆儿，说他能治。叫进衙门，就用这沾贼毛法儿治好了。我在一旁亲看，所以说我会治。太爷赏媒婆四个元宝，媒婆不要，说道：‘小媒婆少儿缺女，既治好了两个小少爷，情愿跟着两个小少爷度日月，不少吃哩穿哩罢了。若说四个元宝，太爷只用照这沾风毛治撮口脐风方儿，刻成木版，刷上一千张、一万张送人，太爷阴功，小媒婆跟着也积个来生如人就罢。’彼一时刻印的张儿，我还收拾着，今晚到家，拿出来叫大相公及小相公看。”

却说王氏本意，今日还要走娘家。王象荩苦留，一来主母下临，二来老樊有功。王氏也为王象荩有获金不昧之善，意思也觉难恝。只得吩咐邓祥向曲米街家送信，说改日等舅爷汉口回来，一搭儿去。过了午，依旧与樊家、用相公坐车而回。

到家说起在南园老樊治好孩子脐风一事，大家无不惊讶。这老樊到自己屋里取出一个碎布卷儿，叫大少爷看。原来有两张当票，是正德十三年的，又一张废券，是成化十年的约，上有朱印一颗，中间大红笔批“销讫”二字，内卷着一张治初生小儿撮口脐风神效方。上印着：“小儿脐风，医家多视为不治之症，不知此皆背上风毛之所致也。”下开良方，即如老樊所言。末云“愿世上仁人君子，广为刊布，以济厄婴。正德十五年正月春晖堂主人捐梓刷印，遍赠海内。”合家方知老樊之言，有些来历。

看官，这风毛之说，若要程嵩淑、孔耘轩知晓，定言此事不经；以医理度之，亦不可为训。此不过姑妄言之，卦姑、媒婆所传，岂可深信？

王象荩老年得子，且搁过不提。再说谭绍闻自阎仲端僦居前院，这家事又多一层照应，遂动了上京入国子监肄业之念。暇中曾与张正心商过两次，欲约张正心同往，好结个伴儿。一日张正心来小南院，绍闻邀至书房，再续前议。正心道：“前日贤弟约我，说国子监肄业一段话，我酌度再三，不能以上京。一者家伯春秋已高，举动需人，家边内里不和，诸事我心里萦记；二来舍弟太小，家伯母照顾不到，舍弟生母憨实些，我也着实挂心。比不得贤弟，儿子已进学，又肯念书，可以脱然无累。”谭绍闻道：“小儿虽然进学，也不犯怕读书病，但我上京，也得有个先生教他。我有一句话，与大哥商量：张老伯年逾七旬，精神尚旺。我把老伯请来，白日教小儿念书，及黄昏就在东院里住，一来老伯爱这个贤弟，省得往来隔着几条街，太不便宜；二来老伯夜头早晚，就有杏姐伺候，也省磕跌绊倒，要个茶水也便宜。”张正心道：“旧例是东家央先生，能如此，我这先生家，就要先谢东家全柬哩。”绍闻道：“我禀知母亲，即同孔外父、苏老叔，下书投启。我上京肄业的事定矣。”

话已说完，张正心起身告辞，绍闻送出西书房门外。只见宝剑手持拜匣奔的来了。见了二位，各跪了半跪请安，这便不是旧日请赌博看戏那个样子。绍闻接匣在手，展开全帖，与张正心同看，上面写着：

> 吉卜十五日洁治豆觞，奉近文贺，袛聆德诲，伏冀台旆宠临，曷胜斗仰。
> 右启大即翰念老棣台先生大人。
>
> 年家眷弟盛希侨顿首拜

宝剑道：“张老爷帖子，小的适才送到家中，说是张老爷来萧墙街。只有三个帖子，一个娄老爷帖子还未送，别的无人。求二位老爷至日赏光。”谭绍闻叫蔡湘留客吃茶，宝剑儿禀辞而回。

绍闻又拉住张正心袖子说：“再坐一会儿，何如？”这二人父执之子，又是副车同年，怎的不亲上又亲，张正心回首向书房来。说及盛希侨，张正心道：“盛公近况，大非旧日所为，赌也戒了，戏也撵了，兄弟两个析居又合爨，他弟弟读书，他自照管家务。所可惜者，埙篪和鸣，却又琴瑟失调。那位老嫂那个不省事、不晓理光景，邻舍街坊都是谈驳的。盛公弟兄当日为宵小所间，兴过词讼，被边明府一批，有云‘莅官多载不能成让畔之休风’，反‘致有阋墙之凉习’。倒自认了一个德薄政秕的大罪过；这一批把弟兄们竟批成了王祥、王览，任凭内人调莺声、吼狮子，总一个‘叔射杀牛，牛肉作脯’，便完事一宗。”谭绍闻道：“我与盛公曾有个换帖子厚谊，近日也觉少疏些，明日定扰他高酒。”张正心指桌面上帖子道：“明日请咱三个，直是‘豆觞’，前几年有不‘优觞’的么？况且当年请客，也还未必有个优觞帖儿。不过差小厮们叫某人来看旦脚儿，这就是盛公子的音楢全柬哩。”绍闻触着当年实境，忍不住大笑起来。张正心道：“盛公今日刷印先集，却也上心的很，家伯几个熟刻字匠，他一起都叫到他宅里。咱明日扰他的高酒，也不等他送书，只预先各人要两部就是了。”两个说话不觉日晷渐移，齐到胡同口，分手各回。

却说千四日，王春宇自汉口回来，来看姐姐、外甥。带了些游商于外各处土产东西，自姐姐、外甥、甥媳、外孙，莫不各有送的人情，逐个有问。见外甥门閭渐次兴旺，这舅氏心中也畅遂的紧。到晚而回。

次日早晨，绍闻即去望渭阳公，细陈了道大人联族厚谊的话。吃了早饭，即自舅氏家坐车上盛宅来。

到了门首，仆从站门瞭望，看见双庆赶车，知是谭宅来人，即忙内禀。谭绍闻下车，恰逢盛宅兄弟出迎，同人大厅。娄朴、张正心早已到院拱邀。盛宅各仆从，莫不肃然。这不是因举人、副榜到宅，别立体统，总因赌博之场，僮督也有八分轻忽，所谓“君子不重则不威”也；衣冠之会，宾主皆具一团恪恭之心，所谓“上行下自效”也。究起来媟亵场儿，当下也有些欢乐，将来只有不好处没有好处，衅端即起于浃洽，戈矛即蕴于谈笑；礼法场儿，当下虽有些拘束，将来只有好处没有不好处，恭敬可以蓄德，缄默可以免訾。这宾主五人，此时在祥符城中，到了渐远孩稚半人老成的地位，今昔自有不同。

盛希侨道：“我从来不会说套话，今日备一杯酒，请众位老哥到舍下，是托舍弟于众位的意思。您今日都身列科目，会试的会试，入国子监的人国子监。这北京城，原是先祖先君会进士、谒选引见的地方。生下愚弟兄两个人，到半截入土的年纪，却只知北京在北，并不知彰仪门值南值西。愚弟兄算得人么？我是少年傻公子，弄得家业丢了一半子；舍弟还比我差强些，虽也算个副车，到如今老不变了，不能够中个举，何日是会试时节？先人常到的地方，如今子孙没人傍个影儿，着实不好的很。我想叫舍弟随着老哥们上京肄业，好中那北闱举人，乘便会试。我迟一半年，指瞧弟以为名，到京城走走，不比朝南顶武当山强些么？”娄朴道：“二哥年内去，我就年内起身，开春去，我就春天去，老苗子举人，随得便宜。”谭绍闻道：“是你中得太早，咱两个年纪相等，可比我才中个副榜呢。”张正心道：“我想去不得去，家伯年过七旬，舍弟太小，在两下里住，我少不得在家等本省乡试进进场，就算出得学门，还不曾丢书就罢。”盛希瑗道：“既然承携，爽快过了元旦，到正月初六日起身，不误会试场期何如？”谭绍闻道：“咱两个还得起文取结，方得部咨，这书办迟滞勒索，得好些时耽搁。”盛希侨道：“贤弟既肯相携，把你的履历交给我，不用你一个钱，我一手办成，你只静候起身就是。”

商量一毕，席面上来，宾主交欢，自不必言。这个说，戚老先生已升为宫詹大轿。那个说尤老前辈由内外转，做到二千石，由外转而内升，又做了治中府尹，已在九列之数。盛希侨道：“山东张表兄，现在刑部郎中，乃郎文新得馆选，在顺城门大街住，可做东道主。不然，就叫表兄在附近寻个寓处。”又说起河南新荣某人，敦笃深厚，将来鼎台重望；某人直捷廉干，将来府道名员。绍闻忽然想起，此厅当日俱是猥亵之语，与今日相较，天渊相悬，云泥迥隔，可见地因人灵，福由心造。追悔一层，痛快一层。不觉吟成一绝云：

宏闾敞院旧家风，意味相悬迥不同；
回首当年原此我，绛唇喜看映彩红。

绍闻正心中感叹，忽听得后院有妇人的诟谇之声。只见盛希侨颜色略变，走过闪屏后边说："有客！有客！"少顷，又说："给我留一点脸儿何如？"又一句道："知道令弟是进士，何如呢？"依旧转回主位。众官已起而复坐，希瑗还站着。盛希侨道："第二的，中进士呀！这回到京上，不中进士不许回来，我到京里看你们去。省得人家大姑娘，看咱家门不当，户不对。"希瑗坐下说："哥，让客吃酒。"盛希侨笑道："这也无怪其然。即如前日道台请咱愚兄弟们进署，一坐半天。一位大公祖官，三拱三邀，敬咀做什么哩？咱又无功名，又没学问，道台衙门要咱摸卵子不成？不过是敬咱爷爷、敬咱爹爹是两辈进士，也还是敬咱爷爷有学问，留下了几块墨字板。我不长进，董了个昏天黑地。第二的，你是副榜，若不能干宗大事，只像我这宗下流——咱爹下世早，没人管教我，说不得了。我是你哥哩，你要不中进士，我与你有死有活哩。你休看你家媳妇子安详、晓理，你丈人家是湖广有名的世家，你一个副榜去走丈人家，他那管家的门上，都是看不见知府的眼睛；就是那丫头养娘，也看不重这半截子前程。咱只怨咱老子，为什么不给咱弟兄们，寻个本城读书主户做丈人家，只进个秀才，当女婿坐到他堂屋里，就是天官；偏偏的隔山隔水，叫儿子平白跑到丈人家落个今生不如人。大凡人到了丫头、小厮不向眼里搁，他又不曾说，自已心里明白，任凭你是什么英雄，再使不着豪气万丈。"众人听了盛公快论，却又是阅历之言，无不心折首肯。

日夕席散，订明明年正月初六日起身的话，娄、张、谭各自乘车骑马而归。

第一百回

王隆吉怡亲庆双寿　夏逢若犯科遣极边

却说谭绍闻同张正心、娄朴辞了盛氏昆仲，坐车而回，一夕无话。到了次日早起，方欲缮写履历，送与盛宅办部咨，打算上京事体。尚未早膳，只见表兄王隆吉到了。见了姑娘为礼，说道："前日姑娘到家，侄儿在外做了一宗棉花生意，及至回家，我娘说姑娘走了；我料姑娘久不回家，必定住下，不料走了。昨日爹爹自汉口回来，表弟去瞧。吃了早饭，急忙上盛宅去，说盛宅请他哩，不敢留他多停。"王氏道："盛宅没请你么？你与福儿、夏家与盛宅俱拜过弟兄，难说单单请他一个？"隆吉答道："结拜弟兄，不过一时相厚，三天不见，这个想那个，那个想这个。久而久之，丢的淡了，见了还装不认的，哪里还想起来。表弟中了副车，这新乡绅、旧公子，正好一路儿厮跟。我是个生意人，如何搭配得上；夏家住了衙门，一发是不敢进正经场儿。"王氏道："男人们，一发是这个光景。像俺女人们拜过干姊妹，隔二年不见还想的慌。"隆吉道："拜干弟兄，男人家不必；拜干姊妹，女人家更不可。"王氏道："你姑夫在日，常如此说，我只说他性子怪，说这咬群话儿。谁知你今日，也是这般说。"隆吉道："侄子如何比得姑夫。像我姑夫在日，与娄、孔、程、张、苏诸老先生，活着是好相与，死了还不变心，他们何尝结拜过？”王氏道：“这几个人我是知道的，果然待咱这一家子，死了跟活着总是一样子，我如今看出来是真的。”王隆吉笑道：“我与姑娘说一宗笑话儿。我前一日在铺内坐着，咱省城第三巷丁家，是走过京的，听说他是闯世道哩，到处有他的朋友。他到铺内拿银子换钱，要使二十千钱，我搬与他。他的银子，二十两不足钱数，腰里瓶口又掏出一小封银子补完，恰恰不多，连包儿交给我。我看看包儿，是有字红帖，细看却是他换帖朋友的祖宗三代，以及子弟。那在京时，也不知怎的亲热，怎的稠密，今日酒，明日席，今日戏园子，明日打挡子。出得京来，没上一月，把朋友的祖宗三代以及子弟名讳，都装在腰里，还送与别人，他还不知道哩。”谭绍闻忍不住也笑起来，篑初却叹了一口气。

早饭已熟，绍闻请隆吉到前厅。隆吉看了书铺、大门，细声道：“这果然是王中挖出菜园的银子赎回么？”绍闻道：“的真如此。”隆吉道：“难得！难得！就是咱两个亲表兄弟，我得了这银子，我就要瞒你；纵然我想给你些，又怕你得了少的，还想多的，只怕还告我哩。好个王中，难得！难得！”绍闻道：“不在这一千银子，只在这个心肠。他有这宗好处，久后咱家兴官、用威相公，谁敢错待他？良心也过不去。直是如今已不作家人相待，只还不曾退还他家投词。久之，怕他家子孙，受人家的气，说是谭家世奴。怎的与他结门亲事，与他成了姻眷，可免得晚生下辈口舌。此事最难掉转，我还不曾有个主意。叫他走到别省外府，这里现在少不了他，他也不会走的；等他儿子远离，现在才出了满月，慢慢的想法子。”

隆吉道：“王中的事，表弟慢慢地想法子。我的事，只要你紧紧地出个妙策。”绍闻笑道：“表兄什么紧事？”隆吉道：“你舅这十三日生辰，表弟去不去外绍闻道：“年年是去的，外甥岂敢忘了舅的生日。”隆吉道：“你妗子十五日生日，表弟去不去？”绍闻道：“又岂有不去之理？我小着时候，时常与你姑娘一住三天，到十六日回来。我还记得，表兄更记得。”隆吉道：“这做生日一事，你舅、你妗子老两口，如今大不合。这该怎的处？”绍闻道：“还照常年旧例，老夫妇有啥不合哩？”隆吉道：“如今曲米街邻居比舍、街上铺户，要送戏哩。十三日早晨就有戏，要唱到十五日。夫妇双庆，送锦帐、鼓乐、炮手。”绍闻道：“舅与妗子，幼年不是富厚日子，至如今生意发财，与表兄买了两所市房，五顷多地，菜园一个，又有孙子孙女。街坊有这美意，老两口坐在张灯挂彩棚下，吃一杯乡党庆寿酒，看三出吉祥戏，也是我舅渡江涉湖挣的钱，儿子借这个光彩尽一点孝心，还有什么难处的事？”隆吉道：“你舅断断乎不依的。才自汉口回来，街坊就有此一轰，你舅不敢承当。街坊只管出约单。你舅知道了，黄昏里热了一钴酒，把我叫到账房里，说起这宗话。我斟上酒，老人家吃着，开口道：‘这一铺张，董的人情大了，你一个人掌柜，又要还人家礼，又要打探人家喜事，顾得应酬，顾不得生意。我老了，你宗宗要亲自到。又怕误了人家礼节，又怕得罪人，将来还怕那日子吃亏。不如自己备上一席菜，煮上一锅面，我吃了我心里受用。我不愿意叫你在外边人家事体上慌张。’”绍闻道：“我舅是疼儿心肠。表兄你该说：‘送礼不过是本城，关厢里就少了。不过留下庆寿的礼簿，逢着人家的事，午刻到，未时回来，外边不误，自己也不误。爹爹只管放心。’礼尚往来，难说闭住门吃饱饭，也不是人生一世的光景。”王隆吉道：“我也是这样说，你舅总是不依。你舅说着，就眼里噙着泪，手里擎着酒，一声叹道：‘我的日子不是容易的。自幼儿赡的产业薄，一年衣食都有些欠缺。从街上过，看见饭铺酒肉，心中也想吃，因手里钱短，把淡唾沫咽两口过去了。这话我一辈子不曾对你娘说过。做个小生意，一天有添一百的，也有一天添十数文的，也有一天不发市的，间乎也有折本的。少添些，我心里喜欢，就对你娘说，哄她同我扎挣；折了本钱，自己心里难过，对你娘还说是又挣了些。人家欠账，不敢哼一点大气儿。后来天随人意，生意渐渐的好了。你在姑夫家念书，先生、姑夫都不愿意你回来，我岂不知是好意，只为十两身钱，就狠一狠叫你下了学。本钱渐渐大了，学出外做生意，到江南，走汉口，船上怕风怕贼。到大地方还有船多仗胆，偶然到个小地方湾了船，偏偏岸上有戏，人家男男女女欢天喜地地听唱，我在船上怕人杂有贼，自己装得货船两三只，又怕水手就是贼，一夜何尝合过眼。单单熬到日头发红时，我又有命了。又一遭儿离汉口不过三里，登时大风暴起了，自己货船在江水里耍漂，眼看着人家船落了三只，连水手舵工也不见个踪影。如今看见咱家孩子们吃肉穿花衣裳，心里委实喜欢，心里说：你们享用，也不枉你爷爷受半辈子苦楚。若是门前搭台子唱戏，说是我生日哩，我独自想起我在江湖中，不知哪一日是周年哩。到明日十三日，只以孙娃们跟我一桌儿齐吃起来，任你摆海参，燕窝，猩唇、豹胎的席，我挣的，我的儿孙外甥儿吃，我心里自在。但说唱戏，那是外局，我不愿。'”绍闻道：“舅既如此说，俱是他心肝眼儿的话，就照着这行。”隆吉道：“你妗子又不依”的。你妗子说：‘受了半辈子淡泊，如今发了成万银子的财，十三日你爹爹生日，有客做生，过了两天我生日，吃尸气肉，喝洗唇子酒。俺娘家几门子人，都来当客封礼，我受不哩这残茶剩水。不如一遭儿做生日，唱上一台戏，摆上一二十席菜，也不说是爹是娘。看我说的是也不是？'”绍闻道：“这说的也有理。慢慢劝着，好事儿不弄出参差才好。”隆吉道：“我不敢劝，再劝时，你妗子连我也夸起来。我说爹爹江湖受了苦，才说了一句，你妗子说：‘我在家也操了心。若不是我生的好儿子，依我擘画，他在外，儿子在家乱嫖乱赌，把他的苦瞎搭了，还气出病来。'”绍闻道：“妗子此说也有理。毕竟该依那位老哩行呢？”隆吉道：“我向表弟领教，该照那一说儿行。”绍闻道：“该照舅说的行。”隆吉道：“照你舅那一说行不下去。你舅说的是内心苦楚，你妗子说的是外边势法；你舅说的是自己一个人的话，你妗子说的是众人众话。”绍闻道：“还有谁哩？”隆吉附耳低声道：“当日认的干亲，姑姑姨姨齐撺掇，老鸦野雀都拣旺处飞。我外爷曹家一大户，当日并不认得远门子舅，今日都要随份子送戏。才说你舅不甚愿意，那些远门子舅，还没我岁数大，一开口便骂我：‘休听那守财奴老姐夫话！’就是本门子舅，都是好热闹性情，怎比得你舅，再不敢管俺姑夫事。他时常说：‘咱是小户生意人家，你姑夫是官宦读书世族，他家的事，咱隔着一层纸，如隔着万重山。’表弟，你问俺姑夫的事，你舅曾搀过一句话否？如今我家是小户，可怜我舅家更小户，单只仗着族众，便是大家。当日做小生意时，没人把我当成外甥，今日少站的住了，就新添许多族舅。表弟，我央你与你舅商量，劝得老人家回心转意，糊弄台戏，挂上几幅绫条子，摆上两盆花儿，扯上一匹红绸子，吊上一对纱灯，就把亲戚打发的喜欢。不过花上不满百的银子。好席好酒，他们就说我王隆吉是个孝子，做下光前裕后的大事。表弟今日是你舅得意的外甥，就央表弟去，一劝就行了。省得老人家屈心，再没人知晓。表弟能说的两位老人家和谐，也算外甥一点真孝。”

谭绍闻果与隆吉同见王春宇，委曲婉转说了一番。王春宇回心欢喜道：“我的心，只有一个人知晓，就叫他们唱去。省得人不明白，还说我是舍不得钱，只是胡搅。可怜我王春宇若仍是当年精穷，谁做生日哩？何况于戏。我再没的说，夫妇同庆遮遮外人眼目，免免外人口舌罢。可怜我这小户人家，亲戚除了你家，别哩俱是昏天黑地，更可怜他们还自认为聪明第一，岂不恓惶的叫人死去么？唱唱唱，没甚说。外甥你回去罢，到那日早些送娘来看戏。我有一句要紧话：兴官才进了学，不要叫他来，休叫他在这俗场子上走动。我不唯不怪他，我还喜欢他。”

果然到了十三日，谭绍闻置下寿仪，同母亲坐车而来。行了外甥祝舅氏之礼，与舅氏照客。到晚，母亲住下，绍闻回去。

到了十五日，绍闻又置下寿仪，坐得车来。行了外甥祝妗子之礼，妗母曹氏喜欢的了不得。又照了一天客，晚上同母亲坐车而回。

三日已完，一切邻居街坊，无不夸王春宇大爷果然舍得钱，酒是好酒，席是好席；王隆吉相公孝心感动天地，一天晴似一天，无风无雨，整整的热闹了三天三夜；谭念修老爷，虽说是绅衿，真正眼孔不大，不论贫富高低人，俱看到眼里，将来要中状元、探花。这些人直夸了十来天，方才淡淡地歇了。

内中就有细心人说，没见谭家新秀才看戏。偏有人说："我亲见新秀才来了，他是个十四五小孩子，在家里陪那女客哩。"正是：

堪怜阛阓生蓬麻，随意高低谤与夸；
莫问市上真有虎，须知杯中早无蛇。
海楼缥缈仙三岛，驿路宽平鬼一车。
静坐许由河畔草，东风入耳不妨赊。

不言王隆吉椿萱并庆，单说谭绍闻在舅氏家尽了贤宅相之谊，十五日晚上坐车而回。到胡同口转弯将进后门，月色大明，只见两个人站在门边。车到时，一个人望辕叩首，响腾崩角。绍闻急下车来，那人细声喊道："救我！救我！"仔细一看，乃是夏鼎。旁一个人，像是公差模样，却不言语。

绍闻道："这是怎样说呢。"夏鼎道："有句紧话，须得空闲处细说。"绍闻扶持母亲，自进后院。身上钥匙袋儿，有后书房钥匙一把，绍闻前行，那两人跟定，开了书房门，绍闻让两人先进。那人道："老爷先行，小的不敢。"绍闻走到屋里，二人走进，先磕了头，绍闻扯住，说："我去取个灯来。"夏鼎道："不用灯照，事急，说了罢。"绍闻道："坐下讲。"夏鼎道："站着说罢。我住道台衙门，蒙门上梅二爷抬举，赏了一名买办，我真真是公买公卖，不弄官家一个钱，不强拿铺户一个钱货。不知怎的梅二爷听了闲言核月账，这一月适少了七两八钱四分银子不对头。大少爷你想，银子整出碎使，那秤头上边，怎能没个兑搭？自古道攒金会多，分金会少。这一月五七百两，如何能一个卯眼儿下一个楔子哩？门上梅二爷性情，开口是个锁字，说：‘锁了！’交与这个朱头儿押住。晚上送库官宋老爷打二十板子革了。我说小的赔出来就是。梅二爷把转筒一扭关了，不得再回一句话。少爷可怜我，差是不愿意住了，只求救一救，免二十板子。”绍闻道：“我如何救你法。”夏鼎道：“大老爷曾差梅二爷修坟院。只用少爷一句话，或用一条字儿，就免了。”绍闻道：“衙门如何可通字迹呢？”夏鼎跪下，那个差役也跪下，说道：“小的押着他，他央小的，瞒上不瞒下，黄昏出街来央少爷。少爷只到衙门一走，少爷即把事完了。小的为朋友心也完了。少爷想情。”夏鼎道：“我脖子里还带着锁哩，大领子遮着，黑夜里急切看不见。链子藏在怀里。少爷不信请看。”将手一松，那铁链子忽刺一声，面前就是一大堆。说：“少爷不承当衙门走一回，我就跪死在这里，不过污少爷一块土。”

谭绍闻是心慈面软的人，当下又没法子开脱，只得承许。二人磕头而起，说：“等不得二鼓，少爷要早到。”二人去讫。

这绍闻作难，直愁了一更。将欲失信，夏鼎跪前跪后，情亦可怜；将欲践约，这道大人向来雅望，一旦看成下流，况且事必不能行。只是小人急了，也不管人家身份体面，只是个奴颜婢膝，难人以万不可干之事。明日何以对儿子。

千难万难，瞒了篑初独自骑一匹马，说往娄宅问个上京信儿，径上道衙而来。恰逢一群衙役搀着夏鼎上酒馆吃浇臀酒。绍闻一见，拨马而回，心中想道：“古人云，不可一日近小人，真金石之言。回家好对篑初说，他日做官立朝之道，视此矣。”

却说夏鼎责革之后，追缴七两八钱四分银子完款。他还有一向干没侵蚀银两，尚可度日。急乃棒疮平复，育谲狡难悛，私交刻字匠，刻成叶子纸牌版，刷印裱裁售买，以图作奸犯科之厚利。后来祥符有人命赌案，在夏鼎家起出牌版，只得按律究拟，私造赌具，遣发极边四千里，就完了夏鼎一生公案。若必穷形极状，以快看官疾恶之心，未免有亵笔墨，且失著述家忠厚之意。

要知谭绍闻与娄朴、盛希瑗怎的上京，下回自有分解。

第一百〇一回

盛希瑗触忿邯郸县　娄厚存探古赵州桥

却说谭绍闻、盛希瑗合伴娄朴，准拟正月初六日赴京入国子监肄业。年内，盛希侨已将肄业缘由，在祥符县递呈，申详学宪，知会抚台，办好部咨。俱是旧识钱万里包办，满相公跟随，酌给笔资。单等过年启程。

盛希瑗盘费，都是老母所藏宦囊，哪有不满给小儿的。至谭绍闻盘费，当疮痍少平之后，不能无藉周章。年内外，王春宇送银八十两，巫家送来二十两。孔耘轩、张类村与侄张正心、程嵩淑、苏霖臣亦得各有赆仪。

初二日，绍闻及篑初同诣道署叩节，禀上京肄业之期。观察道："成均肄业，亦是上进之阶。留心北闱，能以考中，则春闱在即，可省来年冬春跋涉之苦。篑初侄怎的读书呢？"绍闻把父执张类村课诵，外父孔耘轩批课，一一详禀。观察向篑初道："每月课艺十五六篇不等，即以原稿原批送署，我还有擘画你成人的话。我吩咐门上，一到即传，断不至守候费时。"即叫梅克仁说明，梅克仁答了个"是"字而去。观察道："我还有京邸亲戚书札，明日送去。到京看封皮签子投递。"话完，绍闻父子辞出。

到了次日，书禀四封，赆仪一百二十两，送到谭宅来。这街坊邻亲路菜微赆，又受了几家。到初五日晚夕，母亲王氏赏了家饯酒席，绍闻嘱了家务，合家劝些保重话头。

到了起程之日，绍闻跟的双庆，又收了一个家丁名叫华封。皮箱竹笼，被套衣褡，装在车上。篑初王象荩跟送，到了盛宅。见节方毕，娄朴来到，跟人两个，也见了节礼。希瑗跟了家人两个，旧随两个，共四人。盛希侨雇大车五辆，已订明谭、娄不必另雇车辆，共合一帮。

盛希侨设了酒席，娄谭并坐上面，篑初打横，盛氏兄弟对坐相陪。厅上劝酒嘱话，门首捆载箱笼。早饭毕，宾主同出大门，娄谭向希侨作谢上车。希瑗又与哥哥说了几句秘商的话，作揖禀辞，也上了车。各家人等希侨回转，方才上车。车夫一声呼啸，五辆车鱼贯雁翔，出了祥符北门而去。

过黄河，走封丘，涉浊漳，一路无话。单说到邯郸县，恰遇京上下来钦差上钟祥去，将关厢店口占了一半。这盛希瑗五辆车，自南而北，因看店的人到的早，已经讲明牲口草料、主仆饮食，店主与家人门前等候。及车到时，占了上房五间，陪房六间，马棚四间，一座店几无空闲之处。剩余之房，到日夕时，有两个挑担行客困无店可住，情愿多出店钱。店小二见无甚出息，不肯容留，那人只得走开。

及日将落，有个少年孤客，骑了一头骡子，行李甚重。店小二拉住牲口嚼环硬往内拉。那少爷还要往北寻店，店小二道："北头住了钦差，哪有闲房。"说着拉着，已到院子中间。少年只得下了牲口。先问店钱，店小二道："一州无二例，上房爷们怎的，你也怎的就是了，难说多要一个钱不成。"一面说着，一面送脸水，提茶壶。那少年洗手漱口已完，少歇一会，便喂牲口，问料麸草价，店小二道："一个牲口尽喂管饱，总是一百大钱，水钱两个越外。"

傍晚时，店小二提一壶水，到少年住房，笑道："爷请客罢？"少年道："我这里没朋友，请什么客。"店小二道："请堂客。"少年道："家兄在柏乡县开京货铺，怕他知道了，我不要。"店小二道："管保中意就是。"少年道："院里人多，不要如此。"

上房谭、盛、娄三人听的明白，都说可谓少年老成。闭了上房门，品评起墙上的旅吟来。说这一首苍老奇古，笔力不弱。又说这首闺秀诗，婉丽姿态，淡雅辞采，自是一首好诗，惜题于店壁，令人有芳卿之呼，是自取没趣。又照烛看墙角一首，令人捧腹，乃是和女郎诗，强押韵脚，百方赶趁，犹不自知其丑。正谈论间，仿佛听得城内定更，说："咱睡罢。火盆休断了火，明早五更太冷。"果然街上鸣锣，店中敲梆。

睡到将近五更，忽听院内一片嚷声，只听店小二说："八两银算哪一样儿罢，江瑶柱，沙鱼翅，好官燕碟子，够哪一样儿钱？状元红一百壶，我们该替你赔银子打酒么？单说送梳笼匣子，我们怕惊动客长，就替你赏了两吊大钱。"又听得一个人要打媳妇子，说："这半个月，通不够房钱。"又听女人哭声，越吵越厉害。通听不得那少年卿一声气儿。

嚷闹中间，听的车夫添草声，马索草声，车夫张冻口，唱《压压油》：

乡里老头儿，压压油，出门遇见山羊，吓了一跤。两根骨头朝上长，四只蹄子，一根尾巴，望着我咩咩叫。瞧，下嘴唇底下，滴流着一撮毛。

唱完，打了个呵欠，喊道："老爷们起来罢。"

这院内七嘴八舌还嚷的不定交。盛希瑗早已起来，心中有老大哩不耐。开了上房门，叫当槽的。店小二飞也似上来，说道："要添炭呀。"盛希瑗道："添炭，拿开水来。"店小二急忙回去。到院中又吵起来，说："江瑶柱、燕窝碟子，就得十两！"希瑗道："添炭呀！"店小二道："就到。"希瑗道："人家小孩子，给十两银子，也就罢了，胡吵的聒人，是怎的。"店小二笑道："委实不够碟子钱。"希瑗道："胡说！江瑶柱，燕窝，是饤碟子东西么？这江瑶柱，慢说您店家饤碟子，就您邯郸老张，还不曾见过哩。"店小二道："老爷只管起身高升，事不干己，棒不打腿，多管闲事做什么哩？"这盛希瑗也是公子性儿，骂道："好贼忘八蛋子！"那店小二道："那小屋住的，真真是忘八蛋子。"这盛宅家人，早已劈脸一耳刮子，又一个一掌打倒。店小二喊道："打死人了！"

忽听得街上喝道之声，自南而北。原是钦差四更起身，张公送钦差回来进城。忽见这两三个车上灯笼，两个国子监，一个济南府，照着三个主人。七八个家人，拦住轿子禀道："贵治在御路开店，店主包揽土娼，讹诈客商。"邯郸县是吏员出身，深明下情，明白廉干，一声叫当槽过来，按得跪下。轿中只说一个打字，衙役按倒在地，扒了裤子，乒乒乓乓二十大板。轿上说："本该查拿土娼，根究店主，但黑夜之间，恐怕有失尊客的行李，误了上京公干。班上差头留下两个。押住当槽的，与老爷叩头，速送老爷们起身。限今晨早堂，连土娼、店主一起带到衙门严处。"轿夫喝了一声，前大后小，一簇长道子，喝着进城去了。

这店中开钱起身，那少年到上房磕了头。娄朴道："你也跟的走罢。"绍闻道："天明了你各自开交。"于是一同出店北行。

那两个差头，白白的又发了一注子大财，只以"查无实据"禀报县公完事。这店小二全不后悔，只笑道："点儿低，说什么呢？"

按下这店中常事，不必饶舌。单说娄、谭、盛三人各上了车，八个家人也各上了车。走到"黄粱梦"，家人各看行李，三位上卢生庙看做梦处。

进门处，照壁嵌四块石板，上写"蓬莱仙境"四字。中殿是汉钟离像，头挽双髻，长须，袒腹，塑的模样，果有些仙风道骨。再进一层殿，乃是石雕卢生睡像，鼾然入梦，想是正当加官封爵之候，争乃万古不会醒的。两旁垩白墙头，题句纵横。三位正在吟哦，庙祝来请吃茶，三人进了道舍。庙祝奉过香茗，三人吃毕。娄朴见案上笔砚精良，诗兴勃发，庙祝送过滑润彩笺，淋淋漓漓写将起来：

路出丛台晓气新，道逢莫笑满征尘。
驱车直造神仙府，题壁应多闻达人。
争向仕途觅捷径，谁从宦海识迷津？
灶头忽见炊烟歇，惊问行装可是真？

娄朴写完，笑道："旅次推敲未稳，恳二位老弟斧正。"绍闻道："七步八叉，浑如夙构。"盛希瑗道："一剂清凉，可称敏妙。"庙祝道："声律素所不谙，只这字写的龙飞凤舞，待墨迹稍干，即当敬悬蓬室，俟知音来赏。"娄朴道："不堪济壁，俟收贮伏酱，糊罐口罢。"

谭绍闻道："还有一句话商量，各坐各车，未免征途岑寂，就以今日为始，三人同车，路上便宜说话。"盛希瑗道："正好，咱就坐娄兄车，把贵纪挪移在咱两个车上。他们也有他们的话，叫他们也说着，大家省得瞌睡。"娄朴道："二位贤弟坐我的车，我该坐辕以供执鞭。"谭、盛二人齐声道："我二人年纪少幼，理宜前驱。"三人大笑。

辞了庙祝，到了车边。吩咐明白。各家人换移铺垫，三人坐了一车，以后便有朋友讲习之乐。绍闻笑道："世兄诗云。路出丛台晓气新'，唐人诗句亦云'有客新从赵地回，自言曾上古丛台'。此丛台驿，定然是邯郸之丛台。此台是古迹，毕竟还会有遗址，昨日不知道，不曾游得一游。明日我们回去，我有一句好诗：'有客新从赵地回，自言未上古丛台'。谁敢说我蹈常习故？"娄朴笑道："我会试回数多了，该云：‘有客频从赵地回，自言叠上古丛台’。谁不说我袭字不袭意呢？”大家齐笑起来。

盛希瑗道：“毕竟丛台在哪里？”娄朴道：“在邯郸城东北角上，上边还有云台，马武与光武议事的遗迹，用砖砌个小台子。”盛希瑗道：“昨晚住在南关，该去看看。”娄朴道：“今日五更出北关时，却有个遗迹，天黑不曾看见。”谭绍闻道：“什么古迹？”娄朴道：“学步桥。”盛希瑗道：“是‘邯郸学步，失其故步’么。”娄朴道：“正是哩。我怕下得车来，到桥上走上几步，把咱这独步青云那一步万一失了，岂不可惜？”三人又大笑起来。

谭绍闻道：“方才过的‘黄粱梦’，果有其事？”娄朴道：“小说家言，原有此一说。但卢是范阳之卢，这梦在长安地方。俗下扯在这里，加上些汉钟离、吕洞宾话头。要之也不论真与不真，庙修在大路边上，正可为巧宦以求速仕者，下一剂清凉散也好。”盛希瑗道：“难说道旁古迹，尽是假的么？”娄朴道：“士人俗见多。即如咱前日过黄河到封丘，封丘古虫牢，人不说韩凭之妻‘妾是庶人，不乐宋王’的诗，却说昆腔戏上黄陵集周愈旅店认子，是封丘县的一个大典故。且不说戏。咱前日过卫辉汲县，那正是魏安厘王墓中掘出‘涿冢竹书’的地方。这是埋在地下成千年的，那书上却有太申杀伊尹的事，此亦不可解者。且如汲县北比干墓，有武王《铜盘铭》云‘左林右泉，后冈前道，万世之灵，于焉是宝。’这是偃师邙山下何比干墓中铭，乃汉时大廷尉何比干，却说是殷比干。此等事存而不论可也。总之，过彰德只说韩魏公的《安阳集》不必说声伯之洹水琼瑰；过汤阴只说岳武穆之精忠报国，不必说朱亥之椎晋鄙于汤阴。考往探徂，贵于观其大，得其正，若求琐屑之轶事，是徒资谈柄学问，不足尚的。更如前日之涉漳河，只说西门豹之沉巫，史起之穿渠，不必更向东北，必望曹孟德之铜雀、冰井，向西北，定求认得高欢天子之大坟。”谭、盛二人，无不后悔这数日不曾同车，把一个高挹群言的老哥先生，白白耽搁了聆教。娄朴道："我如何当得起！只如过宜沟驿，谁曾谒过端木祠？过美水河，却不曾到演易台。这是我之大错处，何尚聆教之有？自此以后，每日同车，万万不可错过就是。"午后，到临洺关，同谒冉伯牛祠，还说有伯牛墓。谭绍闻道："'伯牛有疾'，见于《鲁论》。伯牛鲁人也，为何远葬于此？"娄朴道："唐宋间农民赛牛神，例画百牛于壁，名百牛庙，后来讹起来，便成冉伯牛庙。这也是没要紧的话。总之，过临洺关，只说李文靖公沆；再往前行过沙河，只说宋广平璟；至于罗士信大战于狗山——今名娄山，都是无关至要的闲账。"

又一日早晨，到赵州桥，坐在饭铺过早。对门一座画铺，画的是张果老骑驴过桥，鲁班怕压塌了桥，在桥下一手撑住。人买此画者，贴在家里，可以御火灾。三人用了早膳，来看张果老驴蹄迹、鲁班手掌印儿。娄朴道："此皆三家村小儿语。桥乃隋朝匠人李椿所造，那的鲁班——公输子呢？要之此处却有个紧要踪迹，人却不留心：那桥两边小孔，是防秋潦以杀水势的，内中多有宋之使臣，北使于金，题名于此；也有乘闲游览于此，题诗记名于小孔者。咱们看一看，不妨叫人解笔砚来，抄录以入行箧。可补正史所未备，亦可以广异闻。所谓壮游海内则文章益进者，此也。"当即三人各抄录一纸。娄朴道："到京邸时合在一处，各写一部，叫装洪潢氏裱成册页，名曰《赵州汶河桥石刻集览》。这便不用买蹄迹、掌印画儿，合上用印的'天官赐福'条子送人，说是我从京城来，一份大人情也。"三人一发大笑起来。

这谭绍闻诗兴勃发，笑道："我有一首诗，只怕贻笑两兄，口占，念念罢：

万柳城南路，巨桥共说仙。
地犹称赵邑，碑已剥隋年。
虹影横长玦，蟾光吐半铉。
题名多宋使，细认慨前贤。"

娄朴道："好！"谭绍闻道："咱们至诚相交，无庸面谀。"盛希瑗笑道："也将就得去，何如。"谭绍闻道："强填硬砌，如何去得呢。"

三人回到饭铺，将抄录大观、政和北使的题咏夹入行箧，又复同坐一车而行。后来过栾城说颖滨；过定州说东坡；过庆都说犯了尧母圣讳，但非书生所敢议，将来必有圣天子御赐嘉名，以尊十四月诞毓如天圣人之皇母者。我们生于嘉靖年间，不敢预度在何代耳。

晓行夜住，将近京都。到了涿州，谒桓侯庙。只见庙上悬六个字的匾："唐留姓宋留名"，盛希瑗道："这是怎的讲哩？"娄朴道："乃唐之张睢阳，宋之岳武穆耳。"谭绍闻道："此齐东也，岂不怕后人捧腹？"盛希瑗道："那后边落款，不是赐进士出身么？"娄朴道："谁说他不是进士哩。总之，张桓侯风雅儒将，叫唱梆子戏的，唱作黑脸白眉，直是一个粗蠢愚鲁的汉子。桓侯《刁斗铭》，真汉人风味，《阃外春秋》称其不独以武功显，文墨亦自佳。总因打戏的窠臼，要一个三髯，一个红脸，一个黑脸，好配脚色。唐则秦叔宝、程知节，一个红脸，一个黑脸。宋则宋太祖红脸，而郑子明是黑脸。士大夫若是目不识史，眼里看了戏，心中也就'或者''或者'起来。"

离了涿州将近良乡，车夫喊道："老爷们看见昊天塔了么？这是杨六郎盗他大杨继业骨殖地方。"盛希瑗道："听后边车夫也是这般说，这是怎的？"娄朴道："是胡说哩。当日杨业对敌，王侁、潘美料定杨无敌必胜，不曾接援，以致杨业独力难支，陷于陈家谷。怎的骨殖到这良乡塔上。"

本日五辆车飞奔入京。到了芦沟桥报税，彰仪门验票。那个刁难逗留，讹诈侮慢，越是个官儿，一发更受难为。胜之不武，不胜为笑，况且必不能胜。税役们只有五个字，说"这个办不了"，任凭什么官，再不会有法了。何况举人、贡士，一发不济事。挨到天晚，再无可争，乃得进城。急赶人正阳门内城河南会馆。——缘江米巷有李邓州文达居第，乃天顺所赐者，文达去后，遂成中州会馆，合并著明。

至于投咨考到，收录成均肄业，下回再为详叙。

第一百〇二回

书经房冤鬼拾卷　国子监胞兄送金

却说谭绍闻、盛希瑗及娄朴同至中州会馆。此时临近会试之期，本省举人，已将占满，恰好剩有三间闲房，三人住下，行李暂且存住。家人另寻国子监皂隶闲房住下。

因场期已近，这谭绍闻、盛希瑗俱要帮办娄朴进场事体，凡一切应拜之客，应投递之书启，俱不肯动，只等场完之后，再办国子监投咨考到的事。这娄朴场具，俱系谭、盛二人率家人酌度办理。娄朴固然是平日工夫醇熟，至于表、判、策、论，也须得展开行箧，检点一番。因三人共辏，每日闲谈一路古迹，真正是人之所乐无如友，友之所乐无如谈，谈之所乐无如触着有端，接着无绪，正谐相错，经谚互参。这个情趣，虽一向殚功咿唔咕哔者，不能以彼移此也。到了场期日迫，只得把功令所有条件略为照顾，以求风檐寸晷，有驾轻就熟之乐。谭、盛二人料理娄公进场，直如父兄之待弟侄，百般想到；奴仆之事家主，样样咸周。那娄朴专心研磨，一日之功，可抵窗下十日；梦中发个呓语，无非经传子史。

直到点名之日，这个家人手提篮笼，那个小厮肩背毡包，到了贡院辕门。觅个空闲地面，把毡条铺下，这三人将篮子内物件，一一起摆出来仔细瞧看，或者寸纸，或者只字，鉴影度形，一概俱无，又仍一件一件装入篮内。

忽听一个风言，说场中搜出夹带来了，东辕门说枷在西辕门，西辕门说枷在东辕门，又一说押往顺天府府尹衙门去了，又一说御史叫押在场内空房里，俟点完审办哩。人多口杂，以谎传真。这举子一点疑心，只像进场篮儿是个经书麓筒，不知有多少笔札在内，沾泥带水不曾洗刷干净。幸而点名到辕门以内，独自又行展毡细搜，此时功名得失之念，又置之九霄云外，但求不犯场规免枷号褫革之辱，这就算中了状元一般。所以说穷措大中了状元，满肚皮喜欢，那眼里泪珠儿，由不得自己只管滚出来。

这也是触着说起。正经该说娄朴点过名，又到了外监试点名处，高唱道:“搜检无弊！”到散卷处按名给卷。过了龙门，认了号房，径分东西，照号而入，伺候老军钉帘挂篮。见了同号诸友，说明江浙山陕籍贯，问明子午卯酉科目，有前辈，有同年，有后进。或叙祖上年谊，或叙父辈寅好，好不亲热，好不款洽。日落铺毡坐卧，双眸三寸烛，斗室七尺躯，养精蓄锐，单等次日文战。内中也有快谈至三更尚未就寝的。

五更题纸下来，只听老军喊道:“众位老爷看题！”这号门就如蜂拥一般，哄哄攘攘。已知者搔鬓吟哦而旋，未知者张口吁喘而来。日色东升，注砚吮毫，各抒妙思，径达名理。老学究掀髯讲题，确乎有见；美少年摇膝搦管，旁若无人。到了日入时辰，有就寝而鼾声如雷者，有索茗而袅韵如歌者，各随其天性之所近，互展其向日之所长。有污卷而辄辍者，谓三年不过转瞬；有换卷而另缮者，叹一刻应值千金。到次日纳卷，认经而投，执签而出。

东西两辕门，仆从来接，如羊羔认母；旅舍各投，如归鸟还林。这谭、盛二人望见娄朴，如将军临阵而回，士卒满面俱带安慰之意。娄朴见谭、盛二人，如故人睽隔日久，道左忽逢，不胜欣喜之情。到了寓处，盥面盆、润喉碗一起俱到。摆上饭来，还说某道题省的，某道题一时恍惚；某一篇一挥而就，某一篇艰涩而成。谭、盛二人说："一定恭喜。"娄朴道："万分无望。"

到第二场，场规如前。这娄朴论、表、判语，措辞典丽，属对工稳。及三场，场规依旧，却已不甚严赫。这士子们详答互问，有后劲加于前茅者，也就有强弩之末聊以完局者。三场已完，这三人辞了场门小下处，仍回中州会馆。

士子责毕，场内任重。弥封官糊名，送于誊录所，严督不许一字潦草。誊录官送于对读所，谨饬不许一字差讹。对读一毕，由至公堂转于至明堂，分房阅卷。批"荐"，批"缺"、批"中"的，那是人选高中的；不荐而黜，屡荐而驳者，那是孙山以外的。

却说娄朴贡字五号卷子，分到书经二房翰林院编修邵思齐字肩齐房里，这邵肩齐是江南徽州府歙县一个名士，嘉靖二年进士，散馆告假修坟，假满来京，授职编修。这人有长者之风，意度雍和，学问淹贯，办事谨密。阅这贡字五号卷子，甚为欣赏，搭上一个条子，批了"荐"字。到了三场第五道策上，说包孝肃贤处，有一句"岂非关节必到之区哉"，再三看去，讲不下来。但三场俱佳，只此一句费解，且又有"关节"字样，心内嫌疑，只得面禀总裁说："通场俱佳，只此一句可疑，不敢骤荐，面禀大人商酌。"总裁略观大意，说道："此卷的确可中，争乃此句万不可解。皇上前日经筵说：'宋臣合肥包拯，独得以孝为谥，是古来严正之臣，未有不孝于亲而能骨鲠者。'圣意隐隐，盖谓哭阙之臣，不以孝侍君上，而徒博敢谏之名以沽直的意思。这是策问的所以然。举人卷子中有窥及此者，文字少可将就，即便取中，以便进呈。如何此卷便扯到关节必到上去呢？况皇上此时，正草青词以祈永年，此卷内还有'阎罗'二字，万一触忌。严旨下来，考官何以当得起？这卷只得奉屈了，以待三年再为发硎罢。"这邵肩齐只得袖回本房来，却甚觉屈心。放在桌上，偶尔袍袖一拂，落在地下，也就懒于拾他。又阅别卷。

及三更以后，又得佳卷，不胜欣喜。批了“荐”字，单等明日上呈。一时精神勃勃，再抽一卷，却仍是贡字五号卷子，心中好生厌烦。只疑家仆拾起误搁在上，爽快抛在地下。

只觉喉渴，叫一声：“茶！”这家人已睡倒摔根地下。肩齐又一声道：“斟茶！”那厨房茶丁，是不敢睡的，提上壶来。进得门来，忽一声喊道：“哎呀！哎呀！老爷右边站着一个少年女，女……他……拾卷子哩，他……磕头哩，他……没了。”提的茶壶早落在地上。肩齐一怔，由不得环顾左右，毫无形影。只右手处笔筒烛影，倒映地上，直拖到墙根。少一迟意，说道：“这是何等所在，不可胡言乱语。斟茶。”那墙根睡着的家人，也惊醒了，斟上茶。肩齐呷了一口，依旧溺管儒墨阅起卷子来。那笔筒倒影依旧随烛火抖动。

次日，各房考官俱有荐的卷子。邵肩齐手持三卷，把昨夜之事，一一说明。总裁道：“老先生所言，终属莫须有。我再看看文艺。”邵肩齐呈上，两总裁互相递观，不觉称赏不已。副总裁道：“‘岂非关节必到之区哉’，即验之原卷，也是如此。不过遗漏一‘不’字耳。鬼神杳冥之谈，乡、会场外可言，场中不可言及。不过中的一百几十名就是了。”搦管批个“取”字。正总裁批个“中”字。留在至明堂上，算一本中的卷子。及放榜时，中了一百九十二名。后殿试，引见，选入兵部职方司主事。

嗣娄朴谒见房师，邵肩齐说及前事，娄朴茫然不解。或言这是济南郡守娄公，在前青州府任内，雪释冤狱，所积阴骘。后娄朴讯及乃翁，潜斋忖而不答，只道：“我职任民社，十五年于今，只觉民无辜，心难欺，何尝念及尔辈子孙。烛影而已。”

却说盛谭二人，于礼部放榜之先，自办投咨、考到，国子监录人彝伦堂肄业。到娄朴殿试、传胪、分部，他二人爱莫能助，自不能耘人之田，自然是耘己之田。娄朴既入兵部，时常入监瞧看。娄朴成了过来人，就把祭酒所批之文，详加商榷。谭盛工夫纯笃，这文艺自然精进。

少暇，即与满天下英才谈论。初与黔蜀之士，说起蓝、鄢两贼肇事根苗。嗣又与浙闽之士，说起日本国为汉奸所诱，恃勇跳梁，沿海郡邑多被蹂躏。那浙士道："唯有火攻，或可破之，惜中国未有用之者。"谭绍闻道："中国虹霓大炮，岂非火攻？"这浙东宁波人士，是留心韬钤好言兵事者，答道："虹霓炮如何制得他。他的海船乘风迅速，这大炮重数百斤，挪移人众时久，迨照住来船点放火门时，那船已自过去。我在岛上守御，岛是死的。他的船是活的，得势则攻岛，不得势则直过，奔至沿海郡邑村庄，任意剪屠。我们今日在监肄业，心中却萦记家，时刻难忘。"绍闻道："请问吾兄，这火攻之法，毕竟该怎样的？"浙士道："我们中国元宵烟火架，那宗火箭甚好，比之金簇箭更厉害。天下虽有万夫不挡之勇，断未有见蛇而不惊，遇火而不避者。倭寇袒胸赤膊，一遇火箭即可灼其身，入舱即可烧其船，着蓬即可焚其桅。顷刻可连发数百千笴。虹霓炮可以碎其船，而不能焚其船。"谭绍闻想起元宵节在家乡铁塔寺看烟火架，那火箭到人稠处，不过一支，万人辟易；射到人衣裳上，便引烧而难灭。当日金兀术在黄天荡，用火箭射焚韩蕲王战船，因得逃遁而去，想来就是这个用法。闲谈过去，依旧回斋课诵。一日之劳，片刻之泽，敬业乐群，好不快心。

一日谭盛二人在率性堂斋室正进午膳，忽进来一人，说："外城离这里，足有十五里！"抬头一看，乃是盛希侨，二人惊喜不置，急让道："吃饭不曾？再办饭吃。"盛希侨一看，道："不成饭！不成饭！难为你们受苦。"

坐定，盛希瑗道："娘好？"盛希侨道："近来着实好，一发不拄拐杖。心里有些想你；我说他在京中很知用功，娘很喜欢。第二的呀，全在你，休叫我哄娘。"绍闻道："我家里何如？有家书么。"盛希侨道："我来时，曾到萧墙街，家里都很好。"盛希瑗道："咱家都平安？"盛希侨道："咱家平安，我还不来哩。"盛希瑗站起来问道："是怎么的？"盛希侨道："你嫂子在我跟前撒泼哩！"盛希瑗道："声放低些。"盛希侨道："不省事人，家家都有，怕什么哩？爽利我对你说了。我的大舅子钱二哥，春天从华州来，来看他妹子。我看隔省远亲戚，着实没要紧，扣了一头脚驴，跟了个老家人，来回两千多里，有啥事哩。况且我外父中了个进士，做一任官，并没一个大钱。大舅子跟谭贤弟一样，中了个副榜，将来有个佐杂官儿做做。如今来河南走一遭是做啥哩？过了三日，那日晚上吃夜酒，钱二哥道：'我这一回，不是无事而来，我来与姑爷、二贤弟送一宗东西。'解开衣褡，取出沉甸甸一包东西，黑首帕裹着，红绳扎着。解开一看，乃是六笏黄金，四对金镯。我说：'这是做什么的？'他说：'这是府上一宗东西，舍妹寄放我家。今年我将出仕，不交付明白，恐怕失迷。只可惜二贤弟不在家，不能眼同交付。'我说：'并不知有这宗项。'他说：'姑爷既不知晓，爽快姑爷收存。并不必叫舍妹知晓，省却葛藤。'他说得恳，我只好收下。过了一日要走，我与他扣马车一辆，盘费银三十两、送得回华州去。我想这一定在咱娘那十笏金子中数。那镯子我也不知道是哪里的。咱娘却不知他的金子少了六笏，这话也断不肯叫咱娘知道，只叫老人家喜欢。我想，俗话说，'天下老哩，只向小的。'你是咱娘的小儿子，全当咱娘与你抬着哩。"盛希暖道："哥说的是啥话些。"盛希侨道："咦——，像我这大儿子不成人，几乎把家业董了一半子，休说咱娘不爱见我，我就自己先不爱见我。你肯读书，娘也该偏心你。如今你吃的不成饭，我是曲体母亲的心，与你送来使用，只要好好用功。娄贤弟已中了进士，俺两个日昨见过面了。他说济南府还没人来，大约数日内必到，这两日手头乏困。我就带一锭出外城，换了一百六七十两银，与了他一百两，叫他当下支手。他济南银子到了，或还咱，就算借与他；或不还，就算贺他；他不足用，再送他一百两。总之，不叫咱的人在京受难为。至于谭贤弟，我送你一对镯子。——当下就套在手上——我看，我再到首饰楼上换五十串钱与您二人送来。休要细嚼烂咽，饿的瘦了。我回家对咱娘说，你吃的大胖，对谭伯母说，谭贤弟也吃的大胖，到京里一见全不认得。叫老人家喜欢，不萦记就是。读书却在你们拿主意。谭贤弟早写好家书，我在京里，住一两个月不定，三五日内走也不定。我住的店在猪市口河阴石榴店东边，叫鼎兴客寓。对你们说，你们好瞧我。我回去哩。”盛希瑗道：“我跟哥去。”盛希侨道：“不怕先生么？”绍闻道：“这与外州县的书院一般，学正、学录与书院的山长一般，不过应故事具虚文而已。要出去住五七天，稀松的事。”盛希侨道：“既是如此，咱如今就走。爽快今夜不用回来，咱好说说话儿。门户呢？”盛希瑗道：“交与管门门役，不妨事。”盛希侨道：“叫小厮他们也都坐上车，到外城走走。这方家胡同也松的很，没啥瞧头。他们哪个要回去，我问他，随意就跟我回去，这里人多也没用。这金子一发也带出去，放在店里好些。”

说一声叫四辆车，恰恰有三个苏州贡生拜客回来，有车在门，讲了价钱，一言而成。连来车一辆，主仆各坐停当，径从海岱门出城，向鼎兴客寓而来。

晚景掀过。若说次日，还有下回。

第一百〇三回

王象荩赴京望少主　谭绍衣召见授兵权

不说绍闻、希瑗在鼎兴客寓与希侨阔叙一晚，次早回国子监。且说盛希侨不耐旅舍繁嚣，早起即叫能干家人另觅京城出赁房屋。这家人出街，看了栅栏墙头“赁官居住，家伙俱备”的报单，照着所写胡同觅去，找到绳匠胡同严府花园南边路东一所赵姓的宅子。院子宽敞，亭轩整齐，厨房马厩俱备，月台照壁并新。讲定月租价钱，回店说知。盛希侨即令搬移。叫了车子，装了行李，其有不尽上车者，各家人肩荷手持，即日移人新居。

住定，包了一辆车子，拜客看戏。凡祖上同年后裔以及父亲同寅子侄，向有书札往来今仕于京者，俱投帖拜见，各赠以先世遗刻数种，中州土仪若干。有接会者，有去部未回而失候者。嗣后答拜请宴，互为往来。街头看见戏园报帖，某日某班早演，某日新出某班亮台，某日某班午座清谈平话、杂耍、打十番，某日某楼吞刀吐火，对叉翻筋斗。嗣后设席请年谊兄弟、同乡众先生。又看了天坛、地坛、观象台、金鳌玉炼、白塔寺，以及各古刹庵观庙宇。凡有可以游玩者，历其大半。一日，偶游正觉寺，已经走进去，忽见尼僧来近，即便缩身而回。盛希侨学问大进矣。这谭绍闻、盛希瑗时而到寓，时而同游，时而归监。

住了两个月，忽动了倚闾之思，遂买了回家人情物事，差家人到监里请得弟友到外城。绍闻写了家书，也买了奉母物件，为篑初买了要紧书籍，烦希侨带回。盛希侨又将京中用不着的家人，以及思家不愿在京家人，顺便带回几个。银子除了路费，金子全然撇下。择定归期，雇了车辆。

至日，行李装讫，弟友二人门外候乘。口中说的珍重，意中甚为凄惨。车行后，二人只管跟车相送，希侨在车中全然不知。家人说："二位爷跟的远了。"希侨急忙下得车来，站下，面东说："回去罢。"三人不觉齐低下头来。希侨没法不上车，谭绍闻、盛希瑗也只得怅然而归。过了两三日，方才宽解渐释。

希侨出了彰仪门，到良乡县住宿。店小二仍是诱客故套，被盛希侨一场叱呵，缩身而退。及到栾城、清风店、邯郸、宜沟等处，店小二恒态如故，这家人们早吆喝退了。若是前十年时，上行下效，上明下暗，两程以后，上下通明矣。过了黄河，进了省城。到家候了母亲安。那夫妇不合之端，别久渐忘，依然偕其伉俪。到了次日，分送京中带来各亲友家书物件。

希侨差宝剑送谭宅家书时，恰值王象荩送菜来城，得了少主人京中信息，心中甚喜。又怕远来信息，说好不说歹，遂向小主人篑初道："盛爷远携家音，相公不可不亲往一谢。我也跟的去。"王氏道："王中说的很是。咱也该去盛宅走走，约他家大相公来吃一盅接风酒。"

篑初遂同王象荩到盛宅。见面为礼，篑初方欲道谢家音、安慰风尘，盛公子不待开言，便道："娄公中了进士，点了兵部。报子到省，想已共知。舍弟平安，没甚意思，不用说的。令尊脸儿吃的大胖，那些平日油气村气，一丝一毫也没有了。读哩满肚子是书，下科定然有望。回家对老太太说，就说我说了，没什么一点儿萦记。你家也不用请我接风洗尘，我一两天闲了，到你家，面见老太太，说一个一清二白。”篑初年少，见盛公子说个罄尽，没的再说。王象荩从旁问道：“据大爷说，委的不用我家老太太萦心。但天下事，美中多有不足，未必恁的百般称心。不知跟的人如何？”希侨道：“你不说我也想不起来。你家爷行常对我说，跟的人有些倔强。我说乡里孩子，一进了京，没一个不变的。每日见出京做官的长随，身上穿绸帛，咱家烧火棒茶的孩子，也就想升上一级；见了阁部台省老爷往来，觉自己主人分儿小，强几句是有的。我说他们可恶时，打他们几鞭子就好了。你家爷是心慈面软的人，情面下不来。只有这一点儿不好。却也没甚关紧。”王象荩道：“京里岂没人，再雇个何如。”盛希侨大笑道：“京里人用得么？早间李老爷，晚间王老爷，不如自己带的小厮，还不怕席卷一空哩。”少坐一刻，篑初作揖谢过，主仆相从而归。

到家，把话一一学与奶奶，王氏甚喜。但老来念子情切，终难释然，说道：“我这心总放不下。小福儿自这么一点点到现在，没离开我这样长时间。人家盛宅有个亲哥哥上京走一趟，咱家并没个亲姊热妹可去。你两个去盛宅时，我盘算了这半天。篑初年幼，世事经哩少，这路上我也担心。想叫王中你走一趟，不知行得行不得。若是行得，目下就动身，好给他捎上夏天随身衣裳。不知这路费可需多少？”王象荩略想了一想，道：“有何不行。我也素有此心，只是没遇缘说起。盘费家里不用预备。我把菜园的事酌度明白，三日后即便起身。家中捎什么东西，相公写什么书桌，俱缝一个包封，后日黄昏来取。奶奶有什么嘱咐话儿，想好记清，后日取包封时一一对说。”事已忙迫，王象荩当下就回南园去。冰梅包了一个布包儿，说与全姑。王氏也与了小耍货儿，说与小孩子玩耍。王象荩道：“他还不甚知玩耍哩。”接住拿得去了。

及至起身前一晚，王象荩来到。王氏递与包封，篑初道：“书俱在内。”这主母、小主人说了些嘱咐与路途保重的话，王氏与了些路上吃食，王象荩自回南园。又安插了邻家老妪与赵大儿母子做伴的事。

次晨，脚夫赶个大骡子早到。王象荩包好所余井板底下银子，搭上行李骑了，进南门出北门，循驿路而去。

却说王象荩此行，偏偏路上受了几个大惊。

到了宜沟驿住宿，对门店里半夜失了火。风大火猛，那火焰斜飞在半空里，街上喊声如沸。这店里客人，各要夺门而走，店主人不依，总不开门，说："客人行李要紧，万一开了门，救火人趁着进店，抢了行李，火灭之后，就要说我店家有了转递，有了藏匿，现在火不顺风，我们只得静候。真正火到咱店里，那时开开后门，咱大家逃命，行李付之一烬，这叫'天塌压大家'，如今爷们只要把盘费收拾好，带在身边。"众客也没的别说。少时，风觉微息，驿丞官督率救火，人多水集，竟把灼天之焰扑灭下去，只烧对门店临街草房三间，后边瓦房不曾沾着。这边店内住客，一夜何曾安枕。到了四鼓，王象荩随众人开发店钱，拉出骡子，搭上行李，出了店门，从水滩泥灰上走过；没一个口中不是"阿弥陀佛"四个字。一路北行，到了丰乐镇住下。偏偏有个小偷，自墙上翻过来，磕得瓦响，店主人惊得走了。虽说分毫未动，却又一夜不曾安寝。

又一日到了褡裢店，这南头有座龙王庙。王象荩及四个同行的，歇在饭铺里。吃罢饭歇息闲话，只问道："这是什么庙？"那铺中掌锅老叟道："额血龙王庙。"又问道："怎叫的这样稀奇？"老者笑道："这龙王不治水，单管伺察人。凡人心里有阴私，打庙门前大路经过，没有不犯病的。说起来话长。这龙王原是个上京选官的武举，那日晚上，住在我们邯郸县南关里。店邻有个泼妇，夜间凌辱婆婆，隔墙听的明白，合店人无不旁忿。争乃行路之人，事不干己，只得由她。个个掩耳，不能安寝。到了次日午后，那位武举到了我们这褡裢店，只见天上黑云一大片，自南边邯郸县而来。这位选官的老爷对家人说：'我若是一条龙，定然把昨晚那个不孝的媳妇挝了。'话未毕，家人只见主人腾空而起，钻到黑云里边去了。这黑云又折回南行，家人只是仓皇无措。过了一个时辰，这选官的老爷，自空中落下，说：‘痛快！痛快！我把那个泼妇一把挝了。’伸手时，五个人指头，变成五个龙的爪。家人看主人面上，全是金鳞。忽一声道：‘肚子硬着疼。’家人道：‘我与老爷揉一揉就好。’忙为解开胸前衣服，不料全身都成了金鳞。立时，坐化成一条龙，又腾空而去。庙后有衣冠墓，墓前有碑。客们看看庙内神像，是照老爷原像捏塑的。”说罢哈哈大笑。行路人好奇的多，都说看一看。有三个先行，王象荩第四。就有一个道：“你们去，我看行李罢。”四人进庙里叩了头。看那神像，怒容，环眼，戟须，狰狞可畏。一手直指座前，座前竖一牌，飞书四个大字：“你可来了！”两边雷公、风婆、云童、霓母，恼得可怕，笑得更可畏。这四个看罢出庙，到饭铺俟喂饱骡子，一起上鞍。晓行夜宿，结伴北行。

走至内丘县地方，天色将午，定然到南关打尖。谁知天气沤热的很，骡疲人汗，大家觉得难耐，急切歇处，还有十里竟不能到。忽听雷声殷殷，只见东北上黑云遮了一角。那云势自远而近，雷声由小而大。田间力农人道：“东北抬的海来了！”少顷，日驭已遮，风阵直横，排了一座黄山。众人加鞭前奔。说时迟，那时快，风吹得沙土满天，电光如闪红绫，雷声无物可状。众人看内丘县是万不能赶到的，那农人荷着锄，行人挑了担，这五人加上鞭子，望道旁二里远一所古庙赶来。将及两箭远近，大闪一亮，通天彻地俱红，闪过去即是雷，震天动地一声，雨点有茶杯大。风刮得骡子强曳前行，挑担的竹篓斜飘。唯有荷锄的浑身流水，已先进庙。这五人到山门下的鞍来。原来此庙已古，墙垣俱无，只有后边五间大阁，瓦退椽折露着天，前边三间山门东倒西歪，几根杉木大柱撑着。牵进五头骡子，这两搭毡穗子已是渌渌的流水。又怕牲口惊惧碰着柱子，五人不敢在此避雨，只得钻着水帘子上阁里来。阁内已无神像，两边露雨如注，东边略完好些，已有十七八个人先到了。这一半干衣人，一半湿衣人，少不得同挤在一处。猛然一声霹雳，也不知是降之于天，也不知是起之于地，论那九节虹霓大炮，只像一个爆竹而已。况虹霓炮之响，一点一响，再点再响，这个雷连声大震，如塌天一般。阁以上龙吟直如马鸣，阁以内硫磺气扑面而来。只见那个在褡裢店不看额血龙王的人，只是就地匍匐，急往人腿下爬，嘶嘶喘喘喊道："我改！我改！再不敢恁样就是！再不敢恁样就是！"钻到王象荩腿下，抱住膝下足上之腓不放，汗流如注，浑身抖战。这大雷又打五六个，渐渐向西南而去。余声殷殷不散，正是唐句所云"楼外残雷怒未平"也。

单说天光晴霁，那荷锄挑担的，各自走散。这一行骑骡子客人，各踏住庙门口倒的石狮子上了牲口。唯有那个不看龙王的，再骑不上，看去像身子都是软的。无奈两个骡夫把他架上骡背，伏在鞍上。到内丘南关店里，王象荩与同行三人打尖，那人倒坐椅上只是不吃。问他怎的了，那人道："心内只想干呕。"过了几日到良乡，那人每日只喝几口水，寸食未进。到了中夜，竟梁以"自亡"为文矣。他的同行，只得与他备棺木暂埋道旁。写墓牌时，王象荩方知他原是个读书秀才。

不说那个不看额血龙王的人死在良乡。且说王象荩别了路遇厮跟，各奔前程。及至进京，问了河南同乡，径到江米巷中州会馆停了行李。雇车进了圈子监，见了主人及盛宅二公子，俱各叩头请安。盛希侨兄弟相别未久，自无家信。王象荩递了包封，绍闻秘拆，见王氏慈母所寄手中线，不免感伤。又见巫氏所寄文袋、扇囊，冰梅所寄文履一对，篑初所寄禀帖，转悲为喜。内附道台手书京师应买书目一纸，自留心购求。王象荩自与两家家人寒温。家人们私备席面管待王象荩吃酒，比之谭绍闻犒赐，盛宅二公子赏饭，更为丰美，是不用说的。

这王象尽在监十余日，不唯诸事中款，且识见明敏，并盛宅二公子也喜欢的了不得，夸道："王中真仆僮中之至人，若为之作传，则王子渊之便了，杜子美之阿段，举为减色。异日他的子孙，万不可以奴隶相视。若视为世仆，则我辈为无良。老弟当以我言为准。”绍闻道：“我何尝不是这样想。这人生有一男一女，小厮才会说话。他的女儿姻素贞静，像一束青菜把儿。我心欲以为媳，这话我却再说不出来，左思右想没个法子。这女儿自幼与篑初一起儿玩耍，料篑初自无不愿。家母也是肯依的，家母行常有不知便宜谁家做媳妇话头，是探我的口气。我母子两人，俱是含意未发，总一个不曾说破。我心里又想万一成了，又怕人说良贱为婚姻，有干律例。二哥以为该怎的处呢？”盛希瑗道：“如今这女孩在家么？篑初贤侄也到了议婚之期，走动也不便宜。”绍闻道：“正是这样说。王中现在南园住，家中原少他不得，极想叫他回来，只为这一宗事横在心头，所以心中想他回来，口中再不肯叫他回来。家母之意，是与我相照的。”盛希瑗道：“择妇者择其贤也。大家闺秀也有不贤的。大家姑娘要不贤起来，更是没法可使。贤弟，咱今日是弟兄一般，不妨以家事相告，料你也素知。即如家嫂，是名门世族，她本族本家进士一大堆，她偏是异样的难讲。若非家兄笃于手足，早已分崩离析。”绍闻道：“小户人家也有好的。”盛希援道：“有好的，也有不好的。即如家表兄家两位表哥，俱是续弦于蓬荜。二表嫂是老实人，到家表兄家，如乡里人人城，总是处处小心。三表嫂是聪明人，她把她家里那种种可笑规矩，看成圣贤的金科玉律；看着家母舅所传，直以不狂为狂，总是眼里不撮。即是所生的那个表侄，如今也是丁酉举人，将来原可以大成。总是外甥多像舅，他秉的他外祖那一宗种气，断断乎克化不了。家表兄老而惜子，唯有付之无可如何而已。”绍闻道：“我如今还有一宗事对二哥说。道台大人那是我丹徒族兄，前日说与篑初议宗亲事，那女娃就在衙门里。也不知是丹徒的甥女，或者丹徒的表侄女，再不然是道大人的妻侄女，道台不肯说破。行辈必是极合的。这一宗亲事好么？”盛希援道：“道台在府上笃于族情，合省城谁还不知哩。道台凡事谨慎，万无妻侄女带在衙门之理。道台虽未说破，贤弟何妨先为问明？如此说王中女儿只可作贤侄副室，贤弟怕人说良贱为婚姻有干律例，此宗事也便于行。”绍闻道：“只怕王中断断不依。”盛希蛋道：“你意王中不肯叫女儿作妾？”绍闻道：“不是这么说。这王中是奴仆中一个大理学，若以他之女为我作媳，他看他与先君便成了敌手亲家，不是事儿不行，是他心里不安。说到此处，我又不忍叫他心里受难过。”盛希瑗笑道：“这话幸而不同着家兄说。若家兄听得道台大人议婚的话，家兄必定吆喝你，说：‘婚姻有问名之礼，到了你跟前连姓也不敢问，何况问名？六礼删了一礼。道大人以你为弟，你以道大人为官；道大人情意笃挚是丹徒县哩谭姓家谱，你唯唯诺诺是琉璃厂印的《绪绅全书》。’你说王中心里不安，我还有一怕：万一说成了，王中发落女儿上轿，王中若是眼硬不流出泪来，这自然顺顺当当娶过来；若是王中流出惜别之泪，你定然说：‘且下轿回去罢，令尊舍不得你，我不难为人。’”绍闻不觉哩大笑，盛希瑗也大笑起来。

忽而盛希暖道：“说起道台大人，我忽然想起，贤弟可见昨日邱报么？”绍闻道：“不曾见。”盛希援道：“我向东斋里广东苏年兄处取来你看。”绍闻道：“不用取，啥事二哥说说罢。”盛希援道：“昨日邸报有皇上旨意：‘调河南开归驿盐粮道谭绍衣星夜来京，陛见问话。钦此。’这兵部塘差，想早到河南。旨上有星夜二字，那快着哩。若说邸报，至少十五日才上钞。道台大人进京，至远不过五日。要之此时在京，也未可知。陛见另有旨意，也未可知。但不知是什么紧事。”绍闻道：“怎的去寻着道台大人，见的一面，好问明这宗姻事。”盛希瑗道：“乡里话！道台大人奉旨来京，定然是朝廷有极大极紧的事。你说见了议篑初亲事，是九天阊阖奏黄钟大吕之乐而杂以蚁语。若少可相见，道台大人必差人来国子监叫贤弟。若事情大了，如今出京，也未可知。或事情机密，同乡亲族回避，也未可知。贤弟只宜静候，不可寸离。”

话犹未完，只见国子监衙役，引了一人来，说："这就是谭老爷。"绍闻一看，乃是梅克仁。梅克仁说道："道台大人在会馆立等老爷说话，有车在门口，作速上车。交与事件，大人就要上兵部去。"盛希瑗道："作速走，不必一起二整。我送你出去。"

送出彝伦堂大门，绍闻上车，梅克仁跨辕，说声走时，辚辚之声，早出大成坊，上前门外江南会馆而来。

有何商订，下回自明。

第一百〇四回

谭贡士筹兵烟火架　王都堂破敌普陀山

却说谭绍闻与梅克仁出了前门，径到江南会馆。原来谭绍衣已上兵部，知会勘合，定于后日早晨起身。星夜赴浙。自兵部回来，见了绍闻，说道："贤弟呀，你我弟兄，不说套话。昨日陛见，皇上因浙江御史陈九德及裴绅奏讼日本国倭寇盘踞海岛，伺隙抢夺，海民之失业与儒生之失职者，潜为依附，出没不常。皇上特授我以浙江左布政使，命我以备寇、御敌、辑民三大事，与总兵俞大猷、汤克宽文武协恭，共绥地方。我想贤弟虽现在京师肄业，将来功名，尚在未定之间。我现今只身孤往，内边没个至亲帮手。贤弟正年壮，若肯随我去，效得一点功劳，建得一点勋业，我昨日已奏准皇上，许我密摺奏闻。将来贤弟可以得个官职，为报答国恩之阶，为恢宏家声之计。贤弟肯去么？"绍闻道："为人臣者报国恩，为人子者振家声，此丈夫事也。愚弟受哥大人栽培，自愿多聆教益，或备笔札之需，或效奔走之劳，唯哥大人之命是从。"谭绍衣道："我来时，已将衙门家口搬了，移在当日碧草轩内。吩咐祥符县，已交银一千五百两与买主，仍归为谭氏旧产。我卸了事，已面见婶太太，将贤弟随我到浙之意禀明。老太太极喜欢。至于贤侄读书一事，已将衙门卫先生移在西书房教书，衙门你两个侄子，与篑初他们兄弟三人，一处念书。署我的道印，是开封府陈太守同年，他自会料理，再不用你挂心。打扫碧草轩，安顿家眷，已吩咐祥符典史，也无须对你说的。你京里事，只用你跟得我走，少什么路上再置。跟你的几个人？”绍闻道：“三人。”谭绍衣道：“哪个中用些？”绍闻道：“才从家里来的叫王中，是头一个中用的，但他微有家计萦心。”梅克仁插口道：“这人小的是知道的，老太爷重用的人，极会料理事体。”绍闻道：“那两个是粗笨人，赶车、造厨而已。”谭绍衣道：“贤弟今晚进城，把行李包裹了，写就家信。我也写两封书，一封家信，一封与开封府，就叫老太爷重用的那人带回。与他三十两银作盘费，叫他管两院的事。那两个粗笨人，带在衙门里。要知道衙门内，用粗笨的最好。要说衙门中要精明的，天下有真聪明人而肯跟官的么？人做了官，便是人哄的人，越聪明越哄的很。你回监中去，托同堂诸生递一张随兄赴浙江藩署的呈字。要来清去明，虽小事亦当如此。那是国家太学，不管俗下如何看，我辈应当敬重。”说毕谭绍闻要走，梅克仁道：“车今晚不必出城，就喂在国子监门外，是包就的车，明日一早来外城，后日起身。”

谭绍闻回得监来，见盛希瑗一五一十说明。旧合新离，未免怆然。盛希瑗道：“京师势利之交，那离别本无真苦。道谊之交，离况委实难当。一别之后，有终身不再晤者，有度其永别而一会、再会、三会者，后且有性命身家之托。如我辈离别，脉脉然貌不甚瘁而神自伤。但能如此亦鲜矣。”两碟咸菜，一壶酸酒，直说了半夜方才就枕。绍闻尤觉难为情者，只手写数字与娄兵部厚存，匆匆不及面别。

次早出城，盛希瑗送至胡同口，包车装了行李，另雇车坐了。绍闻走了大半里，家人说：“盛老爷还在胡同口站着哩。”夫是之谓朋友之真送，以目送，以神送也。

且略朋友真情。再说谭绍闻率领王象荩三人，见了新藩台，行了家人礼。谭绍衣细看王象荩，老成练达之状现于颜面，直中又带戆气，心中甚为器重，说道：“你是自幼伺候老太爷的？”王象荩道：“是。”谭绍衣道：“我如今出了河南驿盐粮道衙门，把家口住在碧草轩内。那碧草轩，我已交银一千五百两赎回来，还是咱谭家故物。”王象荩不禁眼酸，忙低下头来，不被人看到。“你回去，把两院家事都交与你照管，夜间两院之门户，幼年小相公之出入，你俱膺心。我有谕帖与少爷们，你带回去。给你银五十两，盘费在内。我明日起身赴浙江，你明日雇包程骡子回河南……”话犹未完，梅克仁来说：“兵部宋老爷来拜。”打断话头。后不再续。

新藩会了宋少司马，献茗叙阔，告辞而去。新藩就坐车，把京官该禀别的，该辞行的，该谢酒的，应酬至日入定更时，方回会馆。

这王象荩已将包程骡子雇下。次早五更起来，装完行李，骡夫候行。谭绍衣两兄弟洗脸吃点心，王象荩来禀起身，磕了头。新藩站起来，两手贴胸，肃然起敬道：“回家禀老太太安。”王象荩见谭绍衣这个至诚至敬光景，心中暗道：“大人果是个内外如一心貌相符的人，不是口头谦、脸上恭那种浮薄气象。大相公跟得去，自然再无可忧之事。”把一向挂牵少主人心肠，松了八分。缘王象荩不识字之学问，乃自阅历中来。出得会馆，骑上骡子，十二天进省，断乎不误一刻。

却说谭绍衣看得王象荩走讫，梅克仁安顿驮轿车辆，俱集江南会馆门口，等候起身。这京都上任官员荣华光彩，看官已属司空见惯，自不必说的。

单说水陆驿邮历尽，到了浙江，上任莅事。那些禀见督抚，拜会右布政使同寅，以及臬司、道台、学使、首镇互相往来仪注，自是常例，不必详述。

因皇上有文武协恭备倭特旨，总兵俞大猷、汤克宽与左布政谭绍衣，彼此相商战守事宜。谭新藩使谭绍闻往来于二总兵之间。二镇台以为藩台乃弟、河南副榜，杯酒言欢，联为兄弟。谭绍闻住在海口集市——约有五百户人家——一个定海寺内。携定四五个家人，六名卫役。看是闲散位置，却是海汛之意，以便藩司衙门音信。

将近冬月，谭绍闻吩咐，明年新正元宵节，要在定海寺门前放烟火架，请本省最好的烟火匠来问话。请的烟火匠到了，见谭绍闻叩头，说道："这烟火架有几百样做法，老爷要怎的做法呢？吩咐下来，好买材料，购纸张。要几万炮，几万笴子火箭，几万筒花，几万走毒子，几万地雷子，几万明灯子，宗宗不误。"绍闻道："都是什么故事？"烟火匠道："伺候官场的故事，第一宗是'天下太平'，硫磺字，玉皇驾前长五丈、宽一丈一幅长条，上写四个碾盘大字'天下太平'，第二宗是'皇王有道'，上坐一位皇帝，两边文武站班，上边横卜幅长五丈、宽一丈一幅横幅，写碾盘大字'皇王有道'，第三宗是'福禄寿三星共照'，第四宗是'万国来朝'，第五宗是'文官拜相'，第六宗是'武将封侯'，其余'日月合璧'，'五星联珠'，'双凤朝阳'，'二龙戏珠'，'海市蜃楼'，'回回献宝'，'麒麟送子'，'狮子滚绣球'，无论什么'八仙过海'，'二仙传道'，'东方朔偷桃'，'童子拜观音'，'刘智远看瓜'，'李三娘推磨'，'张生戏莺莺'，'吕布戏貂蝉'，'敬德洗马'，'单雄信夺槊'，'华容道挡曹'，'张飞喝断当阳桥'，'张果老倒骑驴'，'吕纯阳醉扶柳树精'，'韩湘子化妻成仙'，'费长房入壶'，'月明和尚度柳翠'，'孙悟空跳出五行山'，'陈抟老祖大睡觉'，'老子骑牛过函谷'，'哪吒下海'，'周处斩蛟'，'杨香打虎'，'罗汉降龙'，'王羲之爱鹅'，'苏属国牧羊'，'庄子蝴蝶梦'，'八戒蜘蛛精'，可喜的'张仙打狗'，可笑的'和尚变驴'，记也记不清，说也说不完。等小的们细细开个单子，老爷点哪一样儿，小的就做哪一样儿。要叫人远看，多加火箭，烧他的衣裳，解不开纽子，松不了带钩；要叫人近看，多加上几筒花，他们得细细看。总之要几个走毒子，烧不了人，算不了好烟火。"谭绍闻道："什么叫做走毒子？"烟火匠道："火箭不加笴子就是走毒子。落到人身上越跑越厉害，趁着他的衣裳上张着风儿，一发滚着烧。走毒子加上笴子就是火箭，射到人身上，如木匠的钻一般，钻透衣裳再钻肉。”谭绍道：“烟火有两军交战的故事没有？”匠人道：“有有有。旱地里战，有‘炮打襄阳’。”绍闻摇头道：“不要这，不要这。”匠人又道：“水上战，有‘火烧战船’。”绍闻道：“这个好！这个好！你说。”匠人道：“曹操下武昌有七十二只战船。这烟火要做诸葛孔明坛上祭风。做几只小船儿是黄盖放火。黄盖船上放了火老鸦，撒了火箭，一起发威。这黄盖船与曹操船儿有一根绳儿，穿了一个烘药马子。马子下带一个将军，手执一把刀，烘药走到曹船，一刀把曹操头砍下。又有一个马子带一个将军，到许褚船上杀许褚，到张辽船上杀张辽。这两个将军，还用烘药马子带回来，到孔明七星坛上献功。那七盏灯是硫磺配的药，可以明多半更月七十二只曹船，这边火箭乱射，射中曹船的消息儿用船上俱装的是炮，一起几万炮乱响，响得船俱粉碎，齐腾火焰，登时红灰满地。这七星坛上披发仗剑的孔明，机儿烧断，还要慢慢地退入军帐。”绍闻道：“这个好，这个好。你们开上单子来我点。这‘皇王有道’‘天下太平’‘火烧战船’是一定要的。中间大故事我再拣上五六宗，那小故事，你们拣手熟的、消息活动的随意做。该多少火硝硫磺，得多少纸张，你们算明，开上单子来，好发银子。总之，多做下几十万、几百万火箭，越多越好。一个走毒子不要。”匠人道：“这先得成千斤白矾。”绍闻道：“做什么？”匠人道：“纸上加矾就不带火。”绍闻道：“一分白矾不用，正要纸上带火。”

次日，匠人开来单子。开了火硝、硫磺几万斤，炮纸几万刀，苇莲蒿茎几万捆。绍闻发了银两，在定海寺开了作坊，做将起来。

俞总兵闻报，发来“小心火烛，如违重究”告条。汤镇台也发来“火药重地，兵丁巡绰”告条。绍闻道：“元宵烟火架，原是民间赛神小事，不必粘贴告条。”烟火匠自行制造，绍闻每日走看一回。

忽一日有个省城信息，说皇上命山东巡抚、都御史王忬提督浙江军务，星速到任。到任之后，上了一本，说“浙人柔脆，不任战事，请假臣以事权，诛赏得以便宜行事”。又夹片奏“浙人徐海，潜居日本，其有宠姬王翠翘，不肯背弃中国，可以计诱，俾其反正。恳赐重地赉以招徕之”，又奏“闽人林参，私通日本，自号刺达总管，擅造艅艎，勾连倭寇入港作乱”等事。奉旨：“浙江备倭诸务，一切俱准王忬便宜行事。钦此。”

却说王都宪仔，行文滨海一带府县，各镇汛营伍，“演习武艺，爽刷铠胄，安顿火药炮位，以防倭寇。”严饬各海口，“勿使汉人潜入日本，勾引倭匪，得以突入中土，虔刘我士民，抢劫我仓库。”“如有行伍兵丁，铝胄黝锈，枪刀弓矢生疏者，该总戎、参、游，按兵法治罪。海口疏防，俾莠民积匪得以潜逸外国，藏匿巨岛，俟俘获之日，严讯洋海之人，得系自某口潜遁，即将管司某口员弁，究治失察之罪，与私纵同科。”严牌飞邮，未及三日，忽报倭寇犯台州府，以及黄岩、象山、定海各郡邑。警报一日三至。王都宪即传左布政使谭绍衣，同往御寇。共带了五千营兵，并游击、守、把等官，星夜进发。飞檄两路总兵俞大猷、汤克宽，俱到定海寺取齐，协力杀贼。

却说谭绍衣在路上，接到谭绍闻所遣飞走报人投禀，报倭寇踪迹及潜引线索，访明寇媒在台州府则东洋口之徐万宁，黄岩则荻苇港之鲁伯醇，象山则望岛崖之王资、钱亚亨，定海则城内龙神巷中间、院中有大椿树为记，其人是考退黜生冯应昂。并报定海寺所做火箭，共九百万筲有奇，预备克敌之用。谭绍衣即持书面禀王都宪，说道：“这是卑职一位堂弟，名叫谭绍闻，卑职差他驻定海寺，暗访寇媒居住何村何镇，院落有何记号，以便预为剪除。火药箭矢，是他私为创造以备火攻者。”王都宪大喜道：“老先生奉命备倭，密为安顿于不知不觉间，今制敌有恃。令弟是何功名？”谭绍衣道：“河南副榜。”王都宪道：“肤公大蒇，当列首荐。”谭绍衣道：“总托皇上洪福。”飞牌滨海府县，将附敌之冯应昂等拘讯。

到了定海寺，谭绍衣率领谭绍闻进见，跪呈两捆火箭。只见每捆二百笴，箭头排积圆捆，笴尾细处，则以稻草填垫捆来，两头匀称，其形如枕，上有一根麻绠，可以胯在肩上，轻而不劳。王都宪大喜道："此火攻奇策，端的可赖。"回顾谭绍衣："此系何项？"谭绍衣道："卑职捐备。向无此例，不敢动帑。"王都宪道："火攻大济，当予奏销。"即传令营伍到寺受箭。谭绍闻点名散给，领箭者以肩受之，雁行而来，鱼贯而去。嗣后俞大猷兵到，如此领法，汤克宽兵到，也如此领法。只散去一半，余还贮庙。

于是大兵傍海而陈。断却寇媒，倭寇无所适从，遥见旗旌，遂驾刺达总管林参所造艅艎，前来迎战。及近岸，倭寇袒胸露乳，手执大刀阔斧长矛锐剸，飞也似奔来。这边火箭齐发，着胸者炙肉，着衣者烧身，着篷者火焰随起，入舱者逢物而燃。且出其不备，目不及瞬，手不能格。一只艅艎虽大，除火箭落水者不计，顷刻已矢集如猬，如何能支持得住？到了日落，直是星宿海中漂着几攒祝融峰，冉冉没讫。那些后到的艅艎，以船碰船，都着了药儿。王都宪传下令去，火箭要珍惜，不可随手轻放。

那日本国残军败将，齐要寻岛避火。看那篙工舵师，论他的橹，犹似刘向阁中太乙杖，论他的船，也似蔡邕案上焦尾琴。俱驾在普陀山根，希保岛上的山寨。王都宪夜谕俞大猷、汤克宽，驾水师艨艟，径往相攻。这两位总兵传令放起火箭，草木棚庐只落得可怜一炬。那烧死而焦头烂额者不计，余共斩首二百五十三级，生获三百四十三人。

中国这一番大捷，日本这一场大败，王都宪题奏上去，详述倭寇跳梁之横，浙江被劫之惨，俞、汤二总兵统兵之盛，谭绍闻一书生设计之奇，定海寺火箭几万支，为向来韬钤所未载。详详悉悉，原原委委，都写在奏章之上。嘉靖皇上览之，大为欣喜，乃旨谕内阁："这所奏歼贼情形，如目亲睹。谭绍闻着来京引见，问话来说。钦此。"

王都宪奏疏原委，下回找叙。

第一百〇五回

谭绍闻面君得恩旨　盛希瑗饯友赠良言

却说王都宪仔，协同文员则左布政使谭绍衣，及彼堂弟河南副榜谭绍闻，武将则总兵俞大猷、汤克宽，及麾下参、游、守、把等弁，用火箭之法，焚毁了闽匪林参所私造艅艎，全歼普陀山贼匪数十起，攻占普陀山寨贼巢，斩首、缚背各有成数。大功克立，理宜奏闻。乃交与管章疏的幕友拟本。书办缮写毕，九声连珠炮响，望北九叩，拜了本章。赍奏官骑上驿马，日行六百里，到了京师。交与通政司衙门，送呈大内。嘉靖皇上展折详看，只见上面写着：

巡抚浙江等处地方都御史提督军务臣王忬谨奏，为倭寇犯顺，奉敕剪剿，大功首捷，详陈火攻事。窃以日本国本系海外僻隅，向来颇知臣服，岁岁贡纳方物，附洋即带番货。天朝设有市舶司，掌之司监。盖恐中国人欺其愚笨，利其赢余，必有肆凌侮侵渔之智者，或至失祖宗柔远之美意。此市舶司之设，所以为至善也。自中国有私奔其国者，而海隅遂为之不宁。日本纳贡，一岁递至，例以先至后至为准，售货分其乘除，宴坐判其首次。嘉靖二年先至者，日本国左京兆大夫内艺兴与所携之僧宗设也；后至者，则其国右京兆大夫高贡与所携之憎瑞佐也。照例办来，何至启衅？乃因鄞县积匪宋素卿，固私投日本者，洋海归于宁波，代僧瑞佐行贿市舶司太监，售货不分先后，而嘉宾堂之宴会座次，以高贡为首，内艺兴为次。旧例不守，倭人遂以争座位自相戕杀。宋素卿私以刀剑助瑞佐，致毁堂劫库，杀备倭都指挥之案起矣。贡宝献琛之国，自此成伺隙乖衅之邦，此台州、象山、黄岩、定海诸郡县，今岁之所以不宁也。臣巡抚山东，奉诏剪寇辑民，阜夜来浙，日与奉旨备倭之左布政臣谭绍衣协心共济。谭绍衣前三月早至，密遣伊弟河南丁酉副榜谭绍闻，潜居宁波之定海寺，访确私投外国之徐万宁、王资、钱亚亨、鲁伯醇及考退黠生冯应昂等线索。臣以此等猾贼狡诱外寇，流毒桑梓，贻祸国家，万难久稽显戮，已恭请王命诛死。既绝寇媒，乃断贼线。当即与左布政谭绍衣，协同总兵官俞大猷、汤克宽，进驻定海寺御敌。副榜谭绍闻复画火攻之策，以其自制火箭九百万笴献军前。设法之奇，为向来韬钤所未载。缘箭轻易携，点放应手，较之虹霓炮便宜多多。臣等遂纳其议。恰遇普陀山倭寇数十起，驾闽奸林参私造艅艎海船二十余艘来犯，臣营伺其及岸半渡，出其不意，最放火箭，一时俱发，一时递发。贼人救火，揉衣撒棚，愈翻愈炽，登时艅艎自焚，贼寇落水滚火者不计其数。间有未焚之船，摇橹摆舵，径投普陀山，还保山寨。臣夜谕两总兵以水师艨艟尾追，夜半抵山，照前燃放火箭，山上山下登时一片火海，寇贼茅棚席窝，一时俱焚。两总兵乘胜进杀，直捣贼巢。黎明搜剔俱荆查倭贼痍伤，共斩首二百五十三级，俘获三百四十三人。凡系日本面貌，暂拘系宁波，俟皇命栽夺。凡面庞声音有似闽浙者，一体解省严讯，以穷其通倭种类。以上此役歼贼情形，合当奏闻。至河南丁酉科副榜谭绍闻；密访通倭姓名，秘造火箭，功莫大焉。当列首荐。其可否引见之处，天恩出自圣裁。臣临疏无任感恩依恋之至。

内阁奉御批：

“这所奏歼敌情形，如目亲睹。掳获日本国倭人，仍按前谕，寇酋即行正法沉尸；胁从诲以礼义放还，重犯则与寇酋同。王忬、谭绍衣、俞大猷、汤克宽各加一级优叙。谭绍闻着兵部引见，问话来说。钦此。”

再说谭绍衣奉王都宪之委料理善后。除倭寇不经之邑不用稽查，余凡倭寇抢劫所到，先盘仓库。有全行抢去者，有劫库而遗仓者，有抢劫十分之七八者，亦有劈门扭锁而大兵忽至，闻风即遁者。各造册申详抚台，咨部，以便造报仓库底稿，另立规程。次则赈恤人民，按次照倭寇所及乡邑，或被戕杀，或被格伤，或子女被虏，或积聚被夺，各按受害之轻重，予以赈恤，给发帮项。以上俱是谭绍闻总管，滨海士民，无不感颂。

办完回署，忽而部咨到剩抚院转行布政司，乃是行取河南丁酉科副榜谭绍闻赴部引见。这谭绍衣即率谭绍闻谒见王忬。自具年貌、籍贯、祖、父、履历呈子到院。王抚台依浙江宁波府定海寺事实，撮四句二十字的看语："密访通倭逆贼，复筹火攻良策，肤公首捷，端由硕画。"书办装封文袋，发于谭绍闻收执。

谭绍衣哪肯少缓，即备装给赆，跟随管家梅克仁，长随胡以正，原带河南小厮二人，水舟陆车，送进北京。仍到江米巷中州会馆歇脚。次早即往国子监拜屈希瑗。苦莫苦于离别，乐莫乐于不意之重逢。这二人之缱绻，何用细述。盛希瑗留了早饭，谭绍闻要去，盛希瑗也随得出监。一同拜过娄厚存，同往会馆，办理引见事体。恳过同乡，取具印结，投在兵部。

这谭绍闻，论副榜该是礼部的事，论选官该是吏部的事，因以军功引见该是兵部的事，此例甚奇。那兵部当该书办，觉得奇货可居，岂不是八十妈妈，休误了上门生意？因此这不合例，那不合例，刁难一个万死。娄厚存虽几次面谕，书办仍自口是心非。看官试想，文副贡叫兵部引见，向本无例，银子不到书办手，如何能合朝廷的例？这谭绍闻如今已经过交战杀人的事体，胸中也添了胆气，就有几分动火。盛希瑗几番劝解说："部里书办们，成事不足，坏事有余；胜之不武，不胜为笑。这是书办们十六字心传，他仗的就是这。"谭绍闻则仗着钦取，只是不依。盛希瑗遂偷垫了二百四十两，塞到书办袖里。次日书办就送信说，明日早晨引见。书办心里想，是谭绍闻通了窍；谭绍闻心里想，是书办转了环；唯有盛希瑗心里暗笑："此乃家兄之力也。"

到了次日，兵部武选司引见。跪在御前，念起履历："谭绍闻年三十五岁，河南丁酉科副榜。因随任委办防御倭寇，密访通倭逆贼得实，秘筹火具克敌制胜今奉皇上恩旨陛见。”声音高亮，机务明白。嘉靖皇上略垂询了几句，天颜甚喜；但定目细看，并非武将，却是文臣，乃降旨以浙闽滨海知县用，随带军功加二级。引见虽是夏官，旨意应下吏部。恰好黄岩县知县开缺，吏部遵即用例，选了黄岩。

谭绍闻领凭赴任，心里想探望母亲。盛希瑗也想谭绍闻途经祥符，家书之外，带些口信，便怂恿投呈吏部，以修墓告假一月。吏部收呈公议，以黄岩方被倭骚，黎民正待安辑，难以准假。书办送批到会馆。若非铨曹有实心办事之员，不曾公议，书办还要舞文批准，以作索贿之计。盛希瑗仍疑不曾贿嘱之过，不匆那书办若遇见实心做官的，也就毫无权柄。

谭绍闻却有目睹黄岩凋敝，难以办理之意。书办道：“这却有法子。晚生以老爷与藩司公虽是丹徒祥符隔省，只说谊属兄弟，近在期功，这便有个回避例子。不过一两个双单月，另选好地方何如？”谭绍闻初任，正靠藩司有个族谊，如何肯呢。口中不敢多说，只说：“黄岩既已走过，不敢另叨天恩。”那书办见是开交的话，谭绍闻赏了送呈批小厮大钱五百文，书办代谢去讫。

以下便是我订息银添官箱，人受荐金送长随，拉纤的与门上二爷，商量八扣九扣的话。做针工的，想承揽新官这一宗冬裘夏葛的大活。当小幺的。想挨擦新官这一宗斟酒捧茶的轻差。幸而绍闻幼违庭训，曾经过几番大挫折，此中有了阅历的学问，不肯自蹈新官的恶套。却有一宗错听的笑话儿，不妨略述一番，以为看官解闷。

一日梅克仁从前门上过，见一担新桃，一百钱买了十个，带回会馆洗了，摆在盘内，叫主人与盛二公尝新。二人吃着，甜脆可口，盛希瑗道：“这桃甚好。”绍闻道：“这里桃小，太贵，不如咱祥符，桃价儿贱些。”恰恰看会馆的张美从窗外经过，遂送信与王媒婆。次日，王媒婆来了，张美引着与谭绍闻磕头。谭绍闻问其所以，媒婆道：“听说老爷要寻一房太太哩，小女人情愿效劳，包管好就是。”绍闻茫无以应。盛希瑗道：“你是媒婆，你说来由，你怎的知道这位老爷要娶妾？”王媒婆指张美道：“张二爷送的信。”绍闻道：“你有何来由叫他来？”张美道：“前日小的在窗子外边过，听老爷与盛老爷说，这京里讨小，价儿太贵，不如河南讨价儿贱些。小的想老爷如今就上浙江，不走河南，不如讨个到船上便宜些，何论贵不贵。”绍闻还不甚解。希瑗明白了，笑个狻猊大张口，说：“那是我们吃桃，谭老爷说这桃小，价儿且贵，不如我们那里，一个钱买两三个桃，京里一个桃，就是十个钱。与娶妾何干？”张美笑道：“我是讨喜钱讨惯了，所以错听。”一男一女笑的去了。走到甬道上，媒婆道：“老爷们想小老婆想的会疯，张二爷想老官板想的会聋。”张美把媒婆肩上拍了一把，说：“王大娘想这宗彩钱，想的脚也会肿。”二人大笑，出了会馆。这谭盛二公，在屋内还笑个不住。

闲言不表。单说谭绍闻上任，这拜别当日乡试主考，须得有个程仪。副榜虽非主考属意门生，然到做官之日，不谒恩师，自己默嫌忘本；主司今日，也觉是个门前桃李，赐之酒食，赠以对联，也是极得意的。这留别同乡缙绅，酒宴笔帕往来也是不能免的，州县借朝贵为异日之照应，朝贵借州县为当下之小补。这一切杂用，俱是盛希瑗换的黄金，以资开销。

诸事已毕，盛希瑗于绍闻临行前夕，备了一桌酒饯行。只此二人，别无陪客。三五杯后，希瑗方开了口，说道：“贤弟今日做官了，我有几句话，要向贤弟说。我今日饯行，不似北京城中官场内酒席，以游戏征逐为排场；仁者赠人以言，方谓之真朋友。俗语说，知县是父母官。请想世上人的称呼，有称人以爷者，有称人以公者，有称人以伯叔者，有称人以弟兄者，从未闻有称人以爹娘者。独知县，则人称百姓之父母。第一句要紧话，为爹娘的馋极了，休吃儿女的肉，喝儿女的血。即如今日做官的，动说某处是美缺，某处是丑缺，某处是明缺，某处是暗缺；不说冲、繁、疲、难，单讲美、丑、明、暗。一心是钱，天下还得有个好官么？其尤甚者，说某缺一年可以有几‘方’，某缺一年可以有几‘撇头’。方者似减笔万字，撇头者千字头上一撇儿。以万为方，宋时已有之，今则为官场中不知羞的排场话。官场中‘仪礼，一部，是三千两，‘毛诗’一部，是三百两；称‘师’者，是二千五百两；称‘族’者，是五百两。不唯谈之口头，竟且形之笔札。以此为官，不盗国帑，不啖民脂，何以填项？究之，身败名裂，一个大钱也落不住。即令落在手头，传之子孙，也不过徒供嫖赌之资，不能设想，如此家风可以出好子孙。到头只落得对子一副，说是‘须知天有眼，枉叫地无皮’，图什么哩？做了官，人只知第一不可听信衙役，这话谁都晓哩，又须知不可过信长随。衙役，大堂之长随；长随，宅门之衙役。他们吃冷燕窝碗底的海参，穿时样京靴，摹本元色缎子，除了帽子不像官，享用不亚于官，却甘垂手而立称爷爷，弯腰低头说话叫太太，他何所图？不过钱上取齐罢了。这关防宅门一着不可等闲。要之也不中用。宅门以内滥赌，出了外边恶嫖。总不如你家王中做门上，自会没事。那做官请幕友也是最难的事。第一等的是通《五经》《四书》，熟二十一史，而又谙于律例，人品自会端正，文移自会清顺、畅晓，然着实是百不获一的。下一等幕友，比比皆是，托他个书札，他便是‘春光晓霁，花柳争妍’‘稔维老寅台长兄先生，循声远著，指日高擢，可预卜其不次也。额贺，额贺’云云。俗气厌人，却又顾不得改，又不好意思说他不通。这是一宗大难事。托他办一宗告示稿，他便是‘特授黄岩县正堂加八级记录十次谭，为严禁事……本县出言如箭，执法如山，或被访闻，或被告发，噬脐何及，勿谓本县言之不预也。诸如此类。试想百姓尚不认得字，如何懂得‘噬脐’文意？告示者，叫百姓们明白的意思，就该妇孺可晓，套言不陈。何故单单叫八股秀才读《盘庚》上下篇？这宗幕友，是最难处置的，他谋馆不成，吃大米干饭，挖半截鸭蛋，箸头儿戳豆腐乳；得了西席，就不饮煤火茶，不吃柴火饭，炭火煨铜壶，骂厨子，打丑门役，七八个人伺候不下。将欲撵出去，他与上司有连手，又与上司幕友是亲戚，咱又不敢；少不得由他吆喝官府，装主文的架子身份。别的且不说，只这大巳牌时，他还锦被蒙头不曾醒来；每日吸着踩倒跟的藤鞋，把人都厌恶死了。他反说他那是幽闲贞静之貌。衙门中，第一以不抹牌、不唱堂戏为高，先消了那一等俗气幕友半个厌气光景。还有一等人，理学嘴银钱心，贤弟尤宜察之。贤弟审问官司，也要有一定的拿手，只以亲、义、序、别、信为经，以孝友、睦姻、任恤为纬，不拘什么户婚田产，再不会大错，也就再不得错。我虽不曾做官，我家母舅家，一位族间外祖，做过汾州府太守，常说他的做官之法，只六个字：'三纲正，万方靖。'我之所赠，我之所送，尽此矣。"

谭绍闻起身谢教，直磕下头去。车辆已齐，新官起身，朋友握手，深情无既。一拱而别。

谭绍闻到张家湾，梅克仁觅飞沙船一只，太平船一只，行李皮箱早已装妥，单等下车登舟。

过通州，抵天津，泊在老君堂边。一条黄布旗，上写"奉旨特授黄岩县正堂"大字，飘在半空中。虽比阁部台馆督抚藩臬的旗，官职大次，要之以一副车而蒙殊恩，上边写"奉旨特授"四个横字，却也体面威风之至。

顺风开舟。过武城，人子游祠，看牛刀所、割鸡处。过鱼台，考鲁隐公矢鱼于棠。过微子湖，问微山殷姓三百家。过露筋祠，读米元章碑。过平山堂，凭吊欧阳文忠公遗迹。过焦山，寻《瘗鹤铭》古拓。过金山，求郭青囊葬处。过姑苏，登虎丘山，坐千人石。又五百里，到了武林。回思夷门，云树渺渺，朗吟宋人诗句"直把杭州作汴州"，以寄倚闾之思。

进得省城，先见了兄藩台大人。次谒抚台，谒道、府。又讨闲出了涌金门，游了半日西湖，这苏公堤、林和靖孤山，尤为属意。

次日上黄岩去。路过定海寺，寺僧捧茗谒见。检查用《千字文》所编字号，火箭已失去十分之二，方叹当日造此火箭时，幸而是家兄捐备，若动官帑，岂不是官守自盗？甚矣，做官之难。因叫黄岩来接，衙役又搬了几捆，在寺门前放了数百笴，以寄旧日破敌之快。仍回僧舍，判了封皮，贴在存贮火箭庙门。用了饭，径上黄岩而去。

这新官上任的仪注，处处皆然，众人曾见，诸如拜恩、拜英拜客、谒庙，那伞扇旗帜之飘扬，敲锣传呼之声音，不必曲状。但好官则温厚和平，不改儒素旧风；俗吏则趾高气扬，显出光棍排常此中分流别派，只在神气微茫之间，早不出奸胥猾吏瞧料，亦跑不掉饱于阅历者的眼睛。这谭绍闻是浮浪场中阅历罄尽，艰窘界上魔难饱尝，所以今日做官，莅任之初，尚能饬雅度而免俗态，并无骄傲凌砾可笑处见于眉睫唇吻之间。呜呼！谭孝移可以瞑目矣。

正是：

莫道我是官，许众冷眼看；
分派归何处，人心镜一般。

第一百〇六回

谭念修爱母偎病榻　王象荩择婿得东床

却说谭绍闻上了任，与前令交代。那前令是个积惯猾吏，看新令是个书愚初任，一凡经手钱粮仓库诸有亏欠之处，但糊涂牵拉，搭配找补，想着颟顸结局，图三两千金人橐。这谭绍闻原是正经人家子弟，浮浪时耗过大钞，一旦改邪归正，又遇见兄藩台是个轻财重义的手段，面软心慈，也晓得前令瞒哄，曲为包涵，希图斩截。争乃前令刻薄贪渔，向来得罪于一县之士民胥吏。这书办们，或是面禀，说某项欺瞒多少。或是账稿，开某项折损若干。旧令便要锁拿书办，说他们舍旧媚新。这书办哪里肯服。本来“三个将军抬不动一个理字”，旧令只得又认些须。支吾迁延，已将愈限，上宪催督新令具结。到无可再缓之时，旧令径过官署，面恳宽收，以全寅好。谭绍闻只得认了一半，草率结局。

旧令解韬脱樊而去，谭绍闻方得振起精神做官。留心体察衙役，没有一个不持票殃民；稽查书办，没有一个不舞文枉法；上台照拂，无非渔利之计；绅士绸缪，不免阳鱎之憎。作了一年官，只觉握印垂绥，没一样不是作难的，没一宗不是担心的。这宅门以内，笨的不中用，精的要哄官。想来想去，还是王象荩好，不如差人回祥符叫王象荩。于是写了一封母亲安禀，并篑初读书以及家间琐屑事务的书。一张谕帖，谕王象荐来黄岩帮办事体。外有程嵩淑、张类村、孔耘轩候安书启，盛希侨、张正心、阎仲端的问好信札。包了一个包封。又购了些浙江土物，自己家里是五凤冠一顶，七事荷包霞帔一领，上奉萱堂；绸缎为巫氏、冰梅衣服；书册是篑初的览诵；竹木奇巧是用威的耍货；首帕，手巾，香囊，扇袋，梳篦，是使婢们的人事；靴帽围带等件，是仆厮辈的犒赏。外特寄王象荩一个包袱，针线缝了，内中是赵大儿、全姑、孩子的东西。拣了两个走过河南的能干衙役，给发路费，择日起身，径投河南而来。

等了两个月不见回来，绍闻有些焦急，白日办事，夜间萦心。忽一日两个衙役回署叩头，不见王象荩，内心已自不安。衙役呈书，封皮不见“平安”二字，心中又是一惊。急忙拆看，乃是儿子禀帖，密排小字，写个满纸。及看到“老太太思念父亲，渐成大病。父亲可否回来，官方事务，儿所不谙，不敢妄为置说。要之，老太太年事已高，总以回家为妥”，徐元直方寸乱了。至于“王中办理家务，委的万难分身”，今绍闻看来，已非急务；且自由他。

次日，即便上剩先谒见兄藩台大人，呈上家书。大人看了，开口便道：“去年兄接家眷到浙江，俱言婶太太安好。不料此时忽患病症，这事贤弟该请终养。天下为父母的，到老来有病时，只要儿子不要官，且后悔叫儿子做官，假如有几个儿子，或做官或不做官，都想叫在病榻前。齐做了官，还恐怕来的不齐。即有不孝之子，到这时候，也只论子不子，不论孝不孝了。你如今身在浙江，婶太太却夜夜见你哩。”绍衣说到天性至处，这人人不异的亲心，谭绍闻不禁呜呜咽咽，流泪满面。

谭绍衣道：“不必恓惶。你做官日浅，未得迎养婶母到署，然蒙去年上昊天上帝尊号覃恩，请了两代封赠，也可少慰为人子者显扬之心。现今即婶太太没病，而年逾七旬，贤弟也就该请终养。况你又是孤子，与例相合。我如今上院见大人，把你这个情节说明。我出来你就禀见面陈。钱塘县是河南尉氏人，请他出具同乡官印结。你安排县衙书办，照例写一张请终养申详，用上印。我添上一张驳稿备案。你再详一套委无别故欺饰，申详到司，加上同乡官印结。司里再加上实查委系亲病印结，申详到院。以便咨部，启奏。待圣旨下来，便可回家。老太太见儿心喜，管保就好了。你今便差人到黄岩，谕各房书吏，把告终养原由说明，叫他们各照所管钱粮仓库，马匹船只，墩台驿站，沿海水驿，城池坛庙，一切事件，早造清册，以便委令前去盘查交代。但你做官一年，经手有亏空与否？"绍闻道："替前令担有一千五百金，出具完结。一年填有一千两，大约还有五百金亏空。"藩台道："这个不难。此去委令，我与院大人商酌，大约是我的同年、上虞县知县靳守训。我对他说，叫他速出完结，打发你起身。你所欠款项，我都实实给他。我不迫所属州县，叫他出担空印结，屈之又屈，悬之又悬，接印州县官作难。我凡事只以实办。倘若我强了人，说我做上司的替他担承，万一我去任后，来的大人以实办起，岂不坑了州县官的身家性命？我不是颟顸了事的上司，各属员已信之有素，何况是吾弟的事。你只管照我说的办来。还有一宗大事，也商量定了罢。前在河南，说与签初定亲，如今一别数千里，久后稀于见面，不说定你我都悬念。这是咱的一个外甥女，姓薛氏。姑老爷没于山西榆次县任所，我接姑太太、甥女、外甥到衙门。彼时篑初到道署，姑太太一见心许。今日贤弟要回家，我一力主张定了亲事。你各人儿妇，叫你看看你放心，回家好讲与婶太太，说与弟妇。"绍闻唯唯。生法儿见了薛甥女，心中甚喜，急切办了表礼八色，行了纳彩礼，得了回启。

又耽搁一天，黄昏出城。回到黄岩县，一一俱依藩台所言办理。又隔了五日，上虞县知县靳守训，奉上宪委牌，接署黄岩县事。这一切卸事交印，接印莅政，两县令俱照例而行。至于交代盘查，案件未结止者，催科未完缴者，国项未完足者，旧令无一毫欺饰，新令受过藩司嘱咐，五日之内，邵出具印结。

谭绍闻定期辞署上剩这城乡百姓连夜做万民伞，至日盒酒摆了四五里，父老子弟遮道攀辕，不忍叫去。绍闻不胜酒力，一桌一盏，竟成酩酊。总之，愚百姓易感而难欺，官是钱字上官，他们的口舌，是按捺不住的；官是民字上官，他们的眼泪，是收煞不来的。谭绍闻虽莅任不久，毕竟是民字上刻刻留心。况且未任之先，造火箭克敌，又绥辑过灾黎，早已有了先声。莅任之后，也仿娄潜斋治馆陶政绩，做了几件。此所以百姓们有“好官不到头”之恨也。

星夜到省，进了藩署月交代赔垫之项，藩台自另日与上虞县楚结。本夜又备送了水陆路费。谭绍闻次日起身，水棹陆鞭，一路风驰，不及一月，进了祥符。看官要知，父母到老来有病时，心中只有一个死字横在胸膈。这是大黄不能泻的，藜芦不能吐的，也是参蓍峻补不能起的。唯有儿子到跟前间痒间疼，这疼痒就会宽解；擦屎刷尿，心里也没避讳。谭绍闻到家，叫了声：“娘，我回来了。”王氏听见，就是活神仙送了一个“天官赐福”条子，笑道：“你回来了好。”这病便减了十分之七，偏偏心口子就不再疼了。

晚上，又服了姚杏庵的药，披起衣服，倚枕而坐。绍闻、巫氏、冰梅、篑初、用威围在跟前。绍闻把怎的造火箭，怎的烧艅艎，怎的破普陀山，说了一遍。巫翠姐如听戏文一般，又问下事如何，绍闻道：“娘乏困了，不说罢。”王氏笑道：“你说，我听。”绍闻又说入京引见：“皇上面南坐着，我跪下，说臣是谭绍闻，河南祥符副榜，做火箭烧坏了日本国贼兵七八千。皇上大喜，放我即用知县。浙江黄岩县开缺，把我选到黄岩去。我到浙江，先见了咱家绍衣哥，才去上任。衙门的长随，都是些吃好的，穿好的，办事专一弄钱，我才差人来叫王中去把宅门。谁知再等总不见到。后来兴官家书到了，才知道娘病着哩。俺绍衣哥，叫我告终养……”王氏道：“怎的叫终养？”绍闻道：

“回家探望母亲，好了多吃些饭养身子。这就叫终养。”篑初道：“奶奶如今好了四五分。前些时，有四五天不肯吃饭，每日只三五口藕粉。如今渐渐好些，吃粥，吃干饭，吃莲粉，每天有三四汤碗。”巫氏道：“我许下三天献神戏。”绍闻道：“好了就唱。”冰梅道：“我许下吃清素。”绍闻道：“奶奶好了，大家都是有功哩，多谢你两个虔心。”

却说王氏见儿心喜，饭渐吃的多，药渐吃的少；少吃药是治病良方，多吃饭更是治病良方。一天好似一天，会起来了，会扶杖走了，会丢了杖儿走了，不及一月，全然大愈。

这是谭绍闻能慰亲心，也是谭绍衣处置得体。以视世之贪位慕禄者，明知亲老婴疾，却甘恋栈而恶枕块。一旦在任闻讣，却刻父母《行述》曰：“不孝待罪某任，罪逆应自陨灭。不意昊天不吊，祸延家严（慈），于某月某日疾终正寝（内寝）。不孝于先严（慈）见背之日，未获属纩含饭，是尚何以靦颜而为人子也耶！”姑念“先严嘉行（先慈懿德）”云云，只得“濡血缕述”，央你们先生大人采择，于是“不孝这里衔结无穷”起来。这是未衰杖时禫谌起就腹稿，遂成官场中丁忧的一个通套。作者赘一句赞曰：“呜呼哀哉！岂不可笑。”

却说谭绍闻既不曾在能县闻讣而匍匐就道，何至在开封府填讳而缙绅借衔？一笔扫尽，言归正传。这王象荩在南园中听说少主人在任里回来，两步赶成一步，来萧墙街探望。见了磕头，绍闻急忙扯住，说：“我在黄岩县差衙役接你作门上，再等也不见影儿，好不急人。”王象荩道：“奶奶有病，我如何能去？总为我走了家中无人，我不去衙门毕竟有人。如今少爷可以到碧草轩一望。”

王象荩讨了钥匙，谭绍闻跟着。开门一看，较之父亲在日，更为佳胜。原来谭道台离任，家眷要住此处，开封太守代交赎价，业归原主。当即叫各色匠役，垒照壁，砌甬道，裱糊顶槅，髹漆门窗，又移道台在署买得流落民间的艮岳石头锦川二峰、太湖三块，又搬道署花木三十盆筒，鱼缸两个，凉墩八座。到后来家眷搬走，交与王象荩锁讫。今日绍闻周详审视，好不快意。猛而想起当日赌输，在此直寻自尽，不觉悔愧交集。若非改志读书，遇见绍衣，得以亲近正人，不用讲家声流落，这碧草轩怎得如此丽日映红，清风飘馥？只这一株怪松，怎免屠沽市井辈亵此苍苍之色，溷此谡谡之韵？王象荩吩咐园丁灌溉毕，锁了园门，自回南园。

绍闻到堂楼，一家团坐。说起兴官儿联姻薛氏之事。王氏道："在那里住？"绍闻道："就是绍衣哥甥女。父亲是进士，山西榆次县知县，殁于任所。绍衣哥接在衙门。"王氏向巫氏、冰梅道："想必就是薛姑太太女儿全淑姑娘。道大人家眷搬在后书房，官太太、姑太太、全淑姑娘都来在这里。后来备席请来，我叫赵大儿母女两个来伺候客。这全淑姑娘与全姑两个一见，就亲热如姊妹一般，再摘离不开。虽绸缎布素是两样，人材却不分高低。官太太、姑太太都是夸说，只像一对儿。转眼不见，两个上楼不知说什么去了。后来道大人来接家眷，咱这里摆酒饯行，全淑姑娘不吃什么，两个上楼，都把脸上粉揉了，像是割舍不得的光景。我心想把全姑配与兴官儿，如今有了全淑姑娘这宗亲事，罢么，不提就是了。"绍闻道："儿心里也久有全姑这宗事，与母亲一样，只说不出口来。万一中不从，就不好见面了。没有么，娘见王中，硬提一句，他不依时，娘是女人家，只说娘老的糊涂了，丢开手，话就忘了一般。"王氏道："也使得。王中不依，就把这心肠割断也好。"

恰好次日王象荩又进城来，带了一磁罐子盐腕的紫苏，说是奶奶病起，好以咸菜下饭。到了楼门，王氏道："王中站住，我出去说句话。"忙从楼东间扶杖慢慢地出来。王象荩道："奶奶大好了。"王氏道："头还发晕，别的没什么意思。我想你四口儿，回来到西书房住罢。闺女大了，南园没个遮拦，不成看相。"王象荩道："奶奶吩咐很是，就回来。把南园佃与人家种也使得。只是吃菜不便宜了。"王氏道："全姑我见她亲，服侍我便宜。"王中道："只是小娃儿，不知道什么。”王氏道：“我老了，早晚离不得个小娃儿在跟前，说话解闷。兴相公我也离不了。他两个俱十七八岁，又不便宜。我心里……我心里只想……”王象荩明白，说道：“奶奶只管说就是。”王氏道：“我说的不成话，老了糊涂，你休怪。”王象荩道：“怎敢说怪。”王氏道：“一发成就了他两个何如？”王象葛道：“我是个奴仆……”王氏吃了一个小惊。“……兴相公我已留心看了，将来是个大有出息的人。但以仆配主，心中有些不安。容我到大爷坟上磕头禀过，见小的不敢欺心。”王氏道：“你知兴相公有了丈母家也不？”王象荩道：“已料知。道台大人家眷在后轩上住，那一位全淑姑娘，小的见过。当时心里有这个想头。如今少爷在浙江，想必与兴相公定下这门亲事。奶奶今如此说，这是天从人愿，小的有何不依。明日就上大爷坟上告禀。”话统说明，把一个王氏喜的到不可解地位。绍闻自阎楷书馆回来，王氏道：“王中却不嫌偏房，明日要上坟上告禀你父亲。”绍闻道：“儿回来，因母亲有病，虽说柯堂告先，却不曾坟上磕头。正要明日去，改日再择吉祭祖。”这上坟磕头之事，一笔已见大意。

此下谭绍闻坐车拜客，无非是娄、孔、程、张、苏几家。这数家之老成典型六七十岁的，英年时隽之二三十岁的，走价相约，公同一日道喜。这谭绍闻一发谦逊，便把王象荩许姻之事，请教一番。苏霖臣道：“此亦权而不失其正者。经云：‘子有二妾，父母爱一人焉。’则父在而子有妾，此其一证。但未嫡而遽纳妾，微觉太早些。”张类村道：“纳妾恐致争端，就怕这个。”程嵩淑笑道：“诸侯一取九女，只为不妒妒。”绍闻又请教外父，孔耘轩道：“出于令堂之命，且令堂高年，须此女服侍，只应遵而行之。但不可亲迎庙见，使嫡庶之礼不分。”程嵩淑又大笑道：“圣人说，成事不说。”把话止了。酒肴既完，众客各归。

单说王氏与王象荩楼下说就。绍闻与王象荩坟上回来，这一月之中，绍闻赐绸缎表里，金翠头面，酒坛肉盒，颇为丰美。至日，樊妇坐花轿作迎姑嫂，佃妇做送女客，篑初衣冠整齐，却不敢行亲迎奠雁之礼，明其为纳妾，非若娶妇六礼必备。

老樊回来，遵“听房结子孙圪墶”俗谚，预先偷买一根红布带儿藏着。小叔用威坐床，新人屋也来了几个邻妇叩喜。送了交杯，更深人散，篑初拴了门。老樊俟人静之后，手执红带儿，潜行徐步，在窗外偷听，不闻动静。又一顿，仿佛如闻哎哟，老樊结了一个圪墶。站得腰酸，存立不住而去。

第一百〇七回

一品官九重受命　两姓好千里来会

却说谭绍衣在浙江藩司任所，日夜不暇，尽心竭力，无非上焉为德，下焉为民的事体。浙江合省属员服其正直，百姓悦其清廉。三年已届，颂声载道。谭绍衣仍是小心翼翼，不敢怠遑。忽一日皇上有旨："着浙江左布政司谭绍衣进京陛见，问话来说。"命下之日，即刻就道，水舟陆车，星夜进京。陛见之时，皇上嘉其平倭辑民有功。未出三日，圣旨又颁："河南巡抚，着谭绍衣去。钦此。"

塘报一到祥符，满城都谣起来，说如今新来的抚院大人，即是旧年北道哩那位道台。这属员中君子加庆，百姓们正人皆欣。可见正人做官，到重来时欢声遍野，若是小人，只得唾骂由其唾骂了。穿补衣的人，何可不惧！也可悟"得意夫妻欣永守，负心朋友怕重逢"这句俗谚，人世偶侣，作如是观也可。

却说二月初二日，谭抚台到任。先一日黄河大渡官船，彩画的如五色大虬一般，闯门大敞，纱窗四张，中间一根钻天高大桅，半空云中飘着一面大旗，上写"巡抚部院"黑布缝的字画。随带五六只大船，四乘轿，二马车，大车十辆，皮箱几百个，被套衣褡数十捆，从陈桥摇摆而来。这南岸鸾铃报马望见，早飞鞭向南跑讫。船至中间，又一匹报马望南电奔河南彩棚。这数十员官员，文员之胥役是棍板，武职之目丁是弓箭，早在黄河南岸聚了几千人。

船将拢岸，手本重重，都是向船上递的。中军官尚且不看，何况大人。只听得道："传河厅。"河厅飞奔上船禀见请安。谭抚台吩咐道："方才过景隆口，缕堤还可。月堤之外遥堤，却被牛牧踏溜了许多。目之所见如此，不见之处，或亦如此。贵厅不必进城禀见，可并为审视，有坍敝更甚者，即丈明长短若干。造确实清册，以便领带补修。南岸亦照此一例办理。"河厅说："是。"下船而去。

大人起身方欲下船，忽听有女人持纸呼冤者。衙役推阻，大人忙吩咐，连人带呈交祥符县，进署即行代为投递。

及下船时，跪下几十员官，中军官喝一声："免！"都起身雁行而立。所过村庄，俱有盒酒迎接，六十、七十老头儿，扶杖叩头，有跪下爬不起来的。总为大人做道员时，驿上草料豆子，公买公卖，分毫不亏累民户；漕粮易得交纳，只要晒干拣净，石斗升合不曾浮收；衙役书办犯了一个赃钱，立刻处死。今日百姓所供的酒，大人跟随内丁，肩上挎一个大锡瓶，一桌一杯，俱贮在内。要知此等村酿，不减玉液琼浆，做公祖父母官，闻香早已心醉，与琼林宴上酒，恰好对酌。何也？人君为国求贤，无非为这几个百姓。百姓饱尔饮食衽席之德，你才得醉百姓曲跽擎拳之酒。你到殁世后，百姓还有俎豆哩。

旗帜前导，旌旄后拥，到了天王寺前。这天王寺，是宋朝行军，例在城北供奉天王。在当年为祷胜处，在今日为接官厅。只见寺前一个大彩棚，两藩一臬出棚远接。大人下了八座，藩桌跪下请了皇上圣安，大人站答圣躬安和。藩臬望上叩贺福庆，然后按仪注行大僚相见之礼。进了彩棚，伺候官奉茶。茶罢，伺候官奉酒。酒过三斟，大人起身。这一条北门进城的路，轿马在前边抢奔，何尝是鱼队雁阵；旗伞在路上乱跑，不能分蝶素蛾黄。唯有将近大人时，乐班腾细响，长驺奋高呼，才有整齐严肃光景。

行不半里，见道旁案垂桌围，座铺椅褡，肴核满陈，酒醴全具，旁边站了一个七品补服官，一个穿襕衫的少年诸生。大人轿到，这两个道旁打躬，大人即忙下了八座，二人让至桌边，却是立谈。远远望见，有甚为亲密之状，又不敢近前，听不得说些什么。款曲半晌，大人上轿，二人恭送轿旁。顷刻间，人都知那是黄岩县公谭绍闻及儿子谭篑初秀才。

三声炮响，大人进了北门。迟了半晌，又九声连珠炮响，满城都知是大人进了衙门。这衙门前蜂屯蚁聚，纷纷攘攘。唯有谭绍闻桥梓，人人瞩目。少顷，只听得说："大人内边请黄岩县谭老爷。"绍闻父子进署。外边禀见的，内边请会的，纷纷错错。时刻藩、臬、道。府，都晓的萧墙街黄岩公是大人的近支族好。那些微员未弁，腹内便有了萧墙街三个的印板。缘大僚位重，这门下的牛马走，官儿们还都要有以知其姓字为通窍之能员，何况大人之本族弟侄?

谭绍衣做了河南巡抚，这些善政，作者要铺张扬厉起来，不仅累幅难尽，抑且是名臣传，不是家政谱了。作文有主从，稗官小说亦然，只得从了省文。

单说谭绍衣莅任，应对少暇，与绍闻提起篑初姻事，说道："皇上抚豫命下，论公事则陨越是惧，论私事则咄嗟可喜。篑初与薛甥女联姻一事，我在京已差人上浙江接家眷了，大约再迟一月必到。到了，咱先办聘礼，既聘咱即办娶事。《易》著乾坤，《诗》弁《关雎》，《书》美厘降，《春秋》重元妃，五伦六经的大义，叫八股子秀才写来套去，倒弄成老生常谈。即如薛甥女之贤德，及篑初侄之美材，我千斟万酌，看的至当，直是天作之合，非关人力所为。及年将及笄，而男女相隔数千里，且官场中北燕南闽，朝齐暮晋，毫不成定。忽而你有终养之请，我有抚豫之命，千里姻缘到六礼该完之时，俱以我兄弟二人君亲之义成之，将来桂兰繁衍，不烦蔡卜可决。但我向来不曾问你，这篑初是何姓所出？"绍闻道："庶出，是一个房下生的。"绍衣道："嫡室何姓？"绍闻道："元配是父亲在日定的，姓孔。继室是父亲去世后母亲定的，姓巫。"绍衣道："这可臆断：叔大人定的，必是士夫之族，我知叔大人学问性情。婶太太定的，必是市井之辈。若是女人管联姻大事，不是母家之瓜葛，必是殷实之小户，此不待问可知。不然，圣人何以有女不言外之诫？我且问你。篑初生母何姓？"绍闻道："说来可笑，一向不曾问及。"绍衣道："贤弟大差。经曰'买妾不知其姓则卜之'，卜必在问之后。篑初名列胶庠，而为之父者，尚不知其生母何姓，如此何以做官？即如异日修族谱，当注生母某氏出。若不知其姓，则须注'绍闻庶子'，因子而填父讳，何以示后世？朱子云；家庭间没个礼字，定然是天翻地覆世界。咱家累代仕宦，现今你我兄弟，都蒙皇恩做官，家庭间不得不以礼为遵循，颟顸是行不得的。"绍闻口服心折，意中暗道："无怪乎皇上大用，委以统驭百官，节制万民，抚绥一百二十府州县之重任。"绍衣道："你今家居，别的没事，现这鸿胪派一支，又添了一辈人，你也做了黄岩知县，将来还要升迁。有了两个侄儿，该续在家谱上。你今日到家，问明白篑初生母姓氏，即刻写了，叫剞劂匠人刻板，续上一张，以继叔大人在丹徒写的族谱之后。将来篑初高发，族谱上晓然明其所出，异日居了大位，好特疏请封生母。若不问明，现今篑初就要写'河南副榜、黄岩县知县谭绍闻庶子'，这父亲名字，唯君前可以直呼，《春秋左氏传》所以曰'栾书退'也。若因篑初侄而书曰'绍闻'，叫篑初心中何以克安？况咱丹徒一族，半城士大夫，岂不心里添个闷账？我看着，该把篑初、用威写在你的名字底下，用威写'继嫡母巫氏出'，篑初注'生母某氏'，圣人云'必也正名乎'，圣人如神龙变化，万不迂阔。"

绍闻领命出衙，回家先省视了母亲。问了冰梅出身，进署禀道："幸奉兄大人命，问了一个明白。篑初生母，原是一个世宦后裔。据他说，他是江南人，不记得什么县。他父亲是一个荫生，不能知他祖上是什么大官。他小时只知他家姓赵，他祖与内官儿争气，惹下正德皇上，打了一顿棍，又杀了。他奶奶与他母亲，还要发落什么司，说是怪不好。连他也解送京城。走到半路，奶奶与母亲自尽，他母舅是个秀才，他记得叫葛子淹，跟着送京。婆媳既然自尽，他舅只叫他哭妗子。来了一个官，三绺长髯，他记得像戏台忠臣样儿，说既是赵姓外甥女，那得送入北京。他舅才领他走开。到背地里，引着他说：'与那三绺胡子官多磕些头。'他舅只是哭。奔到河南省城，自己只假说姓刘。因无盘费，又不敢带他回南边，把衣服卖的吃尽。他舅对人说，是赌博输了，人就叫他舅是槅子眼。把他寄在薛媒婆家，转卖到咱家。他舅分手时哭着说，万万不可提前事，露出一个字来，就不得活了。所以他在咱家多年，没人问他，他也不敢说。今日说时，兀自哭个不了。"绍衣道："与闸宦争气惹出大祸，必然是个正直君子。他这舅曲全甥女名节，费尽苦心，也算个有本领的人。奶奶、母亲自缢，可谓节烈。只可惜那三髯官儿不知名字，他能顺水推舟，开笼放鸟，吾知此公子孙必然发旺。贤弟一问，万善俱备。怪道篑初才识卓越，器宇谦和，咱家鸿胪派定长发其祥。为兄的还要一与灵宝爷、孝廉公叩喜。"

正说话时，报镇江家眷船已到商水县周家口，沿河州县送下程、办纤夫，传牌已到朱仙镇。镇上官员催点拉纤夫一百五十名，预备伺候。飞马走报辕门，传宣官说，大船到周家口换小船，好进汴水。绍衣道："这接嫂太太，须得贤弟引梅克仁去。自古叔嫂无服，何敢以琴瑟累埙篪。但此番来送家口，不知是丹徒哪一个。这些属员必是接的。料送家口人必是侄辈之平常者，何能应答？况薛家姑太太，赶旧亲是姊妹，论新亲则贤弟与甥女有翁媳之分，是以兄弟而照应姐姐，以父母而照应儿女，于情为切，于理即为宜。贤弟等再有从周家口到朱仙镇报时，吩咐大轿十乘，连丫头养娘都有了。镇上必有备就的公馆，贤弟与梅克仁先到公馆里等候。舍舟而陆，早晨起身，傍午可以进城。"

果然又一日，报汴河船明日泊朱仙镇。这首县已将轿马伺候停当，谭绍闻坐轿，梅克仁及十个干役，各骑马匹，巳牌时到了朱仙镇。南船日夕方拢岸，轿子抬进公馆。谭绍闻禀见了嫂太太、姊太太，说了明日早晨起身的话。到了次日将午，已抵开封南门。许多微员末弁，随路陆续来迎，俱是谭绍闻应承开发。三声大炮，进了城门。不多一时，又三声大炮，太太八座大轿进了院署。那八九顶四人轿，俱自角门而入，通进了内宅。车上小厮幼婢，亦俱进内宅。

到了次日，藩、臬、道、府来贺，无不迎会。至于外府州县有进省者，俱有手本叩喜。其有政务商榷者，会见酌议。其余只签叩喜者，传宣官俱发还手本，概行免劳。午后回拜大僚，各有首领官拦路跪禀不敢当的话。日夕时谢步、谢光的手本，帙叠内送，传宣官登了堂簿，手本送还。

次日凌晨，宅门传出祥符阴阳官面话。这阴阳官是从来不曾傍院门的，一闻传话，直喜得不知如何是好，急穿补服，到院门伺候。少刻内催，阴阳官鞠躬奔进。引到花厅，一跪三叩首，站立恭听吩咐。抚台道：“有一事相烦，叫你择个嫁娶吉日。”阴阳官跪下道：“请示新男新女贵造。合了生辰八字，照天德岁德喜神方位贵神照临吉日，细写红鸾喜书进呈。”抚台道：“只要在二十日以内，十五日以外，寻个日期便是。速去办来。”

这阴阳官叩头起来，出得抚院大门，身上不肯宽了补服，街上匆忙而归，一似人人知其上院光景。到了家中，展开黄仪凤《选择全书》，抄些大吉大利话头。又急向书柬铺中买了销金龙凤大启，徽墨湖笔，抄到启上；写不甚端楷之字，录不甚明晰之文。抄完，穿上公服，跟个小厮捧着鸾书，又上院来。

上号房吏代为呈进。抚台只看一行“一遵周堂图，乾造天乙贵人，坤造紫微红鸳，谨择于本月十六日喜神照临，定于辰刻三分青龙入云吉时吉刻大利”，别行不曾寓目。发出喜礼四两一个红封。到了上号房，号房定索传递劳金，阴阳官失备，逼令解封捏了一块，方放去讫。

这院门前大小衙门听事哩，早各报本官大人，本月十六日有抚台娶嫁喜事。三日间布、按、道、府以及豫属进省官员，并武镇、参、游等官，绸缎绫纱珠翠钏环则书奁敬，外附银两则书年馔敬，大约共值五千有零。抚台那里肯收，众官哪个肯依，再三往复，情不能恝，抚台只得收下。无可位置，乃分一半与姑太太做陪妆，分一半送与黄岩公作娶资。这男女二家，便顺水行舟，不费推移之力。不过针工裁缝，木柜皮箱，床几桌椅，衣桁镜架，铜盆锡灯之类，凡省会之所有者多钱善买，遇世家旧族所售之物，则不难以贱值而得珍货。

这谭家的聘礼，薛家的妆奁，俱已各备。单等吉日届期，好行奠雁、御轮之礼。

第一百〇八回

薛全淑洞房花烛　谭篑初金榜题名

却说谭黄岩家娶妇之礼已备，薛榆次家遣嫁之奁俱全。抚台又添了些金钗玉簪圆珠软翠的首饰，楠箱梗桁铁梨紫檀的东西。吉期前五日，差首领官选个大宅院作公馆，送姑太太及全淑姑娘移住在内，丫头养娘十数人跟随。姑太太道："衙门甚为便宜，何必更为迁移？"抚台道："非是我好另起炉灶，只为那边侄子亲迎，有许多不便处。大堂仪门乃朝廷的大堂仪门，闪放俱要作乐放炮，岂可为我家之私喜擅动朝廷之仪注？此其不便一。衙门是谭姓做官，今迎亲的新郎，即是谭姓，嫌于无甚分别，此其不便二。且侄子来迎亲，外甥沄十三岁亦可做得主人，陪着新人行告先之礼。若在衙门中行事，则薛沄不宜立大堂迎宾，我无以伯接侄之理。婚姻为人伦之始，叫篑初侄子在何处告薛氏之先？此其不便三。唯设下一个公馆，就像薛府一般，设下榆次公牌位，外甥做主，陪着奠雁。此是典礼之大者，万不可苟简的。"

姑太太与大人本是同胞姊妹，素明大礼，一说就明白。差头引着首领官，拣了院署西边旧宦大宅一处，连着一个书房院，委实宽敞。安插桌椅床帐厨灶什物俱已完备，黄昏时打上灯笼，薛氏母子坐上三乘大轿，丫头养娘又坐了二人小轿七乘，垂髫小厮、白鬚家人步行可到，径至公馆住下，单等吉日届期。这黄岩公家，早令人打扫西楼，以为新人洞房。把碧草轩打扫干净，摆花盆，安鱼缸，张挂字画。适然盛希侨亲来送伊弟问候书札，即刻督送雕漆围屏一架，妆饰点缀，以为娶日宴客之所。

及至十六日，谭宅抬出浙中官轿四乘，俱加红绫作彩。即用旧日浙中伞扇旗帜，肃静、回避牌各一对，打得新张黄岩县灯笼二对。虽说小小排场，却也不滥不溢，名称其实。篑初坐了花轿，前往迎亲。新婿陪堂，却央得张正心引礼。那两顶轿，是娶女客坐的。一路八人是号头锣鼓，大吹大打；一路八人是笙管箫笛，细吹细奏。到了薛宅公馆，榆次公的十三岁小公子门左立迎，两个长髯老家人伺候。张正心与篑初下轿来，小公子迎面一揖，躬身让进。娶女客下轿，自有送女客出迎，两起儿丫头养娘，一拥儿进去。

张正心引签初上的大厅，泡得松子元肉茶奉到。茶毕，张正心便问榆次公神主何在，礼应率新郎告先。薛公子答道："客边难以载主而来，写得先榆次公牌位在书房院北轩上。一说就当全礼，不敢动尊。"张正心道："男先之典，莫以此为重，理宜肃叩。"一起动身，细乐前导，到了榆次公神牌前。上面挂了一副当年万民感德对联："文章宿望江之左，康济宏猷霍以东。"行了前后八拜大礼。公子照数行礼拜答。张正心代篑初辞不敢当，行了一叩，方欲再叩，张正心搀祝这薛公子年小力微，哪里再挣得动。

回到大厅，又献了茶。摆上酒席，篑初首座，三酌四簋后，又捧得碗茶来。张正心陪席起身，鼓乐喧豗。这一回厅上奠雁，门外御轮，俱遵着圣人制的仪注而行。

张正心、篑初上轿，迎姑嫂、送女客共搀全淑姑娘上了八抬大轿。母女离别，泪点不干，提他不着。四位女客，一起上轿。抚台太太坐了八抬轿，妗送甥女又加上一班鼓乐。最好看者，四抬八抬排了半截大街；最堪笑者，黄伞搅蓝伞，金瓜搅银瓜，龙旗搅彪虎旗，乱跑乱奔，忽前忽后，参差纷错。看的人山人海，无不手指颐解。

花轿抬至萧墙街大门前，横拉三匹彩锦，直如三檐伞一般，却是三样颜色。泥金写的斗口大喜字，贴在照壁，并新联，俱是苏霖臣手笔。墨黝如漆，划润如油，好不光华的要紧。因门窄走不过八抬，各堂眷只得在大街下轿。满地下衬了芦席，上边红的是氍毹，花的是氆氇。自大门至于洞房，月台甬道直似一条软路。门阈上横马鞍一付，机笼一架，取平安吉胜之意。迎姑嫂、送女客到新人轿前，扶出一个如花似玉的新人，头戴五凤金冠，珍珠穗儿，璎珞累累，身披七事荷包霞帔，锦绣闪烁，官裙百折，凤履双蹴。那街上看的男女拥挤上来。抚台的军牢皂隶乌鞘鞭子只向空中乱挥，争乃人众只管排挨，把榆次公一顶旧轿挤得玻璃窗子成了碎瓷纹。猛听得喊道："树上小孩子压断树枝跌着了！"鼓乐旁边，又添上唤儿叫女之声。古人云"观者如堵"，不足喻也。

四位女客搀定新人，怀抱玉瓶，进了大门。各堂眷以及丫头养娘相随而入。到了堂楼院里，中间设一方桌，绒毡铺面，红围裙四面周绕，上面放了红纸糊的一只大斗，中盛五谷，取稼穑唯宝之意。斗内挑铜镜一圆，精光映日夺目，明盥濯梳妆所有事也；插擀面杖一条，切菜刀一口，示以烹饪事姑嫜之意也；插大秤一杆，细杼一口，示以称茧丝、纺木棉，轧轧机杼之意。这些设施，虽不准之《家礼》，却俱是德言容功妇职所应然者。所谓求诸野；观于乡，此其遗意。

薛全淑随谭篑初拜了天地，怀抱玉瓶，丫环搀入洞房。放下玉瓶，坐在杌上，全姑捧上茶来，侍立旁边。全淑一见旧好，心中有久别重逢之乐，出于不料：两贤媛温款深衷，不便唇吻，只眉宇间好生缱绻。

谭绍闻自引儿子上碧草轩照客。茶罢设馔，张正心让薛沄首座，薛沄不肯。张正心道："今日之事，尊客一位，如何可以僭越。"薛沄作揖谢僭，坐了东席。谭绍闻西向相陪，张正心坐了西席，谭篑初向东北陪座。山珍海错，烹调丰洁，自不待言。这犒从席面分层列次，俱是王象荩调停，井井条条，一丝不乱，无不醉饱。赏分轻重，俱是阎仲端酌度，多寡恰如其分，无不欣喜。

内边特设三席。王氏心意，原是抚台太太专席，没陪客；四位送迎女客两席，妗子陪一席，自己陪一席。岂知抚台太太乃是阀阅旧族，科第世家，深明大义，不肯分毫有错。称王氏为婶太太，自称侄媳，说："哪有咱家待客，咱家坐首座之理。"抚台太太分儿大了，王氏平日颇有话头，今日全没的答应。抚台太太看是难以结场，吩咐请弟妇巫氏。先抚台太太原请过道喜，巫氏虽亦成官太太，却不曾到过衙门，听说抚台太太今日来送亲，气早已夺了，不敢上堂楼来，回了丫头一句乡里话："不得闲，忙着哩。"如今又差丫头来请，没的说了，只得上楼。抚台太太见了，先道太太纳福之喜，巫翠姐答道："纳什么福，每日忙着哩。"抚台太太方晓得弟妇是个村姑，吩咐丫头道："看太太那边有桌面没有？"丫头道："有。"抚台太太道："侄媳与婶太太无对座陪客之礼，侄妇愿与弟妇妯娌们讨个方便，说话儿。这儿婶太太与妗子陪客，自然两下都宽绰。"望王氏拜了一拜，辞出下楼。巫翠姐只得跟着，到了自己楼下。丫头们早已将果碟订盘酒盏壶瓶之类摆设已就。

这三席未完时，薛沄已早起身归去。直入衙门，那公馆早交付主人讫。这边抚台太太席完，要到洞房看看侄女。薛全淑早已另洗别妆，换成满头珠翠，浑身彩衣。俱是全姑伺候的。抚台太太坐下吃了一杯茶，说了几句安慰话，吩咐一声回衙。丫头传与家人，家人传与伺候人役，将八座放正，伞扇排开，二乘送女客轿子，随着一切家人媳妇婢女二人小轿七八乘，吩咐不鸣锣不喝道，径回院署而去。

却说薛全淑、王全姑二人，在西楼下温存款曲，王全姑见薛全淑有欲问而赧于口光景，薛全淑见王全姑有欲言而怯于胆情态。王全姑想了一想，将楼门上了拴，竟到全淑面前，跪下细声说："小妮子蒙老太太成全，已经伺候了少爷一年。”全淑急忙搀起，也细声说：“缘法本在前生，今日天随人愿。既然如此，咱两个就是亲姊热妹，坐下说话。”王全姑哪里肯坐，薛全淑立起身来说：“你不坐，咱就同站着。”用手一按，二人并肩坐下，手挽手儿，说细声话。恰好照在大镜屏中，一个倩服艳妆，一个家常梳拢，斜插两朵珠翠，四位佳人，面面相觑。这个亲爱的柔情，千古没这管妙笔形状出来。可笑不敏谫陋，辜负了好情况也。院中只说是楼内新妇自寻便宜，全姑小心服侍不敢有违，谁知美合两全，名称其实。两人并坐，爱之中带三分敬意，庄之内又添一段狎情，玉笋握葱指，亲的只是没啥说。

只听得老樊拍门说道：“来送点心来了。”全姑只得开门。老樊道：“关门不开，你们不饿么？”全姑接住点心道：“再泡一壶茶来。”老樊道：“我取茶去，休要上门就是。”到了日夕，院中渐渐人影稀疏。将近燃烛，院中人不辨色时，全姑提个小灯笼，引全淑后院路儿。全淑道：“我的路生。”全姑道：“扶住我的肩膀。”少刻回来，银烛高烧，巫氏、冰梅并用威小叔儿，齐到新人楼下。新人站立不坐，说未曾庙见，不敢行礼。巫氏道：“用威，请你哥哥来。”篑初到屋，桌上盏碟俱备。巫氏怕礼法不周，催的冰梅、用威齐去，单留全姑伺候。

将近一更天气，全姑斟酒两让，吃了合卺盏，和了催妆诗。全姑要辞别而去，全淑牵住衣襟只是不放。全姑轻轻以手推开，关住楼门而去。这新夫妇之相敬。不过相敬如宾；相爱，不过相爱如友。二更天气，垂流苏压银蒜六字尽之，不敢蹈小说家窠臼也。

次日，薛太太与薛沄跟的女从男役，来萧墙街送馔。老太太一席，谭黄岩一席，巫亲家母与冰梅一席，新郎一席，女儿点心十二色，共五架食盒。谭宅款待，晚归。犒从赏封，无不如意。

三日，新郎新妇，本家庙见，又与合家行礼。已毕，往见岳母，礼谓之“反马”，俗谓之“回门”，新夫妇顺便就与抚台大人磕头。厚礼丰币，抚台不受，说道：“我但受乡会朱卷两本，俾老伯之名，得列于齿录履历；我位至抚军，贤侄不为无光。愿族谱贤侄名下刻‘联捷进士’，则丹徒一族并为有光。贤侄勉之。”款待而归。

篑初夫妇回来，日色尚早，全姑已在楼下伺候。全淑到各楼下，与王氏奶奶、巫氏婆婆、冰梅姨娘，通行了反面之礼。回到自己楼下，全姑捧得茶来，全淑笑道：“我还不曾拜你哩。”说着早已万福。全姑放下茶盅，急忙相还。篑初笑道：“好礼，好礼，如何遗下我？”全姑笑道：“大叔在俺两个跟前，无礼多了。”篑初笑道：“我怎么无礼？”全姑道：“我不说。”全淑面发红晕，面向里坐了。全姑道：“奶奶昨夜叫我来这楼下祝我两个合成伙儿。”篑初笑道：“你不识字，这位是有学问的。我说她省的，从今以后‘熊鱼可兼’。”全姑懵然，全淑在床上只羞的向隅。篑初道：“全姑不解，我说一句儿答应我。”全淑一发羞了。篑初便要对着全姑，露些狎态魔障全淑。全淑急了。强答一句道：“省的人鹬趣蚌抚相持。”篑初道：“怪道你会画，真正好丹青。从此‘火齐必得’矣。”全姑只见两个俱笑，看的呆了。是晚奉奶奶命，移于楼下南间。

楼上设两张桌儿，一张篑初书桌，缮经绎史；一张全淑画桌，笔精墨良，每印临《洛神赋》，摹管道升竹子。一日问篑初索纸，篑初笑道：“娘行自会做纸，何必求人？”全淑微恚道：“骂人没深浅。”篑初笑道：“我之与卿，原是就其浅矣，交浅不敢言深。”全淑没奈何又笑了。夫妇妻妾之乐，篑初颇为修撰郎。从此读书，日有大进。

大凡人之读书日进而不已者，有两样：或是抑郁之极，以发愤为功程；或是畅遂之极，以怡志为进修。篑初白日在碧草轩目不窥园，黄昏到自己楼上课画谈帖，偶然阄韵联句，不觉天倪自鼓。两样功夫互乘，属题构思，竟成了风发泉涌，不唯不能自已，并且不能自知。到了秋闱，中了第四名《春秋》经魁。

到了腊月，舅爷王春宇的生意已发了大财，开了方，竟讲到几十万上。年来，在汉口成了药材大庄，正要上京到海岱门东二条胡同如松号发卖。又在本省禹州横山庙买得伏牛山山查、花粉、苍术、桔梗、连翘等粗货，并带得封丘监狱中黄蓍，汤阴扁鹊庙边九岐艾，汝州鱼山旁香附子售卖。卖完，好赶鄚州庙会，再购药材回汉口。缘天下都会地方，都有各省会馆，而河南独无；唯汉口有河南会馆，以其为发卖怀庆地黄之故。所以王春宇多在汉口。如今年纪已老，正要到京城如松号药材行算账齐本钱，好交付儿子王隆吉掌柜。恰好姐姐孙子篑初中了举人，正月初二日上起身上京会试。舅爷王春宇于九月放榜来道喜时，说："带篑初一起京，合家无不忻喜，说舅爷领得上京，虽他年轻，也就毫无挂心萦记之处。"

年底，谭绍闻坐轿上盛宅，说："小儿公车北上，府上家书、物件，着小儿带的去，好交盛二哥。我也随一封问候信儿。"盛希侨道："多谢的很。我正要写书子，叫贤侄带的去。但只是我家有了奇事，要对贤弟说。前十数日，我家老婆子忽然对我说，该把二爷叫回来。我说他在京里求功名，如何肯误了他的事？老婆子说：'功名是小事，爹娘是大事。老人家年纪大了，我时常听老人家念诵第二的，该把他叫回来，叫老人家喜欢。'我听的这话，心里说，狗嘴里如何吐出象牙来？到底拿不稳她的心。我说：'第二的回来，又要各不着。'老婆子道：'谁家嫂嫂有各不着小叔道理，图什么美名哩？都是汉子各不着兄弟，拿着屋里女人做影身草。我也是进士做官的孙女儿，你赖我不省事我不依。都是你想分，他想分，把我当中做坏人，落个搅家不贤。我再不依这事。难说我就没见，俺家二老爷在福建做官回来，把皮箱放在客厅里，同我家大老爷眼同开锁，把元宝放在官伙里。我小时亲眼见的。你待兄弟有二心我知道，若不是我在暗里调停，管保你兄弟两个打的皮破血出。'我心中暗喜，这老婆子竟改话了。我说：'都是我为哥的不成心肠，多承贤妻调停。我糊涂，竟是在鼓中住着一般。明日我就上京，或差人上京，叫老二回来，叫老人家喜欢。我有眼不识泰山，冤屈，冤屈。'如今贤侄上京会试，我请来饯行，烦他带我的家信。”绍闻道：“晚辈正当效力，何须赐饭。”盛希侨道：“我的心事，我的道理。”绍闻作别，盛希侨送出大门。

却说绍闻回来，年内将篑初约的偕行同年，备席饯过。盛希侨亦请席，付与家信。单等开春，偕王春宇北上。

开正初二日，公车北上。到了京都，不去如松号，投中州会馆停宿。至国子监交了盛希瑗家书，叙了离别。场期临时，向观象台边寻了小下处，进了三常场完，誊录对读，不必细言。谭篑初卷子，弥封了筵字三号，分房在翰林院编修吴启修《春秋》房。荐上副总裁，搭上取字条儿，单等请了各省额数，以便定夺。偏偏《春秋》房所荐卷子，溢了额数一本，余下筵字三号、贡字九号要汰一本。两本不分伯仲，房考官吴老先生难以瑜亮。副总裁择筵字三号经文中有一句不甚明晰，置之额外。不知怎的，筵字三号卷子，又在束中，贡字九号卷子落在地下。只得自疑手错，仍然易去筵字三号卷子，拾起贡字九号卷子入束。及隔了一宿，睡到半夜时，微闻案上有窸窣之声，窗上像个什么黑黑的影儿。天明看时，贡字九号卷子，已被油污墨迹，不堪上呈。副总裁默然无语，暗忖此生必有大失检处。筵字三号遂昂然特荐。蒙大总裁批了“中”字，放榜时刚刚中了第二十一名。殿试又赐进士出身第二十三名。金殿传胪以后，钦点翰林院庶吉士。即有走报的到寓，知会于二十五日到任。至日冠带，偕众同年赴翰林院听候宣旨讫，随换朝衣朝冠，恭谒圣庙，同年团拜。

到任之事已毕，回至寓处。盛希瑗已补得南阳县学教谕，来告回豫日期。谭篑初道：“且少迟几日。我已打算告假修坟，与老伯同行，好领教益，途中不甚寂寞。”两人订明，谭篑初告假，蒙掌院学士批准，二人同坐一车，从人行李一车，出了彰仪门，径投河南而来。

到了家中，拜主祏，与祖母、父亲、母亲、生母各磕了头，说了几句话。祖母王氏吩咐：“孙孙你去歇歇去，换换衣服。”回到自己住楼，全淑、全姑迎进卧房。全淑含笑万福道：“恭喜！”篑初答揖，笑道："何如？"全姑磕下头去，笑道："叩大叔天喜！"箦初伸手拉起，道："罢么，待我明日公服回拜。"全淑道："不敢当。"全姑道："哪里当得住。"

夫妇妻妾温款了一会，又上堂楼说中进士、点翰林的话。王氏道："近来人说话，只嫌聒的慌。你说的我不懂的，你上大厅与你爹爹说去罢。"父子到了大厅，把进京以至出京，子午卯酉细陈一遍。黄岩公问道："带的本城各宅家书末？"箦初道："明日拜客送去。"黄岩公道："你爷祖传，带人家信，不可一刻沉滞。"箦初连忙入后解开行箧，照封皮差人与各京官家送讫。

到了次晨，黄岩公、太史公各坐大轿，跟随家人，径出西门，向灵宝公祖茔来行礼祭奠。黄岩公祝道："后裔得成进士，钦点翰林，墓前封赠碑，门外神道碑，统俟镌成择吉竖立。"周视杨树，俱已丛茂出墙。俗语云：一杨去，百杨出。这坟中墙垣周布，毫无践踏，新株分外条畅。黄岩公吩咐看坟的，平铺坑坎，剪伐细碎，另日领工食时，再加十分之四的犒赏。看坟的欣然承命。依旧上轿进城。进得西门，满路都是贺桌，人人举觞，黄岩公父子急忙下轿，一一致谢。说："改日补帖罢。"

到家用了早饭，黄岩公道："该先到抚台大人衙门叩见。"箦初拣得联捷朱卷二十本，朝考卷二十本，西河沿洪《缙绅》四部，刻丝蟒袍全料，顾绣朝服全料，朝靴四双，羊脂玉瓶一枚，金镶如意一匣，前边金瓜红伞导路，跟了京城带来长随四人，到了抚院衙门，传进愚侄帖柬。大炮三声，两楼鼓乐齐奏，闪了仪门，大人出暖阁，伞扇罩着恭候。箦初见伯大人在暖阁上罩着，哪里还敢坐轿，急忙下来，跑上大堂。伞扇闪开，抚台大笑道："贤侄荣列馆选，老伯礼合迎迓，乃遵朝廷之仪注，非宠吾侄之私情也。丹徒生光矣！"箦初抢了一跪，禀道："侄儿荷伯大人宠光，俟谒神主后，万叩以谢。"抚台哈哈大笑，扯手进了暖阁。箦初躬身紧随。到了后宅，闪开主祏，大人在前，箦初在后，大人跪下祝道："鸿胪派后裔谭篑初中了进士，蒙皇上天恩，授以庶常，绍衣谨篑初告先。"一起磕下头去。篑初又扶，台坐临，以便叩拜。抚台道："只此行礼便是。"篑初行了礼，又请伯母太太行礼讫。遂请榆次姑母太太行礼。榆次夫人见乘龙佳婿，少年英俊，加上官服，愈觉光彩夺目，好生喜在心头。篑初行礼，薛沄陪着，礼毕，照样还礼。抚台心中大喜，笑道："看哥哥作戏，与甥女择此贤坦何如？哥哥还要吃媒红酒哩。"篑初留署管待，抚台首座，薛沄以客论坐东向西，篑初以侄论坐西向东。捧出席面，抚台道："我生平做官日，从不过饮。今日先尽三巨觥，以志吾喜。"薛沄满斟，篑初亲奉。今日这席面，好生畅快人也。席完篑初出署回家，这贺客盈门，不必细述。

只此，谭绍闻父子，虽未得高爵厚禄，而俱受皇恩，亦可少慰平生。更可以慰谭孝移于九泉之下。孔慧娘亦可瞑目矣。倘仍前浮浪，不改前非，一部书何月归结？至于王中赤心保主，自始不二，作者岂可以世仆待之耶？把家人名分扯倒，又表其拾金不昧。

笔墨至此，不必再往下赘，可完一部书矣。